# 四川散文23家

张人士◎主编

上册

文匯出版社

**图书在版编目（CIP）数据**

四川散文 23 家／张人士主编. -- 上海：文汇出版
社，2025. 3. -- ISBN 978-7-5496-4417-9

Ⅰ. I267

中国国家版本馆 CIP 数据核字第 2025MR7809 号

# 四川散文 23 家

主　　编／张人士

责任编辑／徐曙蕾

出版发行／**文匯**出版社

　　　　　上海市威海路 755 号

　　　　　（邮政编码 200041）

经　　销／全国新华书店

印刷装订／四川科德彩色数码科技有限公司

版　　次／2025 年 3 月第 1 版

印　　次／2025 年 3 月第 1 次印刷

开　　本／710×1000　1/16

字　　数／840 千

印　　张／54.625

ISBN 978-7-5496-4417-9

定　　价／128.00 元

# 《四川散文23家》编委会

**主　编**　张人士

**副主编**　苏世佐　袁瑞珍　曾令琪

**编　委**（按姓氏笔画排序）

万郁文　冯荣光　刘小革　李临雅

李　淮　邹安音　张仕文　张兴龙

张忠辉　岳定海　金　科　周晓霞

钟跃进　莫　然　曹　蓉　彭建群

傅厚蓉　曾　宏　温敬棠

# 序

张人士

　　纵然红尘喧嚣，霓虹闪烁，唯有文学不可辜负！因此，我们聚集同好，众人拾柴，同心聚力，有了这本《四川散文23家》的问世。

　　自西汉文翁兴学以来，四川从古至今都是地灵人杰，文化鼎盛。汉赋五大家，四川占了三家，司马相如、王褒、扬雄，至今赋传华夏，名闻九州。陈子昂一代文宗，李太白逍遥散仙，苏东坡旷世文豪，杨升庵风骨铮铮。先贤们的流风余韵，至今还在巴蜀大地回响。近代以来，郭沫若、巴金等文化大家，给我们留下了宝贵的文化遗产，受到后人无限的景仰。根植于传统文化的土壤，四川当代文学有着强劲的实力，获得茅盾文学奖、鲁迅文学奖、人民文学奖、四川文学奖、冰心散文奖等知名大奖的作家，数量尤多。良好的文学氛围，为作家们提供了成长的环境。

　　这次入选的作家，男女结合，老中青搭配，都是活跃在四川文坛、中国文坛的散文作家。集中的作品，或以现实为重，或以历史为目，或以写实为优，或以抒情见长。登临怀古，睹物忆旧，关注当下，议论风生，都各有特点。袁瑞珍、张人士、金科、钟跃进的开阔视野，曹蓉、冯荣光、岳定海、万郁文的谈古论今，苏世佐、莫然、周晓霞、彭建群的醇厚有味，李淮、李临雅、傅厚蓉、曾宏的款款深情，邹安音、刘小革、曾令琪的收放自如，张忠辉、张仕文、张兴龙、温敬棠的不疾不徐，都将给读者留下难忘的印象。

古人云："文以载道。"任何文章，都是思想的载体，优秀的散文作品也是如此。散文仅仅是体裁，写法仅仅是创作的技巧与表达的手段。所有的作品，都要传递出作者的思想，表达作家对人生的解剖、对社会的思考、对事件的反思。收入这个集子的作品，或以题材取胜，或以语言显优，或以哲思彰美。总之，所收散文，于谨遵散文法度之中，又表现出很强的创新性，内涵丰富，骨力铮铮，作品情感真实，作家个性毕显，作家的思想也在书中得到充分的展示。全书上下两卷，计八十余万字，借此"一斑"，基本上能窥当下四川散文的基本面貌。

在各种文学体式中，散文是最通俗易懂、最百花齐放的文体。中国自古以来就有重视散文的优良传统。千百年来，虽然散文的内容、形式与表现手法到现在仍然处在不断的发展变化之中，但总体来说，散文是一种灵活自由、不受拘束的体裁样式。它可以叙事，可以抒情，也可以明理，但又兼具艺术价值。若从艺术表达角度来看，散文大致可分三类：抒情性散文、叙事性散文和议论性散文。而这三类之中又分别有多种具体样式。本书中，这三类散文都选了一些，既体现兼容并包之宗旨，也让读者充分感受不同风格、题材的散文的魅力。

当然，由于是自选式的多人合集，篇目的多少、篇幅的长短，每个作家都不尽相同；也由于题材之异、写法之异，全书也表现出多种风格。但不管怎么说，作者文心满满，情感真挚，个人情感、家国情怀，通过一篇篇具体可感的文章，表达得淋漓尽致。党的二十大的胜利召开，为新时代的文艺创作指明了前进的方向，也给了写作者前进的动力。"文运同国运相牵，文脉同国脉相连。"中华民族的伟大复兴即将到来，作为文艺工作者，我们理应有更好的作品，讴歌我们的时代；我们理应用最好的作品，描画新时代最灿烂的春天。

是为序。

2024 年 4 月 1 日

# 目录
CONTENTS

四川散文 23 家

上册

# 男散文家卷

**本卷收录以下作家作品——**

张人士　苏世佐　岳定海　金　科　冯荣光

张忠辉　钟跃进　张仕文　张兴龙　曾令琪

　　张人士，中国作家协会会员，中国散文学会会员。国家一级作家。巴金文学院原副院长，现任四川省文艺传播促进会书记。创作出版长篇小说及中短篇小说集六部。主编马识途、王火、李致、流沙河、魏明伦、高缨等人作品，以及川鲁散文精选、川黔散文选等四十七部。获中国散文学会"散文创作三十周年特别贡献奖"，第七届冰心散文奖，"喜迎二十大·奋斗新时代——我身边的优秀共产党员"全国征文大赛二等奖，"我与中国散文"中国散文学会成立40年大型征文大赛最佳作品奖。

# 千年东门渡，一夜锦江游

张人士

一

四月的府河，风光格外迷人。

临近黄昏时，华灯初上，天府熊猫塔上和府河两岸五彩缤纷的灯光，交织出东门大桥码头迷离的夜色。

游人逐渐多了起来。酒肆茶座，觥筹交错；灯笼画船，笑语鼎沸；明铠襦裙，往来穿梭，恍惚之间，仿佛梦回大唐。

"开船啰——"

随着一声悠长的吆喝传来，我便与山东前来四川采风的一众作者、画家，登上画船。九〇后导游兼李白角色扮演者刘川磊，站在船头躬身相迎，幞头白衫，举手投足，颇有诗仙的飘逸之风。

晚风徐来，江面波光粼粼，点缀着岸上的灯光，倒映着东门桥修长的拱形和九眼桥玲珑的腰身。我的整个身心也仿佛变得空灵、飘逸起来。川磊导游挥袖飘然，高诵太白之诗，众人无不拍手称赏。其中往来行舟，舟上游人亦皆诵诗应答。既而一叶扁舟，船头端坐一人，博带纶巾，持笛吹奏，清音袅袅，于空不绝。同船游人仿佛也受到感染，望着美景感慨不已。

明月升起，静挂树头，淡淡的光华给江面妆上了一层薄薄的银纱。船头流淌的河水，好似徘徊的低唱，悠长婉转而又缠绵悱恻，如蜜似的融在府河的波心，也融进了我的灵魂深处。

我眺望着东门码头，回味它那悠久厚重的人文和历史，如同一坛老酒，时间愈久愈芳醇，愈让人齿颊生香，回味不尽。

## 二

成都因水而生，因水而兴。成都经济文化的发展进步，始终都离不开水的滋养。自秦并巴蜀、修筑秦城以来，府、南两河合流的锦江，从城南蜿蜒流过，从此奠定了其后两千多年里成都水系大的格局。

秦汉时代，在成都筑锦官城，大规模生产蜀锦等丝织品。蜀锦织成以后，须在成都锦官城外江水中漂练。据谯周《益州志》记载："织锦既成，濯于江水，其文分明，胜于初成。"蜀锦经过清澈的江水漂练后，纹理分明，色泽鲜艳，较初成时愈加光彩夺目。因而，时人将"濯锦之江"称之为"锦江"；锦工濯锦之地，称为"锦里"；成都也因此被称为"锦城"。

隋朝建立后，因修建蜀王府及其子城，直接在城内取土，留下巨大的土坑，之后积雨成湖，逐渐成为成都一景，时人称之摩诃池。摩诃为梵语，就是广大的意思。从此以后，摩诃池逐渐成了成都最繁华浪漫的所在。无论文人墨客，还是平民百姓，都可以到摩诃池上泛舟游览、宴饮聚会。镇守成都的各级官吏，都对游览摩诃池有着浓厚的兴趣。据北宋孙光宪《北梦琐言》载："韦皋镇蜀，常饮于摩诃之池。"

摩诃池建成之初，依靠贮蓄天然雨水。唐贞元元年（785），节度使韦皋开凿解玉溪，给城市供水，并与摩诃池连通，还在今府、南两河交汇处兴建了合江亭。

合江亭垒基高数尺，十根亭柱支撑着连体双亭，构思巧妙，意味隽永。拾级而上，两江风物，尽收眼底。唐代时，合江亭是繁华热闹的码头渡口，无数舟楫停泊于此，随时扬帆驶入长江，再下东吴。后来，这里逐渐成为官民宴饮、市井游玩的热闹场所。文人墨客欢聚于此，品茶吟诗或送别友人，何等惬意与浪漫！

合江亭一带的梅花，在宋代很有名。大诗人范成大在成都任职期间，曾驻马于合江亭，隔江遥望对岸那久负盛名的梅园"瑶林庄"，诗兴大发，乘兴赋诗云："何处春能早？疏篱限激湍。竹间烟雪迥，马上晚香寒。唤渡聊相觅，巡檐得细看。极知微雨意，未许日烘残。"

唐大中七年（853），节度使白敏中开通金水河（禁河），自城西引流江水入城，汇入摩诃池，连接解玉溪，至城东汇入油子河（府河）——从而构筑了成都城市水利设施完整的河湖水系，为摩诃池注入了充足水源与盎然生机，也改变了成都的水陆交通。唐乾符五年（878），节度使兼成都尹高骈开始大规模扩建成都城，改迁了成都的河道水系，从二江双流改为二江抱城的新格局。

自此以后，水上交通运输开始在成都城区兴起，并与城外的府河、南河以及锦江相连接。成都从此成为一个河流和湖泊相连、街坊与河道交织的水城。

水上交通运输因其速度快、成本低、运载量大，日益成为成都工商业发展的主要运输方式。大诗人杜甫曾描绘成都水上交通运输的繁忙景象："门泊东吴万里船。"由于水网密布，唐代成都的生态环境十分优良，诗仙李白曾写诗赞美："水绿天青不起尘。"摩诃池与解玉溪、金水河等水系连接后，使成都景观变得更美，成为游人的好去处。晚唐诗人、词人韦庄曾作《清平乐》一词，对成都生活场景做了生动描写，其中有云："住在绿槐阴里，门临春水桥边。"

五代时期，前蜀皇帝王建修建新皇宫时，将摩诃池纳入宫苑，改名为龙跃池。王衍继位后扩建皇宫，为龙跃池注入活水，改名为宣华池，环池修筑宫殿、亭台楼阁，其范围广达十里。后蜀孟昶更将湖面扩大一倍，将其作为前蜀和后蜀的皇家池苑，华池美景更胜从前。花蕊夫人在《宫词》中赞道，"长似江南好风景""水心楼殿胜蓬莱"。

明洪武四年（1371），朱元璋之子朱椿封蜀王，蜀王府就建在前后蜀的皇宫旧址之上，摩诃池被填平大半，成为蜀王宫的一部分；剩下部分，则在修缮后，收纳进了蜀王府的后花园。存在千年的摩诃池，从此走入了历史。

岁月沧桑，解玉溪、金水河也都消失了，有关它们的传奇故事逐渐尘封于历史典籍中。唯有府河、南河和锦江依旧奔流不息，维持着成都水系大的格局。

## 三

旧时，成都人要出远门，东、南方向只有两条道路：一是通过府、南两河坐船南下，在宜宾汇入长江，继而通江达海；其次就是步行，出东门过牛市口，翻越龙泉山，去往重庆以及更远的地方。

这两条路的起点，就是位于成都东门内的"成都首街"东大街。成都东门，明清两朝还给它取了一个诗意的名字——迎晖门。由于地处交通要道，东门一直就是古成都最繁荣热闹的地方。经济的繁盛和人烟的聚集，使东门成为文化兴旺发达之地。

位于东门附近的大慈寺，始建于魏晋，极盛于唐宋，规模宏大，高僧辈出，被誉为"震旦第一丛林"。玄奘法师和玄宗皇帝留蜀期间，都曾到过大慈寺。唐代成都，佛教兴盛，以佛教为题材的壁画艺术大放光彩，其中以大慈寺为最。大慈寺壁画上万幅，浩瀚如烟，精妙绝伦。

从成都历代区域图可见，宋代成都府城规模，是以晚唐高骈所筑府城为基础的，与之前的"成都大城"相比，逐渐朝北和东两个方向扩展开去，成都东门直抵府河之畔。明清两朝的成都城，大致维持了这个范围和格局。

宋朝成都的商品经济，出现前所未有的发展，"号为天下繁侈"。商业的繁荣，极大促进了经济的发展以及社会文化的进步。北宋天圣元年（1023），成都东大街诞生了世界上最早的纸币"交子"，并由政府正式发行使用，遂得以迅速在全国推广，极大地方便了人们的生活。这一地理位置，在交子街（因为有交子务），印刷在城西著名寺庙净众寺。直到清末，东大街一线仍然是当时四川乃至中国西南的金融中心，银行、票号、捐号、银号、金铺林立。影响深远的成都造币厂，也建在紧邻东大街的锐钯街。

## 四

出于东出交通需要，相传自唐代起，就在成都东门外水流湍急的府河上，架设起了一座桥梁，时称口口桥。它一头连着成都东门内的东大街，另一头接着古代成都通往川东的官马大道，是通衢要津上的咽喉。口口桥，宋代改称濯锦桥，明代更名为镇江桥，清朝又叫长春桥。明朝天启年间《成都府志·关梁》载："濯锦桥，府城东门外，其下有坊，江合二水，濯锦鲜明。"这段话明确说明东门大桥的位置，在今天合江亭的上游。

据嘉庆《华阳县志·津梁》记载，长春桥"高二丈，长十余丈，阔二丈，中稍隆起，翼以栏楯"。由此可知，历经两次重修，形成了三洞的石拱桥，两边有石栏杆。另据民国《华阳县志·津梁》所载："长春桥，治东五里余天福街，跨油子河，即府河。石材拱式，三洞。清乾隆五十年（1785）重修，光绪十二年（1886）又重修，旧名濯锦桥，俗称东门大桥。"

中国经济重心，自两晋衣冠南渡开始，到南宋时完成南移。这种历史性的改变，也对成都的交通及经济发展格局产生了巨大影响。明清以降，成都与南方的经济联系远超北方。因此，东门水路交通的运输量，相比北门陆路，亦不可同日而语。于是，成都水运逐渐成了货运的大头，府河则承担了成都主要的货运。

明万历二十一年（1593），为了缓解东城区出行紧张，在东门大桥下游不远处，历时五年又修建了一座石拱桥，起名为洪济桥，因桥有九孔，俗称九眼桥。明天启年间因洪水泛滥，改名锁江桥。清乾隆五十三年（1788）进行过一次桥梁大修，桥身隆起，以便于繁忙的大船高桅通过。

随着交通格局的改变，成都的商业中心也逐渐东移，到清末时完全集中到了东大街。北门延续近两千年的繁盛场景，也随雨打风吹去了。

成都民间有语："百年春熙路，千年东大街。"位于东大街的春熙路，肇始于商贾。在一百多年前，这里曾是清代的按察使衙门，门前有一条深长巷道。民国以后，衙门废弃，深巷子里入住了许多棚户人家及小商店。昔日的官场，转瞬之间变成了市场。1924 年，军阀杨森入主成都，将昔日衙门周围的房屋拆除，仿照西欧，改进市政，修建马路。取老子《道德经》中"众人熙熙，如享太牢，如登春台"的典故，改名为春熙路，以描述这里商业繁华、百姓熙来攘往、盛世升平的景象。20 世纪三四十年代，春熙路是一条一应俱全的多功能商业街，逐渐成为全城最繁华的地方。各类商铺琳琅满目,有电影院、银行、茶楼、剧院、图书馆、饭馆等,令人目不暇接。夜晚的春熙路,在电灯的照耀下更加炫目多彩,极富现代气息。

在那些岁月里,东门大桥附近,就是成都府河东门码头区,桥上轮蹄络绎,百货交驰,热闹繁忙。站在东门大桥上眺望,舟楫来往,商贾云集,笙歌缭绕,宛如一幅充满市井生活、风俗百态的绝美画卷。这是成都版的清明上河图,是成都民俗、经济和水运不朽的颂歌。

毗邻码头的那条街,叫作水津街。街长仅百米,却有两个码头,各地的货物,通过府河,直达成都。往来的船只,穿过东门大桥,在水津街两个码头装卸货物,然后停泊在码头附近,等待再次起航。各地的客商纷纷前来采购。时常见十吨大船经从东门码头起航,穿过东门桥、九眼桥,取道黄龙溪,直达乐山,驶向更远的地方。划动的船桨、飞溅的浪花,以及桨手们的吆喝,常常引来两岸好奇的眼光。作家巴金、郭沫若、李劼人等正是通过这条水路走出四川,走向时代的汹涌大潮。

东门大桥一带,聚集着不少做生意的客商,还有很多外地到成都谋生的人。公馆多,棚户也多。而且馆中有馆,巷中有巷,相间而居,相安无事。滨河民居,推窗即见,船影横陈,炊烟袅袅,生活气息十分浓郁。那时候,国弱民贫,陆运工具除了少量马车、牛车外,广泛使用架架车,全靠人力,不少人以此为生,足见其辛苦。

直到 20 世纪三四十年代,东门大桥还维持着清代的石桥结构,只不过桥栏已经残缺不全。1937 年 9 月,川军赤脚背刀,手推鸡公车,在乡亲们的欢送中,从东门大桥出城,翻越龙泉山,经由川东、川北,奔赴全国抗日前线。十四年抗战,四川人民所出人力物力最多,川军牺牲也最巨,谱写了一首首荡气回肠、可歌可泣的英雄史诗。

抗战胜利后,川军抗日阵亡将士纪念碑矗立在东门城门洞,状若跨桥出城,争赴国难。据说,抗战胜利后的某个寒冬深夜,一位受尽苦难的军人来到东门街旁路摊边,要了一碗汤圆,然后埋头狼吞虎咽地吃起来,随后寂然不见。老板知道,这是川军魂归故里。消息传开,许多人泪流满面。于是,每年雕像前出现最多的祭祀品就是汤圆,望着那一碗碗的汤圆,仿佛就看到了川军抗日的悲壮历史。

斗转星移，这尊川军抗日阵亡将士纪念碑，最后回到了人民公园前，回到了将士们出发的地方，依然面向东方，视死如归。东门大桥，见证了川人的勤劳、勇敢、智慧和家国大义，同时也阅尽城东的沧桑巨变和社会百态。

随着城市基建扩张和人口增长，老旧的东门大桥已然落伍。1953年，增设辅桥。辅桥的护栏，采用钢梁，状若铁路桥，但桥面铺木板，稀稀拉拉，辅桥与主桥之间留有较宽的空隙。行走在辅桥上，桥下江流湍急，涛声轰鸣，令人心惊胆战。60年代，公交车多了起来，桥面狭窄，于是两侧铺设人行辅道。工艺粗糙，倒也结实。70年代，桥面、护栏都改用钢筋混凝土，人行道高出快车道。当时，算得上成都的大桥了。

随着成渝、宝成等铁路线的相继贯通，成都水运的地位迅速下降。1958年开始，由于锦江水源断断续续的缺乏，加之锦江上开始修筑堰坝影响了通航，锦江的航运从此走向衰落。1979年，由于双流占佛堰堤坝的整修，截断了锦江南下的航道，锦江水运完全中断，从此走进了历史。曾经府河上往来繁忙的船只和沿岸的码头，也渐渐淡出了成都人的记忆。

繁荣两千年的东门码头，也日渐落寞，府河逐渐归于宁静与淡泊。河水清澈见底，鱼虾沙石历历可数。每年夏秋两季洪水带来的淤泥堆集在滩上，厚厚的一层，脚踩上去柔软而细腻。两岸茅荻丰茸，不时传出凫雁的欢鸣。

那时，河边居民大都从府河挑水吃。还有人专门为别人挑送河水，以此养家糊口。到了60年代，市区逐渐有了自来水。只是，自来水入户还是一种奢望。于是，在一定距离便设置了自来水桩，由专人定时放水。放水便成了一种职业。以前，挑河水为业的，也改挑自来水了。

住在河边的人，生活极为便利。由于河水很清，人们便下到河边浣衣、洗菜、淘米、戏水、放风筝、游泳、捕鱼。天热时，甚至把马架子（凉椅）、板凳安放水中，或冲壳子，或打瞌睡。每年端午，红男绿女，戴丝线粽子、猴子香包，拿两个糯米粽子、咸鸭蛋，到码头上看花船，朝下游看抢鸭子、龙舟竞赛。

改革开放后，由于府河流经的区域工业较为发达，人口众多，长期以来，工业废水、养殖污水排放以及生活垃圾管理不善，严重污染了府河。

1992 年，老九眼桥被拆除，在望江公园南府河上复建，即新九眼桥。同年3 月，成都市政府决定对府、南河实施综合整治，并于 1997 年 12 月竣工，极大改善了成都生态环境质量，先后荣获联合国人居中心授予的"世界人居奖"奖牌、"2000 年联合国最佳范例奖"等。整治后的府河，清流激湍，映带左右。

20 世纪八九十年代，春熙路再次繁荣起来。夜市小摊云集，"练摊"让不少有商业头脑、能吃苦的创业者挖到了人生的"第一桶金"。但随着创业者大量涌入，春熙路便已不堪重负，亟待破茧新生。2002 年 2 月，经过精心整治，焕然一新的春熙路步行街开街，十万游客蜂拥而至。

2004 年 3 月，天府熊猫塔顺利竣工，以 339 米的高度成为全成都最高的建筑。登上高塔，蓉城风光尽收眼底。2010 年，成都兰桂坊酒吧落户锦江区水津街，依锦江而建，紧邻九眼桥，靠近东大街金融区。借鉴香港经营理念，融入成都生活方式，将喝茶、打麻将、吃火锅等休闲文化与酒文化、餐饮文化紧密结合起来，将成都这座休闲之都、娱乐之都的魅力发挥得淋漓尽致。

岁月流转，万象更新。到了 21 世纪，随着成都 IFS 国际金融中心和购物中心太古里在 2014 年相继开业，各类大牌、潮牌云集于此，春熙路商圈盛况空前。

2019 年 2 月，东门码头修缮，恢复了"夜游锦江"的行船，正式与市民见面。东门码头又成了一个有仪式感的岸，也算那段光辉历史在一种形式上的复活。

## 五

新旧世纪之交，我在东门码头河边安居下来。我时常回忆起三十多年前来成都我爱人家拉蜂窝煤回乡下的情景。那时，我已坚持终年游泳二十余年了，每天从不间歇。到了成都，我就骑车寻找能够游泳的地方，在东风大桥和东门大桥之间，寻到一处适合游泳的河湾，后来才知道这就是历史上著名的东门码头。

自从安居在东门码头后，我时常一个人在河边晨跑，饫听河水喧哗、树间鸟鸣。抑或独自静坐在河边的竹椅上，品茶看书，眺望着奔流不息的府河水，聆听着市语鼎沸，别有一番滋味在心头。抑或约上三两文友，在河边喝茶相聚，饮酒吟哦，陶然忘机。有几个文友在品茗饮酒间，找到了灵感，写出了几篇较有情致的作品。特别是文友李银昭，他是一位卓有成就的散文家。我们时常在这里饮酒聊天。有几次，他微醺后，灵感勃发，座中诵读新作，不觉忘情，让人印象深刻。他的《母亲的蜀道》《幺爷找猪》等散文佳作，就形成于这里。

2023年3月，我在这里认识了"夜游锦江"项目营销部负责人杨苟，于是采访了她。她热情地介绍了该项目，自豪与欣喜之情溢于言表。在与她的交谈中，我产生了写作这篇文章的冲动。

"夜游锦江"项目位于成都市，是以"锦江故事卷轴"为主线，打造夜间消费新场景，彰显成都文化魅力和时尚活力，同时串联都市休闲、东门市集、闹市禅修、锦官古驿四大片区，绘制老成都、蜀都味、国际范的生活美学地图，创造精准供给的绿色消费，将以往的"护城河""交通线"打造成流光溢彩、人文氤氲的大美景观。

项目结合游船载体、媒体装置、戏剧场景、建筑群体的方式，利用数字光影技术在建筑立面、堤岸、跌水景观呈现多维空间场景秀，复原出曾经东门码头的繁华景象，乘坐游船穿越数千年的时空。曲艺坝坝茶，讲述锦江市井气质与茶馆文化；菩提空间秀，说书人讲述成都闲适的生活样式，体验人间烟火；码头故事，再现当年"门泊东吴万里船"盛景；以河堤为画布，以杜甫诗作《春夜喜雨》"晓看红湿处，花重锦官城"为创意原点，用光影勾勒出动人的成都十二月市；合江亭帆船秀，讲述成都自古以来对人才的吸引，历朝历代入蜀名仕的故事。再通过多种大型活动及发布会，多维度增强特色商旅文化体验，再现"水岸街坊船、锦江不夜天"的盛景。2023年上半年，就已接待游客上百万人次，成为成都一张靓丽的夜经济名片。

## 六

兰桂坊璀璨闪耀的灯火，照耀得整个江面流光溢彩，使来往的游船看上去更加瑰丽、迷人。

画船往来，向灯影的密流里回溯。岸上悬挂的红幡，如同古楼船的樯帆。通红的灯笼，映红了游客沉醉的脸颊。缤纷的花朵、氤氲的茶香、缥缈的管弦……随着波心荡，随着画船荡，随着红幡和灯笼荡。

我们的船，就在波上悠然徐行。前面已是东门码头。府河东岸，暗碧的树梢顶上辉晕着一桁清光。河岸上的灯火、人群和歌声，并不觉喧嚣，只添我们以幽谧。

灯影疏淡，一轮玉盘似的明月，被纤柔的云丝簇拥上了深碧的夜空，施施然行来，冷冷地照着府河，照着我们。人仿佛已经微醺，曲终人散后，心和境却益觉空灵，益觉浑然。

此情此景，一切都自不必言。

2023 年 6 月 26 日于成都

# 夕阳下的草桥

张人士

　　我生长在三条河交汇的村子里，我在那里度过了天真的童年和艰辛的青年时光，直到三十多岁才离开这个村子。那青幽幽的山、清凌凌的水，至今萦绕心头。

　　三条河流从村前蜿蜒流过，给村庄带来丰厚的馈赠，村庄由此得名：三河村。这三条河流，村民叫作碾沟、大河、青白江。其中青白江水量最丰，是岷江的上游。村庄地势起伏，东南高、西北低，位于三条河流之间。三条河流在村前交汇，形成了特殊的地理条件。每逢夏秋两季，洪水泛滥，三河村就首当其冲，成为一座与外界隔绝的孤岛。

　　由于洪水频发，冲破河堤，毁坏农田，因此每年除了防旱，就是防洪。于是村民们群策群力，用石头垒砌河堤。河堤与田舍、河流相互映带，宛如画儿一般。堤岸上树木葱茏，其中以麻柳树数量最多，每到开花季节，花絮垂点水面，沙石鱼虾历历可数。野鸭、黄鸭、白鹤、鹭鸶等各类水禽时常翔集水边，悠游觅食。绵延无尽的农田和葳蕤郁勃的草木，倒映在水里，显得格外静谧和清幽。

　　常言道，一方水土养一方人。河水不仅润泽了田地，滋养了丰富多样的水产，还涵养了村民的心灵和气质。三河村共有八个小队，由于七、八小队地处河边，种植的经济作物有甘蔗、花生、胡萝卜、白萝卜，因此相对富裕。我家就在七小队，由周家院子和缪家院子组成。缪家院子，以缪姓为主，还有张、吴、温、向等姓人家；而周家院子，则以周姓为主，还有赵、徐、吴等姓人家。一个小队，不足二百口人，因为住得比较集中，各家各户的情况比较了解，各人的脾气秉性相互也都清楚。村民关系融洽，和谐相处，即使偶有闲言碎语、顶撞冲突，大都能很快重归于好，转身就能笑脸相迎。

特殊的地理条件，养成了大家团结互助的文化。每逢大雨涨水，村中一片汪洋，家家户户划船往来。特别是从缪家院子到周家院子，一涨水就必须划船。我们七小队有几处高坡，大家在上面架起锅，煮红薯、洋芋，煎苞谷馍馍，然后划船分送到各自家中，以此共渡难关。

河里满是鲫鱼、黄辣丁等鱼类，人们想吃鱼了，就去河里捞。倘若到了夏秋两季，水丰鱼肥，这条河便俨然成为我们的乐园。大家赤条条地扎进水里，捉鱼虾、抓螃蟹。傍晚回家后，煮上一大盆，大家围坐一圈，碗筷还没来，小孩子们就一哄而上，用手抓了吃。大人见了，就要来打人，孩子们见状，一哄而散。

村里的树林，一到夏秋时节，就会长出各种各样的蘑菇。少年时代，我们常去林中打柴、捡蘑菇。栖木菌、青头菌、山担菇等应有尽有。其中，山担菇又大又白，用来煮面和煮鱼，真是美味极了。

蘑菇和鱼，还可以用来换油。四五串山担菇，三四斤鱼，就可以换一斤油。榨油厂就位于碾沟边上，有几十间瓦房，十几台木制榨油机，六七十个油工，在里面吆喝忙碌。打油匠拴着皮制的围腰，提起油桶、拿着油瓢走出来。大家将他围在中间，凝视着他将菜油涓涓注入各人的瓶中。每当这时，我就站在旁边起哄：多舀点、多舀点！小伙伴们也在旁边齐声附和。偶尔，油工看到有姿色的美女少妇，为讨欢心，常常也会多舀一些。

更好玩的就是去油厂捡炭花，工人用水泼灭后，便用筛子筛，细小的炭花如同雨点一样散落在地上。没等筛完，孩子们便一拥而上，争刨炭花。头发时常沾着飞扬的炭花，烧得滋滋响，直冒青烟。我的头发也几次被烧，几十年了我的后脖上还有一处被炭火烧灼的伤痕。捡到的炭花，用背篓装着，背到龙桥乡街上的茶楼去卖。那时候乡场街上有三座茶铺，炭花价钱一样，都是两分钱一斤，几个茶铺都会抢着买，一星期卖十多斤炭花，一周伙食费就够了。那时，一分钱可买两个锅盔，两分钱就可以买一大坨卤肉了。

从村里去街上，就要蹚水过河。于是，村民们在河道上架了一座草桥——大家在湍急的河水里，堆砌起一垒垒石堆，使之高出水面，并架起一排长长的木头，在木头上铺上竹片，再在竹片上铺上草帘，草帘上再补上泥土，一座简易实用的草桥就竣工了。

走在草桥上，两岸的风景尽收眼底。每当早晨，群鸟出林，鸣叫声、扑翅声，混杂一处，煞是壮观。到了傍晚，鸟儿归林，呼朋引伴，鸣声上下，山水辉映。夕阳从树林里斜照过来，斑驳的阳光洒在水面上，闪烁动荡，金光点点，显得灵动无比，堪称一道绝美的风景。

要是赶上夏秋两季，暴雨频发，山洪泛滥，河水就会漫过石堆，冲毁草桥。于是修了毁，毁了修，不知道反反复复多少遍，也不知道草桥在这条河上存在了多少年。要是在春冬季节，水位下降，河滩清浅，草桥就会高出水面许多。这时候，就会看到桥沿长出细草来，偶尔夹杂着几朵小花。尤其是冬天，村民赶场比较频繁，草桥上的泥土被踩踏得十分紧实。大家拖家带口、背箱抬柜从上面走过，草桥默默承受着人们的脚步和重量，默默承载着村民的快乐和希冀，任凭岁月的风吹雨打。

村里曾有一个寡妇，颇有些姿色。村里有个单身汉很喜欢她，但她心气很高，从不正眼瞧他。一天，两人碰巧对面过河。寡妇不慎摔下草桥，掉落水中。单身汉见状，立马跳入水中，分波划浪，将寡妇搂拽上岸。这次见义勇为，让寡妇对他刮目相看，不久就和他好上了。多年后，说起这事，寡妇满脸幽怨地责问："你个龟儿是故意把我弄下水的？"单身汉一听，得意极了，直笑道："不这样，你怎么可能跟我好？"又得意扬扬地说："为这事，三娃子和贵生喝了我好几斤高粱酒。"

由于我们院子靠近河边，因此夏天蚊子特别多。于是，每当暑热之夜，大家就拆了门板，放在大院坝里，不分男女，都露天而宿。大家拿起蒲扇，点燃艾蒿驱蚊，满院烟雾弥漫。如果天气实在太热，就有人高吼一声："下河洗澡。"大家便涌去河边，不分男女，管他老少，齐刷刷地跳到水里，浸泡在幽幽的月光下，白花花的一片，形成一道奇异的景观。

对于我们小孩子来说，最有乐趣的就是去瓜田里摘西瓜了。西瓜地很大，瓜棚设在瓜田半中腰，呈三角形，两边空着，上挂马灯。守瓜人放眼四顾，便能统揽全局。夜里，只见瓜棚里两个星点闪烁，那是守瓜人在抽叶子烟。那时，尽管我们年纪尚小，但也通过看电影学会了声东击西的计谋。于是，我们就派一个人去瓜地里的另一角，丢一石头，转身就跑。守瓜人一看有人影，便跃出瓜棚去追，追一段路，猛然醒悟中计。然而此时，两三个大西瓜我们就得手了。事后，守瓜人见到我们时说，别以为我不知道，就是你们几个龟儿偷的瓜。

偶尔会有行脚商贩，走过草桥，来到村里售卖一些生活用品，顺带收购一些农土特产，拿到镇上售卖，赚取差价。他们大声吆喝，整个村庄都能听到喊声。于是，一些女人放下手中的农活，和家里的男人咕哝几句，便从田地里回家，从商贩手里买下一些生活用品，抑或拿出早准备好的一些破铜烂铁、鸡毛鸭毛等，交到商贩手里换成钱。还有卖叮叮糖的小贩，敲着铁片，叮叮直响，走过草桥，来到村里（叮叮糖又叫白麻糖，长条形状。有人买，就敲下一段，一分钱一段。一段又可以敲成七八个小块，可以吃一天）。这时候，最快乐的要数村中的孩子，他们拉着父母的衣角，死乞白赖地要买糖吃。商贩见状，在一旁加油添醋，夸糖多么甜。有的家长给小孩买一分钱的丁丁糖，小孩喊叫着跑了。也有未能达到目的的小孩，泪汪汪地哭丧着脸望着商贩离去的背影，直看着他们穿过草桥，消失在河对岸逐渐深沉的暮霭之中。

我在很早的时候，就学会了自食其力。每逢假期，除了帮助大人下地干活外，我还去钓鱼和捡蘑菇，除了自家留着吃，还拿去换些柴米油盐。我至今仍然记得当年每次跨过草桥时的那种快乐和幸福。跨上草桥，总能闻到河面传来的水草的清香，闻到河里鱼儿的腥味，以及两岸泥土和庄稼的气味。偶尔一只乍起的水鸟，扑棱棱扇动翅膀，直吓得心里扑通通地跳。

每当穿过草桥，回到村口时，总能看到我家窗户上的灯光，嗅到空气中飘溢的炊烟和厨味，总让人有一种家的归依。这种家的安慰，伴随着我的童年，让我在以后的岁月里，无论身在何处，心中都充满了温情和光明。

我不知道是否在其他地方也有这样的草桥，那些草桥背后又有怎样的故事，然而，一想到故乡，那座草桥就浮现在眼前，那样平平无奇，却又那样让人梦萦魂牵。伴随着草桥的印象和记忆，我总是不经意反刍美好的童年时光，旧日情景历历在目，一切仿佛就在昨日。

20世纪80年代，我最后一次踏过草桥，出外奔赴前程。在我离开故乡以后，不几年故乡就发生了翻天覆地的变化。工程队在河上架起了一座石桥，并且公路也通到了村庄。于是，草桥就逐渐废弃了。就在那个夏天，一场大雨，洪水泛滥。草桥在"吱吱"地挣扎几声后，就彻底消失在滚滚的洪流中。那时候，大家都热烈期盼着家乡的建设和发展，关心着怎么发家致富，过上幸福的生活。没有人在意草桥的消失，也没有人为失去草桥惋惜。那些年在草桥上所发生的故事，也随风飘逝，很少再被人提起……

# 曾令琪、周晓霞《贾平凹散文解读》序

张人士

    曾令琪、周晓霞师徒《贾平凹散文解读》书稿杀青付梓，送我阅读并请我作序，我非常乐意接受了。近年来，令琪与晓霞在办刊之余，勠力笔耕，收获多多，令人欣悦。

    细读《贾平凹散文解读》一文，我感觉此书有四个大的特点。

## 一、视域宽广，显学术之胸怀

    正如作者所说："说到中国当代作家，贾平凹先生是绕不开的一个人物；说到当代中国作家的作品，贾平凹先生及其小说和散文，是绕不开的一个重要话题。"的确，"贾平凹现象"是当代中国文坛乃至世界文坛一个值得研究的现象；"贾平凹"三个字，已经成为中国当代文学的一个符号。

    莫言曾经强调指出："研究中国当代文学，如果漏掉贾平凹，那是不可想象的。"而贾平凹散文之所以受到国内外广大读者的深深喜爱，显然是有其内在、外在的诸多原因的。

    贾平凹的重要贡献，在于他那重要的散文创作理念、鲜明的散文创作主张、显著的散文创作影响。作者创作本书的目的，就是因为"关于贾平凹的散文创作及其艺术特色，除了一些单篇文章以外，作者只查阅到一本书名为《贾平凹散文研究》的单行本"；在作者看来，"这种情况和贾平凹先生数量十分丰富、艺术水准已臻化境的散文创作、散文研究、散文评论，是极不相称的"；所以，作者"发愿写一本既带研究性、学术性，又兼具普及性、通俗性的作品，以供作家、研究者特别是广大文学爱好者阅读、揣摩"。

作者没有孤立地看待贾平凹及其作品，而是将其放在 20 世纪中国新文化的大背景之下，放在 20 世纪世界文学的大背景之下。从文中所引外国作家普希金、托尔斯泰、泰戈尔、萧伯纳、海明威等和中国作家鲁迅、郭沫若、朱自清、老舍、孙犁、汪曾祺、碧野、史铁生、林清玄、三毛等的作品或者名言，由此可见作者视域的宽广。本书的学术视野与胸怀，令人敬佩。

## 二、归纳精到，见独立之见解

从 1973 年处女作小说《一双袜子》（与同学冯有源合作）发表在《群众艺术》杂志、1974 年 10 月处女作散文《深深的脚印》发表在《西安日报》，到现在的 2022 年，贾平凹的创作，跨度长达 50 年。这样长的创作时间，作品必然丰富多彩，满目生花。

平凹的散文，形式多样，内容丰富，时间跨度长，受众遍及国内，并达于海外。从报到刊，从纸到网，从作家论、作品论到创作论、方法论，单篇研究文章可谓浩如烟海。储子淮先生在《作家贾平凹》中说："（贾平凹）在继承传统的同时，开创了新的传统，在新汉语写作实践中取得了巨大成就。"如何另辟蹊径，写出特色？这是作者必须面对的一个难题。

为此，两位作者于 2020 年 1 月专程到西安向贾平凹先生请教。2021 年 7 月 1 日，作者在成都曾令琪工作室启动了这本书提纲的写作、架构的搭建、创作分工的安排。经过前后断断续续 22 个月之久的写作、修改、定稿，才完成了《贾平凹散文解读》这本书的创作。

这本书，对一些别人曾经论及的问题尽量不做专章、专节讨论；别人很少涉及甚至尚未论及的问题，则结合实际进行分析。作者在研读贾平凹大量散文作品、阅读现当代大量散文研究专著和论文之后，经过归纳、提炼、总结、比较和选择，总结、提炼出贾平凹散文的五大特色，即：语言美、人情美、风俗美、细节美、哲思美。这五大特点，或无人论及，或偶有所论而解析不深。结合这"五美"，作者沿波讨源，相当深入地探讨贾平凹散文的思想内涵、文学理念、创作特色和美学因素。这些探讨，不是空对空的理论说教，而是以贾平凹先生的大量散文、散文片段作支撑，融入令琪和晓霞将近30年的散文创作的诸多心得。所以，既是理性的，也是感性的。阅读此书，作者不仅可以欣赏到贾平凹先生的很多散文佳作、精彩片段，还可以了解、学习、借鉴很多精彩的散文创作技巧。

贾平凹散文"五美"的提出，归纳精到，见解独到，令琪和晓霞有独创之功，这是中国散文界的一个贡献和创举，应予充分肯定。

## 三、引证允当，启研究之门径

作者除了大量引用贾平凹散文和散文片段，进行分析、解读，这本书还旁征博引，资料丰富。

本书第一章，是《贾平凹访谈录》。这是作者对贾平凹进行长篇专访的结果。这一篇，涉及"关于散文创作的题材问题""关于散文内容的地域问题""关于散文的'形散而神不散'问题""关于中国散文的现状问题"等九大类近20个问题。这个《访谈录》很有特色，这是贾平凹先生就散文及散文创作发表的重要见解，其中真知灼见跃然纸上。因为是同门三代传人之间的亲切对话，没有一点世俗的功利成分，所以弥足珍贵。比如关于题材的问题，关于形散而神不散的问题，作者除了与贾平凹先生的当面访谈，还回顾了文学史上的有关掌故，令读者大开眼界。

第二章到第七章，是作者对贾平凹散文的"五美"论，有总论，有分论。在分章解读之中，大量征引资料，印证作者的观点，解剖贾先生的散文，证以中外名家的散文，造成很大的视觉冲击，令人耳目一新。

第八章《关于散文的文与论》，收录令琪和晓霞的几篇散文和一组文评、文论。这些散文，足见作者的文学功力；这些文评，足见作者的文学见识。这些文论，篇幅长短不一，也非一时一地之作，但涉及内容更多，更加表现出作者的见识与风骨。这一部分，是对前面几章很好的补充。在这一章的《文学漫谈随笔选》中，令琪主张将散文"形散而神不散"的提法，改为"注重散文的'收'与'放'"。这个主张，来源于令琪曾经的中学语文教学实践，是他多年的散文创作心得。这个提法，与本书第一章

《贾平凹访谈录》中的相关说法相互印证、相互补充，具有相当的价值。

第九章相当于全书的一个附录，作者附上了创作本书引用较多的单行本书目40部。

文章有些地方引用了他人的文献，这是学术作品中不可或缺的组成部分。引用是为了"引证"，就是作者引用相关文献的论题、观点、概念、理论、方法、结果等，来论证自己科研成果的创新性、科学性、可靠性和应用价值。本书一律采用脚注的方式，当页注释，极大地方便了读者的阅读。其中的很多注释，还为读者、研究者指出了进一步探究的线索和门径。

尤其需要注意的是，在具体的解读与赏析中，作者的分析还由此及彼，触类旁通，给读者留下了深刻的印象。比如：

第七章第三节《〈丑石〉的哲学意蕴》，这一篇赏析容量很大，资料众多。这里面，既有对中国历代奇石爱好者、痴迷者的回顾，也有对古人的"相石观""丑石观"的扫描。由此，进而谈到贾平凹先生的"爱石、觅石、藏石、赏石，写了不少的与石头有关的散文"，从而自然而然地转入对平凹散文名篇《丑石》的解读和赏析。

具体的赏析之中，作者引用了卞和抱璞而哭的典故，还对平凹文中的观点"'丑到极处，便是美到极处'这个带哲理意味的美学命题"的历史渊源，追本溯源，向作者介绍了中国古典美学中清代傅山主张的书法"四宁四毋"和刘熙载的"怪石以丑为美"两个著名美学观点，顺理成章地得出作者的结论："美和丑是美学审美研究中的一个范畴，也是众多学者竞相探讨的一个论题。贾平凹以其散文名作《丑石》，完美地诠释了美与丑对立与统一的哲学、彼此地位的转换，给读者留下难以磨灭的印象。"这样的解读和赏析，是科学的、合乎情理的，当然也是令人信服的。

## 四、语言优美，享阅读之享受

作为学术性与通俗性兼具的著作，《贾平凹散文解读》一书打破了人们对这类书籍"枯燥无味"的刻板印象。可以说，本书学术与通俗并存，严谨与活泼相济，语言优美，可读性强。阅读此书，无异一种美的享受。

我们看：

于是，我们用文字记录下生命的点点滴滴。从此，笔下不再是一个个缺乏血性的方块汉字，而是一个个有生命力的跳动的音符。一会儿峨峨兮若泰山，一会儿洋洋兮若江河。一切的梦境都由心生，一切的追寻都诗意盎然。三径就荒，但心中充满绿意；梅兰依旧，故随春潮而起伏。飞花落墨，煮字疗饥，凭栏远眺，浅斟低吟。

这段内容，作者以饱含深情的笔触，以整、散结合的语言，将作者坚守文心、执信而行的毅力和盘托出，语言优美，情真意切，令读者大受感染。

三毛这个人，非常率真，不矫揉造作，时时处处流露出的都是真情真性。不管是生活还是写作，她都是说真话，叙真事，抒真情。她初见漫画家张乐平，可以亲切地叫他"爸爸"；又见西部歌王王洛宾，可以和他热烈地拥抱在一起；她慧眼独具，极力推崇贾平凹为大陆最优秀的、第一流的作家……她的作品，处处洋溢着调皮、机灵、幽默、乐观，处处充满着一种浓浓的亲情、乡情，透露出一种深沉的、真诚的人文关怀。敢说敢做，敢作敢当，敢爱敢恨，敢生敢死，这是三毛作为一个女人的特点，也正是她作为一个女性作家的特点。三毛的质朴天真，平和大气，有多少男子能够企及？

这一段，作者叙述掌故，挥毫点染，既高度概括三毛的个性特点与作品特色，又满含激情地歌颂了三毛的真情真性——说真话，叙真事，抒真情。"感人心者，莫先乎情"，这样的语言，真正地做到了以情动人。

这样的例子，本书中还有很多。阅读这样的作品，从始至终，我们都将氤氲在美的享受之中。

我和平凹算是老朋友。我们交往，要追溯到20多年前。

那是1997年4月9日，贾平凹先生来四川交流，那是我第一次见到贾平凹先生，9月4日早晨，我和《四川文学》编辑部包川女士去接红星宾馆的贾平凹先生，去我家乡广汉参观三星堆出土文物并在我家喝茶（那是头天晚上约定的）。那时，三星堆陈列馆还未修好对外展出，所以部分文物就暂存"房湖公园"的楼上保管室内。平凹先生身居号称"遍地出土文物"之西安，对文物相当痴迷，他对三星堆出土的部分文物，看得很仔细，问得也很详尽，有几件文物他是看了又返回，再细细地看，嘴里低声地说着真好，真好。走出陈列室，平凹先生有点"一步三回头"的味道。

11点左右，平凹先生在我家喝茶、聊天，其中聊到了他的散文。我说："平凹兄（实际上我比他大几岁），你的散文写得真好，清淡、空灵、幽默又富有哲理，你的散文我几乎每篇都看。"其中我们谈到他的散文《丑石》《秦腔》和《商周初录》……我说："看你的散文真是种享受，我认为你的散文成就能集中国几十年散文之大成。"

之后谈到他的小说，先谈到了他的短篇获奖作品《满月儿》及中篇获奖作品《腊月正月》。接着谈到他的长篇，我说我最喜欢的长篇是他的《浮躁》。我是从晚上9点到第二天下午3点一口气读完。谈到《废都》，我说那影响最大，但太幽深、太高悬，我是分三次看完的……

后来我说："平凹兄，您的散文成就比小说成就大。"平凹先生看了看我，喝了口茶，缓缓地说："张兄，我的小说，特别是长篇小说你再看看……"

我明白了贾兄的意思。后来，我真的又重读了平凹先生的几部长篇，真是大有收益。

平凹先生来到我家乡，又来到我家，有两件事是一定要做的，那就是请平凹先生给三星堆博物馆写几个字。头天晚上我就给文化局和陈列馆的头头们打了电话，千万要准备纸和墨，我并叮咛说：机会难得，切记切记。能得到平凹先生的墨宝，那将是三星堆的一件幸事。结果工作人员不得力。参观完后，我一看什么都没有。我问这是为什么。工作人员答：不知道要什么纸，也不知道买什么笔。唉！真是无语，我心里暗暗骂道：真是文化人没有文化呵！

那天我家乡的市长听说平凹先生来广汉，本要亲自来陪同的，因临时有会来不了，请我转达向平凹先生的问候。后来打电话来，托我请平凹先生去市府一叙，我知道市上也想得到平凹先生的墨宝，我征求平凹先生的意见，平凹先生淡淡地说："当官的事多，还是不去凑热闹，茶我们刚喝出一些味道。"

第二件事就是请平凹先生签署他的大作，我记得很清楚，我书柜里的书被文友们翻了一遍，只要是平凹先生所著，平凹先生都一一签上："某某先生正：贾平凹。九七·四·九。"我家乡作协陈主席手慢，终于翻出来一本《废都》，很是兴奋，双手捧书快步向前，请平凹先生签字，平凹掏出笔来，一看封面，又看了几页内页，对陈主席说，对不起，这是盗版书，我不签。我说再找找吧，结果真的找不出来。陈主席面带难色，说：贾老师辛苦你了，请你帮我签一本作纪念吧。平凹先生又掏出笔来，犹豫了一下，看了看书，对陈主席说："我还要到四川来，今后还有机会的，这本书我确实不能签，因为我从来不签盗版书。"又把掏出的笔装了回去。我看事情不妙，对平凹先生说，陈主席是接任我做市作协主席的，为人厚道，全国各地的作家来广汉，他不但接待得好，还亲自为作家们介绍广汉情况及三星堆发掘的经过。他为广汉文学事业做出了贡献。平凹先生看了看我，又看了看陈主席，又掏出笔来，在场的文友们都偏着头去看平凹先生怎么签，平凹先生在书的扉页签上："这是一本盗版书，陈某某正·贾平凹　九七·四·九……"

这就在我家乡文学圈子内形成了贾平凹三拒签署盗版书的佳话……

那天我们交流了很多，也谈了很多创作上的事，并照了不少的照片。我也发了几张给曾令琪师徒们。

现在，看到平凹的弟子曾令琪与再传弟子周晓霞的成长，看到他们对文心的坚守、对创作的坚持，我不禁感慨万端。青山不老，岁月催人。文学在一代一代薪火相传中开拓前进，这毕竟是一件令人高兴之事。因此，在令琪和晓霞这部视域宽广、归纳精到、引证允当、语言优美的《贾平凹散文解读》即将出版之际，我乐为之序，并向广大作家、读者推荐。

# "光和热"的追寻者

张人士

　　寒冬渐深，雾蒙蒙的天气，让人感觉格外冷清而压抑。车穿过云雾，盘山而上，徐徐驶入位于森林公园里的相国寺储气库。

　　我这次来，既是采风，也是学习，更重要的是要重温一个旧梦，一个埋在心底未曾消失的情结。我出生于农村，家中用火，一般烧柴。许多时候，柴刚砍不久，尚未干透，常常烟多焰少，煮饭炒菜费时又费力。母亲那被烟熏得泪流咳嗽的样子，让我既心疼又难过。

　　从那时起我就在想，火的使用，或许不仅改变了人类的生活方式，更是人类迈向文明的一个重要标志。火，散发着光和热，照亮和温暖了远古祖先幽邃的洞穴，让他们从此不再害怕黑暗和寒冷，不再对猛兽的嚎叫胆战心惊，不再茹毛饮血而吃上可口的熟食。可以说，火的应用，在人类文明史上具有划时代的意义。

　　20世纪80年代，我离开故乡，带领一支施工队，到四川省石油局输气处的输气队工作，踏遍了巴山蜀水。我架过天桥，安过管道，那些一身沥青、满腿泥浆的日子，虽然艰辛，却也幸福。石油工人艰苦奋斗、无私奉献的精神，让我深为触动。我还记得，某次施工，一个姓杨的管道电焊工，被管道切口划伤了手臂，鲜血直流，但仍咬牙坚持工作。

　　每天傍晚下班，回到住处，坐在灯光下，打开从家里带来的书籍，难掩心潮起伏。我仿佛饥不择食，小说、散文、诗歌，什么都读，《牛虻》《复活》《童年》《红与黑》《呼啸山庄》《悲惨世界》《艾青诗选》《林海雪原》《第二次握手》等国内外名著，无不熟读细思。最高兴的是，输气队的年轻人，都喜欢看书。我的藏书，成为大家的精神食粮。读完一本书，我们还经常交流，书中的英雄人物，也成为年轻工人一心向往的偶像。

我一直想为这些可爱的工人写点什么，却迟迟未能如愿，我不知道该如何去描绘我心中那份感激，以及对他们的偏爱。如今，尽管我已离开输气处工地很多年了，但从前那些人那些事，仍然让我梦萦魂牵。每当见到石油输气工人，我都备觉亲切近人，我仍然觉得自己是他们中的一员，我只不过是暂时离开而已。石油工人艰苦奋斗的精神和情怀，必将伴随我终生。

我站在相国寺储气库前，站在雄伟的青峰山上，蓊郁的松林、冉冉的白云，让我心旷神怡。特别是嗡嗡嗡的输气声，对我而言不啻一首美妙至极的音乐。这里是石油人的营地，是光和热追寻者的丰碑。在惊叹储气库如此现代化、智能化的同时，我更感叹石油人艰苦奋斗、追寻光与热的人生足迹。石油人四海为家，逐油气而居，气藏在哪里，他们的家就在哪里。我深刻感受到在国人用气便利的背后，是无数劳动者的付出和奋斗。这份"舍小家为大家"的奉献精神，着实让人感佩不已。

青峰山地下 2500 余米深处的天然气田，其发现的历程，充满了石油人的艰辛和传奇。1866 年，德国地质学家李希霍芬，带着简陋的仪器和一个笔记本，远涉重洋来到重庆，沿着嘉陵江和长江进行地质调查，开创了川东地质调查的先河。1890 年春天，重庆绅商李耀庭在重庆石油沟，以笨拙的人工方法凿井，凿出并炼制成第一桶石油。1942 年秋，中国地质学家赵家骧等人，在这里经过深入细致勘查，写成《重庆沙坪坝及相国寺二背斜地质构造说明》，奠定了相国寺油气发现与开发的理论基础。1955 年，巴4 井的开凿，正式开启川东地区天然气开发的新时代。

尽管相国寺一带早前曾有人做过勘查，提出过气田存在的可能性，但很少有人相信这里存在大量油气。直到 1977 年，边铁军担任石油沟气矿矿长后，四川石油管理局 32526 钻井队奉命钻探相 18 井，才终结了之前的疑问。

同年 5 月 20 日，机器轰鸣，钻头飞转，石浆溢流，相 18 井的钻探工作进行得如火如荼。100 米，500 米，1000 米，1500 米……当钻头深入

2000米时，大家的心开始变得紧张疑虑起来，每前进一米，都牵扯着边铁军和钻井队员们的心。

在那个国家财政预算不太丰富的年代，这不仅是责任和使命，还有急剧上升的成本——按照当时的钻井成本，每下钻1米，就要花费国家几万元；而且在当时的技术条件下，钻井难度随着深度增加呈指数级上升。而当时工人的月平均工资，也不过二三十元。尽管边铁军性格豪爽，乐观豁达，但也不禁为之心痛，为之心生犹豫。

后来勘探表明，这座相国寺油田不过宽0.8千米至1.24千米，长22.51千米，厚8到10米。在如此狭窄地层深处的盲区，去钻探寻找一条如此狭长的气田，就仿佛是在一米深的空间，闭目用细如发丝的针，穿过层层阻碍，去定位和探寻一页薄纸。定位、抵达和捕获，不仅是超高难度的技术难题，更是石油人传承不辍的工匠精神。而且，根据以前分析与设计，要钻探的油气田层，预计深度不会超过2200米。然而钻到2160多米时，奇迹却并未出现。各方面的焦虑与疑惑，都集中到了边铁军矿长身上。是钻是弃？边铁军一时难决。

10月天气，渐有凉意。据说那天，边铁军独自一人整晚在办公室里来回踱步，一根接一根地抽烟，呆对着一张图纸，看了一夜。第二天早上，他将勘探技术人员召集在一起，对周边出露地层情况进行反复分析对比。凭借多年经验，在获得初步认知后，他沉默良久，然后咬牙抬头，猛一拍桌子，以斩钉截铁的声音回答了所有疑虑的眼神："继续加深，出了问题我边铁军负责！"

承钻相18井的石油沟气矿32526钻井队队长赵代禄，这位在石油钻井队奋战将近20年的铁血汉子，忽然感到前所未有的压力。但他毫不退缩，当即面向边铁军立下军令状："10月底拿出结果！"但加深钻井，打得并不顺利。本来钻得越深，未知数就越多，难度系数也就越大，更何况本身已超出当时的设计。故障接连不断，一会儿卡钻，一会儿掉牙轮，平时没遇到的问题都一股脑儿冒了出来。问题一个个排除，又一个个出现，司钻和钻工们不仅身心疲惫，而且精神都快要崩溃了。

赵代禄只好躬守钻台，亲扶刹把操作。终于功夫不负苦心人，当赵代禄和队友们艰难地钻到2335米时，一股天然气便喷发而出。"出气了！出气了!"现场一阵高呼。人们沿着一千米小路奔跑,相互传递这天大喜讯。听到喜讯的人从值班室、配电房、泵房、宿舍、厨房跑出来,从相18井的四面八方冲过来,奔向井场,欢呼、拥抱……

有人看见,边铁军一个人躲到一旁,呆呆地望着井口摇曳的火焰,滚烫的泪水沿着双颊纷纷滑落。火光照亮了天地,也照亮了石油人自豪的表情。他们终于用光和热的奉献决心,用果敢坚毅和艰苦奋斗,打开气田亿万年桎梏的大门。相18井的成功,不仅为国家避免了巨额财政损失,也推动了中国天然气开发进程。


天然气、石油和煤炭,都是化石能源,都由亿万年前动植物残骸等有机物质演化而来。由于天然气的生成、开采和使用,都具有很强的季节性,因此,天然气开采、运输和储存,历来就是三位一体、不可或缺的组成部分。

作为洁净环保的优质能源,人类对天然气的发现和利用,有着悠久的历史。但世界对天然气大规模的开采,则是晚近的事情。1925 年,美国建成了世界上第一条 1000 公里的跨州天然气管道;直到 1997 年,中国才建成 918 公里的陕京干道天然气管线,打通西气东输的命脉。

经过 30 多年开采,相国寺气田石炭系气藏已开采将尽。对于这些石油人来说,这个陪伴他们数十载,留下无数人青春、汗水和荣耀的地方,早已成为他们生命的一部分。因此,对他们来说,这个地方实在让人割舍不下。于是,一个大胆的设想在石油人心中形成:何不变废为宝,将气田采空区巨大的天然闭合圈闭,改建成储气库!就这样,关于相国寺储气库项目构想便应运而生。

利用枯竭气藏改建储气库,用于平衡冬夏用气峰谷差、应对突发供气短缺、保障民生用气,储气规模大、安全系数高,国际上已有百余年历史。国外枯竭气藏普遍构造简单、储层高渗、埋深小于 1500 米。中国枯竭气藏地质条件复杂,主体为复杂断块气藏,构造破碎、储层低渗、非均质性强、流体复杂、埋藏深,给建设储气库带来巨大挑战。而且中国储气库建设,由于起步晚,面临的许多问题都是空白与极限,每前进一步,都是对勇气与创新的极限考验。经过艰苦卓绝的奋斗,中国储气库建设总算完成技术攻关，并奋起直追，用短短 20 年时间，走过了世界百多年走过的路，最终形成了复杂地质条件储气库从选址设计、工程建设到风险管控成套技术、装备和标准体系，建成了 100 亿立方米储气库调峰能力，使中国储气库建设实现了现代化。其中，就有相国寺储气库的创新贡献。

相国寺一带，地形复杂，面临着沟壑纵横、山体陡峭、倾角巨大等一系列技术难题，都是对石油人的巨大挑战。但他们知难而进，逆流勇进，创建了完善的技术体系。天然气易燃易爆，特别是在高压条件下，燃爆危险系数将急剧增高。因此，天然气储气库选址要求十分严苛，气藏条件、储层特征、原始及现今地层流体分布状况及注采规模，都需要逐一排除问题，而且要做到巨细无遗。建天然气储气库目的，不是一般性物资储存，而是国家战略性资源的应急与调控，以确保国计民生安稳。因此，规模小了毫无意义。若大了，却又带来一系列难题。就以川渝地区而言，目前年用气总量已近 300 亿立方米，夏天用气少还好说，到了冬天用气量剧增，就需要 15 亿立方米的采供平衡调控能力；而东送京津冀，季节性均衡系数更高达 10 倍左右。现今相国寺储气库库容 42.6 亿立方米，如果建地面不锈钢库，以每个 5 万立方米计算，须建近万个独立储气库。这无疑是一个巨大的挑战。

相国寺储气库于 2011 年 10 月 18 日开工建设，2013 年 6 月 29 日一次试注成功。区域规划的采注井有 21 口，现已建成投运 13 口，总库容 42.6 亿立方米，工作气量 22.8 亿立方米，设计日采气量 1393 万至 2855 万立方米。截至 2019 年 12 月 12 日，储气库已安全注气超过 92 亿立方米、采气超过 60 亿立方米，日采气量最高已达到 2443 万立方米。这些天然气，主要输往京津冀地区，作为居民越冬用气。超过一亿一千万居民冬天的用气量，何其惊人！可以想象，若无相国寺储气库，夏天用气少时，这些从土库曼斯坦等地输入和国内气田生产的天然气将如何安置？而在北方漫长的冬季，又将有多少个家庭难以驱走刺骨的寒冷！

2019 年 12 月 14 日，12 名院士领衔的专家组，对中国石油复杂地质条件下气藏型储气库建设技术做出高度评价：创造了"断裂系统最复杂、储层埋藏最深、地层温度最高、注气压力最高、地层压力系数最低"等储气库建设的五个世界第一，创新成果整体达到国际先进水平。这五项"世界第一"，是相国寺储气库建设者们创造的奇迹，更是无数一线员工的汗水、智慧的结晶！

2012年，边铁军逝世。他将毕生血汗和智慧都奉献给了相国寺气田！临终时，他嘱托儿子，一定要将自己的骨灰埋回相国寺，他要与曾经朝夕相守、挥汗奋战的青山气田融为一体。

斯人已逝，但遗响犹存，老一代石油人艰苦奋斗、无私奉献的精神，仍然在新一代石油人身上传承不辍。李强、汤丁等这些新时代的普罗米修斯们，为追寻光和热，将自己的人生安顿在相国寺的青山绿树间。

李强是中国石油西南油气田集团公司的技能专家，个子不高，50多岁年纪，结实身板，红黑面膛，不喜言谈，是很平实的一个人，也是我心目中石油人的经典形象。他于1993年入党，做过基层支部书记。2011年，他荣获集团公司"优秀共产党员"的称号。

他在石油部门干了34年，工作中从未出过差错。他沉稳严谨，不尚空谈。2011年，储气库动工建设时，他一直奋战在前线。"储气库是最大的挑战。"他说，"当然，挑战也是解决问题的动力。"

李强的父亲，曾在石油队做老师，今已退休。夫人学的是矿井，也在石油部门工作。尽管夫妻俩同在一个办公室上班，但由于错班，两人却聚少离多。有时候，两人同时出差，家里的小孩就只能寄托在别人家。在石油队工作，野外作业是常态。冬经严寒，夏历酷暑，他记不清有多少个夜晚，因寒冷或蚊虫叮咬而无法入眠，披衣出帐篷，望着满天的星斗，思绪纷然。每当此时，他也想过家，想过老婆和孩子。岁月飞逝，孩子长大成人，并考上了大学，如今在天津大学读研。他对孩子要求严格，尤其在做人方面，更是谨本详始。他们一家三口组建了一个微信群，彼此在群里倾诉心声。家人的关怀和支持，让他对工作充满了动力和激情。

李强对目前的生活感到满意，家里经济条件不差，还在重庆买了房。"家庭好，心情就好；心情好，工作就好，这样社会也就和谐安定。"他顿了顿，然后说，"作为一个共产党员，牢记使命，不忘初心，做好本职工作就是最高使命。不求当多大官、挣多少钱，只要百姓安居乐业、家庭平安幸福，我就心满意足了！"

汤丁今年35岁，在相国寺储气库负责生产技术地面工艺。说起这里的采注气管道，她如数家珍，一口气说出与储气库采注配套的一系列管线参数，包括各类输气管道的长度、管径、设计压力，等等，有的甚至精确到多少分米、厘米。这样的功夫，绝不只是按部就班能做到的，靠的是日积月累和艰辛付出，靠的是对梦想极大的热情。

汤丁说，她刚参加工作时在梁平作业区，每天两点一线，接触范围很小，二十好几了还没处到男朋友。她的婚姻大事，成了师傅们的一大心病。2011年，刚开始筹建相国寺储气库时，她就调到了这里。离开前，师傅们最大的祝愿，就是希望她到新单位赶快找到男朋友，结婚成家，完成这件终身大事。谁知到了才发现，相国寺比梁平作业区还要偏僻荒凉，还要条件艰苦。

在寂寥的山上，偶然发现来了一位年轻小伙子，她的两眼偶尔会突然发亮。可见人家身后跟着个小孩喊爸爸，顿时心又凉了。在青峰山上，汤丁看见的不是风景，而是无尽的孤独；雨雪天，山上一片迷蒙，满地潮湿，她独自一人站在雪地上对图纸，面颊和双手都冻得通红，使得她的孤独感更加深重。其实，她也明白，即便找到对象成了家，在石油天然气系统工作，也不能做到家庭和工作两者兼顾。因为家里的事再大，也没有保障供气的事大，她肯定不能真丢下工作去顾家。

还有负责财务的李玲、负责储气库技能培训的姜婷婷等人，她们与汤丁一样，都是在风华正茂时投身相国寺储气库建设，一次次推迟了自己成家。好在有情人终成眷属，如今她们都有了家庭，都力求在工作和家庭之间找到平衡。


可以说，青峰山相国寺地下的天然气储气库，是天然气的家，更是石油人的精神丰碑。相国寺储气库的平稳运行，离不开中国石油人的坚守！

站在储气库前，我的心里涌起一股别样的敬意和温情！他们的精神如山如岳，托起民族大厦和国计民生；他们的情怀如火如光，为千千万万家庭送去温暖的同时，也温暖了整个中华民族。

# 著史聊慰赤子心

## ——李成元《夜夜流光照雒城》序

张人士

　　成元是土生土长的广汉人，教过书，当过校长，做过广汉市文化馆馆长。他写过戏剧，戏剧小品《回家》在舞台上公演过，曾荣获四川省文化厅"首届群众曲艺大赛"金奖，之后又获得中央文明办、文化部颁发的"第四届全国'四进社区'文艺展演"银奖。在担任文化馆馆长的那些年，他对家乡的文化历史做过深入而细致的研究和考证，写出了中篇小说《无处告别》，并出版了《古蜀风云》等著作，成果斐然。

　　近年来，成元兄开始致力于历史文化散文创作，梳理与广汉相关的历史人物及地方风物，欲让后学认识和了解家乡的历史文化。凭借对家乡广汉历史文化浸淫和熟稔，他又写成《夜夜流光照雒城》一书，真是可喜可贺！

　　广汉古称汉州，别名雒城，地处"天府之国"腹心地带，自古就有"益州门户、蜀省要衢、通京孔道"之说，是成都的北大门，素有"川西明珠"的称号。

　　广汉历史悠久，文物璀璨，境内的三星堆遗址，距今已有数千年历史。广汉历史上人杰地灵，不仅走出过众多杰出人物，也曾有许多仁人义士来此生活和工作。

　　仰望广汉历史的天空，两千年来俊采风驰，如同夜空中璀璨的群星，汇成河汉，流光溢彩，照耀雒城。可以说，《夜夜流光照雒城》一书，写出了一个城市的心灵史与文化气质，引领我们穿越千年曲径通幽的文化长廊，叩开广汉厚重的历史之门。在成元兄的笔下，那些越走越远的先贤与我们再次相逢，他们的沉浮悲欢，千年之后仍历历在目，与我们的情感交融在一起，抚平苍穹，融进岁月。这是一种久违的亲切和感动，反射出历史的记忆和想象、光辉与荣耀。

《夜夜流光照雒城》一书，分为"历史人物"和"地方风物"两卷。作者选取了严君平、李尤、郭玉、邓芝、房琯、二程、张邦伸、戴季陶、冯灌父、姜尚峰等二十余位与广汉有关的历史文化名人以及当代广汉本土优秀企业家。每一个人物都独立成篇，作者用独到的见解、优美的文笔，书写了这些历史人物在广汉的生活经历、爱好追求、文学成就和人生命运。

尽管这些历史文化人物都是独立成篇，但读完以后却总觉得被一团氤氲的气息笼罩着，仿佛有一个文脉场在呼吸跳跃。这种气息就是一种从家到国、由个体到群体、由片段到整条历史长河的宏观精神场域。广汉乃至中华民族的精神价值体系，在这些历史文化人物的抱负中，得到了活脱脱的再现。

无论是一个历史人物，还是一种文化现象，其出现的背景无不是这样一个巨大的精神场域。成元兄《夜夜流光照雒城》一书的主调，是对通过广汉的历史文化人物跌宕起伏的人生命运的描述，寻求故土的文化灵魂，展望其历史的精气神。这既是一种对故土的感恩回馈，也是一种深沉的赤子之爱。

历史和文化是充满活力的生命基因，纵使历尽沧桑，仍蕴含于一个地域的风骨与品质之中。当这种源远流长的历史人文传统，投影在广汉这片土地上，就形成了广汉独特的精神气质和文化认同。成元兄苦心孤诣写成《夜夜流光照雒城》一书，实际上也代表了他的精神向度。我们从他的文章中可以观照到"文以化成"的朴素、温暖、敦厚的生命情怀。可以说，《夜夜流光照雒城》书中这些历史文化人物的命运在广汉平原的一个走向，是他们生命个体与广汉这块土地的交相辉映，是历史的浪涛拍打在作者心灵上的回响。

《夜夜流光照雒城》一书，并非为史而史，其中亦不乏野史轶闻、小说奇谭，处处可见作者的人文理想和美学气质。并且，作者在史料的基础上，发挥想象力，注重可读性，使得《夜夜流光照雒城》一书生动活泼，妙趣横生。

《夜夜流光照雒城》一书引证资料翔实，写作功底扎实，风格灵变不拘，或天马行空、大气游鸿，或清风出袖、明月入怀，或质朴无华、天然雕饰。叙事方式亦随心所欲而不逾矩，忽而冷静，忽而热情，忽而委婉，忽而直接地叙述着历史人物们鲜为人知的掌故、轶闻、趣事和传说。这些丰富的历史文化知识，有助于思想的敏捷，想象的翱翔。如在《"活神仙"在雒县——话说严君平其人其事》一文中，通过讲述严君平为孝子赵颜算卦一事，写出了严君平的文化性格和传奇人生。作者将正史文献、野史轶闻熔铸一炉，举重若轻地将多方面文史知识融入感性的叙述中。再如《东汉文学家李尤》，亦可见作者对史料的理解和发挥。少年李尤打弹弓验证《弹歌》真实与否，以及受前辈大文豪司马相如"驷马高车"壮志激励等故事，恰如其分地阐释了构成广汉文化底蕴的生动。成元兄行文不激不厉，从容自如，娓娓道来，在巧妙的构思中，益增故事的可读性。或如在《川剧状元王琼林》一文中，王琼林将自己的理想抱负寄托于舞台上，粪土功名，鄙弃富贵，饰演清官，针砭时弊，虽属无奈之举，亦是赤心可鉴。作者将川剧泰斗王琼林的才情抱负、个性风骨和愤世忧时的形象写得淋漓尽致，宛在目前。

其他如《东汉名医郭玉》《唐代政治家房琯》《少将画家冯灌父》《孙中山的助手戴季陶》《当代高僧妙轮》等篇，将这些历史人物在历史长河中坎坷坚强的人生命运，人性的俯首与激扬，或婉转，或高昂，或悲壮，一一呈现在读者眼前。既有理性叙述，也有诗意审美，相互映照，熠熠生辉。从一个更高的文化层面，以虔诚于历史的眼光，对广汉予以解读，立体地、全方位地向世人展现广汉历史文化的风采神韵。

先贤在前，后杰相继，数千年来在广汉代代相传，绵延不绝——"三星堆"的稀世珍宝在叶文志、肖先进等领导以及一群文物工作者的努力下，终于一醒惊天下，展现在全国以及全世界人民的眼前，将中国文明史前推了上千年；四川汉舟电气股份有限公司，在董事长郑学建的带领下，这家民营企业从小到大，如今已将市场拓展至全球五十多个国家和地区，他们的设备还把"风云""嫦娥"等卫星送上了太空；农村出身的姑娘张辉昭，通过拼搏和创新，使"齐又多"从一个小摊位变成大型连锁店；家庭农场主杨萍勤奋好学、创业创新、带头致富，在广汉的田野上大显身手……

《夜夜流光照雒城》还包含了广汉当地一些山川风物、名胜古迹、文化传统、风土人情以及经济发展成就等内容。如龙居寺壁画、房湖公园、雒城遗址、广汉保保节等，追源溯流，见微知著，较全面地展现了广汉深厚的文化底蕴。

　　千年广汉，一脉传承，历史文化由人创造，亦由人书写。城市因名人而声名响亮，名人也因城市而备受滋养。正因如此，广汉这个钟灵毓秀之地，才会涌现出这么多杰出的人才，也才会被滋养得这般丰神灵秀。成元兄《夜夜流光照雒城》的出版，必将会使更多的人认识广汉，了解广汉，融入广汉，为广汉这座历史文化名城再添锦绣！

# 一册清凉　十分温润
## ——读李银昭散文集《一册清凉》

张人士

文章本天成，妙手偶得之。大凡做文章的人，莫不以此为最高追求。

散文集《一册清凉》作者为人放诞，偶得佳句，常当众吟诵，不觉忘情，颇有名士之风。在我的印象里，他自带文艺气质，衣着整洁素雅，仿佛不染一尘。声音俊朗，言辞温润，聆之如叩美玉之音。古语说"谦谦君子，温润如玉"，良有以也。《一册清凉》的书名，可以说昭示了他的人生观和价值，正如《一册清凉》扉页上的一段话："这世间，太多诱惑。身子难脱，唯有护着心灵，做个清凉汉子。"

清凉，本意为寒凉、清静、不烦扰，但在此处却可以延展出诸如简、素、淡、静等多重审美思想。这世间有"太多诱惑"、太多牵连，唯有"守护心灵"，将内心的颠倒、梦想、牵挂，把一切的一切平息下来，进入高度的简静，我们才会洗尽尘劳，带来无上清凉。

《一册清凉》文风灵动轻盈，意境淡然闲适，自带淡泊宁静的清凉之感，堪称别具一格。作者显然是散文高手，《一册清凉》这部集子延续了他既往的风格，因其真挚的感情、细致入微的描写以及独特的视角，显得别有风致。

可以说，《一册清凉》完美地体现了作者的人生态度和美学思想。"清凉"的文风后面，是一颗温润十足的心灵；简淡的文字之下，则是一个自性具足、万象森然的灵魂。

这种简淡、"清凉"的文风，颇为接近中国绘画中"逸品"的美学特征。中国古人将绘画作品分为逸、神、妙、能四个品级。其中，逸品专指技艺或艺术品达到超众脱俗的最高品第，是笔墨技法达到极致而产生的无法之法。即"画到生时是熟时"的一种境界，是"奇思异想"加上"妙手偶得"的结果，因此逸品是无法使人楷模的。文章亦然。南宋大诗人陆游在《文章》一诗中说："文章本天成，妙手偶得之。粹然无疵瑕，岂复须人为。"即言此种境界。散文集《一册清凉》传达出的素雅简淡、宁静悠远的美学特点，读之如瞻霁月清风，清凉如许，可谓洗净纤尘，一任自然。这不正是"逸品"的境界吗？

《一册清凉》全书分为三辑，37篇，近20万字。第一辑"生命的温润"，从独特的角度表现生命所具有的温润美好；第二辑"秋叶静美"，以秋叶之静美比喻人生所能达到的境界；第三辑"站立的风景"，则颂扬了人顶天立地的尊严和不屈不挠的精神。

作者既没有居高临下，也没有深陷其中，而是保持了一个适当的距离。这个距离，使得他在写作时进退有据，从容不迫。这种淡然自持、潇洒从容的"清凉汉子"风度，在《一册清凉》中体现得淋漓尽致。例如，《她比傅雷更不应该被忘记》写傅雷妻子朱梅馥殉身时的凝重悲怆，在作者笔下，却显得如此不动声色、举重若轻：

> 黑夜中，朱梅馥用理解，用支持，用来自血液里的欣赏和来自骨子里的爱跟随在丈夫的身后，安静地陪伴着丈夫写遗书。而留下来的那几页遗书，文字里看不到他们对这个世界半点的不满和抱怨，有的只是平静地交代身后事：房租的支付、保姆生活费的供给、亲戚寄存在家的东西被抄走应付的赔偿。甚至，还没忘记在楼板上放上棉絮和床单，以免自缢后，他们脚踩的凳子倒地时发出声响，惊扰了楼下的其他人。

作者以冷静得甚至近乎冷峻的笔触，将内心的震撼和心疼完美地消解了，哀而不伤，如话家常。朱梅馥这个"受的是西方式教育，听音乐、看书画、读点英文小说都起劲，但性格却完全是旧社会那种一点没文化的贤妻良母式的典型"的女人，平时的懦弱与殉难时的决绝，形成了强烈的反差，足以震撼人心。但作者并未就此铺陈渲染，而是超以象外，而得其圜中。苏轼在《唐氏六家书后》中对智永禅师书作的评价云："精能之至，反造疏淡。如观陶彭泽诗。初若散缓不收，反复不已，乃识其奇趣。"这种"反造平淡"的至高意趣，乃是"精能之至"的结果，必须经过长期反复的锤炼、打造、提升和净化，才能达到的境界。作者这种疏淡的笔调，与朱梅馥慷慨赴死时的从容十分相契。可以说，生命温润之体现，于此已足。谦谦君子，温润如玉，这种来自生命最深处的温润，来自生命自性具足的底气，亦来源于淡然自持、甘于"清凉"的操守和教养。

这种淡然自持的"清凉"境界在其他篇章中，俯拾皆是。如《别如秋叶之静美》开篇引用印度诗人泰戈尔《飞鸟集》中的名句"生如夏花之绚烂，死如秋叶之静美"，既与弘一大师的生命境界妙合无间，也暗合作者母亲的言传身教，同时又优美而含蓄地表达出了作者的人生观和世界观——夏花是旺盛生命的象征，生如夏花，就是要活得灿烂，活得有意义和价值；面对死亡，就是要静穆、恬然地让生命逝去，如秋叶般恬然不惊，既无悲哀，也不畏惧。

作者用无上"清凉"的笔触，将弘一大师圆寂前的情景写得诗意十足：

> 到了下午四点，李叔同端正地坐到桌前，写下"悲欣交集"四个字，交给了侍侣妙莲法师。
>
> 晚上约七点，他卧躺着念佛，众弟子在床边助念，当弟子们念到"普利一切诸含识"的时候，大师的眼角沁出了泪光。
>
> 夜里八点，妙莲法师来到床前，李叔同安静地眯着眼，他睡着了，弘一的眼就再也没有睁开。
>
> 秋叶，静静地在晚风中飘落，像是在与法师静静惜别。

这段文字足够灵性，亦足够超然。弘一法师圆寂时安详和优雅，体现了"世间生命的一种非凡之美，一种超然之美"。作者用情景交融、互为生发的笔法，将弘一大师圆寂时所体现的人生境界和美学价值，写得婉转动人。但作者依然是自持的，仿佛绝不失色动容。

作者这种超然和自持，也来源于母亲带给他的底气和教养。在《别如秋叶之静美》这篇文章中，他这样写道："有一个人不忌讳说死，也是因为她给了我说死的勇气，甚至可以说，是因为她，才有了我要循李叔同的生命而去，探看'如秋叶之静美'的李叔同之死。"作者认为，母亲对死亡的"从容和少恐惧，其实包含着无穷的勇气和智慧"，进而激发作者思考死亡的意义：

> 死，既然是生命中躲不开的一道"坎"，绕不过的一道门，那何不像母亲所盼的，李叔同所讲的那样去坦然面对？把这个一切生灵"伟大的平等"，当成一次人生的盛宴，一个庄严的节日。
>
> 看来，人，一旦预先步入了死的境界，从死的角度，以倒叙的方式反观生，才能把人的一生从开始到结束自然地展现出来，做到从容淡然、气定神闲和"诗意地栖息"。

可以把这些文字看作是作者价值观、人生观、世界观的宣言，亦是作者作为"清凉汉子"的思想底气和人生信念。法国作家安德烈·纪德说过一句话："人应该时时怀有一种死的恳切。"这种"死的恳切"，会在一定程度上削弱一个人对"这世间太多诱惑"的执念，进而"护着心灵，做个清凉汉子"。正是基于这种信念，作者才会如如不动、了了分明地看待这个世界的人和事甚至生和死。世界纷纭，人事繁杂，他必须拨冗去繁，只取温润心灵的人与事，挥笔落墨，点石成金，完成文字的沉淀和升华。

这种简淡和"清凉"，并非源于无情。相反，恰恰是"情到深处是无言"而已——《一册清凉》，并非一味清凉，而是有其温度的。正如凸凹先生在该书序文《文章温度与清洁叙事》中指出：

> 清凉，就是一种温度，一种让人神清气爽、给精气神以大力量的温度……其实，除了温度本身，色彩、形态、气息、声音、道德也是温度——尤其是清洁，这更是一种温度。在李银昭这里，最美丽的温度是清凉。
>
> 作者在咏叹历史上以及人世间那些清凉、温润的精神，同时也在警醒自己如何做到见贤思齐。这种见贤思齐的精神，不仅兼具不耻下问的谦卑，还要有比德万物的敬畏。在第三辑《以你的姿态站直就是风景》一文中，他写站在拉萨大昭寺前广场上朝圣的独腿男人，塑造

了一个高大而尊贵的人物形象。这位"康巴汉子"坚韧不拔和矢志不渝的精神，是一曲最动人的人类颂歌，也是一道最迷人的人间风景，更是人性尊严和精神高度的不朽丰碑：

> 人们只见他此刻独脚直立在高原，视一切于不见，目光坚定有力，投向远方。太阳从天空斜射过来，将他古铜色的皮肤镀上了一层金光，他轮廓分明的五官和单腿直立的身形，似雕塑，矗立在人群的中央，矗立在广场的中央。

可以看出，作者在塑造这个人物形象时，他是怀有一种见贤思齐式的尊崇和敬畏的。我们亦能从作者平静的描述中，感染到他内心的震撼和悸动，但仍然深藏若虚，不形于色。

古之君子，不仅以人为师，还与万物比德。"知者乐水，仁者乐山"，通过对山水的体验，将山水比作一种精神，去反思"仁""智"这类品德的意蕴。在《以你的姿态站直就是风景》一文中，作者通过对西藏南伊沟谷参天古树的真切体验，取意其大树精神，充分体现了君子比德的美学思想，透露出自然审美丰富而又深刻的内涵，蕴含自然之美与人的精神相统一，尽显和谐之美：

> 不论是百年桦树，还是千年云杉，这些活着时高大而挺拔，死后依然挺拔而高大的松科植物定有一种立而不倒、覆而不朽的内在大树精神。

这种"立而不倒、覆而不朽的内在大树精神"，引发了作者无限的哲理情思和哲学感慨，正是"君子比德"的精神支持和力量源泉。

不仅如此，如前文所言，《一册清凉》还体现了"逸"的美学内涵。关于"逸"的美学内涵，众说纷纭，莫衷一是，但综合说来不外乎三种，即"得之自然"的思想标准、不破不立的创作精神，以及简淡的美学品质。

这里的"自然"，特指自然无为，即无目的无功利。"得之自然"，即要求艺术家在艺术创作中不仅要做到高度的自由，而且还要抹去一切人为的痕迹，从而达到"自然"的状态。无论是《她比傅雷更不应该忘记》《那些带着鲜花和微笑的人》《遍地冬瓜的下午》，还是《别如秋叶之静美》《一个南瓜的故事》《直抵心灵的温润》，抑或是《以你的姿态站直就是风景》《做萤火虫也是一种理想》《与梦中的大鸟一起上路》等文章，都体现了这种无为而为、一任自然的创作特征。作者的这种创作思想，与其谈到不少教导"放下""无为""保持快乐"的禅修、禅师之作，可谓紧密联系。

其次，《一册清凉》散文的另一个特点，就是随笔性特别强，不受散文固有程式所局限。这又暗合逸品"破"的美学精神了。突破"规矩"的限制，不被规矩所囿，正是对"破"的精神的最好诠释，正是对倪瓒"逸笔草草，聊写胸中逸气"的最好注脚。

此外，《一册清凉》所体现出来的简淡的美学品质，更值得研究。当然，这里的"简"并非简单和贫之，而是简约、简练或以简驭繁；这里的"淡"，并非苍白寡味，而是绚烂之极归于平淡。宋代诗人罗一鹗曾说："简淡根真性。"可知，简单是一种既雕既琢的归真返璞，是洗净纤尘的真性自如，亦是守护心灵、摆脱诱惑的清凉境界。这似乎又与作者对佛学的领悟息息相关了。

总之，《一册清凉》是一本值得阅读的书。晚清学者魏源说："技可进乎道，艺可通乎神。"文学的征途是艰辛而漫长的，少不了艰难曲折，但我相信作者必定能够蹚出一条通天坦途，闯出一片霁风朗月的天地！

　　苏世佐，笔名巴蜀佐人，重庆璧山人，苏东坡第 33 世孙。从军 24 年，中校退役军人。当代作家、诗人、企业家。四川德宇轩建设集团董事长，贵州赤樽酒业有限公司董事长，四川铁科新型建材有限公司总经理。四川省直机关作协副主席，中国音乐文学学会会员，中国散文学会会员，四川省原创音乐家协会副主席，四川文艺传播促进会常务副会长，四川省杂文学会副会长，四川苏氏宗亲会会长，世苏总会副理事长，《世苏中国》杂志总编辑、《世苏春晚》总导演，成都市锦江区政协委员。

　　主编《现代军人实用英语》列入原成都军区英语教材；著有诗集《宽宽的河流》《生命的风景》。获第三届孔子文学奖、四川散文奖、成都军区文艺奖。

# 微笑的母亲

苏世佐

  母亲总是微笑着，少有生气，待人接物热情有余，做事急，操持家务一把好手。

  父亲给母亲取了外号"张心慌"。同住一院子的有三家人，父亲两弟兄加堂伯一家，父亲总结了三位勤劳女主人的特点，"张心慌"（母亲张安清）办事急、快；"赖不忙"（伯母赖素清）做事认真、细致；"不慌不忙伍大娘"（堂伯母伍克容）办事沉稳，是农村妇女干部。很经典和准确地描述了三位女主人的性格。我们三家人相处和睦，其乐融融。父亲是弟，母亲对两位嫂子特别尊重，各家大事小事，母亲不分里外，帮忙张罗，深受大家喜爱。

  母亲热情大方，家境虽差，来客人时总是热情招待，进屋必生火煮饭，无论别人吃过饭没，都要煮醪糟鸡蛋两个招待，倾其家有待客，这个性格遗传给我很多，叫"穷大方"。

  母亲是大地主家庭出身，1948 年与时任保长的父亲结婚，当时风光无限，十里八乡都来道贺，连吃三天三夜流水席，热闹非凡。婚礼正餐中午摆了一百三十多桌，在旧时小县城家喻户晓。国家风雨飘摇，国民党垮台如山倒，一年之后解放了，父亲被定为现行反革命，坐牢，工作组动员母亲与父亲划清界限，母亲死活相随、不离不弃。父亲十年后出狱，才有了我姐和我。生我那年，父已 43 岁，母已 36 岁，中年得子全家欢天喜地，加之伯父五个女儿，我是家族唯一"传宗接代"的男丁，姐姐七个，皇帝爱长子，百姓爱幺儿，我幸福地生活在一家人的关爱中。

母亲是大家闺秀，据说璧山南街很大一片是张家的。外公好喝酒，每天必醉，醉了由门客抬回。母亲嫁入苏家，家道中落，为生计，卖了祖产和陪嫁的红木花满围床。那个床很古典，一间屋子只能摆一张床，满屋雕花，动物各具神态，尽显尊贵典雅，这也是我酷爱红木家具的渊源。母亲进入新社会，吃了不少苦，插秧打谷、养猪种菜从头学起，很快也成为劳动能手。母亲善良，有爱心，她结婚后不久，外公也去世了，家里留下两位老人，母亲的婆婆和祖婆，母亲带着两位老人一起生活，养老送终，左邻右舍无不赞赏。

母亲爱我，在那个缺吃少穿的年代，吃不饱饭是常有的事，母亲为保障我的健康，让我吃奶到五岁多，奶汁是最好的食品，现在想起瘦弱的母亲，泪水总控制不住。母亲饱一顿饿一顿，还要干体力活，时常胃疼，严重时痛得在地上打滚，我虽心如刀割又奈何家里四壁如洗，身无长物。父亲扯了些草药，想了些偏方，这样母亲坚持了下来。那个年代没有几家日子好过，到处是衣衫破旧的人。

我记事后，母亲常背着我劳动，煮饭洗衣，家里只有婆婆一个老人。婆婆虽八十多岁，但在家里很有权威，儿女们谁也不敢顶撞，有一次六十几岁的伯父说了句重话，婆婆用拐杖打伯父，伯父只得赔笑脸认错。母亲对婆婆很孝顺，好吃好喝的只有我和婆婆吃，其他姐妹只能看着吞口水。婆婆有小病小痛，母亲总是伺候左右，或者去村上请赤脚医生。婆婆老了衣裤弄脏了，母亲马上去洗洗涮涮，坚持晚上为生病的婆婆擦脸洗脚。伯母生病瘫痪了，也是母亲定时为她洗澡翻身，几年不间断。母亲不知疲倦，乐于助人，还总是面带微笑，开开心心。

我的儿子出生时母亲已68岁，母亲想孙盼孙多年，终于如愿，喜上眉梢的父亲母亲强烈要求尽快带回老家见孙儿一面。母亲晕车晕船，无法出远门，儿子三个月，带回老家璧山，远乡近邻都到家热闹。儿子熟睡中，母亲在儿子床边转了几圈，儿子还没醒，母亲等不及了，把儿子弄醒，抱出去显摆，怕我们不高兴，连连说儿子自己醒的。我看在眼里，理解母亲的心思。母亲想亲儿子，还特意当着我们的面去漱口，她怕城里人讲究，边亲孙子胖胖小脸，边说："我漱了口的，干净。"其实母亲一直很讲究，外出时衣服干净整洁。母亲理解我们养儿育女的难处，还将自己省吃俭用攒下的一千六百元钱硬塞给我。在那时，这是一笔不小的费用。她总操心孙儿的吃穿，她一针一线为儿子薛霁准备了 1 至 16 岁的衣裤，冬天一套夏天一套。儿子穿得不多，也不喜欢这样式。母亲走后，这些衣服保存至今，每当看到这些母亲一针一线做的棉衣棉裤，我都要躲着人哭一场，也常用这些过时的衣裤教育儿子。

母亲也是有文化的人，毛笔小楷很有章法，父亲辅导我们读书时，母亲陪在身边，一脸虔诚地看看我们，也看看父亲，有时候也讲一讲父亲的往事，教育我们要向父亲学习，能说会道有知识，才能有发展。

十七岁我就参军离开家乡，母亲最爱看军事 7 频道，看到部队集合整队，总说有一个人是我。母亲满了七十，过了金婚，走得匆忙，没有留下一句话，我只能靠一个片段一个片段回忆，去感受母亲的无私大爱，每次回乡，都会去父母的坟头，汇报一下工作和思想，寄托我的思念。

母亲永远地走了，她善良和宽容的微笑，一直铭记在我心。

# 远去的父亲

苏世佐

记忆中的父亲很乐观，每到一个地方吃饭喝酒，都会成为中心人物。其实，父亲一生没有干一件惊天动地的事，应该算有文化的农民，他历经风雨，无怨无悔，一生淡然。

儿时，我从睡梦中醒来，只听远山传来石匠的吆喝声，年已八旬的婆婆吃力地背着我去找父亲。父亲和队上的汉子抬起石头，喊着号子，从屋后毛草坡抬下来。那时农业学大寨，石头垒成梯田，汗水浸透了父亲的衣衫。父亲有使不完的劲。节假日，别人都休息，父亲用箩筐一边挑石头，一边挑我，去修公社的公路。父亲把我放到指定位置，自己去挑石子平路，后来才知道，父亲以前是国民党贵州黔西县政府文书，其实就是现在的收发机要职员。父亲常夸大其能力，我一直都是认真听，表示赞赏。父亲与前去黔西检查工作的蒋委员长有一张合影，后来在"文革"期间悄悄烧掉了；抗战胜利回乡当了保长，后来因为这段经历，父亲坐了十年牢。1961年，爷爷去世了，父亲出狱，含泪安葬了他的父亲。据说父亲花了5元钱，买了一挑红苕藤，爷爷是口含红苕藤落的气，村民抬着棺材也没有力气，随便在屋侧找个地方埋下，爷爷的坟一直是歪的，直到老家土地被征用，我才重修爷爷的坟，了却父亲的遗愿。父亲虽被认定为现行反革命，但他从无怨言，每次我问起父亲一生的境遇，父亲都很认真地对我说，不能怨谁，共产党是对的，让国家强大、统一，只有共产党才能做得到。六七十年代，大队每开一次会，父亲就要去站高板凳，我小，大人不让我去看，怕我心里无法承受。在父亲轻松的讲述中，我知道父亲承受了太多苦难。父亲劳力强，吃得苦，知道自己戴了反革命帽子，为人小心谨慎，也时常告诫我，三千与你好，八百与他交，为人只说三分话。我点头答应，但很难做到；我性格直，有啥说啥，也不看别人脸色，得罪了不少人。我大一点时，父亲出门总带着我。璧山老家丘陵地区，家离城十二里，石板路，挑炭挑粮我都跟着。夏天上公粮，忙碌完月亮出来了，父亲总是花八分钱，让我吃一碗重庆小面。有时我们一人一碗，有时我一个人吃，人小，不懂父亲没钱，自己省下，让我吃，现在回想起来那碗重庆小面，还美滋滋的。吃完小面，到璧山南山师范学校去看坝坝电影，也算乘凉，那时候电影反复放映，也不觉得乏味。

父亲读过私塾，在乡下也是文化人，每天必读书看报。那时穷，买不起，赶场时路边的废报纸废书，父亲就拾起来读，边看边给我讲国家发生了什么，世界各地的奇闻轶事，给我讲记者是无冕之王，写新闻五要素；给我后来从事新闻工作有很大影响。父亲带我听县广播电台新闻，带着我和姐姐给县广播站写新闻稿。17岁那年，给县广播站投稿介绍农村互助收麦消息成功播出，得了五角稿费，太兴奋了。父亲让我将稿费积攒起来，买了《邓小平文选》，让我认真领会。现在想起，暗自笑父亲。我从没讲这个故事给外人，怕人家不信，反而取笑我。父亲的良苦用心，慢慢才悟出来。

父亲因反革命身份一直抬不起头，义务劳动多，工分赶不上一个妇女，分粮自然少。母亲虽勤劳持家，到冬天时，粮食也不够吃，每到年关都要借粮，有时候队上要到几十里外的大队集体借粮，有时靠邻里的车去借。印象最深的一次借粮，大冬天，我和父亲为借一斤米，冒着凛冽寒风，在河边桥头等了一个多小时，耐心期盼，好心人终于把米送来。现在想起这一幕也心存感恩。儿子他们不能领会我的敬业精神，没有经历过那些苦难和贫困交加的境况，是不能体会我们那一代人的心路历程的。父亲从没有向命运低头，从没有失去生活的信心，在那样寒冷的冬天，父亲和母亲带着我们姐妹唱歌跳舞，把家的氛围调节得暖融融的，常用匡衡凿壁借光苦读的历史故事激励我们，那是一种无穷的精神力量。读小学时，老师安排我上台表演跳舞节目，我五音不全，左推右躲，父亲鼓励我，一定要勇敢面对，克服困难，我终于鼓足勇气，和小伙伴一起表演舞蹈《我是公社小社员》，至今难忘。从此以后，偷偷练唱，小有进步。

父亲戴着沉重的帽子，走完了人生的壮年。1979年落实政策，父亲摘帽，成为自由公民。那一年，父亲59岁。这一切都因小平同志的复出，改革开放的启动，思想大解放，否定了以阶级斗争为纲的思想路线；为什么父亲带我去买《邓小平文选》，大家应理解了吧。父亲一生没有干任何一件轰轰烈烈的大事，艰难地承担养家糊口的重任，靠帮乡镇写居民身份证，给农村乡邻写祭文、碑文收一点润笔费。父亲很认真、很自豪地干每一件事，得到乡亲的认同。哪家家务难断，小孩取名的大事小事都找父亲，父亲总是严肃认真公道热情处理。也曾想阻拦父亲，想笑父亲的小题大做，但最终我都只是默默地看，这是父亲的事业，父亲立身社会的能力所在。父亲老年，手不释卷，好吟诗作文，总是激情满怀，精神可嘉。

父亲爱写诗，一直想我托人为他发表一首诗，我没能满足他的要求。我对诗很虔诚，也很死心眼。父亲没怨我，只是笑笑，像一个没有考好成绩的学生。父亲爱书法，写春联是他每年为邻里服务的头等大事，有求必应。父亲最骄傲的是，自己的书法作品被原成都军区《战旗报》"军旅青春"栏目作为刊名，编辑很给面子，满足了老人家的愿望，父亲很自豪，逢人便说。

父亲老了，像个小孩，很听我的话，我的想法父亲总是赞赏。父亲人世83个春秋，很艰辛，也很满足，他对我的工作表现感到满意，看到孙儿薛霁健康成长很欣慰。父亲人生最后七年和我一起度过，我刻意让他品一些好酒。每每此刻，他总是说，我享福了，你母亲要看到这些该多好。这就是印象中的父亲，每当我遇到困难时，就会想起平凡而坚强的父亲。

# 我的小木屋

苏世佐

　　这是小时候童话里的故事：小木屋、白雪公主与七个小矮人。浪漫的描写，穿过了时空，跨越了梦想，存留至今天。眼下，我真正住进了这样的小木屋——自己的小木屋。尽管没有白雪公主和小矮人，但情趣不减。

　　小木屋是去年夏天，我在蜀地彭州九峰山洛河桥的半山开阔地修建而成的避暑木屋。四居四卫一小院，靠山而立，独立而居，温馨无限。小木屋距成都公司所在地永丰立交火炬时代98公里，与城里温差十二度。盛夏入住，如入秋日。缘何如此，九峰山海拔高不用说，更难得山下便是川西山区有名的白水河。白水河从山间群峰乱石中流出，一路奔来，活活泼泼，自带一股山野芬芳气。我的小木屋就建造在这背靠群山、面临河谷、松竹拥翠之所在。平日里既可听泉水叮咚之声，又可闻蝉鸟脆婉之吟。它们唱的什么，我虽不懂，但总有一种心静淡然的感受。

　　坐在木屋门前看天空，那是我一天中最为美好的享受。天空瓦蓝，云淡风轻，瞬间云朵又变成一群调皮的孩子，在木屋前后快乐奔跑，在阳光折射下发出赤橙黄绿青蓝紫的多种色彩，美妙无比。此时，我很想剪出一朵云彩，制成写有心事的卡片，不巧天空突然变色，浓云蔽日，白云不知何处去，我的梦想顿成泡影！

　　坐在木屋西侧山上看夕阳，此时我的小木屋似乎会失落单调地蹲在山下，温馨孤独的色彩中，多有残照西下的无奈，此时总会让人幸福与伤感一起涌上心头。这些年在风光生活的背后，现实的、周围的、社会的诸多不尽如人意之处，也常常郁结在心。

换一个角度，坐进木屋里，不干什么也行，听亲人们麻将声声，看友人们谈天说地，烦躁又会变成一首安神曲。尤其当我独自泼墨书写一些天马行空的文字，翻一翻东坡先生的寒食帖，虽读不明白，悟不透彻，但从字里行间流露出来的信息，也能让人在发思古之幽情中静下心来，烦闷顿消。即使一夜大雨，打得屋顶哗哗作响，闪电雷鸣此起彼伏，但至天明，闭目畅想昨晚"巴山夜雨涨秋池"的景象，又会让人气清神爽，心绪畅然。

住进小木屋，无须饮酒，心绪也会暂得安宁。

但我仍得走出小木屋，到周围看看，那将是一番什么景象。拾级而上，方圆一公里，小木屋一栋又一栋，一排又一排，乘凉休闲的人老少男女皆有，我并不孤独。一位老人满头白发，坐在小屋前，看落日余晖，金光照耀下，一动不动，比一尊如来佛爷还安详。绕过山冈，见一深谷，溪流潺潺，古木参天。站在山谷，大声狂吼，释放出内心的压抑。回音传荡中，鸟儿应声飞起，穿过森林覆盖的山谷，更增添了几分山水人文的灵性。如此景象，吟一首唐诗，唱一首小曲，一身疲劳荡然无存，心中的郁结也不解自开。

夜幕降临，雾气缭绕，弥漫开来的负氧离子，让人陶醉，也让人安闲。此时入夜，明月早已挂上了枝头，又大又圆，云雾倏忽飘过，更显得幽深旷达，先祖东坡赤壁怀古的月夜与今晚这里的月夜不知谁更迷人？借着月色，我沿着林荫小道继续前行，让月光从树上抖落，映在地上，洒在身上，尽管有些寂寞冷清，但我喜欢。因为这便可以与东坡前辈私聊私答，感应心灵，领受千年前的超凡脱俗以及安放多年的寂静与沉思。

突然我妻触景生情，学着王菲的声腔，哼唱起"不知天上宫阙，今夕是何年"来，悲噎的声调让我思前想后，复杂的情感涌上心头，一时泪流满面，难以自抑——

今夕何夕，但愿人长久，千里共婵娟。明天太阳会依然升起，把真话和假话搁置在一边，不去理会，任凭天地日月，独享木屋雅趣，相信未来。

佐人有诗云：风起云涌，逐鹿西南山半壁，悬崖峭壁一劲松，山雨欲来风满楼，独坐高楼，见一方天地，雨后彩虹。借土千亩，精耕细作，雨润万物，稻香万里等秋收。农夫本色在，赤脚跨山谷，时不我待，守一世风流。土肥草茂，牛羊满山，果香郁飘白云间，蜗居小木屋，佐人伴美酒，蝉鸣鸟语入梦中，夫复何求？

# 也说冬至

苏世佐

今天，北方长大的朋友约我晚上去下羊肉馆子，他说，"冬至节"到了，吃点羊肉好暖冬，也算是一种过节吧。

中原人视冬至为重大节日，得有点纪念的活儿干。而巴蜀之地的人，对于此节并不以为然，多不挂怀，视为平淡。

这原因有点深沉。

远古的时候，中国用的是颛顼历。此历暗合《易经》原理，认为万事万物都有始终，至盛为极，物极必反，反时为终，终时又为始。而冬至之日，正是日时最短、天地最寒的时刻，也就是"冬日至盛"的时刻。这一天，也就像咱们今天所说的"年三十"之类吧，以此下推的第二天，便是元旦节了，也就等于是春天开始了。古人以此为序，将一年四季、二十四个节令顺序排列，也就使得年日有始，岁日有终，长年轮回，万物不息了。

然则，此历法用到汉武帝时期，武帝质疑了：白昼最短，这"短"有硬指标可定，通过计时器计时，便能一目了然；但要说它或前后几日最冷，就有些勉强了。因一年中最冷的时候，往往并不在冬至，而在冬至过后十多二十天的日子里……

刘彻彻夜难眠。于是断然决定：重制新历！着令太史令司马迁挂帅上马，督办此事，不得负朕！

时年42岁的司马迁，拿着这事也棘手，找一年中最短之日后的第一天为元旦吧，天气确也未到最冷时；用天气最冷之后翻阳的时令为元旦吧，天日又不是"子午时"，也罢——

这司马迁恭行了两条规则来立法：一，不能炒旧饭。皇帝老倌叫咱改历法，你再按老调子去办，肯定要吃家伙。二，若找出"最寒日"定时节，也难办。因天气受多种因素影响，最寒日很难硬定，差个时段是常事。

司马迁是何等聪明之人，一部"无韵之离骚"《史记》都写得那么"瓜利"，编个历法算个啥？于是采用了"前推法"，即将新年日放在二十四节令的大寒与雨水之间做选择。

用这个坐标点立法，一改夏历、秦历"入冬过年""仓促收尾"的纪年法，而以"秋收冬藏""按季轮回"的规则，不慌不忙，顺应自然编法。该历法命名为"太初历"，意即最为"正大本初"的历法。此法一出，武帝龙颜大悦，全国推行，年号也随之改为"太初"，而且此法赢得了历久弥新的考验，至今也还管用，包括全世界华人及非华人的中国周边部分地区、国度，还在用它。

北方中原，是华夏古文明的正脉，此君看重此节，看来，这顿羊肉馆子，还得去下了！

# 眉山东坡橘小记

苏世佐

创新创造与文化构建都非常重要，文化成果与丰收果实有异曲同工之妙，眉山东坡橘是一个神奇的存在。

"眉山东坡橘，千年最相思"是眉山橘园的广告语，也是寄情山水，怀想东坡的真实表达。初见眉山东坡橘是去年在眉山的一次聚会，我和三苏酒业董事长王伟、眉山苏学文宗长、三苏祠馆长陈仲文品尝三苏酒后，主人端出东坡橘，郑重介绍这是眉山特产、与三苏酒齐名的东坡橘。王老板虽然故意提高声量，但并没有引起我的重视。我心想，不就是一些普通的橘子吗？你让他穿上龙袍也成不了太子！临走前，他特地让夫人去乡下采摘，送了几件放在我车上，回到成都，餐后和文友细品起来，却皆惊叹不已。东坡橘与众不同，一般橘红润称为红橘，而东坡橘长得似柠檬，肉如橙子，入口甜脆，满口汁液，沁人心脾。

其实，橘的起源很早，屈原先生在《橘颂》里说："后皇嘉树，橘徕服兮。受命不迁，生南国兮。深固难徙，更壹志兮。"先生用橘树寄寓自己的高洁。

东坡与屈原一样，一生对柑橘情有独钟，他深情回忆："眉州满山橘，硕果栖寒枝。村妇勤耕耘，甘甜润心扉。"宋代眉州，满山遍野，户户种橘，勤劳耕耘的劳动人民，用柑橘创造幸福生活。

东坡《浣溪沙·咏橘》："菊暗荷枯一夜霜，新苞绿叶照林光，竹篱茅舍出青黄。香雾噀人惊半破，清泉流齿怯初尝，吴姬三日手犹香。"不愧是东坡，短短42个字就将种橘的季节、种橘的地方介绍得一清二楚，不仅如此，诗人还张开想象的翅膀，为我们描绘了一个立体形象的画面，一个美少女经不住橘子的诱惑，张开樱桃小口，吃一口橘子，瞬间，清泉流齿，少女脸上绯红，感觉挺不好意思的，担心汁液流出，有伤文雅。江南女子吃过柑橘后，三天都还留有余香。

世人皆知东坡爱种竹："宁可食无肉，不可居无竹。"其实啊，东坡还爱种橘，写下《种橘帖》："吾性好种植，能手自接果木，尤好栽橘。"可以看出东坡善农事、勤劳作，一位果农的形象跃然纸上。

2019年3月8日，参加十三届全国人大二次会议的时任眉山市市长罗佳明在四川代表团全体会议上，面对全国媒体，满腔热忱向世界推荐"眉山春橘"，也就是东坡橘。市长卖橘一时传为佳话。

眉山是一块神奇的土地，孕育了东坡也孕育了眉山橘，东坡是橘果的爱家，后人为了怀念和礼赞东坡，就把这种橘子称为东坡橘。

东坡有诗云："一年好景君须记，最是橙黄橘绿时。"无法感知东坡的真实想法，字里行间溢满对橘的喜爱与认叫。

富硒只是商人的说辞和人们对美好生活的向往，每一种水果对健康养生都有益，然而古往今来橘润肺生津已是代代相传，东坡只是千万品橘者之英杰而已。

东坡老家眉山东坡区，土地肥沃，是四川种橘第一大县。眉山市橘园面积150万亩，一望无际。勤劳的眉山人一代又一代传承种橘经验，用独特的方式传承东坡文化，橘子满山头，一片相思情。作为东坡三十三世孙，见橘如见先贤，倍感亲切与感恩，橘园的繁茂如东坡诗韵的传承一样，可贵而香醇。

面对漫山遍野的东坡橘，怀想先贤的文化操守、爱民情怀、文学成就，佐人激情满怀，豪情万丈，决心以先祖东坡为榜样，在乡村振兴中全力以赴，在文化传承中不遗余力，当即赋诗一首：东坡偏爱眉山橘，挂满枝头皆是诗，橘甜富硒养生果，润在心头化相思。

# 我的"蓉漂"生涯

苏世佐

　　玉林路的小酒馆因一首歌火起来，玉林路也是"蓉漂"的我工作生活的地方，赵雷的《成都》已成为我生命的旋律，触动了心底最柔软的部位，把我的记忆拉回到行走在成都大街小巷的那些日子。

　　出生在璧山小县城，我从没有到过省城，直到1987年，部队安排我到原成都军区政治部宣传部新闻处学习，才第一次到了成都。那时，成都自行车、公交车还是人们出行的主要交通工具。一个周末，我向处长请了假，坐公交车去金牛区看望姐姐一家。改革开放初期，成都二环正在修建中，到处尘土飞扬。二环外全是农田，郊区还有很多茅草屋。我去时已是傍晚，姐夫听说我来了，马上从菜地赶回家，一把拉住我的手不放，问寒问暖，很是热情。姐姐在一旁提醒："不要只顾说话，赶紧生火煮饭。今天佐娃来了，做点好吃的给他改善伙食。"夕照下的成都平原，炊烟从茅草屋升起，姐姐姐夫在灶台边紧张忙碌着。不大一会儿，蒜苗回锅肉的香味，家乡话的土味弥漫在茅草屋，浓浓的亲情温暖了漂泊在异乡的年轻人。那一顿饭，我吃得特别香。

　　十年后的1997年，我从野战部队调到原成都军区政治部工作，我把这个消息告诉了姐姐姐夫。姐姐一家十分高兴，邀请我到他们家去做客。那时金牛区已融入成都市区，到处高楼林立，车水马龙。姐夫在电话中大声对我说："你不用坐公交车，我开车来接你！"我刚上车，姐夫就兴奋地告诉我："土地被国家征用，补偿了不少钱。"他们鸟枪换炮，住上了楼房。姐夫现在没地可种，就在城里开的士，一家人小日子过得很滋润。姐夫说，今天不在家里吃，已经在大酒店定了包间，今晚不开车了，陪你一醉方休。那晚，姐姐姐夫依然很热情，不停给我夹菜，但我还是觉得上个十年在他们家吃的那顿饭更加有味。

又一个十年，不惑之年的我，从绵阳部队脱下了军装，再次踏入熟悉而陌生的城市。眼前的成都更加繁华，到处灯红酒绿，莺歌燕舞。可是，热闹是他们的，我什么也没有……高楼里来来往往的人们，道路上高速飞驰的小车……跟我没有一点关系，我像一个流浪汉，漫无目的游走在街头，渴望被成都接纳，可是又不知道哪一扇门能够为我而开。我心中充满凄凉和迷茫，决定先在姐姐家落脚，找准方向再下手，有了"根据地"再图发展。借宿一月后，我谢绝姐姐一家的热心挽留，决定横下一条心，哪怕伤痕累累也要闯出一条"血路"来。我背着行李包，在人南立交附近的玉林二巷租了一间房，开始了我的"蓉漂"生涯。这一带是拆迁房，租金便宜，我租在一楼，一床足以安身，房租对我是一笔不小的开销，我开动脑筋，开源节流，租来一套两居室，当起二房东，把两间卧室租给客人，自己在客厅搭了一个木屋，住得舒适，免了房租。客厅的小木屋被客户看中，我便搬到阳台上，一住就是两年，白天上班，晚上读书写作，冬天寒风刺骨，我用木板挡住寒风，空间越小，越温暖，阳台是个小天，心中装着大梦想。每天一醒来还要思考吃饭的问题，高档酒店当然不敢去，只能寻找一个又一个小饭馆，同时也在寻找着一个又一个商机。

夜深人静，走在灯火阑珊的小巷，小摊小贩守着几斤小菜，眼巴巴看着过往的行人，等待着买主的光临。他们守着的不仅仅是小摊，还是一家人的生计。我刻意忘掉曾经的军官身份，加入他们行列中来，在拆迁的城中村开了一个小茶馆，从几元一杯的茶水里堆积梦想，编织希望。茶馆是个小世界，汇集了不同人生阅历的人。人少的时候，我会听一些老茶客讲述成都的过往，从氤氲的雾气中感受市井文化。据我观察，老者约茶谈历史过往，青年约茶谈歌星球星，中年约茶谈人情世故，叙生意往来，女士约茶道家长里短。人生就如喝茶——端起，放下。一来二去，从茶客中交到不少好友。从人生地不熟到四海皆兄弟，连门外卖土豆的凉山大哥、修脚店的内江大姐都成了无话不谈的知心朋友，相同的命运，心灵更容易相通。

　　前进的道路不是一帆风顺，充满一波三折。不管如何失意，我心里总是哼唱着刘欢的《从头再来》。从部队自主择业回地方，四顾茫然不知所措，所有的光环褪去，昨天的荣誉归零，那时候才知道，四十岁没有一技之长是多么无助与迷茫，偶尔几个好友问候一声，喝一杯酒，指一些似对非对的路，都会当成"锦囊妙计"。三军可夺帅，匹夫不可夺志。无论怎样的境况，我对生活和前途都没有失去信心和勇气，相信上帝关了一扇门，肯定会为你打开一扇窗。活着就要拼搏，拼搏就有希望。那时候，我在绵阳青义镇开办的农家乐仍在继续亏损运行，打围修建的绵江公路阻碍了人们到农家乐的通道，但再怎么亏损，几个工人的工资都按月发放，宁亏自己，不亏工人，这也是我做人做事的原则。成都挣的钱用来补贴山庄亏损，信用卡时代开始了，我成功运用信用贷款五十天无利息使用的好处，透支现金周转，延缓山庄倒闭。然而，由于没有经验，道路施工影响客源，运营两年的农家乐还是惨烈倒下，以失败告终。一个倒下的生意人，欠了一屁股债，漂泊在成都，不是逃避，而是力图东山再起。回忆如诗一般浪漫，现实却很残酷。满腹心事只有向月光倾诉，没有人会怜悯一个失败者，拯救自己的人永远是自己。黑夜是疗伤的最佳掩体，也是聚集能量的最好时机，默默舔干伤口，第二天又以冲锋的姿态奔走在大街小巷。

　　失败是成功之母，生活的转机源于杂志社。一无所长的我还是依靠文字的老本行，在成都找到编几本内部杂志的营生。编务之余，我常去买几份报纸，《四川日报》《成都商报》《华西都市报》是最爱，上面的招聘启事是寻找商机的地方，大型企业的电话公布在那里，电话营销，传真营销，我在租房内安上传真电话，请两个业务员，每天发出上百份传真信息，三至五天就会收到回复。一个又一个订单，喜出望外的现金收益，首战告捷，让我坚定了信心。后来又扩大了市场空间，以寻找真实有效的企业电话号码为目标，到处购买城市黄页，还有大街小巷房地产广告，都是我关心的，不放过任何一个可以沟通营销的信息。

　　奋斗的十年，我没有写一首诗，知道自己是一个落魄的诗人，偶尔也读一读《诗刊》和《星星》，读一读唐诗宋词，生存竞争的压力容不得浪漫的风花雪月。生意人的难题是与客户沟通，一些网络流行语、激励人的心灵鸡汤要读，要知道，但那些并不是真枪实弹的商业活动，谈判才是成功与失败的对决，客户的信息至关重要，与谁见面，必须备足功课，从企业老板的基本情况、生活爱好到工作成就，到企业发展战略方针都要了然于心，到企业涉及行政主管部门的情况，已不是笔记之类的东西，必须胸有成竹，应付自如，也许一笔生意因为你的一句外行话而失之交臂。

书到用时方恨少，我常告诫公司的员工，学习面要宽，处处留心皆学问，看似无用的知识，琴棋书画的赏玩，唐诗宋词的佳句，孔孟之道的语录，都可能成为商业谈判的武器。中国的老板，都是改革开放的特殊人群，并没有真正意义上家学渊源的商人，都是一批胆大的文化人。谈判之前的聊天可能已决定你生意百分之三十的成功因素，可能因为一句话一件事一个人一首诗而让对方老板改变对你的认知。多层次的文化积累，厚重的人生阅历，客观冷静的人生态度，是走向成功的阶梯。

商场就是战场，是温文尔雅的拼杀，是润物细无声的感知，是洞察秋毫审时度势的当机立断，是风花雪月的浪漫情怀，是口碑相传的诚信，什么都是，又什么都不是，看什么风吹过来点燃希望之火。曾经，我与一个公司的合作不尽如人意，对方负责人如约到我公司，等待我的是中止合同。我没有回避问题，真诚分析存在的失误，拿出解决问题的方案。兄弟齐心，其利断金。给别人一个机会，也是给自己一个机会，我的真诚赢得了再次合作的机会。诚实最可贵，信用价更高。诚信守诺是企业家的魅力，不要过多粉饰自己，亮出自己的本真会为你的生意加分。

作为西南地区经济发展的引擎，成都一天比一天繁华，到处充满商机。但作为一个商人，无论你多么高端大气上档次，也不要丢了街头巷尾，丢掉那些凡尘俗事，街头村落才是生存的根。看街边店面兴衰，读市民喜怒哀乐，无论纵横天下的经济理论，还是商海的潮涨潮落，都源于此，概莫能外。

蓉漂十年，每天都在大街小巷穿梭，从一文不名到小有成就。这十年，从苦难到辉煌，经历了世事的沧桑，时代的变迁，还有亲人的生离死别。告别家园独自成都闯荡，撑不下去的时候，妻儿期盼的眼神是力量的源泉。这十年，遭遇过太多的冷眼，碰到过很多心酸。然而，挺过难关是好汉，奋斗中结识的兄弟姐妹，困窘时搭一把手，落魄时肩并着肩。拼搏的十年，两鬓已经染霜，青春也一去不复返。幸福是奋斗出来的，如今，我已经成为成都人，在成都买了房子，生了儿子，也有了属于自己的宽大办公室，但永远忘不了那些穿梭在大街小巷的日子。偶尔，也会重回小饭馆坐坐，切半斤猪耳朵，二两花生米，一瓶啤酒，感受一下当初经历的磨难。置身这热气腾腾的人群之中，让我不敢有丝毫骄傲和自满。楼房再高，也离不开底下的堡坎。美丽成都，你是我心中最美的诗篇。

入夜，再次走过玉林路的尽头，小酒馆如雨后春笋，找一个角落坐下，来一杯酒或盖碗茶，品味成都的温情与浪漫，感受一下成都的烟火，柔美的旋律再次响起，成都，成都！

# 老来得子

苏世佐

　　生命是一种奇特的体验，甘苦自知。

　　老夫聊发少年狂，五十有三那年，本来应该当爷爷的年纪，我却又一次当上了爸爸。那是一个深秋，金黄的银杏装点着蓉城大街小巷，有一种"满城尽带黄金甲"的氛围。秋色宜人，而我却无心欣赏，焦急地在南门安琪儿医院走廊里走来走去，不时探头看一眼产房的方向，等待着一个小生命的诞生。我暗笑自己，当爸爸已经二十三年，还那么不稳重，难怪一直没有"升级"，还在父亲这个岗位"晃荡"，离亲朋的期盼远着呢。

　　"是个男孩，母子平安！"医生的话让我悬着的心放了下来，眼睛里噙满幸福的泪水。再次成为父亲，难掩兴奋之情。护士把小儿子递给我看，五斤九两，细皮嫩肉，五官端正，我一下就喜欢上了。医生拉着宝贝粉嫩的小脚，盖在出身证明上。我提笔在"父亲"一栏签上大名，那动作，那神态，比签了上千万元的大单还骄傲和自豪。

　　人生半百再得犬子，冥冥之中仿佛是上苍对我的恩赐，骄傲之情溢满饱经沧桑的脸上，两鬓斑白的头发在风中炫耀似挺立。

　　民间有多子多福的说法。我是家中独子，大儿子也是单传，父亲一直盼望多有几个孙子，体验一下儿孙绕膝的天伦之乐。过去政策摆在那里，想生而不能生。现在可以生了，却又担心"强弩之末"，心有余而力不足。我和小儿子也是有缘，不但赶上了好政策，身体也争气，一切刚刚好。快乐是多层面的，不但有"宝刀不老"的豪气，如果父亲地下有知，也会十分欣慰。

　　老来得子，自然倍加呵护，视为掌上明珠。有一年春节，我们全家到三亚过年。这是小儿子第一次到海边。看着辽阔无边的大海，一岁的小儿子兴奋得手舞足蹈。高兴没两天，疫情来了，小区封闭，不能出门。小区离镇上有三公里，生活十分不便。一天夜里，小儿子突发高烧，情急之下，我偷偷推着摩托车，从小区后门偷偷溜出买药。回来的路上，路过一户农家时，几条大黄狗围追过来，摩托车翻到沟里，牛仔裤被撕开了一个大口子，鲜血直流。狗叫声惊动了村民，他们觉得内疚，一直把我护送到家。妻子一见我这个样子，心疼得眼泪一下就下来了。我赶紧说："别管我，赶紧给儿子服药！"小儿子的烧退了，我却在床上躺了一个月。

　　见我老来得子，朋友们大多给予祝福，也有少数担忧，你七十岁了儿子才二十岁，何必呢？我一边打着呵呵，一边开着玩笑，汉武帝六十二岁方得一子，齐白石七十二岁还生孩子，鲁迅先生也是年近天命得海婴，我跟他们比还年轻着呢。无情未必真豪杰，怜子如何不丈夫。我对小儿子也是宠爱而不溺爱，希望他踏踏实实，通过努力，成为国家有用的人才。给他取名秋实，就是希望他通过春的播种，夏的生长，达到秋的收获。温室的花朵永远长不大，两岁半的时候，我们决定让宝贝去上幼儿园。看着他哭得撕心裂肺，妻子和岳母不忍心放手。我也心如刀绞，但理智告诉我，那不是爱，而是害。自己的路总归要靠他自己走，优秀是汗水浇灌出来的，不是蜜罐浸泡出来的。牛看蹄爪，人看从小，男儿的志向在门外，只有让他从小学会独立、学会生存才是最重要的。

　　看着宝贝哭着走进幼儿园，记忆将我拉回45年前璧山黄角坝那个小山村。那时农村没有幼儿园，已满八岁的我报名读书，明德村小学与家一河之隔，在物资极度匮乏的年代，父亲为我精心准备了一个塑料袋小书包，还用毛笔写下了"好好学习，天天向上"八个大字。毛主席语录铭刻在幼小的心灵。今天，我也特意为宝贝准备了小书包，同样用毛笔写下了"好好学习，天天向上"几个大字。一家人都说我古板，都什么年代了，还写这样的字。"什么年代也要好好学习！"迫于我的权威，传统保留了下来。

　　作为中校退役军人，我对部队始终充满感情。因此我坚持军事化训练小儿子，从他会走路开始，每天坚持队列训练，稍息立正，唱军歌，敬军礼。到底是血管里流淌着军人的血液，儿子学得有模有样，乐此不疲。

上幼儿园第一天，奇迹出现了。一大早，学校操场举行升国旗仪式，国歌响起，一群小伙伴不知所措，小儿秋实高举右手，向国旗敬礼，老婆拍下那珍贵的镜头，发给正在天津出差的我。此情此景，我倍感自豪，当即作诗一首："宝贝，耐人寻味的军礼/一张真实的照片/没有摆拍的印迹……幼儿园生活第一天早晨/庄严肃穆的升旗仪式开始/国歌响起/秋实淡定而从容/将右手举过头顶/老师记录下那帅气的瞬间/潇洒的一个军礼/自然而大方/祖国的花朵在阳光下成长/国歌这激荡心灵的旋律/爱国的种子在幼小的心灵萌芽/我的宝贝不愧是军人的儿子/血脉涌动着长江黄河/心里装着古老而辽阔的土地……"

陪伴是最长情的告白，守护是最沉默的陪伴。我喜欢送小儿上幼儿园，然而由于年龄差距过大，也因此闹了不少笑话。刚开始送宝贝上幼儿园时，保安大哥笑脸相迎："大爷，送孙子上学啊！""送小儿子上学，多关照！"保安大哥的脸一下变成猪肝色，连连道歉。吃一堑长一智，后来遇到这种情况，我反客为主，先用话把别人嘴堵住："儿子，拜拜……"

幼儿园建了一个老师家长沟通群，我每天关注宝贝晨读、课间活动，尤其定格在午餐。现在看来非常平常的午餐，在我心灵深处又是另一种情结与伤痛。读小学时，没有正常的午餐，若遇洪水天，还很危险。有一次，父亲涉水过河给我送饭，险些被洪水冲走，读初中时，走十里羊肠小道，带一个瓷碗和米、红苕到学校蒸，一年四季只有米饭，没有菜，饱一顿饿一顿，有时走一里路到乡政府外的小卖部，买一分钱的豆瓣酱拌饭，如同过节一般。想着生活拮据的父母，眼泪就要流出来。而今眼下，宝贝在幼儿园的午餐，菜品花样多，水果点心，汤肉齐全，与过去不可同日而语。

老来得子，我也跟着"返老还童"，匆匆前行的脚步放缓了，坚硬的内心柔软了，心态也平和了许多。我通过打拼有了一定经济基础，现在国家鼓励多生，也算生逢其时，赶上了好时候。我与儿子相差五十三岁，要把儿子培养成人，任重而道远。自信人生二百年，会当水击三千里，生了他，就要好好培养他，重拾书本与小儿一起成长，这是一种奇妙的体验。

老来得子，累并快乐着，不亦快哉！

　　岳定海，四川盐亭人，定居绵阳。中国散文诗学会理事，中国散文学会会员，四川省作家协会会员，四川省文艺传播促进会副会长，四川省嫘祖文化促进会副会长。出版文学作品24部，包括《我的文学史》《岳定海散文卷》《蜀境》《劳动之歌》等。先后在《诗刊》《诗潮》《文学报》《天津文学》《四川文学》《散文选刊》等重要文学报纸杂志上发表各类小说、散文、诗歌等数百万字。

# 横眉与俯首

岳定海

　　进入中年，我对鲁迅先生的想念越发多起来，隔三岔五地想一想，那个满头倔发的中年人，瘦削略带病态的脸庞，冷冷一瞥犹如寒星凛冽的眼神，还有孤傲的胡须，藏在智者的悲悯与忧郁之间。

　　我决意再写心中永久的不可代替的鲁迅，虽然我写过一些，也存留山间的报刊书籍，那却是不够，如敬畏浩大的江河却只取一瓢乎，如仰望雄浑的高山只迈出一步耳。我在一片叫着鲁迅的天空下面漫步，思索两组词汇：横眉与俯首。熟读鲁迅的读者知道，这是从先生那副如匕首如投枪的对联化出："横眉冷对千夫指，俯首甘为孺子牛。"在这里引用，恰当得很。从相术看，横眉之人皆斗士，在奋勇路上从不言输。北宋张载名言即"横渠四句"，"为天地立心，为生民立命，为往圣继绝学，为万世开太平"。历代为世人传颂不衰。在鲁迅这里，横眉就"耸起眉毛，怒而视"，他怒什么呢？在《记念刘和珍君》里，刘和珍与同学一道上街向段政府请愿，中弹，仆地前遭士兵猛击两棍，"死掉了"。淡淡三个字，凸显鲁迅的愤怒，不仅如此，先生还带血呐喊："真的勇士，敢于直面惨淡的人生，敢于正视淋漓的鲜血。"环顾四周，天边暮云拥血而流，鲁迅疾呼了："沉默啊沉默！不在沉默中爆发，就在沉默中灭亡。"鲁迅慨然一叹，历史上中国女性多唯唯诺诺之辈，而这次竟然是冒着弹雨相互救助，从容赴难不曾退缩，妇女从被压迫到浴血奋战，中国是有希望了。无独有偶，先生在《为了忘却的记念》一文里，鲁迅对柔石、殷夫、胡也频等几位左翼作家的遇难，表现出悲痛的深彻的同情。记得多年前我在乡下种地后，在黑暗的长夜翻读一本《革命烈士诗抄》，包含了殷夫、柔石的诗篇，其大义凛然足可感天动地。鲁迅在文中提到殷夫译过裴多菲的爱情诗，柔石在寓所弄文学，体质也瘦弱。他们像一些小树，围在山脚的边缘。也像一湾泉水，努力地滋养着野草。有一日，黑暗势力向他们举起屠刀劈杀，五位前驱倒在血泊中。鲁迅睡不着，孤身于客栈，写下激愤的诗作，为亡魂呼喊！"忍看朋辈成新鬼，怒向刀丛觅小诗。"他沉重地想，中国失掉了很好的青年。这是专指民国早期军阀混战时的杀戮与残暴，鲁迅的横眉与不妥协如雕塑一般地凸立！可我还发现先生横眉的另一面，在鲁迅小说《肥皂》里，我注意到一个细节，"招儿带翻了饭碗了，菜汤流得小半桌，四铭尽量的睁大了细眼睛瞪着看得她要哭"，下文说四铭去夹看中的一个菜心，不见了，左右一瞥，学程正朝张得很大的嘴里塞，四铭只好无聊地吃了一筷黄菜叶。在这里，一个封建卫道士迂腐的形象栩栩如生。而在《高老夫子》一篇里，夫子为谋生计将本名改成高尔础，是仿俄国文豪高尔基之意。牌友不知究竟而询问，夫子却是高傲一笑，并不作答。他以为自己发表一篇名文后新得聘书，与牌友终是拉开了长距离，人的等级，于无形之中形成。在人们津津乐道的中篇《阿Q正传》里，鲁迅躲在时光的铁幕背后，用犀利的眼神扫视昏暗的未庄，用清澈的放大镜检查肮脏的暗处。拖长辫子的阿Q在发生争吵时，间或瞪眼道："我们先前——比你阔的多啦！你算是什么东西！"几十年前我读此作就记住了"阔"，因我老家的人不说"阔"，只说"富"或"肥"，一个"肥"字，生动有趣。阿Q还打架，他与闲人纠缠，被闲人在壁上碰了四五个响头，闲人得胜而走。阿Q蒙了，他好歹憋出一句："我总算被儿子打了，现在的世界真不像样……"于是也心满意足地走了。阿Q跑去调戏小尼姑，兴高采烈地说："和尚动得，我动不得？"他扭住伊的面颊。他这一战，忘掉了欺凌他的王胡和假洋鬼子，更加得意地一拧才放手。鲁迅不动声色地写小尼姑的哭腔，酒客们九分得意地笑。阿Q在土谷祠里舂米，吸旱烟时看见女仆吴妈，唠唠叨叨聊天里阿Q突然跪下要与吴妈困觉，困觉在四川叫睡觉，此处是想发生男女关系，鲁迅笔锋一顿："一刹时中很寂然。"吴妈一愣，发抖跑远了。阿Q想舂米，秃头上挨了一竹杠，火烧似的痛。阿Q被赶出祠堂，饿极了进庵内拔萝卜生吃遭土狗追撵。在未庄他无路可走，惶惑里进城参加革命军。文中末段还用大有深意的笔法写阿Q作案被处死前画花押，却是椭圆形，阿Q羞愧难当，终于被断头。观赏全文，有一句话如铬铁镌刻在山岩上，不曾风干："凡是和阿Q玩笑的人们，几乎全知道他有精神上的胜利法。"也是我们讲的麻药，麻痹中枢神经的点，使中毒者不断沉沦。我反复研读《阿Q正传》后承认，这是鲁迅文学殿堂里的基石，亦是中国近代文学史伟大的作品。上面讲述的是鲁迅的横眉，这道眉，如飓风，如狂雨，如闪电，如虹霓，也恰如山岩之胸膛，也好似天尽头的大树！富贵不能淫，威武不能屈。

俯首的音调温和，意即面对大众一样的土地和辽阔的星空，产生出敬畏与顺从的心情。鲁迅不单单是横眉冷对，在衣衫褴褛的劳苦大众面前，他将自己的目光与身体下沉，沉到尘世间，开出一朵"俯首"的花朵，以此与地下面的树根和根上的茎叶相握，感受彼此的温度，体验世间万物的真情。鲁迅的父亲常年生病，这就苦了年少的他，常常是踮脚朝很高的当铺递上衣物，在侮蔑里接过钱换药，在服下稀奇古怪的药水后，他的父亲仍然是亡故了。在《一件小事》里，先生对车夫搀扶着摔倒的妇人送去就医，感到他满是灰尘的背影，愈走愈高大，须仰视可见。而怀揣私心杂念的"我"，在车夫的"威压"下榨出"我"的皮袍下的"小"来。在人生的街道上，坐车人与拉车人位置不同，视角不一样，思考的方法也截然相反，本文可作为一例。《孔乙己》是我喜爱多年的名篇，鲁迅笔下的孔乙己是鲁镇唯一站着喝酒的穿长衫的人，满口之乎者也，叫人听得云里雾里。他喝酒要一碟茴香豆，我查了一下，也是我们四川称呼的胡豆，孔乙己看孩童围到吃茴香豆后，不散去，着慌似的说："不多不多，多乎哉，不多也。"孩童一哄而散。孔乙己因偷窃挨打，还被丁举人打断一条腿，竟然是只能双手当脚爬行，到酒店柜台下又温一碗酒，还赊账。后来，"我到现在终于没有见——大约孔乙己的确死了。"有人说这是病句，我却读得难受又解气，这个在小角落晃动的热心的善良的文绉绉的孔乙己，大约的确死了。我对《故乡》另眼相看，只因出场的两个人物，一是圆规，一是闰土。我们这个年代的读书人，印象深刻的有闰土。鲁迅先写心中的故乡，深冬，阴晦天气，呜呜的冷风，苍黄天底下，横着几个萧索的荒村。这种代入感强的描绘，让人身临其境。鲁迅的头脑闪出神异的图画，圆月，金黄的沙地，碧绿的西瓜，少年举叉刺猹，反从胯下逃走了。这段传神的描述，我反复看了很多遍。先生先把美好的东西展给世人看，一层一层地推进，走入沙地，观赏月光之美。鲁迅在很多年后回故乡了，他吃惊地发现闰土眼睛红肿，手背开裂，闰土站住，脸上现出欢喜和凄凉的神情，动着嘴唇，却没有作声。他的态度（注意措辞）终于恭敬起来了，分明地叫道："老爷！……"此刻，两个阶层的人隔着厚墙壁，已是无法打破。鲁迅用笔简洁，用词传神，一个凄凉一个恭敬，活画出社会的不平等与可悲的隔阂。在本文里，先生还塑造了一个小市侩气的圆规，这是叫豆腐西施的杨二嫂，高个，刻薄，双腿叉开，形似圆规。贪小便宜的圆规愤愤地数落"我"，顺手将手套塞进裤腰出去了。寥寥数语，圆规自私自利的模样尽出。鲁迅不忘幽她一默，圆规缠过小脚，拿起鲁家的狗气杀（养鸡的器具），竟跑得这样快。离开故乡后先生睡在船舱，悟出一句警醒世人的话："我想，希望是本无所谓有，无所谓无的。这正如地上的路，其实地上本没有路，走的人多了，也便成了路。"我也想寻一条荒无人烟的路，在上面踩出我的脚印，谦卑，渺小，掩盖，消失。鲁迅高妙之处，把喜剧毁灭后展示给大众前，成为悲剧。有人一直向我推荐《祝福》，坦然地讲，这篇作品不仅对我影响大，对人间的影响也大。读者们议论悲惨境地时总讲到祥林嫂，连悲哀也没有了，仅剩木偶的模样，可见伤害到骨子里了。奇怪的是，我不断地阅读本文开篇："旧历的年底毕竟最像年底……"在我的祖国，几千年延续不绝的风俗尤以春节为重，春耕夏播秋收冬藏，劳累一年，到腊月间确该放松。看见灶房忙碌，家人围聚，白酒飘散，腊味扑鼻，灶神财神天神地神拜过了，又祭神龛上的祖宗神位。随后燃起一盆柴火，焰口旺旺，围坐摆起风雨春秋之一年，自然是兴味无穷。说到《秋夜》了，先生留下一句著名的惹争议的话，"在我的后园，可以看见墙外有两株树，一株是枣树，还有一株也是枣树"。这段话饱受争议，什么？是什么？我私心认为，鲁迅还有一句关于孔乙己大约的确死了，也应是病句。但我喜欢这类写法，几十年来顽强地深化在我的记忆里，这就是成功。再看名篇《从百草园到三味书屋》，先生描摹风景之笔老到有劲，淡淡几抹，景由心生。常年阅读鲁迅作品的人，对百草园最是熟稔，好像是自家的后园罢。生灵们在这方水土活跃，在它们看来，一座园子，便是整个世界。动物与植物的纠缠不清，在这片天地并行不悖地齐长，生之乐趣，俱在其间了。而让我神往的还有三味书屋，"三味"取自"读经味如稻粱；读史味如肴馔；读诸子百家味如醯醢"的古语。三味书屋的主人是绍兴城博学的寿镜吾先生，鲁迅有幸进他书塾，自是受益一生。寿镜吾教书时，一念高兴处，便将头仰起来，摇着，向后拗过去。我后来明白，这拗也是后仰，向着天上。鲁迅的笔法总是暗藏玄机，一笔，如闪电，将昏沉沉的天幕撕开，洞察尘世的百态人生。鲁迅先生写过一本书叫《故事新编》，单是目录就令我止步不前，补天，非攻，奔月，铸剑……我尤其是偏爱"出关"，古时某一天，老子会面学生孔子。两位文化巨人在洛阳行见面礼，天上两朵奇妙的云发生温和的碰撞。老子表现出大师的风范，天，地，雌，雄，性，命，在世间游荡，还有孔子见师后送的挂在檐口的一只腊鹅。史述老子骑青牛至函谷关，关令尹喜迎入官驿，北面师事之，居百日，尹喜恳请老子著书立说，以惠后世。白发长袍的老子沉思后著下《道德经》，尹喜激动叩首谢之。在鲁迅的文中说："老子过函谷关……不多久，牛就放开了脚步，大家在关口目送着……再一会，已只有黄尘滚滚，什么也看不见了。"鲁迅的笔下揪着心，"窗外起了一阵风，括上黄尘来，遮得半天暗。"老子骑青牛去哪里了？在函谷关写下影响中华民族万年文脉的老子去哪里了？

鲁迅先生写过一个自传，极简略，大约生于某一年的绍兴城，父母姓甚名谁，家产若干，后败落。哪里念书？留洋，1918年受钱玄同的劝告写小说，启用笔名鲁迅，写过一些书，云云。当然了，鲁迅还写下一句传世的话：有缺点的战士终竟是战士，完美的苍蝇也终竟不过是苍蝇。

# 曹雪芹一碗酒

岳定海

　　我粗略在中国人文历史天地畅游了几十年，看来看去，看出了门道：所谓伟大者，必然是独特的、不同凡响的、饱受磨难的人物。这一看，战国屈原可称伟大，他纵身跳向湖北汨罗江时波澜大作，《离骚》掀起了华夏大地第一阵巨浪。唐朝李白堪称伟大，他一生创作的近千篇诗文惊天地、泣鬼神，不管是早期在蜀中江油一带的空灵诗作，还是被"赐金放还"后狂草的天马行空的壮丽诗篇，均崛立成人类文学的一座与意大利但丁、英国莎士比亚媲美的挺拔高峰。北宋苏东坡可称伟大，他的诗作波澜壮阔，辞赋汪洋恣肆，画卷独立寒秋，书法《寒食帖》被尊为天下行书第三，与王羲之《兰亭集序》，颜真卿《祭侄帖》并列为三颗亮星。再向历史山顶打量：晋代陶渊明精美如宝石般的《桃花源记》，汉代司马迁用血泪撰写的《史记》巨著，更早些如大鲲遨游天际作《逍遥游》的庄子，稍后挥鞭碣石感慨"星汉灿烂，若出其里"辽远之势的曹操，还有在历史群峰耸立的文学三座大山《水浒》《西游记》《三国演义》，它们太奇险峻峭了，它们太排山倒海了，它们太凌厉响彻了，它们太乱石穿空了……突如其来的汹涌春潮在《红楼梦》这道天门前戛然而止！

　　世界仄着身子，谛听东方清雍正二年即1724年仲春某日，南京江南织造曹頫府上一个婴儿降生，这便是后来成长为大文学家的曹雪芹。其时曹家惨遭雍正帝迫害，家道中落，已沦落到朝不保夕的艰难境地。他出生那一天，时逢甘露普浇干渴土地，这让曹頫的眉头暂时舒展开来。曹家祖上做过大官又熟稔经书，比如曾祖曹玺为清代第一任江宁织造，他的祖父曹寅也在江宁织造任上靠商业权势积累殷实家产。这样看来，曹家确为一门锦绣，曹雪芹之父曹頫曾受到朝廷"抄家"之变，门庭已然一日不如一日了。那一天，曹頫踩着如膏油般滋润的原野，心内还是一喜，这孩子就叫曹霑吧。乾隆帝继位，新皇上的隆恩如冥冥之中的手，为曹家拨开了青天，使他们获得喘息生存的机会，这"霑"字也暗喻苦尽甘来。在曹家波浪沉浮的年月里，曹雪芹结束了他"锦衣纨绔之时，饫甘餍肥之日"的公子生活，其年约十六岁。据考证，曹雪芹在南京住了十几年，后来变迁中辗转住宿过京城内城贡院，西华门，什刹后海，南岸水屋子，广渠门外卧佛寺云云。我悉心琢磨便知一二，如此流浪迁徙，于曹雪芹而言是窘迫困苦的，然一本巨著的影子，已在他心中鲜活和生动起来。其时八旗子弟的后人或饮宴，或赌博，或狎妓，或听曲，或踏春，或赶庙，如此种种，不一而足。这样消费的资金基础当然是"天恩祖德"笼罩并支撑着的。这支玩耍享乐的队伍良莠不齐，粗鄙的醉生梦死场面，气数看着就尽了。曹雪芹在京城西单牌楼往北走的右翼宗学里做差事，很幸运遇见了朋友敦敏、敦诚兄弟。由于两人与曹雪芹有着相同的遭遇，因而很合得来，并发展成长久的朋友乃至知己。说到这，可以用虔诚的笔墨描述一下影影绰绰的曹雪芹身形了。裕瑞在《枣窗闲笔》里下过重笔，这恐怕也是对曹雪芹传神的描述："其人（曹雪芹）身胖，头广而色黑，善谈吐，风雅游戏，触境生春。闻其奇谈，娓娓然令人终日不倦……是以其书绝妙尽致。"什么意思呢？曹雪芹太能摆故事了，其中，他放浪不羁的性格与潇洒开朗的襟抱、诙谐幽默的谈吐艺术、别开生面的见识、愤世嫉俗的言行都一一展现着曹雪芹的才华与风度。右翼宗学坐落之处在京城石虎胡同一处大宅院，我可以醉心地凝视：每当金风吹起，暑热消退，槐荫蔽地，点烛长谈之际，敦敏兄弟该有多么幸福：他们面对的是下酒拈菜时才情四射的曹雪芹。不久，颠沛流离的曹雪芹在京城西山暂住了下来，由于曹雪芹笔下吝啬，竟不知西山为何处？找来查去，似乎在香山一带。其地山环水绕、茂林修竹，与曹雪芹一鳞半爪的描述甚是契合。在这个僻静又烟霞掩映之地，曹雪芹要写一本"怨世骂时之书"。此刻的曹雪芹又陷入生活窘境，传他写《红楼梦》时无钱买纸，在香山旧屋瞧了半晌，硬是把老皇历拆开，在纸背面写作。时人潘德舆在《金壶浪墨》里记道："或曰传闻作是书《红楼梦》者少习华膴，老而落魄，无衣食，寄食亲友家，每晚挑灯作此书，苦无纸，以日历纸背写书，未卒业而弃之，末十数卷他人续之耳。余曰苟如是，是良可悲也！吾故曰其人有奇苦至郁者也。"这帧小像，活画了苦境中写作《红楼梦》的作者曹雪芹"字字看来皆是血，十年辛苦不寻常"的生命写照。敦敏赞叹曹雪芹有"诗胆"，敦诚却痛惜地讲述曹雪芹举步维艰度时日，为"满径蓬蒿老不华，举家食粥酒常赊"。这年头确实难熬。曹雪芹所作国画奇兀而傲世独立，为了生存他靠卖画度日，后可勉强糊口。敦敏兄弟寻到山涧看望他，曹雪芹拿不出酒肉招待，只好扫净柜里余粮掺着菜蔬煮了顿饭完事。"屋漏偏遭连夜雨"，曹雪芹在困苦中无力救治染上痘疹的独儿子，只好眼巴巴地看他死掉。那一日，曹雪芹的心抽空了，他麻木地到爱子坟前徘徊不去，悲哭一阵，捡黄叶扎成小花环置于坟前。以后，哀伤的曹雪芹酗酒更凶了。失子给了曹雪芹致命一击，他在写完《红楼梦》初稿后不久也一病不起，于清乾隆二十八年（1764）农历除夕，在西郊这间破烂不堪的屋子凄凉离开人世。他后续娶的夫人大哭着与二三好友一起，将这位落难失意的文人埋在了西山某处山阿，也掩在了衰草寒烟的晚霞里。

曹雪芹用心血写就的巨作《红楼梦》，万幸托付给了一位化名叫脂砚斋的亲友。《红楼梦》原稿以前还完整些，可惜被友人借阅弄丢了五六章回，为这事，脂砚斋叹恨连连。行笔于此该提到重要人物脂砚斋了，史册上此人迷雾重重，众说纷纭。我且试着在一条澎湃的大风大浪河流中，搜寻脂砚斋在模糊水影澄清后轮廓初现的面容：脂砚斋系曹雪芹一位亲友，也是他逆境里最忠实的支持者。如没大错，脂砚斋尚是《红楼梦》中贾宝玉的原型之一。那么其中，脂砚斋帮助曹雪芹完成了哪几件大事呢？可知的有，他决定初始的《石头记》书名，对这本著作提出了个别重大删改意见，校正清抄本文字，做注解，下批语，等等。在迷茫的岁月秘境里，千呼万唤的《红楼梦》这部巨作横空出世，大气磅礴，前无古人，后无来者矣！

我约略查了一下发黄的史籍，曹雪芹艰辛生活并坚韧创作《红楼梦》的几十年间，世界正经历着剧烈的动荡。历史在不可阻挡地行进，人类呼唤变革的声音一刻也未停止！东方的清王朝，不可避免地走了下坡路。唯有让后来人最为尊敬的曹雪芹，为人类留下了一本大写的书！也替衰落的清王朝挽回了些面子。

想到曹雪芹在风雪交加之夜伏在破桌边写《红楼梦》，唯一可果腹的仅有苦涩的白酒。我心揪着疼，曹先生，让我替你倒一土碗，看你慢慢喝下去，好吗？由于《红楼梦》的不朽，让天下人俱抱愧磨难中的大师曹雪芹！

# 盐亭古风

岳定海

四川有个县叫盐亭县。

盐亭县城有两座山对峙：一座叫高山庙，现为国家级森林公园，一山独秀，兀立川北之上；一座叫凤凰山，奇妙的是山里藏寺，香火缭绕，曰凤灵寺。盐亭县城外流动两条江，时宽阔，时狭窄，一条名弥江，一条名梓江。弥江从黑坪一带发源，声势渐弱；梓江从梓潼奔流而至，一路上涛声大作，而丘陵起伏。

盐亭县城囿于两山之间，又有两条河水挤压，县城显得逼仄，在高山庙脚下扩出一片宽敞的小坝子，快快乐乐地繁衍了几千年，生息，蓬勃，蛰伏……周而复始，岁月轮回。

可不能小看这片狭窄的土地，这个叫盐亭的县名。

## 嫘　祖

新石器时代的岷山分布广泛，一脉余支逶迤起伏于盐亭金鸡青龙山（今嫘祖镇），女中人杰嫘祖降生于此。小小的她随父亲从事渔猎活动，不安分的脚丫子在山头顽石间奔跑，宣泄着少女快乐的心情。一天玩累了，嫘祖在枝枝杈杈的桑树间采下一颗果子吃，那汁儿染红了嘴唇，甜到了心尖。当夜，嫘祖便枕着一片云彩入梦：五彩斑斓的山头，凤凰围着霞光起舞，赤脚少女嫘祖轻踩云朵，绕树三匝，缓缓飞升……还是在这株大桑树下，嫘祖将串串泛着光晕的桑葚采摘回家，倾覆于粗鄙的陶盆里；几天后，"桑葚酒浆"冒着扑鼻的芬芳问世了。同样在这棵大桑树下，嫘祖在唱完山歌后坐于树下歇息，她偶然抬头看见一条雪白的虫子在树叶间啃啮桑叶，并在身后拖出柔软的七彩的蛛网，好看的丝结成金黄色的蚕茧，挂在茂密的桑叶间，迎风摆动。嫘祖将茧子带回家中熬制，丝绢在她灵巧的手中诞生了。

回望已经走过的五千年历史背影：人类从愚昧走向文明，从混沌走向清晰，从寒冷走向温暖，从贪婪走向节制……我们这些后来人呵，真的需要感谢嫘祖和盐亭青龙山那片大桑林，以及从蓬蓬勃勃桑叶间爬出的蚕虫和它们可爱小嘴中吐出的第一缕雪白的丝……

# 岐 伯

我一直注视盐亭县茶亭乡（今岐伯镇）这个森林蓊郁之地，多因岐伯生于此山。巴蜀文化的学者们在长年研究后得出结论，岐伯为岐舌国人，（岐舌国在今四川盐亭为中心的地区），他们的依据为，岐为古姓，又作歧，在《山海经·海外南经》篇中称"有岐舌之国"，"岐舌国在其东，一曰在不死民东"。现代史学家蒙文通考证，"《海外南经》为蜀人所作"。据此，专家们认为岐舌国在今成都平原以东，是一支人数不多的由岐姓人所组成的原始部落。回头再看，恰好盐亭在几千年的历史长河里盛行尊崇岐伯的风俗习惯，当地流传岐伯的传说和民谣，如有瘟疫横行，农民爬上高树枝点亮"天灯"以驱除瘟病，如果瘟疫严重，点"天灯"也无效果之后，乡民中有人装扮成岐伯，身着甲胄，手执金鞭，戴螃蟹眼，端坐方椅之上，一干人等抬上"岐伯"巡游瘟区，扫荡瘟疫。现在我们可以看到的盐亭岐阳坝，旧称"岐伯坝"，背依高山，三面环流，坝边有弥江潺潺流水，岸上长着一株万年古柏，历称"岐柏树"。史记盐亭柏梓、安家和黑坪一带，农人喜种分权柏树，虬枝似腾龙、伏蛇，与氐羌人龙、蛇图腾崇拜有关。至今，茶亭这一带仍生长着许多双权、五权、七权柏，细看状如甲骨文"岐伯"符号。

我站在茶亭场边打量那株"岐伯王"，它风骨凛冽，金声长啸，阳光流淌，白云环绕，真正是树中君子，天下医圣，它就是岐伯万年屹立的化身！

# 李义府

在封建社会波谲云诡的官场中，时隐时现走来了唐代诗人兼高官李义府。

李义府是唐梓州永泰县（今属盐亭永泰乡）人，他诗情横溢，著名的《承华箴》起始就水银泻地："邃初冥昧，元气氤氲，二仪始阐，三才既分……"让唐太宗父子品味再三，赐李义府四十匹帛以示殊荣。李义府还写过《堂堂词》，第一首云："镂月为歌扇，裁云作舞衣，自怜回雪态，好取洛川归。"一时风行大唐诗坛。可笑某县官张怀庆将此诗略加改动，据为己有，后来被传为天下笑谈，"生吞活剥"的典故于此出现。李义府曾著几十卷文集，均已散佚，仅剩八首诗载入《全唐诗》，另还有一本《度心术》传世。由于李义府文采飞扬，与当朝司仪郎来济同显声名，世称"来李"。李义府在官宦生活中，像个高级仆人精心伺候着唐太宗李世民、唐高宗李治和女皇武则天两代人。我时常想，一个人一生中能见到君王唐太宗便是天大福气，哪还企求与唐高宗和历史上唯一女皇同朝进退呢？这个盐亭乡下佬李义府不仅做到了，还得到唐太宗的欣赏与赐予，并沐浴过女皇武则天的皇恩浩荡：唐高宗显庆四年（659），武皇后将拥戴自己有功的李义府任命为同中书门下三品，这便是大唐宰相之位了。

实际上，千年后的我想去盐亭县永泰乡境内走一走，看能不能在平实的山野间，与那位孤傲而又温文尔雅的李义府老乡对一阵话：今年春雨如膏，农夫喜其润泽了吧。

# 赵 蕤

有一处靠水的山区平坝让我牵挂，我总想在这片被误读为"东岩子""长坪山""大匡山"之地，去一睹盐亭两河乡下（今高渠镇）白虎村人赵蕤。赵蕤是汉代易学家赵宾后裔，赵宾以卦气言析《易》的真传，名重一时。赵蕤的血脉中流动着周易神灵的血液，恃才傲物，潜心著述。《四川总志》载，赵蕤"博考六经诸子同异，著《长短经》"，《长短经》共十卷。

先说赵蕤的风采。宋人杨天惠《彰明逸事》讲"潼江赵蕤，任侠有气"，寥寥八字，神韵尽出。再说赵蕤的脾性。益州大都督府长史苏颋向唐明皇写上《荐西蜀人才疏》，称赞"赵蕤术数，李白文章"，同为蜀中双璧。爱才的唐明皇诏传赵蕤入京供职，梓州刺史兴师动众前往长坪山传旨，哪知赵蕤夫妇反复谢绝，拒不接旨，还恳请刺史转告皇上："……其隐士之志不变，望能成全。"周围百姓感叹赵蕤高风亮节，送他"赵征君"雅号四处流传。再说一说赵蕤培养的唐代江油青莲籍大诗人李白，这李白是慕名从涪江坐船来到梓州（今三台县）长坪山拜赵蕤为师的。唐开元六年（718），李白身佩龙泉宝剑登上长坪山，赵蕤问候了一番，便安排李白住宿于山岩之洞。从此师徒二人温习剑术，驯养鸟禽，赵蕤一声啸叫，奇禽翩翩飞于主人手中啄食，毫不惧怕，仅此可见赵蕤优哉游哉的神仙生活是多么令人神往。

赵蕤很得意自己结交的一位诗仙徒弟李白，赵蕤也很喜爱自己穷尽毕生心血写就的与《资治通鉴》齐名的奇书《长短经》，亦称《反经》。

## 严　震

盐亭县城云溪镇宝台观很有来历，前一段我抽空回老家时专程拜访，其旧址已是一座民国时所建老房。不过身旁那株遒劲的黄楝树枝如铁，干如铜，挥洒着生命的浓墨重彩。唐德宗建中四年（783），生于此地的严震因平叛有功，被任命为同中书门下平章事（即宰相位）。严震是东汉末年巴郡太守严颜的第23代嫡孙，史载巴郡城破之时，刚烈的严颜在猛张飞面前拒不下跪，豪言："只有断头将军，没有屈膝将军。"才有后来张飞义释严颜，委以大任之故事。严震似乎继承了祖老先人的血性，他"为政清严，兴利除害，远近称美"，世人号为"清严"（《旧唐书》）。虽然家庭富有，"以财雄于乡里"，为乡间望族，严震却十分大方，他"屡出家财以助边军"（《旧唐书》）。

严震不但资助边军，还亲自戍边建功立业，"败吐蕃于茂州及黑水堡"（《资治通鉴》）。同样在这本史书中记述："唐德宗西行避难，上将幸梁州，山南节度使盐亭严震闻之，遣使诸奉天奉迎。"如此一来，严震一家满室生辉，在盐亭柏梓乡下还肃立着严家七进士碑碣，严震之墓尚存山水间，供后人凭吊。大诗人杜甫是个漂泊世间的旅者，他多次行走盐亭，住宿于昙云庵，在有名的歌咏盐亭的诗篇中，杜甫热情地赞美："严家俱德星。"是的，这个"严家"，指的就是蜀中名士严震家族。

# 文 同

无论如何看，在盐亭出了个文同都是件让人惊叹的大事。文同，与唐高宗宰相李义府同为梓州永泰人（今盐亭永泰乡）。提到永泰，我曾在梦里亲历过它安静的溪流、小山丘与瓦片房子，它们多次响起文同少年时代的祈祷之声："溪深野水流云气，雪压寒条带玉姿。"这便是他赞美过的盐亭。每每读到此诗，我都认为文同用神来之笔在写作、在歌吟、在绘画。文同中了进士，并一路顺风顺水地做了些年头的好官。有人质疑封建社会官僚的危害，我倒不以为然：在文同的身上，我们读到了一个文人的操守、品行、政绩。同时，从另一角度看，作为艺术大师，文同被他的亲戚大文豪苏轼称颂为：诗一、楚辞二、草书三、画四，世称"四绝"。文同诗写"美人却扇坐，羞落庭下花"句，引得苏轼曾面对欧阳修拍案称奇。当然，了不起的还有文同的文人画，相传墨竹源头之一是文同，享誉画坛的"文湖州派"的始祖是文同，同样是他的后世徒孙如元代李衎在《竹谱祥录》中就用金石之声震撼世人："文湖州最后出，不异杲日升空，爝火俱息；黄钟一振，瓦釜失声。"我查了一下，杲日指的是明亮太阳升起，而爝火为火把，古人夜行须举着火把照路，火把熄了，如何跋涉？可见，文同的艺术影响力之巨大！今天的四川仁寿黑龙滩有一堵峭壁，泼水显画，蔚为奇观，人称"怪石墨竹"，为文同手笔。传为文同任陵州（今仁寿）太守时，一夜借宿于古庙，禅祥师恭请文同面对庙内石壁题诗画竹。奇妙的是，墨汁一干，石壁空空如也。第二天文同端水泼洒于石壁之上，墨竹显现，熠熠生辉，文同方才顿悟，墨竹，乃神人命其留书于此。水泼墨竹今天还在，而世上公认文同所画的墨竹真迹不过三幅：台北故宫博物院珍藏两幅，上海博物馆珍藏一幅。

在文同画作面前，我辈须屏住声息：分辨一枝叶晃和一竿竹摇的宋朝意境。

## 张鹏翮

对于盐亭县折弓乡（今嫘祖镇）丹峰山下的张家湾，我常心存敬意而又不能释怀：一样的泥土，一样的树林，诞生了不一样的"清康雍年间文华殿大学士，领宰相卫"（《烟雨浮图》）的张鹏翮。张鹏翮的确命苦，自幼父母双亡，被族人带往遂宁黑白沟艰难生存，后在颠沛流离中迁入西充圭峰下禅洞湾，接受名师教育而攻读成才，所以，张鹏翮身世一度扑朔迷离。现代史学家蒙文通在著作《汉潺亭考》中记述："盐亭有《志》，始于明弘治间……同治间，邑孝廉张鹏翮等又作《续志》……倘亦有裨焉。"我再查史料：孝廉，清代俗称为举人，而蒙文通直接肯定张鹏翮为邑孝廉，当为乡人无疑。我们再把目光投向官场，从盐亭折弓走出去的张鹏翮为官清正，他的办公场所供奉关羽和周仓两尊塑像，有人托请私事，张鹏翮看着周仓又转向来人，轻声道："周将军护刀锋利，你不惧怕？"河南巡抚徐潮赴任前入京觐见康熙，帝叮嘱："尔能如张鹏翮……不但为今之名臣，亦足重于后世矣。"可见张鹏翮志行操守深得康熙赞许。沙皇俄国侵犯清朝疆土，张鹏翮受康熙指派前去谈判，飞沙走石，不辱使命。张鹏翮终于与沙俄签订了中俄历史上第一个平等条约《中俄尼布楚条约》，有力打击了沙俄的嚣张气焰，捍卫了我国包括黑龙江广大流域在内的中国领土。自那后，康熙帝一直注视着张鹏翮，并于清康熙三十九年（1700）任命张为河道总督，把"三藩""河务""漕运"等三项烫手的要务放到了他的肩上。"张鹏翮自到河工，在署之日甚少，每日乘马巡视堤岸，不惮劳苦。"（《满汉名臣传》）咆哮不停的黄河，被张鹏翮精心疏导和调理后，收起野性，唱起中华民族的摇篮曲。张鹏翮治黄大见成效，史记"黄流顺轨，安澜十余年"。

清朝启蒙读物《养正篇》中吟道："张鹏翮，妻无色，助丈夫，拜官阙……"以此启迪后人。在张鹏翮家乡盐亭折弓一山之余脉的西充圭峰山下（此地在历史长河中经年与折弓为同一辖地），当地百姓还建造一座"宰相阁"，纪念被雍正帝盛赞为"卓然一代完人"的盐亭籍折弓乡人张鹏翮。

## 王 弼

自元到明的历史卷册里，史官的笔墨都有些吝啬，对盐亭的人物大多语焉不详。我查了有一位明开国元勋、朱元璋的左右二膀之一的王弼，他是安徽人，生前封定远侯，食禄之地在今天盐亭县富驿镇，去世后在富驿元包山由朝廷派人修了座王弼衣冠冢。

我再用心寻找有点名气的乡人，除了有名在册的元代进士张仲禄、明代进士任时芳等两三位进士外，大多沉入历史滔滔不绝的波浪之中。

## 陈 书

生于盐亭两岔河口（今高渠镇）的陈书抖掉了一身征尘前来报到。陈书在我的想象中如一介书生，有点青涩。这个盐亭少年，清代初期不过18岁，他将笔一放穿上军装，随军开拔到福建"削藩"去了。其时平西王吴三桂在云南反叛，不久靖南王耿精忠和平南王尚之信一道响应，史称"三藩之乱"。陈书在马蹄与硝烟里转战福建、广东、江西等地，十二年军旅生活过去，"三藩之乱"基本平息时，陈书的鬓角染上白霜。他将多年在厮杀声的间歇时写下的兵祸之患、感时伤国、思念亲友等诗作整理编定，题下篇名《鹃声集》，暗喻杜鹃啼血，表达陈书在戎马倥偬年月，对家乡绵绵不尽的"一江春水向东流"之思念。后人评述，《鹃声集》是研究清代早期平定"三藩之乱"的重要史料，弥足珍贵。陈书留给我们的惊喜还不止于这些，社会刚刚稳定，他就考中进士，后升任礼部郎中。京城每当入夜，必有一盏灯亮在木格方窗下，必有一炷佛香焚起袅袅烟雾，伴于陈书左右。后来蒙文通感慨地讲，我县自帝王时代有著作传于后世者仅三人，一为唐赵蕤著《长短经》，一为宋文同著《丹渊集》，一为清陈书著《鹃声集》。

今天尚有两岔河水集口村四社纪念陈书的石碑碑文，被夕阳淡淡照耀，述说陈书"先立战功，后取功名，讨伐叛军，热爱家园"的波澜壮阔的一生。

# 袁焕仙

或许，与一位佛家大师不期而遇是修来的缘分，自然而然，这位叫作袁焕仙的盐亭柏梓人（今岐伯镇）进入了我的视线。

我曾去过袁焕仙的老屋，那是灵瑞龙顾井一处偏僻的山坡处，夕阳西下，乱草丛生，有一些颓败景象。我沿着青苔密布的台阶走了一圈，突然想起房主是佛界高人，不由会心一笑，佛家唱诵"万物皆空"，此房可为佐证。袁焕仙当过小官，也在四川军阀里厮混过，某一天幡然醒悟，遁迹空门，研读佛经，视孤灯黄卷为亲人，在浙江、湖北等名寺问道佛界，皓首穷经十余年，似乎功德圆满了。有一天袁焕仙于灌县灵岩说法，一时名流宿老聆听者众。他坐堂讲道，如大江东流，"乱石穿空，惊涛拍岸，卷起千堆雪"；他随缘说法，如"杨柳岸，晓风残月"。袁焕仙渊博的知识，机敏的辩才，浑圆的逻辑，自在的风度，都在讲学教化的道场引起共鸣，听众云集，大乘佛法教义直抵人心，连窗外一草一木也欣喜颤动。袁焕仙在峨眉山还培养造就了一批向佛人士，并留下袁姓门下"峨眉五通仙人"一说，其中以释通禅（即今南怀瑾）最为著名。进入21世纪初期，温州人南怀瑾著作等身，捐资修路。记者采访他时，南怀瑾淡然一笑："我能有今天的成就，完全得益于我的恩师盐亭老人袁焕仙先生，是他指引了我的人生道路……"袁焕仙的另一位法子释通永如今还在峨眉山报国寺内走动，有人请他说法，通永师留一句禅语："一切修持都靠自己。"袁焕仙的佛教有多深沉？听人讲，民国时期成都一个警察官，本来上"维摩精舍"是监视袁的动向的，殊不知这警官越听越入耳，天天深夜不归，他的老婆怀疑他有外遇，警官再三说明是听盐亭袁老夫子讲经去了。老婆不信，同去对质，哪知这个老婆也在现场是越听越入迷，夫妇同拜袁焕仙为师。

有时我想，盐亭这片山林之间隐蔽着什么样的神秘力量？从官从商从文者自不消说，连个老禅师行走佛门也让人长年如痴如狂？袁焕仙遗存的有著作《维摩精舍丛书》一二函刊行于世。袁焕仙有个女儿叫袁静萍，她曾将来访者带到盐亭老家一棵茂盛的梨树下，一字一句传递着佛教箴言："什么是佛？心即是佛。什么是心？心本无生因境有，前境若无心亦无，罪福如幻起亦灭。"我想：佛门深如大海，袁焕仙也如一条大河，我等凡人，不过浅流而已。

## 蒙文通

让蒙文通作为本文的压轴戏也是天意吧？我正在回想蒙文通老宅的模样时，始终忘不掉石牛庙（今文通镇）那一个宁静的乡村黄昏。我在院子里孤寂地走动，分明听见蒙文通在深深宅院招呼我：定海乡弟，累了就歇一会儿，喝碗开水嘛。

蒙文通是盐亭石牛庙人，5 岁启蒙上私塾，12 岁跟随伯父蒙公甫迁居成都，从此命运大门訇然打开。蒙文通就读学堂的教学方针是"以中国经史之学为基础"，同学有郭沫若、李劼人等，同桌上课，课外购书，从历史的背景中梳理学术的气质，人格的精神。蒙文通似乎一直在看书与写作，他太勤奋，陆续写出了后来被学术界称为"极具历史价值"的书籍《中国禅学考》《古史甄微》《汉潺亭考》《经学抉原》《越史丛考》等著作，在中国史学界占了一席之地。蒙文通还独具个性，他在北大历史系任教一年多里，始终未拜访"五四"文学革命倡导人胡适先生。后转到天津一所高校任教，蒙文通依然我行我素，不知领导家门朝何处开。对于学生，蒙文通就亲切热情了很多。中华人民共和国成立后，四川大学由他教授学生的考场不设校内，而是随意安排在川大一旁的望江楼公园茶铺里，学生品茗应试，考完由蒙文通掏钱招待吃菜。多年后，有川大学生回忆蒙文通："先生身材不高，体态丰盈，美髯垂胸，两眼炯炯有神，持一根二尺来长的叶子烟杆，满面笑容，从容潇洒地走上讲台，大有学者、长者、尊者之风。"史料记述历史学家刘文典坐在月光下给学生讲《月赋》，银月泻地，学生陶醉。而历史学家蒙文通考试请学生出题考先生，题目一出口，蒙文通便知学生的学识程度，然后猛吸一口叶子烟，在呛人的咳嗽声中哈哈大笑起来。那个时代的老师，真让世人神往。

经学大师廖季平曾如此评价蒙文通："文通文如桶底脱，佩服佩服，后来必成大家。"几十载岁月悄然而过，从史家与后来者对蒙文通的称赞与评价来看，蒙文通完全担当得起"史学大师"的称号！

我约略查找了一下资料，从唐肃宗至德二年（757）开始，盐亭实行科举制度，一直持续到清德宗光绪三十一年（1905）结束，前后长达1148年。也就是说，在漫漫的历史岁月中，盐亭除上述人杰外，历代还考取了举人130多名，贡士90多名，进士70多名，进士有严先、严公弼、严公眠、王文灿、税挺、蒲规、何荣、文葆光、税定国、章朝、杨鄂、蹇驹、文仔、严伯庄、税远容、彭绍冀、税庚、郭异、牟用中、牟义先、牟积中、牟学先、张仲禄、任时芳、陈书。其中，尤以宋代的进士居多，名人有文同，而为清代科举考试画上圆满句号的是进士陈书。

　　说心里话，盐亭的先贤和后辈一直让我赏心悦目，好比大片的森林欲与天公试比高，令人感慨不已：留学日本的何拔儒（西陵镇），为人师表的岳鹏程（西陵镇），"新民主主义革命先驱"袁诗荛（岐伯镇），民国漫画家谢趣生（巨龙镇），热心桑梓教育的清代提督江长贵（大兴乡），笼子寨兴办教育的杨太虚（八角镇），爱国民主人士任望南（九龙镇），清末四川保路运动先锋王明金（王举人，利和乡），女性教育家蒙裁成（莲花湖乡），洪湖赤卫队队长刘仰高（云溪镇），绵阳境内唯一的红岩烈士黄绍辉（玉龙镇），"同盟会"会员谢兆兰（高渠镇），历史学家蒙默（文通镇），德政县令董叔封（云溪镇），雕塑家任义伯（嫘祖镇），爱国诗人胥端甫（金孔镇），盐亭故里名宿杜润之（九龙镇），杜佩绅（九龙镇），胥竹成（金孔镇），蒙伯飏（三元乡），彭建修（西陵镇），范蜀林（石牛庙乡），蒙思明（石牛庙乡），巴塞罗那奥运冠军张山（八角镇），革命烈士侯伯英（大兴乡），长征战士许映辉（巨龙镇），英勇士兵刘忠勇（八角镇），当代作家王尔碑、王剑清（利和乡），岳定海（云溪镇），李银昭（巨龙镇），冯小涓（九龙镇），廖小琴（金孔镇），王亚平（云溪镇），书法家王佐，部队精英任宗清，任文彪，任朝海（金孔镇），人民公仆杨崇汇（玉龙镇），政协专家何志尧（玉龙镇），教育家白大科（云溪镇），科学家杨义先（云溪镇），历史学者高翔（云溪镇），科技人才钟鸣（云溪镇），歌唱家张莉（富驿镇），快女歌手江映蓉（高渠镇），政坛新秀陈彦夫，姚永红（麻秧乡，金孔镇），雕塑家赵义平（金孔镇）……他们都是榜列前排的受人尊重的当代人杰。

　　盐亭，我匍匐着向你致以敬意！

# 柔软的丽江

岳定海

　　此刻我在哪里？在云南一座古城，她叫丽江，惊艳得让我睁不开眼，又惫倦得令我如此舒适。中国古城我已游历不少，平遥的古朴，阆中的平和，歙县的典雅，甚至四川旮旮旯旯的老镇新街，我已打望不少，它们的千篇一律让我腻味。从飞机降落到丽江那一刻起，我就想："一个丽江也不过如此吧？"心一懒散，脚步就放慢下来，进入古城口那一瞬间，心灵似乎被融化了，感到温馨的阳光如小孩的手，挠得我浑身痒痒，阳光洒在我额头上，花朵似的闪耀，如行走的云彩。云南被誉为四季春城，她的柔美、温情与宽容早已播撒在口口相传的游客心上与史料的册页里。我多次来过彩云之南，一次作为新闻工作者随团采访老山主峰，瞻仰过麻栗坡烈士陵园，游览过醇美的大理古城，观赏过优雅的苍山洱海和瑰奇的昆明石林，至于藏在西山公园的聂耳墓，我专门拨草寻访过，那位国歌的作曲者，当时长眠在荒芜的乱草背后，也许现在墓园修缮了吧？此刻，我坐在丽江古城一家叫静怡轩的客栈里，二楼，回廊转角，古色古香，精致的博古架上，摆放着有关旅游、烹饪、文学与建筑方面的书籍，普洱茶盒立于一旁，几只仿古的花瓶柔美温润，散发淡雅的气息。在飞檐挑过的隔壁，邻家春色也是浓得化不开，飘逸伤感又缓慢的歌曲《河流》，汪峰嘶着嗓子唱的，绕梁不绝，让我忧伤。

　　在人世间我或快或慢地游历了几十年，天上的云很纯很亮，让我恍惚：在盐亭那座淳朴的县城，我的脚印深深浅浅，嵌在了故乡的每一寸泥土、青苔、雨水和积雪上面，它们孤寂而迷茫地注视着故乡的日升起月落下……我又走动在一个叫绵阳的城市里，凡三十余年，在这儿，快乐与忧伤、星光与黑暗、羡慕与嫉恨、赞美与嘲笑……总是如我脚下的影子，半生不曾消失。我是嫉妒我的影子的，在我生命最为绚烂开放的时辰，你躲得远远的，好像我的快乐与你无缘。可是有一天我累了乏了，蜷在自己小小的书房里无语凝噎、黯然垂泪时，影子像乖巧的小动物，挨我趴下，也默默闪着泪花。某种意义上，孤独是人类恒久的侣伴。我在小巧可人的茶楼上倚窗眺望，东看西望加一些郁积多年的漫想，中国最优美怡然的古城就在我身边，它们也静静地陪着我，一心一意，心无旁骛，这份专注又让我小小感动。查《丽江志》得知，丽江古城始建于宋末元初，当时设安州，明洪武十五年（1382），通州知府阿甲阿得归顺明朝，皇帝朱元璋赐他姓木，并封为世袭土司，至明末，丽江古城居民上千户，散布着纳西、汉、白等十多个民族，"民房群落，瓦屋栉比"，一时之全盛矣。在古城之上，神灵一样的玉龙雪山擎天而立，山下，奔流的雪水依依不舍地流过，它去灌溉花的国土，洗濯人们的心田。

有关丽江古城的晒太阳、慢摇吧、坐到树荫长凳上发呆和伸脚到小河去浸润，甚至抱一本小资或哲理文学的书籍、啜一杯猫屎咖啡……如此种种传说，真是一种再惬意不过的慢生活了。我喜欢她形式上的倦意和本质上的休闲，喜欢她的浅吟低唱也包括寂寞到长夜的心痛……

丽江这座城市虽然不大，却有一个特点，就是不像内地的有沧桑历史的城市那样约束自己，它第一撮箕夯土便是为建筑围墙用，上开垛口，下设城门，在一开一合之间，城楼上的历史意蕴便自然流泻，旌旗翻卷，马蹄声声。丽江古城也不像有些城市那样先修衙门，下马拴桩，差使开道，大张旗鼓……丽江受中原文化浸泡期短暂，没有这些，纳西族文化与其他民族文化在天性的孕育里获得充分的释放；她的城，可以从任何一处进入，又从另一处到达，少了束缚，少了框框条条，只纵容自由率性在这座城市尽情宣泄，潺湲地流淌。丽江古城的水也曼妙，她是纳西民族保护神玉龙雪山融化了以后汇成涓涓细流下来的，一看就是雪水，清澈、纯粹甚或弥漫隐约的寒气。雪水追着古城每一条石砌的河道每一个角落悠然长流，每滴都银子般洁净，不事声张怡然自得地涌流。我曾经旅行过许多繁华的或闲适的城市，也观赏过这些围城内外起伏的各种水流，认为奔波在丽江城内大大小小河道上的水，最为洁净。丽江古城的街道是用褐色大理石铺就，块块镶嵌在喧哗的街上、河床两岸以及大小不一的广场，坚硬无比，适合游客的脚步在懒散的时光里去亲近石头的家族。丽江的商铺很有民族特色，一爿连一爿铺面，被匠人用彩色的汉字、象形的东巴文字绘制在门楣、墙壁和小巷里，文化气氛特别浓烈，让人感受到这个建城近八百年历史的边城是如何一点一滴在岁月的枝头，向世界绽放出美丽无邪的自己。商铺出售民族工艺品的居多，我大略数了下，以卖银饰品、手鼓、披肩、食品为主，间夹人气爆棚的小吃城，里面是民族特色为主的佳肴，如腊排骨、黑山羊、过桥米线等，辅以玛咖酒，称之为美食也还恰如其分。在鲜花掩映的飞檐下，一块"纳西古乐会"的木质招牌引起我的注视，我知道，纳西古乐被称作中国音乐界的"活化石"，刚从地下发掘出土，还散发出神秘的气息。丽江古城依斜坡而建的老房子彩绘其间，古色古香，旁人讲这是古城著名的音乐酒吧一条街，我朝里打量了几眼，黑暗的大厅摆着架子鼓，舞台上花花绿绿，像抽象派的大作。

当天傍晚，我们早早用过古城的地方名小吃后，便信步于酒吧一条街。抬头看天色，已是黄昏，云霞也渐渐暗淡，光芒收尽最后的颜色，让位于阴暗笼罩的天边，几颗星跳出闪闪，夜降临了。我再看古城，色彩斑斓的灯光与临河悬挂的灯笼交相辉映，放射出暧昧、诱惑、鬼魅的光晕，我看久了，疑心那点点妖娆的彩色灯光，极像性感十足、活力四射的少妇的红唇，在肉色的呼吸里，吸引世上专程到丽江晒太阳、喝咖啡、拿书发呆、泡吧乃至于来一场艳遇的各色人等。我们再走近刺激耳鼓的酒吧窗户前，朝内一瞄，呵，半明半暗的台上有几十个文青、小资与青年随着狂热的旋律跳起急切的舞蹈，是雷、是电、是风、是雨、是快乐、是发泄、是邂逅、是狂欢……我明白了，丽江古城是一个人一生必须来几次的地方，她的宽容她的浪漫她的欲望她的火焰通通在这一刻爆发，将灵魂吞噬，无人可以逃避。我仄身走到偏远一排绿树下面的木凳上坐好，沉思起来：人的一生，不就是寻找与发现、出发与抵达、休息与前行、遗失与收获的因果关系么？我一直喜爱中国历史上春秋时期的包容、魏晋的风骨、盛唐的开放、大宋的优雅……其中，尤以唐诗勾起我的乡愁最重。你看，李白的"愁倚两三松"，李商隐的"巴山夜雨涨秋池"，刘长卿的"风雪夜归人"，温庭筠的"鸡声茅店月"……这些千古行旅的诗句叫人心痛，叫人愁肠百结。它们流泻古街的伤心月色，浸淫千年，也亮丽了千年。那么，生命从本质上讲是结善缘还是做红尘的摆渡人？是做天地间的匆匆过客还是做自己的主人？我想，丽江古城已经给出了答卷：随心走吧，这才是唯一的。

哦，丽江古城，是我们这个时代悬挂在大树上的鸟巢，它为来者与旅客提供了庇护，因而称它是安乐窝未尝不可。

# 仙人李白

岳定海

李白是人？是鬼？是神？

走在通向青莲那座小山丘的路上，我一直心里嘀咕，人，鬼，神。从古至今，人不好变，鬼不好当，神不好装。何出此言？人是七情六欲的高级动物，他一言一行都呈现在世界的面前，旁人有观察与评论的自由。鬼这个说辞，谁也没见过，独有坟山半夜萤萤幽光证明了流言的存在。反而是从天而降的大神，令人敬畏，一度让我膜拜到五体投地的程度。看这座山丘低矮，实际上向丘顶攀缘的过程中显得吃力，山路弯弯绕绕，坡地生长蓬松的乔木与匍匐的灌木，窄窄的路边爬出大丛茅草与长花的植被，风微微吹拂，我心里敞亮得很。青莲隶属江油管辖，而江油又属绵阳直系，这层朦朦胧胧的行政关系得以让我在青莲进进出出。来是来多次了，每一次都心生高尚，都变得小心翼翼。因为，在这座小山丘的腹地，当代人建有一座"陇西院"的旧居，唐朝形制，古风飘逸，在苍凉的门口立一块醒目碑记，曰：李白，公元701—762，字太白，号青莲居士，祖籍陇西成纪（今甘肃省秦安县），出生四川绵州（今四川绵阳江油青莲），为唐代著名的大诗人。个性率真豪放，嗜酒好游。玄宗时曾为翰林供奉，后因得罪权贵，遭排挤而离开京城，最后病死当涂。其诗高妙清逸，世称"诗仙"。与"诗圣"杜甫齐名，时人称"李杜"。著有《李太白集》。朋友你看，这是中国有史以来最负盛名的文化大师降临之地，我能不满眼崇拜，盘桓而上吗？记得第一次登临这座丘陵时，我忽然在蓬蒿繁衍的岩边躺下，双手枕头，眺望无边无际的天空，蓝天白云起伏，雀鸟掠过枝头，虽然天空一无所有，只有空洞的风景，而也是那一瞬间，我泪水盈盈，李白，我拜谒你来了。李白有个叔父叫李阳冰，他说李白母亲"长庚入梦"而生其于青莲，这个我是相信的。李白有个铁杆粉丝叫魏万，他在李白诗歌大放光芒时追踪李白，直到河南乃至江南。李白见魏万如此诚挚情深，不仅托他照料自己的儿子明月奴，而且把全部诗稿交给魏万，请他编集。魏万不负老友所托，上元（肃宗年号）年间魏万中进士后，立即着手编撰《李翰林集》，并写序言。可惜，这本最早的李白诗集除了一篇序外，都在茫茫岁月里失传了。在序里魏万讲李白"身既生蜀"。我每读于此，就对陈寅恪先生和郭沫若先生投去疑惑的一瞥：唐朝同代人说李白生于青莲，如此明明白白，你们制造什么史籍上李白籍贯的麻烦与混乱呢？

而且，我分明记得李白在青莲那条活泼而清亮的小山溪旁，创造了"铁棒磨成针"的典故。也知道李白身着飘荡的长袍，在我注目的蜀山轻步来去。我去青莲古镇寻找一些与李白有关的蛛丝马迹时，心生虔诚。李白在千年以前的唐代，在蜀中这片烟火气缭绕的市井，在瓦房下人影晃动的酒肆醉酒，在空旷的平坝尽兴舞剑……李白与生生世世的四川人民一样，豁达，刚毅，不羁，自在，还添加一缕仙气飘柔。李白喜欢与邻里孩儿玩耍，也爬青莲场头的大树向天边遥望。他心里念着一个人，梓州盐亭赵蕤，对，改日划舟去拜望这位名噪乡里的韬略大家。李白是长久深爱故乡青莲的，他以后在旅途栖息时还念念不忘故乡，那首千年神作《静夜思》写得多么澄澈透明，又多么温暖尘世之心啊！李白在异地写下这寥寥二十字时，他抒发对山川之美的赞颂，对故乡的一往情深。好像是春天一片萌动的芽，泄露出生命的意义；也好像是秋天一枚挂枝的果，昭示岁月的价值。我在草坪上翻一个身，初夏的阳光暖暖的，拂过脸庞上还有些痒痒的，我折一草茎，咬嘴里嚼它的汁水，头脑却处于漫想中：李白乘舟从青莲出发到达盐亭高渠一片开阔的山地，有一口碧波荡漾的池塘，上有白鹤飞翔，塘边筑茅屋，为敞开式三间，院中置放石桌木凳，绾发的赵蕤携家人长居此山，大名长坪山，饮数盅土酒，嚼山生野果，唤千鸟歇院，真是自得其乐，一派隐士风光。李白在此山与师父赵蕤共执酒盏，品尝野味，展简研读旷世巨作《长短经》，心底早佩服得很了。我想着又流泪，李白，你的父亲李客带上仆人和驼队，从横亘天外的西域给内地带来瓷器和洋玩意儿，一时观者惊叹不已。李客将家居安顿在青莲的山水之间，生育出李白和妹妹李月圆，加上李氏家族十二兄弟，李白才有"李十二"的称谓。那时够快活，李白"仗剑出游"，月圆脂粉泼竹，全家其乐融融，也让青莲场上市民羡慕年年了。

李白曾有自述，他的兴趣爱好广泛，涵盖读书、习字、饮酒、登山、养鸟、马球、歌舞、鼓吹、文玩、字画、双陆、弹棋、斗鸡、游猎、击剑、求仙、炼丹、谈玄、狎妓……也就是说，唐朝那个时代该玩的，李白玩了，旁人没有玩耍的，他也尽情玩到。读书不少了，自轩辕黄帝以来的经籍，李白基本读过。对他影响最大的还是要数师父赵蕤的《长短经》，南华真人的《庄子》和屈原的《楚辞》。这一看，天降诗仙，千古绝唱矣！习字这个要多说几句。李白弃舟上岸换马前行抵达盐亭高山庙时，下榻的是茂密山林之下的昙云庵，与赵蕤出行习剑是到高山庙仰天窝，练习书法后淘笔的有一眼濯笔溪，昙云庵这座依山而建的古屋大有来头。李白在此居住，随后杜甫六过盐亭县城也夜宿于此，连大名鼎鼎的苏东坡到盐亭探望表兄文同，也是留宿此庵。说白了，昙云庵就是一处官驿，达官贵人和文人雅士在尘世上的歇脚之处。再说饮酒，这还得了，李白号称诗仙和酒仙，一辈子还少得了酒？我在文史的册页里搜寻到，李白从十多岁就开始喝酒了（李白《答湖州司马迦叶问白是何人》）。他喝酒看场合，如果是参加朝廷的宴会，一般喝得很少。若是与二三好友闲暇聚会，往往是开怀痛饮，不醉不归。李白一生嗜饮兰陵酒、宣城老春、葡萄酒、金陵春、白酒、新丰酒、鲁酒、菊花酒、玉浮梁和桂花酒……玉浮梁酒经酒师一宿酿成，味道裹挟家乡四川醪糟酒的淡淡香气。李白自然是辛辛苦苦地攀上家乡的匡山，盐亭长坪山和梓州的赵岩洞去求仙问道，顺带到歌舞升平的乐坊狎妓，为人生笼罩着似人似仙的神秘色彩，多层次的光晕丰富了我的想象，也丰盈了地球的色调，足以让人感叹。因而，李白还有很多前瞻性的玩法，余不再赘述。

我登上青莲的山顶，俯瞰蜀地，阳光扇形一样铺展，农民在高低错落的田野耕种，远处的新屋升起炊烟，它们如花朵，绽放在养育人们养育李白的浅丘之上……我回到仙人的主题上来。唐久视元年（700）初春，李白母亲在青莲水边浣纱，一条金色鲤鱼突然跃入篮中，其母烹而食之便怀上了李白（黄廷桂《四川通志》）。李白出生前，其母梦见太白金星入怀，因此乡民传言李白是太白金星下凡（李阳冰《草堂集序》）。后来，李白千里迢迢来到长安拜谒诗坛泰斗贺知章老前辈，他读了李白奉上的《蜀道难》后，叹服地尊称李白为"谪仙人"（李白《对酒忆贺监二首并序》）。我仍然相信这一切，以至于到了迷信的程度。李白，绵阳江油青莲人氏，诗仙，世之珍罕也！

# 绵阳红星楼 欧公出生地

岳定海

　　我这是在哪里？我这是走到了哪里？从我居住的富临外滩花园走出来，天已飘散雾霾，它恍恍的，幽暗的，不紧不慢地包裹着我前行。我到哪里去？正想着，抬头一看，哦，绵阳红星楼到了。这些年，我忽然对红星楼存有敬畏，漫行于此，脚步轻轻地放平，站在人行道忽明忽暗的街树下，痴痴地打量暗色里的解放街。对了，解放街的街名与红星楼一样，是时代的标志，亦是绵阳刚解放时的地名产物。绵阳解放街的街道不大，多年前栽种的梧桐树生机勃勃，泛滥出满天的苍苍绿云。近年来因扩街将梧桐树长在街中间，为了留住这片生命绿荫，两边反而被辟为畅行的车道了。解放街不长，约半里地，从红星楼出来一直到黄家巷口，也就是这么一条小街吧，却是民国时期绵阳的心脏，文庙街系政府的办公衙门，黄家巷住着一些乡绅。在红星楼旁建有一座庙子，香雾缭绕，不远处筑一座圆形放生水池子，逢农历大节，手提乌龟和端几条鱼儿前来祈福避灾的人络绎不绝。时进新序，这条街现在建筑一所中学叫绵阳一中，紧邻一旁是绵阳军分区办公地点，我特意指出这条街与这所中学大有深意。北宋公元1007年，是个石破天惊的年代，文坛领袖欧阳修降生于绵州（今绵阳）这条街，欧阳修后来在名篇《醉翁亭记》里自称"庐陵欧阳修"（庐陵在今江西吉安），实际上诞生在四川绵州（现在的绵阳）。隔些年在绵州出生的还有北宋大画家文同（盐亭籍）和眉山文豪苏东坡。欧阳修那个时代这里不叫解放街和红星楼，那条街名已隐入尘烟，却历来是绵州行署所在地，也是官方的办公和歇息之地。欧阳修的父亲欧阳观其时任绵州军事推官，相当于今天公安局局长或政法委书记一职，他是一个秉公办案的官员，深受百姓尊敬。让我奇怪的是，千余年来在绵阳行使维护地方治安秩序、保障民众安全职能的公安部门地址，一直在解放街未挪过窝。远在北宋时代，欧阳观白天上大堂审案，下班后回寓所逗弄小儿，生活的情景是温馨怡人的。这样的好日子没过多久，欧阳观在绵州当了三年军事推官并生下欧阳修后病逝，而那个蹒跚学步的欧阳修不过 4 岁，时间虽短，父亲欧阳观对欧阳修的影响巨大。欧阳修的母亲叫郑氏，她教育欧阳修是以其父作榜样的，用现在的白话来讲就是："儿啊，你父亲娶我时很穷，做官又讲廉政。三年绵州的军事推官当满调走，全部家当竟然只有一匹绢，绢上绘了七君子像，你爸就常以七君子激励自己。"欧阳修捧着绢匹看得仔细，无形中，清廉的露珠一点一滴地浸润着心灵。父亲欧阳观去世，欧家陷入困境。家道中落后，母亲郑氏很顽强，不悲不怨，顽强生存，史载"家贫无资，太夫人以荻画地，教之以书"，因"画荻教子"（用荻在地上书画教育儿子读书。用以称赞母亲教子有方。出自《宋史·欧阳修传》），她被后世称之为中华四大贤母之一。郑氏无钱购买笔墨，便以沙丘为纸，以荻（约为巴茅枝）为笔，在沙上一横一捺地教欧阳修习字。欧阳修读书勤奋，常去城南李家借书抄读。他天资聪慧，加之动脑，往往三经四书未抄完，便能口诵成章。确实，欧阳修不仅给欧阳家光宗耀祖，还连带出生地绵阳也沾了大光。仕途上，欧阳修 24 岁中进士，后一路升迁到翰林学士，枢密副使，参知政事（副宰相）。政治上是范仲淹"庆历新政"的身体力行者，力主"革新"。他还奖掖后进，大文学家苏轼兄弟及曾巩、王安石皆出自欧门。文学上，欧阳修跻身唐宋八大家之列，并位居北宋古文运动领袖。他与人合编《新唐书》，独撰《新五代史》，遗存《欧阳文忠公集》。在欧阳修的一生里，诗、词、散文、金石学著述丰硕，成就灿然！今天，只为挖掘史册上传承的欧阳修大传，我时常行走在绵阳南河坝到三江半岛一带路径，主要是去寻找一片芦苇丛生的江畔，那里水禽翔集，云霞悠然，我去寻找郑氏带小儿欧阳修摇摇晃晃走动的身影，和大片芦苇荡的几枝荻，郑氏折断它们后，蹲下教儿子画画和习字。欧阳家贫寒，郑氏实在是无能为力，她做得到的就是晒免费的阳光，摘大自然的茎叶，在宽敞的江岸写字，把祖国文化原始的一横一竖传给弱小的儿子，在他的心田生根，萌芽，然后培养他成为文化巨人。

欧阳修这辈子最幸运的事，是在宋嘉祐二年（1057）当了一次科举的主考官，见证了一个群星爆发的时代。他主持的这次考试出了八个文学大家，九个朝廷宰相，还有思想家、军事家，被称为"天下第一榜"。同样在史上熠熠生辉的唐宋八大家里，"三苏"（苏洵、苏轼、苏辙）的才华，也是由欧阳修发现的。曾巩和王安石两个大诗人是好友，恰好曾巩是欧阳修的弟子，顺带着也影响了变法名臣王安石。所以说人生除了功名利禄，还有很多有趣的事情可以做，还有很多有趣的灵魂可以爱。欧阳修喜欢喝酒，喜欢真诚，喜欢歌颂男欢女爱，喜欢率性而为。虽然欧阳修长得不好看，五官生得憋屈，整个家境又不行，还曾经两次科考落榜，但是他幸运地被文学家胥偃看中，胥将长得秀美的女儿许配给他（"欧阳修始见偃，偃爱其文，召置门下，妻以女"），这让欧阳修的心快乐起来。欧阳修一直在困顿和贬谪的仕途上寻找快乐，寻觅生命的出口。欧阳修觉得，生命应该尽性，应该强调对生命的眷恋，犹如他儿时在绵州涪江边上听过的江流与风声，那里放飞着自由的灵魂。他讲要"修之于身，施之于事，见之于言"。在他的倡导下，北宋前期的士大夫整体呈现出乐观与进取的姿态，创造出一种昂扬的气氛。比如山水风月，士大夫们都喜欢。欧阳修发掘的这些精神被欧门的苏东坡学去了，还旷达地超越了。苏东坡看着老师欧阳修在官场被贬谪，知道想走政途这条路，完全避免不了大起大落，所以苏东坡就变得更加敞亮与纯粹。

因为这些，我有天坐车到绵阳南湖公园去观察。公园幽静，系垂钓、独处、冥想与野游的好去处。一湾闪闪碧波，夜夜洗濯着一颗天才的良心，绵阳新建"六一堂"于密林处，为的是纪念这位生于绵州、达观天下、享誉世间的文豪欧阳修！确实，欧阳修在江湖行走多年后累了，便找个僻静处歇息一下，也顺便将自己称作"六一居士"。何因？曰："吾《集古录》一千卷，藏书一万卷，有琴一张，有棋一局，而常置酒一壶，吾老于其间，是为六一。"这就是说，在政治险恶风浪里折腾的欧阳修厌烦了，大堂之上生畏的目光与堂下的党争，让这位洁身自好的文翁困惑不已。他心中向往的是，在夕照里，抚一抚琴；在烟雨中，动动棋子；在松风下，翻翻书籍；在乱石间，呷口老酒。这样的文雅境界，唯欧阳修仅有。

绵阳因欧公而有幸，我选个雨后初晴的日子伫立南山寺张望，肃静的"六一堂"前欧阳修先生塑像目光炯炯；而离他不过一小时步行时间的绵阳老城区解放街的一中旁边，跳跃着欧阳修幼儿时嬉闹的身影。由此扪心自问：作为绵阳人，我们该如何安放欧阳修的伟大魂灵？欧公，欧阳修是也，千古之绝唱，绵州文曲星。

# 苏东坡与北宋的蓝天

*岳定海*

　　苏东坡是蓝天。2010 年的夏日，我被这个发现弄得激动万分……蓝天深啊远啊厚重啊包容啊，自宋仁宗景祐三年（1036）开始至今，中国的蓝天，注定开阔了很多，笑声清亮了许多。中国的蓝天，有一朵一朵的云彩在上面散步，一朵云写着"苏"，一朵云写着"东"，一朵云写着"坡"，谢谢老天爷给我们送来了君子苏东坡。苏轼，号东坡，四川眉山人，他被现代人称作"秉性难改的乐天派，是月下的漫步者"。苏东坡具有多才多艺天才的深厚与广阔，有高度的智力，有天真烂漫的赤子之心……苏东坡曾对弟弟子由说过几句话："吾上可陪玉皇大帝，下可以陪卑田院乞儿，眼前见天下无一个不好人。"说这话时，苏东坡笑得很纯净，就像头上舒展开来的蔚蓝色的天空。他知道：人的个体生命在宇宙中是微不足道的，如鱼儿，如鸟雀，游过啼叫过就在世间永远杳无痕迹了，恰似"事如春梦了无痕"一样。所以，苏东坡珍惜个体的行为、语言、意识及修养。苏东坡一生用"精彩"二字可见妥帖，既有"起舞弄清影，何似在人间"的婉约，又有"大江东去，浪淘尽，千古风流人物"的豪放。而我虔诚地蹲在大地面前，一点一滴地发掘他的笑声，他的快乐，他的坦荡。苏东坡的老父苏洵，号老泉。苏东坡的弟弟苏辙，字子由，自称"颍滨遗老"。苏轼，字子瞻，"东坡居士"是他谪居黄州时自己起的。这眉山人了不起啊，苏氏一门三文豪，俱属"唐宋八大家"之列。民间流传苏东坡有一个才气逼人的妹儿叫苏小妹，传说优美，惜无此人，趣谈苏小妹"一石击破水中天"，击破就破了吧，没什么。

殿试的主试官是绵州（今绵阳）人欧阳修，他被一篇《刑赏忠厚之至论》吸引住了，激赏数日，担心是朋友曾巩写的，欧阳修既避嫌又心痛地将疑似曾巩文而后来确为苏轼文改为试卷第二，苏轼却是贡院里事实上的状元。苏东坡的世界从此展开，他以全国第一流的学者身份名满天下，当年不过二十岁。朝廷任命他为大理评事，签书凤翔府判官。上任了，苏东坡与弟弟苏辙第一次分手，他很不习惯别离，一路走一路写，都是寄给子由的，著名的一首如下：

　　　　人生到处知何似，应似飞鸿踏雪泥。
　　　　泥上偶然留指爪，鸿飞那复计东西。
　　　　……

　　高贵的人必然有颗强壮的心灵。那么这只神出鬼没的"飞鸿"呢，早就飞到神秘莫测的今天了吧？苏东坡眼见秦岭山脉干旱缺雨，便上太白峰祈雨，从庙前端回一盆"龙水"，家家户户出动迎接。此时，天空雷声大作，乌云翻滚，暴雨倾盆，万物再生。在欢腾雀跃的乡民中，苏东坡的心快乐到顶点，他据此写的《喜雨亭记》被刻在亭子上，代表了他与民同乐的精神。后来，苏东坡到朝廷史馆上班，他娶的青神女子王弗病逝。史载：王弗面容姣好，性贤惠。苏东坡的泣血词在泪流满面中问世了，词作凄美泫然，沉醉于迷茫音调而不能自拔：

　　　　十年生死两茫茫，不思量，自难忘。千里孤坟，无处话凄凉。纵使相逢应不识，尘满面，鬓如霜。　　夜来幽梦忽还乡，小轩窗，正梳妆。相顾无言，惟有泪千行。料得年年肠断处，明月夜，短松冈。

　　感谢四川青神县哺育了如水绵绵的女儿王弗，因为王弗，中国文学史多了一首用离人泪浸泡出的"天下第一悼亡诗"。蓝天开始阴郁了，一团乌云飘来，席卷《江城子·十年生死两茫茫》而去。
　　苏东坡大概身高五尺有七，前额饱满，两眼放光。谈笑间，欢快的脸变为沉思，轮廓生动。苏东坡也生"气"，这个"气"，是精神，是诗词，是运动，亦是浩然正气。他睡觉的方式也很奇怪：苏东坡上床须翻来覆去将自己的身躯摆放平顺才能入睡。旁边，新夫人用纤手捏揉他的穴位，梳理他的经络，直到鼾声如雷。醒来，他会歉意地对夫人讲，这是灵魂与肉体的关系，睡熟了，我要让灵魂出窍，飞到很高远的地方去养心，天亮，把它又收回来就是，呵呵。他也种些菜蔬，在田园劳作中享受如陶渊明的归隐乐趣。苏东坡贬谪到黄州时，很快融入民间，扛起犁头，翻耕土地，在无边的田野，他用细柳条儿抽打牛角，和着农人唱响《归去来兮辞》。在进出的大墙上，他挥毫写了32个字，让自己昼夜观看并三思：

> 出舆入辇，厥痿之机。
> 洞房清宫，寒热之媒。
> 皓齿蛾眉，伐性之斧。
> 甘脆肥浓，腐肠之药。

他将这首得意之作边走边唱，向世人传递一个忠言逆耳的信息：敢于失掉人间美好东西的人，才有福气。黄州地方虽小，也很局促，苏东坡的想象力却超越它潇洒而去。一个月白风清之夜，苏东坡与朋友杨世昌赏月，这朋友善吹箫，一曲终了，不远处的寡妇竟在村庄流泪，水下的鱼儿也黯然失色。苏东坡安慰朋友："万物滔滔而过，独江水清风、山间明月与世人共享快乐，人生何无醉耳。"是的，苏东坡幻想自己是眼下的一只仙鹤，款款远飞，下辈子或许成了神仙。事隔不久，那篇珠润如玉的月下游记如水银泻地，闪烁一派清辉。《记承天寺夜游》中"庭下如积水空明，水中藻荇交横，盖竹柏影……"笼罩了无数思乡者的苦闷的心。我们讲，这样一颗小小的宝石，只配苏东坡戴于胸前。

苏东坡因党祸之争而被宰相章惇一而再再而三贬至海南儋州。这起因于苏东坡知足常乐，在惠州他写了一首《纵笔》的小诗，诗中写道："报道先生春睡美，道人轻打五更钟。"传到宫廷，章惇阴笑了："哼，苏东坡还会享受啊，去儋州吧。"《儋县志》云："林木阴翳，燥湿之气不能远，蒸而为云，停而为水，莫不有毒。"苏东坡要去消磨晚年的便是这个地方，他已经六十岁了，背稍有些驼。这片蛮荒之地，用苏东坡的话讲："此间食无肉，病无药，居无室，出无友，冬无炭，夏无寒泉，然亦未易悉数。大率皆无尔。惟有一幸，无甚瘴也。"苏东坡在岛上饿坏了，完全过着一贫如洗的日子。公元 1098 年寒冬，苏东坡提笔给友人写信，说他与儿子"相对如两苦行僧尔"。一点食物也没有了，便去海岛的椰子林呆坐，听滴答雨声，终于采用煮青菜食苍耳的法子度饥荒。如此恶劣的环境，苏东坡依然不失快乐天性。儋州一场大雨淋过，苏东坡头顶大西瓜皮在地埂上唱歌行走，好不滑稽；有时他穿上庄稼汉子的蓑衣木屐踏水归家，农民亲切呼东坡如唤家人；闲下无事，苏东坡也到林中采药，考订药目种类；他还开办学堂，教出了海南有史以来的第一个进士姜唐佐。

宋哲宗驾崩，其弟继位，世称徽宗，苏东坡在老太后的帮助下得以奉诏北还。离别儋州那一天，黎民几百人流着高兴的泪水送别苏东坡于海边。快乐的苏东坡也累了，他在大病的一日写下沉重而无法细解的诗：

> 心似已灰之木，身如不系之舟。
>
> 问汝平生功业？黄州惠州儋州。

每个热爱生活的人，读罢此诗，也不禁潸然泪下，东坡先生的六十五岁人生，不过一甲子耳。

苏东坡在梦境里朝着老家四川眉山的一汪清泉走去，流水声潺潺，正如"大略如行云流水，初无定质。但常行于所当行，常止于不可不止"。苏东坡在梦界向巍峨盘旋的庐山走去，一首《题西林壁》名动天下，是啊，"不识庐山真面目，只缘身在此山中"。庐山迷雾萦绕的仙人洞，期待着苏东坡的脚步声踩响谜底，"一蓑烟雨任平生"。我印象最深的依然是苏东坡在海南岛困苦的岁月里，唱着民歌，呼唤乡邻，做出鬼脸，笑声清朗的样子……他的那顶斗笠，省略了满天烟雨，撑开了人生欢喜的蓝莹莹的青天和清凌凌的长空。

# 北美洲的一张脸

岳定海

　　当飞机从成都双流国际机场起飞并远途航行 15 个小时降落在纽约国际机场之时，已是半夜了。我这人没有什么时间概念，在国内登机是凌晨，到达地球另一半又是漆黑，机舱里也是昏暗，什么阳光月光星光，一律没有印象了。

　　在漫长的天空航行里，我一直思索着美利坚合众国（简称美国）这个名字的厚重意义，思来想去，决定不戴有色眼镜去观察这个遥远的国度，就用平和的目光打量它吧。飞机在还离纽约有几公里处的天上飞行时，我通过舷窗看下去，心灵被深深震撼：那里是一片星球的火焰啊，大片相连，光芒万丈……纽约，我们还在天上，你就用连天的星光迎接了我们！我来前查过资料，纽约是美国最大城市，也是世界最大的城市之一。先说说自由女神像吧，她是法国著名雕塑家巴托尔迪历时 10 年艰辛完成的作品，自由女神穿着古希腊风格的服装，所戴头冠是象征世界七大洲及五大洋的七道尖芒，女神右手高举象征自由的火炬，左手捧着一本封面刻有《美国独立宣言》发表日期"1776 年 7 月 4 日"的法律典籍，脚下是打碎的手铐、脚镣和锁链。她是自由的象征，1886 年 10 月 28 日自由女神像在纽约自由岛落成并揭幕。我们的船在湛蓝的海洋里行驶，阳光温柔，惠风和畅，船在靠近女神像的刹那间忽然颠簸了起来，海风猛烈掀动，海浪阵阵翻滚，让我们接近不了高擎火炬的女神，我在甲板的摇晃里站不太稳，内心暗想，自由女神，我们要目睹你的尊容为何如此之难？

从港口上岸，驱车经过纽约市著名的帝国大厦，它高达102层，辽阔的蓝天白云下面，犹如一柄宝剑闪着寒光！我与夫人注视良久，为它的博大而叹服。有时想想：美国人真会来事，一幢大厦也让天下瞩目！导游笑着告诉我们，去转中央公园吧。对于这家公园，我是早就耳闻：它位于美国纽约市曼哈顿区，东西两侧被著名的第五大道和中央公园西大道围合，是世界上最大的人造自然景观之一。我们去的那个下午，公园环绕着茸茸草地，郁郁葱葱的小森林，市民在轻盈地跑步，小松鼠在草坪上玩耍，斜阳如金，洒在草地与挺拔的树梢上。

　　时代广场被称为"世界的十字路口"，系美国纽约市曼哈顿位于西42街与百老汇大道交会处的街区。广场附近聚集了近40家商场和剧院，这是极为繁荣昌盛的娱乐及购物中心：百老汇的剧院、耀眼的霓虹光管广告、电视式的宣传板，无一不反映曼哈顿强烈的都市特性。我与夫人走进时代广场，包括美国广播公司、ABC等在内的世界多家重量级新闻媒体都在广场设有演播室和新闻中心，霓虹飞舞，强烈冲击着我们的视觉神经！据朋友讲，2004年4月7日，时代广场迎来了它的百年华诞，我听后发怔，这才是地道的"百年老店"。

　　来到纽约，第五大道是必然去看看的，它地处美国纽约曼哈顿的中轴线，与47街区交界，它是全球租金最昂贵的十大商业街之一。第五大道全长不足1.5公里的街道上汇集了洛克菲勒大厦，哥特式教堂建筑和蒂法那、加尔蒂等欧洲或美国的名牌专卖店，这里是名副其实的购物者天堂。我与夫人在街头转悠，男士绅士，女士淑女，怡然享受着美国东海岸安宁的夜色……在华丽的街灯下，圣帕特里克大教堂映入眼帘，它是美国最大的用哥特式风格装饰的天主教教堂。从外表看，这座双塔顶教堂线条简洁，不怎么起眼，一旦进入其中，瞬间就会被教堂内部空间所震撼。我们虔诚进入教堂，见纵深有100余米，高十多层楼，线条繁复的穹顶，覆盖教堂，无比神圣。

　　联合国总部大楼设在纽约，这是我们知道的，一天到晚看电视新闻，便对这座世界上唯一的"国际领土"产生深刻印象。联合国总部大楼位于美国纽约市曼哈顿区的东侧，我们从它那一排花花绿绿的各国国旗下走过时，心情是十分振奋而又宁静的。当今世界的前途光明，道路也分外曲折，既有明媚的光芒辉耀，也有战争的阴云密布。好吧，人类共同面对的难题，就在这幢举世瞩目的大厦内由各国开会协商解决吧。看着剑化为犁，看着荆棘变作鲜花，真是再好不过了！我低头合十，祈祷和平！

在纽约旅行，华尔街是一定要去看看的，它大名鼎鼎，位于纽约市曼哈顿区南部一条大街上，街两旁矗立着摩天大楼，汇集纽约证券交易所、联邦储备银行等金融机构和美国洛克菲勒、摩根、杜邦等大财团开设的银行、保险、铁路、航运等大公司以及棉花、咖啡、糖、可可等商品交易所。正是这些呼风唤雨的知名机构，使华尔街成为国际金融界的"神经中枢"，它一跺脚，全球金融界也会为之颤抖。

美国东海岸之行是愉悦的。我们依依不舍地离开纽约，乘车来到华盛顿。它是美国的首都，在这里集中了美国国家机器里的核心，如联邦政府最高国家机关总统府（白宫）、国会大厦、国务院和国防部（五角大楼），是美国最高的指挥中心和政治活动中心，有人称它为美国的"心脏"，非常恰当，它自然也是世界著名的城市之一。华盛顿的全名叫"华盛顿哥伦比亚特区"，这个名字是为纪念美国独立战争胜利后的第一位总统乔治·华盛顿和1492年发现美洲新大陆的意大利航海家哥伦布。漫步华盛顿市区，但见环境清幽，风景秀丽，特别是市区独立大街与宪法大街之间有一大片宽阔的绿带，它从市中心的国会大厦通过华盛顿纪念碑一直延伸到市区西端的林肯纪念堂，全长3200米，是一条静谧的林荫大道。这条绿带上分布着美国政府各部门的首脑机关、全国闻名的博物馆、美术馆和别具风格的纪念堂。高大的建筑物掩映在绿色的海洋之中。

从华盛顿出来去看巴尔的摩，它是美国马里兰州的最大城市，也是美国大西洋沿岸重要的海港城市。我们的车到达巴尔的摩时已是初冬深夜，导游讲可以在这里逗留一个小时拍照或者赏景，我们自是兴趣盎然。在海港走动，恍若走进最瑰丽的油画长廊，大轮船与海浪斑斓之光晕相互辉映，将人间仙境呈现给世界的夜晚，我们在光晕里喃喃自语，回不过神来。

费城作为美国曾经的首都，自然烙上了辉煌的印记。我一直记得费城在美国建国史上的发轫之作——自由钟！在费城独立大厅外面，矗立着一座现代化的钟楼，这口自由钟的钟面上刻着《圣经》上的名言："向世界所有的人宣告自由。"这口自由钟在 1776 年 7 月 4 日敲响，召集民众围钟聆听《独立宣言》的宣读。

美国还有几千公顷的国家森林公园，它在天际线上伸展，我们欣赏蓊郁树林与万丈沟壑连接的蔚蓝色的天边，观看无数野生动物在此享用美好岁月酿造的大自然食物，也是陶醉了……

# 长坪山两名士

岳定海

长坪山很有名气，虽然它只是一座普通的山，坐落在四川省盐亭县高渠镇白虎村的丘陵之上。关于赵蕤这个隐士的生平，史书记录似乎吝啬得很，仅有北宋孙光宪所著《北梦琐言》有载："蕤，梓州盐亭人，博学韬钤，长于经世。夫妇俱有隐操，不应辟召。"明代曹学佺在《蜀中名胜记·盐亭县》称："赵征君蕤，此县人，刃术教之学，隐居不仕。著《长短经》，李太白往返之。"还称"县有濯笔溪，云太白从征君习书处也"。虽然历史的天幕清朗，但我还须从若隐若现的远山近水里分辨史上奇异之士赵蕤。赵蕤所在的长坪山与巴山蜀水无异，仅是一条兀立的山脉，从地形上看，连绵不绝的群山逶迤而来，又向四面八方奔涌而去……它位于群山之环抱，犹如一把太师椅放在中间，请一位唐朝的韬略家端坐于此，观云海，看远山，听泉声，抚白鹤，怡然自得，恰似仙境。这位像高人一样生活在长坪山的隐士，生于唐高宗显庆四年（659），自小在长坪山上自在惯了，嗅着身旁的荷香，听着雨点的溅落，心儿宁静。长坪山其时筑有几间茅舍，紧傍白虎山腰，屋外高树参天，间有杂树，几蓬野花斜刺里探头探脑；窗外有一道干净院坝，坝中砌一座石台，上搁一把长嘴酒壶与几只土碗供赵蕤一醉。院子边上架起一棵稳稳的枯树老根，匠人刨平树根上半部分后置放古琴，待斜阳西垂，赵蕤叫夫人月娘倒来白酒，仰脖喝下酒后，又命书童拂拭铮亮的琴弦。待一切就绪，赵蕤撩起长袍端然坐定，留有长甲的手指轻快划过琴弦，清冽冽似山间泉水，悠悠然如空谷足音，仿佛是神仙从天而降，又恰似风声弄皱一池水波……这时，离茅舍不远处的一鉴荷塘正微风徐来，惊起两只白鹤腾空而起，绕着高高的树梢鸣乐舞蹈。再看池塘边隙游动鱼群，数十头，悄然来往。这口荷塘足有两亩之大，荷叶上霞光荡漾，与水中圆珠浑然融为一体，分不清哪里是天光哪里是云影了。

赵蕤喜爱他的院落，虽然是用稻草盖顶，或时有寒风侵入，但房子根基坚固，自然稳稳当当。他没什么烦恼事情，经常是坐在院子里抚一抚琴，弄一弄鹤，最闹热时从山顶大树上会飞下五颜六色的鸟雀立于他的肩膀与手掌，与赵蕤嬉戏互动，挤不上肩的鸟儿就围在他的土台边与琴案下，"叽叽喳喳"汇合成多声部的小合唱，那一刻，长坪山陶醉了，融入落日黄澄澄的晚霞之间。赵蕤自是高兴，他朝遥远的山外看去，一重二重直到九重，这九是个极数，也是至尊之数，什么"九重霄"，不就是指的这个吗？他熟悉脚下的土地，熟知故乡春花秋月的味道，也熟谙夏播冬收的芳香，他会在冥想中默然落泪，以至丁夫人也跟着心痛地撩裙哭泣，一旁的书童在迷惑里不知所措……赵蕤在沉默里知道他身后的这座山叫白虎寨，他与家人居住的这片平展延伸的土地叫大长坪，他的祖先在此繁衍生息，他也在此生活了几十个喧闹或静谧的春秋，虽然在东关县（今盐亭嫘祖镇）置办了殷实的家产包括别业什么的，或者在繁华的梓州城外（今三台）琴泉寺的山岩上利用废弃了的汉墓建了一处蔽身之屋，但赵蕤深爱着他建造在盐亭白虎村长坪山的茅屋院落，这房子像是从远古长出来的粗根，不断勃发出生命的芽苞，在长坪山开花散叶，灿烂成赵氏家族的荣耀与体面，这就让赵蕤心满意足了。赵蕤分明记得，江油匡山人李白来拜他为师。李白这人精干而洒脱，他在青莲读了诸子百家并长诵诗赋之后，已对所学不再满足，他想出游一览天下，思接天宇，兴游洪荒。于是匡山的峻岭里响起他访道观的脚步声，随后又觅一只小舟溯江而来探访盐亭长坪山赵蕤，赵蕤大名其时已享誉蜀中，民间说起他的奇异、怪骇与孤高总是让人困惑不已……呵呵，李白年少轻狂，他喜欢的就是大鹏展翅飞万里的境界啊！他几经旅途周折来到长坪山时却吃了"冷门羹"，赵蕤嫌他太过稚嫩或不能得到真传，让他怏怏不乐地下山找旅店居住。谁知李白也耿介，他一次拜不成又拜二次，终于在赵蕤居住的大长坪院落外边的"荷塘月色"处，赵蕤才接受叩拜……

　　时隔千余年，我造访长坪山时，在山岩弯弯处分别看见了两堵青岩，当地人称为"拜师台"。再一细看，石台坚硬，带着规矩，旁生荒草，沉默是金，而师徒之灵已在此融合十分了。李白在院坝前与师傅对饮，他有好酒量，可与赵蕤喝个昏天黑地，在半醒半醉状态里，师傅讲起了帝王之术的霸道，他说霸道也是驳道，要想做好事情，实现梦想，就不要在意过程，只有结果才是最重要的。赵蕤在晕下一碗酒夹一筷子腊肉吃后又讲心存大志，他说李白啊为人做事要圆融通达，不在意起点，也不给自己定下终点，要始终将目光放远，思想深邃，才能够实现梦想。当然赵蕤也很看重任侠精神，在长坪山迷离的月色下，他认为游侠之辈刚毅坚强，是值得终身与之交往而行走江湖的那一群人……他的这些思想，无疑使年轻的李白怦然心动，而受到极深的震撼。后来李白与师父依依不舍后携着师父所赠的卷籍《长短经》挥别下山。再后来，蜀地流传"蜀中二杰，赵蕤李白"的故事，有"赵蕤术数，李白文章"一说。这个术数，即赵蕤的纵横术，这个文章，即李白的锦绣文辞罢了。唐开元八年（720），曾任宰相的著名学者苏颋，到蜀中任益州大都督府长史，路过绵州（今绵阳）时李白前去拜见，他献上自己创作的不同凡响的诗赋，也谈到了自己的老师赵蕤与其韬略之作《长短经》。苏颋阅后大为惊讶，认为赵蕤、李白是不可多得的名士。他赓即向唐玄宗上书，于是"赵蕤术数，李白文章"一说流传市井，玄宗爱惜人才，数次征召，都被赵蕤婉言拒绝，叙说自己情愿过隐居生活，不去叨扰尘世。时年赵蕤 61 岁，月娘 33 岁，李白刚好 19 岁。随后赵蕤往来于盐亭县城高山庙与梓州赵岩洞之间，从事《易》学研究，为《关朗易传》作注。唐开元二十一年（733），74 岁高龄的赵蕤在嫘祖故里盐亭金鸡青龙山，应地方宿老之诚请，为重修嫘轩宫撰写了题为《嫘祖圣地》的碑文，让嫘祖故里盐亭重新进入历史的视野。唐天宝元年（742），李白被唐玄宗召入长安，供奉翰林。也是同年，赵蕤病逝，享年 83 岁。

　　今夜，长坪山依然好梦连绵，只不过醉了已经苍老的赵蕤与远在千里之外流徙的李白。《长短经》已经传世，而《李太白全集》也是不朽。然他们心中相同的一轮明月，在盐亭长坪山淡淡升起，高过松尖，清辉泻地。

  金科，1955年10月生于合肥，省级机关公务员。曾兼任四川省散文学会秘书长、副会长，四川省社科联理事，四川省文艺传播促进会特邀副会长，《四川散文》杂志总编，《川渝散文百家》文集主编，四川省方志馆"名人名作珍藏馆"入馆人物。出版散文集《乡贤》和散文自选集《皖风蜀韵》等，编著多部。作品散见于《北京文学》《当代人》《四川文学》《安徽文学》《人民日报》《欧洲时报》等报刊。散文《成都的微风斜雨》、小说《一箱葡萄》被选作多种语文试题。被评选为合肥六中和淮北师范大学"杰出校友"。

# 成都的微风斜雨

金 科

微风斜雨又一夜。

路边，常年青翠的树上，纷纷扬扬地落下些叶片来。有的微微发黄，有的犹存绿意。清晨，当我无意中瞥见这满地稀稀疏疏、黄绿相间的落叶时，便不由在心里轻叹：锦官城里又一春！

未到成都前，就闻有"蜀犬吠日"之说，想那阴雨绵绵、阳光稀贵的气候，不无忧虑。不想十余年过去，却偏偏爱上这微风斜雨了。

这雨，往往伴着黄昏飘然而至。俄顷，那风也随之姗姗而来。风微，雨斜，犹如一首浪漫抒情的小诗，惹人回味。这时的我，常喜伫立窗前，静静地聆听微风在树梢的浓绿间缓缓流动的微微声响，贪婪地吮吸风雨浸润过的泥土和花草散发出的幽幽芳香，痴迷地看那天空中的云烟袅袅地游移飘浮。

踏足户外，精神更是为之一爽。

地上是湿漉漉的，空气湿润润的，到处弥散着隐隐的、素淡的香气。那被深秋严冬封印的万丛花木，一夜之间，就童话般地幻变出嫩绿绿的叶片来。清新的叶片尖儿挂着晶莹的雨珠，稀稀密密地点缀于浓绿青翠和姹紫嫣红之中。不由感叹，杜甫先生那"晓看红湿处，花重锦官城"的千古名句写得何等绝妙啊！

终日熙攘的大街，因这风这雨，显出几分清静来。

成都人似乎早已习惯了这样的天气，步行人不紧不慢地撑开花花绿绿的雨伞，骑车人从从容容地抖开五颜六色的雨披，只在一瞬间，便画出了一道道流动不息、色彩斑斓的彩虹,成都的大街小巷一下竟变得别样的鲜活起来了。

未带雨具又无甚急事的人们,坐进路边的茶馆,品着香茶,摆起了"龙门阵"。未带雨披却身着五彩春装的成都女孩,被这微风斜雨衬托得分外婀娜多姿,楚楚动人。叫卖报纸的裹着雨衣,依然满街地穿梭不停。敲卖麻糖的叮当声,在风雨中愈加显出清脆和悠扬。唯有那些卖花的姑娘们,声色不动,一任风雨给她们的束束春花挂上晶莹的水珠……

曾经有过多少回,我不无感慨地向着远方的来客谈论着我的第二故乡。说起这座古老的城池,是完全有资格进入世界名城之列的。她虽然饱经沧桑,几度浩劫,甚至遭遇过灭顶之灾,却每每神奇般地得以复兴,雄风重振。依然是"喧哗鼎沸,嚣尘张天"的繁荣景象;依然是"鼓吹连天沸五门,灯山万矩动黄昏"的歌舞升平;依然是"千林夸盛丽,一枝赏纤柔"的香城花都。不管朝代更迭,不论世事变幻,她总是从容地迈动着自己独特的步履。在幅员辽阔的中国版图上,自有"成都"二字出现之后,已经牢牢地存在了两千三百余年矣!

成都,何以具有如此强盛的生机和活力?

终在一天,我若有所悟。

恰恰是因了这微风斜雨!因了这微风斜雨,才诱出了这莹澈迷离与勃勃生机相映衬的和谐意境,又得以使这座深藏于盆地之中的城市平添出几许含蓄、妩媚的情调来。

不难想象,倘若没有这微风斜雨的滋润和濡染,脚下的这片土地,无疑地将会失去她的娇妍和灵气,失去她的温柔和风韵,失去她风情万种的迷人魅力和诗情画意,直至失去她千百年来一直沾沾自喜的"天府之国"的美名……

风,微微地吹;雨,斜斜地洒。

微风斜雨又一夜。

1994 年 8 月

# 合肥的淮河路、六安路……

金 科

春回故乡，住在合肥城隍庙附近的一家酒店，这儿离淮河路和六安路都不远，无事的时候，我便常常去这两条路上转悠。

没有想到，这两条不过六七米见宽的老街，居然还保持着它原有的模样和风貌，一些熟识的景物也都还在。尤其是与淮河路平行着，又比那淮河路还要宽出许多的花园绿道，也都还安然无恙呢。

儿时，我家住在淮河路 322 号大院里，我上的小学就叫作合肥市淮河路第一小学。只是这所小学并不在淮河路上，而是坐落在六安路上的。后来，我又去了离六安路不远的合肥六中读书。所以，从小到大，我就不停地在淮河路和六安路上来来回回地行走着。应该说，这也是我在故乡最富情感的两条马路了。

原《合肥晚报》社的旧址就坐落在淮河路上。那时家里订了份《合肥晚报》，到了成都，我还连续好几年订着家乡的这份晚报。如今，我也爱给《合肥晚报》写写散文。不知是否因此缘故，每当路过这里，看着那栋长长的三层砖瓦小楼，总会令我生出一种别样之情来的。

淮河路上另一处留有美好印象的地方，当属江淮大戏院了。

我上中学时，正闹"文革"，学业松懈，就学了几样乐器，从而进了合肥六中的文艺宣传队。这个宣传队当年在合肥颇有名气，常去江淮大戏院演出。这家大戏院里也住着我的好几位同学，每去他们家，我们在一起常常玩耍的游戏就是在大戏院里捉迷藏。可以说，戏院里的角角落落我都是了如指掌的。在里面看些不花钱的戏剧或电影，就更是寻常之事了。那天，在大戏院门前的墙壁上，瞥见了镶嵌的一块铜牌，方知如今的江淮大戏院已是"全国唯一现存的徽派建筑大型剧院"，想来不至于会被拆除了吧？而距此不远，也是位于淮河路上的合肥剧场，则早已不见了踪影。

六安路较之淮河路来，这么多年过去，几乎没有多少变化。这条马路对我来说，难以忘怀的莫过于段家祠堂了。

段家祠堂曾与我家仅一墙之隔，小时候，我常与小伙伴们越墙而过，去那里游玩。那里不仅有着高大宏阔的祠堂，还有着一个漂亮的花园。传说，这里原是民国总理段祺瑞家的豪宅。未料，1973 年间的一场大火，便将它烧了个一干二净。那天，我正走在放学回家的路上，眼睁睁地看着段家祠堂的上空浓烟滚滚，经久不息。灰飞烟灭之后，有关这段家祠堂的来龙去脉，也一时成了合肥人街谈巷议的话题。却原来，这段家祠堂是属于民国政府陆军总长段贵芝家的。段总长虽然年岁和官职都小于段总理，可他的辈分却又是高于段祺瑞的。由此方知，合肥坊间流传的那"小段不小，老段不老"的真正意思了。

就在段家祠堂的斜对面，位于淮河路和六安路的交会口，也曾有过一处名人遗址。曾听老人们说过，名叫李公祠，是为纪念李鸿章而建造的。此行意外发现，就在我的小学母校对面，已为这处曾经讳莫如深的遗址，另辟了一处小小的纪念地了。墙壁上镌刻着的一段文字，竟然与我现今居住的成都还有了关联。起了兴趣，便录下一段来：

丞相祠堂何处寻，锦官城外柏森森。杜甫的一首诗让人们记住了锦官城，也记住了成都的诸葛祠——而在距离成都一千多公里的地方，有一个现在叫作合肥，曾经名为庐州的城市，也出了一位像武侯那样位高权重，主宰了帝国命运二十多年的人，他叫作李鸿章……

成都的武侯祠，离寓所很近，坐在窗前，便可远远望见武侯祠里的森森古柏，那里一年四季，游人如织。而今，就在淮河路的步行街上，故乡也为李鸿章重修了一座颇为气派的"李府"。或许若干年后，"李府"也会如同武侯祠一般，渐渐红火起来的吧。

一连数日，我在淮河路和六安路上走走看看，拍拍照照，往往触景生情，频生感慨。然而，却从未遇见过一位熟识的人。

那些年间，在这两条老街上，无论是大大小小的院落，还是深深浅浅的街巷，都或多或少地住着我的一些亲友和同学。只要走上淮河路或是六安路，总会遇见一些熟人的，或是迎面相迎，或是隔着窄窄的马路打声招呼。我也能随意走进一个大院或是一条街巷里，去敲响一扇扇熟悉的房门。

真是岁月无痕啊！时光悠然一晃，都把这些久远的故人给晃得无影无踪了。

2014 年 8 月

# 祖父三物

金　科

## 一张旧纸币

这张旧纸币发行于 1940 年，是上海的一家钱币公司收藏的。几年前，一位喜爱古钱币的友人偶然发现后告诉了我，因为这张纸币上印着我祖父金笑侬的名字。

祖父是安徽无为县（今无为市）人，这张纸币就叫作"无为县兑换券"。询及父辈们，却全然不知有此纸币，更未曾见过。

我查阅了有关的历史资料，很想搞清楚：无为县当年为何要发行这种纸币？这种纸币又发行了多少？究竟有几种面额？最终流通了多长时间？然而，查来查去，一无所获。不过，从纸币上印着"完粮纳税一律通用"的字样来看，这种兑换券当年在家乡还是属于"硬通货"吧。

纸币上除了祖父的署名外，还有着一位当年无为县政府官员的署名。同时，纸币上还有着两方篆刻印章，分别对应着两位署名者当年的头衔。印章上，祖父的头衔为"商会主席"。

祖父当年在无为县，还算得上是位有头有脸的人物吧：中孚石油公司老板；县商会会长。父辈们说，在当年家乡一带，祖父是有着良好的商业信誉和社会名望的。因此，国民县政府敦请祖父在纸币上署名，似乎也就顺理成章，不难理解了。

那些年里，祖父的生意相当红火，用祖父在《自传》中的话来说，那时的他并不关注政治，一心只想着发家致富。

在当年各方政治势力犬牙交错的故乡，祖父长袖善舞，终日巧妙周旋于各种势力之间。甚至为了生意上的便利，还加入了国民党。而当叶挺将军、邓子恢等新四军将领光临无为时，也曾下榻于祖父的豪宅里。

父辈们回忆说，当年在那座带着花园颇为洋气的祖宅里，不仅住过好几位洋人，而且常常是在花园的一头住着国民党人，与此同时，在花园的另一头则是住着共产党人的。

父辈们都笑说祖父是一位脚踏几只船、左右逢源的人物，故祖父在家乡还曾得一名号"三开分子"。意为祖父在洋人、国民党和共产党这三方势力中都很"吃得开"。

抗日战争愈加惨烈之时，也激起了祖父的抗日爱国之心。

1941年"皖南事变"后，新四军七师在无为县创建了皖江抗日根据地。耳闻目睹，祖父将他熟识的国民党人和共产党人左右比较，权衡再三，感觉共产党还是要深得民心一些，似乎也更有希望一些。于是，已经年过不惑之年的祖父，便不屑于国民党的笼络，毅然决然地脱下了长袍马褂，弃商从戎，竟然独自一人去了皖江抗日根据地，参加了革命。

这样的人物参加革命，自然也会受到皖江共产党人的高度重视。

想来是为了尽力发挥好祖父独特的作用和影响吧，皖江共产党人先后给祖父委任了诸多头衔：皖江行政公署行政委员，大江银行副行长，皖江公学款产管理委员会副主任，皖江人民抗日武装委员会主任，皖江参议会秘书长、副参议长……

在这些头衔中，大江银行副行长是在祖父投身革命之后，皖江共产党人所委任祖父的第一个官职。

原本，皖江共产党人是要让祖父担任大江银行行长的。

显然，之所以要祖父担当此职，是鉴于祖父在当地的良好信誉和广泛影响。

未料，当祖父得知担任大江银行行长，也要同那"无为县兑换券"一样，须在印制发行的"大江币"上署名，就"坚辞不就"了。而其"坚辞不就"的理由也很直白，毫不隐讳："害怕连累在敌区的亲友。"

当年，祖父突然之间投身革命，诸多亲友并不知晓。而那钱币一旦流通起来，无疑就尽人皆知了。大概那时的祖父，对他在中年之后所选择的这条革命之路，可能多多少少还是有些担忧的吧？或者说，他还在徘徊观望之中吧……

迄今，上海那家钱币公司只收藏到两张"无为县兑换券"。一张面值一角，一张面值五角，并誉其为"皖票鳌头"，已是价值不菲的珍贵文物了。

## 一块新展板

2014年的夏天，在原皖江抗日根据地那块红色土地上，再度兴建起了一座气势恢宏的"新四军七师纪念馆"。清明时节回故乡，我特意前往瞻仰。

在这座红色纪念馆里，关于我的祖父金笑侬，有着好几块图文并茂的新展板。其中的一块展板，引起了我的关注和兴致。

展板上的文字十分简洁：

> 1942年，金笑侬先生担任大江银行副行长，皖江公学款产管理委员会副主任。他坚定操守、品行，树立清廉的人生观，殚精竭虑为抗日事业当家理财……

这段文字，于不经意间似乎佐证了一个史实，就是新四军大江银行的成立时间。

在撰写祖父传记时，我曾查阅过大量记载和研究大江银行的史料和文章，都无一例外地将大江银行成立的时间记成是1943年。

关于这段历史，祖父在中华人民共和国成立前夕所写的一份材料中，曾经做过这样的陈述：

> 1942年春，皖江行署筹备大江银行时，组织上要我担任银行行长。我因考虑家中有人在敌区，而担任行长则要在钱币上署名。我害怕连累在敌区的亲友，故提出理由坚辞不就，组织上只好改任我为副行长……

几年前，我在互联网上偶然发现一张1942年间印制的大江币，面值

"五角"，上面果然印着大江银行首任行长唐晓光先生的署名。唐先生时任皖江行署副主任兼财经委员会主任。

同样，祖父于1951年9月间所写的"入伍至今工作简述"中，也有着这样一段文字：

> 我于1942年7月正式走上革命工作岗位，任大江银行副行长（行长即今皖北人民行政公署商业处唐晓光处长）。唐是兼职不住行，我是住入行内……因为我是根据地本地人，仅能做到宣传号召群众对抗币起了信仰作用（每一元抗币合那时国民党币五十元）。行内业务于1943年3月奉上级令停止结束。其后，上级让我担任皖江公学款产管理委员会副主任……

如此说来，称祖父是新四军大江银行的重要创始人，恐不为过。

然而，祖父在其后就任的皖江公学款产管理委员会副主任时，其所作所为，则并不像展板上所描述的那般优秀和高尚了。

手头有着一份1948年5月间，祖父随苏皖边区政府北撤到河北省故城县后，在一种特定形势下的政治学习中所写下的材料里，就曾做过这样的自我批评：

> 我在担任皖江公学款产管理委员会副主任时，工作的两年中，陆续移挪法币一万四千元。工作结束时，我拟变卖家中田产偿还。上级知道后，特将此款批给我作为脱离富裕家庭与自己的生活费用。这是由于我生活腐化浪费所致……

这几行并非光彩的文字，在我看来，倒是相当符合祖父这样一种人物的性格和真情的。

其实，在参加革命后，犯下的这类颇为荒唐可笑的错误，在祖父留下的资料中，还有许多处。

祖父是个"富二代"，我的曾祖父金绍韩先生，也曾就任过无为县商会会长。不难想见，从一个自小就过惯了锦衣玉食生活的花花公子和富商大亨，一下来到艰难困苦的抗日根据地，对祖父来说，显然是会有一个渐进适应过程的。自古就有着"由俭到奢易，由奢到俭难"之说，祖父显然也没能够跳出这一人生定律。我还发现，直到参加革命已达数年之久的1948年，祖父阔少富商的遗风，依然积习难改，清晰可见。

还是在祖父那个"自我批评"的材料里，就写有这样的一件事情：

> 随军到达山东后，由于我在生活上大手大脚，以至于每月津贴不够用。上级为照顾我，发给我特殊津贴，补助冀币壹万元。但我除去还债外，仍然不够，一些同乡和同志们都帮助我，每人有二三千元之多……

今天，从某个角度来看，也不难看出，在这些事情的处理上，共产党人对于祖父这样的抗日爱国民主人士，还是相当宽容和爱护的。这大概也是祖父之所以能够坚定信念，不畏艰险，始终跟着共产党走下去的缘故之一吧。

## 一帧老照片

抗日战争胜利后，根据"重庆谈判"协定，1945年10月，祖父随新四军七师撤离了皖江抗日根据地。一路南征北战，于1948年的秋天，到达了河北省故城县。这帧老照片，就是祖父与新四军七师的几位领导同志在那里的合影。

照片很小，两寸见方。

让我大为惊叹的是，就在这帧小小的照片背面，祖父居然密密麻麻地写下了160多个字来，翔实记述了这帧照片的时代背景和他的感触情怀：

> 同仁等从皖江北撤后，各自一方，很少联系。进明同志（作者注：叶进明。曾任新四军七师供给部部长）近在青州担任企业工作。新武同志（作者注：周新武。曾任新四军七师政治部宣传部部长）在临朐任华东广播电台台长之职，专车来约。分别数年，在空前胜利

下，聚首一堂，愉快莫名。南下之期，即在目前，今后各人工作岗位未必同在一处。新武同志素富情感，临别之际，出袖珍镜，摄入镜头，以当纪念。笑侬志。1948 年 11 月 12 日。

从这个记述中，可以看出，一个曾是买办资本家又是国民党员的祖父，在皖江抗日根据地短短几年的革命生涯里，与新四军七师的一些领导人，显然是结下了颇为深厚的友情。

更让祖父备感欣慰的是，他在中年之后所选择的革命道路，此时已经可以看得见黎明的曙光了。那时，虽距新中国成立还有着将近一年的时间，祖父却已经感受到了"在空前胜利下"的欢欣，预感到"南下之期，即在目前"了。而且，他还预见到，新中国建立之后，"各人工作岗位未必同在一处"。

其后，局势的发展和各人的去向，也正如祖父所料。

就在合拍了这张照片之后不久的次年之春，祖父就随军南下，到了合肥。而后，又去了安徽六安地区工作。合影照片中的叶进明同志去了上海，周新武同志则去了北京。

后来，祖父当选为首届安徽省人民代表大会代表。再后来，又加入了中国共产党。

1962 年 11 月间，祖父病逝于上海。安徽省人民委员会特派专车，运回了祖父的灵柩。

然而，出乎父辈们的意料，灵车没有去往祖父工作所在地的六安，而在省城合肥，为祖父举行了隆重的公祭大会。

而后，祖父便安眠于风光秀丽的合肥大蜀山安徽省烈士陵园里。

2021 年 3 月

# 满心喜悦的读者

金 科

写作写到今天，如果问我：最喜爱你文章的读者是谁？我会不假思索地脱口而出：是我父亲。

我之所以写到今天仍未停笔，一个相当重要的缘故，就是为了让父亲高兴。因为父亲最爱看我的文章，特别是在他的晚年。如果有些时间没有看到我的新作，父亲就会发来微信或是打来电话，问我原因的。有时被父亲问得急了，我就会拿公众号上发的一些旧文去应付他。这些旧文依然能让父亲看得津津有味，并且他还能清楚地记得，这篇旧文当初是发在哪家报刊上的，我又做了哪些修改。

我的朋友中见过父亲的，都说他气质好，像个有学问的人。其实父亲只是旁听过几天私塾，小小年纪就去当了兵，上过朝鲜战场。多年来，父亲翻来覆去地看我文章，也影响着他去阅读一些文学作品了。读得多了，父亲感觉自己好像也有点文学水平了，因为他能够看出哪些文章写得比我好，哪些文章写得不如我了。

我出版第一本散文集《微风斜雨》时，父亲比我1978年那年考上大学还要高兴。在他看来，一个人能够出书，是很了不起的事。不想，父亲高兴没几天，就对我提出一个希望来，希望在他的有生之年还能够看到我写的第二本书。

原本，我是抱着"一本书主义"思想的。心想业余写作，时间精力有限，能出一本书也就够意思了。为了不让父亲失望，我只得又写了下去，终于写出了第二本散文集《人在他乡》。为让父亲高兴，我请他题写书名。

父亲虽无甚文化，字却写得有些特色。我把父亲题写的书名，放在扉页上，将这个版本加印了两百本。父亲交游广，朋友多，很快就把这些书给送完了，还远远不够。父亲打来电话责怪我，应该多印一些才是，让我再寄一些书给他。我让父亲把他那些朋友的名单给我，由我来签名题赠。父亲却说，不用麻烦了，这些书就统统由他来签吧，落款就写"作者之父"，问我可否。我回父亲：这样写更有特色和意义。父亲也就真的这样去签书了，很是得意。过后，父亲又把他朋友的读后感一一摘抄下来，寄给了我。

自从我出了两本书后，在父亲眼里俨然我就是个作家了，引以为荣。尽管我对他说，现在文学已经没有那么光彩了，作家也早已不如过去那么光鲜了。父亲却回我一句：那诺贝尔奖除了那几个科学奖外，为什么还要设个"和平奖"和"文学奖"呢？可见文学与和平一样重要啊……

那年父亲得知，我的中学母校合肥六中要搞庆祝建校五十周年纪念活动，他就兴冲冲地把我的这两本书给送去了。我听说后是颇觉难堪的。合肥六中是所江淮名校，半个世纪不知走出了多少优秀人物，责怪父亲让我献丑了。谁知校庆前，母校在好几家媒体上公布出20位"杰出校友"中，我竟以唯一的作家身份而榜上有名。父亲马上打来电话报喜，还告诉我说，你的简历和照片还排在了市长和将军的前面呢！说明作家还是很受敬重的嘛……

我回到母校，果然很受敬重。我的文章载入了《校志》，我的著作收进了"校史馆"。母校还邀请我开文学讲座，又让我作为"杰出校友"代表，参加市领导的会见和座谈。那几天，父亲显得特别高兴，说母校把你当成作家了，就凭这点，你都还要继续努力写下去了。临走向父亲告辞时，父亲突然又说，你这个作家不要老是写散文和杂文了，也可以写写小说嘛……

我清楚，父亲这是在敲打我。不过想想，一个作家不会写小说，似乎也有点说不过去吧。其实，我是写过几篇小说的，只是写得不好，就没有给父亲说了。于是我又重新写起小说来，有中篇，也有短篇，更多的则是小小说，然而投出去之后都无声无息。终在一天，《北京文学》发了我的一篇小小说。然而父亲看了，却没有我想象中的那么高兴，他只是淡淡地说了句，写得太短了，看得不过瘾。后来，这篇名为《一箱葡萄》的小小说，竟接二连三地被选作了各种高考、中考和小升初的语文试题，这下父亲才真正高兴起来，连说"想不到"。随后，又不断催促我把全国各地用过的试卷收集一下，汇编成册，说散失了怪可惜的。我赶紧托朋友从网上搜索下载了一些试卷，特制了一本寄给父亲。次年清明我回合肥，看到父亲整齐的书桌上，这本集子被置于我写的那几本书的最上面，里面有着很多的印记和折痕，不知被父亲翻看过多少遍了。

去年秋天，一位亲戚请了位摄影师，为父亲拍了一组照片，在合肥的弟妹都跟父亲合了影。我远在成都，父亲就手捧着我的散文自选集《皖风蜀韵》，摆拍了一张。我心里明白父亲为什么要选择这本书。因为这本书属于"四川省散文名家自选集"丛书，这套丛书里，有着马识途、高缨、王火、流沙河、魏明伦等蜀中名老作家，父亲因此颇感自豪。而且，我还跟父亲说过，这也是我的最后一本书了。这组照片被制作成一个精美的大相册，而这张照片则被父亲排在了相册的首页。

有年父亲来成都，我特意请他参加我的一个作品研讨会，就是想让他听听那些夸赞我文章的好话。果然父亲听了，尤其是听到一些人还说我的人品也挺好时，真是比我听了还要高兴，当晚还破例喝了点酒。父亲那天还和几位与他同龄的作家成了朋友。后来，一位作家在文章里这样描述过父亲："金科的父亲对儿子的创作，稀罕得不得了。是的，是稀罕，看得出，他是很以儿子的写作为骄傲的。老人清癯、整洁、乐观，说话仍有些家乡口音，我有时会听不明白，但他那满心的喜悦，却让人能够强烈地感受到。"

说来愧疚，我却至今没有给父亲写过只言片语，眼看着就要到父亲的九十大寿了，于是赶紧写下这篇小文来，聊作献给父亲祝寿的一份薄礼吧。

然而遗憾的是，就差那么几天，父亲却没能看到我为他写下的这篇小文，便突然之间远远地去了天堂……

但愿父亲在天堂里还能看到，一如往常，满心的喜悦。

2023 年 2 月

# 采写音乐大师散记

金 科

在中国共产党成立一百周年之际，年逾九旬的音乐大师吕其明先生，荣获中共中央首次颁授的"七一勋章"。在漫长的一个世纪里，全国仅有两位文学和艺术家榜上有名。佳音传来，引以为荣，不由回想起当年采写吕老传记的一些往事来。

那是 2005 年秋天，我去杭州赴一会，会后已近国庆佳节，故特意途经上海，采访了吕其明先生。

吕其明先生的父亲吕惠生烈士，和我的祖父金笑侬是安徽无为县同乡好友。抗战时期，身为皖江抗日根据地行署主任的吕惠生，将时为中孚石油公司老板又是国民党员的祖父，拉进了革命队伍，一时传为当地奇闻。祖父投身革命后，当选为皖江参议会副参议长，兼任皖江人民抗日武装委员会主任。吕惠生则兼任皖江人民抗日自卫军司令，两位同乡好友又成了情同手足的战友。

抗战胜利之时，皖江行署和参议会随新四军七师北撤。吕司令因病，携带眷属化装商人乘船走水路，途中不幸被捕。行走陆路的祖父奉命折返，通过经商时的种种社会关系前去营救。行至半道，却传来吕司令在南京英勇就义的噩耗。祖父强忍悲痛，想方设法将吕司令的眷属解救出来，带到解放区。从此，两家成为世交。

故乡安徽一家杂志社在得知金、吕两家这样一种关系后，就约我写一篇关于吕其明先生的传记文章。我那时工作正忙，而吕先生又远在上海，就婉言谢绝了。不想，那家杂志社却紧紧盯上了我。一再来电、来信，坚定地声称"此文非我莫属",并且给出宽松条件：文章字数不限；交稿时间不限。如此这般,只好就范。也是巧合吧,应允不久,就有了这样一次前去采访吕老的机遇。

当我敲开吕老家门,面对久仰的音乐大师时,不免有些拘谨。未料,吕老开口便道：今天你来,我很高兴！因为我不是把你当成作家,而是把你当作家里人啊……

吕老开门见山的温暖话语,一下让我放松不少。吕老也确实把我当作家里人了,他刚刚动过一个手术,谢绝所有访客,却破例接待了我。

可能是引荐的父辈对我此访的意愿未能说清楚吧,吕老已为我备好了一些资料。他说,写我的文章大约有一百多篇吧,我选了几篇出来供你参考,这些材料够你写篇文章的了。

我翻看了那些文章,都是些不长的小文章,就说,安徽那家杂志非常喜爱和敬重您的作品和人品,将您视为安徽人的骄傲,所以是要我来为您写篇传记文章的。吕老觉得有些意外吧,沉吟良久,对我说,那好吧,我同意你来写我的传记。不过,你一定要实事求是地写,千万不要拔高我了呀。接着又说,医生告诫他不可久坐,我们今天就谈一个小时吧。

那天下午,吕老却和我谈了整整两个小时。尽管如此,距离传记所需素材还相去甚远,便和吕老相约,隔天再来采访。

再到吕老府上,我刚问了声"吕伯伯好",吕老就笑道,你在文章里就不要称呼我"吕伯伯"了,以免别人以为是亲友之间的吹捧文章呢。紧接着,吕老又说,其实在纪念中国电影诞生 100 周年的时候,有关部门要为一些对中国电影有贡献和影响的杰出人物,各出一本传记,吕其明名列其中。还特意选了一位懂音乐的作家来写吕老传记,却被他谢绝了。我问何故,吕老说,主要是给的时间太紧了。而在这样短的时间里,想要写好我的传记是不可能的事情……

我不知道,吕老是否有意说给我听的,但我还是感受到了不小的压力。

第二次访谈,看得出来,吕老是认真做了准备的。老人家有条不紊地说将起来,不仅范围宽广,内容精彩,甚至还将一些从未向媒体透露过的经历和事情,也说给了我。

其间,吕老请他夫人来客厅为我们拍了几张照片。夫人离去后,吕老忽将话题转向了夫人，一下说了许多关于夫人对他的恩爱和奉献的事。在讲到他和夫人在"文革"中风雨同舟的往事时，吕老动情地一边擦拭着泪水，一边哽咽道：金科，你在文章里一定要好好写写我的夫人啊……

那天，我和吕老又谈了两个多小时，依然意犹未尽。然而国庆假日将尽，我次日就要回成都了。临别时，吕老特意叮嘱我：文章写好后，一定要先寄给他看看，然后再拿去发表。

回到成都，有家报社编辑得知此事后，恳请我能先给他们的报纸写篇关于吕老的文章。这位编辑是多年老友，不好拒绝，加之手头素材丰富，就写了一篇。当时那家报纸催稿甚急，心想，这不过是篇小文章，就没有必要寄给吕老过目了吧？很快，那家报纸给发了一个整版，还配发了我和吕老的合影照片，我很高兴地将报纸寄给了吕老。

吕老很快写信过来。他先是肯定了我文章的选材和文笔，接着笔锋一转，责怪我为何没有听他的话，文章发表前没有给他先看看？以至于文中出现了好几处错误！同时告诫我，不要再给其他报刊写这类文章了，抓紧时间，先写好传记文章……

我立即回信，表示诚恳接受吕老批评，同时推掉了另外几家报刊请我写吕老文章的约稿。开始酝酿构思，动笔写起吕老传记来。

写作期间，我与吕老一直保持着热线联系，电话、书信往来不断。吕老不仅给我寄来许多弥足珍贵的资料，而且对我提出的种种问题和要求，也是有问必答，有求必应，彼此之间，十分愉悦。吕老还在一封信中写道："我们如果是在一地的话，为写这篇文章，十次八次的交谈也是不嫌多的。"

那次在上海，我给吕老留下过几本那家约稿的安徽杂志，其中就有我写的两篇故土人物传记。想必吕老是看了，对我写他的传记，好像也有了一种信任感了吧。

吕老的支持和信任，使我写得十分顺畅。大概用了半年多的业余时间，写出了四万多字的初稿。

为慎重起见，我将初稿送请几位作家和评论家朋友，想先听听他们的意见。结果，反馈回来的意见都很好。上海一位名老作家还在信中赞誉，写吕其明的这篇传记，胜过我写的前两位故土人物传记……

我于是放下心来，将稿子同时寄给了吕老和那家杂志社。

杂志社很快打来电话，说稿子写得非常成功，比他们预想的还要好。他们拟写一个编者按语，重点推出。就等吕老看过后，便可安排发稿了。

然而，吕老那边却久久没有音信。

杂志社急了，打来电话让我催问下。我也不好催问。就说，可能吕老是受到一些社会活动的影响吧，那些天的媒体报道，吕老也确实参加了好几个社会活动的。

等了很长时间，终于等来了吕老的回信，吕老将稿子给退了回来。

翻开一看，上面竟被吕老修改了许多处，不少页面上都被吕老修改得密密麻麻，有的地方甚至还是大段大段地删改和增补……

我反复研读后，对于吕老的诸多修改之处，不敢苟同，便又给改了回来，重新打印后，再次寄给吕老。同时给吕老写了一信，说明我不同意他这样修改的原因和理由。

吕老动气了，回信中的语气也变得严厉起来。

吕老在信中说，他从来没有花费过这样长的时间和精力，如此认真地修改过关于他的文章。却没有想到我竟然是如此固执，这样不尊重长辈意见，这使他非常生气！信末，吕老写道：你如果仍然坚持不改的话，这篇文章可以暂时不用写了……

这是我完完全全没有预料到的。

冷静下来后，再细细看看吕老修改的文稿，感觉也是有其道理的。我们之间的分歧主要在于：我是力求将这篇传记的史料性和文学性融为一体，以增强其艺术性和可读性；而吕老偏重的则是传记的史料性。

当然，我不想这篇文章半途而废。同时也觉得，面对一位大师和长辈，我这个无名晚辈，也应尽量尊重顺从才是。于是，我便按照吕老的修改意见，又部分地给改了回来。但是仍有一些地方，我犹豫斟酌许久，依然难以接受，还是没有动它，就去信给吕老做了一番详尽的解释和说明。

在一连数日的忐忑不安中，等来了吕老的回信。谢天谢地！吕老终于也退让了一步，勉强接受了我的意见。不过，吕老在信中，还是流露出了一个他的不满之处："我写的那些影视剧歌曲，你就那么轻描淡写地一笔带过啦？"

在这个传记中，我对于吕老的音乐成就，重点放在了经典乐曲《红旗颂》上，不惜浓墨重彩，精益求精，吕老对此没有提出任何修改意见。但是，对于吕老创作的影视乐曲，我却没有列入重点，虽不是一笔带过，的确倒是轻描淡写了。

在上海期间，吕老给过我一份他创作的影视歌曲目录，其中不乏堪称经典和传世的优秀作品。如：电影《铁道游击队》中的歌曲《弹起我心爱的土琵琶》；电影《红日》中的歌曲《谁不说俺家乡好》（合作）；电影《庐山恋》《焦裕禄》中的歌曲，等等。其中，电影《城南旧事》音乐，荣获"金鸡奖"最佳音乐奖；电视剧《秋白之死》音乐，荣获"飞天奖"优秀音乐奖……当时我在浏览这份长长的影视曲目时，曾赞叹不已，吕老也在一旁感叹道：在音乐创作上，应该说，我的确是尽力了。也可以说，是尽全力了！

对于一位尽了全力进行创作的音乐大师，在其传记里，显然应该对其各类作品有一个较为全面完整的描述才是。这是我的一个疏漏。于是赶紧专辟一章，补充上去。再寄吕老审阅，居然一稿就过了。

就在我如释重负之时，吕老和我在文章的标题上，又产生了意见分歧。

我想在这篇文章的主标题上，突显吕老的代表作品：管弦乐序曲《红旗颂》，这点吕老与我想法一致。但我想出的标题，吕先生却觉得不好。而吕老自己想出的标题，我也觉得不好。相持之中，我索性想出了好几个标题来，统统寄给吕老，供他挑选。最终，吕老选择了《情深意长颂红旗》。这个标题虽也平平，却相当符合吕老的创作初心和心路历程。

几年过后，安徽文艺出版社为我出版一本名为《乡贤》的长篇散文集，他们认为写吕老的这篇文章很好，就收了进去。但是，出版社也觉得这个标题一般了些，建议我换个标题。我不想再惹吕老不悦，没有更换。

就在校阅《乡贤》书稿之时，恰逢吕老那首脍炙人口的歌曲《谁不说俺家乡好》（合作），在由中国音乐家协会向全国公开征集的30首乐曲中，荣登榜首，被中国第一颗人造月球卫星"嫦娥一号"载入了太空，我便把这个内容擅自添加了进去。这次，我没有再征求吕老意见，相信吕老对此也不会有何意见的吧？果然，吕老在收到《乡贤》一书后，没有再说什么了……

写完此文，便给吕老打去电话，祝贺他荣获了"七一勋章"。末了，我问吕老：您现在还在写曲吗？吕老呵呵笑答：还在写！只要还没有糊涂，就继续写啊……

2021年10月

# 习琴简史

金　科

　　"文革"闹起来的时候，我正在合肥市淮河路第一小学读四年级。无书可读，父亲就让我学了竹笛和二胡。后来我上了合肥六中，因会这两样乐器，就进了学校的"文艺宣传队"。

　　不久，学校给宣传队添置了几样乐器，其中有一把小提琴。音乐老师问乐队同学：谁愿学小提琴？我一时激动，举手报名，老师还真把小提琴发给我带回家了。那个年代，家里有把价值不菲的小提琴，是很令人羡慕的。

　　竹笛和二胡不太难学，我是无师自通的，而学小提琴就行不通了。而且音乐老师对我还有个要求：三个月后，就能用小提琴伴奏。否则，就要收回小提琴。于是父亲托人，为我找了位安徽省文工团的琴师。

　　我去了琴师家。一见面，他就把我引进一间窄小的厨房，接着又去紧闭了门窗后，这才对我说，现在团里规定不许私下教授学生，只好委屈你了。没想到我学小提琴的第一课，竟是在一间小厨房里偷学的。更没想到的是，几天之后，突然传来消息，说我那天在琴师家里学琴，虽是躲在密封的厨房里，小提琴还加了弱音器，但还是被人听见，举报上去，琴师挨了批评，不好再教我了，父亲只得为我又找了一位部队文工团转业的琴师。

　　那时学业宽松，少有考试，我就用大量时间刻苦练琴，很快就可以拉一些简单曲子了，自然也就保住了这把小提琴。后来乐队又添置了几把小提琴，有了竞争，我练琴也就愈加勤奋，终于坐上了学校宣传队首席小提琴的交椅。那时省文工团的首席小提琴手姓邱，因此很多同学都叫我"老邱"。这个绰号，在中学同学间一直被叫到了今天。

有年国庆，合肥六中举办晚会，我与一位同学联袂演奏了小提琴二重奏《白毛女》组曲，大获成功，竟下不了台，又临时加演了一首外国乐曲。这个节目被录了音，一连几日，在校园广播里反复播放着。我一下成了校园名人，竟招引来好几位同学要拜我为师，跟我学琴。其中一位，还是著名美学家朱光潜先生的孙子。

因了这个名声，连校长也知道我了。有次合肥市庐剧团招收小提琴手，校长居然亲自指名道姓要我去参加招考。陪我去考的音乐老师告诉我，校长是一片好心，说我如有个"铁饭碗"，就可以不下农村当"知青"了。只是去考了之后才知道，当年学琴急于求成，我的基本功不扎实，属于野路子，要想改邪归正，已非易事。

高中毕业，学校将小提琴收了回去。我要父母亲给我买把小提琴，但依家里条件，最多只能买把几十元的小提琴。可我拉惯了好琴，就不愿再拉这样便宜的琴了。父亲就给我借了把小提琴，与学校的那把差不多，我就带着这把琴下乡去当知青了。

那个年月，小提琴在农村就更是稀罕之物了，我会拉小提琴的名声很快便传了出去。随之，我就进了大队文艺宣传队。接着，又进了公社文艺宣传队。真是多亏了这门手艺，我当知青三年多的时间，在这两个宣传队里就待了一年多。虽只是在乡村的土戏台和打谷场上为农民们演奏，却不知躲过了多少艰辛的田间劳作。不仅所到之处有好酒好菜，还拿着最高的工分。

"文革"结束，恢复高考，我考上了淮北师范大学中文系。出乎意料，就是在人才济济的大学校园里，我的琴技竟然还是出类拔萃的，被任命为学校首任乐队队长兼指挥。中文系的周岭老师（87版电视剧《红楼梦》编剧之一）手风琴拉得漂亮，常来乐队指导。一天他突然告诉我，说是淮北市文工团为了普及交响音乐，拟从全市的业余乐手中挑选几位高手加盟，他已向市文工团的领导推荐了我，让我去试试。

我去了一试，就被录用了，却只能坐在乐团第二小提琴的最末一把交椅上。团里借给了我一把高档小提琴，这也是我拉过最好的一把小提琴，爱不释手。在其后几个月的时间里，学校里只要无何要紧的课上，我就去淮北市文工团参加排练。但毕竟是业余水平，遇着高难度的乐曲，便顿显窘迫，只好学那南郭先生，做做样子，滥竽充数了。排练结束，四处巡演，还回归母校演了一场，那段时间，成为我学拉小提琴以来最为高光的一段"琴史"。

大学毕业，远走他乡。数年之后，自己也终于买得一把较为高档的小提琴了。然而工作和生活却显得紧张忙碌起来，又爱上了舞文弄墨，那小提琴往往是很久都难得去碰一下了，就连单位里的同事都不知道我还会拉小提琴。渐渐地，竟连五线谱都认不全了。偶尔来了兴致，也是自娱自乐一下而已。尚可拉出来的，还是当年的那些曲子。

2022 年 8 月

# 关于《一箱葡萄》的故事

金 科

读者一看标题上的书名号，可能就会猜想到，这大概是篇文学作品吧。不错，《一箱葡萄》是我的一篇小小说，很短，加上标点符号，不足1800字。

那是我于2005年初秋在新疆乘坐飞机时遇见的一件事，有所触动，就想写成一篇散文。然而写来写去，总觉得没有写好，就搁置一边。过了几年，索性换种写法，写成一个小小说，投给了《北京文学》杂志。

《北京文学》一字未动，发在了2009年的第一期上，而且是放在了"好看小说"专栏里。这是我在报刊发表的小说"处女作"，还上了名刊，自然十分欣慰。

欣慰一阵，也就过去了。

三年之后，突然接到北京一位朋友电话，说是北京东城区今年中考（二模）语文试卷上，有着一篇署我大名的文章《一箱葡萄》，问是不是我写的。

上网一查，还真是我写的呢！

通览一遍，发现文中被删掉了一个细节。这个细节不过几十个字，但对于故事情节的发展，人物的心理变化，都有着很强的逻辑关系。而且这个细节也是真实的，并非虚构。真是不知为何被删。好在选者很讲规矩，在试题后加了个括号，写了三个字：有删改。而我的散文《成都的微风斜雨》被选入中考语文试题时，一下被删掉了600多字，还做了改动，选者却无一字说明。

话说回来。大概因为是首都出的考卷，具有导向和权威效应吧，《一箱葡萄》已被收进全国各种各样的试卷中去了。也才知晓，北京城有着17个区（县），那年其他区（县）与我同期所选的文章，都是大名鼎鼎的人物，诸如朱自清、铁凝、冯骥才之流，还有着一位美国著名作家。北京东城区又是资深的老城区，在17个区（县）中排名第一，又怎么竟会看上我这个无名小卒的文章呢？

　　很快，有位考生家长便在网上抱怨开来："今年北京东城区中考语文考了一篇文章，是篇微小说，但是内容非常莫名其妙，扑朔迷离。请问有没有人看过这篇怪小说，能否简单分析一下？"还有一位家长更是直言不讳：北京东城区教研员彻底失败了……

　　我的作品成了一篇"彻底失败"的"怪小说"？让我也一下来了兴致，就做起这道试题来。

　　《一箱葡萄》在试卷里被设置为"现代文阅读"，在总分120分的试卷里，占据15分。共有三道考题：问答、填空、分析。当然，我做这道考题不会像考生那般争分夺秒，而是从容不迫的。做完后，和那"标准答案"一对照，最多只能得5分吧，真是羞愧难当！直到很久之后，偶然见到几位著名作家写的与我同样遭遇的文章，才稍安于心。

　　做完题后，我在网上又搜了一下。这一搜，又有了新的发现。

　　原来，《一箱葡萄》被选作中考语文试题，并非北京东城区的首选。早在《一箱葡萄》发表的次年，就已经被吉林、湖南等省选用过了。真是让北京东城区教研员蒙受了不白之冤。只是，究竟是哪家"伯乐"率先发现首选的，至今还是一个谜。

　　作家要靠作品说话。自从有了《一箱葡萄》这个作品后，我就常爱说说这个作品了。去大学讲学中，作为一个创作经验，我都要讲讲关于这《一箱葡萄》的故事。每次讲完之后，都会有几个大学生告诉我，他们在读中学时考过这道题的。有一次，在成都欢迎河南著名散文家王剑冰的宴席上，一位来自陕西安康的年轻女作家，是位教育工作者，当得知我就是《一箱葡萄》的作者后，说她曾经选用过《一箱葡萄》，还说要聘我为她们那里出版的一套作文教辅书的顾问，高兴地与我合影留念。还有一些文友希望我能就此事写篇文章，我统统回应说：等到这个作品发表十周年时，如果它还在发挥作用的话，我就写写。写作者心里都清楚，一个作品发表十年之后，如果还有作用和市场的话，作者就要烧高香了。

到了2019年，我也就真的关注起这件事来。

就像是在纪念我这个作品发表十周年似的，这一年里，竟然有十多个省的中考语文试题，不约而同地选用了《一箱葡萄》。加上以前的，全国共有25个省选用了，其中包括四个直辖市，有的省还不止选用过一次。

再细细看看那些选用的试卷，有许多还是需要付费才能阅览下载的呢！考卷的种类就更是五花八门了。什么"模拟试卷""全真试卷""检测试卷""诊断试卷""拔高试卷""同步试卷""实战试卷""练习试卷""冲刺试卷""月考试卷""备考试卷"，等等，真是不一而足，蔚为壮观。也还发现，这个作品曾被一些地方选作过高中语文试题、高考试题和成人高考试题呢。至于用作什么中考密题、名师讲座、假期作业、专项训练、阅读练习以及大大小小市、县（区）和学校的考题，就更是不计其数了。

过了一段时间，又有朋友告我，说《一箱葡萄》被选作"小升初"的语文试题了。上网一查，果不其然。尽管是降格使用，起点却很高，一举登上了全国通用的"部编版"和"人教版"。真是没有想到，我的这篇小文从"小升初"到"中考"直至"高考"，都能派上用场呢！

北京著名诗人、同乡忘年交梁东先生闻之，欣然赋诗一首："端阳无煮粽，夏至上葡萄。皇榜没人问，考题高不高？"并在诗前题记："《一箱葡萄》引动全国不小的冲击波，今科京试高题竟出自金科之手，我皖人之荣耀也！"著名散文家王宗仁先生撰文赞誉："金科小小说《一箱葡萄》的成功创作启发我们：文学的灵感往往比写作技巧更重要。"上海名老作家李良杰先生也为之感叹：对作家来说，可遇而不可求，这是比得个什么文学奖都要难得的喜事啊！再后来，一位编剧还把《一箱葡萄》改编成了微电影……

一篇小文闹腾得如此红火久长，不由促使我就想去追根溯源了。

我写文章一直习惯于初稿用笔写，修改完之后再上电脑的。手稿太占地方，我多次焚烧过，不知这篇手稿是否也被烧掉了？于是翻箱倒柜，居然还找到了这份手稿。

这个作品是写在几张陈旧而微微发黄的白纸上的，铅笔写的，很潦草，也很凌乱，但字迹仍很清晰。文后记有几行文字：

2007 年 12 月 23 日上午 10 点半至 12 点半，独自草于家中书房（空调嗡嗡之中）

12 月 25 日晨（圣诞），改于广元国际大酒店

12 月 27 日上午，办公室又改

12 月 29 日下午，打印

30 日上午，打印完

这份手稿也从一个侧面，映现出我当年业余写作的一种状况。我之所以喜爱用笔写稿，正是为了外出时便于携带修改，我的许多文章就是出差途中写成或修改好的。有关这方面的轶事，我也曾写过一篇散文，发表在《四川文学》杂志上。

我做梦也不会想到，就是这么一篇两个小时一挥而就的小义，年复一年，接二连三被印到了全国各地形形色色的试卷上。且不说网上的阅读量，就是这些试卷的数量，也是无法估量了吧？

我猜想，这篇小文之所以广受青睐，也许并不是因为它有多么出色，可能还是因为它较为适用于做语文考题的缘故吧？友人也曾报料过，北京的海淀区，湖北的黄冈等一些知名学府，都曾选用过《一箱葡萄》，这就进一步印证了我的这种猜想。

三年新冠疫情期间，时而困居家中，我常常在网上游荡。

一天，偶然发现，《一箱葡萄》被收进了"中国精品文艺作品期刊文献库"。接着又发现，有个名为《高中语文现代文阅读记叙文练习》的选本，不过选了 34 篇作品，却是名家荟萃：莫泊桑、朱自清、王蒙、铁凝、史铁生、冯骥才、梁晓声、梁衡、毕淑敏、林清玄等文学界大腕的作品都在其中，竟也选了我的《一箱葡萄》。还有一个选本，甚至将《一箱葡萄》编排在了莫言的《卖白菜》和莎士比亚的《威尼斯商人》之间……

古往今来，堪称优秀的文学作品早已是汗牛充栋，遴选出类拔萃的作品，无疑是大海捞针！这些文本的选者又何以会发现我的《一箱葡萄》呢？很显然，是这个作品被大量选入各种语文考题，从而才引起各方选者

关注的缘故吧?

　　四川省方志馆设立了一个"四川名人名作珍藏馆",我曾因发表过写祖父的一个长篇散文《改造存心赶向前》而受到广泛好评。著名文学评论家钱念孙先生撰文赞誉:"祖父人物形象的塑造,为现当代文学史提供了一个颇有新意的艺术形象,丰富了中国当代文学的人物画廊。"不知是否因了这样的高度评价,从而让我得以忝入其馆。不过,比较而言,这个长篇散文无论是从阅读量和影响力来说,都是远远不及《一箱葡萄》的。

　　文章写来就是想要人看的,读者自然越多越好。不过别人究竟看不看你的文章,那是别人的自由。《一箱葡萄》选入名家如云的各种文本,有人未必会看我这个无名作者的文章。但是作为考题,那就要非看不可了。而且,可以肯定,还是需要认认真真去阅读的。

　　时间到了2024年1月,就是《一箱葡萄》问世整整15周年了。行文至此,又情不自禁地去网上"百度"了一下。很高兴!还在用着呢。

　　看来,关于《一箱葡萄》的故事,或许还会继续讲下去的吧……

2024年2月

# 一部独特的散文合集

金 科

2020 年清明时节，我与大学同班同学尉天骄、任启亮三人合著的散文集《故园与远方》，从千里之外的故乡飘然而至。

安徽文艺出版社设计的封面颇具匠心，是一幅徽派建筑的乡村景致，淡雅的画面中嵌着几行文字，首句开门见山："这是一部独特的散文合集。"

出版社为何要在封面印上这么一行文字？想来恐怕不仅仅是指我们三人的散文各有千秋，有着一定特色，应该还别有深意。那么，这部散文合集究竟有着哪些"独特"之处呢？

首先，这是一部 78 级大学同窗合著的散文集。

在书名的副标题上，就亮出了这个元素："78 级同窗散文三人行。"这也是我们三位作者对于封面设计一致坚持的一个"基本原则"。因为在中国当代教育史上，"78 级"正是一个相当独特的符号。

回首当年，"文革"落下沉重帷幕之后，拨乱反正的序幕便缓缓地拉将开来。随之，那荒唐中断了 11 年之久的高考也悄然恢复。1977 年 12 月间，在举国瞩目的期盼中，久违的高考钟声终于敲响。百废待兴，时间紧促，一时难以赶制出全国统一的考卷来，便概由各省自行命题了。而当年做着各种各样考卷得以走进大学之门的人，被称为"77 级"。

不过相隔半年多的时间，第二届高考便接踵而至。这次高考，由国家统一命题，堪称新时代的首届"国考"。

可能是鉴于 77 级匆忙高考之得失利弊吧，1978 年的高考便稍稍放宽了"政审"和年龄的限制。那年的应届高中毕业生也恰逢其时，各路考生蜂拥而来，以至于参加这次"国考"的人数高达 610 万，比 1977 年的考生一下多出了 40 万。如此庞大的考生纪录，竟持续保持了整整 25 年，实为中国教育史上考生最为复杂的一次高考。

仅此而言，我们三位作者就具有一定的代表性。

参考前，尉天骄是安徽砀山农村的回乡知青，时年 29 岁；任启亮是安徽淮北农村的基层干部，时年 22 岁；而我则刚由农村知青返城，是合肥一家工厂里的学徒工，时年 23 岁。况且，尉天骄和我都还属于"政审"有着严重问题的考生。

"78 级"大学生就是在这样的历史背景之下，以 6.6% 的录取率脱颖而出的，全国录取的考生只有 40.2 万人。最终得以跻身于本科层次的考生，不足 30 万。这在中国当代教育史上，可谓空前绝后。而 1978 年，又适逢祖国进入改革开放的历史转折之年。"78 级"，因此成为我们心中不同寻常的明亮记忆。

其次，可能是指我们三位同窗友情的独特之处吧。

1978 年的秋天，当我们走进大学校园的时候，"文学的春天"和"思想的春天"已悄然降临。文学站在思想解放的前沿，成为全社会关注的精神热点。在每一所大学的中文系里，许许多多同学的心里都是有着一个"作家梦"的。

同窗四载，我们三人都曾发表过一些小文，由而种下了热爱文学、热爱写作的种子。大学毕业后，三人分居于南京、成都、北京。就在大多同窗渐渐疏远了文学和写作之后，我们三人却初心未改，工作之余，依然保持着中文系学生热爱文学创作的秉性，而且都分外钟情于散文。正是因了这样的散文情缘，尽管山水相隔，却使得我们之间的同窗友情一直鲜活地延续着。

著名散文家王宗仁先生在为此书所写的序文中，不禁感叹道："三人大学同窗，毕业之后分居各地，工作岗位不同，几十年来友情一直延续，也共同保持着散文写作的热情。这很难得，也很有特色。"四川《晚霞报》则赞誉道："步入晚年的三位同窗联袂出版文集，在 78 级这个特殊群体中，其别具一格的同窗之情引人注目。"

就在这本书出版的过程中，我们三人曾经广泛做过一番民间调查。

在全国大学中文系 78 级这个群体中，出过不少作家，坚持业余写作的也很多。然而，三位同窗能够友情长存，抱拢成团，联袂出版散文集的，似未曾见。

大概正因为此，南京《金陵晚报》将此书的诞生视之为一种"创意"："三人联袂出版一本散文集，是同窗情缘的牵连，更是共同文学情怀的汇聚。这一创意在 78 级大学生这个独特的群体里，或许是率先发出的第一声咏唱。"

既是一种"创意"，又是"第一声咏唱"，自然也就引起了媒体和读者的关注。

北京《图书馆报》不但发了书讯，还在该报的"作家专栏"里，用了一个整版，推出了关于此书的专访文章。醒目标题《朦胧半生事 同窗知己情》真是"深得我心"的精练概括。其中写道："改革开放之初激动人心的高考，早已载入共和国史册。而这一部饱含着丰富阅历和浓浓同窗情的《故园与远方》出版后，不仅在 77 级、78 级这两届老大学生群体中引起了一些共鸣，也在后来的各届大学生中产生了积极的反响。"

《中国新闻周刊》刊登的书评写道：尽管《故园与远方》收入的作品内容广泛，题材多样，每个人的写作风格也不尽相同，但他们在体察生活、认知社会、感受人生之时，都具有一个共同的原点——改革开放新时期成长起来的一代人的眼光和心态。

中国作家网：《故园与远方》展现了在砥砺前行的岁月里，三位同窗各自的心路历程和情感体验以及故乡情怀。

安徽省作家协会网：此书体现的正是那个时代三位大学同窗散文写作的实践之行。展示出不断前行的脚印，相互激励的行踪。

京东图书：这是一部题材丰富、语言优美的别样散文集。因三位作者经历各异，术业有专攻，在各自事业领域成绩突出，也使得这部散文集成为独具风韵、色彩斑斓、交相辉映的别样咏唱，值得读者仔细阅读和品味。

中宣部的"读书强国"平台、安徽大学图书馆，也对此书给予了推介。

……

最为动情的，还是我们的母校——淮北师范大学。

　　当我们将《故园与远方》分送给一些老师和同学、校友后，激起了一连串的涟漪，好评如潮，纷至沓来。亲爱的母校热情地邀请我们三位作者重返母校，为我们的这本小书举行了一个隆重的庆祝和捐赠仪式。

　　这些天来，时而翻翻这部独特的散文合集，时而看看那些如雪片般的点赞之语，不由觉得，这本小书的诞生虽为顺理成章、水到渠成之事，不过，身为此书的倡议者，我还是常常陶醉于一种小小的成功喜悦之中。

　　每每这样想来，为新冠病毒反复无常扰乱的心绪，便得到了些许抚慰。

　　于是，便信笔写下了这篇小文来。

2021 年 6 月

# 大寨二日

金 科

　　要去大寨前，特意告知了一些年轻朋友，竟无一人知晓这个地方。这个当年驰名中外家喻户晓，位于山西昔阳县的小山村，在褪去了种种耀眼的时代光环之后，似乎渐渐变得悄无声息了。

　　到了太原，方知昔阳县不通火车。上午，从太原乘坐长途汽车，将近三个小时到了昔阳县城，随即又上了一辆出租车。途中，司机师傅问我去大寨做什么，我笑答是来学大寨的。他也笑了，说，过去是全国学大寨，时代不同了，现在是大寨学全国啦。说着说着，不过十来分钟，就到了大寨。

　　今天的大寨已经成为 4A 级旅游景区。只见气派的景区门头上悬一红色标语："亿万农民的圣地，大寨精神的源头。"让我不由为之一振，风尘仆仆，行囊未解，便一气登上了虎头山。

　　20 世纪六七十年代，虎头山是一座名山。多位国家领导人与外国元首先后造访大寨。日理万机的周恩来总理曾三上大寨，并将大寨精神概括为"自力更生、艰苦奋斗"。叶剑英元帅一连赋诗八首，流传甚广，至今我还记得其中两句："大寨真经学不完，全民奔向虎头山。"大寨当年的红火，可见一斑。

　　虎头山不高，千米左右，山上散落着不少景点。引我关注的，是虎头山上的那几座墓茔，分别安葬着陈永贵、贾进才、郭沫若、孙谦四位人物。前两位就任过大寨的领导，安葬于此，合乎情理。而后两位则是外乡人，为何也安葬于此呢？

待细细阅读了碑文方知，郭沫若先生1965年来过大寨，赞叹不已，曾即兴挥毫赋诗一首。郭老离世之时，大寨依然红火，故他立下遗嘱，将其骨灰一分为四，其中之一，给了大寨，大寨人又将其手书的《颂大寨》一诗置于墓地。另一位孙谦先生则是山西的本土作家，因其1964年发表过颇有影响的报告文学《大寨英雄谱》，故也立下遗嘱，让亲属将其骨灰撒于虎头山上。孙谦先生过世于1981年，那时的大寨已由绚烂之极归于平淡了。然而，大寨人却很感恩，不仅厚葬了孙谦先生，还以大寨村的名义，写了一首《悼念孙谦同志》的诗，其中两句"生前笔下英雄谱，身后大寨安忠魂"。

四座墓茔，唯有陈永贵墓前有着几条座椅，有些累了，便在椅子上坐下休息。

不一会儿，一些游人也来到了这里，是个旅游团，都是些上了年纪的老人。忽然间，几位老人还兴奋地唱起歌来，是那个年代人们耳熟能详的歌曲《学习大寨赶大寨》。我知道，在那个年代里，许多文艺工作者也曾纷至沓来，到大寨采风或体验生活，创作了大量各式各样的作品，有的作品也是脍炙人口、流传很广的。

游人远去，我独自一人，又在这里坐了很久很久。

此时的虎头山满目春光，万籁俱寂。俯瞰大寨村，远眺昔阳城，触景生情，浮想联翩。不由想起，此行之前曾特意找出一读的《大寨行》，这篇出自巴金先生之手的长篇散文，在描述大寨一株古老的大柳树时，巴老动情地写道："好像它不是树，是我多年不见的一位老朋友。"此时此刻，情景交融，我居然也有了如同巴金先生那样一种感触来了。也不知这株大柳树还在不在了？那些年里，这株大柳树就是大寨的一个"饭场"，大寨人喜爱一早端着饭碗，围坐在这株大柳树下谈天说地，憧憬着美好生活。

忽然之间，想起在昔阳县城下车时，司机师傅告诉我回太原的最后一班车是下午五点半。一看时间，已经来不及了。心想，索性就在大寨住下吧。

临近黄昏，方下得山来。沿途看着当年那闻名遐迩的梯田里，空无一人，一块连着一块，平坦齐整，在春天夕阳的辉映下，不时变换出迷人的景色来。

行至半山腰，见到一家名为"铁姑娘"的宾馆，庭院幽深，环境优美。心想，不妨就在这虎头山上住上一晚吧，便往里走。忽听背后有人招呼我，转身一看，是个骑摩托车的中年人，他说，这家宾馆早就停业了。你要住宿，山下有很多农家旅馆的。

走到山下路口，遇一年轻人，果然问我要否住宿。我问，是窑洞吗？他说是的，而且是大寨独有的四星级民宿。平生尚未住过窑洞，就上了他的车去了。

年轻人姓赵，很热情，说先领我再去几处地方看看。于是，便去看了陈永贵故居、大寨人民公社旧址、大寨干部学院、大寨礼堂、几位名人来大寨的下榻之处……

——看过之后，我问小赵，能否见见当年的大寨名人？小赵说，贾进才夫人宋立英老太太还健在，可以引我去见见。跟随小赵穿过一个招牌为"宋立英土特产商店"，走进一孔窑洞，这位当年的"铁姑娘"正安坐家中。家中的墙上，悬挂着一些当年宋立英与众多名流在一起的照片。我握住老人的手，说了几句来大寨的感言。老人衣着整洁，精神矍铄，连声说着"谢谢"，看不出已是九十五岁高龄了。告辞出来，看了看老人家商店里的大寨土特产，品种还真不少，光是大寨出的白酒就有十多种，其中就有"大寨铁姑娘酒"。出得门来，偶见不远处巴金先生写过的那株大柳树依然健在，确很高大，枝干挺拔，浓密的柳叶都已将后面的楼房遮掩得差不多了。

晚间，在品尝了小赵夫妇烹饪的大寨土菜和小吃后，外出散步。

春夜里的大寨村，静悄悄的。

当年大寨人住过的那一楼一底的窑洞，就像是那个年代的绿皮火车车厢一般，长长的，一排排。不过，只有几孔窑洞里还亮着灯光。而不远处，几栋高高耸立的住宅楼却灯火通明。及至走到那灯火通明的地方，竟如同都市里的小区一般，花团锦簇，小车遍地，还有着一个漂亮的幼儿园。唯有不同的，是楼房前那些高高堆着的玉米。

夜游归来，见我窑洞的石桌前，围坐着几位老人，南腔北调，而且都曾在那些年里来过大寨。坐下一起聊天，听他们说了不少那些年里大寨的趣闻轶事，有的似曾听过，有的闻所未闻。

次日早起，随意漫步。

大寨春天的早晨，凉爽宜人。虎头山上鸟语花香，静谧安宁，像是一座天然的山林公园。在宽阔洁净的村路上，不时见到一些背着书包去往"大寨学校"的孩子。远远看去，那所学校，应是大寨村里最为庞大而壮观的楼房了。

早饭后，去"大寨展览馆"参观。

这个展览馆较之虎头山上那两个展馆来，要显得气派些，馆名是郭沫若先生题写的。离展馆不远，立着一尊陈永贵的巨型塑像。偌大的展览馆里只有两个展厅，一个叫作"农业学大寨"；另一个名为"改革开放"。大寨人为此作了这样的说明：展览再现了"农业学大寨"那段红旗招展、人欢马嘶的火红岁月，以及改革开放大寨人再次勇立潮头、建设新大寨的全过程……

大寨村口的马路相当宽敞，路灯也别致漂亮，一望无际，竟让我不由联想起"康庄大道"来。离村口不远，有着一个花园式的"红旗广场"，红彤彤的，金光灿烂，不知何年所建。毛泽东手书的"农业学大寨"五个金色大字，被醒目地置于一面墙上的巨幅红旗中。广场前有个公交车站，有着免费的公交车通往昔阳县城，已近晌午，便坐了上去，告别了大寨。

晚间，去太原的路上，收到房东小赵的微信。说我对宋立英老太太说的那番话，他感觉不错，故发了抖音，很快就破万了。抖音多是年轻人在玩吧？看来，也还是有着很多的年轻人在关注着大寨啊。

2023 年 5 月

# 七月里的拉萨

金 科

七月里的拉萨很美。

城里五彩缤纷的格桑花，被高原上的风吹拂得摇曳多姿。而城外的田野里，还在盛开着金灿灿的油菜花，一片连着一片。风景如画，气候宜人，又无高原反应，让初来拉萨的我心情舒畅。

去西藏前，就闻有"先有大昭寺，后有拉萨城"之说，于是便在大昭寺附近寻了一家旅馆住下。近水楼台，无事便常去大昭寺那儿走走。

大昭寺是拉萨老城区的中心，从早到晚都是热热闹闹的。小小的广场上，白色的经塔里燃烧着清香的松枝，烟雾袅袅，终日弥漫在广场上空。

在这里，最为引我注目的还是那些络绎不绝、一步一拜、磕着长头前来朝圣的信徒们。男女老少，顶礼膜拜，虔诚之至。此情此景，虽也曾在四川的藏区多次见过，但在这里见到，却让我情不自禁地流下了眼泪。或许因为大昭寺是西藏信仰中心的缘故吧，这些天来在拉萨，时而听到或见到这么一句话："拉萨缺氧，但不缺信仰。"这大概就是一种信仰的力量吧？那几天，每去大昭寺，我都会带上换好的新钱币，随着许多游客，一张一张地送给那些磕着长头的人们。

围绕着大昭寺那条窄窄的小街，就是有名的八廓街，人流如织，街面两旁的商铺五颜六色，眼花缭乱。从这些商铺间的巷子走进去，纵横交错的巷子里倒很清静，各式各样的藏式院落和老房子比比皆是，吸引了不少街拍的年轻人。八廓街上有着很多的座椅，有的很长，能坐下几十人，有的很短，仅容几人，在那上面坐着的多是手摇着转经筒的藏人。有时我也坐到他们之间，听听转经筒的悠悠声响，看看世界屋脊上那蓝得晶莹的天空，沉浸其中，恍然如梦。

八廓街上有着一家门面不大的书店，一楼一底，还叫着老名：新华书店。一个黄昏，我在里面待了很久，翻阅了一些关于西藏的画册和书籍。此行来得匆忙，未及做何功课，就在这家书店里补做了一些。

拉萨城不大，却很整洁，也很少堵车，我喜爱乘坐一元钱的公交车，东西南北地随意漫游着。

一天下午，从西藏博物馆的后门走出来，偶然间就看到了不远处的罗布林卡。没有想到，这个也是世界遗产的皇家园林，与布达拉宫和大昭寺的热闹场景迥然不同，竟无何游人，静悄悄地。在高高茂密的树林间，有着三三两两的藏民，有的席地而坐，有的随意躺着，像是在露营野餐，消夏避暑。远远看去，就像是一幅幅恬静闲逸的油画。原以为罗布林卡不会太大，未料里面竟是相当的深远。长长的大道，弯弯的小路，红黄相间的围墙里深藏着一个又一个精美的宫殿庙宇、花园房舍，神秘幽深，以至于竟让我在里面迷了路。

那天，在拉萨城里城外转悠了一天，颇为疲倦。回到旅舍，正吸氧休息着，突然接到藏族友人的电话，热情地请我晚间去观赏大型实景剧《文成公主》。七月里的拉萨，天黑得晚。友人说，《文成公主》也是要等到天黑尽之后九点半钟才开演，时间很宽裕的。盛情难却，于是早早吃了晚饭就去了。

演出《文成公主》的剧场是露天的，坐落在拉萨城南郊光秃秃的群山之间，高高在上，需要攀登许多的台阶。途中小憩，蓦然回首，隔着宽宽的拉萨河可以俯瞰到远处的布达拉宫。

高高的台阶上，一路都有招呼租大衣的人。这几天，也多少领略了拉萨七月里的天气，阴晴不定，变幻无常。雨伞总要随身带着，既要遮挡这"日光城"那强烈的阳光，也要防着突然而至的大雨，而且昼夜温差也不小。自己今晚虽还穿了件毛衣，却听说演出中还有着人工降雪，故也不敢掉以轻心。都知道，在西藏如果感冒了，就很麻烦了，于是便租了件厚重的大衣。进了剧场，又见很多观众都在随意地取着塑料雨衣，也跟着拿了一件。

文成公主进藏的故事流传了上千年，早已成为汉藏人民和美友情的佳话，家喻户晓。然而当观赏这场大剧时，心灵还是不时受到了不小的视觉冲击和心灵震撼。演到一半，果然就下起了雨来，气温陡降，大衣和雨衣都用上了，仍然还觉得有点冷。而台上那近千名演员，却像无事一般。这出大戏在这里已经演了许多年了，遇到这样的天气，想来也是常事吧。雨不停地下着，忽大忽小。随着剧情的变化，让我在七月里的拉萨又再次流下了热泪，雨水和着泪水，不时迷湿着眼睛。且不说那恢宏的场景、优美的旋律和壮观的阵容，就是那被反反复复咏唱的歌曲，都让我这他乡游子激动不已。离开拉萨都过去好多天了，那些美妙激昂的歌声还常常在我的耳边回响着：

> 我想要贫者远离饥荒，
> 我想要病者远离忧伤，
> 我想要老者远离衰老，
> 我想要死者从容安详。

> 走不到的地方是远方，
> 回不去的地方是故乡。
> 天下没有远方，
> 人间都是天堂，
> 有爱就是天堂……

2023 年 8 月

# 冬日里的喜鹊

金 科

冬日里，来青岛的第一个清晨，便被叽叽喳喳的鸟叫声给闹醒了。

拉开酒店的窗帘，竟是两只黑白相间的喜鹊，在窗台上蹦蹦跳跳的，见到我也不害怕，依然不停地欢唱着。喜鹊是吉祥鸟，心里也不由得欢喜起来了。

在酒店的庭院里散步，又见到了许多飞来飞去的喜鹊。在那些高高耸立的树上，随处可见一团一团的喜鹊窝，悬在冬日里光秃秃的树丫上，十分醒目。也不时见到一只只飞来飞去的喜鹊，衔着一根根树枝，飞向那些大大小小的鸟窝筑巢呢。想来，喜鹊在那些光秃秃的树丫上面盖房子，也不容易。在一些鸟巢下，我看见许多散落下来的小树枝，长长短短，粗粗细细的。然而，我却注意到，喜鹊却从不就近捡拾这些它们自己遗落下来的树枝，还是不辞辛劳地飞向远方，不知又从何处衔来一根根的树枝。次日再来散步时，就见那鸟巢也愈显庞大起来了。有的鸟巢甚至大得惊人，真不知喜鹊们是如何搭建起这些"家室"来的。有时从那树下经过，听着鸟巢里喜鹊的欢叫声，让我也都觉出一些暖意来了。

到了青岛，自然要去看海的。

雪后的一天上午，还是同以往几次来青岛一样，我沿着长长的海滨栈道，从八大关开始漫步。青岛冬日里的海滨，游人稀少，沿途却还遇见了好几对新人，不顾寒冷地在拍着婚纱照，也有许多的喜鹊在蹦蹦跳跳地尾随着他们。走到市中心的"五四广场"，想休息一下了。大概是天太冷了吧，此时偌大的广场上，只有我一人独自坐在那里，静静欣赏着广场上播放的优美音乐。而伴随我的，还是那些在我身旁不停欢唱跳跃的喜鹊。

儿时就闻有"喜鹊叫，喜事到"之说，大半生都过去了，我却从未遇到过，也从没在意过。不过，在一个城市里，我也从未如此近距离地遇见过这么多的喜鹊，心里竟然也期待着有什么样的喜事会降临了。

晚间，回到酒店刚刚坐下，忽然接到远方朋友的电话：我的一篇写于三十年前的散文《成都的微风斜雨》，被选作了 2024 年中考"现代文阅读"复习题……

对于一位业余作者来说，这无疑是惊喜之事啊！不由联想起那天早晨，在窗台上欢叫的两只喜鹊，或许就是在给我报送这样的喜讯吧……

2023 年 11 月

# 偶遇陀翁

金　科

　　题目上的"陀翁"，说的是俄罗斯文学大师陀思妥耶夫斯基。

　　近日，忽见国内外众多媒体纷纷纪念起陀翁来。原来，2021年的"双十一"，正是陀翁诞生200周年的日子。就在这个日子里，俄罗斯总统普京先生，还特意去参观了陀翁在莫斯科的故居博物馆。

　　由而，也想起了我与陀翁的两次偶遇来。

　　那年初秋的一天下午，我在圣彼得堡火车站附近的大街上闲逛。不经意间，在经过路边一栋淡黄色楼房时，见到在楼房底层的墙面上，镶嵌着一幅似曾相识的浮雕肖像。虽然不认识上面的俄文，却在心里断言：这是陀思妥耶夫斯基的肖像啊。

　　因为，我曾是陀翁的崇拜者。

　　早就知道，陀翁虽然出生于莫斯科，却是病故于圣彼得堡的。我曾经读过他的长篇小说《罪与罚》《白痴》和《卡拉马佐夫兄弟》，对陀翁的作品也曾有所思考和探讨，我清楚地记得，那些著作上印着的正是这浮雕模样的陀翁头像：忧郁的面容，紧锁的眉宇，长长而浓密的胡须……

　　我不由得兴奋起来，便沿着那面浮雕墙走去。没走多远，就到了一个十字街头。果不其然，街头一角，也正是我似曾相识的那个画面：陀翁的故居呢！陀翁就是在这里，不仅开始了他最初的文学创作，而其人生最后的四年时光，也正是在这里度过的。

　　陀翁故居的大门，仅是两扇窄小的门板，而且这两扇小门，还是沉入到地下好几个台阶的。此时门前无人，小门紧闭。按响门铃后，从门里传出几句录音的俄语来，却不见门开。不明其意，又按门铃，依然如故。索性用手去推门，门却被轻轻地推开了。

迎面一位俄罗斯妇女对我微笑着，用手指向了一个售票处。等我花250卢布购买了门票后，还是那位妇女，又微笑着把我引到了一个楼梯口，用手朝楼上指了指。

沿着楼梯，往上走了一层，这才像是到了陀翁的家了，门厅处摆放着雨伞和帽子，让人有了一种到了朋友家的感觉。再往里走，没有想到，陀翁公寓的门面虽小，公寓里的房间竟是很多，大约有好几十间吧。许多房间一间连着一间，忽东忽西，忽左忽右，如同迷宫一般。

于是，便先去各个房间里转了转。

转完之后，这才知晓，原来公寓里那么多的房间，真正属于托翁的故居也只有其中的那么几间。其他的房间，都是后来开辟的托翁博物馆了。而这个博物馆，早在1928年就开馆了。

出乎意料，陀翁窄小的家门前空无一人，家里面居然大有人在，几乎每个房间里都有人。从服饰和肤色上看，似乎来自不同的民族和国家，却没有见到一位华人。那有着各种语言的同声翻译，也没有中文。好在我对于陀翁充满戏剧色彩的人生经历、灿烂辉煌的文学成就多少还有所了解，浏览着那些有关陀翁的图片、著作、手稿、遗物来，也不至于是雾里看花。时而，也随着一些参观的团体听听讲解，尽管听不懂，从讲解员不时变化的表情和声调里，却也能引起一些感染和共鸣来。

在故居所有的房间里，我在陀翁的书房里，停留的时间最为长久。

书房高大宽敞，家具简洁古朴，与墙上挂着一张当年书房的照片完全一样。陀翁那部享誉世界的绝笔小说《卡拉马佐夫兄弟》，就是诞生于这间书房里的。书房里的时钟所显示的时间，正是陀翁在文学事业如日中天的59岁那年离世的时刻。书房很雅致，只是公寓里很多的房间都临着街道，不时有喧闹的汽车声响传进窗里来。

走出陀翁故居，请路人为我在陀翁故居门前和陀翁浮雕的肖像前，分别拍了照，为我与陀翁的偶遇，留下了纪念。

有趣的是，不久之后，我又一次偶遇了陀翁，那是在故乡的《合肥晚报》上。

《合肥晚报》的副刊很传统，也很高雅，我很喜爱。因了一种故乡情结，我时常给它投稿。一天，在其副刊"悦读"的专栏上，发表了我的一篇散文。在那同一版面上，刊登着四篇散文，其中两位是中国的著名作家余华先生和阿城先生。另外一位，竟然是陀思妥耶夫斯基呢。

要知道，陀翁可是第一位被俄罗斯封为"圣人"的作家。

有人说，托尔斯泰代表了俄罗斯文学的广度；陀思妥耶夫斯基则代表了俄罗斯文学的深度。

也有人说，陀翁是探索人类精神世界的文学大师。

还有人说，《罪与罚》与《红楼梦》同样伟大……

想来，200 岁的陀翁，还会被人们继续纪念和怀念下去的吧。

2021 年 11 月

# 布鲁日情调

金　科

　　我是从英国和美国合拍的电影《杀手没有假期》里，知道布鲁日这个地名的。

　　这部电影的情节跌宕起伏扑朔迷离，很是吸引人。然而，更加吸引我目光的，则是镜头里那些罕见的古朴典雅和沧桑浓郁的景致，满满的欧洲中世纪韵味。

　　2016 年的夏天，我到了比利时首都布鲁塞尔。次日一早，便去踏访布鲁日了。

　　清晨，从布鲁塞尔乘坐火车，不过一个小时就到了布鲁日。随我一同下火车的，却没有几人，偌大的车站广场上也空无一人。不过，往城里走了不远，游人一下就多了起来，熙熙攘攘热热闹闹。此间正是欧洲的旅游旺季，看来自己像是来晚了。

　　在欧洲，布鲁日的历史还算不上太悠久，但却是保存最为完好的一座古城，因而整座古城也就荣获了一块"世界文化遗产"的金字招牌。有趣的是，就在这座古城里，还拥有着另外两个单独的"世界遗产"：贝居安女修道院和钟楼呢。

　　踏着方方圆圆石块铺就的小路，沿着窄窄的街道行走着，只见红墙尖顶的古老建筑鳞次栉比，河流水巷纵横交错，让人沉浸于一种恍如隔世的时光之中。

　　徜徉于古城，形形色色的游人中，却未看见一个东方人的面容，听说华人旅游团是不来这里的。当我在街头一家小书铺里，忽然瞥见一本名为

《布鲁日》的中文旅游图书时，竟像是见到了久别的亲人，买下后随即避开热闹街市，踅进一条僻静小巷浏览起来。翻开一看，便惊喜发现，这无意中走进来的小巷，竟是著名的加勒巷，有着中世纪典型的防火墙，高高的，红红的。这让我不由联想起故乡古老的徽派建筑中那白墙黑瓦的防火墙。这本书真好，还让我从中得知，布鲁日能有今天，竟然有着一个真实的历史故事呢。

在第二次世界大战中的一天，驻扎在布鲁日的德军指挥官，接到了最高指示：速将布鲁日夷为平地。然而，这个指挥官却认为，毁掉布鲁日这座美丽的古城，简直就是丧心病狂！尽管军令难违，但他还是凭借一己之力，竭诚劝说，终让上方撤回了军令，使得布鲁日得以幸运地存活了下来……

这个真实的历史故事，让我感叹。而这位富有人性和良知的侵略者，却被布鲁日市民誉之为"天使"，将他的名字写进了书中。如今，这座被誉为"露天博物馆"的古城，已成为欧洲著名的旅游网红打卡之地，每年吸引着数百万来自世界各地的游客。

匆匆浏览完小书后，就径直去了玫瑰园码头。书上说，那是布鲁日最为靓丽的地方。

果然，站在这里放眼望去，蓝天白云下衬托的圣血教堂、市政厅、钟楼、运河交相辉映，就像是一幅巨大的天然油画，美轮美奂，难怪比利时航空公司要用此景来作为它的宣传画呢。

先去圣血教堂和市政厅转了转，就想登上钟楼去俯瞰古城全景。未料，那座建于13至15世纪，高达83米气势恢宏的钟楼，至今没有安装电梯，而钟楼里的盘旋楼梯则多达366级，不由让我望而生畏，只得悻悻作罢了。

布鲁日还有着一个雅号："北方威尼斯"。

意大利的威尼斯我曾去过，与其相比，感觉两者还不能同日而语。不过，布鲁日的运河却也别有特色，沿着运河漫步，会让中国人生出一种"小桥流水人家"的诗情画意来。河上的小桥很多，隔不多远，就有一座，形态各异，小巧玲珑。时而走上一座小桥时，见有游船经过，我就会向船上的游人挥一挥手，而每次都能引起船上游人的热烈回应和欢呼，真是平添了一层旅游欢乐。游船远去，再一一细看那沿河人家，大多门窗紧闭，好像都久无人居了吧。还好，在一些街巷，时而还会见到一些妇女，依然坐在自家的门前，编织着古典漂亮的花边和台布。

在布鲁日古城随意走着，不知不觉就走到了欧洲学院。学院并不大，却是全球最负盛名的专注欧洲事务研究的教育学术机构，也是欧盟的重要智库和欧洲政治家的摇篮。难怪欧洲人要将那"北约总部"和"欧盟总部"都设在布鲁塞尔，也就可以理解比利时为何会有着"欧洲首都"之称了。

直到觉得有些饿了，才发现时间早已到了下午，就依着书中的引导，寻到了那家著名的餐馆。在品尝了布鲁日的美食后，又接着去欣赏布鲁日的美景，东看西看，像是总也看不够似的。直到黄昏，才在一家咖啡馆里坐了下来，等待着布鲁日夜幕的降临。

黄昏的太阳渐渐昏弱暗淡下去了，各色各样的街灯渐渐亮了起来。游人稀少，白昼运河里穿梭不息的游船也不见了踪影，布鲁日一下宁静了下来，我又起身，在古城里四处游荡起来。

暮色苍茫中的布鲁日，像是变幻成了一个梦境中的童话世界，浪漫迷人，美妙绝伦，开始真正回到了久远的中世纪。这正是我所期待着的一种氛围，一种韵味，一种意境，也是我特意选乘晚班列车返程的缘故。

看看手表，时间还早，在中世纪的布鲁日情调里，还可以静静地坐下来，喝杯咖啡。

2016 年 9 月

# 白发趣话

金 科

记得母亲不到四十岁，头发便白了许多。当时看着父亲给母亲染发，只觉得好奇可笑。后来才知道，母亲不仅出身大户人家，而且母亲的哥哥和弟弟又都去了台湾。尽管母亲参加了解放军，又去过朝鲜战场，但在那个讲究"阶级斗争"的年代里，这两个"台湾同胞"显然成了母亲的一块心病，她又怎能不早早地就愁白了头呢？

我不到五十岁时，好像倒是无何忧愁，可是否因了母亲的遗传，竟也有了白发，也染起发来。虽然明知染发对身体不好，却怕人说老，就这么年复一年地染着，一直染到了退休。

或许是受了五柳先生陶渊明的诱惑，早早的，我便在青城山下置了几间小屋，也想提前辞去那一官半职，去过过田园生活。写了申请，头头却不准。拖了一年多，终于准了。自由的那年，我58岁。

离开职场，我便停了染发。这才发现，头发虽未全白，却也白得差不多了。去了伪装，原形毕露，也就显得苍老了许多。这才似乎明白过来，那么多满头乌发、道貌岸然的腐败分子，为何进去之后就一下白了头？看来职场上，如我这般的伪装者还是大有人在啊……

都说人老了还要适量运动，我年轻时就不太爱运动，只会打打乒乓球，却也是多年没有摸过球拍了，如今有了大把时间，就去了一家乒乓球馆。球馆里也有着不少老人，见有几位与我球技差不多的老人，就想和他们一起玩玩。未料，却都被他们以种种理由一一拒绝了。有位老人见我尴尬地坐在一旁，就走了过来，先问我多大岁数了，又问我身体有没有什么毛病。我说 58 岁，只是我好几年没有体检过，身体也没有感觉什么不好。老人笑了，说，原来你比我们还年轻啊！我们都以为你年龄大了，所以都不敢和你打的……

得了这个教训，再有新相识的人问我年龄时，我就常常爱说大那么几岁了，他们也都信了。

有一次，和几个省的作家一同在河北沧州采风，可能是一行人中唯我白发苍苍之故吧，当地一位女作家就独独问起我的年龄来。北方人爱问"高寿"，我也就往高里说，一下说成是 85 岁。她居然信了，惊叹不已，连声夸我"老当益壮"。几位知我生辰八字的作家，都在一旁抿嘴笑着，也没戳穿。而我却笑不出来了，一时竟觉得悲哀起来。却原来，在别人眼里，我已经老成这般模样啦……

次日，临时要找几位作家开个文学讲座，其中有我。没想到，讲座的主持人就是问我"高寿"的那位女作家。等我上了讲台，更没想到，这位主持人的开场白，竟是让听众先来猜猜我的岁数，大家就七嘴八舌地猜将起来。猜了半天，虽然都猜得比我实际年龄大一些，还没人说是过了八十的。这下主持人得意了，一下提高了声调，大声说道，这位来自成都的老作家，已经是 85 岁的高龄啦！这话自然引来了一片惊叹之声。我当然知道，在这样的场合应该实话实说了，于是赶紧据实相告：我刚刚过了 65 岁的生日……

65 岁生日那天，我也在外地，只是没走多远，就在四川的泸州市。那天早晨起来，忽然想起是自己的生日，虽不想惊动几位同行人，但是坊间也有着五年一小庆之说，觉得还是应该有所纪念才是，便在旅舍用手机自拍了几张照片。我平时不戴眼镜，为显老成，又特意戴上眼镜拍了照。

那时候，有两家公众号正连载着我的两个系列散文，附有我的简介和照片，我就让他们换上这张 65 岁生日的自拍照。我把这张照片处理成黑白的，头发也就愈加显得黑白分明了。这张照片随着我的一篇散文发出后，评论区里却一反常态，没有人说我的那篇散文写得好不好了，反倒都去点赞我的这张照片拍得好了。看来头发白了，也还是有着别样风采啊。

到了 65 岁这个年纪，怎么说，也应该属于老年人了吧。我曾待过的几个城市，都给到了这个年纪的老人发放了免费公交卡。可我居住的成都市却要到满 70 岁时，才能享受这个待遇。后来，大概是这方面的呼声大了些吧，成都才给 65 岁的老人办了这样的公交卡。

收到这张公交卡的那天，我已经过了 66 岁，上公交车刷卡，当听到了一声"老年卡"时，忽然想起，在一些城市里，传出的声音是一声"敬老卡"啊。

这让我不由得想了想。感觉还是"老年卡"这个称呼要好一些。因为看看上下左右，并不是所有的老人都是值得敬重的，许多老人还是相当遭人厌恶的，有的老人甚至是令人憎恨的。

渐渐地，有些年轻人开始称起我为"金老"来了，这种称呼是许多老人爱听的，我也爱听。虽然我很清楚，这些口头上称我为"金老"的人，内心里倒也未必是敬重你的，或许还是因了我那一头白发之故吧。

忽然之间，又到了新年，自己也向着古稀之年靠近了一步。人老了，总难免有糊涂之时。虽说是人无完人，不过，自从有人称我"金老"后，我便在心里常常警醒着自己：老来偶尔犯犯糊涂，就如同那老来发白一样，似乎倒也无妨。只是万万不要糊涂成晚节不保、为老不尊啊……

2024 年元月

　　冯荣光，中国散文学会会员，四川省散文学会原副会长，四川省文艺传播促进会原秘书长，成都市成华区作家协会副主席。曾任《当代四川散文大观》《四川省散文名家自选集》副主编，《发现西充》主编。《格调》美文编委、编辑。著有人文历史散文集《保和场》以及合著散文集《跳蹬河》，出版电视散文《银杏风舞的季节》《荷塘风语》等。

# 剑门蜀道的灵魂

冯荣光

成绵广高速公路从川北江油龙门山与剑山之间穿过，绕过了"蜀北之屏障、两川之咽喉"的剑门雄关，废弃了半个多世纪的剑门蜀道更渐冷寂。然而，数百里剑门蜀道上的皇柏却蔚为大观，成为世界上绝无仅有的古驿道"绿色长城"，默默地守护着 2300 多年历史的沧桑蜀道。以其"古、幽、奇、特"的自然景观，四季常青的勃勃生命活力，铸就了剑门蜀道不朽的灵魂。

经广元市、绵阳市林业部门资源普查，剑门蜀道皇柏总数为 9235 株。其中：北段剑阁—昭化 1903 株；南段剑阁—阆中 4291 株；西段剑阁—梓潼 3041 株。

## 白卫岭唐风宋韵

在"5·12"大地震前，从昭化经大朝驿到剑门关外剑溪桥这段约三十八公里的皇柏大道，除当地人外，可以说知晓的人并不多见。1935 年川陕公路通车，公路从剑门关顺大剑溪而下，经下寺镇（现剑阁县新城）到广元，绕过了关外这段皇柏大道，行人客商便不再走这里了，古道从此淡出了人们的视线。现代交通改变了昭化这座具有 2300 多年历史文化古城的命运，它开始衰落了。在它西北面的宝轮镇，因得川陕公路、宝成铁路、绵广高速公路之便，成为川陕甘三省交通枢纽和物流集散地，跃升为广元最大的卫星城镇，名声盖过了昭化。

2009 年 7 月，我再次来到昭化。"5·12"汶川特大地震后，昭化浴火重生，古城重现辉煌。在广元市旅游局的建议下，我们坐车到牛头山，徒步沿着当年的皇柏大道，从十里碑经新铺、白卫岭、大朝驿、架枧沟、高庙铺、七里坡、志公寺到剑溪桥，一路上仿佛在阅读一部从先秦到民国的皇皇史书，许多散落在皇柏古道（剑昭段）上鲜为人知的历史故事、古道遗迹和民间传说，让我们兴奋不已。

暑热的汗水湿透了衣背，坐在松柏夹道的白卫岭小亭休憩，凉风习习，神清气爽。没想到，脚下草木蓁蓁的红土山岭，在唐玄宗仓皇奔蜀时竟带来了好兆头，这是唐玄宗心情最好的一天，金口一开，欣然将这座山岭赐名为"白卫岭"。

杜光庭《历代崇道记》载：十五载，帝幸蜀，混元现于汉中郡三泉县黑水之侧。帝亲礼谒，遂命刻石像真容于所现之处，又于利州益昌县山岭上见混元骑白卫而过，示收禄山之兆。诏封其山为"白卫岭"，于所见之处置"自然观"。

唐时，李家皇室奉老子为先祖，立庙以祭祀。天宝十三年（754），唐玄宗诏令天下建玄元皇帝庙。李唐王朝对老子的尊崇达到了鼎盛，有关老君显圣降世的记载屡见不鲜。天宝十五年（756），唐玄宗为避安史之乱，从长安越秦岭到了汉中郡三泉县（现陕西宁强县阳平安镇），混元老君（老子）在三泉县黑水边显身。当唐玄宗在蜀道上一路风尘颠簸，惊恐不定，行至在云台山下，又见老子骑白卫而过，其象显现出收安禄山的征兆，唐玄宗心中大喜，于是诏封岭神为白卫。《蜀中名胜记》对此也有记载：唐明皇（玄宗）幸蜀过此，见混元皇帝自白卫岭而下，示取禄山之兆，遂封岭神白卫。

由于唐玄宗御赐因而白卫岭声名大振，在唐、宋两朝成为一大名胜，后世不少文武官员纷纷在此咏诗作赋。清代云南巡抚李銮宣作《白卫岭》诗："漫漫辇道接西秦，栈雨淋铃倍怆神。跨得青骡行蹀躞，怯登白卫岭嶙峋。但思李峤真才子，不忆姚崇是谏臣。满目山川多少恨，那堪重踏马嵬尘。"写的就是唐明皇过白卫岭的故事。

白卫岭在小剑山云台山麓，林海苍茫，古道迂折，地形复杂，历史上曾发生过许多惊心动魄的故事。《太平广记·卷第四百三十二·虎七》载：

"唐大顺景福已后，蜀路剑利之间，白卫岭石筒溪，虎暴尤甚，号税人场。商旅结伴而行，军人带甲列队而过，亦遭攫搏。时递铺卒有周雄者，膂力心胆，有异于常。日夜行役，不肯规避，仍持托权利剑，前后于税人场连毙数虎，行旅赖之。西川书记韦庄作长语以赏之，蜀帅补军职以壮之。"

《太平广记》记载了这件真实的故事。唐昭宗大顺景福年间，剑州到利州的蜀道上，云台山下白卫岭，老虎成群结队袭击行人，吃人、伤人的事经常发生，让过往行人胆战心惊，把这里叫作"吃人场"。商旅必须结伴而行，军人必须穿着盔甲排成队过去。如果单人独骑，肯定会被老虎吃掉。达摩戍（今大朝驿）有个叫周雄的壮士，是负责邮驿的递铺卒，有超过常人的膂力和胆量，白天黑夜行走在驿道上传递军情文书，毫不惧怕老虎。他多次在白卫岭，用手中的钢叉、利剑杀死凶暴的老虎，过往的行商路人常常要依靠周雄的保护，安全走过白卫岭。

当时在成都为西蜀王建掌西川书记的韦庄，对周雄杀虎的英雄行为大加赞赏，并提升了他的军职，以示表彰和鼓励。据《中国古代邮驿史》载："铺兵（递铺卒）常年走递，日夜奔忙，所得有限。每月只有口粮三斗，每年预支六个月口粮，生活十分艰苦。"韦庄对周雄的表彰和提升，确实非常难得。

白卫岭周雄杀虎保民过境，其英雄形象完全可与《水浒》景阳冈武松打虎、沂岭李逵杀四虎相媲美，但他的事迹没有进入古代文学家的视线，被湮没在黄尘古道、历史烟云之中，不为人所知。武松和李逵是古典文学作品中塑造的英雄形象，而周雄则是皇柏古道上真实的古代英雄豪杰。

下白卫岭过大朝驿，不久便到架枧沟，皇柏古道在山间的平谷中逶迤穿行在一排排参天古柏翠廊之中，流水潺潺、林幽鸟鸣，凉风拂面，仿佛置身在诗情画意之中。涧溪上有一座松宁桥，松宁桥是皇柏古道（剑昭段）上保存得最好的两孔平板石桥，石栏石柱古香古色。桥头有两棵笔直高大的铁坚杉，古树胸径1米，高25米，遮天蔽日，像身披铁甲守护古桥的武士，千百年来风霜雨雪，撼不动守护路桥的忠贞；它又像两位隐居幽谷、一生淡泊的智者，虽有千年之寿，却仍然青春常驻。也许有了它们的守护，松宁桥至今才会有它的雅致和清幽。峨眉电影制片厂拍摄《昭化晓月》，导演便一眼看中了架枧沟这段最精华的皇柏古道，拍板作为电影拍摄的外景之一。

宋代诗人陆游"细雨骑驴入剑门"的诗句可谓妇孺皆知。皇柏、铁杉、小桥、古道、溪水，与陆游诗中入剑门的意境极其吻合。我曾妄以臆度，架枧沟这一段路平缓、宽敞、皇柏夹道、风景优雅，美不胜收，足以让陆游为之销魂。当年，陆游路经此地，骑着毛驴悠悠地行走在古柏拥翠的山阴道上，谷中细雨蒙蒙，烟云缥缈，古风萦怀，如此清雅幽静的仙境，是否触动了诗人的灵感，吟成《剑门道中遇微雨》的千古诗句？再往前走，翻过烟碨梁就是七里坡，则是另一番视野宏阔的景象，陆游断不会有如此兴致了。

漫长的七里坡顺山势梯级而下，皇柏渐为稀疏，极目远眺，沟壑纵横、山峦低伏，剑山如屏，雄浑壮观，剑门关近在眼前。七里坡是三国"钟会故垒"遗址，当年钟会排兵列营，屯兵十万驻扎于此，与剑门关营盘嘴姜维守军遥遥相对。金鼓雷鸣的喧声早已消散在万山之中，漫漫剑昭皇柏道上仅遗下蜀汉"兴于葭萌（昭化），灭于剑门"的千古喟叹，让人评说。

## 拦马墙皇柏显灵

从剑阁西门翻过州垭子，下到坡底就是清凉桥北。路边地头，一位姓马的庄稼汉在地里栽种大蒜。民谚："七大八小九纠纠。"农历七月是种蒜的好时节。他一边忙着一边与我们聊着。他的儿女都在外打工，家里只有他两老。在如今的农村，这现象很普遍。清凉桥的对面就是走马岭，一条墨绿色林带在苍翠的山梁上逶逶迤迤，像一道绿色的波涛一浪接一浪地推向远方。

老马对我们说："我们这里过去叫清凉铺，到县城十里，到凉山铺十里。过清凉桥上陡坡就是望乡台。这里的人死了，要过奈何桥，就是下面的清凉桥，抬到对面的望乡台。"我不知道"清凉桥"如此文雅的名字怎么和奈何桥联系在一起。"清凉桥"是一座古桥，以此为界，北面多为住户和庄稼地，清凉铺到剑阁老县城的驿道上皇柏稀疏，几乎无荫可遮；南面则是郁郁葱葱的山岭，皇柏从清凉桥一路列伍成荫到凉山铺，而且山路坦荡，全无陡险曝晒之虞，清凉铺大概由此得名。

清凉桥到凉山铺长约四公里的古道，在西线被称为"拦马墙"，是目前保留最好、最纯粹的皇柏大道，有蜀道"先秦活化石"之称。行走其间，如同历史"穿越"，不知是古是今。

千姿百态的皇柏，"一柏具一态，巧与造物争"，在古驿道上演绎出许多民间传说。

过了清凉桥，沿"S"形石级山道攀登到望乡台，在两侧壮硕高大的皇柏中，有一株"望夫柏"特别显眼，胸径1.3米，树高23米，4米处分三枝，一枝如手搭凉棚，似在眺望远方。传说，古时一位新娘，在此送别出征的夫君，盼望着夫妻能够早日团圆，在望乡台下种了这株柏树，并日日在树下望着对面州垭子上的古道，等待夫君从前线胜利归来。年复一年，新娘渐渐成了白发苍苍的老太婆，仍这样固执地守着。她一生也没有等到夫君的归来，而这棵树已长成参天大树，来往行人客商爬上这段陡坡，都要在树下遮阳歇息。她的故事就这样流传了数百年，人们感念她对爱情的忠贞不渝，将这棵树取名为"望夫柏"。"古来征战几人回"，战争的残酷，在这里演绎出人性中最美丽、最动人的故事，"望夫柏"就是一座百姓祈望和平的纪念碑。

"状元柏"是清凉桥到凉山铺段最古老，也最具有传奇色彩和神秘感的巨柏。树前的五尺古道在这里突然宽阔了许多，铺上了无数块方形的石板，像客厅，虽然大小有些不一，却让人震撼。过了"状元柏"，驿道又回归到原来的形制。走遍剑门蜀道，甚为罕见。鹤鸣山道教协会杨松本先生告诉我，这叫"门槛石"。但这种有违"秦制"的做法，叫我难以理解。

在树旁一块斜卧的巨石上，漫漶的字迹在叙述着这个古老动人的故事。自唐高祖武德五年（622）孙伏枷摘取中国历史上第一位状元桂冠始，"金榜题名"便成了千百万读书人实现人生抱负的奋斗目标。蜀中有一位举人赴京赶考，烈日当空，万里无云。走到这段古道时，突然雷声大作，暴雨倾盆。驿道前后没有人家，举人无处可躲，便靠在这棵皇柏树下暂避风雨。然而，雨太大了，风太狂，举人用身体紧紧地抱住背篓里的书，不让雨淋湿了。也许是举人的行为感动了皇柏大仙，让举人意想不到是，刹那间，树上一下长出许多茂密的枝叶，像一把巨伞呵护着他，居然没有一滴雨水淋在身上。雨过天晴，举人感恩不已，向着皇柏跪下三叩首，誓言"如上京得中状元，定封此柏，以谢庇佑之恩"。举人赴考，一鸣惊人，中了状元。后来，举人特地来到树下祭拜还愿，将这株皇柏封为"状元柏"，这棵树就长成了这段古驿道上最大的一棵树。想来那树前的"门槛石"也是那位报恩状元的一个创举，"滴水之恩当以涌泉相报"，必有其深意昭示后人？

我在树下细细地打量着这棵树，胸径2米多，树高约30米。粗壮的腰身需十人才能合抱，人在树下竟显得渺小。一枝分开的枝丫像肌腱发达的手臂，斜斜地伸出也有十米左右。树上新叶叠翠，有一股强劲的青春张力，让我惊叹不已。我拥抱着它壮硕的树身，仰望它入云的身躯。不经意间，我发现在树身的分枝间，有不少小石块，寻思良久，突然明白了。"状元柏"神奇的故事，在一代一代地流传着。民间有这样的说法，如果要考中状元，只要心诚，抛石在树上就会灵验的。演绎到现在，就是抛得越高，越准，就越能考上名牌大学。所以有不少的青年学生来此一试身手，期望"状元柏"的神力相助。当然，要准确地抛掷在高高的树端上是有很大难度的，要中状元非一日之功。我试了试，没有抛中，看来与状元无缘。

在距"状元柏"不远处，有一棵腹部突兀起一个圆球的皇柏，树旁立一石碑，上书"怀胎柏"。我不禁哑然失笑，一看就知道，这叫"树瘤"。"树瘤"是树损伤后，由于筛管的断裂造成局部营养过剩，而引发的无序性细胞分裂形成的瘤状组织。这种解释太"学术"，民间只认可"象形"。这棵"怀胎"的皇柏，因为根深叶茂，生命力极强，赋有"多子、长寿"之意受到民间的崇拜。剑门蜀道至今流传着"女大有人，树大有神"的民谣。民间多有不怀孕的妇女，前来膜拜求子。也有怀上了孩子的妇女，来求其子健康长寿、无病无灾的。在剑门蜀道，至今仍可看到不少"挂红"的皇柏，民间视皇柏为"神树"，能消灾能解疾苦。

皇柏千奇百怪的造型，赋予了人们丰富的想象。不论人们的动机如何，不论传说有多少荒诞无稽的成分，也不论拜"树神"是否科学，但人们对"皇柏"的爱却是真切的，纯朴的，正因为有这种爱，在民间形成了巨大的保护力量。民间传说和皇柏崇拜客观上起到了敬畏自然，保护"皇柏"的效应，比起那些历史上有组织有目的屠戮森林的刀斧手们，在保护生态环境、保护自然资源、和谐人与自然的关系这方面应是功德无量的。

## 龙源梁苍龙入云

2013年8月，伏天的剑阁，骄阳似火，热浪滚滚。我和民俗专家林德伟先生搭乘老县城普安镇到白龙镇的班车，车上开着空调，人舒适了许多。司机得知我们到剑阁来寻访"皇柏"，很热情地给我们介绍情况。"你们要去看'皇柏'，龙源镇梁子上那一段是最好的。"车过了江石乡，青绿的山梁上便出现一条游龙般的墨绿色林带，蜿蜒起伏，时隐时现，似穿行在缥缈的云雾里。离龙源镇大约三公里，路边就能看到几棵高大的皇柏，树下便是招呼站，路人在树荫下便可招呼往返普安镇的班车。在这里下车，对面机耕道进去就是皇柏古道了。司机建议我们，在龙源镇前下车，倒过来走，在这里招呼回普安的班车。

在距龙源镇不远的路边，有条水泥乡村道岔口，司机告诉我们在这里下车。路边有几家农户，几个妇女在门前闲聊。我上前打探路径，一位农妇说，这里是一心村，对面水泥路进去是红彤村。不过，古道已没有了，山梁上只有"皇柏"。沿路都是，好看得很。我顺便问："现在有没有砍皇柏的？""哪个敢哟，每棵树都有牌牌，县上都登了记的。"

老林早已迫不及待钻进红彤村水泥路边的皇柏树下乘凉，走进那道幽深浓荫的长廊，如同享用着天然空调和"绿色氧吧"，与林外公路上的酷热相比真是"冰火两重天"。

"前人栽树，后人乘凉"，此话不假。但用在皇柏古道上，似乎表意还不完整。如果在"前人栽树"后加上"历代护树，后人乘凉"，就最能说明皇柏与人密不可分的关系。

龙源梁皇柏是南线剑阁到阆中的精华段，梁上的古道早已不复存在，荒草没膝，连魂也没有了。没有古道的皇柏，更像是一片原始森林，郁郁苍苍，气度非凡。与北线汉阳镇著名的大柏树湾"翠云廊"景区相比，它既有皇家的高贵气质，又有隐居山野的道家风范。与西线清凉铺"拦马墙"皇柏相比，它没有那么多神奇的传说，却有撼人心魄的霸气，又有奇崛怪异的灵气。与架枧沟皇柏道"古道西风瘦马"的意境相比，它有"高柯耸轮囷，低枝互牵依"的迷人风采。三国时，张飞驻守阆中，常往返于阆中、剑阁、成都，我似乎感觉到，龙源梁遗留着太多的张翼德气质，连这里的树都极富个性，让我对这片长约三公里、集粗犷与灵秀为一体的皇柏生出特别的感情。

在龙源梁上，我发现一棵"树抱碑"的皇柏，它的根部已将石碑融为一体，难分难解。石碑上仅可辨"都察院示谕"字样，都察院是明清两代最高监察、弹劾与建议的官署。示谕内容已模糊不清，回成都后查阅有关资料，才知道这是一块罕见的明代"禁早婚碑"。碑为明朝万历九年（1581）刻立，碑高1.4米，宽0.63米。碑文内容："都察院示谕，军民人等知悉，今后男女婚配须年至十五六岁以上方许迎娶。违者，父兄重责枷号；地方不呈官者，一同枷责。大明万历九年立。"这碑距今有400多年历史，严禁早婚立碑于道，不知是否明代开了先河，这留待计划生育专家们去解答。

明成祖永乐年间，在京畿北京从皇家开始，就大力推崇种植柏树，在各种祭祀的皇家坛庙以及帝王陵寝等处种植柏树，以示朱家天下"江山永固，万代千秋"之意。北京天坛内现有皇柏3600多棵，是北京面积最大的"古柏林海"，这些皇柏大多种植于永乐时期。一百年过去了，明武宗正德年间，剑州知州李璧大规模维修整治剑门蜀道，医治战争和自然灾害创伤，并在"国道"沿线动员百姓广植柏树，形成号称"三百里程十万树"的"绿色长城"，政绩斐然。植柏护柏是明代官吏考绩之一，州府颁布了"官民相禁剪伐"的严厉禁令，对皇柏起到了重要的保护作用。李璧不仅植种了树，更植种了官民护树的精神，培育了剑门蜀道护树的传统，并用政令加以强化，这是前无古人的大智慧。

在龙源梁荒废的古道中穿行，荒草萋萋，皇柏森森，夏蝉嘶鸣，拨动草茎的脚步声惊动了树上栖居的鸟儿，扑腾腾地在林中惊飞。这里土质松软、阴湿，加上暴雨的冲刷，狂风的淫威，不少皇柏树根暴露，几近悬空。有的树一排排倾斜，数百年来在与自然的抗争中仍不失皇家尊严，形成"斜树"奇观。护树在于护根，剑阁县政府为了有效地保护皇柏，用石条将根部围护起来，虚空的地方填上土，塌陷的路基砌筑保坎。这一路，便看到很多斜坡陡坎上的皇柏用石条围栏保护着，有了这些保护措施，龙源梁上的皇柏更加青郁苍翠。

历代护柏的经验告诉我们：栽树易护树难。如果仅有栽，没有护，等于植树造"零"；栽树更要爱树护树，才能绿树成荫，福佑后人。剑门蜀道植树爱树护树有了一代一代的"接力棒"传承，才有了蜀道悠久文明的灵魂。

两千多年的古道虽然废于一旦，数百年上千年的皇柏依然青春美丽。目前，剑门蜀道皇柏保护最好的密集成段的有：北段（剑阁—昭化）石洞沟、大柏树湾、大朝驿；西段（梓潼—剑阁）清凉桥—凉山铺、讲书台，柳沟—垂泉，武连—梓潼、梓潼七曲山、水观音；南段（剑阁—阆中）江石桥—白龙镇鼓楼铺。这是古人留给我们十分珍贵的遗产。

# 银杏风舞的季节

冯荣光

> 银杏，让我生活的这座城市，有着从容热情和沉雄博大的人文气质。
>
> 银杏，是这座城市最令人怀念和记忆的，春秋易节，人世沧桑都镌刻在它一圈圈的年轮里。
>
> ——题记

书页中珍藏的那几枚银杏叶，依旧金黄如昨，锦缎般地闪烁着丝丝温暖，细密的叶纹像古老的唱片，闭上眼睛，便能听到银杏风舞的平平仄仄，锦江街巷的风风雅雅和来自历史深处瑟瑟的秋声……

肃杀的寒秋，让夏秋时节曾经占尽风流的奇花异草，像苍老的妇人流失了最后的粉黛，在枯槁中褪尽了华丽的艳装，落魄的魂儿不知归向何处。"悲哉秋之为气也！萧瑟兮草木摇落而变衰，憭栗兮若在远行。"于是，悲秋，便成了文人千古咏叹的伤感长歌。

曾经，在草堂写出"晓看红湿处，花重锦官城"的一代诗圣杜甫，在遭遇了茅屋为秋风所破的噩梦后，内心深处便有了比这场灾难更为深重的忧虑。或许，就是这场刻骨铭心的秋风，让那漫天飘舞的金色银杏，再也落不到诗人的心里，再也拨动不了诗人的灵感和激情。在诗人众多歌咏锦城风物的诗稿中，竟没有留下有关成都银杏的只言片语。这是至今无法解读的一个谜，不能不让人感到深深的遗憾。

不啻如此，郭沫若在他的散文《银杏》里也曾发出这样的诘问："我在中国的经典中找不出你的名字，我很少看到中国的诗人咏赞你的诗，也很少看到中国的画家描写你的画。这究竟是怎么一回事呀，你是随中国文化以俱来的亘古的证人，你不也是以为奇怪吗？"

我有幸生长在这座大街小巷、庭院寺庙、河滨池塘遍植银杏的城市。夏天，它撑起一把绿荫大伞，为我们遮挡了三伏的酷暑；秋天，那满城让人迷醉的金色，是这座城市最辉煌、最壮观的一道风景；银杏结出的果实，成为人们饭桌上的滋补佳品。少时，我们在银杏树下读书、游戏，听妈妈讲嫦娥奔月、牛郎织女的故事；恋爱时，我们牵手在银杏树下，编织青春浪漫的金色花环。有人说，银杏叶就是由两颗金子一样的心构成的精美图案，同心才会结出爱情的硕果。拾一片银杏叶作书签，珍藏在爱情甜蜜的扉页。

银杏树下，有我们太多的记忆，有太多的故事：浣花溪、百花潭、薛涛井、华西坝、平安桥、锦江河畔……银杏伴我们走过了多少季节的河流，带给我们多少成长的快乐。在这座城市，有银杏的地方就有清香四溢的盖碗茶，无论是学者、教授，还是文学青年、下岗工人、白发老人，都喜欢茶聚在银杏树下。不论贵贱，物我相忘，在氤氲的茶香中安闲地享受着慢生活的柔软时光。

又是一年，当抚平了 2008 年 "5·12" 那场特大地震带来的心灵剧痛，迎来了银杏树全身披上黄金甲的季节。早上，我推开那扇优雅的木窗，不经意之间，窗前的银杏树已由浅黄变戏法似的，呈现出通体透明的金黄，满目金光闪闪。窗外，远远近近流溢着最富丽的色彩，拂去了初冬带来的阵阵寒意。一只快乐的小松鼠，在古老的银杏树下寻找着什么，是梦中的斑斓？还是人性的回归？那充溢着灵性、聪慧的眼睛，似乎向我打开了那扇可以亲近、可以触摸的心灵之窗。于是，我来到户外，走进银杏铺天盖地的暖色之中。

在车水马龙的大街，在宁静温馨的小巷，在红墙碧瓦的古寺，在鸡鸣狗吠的村落，到处都是鎏金泛彩的银杏，冬日的暖阳慷慨地挥洒着金辉，连风儿掠过树梢都携着扑面而来的和风。城市沸腾了，人们像迎接一个盛大的节日，携家带口，呼朋唤友，走进金光灿烂的画屏之中。锦绣巷是一条植满银杏的小巷，巷子里弥漫着浓浓的温馨。街道社区首次推出银杏艺术节，一大群闻风而至的摄影家端着 "长枪短炮"，疯狂地扫荡着满街的风景。银杏风舞的季节，总是让人心驰神往。看风景的人痴了，在风景中的人醉了！

最富诗情画意，最让人灵魂为之飞扬的，是那场激荡人心的"银杏雨"。一阵微风吹来，树叶儿飘飘忽忽的曼舞，像金色的彩蝶翩翩起舞，优雅到了极致。忽而，一阵劲风，树叶就像春天细细密密的雨，轻轻地洒落在地上，"润物细无声"。"大雪"时令的风，凛冽而强劲，摇动满树的银杏。无数叶片金箔一样簌簌地飞落，像一场轰轰烈烈令人惊喜的瑞雪，霎时，地上就铺满了一层厚厚的绵绵的金色绒毯。漫天飞舞的银杏铺满一地金黄，比雪更让人震撼，它呈现在人们眼前的是一片无比辉煌的壮美。没有悲怆，没有凄惶，生命的火焰照耀在人们的心灵，永远是一片温暖。

"夕阳无限好，只是近黄昏"，唐代诗人李商隐这首流传千古的诗句，对后人影响至深。"只是"二字沉重而又压抑，冷酷而又严峻，让人感受到天地之间不可违逆的自然法则。池塘里的荷花、公园里的菊花、庭院里的芙蓉、人街上的梧桐，在它们生命"黄昏"来临的时刻，晚景是何等的悲凉。在寒冬中独立的银杏，却笑傲江湖，始终保持着它应有的尊严和气质。它生命的色素，在融入大地的时候，永远是金子一般的炫亮。即或是落光了叶片的树身，也是伟岸挺拔铁骨铮铮。寒风犀利而嚣张的刀尖，仅仅为它刻下了一圈新的年轮而已。

在生与死、荣与衰的季节轮回中，银杏无私而坦荡，智慧而泰然，它一定有着比虔诚的圣徒更深沉的信仰，一定有着比冰清玉洁的瑞雪更为崇高的境界。躺在金色的雪地上，凝视着指尖上的银杏叶，在神定气静中，分明能聆听到"一叶一菩提"在向你讲述着生命的禅语。

银杏难道真不值得诗人、画家们眷顾吗？难道它仅仅是一棵树？

在我看来，银杏是树中的智者，不张扬不跋扈，淡泊而高远；银杏是树中的仁者，将温暖普施于众生，而不求索取；银杏是树中的强者，不惧风霜严寒，笑对天塌地陷；银杏是树中的长寿者，与它同时代的恐龙早已成为化石，而它依然生命之树常绿。

也许，成都人的性情与银杏息息相通，心有灵犀，所以将银杏作为这座城市的"市树"。银杏吸纳天地之灵气，内敛神定的气韵，有着亘远缥缈的灵魂，千百年来，银杏就深深扎根在这块古老的土地上。人们植种银杏，同时也植种了自己，植种了这座城市不朽的气质。

# 灵山树王

冯荣光

　　早春二月，我在蒙蒙细雨中又一次来到青城山，游人稀少，神清气爽，更显山林空翠万壑幽。到了天师洞，只见古木森森，楼阁高轩，果然神仙之国气派非凡。我伫脚在"古常道观"那五十二级石阶前，门庭左右两侧，六棵成"品"字形排列的柳杉，像忠勇的卫士拱卫着观门，伟直挺拔，气冲霄汉。更引人注目的是，古观左侧厢房青瓦屋脊顶上那棵参天古银杏，"三十六峰山似蕊，千七百岁树如屏"。我久久地仰望着这棵千年古树，心中蓦然升腾着虔诚的敬仰。

　　此次上青城，是专为寻访名木古树、拜谒古银杏而来。古银杏近两千年来笑傲风雨雷电、冰雪寒霜，"阅尽人间春色"，亦如德高望重、饱经沧桑的长者，隐逸绝尘于世，庇护芸芸众生，可有多少人知道古银杏的"生平事迹"，难道，因为它只是一棵树？

　　这晚，我就宿在天师洞"银杏阁"，屋后就是那棵古银杏树。除了观里的道人和管理人员，游人仅我一人，正好可以心定气静地拜谒这位稀世尊者。我在树下双手合十，毕恭毕敬地向它叩拜。

　　这棵古银杏树，巍巍然高达50余米，赫赫然胸围阔至7米，需六七人才能合抱。更为奇处，腰身间钟乳（道人称为白果笋）密集悬垂，色泽如碣石粗砺凝重，形态如槌、如笋、如锥。树身上好像缓缓流淌的岩石黏液，似动非动，十分奇异。根部至腰身状若"漏斗"，最阔处其径围近达20米。主干多粗壮歧枝，如巨伞凌空撑开，枝丫纵横盘错，凤舞龙蟠，密如蛛网。各大分枝关节处，又有形态迥异的白果笋倒悬，有的像牛角，有的像芋头，有的像木铜，有的像笋尖。枝干上密布苔藓，一年四季一片茸茸幽绿。

银杏是落叶乔木，四季景象不同。春季新芽初露嫩叶萌枝，三四月扬花，金黄色的花粉便随风飘落，满地如落金砂；夏季冠盖如云，浓荫蔽日，更显一派勃勃生机；晚秋金黄色的树叶簌簌落下，一层层地铺满屋顶和地面，这是"古常道观"最美丽、最动人、最有情调的一道风景；冬天，虬枝飞扬，苍劲倔傲，如有冬阳暖照，通体一片古铜金色，尤显千年沧桑，岁月留痕。

天师洞是中国道教创始人张天师修真、创教、显道、羽化、仙葬之地。此树为张天师手植，道家视为"镇山之宝"，距今已有一千八百年春秋了。据传说，张天师在洞中盘坐，无意间看见山下广畴平野，林盘村舍，难以神定。于是，在殿前亲手种下这株银杏。这株树旋即飞长10丈，如一道绿色屏风，锁住山的灵气，张天师终得大道。传说虽不可求证，但青城道家植树造林，爱树护树，世代相袭，造就青城天下名山却是不争的事实。千岁之树聚灵山之幽，灵山之观蓄千树之气，道法自然，根脉相系，真世间奇观。

宣统元年（1909）秋，风云际会，山河震荡，紫禁城的晚钟已敲响了清朝的末日。时年40岁的通江县才子李善济，赴灌县任视学（即督学，旧时教育行政机关负责视察、监督学校工作的人员），因怀才不遇，愤世嫉俗，游历青城山。这位饱学之士怀着崇敬的心情，登上天师洞拜谒古银杏。他通古晓今，洞明时事，在古银杏树下久久地盘桓。触景生情，感系万端，一气呵成写下了245字的千古绝唱《古银杏歌》。后由天师洞道人彭至国补注，住持魏至龄手书，第二年秋刻石于古银杏旁。

李善济，四川通江县人，生于清同治九年（1870），聪明早慧，15岁入里学，18岁补廪，声名"冠保（宁）九署"。李善济博闻强记，智识过人。性格幽默谐趣，一生豪放不羁，素有太白遗风，人称"仙李"。民国初，任通江视学，民国八年辞去通江视学。民国十年腊月，在通江乡下被人暗杀，年仅51岁。

李善济自幼擅长联语，文史功底十分深厚。宣统二年（1910）在青城山建福宫写下394字的"青城第一长联"，气贯长虹，寓意深远。此联与天师洞《古银杏歌》异曲同工，相互呼应，是李善济一生的传世经典。李善济在天师洞《古银杏歌》中，对古银杏做了最详尽的描述和考察，这在天师洞是前无古人亦后无来者的。

李善济心潮澎湃，文思飞扬，在《古银杏歌》中歌咏道："状如虬怒远飞扬，势如蠖屈时起伏。姿如凤舞干云霄，气如龙蟠栖岩谷。盘根错节几经秋，欲考年轮空踯躅。"李善济对古银杏的描述十分生动、传神。他反复考究古银杏钟乳（白果笋）倒悬的奇特现象以及千年身姿伟岸，气势雄冠古今的奥妙："我闻植物之茎均有向日性，胡为钟乳倒悬相掩映。又闻磷酸加里供吸收，滋养千年尚未竟，老干迄今独超群。"他巧妙用典（池北偶有"那知十丈将军树，却在青城古洞前"的诗句），辛辣地嘲讽了丈人观自号"将军"的牡丹。比起古银杏，牡丹不过是儿孙辈罢了。李善济借景抒情，慷慨悲歌，发出了"君不见未央宫阙长生殿，栋梁都随沧海变"的人生感叹，铿锵有力，意味深长。

民国二十八年（1939），抗日烽火燃烧长城内外、大江南北。沈钧儒先生漫游青城山，在天师洞挥毫撰书，为古银杏写下一联："银杏千年徵道性，青城一洞试幽深"。刻匾悬挂于《古银杏歌》两侧，珠联璧合，相得益彰，脍炙人口。

民国三十年（1941）三月，冯玉祥将军上天师洞，对古银杏发生了极大的兴趣。他笑着对陪同的道人说："这（白果笋）大约同山洞里的石钟乳是一样的情形，这树根底下一定有很好的泉水，水里含着碳酸石炭。树老了有些组织破坏的地方，树根吸收水分时，水里的石灰质便从这破坏的地方渗出，日积月累，便成了钟乳的样子。我想是这样，不知对不对？"道人说，因为这里的地气太好了。

仰慕古银杏者，古今不唯李善济一人，但为古银杏作歌者，李善济天下第一人也！我想，古银杏如有知，定会将李善济视为知己。

第二天清晨，天色出奇地好，天师洞庭院里的红山茶饱含着晶亮的露珠，娇艳可人。一缕曙光给古银杏涂上了一层古铜色的鲜亮釉彩，在淡蓝色的天空中，万千枝条如龙蛇飞腾，驾云拨雾，气象万千。我在树下细细观看，无数片鲜嫩的叶片已悄然爬上枝头，新绿夺目。显现出一派喷薄欲发的生命张力，以及古银杏内敛的千年道性。

千年古银杏被人们敬为"白果大仙"，因为它施于人的实在太多，作为图腾，人们总是怀着各自不同的需求在树下顶礼膜拜。我沿着古银杏旁边的木梯廊看下去，板壁上刻有"有求必应，则得求之"的字样，细辨一行模糊不清的字，为光绪年间所刻，有百多年历史了。在银杏树侧"银杏阁"板壁上挂着一块匾，上有"天师洞白果大仙位前"一行小字和"叩之则灵"四个大字，翘首仰望，见落款有"□□□□尹氏敬献，民国庚辰年"字样，推算时间应是1940年，距今有半个多世纪了。

再看树，枝条上挂满了红飘带，还有白色的哈达，树身也被红布条缠绕了好几圈。这些"红""白"飘带是善男信女来此还愿所悬挂的，似乎印证着匾刻的灵验。天师洞管理人员老岳对我说，每年到天师洞朝拜古银杏的人很多，他们在这里烧香许愿，求生育、求平安、求长寿、求消灾祛病。还有不少的外国游客，慕名前来参观这棵稀世珍宝。

我知道，古来民间就有朝拜古树、让幼童幼女"拜干爹"的习俗，这种图腾拉近了人与自然的距离，客观上起到了爱护古树、保护古树的作用。在天师洞，我听到了这样一个故事，彭州有对夫妻，苦于膝下无子，夫妻俩在这里焚香叩拜，默默许愿，后来果然生了一子。夫妻俩将孩子取名为"长根"，并带上孩子来此还愿，拜古银杏为"干爹"。古银杏是青城山的树王，它的枝叶覆盖多宽，它的根系就有多远。夫妻俩祈愿子孙后代能像古银杏一样根深叶茂，健康长寿。

朝拜银杏的人多了，香火也特别旺盛，烟熏火燎难免对古树带来很大影响。在青城山，树龄上千年的古银杏非常稀少。天师洞算比较集中的，也只有六株。而浑身长着钟乳白果笋、树形如此雄伟壮观的古银杏树，在四川乃至全国唯有天师洞这一株。因此，道观采取了措施，砌起了石栏，并在上面用枯树枝条筑起一道栅栏，以防游客损坏树根、树身。我见树身挂有一警示牌，上书："本观忠告：此公为青城之瑰宝，天师手植，为保护计，请勿越栏攀爬，希诸君自律。"前人栽树，后人乘凉，言之凿凿。我们崇敬古树，感念前人的功德，在祈福许愿时更应该自律，谨守道规，保护好这些珍贵的自然遗产，福佑子孙万代。

古银杏千百年如此长寿、健壮、生机勃勃，许多人视为一个"谜"，认为病虫是植物生长中最可怕的杀手，而银杏树为什么就不会遭受虫害呢？就此问题，我曾经查阅了《四川植物志》等有关银杏树的资料。银杏树生存能力很强，喜光耐旱抗污染，在细胞中含有多种有机酸，具有天生的强大的杀虫能力，因而能够免遭病虫的侵害。

当然，这也与青城山道观世世代代的保护密不可分。在天师洞，我看到道观在过去修建房屋时，为了保护古银杏，屋檐便因树形而变，避免伤害树干枝丫，细微之处可见道家的用心。历朝历代也不乏有为的地方官员，他们颁布禁伐令，将道观名木古树作为重点保护对象，对破坏灵山生态环境者以严厉打击。光绪九年（1883），灌县知事陆葆德在天师洞立警示碑，颁布通告："严禁砍伐古木！"如今，青城山管理局更是加强了对名木古树的保护措施，巡山护林，防火防盗。

不过，自然灾害对古银杏的威胁也非常大。前些年，上清宫一棵古银杏就遭受过雷击，当顶劈下一大枝丫。据道人讲，天师洞这株古银杏树，因张天师手植，道法深，妖魔不敢来犯，从未遭受雷击。不过，从天师洞这株古银杏生长环境来看，的确得天独厚，没有人祸天灾，确是灵山的奇迹。成都机投镇一对千年银杏"夫妻树"，因生在民间却难逃厄运。几年前，因小孩玩火一株被烧毁，踪迹全无；另一株多次惨遭雷击，伤痕累累，如今无人保护，命运堪忧。

赵朴初在《忆江南·访青城山》词中写道："青城好，银杏二千年。久已参天归众望，不辞落子助人餐。功德绝人寰。"银杏雌雄异株，雄树只开花不结果；雌树春天开花，秋季结果。据了解，天师洞银杏树有的一年要产一二百公斤白果。白果是冬季滋补上乘果品，尤为人们喜爱。药膳"白果炖鸡"是青城道家著名的"四绝"之一，享誉海内外。来青城山的游客，把吃上道家药膳"白果炖鸡"当作一件游山快事。老岳对我说，银杏树落叶的时候，不少游客把树叶一袋袋装回去，用来熬水洗浴，治皮肤疾病等。可以说，银杏一身都是宝。

# "张松银杏"的岁月年轮

冯荣光

被冠以人名的古银杏，都江堰市离堆公园"张松银杏"可谓特例，它是目前我所知晓的唯一一棵以古人名字叫响的古银杏树。说起张松，大凡读过罗贯中小说《三国演义》，或看过电视连续剧《三国演义》的读者或观众，提到"张松献地图"这个故事情节，多少都会有印象吧！

罗贯中在《三国演义》中对张松的描述是："古怪形容异，清高体貌疏。语倾三峡水，目视十行书。胆量魁西蜀，文章贯太虚。百家并诸子，一览更无余。"在罗贯中笔下，张松是个相貌怪异的稀世奇才。

张松，字永年，祖上世代为仕宦，家资富有，文人辈出。他本人自幼聪慧，从小就是乡里远近闻名的"神童"。16岁时便被当地"举孝廉""博学"推荐给官府，此后他不断游学，广观博览，终至学贯古今，成为蜀中大儒。张松入了仕途，他的才华引起了益州牧刘璋的注意。刘璋虽暗弱却不以貌取人，他任用张松，先作小掾，后升迁别驾。别驾因其地位较高，出巡时别乘一车，故名。因此，张松成了刘璋身边颇受重用的高级"智囊"。

东汉末年，张松奉刘璋之命出使许都，欲联合曹操讨伐张鲁。然而，张松"生得额镬头尖，鼻偃齿露，身短不满五尺，言语有若铜钟"，一见面，曹操就看不顺眼。又因曹操在西教场阅兵显摆军力武功，张松斜目视之，揭曹操兵败短处，嘲讽志得意满的曹操："赤壁遇周郎，华容逢关羽；割须弃袍于潼关，夺船避箭于渭水。"张松轻蔑之言触怒了一代枭雄曹操，被叱令乱棍打出。张松受辱，转而投向刘备，受到刘备隆重接待。张松遇到了明主，便向刘备献出亲自手绘的西川军事地图，示意刘备顺势拿下西川，取代刘璋完成霸业。张松献地图，为刘备定蜀立下了不朽之功。

张松故里，古为蜀郡繁县丰乐乡，今为彭州桂花镇。几年间，我曾三访张松故宅，即今桂花镇"三圣寺"，寻觅张松旧迹，发现张松喜欢植树。在故宅留存于世的有两棵距今1800年的古树，一棵桢楠，斜逸在玉带水旁，俗称"张松夫妻树"。另一棵则是移植到都江堰市离堆公园的"张松银杏"。这两棵树，据传为张松手植之树，至今视为奇树。

壬寅小雪时令，正是银杏风舞的黄金季节，我在都江堰市离堆公园看到了满身披着黄金甲的"张松银杏"，在富丽浓密的金色叶片中仍透露出一种无以名状的神秘。

树侧有一石碑镌刻着"张松银杏"四个大字。旁侧一小碑，碑记中讲述道："张松银杏，距今已有1700多年的历史，传为三国名士西蜀别驾张松手植而故名。"

"张松银杏"是我看到的最为奇崛的古银杏树，我仔细打量它的树形，虽沐千年日月之精华，浴朝夕雨露之滋润，历经十余代王朝更迭而长寿，但它并不高大巍峨，气冲霄汉，树形却似一棵硕大的"桩头"，古雅奇丽，清正怪崛。在我看来，其树颇有张松特点，"古怪形容异，清高体貌疏"，在川蜀银杏树中算是另类。

关于这棵银杏树，在繁县民间多有传说。张松身为刘璋幕僚，但认为刘璋暗弱，大志难伸，萌生另择明主之心。因与刘备勾结，被其兄广汉太守张肃"大义灭亲"，告发其"卖国"，而被刘璋杀头，诛灭全家，财产充公。族人闻其噩讯，纷纷离散。唯有这棵银杏，不弃不离，忠实地守候在张松故宅。

张松故宅废弃之后，原址多有变更。但这里的气场和风水仍然迷人，玉带水环绕，林木翁郁，一派清凉。近处田野稼禾，远处青山含黛，风景蔚然。时至西晋，乡人在这里办乡校，教化学童。过后数十年，张松后人又买下乡校，在此建张松祠，年年祭祀先人。

及至明代弘治年间（1488—1505），张松祠被改建为三圣寺，供奉刘、关、张三圣，成为川西一大丛林。寺庙中张松当年所植银杏，千年之后已长成一棵树形十分奇异的树，碑记记述："其树干基部如鹤足插地，垂乳似鹤足举而欲行。民间有其化鹤飞翔的生动传说，被誉为'白鹤仙'。"

传说也许有所隐喻。一猎人用猎枪射杀从此间飞来的白鹤，白鹤中弹受伤，坠入三圣寺中。猎人进入寺中搜寻无果，在白鹤殿前忽见眼前的银杏古树流血不止，树枝似疼痛而剧烈摇晃。猎人细看，才发现树中嵌有弹丸。猎人大惊，伤了"白鹤大仙"，立即匍匐在地，磕头谢罪。由此，民间盛传此树为白鹤大仙化身，一时庙中香火不绝。

寺庙僧人给我指正了张松银杏曾经的位置，在现在"三圣寺"正门侧钟楼旁。而今的三圣寺仍是一派道仙之气，香火佛门道场。寺内楠木成林，遮天蔽日；白鹭翔集，鹤影飘逸；晨钟暮鼓，古风浩荡。在三圣寺原寺门有一副楹联："长叹一声天地窄；放开两眼古今无"，读张松，看银杏，悟联语，颇有意蕴。

张松银杏造型特异，古时就被人修剪而成漂亮的"桩头"。它的分枝如刚劲的伞骨四面撑开，树枝盘曲有形。故而，外形特别美观，像一顶半圆形金色伞盖，可以遮蔽炎夏烈日和春秋霏霏细雨。

这树，奇在树枝上长满了无数倒悬的"白果笋"，因长在枝上，又称"天笋"。这些大大小小密布的"天笋"，形状如锥、如柱、如笋、如牛角、如吊瓜，有的排列整齐，有的积攒一簇，有的亲密无间，有的顾盼生辉。有小巧兮，有巨乳兮。有颀长如象鼻兮，有玲珑如豆粒兮。如此众多且形状各异的"天笋"，叫人不可思议。这要多少年天地之精气，日月之造化才能在树身、树枝上形成如此壮观的"白果笋"。

每一个"天笋"都包含着生命的信息密码，它是怎样生长的？经年累月，一点一滴，生命的乳液像钟乳石一样，点点滴滴地凝聚着，集腋成裘，汇聚成笋，这要多少日月之功啊！我为此而感慨，张松银杏，真乃一曲生命韧力的无言长歌，让人敬畏。

据说，在10万棵银杏树中才能有一棵长"笋"的银杏树，在树龄千年之上的古银杏树也是屈指可数的。张松银杏生出如此众多密集的"白果笋"，笔者作为古树迷，在四川千年古银杏中也仅见三株。另两株：一株为青城山天师洞古银杏，另一株为崇州鸡冠山琉璃坝古银杏。

张松银杏生在彭州丰乐镇三圣寺，为何又来到远离故土的都江堰离堆公园"安家落户"呢？

民谚："人挪活，树挪死。"树，生根于土壤，一挪动便有死掉的危险。而张松银杏先后三次被"挪"，离乡背井，"移民"他乡，居然挪活了，其故事跌宕起伏，意味深长。

20世纪50年代初，离堆公园因有接待外宾参观任务，为了将公园打扮得更加漂亮，园林工人到处收集名贵花草树木。远距灌县的彭州桂花镇三圣寺此时已经落寞，寺庙没了香火、僧众也已离散，于是，离堆公园相中了张松银杏，将其"充公"，从三圣寺移出，拉到离堆公园"安家落户"。沾都江堰宝瓶口的山水灵气，张松银杏不仅没有"挪死"，反而长势喜人，越发蓬勃，越发青春，成了离堆公园一大景观，被人誉为"中国银杏第一桩"。

原以为张松银杏从此可以在离堆公园颐养天年了，殊不知1966年"文化大革命"又改变了张松银杏的命运，它再次从灌县"挪"到成都。

1968年，成都拆除了市中心的"皇城"，即明代蜀王府，在原址上修建了宏伟壮观的"毛泽东思想胜利万岁展览馆"。于是，灌县革命委员会向展览馆敬献了这棵颇有观赏性的"张松银杏"。

"张松银杏"从离堆公园移植出园的那天，灌县革命委员会组织了隆重的敬献仪式。用红绸将"张松银杏"缠绕起来，披红挂彩、敲锣打鼓，用卡车送到成都人民南路广场展览馆，将张松银杏种植在草坪上。然而，让人意料不到的，这次"挪"却"挪"出了问题。习惯了生活在绿水青山、清风雅月中的"张松银杏"，却因皇城脚下变得水土不服，失去了风采。尔后便萎靡不振，渐渐地"草木摇落，时槁悴兮"。

万物有灵，银杏亦有思想。张松银杏移植在百里之外"皇城"这块陌生的土地上，似乎嗅到了1700年前的血腥，让它身心不安。银杏为张松所植，独傲千年风霜雨雪，素怀感恩之情。活，要活出气节。成都，乃是张松断头喋血之地，如此伤心之地，心有灵犀必有感应。想到主人壮志未酬，身首两异，焉有不触景伤情之理呢？它不想苟活，日日自虐伤身，以决绝之态来表达对主人的忠诚和追随，去告慰主人在天之灵。

一次偶然的机会，灌县文管所原所长纪方明到成都"四川省展览馆"参观，顺便看看张松银杏。没想到，10年后，"张松银杏"竟一副衰相和病态，生命垂危，令他十分焦虑，担心"张松银杏"活不久长。于是，回到县里通过各级组织渠道向上级反映，为了保护"张松银杏"，提出将其移植回灌县的请求。1978年，纪方明反映的问题有了回音，为了保护好这棵名木古树，不使其枯萎死亡，经四川省展览馆同意，"张松银杏"可以移植回离堆公园。这个消息让方纪明激动不已：张松银杏有救了……

离堆公园得到了上级领导确切的回复，立即行动起来。1978年3月13日那天，离堆公园安排了七八个园林工人到成都。公园是个小单位，那时没有汽车，唯一的运输工具就是架架车。如果要联系汽车去拉，各种程序是非常麻烦的。在当年汽车运输非常紧张的情况下，有车单位也不愿为一棵树给离堆公园调度车辆。园林工人等不得了，拉着架架车，带上干粮，装上谷草、绳索、锄头、铁铲、十字镐等工具兴致勃勃地从灌县出发，一路走到成都"四川省展览馆"。他们小心翼翼地将张松银杏从草坪中挖出，为了不伤其根，用谷草细心地捆扎好根部。没有吊车，全靠人工搬运，将张松银杏一步一步移挪上架架车。此时，他们没时间去逛逛锦城繁华的街市，给家人和亲戚买点稀罕的物品，或者进馆子嗨一顿再回去，在他们眼中，张松银杏就是亟须抢救的危重亲人，拖延不得，必须尽快地回家医治。园林工人不顾辛劳，往返100余公里，硬是将张松银杏平平安安地拉回了灌县。第二日，园林工人将张松银杏复植在离堆公园原位，打好支撑，固定树位。公园园林技术人员又针对张松银杏病状"开小灶"，进行日常特别护理，让它慢慢地康复，休养生息。

"张松银杏"回到第二故乡灌县，就像久别的游子回到了渴望已久的家乡，见到了亲人。它嗅到了离堆公园泥土的芬芳，宝瓶口的雪浪唤醒了它沉睡的意识，岷江的轻风抚慰着它伤痛的心灵。躺在故乡母亲的怀抱，张松银杏不再忧虑、不再哀伤，它静静地仰望着灿烂的星空，向天默默地述说着它的喜怒哀乐。6年后，经过园艺家们的精心调理，"张松银杏"恢复了元气，再次焕发了青春。

似乎为了感恩离堆公园1978年那次特别"抢救行动"，感恩灌县人民对它的热爱，张松银杏要用真情实意来报答灌县的亲人，给灌县人民带来喜悦。张松银杏原本为"雌雄同株"，但雌株，据老一辈灌县人说，他们祖祖辈辈都没有看到过雌株结过果。改革开放后的1984年，雌株居然奇迹般地开始"生育"，结出了数十枚银杏果，给灌县人民带来了一个意外的惊喜。此事轰动了灌县，作为当年离堆公园的奇闻而载入县志。《灌县志》（1991 年版）记载："（张松银杏）1984 年结果 43 枚。"短短的一句话，包含了灌县人民多少殷切的希望啊！

更令人称奇是，21 世纪伊始，张松银杏出人意料地满树复活，结满了银杏果，成为千年罕见之奇观，人们闻讯纷纷前来观看。在树旁碑记中特别提道："2000 年喜生'贵子'，银杏满枝，蔚为奇观。"张松银杏就是以这样一种特别的方式迎接都江堰市新世纪的到来。

充满传奇故事的张松银杏，静静地屹立在离堆公园"堰功道"旁，凡经过此树的游人，大多要驻足观望一番，在树前拍个照留个影，将传奇故事带向远方……

# 凤凰鲸柏天下稀

冯荣光

"凤凰鲸柏"又名"太鹏鲸柏"，2020年12月7日，四川省绿化委员会办公室、四川省林业和草原局授予"四川十大树王"称号。在我的记忆中，2007年3月"凤凰鲸柏"就入选了"成都市十大千年树王"。十余年过去了，如今它又荣膺"四川十大树王"桂冠，可见它的名气和影响之远。

凤凰鲸柏深藏于成都市大邑县四川盆地西部边缘邛崃山脉的崇山峻岭之中，因为它的美，因为它的稀，因为它的古老和神秘，成为人们最喜爱的古树。藏在深闺有人识，数百年来，寻访它的古人、今人无数，将凤凰鲸柏带出深山，走向远方。

经不住凤凰鲸柏的诱惑，今年立冬，我开始实施我的再次寻访计划。

从大邑县城西岭雪山大道经悦来镇，从忠孝村拐进乡道，就离开了青葱辽阔的成都平原，进入波状起伏的低山丘陵。这是四川盆地西部边缘，丘陵逐步向邛崃山脉过渡，海拔渐次升高。山路弯弯盘折，一路乡野风光。田垄阡陌纵横、地里蔬菜青青。旷野里，轻风拂面不觉寒，都有一种都市久违的清新和舒畅。

一座高峻的大山横亘前方，逶迤排列如阵。山势磅礴，峰翼飞展，绿波掀浪，挺拔清秀。此山名叫"凤凰山"。

漫山遍坡拥翠的竹海，清风掀动，竹叶轻舞，让我想到了北宋著名的"墨竹大师"文同。成语"胸有成竹"，便源于文同的画竹理念。

文同，字与可。北宋梓州梓潼郡永泰县（今绵阳市盐亭县）人。北宋著名画家、诗人。而眼前这座如凤展翼，向天欲翔的清朗峻峰，却与这位画家、诗人"文湖州"息息相关。

文同画竹名扬四海，但在大邑县做过县令，却鲜为人知。

宋仁宗皇祐四年（1052）到至和元年（1054），三十四岁的文同调任邛州通判兼摄大邑县令。文同在《重序九皋集》中自叙道："大邑缺令，余以郡从事摄知其治。"

这位被苏东坡誉为"清贫太守"的文同，在邛州大邑任上，"乐其少讼而多暇"。文同治下的大邑，民风淳朴，社会安定、民间祥和。无冗事缠身，他有了更多的时间，陶醉在大邑的名山古刹、青山茂竹之中。"放意名利外，游心天地间"，文同游遍了鹤鸣山、雾中山、高堂山、凤凰山，拜访僧道隐士，怡然自乐。每有所得，便吟咏成章，在大邑留下不少诗文和墨宝。

文同在游历凤凰山，饱览无限风光后，信笔写下了《题凤凰山后岩》：

此景又奇绝，半空生曲栏。
蜀尘随眼断，蕃雪满襟寒。
涧下雨声急，岩头云色干。
归鞍休报晚，吾待且盘桓。

率性的文同，毫不掩饰自己贪恋"奇绝"风景，流连忘返的真情实感。

宋仁宗嘉祐六年（1061），已调离大邑7年的文同，对凤凰山仍念念不忘。这年五月十五日，他写下《凤凰禅院记》，对凤凰山作了详尽的描述：

临邛郡西北，皆大山所丛。衍迤磅礴，深蟠远走……其间孤峰峚崒，杰立豪峙，首领崖巉，腹背隼阜，翼开长峦，尾掉高岗。繁林茂树，落花缬采，围拥森合，綷若毛羽。地志书之曰凤凰山。盖前人尝以状名之尔。

文同是最早用诗文描述凤凰山的古代文人，文同之后鲜有文人游历并写诗作文的。文同对大邑山水之爱，都倾注于他的生花妙笔之中。

文同还记载了唐代契觉道人在凤凰山建道教宫观的事。"唐有契觉道人，刘草凿址，构庵此地，日礼华严秘典，以作佛事。"文同还写下了《中秋对月，怀寄凤凰山邓道人》《戏呈凤凰长老用师》的诗。

有客千岩万壑中，绿毛丹脸紫方瞳。
不知今夜西楼月，几处飞仙下碧空。
（《中秋对月，怀寄凤凰山邓道人》）

七十头陀会语言，香根流利口阑珊。
罗浮居士最难奈，稳把无弦琴与弹。
（《戏呈凤凰长老用师》）

诗中可见，唐宋时期，佛道两教在凤凰山就久负盛名了，文同与大邑的道人、长老、隐者也结下了友情，并以诗记录。

车行到鹤鸣镇永和村香炉山古道观，山路开始逐渐变得狭窄，回环蛇行的盘山路，一边是峭壁，一边是悬崖，只是山林茂密，遮挡了视线看不见路边的悬崖。

太鹏村坐落凤凰山半山坡上，三面环山，小山村形同坐在一张巨大的圈椅上，正面是两山夹峙的一条向下倾斜的大山沟，山沟下面是从西岭雪山奔涌而下的邛江，大邑古八景之一的"虎跳邛江"就在这山脚下。

太鹏村最有名气的是"凤凰鲸柏"。

2019年7月30日，我第一次走进大鹏村。正是伏天，快到村口，车被横杆拦住，不让进去。我才知道，邛崃、大邑一带闹猪瘟，这里属于疫区，拒绝外来车辆进入。我向值守人员说明，我是特地来拍"凤凰鲸柏"的，来一趟不容易。值守人员沉默了一下，说不要耽搁太久，拍了就出来哈。

我于是得以进村，在村委会办公室旁找到了这棵充满传奇色彩的"凤凰鲸柏"。现场让我十分紧张，村委会办公室四周撒满了白色石灰，村子里像下了一场雪似的，到处都是白茫茫的，见不到一个人。于是，我匆匆忙忙地对着"凤凰鲸柏"拍照，然后，迅速地开车离开了村子。后来，一直心怀遗憾，没能细细地观赏"凤凰鲸柏"这棵美树。

立冬这天，我再次来到太鹏村。眼前的情况，让我十分惊喜。

与几年前看到的景象不一样了，那片种满苞谷和红苕的小台地已经铺上地砖，修筑了石栏杆，将古树保护起来，小台地成了游人观赏古树的小广场。古树旁边的"干打垒"照壁也改建成了古香古色的青砖透空照壁，典雅而美观。古树右侧用毛石筑建一碑，上面阴刻着"太鹏鲸柏古树公园2020年10月"。在石栏杆上正中挂有"四川省古树名木"身份证牌："罗汉松。编号：51012901316。科属：罗汉松科罗汉松属。树龄：2000年。类别：古树。保护等级：一级。成都市人民政府2019年10月制。"

这棵罗汉松自古以来便被称为"凤凰鲸柏"。

最早记载的文献是祝穆撰写的《方舆胜览》。祝穆，南宋徽州歙县人，师从朱熹。宋理宗嘉熙三年（1239），祝穆完成了地理类巨著《方舆胜览》，全书皇皇共七十卷。在《卷五十六·邛州》中明确记载："古迹骑鲸柏。在（大邑）凤凰山。紫柏十围，根盘巨石之上如骑鲸然。"

从祝穆记载中，"古迹"二字就可以看出这棵树历史相当悠长了。"十围"，大约直径1米多，非实数，形容粗大。古人云："十围之木持千钧之屋"，是说这样粗大的树木是建造房屋的栋梁之材。更奇特的是，这棵树长在一块犹如巨鲸样的岩石上，鲸的头部是一堵照壁，照壁下面是数米高的崖坎。树就正好"骑"在巨鲸的头上，所以又叫"骑鲸柏"。

自宋以后，大邑县地方文人就编成"大邑八景"纪胜风谣在民间传播，其中"凤凰鲸柏世间稀，虎跳邨江两岸低"二景，都在凤凰山。

除了民间，对"凤凰鲸柏"的歌谣传颂外，作为官方行为，宋载将"凤凰鲸柏"载入清乾隆版《大邑县志》则是第一人，不能不说这位县官做了件让人称颂的功德事。

宋载，浙江建德人，拔贡。清乾隆十一年（1746）任大邑县知县。宋载到任后，目睹明末清初的战乱给四川带来的巨大灾祸，见大邑无地方县志，便有心"创修"县志。乾隆十四年（1749），宋载亲自组织大邑县学人纂修《大邑县志》。这是大邑县历史上第一部地方志书，为后世留下了宝贵的历史文化遗产。宋载积极倡建鹤鸣书院、文明书院，详订大邑书院义学规章条例，在县内形成了崇兴文教的风气。

宋载在乾隆版《大邑县志》中也基本引用《方舆胜览》的说法："凤凰鲸柏：在凤凰山。旧有紫柏十围，根盘巨石上，号'骑鲸柏'。"

宋载还亲自到凤凰山一带调查县境内的名胜古迹，还将游历过的"晋原八景"写成诗，刊进乾隆版《大邑县志》。"凤凰鲸柏"是"晋原八景"之一，宋载写下了《凤凰鲸柏》诗：

> 紫柏森森不计年，凤凰遥度暮山烟。
>
> 公余拾翠春相间，欲向骑鲸上九天。

有古树则有古寺。据《斜源乡志》载：这里曾建有昭庆寺，后来依山形，改名为太鹏寺。村民马培良指着背面的大山对我说："这就是太鹏山，你看山尖，那是太鹏的头，两边的山形是太鹏的翅膀。这山，也叫凤凰山。所以，凤凰鲸柏又叫太鹏鲸柏。"

太鹏寺现已不复存在，除了凤凰鲸柏，仅存物件是两根经幢和石梯，还能依稀看到古寺当年的风貌。

古寺早已湮没于历史的尘烟中，古树却神奇地屹立在凤凰山。我无法知道，在漫长的岁月中，它是怎样度过的，难道它没有遭遇生死劫难？

太鹏寺毁于大火，"大炼钢铁"全民砍树，"文革""破四旧"佛头落地，凤凰鲸柏却毫发无损，难道真有神在护佑着它？

"寺因木而古，木因寺而神。"千百年来，鲸柏被人们奉为"神树"，它营造了道场神秘氛围，承载着千年历史沧桑，看惯世间秋月春风。佛道教徒和信众将鲸柏视为智慧和信仰的图腾，顶礼膜拜。鲸柏苍翠挺拔，顶天立地，带有雄浑阳刚、雅正端方、镇凶压邪的浩然气势。枝繁叶茂庇护芸芸众生，它的灵验让人们心生敬畏。我看到古树上悬挂着许多红布条，寄予乡民祈祷福寿、平安吉祥的愿望。山里人祖祖辈辈深信不疑，神树有"小龙"护佑，谁要对这个"老寿星"起坏心生歹意，必将祸灾临头。

在大邑民间风俗中，五行缺木的小孩必须拜鲸柏为干爹，才能健康生长。常有父母带小孩远道而来，来给鲸柏烧香、挂红、磕头，仪式极其庄重。他们相信"神树"能给孩子带来平安和好运。

民间的信仰和宗教的神圣保护了古树，不得不说是一种历史文化的幸运！

"凤凰鲸柏"名气很大。1982年，四川省林业部门组织一支"稀有植物考察队"前来鉴定，确认这棵原名"鲸柏"的古树为"罗汉松"，并将其列为第6号公树重点保护。1985年，四川省林业科学研究所在《四川人工古树调查初报》中强调："太鹏寺周围林木迭遭破坏，唯独这棵罗汉松保存下来，估计树龄约届千年，是全国迄今所知最粗大的罗汉松，建议列为全省重点保护古树。"

我在现场叫了村上几个年轻人，让他们用卷尺来丈量树的胸径，测量为1.6米，正好印证了"十围"之说。5位个头高大的小伙子兴高采烈地围着古树，手拉手将树勉强合抱起来，可见树身的粗壮。

罗汉松的长势极其缓慢，尤其千年古树，被列为国家一级保护植物。距祝穆《方舆胜览》成书780多年，树径才长了不到0.4米。我查阅了湖南浏阳小河乡田心村"湖南树王"罗汉松、江西九江市白鹿乡万家村"九江十大树王"罗汉松以及福建等省的罗汉松"树王"，大鹏村的这棵树胸径都比它们大，算罗汉松中的"巨无霸"了，堪称"天下稀有"之树。

尽管，这棵古树最终从植物学上认定为"罗汉松"，但我非常喜欢"凤凰鲸柏"，它的名字很美，而且树形也很美，如凤展翅，赏心悦目，给人无限想象的空间。

2020年，大邑县实施《斜源镇太鹏村罗汉松保护实施方案》，历时22天，对古树进行抢救性复壮施工。凤凰鲸柏再度焕发青春，精神抖擞，气宇轩昂。

我围着古树细细地观赏，它是一幅有生命力的画，耐看！观古树，应像唐代宰相画家阎立本观南北朝"画圣"张僧繇绘画石刻那样，需反复地看，细细地品，方能领会其内涵。我观树身，甚为奇异，数十条枝干繁密纠缠，如虬屈蟠壮，从下往上飞升，像紧紧附体在树身上的一条条活跃的小龙，动感十足。它的枝形与别的古树不同，它更像一把把硬朗的弯弓，细密的枝叶像绿色的瀑布流泻而下。在远处看，它又似一把半圆形的绿伞，伞顶上两枝主干成"V"字形向天而立，大有刺破青天之势。细看它的叶片，如针松叶，几片或十余片散聚一起，点缀在细密而纷乱的枝杈上。在逆光中，它如同一幅汪洋恣肆、随意挥洒的水墨线条画，骨质遒劲，松针如花；质如金钩，幻若烟云。丹青妙手，亦画不出它的自然与生动。

立冬时节，山上的树叶开始变黄，随风飘洒。凤凰鲸柏却葱郁苍翠，充满了青春的活力。当它披一身朝霞，染一树夕辉，在寂静的山林中，它就是一尊佛！

遗憾的是，村里没有接待条件。中午，村里的年轻人叫我和他们一桌吃饭，算是解决了午餐。闲聊中，知道村里有一些打算，搞一些休闲设施，让游人观赏古树时，可以吃饭、喝茶、玩牌、转山、买新鲜菜蔬……

离开太鹏村，村民胡迪和小风送我到村口，他们蛮有信心地说："明年来吧，太鹏村会更美好！"

# 西岭雪山下的黄心夜合

冯荣光

黄心夜合是常绿乔木，在植物分类学科中是木兰科含笑属。目前，在全球范围内千年野生黄心夜合分布极其稀少，属于世界濒危保护物种。1999年8月4日，野生黄心夜合被中国国务院列入《国家重点保护野生植物名录（第一批）》：Ⅱ级；世界自然保护联盟编制的《世界自然保护联盟濒危物种红色名录》（IUCN）——近危（NT）也将野生黄心夜合列入濒危保护物种。

2007年3月，大邑县西岭镇香房村（现沙坪村）野生黄心夜合被评选为"成都市十大千年古树"。2015年，成都市绿化委员会办公室在《国土绿化》上发布的资料称："野生的千年黄心夜合十分稀有，在四川省也仅有两株。"仅有的两株，其中一株就在大邑县西岭镇，因而，在成都市野生植物物种谱系中都是十分珍稀的自然遗产了。

## "长青神树"的奥秘

腊月二十七，成都平原还笼罩在雾霾冷雨的低温寒冬里。早上，大邑作家杨庆珍就给我发来微信："龙年新春佳节即至，西岭雪山下的黄心夜合，突然鼓起满树蓓蕾，眼看就要吐蕊绽香，距离上次开花已经过去四年了，令人惊喜。千年古树开花了，冯老师等您来哈！"

我没有想到，西岭黄心夜合这么早就开花了。决不能错过难得的花期，于是，我联络叶竹修先生送我去西岭镇，看黄心夜合是怎样开花的。

腊月二十八，我带着还未完全康复的病体，怀着惊喜和好奇的心情，和开车的老叶一早就到了西岭镇小河子河谷中的香房村长青电站。

距离西岭镇约莫三公里，拐过一道河湾，远远地就能看见峡谷高山下长青电站淡黄色的发电机房，黄心夜合就高高地屹立在旁边堡坎砌筑的悬崖上，挺拔秀美的树身，冠盖如云的绿荫，玉树临风、气势夺人，真乃天生的王者之相。

站在公路边长青电站悬索桥头，抬头便能看到西岭雪山粉妆玉砌、冷峻圣洁的皑皑白雪，这就是杜甫《绝句》所吟诵的"西岭千秋雪"。河谷中云烟升腾，轻雾缥缈。风过河谷，溪流潺潺。山林在雾笼云遮的变幻中，显露出欲遮还羞的妩媚。虽是水瘦山寒的时令，然而，刚刚过去的"立春"，黄心夜合似乎已经轻轻叩响了西岭雪山报春的大门。

过了悬索桥，迎面就是那棵心心念念的千年古树——黄心夜合，我打开手机查看"新知卫星"，北纬 30.37 度，海拔 970 米。我登上悬崖台阶，一位老婆婆正在逐级扫除石阶上的落叶和垃圾。婆婆姓胡，很开朗健谈，我与她闲聊："老人家，马上快过年了，你老怎么闲不住呢？是村上安排您老来打扫这里的吗？"胡婆婆对我说："村上没有安排，是我自己来的。初一、十五有人来烧香拜树，把这里打整干净点，给大家一个方便。"

胡婆婆就住在上面坡坡上，对这棵古树很有感情。她说："这棵树一年四季都是青油油的，你也是来拜树的吗？这棵树，灵得很……"

登上了悬崖梯坎，黄心夜合就生长在大约 10 米来高的砂砾石构成的悬崖上，树的旁边是一块巴掌大的小台地，土质十分贫瘠，过去是村民的一块菜地，现在菜没人种了，地里长满了荒草。

黄心夜合是四川省挂牌保护的名木古树，铭牌上标明："编号：51012901334。科属：木兰科含笑属。树龄：1200 年。类别：古树。保护等级：一级。"据成都市绿委办资料介绍：黄心夜合高约 15 米，胸径 2.05 米，冠径 20 米。

我打量着这棵千年珍稀古树，推算它的树龄，大约应是中唐元和年间出生。它从何而来？无人说得清楚。它如何保持金刚之躯千年不倒、一年四季青春常在的？我力图探索它的奥秘。

黄心夜合生长在闭塞的深山河谷，外界鲜有人知晓。在悬崖之下，向上仰望，更见其高大挺拔。它发达的根系深深地扎根在河滩坚硬的砂砾石岩缝里，这些树根紧紧地拥抱着坚硬的岩石，支撑着高大的树身。老树盘根十丈宽，虬枝刺破九重天。千百年来，树与岩石朝夕相伴，如同山盟海誓的夫妻，不弃不离，演绎着大自然的和谐共生。

据《中国树木志》记载：木兰科属有30多个树种，其中只有7种是常绿种类，具有较强的抗寒能力。西岭黄心夜合是7种常绿树之一，天生的植物基因，这就是它体魄硬朗、抗拒严寒、四季常青的奥秘。

黄心夜合满树秀叶碧绿，虽是寒冬腊月，它的树叶依然茂密，皮革质的叶片修长而厚实，犹如涂抹了一层鲜亮的釉彩，清秀发亮，十分养眼。难怪，当地的村民祖祖辈辈将黄心夜合叫着"长青神树"，因为它健康、长寿、美丽、青春，象征着幸福、吉祥、平安，阴历正月初一到十五，乡间祖辈延续的民俗就是祭拜"长青神树"，树上挂红。我问胡婆婆："老乡们拜树祈福什么呢？当官还是发财？"胡婆婆爽朗地笑了："当然是祈求平安！"是啊，对芸芸众生而言，在新的一年来临之时，祈愿家人平安、幸福、吉祥比什么都重要。

## 奇妙的"含笑花"

前些年，在夏秋时节我曾先后两次拜访过黄心夜合，却无缘观赏到黄心夜合盛开的花季。这次是寒冬，黄心夜合开花了，激动的心情和黄心夜合一样在西岭绽放！

在小河子河谷中，黄心夜合是最早的报春者，虽然西岭雪山还是一派气势磅礴的冰雪世界，然而在幽静的河谷中，黄心夜合的花蕾却在大寒时令料峭的寒风中悄然开放。

临河向阳面那枝大树杈枝叶悬垂，瀑布般地悬挂着许许多多花蕾，轰轰烈烈，仿佛向世人宣示春天的到来。树上积攒成一簇簇栗红色的小花蕾，毛茸茸的，它们或掩映在绿叶丛中探头探脑，或张扬在树梢枝头打望风景。如同襁褓中的婴儿，俏皮而可爱。"花中如此粲，未笑已生春。"（〔宋〕许及之《含笑花》）

花瓣在栗红色的苞壳里露出白嫩的脸庞，已经按捺不住春天的喜悦。

再过一段时间，天气开始升温了，这些花蕾就会相继绽开，展现美丽的笑脸。

黄心夜合植物学名特别有意思：木兰科含笑属。是啊，黄心夜合花天生就含笑，粉嘟嘟的花蕊，像初生婴儿的笑靥，能不叫人喜欢上吗？

黄心夜合花非常奇妙。它的花苞与玉兰花相似，苞壳上面长满了毛茸茸的细毛，手感很好，如同抚摸暖和舒适的绒绒毛毯。不同的是，玉兰花蕾是"令箭"形，呈银白色；黄心夜合花蕾是"胶囊"形，呈栗红色。花瓣将这层栗色的"胶囊"顶开、挤破，随着叶片的舒张，这层壳就逐步脱离花体，飘落在地上，融化为泥土，完成了它极其短暂的生命轮回。

黄心夜合的花苞像孕育在"蛋壳"中的雏鸟，当它伸出好奇的头，将"蛋壳"撑开，出世时的各种形态，让人忍俊不禁，像似参加一场热热闹闹的裘皮时装秀表演。有的如美人脱衣，披着华贵的裘皮大衣，露出粉嫩的玉体；有的像头上戴了一顶哥萨克裘皮帽子，显示出雍容华贵的妇人身份；有的像穿着裘皮连衣帽天真快乐的小女孩。想不到，黄心夜合的花季竟是如此生动有趣。

黄心夜合的花酷似含笑花，苞润如玉、含蓄矜持。含蕾不尽开，花开不张扬，如美人含笑而不露，矜持端庄而不妖。南宋著名的"中兴四大诗人"杨万里有首咏赞含笑花的诗，用来描述黄心夜合含蓄、内敛的特性也是十分恰当的："半开微吐长怀宝，欲说还休竟俛眉。"

黄心夜合与含笑属其他花种还有与之不同之处，就是白天花开晚上闭合，因其花蕊是黄色，富丽而华贵，又有"夜合"之娇羞，因而得名"黄心夜合"，给人以丰富的想象。

早上观花，黄心夜合花蕾还是似醒未醒的"睡美人"，沉浸在甜美的梦乡。露滋润，花微开，散发着淡淡的芳香。午后观花，又是不同的景象。温度升高，冬阳暖照，花瓣半开，如五指莲花聚合，中间显现精致而娇嫩的花蕊，宛若观音坐莲，圣洁而端庄。

"黄心夜合"是自然界十分有趣的现象。寒冬腊月，小河子河谷昼夜温差在15℃以上。黄心夜合受温差的影响，白天花半开，夜间花闭合，这是西岭雪山自然地理环境造就的"黄心夜合"奇特的生物现象，也是西岭雪山馈赠给人们的一道别致的风景。

## 鱼泉洞的故事

古时，大邑民间就广为流传西岭鱼泉出鱼的故事：每年3、4月，黄心夜合树下鱼洞就会涌出细鳞鱼（老乡叫细甲鱼），乡人以为神奇，是观音菩萨显灵，给乡人带来了好运："丰衣足食、年年有鱼（余）。"于是，乡人将黄心夜合称为"观音神树"，并在树洞里放置观音菩萨像，逢年过节必顶礼膜拜。这是天赐"神树"，是香房村的"风水树"，民俗信仰强大的力量保护了千年古树，从而没有人敢动砍树的邪念，黄心夜合免去了斧斤之灾而得以延年益寿。

关于鱼泉，古人称为"丙穴"，很早就有记载。左思《蜀都赋》："嘉鱼出丙穴。"左思所言"嘉鱼"，现在的说法就是"冷水细鳞鱼"，它生长在水质优良、清澈纯净，具有沙砾地质特征的冷水洞穴溪流中。"鲤质鳟鳞，为味珍硕"（〔宋〕宋祁），是古来餐桌上的美味。"丙穴鱼"在成都平原西部邛崃山、龙门山一带山区也不少见，最著名的周公河"雅鱼"，是冷水细鳞鱼的代表。最有名的鱼泉，是彭州龙门山湔江流域的"小鱼洞"。

"丙穴鱼"古来为蜀人所喜好。平生喜好吃鱼的杜甫，流寓成都便品尝过"丙穴鱼"，乳白细嫩，口舌留香。他在《将赴成都草堂途中有作，先寄严郑公五首》中就有"鱼知丙穴由来美"诗句，一个"美"字，让"丙穴鱼"声名远播。由于杜甫诗歌巨大的文学影响力，无疑给成都地区的"丙穴鱼"做了最好的"广而告之"。

关于鱼泉洞的确切位置，当地和外界说法不一。我采访香房村村民，现西岭雪山景区水电技工、60岁的李显伦师傅："鱼泉洞究竟在哪个位置？"李显伦肯定地回答："就在黄心夜合对面吊桥公路边。1977年乡上修到小河子的土石乡道，砌路基堡坎，鱼泉洞就填了。现在没有了，什么也没有了……"

李显伦回忆说："我十来岁时，就在鱼泉洞口的水潭里捉过鱼、洗过澡。每年春分，洞穴涨水，泉水喷涌，鱼泉洞就会冲出不少鱼。洞口外有个水潭，鱼就在水潭里游来游去。村民得知信息，都要跑到水潭里捉鱼。冲出来的鱼背上有花斑点，所以很稀奇。我看到最大的鱼有十几斤重，鱼的长相就像'雅鱼'，肉很细嫩。像这样的鱼泉洞，沿小河子还有好几处。"

清同治《大邑县志》明确记载："鱼泉口，在县西七十里锯齿山麓，石岩壁立，下临邮河。岩间有孔，围径二尺许，泉水喷溢。四时不竭，澈底澄清。虽夏秋涨泛，是处仍不混淆。春分以后，旬日间鳞鱼从孔中腾跃而出，至秋分后仍翔入穴中。"

西岭鱼泉洞并非民间传说，在古时就真实地存在了。

## 千年古树的"生死劫"

人们敬树为"神"，千百年来，黄心夜合就在寂静的河谷中受到人们世世代代的朝拜。沐浴着日月的霞光月辉，吮吸着星辰的琼浆夜露，西岭雪山纯净的水滋润着它，黄心夜合长得高大、英俊，抗拒着自然界的风暴雨雪，巍然屹立，木秀于林，成为名副其实的西岭嘉树。

过去，双河乡（现西岭镇）漫山遍野都是原始森林，植物资源十分丰富。1958年，新津、大邑、崇庆、蒲江、邛崃五县"万人上山"扎营双河大炼钢铁，红旗飘飘、伐木丁丁。没几年光景，许多三四个人合抱的麻柳、杉树等古树、大树，几乎全被砍光了。可能是小河子山路崎岖的原因，黄心夜合有幸躲过了那场向大自然宣战的劫难。

然而，另一场不期而至的人祸，几乎要了黄心夜合的命。

20世纪90年代初"大办小水电"，双河乡"长青电站"选址在黄心夜合河岸边。这棵树显然有点"碍手碍脚"，建设方曾经想砍掉它，将机房和办公房屋连成一片。因畏惧"观音神树"，恐遭老天报应，终于打消了"动"这棵古树的念头。但是，在机房施工爆破岩石、砌筑堡坎时，黄心夜合的根系遭受了极大的伤害。没过两年，黄心夜合的树枝开始枯萎，落叶、掉枝、断臂，加上蟒蛇般粗细的藤萝缠绕，其他疯长的寄生物争夺营养，仿佛一场大病，让曾经风华的黄心夜合气息奄奄、命在旦夕。

午后，阳光穿过山岭氤氲的雾岚，黄心夜合披上了一层温暖的色调。大邑县自然资源规划局驻西岭镇森林扑火队员李成伟陪同我再次来到现场，他告诉我说："黄心夜合命大，干（死）了两次，又慢慢地活了转来。"

这真是生命的奇迹！然而，黄心夜合自我修复的能力太有限了，根系伤得太惨了，生存环境也大不如前，它需要人类的帮助，需要人类的关爱，恢复元气，恢复活力。

就在黄心夜合生命垂危之际，大邑县林业局采取了紧急措施，对黄心夜合进行了一次综合医治。李成伟向我详细介绍了地方林业部门对古树采取的"复壮"措施：对古树主干空心部分和断臂伤痕重新填充塑形，加固支撑、剔除寄生物、打"点滴"输液，增置"营养土"。同时加强对名木古树的管护、巡查、监控。最近两年，又进行了二次加固。经过十来年的复壮，黄心夜合逐渐恢复了健康。

李成伟指着树身上一道约1米来长的疤痕说："前些年，树的健康状况不太好，花开得少、开得稀。今年枝叶比往年茂盛，临河的这枝花开得多，也开得早。这枝断臂树权长10米左右，如果这枝不倒，树形比现在还漂亮！"

在严冬中，观赏到难得一见的黄心夜合初放，回家后，我按捺不住激动的心情，信笔写下了《腊月二十九喜观大邑西岭镇黄心夜合花蕾初放》：

> 雪压西岭壮西川，却见黄心报春来。
> 稚蕾争秀傲寒霜，疑是圣果满枝间。

后记：2024年3月21日"春分"第二天，我再次来到西岭镇黄心夜合树下。天气出奇地好，湛蓝色的"高原蓝"清澈如洗。让人惊喜的是黄心夜合居然满树开花，层层叠叠，淡黄色的花朵吐露出淡淡的芳香。从"大雪"含苞待放到"清明"过后花期落幕，黄心夜合经历了六个节令，花期长达80余天，演绎了一场"繁花"大剧，在乔木类野生古树中有如此长的花期，实属罕见。黄心夜合笑傲三九严寒，不负大好春光，将美丽慷慨地挥洒在人间，为西岭雪山增景添彩。真是太神奇了，我为黄心夜合"复壮"后强大的生命力而惊叹不已！

# "雌雄同株"传奇

冯荣光

大雾弥野，四方混沌，不辨远近。临近中午，昏然、惨白、朦胧的太阳依然驱散不开平原上那紧锁的浓雾，只是雾霭比先前散淡了一些，百米外的景物还是模模糊糊，始终撩不开那层薄薄的乳色面纱。成都平原这样的雾天，如今却已十分少见了。

2013 年在这个冬雾笼野之天，我驾车寻访古树，沿聚青路到都江堰市聚源镇，车上导航显示，距聚源镇大约还有 4 公里。

突然，在我左前方，朦朦胧胧的旷野中闪现出一株参天大树。虽然看不清它真实的身影，但穿破云天伟岸的身躯，透过那层迷蒙雾纱，明白无误地显现出来，这是一棵古树，这让我兴奋和激动。于是，将车停在路边，寻着一条机耕道，走进被小树林掩映的迷雾深处。

四周很宁静，偶尔从小树林中传来清脆的鸟鸣。

这是一棵古老的银杏树，兀自孤单地屹立在这一大片小树林中，一条机耕道从它的面前经过。四周清寂，见不到人影，有一座残破的小庙，早已没了香火。

这棵银杏树不仅高大挺拔，而且十分壮硕。树身上挂有状若银杏叶的名木古树保护牌，上面标明了这棵古银杏的身份："编号：0508；树龄：1400 年；科属：银杏；一级保护。都江堰市人民政府 2009 年 5 月。"

我围绕着这棵古银杏树转悠，细细地观看着。这棵树的树径 3 米左右，高达 30 余米，需六七个成年人合抱。它的主干被厚土掩埋，露出地面部分仅有 0.5 米左右。主干分为两枝，分枝树径约为 1.5 米，树臂擎天，虬枝飞舞，十分壮观。

靠机耕道一面，左边的树干露出高 1.2 米左右的树洞，可以窥见里面空洞漆黑的树身。树身上有一枝直径约 0.6 米的断臂残枝，残枝周围长出许多细长的枝条。右边的那枝情状更惨，在它的背面有一个 3 米多高、宽约 1 米的空心树洞，仿佛被剖开的腹腔，露出炭黑的表皮，树洞里可以站三四个成年人。我十分惊讶，这棵树太苍老了，整个身躯全靠那层厚厚的树皮支撑。风烛残年，雷电风霜，这棵树的命运实在堪忧。

但它的生命力太令人惊叹了，在断臂残枝桩头上，竟生发出若干气势昂扬的新枝。似乎像饱经沧桑的老人，纵使伤痕累累也不屈服于命运的摆布，执着地要将其血脉永生延续下去。

它非凡的内在力量，支撑着它的高贵。巍峨挺拔的腰身，向天铁立的虬枝，擎起那一片天。它像久经沙场的将军，始终保持着威棱的气质，高贵的尊严。历经沧桑千般苦，气凌霄汉向苍天。

三九寒冬，它的树叶已经落光，地上铺着一片金色，这是它在寒冬中洒下的最后辉煌，足以温暖我的心。

……

转眼九年过去了，那棵银杏树始终让我难以释怀。

2022 年 11 月，"小雪"过后一周，那是一个阳光灿烂的冬日。这天，我居住的小区疫情管控终于解除了，抑制不住狂放的心情，我前往都江堰散心，中途特意绕道聚源镇去拜谒那棵心心念念的古银杏树。

凭着印象，我开车在聚青路寻找那棵古银杏树。殊不知，树边的小树长得很高了，枝叶茂密，看不见那棵古银杏。我生出不祥之感，那棵古银杏树可否安在？

在聚青路盘旋两个来回，还是无果。问路边修车店的师傅，他摇摇头说："我是外地人，不知道你说的银杏树，你去问问当地人吧。"开车到了聚青路与兰磨路岔路口，见有卖水果的摊贩，又向摊贩打听古银杏。回答和修车师傅一样，他也是外地人。空荡荡的公路上，除了来往疾驰的车辆，再也看不到人影。我不甘心，开车沿兰磨路到离聚源镇不远的导江村村委会。

村委会办公室有两个年轻女子，我向其中一位女子打听白果树的下落，当地人叫银杏树为白果树，我也入乡随俗，让她能听得懂。她愣愣地看着我，摆摆头，表示这是她不能回答的问题。我有些失望，正要离去。靠里面那位年轻女子说话了，她说："你要找的白果树，在导江白果寺。离这里还有点远，起码有两公里。"她给我指了方向："你往回走，大约500米，路边有家汽修厂，汽修厂对面有条机耕道，就可以到导江白果寺。"

我按照她指点的路径，开到兰磨公路汽修厂对面，拐入窄窄的机耕道。机耕道两旁全是密密的树林子，看不到人家。路遇两个岔路口，不辨方向，立即停车下来，但又找不到可以问路的村民，无奈只能跟着感觉走，在林子里乱窜。

真应了"山重水复疑无路，柳暗花明又一村"那句话，转过一个小弯，路直了，百米开外我看见了那棵在蓝天下金光闪耀的古银杏树。见到久违了的古银杏树，我激动了！真还感谢村委会那位年轻女子，否则，我可能就与古银杏树擦肩而过了，抱憾而归。

眼前这棵古银杏树，直让我两眼大放光彩，它与九年前看到的情景大相径庭，这个变化让我深感意外和吃惊。

我围绕着这棵古银杏树转了三圈，从上到下细细地打量，让我没想到的是：它，变得年轻了、壮美了！

在古银杏树旁边，有一座新修复的"导江光明白果寺"，在银杏树下立了"白果大仙"的神龛，"白果大仙"慈眉善眼，鹤发童颜，还有包容万物的微笑。

古银杏树原先的旧围栏已拆除了，重新修建了台基，安装了护栏，古树得到了有效的保护。机耕道扩建成银杏广场，有座椅，有健身器材。导江光明白果寺成了当地村民的活动中心，古银杏树至此有了人间烟火。

这棵古银杏树有许多故事，1400多岁，它像一位经世尊者，要经历多少朝代和世事变迁啊！

白果寺有位居士叫王乐昌，他是一位小学退休教师，平时在这里管理寺庙，负责香火。我说明来意，便与他攀谈起来。说到古银杏树，王乐昌的话匣子就打开了："我从小就喜欢在白果树下玩，对白果树很有感情。这里原来是一间破烂的房子，村民们逢年过节都要来拜白果大仙，烧香祈福，挂红许愿。我和老伴将香火钱筹集起来，把破房子改造一新，就是现在这个新修的白果寺。2019 年，我们还办了一次庙会，村民和香客热热闹闹地在白果树下坐了十几桌。"

"这棵白果树是'雌雄同株'，还是杨贵妃种下的。"王乐昌说道。

我的兴趣来了，为了弄清缘由，便"打破砂锅问（纹）到底"。

"它的主干修台基时埋没了，有 1 米多深，现在只能看到一点。丰满的那一枝有乳，是雌树，另外一枝是雄树。雌树要结果，雄树不结果。雌雄两株很壮，但左臂右膀都残废了……"

从古银杏树留下的疤痕直径推测，两枝大丫分别长 8—10 米，如翼展开的两臂像撑起的一把遮阳大伞，树荫浓密。夏天，村民们都喜欢在树下乘凉，天南地北地闲聊，而小孩则在树下玩着游戏，躲在树洞里藏猫猫。

这左臂右膀是被村民们锯掉的。导江村到聚源镇有条走马河，是村民赶场的必经之路。20 世纪 50 年代农业合作化时，因为走马河发洪水，将河上的木桥冲毁，人们过不了河。没有建桥的材料，村民们将古树横生的两枝大丫锯掉了，用作建桥的材料和构件。从此，这棵银杏树便失去了左臂右膀，树下也便少了一片夏日的浓荫。看到伤残的古树，不由令人扼腕叹息。

古银杏旁立有都江堰市人民政府立的"导江遗址"碑，将这棵千年古银杏列入遗址文物保护范围，由此撩开了尘封千年的古县历史。

导江，这座在成都平原西部曾经有着千年辉煌历史的废县，因为寻访一棵千年古银杏树，无意之中循着时光隧道，竟在这片黑土地上，找到了早已隐入尘埃的导江遗址。眼前这棵古老的银杏树，则是导江县城曾经存在的唯一地标。没有它镌刻的年轮，导江县便只是存于虚无缥缈的历史传说和文字生冷的地方文献之中。

这棵古老的银杏树因为"雌雄同株"，至今还留下了一个关于杨贵妃"遗果成树"的美丽传说。

古银杏曾是导江县县衙所在地。汉代置都安县，治所即在今导江遗址古银杏树旁。唐初县名为盘龙、灌宁，唐高祖武德三年（620），更名为导江县，元世祖至元十年（1273）撤销导江县，算来导江县治有着上千年的历史。

杨贵妃和这棵古银杏有何关系呢？唐代，导江县是膏腴之地，天府之国的粮仓，物产丰富，水陆便利，富甲川西。杨贵妃之父杨玄琰，时任蜀州司户参军，是掌管州级户籍、赋税、仓库交纳等职的行政幕僚。他在导江县衙附近置房定居，由此"杨家大院"远近闻名。杨玉环杨贵妃就出生在导江县杨家大院，杨家大院距导江县城很近。小时，其父杨玄琰常带她到导江县衙公干。一日，小玉环随父到县衙，她手握两枚银杏果在县衙门前玩耍。父亲带她回家时，小玉环不慎将两枚银杏果遗落在县衙门前地缝里。此后，这两枚银杏果合成一体，长成了一棵"雌雄同株"的参天大树，人们称为"奇树"。

是否杨贵妃亲植？不必考证，也不需要逻辑推理，人们愿意在传说中悠游。即便是传说，人们更愿意将这个美好的故事嫁接在银杏古树这个载体上，只有它能承载历史的厚重，承受人世间的苦难，延续人们世代香火的供奉。

"一树擎天，圈圈点点文章。"（苏轼）千年古银杏向我们讲述着盛唐风韵、两宋华彩，导江地灵人杰真的不同凡响。

唐代导江县令冉实，兴水利、办教育、育人才，致名士辈出，而享有"唐代子产"之美誉。宋仁宗时期，殿中丞兼任永康军和导江县令刘夔在位时清廉自律。"六知却金"拒贿，以宦绩宦守而著称。宋真宗时，刘随被贬授永康军判官，在五个方面的惠政赢得了广泛的"口碑"。尊教崇文；斥罢淫祠；凿山通井；去猾奸、辩枉狱；安屠人、息秋千、植树为垒。北宋著名史学家范镇《东斋记事补遗》记载："刘随待制为成都通判，严明通达，人谓之水晶灯笼。""水晶灯笼"遂为成语，喻为遇事能明察是非的人。冉实、刘夔、刘随等人在唐宋官场上颇有政声，给后人留下"重教兴学"的传承之脉、"摆袖却金"的廉洁之风、"冰壶秋月"的清流之气。

盛唐、两宋，导江县是著名的茶马交易市场，唐代有著名的"博马场"，宋代设置了"茶马司"，茶马交易十分活跃，延续数百年。县城有"九楼十八铺"，名胜有导江古园，园中有导江池、导江楼。登楼揽风，西眺雪岭群山起伏，东望蜀府平畴千里。导江，一时成为文人雅士游览吟咏之地。

导江不仅经济繁荣，而且儒、道、释文化昌盛。著名的迎祥古寺与成都昭觉寺、草堂寺，及都江堰石羊镇马祖寺齐名，享有"川西四大丛林"之美誉。都江堰民间艺术家兰字尧先生在《迎祥寺记》中描述道："岷江导江，唐寺迎祥，周回四里，崇殿辉煌。"可见当时规模的宏大。

然而，宋元战争让一个千年县城彻底废了。蒙元铁骑的弯刀"肆行剽掠"，无情的战火将它的建筑、街巷，城市所有的一切形态抹去，剩下的断壁残垣，也在一次次洪水袭击中夷成平地。这场史无前例的浩劫，史载："十年兵火万姓愁，千万中无一二留。无限苍生临白刃，几多华层变青灰。"多好的导江县啊，汉唐风韵、两宋华彩，像一部厚重的大书，焚毁了。烟尘散尽，一无所有，最终在成都平原地域政治经济版图上彻底消失了。

导江古县饱经屠城惨祸、洪水肆虐，毁于一旦，然而，这棵银杏树却毫发无损，奇迹般地在这片神秘的黑土地上留存下来。民间奔走传说，这是一棵"神树"，能避凶灾、毒火不侵。也许，有杨贵妃在天之灵的庇护，银杏树金刚之体不败，浩气之气凛然，坚挺地屹立在废墟之上。它似一座"无字碑"，铭记着千年导江的繁荣与衰落，和平与血腥，辉煌与毁灭；它似一部书，述说着人类的暴行、无知、愚昧和荒唐。巍巍银杏树是导江历史遗产"活着的文物"，成为千古传奇。

我焚燃一炷香，面对千年古银杏，深深地三鞠躬。

冬日平原上难得一见的"高原蓝"，衬托出满树金黄的美丽，这是一种无与伦比的壮美。古银杏焕发出的青春活力，让人十分震撼。

这几年，各级政府加大了名木古树的保护力度。2020年3月，四川省绿化委员会、四川省林业和草原局、四川省住房和城乡建设厅联合印发了《四川省古树名木保护三年行动方案》，此后，各地都在落实保护措施。王乐昌告诉我，2021年省林业部门对这棵古银杏进行抢救复壮、病虫害防治、树体修补等技术性保护工作。

我一边听着王乐昌的解说，一边细细打量古银杏，做前后观感对比。古银杏空心的树洞用现代修补材料做了防腐填充，外部做了仿真"植皮"，与树体浑然一色，晃眼还真难识别出来。树身枯腐的树枝和附在树体的寄生枝叶被剪除了，古树的营养得到充分的保证。经过园林专家和园林工人的精心"美容""美体"，"雌雄同株"返老还壮了。古银杏树更加硬朗、健康，树形更加清爽、漂亮，呈现勃勃生机！

在王乐昌的记忆中，这棵古银杏树几十年都没结果，2022 年修复后才发现银杏树结果了。可能，古银杏还处在健康恢复期，结的银杏果极少。当成熟的银杏果落入草丛中，闻讯而来的村民便来寻找落地的银杏果，他们将银杏果视为"神果"，认为千年古树结的果会给家人带来平安、健康、吉祥。不过银杏果不好找，他们说运气好才捡得到。某日，有个村民捡到九颗银杏果，他高兴惨了，对王乐昌说："九是最吉祥的，是最圆满的，我好有运气啊！"我也怀着兴趣，试着在草丛中寻觅银杏果，无奈草丛太密，又恐踩踏青青绿草，无缘拾到，但也知足了。古树"复壮"卓有成效，这让我这个"古树迷"感到特别的欣慰。

蓝天下的古银杏树，就这样静静地屹立着，禅定如佛。一阵疾风吹来，无数金箔样闪亮的叶片，优雅地随风飘飘洒洒，如雨细密，如诗激扬，在大地上铺满了一层厚厚的金黄。从来银杏不负秋，它是严冬来临，最让人激动、最撩拨人情怀的醉美风景！

# 寻访千年唐杉

冯荣光

　　唐开元年间，唐玄宗胞妹玉真公主在灌县中兴镇两河口上皇观修行，亲手植种一对香杉，距今已有 1300 多年了。清人黄云鹄《上皇观题壁》中赞道："万木荫浓宜避暑，双杉年久自生香。"《青城山志》载："（原）为一对唐代古杉，其中一株 20 多年前（'文革'期间）被雷电击毁。"这仅存的一株是稀世珍宝杉科中的香杉。古杉植根于山林悬崖之上，树高 48 米，胸径 1.47 米，高耸入云，气度非凡，至今仍不失皇家风范。

　　2013 年"4·20"雅安市芦山县 7 级地震后第三天，我来到都江堰市中兴镇两河口，沿着陡峭崎岖的山道在幽静的密林中穿行。那条布满绒绒青苔、杉楠夹道的 516 级辇道石级，一步一步地将我带进一眼望不到头的悠悠盛唐历史之中。

　　上皇观原名玄真观，始建于晋，是青城著名的六大古观之一。隋唐时期，成都地区道教极盛，高道云集。青城山、大面山一带宫观林立，气象宏阔，成为闻名天下的"神仙都会"。自两河口而上，渐次登高，沿途便有青皇观、中皇观，中皇观与上皇观相隔里许，但高差竟达 200 余米。上皇观因唐玄宗胞妹玉真公主和金仙公主在这里修行，有着无可比拟的皇家背景，上皇观的名气便大大高于青城其他道教宫观。

　　玉真公主字持盈，唐睿宗李旦的女儿、唐玄宗的胞妹。玉真公主出生不久，母亲德妃在血腥的宫斗中被害。当年，武则天的婢女团儿，被人收买，诬陷太子的刘皇后和德妃，说她们经常半夜三更在屋子里做咒蛊，诅咒武则天，武则天就派人将太子的刘皇后和德妃杀死在后宫，然后毁尸灭迹。唐玄宗当皇帝后，多次探寻他们兄妹三人的亲生母亲德妃的葬身之处，都没有查出任何结果，成了一桩千古谜案。

玉真公主的童年是在战战兢兢中度过的，在她和姐姐金仙公主成长的时候，恰好是宫廷斗争最错综复杂、最血腥恐怖的时候。那些最积极参政、最飞扬跋扈的公主，落得的下场是最凄惨的。姐妹俩从小失去了母爱和庇护，险恶的环境使她们在宫里更是处处小心、事事留意，尽量远离这些复杂的人事。皇宫里的生活充满了恐惧和不安全感，姐妹俩开始慕仙学道，向往静修无为的道家生活，以摆脱宫廷生活梦魇般的阴影。

唐睿宗太极元年（712），玉真公主在京都长安度为女道士，号上清玄都大洞三景师，唐睿宗在京城郊外为她建有修行宫观。而后她和胞姐金仙公主离开长安，一起漫游三山五岳，寻仙访道，最后落脚到蜀中，在道教发祥地青城山丈人峰西选择两河口戴天山（古名，今大面山南麓），修建了"楼阁层层冠此山"的宫观，定居下来潜心修道。明代杨慎著《蜀志补罅》述："上皇观即古玄真观。唐玉真公主以此为养性修行之所，大加修葺，此观之宏丽，甲于蜀西。"远离恐惧与不安的生活，在大面山麓鸟语花香、秀山叠翠、泉水叮咚、雾岚行云之中，玉真公主过着自由自在的神仙生活。清风朗月之夜，道观里都传出笙磬的清音，穿透大唐宫廷的重重黑幕，悠悠扬扬、飘飘逸逸，飘落在篁竹的露叶上、飘留在溪流的浪喧中……

唐代大诗人李白在长安与玉真公主多有交往，曾在玉真别馆做客论道。李白写下《玉真仙人词》，对玉真公主道行极尽赞美："玉真之仙人，时往太华峰。清晨鸣天鼓，飙欻腾双龙。弄电不辍手，行云本无踪。几时入少室，王母应相逢。"

热汗涔涔气喘吁吁登上一眼望不到头的516级辇道，在右侧丛林中一株参天古树木秀于林，气度非凡。我拨开丛丛杂草和荆棘，在树前静静地膜拜。这株笔直魁伟的唐杉就扎根在悬崖之上，大约要四个人才能合抱，20多米高处分为两杈，铁干虬枝似擎天的双臂，茂密的枝叶仍焕发出青春的激情，绿荫如伞，抬头几乎看不见树端。

1300年前大唐的历史就挂在树梢，既高且远。当年玉真公主和胞姐金仙公主亲手种下这两株香杉，也种下了生死相依的姐妹情深。也许玉真公主早已参透人生，人的生命和血缘亲情都是有限的，一切都将随风飘逝。她要找寻一种可以让生命、情谊、尊严可以永远承载的依托，青松可以不老，香杉可以弥远。植种香杉，就是植种她们自己，这两株香杉就是她们姐妹的化身。青山在香杉在，1300多年过去了，树端飘浮的流云和林中淡淡的岚雾，似乎还有玉真公主和金仙公主轻盈的身影。

在茫茫空寂的深山中，我为了寻找这株稀世唐杉颇费了一番周折，在迷路的惶恐中几度失去信心和勇气。好在开火三轮的周师傅接到我的求救电话，及时赶上山来，才将我解脱困境，一路带到上皇观。

站在上皇观辇道顶端，可远眺青城山上清宫呼应亭。远处云雾缥缈，重峦叠嶂，满目清秀，如同欣赏一幅仙山水墨风景画。然而，当我登上516级辇道，走进上皇观，眼前的景象恐怖至极，让我大吃一惊。荒草丛深，空寂无人，屋梁坍塌，蛛网横生，满目疮痍，如同《聊斋》中的鬼魅之地，不禁脊背阵阵生寒。

周师傅说，原本这里还有一些香火，"5·12"特大地震将几间仅存的两重大殿全部震垮了，几年没有人管了。眼前的情景，让我沉默，摇摇欲坠的屋架下遍地瓦砾，锈蚀的铁钟、倒地的佛头、残破的石碑，仿佛都在无声地述说着那场特大地震的惨烈。这是天灾，难以幸免，历史上更多的则是人祸。

上皇观自五代、宋、元以降，历代屡毁屡建。北宋初，青城县民王小波、李顺起义，农民军杀到两河口一带，一把大火将山上所有的道家历史建筑化为灰烬，上皇观为主体的晋唐道家建筑群从此荡然无存。在中国历史上，这类事儿总是层出不穷地上演，似乎"一把火"是最痛快、最解恨的事。后世对上皇观虽有修复，但其规模和建筑的宏丽根本无法与唐代盛况相比。清康熙五十八年（1719）再次重建上皇观，在遗址上出土了一尊唐代"龙纹铁炉"，高1.6米、重500余公斤，据文物专家考证，此物为玉真公主旧物，现作为国宝级文物陈列在都江堰离堆公园。眼前的上皇观已是一片废墟，唯有516级辇道和千年香杉，历经劫难，风貌犹存，还保留着一丝让人怀古的大唐遗韵。

下山时，天下起了小雨，青苔石级像抹了一层油，滑溜溜的，我拄着树棍小心翼翼往下走。雨越下越大，周师傅把我带到中皇观一户农家躲雨。房东是 90 高寿的王曾氏婆婆，她孤身一人住在这里，听说我专程从成都来上皇观寻访唐代千年香杉，王曾氏婆婆有些激动，她给我讲起上皇观另一株唐杉的命运。"文革"中，一场罕见的雷电将古杉劈头击断，残枝落了一地。那时，上皇观划归灌县中药材公司作为厚朴等药材种植基地，药材公司将雷击伤残的古杉砍伐了，树身被改制成各种型材打制成家具私用，余料和枝丫被山民背回家中当薪柴。王曾氏婆婆说："那些柴火放在家里好香哦！真的香得很哦，多远都闻得到！"

这对古稀珍宝双杉，经历了 1300 多年的漫长岁月，在天灾人祸中不幸夭折一株，成为不可弥补的巨大损失，留下千古遗憾。而另一株，2007 年评为"成都市十大千年树王"被很好地保护了下来，其旺盛的生命力，仍让人叹为观止。

# 古冰川孤傲的隐者

冯荣光

    彭州葛仙山第四纪古冰川遗迹景区内曾有一座古白果庵，古庵荡然无存，在缥缈的山林中甚至没有遗存一点残碑断碣可供考据。而遗址上却巍然屹立着一株高大的古银杏树，树旁崖壁上刻有"千年银杏"四字。据传说，此树为唐贞观年间清静庵白果师父所植，距今有1300多年历史，白果师父圆寂后改名为"白果庵"。其树胸围达7.6米，树冠面积达500平方米。状如虬怒，势如蠖曲，苍翠四荫，雅若图卷，灿然葛仙山一奇景。

    凌晨，那场夏雨下得很潇洒，像巨大的莲蓬头喷出均匀细密的雨丝，将葛仙山洗涤得青翠明目，灵秀宜人。此时，这座仙山云蒸霞蔚，气象万千；万物滋润，生机勃勃。山中的鸟雀早已从梦中苏醒，开始了它们的"早课"，或练练嗓音，或彼此唱和，在幽静的熙玉河峡谷中，它们是最快活的部落，空山中那声声清脆的鸟语，落在人的心灵，就会有"大珠小珠落玉盘"的共鸣。

    在葛仙山熙玉河植物王国里，露润的白菊、青青的蕨草、拔节的慈竹、挺拔的水杉、绒绒的苔藓，还有许多叫不出名的绿色家族，铺天盖地、漫山遍谷，"绿"得让人心醉。而在葛仙山熙玉河峡谷森林中，此"醉"非彼"醉"，这个"醉"是被纯洁空气中负氧粒子洗净了五脏六腑，"吐故纳新"气脉贯通、"扶正祛邪"清心舒适，"醉"出了的幸福感和满足感。想想，在车水马龙、高楼入云、心浮气躁的大都市，有此感觉吗?

    遥想东汉末年，天下大乱。张道陵避乱入蜀在大邑鹤鸣山创建道教后，在蜀汉各地设立二十四治，又分上、中、下各八治。葛仙山所在地就是当年的"葛璝治",属于道教上八治中的第五治。这里地势奇崛、峰峦耸峙、谷深林密、百鸟翔集,正合道家"天人合一"的理念,晋代道士葛永璝与道友杨升贤在此山结茅为庐,炼丹修道,后羽化成仙。身后为彭州留下"葛仙山"大名,成了道家修道和飞升的隐居之地。

人们常说"地灵人杰",就是说优质的地理环境,就必然有杰出的人物出现;有杰出人物出现,必然为当地留下人文历史的丰富遗产。而今,地方上拥有的这种资源越多,其经济、文化就越让人仰视。但是,我要说的是"地灵物杰",奇特的地理环境同样要造就出奇特的物种,大自然就比人类神奇多了。

我穿行在熙玉河峡谷,虽然它远远不及青城后山龙隐峡谷那样景观丰富,悬泉流瀑众多,但读它的历史就很不得了。第四纪冰川时期,距离我们已经相当遥远了:200万—300万年啊!三皇五帝、秦皇汉武……历数下来,那些被高呼"万岁!万岁!万万岁!"的帝王有几人能活过·百?熙玉河随便一个石窝,都是第四纪冰川时期的遗迹——冰臼,"滴水穿石"神工的天然杰作。一个小石窝,竟浓缩了熙玉河惊天动地的万年巨变。

在两河口沿溪流层叠铺砌的石阶上行,溯到水流的源头,山径小道也就到了尽头。三面青山环绕,谷底绿树茂密,环境清幽极了。环视四周,青山巍巍,沟谷幽深,唯有此地是一块巴掌大的坪。一株傲然独立的参天银杏,伟岸的身躯、茂密的枝叶、青绿的叶片,夺人眼目,这种气势就让人震撼。旁边山崖上刻着"千年银杏"四个红色大字,让我想起北宋大文豪苏东坡在河南净居寺欣赏银杏,并诗吟:"四壁峰山,满目清秀如画;一树擎天,圈圈点点文章。"东坡对银杏的描述非常精当,而我在这里咏诵苏东坡的诗句则更能感受到文学的力度,这棵千年银杏不就是一篇"圈圈点点"耐读的"文章"吗?

这株银杏树高约50米,胸围7.8米,树冠面积500平方米,要8个成年人才能合抱。它在这个山谷中居住了1300多年,是人们心中的"神"。这株银杏是怎样出生的,是随风飘来的一粒种子?抑或确如传说清静庵白果师父所植?没有关于它的"档案"记载,来自大自然,当然是大自然之子了。一年四季,都有慕名而来的游客朝拜这株银杏树,缠绕树身的红腰带,出自信众对生命的膜拜,对大自然的敬畏以及许愿还愿的诚心。

正值农历五月，满目青绿的银杏呈现出青春的旺盛活力，一片片树叶在夏风中轻轻地摇曳，在寂静的山林中独自低吟浅唱。走近这棵树，围绕着它的树身细细打量，才发现它的奇异。古铜色的树身看似由许多粗壮的虬枝合围而成，又像是无数发达的根系抱成一团。胸围如巨柱，根基若磐石。它的确是一棵奇特的树：远看一棵树，近看无数枝。相抱成一团，巍然一巨树。

我拥抱着它宽阔而结实的胸膛，就像幼小的孩童得到了父亲的庇护。那宽阔的胸膛，是一座山，是一片海，是信心和力量的源泉，取之不尽，用之不竭。那棵树粗砺的皮肤，留下了饱经风霜的丰富阅历，千年内敛的坚实力量，足以自信地抗衡来自大自然的一切挑衅。远的不提，就说2008年"5·12"大地震吧，彭州龙门山地处震中，地震时山崩地裂，天昏地暗，山河变色，情景够惨烈的了。然而，这棵银杏树却岿然不动，以泰然之定力，笑看这肆虐的大地震能奈它如何。那一刻，剧烈的摇撼，疯狂的颠簸，相撞和对冲，搅得周天寒彻。无数次的强烈余震，刀光剑影，电闪雷鸣，仿佛演绎着一场又一场殊死的神魔大战。我不知道，自然界千百年来究竟发生了多少次战斗，我相信，无论怎样激烈的搏杀，银杏树都是伟大的胜利者，因为它始终健康长寿地活着，浑身充满着蓬勃朝气。它是山林中让人敬仰的稀世长者，笑傲江湖，处变不惊，它的阅历让人惊叹。

每一个朝拜银杏树的人，都是慕名远道而来的。这天，唯一与我不期而遇的是一对年轻的情侣，他俩手牵着手来到树下。双手合十，默默地虔诚地祈祷着。也许，他俩将银杏树视为慈祥和蔼的智慧长者，让银杏树见证他俩的爱情和此时此刻的山盟海誓。也许，他俩始终不渝地相信，银杏树是有灵性的，会护佑他们的爱情，会让他们幸福一生。

再往上看，这棵银杏树身上紧攥着无数状若玉笋倒悬的垂乳，大凡长有这种玉笋般垂乳的古银杏树，在世间是极其稀少的，可以据此判断它的树龄至少是1300年。它的树冠像一把巨大的伞，强烈的阳光也不能穿透它的枝叶，树下则是一片宜人的清凉。不论远观，还是近看，它都有一种仙风道骨、气宇轩昂、凛然不可侵犯的高贵气质。

转过树的后面，树身赫然一个洞，高约2米，被无数的石块填充塞满。这是后人为了保护古树填塞的，以支撑树身不倒。原来，这株银杏树曾被雷电击中，树身被焚烧，成了一个空洞。遭遇这场劫难，银杏树没有被毒火摧毁，涅槃重生，随着年轮的增长，银杏仍是"聊发少年狂"，石头缝里也生出许多嫩绿的新叶，清秀逼人。

他是一位大隐，又是灵魂的尊者。孑然孤傲，从肉体到灵魂都修行到了一种让人期冀的"天人合一"的境界。《涅槃无名论》云："夫至人空洞无象，而万物无非我造。会万物以成己者，其唯圣人乎！"就是说，达到一定境界的人必有空寂灵昧的体验，体验到空境，就不会在意世界万象的事物，万物由我心流出，执万物与我合一，只有圣人能做到！

千年银杏，当之无愧为大自然中的圣树，隐逸葛仙山森林绿野的千古圣人！

# 银杏坪上"树坚强"

冯荣光

久闻兴福寺有棵千年古银杏，早就意欲寻访。2019年夏，在人文历史学者林德伟先生带领下，前往火井镇银杏坪寻访这棵传奇古树。

从邛崃市火井镇沿崇嘏山蜿蜒起伏的乡道，穿过一片片茂密的竹海，绕过高低错落的树丛，来到一个四面环山幽静清凉的山村，下车便能见到路旁山坡上高大浓密的桢楠林，兴福寺就掩映在这片绿荫之中。斑斑驳驳的阳光洒在兴福寺山门台阶上，石砌的艺术雕花赭红色山门显现出寺庙的古朴、庄严、稳重和悠久。大门有一副楹联："古寺古佛千秋亘古；名刹名僧万载留名。"与山门重檐叠砌的石墙上精雕细刻的艺术花饰浮雕，两侧蹲坐的一对石狮相辉映，给人一种佛门重地、涤尘静心的深刻印象。

这是一座千年古庙。兴福寺始建于唐武德年间（618），其后，毁于朝代更迭的战火中，成为废墟。明嘉靖三十年（1551）重修寺庙，得以延续至今。古寺依山形而筑，庙宇层叠，屋脊高耸。山门后面是一座木质古戏楼，四壁空空，只余戏楼框架。想当年，这里锣鼓铿锵，戏台上出将入相，一年内有好几台庙戏，成为四方百姓酬神娱乐、聚会看戏的重要场所。"刘邦与项羽今何在？一切都是过眼云烟。"如今，戏楼冷清了，衰颓了，再无戏迷茶客坐拥台前、击掌喝彩的热闹氛围了。

兴福寺所在地名叫"莲花山"，因山形地貌颇似一朵盛开的莲花而得名。兴福寺正好处在莲花的中心，又当邛崃通往夹关的茶马古道要冲，自古以来便是川西名刹，客商不断，香火不绝，现为"四川省文物保护单位"。

寺庙内外古楠森森，荫翳蔽日，犹如一层层绿色的帏幔将寺庙紧紧环抱着。在寺庙后面半坡上，是一片遮天蔽日的桢楠林，在状如天幕的桢楠林中有一棵硕大的银杏树，特别显眼。这是 2019 年 12 月成都市人民政府挂牌的"四川省古树名木"，编号：51018300454；树龄：1500 年；保护等级：一级。据此推算年代应为隋朝末年所植。

古老的银杏树犹如一部泛黄的线装古籍，触摸它沧桑的树身，就犹如翻开了一段尘封的隋唐火井千年历史与银杏坪千古地理奇貌，充满了奇幻和悬想。

"火井"乃天然气井，古人却视为奇观。蜀人对天然气的利用，最早见于西晋张华《博物志》："临邛火井一所……昔时人以竹木投以取火。诸葛丞相往视之，后火转盛。"人们利用"火井"（天然气）熬盐冶铁，三国时，诸葛亮曾亲临火井视察盐业生产，后人称为"诸葛井"。盐铁作为历代王朝重要经济支柱，都是"官营"。隋大业十二年（616）特别设置火井县，将火井煮盐纳入县级行政直接管理。袁天罡被任命为首任火井县令，主管盐业生产和统销。由此，火井成了蜀西重要的经济开发区。

袁天罡，益州（成都）人，隋末唐初著名易学大师、玄学家，工于相术，擅长风鉴，精通阴阳八卦、风水勘舆，被誉为"天下第一相师"而声名远播。唐贞观八年（634），唐太宗李世民听闻其名声，征召入朝，屡次向袁天罡咨询国运、人事等预测事宜，事后都一一应验。由此朝野传闻，名满天下。

袁天罡在火井县令任上，曾来到莲花山一带勘察风水。他的祖上葬在成都，袁天罡来莲花山的目的，是要为祖上迁葬寻找一块风水宝地。袁天罡见群山环抱中坡地上有一坪，地理位置甚佳，正居于莲花的中心，是勘舆学中称为"莲花穴"的风水宝地。古人十分讲究先人入葬所选的结穴之位，这非常重要，事关子孙后代的福祉。袁天罡相中了这块宝地，并亲手在这块半坡小坪上植种了几棵银杏树，作为祖先墓地的标识。以后，这几棵银杏树蔚然成林，风景迷人，方圆百里皆知。袁天罡仙逝后，人们为了纪念他，把这里叫作"银杏坪"。

林德伟先生与兴福寺释镇法住持曾有交往，经说明来意，释镇法住持带着我们去看寺庙后面的那棵古银杏树。当我走近这棵古银杏时，眼前所见，让人十分震惊。那种惨状，完全超乎我对这棵古树的所有想象。可以说，在我多年寻访蜀中众多古银杏中，兴福寺古银杏是最让人撕心裂肺、最让人悲痛欲绝的古树。用一个词来形容，就是体无完肤，惨不忍睹！

古银杏为何如此状态呢？

兴福寺银杏原本魁伟壮硕，生机勃勃，木秀于林。在一大片百年桢楠林中，高俊枝英，古雅奇丽，无树能与之相比。它是福寿千年的至尊长者，经世无数，阅尽春秋，却不倨傲，不凌弱，与后辈之古楠和谐共处，共生共荣。它孤崛一树，在兴福寺山林中生活了1500年，看惯了许多生生死死，然而，隋唐时代与它同辈之树，没有谁能幸运地陪伴它走到今天，夭的夭、折的折、伐的伐、枯的枯，早已灰飞烟灭，不见踪影。寺庙内数十棵30多米高的桢楠，均为明清时代所植，树龄最大的不过三百年，在它面前纯属"小字辈"。在它们之前，银杏坪上还有什么树呢？不得而知，留下让人想象的巨大空间。

这棵古银杏的命运，让人伤悲，如心剜似的疼痛。

释镇法住持告诉我说："这棵古银杏多次惨遭雷打火烧，最后只剩下这截残桩。"

1973年12月，正是"文化大革命"时期，兴福寺因破四旧被毁，僧众遣散，寺庙荒芜。两个放牛娃为避雨躲进中空的树干点火暖身，结果引发了一场大火。这场大火整整烧了一天一夜，烧毁了主干和主梢，从此，再也看不到古银杏伟岸的英姿和黄金般铺地的落叶美景。

这次火灾，传播很广。《邛崃市志（1986—2005）》也有记载："银杏坪银杏：生长在原银杏乡（现火井镇）桅杆村1组兴福寺院内。树龄逾千年，树高18米，胸围889厘米。主干已空，能容10人，4米处发杈，主梢枯朽。主干和主梢于1973年12月遭人为火灾。现存左侧两枝生长旺盛。主干周围重新发新枝，枝叶下垂，千姿百态，极为壮观。"

1989年，兴福寺开始恢复重建。这年夏天，古银杏经历了最残酷的生死劫难。那夜，雷雨交加，暴雨如注。一道道闪电像银蛇一样划破夜空，如恶魔狂舞；一声声惊雷，搅动山林咆哮，溪水惊悚。一道道火光向古银杏袭来，整个夜空像天魔下界，疯狂地摧虐着这棵古银杏。古银杏凭着壮硕的身躯，迎接着这场生死之战。电光、霹雳越来越猛烈，一道更耀眼的闪电，像一柄惨白而残忍的利剑，伴随着震耳欲聋的炸雷，古银杏被拦腰劈断，巨大的树体轰然倒地，基部也被劈成四分五裂，毒火在树身猛烈地燃烧……

这一场恶战，让伤残之身的古银杏从此大伤元气，树身上只剩一孤枝兀然向天而立，发出悲怆的《天问》："问仙，问道，谁得逍遥？"

1989年古银杏遭受雷击后，当地政府和林业部门及时采取了保护措施，给古树加支撑，固根基，砌筑堡坎，安装避雷装置并悬挂"名木古树"牌公示于众。

然而，人算不如天算。

2014年4月20日早上8点02分，与邛崃市毗邻的雅安市芦山县发生了7级强震，波及火井镇。兴福寺地动山摇，狂风呼啸，"哗啦"一声响，地震波将古银杏残存的10余米高的独枝彻底摧断，整个银杏树只剩下3米高的空心残桩。倒下的残枝散落一地，被附近的村民纷纷拾走，他们认为千年银杏木是避邪之物，放在家里可以驱邪。

眼前这棵古银杏，已经没有任何生命的迹象。空洞的树心呈现出毒火焚烧后的炭黑痕迹，生命的年轮早已化为了尘埃。树身四分五裂，高低不一的残片依然倔强地紧紧环抱成一圈，保持着古树高贵的尊严。它犹如一尊王者纪念碑，身躯已废，灵魂犹存，形散而神聚。

"根蟠黄泉下，冠盖峙云天。"人世间有恶，大自然也有恶。古银杏的遭遇，让人心疼：多好的一棵树，风是你的歌，云是你的步，无论白天和黑夜，都为人类造福……

它为何遭此种种厄运？是否忤逆了上天，遭此树生大难？我不能解。难道是因为袁天罡《推背图》预测了2000年的过往，让后人破解其秘，泄露了太多的天机。恨屋及乌，上天嗔怒于袁天罡，却要报复在他手植的这棵银杏树上，以示对这位预言大师的严厉惩罚？

或因木秀于林，雷必摧之。对于笑傲青天的独秀之木，雷公也忌恨其伟，必摧折而痛快。大自然的玄妙和神秘，人和自然的情愫恩怨，有许多解不开的信息密码，让我们无法获取真相，姑且作一番个人的臆测。

由此观之，除了人类对古树的砍伐外，千百年来，能躲过雷劈电击而遭火焚、山崩地裂而被摧折、洪水泥石流而埋没、病虫危害而死亡的千年古树，在当今稀之又稀。

这棵古银杏的命运，再次引起林业和园林部门的高度重视。在实施《四川省古树名木保护三年行动方案》中，成都市林业与园林部门技术人员和工人赶赴现场，给古树进行救助。看到古树的现状都很震惊："树还活着，但非常脆弱……"

2022年，经过前前后后近半年的抢救，园林工人对古树做了清除腐质、杀虫灭害、根除寄生物、塑形修补、树身防腐等复壮技术性工作。为了保护根基，重新构筑了挡土墙。对根部加施复壮专用促根剂、水肥和微生物菌肥，保证古树充分的营养，促进根系成长。重新更换树箍和钢架支撑。这一次对古银杏的技术保护工作做得非常到位，释镇法住持十分满意。

2023年5月13日，我和摄影家王晓龙先生从邛崃天台山采风下来，顺便绕道去兴福寺再去看看那棵心中牵挂的古银杏树。

这一次的观感与上次大不一样了。

银杏树虽然仅存为一具"树桩"，经过整容美体、清污除垢、塑形修补，就像一位面容枯槁的老人，"复壮"后仍然不失王者风范。它像一尊高贵的木雕，始终保持着应有的尊严。

我敬佩这棵古树的坚强，它没有倒下，意志没有被摧毁。它不屈的灵魂支撑着仍然伤残而挺直的腰身。我围着树身默默地向它致敬，它本应该活得更为长寿，更为风华。可近百年来，却屡遭自然和人为的残虐，我为它的命运而叹息，为它坚贞不屈的意志而赞美，为人们抢救古树、保护古树的善行善举而喝彩。

我发现，在最大的那片残枝桩头上，竟然发出了新枝，嫩绿的叶片清凉悦目，闪烁着透明的翡翠色亮光。古银杏分明在告示我，它还活着！

大难不死，古银杏还顽强地活着，笑傲天地，这让我十分惊喜。那几枝新绿，延续着古树游丝般的生命，生命的绿叶显示出古银杏树历经劫难不低头的英雄气概。

我感谢"树坚强"，它为我们诠释了生命的意义和树生的价值。面对这棵1500年高龄的稀世尊者深深地鞠躬，表达无限的敬意。

张忠辉，笔名二莽子，四川南充人，现居成都。四川大学核物理专业毕业，从事科研工作10年，从事工业管理工作29年，有多篇科研及管理论文发表并获奖。

中国散文学会会员，四川省作家协会会员，四川省诗歌学会及四川省科普作协会员，四川省文艺传播促进会副会长，四川省医药行业协会书记、副会长，《中国有色金属》杂志特约记者。近年以张忠辉及笔名二莽子、晓林在国内报刊发表散文、小诗等文学作品，并有部分获奖。出版散文集《树下读叶集》。

# 围炉煮鱼话升钟

张忠辉

一

今年正月里，唐保保（保保是老家对姑父的昵称）率孩子们来给我老爸过生。老爸今年九十七了，熬过三年大疫实在不易，必须好好聚聚。

那天，一大家子围着炉子煮火锅鱼。这鱼，是唐保保从老家带来的升钟水库的鱼。

鱼还没全熟，吃货小妹喉咙就伸了爪爪，捞起一块鱼，张嘴就迎了上去，说是生鱼都吃得。还说升钟最巴适的就是鱼：诱人的火锅鱼、藤椒鱼、麻辣鱼、酸菜鱼，听着就口水直冒，勾魂的鱼片汤、鱼排汤、鱼头汤，抿一口就唇齿留香。

喜欢钓鱼的大表哥三句话不离本行，他说，升钟是钓鱼天堂：花鲢、翘壳、鲫鱼、鲤鱼、乌鱼、草鱼……应有尽有。现在，升钟湖已经是闻名天下的"国际钓鱼城节"举办地了，中外钓友在升钟垂钓，那种人鱼互动互逗、偷吃与反偷吃、诱捕与反诱捕的心跳感觉简直不摆了。

痴迷摄影的二表弟心思却全然不在鱼上，忙着炫耀他拍的一张张照片：能并行四辆大卡车的升钟大坝气度非凡；朝阳映射下的神坝砖塔梦幻典雅；老西水县衙遗址古朴深沉……在他眼里，升钟的每一滴露珠、每一片花瓣都充满灵性，充满活力。

以耍家自称的三表弟边往我老爸碗里挑鱼，边鼓动老爸回南充到升钟去耍。他说升钟不但是西南金三角、成都后花园，而且是一座非物质文化遗产的宝库：双峰傩戏、店垭花灯、树皮画、双峰山歌、保城地灯、神坝皮影等等自然风貌与人文景观交相辉映，还有起源于宋代的鱼拓画……

唐保保边吃边摆升钟的离奇故事，说得活灵活现：从前，在南部和阆中境内有一口神奇金钟，是两地人民丰足富裕的象征。有贪心人想独占私吞它，神钟不从，就巧妙地在两地民间到处游走躲藏，最后化成一座"钟样的小山"隐蔽在西河中，一旦天旱水枯，它就会从水里"升"起来保佑两地人民。人们为了感恩它就修了升钟寺，后来成立了升钟公社（升钟镇），水库上马时，大坝就建在这块宝地上，所以叫升钟水库。

升钟水库确实位于嘉陵江支流西河中游，是西南地区最大的人工湖，是以灌溉为主，兼有防洪、发电、航运、养殖、旅游等综合功能的大型骨干水利工程。库区涵盖南部、阆中和剑阁三个县市的 9 个乡镇，灌区覆盖南充、广安、广元和遂宁四市 10 个区县。

## 二

唐保保讲的故事，牵出了我儿时记忆，我第一次听说"升钟"是 47 年前，老家南充小镇上有线广播里传来普大喜奔的消息——要修升钟水库了，川东北人民要有自己的"都江堰"了！火炮从街头爆到街尾，耍龙从天亮舞到天黑……

那时，干旱是我们心头的痛。夏日酷暑，火辣辣的太阳从早上 6 点，晒到晚上 8 点，40 摄氏度左右的高温烤得大树小草、庄稼禽畜、男女老少都蔫蔫地耷拉着头。说是狗命最贱，可不管是我家的小黑狗，还是隔壁的大黄狗，都拼命伸着长长的舌头苟延残喘，就连最不怕热的知了也热得"死了死了"地惨叫……

连续 30 天不下场透雨叫小旱，40 天叫大旱。菜秧子晒焦了，苞谷叶晒焦了，人们的眉头也晒焦了；河沟晒裂了，稻田晒裂了，人们的心也晒裂了；辛辛苦苦栽下的苕秧，几个毒日头下来，就奄奄一息了。抗旱——抗旱——抗旱——是年年的必须！灌水——灌水——灌水——是人人的负担！男女老少挑的挑，背的背，都在找水抗旱，我们这些半节子少幺爸儿（方言：小毛孩之意），就端起盆盆钵钵一窝一窝地灌。

一串串汗珠甩在地上，转眼就蒸发得没影了，烤得黑黢黢的背脊上结满了细细的汗盐，喉咙干得冒烟，将就灌苕秧的水往嗓眼里灌……那些被彻底晒死了的苕秧，还得抢时补栽，红苕半年粮呀！就像法国电影《甘泉玛侬》，人们祈天求地，盼雨救命。

望眼欲穿盼来的往往不是喜降甘霖，而是突如其来的狂风暴雨，把快要渴死的庄稼冲得一干二净，平常温柔的嘉陵江像一条咆哮的孽龙恣意狂奔，沿岸成茫茫泽国，我眼睁睁看着上中坝刚被淹没，下中坝又岌岌可危了……昨天在抗旱，今天又防洪，"天府之国"的美称，似乎与川东北地区毫不沾边。

读书上了"农基"（农业基础知识）课，我才知道因为两千多年前李冰父子率众修了都江堰，使旱涝灾害频发的川西坝子，变成了旱涝保收的优质粮田，所以才有天府之国美誉流传至今。

我回过神来，唐保保还在说：中国几千年历史，就是封建农耕文明史，也是一部治水史。从女娲补天到大禹治水等神话传说，从春秋战国到秦汉唐宋，从元明清到近现代，旱灾洪灾，防洪抗旱，往复循环，概莫能外。

土地革命时期，共产党带领穷苦农民，一边打仗革命，一边分田种地。早在 1934 年，毛泽东在红都瑞金就指出水利是农业的命脉，并陆续在瑞金、延安等根据地兴修水利，发展农业，成功解决了军民吃饭问题。

新中国更是把"水"列为"农业八字宪法"之一，在全国掀起了治理水患的高潮，陆续建设了丹江口水利枢纽、青铜峡水利枢纽、刘家峡水利枢纽、北京密云水库、红旗渠等水利工程。上亿劳动力投身水利建设，共修建九百多座大中型水库，农田灌溉面积达 5 亿亩。

川东北人民祖祖辈辈期盼修自己的都江堰的梦想，也逐渐变成了清晰的蓝图，一个宏大的水利规划一直在抓紧进行。1976 年，终于得到国家计委批准——"升钟水库"大名首次昭告天下。

三

也许是使命的驱使，从小在干旱中挣扎的父亲在省水利院工作了一辈子。也许是命运的共鸣，唐保保在南充水利院也干了一辈子，他们几十年都在忙于水利规划、设计和建设。我问唐保保，为升钟忙了多少年？去过多少次？他感叹道："升钟一直是我们的重点，从毕业生一直忙到当院长再到退休。具体去了多少次哪记得清楚，但升钟的山山水水一定记得。"

是呀，那些年家乡很多人去升钟水库工地劳动，我当时还小，想去没去成，后来考上了大学，只好把想去升钟的心愿装进行囊，藏在心底……

升钟的鱼火锅越吃越热火，升钟的龙门阵越摆越热闹，平常少言寡语的老父亲终于忍不住开了金口："外行看热闹，内行看门道。从专业角度看，升钟不仅有你们看到的大坝古塔、湖光山色、鱼肥水美这些感官上的外在美，还要用心去体会它强大的水利功能，那才是升钟内在的美，核心的美。"

他说：升钟水库蓄水以来累计向灌区供水 58 亿立方米，灌溉农田 3886 万亩，累计产粮 138 亿公斤。2006 年，南充及周边再次遭遇了特大旱灾，升钟水库及时发力，输出涓涓清流，保住了受干旱威胁的数百万亩禾苗，减灾总效益达到 18.6 亿元，也滋润养育了灌区数百万山民。

老父亲的话犹如醍醐灌顶。水是生命之源，都说人的身体 70% 由水组成，大地母亲的身体更是离不开水的养护呀！升钟水库——现已更名为升钟湖，我们的老家再也不像以前那样遭受旱灾洪涝之苦了。

围炉煮鱼，食兴未减，谈兴未尽。我的脑海里再次出现升钟湖美好的记忆：湖区碧波荡漾，水烟袅袅，宽阔的水面倒映着两岸青山。远处，湖水延伸到山脚，出现无数条大大小小、弯弯曲曲的分支，就像人的心脏引伸出的动脉静脉，流向躯体的各个器官，滋养着每一块耕地粮田，滋润着大地母亲躯体的每一个细胞。灌区苍苍茫茫的丘陵，如波浪起伏的浩渺沧海，敞开博大又温柔的胸襟，把升钟湖这西南地区最大的一颗"明珠"，深情地拥入怀中……

围炉煮鱼话升钟。品味的是升钟鲜鱼，评说的是升钟往事。升钟湖在人们的品评之间，一碧如洗地流淌。大地的血液，滋养着家乡的山川。

# 一瓶"过期"的酒

张忠辉

1987年元旦节,我结婚了。那时没有什么中式、西式、教堂、草坪之类的正儿八经婚礼婚宴,就是双方的亲朋好友,有的带一床被面或者被套,有的送一对枕头或者枕巾,也有提两个暖瓶或者洗脸盆就一起来欢喜了,过程简单热闹,新人幸福甜蜜。哪像现在年轻人:要拼凑长长的车队,要请专业的婚庆公司,要跑浪漫景区拍照录像,还要通宵达旦彩排……折腾得一对新人又苦又累,如临大敌,似过难关。

当然,那时再简单节约,喜糖、喜烟、喜酒"三喜"还是必需的。烟就是七块钱一包的红塔山,糖是老婆托跑上海车的同学带的"大白兔",酒更不用愁,在老家供销社上班的姐姐提前一年就为我准备好了一大箱尖庄曲酒。当年,我心里最好的酒就是五粮液,尖庄是它的"亲弟弟",平民婚礼,尖庄足矣。

五桌开了十瓶,大家已经喝嗨了,唯独堂兄表弟们那一桌还没尽兴,嚷着开了第十一瓶,喝得其中一个已现场"直播",有两个在桌子上趴起,还有两个直起舌头在提虚劲,吼着还要开。长辈们拦着我不准再开了,满满一箱酒十二瓶,剩下最后一瓶。我想,也好,还有两个好友有事没能来,就给他们留着吧。

两个好友事后提着五粮液来了,人家的好酒先摆上了桌,我的尖庄就不好意思拿出手。我转念一想,既然是最后一瓶自己的喜酒,干脆留到明年结婚一周年时自己喝吧。

俗话说士别三日,当刮目相看。川酒世界,更是日新月异。不久后,一条"品全兴，万事兴"的电视广告成了流行语，四川全兴足球队在全国掀起黄色旋风，全兴大曲也跟着火遍大江南北。趁着全兴黄色旋风的强劲势头，川酒群雄掀起飓风狂飙，从五粮液、泸州老窖、剑南春、郎酒、全兴大曲五朵金花，到新贵沱牌、丰谷等第六第七朵金花，还有文君、梦酒、叙州、小角楼、江口醇……众多小花，接着又是舍得、东方红、1573、水井坊、红花郎、青花郎等老名牌攀登的新高度，泱泱白酒王国，二分天下，川酒占其一。尤其大小品牌齐心协力、共同打造的白酒金三角，更是风光无限。我剩下的那瓶尖庄，就像丰腴凝脂的杨贵妃赶巴黎时装节，在以骨感为时尚的T台上，根本找不到感觉。

其实，在我心中，它是我仅存的喜酒，次年元旦，把它请出来，摆在餐桌中央，要用它和老婆重温交杯。老婆却突发奇想：留到十周年喝吧，这个理由充分得不可抗拒。

十周年到了，我等着老婆开酒，她拿着酒瓶子在手中转来转去，看了又看，说二十周年喝更好。是呀，这是自己最后一瓶喜酒，喝了就再也没有了。我接过酒瓶，把瓶口送到鼻子尖尖上，夸张地做了个深呼吸。"好香！"我吧唧着嘴，对着瓶子不无隐忍地说，"好男人在家要听老婆的话，既然老婆大人发了话，你今天的死刑，本官改判为缓期十年执行！"老婆笑得哟，差点喷饭。

二十周年那天，又把它请了出来，但老婆宣布，死缓改无期了！允许我把它放在枕边，闻了一夜酒香。当三十周年再拿出来时，老婆好惊讶，瓶里只有大半瓶酒了，我细看瓶口的塑封已经龟裂，酒的表层貌似还有点油珠珠。老婆怀疑这酒是不是过期了，我透过瓶身，标签背后清晰可见白底蓝字"85年6月1"，这酒真的太久了！挥发了？脂化了？不能喝了？可没听说白酒要"过期"呀！

就算过期了也不舍得丢，继续存着。一天小区来了个回收旧酒的，我拿去咨询，他说这酒真喝不得了，但他愿出三百元回收。说是要用它做活广告，告诉人们不要盲目存酒，存太久了喝不得，都交他回收处理吧。

虽然不能喝了，虽然三百元已是原价的百倍，可我还是拿了回来，继续存着。都说酒精能灭菌杀病毒，也许是有它镇宅，三年新冠疫情，我们都挺过来了。

停了三年的成都糖酒会，今春终于又隆重恢复。开幕那天，我又从橱柜里把这瓶尖庄曲酒请了出来，让我意外的是上次的大半瓶酒，此刻只剩小半瓶了。玻璃瓶身上原来薄薄的"包浆"变成了厚厚的垢，瓶颈小标签上"五粮液酒厂酿造"字迹已经模糊，但依稀还能看出"液"是当年简化了的，下面是个"但"字，大标签的纯白底色泛着陈年的黄，烫金压制的"尖庄"两个行书大字，笔画上长出些细粉粉，唯独透过瓶身仍可寻见大标签背面蓝色出厂期的字样。

我盯着酒瓶发呆，那些酒到哪去了呢？蒸发了？浓缩了？瓶子上部大半节真是空的么？我想肯定不是。它出厂38年了，陪伴我们37年了，它现在这模样，是一分一秒、一天一年，渐变而成的，就像我们一步一步走到今天一样。我想起《红楼梦》里那句话："无为有处有还无"，反其意不就是"有为无处无还有"么？这大半截看似空的瓶子，其实装满了川酒几十年的由浓纯到升华的故事，装满了我们几十年由辛苦到甘醇的生活……

这瓶酒貌似老旧无用了，其实并没过期失效。我们打算继续把它留在身边，让它继续陪伴着我们。随着它的量越来越少，我们日子的醇香越来越浓……

# 我不是垃圾

张忠辉

所谓废物，其实是放错了地方的宝贝。

兔年春节刚过，我随一群作家到城南的华阳安公社区采风。安公即当地历史名人安洪德，两百多年前在成都华阳当知县，为官一任，造福一方。后人为了纪念他，把他主持修建的防洪堤命名为"安公堤"。进入21世纪，随着城市的发展，这里由城郊变成了市区，2015年成立安公社区。近年来，这个社区的服务管理独创了不少特色亮点，社区书记成了全国优秀党务工作者，在庆祝建党百年之际受到了总书记接见。而今，各地来学习取经的络绎不绝。

据介绍，这个社区有"五线工作法"、老院落治理"六个一""退役军人一二三四工作法"等二十几项服务管理创新成果。作家们有的想宏大叙事，有的要为安公立传，有的争着塑造"当代安公"，有的抢着采访社区"男1号"，但没人采访"垃圾分类"。当然，我也不愿意采访臭烘烘的垃圾，我最关心的是"老院落治理改造"，因为我也住在问题多多的老院落里……一番协调过后，各项成绩都有人写了，唯独"垃圾分类"还是没人接招，而老院落别人也想写。我脑壳突然像遭电击一样又犯了莽，闪念间，我出手捡起了最后剩下的"垃圾"。"二莽子要采访垃圾!?"顿时引起一阵"哈哈""呵呵"……

# 它们不是垃圾

垃圾——是失去使用价值的固体、流体弃物。

社区书记说了一串触目惊心的数字：全国六百多个城市，每年有生活垃圾达2亿吨，人均440公斤。把它们堆在一起，可以填满中国最大的淡水湖——鄱阳湖！而且，每年还以5%的幅度增长，现已累计80亿吨，占地5亿平方米，三分之二城市被垃圾群包围。

成都中心城区及二三圈城每天的生活垃圾量已超过1.5万吨，足以填满整个四川省体育馆……

长此以往，怎么得了？他说，这里从前是蔬菜基地，一家一户的院落散布在菜地中间，到处都是蔬菜的老叶残根，房前屋后都是茅坑粪凼，大大小小的垃圾堆随处可见，人们习以为常。

社区成立之初，也是他上任之始。人们从田园搬进了楼房，生活方式和习惯变化很大，但生活垃圾还是又多又乱，成了创建卫生文明社区的难点和痛点。他作为一个血气方刚的年轻书记，怎么可能向垃圾低头？既然回避不了，那就迎难而上！就从垃圾入手，开展垃圾分类处理，努力实现垃圾减量化、无害化和资源化。以问题为导向，把它作为改进社区服务管理工作的突破口，变被动为主动，化劣势为优势，以此为抓手，打开社区服务管理工作的新局面。

说干就干！他带领社区年轻的工作团队，动员和依靠全社区的群众，风风火火地干了起来：资料调研，实地考察，方案制定，明确分工，扑下身子抓落实，撸起袖子加油干，通力合作，艰苦奋斗几年下来，竟把安公社区的垃圾分类处理工作做成了市里的标杆、省里的标杆、全国的标杆。

百闻不如一见，我来到社区所辖的锦华苑小区"采访垃圾"。小区大门口四根粗壮的罗马柱稳稳支撑着大气庄重的弧形门拱，门拱正中是鲜艳的国旗，两边飘扬八面彩旗，门拱正面是金光灿灿的"锦华苑"浮雕金字，门拱下挂着六个大红灯笼，罗马柱上贴着"新春福旺迎好运　佳节吉祥开门红"金字红底对联。门很宽敞，两边有高大绿树拱卫，中间用花箱分道，成片成带的小红灯笼随道路延伸而延伸，感觉整个小区还沉浸在新春佳节喜庆之中。

社区工作人员小孙告诉我，这是一个入住了二十多年的老小区，方方正正，有五十来亩大小，四面临街，底层都是商铺，共有 111 家，楼上是住户，共 442 户，没有地下车库，也没有电梯，正在陆续加装。

一看就是我熟悉的老小区风格，但比我住的小区整洁漂亮得多。一进小区大门，我就被右边一座小小机房吸引住了，小孙告诉我，这就是全省唯一的"小区有机物生态循环利用中心"。2021 年 3 月 1 日《成都市生活垃圾管理条例》正式生效实施，把垃圾分为可回收垃圾、厨余垃圾、有害垃圾和其他垃圾四种。这里比《条例》早六年推行垃圾分类，不但分了通常的四种，还细分出了大件垃圾和餐饮垃圾，并分门别类有针对性地进行收集、处置和应用。

大件垃圾如淘汰的旧家具家电，社区组织志愿者预约上门回收，定期举办跳蚤市场交易，或交给专门的机构拆解分选，回收利用其中的多种资源；纸箱纸盒塑料等可回收的垃圾，投放到自动回收站变成现金，还要记分；商铺的餐饮垃圾经专用设备进行固液分离和油水分离后，由专业的队伍定时定点回收，将其处理转换成生物质能源和饲料；小区每天体量最大、重量最多的厨余垃圾就在这个"中心"转化成优质的有机肥，供小区居民栽花种菜；建渣等其他垃圾用于建设工地回填平整场地；就连废电池、温度计之类的"有害垃圾"，也被专门收集，定期由专业机构统一处理，回收里面的铁、锰、锌、汞等多种金属，变废为宝。

在这里，各类垃圾老老实实听从业主和志愿者的指挥，分类清清楚楚，规规矩矩接受对应处置。亲眼看到"垃圾"进去，"肥料"出来，我内心很震撼，仿佛听到它们在呐喊：我们不是没有使用价值的弃物，我们不是垃圾！

我问小孙：我住的小区，几年前也开始按规定摆了绿红蓝黑色四个垃圾桶，但业主在家并没有分类，出门顺手带上垃圾，随意往任何一个桶里一丢了事。没有引导员，没有协助分类，没有处理处置，就笼里笼统地被拉走了，四色垃圾桶仅仅只是"垃圾分类"的符号，别的与从前没啥不同。你们是怎么做到真正分类处置的呢？

小孙说：不只是你们小区，这是普遍现象。分类过后没有相应的处理处置，没有真正实现减量化和资源化，分类流于形式，当然无法持续。关键是我们上了处理装置和措施，通过分类处理，小区的垃圾总量大大减少，而且居民还得到肥料和可以兑换商品的积分，大家实实在在看到了好处，得道多助嘛。

积分？我没明白。

他说这是被逼出来的妙招。既然大家都知道垃圾是放错了地方的宝贝，宝贝就有价值，为了让居民不把宝贝放错地方，他们想了一个"天才"方案：分类垃圾可换钱并记积分。

他们在小区设立垃圾分类超市，对可回收垃圾实施"积分+现金"管理。按照市场价格收可回收垃圾，在给现金的同时，还进行积分，每公斤积5分，不能直接卖钱的厨余垃圾和有害垃圾每公斤积10分，积分多了可以兑换生活用品。

我看到超市墙上张贴的"可回收物品积分兑换表及价目表"显示：纸板每斤0.4元，铁每斤0.3元……还有兑换洗发水、肥皂、洗衣液等生活用品分别需要的积分数。

此时正是午后，小区居民三三两两出门，手上提着垃圾来到中心，志愿者确认分类正确后分别过秤、登记种类、重量、所属楼栋单元门牌号等。我问他们觉得麻烦么？他们说，习惯了就不麻烦，以前厨余垃圾跟其他垃圾放在一起，气温稍高就有味儿。现在，来自不同家庭的不同垃圾，在此验明正身，登记在案，明确了来路和去处，经处理后实现华丽转身，就再也不是无用弃物，再也不是"垃圾"了。

## 他们也不是"垃圾"

我围绕这个"中心"慢慢转细细看了一圈，发现它还是环保部"垃圾分类（四川）学术交流中心"，省住建厅"垃圾分类学术交流中心"。它的主角是一台有机垃圾处理机。工作流程是：厨余垃圾来到这里，志愿者在分拣平台进行分拣确认分类无误后，进入"预处理系统"，经压榨脱水后，固体物料进入"好氧发酵系统"，进行高温快速发酵堆肥，最终产出物为有机肥前置物；发酵产生的废气进入"废气处理系统"处理后达标排放，液体排入污水管网。整个系统通过"电控系统"实现自动控制。说通俗点：它是一个精致的不锈钢箱体，像是一个胃口极好的"机器人"，又像是一个魔术师，将厨余垃圾添加一点点调味品（发酵菌种），统统吃进嘴里，大快朵颐地咀嚼后，吞进肚子里，再躺在温暖舒适的空调间里美美地睡上一觉，然后"厨"出有机肥料，居民用它养花种菜长势特好，连周边小区的居民也慕名而来一桶桶免费领取，供不应求。

我戏称"采访垃圾"，可垃圾哪会说话？其实是采访了七位直接跟垃圾打交道，平均年龄超过70岁的老人。

我第一次来中心，是72岁的蒲大爷值班。他边忙边对我说，这里由68岁的李大爷、72岁的陈大爷、69岁的阳大爷和他，四个垃圾分类引导员（志愿者）轮流值班。这些厨余垃圾本来就是好东西，他小时候在农村，厨余都是家畜家禽的饲料，扫地的尘土都用来肥地，就连排泄物都是宝贵的肥料，都争着抢着要，没有关系还拿不到，哪会丢弃？

正好曾任了十年业委会主任、75岁的赵大爷也在场，他说起垃圾分类处理，如数家珍一样清楚和亲切：做事总是要钱要人，钱从哪儿来，谁来做这事成了拦路虎。社区开诸葛亮会，有人想到了发动志愿者，这样既有了人手，又可以省下人头上的开支。设备投入则请上级支持一点和小区业委会物业收入挤出一点。"业委会物业有收入？"我有些不解。他说，我们锦华苑小区是业主自治的，工作由业主大家做，主要是尽义务。尽管物管费收得很低，还是有些结余的。"小区自治"令我茅塞顿开，忙问物管费有多低。答案是：住户陆角伍，商铺柒角伍。天啦，这么低的收费，小区管理得这么整洁漂亮，还有结余！自己的小区咋不能这样做呢？我要是能生活在这样的小区该多好——我思路跑偏离题了！

回到正题：社区决定率先以锦华苑作为试点，找到李大爷，向他说起志愿者的事。李大爷1973年参军，1976年入党，在西藏戍边29年后回到成都，在军队企业又干了十多年。他告诉我，工作几十年一直捣鼓机器，维护设备，退休了，身边没有机器了，心里空荡荡的，感觉自己像一台造粪的机器，成天只是吃饭、造粪、等死。原本好好的身体变得软绵绵的，闲得难受。一天，老伴见他磨皮擦痒的，就叫他下楼去丢垃圾。他拧着垃圾袋，一步步往下走，一步步沉思：难道自己也像手中的垃圾，没有一点用处了？

当他听说当志愿者又可以和机器打交道了，自己又有用处了，高兴地说他是老党员，也是个老兵，听从组织召唤，服从上级指挥，就满口答应了。他告诉我，退休后闲得难受，就想找点事做，想当志愿者，不知找谁说，又怕开了口人家不要他。是呀，这种心情我完全理解，去年防疫，我们小区也需要志愿者，我义不容辞报了名，人家选了些年轻漂亮的，没把我打上眼，我好没面子。

说起容易做起难。李大爷说，现在看到机器运转得欢，似乎一切顺理成章、天经地义，当初可太不容易：谁都不愿意在自己家门口堆放和处理垃圾。这事反复开坝坝会，优化论证，一户户跑上跑下，劝说开导，磨穿了鞋底，磨破了嘴皮……邻避效应呀！

费了九牛二虎之力，在街道和社区党委的大力帮助下，点定下来了，志愿者队伍建立起来了，设备买回来了，小区的有机物生态利用中心终于建成了。刚开始主要是先把垃圾粉碎、堆存发酵和烘干，但工艺比较落后，堆存发酵周期很长，效率低，噪声和异味大。被迫到处调研更先进的工艺设备，"化缘"筹款。后来才升级换代了这套专业设备，大大缩短了发酵时间，异味也小多了。说到异味，我才注意到真还有一些，但不特别明显。他说那是因为加了废气收集淋洗装置。在他的指引下，我看到旁边有一个新的淋洗装置正在不停地运行，李大爷捣鼓机器，驾轻就熟，乐此不疲。

那天，轮休的陈大爷不在场，他在电话里对我说，他现在早上送孙子上学，晚上接孙子放学。中间啥事都没得，在中心值值班，当当志愿者，有点事做，比天天坐在麻将桌子上身子活络些，筋骨舒展些，日子过得有意思些。他这大白话说得透彻。

看完锦华苑的垃圾，小孙领我到了与锦华苑邻近的广场花园小区。小区76岁的余大爷指着刚刚规整好的垃圾对我说：自己在甘孜工作近五十年，退休时，最舍不得的是那里的蓝天白云，恨不得把它们打进行李，带回家来。而今，他是小区的网格员，就想把自己网格的垃圾分类处置好，为家乡地更绿、天更蓝、空气更清新、环境更美丽出把力，自己心里就舒坦。好可爱的余大爷！

几天后，我再次来到锦华苑，想找 69 岁的阳大爷聊聊，他是我在安公认识的第一人。我初到安公那天，因为提前到了，就到安公广场上的潜溪书院打望，据说这个书院是安公当年办的，现在是安公社区的图书馆。

里面一些学生在赶寒假作业，也有一些成年人在查阅书刊，人很多，但很安静。我看到一个穿红马甲像老农模样的人在忙着把阅后的书刊分类整理上架归位，就轻声搭讪他，问他这活累不累，挣多少钱，有空看书么？感觉他可能识字不多。

他的回答令我刮目，令我汗颜：他是老共产党员，和我一样是学物理的，教过二十年书，还在我熟悉的一家部队企业干过多年，在这是当志愿者。他一有空就看书，而且还写诗，开了微博，我俩还是老乡。

当时，我俩不便在图书馆长聊，就互相加了微信。我再次到了安公，电话告诉他我要去锦华苑"采访垃圾"，想抽空和他聊聊。他说他就住在锦华苑，此刻他就在大门旁的垃圾处理中心！真是无巧不成书，就像虚构的小说一样。

"你咋在这？"我一见他就问。

"上班。"

"你不是在图书馆当志愿者吗？"

"我这个志愿者是全方位的，图书馆，这里，小区保洁，站（路）口子，防疫……只要社区需要，喊干啥就干啥。"他还说他老伴也是志愿者，由于退休前是搞技术工作的，疫情期间很好地协助医护人员测体温，测核酸，很讨大家喜欢，她颇有存在感和成就感。

这时，一个老者提着垃圾走了过来，阳大爷迎上前，手里在接垃圾袋，嘴上在寒暄，像是有些日子没见面了。我趁机掺和着采访。他是 78 岁的梁大爷，是小区老业主，退休前是外语老师。这些年孩子们和亲朋好友接他到处玩，青城山的别墅，城里新小区的电梯洋房他都住过，还是觉得这里最亲切，也只有这里把垃圾分类处理坚持做到了减量化和资源化。

我请阳大爷讲讲当志愿者遇到的开心事或不开心的事。他说当看到小区里的少年学生，出门上学时提着一袋袋分类好了的垃圾，准确无误地把它们投放到各自的位置，还帮助行动不便的老年人投放，并像小老师一样给老人们讲垃圾分类的常识的时候就好开心。

令他不开心的也是学生。他说：一些"大"学生，骑着单车上学，路过这里，车速不减，远远地把垃圾像投篮似的投过来，投进垃圾箱里了，就得意地飞驰而去，没投进箱里，就逃跑式地飞驰而去。有时袋子摔破了，垃圾散了一地，有些还有残汤剩水流了出来……帮他收拾残局很麻烦，更心烦的是无视我们的存在！

他还告诉我，今天上午社区请他站（路）口子，遇到一个摩登女郎匆匆骑着单车，到路口上把车一锁就要走。他劝阻她停到旁边的车位上去，她用不屑的眼光盯了一眼他身上的红马甲，扬长而去，气得他这会儿心口还堵起的。他说，如果她真有急事，我也可以帮她停过去，但她不忙锁嘛。我说那是她不知道你曾经是老师，如果她知道你是老师，而且还是她的老师的话，她就对你毕恭毕敬了。他说，是呀，她大概以为我吃不起饭，为了挣中午盒饭钱，才来站口子的。我不知说什么才好，只好调侃一句：她是门缝里瞧人——把您看扁了。回到家，我就对家人讲，以后对街上穿红（黄）马甲的老人要谨言慎行，他们中有高人。

他们并不缺衣少食，缺的是社会对他们的关心和爱护，缺的是对他们能力和价值的认同，缺的是人们对他们的尊重和尊敬。他们的文化和曾经的职业都令我羡慕，有老师，有诗人，有专家，有领导，他们仍像年轻时一样有理想，有抱负。不信？那就读两首阳大爷不久前写的小诗吧。一首是《心态》："少小日如年，暮年一瞬间。雄心终未了，碌碌又一天。"另一首是《晚霞》："日落彤云灿，光芒万象生。即使将落幕，热血注归程。"

从这两首小诗中，您就足以读到一个七十岁的老教师、老技术员、老共产党员仍在想什么了。

朋友，你还以为这些老人当志愿者只是为了挣一个盒饭吗？还以为他们成天只能无所事事吗？还以为他们是失去了使用价值的弃物——是"垃圾"吗？你该不该在街口听从他们的提示，遵守红绿灯，把单车、垃圾等放到正确的位置？

## 她们更不是"垃圾"

垃圾分类处置只是社区环卫工作中一个十分具体的小项。为了搞清楚社区工作人员对此事的认识和态度，我还采访了与此相关的那帮年轻的社区工作者。在此之前，我以为他们都是些学历不高，又没有一技之长，暂时还没找到合适工作的临时过渡人员。当我走进他们的圈子，却颠覆了我的认知：他们是一个年轻又活力四射的光荣集体。

就是这帮年轻人，清一色的80后、90后，有本地人，也有外地人，有南方人，也有北方人，个个有学历文凭，有专业知识。有的曾在沿海著名外企做过高管，有的干过教育，有的负责过专业项目，有的开过网约车，也有送过外卖快递，做过慈善……有的因为工作需要，有的因为家庭需要，也有因为偶然，临时做起了社区服务工作。

社区工作既不是令人羡慕的公务员，也不是稳定的事业编制，既没有高的经济收入，也没有高的社会地位。事多事杂，常常不能准点上下班，收入比机关人员少一大截，可他们一干就放不下，长的近十年，短的也三五年了，而且大多数是年轻漂亮的知识女性。

80后女生、中共党员、大学统计专业毕业的小覃对我说：安公社区垃圾分类处置之所以能坚持下来，大家确实都付出了心血和汗水，想了很多以人为本的办法。考虑到每个人都有荣誉感，也有羞耻心，我们不但对一家一户的垃圾分类计量，积分兑换实物和现金等，还定期对每户、每单元、每个楼栋的积分情况进行张榜公布，对做得好的先进家庭、单元和楼栋进行表彰和奖励，对后进的进行潜移默化的激励和鞭策，并接受业主的监督。逐渐形成了分类越好、数量越大、积分越多也越光荣的良好氛围。

95后女生、中共预备党员、大学商务经济专业毕业的小杨感慨地说：她主要负责社区志愿者的组织管理。在安公社区，志愿者活力无限。她们设立了5个志愿者服务站点，组建志愿者服务队41支，注册志愿者2000余人；成立"志愿银行"，制定志愿积分兑换办法，积分可在12个点位兑换商品和15处公共服务空间兑换有偿社会服务；按需设置志愿服务"订单"，先后创建"安公孝老行""小小设计师"等品牌志愿服务活动，实现居民需求与服务提供精准对接。

在安公这样资金和人员都不足的小社区，搞垃圾分类处置，没有一大批年长的志愿者参与根本不行。年轻人干不了这种既耗时间，还又脏又累又没钱挣的垃圾分类志愿者，主要依靠小区六七十岁的老同志、老党员。

以前说人生七十古来稀，而今社会进步了，人的生活质量提高了，寿命大大延长了，小区里、大街上，八九十岁的健康老人十分常见，现在有人说六七十岁是人生的黄金十年，七八十岁是白银十年。这个年龄段的老人，作为谋生的职业已经退休，子女已经成人成家，身心自由，正是放飞自我，随心所欲地做些有益于社会、有益于自己身心健康的事，实现自己以前未能实现的人生理想和价值的时候。所以，这个群体的老人是我们的宝贵资源，他们每个人都是宝贝，是能发光的珍珠。只要我们去发现，去把他们串联起来，他们就是社区胸襟上灿烂的珍珠项链。

80后女生、中共党员、大学外语专业毕业的小谭说：作为一个外省人，远嫁到老公的家乡，原本想先随便找个工作干着，再骑着马找马。可一上手，发现深入基层做社区工作，很接地气。通过协调化解小区居民隔壁邻居、楼上楼下丢弃垃圾等纠纷，和睦了邻里关系，和谐了社会气氛，能使自己更好地融入当地社会，消除了客居他乡的陌生感、孤独感，找到了主人公的存在感、归属感和成就感。一干数年，没想过换工作的事。

85后女生、中共党员、大学行政管理专业毕业，负责党建工作的小龚，谈起垃圾分类也很专业：她说，此前的普遍做法是收集后送往堆填区进行填埋处理，或是用焚化炉焚化。但由于量太大，处置成本太高，土地资源占用大，次生的环境污染问题严峻，垃圾分类、减量化、无害化和资源化理念和措施应运而生，也是我国、我市和我们社区的必然选择，是改善人居环境、促进城市精细化管理、保障可持续发展的重要举措。能不能做到垃圾分类处置，直接反映一个人、一个社区，乃至一座城市的生态素养和文明程度。

90后女生、入党积极分子、大学学前教育专业毕业的小刘，像对幼儿园的小朋友般轻言细语地对我说：德国在20世纪初就提出了垃圾分类，从1972年到1991年，联邦德国先后颁布《废弃物处理法》和《废物分类包装条例》，确定了垃圾分类处理为法律要求的内容，后来逐渐推广到世界的其他国家。我国起步较晚，差距大，但潜力也大，必须从社区抓起，从娃娃抓起，从老年人抓起。

90后女生、中共党员、大学计算机专业毕业的小张自豪地说：垃圾分类处置就是新时尚！在上级的关心和大力支持下，安公社区成立伊始，就率先试点生活垃圾分类处理，试点小区锦华苑垃圾减量 300 吨/年，减量率达 67% 以上。三分之二垃圾不出门，处理一百公斤厨余，还可得到十公斤有机肥料，这只是取得了阶段性成果。我们还将继续创新思维，创新工作，拟尝试定点定时收，公交化收运，垃圾不落地等新举措。

……

"谁说女子不如男？"听听这些 80 后、90 后小美女的铿锵声音，真是巾帼不让须眉，谁敢小看社区工作者，谁敢小看安公社区这帮小女生？

采访结束，我心情无法平静，有想当安公社区居民的冲动，有想在此当一名志愿者的冲动，想融入他们之中，分享他们的幸福。最后，我在采访本上给自己写下三句话：

第一句：它们不是无用的废物，旧纸板纸箱不是，厨余不是，碎玻璃不是，潲水不是，破瓦烂砖不是，旧电池坏灯泡也不是……它们不是垃圾。

第二句：她们不是找不到工作的废青，做物业和小区自治的小覃不是，组织管理志愿者的小杨不是，从事社区党建工作的小龚不是，小张小刘小谭也不是……她们不是"垃圾"。

第三句：他们不是吃饭等死的废人，分垃圾收厨余的李大爷陈大爷不是，站路口做环卫的阳大爷夫妇不是，捡废纸铲小广告的余大爷不是，爱管闲事的赵大爷不是，"采访垃圾"的二莽子我也不是……我们都不是"垃圾"。

# 向土而生

## ——新时代的古蔺"土地革命"见闻

张忠辉

土地——是农民的命根子！

诗人艾青说："为什么我的眼里常含泪水？因为我对这土地爱得深沉……"

"土、肥、水、种、密、保、管、工"，是毛泽东主席 1958 年提出的"农业八字宪法"，"土"排在首位。

土地是社会经济和生态环境的基础——土生万物！

中国社会几千年发展史，也是一部争夺土地所有权的历史。20 世纪上半叶，中国共产党为了解决中国广大农民土地所有权和种地吃饭的生存权问题，领导工农红军开展了第一次土地革命和第二次土地革命。那可是真正的血雨腥风，是你死我活的斗争呀！红军历尽百般艰难、万般坎坷，在数倍强敌围剿下，被迫离开江西苏区，进行艰苦卓绝的二万五千里长征。遵义会议后，毛泽东率领红军在赤水河上，在古蔺境内上演了彪炳史册的四渡赤水、三进古蔺的传奇大戏，奇迹般地扭转了遭围追堵截的被动局面。

古蔺是红军的福地，也是资源宝地。最近我偶然听说古蔺在土壤治理修复上动了真格，搞出了名堂。众所周知，土壤污染容易修复难，就像把石灰混到面粉里容易，可要把它们重新分开就很难一样。他们是怎么修复被污染土壤的呢？喜欢关注环保的我，兔年春节前夕专程去古蔺采风。

## 曾经"靠硫吃饭"

古蔺位于四川盆地最南缘，处于盆地与云贵高原过渡带乌蒙山系大娄山西段北侧，地形起伏较大，是典型的盆周山区。境内喀斯特地貌发育，矿产资源丰富，以无烟煤、硫铁矿为特色优势矿产资源。

煤的用处不用赘述。"硫铁矿是什么东西，有啥用呢?"我问当地陪同我采风的环保专家浩哥。他告诉我，它是一种黄灰色矿石，别名很多：黄铁矿、白铁矿、硫化铁、二硫化亚铁等，主要成分为 $FeS_2$，是硫和铁的化合物。铁的用途大家都晓得，硫就是通常说的硫黄，很早就被人类发现和利用，古代我国的炼丹师们就发现了硫。《本草经》（秦汉）中说："石硫黄能化金银铜铁，奇物。"古埃及、古希腊人就会用硫燃烧所生成的气体（二氧化硫）漂白布匹。公元前九世纪，古罗马著名诗人荷马在他的著作里讲述了硫燃烧时有消毒和漂白的作用。

单质硫和含硫化合物在工业、农业、现代科技中，都发挥着举足轻重的作用。硫能燃烧，是制造黑色火药的三大原料（木炭粉、硝酸钾、硫黄）之一；在橡胶的生产中，加入少量硫黄，就大大提高了橡胶的弹性，受热不粘，遇冷不脆。

"硫黄还可以杀虫。"我插了一句。记得学童时"学工学农学军"，我们跟老师用石灰和硫黄造过"石硫合剂"，是很管用的农药。

浩哥告诉我，现在硫最重要的用途是用它制造"化学工业之母"——硫酸。目前世界上80%—85%的硫用于制造硫酸。硫酸是最常用的化工产品"三酸两碱"（硫酸、盐酸、硝酸、烧碱和纯碱）的排头兵，化工、冶金、炼化、染料、造纸、电池等行业，以及药物、葡萄糖等的制造，都离不了硫酸。

他说，古蔺县境内多数乡镇都有硫铁矿，总储量20多亿吨。俗话说靠山吃山。早在清朝，古蔺石屏等乡镇的人们把硫铁矿石炼成硫黄卖钱，抗战时期重庆硝磺局就在此炼硫黄支援抗战。

浩哥找出《古蔺县志》。我查到古蔺县解放初期，百废待兴，除了一个小煤矿，没别的工业。为发展经济，当地政府就地取材，土法上马，兴办硫黄厂等企业。随着新中国经济建设的快速发展，硫黄和硫酸供不应求，古蔺石屏镇一带的硫黄生产销售盛极一时。在当地，找硫铁矿、采硫铁矿、选硫铁矿、炼硫、储存、搬运、销售，围绕着硫铁矿的产业，带动和增加了当地就业和税收，为地方经济和财政提供了积累，有"靠硫吃饭"的美谈。

## 也曾"黄"祸成灾

在去石屏镇现场途中，浩哥不停地介绍：石屏镇距古蔺县城42公里，因场镇被石头山所围而得名。镇内主干河道——石亮河为常年性山区溪河，发源于黑洞、天塘岩溶暗河出口，由南向北蜿蜒径流，于麻柳滩附近汇入古蔺河，再汇入赤水河，最后汇入长江。

石屏镇气候温和，雨量充沛，夏季多伏旱，传统农业主产小麦、水稻、玉米、红苕等粮食作物，也产油菜、土豆、烤烟等经济作物。

一到石屏，六十多岁的村民陈二哥听说我来了解黄渣治理的事，就意味深长地说："矿石是个好东西，有矿采是好事情。当年父辈们在队上务农，又经常在矿上做些事，我也在矿上干过。务农有粮吃，在矿上做事挣得到现钱，有钱到场上买盐、打煤油点灯盏，过年还可以割肉、扯布缝衣服，买胶鞋，吃穿都不愁。起先黄渣并不多，我们还当成宝贝，砌墙修房子，垒田坎堡坎都用它。"

他接着又说："但整久了，整多了才晓得，那种整法要不得，鼻子、眼睛、喉咙恼火得很，人遭不住，庄稼遭不住，树木花草连土地都遭不住。"

"咋个啦？"我装蒙。

"那个烟子尘尘熏人得狠，眼睛渍得哭（流泪），睁都睁不开，鼻子洞洞黝黑，梆硬不通气，喉咙又咔又痛。"

"山上熏得溜光，地头寸草不生。"旁边的罗三嫂忍不住插嘴，"连虫虫蚂蚁都不长，屋头连苍蝇蚊子都找不到。"

"啊？"我惊讶。

"真的，我嫁过来那阵硬是那样子的。"

浩哥说：老陈他们从前是用"天地罐"之类的土法炼黄，就是用当地的黄色砂岩条石砌成的土窑炉，用煤直接焙烧硫铁矿还原，在密闭条件下使矿石中的硫升华，经冷却凝结得到硫黄产品。见我不甚明白，老陈就用镰刀尖尖在地上一边画一边补充："就是一层矿石一层煤，一层层码起烧，烟气经管道冷下来后，就在黄柜里集成黄粉，黄粉可以根据用户需要直接卖或者用锅熬化，铸成不同形状和大小的锭卖。"

呵呵，不看不知道，一看真奇妙。不来这一趟，我还真想象不出，原来是这么个"土"法。

浩哥接着说：硫是一种活跃的非金属元素，单质硫通常对人体无毒无害，而一些含硫化合物就有毒，有些毒性还很凶。炼硫黄时，难免有部分硫及含硫矿石燃烧生成的二氧化硫在空气中与水结合形成亚硫酸，亚硫酸与空气中的氧气发生反应，生成硫酸，从而造成硫酸型烟雾或者酸雨，影响环境和人体健康。

土法炼硫黄"三废"排放量很大，炼一吨硫黄需用十来吨硫铁矿石，烧一吨多煤，排放近万立方米废气，其中排 $SO_2$ 一吨多，排黄渣十余吨。由于该地区硫铁矿和煤共生，人们既采硫铁矿，也采煤，既生产硫黄，也生产硫精砂和煤炭。因此，产生的废渣既有黄渣，也有采矿废渣，煤矸石和洗选硫精砂的尾砂等。数十年日积月累，石屏慢慢形成多个黄渣场，占地近千亩，黄渣多达上千万立方米。当年受技术经济水平局限，没能对渣和渣中的有害物质进行有效的处置管理，堆积不规范，渣场及附近周边生态环境逐渐恶化，一方面破坏了自然景观，为地质灾害提供了条件，威胁着当地居民的生命及财产安全；另一方面，遇雨水冲刷，矿渣及污染物随着地表径流污染了周边的土壤及水体，部分旱地被冲刷的矿渣所掩埋，黄渣堆周边农田土壤呈复合性污染。矿渣受雨水冲刷产生的黄矸水直接排入石亮河，使得河水比黄河水还浑黄，流域土壤的 pH 值呈酸性。

遇烈日暴晒，遇山风卷拂，渣场扬尘带浓浓刺激味，严重影响了当地老百姓的生活和身体健康。采矿炼黄污染了水、气、土壤等环境介质，土壤肥力低下，植被覆盖率低，庄稼收成很低，形势十分严峻。

"都是炼硫惹的祸。"浩哥说起这些，心里沉重得就像坠着铅。他其实是北方人，大学环保专业毕业后，公考来到这块"用武之地"，见证和参与了这场"土地革命"。

## 艰难奇妙修复

这里的土地受伤了，这里的土地生病了：一个个开采的矿场就像一道道深深的伤口，一片片黄渣就像一块块溃烂的疮疤，浑黄恶臭的石亮河水就像流淌的脓血……人们世世代代赖以生存生长的命根子很受伤。灾难莫大于天塌地陷，这里的土地沦陷了，村民们眼里在流泪，心里在流脓流血！

而且，受伤的不只是石屏，也不只是古蔺。土法炼黄的污染，是我国经济发展的既往历程，它不仅仅是一县一市的事，多个省区都存在类似问题，此事关乎我们的粮食安全！怎么确保把饭碗牢牢端在自己手里，人们忧心如焚！党的十八大后，在中央和各级政府关心支持下，古蔺人民发扬红军精神，下决心要"革"脚下这片被污染土地的"命"，要让行将坏死的土壤重新焕发生机——县委县政府要动真格，要启动土壤治理和修复工程。

村民们做梦都想把自己的土地治理修复好，可又不敢相信梦想能成真。从前，人们的锅碗瓢盆、工具农具损坏了可以修复，而今，人们身子脸蛋损伤了也可以修复，可是泥巴被污染了、土壤被破坏了怎么修复呢？要把满目疮痍的撂荒之地，变成梦中的绿水青山犹如痴人说梦！人们心在怀疑，眼在观望。

我们站在石屏山上，环视全镇。浩哥说：万事开头难呀，治沉疴须用猛药，要刮骨疗毒，要壮士断腕。县委县政府为此成立专班，耐心细致向人们宣讲：这事有中央和各级政府的政策及资金支持，有县委县政府的坚强领导，有川大等名牌大学和科研院所的专家团队科技攻关，有经验丰富的专业工程队伍负责实施，有监理单位控制质量，全县人民要对新时代的"土地革命"充满必胜的信心。欢迎大家全过程参与、观摩和监督工作的推进。

他们首先坚决彻底干净地关闭了所有落后的硫铁矿采选冶企业，杜绝新增污染物。2013年10月至2014年1月底，以石屏镇58亩污染土地的治理修复作为小规模试点示范工程，对部分黄渣堆进行隔离、封闭、客土、土壤改良和污染土壤修复，获得预期的成效，取得了实战经验和教训，让人们看到了治理修复的实效，为扩大治理奠定了基础。紧接着大规模的修复工作有计划、有步骤、分期分批全面展开。

他们详细调查研究，创造性地把项目区土壤分为重度、中度和轻度不同的污染区域，区别对待，精准施治。重度污染区域主要是黄渣堆和邻近区域，中度污染区域主要是靠近黄渣堆区域的农田，轻度污染区域主要是受重度中度污染区污染物扩散迁移影响的农田区域。

由于当地属喀斯特地貌，地形高差大，污染的黄渣堆和土壤无合适堆放地点，他们因地制宜选用了原位修复技术。

反复试验优化后，对重度污染区采用封闭+客土+土壤改良联合修复技术。首先建挡渣墙以保证渣堆的稳定性，防止滑坡、水土流失等次生灾害的发生；再铺设隔离层，封闭污染源，然后进行客土和土壤改良，恢复土地使用功能。

对中度污染区采用钝化+客土+土壤改良联合修复技术。钝化技术降低被污染的土壤中有害物质的活性，用客土增加土壤耕作层的厚度，减少了农作物与有害物接触，通过投放土壤改良剂对污染物进行吸附、沉淀、氧化、还原等，达到降低其在土壤中的毒性作用，实现修复后的土地养分增加、污染物含量和活性降低、作物产量显著增加。

对轻度污染区采用钝化+土壤改良+植物萃取联合修复技术，实现土壤中污染物去除。修复后的土地由贫瘠、低产农田变为高产良田。

专家们还采用防旱节水灌溉技术为修复区农田提供清洁灌溉用水，避免了修复后农田因灌溉污水再次导致污染。

按照宜林则林、宜耕则耕原则，对陡坡等高差较大区域，通过修建填土砌筑鱼鳞坑，并进行填土改良，实现荒地、陡坡等变经果林，既增加了农民收入，又有效控制了水土流失等潜在地质灾害发生。

同时还建设了一纵三横硬化便道，便道两侧、挡土墙底部等修建沟渠，加强雨水导排，保证雨季农业生产和挡土墙安全，方便农民农业生产使用。

朴实的村民以前争低保、争补助、争救济，当他们亲眼看了治理成效后，因土地污染致贫的村民，希望改善生态环境的愿望非常强烈，争先恐后把自家被污染了的土地拿出来改造。扎山村支书陈守国因没能同时满足大家的愿望，还"得罪"了好几个老乡亲。

## 还我绿水青山

浩哥说，你大老远来采风不容易，我陪你多走走听听看看。这正与我的想法不谋而合。来到一片老厂区，他指着眼前一大片草坡说，这就是昔日的二号黄堆。只见高低起伏而又舒缓宽广的草坡已季节性泛黄，我扯把草细看，发达的根须在厚厚的客土层里充满活力，只等新年春风一吹，定会满眼苍绿。草坡两边规范标准的监测井内藏其间，周边牢固结实的排水渠正细流潺潺，宽敞的马路上几只中华田园犬（土狗）在追着一群跑山鸡撒欢。如果不是远处刻意保留的一些老厂房作为历史痕迹，活像一个漂亮的高尔夫球场。

渣呢？我不解地问。他说数十万吨黄渣就封闭隔离在咱们脚下。

我惊叹：工程好大哟！他说四号渣堆工程更大。

我们来到一条小溪边。浩哥说这就是石亮河，如今终于名副其实了：河里的石头亮了，水也清了。我细细看，这水青中带绿，还微微泛蓝，弯弯曲曲的河床黄中透亮，在水流细缓处，还可见钙化现象，顿时让我联想起了九寨黄龙绝美的水。

我们来到村民陈云强家，65 岁的他正背着好大一背篼青菜回来。我好奇地问他，从哪背来这么多青菜？咋吃得完？他指着左前方不远处说，在自家地头砍的，自己吃些，喂猪一些，再卖一些。

我问他："土地修复这事干得（好）吗？"

"当然干得哟，"他望着远远近近的山说，"不管是上山下山，马路又宽又平，车子都可以开到家门口和自家的地头，出门神清气爽，满眼绿水青山，黑老虎那些长得好得很。"

"黑老虎？"我头转向浩哥。

浩哥说："此老虎非彼老虎也。它是一种既好吃又好看，还可入药的水果，又叫布福娜。"他看我一副"不明觉厉"的样子，便说带我到地里细看就知道了。

原来它是一种有点像金银花样的藤状植物，这个季节还没挂果，但真的长得好茂盛。漫山遍野的黑老虎竞相顺着支架向上攀爬，像是在比赛谁向上窜得快，同时又在向四周开枝散叶，像是要和身边的同类牵手结伴……更远处的石屏山墨绿如黛，真像是金山银山似的护佑着这一方水土，养育着这一方人。

浩哥说，我们艰苦奋斗了近十年，耗资上亿元，完成了对上千万方黄渣堆和上千亩污染耕地以及石亮河的治理。如今，这里的耕地面积增加了，土壤结构得到了改良，提高了土壤有机质含量，促进了土壤生态健康。有效地改良了土壤的团粒结构，增加了土壤孔隙度，疏松活化了土壤，提高了土壤的保水、保肥、透气能力，提高了土壤微生物活性及氮、磷、钾含量，促进了养分供应均衡平稳。使原本贫瘠、低产土地变为良田，增加农作物产量，提高当地农民经济收入，提高当地村民生产积极性，增加当地居民生活幸福感。另一方面，随着局部小气候的改善，也改善了当地居民的身心健康，为村民提供一个良好的生态环境和舒适的生活空间，实现可持续发展。也为市内省内及国内其他地区农田土壤污染治理和修复提供了参考借鉴的示范。

我一边忙着记录和拍照，一边意犹未尽地问：矿石、"天地罐"及黄渣到底像啥样子，现在还看得到吗？

浩哥说早就彻底关闭，拆得一干二净了，都看不到了。

村民陈三嫂说："我屋头还有黄渣。"原来她家的老房子当年是用黄渣砌的。

终于见到黄渣的"尊"容，我突然想起了"所谓废物，就是放错了地方的宝贝"的名言，我怀着复杂的心情，在她家墙上小心翼翼地抠了一小块黄渣，洗净包好，据为己有……

告别了石屏，告别了古蔺，返程的动车带着我的思绪飞驰：随着工业革命、信息技术等推动社会演进，我们几千年的农耕文化，农业生产方式方法也在不断演变和发展，中间有粗放、有污染、有阵痛、有转型，都是必须经历的过程。历史的车轮必将继续滚滚向前，发展永远离不开土地，丰富而优质的土地资源是发展的先决条件。

古蔺人民发扬红军精神，开展新时代的"土地革命"，但又不同于红军当年的"土地革命"：它没有硝烟，没有流血牺牲，也不是为了争夺土地的所有权，而是为了做大耕地的总量，提升耕地的质量，为可持续发展提供优质土地资源保障。

见闻了古蔺新时代"土地革命"的实践和成功，勾起了我对生养我的故土和我几十年来曾经走过见过工作过的土地浮想联翩……

# 我要死了

张忠辉

一

"我也要死了。"初二上午，在走向妈妈墓地的步道上，我冷不丁这样说。妹妹赶忙制止："呸呸呸，大过年的，莫说这些！"

"说死得活，你胃口忒好，睡觉蛮香，还要游泳，棒棒都打不死，一副要活两百岁、气死社保的架势。"妹夫的调侃圆场，连在一旁说悄悄话的妻子和外甥女都笑了。

我却说："才不活那么久受活罪，我想死这个问题好多年了。一个人从出生起，不管你想不想，说不说，每活一秒就是向死亡走近一步。"

"舅舅咋那么悲观哟！"外甥女惊诧地望着我。

我告诉她：别看我平常有说有笑，还经常拿自己开涮，内心其实很悲观。小时候怀疑自己有病，有我当时听说过的最恼火的病——肺结核，怀疑自己长不大就要夭亡。

儿时，我饭量特大，可就是只吃不长，既不长肉，也不长骨头，人们说的"干筋筋，瘦壳壳，一顿要吃八钵钵"那就是我。记得幺姑曾对我说："不是我噻，你命都没得了。"她说我小时候在婆婆乡下放养，她回娘家看到我的样子很惊讶："这娃儿咋那么干（瘦的意思），是不是有虫？"就给我买宝塔糖吃，结果屙了两大堆蛔虫出来！

"好恶心哟，我周身起鸡皮疙瘩了。"妹妹表情有点夸张。

"你莫听嘛。"我瞟了她一眼，继续给外甥女摆：上学后，年级一年年升，小伙伴们个子一年年往上窜，我却只长岁数，不长个子，座位越坐越靠前排，有同学叫我"张干稀儿"，就是瘦猴的意思。初升高时到区医院体检，也就是测测身高、称称体重之类，我先在水缸里舀两瓢水喝了，身上还揣了几颗锈螺钉，才六十四斤，身高只有"根号二"（一米四一），可有的同学八九十斤重，一米六几。

早长晚长，早晚要长。也许是轮到我长的时候了吧，高中两年，我也长了一大截，窜过了一米六。可考大学体检又出毛病，说我心率快，还有杂音。急得妈妈一边帮我平静，一边到处找熟人。稀里糊涂过了关，可我至今不晓得啥子是杂音。

拿到川大入学通知书，我又喜又忧。喜不消说，忧的是入学还要复试和体检，复试我不怕，体检让我心里十五个水桶打水——七上八下的，结果又是缠着妈妈陪我去报到。

活过二十岁后，我又担心活不到四十岁。如今我一晃眼过了六十大关。按妈妈的说法，现在即使死了，也不算短命鬼儿子了。也就是说此后我每活一天都是赚的。

妹妹说："妈妈一直体弱多病，活了88岁，爸爸96岁了还活得好好的，咱家有长寿基因，听说人的寿命可达120岁，你莫急，我们都莫急。"

我说："都说无法延伸生命的长度，但可努力拓展宽度。过好当下，提高每一天活的质量和意义，活得自在精彩，死得简单爽快就好。"

呵呵，死亡成了今天的主话题。

## 二

不言而喻：生老病死，自然规律，是请不来也躲不过的事。生是偶然，死是必然，要想不死，唯有不生。

人的出生方式大致相同，死法却各种各样。

老话说天有不测风云，人有旦夕祸福，死神往往不期而至。我曾近距离目睹过意外掉粪坑里被闷死的儿时伙伴，游泳淹死的邻居，车子撞死的路人，高楼坠落的病人……

近年，长辈亲友离世的越来越多，幺妈、大爷、幺姑、二爸、二妈、舅舅、姨父、时春……一幕幕死亡电影在我脑海里轮番播放。

2016年12月7日凌晨5点，医院来电话，说妈妈不行了，问要不要进ICU抢救。"要要要！"我一边回答，一边飞奔到医院。看到妈妈已处深度昏迷中，但全身被死死地绑在病床上，浑身插满了乱七八糟的管子，嘴里插了一个直径约三厘米的白色硬塑料筒，还缠了好多带血的纱布。医生在她耳边大声喊："何主任，你儿子来了，你听到没得，听到了眨一下眼睛。"只见妈妈睫毛微微动了动，眼角流出了泪水，我瞬间肝胆俱裂，哽咽着瓮声瓮气地喊妈妈，她手好想动，动不了，嘴好想说，没法说，只能流眼泪，她流我也流，流到第三天，妈妈走了……

妈妈头七那天，我躺在家里床上，她把我双脚绑起说："你看难不难受嘛？"我想挣脱，挣不脱，挣扎醒了，才知是凌晨一梦……我敢肯定，送妈妈进ICU，我要后悔到死！

"莫说了，都怪我回来迟了。"妹妹的鼻子又在呼呼抽泣。

去年冬天，岳父因为阿尔茨海默症住院，入院时只是半失能失智，入院后每况愈下，没几天就不会吞咽，插了鼻饲，接着有了幻觉，再接着就是嗜睡。

那天上午我和妻子去看他，他一直在睡，喊了好一阵，才惺惺懂懂嗯了嗯。当天晚上医院来电话说情况不好，疑似脑梗，建议转院。我们当即衔接救护车往市里顶级医院急诊转。救护车一到就按脑梗施救，多种检查取样、分析检验，各种监测支持的技术装备和手段，能上的都上了。

凌晨一点医生告知诊断结果，不是脑梗，主要是心肺等多器官衰竭，随时有生命危险。妻子边哭边颤颤地签收病危通知书，并恳请医生不管自费公费尽全力抢救，但不进ICU，不上创伤性的措施。

医生很理解："这样也好，你们还可以多陪陪他，ICU只能限时限人探视。"于是马上又加了一些新的检查和抢救措施，我们又是手忙脚乱地交费、送检、取报告……还新增了导尿和记尿量，以掌握肾衰竭情况。实施导尿的是两个小护士，要求我牢牢地压住老人的双腿协助。记得我们结婚前，准岳父的他执意带我到大浴室去洗澡，我一直不好意思正视他近在咫尺的裸体，可我在不知不觉中，顺利通过了婚前最后一关——准岳父的目测体检关。当初谁能料到，几十年后的此时此刻，我必须那么近、那么专心地盯牢他裸露的身体，这大概也是宿命吧。

肯定是导得很痛很难受了，老人虽然处于昏迷状态，还是在竭力挣扎。随着他的一挣一扎，我的心也在一紧一收地痛。最震撼我心的是白衣天使，大冬天深夜，两个美女小护士耐心摆布着老人瘦骨嶙峋的身体和雄风不再的生殖器，导得满头大汗，每次导管进到十多厘米处就再也没法进入了，只能重来。老护士来了，也不行，护士长来了，还是不行。老人全身电击般战栗，震得我压着他双腿的双手也在抖。半小时过去了，只好向外科求助。外科来了个男士，第一句话就是："家属出去！"不得不服，我出去后，分分钟就搞定了。

我问医生："他咋这么厉害？""外科就是外科，不让你看是为你好。"医生又是回答又是叮嘱，要我们做好思想准备，老人很难挨过今夜。我问能否尽力延长，因为姐还在回来的路上，医生说，我不能保证，老人血压很低，快去买多巴胺。

科学就是科学，多巴胺一用上，老人的血压升起来了，情况明显好转，他像是睡着了，我欣喜地说，他呼吸声又大又有力。医生说那是呼吸机带动的声音，多巴胺不能停，一停血压就直往下降。由于是急诊抢救，多巴胺之类药品，医生只能用一剂开一剂，我每隔一小时左右就得找医生开药，交费，取药。

老人状态明显好了些，从昏迷转入半昏迷，我给他说话，他会从眼角渗出一些泪，握他的手，他还有回握的反应。我说你是志愿军，一定能挺过这一关。他涌出了更多的泪，我坚信他至少能坚持到明天姐回来。

老人、医护和我们共同在和死神战斗，我们赢了整个通宵，迎来新的黎明。中午时分，我又在昏昏促促地买多巴胺。听到医院广播呼叫老人的家属，我赶忙飞奔到病床前，只见好几个医生忙成一团，见我到了就喊："赶快来扶住他的头和下巴，不然他嘴合不上！"我立即照医生说的，左手捧起他尚存少许白发、长满白化斑的头颅，右手捧着他满是白胡茬的下巴，两手同时用力，帮他合上了大张着的嘴。帮老志愿军以慈祥的容颜告别了他战斗过的世界！老人一断气，妻子瞬间晕倒，变成了新的抢救对象。姐大概还在飞机上，我陷入了从未有过的抓瞎中……

就在我现在写稿的时候，老岳母92岁，也是阿尔茨海默症，既失智，又失能，也是成天躺在病床上，也是鼻饲，也是吸氧机、监护仪、导尿……从5月12日入院起，医生就下了病危通知书，说她随时都有可能死亡，至今已在病床上躺了三个多月了，眼睁睁看着老人被病魔折磨得骨瘦如柴，痛苦不堪，医护和我们都束手无策。

理论上，每个活着的人，随时都有死亡可能，此时的岳母更是这样，但是谁也不知道她将去世的时间和方式，就像我不知道自己会在何时何地死和怎么死一样，但我总想"死"这档事。

## 三

死可怕么？怎么死好？

我翻阅《汉语大字典》：死是生命终结，与生相对。少者曰死，老者曰终。天子曰崩，诸侯曰薨，大夫曰卒，士曰不禄，庶人曰死。各种称谓，"死"最直白。

小时候学《为人民服务》，说人固有一死，或重于泰山，或轻于鸿毛。

在建川博物馆里有一面"死"字旗，儿子出川抗战，父亲送一面白布旗，正中写着一个斗大的"死"字，左边写有："国难当头，日寇狰狞，国家兴亡，匹夫有责。本欲服役，奈何年龄，吾幸有子，自觉请缨，赐旗一面，时刻随身，伤时拭血，死后裹身，勇往直前，勿忘本分。"右边写的是："我不愿你在我近前尽孝，只愿你在民族上尽忠。"

我为自己设想过多种死法：最好的死法当然是无疾而终，寿终正寝。或者在睡梦中不知不觉地自然离去，或者麻将桌上自摸清一色，在哈哈大笑中戛然而止。但我恐怕是很难享受得到这样的最佳死法。

女作家琼瑶2017年3月12日给她的孩子写信说，我已经79岁，活到这个年纪，已经是上苍恩宠了。从此以后，笑看死亡，叮嘱如下：一是不论我生了什么重病，不动大手术，让我死得快最重要！在我能做主时让我做主，万一我不能做主时，照我的叮嘱去做！二是不把我送进"加护病房"（应相当ICU）。三是不论什么情况下，绝对不能插"鼻胃管"！因为如果我失去吞咽的能力，等于也失去吃的快乐，我不要那样活着！四是不论什么情况，不能在我身上插入各种维生的管子。尿管、呼吸管、各种我不知道名字的管子都不行！五是我已经注记过，最后的"急救措施"，气切、电击、叶克膜……这些，全部不要！帮助我没有痛苦地死去，比千方百计让我痛苦地活着，意义重大！千万不要被"生死"的迷思给困惑住！我最怕的不是死亡，而是失智和失能。万一我失智失能了，帮我"尊严死"就是你们的责任！能够送到瑞士去"安乐死"更好！

我告诉妹妹，琼瑶这封信公开后反响很大，很多人为她点赞，我也想向她学习，效仿她。妹妹表情凝重，若有所思。

2022年6月23日，深圳市人大常委会通过了《深圳经济特区医疗条例》修订稿，开创了中国生前预嘱立法的先河，引起广泛关注。新条例规定：收到患者或者其近亲属提供具备下列条件的患者生前预嘱的，医疗机构在患者不可治愈的伤病末期或者临终时实施医疗措施，应当尊重患者生前预嘱的意思表示。

这一新规，标志着中国个人临终决定权在立法层面实现破冰。

## 四

死后到底去哪儿好？

诗人臧克家在纪念鲁迅中说，有的人死了他还活着，有的人活着，他已经死了，有的人想不朽，把自己刻在石头上……

琼瑶说："生时愿如火花，燃烧到生命最后一刻。死时愿如雪花，飘然落地，化为尘土！"

她就这样叮咛"身后事"：一是不要用任何宗教的方式来悼念我；二是将我尽速火化成灰，采取花葬的方式，让我归于尘土；三是不发讣闻、不公祭、不开追悼会；四是不做七，不烧纸，不设灵堂，不要出殡。我来时一无所有，去时但求干净利落！以后清明也不必祭拜我，因为我早已不存在……

朋友小欧的奶奶说，死了把她的骨灰用张旧成都晚报包起，丢到锦江里就是她最好的归宿，因为她生长在这江边，看了几十年的晚报。她妈妈更是彻底的唯物主义者，听说遗体不但有用，捐赠了还有费用补偿，她就天天催小欧去咨询捐献事宜。

记得老家有个风俗，虽然不能像皇帝那样，从小就开始建造皇陵，但必须早早为家里老人准备好棺木才妥，平常可以当作柜子储存粮食，家里客来多了，还可当床铺。

妈妈还健在时，幺舅邀妈妈百年后回南充落叶归根，说退耕还林后，老家漫山遍野的松树很漂亮。妈妈说她也好想回老家，可儿女们扫墓不方便。就选了城北这里，她真是连死后都要为儿女着想。

我从小受的唯物主义教育，主张厚养薄葬，丧事从简。我不信教，也不相信有天堂地狱，我想即使有，千百年来，不论是天堂还是地狱，早已人满为患了。我也不懂《圣经》，但我赞成尘归尘，土归土。

妹夫环视着陵园说道："这墓地年年涨价，现在比妈妈买时涨了十倍，居然还供不应求。""肯定还要涨，要不我们现在就在这一起买个吧，将来一大家子仍然在一起多好，后人来看也方便。"妹妹这话是怕我将来孤寂，她的良苦用心再一次让我动情。可我还是认同琼瑶的观点，死了就不存在了，就不再给别人添麻烦。

记得那年到三亚出差，顺便去了蜈支洲岛。看到见所未见的清澈海水，想到如果能把骨灰撒在大海里多么美好。于是我对妹妹说，我就不买墓地了，将来我死了，能捐的捐了，不能捐的火化成灰。我喜欢游泳，如果可以，就把灰撒到蜈支洲岛的海水里吧。或者撒在这个园子的树下草丛里，让我静静守着妈妈，陪着你们就好。妹妹像是不知说什么好，但我知道她心里是记住了。

我们穿过树林，走过草坪，一路走着说着，进入地宫妈妈陵前。每逢佳节倍思亲，妈妈走后，每年过年我们都要来看她。摆上妈妈喜欢的鲜花糖果，还有她最爱吃的香肠腊肉，大家逐一对她说些怀念的话，汇报她生前关心的事和一年的成绩。我望着她的照片，把我写的《吃嘎嘎想妈妈》念给她听，照片呈现出她永恒的慈祥笑容，想必她都听到了。

接着我拿出手机，播放事先准备的火炮响声。妈妈喜欢热闹，尤其喜欢放火炮，她每年过年都要放，还边放边说："吃腊肉不稀罕，放火炮才是过年。"放完还要闻一阵烟火味，说好香，好闻。从前她教我们放，后来教孙子辈放，再后来老得放不动了，就叫我们放给她听，放给她闻。前几年我们来这都要放，今年更加环保了，不让放了，我就准备给她放录音。什么都想到了，什么都准备好了，可就是没想到地宫里手机没信号！

　　唉，妈妈在时，我一直是个没心没肺的宝儿，妈妈不在了，我成了一个遗憾多多的弃儿……

# 碘−131、时春和我

张忠辉

华灯初上，我和妻子边吃晚饭，边看电视。央视正在评说日本政府正式决定将福岛核电站核污水经过滤及稀释后排入大海这事。消息一出，引起国际社会强烈反响，人们担心核污水一旦入海，犹如打开"潘多拉魔盒"，对整个地球造成的损害将是无法挽回的。据检测分析，福岛事故后，周围的儿童甲状腺癌发病率达到万分之几，比其他地方的儿童高上百倍。

妻子问我核事故咋会引起甲状腺癌？我说与碘−131有关。她又问什么是碘−131？

唉！我只好从头给她科普一番：

碘−131是碘的一种放射性同位素，要放射出 $\beta$ 和 $\gamma$ 射线。自然界本来没有这个东西，它是人工放射性核素，是反应堆中铀核裂变而来的。核事故发生后，要产生很多种放射性废物，碘−131就是其中一种具有标志性的物质。核事故排放的碘−131可以直接从固体变成气体（即升华），它进入环境后，可以通过呼吸或者皮肤被人体吸收，也可随食物和水等环境介质进入人体。人体的甲状腺是唯一能够汇集碘的部位。因为甲状腺的功能是合成、储存和分泌甲状腺素，而甲状腺素的原料主要是无机碘化物，所以甲状腺必须摄取和浓集碘，并用碘来产生甲状腺激素。但甲状腺不能区分碘−131和普通的碘，碘−131进入人体后就会到达甲状腺中，被甲状腺吸收，它的辐射就要破坏甲状腺细胞导致病变或致癌。如果人体的DNA被打断后没有正确修复，那么也可能会将坏的DNA遗传给下一代，造成子代的畸形。

"哦！"妻子听得似懂非懂的。

这时电视上在回顾报道：2011 年 3 月 11 日，日本东北部海域发生 9.0 级强震引发特大海啸，东京电力公司福岛第一核电站，因海水灌入引起断电，电站四个机组不同程度出现事故，其中三个机组爆炸，造成放射性物质持续外泄的灾难性核泄漏，事故级别达到七级——最高级。据日本石川电视报道，福岛核电站事故发生后，当地 47 万灾民被紧急疏散。但十年来，福岛当地有 202 个孩子确诊患甲状腺癌，另有 50 人被列为疑似患者。是未成年人甲状腺癌发病率的二百多倍。

"听起好骇人哟！"妻子晚饭胃口显然受到了影响。我赶忙换种口气说："其实人们还要专门生产碘-131，因为医院里常用它来检查诊断和治病。许多国家都采用金属碲或其化合物，在反应堆中照射生成碲-131，碲-131 再经过 β 衰变，就可获得较纯的碘-131。在核医学中，要利用碘-131 产生的射线治疗疾病。目前主要用于甲状腺功能检查以及甲亢和甲状腺癌术后的治疗，还可用来标记许多化合物，供体内或体外诊断疾病用，如用作肝、胆和肾等的扫描显像剂。碘-131 还用来寻找地下水和测定地下水的流速、流向，查找地下管道泄漏；测定油田注水井各油层吸水能力及其变化，以便及时有效地采取措施，调节水流的分配，保持油井的高产稳产等。"

妻子疑惑地问："你咋晓得这些？"

我说："以前和时春在工作中常跟碘-131 打交道。"

提到时春，妻子感叹："太可惜了……"

时春是我大学同班同学，双流文星场人。毕业后咱俩分到同一个单位，在同一个专业小组。那种感觉和在学校上学差不多，住同一栋宿舍，吃同一个食堂，每天还是背着大学的小"军挎"，挤同一辆通勤车，到同一个山沟里上班，成天出双入对，朝夕相处。再加上我俩个子高矮、体形胖瘦、穿着（劳动布工装）都差不多，初来乍到，一些老同志常把我俩搞混，说我俩像一对孪生兄弟，有时还问："你俩到底谁是谁？"在专业小组里，我俩具体工作又是搭档，他参与废气总排放现场实时自动监测传输装置开发研究，我在实验室里做样品处理测试和环境及人体健康影响分析评价研究。他是上手，我是下手。没过多久，组长就要我和时春交换工作，以形成岗位 AB 角，增强互换互补性，完善应急响应机制。时春私下里对我说，其实是他不想干现在这个又脏又累的岗位，告诫我如果要接手，千万要小心。

我干上以后才知道，时春所说的"又脏又累"一点不假。我们监测的废气总排放口，主要排放反应堆运行和同位素生产产生的废气，所有废气被导入一个一百多米高的爬山烟道，再通过垂直的高烟囱稀释排放。废气的种类性态很复杂，我们主要监测碘–131 等。"累"是因为常常要爬很高的山，巡视爬山烟道等排放系统是否完好。"脏"不是平常大家说的污眉皂眼的"脏"，而是窗明几净的"脏"，是一种看不见、摸不着、听不到、闻不出的放射性"脏"，是可能危害身体健康的"脏"。

老办法是人工采样，即用泵抽取废气，滤纸吸附，然后测滤纸样品。一个北大毕业的老同志新研发了一套自动监测及数据传输系统，就是用缓慢匀速传送带，传送连续的活性炭滤纸，像放电影胶片一样，废气通过滤纸过滤吸附的同时，被仪器监测记录并传输，这样就可以全周期实时连续完整地远距离测得废气浓度和排放量，该技术当时是首创。样机一出来，他为解决夫妻长期两地分居问题，就调回老家去了。

我接手时样机运行不稳定，故障频发，结果只好新老办法同时上，老办法作保障，新办法摸索改进完善。我为处理新装置故障伤透了脑筋，关键是处理过程常常不可避免地要接触和暴露在含有碘–131 等多种放射性废气之中……就像淘粪池的师傅，为了环境清洁，自己身上难免有污物一样。

说实话，我曾心生退意。但是，我又不想被人认为时春不愿意，我也要撂挑子；不想在老同志的心目中，说我们川大的学生是怕脏怕累的胆小鬼；不想被我们一起分来的北大、清华、复旦等本来就比我们牛的同事笑话；也不想在同档次学校来的同事面前丢分。我只好用小时候妈妈常说的"变了泥鳅就要钻泥巴，要钻泥巴就莫怕泥糊眼"来安慰自己，硬着头皮上了。

怎么使它连续稳定运行，准确及时完整反映排放情况，怎么据此建立模型，科学选取参数，分析碘–131 对当地环境介质、动植物和人体的健康影响，成了我和时春夜以继日的话题。尤其是如何预防事故，如何做好事故应急，更是我俩探讨最多的事。

那时，国际上影响最大的核事故是 1979 年美国三哩岛事故。这一事故让当地民众惊恐无比，20 万人争先恐后地撤出，事故向环境释放的碘-131 约为 550GBq，对环境影响极大。

我反复查阅事故相关背景资料，对应自己面临的难题，优化预案和处置措施。通过两年多艰辛努力，自动连续监测传输系统性能大大改良，我还根据实测数据和模式计算，完成了工作以来的第一篇科研论文《气载放射性排出物对环境的影响及剂量学评价》，主要分析了碘-131 的影响，获得单位首届青年学术报告会二等奖，还代表单位参加了国家级行业专题学术交流会。

1986 年 4 月 26 日凌晨，乌克兰普里皮亚季邻近的苏联切尔诺贝利核发电站第 4 发电机组核反应堆发生爆炸。爆炸引发大火并散发出大量辐射物质，其中碘-131 的释放量为 630PBq，事故级别达到七级，辐射尘几乎飘浮覆盖了整个欧洲，造成当地数千名儿童患甲状腺癌。时春和我都十分震惊，我们立即开展应急监测，还回川大在理科楼顶上安了大气沉降盘，用及时准确的科学数据稳定人心。

后来，我俩都先后离开了原单位，安家成都，但同学加同事间的同甘共苦的情谊与日俱增。时春的婚礼是在老家文星场办的，大冬天，我感冒发烧了，仍坚持骑了几十里路的自行车赶去帮忙。同样，我做家具，搬家结婚，他也不遗余力陪我当苦力。平常嘘寒问暖，相互关心帮助，礼尚往来；周末节假日，时春总邀我和妻子坐着他的小小奥拓跑眉山、绵阳、重庆等地，到处去与同学小聚和游玩。

他的单位是五点下班，我们是六点。那年时春离了异，每到周五下班，他就开着小小奥拓来我这等我。我们常常是一人一碗面条，我要三两的大碗，他只需二两的小碗，我三下五除二，几口就吃完了一大碗，他的小碗还没吃到一半，就这样我们可以聊很久很久，有时直到最后他都没吃完。他心情不好时，我就以茶代酒，陪他小酌，春节到了，我就直接把他拖到我家过年。他心情好时，还帮我裁剪服装，或者再找两个朋友到歌舞厅去卡拉 OK、喝啤酒、跳舞、狂嗨一番……

他把一百多平方米的大房子租了出去，租金用来补贴儿子的生活和学习，还说要留给儿子将来结婚住，要我和妻帮他把家搬到租借的单间去，周末帮他搬了家，妻子还像整理自己的家一样，把他零乱的蜗居整理得井井有条，并忙着帮他四处物色女朋友。我还找在省医院的杜琼同学请最好的专家，为他治好了他说是因为长期严重失眠诱发的顽固皮肤病。

日本福岛事故那时，我正生病，时春带着礼物来看望。我见到老搭档，又怀起旧来："要是我们还在老地方，又该忙着测碘-131了。"时春心情沉重地告诉我，其实他的身体也不好，怀疑当年受了废气影响。听他说这话，我心里咯噔一下，嘴上却安慰他说应该不会，赶忙把话题岔开："这下子日本海鲜卖不脱了，听说有的地方抢购碘盐，商场都抢断货了，有些人家囤的盐恐怕十年都吃不完。"时春道："有球的用！"我俩相视着会心地笑了起来。碘-131的半衰期为八天，也就是每过八天放射物质会衰减一半，30个半衰期过后，辐射仅为开始的十亿分之一，基本无法检测到，而且排放的放射性废物远远不只是碘-131。

2016年3月31日，时春突然英年早逝在工作岗位上。噩耗传来，我泪如雨下，回到家告诉妻子，她也是一场痛哭。那晚我夜不能寐，凌晨2点起来写《哭时春》，边写边泪流满面，妻子见我的样子忙问我咋啦，我说写了几句话给时春。她凑近电脑，边读边哭边骂："时春这家伙太不像话了，咋能这么早就突然走了……"

"快点吃，莫紧到发呆，饭冷了！"妻子的抱怨把我从回忆中拖了出来。这时，电视上在作专题总结，说我国和世界多个国家，坚决反对日本不顾环境安全，向海里排放福岛核电站事故废水！妻子说："就是就是，我也坚决反对！"

我一声长叹："时春肯定也坚决反对！"

# 龙门镇的龙门阵

张忠辉

小年夜一过，大年跟着就到了家门口，而且今年还是最大的大年。没错，十二属相中，有谁比"龙"还大呢？

我小时候，常听妈妈说，龙大，家也大，家大，门也大。咱老家是个沿河古镇，方圆几十里，都是龙之门。这不是妈妈瞎掰，是祖祖辈辈传下来的，镇上人都知道。

妈妈给我讲：从前，镇上有对孤儿寡母，母慈儿孝。母亲体弱多病，全靠儿子割草养家奉母。一天，儿子又去山中割草，突然，眼前一片嫩绿，是从未见过的葱茏小草，不多不少，刚好割满一背篓。第二天，这里的草又茂盛得和昨天一模一样，他高兴疯了。不多日，母亲的病渐渐好转，家里的日子也渐渐有了起色。

可没有不透风的墙，镇上财主家的恶少发现了他的秘密，恃强抢割了他的草。无奈之下，他挥刀斩断了草根，意外发现草根下有一颗光彩夺目的珠子。他把珠子悄悄带回家，偷偷埋在米坛子中所剩不多的米底下，第二天，坛子里长满了米。他把珠子放进钱袋，钱袋也满了。娘儿俩好不欢喜，忙着把余粮余钱分给镇上的穷人。那恶少知道了，就带人到他家搜抢宝珠，情急之下，儿子把宝珠藏在嘴里，只听咕噜一声，不慎滑入腹中。

恶少两手空空，悻悻地走了。儿子却口渴得要命，不歇气地找娘要水喝。他喝光了水缸，喝枯了水井，化成了一条可爱的小鲤鱼。接着又喝干了小溪，喝小了大河，纵身跃入河中，化作一条雄壮的龙。母亲见了大惊失色。儿子道："娘亲别怕，为报娘的养育之恩，二郎神已把儿点化成了巨龙，专施风雨雷电，保佑娘和乡亲们风调雨顺，丰衣足食。"娘方神清气定，喜笑颜开。转眼间，儿子已游到河心，当娘的又惊了："我儿去哪？"儿道："儿既成龙，当归大海，娘莫怪儿不孝远行，儿若今生不能为娘尽孝送终，来生还要当娘的亲儿，再报娘恩。"旋即顺流而下，慢慢远去。娘悲痛欲绝，不停竭力哭喊："龙儿回来——""龙儿回来——""龙儿——回来——"

娘喊一声，龙儿马上抬头回望娘一眼，江边立即冒出一个滩涂；娘再喊一声，龙儿再抬头回望娘一眼，江边再冒出一个滩涂；娘的声音越传越远，滩涂也越冒越多……

后来，有个高僧云游到古镇，听说这事，端详了峡谷的山水走势后，就把峡谷叫龙门峡，镇守峡口的山叫龙门山，山下的庙子叫龙王庙，山上的庙子叫龙门寺，河水转弯回旋处叫龙门沱，古河道形成的小平原叫龙门坝，左岸的河湾叫龙门码头，古镇就叫龙门镇。他还从古镇沿着嘉陵江数到川江，穿过三峡，又顺着扬子江，一直往下数到浦东长江入海口，总共有24个滩涂，取名"二十四个望娘滩"。千百年至今，广为流传。

这就是妈妈讲的老家龙门古镇的民间传说。儿时，我百分百信以为真，幻想自己哪天也挖到颗宝珠吞进肚子里，变成鲤鱼，再一跃成龙。长大后，我走的地方多了，见识广了，知道了在龙门古镇之外，在省内甚至省外很多有江河的地方，也有龙门，也有类似的民间传说，细节不完全一样，惩恶扬善的宗旨是完全一致的。但我还是以妈妈讲的故事为正宗，认为生我养我的家乡才是真正的龙之门。

家乡不但有龙门，在古镇周边，在嘉陵江两岸还有小龙门，还有小龙乡、二龙乡、会龙乡、龙桥乡、龙岭乡、龙泉乡、龙池乡、龙桂乡、龙凤乡、鱼龙乡、飞龙场、蟠龙场等众多龙的所在和龙的传说。老家人端午节要划龙船、赛龙舟，过年要写龙、画龙、舞龙、耍龙，还要扎龙灯。有金龙、银龙、苍龙、火龙、水龙，还有板凳龙、竹子龙，连蚯蚓都叫地龙……实实的龙图腾，诚诚的龙崇拜，浓浓的龙文化。

其实，不光是咱老家人因龙门引以为豪，龙也是咱中华民族的特征标识，我们都是龙的传人。公元2000年，人类跨入新世纪，迎来新千年，也是华夏民族跨世纪，进入新千年的第一个龙年。国家邮政局专门发行了一套五张《小鲤鱼跳龙门》特种邮票，特地在盛夏八月，在咱老家龙门古镇龙王庙的龙王爷面前，面对滔滔洪水，隆重举行了邮票首发仪式，在龙腾鱼跃、国泰民康的欢乐气氛中，正式对龙门古镇与"小鲤鱼跳龙门"这一经典民间传说的渊源，进行了"官宣"。

　　钟跃进，笔名卫京坤、金琦，四川德阳人。中国散文学会会员，四川省散文学会副会长，四川省文艺传播促进会副会长，德阳市散文学会会长。曾在解放军北京卫戍区警卫一师某团服役，历任文书、书记。曾任德阳市旌阳区广播电视局党组书记、局长。

# 一棵橘树的命运

钟跃进

　　微风轻轻地抚摸着脸庞，春阳暖暖让人沉醉，最美人间四月天。小院的橘树开花了，缀满了枝头，白色花瓣衬着嫩黄的花蕊，散发出阵阵浓郁的香味。我静坐橘树下，沏一杯茶，品茗赏花。橘花纷扬，轻轻地从树枝上飘洒到茶杯里，一杯"竹叶青"竟成了"碧潭飘雪"。

　　我家这棵橘树，直径约有十二厘米，五米来高，四米左右的树冠，这在城市中是不多见的。说起这株橘树的来历，也是一波三折，实属不易。

　　十年前的一天，我到龙王堰的战友谢安家耍，老谢说我们这里都搬迁了，大部分房屋都拆了，剩下一些树没人要了。说者无意，听者有心。为了一探究竟，我到处转了转，发现一株橘树被遗弃在一片断垣残壁、砖头瓦块零乱的土地上。懂得橘树的刘师傅说，这是一株地道的四川大红袍橘树，"蜀汉江陵千树橘"，这可是当年的岁贡御橘啊。高大的身躯是它昔日的荣光，满身的尘垢略显苍老的容颜是它时下的境况。现在市场上的橘子品种繁多数不胜数，但像这样的土红橘却难得一见，红彤彤的橘，酸酸甜甜的果肉，那是儿时的味道啊。主人农转非了，拿到了政府给橘树的补偿，住上了楼房，没地方种植了。橘树没了主人就成了野树，说不定哪一天这土地开发了，其归宿就更难以预料，可能连小命都难保了。望着可怜巴巴的橘树，想它正是青春勃发的时期，正是挂果的全盛时期，就这样被毁掉，实在可惜了。或许是对橘树情有独钟，眼前这株被人遗弃的橘树，让我陷入了深深的回忆。

　　记得小时候，张家外婆的几株橘树，每年花开时节，都香了几个村子，满树的橘子映衬着一个又一个金色的秋天。收获时节，张家舅舅都在逢场天背上一背篓橘子赶场，五分钱一个橘子，和鸡蛋一个价钱了。那年月水果是稀罕之物，谁家有这么多橘子更是宝贝了，四株橘树结了一两千个橘子，相当于十几只老母鸡在下蛋了，是一笔很可观的收入，不吃不喝的橘树简直就是摇钱树了。橘红了，却馋了一群孩子，五邻四舍的小伙伴们经常偷偷地望着橘树青口水长流。趁着房子冒烟、主人煮饭的时机，胆子大的小孩用竹竿偷上几个橘子，拔腿就跑。如果被歪老婆子抓住，肯定是少不了一顿"竹笋炒肉"（竹片打）。这是张外婆由于保护橘子落下的外号，其实外婆十分善良，只是出于保护自家财产不受侵犯做出一副凶巴巴的样子，吼上几句，吓唬吓唬这些不听话的小孩而已。由于母亲的姓氏辈分与张家相通，我们兄弟则尊称她老人家一声家婆，每年下橘子的时候，都要给我们家送上几个。吃着汁多鲜甜的橘子，兄弟姊妹都乐开了花，那酸那甜那香让人一辈子都挂在嘴边。

望着眼前的橘树，我感觉它真是生不逢时啊，想当年你是主人的宝贝，给你修枝，打扮得高挑水灵，给你治虫施肥，使你茁壮成长，累累果实。如今主人进城了，你却要遭"零落成泥碾作尘"的厄运。想到这里，我动了恻隐之心，我要给它重新安家。移栽树木是个技术活，一般情况下移栽应在头一年断根培植，让它长出新根，以利成活，行话称熟货。而眼下的树，显然是生货了。想想"生搬硬套"一词可能与此有些联系，生搬是要冒很大的风险，一般情况下难以成活，死马当成活马医，不搬是死，搬了还有一线活的希望。马上行动，请来工人搞了半天，把橘树连拖带拽地弄到工厂的一块空地上，挖窝栽下。为了能成活，我们忍痛给橘树做一次大手术，截掉大部分枝条，光秃秃的树干难看极了，也心疼不已，但也似乎还有几分生机。为了活下来，断掉几枝算什么，放弃是为了重生。这橘树经历了脱胎换骨般的痛苦，我们想了不少办法，给它打吊针、输液保命，治虫施肥，它才活下来。两年以后，橘树枝叶繁茂，花香依然，果实累累。高大的橘树挂满了一个个小灯笼，煞是可爱。我心里的一块石头终于落地了，橘树搬迁成功了！这一刻，我知道橘树是感恩的，满树的果实是它无声的回报。果子略黄还未成熟，几个小伙子就用竹竿摘了几个，酸涩难以下咽，都扔到树下。果子就这样糟蹋了，这真是暴殄天物了。我十分生气，批评了几句。在这样悉心呵护下，橘树在新家园里又愉快地生活了几年。每年橘树开花结果，茁壮成长。它像一个家庭成员般存在着，也像孩子一样生活得无忧无虑。然而，好景不长，这一切随着政府的一纸搬迁通告，让橘树命运再次走到十字路口。城市建设大规模扩张，企业要腾笼换鸟了，近郊拥挤不堪，远郊正待开发。机器轰鸣，塔吊林立，尘土飞扬的工地，是人们大展宏图的雄心壮志。高楼烂尾，园区凋敝，土地呜咽，寒风凛冽，失望与希望的矛盾难解难分。企业搬迁到什么地方，都还是未知数，是生是死，前程未卜啊。更别说是一株橘树了，去哪里找橘树的生存之地啊？可怜的橘树啊，你怎么命运多舛啊。

常言道，人挪活，树挪死。主人进城住上了楼房，再也不用种地种橘了，把你丢弃了，领着社保过着祖辈盼望过的日子。主人的日子越来越好了，这是"人挪活"。我在你困难时期相遇，给你安了新家，而今你又让我左右为难。弃你不顾，我于心不忍。再给你安个新家，这都市高楼林立，哪有你的容身之处，即便找到一个窝，我又怕你在搬迁中死去。根据自然法则，一般橘树只有五十到七十年的寿命。这橘树已有四十余年的生命了，快要进入衰老期了。已经历了一次生死关，再搬一次，仍要断根截枝，再来一次生死考验。我不知它有没有信心再次挺过生死关。再给橘树找一个家，让我费尽心思。

突然间，我想起了家后院有棵紫薇，正好一个朋友想要这样一棵配成一对，把紫薇送人，成全朋友的愿望，也给我的爱橘腾出一席之地，安个新家，这不就两全其美了吗？把橘树栽在我的眼皮底下，便于守望欣赏，皆大欢喜。于是，橘树又经历了截枝断根的痛苦折腾。经历了两次大手术的橘树，已经气若游丝了。它已不似壮年那样能快速修复，机体也不能返老还童。再多的肥料也无济于事，有时可能会拔苗助长，我只有在心里默默地祈祷它度过危险期而生根发芽，健康成长。这橘树真是幸运之树啊。经过了三年的艰难生长，它的枝头发出一粒粒嫩芽，一条条嫩绿的枝条遮挡了伤痕累累的身躯。活了，活了，我欣喜若狂。这橘树历经两次搬迁，临危而重生，仍然健壮地生长着，它打破了"树挪死"的魔咒，这是多么顽强的生命力啊。前年，它挂了368个果子。朋友们十分珍爱这些土红橘，用它们制作了些蜜饯、陈皮，十分惬意。

　　春赏花，秋品橘，心中充满了无限感慨。这株橘树历经苦难而涅槃重生，从容不迫地为滋养它的人们不断地开花结果。像橘树一样在任何条件下，都要顽强地活着，活着，即便艰难地活着，总会有实现美好愿望的一天。橘树是这样，人生何尝不是这样，企业又何尝不是这样！

　　活着，就能看见明天的太阳！

# 纸飞机上的渔歌子

钟跃进

　　纸飞机，不朽的纸飞机，也不知它到底飞了多少年。一张小小的纸片，经过折叠成一个飞机的形状，就可以任意翱翔，它似乎把童年的一切梦想都带上了蓝天。

　　孙儿子恒折了一堆纸飞机，歼20、F16、苏35，应有尽有。和妹妹的纸飞机比试谁的飞得高、飞得远，比拼激烈，难分难解。妹妹经常都是输，却不愿甘拜下风。"嗖"的一声，一个纸飞机栽到我的茶杯里了，一杯茶就只好倒掉了。小精灵把哥哥的另一个纸飞机一甩，就飞到我的面前。是我的，哥哥不依不饶，顺势一抓，把纸飞机扯烂了。我仔细一看，这纸飞机是恒儿写废了的作业纸折的。写的是唐代张志和的《渔歌子》，字迹还清晰可见。"西塞山前白鹭飞，桃花流水鳜鱼肥。青箬笠，绿蓑衣，斜风细雨不须归。"小学五年级的学生已经学习这么深奥的词了，让我感到十分惊讶，有书读真好，我十分羡慕他们的童年时光，想想我们这一代人都一把年纪才认识了一个"鳜"字。

　　飞来的纸飞机让我再次读了张志和的《渔歌子》，山、白鹭、桃花、流水、鳜鱼，打鱼人头上戴着斗篷，身披蓑衣，迎着细雨捕鱼的情景让人惊叹不已。二十七个字，勾勒出一幅捕鱼图，不能不说张志和的生活之深入，观察之仔细，文学功底之扎实，令人佩服景仰！虚实相间，桃花溪的秋天鳜鱼肥美，该上市了，渔翁捕鱼却遇上了下雨天，把渔翁描写得活灵活现。现实生活中渔翁的斗笠不是青的，一般斗笠都是两层竹编，在中间夹上竹叶防水，蓑衣是棕片制成的，也不是绿色而是棕色的，但张志和把这些都虚化了，山水草木皆绿了，水天一色了。一句"斜风细雨不须归"，表明渔民们经常冒雨打鱼为生，他要借雨势努力地捕获肥美的鳜鱼。这鱼真让人垂涎三尺了。

学校教给的手工课，折的纸飞机还有一大摞，让孩子们在课余时间丰富一些玩耍的内容，但纸飞机带给我的又是一次诗词的飞翔。我与恒儿讨论了一下，桃花流水鳜鱼肥是什么季节，桃花流水是整首词的点睛之笔。一般民间有桃花汛的说法，也就是春天，但诗人在这里写的应不是春天，这也不是捕鱼的时节，鱼儿要在春天产卵，渔民更不会在春天捕鱼，文人是知道农时的。此桃花应不是春天的桃花，因为春天不会有鳜鱼肥，打鱼人也受不了冷浸入骨的春水而在河中捕鱼劳作。诗人一定是写的桃花溪，一般诗人作诗的手法很多都是借用、喻用、夸张，像李白的"桃花潭水深千尺"简直是十分夸张了。因为诗人常年生活在江浙一带的苕溪、雪溪，苕溪经临安市区，雪溪在桐庐，两溪相距五六十公里，都是富春江的支流。浙江人素有吴侬软语之说，浙江方言口音转轻，把"苕（tiáo）溪"读作"苕（táo）溪"，苕、桃难以分辨。在词里，诗人顺势而为把桃字借用写作桃花，而不写作苕花，是为了形式美，如再用桃花溪水的读音显得不合韵律，诗人故意把"溪"字换成"流"字。一个"流"字给人以想象，苕溪清澈的流水从天目山源源不断地向太湖奔流。流水以律动，以幻觉，让人们留下无限的想象空间，这是诗人的高明之处。当然，桃花流水也是古代文人写作的常用词，总之，在文学作品中桃花是唯美的。

课堂上，老师讲的就是桃花流水时节鳜鱼肥了，诗人泛舟湖上写下了这首千古名篇。"师者，所以传道受业解惑也"，学生只好听从老师讲的了。

谈到鳜鱼，不由得让人想起家乡清代名人李调元与罗江鳜鱼的故事。时任广东学政的罗江人李调元，一次在朋友家做客，主人烹调鳜鱼上桌，调元吃后赞不绝口，那时候罗江河里没有鳜鱼，表示想把鳜鱼带回家乡养殖。主人听闻分外高兴，素有巴蜀才子之称的李调元令友人十分仰慕，想以对联方式索句见识他的文采，便故意出一对联，说如能对上，便可将鱼种拱手相送。古时候，文人墨客们讲究风雅，喝茶吃饭饮酒都少不了吟诗作对助兴。调元才思敏捷是对联高手，见友人提议欣然应允。主人出上联，"青草塘内青草鱼，鱼戏青草，青草戏鱼"。调元可能因近期政事繁忙心绪不佳，竟未对出下联，种鱼也只好留在主家。过了几天，李调元在乡间行走见田野油菜花绽放，一女子手拨油菜穿梭田间，黄色的菜花撒在女子的头上、肩上，阳光把田野装点得遍地金黄，调元顿生灵感，文思泉涌，一挥而就，"黄花田中黄花女，女弄黄花，黄花弄女"。友人接联，佩服得五体投地，当即把种鱼送至府上。调元千辛万苦把鳜鱼带回家乡放养。从此，罗江人民的餐桌上，多了一道美味佳肴。

鳜鱼，桂鱼，贵人之鱼。

时光飞逝，如今社会安定，人民勤劳，一心一意谋发展。罗江人民重新认识了鳜鱼的价值，给予它们更好的生存空间，河的上游关闭了所有污染源，筑起一段又一段的拦河大坝，水更加清澈，河面更加宽阔。水草丰，鱼虾多，鳜鱼有了更多的食物。鱼群不断壮大，越来越多。一网下去捕获百条已是常事，罗江鳜鱼已成为罗江食品的一块闪光的招牌。

罗江教师钟裕尧先生曾作《渔歌子》："鹈鸰寺①前雨霏霏，春归泞水②鳜鱼肥。泥径滑，游客稀，缅怀先贤壮思飞。"


注：
①鹈鸰寺：李调元家附近的寺庙。
②泞水：泞水也称秀水，是凯江的支流。

# 远去的炊烟

钟跃进

炊烟是人间烟火。千百年来，绵绵不断的炊烟延续着人间的香火、人类的生存繁衍。炊烟是每个家庭的温暖和希望，无论你劳作一天多么艰辛困乏，回到家第一件事就是赶紧烧火做饭，填饱肚子。长年累月在外奔波，回到家乡，抬头远远望着家的方向飘忽的炊烟，烟火升腾的地方，全家人翘首以盼等你归来。母亲已经在给你煮醪糟蛋，盼望你的归来。对家的思念，会更加坚定你回家的脚步。

过去年代，早晨的炊烟随着清雾慢慢地散发着柴草的味道，唤醒了村庄，唤醒了大地，人们一天的生活开始了。清冷的早晨，我牵着小牛放牧，望着家的袅袅炊烟渐渐散去，于是用小竹条轻轻地拍打催促小牛快些回家，我吃完早饭要上学去了。学校在乡场上，要步行四里路。为了早点到校，小脚板一路生风，飞奔到校。到了学校，肚中的那碗稀饭估计已消化了一半了。中午的炊烟要急促浓烈些，那些从草房、瓦房缝隙中冒出的烟被阳光遮住了，只透着像云彩一样的烟雾在树梢、竹林中不断聚集又不断散去，急促的火焰要催促锅里的食物尽快熟化。这一顿午饭像是对自己的奖赏，不管怎样艰辛，都要做得丰盛一些。素菜也多了两样，米饭也得是滤了米汤的干饭。下午的时光十分漫长，整两碗干饭才经饿。节日里，难得闲暇的人们走亲访友、打牙祭，从炊烟中流淌出蒜苗炒回锅肉的香味，不断地刺激人脆弱的味觉记忆，馋得满田满坝的人口水长流，这肉香让你回味一辈子。现在很多人都在回味那个年月的那种能闻着就馋的味道。炊烟远去，味道也随之留在一代又一代人的大脑里了。嘴里即便吃着

"连山回锅肉"，也会想起妈妈炒的回锅肉的味道。猪肉肥而不腻，肥肉也是特别诱人解馋，给生锈的肠胃好好地补充了一些润滑剂。夜晚似乎来得太快了些，铡猪草、洗红苕，喂猪喂鸡鸭，补衣服纳鞋底，还有许多的事情没有做完，不能这么快吃饭睡觉，但肚子已在咕咕叫了，成群的儿女们饥肠辘辘都在喊着妈妈我饿了。这时候，只听妈妈吩咐，老大烧火。我赶紧点燃灶火，啪啪啦啦，这是油菜秆燃烧的声响。偶尔一把浸过牛尿的柴草，搞得满屋烟雾缭绕，熏得人泪眼婆娑，呛得人喉头难受，咳声不断。母亲在灶头上忙上忙下，或面片，或红苕片，或稀饭，或剩饭回锅。想吃锅巴饭，围着锅边转。这是川西坝子的一句乡村俚语，锅巴是煮米饭的边角料了，但经过铁锅烘烤下的米香让人终生难忘。厚厚的锅巴加米汤煮的锅巴饭，又一次把妈妈的厨艺深深地留在了记忆里。再清贫的日子，母亲也要变着花样做饭炒菜，让儿女们吃饱。由此，一生记住了妈妈的味道。父亲则独自就着胡豆喝着跟斗酒，偶尔也会用筷子戳两下咸鸭蛋，喂在嘴里算是今天的荤腥了。喝到最后那几滴酒，则用火柴把酒杯点燃，用手蘸着蓝色的火焰，快速往腿上拍打，仿佛酒的火焰会去除疲劳，祛除伤痛。他是家里的顶梁柱啊，必须享有特殊待遇。当他喝下最后一杯酒，伸了一下劳累的腰，啊啊，打着哈欠，那是十分舒服的样子。夜晚的炊烟就这样散去了。儿女们已经进入梦乡，说着梦话。微弱的油灯下，母亲还在给儿女们补缀衣服。

其实那年月真是一个煎熬的年代，买肉要肉票，买酒要酒票，买烟要烟票，什么布票、油票、粮票满天飞，连买块豆腐都要票。只有睡觉比较安稳些，人们的最低要求是吃得饱，睡得着，免得蚊子咬脑壳。

我怀念那个炊烟笼罩着田野的年代，人活得纯粹，炊烟像是人们的精神支柱，没有了炊烟，人就活不下去了。20世纪80年代初，写过一篇小文《家乡的小路》，描写了家乡一条道路两旁数百株水冬瓜树（桤木）苗壮成长，夏天绿荫若盖，路人或行走或歇息都发自内心赞叹。秋天，笔直的道路把大片的稻田划分成两半，在阳光的辉映下，微风泛起金黄的稻浪，远处九顶山的雪在阳光照耀下发出金色的光芒，田野上一座座房屋炊烟袅袅。这是川西平原上最美的景色。面朝黄土背朝天的农民们似乎获得了更丰厚一些回报。再也不用割资本主义尾巴了，养鸡养鸭养猪可以拿到市场上去交易，也不会有投机倒把的罪名了。物资一下丰富起来了，生活得到了极大改善，农村的生活有了质的飞跃。人人吃得饱，家家有余粮。人人都盖上了新铺盖，草房变瓦房，瓦房变楼房。人们满面红光精神焕发，饥菜之色一扫而光，欢声笑语不绝于耳。为了烘托一下农村巨变的形势，我破天荒地没有引用一些很革命的辞藻，斗胆引用了陶渊明"采菊东篱下，悠然见南山"的诗句。结果被某老师批了一顿，说我小资产阶级思想严重，享乐主义，为封建士大夫唱赞歌。明明是西山，怎么就见了南山。面对这样的牵强附会强词夺理，我真是无言以对。这句子出自《饮酒（其五）》，我甚至怀疑陶老先生是否喝醉了，"此中有真意，欲辩已忘言"，搞得东西不知对仗，但反复读来，仍觉意境深远。改革开放初期，极"左"思潮已得到一些遏制，很多同志也倾向于我的文章，与该同志进行激烈的争辩，给了我很大的支持，文章仍然原稿播发了。石崇伦大姐要考一级播音员，按照要求需要录播本地作者写本地故事的文章。在众多的文章中，她选用了《家乡的小路》。顺利通过考试，晋升为一级播音员。当年，她是我们全德阳市唯一的一个一级播音员，如今，一播也是凤毛麟角。想不到挨了批评的文章居然派上了用场，心里有些许温暖，像一缕炊烟从我心底轻柔地飘过。

近年来，经常回到家乡，行走在田间地头。一座座亮丽的楼房拔地而起，瓷砖墙面玻璃窗，连地面都闪耀着瓷砖的光。乡亲们说，现在的地面比以前的桌面都干净。乡村修了水泥路、柏油路，汽车、摩托车飞驰在小路上，脚不沾泥的农民都可以在城市商店里、酒店里尽情地逛逛了，没有人敢嫌弃他们。电饭锅代替了土灶，煮的米饭再也没有厚厚的锅巴的香味了。天然气火苗旺旺的，炒出的菜清香可口。过去那种草木灰飘进锅里当佐料的菜肴一去不复返了，烟熏火燎的日子终结了。再也不用操心猪草、牛草。夜晚，太阳能路灯把乡村小路照得透亮。没有了雄鸡报晓，没有了猪圈也就没有了猪的叫声，牛粪也不会在田埂上挡道了。"有良田、美池、桑竹之属，阡陌交通，鸡犬相闻……黄发垂髫，并怡然自乐。"生活水平提高了，环境改变了。柴草、秸秆成了废物，还成了累赘。曾经的宝贝可以用作修房造屋遮风避雨，还是优质的牲畜饲料，不可或缺的燃料。困难时期，乡场上的居民都在田野里扯麦蔸和谷桩做烧烟。而今，风云突变，分文不值，没有人用它去烧火做饭，更不准燃烧还田。专家们费尽了脑筋，终于想出了一个好办法，把秸秆硬生生地塞进土里，秸秆还田，说是让土地呼吸，也减少了空气污染。秸秆在土地里深处哭泣。唉，一会儿天上，一会儿地下，永世不得翻身了。农民们也说没有了草木灰，钾肥少了，化肥用量增加了。虫子多了，农药用量增加了。偶尔与乡人聊起现在的食物，赵家老表说种了一亩多的稻谷，是供自家吃的，纯天然的。还说要送我尝尝新米。言下之意是少施化肥，不打农药。张家老表更加直接地说，我们吃的蒜薹都是不打药的。如此说来，市场上卖的肯定都打了药的，甚至打了不少的药。吃得让人心惊肉跳的食物，能保证人们的健康长寿么？

　　粮食、蔬菜都是一日三餐的必备之物，农民都知道趋利避害，也有条件去规避。难道我们要在花盆里种稻子，在屋顶上种蔬菜吗？家里还有一个洗澡盆没有多大用处了，还可以养鱼吧。其实，农药和化肥没那么可怕，它们是现代科技进步的结晶，它们为农业的繁荣做出了巨大的贡献，可怕的是人们的无知。正确引导农民使用化肥，使用农药，才能保证食品源头的安全。记忆中的乡村生活是艰辛的劳作和对贫乏的食物的追求。现在我们又在追求什么？我陷入了深深的迷茫之中，像炊烟笼罩一样久久不能散去。

　　人们开始怀念余火灰烬中的那些红苕。

# 我在金堂寻找那颗星
## ——访贺麟故居随笔

钟跃进

　　2020 年 6 月的一天中午，我正赶往金堂参加一个文学采风活动。临行时，倾盆大雨来袭，一阵风，一阵雨，不大一会儿工夫，车窗上的雨刮器快速地来回穿梭，忙得一塌糊涂，却怎么也刮不净从天而降的天河水。前方的道路雨雾蒙蒙，我小心翼翼地摸索着前行。终于赶到了金堂县城，这里却刚下起了小雨，朋友们都说是我把雨带过来了，带来了清凉。

　　金堂素有天府水乡的美誉，与德阳一衣带水，德阳的绵远河、什亭江、鸭子河从九顶山以一泻千里之势向赵家渡奔涌汇聚。三江之水是滋润大地的甘露，滋养着川西平原，让土地变得肥美、丰饶。水也有性急的时候。小时候常听到大人们讲赵家渡又被洪水淹了，老百姓又遭灾了，真是应了一句"水可载舟，亦可覆舟"，如今的金堂已多少年没听到被洪水肆虐的消息了。金堂，金堂，人间天堂！天堂有什么啊，人们告诉我这里有贺麟、流沙河（原名余勋坦），有美丽的梨花沟，有惊险的玻璃栈道……参观了城厢镇的流沙河旧居，陈旧的槐树街 5 号的甬道，残破的砖墙和瓦檐是当年余家大院仅存的风光。流沙河在《故园别》中写道："我恨这一角荒园破庭，在这里尝够了屈辱与辛酸。我爱这一角荒园破庭，在这里学会了觅食与做人……眼角滴着恋栈之情……手牵儿子跨出柴门。"不久前，流沙河带着四川文学人的骄傲去了天堂。金堂又计划把梨花沟打造成一个绿色风光、山水迤逦、诗酒田园的天堂。他们在诉说湖广填四川的往事，寻根问祖，传承家风古训，种酒的故事几乎惊醒玉皇大帝，于是故事演化成了非物质文化遗产。在天堂种酒吧，你会收获一生的醇香。随着主人的脚步，我们来到五凤溪。这是一个比较有名的旅游小镇，因水得名的镇子，山清水秀，交通便利，适合大城市近郊踏青旅游。这里被现代人打扮得流光溢彩，即便过去年代繁华时，五凤溪也可能不会像这般浓妆艳抹，尽管商铺都试图恢复旧日容颜，但它们油腻的面孔却把一丝丝冷漠留给了人间。

透过一座座小山峦的绿，透过一层层富得流油的瓷砖农舍，我猛然发现一个醒目的大招牌——"中国哲学小镇"。我无法相信自己的眼睛，我以为又是一些吹牛皮不要本钱的家伙的骗人伎俩。哲学小镇？过于夸张了吧，不过是当下国人总喜欢弄一些吓人的名义来商业炒作罢了。一些小镇小县都要冠以"都城"方才罢休，哲学也可以用来炒作？真是中国第一了。这里出了个贺麟，如果是冯友兰的故乡，该如何炒作，树这么大一块招牌多么媚俗，让人脊背阵阵发凉，像是街头小混混们的恶作剧，他们的哲学表现在哪里啊？

寻着"贺麟故居"的导引，走过了一弯又一弯，终于来到了又一块"中国哲学村"的招牌旁边。静静的小溪，簇拥的翠竹，偶尔有几只鸭鹅在嬉戏打闹。小山坡上一座青砖灰瓦的大院落展现在眼前，"贺麟故居"几个大字告诉我，这里曾经居住过一位身世显赫的人物。此人或是文学家、英雄、巨商大贾，或是于社会有巨大贡献的历史人物，才会享此殊荣。"故居"二字不是什么人都可以上榜的，既然是故居，肯定会有很多故事。草草地转了一圈，大致理了个头绪，请原谅我的孤陋寡闻，对贺麟的一知半解。哲学对常人来说就是阳春白雪，不知所云，枯燥乏味。一本哲学书可能搞得你头晕脑涨，它不像文学这样搞得唾沫横飞，壳子冲得满天响，风花雪月，蜂蝶柳浪，或鞭挞或颂扬。哲学是小众的，或者说是神秘的，它总想在人们的大脑中植入点什么，让你沿着他的观点去探索，去生活，去工作，去立身处世。哲学家是不会轻易产生的，从这个意义上说，哲学使人更加睿智，思想家们都是大智若愚的哲人。作为当代新儒学"新心学"代表人物之一的贺麟，正如他的名字"凤毛麟角"一样稀有。但正是这样一颗稀少的星，也永远散发着像北斗七星一样耀眼的光芒。

像所有的哲学家一样，他的思想是那样深邃，他的著作是那样晦涩难懂。我想象不出一个偏僻山村私塾里走出的小青年，怎么会游历欧美研究起哲学来？怎么会成为哲学家？在那个大动荡巨变的年代，他可以成为政治家、军事家、科学家、商人，成为哲学家也绝不是贺麟误打误撞或历史的巧合。贺麟曾说，一个没有学问的民族是要被别的民族轻视的。观其一生，是背负改造世界的信念，而选择了这远离各种喧嚣的学说去研究、去探索，希望从中找到救国救民的思想，以教化天下，"他是一个以哲学救世的人"。贺麟游历欧洲，在这些产生哲学大师的国家苦苦求学，他学习歌德、黑格尔、费希特。他正确地认识了他所处的时代，他说："我们所处的时代，与黑格尔时代都是政治方面正当强邻压境，国内四分五裂，人心涣散颓丧的时代。学术方面，正当启蒙运动之后；文艺方面，正当浪漫文艺运动之后。因此，很有些相同。"对于抗日战争，贺麟是这样说的："抗战时期是革故鼎新的时期，是建设民族新文化的一个极好时期。"他认为，中国当时军备不如日本，国力不如日本，但中国的抗战是正义的，除了军事上的抗战外，还有精神的抗战、道德的抗战、文化学术的抗战。这些方面，中国是胜过日本的。就道德而言，日本失道寡助，成了正义、人道的公敌，国际公法的罪人。就精神而言，日本的军心、士气皆不振奋。就文化学术而言，日本除了崇奉武力及与武力相关的科学技术外，并无深厚的文化渊源和精神力量。日本的文化学术算三等国，而在军事上一跃成为一等国，实是先天不足，终将酿成根本危机，直至败亡。这里，贺麟表现出了深刻的中华文化自信，一个哲学家恢宏识度，精神、道德、文化的胜利，才是最后的胜利。在这一时期，贺麟的思想、学术日臻成熟，他的著作纵横捭阖，他希望中国五千年的文明古国，文化传统源远流长。他说："哲学知识或思想，不是空虚去远的幻想，不是太平盛世的点缀，不是博取科第的工具，不是个人智巧的卖弄，而是应付调整个人以及民族生活上、文化上、精神上的危机和矛盾的利器。哲学的知识和思想因此便是一种实际力量，一种改革生活、思想和文化的实际力量。"看看吧，还有谁把哲学说得这样通俗易懂，让人们不再把哲学看得高高在上。我们生活中到处都有哲学的气味，只不过我们都视而不见罢了，都认为哲学是哲学家们的哲学。

常言道：谈笑有鸿儒。无疑，贺麟是现代新儒学的重要代表人物，是当代鸿儒。他不像冯友兰等人那么声名显赫，但也不是默默无闻。粗略算了一下，老先生留下了《黑格尔演讲录》《文化与人生》《哲学研究》《五十年来的中国哲学》《哲学与哲学史论文集》《现代西方哲学演讲录》《德国三大哲人歌德、黑格尔、费希特的爱国主义》等一大批哲学著作。如果拿出其中任何一篇文章都够我啃大半辈子。我看了很多文学、电影艺术的奖项都轰轰烈烈，唯有哲学没有一个奖项。或许哲学压根就不需要去粉饰，它有自己的性格。是政治家们的疏忽大意，还是哲学家们的清高孤傲？或许二者皆有之，我们不得而知。也许哲学家们天生就是为他人作嫁衣的，他们不屑于站在高高的光鲜的领奖台上，享受鲜花和掌声。但是一个哲学流派的建立，会倾注他们毕生的心血。贺麟是系统介绍研究黑格尔的主要学者。有趣的是，贺麟又把王阳明、陆象山的心学，与黑格尔的唯心主义结合起来，就形成了他独特的理论框架。内容是黑格尔的，形式是陆、王心学的，结论是唯心论即唯性论，心学即理学，亦即性理之学。用陆、王心学的思维方式、名词概念，将其统一起来，使之在内容上具有更多的心学意味，形式上更中国化而已。

可以这么说，贺麟一生被黑格尔附体了，如影随形。从国外回来，讲授的是黑格尔，在清华大学、在北京大学讲演都是黑格尔。在批判"封、资、修"，批斗"反动学术权威"的年代，身为研究员的贺麟未能幸免。由于与蒋介石的四次面晤而被冠以"反共老手"，被抄家、游街，关进牛棚一年多，到河南"五七"干校劳动改造两年，七十四岁仍是戴罪之身。他也曾彷徨过，在政治高压下也曾争论过，但滚滚洪流泥沙俱下，先生的学术犹如一叶扁舟，在五凤溪漂荡着，无能为力。但是，当他收到周恩来总理的请柬，邀请他到人民大会堂参加国宴时，仍然激动得老泪纵横，深深地感受到科学的春天来了，竭尽全力要在有生之年投入他那深不可测的哲学研究中。他把王阳明的哲学思想归结为五个方面，"道器合一，心物合一，知行合一，人我合一，体用合一，实际可归结为一个即体用合一"。他的这种诠释王阳明的思想，实际上也是在发展黑格尔的心理合一，既主既客的绝对精神留体，现实的历史文化为用的思想。他把王阳明那冰冷的知行合一煨上了时代的温度。他说，他的文化哲学是尽力给述一些黑格尔的思想。我们在学习马克思主义的辩证唯物主义和历史唯物主义的时候，也许还记得马克思说过黑格尔是他的导师。从这个意义上说，马克思的哲学也有从黑格尔中脱胎换骨的部分，这是文化基因的传承，就像我们现在仍然在五千年文明中遨游一样，先贤们留下的于当今社会有益的东西，我们会收入囊中，让它们发扬光大。

我们曾批判直觉为先验论，贺麟解释说："所谓直觉是种经验，广义言之，生活的态度、精神的境界，神契的经验，灵感的启示，知识方面突然的当下的顿悟可触机，均包括在内。"只承认唯物论，实际上也否定了"百花齐放、百家争鸣"的方针。尽管研究的进程十分艰辛，贺麟仍然把黑格尔放在首位，他写道："唯心论又名理想论或理想主义，理想主义最足以代表现代精神。"贺麟离世以后，哲学界给他作了评价，他的成绩在于"在主体性和辩证法有机结合的基础上，在本体论方面，将理性（逻辑心理）和经验（观念、经验心）统一起来，建立了主体学说，又在直觉说方面，将直觉经验和直觉方法统一起来，建立起他的主体哲学的直觉方法理论"。多么高的评价啊，但也实至名归。

滔滔沱江东流去，绵绵五凤麟星出。也许这颗星不是偶然出现的，他的光芒是贺氏家族在五凤溪百年传承的折射。祖先们锄经种德，养育了一代又一代的贺氏子孙，他们都希望一代超越一代。贺麟早已超越了他那前清秀才的父亲，后代们也在孜孜求学，努力奋斗。一副"锄经五典弘麟志，述圣三寸悟道心"的对联，把贺麟的精神传承写得入木三分。坐在贺家大院的屋檐下，随手翻阅一本纪念贺麟先生110周年诞辰的书画集，首页写着贺麟先生是我国当代著名哲学家、哲学史家、黑格尔研究专家、教育家、翻译家，"新心学"创始人，新儒家早期重要代表人物之一。这么多的桂冠集于一身，是贺麟的骄傲！

我抬头仰望天空，静静地注视着那颗永远闪亮的星星！

# 《满江红·应征辞双亲途中告颖初》赏析

钟跃进

　　中央美术学院原副院长、当代著名国画家、诗人叶毓中先生，1965年9月在四川美术学院毕业，选入解放军新疆军区从事军队文化艺术工作，从军22年，写下了很多首诗歌，其中具有代表性的戍边诗十二首，有初戍乌苏、精河演阵、塔城备战、再过托里、侦炊事班、迫击炮营、元旦上哨、夜穿天山、果子沟雪、昆仑除夕、南疆前哨、三等军功。其诗词集中的《满江红·应征辞双亲途中告颖初》，也是他的杰出代表作。诗人写道：

　　　　万里从戎，恰稻熟、川西八月。人说是、玉门关外，今朝飞雪。戈壁脱袍羞壮士，昆仑披甲迎豪杰。雁长空，列阵啸霜晨，声声切。

　　　　江水急，崖岸裂；层林染，残阳血。岭高云割断，住家难设。尽是羊肠岩上路，攀登眺远无须歇。到轮台、看树树梨花。中秋节。

　　全词一气呵成。看题目像是与某人书信一样，其实不然。笔者经常与叶先生交往，从而了解该词的写作背景，在此与大家分享。

　　这样一首好词，却是告颖初。颖初何许人也。张颖初，毓中先生大姐的儿子，他们是甥舅关系。词是舅舅写给外甥的，诗人时年二十四岁，颖初十八岁。两个年轻人十分要好，亦亲亦友。诗人从小聪明伶俐，深受父母宠爱，视若掌上明珠。加之叶毓中从小和大姐感情特别深厚，大姐要出嫁了，年幼的毓中不明就里，不知大姐出嫁为哪般，大姐出嫁之日，竟不让大姐上花轿。其实姐夫家距叶家不过二三百米远。依照习俗，明媒正娶的大姑娘出嫁时要用花轿抬过门。为了接亲顺利，亲人们都来相劝，家人竟破天荒让毓中坐上大姐的轿子到了姐夫家，成了大姐的"陪嫁"。可见，家人对毓中是宠爱有加的。讲起这个故事，诗人十分动情地说，大姐出嫁以后，我也慢慢长大了，参军工作以后，每次回老家，都要去看望大姐，甚至在大姐家住上一两天。从这里不难看出甥舅关系是很亲密的。

词开篇第一句"万里从戎"，让人一下子就联想到木兰诗"万里赴戎机，关山度若飞"的诗句，信手拈来化用在这里，真是贴切无比，绝妙之至。开篇即点睛之笔，把自己急迫从军的心情、精神描绘得淋漓尽致。"恰稻熟"写的是家乡丰收的景象，一个"熟"字，把金色稻浪嵌入画景。川西平原的秋色永远是要装入粮仓、供人果腹度日的。同时，为词的下片描绘的大漠、雪山形成鲜明对比，家乡已在诗人的脑海中刻上了深深的烙印。

全词就是告诉外甥朋友，经过四川、陕西、甘肃，到新疆，到了唐诗描写的"轮台东门送君去"的轮台了。诗人描写的"今朝飞雪"，就像唐诗中"胡天八月即飞雪"，"看树树梨花"也是从"忽如一夜春风来，千树万树梨花开"化来的。心情不错，唐诗也给诗人注入了强大的力量。实际上，哪有什么梨花哟，那只是雪景而已。读过很多唐诗宋词的诗人，对此早已了然于胸。诗人后来画有巨作《唐风》《李白与杜甫》《杜甫诗意画》，唐诗已是先生的画魂、诗魂。

毓中参军，是新疆军区接兵的人在重庆就给他办好了去新疆的车票，说了一句乌鲁木齐见，就拜拜了。毓中不远万里踏上了新征程，谁知初次出远门的他，真的还在秦岭的一个小站下了车，一会儿火车就开走了。层峦叠嶂里，暮霭沉沉，落日余晖后，清冷的大山里，孤单单一个人。诗人在这深山小站一个弃置的木工房里，以木屑裹身御寒过了一夜。第二天早晨，才赶上一班车到了宝鸡，换乘去乌鲁木齐的火车。全程五天时间，备尝艰辛，9月10日才到达新疆军区。

诗人是要颖初告诉大姐，尽管关山万里，兄弟一路安好，平安到达。中秋节到了，十分想念你们。毓中满怀豪情写下了"戈壁脱袍羞壮士，昆仑披甲迎豪杰"。戈壁的热和昆仑山的冷，形成了鲜明对比，昆仑山的披甲就是白雪皑皑。唐诗中"青海长云暗雪山"指的就是昆仑山。毛泽东诗词"而今我谓昆仑：不要这高，不要这多雪"，是昆仑山的真实写照。他要告诉天下人，新疆，我叶毓中戍边来了！我是卫青，我是霍去病，我是解放军。尽管一路看到的都是崇山峻岭，鬼斧神工般的断崖峭壁，羊肠小道，人迹罕至，但信心是坚定的。"层林染，残阳血"，应是从毛泽东"层林尽染，残阳如血"化来，为全词注入了活力。看不出任何车马劳顿的辛劳，没有牢骚，没有抱怨，诗人的心是充满阳光的。他看到的不仅仅是秋天的美景，而是祖国大好河山的壮丽，"攀登眺远无须歇"。从而，更加激发了诗人从军戍边的决心。

提起当兵戍边之初，叶毓中说，当时接兵的人到了川美，说要选择一名政治思想好、文化知识优秀、身体健康的毕业生。直选军官，是很多人羡慕、求之不得的大好事。如果放在后来，说不定会演绎出什么故事来。学校推荐了他，当留校任教的哥哥叶毓山满心欢喜告诉他这个好消息时，他没有一点思想准备。我是学画画的，怎么变成扛枪的了，那不是白学了吗？全校只选调一个军官，而不是征兵，也就没有什么动员会，造声势表决心，没有激情豪迈的誓言，也没有争先恐后的报名。单纯的时代、单纯的工作方法遇上了单纯的人，整件事是在保密状态下进行的，搞得诗人云里雾里摸不着头脑。叶毓山见他转不过弯子，就激他说，以前你背唐代那些边塞诗滚瓜烂熟，豪气冲天，什么"黄沙百战穿金甲，不破楼兰终不还"，一身英雄气概哪里去了。毓中一听，士可杀不可辱，当个兵有什么可怕的！听从组织安排！抱着血染疆场、马革裹尸的决心，告别老师和同学，回到家里与父母辞行。谁知父母十分高兴儿子参军，亲朋好友都来祝贺。杀鸡宰鸭，打酒割肉，庆贺了三天，直到父亲从抽屉里再也找不出钞票了，诗人才登上北去的列车，向新疆进发。这一去就是二十多年，其间创作了《大漠红日》《帕米尔》，被中国美术馆收藏，巨著《唐风》被韩国国家博物馆收藏。诗人从连职当到师职，后转业到中央美院。

正是"书生飒爽跨征鞍，仗剑戈壁踏天山，立下报国凌云志，誓将虎狼射军前"。

一首词一个故事，这首词是整个戍边诗的前奏，值得细细品赏。

张仕文，贵州兴义人。军旅生涯三十年，云南边防扛过枪，自卫还击打过仗，李白故里站过岗，军区机关跑过堂。单独或与人合作出版了《百年王平》《徐立清传》《谢振华传》《西部雄师铸辉煌——成都军区部队征战历程》《战旗高扬大西南》等书籍，曾获四川省报纸副刊一等奖、四川散文奖、解放军首届网络文学征文二等奖。

# 矮个的尴尬

张仕文

"啪!"说书的老先生拿起响木,手起木落,引出一个人物来,"话说那关云长长得是面如重枣,唇如涂脂,丹凤眼,卧蚕眉,身长九尺,美髯飘胸,威风凛凛,相貌堂堂……"小时候在茶馆听说书,每当听到这里,我都会情不自禁击节叫好,心旌摇动。

的的确确,对于关公之流我是心有偏爱,情有独钟的。且不说他温酒斩华雄的勇猛,千里走单骑的忠义,也不说他过五关斩六将如探囊取物般容易,单说他那一副伟岸的身材和迷人的美髯,就令我垂涎三尺,羡慕得五体投地。如果那时也讲偶像的话,那么我的偶像非关公莫属。

于是,我暗中便企盼长出个红脸关公的高大身材来。

谁承想,有心栽花花不发。眨眼二十几年过去,我的身高却在一米六六的位置上戛然止步,徘徊不前。无论我怎么加强锻炼,补充营养,身高都"我自岿然不动"。不用说,这个高度是远远不合乎时代需要的。自从那个叫阿兰什么德隆的法国人出现在银幕上之后,女士们对男人便有了"一览众山小"的感觉。我这一米六六的个子也自然被打入另册,在别人眼里俨然成了假冒伪劣产品。

在我身高的问题上,父母首先打破平均主义,不搞大锅饭和迁就照顾,大哥和三弟不停疯长,个子一蹿就近一米八。和他们相比,我是相形见绌。有时我也抱怨父母不太民主,应该先和我商量一下再生嘛。

这下好了,成了三等残废不成!

个子不高,麻烦不少。往人前一站,总觉得矮人半截。最尴尬的是那次请舞伴，一个周末，因为在一家大报发表了文章，心中高兴，便和几个好朋友到舞厅潇洒舞一回。一曲舞罢，那几个便蛊惑我去请那个穿着一袭白色连衣裙的妙龄少女。刚才他们没请动，便想让我也出出丑。人活一张脸，树活一张皮，男子汉大丈夫，不蒸馒头争口气。我胸脯一拍，"看我的！"头一抬，信步向少女走了过去，不卑不亢伸出手："小姐，请！"我优雅地做了个请的姿势，自我感觉绅士极了。"对不起，我想休息一下！"小姐礼貌地回绝。我一怔，生出一拳打空的惊窘。赶紧稳定情绪，动用三寸不烂之舌，极尽讨好卖乖之能事。我敢肯定，如果设立献媚奉承奖，我是必定当选无疑。好在灯光闪烁不定，无人看出我臊红的脸。

人心都是肉长的，少女虽然高傲，但也架不住我的猛烈攻势，心花怒放之际，一手微提纱裙一角，一只纤纤玉手就柔柔地向我递了过来。我正暗自得意："怎么样，哥几个，魅力挡不住啊！"谁知当我的手搂住细腰的一刹那，兀自生出一股压迫感来。哇，佳丽原来是模特，足足高出我一头。快走吧，我脚一软，手一松，虚晃一枪，赶紧临阵脱逃，溜之乎也。少女不明就里，怔在那里半天回不过神来。

个子不高总是怀疑身上缺少啥子"零件"，而朋友们偏偏哪壶不开提哪壶。秋天的一个上午，我刚进办公室，老魏用手扶扶眼镜，煞有介事地说："小张，通过我查阅大量资料，知道了你身上缺少一种重要元素。""缺啥？"见他一脸认真，我催他快说。"你真想知道？"他从座位上站起来，故意卖着关子。"快说哦，急死人了。""好吧，我告诉你。"他扶着我的肩膀，一字一顿说，"你缺饲宝920！哈哈……"我身后响起了一串放肆的笑声。饲宝920是猪饲料，用来催肥的。老魏见自己的阴谋诡计得逞，露出一副得意忘形的嘴脸，我恨不得在他脸上无私奉献几个脆生生的耳光。

常言道，宰相肚里能撑船。对别人善意的挖苦，其实不必太在乎，否则别人会把咱们看扁。要解脱这种尴尬的境地，阿Q精神不失为上策。当别人说我"海拔"不高时，我便会将平时苦心孤诣搜集的矮个子名人背出一大串，并且还不时插入一段拿破仑训斥部下的故事。拿破仑虽然驰名世界，征服了很多敌人，但他个子却不高。一次他给手下的将军们训话："如果作战不力，我将设法让你们同我一样高！"说完狠狠比出一个砍头的动作。高个将军们大气不敢出一口，直感到脖颈一阵发凉。

每次讲这个故事，朋友们都不屑一顾，有时甚至会将一句著名的中国"民言"馈赠于我：死要面子活受罪！

谈了几个女友，一个都没有成功，原因千篇一律一成不变没有新意：矮个没有安全感。我不能苛责别人的挑剔，不过心里却有几分带酸味的不满：矮咋啦？为国家节约材料嘛。高个子身边女孩围得多，容易花心，那才叫没有安全感哩。其实呀，安全感不能用高矮来衡量，关键看有没有责任心。

虽然女友没谈成，可同一办公室的女同事却善解人意，经常安慰我说："莫泄气，天下何处无芳草，三只脚的是不好找，两只脚的还会少吗？矮有什么不好，别人和你说话还要低下高昂的头呢，更何况年龄不是问题，身高不是距离！""知音，知音，真乃吾之知音也！"我发现新大陆般兴奋起来，一把抓住她的手："你真是太理解我了，难道是上天派到我身边的吗？干脆就顺从天意，我们恋爱吧！"我激动得恨不得揽她入怀。"不行呀！"女同事绯红着脸挣脱我的手，嗫嚅着说："你要是再……再……高一点，我还是可以考虑的。"妈呀，整了半天白欢喜一场，害得我表错情了。

怎一个矮字了得。

话又说回来，个子高矮其实无所谓，关键是人心不能矮。山羊与骆驼的争辩本来就失之于片面。滚滚红尘中，矮人扮演的是绿叶的角色。没有矮人的衬托，就无从显出高人的挺拔。明白了这一层事理，我对自己充满了信心，很快找到了增高的秘诀——那就是在自己脚底下垫上几大摞书籍，书读得多了，见识自然比别人高。知识经济社会，比的是知识，是见识。巴蜀鬼才魏明伦身高奇矮，可他在戏剧大观园里卷起的一阵又一阵魏旋风，又有多少高个敢比。鲁迅个子不高，一点不影响他成为新文化运动的旗手。邓小平个子也不高，但无损他成为改革开放总设计师的高大形象。小小环球，正是有了高人，矮人，才构成了多姿多彩的人境风景线。

但愿个子不高如我者，真的能矮子上楼梯——步步登高。


（本文撰写于1993年8月，发表于《知音》《四川日报》《广西工运》等报刊）

# 搬家之乐

张仕文

仔细回想一下，从当兵那天起，这二十多年已经搬过很多次家了。正所谓"我是革命一块砖，哪里需要哪里搬"。

入伍后我辗转住过不少地方，曾经在云南待了一年半，那时入伍不久，没什么东西，一个背囊就解决问题。从云南回撤归建不久，我就从江油连队调到绵阳机关，单身汉，一人吃饱全家不饿，打起背包就走。在绵阳一待就是八年，人生最美好的青春年华奉献给绵阳了。1998年3月，我调到成都工作。那时书籍已经买了整整两个书架，费了好大劲才把它们"请"到成都。

在我的想象中，调到大机关就算彻底稳定了，用不着再搬来搬去。其实不然，不但要搬，而且要不停地搬，在同一个大院，我都搬了好几次家。这就是中国官场的游戏规则，职级跟待遇挂钩，不像商品房，有钱就可以住。这里的房子你如果没到那个级别，有再多钱也住不进去。我们就像推磨一样，从外围一圈圈往里转，能够转到最中心的，就那几个，大多中途就被挤下车。

初来乍到，分配我住"五彩楼"，那是单身干部宿舍，70年代修建的房子，厕所是公用的。衣服晒到走廊里、过道上，路过要十分小心，不然就要"背湿"。"五彩楼"名副其实，一眼看去五颜六色，色彩缤纷，好像万国旗帜，因此得名。在"五彩楼"住了一年，实在是不方便，幸好房屋改造，决定把老旧落后的"五彩楼"拆掉，我们才告别了此楼，搬到了旁边的另外一幢楼去。虽然也是一室一厅，但房间特别大，最令人满意的是有厕所，洗澡、方便再也不是问题。

随着职务的升迁，之后又搬到13幢三单元，那是两室一厅，比起老得"掉牙"的"五彩楼"，已经是天壤之别了。在13幢，我经历了"5·12"特大地震。幸好住在二楼，地震来时，我抱起儿子三步并着一步就冲到楼下，回头一看整幢楼房都还在摇晃。当时紧张的状况，至今想起还心有余悸。

2008年底，我终于分到了盼望已久的十幢五单元四楼三室一厅的房子。人们说金三银四，十幢不是电梯公寓，总共七层，四楼十分理想，不高不矮。高了难爬，上去就不想下来，下来就不想上去。矮了采光不好，四川难得见太阳，经常雾蒙蒙的，一年没有几个晴天，楼层矮了白天都要开灯。房间大了，自然会增添家具，但添得最多的还是书。宁可食无肉，不可居无书。我买书主要有几类，一是文学书，像《静静的顿河》《复活》《巴黎圣母院》《鲁迅全集》《沈从文全集》，等等；二是史学类，如《中国通史》《史记》《资治通鉴》《中国共产党历史》等；三是传记类，如《毛泽东传》《曾国藩传》《苏轼传》等；四是军事类，如《中国工农红军长征纪实》《解放战争》《抗日战争》《抗美援朝战争》等，此外还有一些杂七杂八的书，文学理论、美学思想、书法字帖，等等。

书到用时方恨少，待到搬家才嫌多。孔夫子搬家——尽是书。买书的时候恨不得书越多越好，占有的资料越全越好，但是搬家的时候就麻烦了。就连搬家公司都不愿意搬书，太零碎，麻烦，不如家具撇脱，扛起就走，三下五除二就完事。对于爱书如命的人，一本书都不想扔掉，这可是几十年的家当，每一本书都承载着我的思想感情，记录着我的成长轨迹。正是有了这些如山的书籍，我才觉得富有——精神上的。

人一旦安顿下来，不管是窄是宽，是好是坏，就不想挪动，住惯的偏坡不嫌陡。但部队不一样，今天还在这里，明天一个调令就到了别的地方，军令如山，搬家也就成了常态。房子是什么？我曾经有过思考，觉得不但是吃饭睡觉的安乐窝，更是精神和灵魂的栖息地。

搬家看似简单，其实没有那么容易，搬之前你要收拾，整理，打包，哪些要，哪些不要，颇费思量。

整理的过程也很纠结，好多衣物都已经过时，放在柜底已经很多年了，如果不是搬家，肯定不会看一眼。但真要扔掉又很不舍。比如那件红色的衬衣，当时很流行，叫什么磨砂料子，很薄，穿在身上就像没有穿一样。那件衣服是我在绵阳买的，记得当年和一个暗恋的女兵到江油太白公园游玩，穿的就是那件衣服，在公园里还留了影，现在照片还在，看上去青春飞扬，充满活力。还有那件蓝色的毛衣，好多年没穿了，放在柜里占地方。本来已经扔掉，我又捡了回来。因为那是母亲给我织的，想到母亲在灯下一针一线给我织毛衣，同时也织进了深深的母爱，至今我心里还温暖着。虽然不穿，放着也是一个念想。

搬家，你不时会有惊喜。不经意中会在旧衣服里，或者床底下发现几百块钱。钱拿到手里，好像中了大奖一样，欣喜的心情丝毫不亚于发了一笔意外之财，尽管钱是自己放的。

捧读书信，也是搬家中的额外收获。现在通信手段丰富多彩，方便快捷，座机、手机、QQ、微信、电子邮件，任何一样都比写信来得快，因此现在几乎没有人写信了。翻着手中上百封书信，心里不时涌起阵阵暖意。这些书信最多的是家书，从刚当兵开始，我就一月给家里写两封信，一直到家里安装起电话止。这些书信记载着父母的担心、关爱。当兵时父母给我写信大多是让我努力学习，和领导、战友搞好关系，争取在部队找一条出路。

有一封大哥写的信至今还感动着我。那时我在老山前线，全家人都很担心，知道子弹不长眼睛，害怕有个三长两短，就让大哥给我写信，吩咐我晚上站哨要在暗处，千万不要抽烟，亮光会暴露自己，成为敌人的靶子。也难为大哥那么细心，连这些细节都想到了，他没有当过兵，这些常识大概是从电影中看来的吧。

还有一封信是赵忠泽写给我的，那时他在昆明陆军学院学习，体检时有乙肝的嫌疑。学院给他限定时间治疗，如果到时确诊是乙肝，将做退学处理。小赵慌了神，赶紧向我写信求救。说他现在最要紧的是治病，但身上没钱，让我寄六百元钱救急，今后一定好好感谢。我一听，马不停蹄地赶到邮局，把钱给他寄去。我那时还是战士，津贴不多，铁哥们有了困难，就是砸锅卖铁也要帮忙，这些钱都是我平时省吃俭用的积蓄。赵忠泽用这些钱把病治好，顺利毕业，现在已经是四颗星的师职干部了。

说话间家就搬了，现在的电梯公寓舒服多了，坐着电梯上去，再高也不累。清晨，站在阳台上放眼望去，旭日正冉冉升起，从高楼的缝隙间倾泻下万道霞光，远近的楼宇沐浴在霞光中，有一种氤氲的底色。还是古人有远见，"欲穷千里目"，必须"更上一层楼"。人往高处走，家往高处搬，何乐而不为？

(本文发表于《战旗报》)

# 拉票之后……

张仕文

上级组织读书活动，要求各单位至少交一篇读书评论或者心得体会文章参加评比，以此助推各单位的文化建设，形成浓厚的读书氛围。

读书当然是好事，在文明社会的构建过程中，书籍起到了极其重要的教化和浸润作用。人类由蒙昧变得文明，从野蛮变得知礼，书籍居功至伟。古人早就说过："书犹药也，常读之可以医愚。"鲁迅先生在弥留之际仍念念不忘："尚能生存，仍要读书！"苏联大文豪高尔基大发感慨："书籍是人类进步的阶梯。"由此可见，读书是多么重要，从古至今，文化都是助推社会发展进步的润滑剂和营养液。

但是有一个问题，评选是以网络投票定名次，如果票数上不去，文章再好也等于圈圈。老婆劝我，还是算了吧，万一票数很"骨感"，你脸上怎么挂得住哦？况且这种活动打的是人海战术，你刚到新单位，火门都没摸清楚，熟人没有几个，投票要吃大亏。

人在事中迷，就怕没人提。妻子的当头棒喝让我清醒。是啊，拉票活动，貌似公平公正，其实最不公平，单位人多势众的，下属部门多的，交际广的就占了优势。而人情世故恰恰是我这个"书呆子"的短板。古人说要善于藏拙，扬长避短。

正在犹豫的时候，领导打气来了：体现你这个笔杆子价值的时候到了，此时不搏到何时？你只管往前冲，我们是你的坚强后盾。领导就是领导，几句话就点燃了我的"战斗"激情。管他的，我不下地狱谁下地狱？牙一咬，心一横，决定服从单位安排，"冒险"参加这次读书活动。这架势颇有点"风萧萧兮易水寒，壮士一去兮不复还"的悲壮。

"既然选择了远方，便只顾风雨兼程……"决心已下，剩下的只有认真对待。读书，写稿，交稿，一路过关斩将，我的文章从几千篇稿件中突出重围，杀出一条血路来。

前面都是开胃菜，投票才是最后的"决战"。

投票的序幕一开启，顿时刀光剑影，电闪雷鸣，"硝烟"四起，各路豪杰使出浑身解数，十八般兵器全都用上。

箭在弦上，不得不发。我厚着脸皮在朋友圈、亲友群、同学群、文学群、摄影群、战友群进行狂轰滥炸，海量转发。可是，第一天情况不是很乐观，"战果"一般。看到"对手"的票数噌噌往上窜，我的血压也跟着往上升。关键时刻，有人给我支招，你不但要"批发"，还要"点射"。他见我有点蒙圈，便耐心点拨。"批发"就是群发，"点射"就是一对一发。有些人不看群，甚至屏蔽了群的，你发也是白发。只有一对一发，别人才看得到，碍于情面也不会拒绝。

仿佛醍醐灌顶，顿时茅塞顿开。

"批发"有窍门，如果你不问三七二十一到处群发，那也是瞎子点灯白费蜡，没准还会被有的群主扫地出门。对各种群要进行分门别类的研究，做到知己知彼，精准投放。战友群和亲友群不用说，无疑是战斗力最强悍的，一声令下，指哪打哪，点赞的点赞，转发的转发，成为投票的主力军。同学群就要打感情牌，动之以情，晓之以理，让他们明白投票的重大意义，从而树立"战备"观念，一天也不放松。对文学群和摄影群，可以偶尔发点小红包，吸引大家注意，最后做到心往一处想，劲往一处投。

"点射"里面有玄机，人上一百，形形色色，要分析研究各类朋友的性格特点，性格豪爽的，你发过去，他马上点赞，并说会一直投下去。你说谢谢，他说"不存在，举手之劳"！这类朋友最可靠，也最让人放心。另一类是你发过去，他就投票，不发过去，他就忘了。这类人只要每天提醒，也能做到不跑一票。还有一类是你投过去，他嘴上答应很快，"马上落实，你的事就是我的事！"你一听很感动，眼泪都差点流出来。可是瞪着眼睛看了半天，链接上的数字却像蚂蚁拉火车——纹丝不动。这类人是典型的嘴上落实型，话说得漂亮，就是不行动。他不知道你一直盯着链接上看呢，以为可以糊弄过去，殊不知遇到较真的人。最可气的是这类人，你满怀希望把链接发过去，就像一颗石子掉到大海，泡都不起一个。投或者不投，他不开腔，让你急得跺脚。

战略目标一明确，战术重新拟定，我决定打一场投票的"人民战争"，把"对手"消灭在人民群众的汪洋大海之中。开弓没有回头箭，我迎着"枪林弹雨"往前冲，投票不停，战斗不止。自从参与了投票活动，每天睁眼第一件事，就是打开手机，掰着指头算算又把多少战将斩落马下，看看缴获了多少"战利品"——增加多少票。

两军相逢勇者胜，众人拾柴火焰高。在战友亲友的主攻下，在朋友们的助攻下，我拿下了很多难啃的山头——票数也在呼呼往上涨，一直豪横地霸占着所在地区的榜首位置，先前提到嗓子眼的心也落了下来。每当看到大家在努力为我投票，我的心里就会涌起莫名的感动，脑海中自然而然会冒出一段话。我把那段话改动了几个字，代表我内心真实的情感：在投票的每一天，我都被朋友们感动着，我的思想感情的潮水，在放纵奔流着。它使我想把内心的想法，都告诉给我的朋友们。那就是——你们是最可亲的人！

轰轰烈烈的投票结束了，最后的战绩还算过得去，没给单位丢脸。但热闹之后是寂寞，剩下的只有一地鸡毛。我暗自思忖：这样不问青红皂白地拉票投票，对读书到底有没有促进作用？我敢负责任地说，这些投票的人，90%以上没有看过所投的文章，都是被动投票，友情点赞。

由此反思，网络时代，主办单位不能满足于一阵风似的活动，而是要常抓、抓常，久久为功，想方设法让大家工作之余远离牌桌，放下手机，亲近书香，静下心来沉浸式读书，充实自己，涵养内心。让读书成为一种自觉，形成浓厚的学习氛围，那样，我们的文化自信才会更加理直气壮。

（本文发表于《国防时报》）

# 老家的年味

张仕文

当兵离开老家到成都工作三十年，职责所系，很少回家过年，但总是忘不了老家那浓浓的年味，大概，这就是人们常说的乡愁吧。

我的老家黔西南是苗族布依族聚居地，绵延的大山一望无际，万峰成林，人们只能在山与山之间的坝子筑巢而居，形成了独特的地域文化和民族风情。那时人们还不富裕，平日里粗茶淡饭，少有油荤，嘴巴里能够"淡出个鸟"来。尽管如此，家家户户对过年依然十分看重，想方设法让年过得隆重一些。小孩子都盼望早点过年，能穿上新衣服，还可以祭一下嘴。

过了腊八，空气中就渐渐有些年味了。寨子里炊烟袅袅，各家各户的大锅、蒸笼都派上了用场，开始煮豆豉、酿甜酒、蒸年糕了，锅里升腾着一股热气腾腾的香味。老家过年都要打筒筒粑。一个"打"字，动感十足，形象地点出了打粑粑的特点。筒筒粑要用优质粳稻米来打，粳稻米蒸熟后倒进石碓春。春碓的诀窍是配合，碓尾两至三个人各出一只脚，一起使劲，碓首一个人不断翻着碓窝，直到熟米全部春碎粘到一起才起窝。蒸过的粳稻米很烫，冒着热气，翻的人旁边放一碗冷水，冰一下手翻一次，翻一下再冰一下手，很是有趣。碓的旁边早就支好了一块大案板，春好的米团黏性很强，几个人趁热在案板上使劲揉起来。粑粑做得好不好，完全取决于手上揉的功夫。屋外很冷，室内却热气腾腾，充满着氤氲的气氛。揉的人汗水出来了，干脆脱掉厚厚的棉衣，手上抹上香油，直到把米团揉成一筒一筒的粑粑，这样耳块粑就大功告成了。村里有个巧手的张奶奶，她能把舂好的米团捏出小鸟、寿桃、祥龙、牛马等形状，小孩子们爱不释手，想吃，又有些舍不得，很是纠结。

雪地里，开始杀年猪了。就地挖一个灶，柴火熊熊燃烧着，大锅里的水上下翻滚，几个壮汉正在追赶一头大肥猪。大概知道大限已到，肥猪死活不愿"束手待毙"，进行最后的挣扎。壮汉们一拥而上，有的揪耳朵，有的提后腿，有的抓尾巴，拼命把猪往案板上推。肥猪梗着脖子声嘶力竭号叫着，四条腿蹬踢个不停。杀猪匠一刀下去，抽出来时血流如注，主人家赶紧用钢钵把血接住。肥猪还在抽搐，杀猪匠一边抓住猪的耳朵，一边对着身后的人说："黑五，你现在怎么不跑了呢，有本事跑呀！"黑五嘴巴也不饶人，反击杀猪匠说，"你的膘再厚，也不是我们几个的对手！"就在这说笑声中，肥猪断了气。杀猪匠用刀在猪的后腿划一个小口，用通条在猪身上通几下，然后像吹气球一样对着猪腿上的口子猛力吹起来。他吹的时候腮帮子鼓得多大，三下五除二就把猪吹胀起来。大家把猪抬到锅边，用开水淋烫，边烫边用刨子刮毛，直到把毛全部刮光。杀猪匠招呼大家把猪立起来挂在楼梯上，用刀往中间一剖，把大肠、小肠、腰子、毛肚等分门别类取下，再把肉一块块砍下来。

转眼就到大年三十了，这是一年之中最重要的日子。大清早就开始忙碌起来，男人们先把猪脚、猪头放在火上烧，在水里用刀刮出焦黄色，放在大锅里炖，快熟的时候把很多白菜放进锅里去，叫作煮长菜。长菜一直要吃到元宵节，寓意幸福生活久长久远。贴春联、年画的任务自然落到半大孩子身上，他们读过书，能识文断字，知道对联的正确贴法。村子里的春联大都是文开煜老师书写的，他是上海交通大学的老牌大学生，满腹经纶，写得一笔好隶书，由于被打成"右派"，被遣送回乡劳动。村民没有把文开煜看成"臭老九"，而是对他十分尊重，安排他在中学教书。乡情最温暖，真情最感人，文老师无以回报，就主动"承包"了写春联的光荣任务。

"天增岁月人增寿，春满乾坤福满门"，"门前大道通车马，屋后青山润牛羊"，"生意兴隆通四海，财源茂盛达三江"，这些对联表达的都是对美好生活的向往。大红的对联一贴，就有了除旧迎新的新气象。

过了中午，天空中不时爆出几点火光，接着传来几声钝响，一阵青烟过后，空气中就散发出幽幽的硫黄味道，是心急的小孩等不及了，偷了几个鞭炮出来放。这是过年的前奏，华灯初上的时候，家家户户鞭炮炸响，整个寨子笼罩在硝烟之中。爆竹声中一岁除，凯歌声里万象新。过年开始了，按照传统，要先祭供祖先。祭祀由德高望重的长者主持，他们虔诚地敬天敬地敬祖宗，敬孔子敬圣贤敬财神，在缭绕的烟火中，敬老尊贤的中华传统得到传承。

乡村的年夜饭荤素搭配，以八大碗为主，分别是夹沙肉、红烧肉、熬锅肉、炒山药、煮长菜、酸汤鱼、酥肉粉条、白斩鸡以及炒饵块、鱼香茄子、豆豉炒油渣、素青菜，等等，满满地摆了一桌子。小孩子早就不耐烦了，屁股刚坐上凳子，筷子就飞快伸了出去。屋外飘飘洒洒的雪花，给年夜增添了祥和的气氛。室内的炭火烧得很旺，一大家子围炉夜话，暖意融融。那时每家都人丁兴旺，几世同堂。年长的爷爷奶奶坐在上首，然后依次是伯伯叔叔。辛劳了一年，男人们终于可以歇下来喘口气了，他们一边谈说今年的收成，一边喝着白酒。窗子上布满了水蒸气，随手一画，盛开出朵朵窗花。

酒足饭饱之后，就该发压岁钱了。小孩子望眼欲穿，大人偏不着急，故意岔开小孩子挤眉弄眼的暗示。到底是小孩，终于忍不住大声喊道："该发红包了！"他们猴急的样子把大人逗得哈哈大笑。"必须给爷爷奶奶磕头，磕头才给。"爸爸妈妈教着孩子。老爷爷手里拿着一根竹烟杆，吧嗒吧嗒地咂着，雪白的长胡子不停抖动。大孩子有几分扭捏，不好意思下跪。小一些的孩子实在等不及，抢到前面扑通一下就磕了下去："恭喜发财，红包拿来！"看着眼前齐刷刷跪着的一群孩子，爷爷奶奶乐得脸上的皱纹都舒展开了，赶紧从长衫里摸出红包来。

正月初一这天，寨子里成了欢乐的海洋，平时里寂静的山村瞬间热闹起来，坝子里挤满了穿着各色服装的男男女女，好像一个民族服装展示会。最亮丽最扯眼球的要数民族服饰，苗族阿妹打扮得花枝招展，一个个仙女似的，引得大家啧啧称赞。她们的服装都是纯手工打造，讲究织、绣、裁、缝几道功夫，色彩以鲜艳为主，浑身配上各种银饰，金光闪闪，那简直就是一件精美的艺术品。布依族的服装也由自己土织，加上独有的蜡染技术，形成了具有本民族特色的服饰。

从初二到十五，不管大人还是孩子都会到外面玩耍，有的到万峰林踏青，有的走亲戚，有的看耍花灯，少数民族的少男少女还会相约到山上对歌，对上眼就互赠礼物，年后就请媒人提亲。总之，正月里每天都在快乐中度过。

现在，家乡的生活已经变得越来越好，天天都像过年一样，人们对过年已经没有了那种饥饿一般的盼望，而我也由一个毛头小伙开始向中年迈进。但是，不管岁月如何变迁，永远不变的是我对家乡的情感。梦里的故乡，已经成了我精神的守望与依靠。

马上就要过年了，我又开始思念老家的年味……

（本文发表于《解放军报》）

# 老照片里的旧时光

张仕文

"时间都去哪儿了，还没有好好感受年轻就老了……"最近这首歌引起人们强烈的共鸣，感慨时光飞逝过，岁月催人老。时间到底去哪儿了？时间去了辛勤的工作中，去了幸福的生活中。光阴无情，岁月有痕，那一张张老照片留下了时间移动的痕迹。

凡凡照片，都具有强烈的时代特征，每个阶段的老照片都会打上时代的烙印。人类有一个共同点，没有什么就想炫耀什么，这从照片上就可管中窥豹。50 年代人们刚翻身得解放，列宁装、上海头成了女性的标配。在上衣口袋别上一支钢笔，显得有点文化则是男人的专利。60 年代穿军装，戴主席像，捧红宝书成为时髦。70 年代骑着自行车、摩托车的造型很是受宠，80 年代挎一把吉他、提着录音机、戴着墨镜的样子则很酷……回看老照片，就像徜徉在时光的河流里，一些支离破碎的记忆被神奇地链接起来，勾起你无限的情思与感伤。

小时候总是很羡慕那些有亲人在外地工作或者当兵的人家，他们的家里总会有一个像样的相框挂在堂屋里。里面的照片虽是黑白的，却也丰富多彩，有全家福，有单人照，有本地照的，也有外地照的，不一而足。军装和钢枪在我心中十分神圣，因此对那些穿着军装、手握钢枪的解放军照片尤其羡慕不已。那时最大的梦想就是有朝一日穿上军装，威风凛凛地照张相。

在中国，哪家没有几本厚厚的影集呢？照片从不同侧面记录着一个家庭的风雨历程，见证一个家庭从小到大，又由大到小的变动轨迹。老照片传承着良好的家风，传递着浓浓亲情。在我的老家，母亲也珍藏着几本厚厚的影集，每当想念父亲和儿女时，她都会拿出影集，一张一张地翻看，将一腔念想融入这无声的翻动中。

影集里最老的一张照片是爷爷的半身像，"照龄"已经90年，摄于20世纪30年代，爷爷四十多岁的样子。他头戴瓜皮小帽，身着青布长衫，内罩白色衬衣，精神饱满，双目有神。那是爷爷第一次照相，也是唯一的一次照相，这张照片成了他老人家留存世上的唯一影像，也成了我们后人对他的唯一念想。

爷爷是马锅头，把当地上好的茶叶经茶马古道运到南京、江西等地，再换回"洋布""洋火""洋碱"等生活必需品，日子过得还算滋润。抗日战争爆发后，人不分老幼，地不分南北，国民进入全面抗战。此时，爷爷已近天命之年，但他甩掉马鞭子，带着一帮车把式加入了抗日队伍，不幸的是，在长沙会战中牺牲。其时，奶奶已有七月身孕，这样，父亲就成了遗腹子。

小小影集，就是一个图像家谱，充满着正能量。影集里有一张三伯父的照片，穿着冬装，腰扎武装带，肩挎冲锋枪，左胸上"中国人民志愿军"七个字清晰可见，他站在掩体上警惕地看着前方。抗美援朝战争一打响，三伯父响应国家的伟大号召，随同大部队"雄赳赳，气昂昂"跨过鸭绿江，在硝烟弥漫的朝鲜战场狠狠打击以美国为首的联合国军，荣立了战功。我当兵的时候，三伯父把我叫到身边，郑重地送了我一本写着"抗美援朝，保家卫国"的日记本。当时我心想，三伯父送我这本破日记本干吗？现在终于理解了他的良苦用心，他是要我继承革命的光荣传统，苦练过硬本领，为祖国和人民杀敌立功。

影集中一张老照片让我不胜唏嘘，那是乌沙供销社全体职工在50年代开荒种地的照片，照片上有的挥舞锄头挖地，有的端着撮箕播种，脸上呈现出喜悦的神情。作为新中国第一代职工，劳动虽然艰辛，他们内心却充满着创业的兴奋与激情。这些职工大多是从旧社会过来的人，他们曾经当过学徒，做过小贩，受尽了老板的白眼与欺凌，现在成了国家职工，脸上的那份喜悦是发自内心的真情流露。那些地方都是乱坟岗，他们用双手开发出来，变成了良田，盖起了学校。在这些职工中，父亲是最年轻的一个，那时刚二十出头。而今，照片上的人全都不在了，而他们开创的基业已经根深叶茂。

那时拍照，只有胶卷冲洗出来才知道好坏。因此照相也跟电影一样，成了遗憾的艺术。这一遗憾也造成了很多洋相百出的照片。有的瞎眼，有的低头，有的咧嘴，让人看了忍俊不禁。在影集中有一张很滑稽的照片——那是1988年秋天，我在云南麻栗坡县曼棍洞前一片橡胶林里照的。我上身穿得周吴郑王的，头上戴着大檐帽，身上穿着上等兵军衔的新式军装，这些都是正常的，最不正常的是下身穿的是一条军用短裤。这就好比穿西装穿胶鞋，显得不伦不类，上身的一本正经和下身的滑稽形成了强烈的反差。

为什么会出现这种情况呢？听我慢慢道来。那时重新实行军衔制，这是我军1965年废除军衔制后的首次授衔。这么重大的喜事我一入伍就赶上了，自然十分高兴，想赶快照张穿着新式军装戴着军衔的照片给父母寄去，让他们也分享一下我的喜悦。但是，作为正在云南边防作战的部队，前指规定不准挂军衔，不准戴大檐帽。我们发的军衔、大檐帽、新式军装只能放在储藏室里，平时都穿作战服，戴钢盔。有一天，我和老乡张堂福向班长请了假，带上大檐帽和新式军装，用最快的速度赶到天保农场橡胶林照相。我以迅雷不及掩耳之势把配有上等兵军衔的军装穿上，套上领带，下身不想换了，太热。我让张堂福给我照个半身照，不要照到下半身，因为穿的是短裤。可是，他的技术实在不敢恭维，给我照了个全身。当时没有数码相机，看不到效果，等到冲洗出来，把我气得半死。生米已经做成熟饭，就那样吧，于是影集里就多了那张滑稽的照片。现在看来，这张照片却很珍贵，照出了那时的"原汁原味"，真实就是它的价值。

老照片是时间流逝的印痕，是岁月嘹亮的回声，犹如镌刻在岁月深处的光与影，展承着一段段曼妙的时光。怀揣一张全家福，亲情伴你走天涯，无论你走多远，心里都会有个家。打开那些发黄的老照片，回想那一个个温馨的笑脸，你会顿觉幸福来袭，心里宁静而温暖。

（本文发表于《战旗报》）

# 七 姐

张仕文

　　七姐并非排行第七，名字也不叫七姐，而是生在阴历七月初七，正是传说中牛郎织女鹊桥相会的日子。村里人喜欢叫她"七姐"，都说这个称呼吉利。

　　我却不敢称她为七姐，因为她是我母亲。

　　七姐年轻时是村里公认的"一枝花"，人长得秀美，歌也唱得地道。那个时代的歌她全会唱，走到哪里都是人未到而歌声先至。七姐有一个宝贝笔记本，上面抄满了各种流行歌曲。知青姑娘劳动时最喜欢跟七姐分在一组，活路做累了，人往树荫下一站，锄把往下巴一杵，就请七姐唱上几曲助兴。

　　七姐也会佯装扭捏一下，知青们见状，又是递水又是说好话。七姐见火候差不多了，不再客气，亮开喉咙就是一嗓子。她嗓音甜润嘹亮，直抒胸臆。虽然歌曲都很革命，但经她一唱，就有了难以言传的韵味。仿佛一阵山风拂过向晚的林梢，温柔而不强烈，使人精神一振，疲惫的身心立时满血复活，一坡地很快就会锄完。

　　那个时候村里一年半载看不上一场电影，娱乐生活十分单调。偶尔放一场坝坝电影，村里人像打"牙祭"一样连呼过瘾。即使影片老得掉了牙，甚至翻来覆去放了好多遍，大家也会看得津津有味。村里能识字的不多，因此闹的笑话不少。记得一次放《车轮滚滚》，只读过二年级的刘干巴是个热心肠，他在村里兴奋地奔走相告：今晚电影《车轮浪浪》，打仗的，够味！

七姐上过初中，在村里算是文化人。她觉得这个电影名字有点怪，便多了个心眼，跑去一看海报，才发现刘干巴这个白字大王把"滚"字念了"浪"。最搞笑的是这个错误的名字已经在全村传开，后来，"车轮浪浪"也成了刘干巴的外号。

山里人抬头看到的是巴掌大的天，身体被大山所束缚，思维被大山所桎梏，每天只知道"修理地球"，侍弄一亩三分地。七姐却与众不同，渴望与山外的世界对话。她常常在落日的余晖中，披一身晚霞，眺望着那条通向前方县城的小路。她扛着锄头逆光伫立，锦绣斑斓，形成了一道美丽的剪影。记得一次县城放《洪湖赤卫队》，她顾不得劳累了一天，缠着老爸陪她进城去看。老爸拗不过，只好借了吴二爹家的马车，点起火把，颠颠簸簸行进在弯弯曲曲的山路上。山里的晚上，四周黑咕隆咚的，为了驱除心中的恐惧，母亲一首接一首地唱着歌。由于马儿认生，父亲赶车的技术又很业余，等他们深一脚浅一脚赶到县城时，电影早已结束……

生了我们四兄妹后，家里的经济陡然紧张起来。父亲微薄的工资和母亲廉价的工分，艰难支撑着六口之家。看到我们日子过得不景气，外婆心里不是个味，时不时背着舅舅一家给予接济，今天舀一瓢猪油，明天撮半升苞谷，后天给一把挂面。日子好一顿孬一顿地过着。即便如此，七姐依然歌声不断。外婆一听到她唱，就会劈头盖脸一顿骂："号丧啊，嘴都糊不住了，还有闲心唱！"外婆不了解她的女儿：正是这种乐观向上的心境，支撑着女儿闯过一个又一个难关。

转眼就到了上学的年龄，家里没有钱给我们几兄妹置一套像样的衣服。要强的母亲为了我们的自尊不受伤害，偷偷去求管百货仓库的胖余叔，希望能得到一些免费的包装布。每次拿到包装布，她宝贝一样抱回家，用靛青一染，便成了光鲜的衣料。母亲三下五除二一剪裁，我们就多了一件像模像样的新衣服。

剩下的布料给我们一人缝一个书包。母亲用红线在包上面绣上一个红五星和"为人民服务"几个大字，那逼真的程度，跟商店卖的没什么两样。几十年过去，母亲当年在煤油灯下一针一线缝书包的情景，至今还经常浮现在眼前。她将所有的希望和一腔母爱细细密密缝进了小小的书包。

母亲生性活泼乐观，外在形象跟实际年龄相去甚远。大哥在城里读书的时候，母亲去送生活费。同学们都围过来，七嘴八舌向母亲介绍："你弟弟学习很努力，人又长得帅，很讨女同学喜欢哩!"左一个你弟弟，右一个你弟弟，急得大哥面红耳赤地分辨："她是我妈!""咦，你妈竟然这么年轻?"空气中顿时写满了大大的尴尬，大家相互吐了一下舌头，赶快溜走。

如今封闭的大山正在与世界接轨，家里的条件逐渐得到改善。继大哥、我和三弟参加工作后，医学院毕业的小妹也走上了工作岗位。望着空荡荡的老屋，母亲常向父亲唠叨："娃娃们翅膀毛干了，都飞走了!"话语中带着淡淡的忧伤。

母亲还是喜欢唱歌。几兄妹一合计，决定给家里买一台大彩电，一部卡拉 OK 机，改善一下二老的物质与精神生活。古板木讷的父亲，在母亲的带动下也终于开了窍，逐渐变得浪漫起来。他买来一串气球与彩灯，将老屋点缀渲染一番，烘托出几分浪漫的气氛来。有时来了情绪，母亲还会拉着父亲唱一曲缠绵悱恻的《知心爱人》。父亲虽然只是象征性地咧咧嘴，但在母亲看来，这已经是天大的进步了。

重在参与嘛!

当兵以来，每星期一封家信是雷打不动的。现在有了电话，母亲还是要求我们时常写信。"有事说事，无事报平安!"一次因为给家里打了电话，就偷懒没有回信，母亲的第二封信跟着就来了："二娃子，你不回信，是不是春节家里给你带的香肠少了，惹得你不高兴。我们是请别人带的，怕给人家增加麻烦，上千里路，别人也不好带，原谅你的父母吧!"看到这里，我的心里像被什么东西重重撞击了一下，忍不住趴在桌上失声痛哭起来。是啊，"娘想儿，想断肠；儿想娘，扁担长!"母亲总是巴心巴肝想着儿女，而我有这样想着二老吗?

母亲最爱看的电视节目是天气预报，她随时关注着儿子居住城市的天气。一个星期天早晨，我正准备带儿子去公园，忽然手机响了，是母亲打来的。她说最好不要出去，天气预报说成都今天有暴雨。我抬头一看，窗外是万里晴空，艳阳高照，哪里有雨的影子?就对母亲说没事的，天气预报也有不准的时候。母亲说"晴带雨伞，饱带干粮"，把雨具带上，小心点不会错!

果不其然，到了中午，先是狂风大作，既而豆大的雨点噼噼啪啪砸下来。游人顿时惊慌失措，锐声叫喊着四处逃散。腿脚慢的，转瞬就成了"落汤鸡"。这时我才佩服母亲的英明，要是没带雨具，肯定也要惨遭暴雨的蹂躏。

　　晚年最怕寂寞。儿女们隔得远，工作又繁忙，"常回家看看"显然不现实。正好镇里成立老年协会，动员父母加入。起先内敛的父亲不想让母亲参加："一个两个打扮得老妖精一样，丢不起那个人哟！"见父亲反对，母亲也有几分犹豫。镇长亲自到村里动员："七姐，你的嗓子那么好，不发挥出来简直是巨大的浪费！"镇长开了口，父亲也不好驳这个面子。

　　谁承想，母亲甫一亮相，就赢得了满堂彩，观众叫好声不断，就这样，母亲成了协会的台柱子。每逢老年协会组织活动，母亲的独唱成了叫座的保留节目。为了与时俱进，父母还趁到成都看我的机会，专门到人民公园去拜师学艺。本来安排他们到都江堰等几个著名景点好好玩玩，可他们尽往老年表演队里钻。也是运气好，人民公园每天都有四川音乐学院和各大剧团的退休人员在表演。他们见母亲从贵州来一趟不容易，就耐心教她怎么发声，如何转换气息等技巧。临返回贵州时，我觉得有点遗憾，好多地方都没去成。母亲却满意地说："这次可是大开了眼界，有高人指点，取到了真经，千值万值！"

　　父亲2012年去世后，母亲很伤心，一向开朗的她陷入深深的悲伤之中，一下老了几岁。老伴老伴，老来是伴，风风雨雨几十年，本来正是开始享福的时候，谁知天不假年，在与癌症搏斗五年之后，父亲以七十五岁年纪驾鹤西去。子欲养而亲不待，失去至爱亲人这种锥心之痛，外人是永远体会不到的。我们都担心母亲孤独寂寞，害怕她过不了那个坎。母亲看出我们的担心，反而宽慰我们，现在政策这么好，农民也有医保，六十岁以后政府每个月还补助钱，你们安心工作就行了。

　　不把母亲安顿好，我们哪里安心得了？几兄妹经过商量，决定在大哥小妹居住的小区给母亲买一套房子。一来母亲可以帮忙照看一下孙子，享受天伦之乐；二来跟儿女们住在一起，相互有个照应。我因为要上班，就先返回了成都。房子的装修、家具的购买、电器的选择，等等，这些后续工作都由大哥、弟弟和小妹继续完成。

一天晚上，大哥在电话中告诉我，母亲在城里住了几天，待不住，又回老家住了。放下电话，我有点纳闷，难道是晚辈们哪里做得不好，让母亲不满意，所以在城里待不住？

为了搞清原因，我给母亲打电话。母亲一听，忍不住笑出声来：你们多心了。城里的房子很好，对我照顾得也周全，只是我一辈子住在农村，习惯了热闹的乡村生活，亲戚朋友多，走动也频繁。城里好是好，就是楼房不接地气，邻里之间也不认识，想找个人摆白（聊天）也找不到。还有就是太闲，一天不做事浑身就不得劲。农村空气好，自留地里什么菜都有，想吃就去摘，新鲜，城里吃根葱都要花钱买，不习惯！

原来是这样，听到这里我放心了。俗话说得好，住惯的偏坡不嫌陡。母亲的根在农村，她的高兴与悲伤，青春与奋斗都与那块土地紧紧维系在一起。那里有她的乡愁记忆，生活印迹。让她离开农村，相当于禾苗拔了根，鱼儿断了水。明白了这个道理，我和母亲商量，能不能这样，每个月在城里生活半个月，农村生活半个月，反正大家都有车，接送很方便。母亲勉强同意了这个方案。

现在，母亲很享受这种城市与农村互相切换的生活，虽然马上就八十岁了，依然还亲自种菜，种粮，养猪。我们都劝她不要种地了，反正也不缺那点粮食。母亲说种的蔬菜除自己吃外，还可以养猪，没有添加剂，吃起放心。每次大哥去接母亲回城，母亲都会到地里摘很多新鲜蔬菜，用袋子分好，几个子女一家一袋。过年的时候，母亲请人把自己养的猪杀了，分给几个子女。我因为离家远，母亲就做成腊肉、香肠给我寄过来。

老年协会的活动继续开展，母亲依然是积极分子，哪怕在城里，一接到镇里有活动的通知，也要赶回去参加。现在日子越来越红火，我们希望母亲的晚年过得开心、快乐。只要她还唱得，跳得，我们都支持她。因为我们知道，给再多的钱，也买不来母亲发自内心的喜悦，精神生活的富足，才是她提升幸福质感的源泉。

（本文发表于《西南军事文学》）

# 人鼠斗

张仕文

云南民谚云：三个蚊子一盘菜，三个老鼠一麻袋。在南线当兵两年，印象最深的，便是猫耳洞中"人鼠斗"。

从歌舞升平的内地一头扎进血与火交织的战场，除了有几分新奇而外，暗地里还是有一丝"虚火"，加之特工活动猖獗，我们神经时时都处于紧张状态。

初来乍到，偶尔远处几声零星的炮击之外，一切都浸泡在浓浓的夜色里。置身于这样的夜晚，使人忘记了这里是生与死的交易所。我打开背包，枕着一腔豪情，美美地受用这无边的春夜。

不知不觉进入了梦乡，朦胧中，依稀觉得有窸窸窣窣的声音。"特工！"忽然一激灵，惊得毛骨悚然，赶紧推醒班长。班长侧耳一听，马上叫醒全班。我们枪上膛，刀出鞘，全副武装做好了战斗准备。声音越来越近，大家屏住呼吸，心想，为祖国和人民立功的机会到了。重庆籍新兵苏涛还递交了早就写好的入党申请书。

声音终于来到了洞门口，我们大喊一声："缴枪不杀！"怎么没有回音？班长用手电一照，啊呀，原来是两只黄灰色的大老鼠。此时它们蹲在那里态度从容，双手抱拳，竭尽地主之谊。呵，这老鼠精可够稳得起，那不慌不忙的样儿，俨然它们才是这里的一洞之主。

从当晚开始，我们不断遭到鼠辈骚扰。

最有意思的是王排长。他刚新婚不久，对娇妻是倍加思念。有一晚他梦见自己长出了一只翅膀，向着妻子的方向飞去。飞呀飞呀，在一片迷人的海滩上，他终于看到了娇妻，妻子发现了他。他们在海滩上朝着对方奔跑而来。跑啊跑啊，妻子终于投进了他的怀抱。"想我吗?"王排长深情地问。"都快想死了!"妻子害羞地答。王排长把妻子抱得更紧了，含情脉脉地注视着妻子。妻子慢慢闭上眼睛，嘴唇微翕。王排长把嘴唇迎了上去，他们在海滩深情地拥吻。"哎哟，妈呀!"王排长突然从梦中惊醒，哪里有什么妻子。通信员点上蜡烛一看，排长的嘴被老鼠咬得鲜血淋淋。这"血吻"的代价也太惨重了。

竟敢强"吻"我们敬爱的排长，反了天了，我们义愤填膺，赶紧行动起来，与老鼠作坚决的斗争。卫生员在每个猫耳洞都施放了灭鼠药，那是用麦子、毒药和香料配制而成的，用鼻一嗅，香气扑鼻。放好了药，我们便守株待兔。想到老鼠们呜呼哀哉的惨状，兀自忍不住笑出声来。

谁承想，高兴得太早，鼠爷根本不吃这一套。

大概是前任洞主也施过此种诱饵，老鼠们竟然不屑一顾。看着我们恼羞成怒无可奈何的样子，鼠辈吱吱吱欢呼个不停，那趾高气扬的嚣张气焰仿佛是庆贺打了一个胜仗。

鼠辈如此猖獗，我们怎能等闲视之。经过班委会集体讨论，准备展开一次"歼灭战"，集中优势兵力一网打尽。大家推选班长为"前敌总指挥"，副班长负责拟定"歼鼠作战方案"。全班一致认为只可智取，不可强攻。于是在洞中布满了各种机关，一切准备停当，单等鼠辈光临。

当最后一丝光亮跌入幽幽山谷，猫耳洞门口便出现了一只大老鼠，看它贼头贼脑的样子，大概是搞侦察的吧。果然，爬上洞坎后，它回头打了个暗号，几只大老鼠便尾随而至。眼看它们就要落入包围圈，遭到全军覆没，新战士小李高兴得差点笑出声来。不想那只"老奸巨猾"的黄毛大老鼠嗅出气氛有些异样，眼珠贼溜溜转了一圈，然后命令另一只前去打探虚实。临危受命的那只预感到凶多吉少，吓得瑟瑟发抖。可一看骄横跋扈的头儿，又不得不去。它刚蹑手蹑脚往前走了六步，只听啪的一声脆响，机关开启，将它罩进铁网中。其他几只见势不妙，倏地一下就溜了。

怎么处置这个战利品呢?大家都看着班长，等他下命令。铁丝笼中的老鼠瞪着血红的眼睛，一个劲地发抖，嘴里吱吱叫个不停，好像在说:"放我，放我!"

对"阶级敌人"决不能心慈手软。"倒上汽油，烧死它!"班长下了命令。一想到被它咬坏的衣服、食品、书籍，大家怒不可遏，气不打一处来，一致同意对它处以极刑。班长擦燃火柴，呼的一声，汽油着火了，老鼠痛得上蹿下跳，可怎么也逃不出铁丝笼子。

杀鸡给猴看，晚上可以美美地睡个安稳觉了。

偏偏又失算了，原以为杀一儆百，老鼠应该收敛，谁知它们还挺够哥们，竟然集结了一队人马来为死去的兄弟报仇。因此第二天晚上我们就遭到了偷袭。一个咬你耳朵，一个咬你脚趾头，害得我们顾了头顾不了脚，折腾得够呛。

强龙压不过地头蛇，看来鼠爷是不好惹的了，这场争斗最终以和平的方式来解决。我们也不敢要老大了，有了好吃的尽量给它们留一点，以求得太平无事，真可谓：世间有奇景，人鼠共一家。

鼠爷，你狠，哥们服你了!

（本文 1993 年写于绵阳，发表于《经济参考报》等报刊）

# 书店的坚守

张仕文

小小的书店，承载着多少人的温馨记忆。那是蒙昧初开的第一缕阳光，是触摸文明的高空跳台。

在我的记忆中，20世纪七八十年代，老家的书店设在一个历经百年的老房子里，由供销社经营，中间一排玻璃柜台，把顾客和书籍分隔开。顾客站在柜台外面，睁大眼睛往货架上看书的封面，相中哪本，让服务员取下，付款走人。柜台里的新书售货员不允许随意翻动，担心翻坏了卖不出去。

那个时候，最让我期盼的是《三国演义》这套小人书，一共四十多本，像连续剧一样，每一册都有一个著名的故事，比如"桃园三结义""温酒斩华雄""三英战吕布""千里走单骑""赤壁大战"，等等，故事环环相扣，很吊读者胃口。有点像说书人醒木一拍："欲知后事如何，且听下回分解！"看完一本，眼巴巴期盼着下一本。

那时文化生活单调，知识来源渠道狭窄，出版业也不发达，出一本书要很长时间，书店每次只能进一两集，要凑齐整套书很不容易。功夫不负有心人，凭着钓鱼的耐性，我集齐了这套梦寐以求的《三国演义》。从中，我知道了很多历史故事，比如刘备摔阿斗——收买人心；周瑜打黄盖——一个愿打一个愿挨；周郎妙计安天下——赔了夫人又折兵……暗淡的刀光剑影逐渐在我头脑呈现，远去的鼓角筝鸣又撩拨着我的情感琴弦，历史的风云卷起阵阵波澜。运筹帷幄的主帅，个性鲜明的将军，气势恢宏的战场，带给我深深震撼。

春风化雨，润物无声。不知不觉中，中国传统文化涵养了我的心灵。尔后一发不可收，又喜欢上了《水浒传》《说岳全传》《三侠五义》《红楼梦》等古典文学，灿烂悠久的中华文化深深吸引着我，我像一个饥渴的孩子，突然发现一桌美餐，一头扑了过去，完全不顾吃相是否优雅。书籍为我打开了一扇神奇的窗口，将我从懵懂无知中剥离出来，虽然偏安小镇一隅，却知道了外面的精彩世界。从此，我与书店结下了不解之缘，成了书店的老买主。

书店的店面不大，气势却很足，门口悬挂着"新华书店"四个毛体大字，飘逸俊秀。环顾那个时代，能够享此殊荣的商店大概仅此一家，别无分店。最高领导人亲笔书写店名——那才是真正的"金字招牌"。而今眼目下，一些老板喜欢给自己脸上涂脂抹粉，想方设法利用领导合影、名人赐字来装点门面，抬升档次，给人一种拉大旗做虎皮的感觉。

后来我当兵到了部队，依然不改喜爱买书的习惯，特别是提干之后，有了工资，经济可以自由支配，爱逛书店的习惯更加"变本加厉"起来。

我客居的成都是一座来了就不想走的城市。不想走自然有不想走的理由，除了西南地区经济引擎这个优势外，深厚的历史文化底蕴更是吸引人的地方。金沙遗址虽沉睡地下几千年，至今仍然散发出绚烂的文化醇香。出师之前在朝堂之上慷慨陈词的诸葛亮，其忠君爱国、忧国忧民的声音至今还响彻蓉城的苍穹之上。也许是听了好朋友的建议，杜甫躲避安史之乱首选成都，让他倍感慰藉的是，成都有他很多"粉丝"，没有把他当"难民"，七手八脚在浣花溪畔帮他搭建了一个茅草屋，让他暂时有了居住之地。

毕竟是杜甫，他随遇而安，在成都写出了《茅屋为秋风所破歌》《蜀相》《春夜喜雨》等经典诗篇。司马相如与卓文君一波三折的爱情故事，成为无数年轻人克服重重阻力，最后终成眷属的标准模板……随手翻开现当代文学史，巴金、沙汀、李劫人、艾芜等成都籍作家星光璀璨，各领风骚，在中国文学史上有着举足轻重的地位。而现在，四川名作家更如井喷管涌，层出不穷。周克芹、流沙河、魏明伦、阿来、裘山山等文学大家，个个著作等身，影响巨大。就连柳建伟、麦家两位茅盾文学奖获得者，也是当兵四川，"潜伏"多年，经过巴蜀文化熏陶浸润，而后一举成名的。

这些都是成都的软实力，也是成都独具特色的文化名片。

此外，居住在成都周边的李白、苏东坡、陈子昂、陆游等大诗人大才子，他们风流倜傥学富五车的文人风骨也助推了成都文化的繁荣昌盛。在这种文化氛围的浸染下，成都人的骨子里也多了几分浪漫情怀和文化基因，而书店作为堆积和灌注知识的载体，也遍布在成都的大小角落。小的书店就不说了，规模和影响较大的有西南书城、经典书城、布克书店、方所等等。这些书店就像一座座精神庙宇，引领着人们去朝拜，去景仰，去追寻。

然而，近年来，我发现一个奇怪现象，这些曾经红红火火的书店，不是倒闭就是转行，让人不胜唏嘘，扼腕叹息。

离我居住不远的五丁桥附近，有一家经典书城，是我一家三口最爱去的地方。刚开张时有三层楼，一楼是工具书和音像制品，二楼是少儿图书、各种专业书籍及教辅，三楼是诗歌、散文、小说、随笔等文艺书籍。每次到了书城，儿子总是撇开我，撒着欢儿直奔二楼而去，而我则坐着电梯直上三楼，我和儿子目标明确，各取所需。

可是，好景不长，不久书城就发生了变化，有一天我坐电梯到三楼选了几本书，下楼时发现电梯"罢工"了，我只好走着下来。原来书城为了节约成本，关闭了下行的电梯。又过了一段时间，书城开始"瘦身"，由三层缩减为两层，再后来变成了一层，最后关门歇业。

看到曾经带给我们精神食粮的书城变成了电玩城、洗浴城，我怅然若失，不是滋味。

有一次，我在天府广场左侧发现了一家叫"时间简史"的书店，店面虽然不大，但很有特色。书店为本土的巴金、流沙河、马识途、魏明伦等作家设了专柜，并且还有线装本、毛边书卖。在书店的最里面，专门辟开一角供顾客读书用，只要花上五至十块钱，就可以一边喝着茶水或咖啡，一边读自己喜欢的书籍。这种灵活的经营方式很受大家欢迎，读者也有一点上帝的感觉。

可是，又一个可是，一年后，时间简史书店也倒在了时光的隧道中。目睹书店"变脸"，好像一块巨石压在胸口，心里堵得慌。我像屈原一样发出"天问"，这是怎么了？难道是人们不爱看书了？难道是书太贵了？无数个疑问逼着我去寻找答案。

现代社会，竞争激烈，人们的工作、生活"压力山大"，年轻人上有老，下有小，把很多时间都用在生活打拼上，有的成了房奴，每天一睁眼就欠银行几大百，不努力怎么行？因此，两眼一睁，忙到熄灯，成为常态。经常处于一种奔跑的姿势，休息时间很少，逛书店更成了一种奢侈。于是网购应运而生，鼠标一点，东西就可送到家里来，省时省事还省钱。

另外，随着科学技术的发展，电子书也成了人们的选项。一本电子书，就像一个小型图书馆，可以下载成千上万种图书，想要什么书就有什么书，省去了纸质图书不便携带、占用空间较大的烦恼。而且，现在手机也成了阅读器，在上班的公交车上，在地铁里，在候车室，手机一拿出来就可以阅读，不受时间、空间的限制。

我现在也与时俱进加入了网购大军，也会在手机上阅读，方便确实方便，但总是觉得少了那么一点味道。少了什么呢？对了，少了一股油墨清香的滋味。那是一种与众不同的醇香，自打识字起就伴随我左右，深入我骨髓。别人是闻香识美女，我是闻香识美文。每当夜深人静的时候，在幽幽的书香中遨游书海，与大师进行精神对话，向哲人学习辩证思维，多少次迷思之时，大师先哲伸出手来，引领着我从此岸渡向彼岸。

传统书店的萎缩，有各种各样的原因，但也是物竞天择的结果，不管是自然界还是商界，都遵循着同一个道理——适者生存，优胜劣汰。书店的调整也是大势所趋，必须顺势而为，改掉一些僵化的经营理念，淘汰那些价格虚高、只重包装不重品质的书籍。风浪涤荡之后，能够坚守下来的，必定有着顽强的生命力，也是必然能够焕发出生机活力的。

书店是涵养文明的精神高地，是传承文化的有效载体，是提升素质的神圣殿堂。不管社会如何进步，科技如何发展，心态如何浮躁，文化始终是助推国家发展进步的重要力量。因此，即使沧海桑田，风云变幻，书店也将会永远坚守，虽然面目可能会有所变化，但不变的是它的职能。仰望浩瀚的星空，总有一些信念值得我们固守，总有一些文化值得我们传承，总有一些传统值得我们弘扬。

（本文发表于《中国青年报》）

# 书法有道

张仕文

　　书法和京剧，都是老祖宗留下来的国粹，不管是改朝还是换代，不管是太平盛世还是战乱频仍，都无法撼动它们的历史地位。

　　文化是软实力，也是彰显一个国家文明程度的标尺。书法和京剧都具有历史纵深感，承载着广大华夏儿女深厚的情感寄托。但辉煌之后，两者都面临着失传的危机。这绝不是危言耸听，虽然都知道京剧是好东西，但年轻人鲜有喜爱，咿咿呀呀的，一板一眼，节奏太慢，没有那个耐性。随着电视和新媒体的出现，人们的欣赏口味发生了改变，不用出门，手里遥控器一点，想看什么就有什么，不用请示汇报，不用抢占座位，也不用看别人的脸色，虽然少了参与感和热闹劲，却多了几分轻闲和自在。看戏，再也不是年轻人的唯一选择。快节奏、高效率的生活，已经压缩了京剧的生存空间。

　　那么书法呢？

　　字是敲门砖，写一笔好字，是无数读书人的追求。电脑还没有普及前，谁要是写得一手好字，是很受人们尊重和推崇的。"一等人忠臣孝子，两件事耕田读书"，逢年过节、婚丧嫁娶，被别人请到家里舞文弄墨，书写对联，那是功德无量的事。

　　可是，几乎在一夜之间，电脑进入平常百姓家，钢笔、毛笔提前"病退"，键盘成了神"笔"，要什么字体有什么字体。办公用电脑，商务用电脑，写信用电脑，方便、高效、快捷。如果愿意，一天"写"一两万字也是一碟小菜。即使偶尔忘字，用拼音一打就出来，方便得很。但是，任何事情都有两面性，时间一长，问题出来了，那些才高八斗的博士、硕士，文凭虽高，字却歪歪扭扭，让人大跌眼镜，不敢恭维。

是到了抢救书法的时候了。

书法是我们中华民族独有的艺术形式，自甲骨文始，逐步演变至今，可以说集中华文化之大成。在这条绵延不绝奔腾不息的文明长河里，灿烂辉煌的文化基因强壮着我们的肌体，浸润着我们的身心。在世界文明史上，曾经闻名于世的四大文明古国中，其他三国要么被外族入侵而中断，要么被战火而撕裂，只有中华文化没有随历史的变迁而走样，保持了文化的连续性。这在世界文化史上本身就是一个奇迹，理应成为我们的文化自信。在文明的传承中，书法起到了至关重要的作用，很多外国人喜爱中华文化，大多始于对书法的热爱。因此，书法于我们理应像吃饭穿衣一样自然、随意。然而现实不容乐观，信息化时代，电脑代替了人脑，键盘代替了毛笔，能够写上几笔的人逐年下降，再不加以保护，我们引以为豪的国粹将消失在移动的时光里。

请把目光投向这些令人肃然起敬的光辉名字：王羲之、王献之、张旭、颜真卿、柳公权、苏东坡、米芾、黄庭坚、赵孟頫、于右任、毛泽东等书法大家，他们捋捋衣袖，在历史方位上挥动如椽之笔，潇洒地书写着自己的那一"体"，使文化大观园始终姹紫嫣红生机盎然。王羲之的行书、张旭的狂草、颜真卿的楷书……这一件件艺术瑰宝，仿佛饕餮盛宴，形成强大的视觉冲击力，让人沉醉其中，大呼过瘾。

阳光总在风雨后。每一个书法家的背后，都有一段勤学苦练的故事。王羲之当年学书成痴，经常观察飞鸟的轻灵、虎豹的迅捷、苍鹰的雄姿、树木的形态、山形的走势、河水的流向，集天地之灵气，采日月之精华，把个人体悟融入书法中。据说他家门前的水池，因为他常年洗笔，池水都变黑了。他有个癖好，喜欢在夫人大腿上比画练字。一天，他又在夫人腿上比画起来，夫人假嗔道，人各有一体，不要总在我身上比画。"对，人各有一体！"夫人这句话给了王羲之极大的启发。自此，他越加注重博采众长，推陈出新，师法古人而不拘泥，终于成为名留青史的"书圣"。凝聚着他才情与感情的《兰亭序》，大胆突破前人的规矩，写得行云流水，律动空灵，留下了"天下第一行书"的美誉。

读帖、临帖有个渐入佳境的过程。开始是"少年不识愁滋味，为赋新词强说愁"，看到的只是字。随着功力、阅历的加深，进入了另一个境界，"衣带渐宽终不悔，为伊消得人憔悴"，可以读出蕴藏其中的时代特点、政治哲学、人情世态、经济发展、历史风云。如魏晋流行碑体，这种字体端庄大方，金钩银画，有金石之气，充分体现了魏晋风骨。大唐盛世，气象万千，书者喜好行草，恣意汪洋，潇洒不羁，这是当时江山一统、政治清明、文化繁荣、社会稳定的真实写照。宋朝皇帝宋徽宗不爱江山爱书画，擅长花鸟，苦练书法，自创瘦金体。江山都玩丢了，不瘦才怪呢！

文如其人，字如其人。如果你不了解那个人，单看他的字就可以略知一二。苏东坡的字肥厚中暗藏端庄，古拙中透着灵动，佛性仁心，契合了他浪漫而豪迈、超脱且敦厚的性格特点。

列位看官，可别小看了横平竖直的方块字，一撇一捺都从历史深处走来，从象形、会意、形声、转借的组合中可以看到文字形成的韵律之美，从上下、左右、杂合结构中可以看出文字构造的建筑之美，从由繁到简的变化中可以看出文字演变的绘画之美。

汉字真是好东西啊，静临一本好帖，就如同与智者对话，与高手过招，与贤人清谈，既如沐春风，又涵养心性，不亦快哉。

（本文发表于《战旗报》）

# 四川茶馆

张仕文

老舍先生笔下的《茶馆》，具有浓郁的老北京风味，上演以来，经久不衰，成为永恒的经典。那时肤浅的我，只知道北京茶馆，不知道四川茶馆也赫赫有名。

20 世纪 80 年代，贵州信息闭塞，很多资讯都无从知晓。一天，我从学校图书馆发现《在其香居茶馆里》这篇小说，眼前顿时一亮，没想到四川也有茶馆，还那么有趣。其香居茶馆"川味"十足，属于典型的南方茶馆。茶馆里夹杂着跑堂的吆喝声、茶客的说话声、川戏的念白声……炉灶上铜壶正在突突冒着热气，正所谓"垒起七星灶，铜壶煮三江，来的都是客，全凭嘴一张……"

氤氲的气氛，给我留下很深印象。那时就想，今后有机会，一定到四川去好好泡一下茶馆，体验一把四川茶馆那种独特的韵味。

说来也是机缘巧合，这个愿望高中毕业后实现了。1987 年 11 月，我入伍来到四川江油市青莲镇。说起青莲镇，知道的人也许不多。但说起李白，那就家喻户晓了。熟读唐诗三百首，不会作诗也会吟嘛。青莲镇就是唐朝大诗人李白小时候读书生活的地方，铁杵磨成针的故事就发生在这里。

从营区后门出去，往东边不远处有一个小村子。川西的村庄有个共同的特点，家家户户门前屋后都栽有竹子，不但能遮风挡雨，还能美化居家环境。我跟班长打趣道，他们才深得东坡先生"宁可食无肉，不可居无竹"美学思想的浸润啊。

有几个长相甜美的村姑，朴素大方，水汪汪的眼睛会说话，见到当兵的过来，热情招呼："班长，进来喝碗茶吧，训练辛苦，喝碗茶提提神……"

这些茶馆，沿村道而建，陈设简单，古朴自然，多是就地取材，碗口粗的慈竹作支架，四周用竹篾条围上，桌子、椅子都是竹子做的。碗是土碗，茶是土茶，水是井水。老乡们围桌而坐，有的叼着叶子烟，嘴里吧嗒着，不停吞云吐雾，手里拿着长牌，正在高速算计着对手的牌；有的嗑着葵花子，悠闲地摆着龙门阵，不时发出会心的微笑；有的端着盖碗茶，静静地细品，十分享受难得的悠闲时光。

至此，我对四川茶馆有了最直观的印象。

后来，我从江油基层连队调到绵阳旅部机关从事新闻报道工作，政治部领导为了提高我的写作能力，专门安排我到原成都军区宣传部跟着大笔杆子学习新闻写作。每个周六早上，只要没有公务，宣传部邓高如副部长都换上便装，带着我到马家花园去喝茶。马家花园是个平民茶馆，五角钱一杯茶，大多都提着鸟笼子来，鸟笼往树上一挂，任由画眉、八哥欢叫。茶客和鸟友坐在竹椅上，泡上一碗盖碗茶，边喝茶边天南海北闲聊，有聊股票涨跌的，有聊哪里商品便宜的，有聊偏方神药的，话题广泛，包罗万象，天马行空……开始我有点纳闷，邓副部长一个大校军官，怎么喜欢到这个地方喝茶？他家里明明有很多好茶，怎么偏偏喜欢到这个不入流的茶馆来呢？

时间长了方才明白，他喝茶是假，了解群众生活才是真。邓副部长虽然没像蒲松龄那样免费为群众提供茶水，搜集故事，但他也把茶馆当作了解民间生活和学习群众语言的重要平台。他用眼睛观察，用耳朵聆听，用本子记录。在茶馆，他收集了很多方言俚语、百姓故事，经过提炼整理，写成的文章生活气息浓厚，很接地气，个性十足，极大丰富了文章的感染力和地域特色。他写的《买票》《探子屠生》《邓老太爷的文化观》等文章在全国全军很有反响，有的获得冰心散文奖，有的被选进职业高中课本。这些优秀的作品，不能说全是喝茶喝出来的，但至少茶馆有一大半功劳，生活才是取之不尽的创作源泉。

由此，我对四川茶馆的认识又深了一步。

走在四川的土地上，不管是城市还是乡村，茶馆就像毛细血管一样，遍布在城乡的肌体上，滋养着这方土地上的人。转角不一定遇到爱，但肯定会遇到茶馆。正所谓：万丈红尘三杯酒，千秋大业一壶茶。川人爱茶，就像黔人嗜酒，那是与生俱来，刻在骨子里的。

我曾自问，四川为啥那么多茶馆？川人为何那么悠闲？通过翻阅史料和实地考察，终于找到了答案。四川地处北纬 26 度到 34 度之间，大部分地区属于亚热带温润季风气候，常年多雨多雾，是茶叶生长的天然福地，也因此造就了蒙顶甘露、峨眉黄芽等享誉世界的名茶。有道是公不离婆，秤不离砣，有茶自然就该有茶馆。再加上四川号称天府之国，粮草丰茂，吃穿用度皆可自给自足。物质上富足了，就会变着法子提升精神生活，于是喝茶、摆龙门阵、看川戏就上升为雅事，成了川人的标配。川人闲淡平和不是无所事事、不思进取，而是精神层面的一次华丽嬗变，是低端生活向高端文化的成功突围。

茶杯里上下浮动的茶叶，散发的是千年历史的绵厚醇香，古韵悠长。据史书记载，四川产茶已有三千年的历史，是中国最古老的茶区和世界茶树的发源地。西周初期，巴蜀地区开始人工栽培茶树，先秦时，中国茶的饮用和生产主要就在巴蜀一带，至西汉，成都就已经成为我国茶叶的主要消费地和集散中心。

在中国名茶的族谱里，始终有川茶的一席之地。名山的蒙顶茶，唐代至清朝，上千年间，岁岁为贡茶。历代诗人不惜笔墨，对它大加推崇。唐代大诗人白居易《琴茶》有"琴里知闻唯绿水，茶中故旧是蒙山"的吟唱，元代李德载有"扬子江中水，蒙山顶上茶"的传神佳句，川茶文化源远流长，积淀深厚。从丝绸之路上嗒嗒马蹄声中的茶马互市，我们感受到茶叶在商品交易中的重要作用。一片片茶叶，累积出异域人对我大中华的信任，在布满胡须的嘴巴中，品出了中华商品的别样味道。

曾几何时，茶馆很单纯，就是喝茶的场所，没有那么多讲究。后来，随着经济社会的发展、分工的不同，茶馆就衍生出不同的功用，派生出说评书、要魔术、说相声、川戏表演等类别。人们根据自己的喜好选择茶馆，对"号"入座。

可别小看茶馆的作用，没有茶馆这个平台，李伯清也红不起来。在成都乃至全川，很多事情都是在茶馆搞定的，不管是谈生意，还是接待朋友，茶馆都是不错的选择。围炉煮茶，细品人生。在茶叶的沉沉浮浮中，说人说事说日月，谈天谈地谈古今。东南西北闲聊一通后，缰绳一勒，刹车一踩，马上进入正题。感情就跟喝茶一样，慢慢泡才有味道。火候差不多了切入正题，自然水到渠成，事情搞定，生意成交。感情没到位就说事，多数要黄。

成都人经常豪横地炫耀，我们其实也没什么，只是盆地旁边有座青城山，热了就去避个暑，顺便问个道（道教场所）。旁边还有个都江堰，流淌的是岷山积雪化了之后流下来的水，渴了就用雪水泡茶，那个味，简直不摆了——自然、纯净、味正。

现在，受多元文化的影响，外国的咖啡、奶茶、饮料不断涌入，对传统茶馆有一定冲击，但不管怎样，川茶的铁杆粉丝还是像和尚敲木鱼——多多多。面对这种情况，著名作家流沙河曾用一副对联表明心迹："你喝你的易拉罐，我饮我的盖碗茶！"这既是对川茶的尊崇，更是对传统文化的坚守。老祖宗传下来的东西，在我们手里不能丢。

其实，我们大可不必忧心，萝卜白菜，各人所爱，茶馆依然受到人们的热捧。外地人到了成都，总是要到人民公园鹤鸣茶园坐一坐，要一碟点心，泡一壶花茶，体验一下成都的慢时光和深厚的茶文化。还可以走到成都的会客厅——宽窄巷子，找一家茶馆坐下，一边品着盖碗茶，一边欣赏《滚灯》《变脸》等传统川戏，那一份闲适与怡然自得，巴适得板。如果愿意再出三十元钱掏耳朵，保证你浑身的每一个毛孔都会得到释放，让你忘记了尘世的喧嚣和浮躁，在茶水的浸润和戏曲的变幻中，疲惫的身心得到些许抚慰。

如今，茶馆已经成为一种文化象征，焊接着历史与现实的缝隙，人们在不断挖掘蕴藏其中的文化价值，拓宽川茶带给世人的文化体验。是的，茶馆储存着人们美好的文化记忆，无疑，也是这方土地上人们的精神栖息地。

走，喝茶去！

（本文发表于《巴蜀史志》）

　　张兴尨，四川德阳人。1969 年入伍，先后在北京语言文学自修大学、深圳广播电视大学、四川省委党校法学专业学习。20 世纪 80 年代在地方工作后，任德阳市某国有企业党委书记，获国家评定的高级经济师、中级政工师称号，并获得法律服务工作的资格证书。从 1984 年开始发表文学作品，代表作有《赵二嫂的心愿》《三个复员兵》《辛欣园闲话》等。

# 手捧木棉花的少女

张兴龙

今天去录制优待证档案，看着退伍证书，感悟到了什么叫失落。你看那些经办的工作人员，他们高高在上，漫不经心，视所有吃瓜群众为脑残。我真的感到愤慨！

蛇形的队伍慢慢地蠕动着，我终于移动到了照相机旁边。我对摄影师说："今年我 70 岁，拍照时一定要从感官上体现我的灵魂。"摄影师非常茫然地看了我一眼，照片成形后，摄影师说："大爷，你看你的眼睛里有泪水。"我嗫嚅着，好的！好的！需要的就是这样的效果。

此时此刻，我已经想起了北仑河对岸的往事：沾满红土地泥浆的手，轻轻地触摸着你额头的刘海，还没来得往下捋，手便颤抖起来，你卷发下红晕的脸蛋瞬间羞涩，在我心灵的城堡中雕刻成一尊永恒的肖像，你搅得我连硝烟的味道都嗅不出来，压缩饼干与水果罐头都无法调出我的味觉。深夜或是清晨露水坦然的宣泄，你晶莹的笑容、迷人的眼神，足够我消受这短暂的一生。一念之间，我握着你白里透红的手指，仔细地数着指尖上的"斗"与"箩"，思想的光辉照耀着怅然若失的影子，花蕊在蜂蝶和阳光的抚摸下，香气从体内慢慢地飘散出来，浸润于灵魂，溢留于花际、花茎及幸福的遐想中！我静静地立在前沿的掩体内，蓦然间，一个小女孩手捧木棉花向我走来，用那鲜嫩的花瓣，敲打我的心扉，回首时她飘逸的黑发，恰是某种黑色思维，向我倾诉离别。你是花的精灵，你是祭坛上神圣的供品，你是我生命的字典中一个动词："战争"间隙时的——和平。

大爷！张大爷！一位工作人员招呼我到柜台去填写那段令人热血沸

腾却又感异常伤感的履历。那是一段什么样的经历啊，为躲避敌人的子弹爆头，穿着裤头在猫耳洞内嚼干巴巴的压缩饼干，遐想家乡的回锅肉，或者回忆在战前动员时，偷偷地用被子蒙着头看女朋友的照片。岁月的窗口，独揽着壮丽人生。我是高尚的，也是卑鄙的，甚至于因高尚而卑鄙。高尚是因为信仰，卑鄙是因为生存。用高尚自尊的盾牌遮掩孱弱的生存躯体，手中高举的利剑被风雨腐烂成软弱的绳，绳在愉悦的贿赂中伸展，在冰霜的暴力下扭曲。正义、公平、信仰在窗外的远处，被血红色的晚霞慢慢地坍塌！

残存的春风在川西坝子踯躅，敲打着东倒西歪地立在原野上的各类树木的枝干。风，尽情地肆虐着柳穗。风，一根根地数着我经岁月漂洗的发丝。风，传诵着从山民栖息地发出的婴儿的呐喊，追着先人的脚步。没有炼乳注满那只洁白的奶瓶，没有奶酥填充那个方形的竹笼，用泥巴捏出的玩具狗喑哑无语，自制的汽车怎么发动也无法移动。你们的哭声不是风筝，注定升不起欢笑的三月、浪漫的四月，而只能在劳累的五月蜷缩。失去，是一种什么滋味？父辈们唠叨着昔日的辉煌、富贵，寒风中一夜间就被强暴洗劫。灾难从此降临。饥饿的甜蜜被子孙品尝，盼望着在秋天的山野上捡拾金币，抑或在等待！今年注定是一个多事的季节，我呼喊着遥远的旅程，在舱门口，咀嚼着该死的疫情，千万倍的视镜虽然能看见儿孙的面容，但山河却阻断了亲情的温柔。望着远方的云雾，将片片隐在肚子内的残骸吐出，那里面包含着什么内容，我知道，先人知道，那是几代人奋斗、积累、垒成的氏族的灵魂！那位给我献木棉花的小姑娘在哪里？她神色恐惧，但又天真无邪的举动让我在炮弹呼啸、子弹乱飞、硝烟弥漫的生死拼搏时产生了怜悯，把仅存的水果罐头撬开送给了她。

艰难地填写完履历，我轻轻地叹了口气，坐上公交汽车，因为我必须快点回家，去照顾患了癌症的老伴。一直遮掩着我真实思想的层层黑纱，憋得我几乎喘不过气来，种种不允许我拥有的意念像幽灵似的在脑壳里潜行，思想指挥着行为悄悄地猛烈向其靠拢，我站在阳台上望着远处的天台山，用蜕变的方式撕裂自己灵魂深处的意念，重新开始塑造，充填现实存在的一切。三月的春天，我每天从家中出发，去五医院外一科48床照顾多病的爱人，两点一线地苦苦地来回奔走。今天经最后检查，其各项生理指标均达到了正常标准，终于可以出院了，各种担心、烦恼总算告一段落，站在丹桂树下深深地呼吸着春天清晨的空气，空气中弥漫着玉兰、鹭鸶、紫玉的花香，什么时候能够完全卸下重担，像小鸟一样轻松自由地飞翔。这一辈子太累了，从大带小、到老养老，我肯定要舍去一切困扰我的烦恼，携眷属看云卷云舒，游名山丽景！最重要的还是：要去看望给我献木棉花的那位小姑娘……

# 故乡·耕基

张兴龙

躁动的夏天在稻子低头的瞬间，便携着立秋的风，迈出季节的门槛，与夏天握了握手，便拥着秋姑娘在丰收的喜悦中入眠。秋天的阳光眷恋着原野，为大地铺上一层金色的光芒。沉睡的镰刀从梦中醒来，抹去刀上的困惑，进出金属质的锋利，庄稼的兄弟、土地的主人。喉咙里伸出灵魂的手，锁扣着腐烂的权杖，试一试镰刀锋利的程度，不用再等待，一切都已准备就绪，趁着阳光还放在九顶山山尖尖上的片刻，认真阅读夏天付出：

> 农夫企盼稻花香，一片汪洋鬼哭泣。
> 秋天秋收无获取，月圆喜庆淹梦里。

当我开始酝酿墓志铭的文稿时，看着曾经被踏个脚板印的每一寸土地时，从与你结伴开始到与你艰难地分手，没有想到分手时的心情比相识的感觉更加惶恐。当太阳落山后经过一夜的脱胎换骨再次耀升天宇、土地，万物在感受温馨时喜极而泣，从此对生命的领悟产生了更高层次的更深刻的期待。认识你故乡的土地，我的心情、心态、心智是要为你精心地打扮、梳理，让你的躯体生长出金子、银子。但在这场劫难后，我站在绣龙山的山尖上却感到了一生中的最难度过的孤独。

没有人不孤独，自我意识越强，感觉越敏锐，思想越丰富，情感越活跃的人，对孤独的体验越深刻，孤独的情结越沉重。孤独从不会从人群中消失，孤独不在深山，不在荒漠，不在原野，不在寺院，而在闹市和社会之中。孤独不是个人专利，而在大众之中。无论你处于哪个阶层，上自领袖，下至乞丐，九流三教，只要微微地沉思，人生中总有那么多的失意、不满、苦闷、忧郁、苍凉、误解、屈辱的心境，人就不免陷于孤独之中。只是不同的人处于不同的生存环境中，孤独的表现形式不同，表现的程度有所差异而已。

请记住：只有那些品质、品德高尚的人才是最孤独的……而且必然如此……正因为如此，他们才能享受自身环境中那种孤傲地、深层次地对社会的预判的快乐！我必须尽快地从天灾的困惑中清醒！

风，念诵着初夏的呓语，在翠叶中低吟，拨响天籁。时光在生命的原野上绽露亮色，在收获与耕耘的浪漫中神采奕奕，与青春荣辱，与命运共洗礼，去伸展生气勃然的茂盛。成熟的麦秆低着与高尚的阳光肝胆相照，显示着其诡异与干练、低调。生命已经到了尽头，对所谓的物理延缓早就不抱希望，心已经凝固。

那轮辉煌、遥远的太阳，是你的宿命定下的星宿。使命给你严酷的谕示，你飘荡的生命、理念，由一只光灿的巨手所牵引、维系。你的梦想，银光闪闪的思绪，是泻向大地的素笺，你的生命与信念，铺洒无边的天宇。坚持沿着梦路奋斗的行者，亘古不息！

我沉默在5000年的空旷的地缘心脏，所有的心思浸在意忆之中。我感到大地的脉搏在加剧，就像在大荒沟，一枚飞速的子弹在一间小屋内旋转，在转动中毁灭了理想、青春，致使时至今日还在他人的记忆中回荡。我想捕捉一束阳光暖暖身子，阳光离我很远，在蔚蓝的空中游动，惘然和失落包裹着我的呼吸，所有的理想、青春均被假设中的子弹击中破灭、吞噬。我双手合十，连上帝都会原谅的年少的轻狂，却被人当成匕首，一刀、一刀抹杀了我宝贵的青春！

故乡的香樟树分外沁香。绣龙山沉眠的体内，一个生命左冲右突，顽强地伸展着躯干和枝丫。黑暗挡不住，岩石纷纷崩溃为风景，在地下躺着也同样具有高度。与冥暗相伴，与幽寂互依，坚守着生命掘进的每一寸土地，虽然纵深数丈，远不如路边的一茎小草引人注目，你还是韬光养晦、矢志不渝，总有一天吸收日月光芒，沐浴春雨甘露，最终会绿叶婆娑，繁花似锦，在秋天展现厚重的崛起！

一只干瘦得像鹰爪一样的手，在暗淡的夜空挥舞。两片紫红色的薄薄的唇嗫嚅着呓语，故意昂着因出生时不能啼哭、被他妈扇了耳光后留下的歪脖子支撑着的梨形的头。无知地颠倒着主谓关系、视觉关系。颠倒着盲流与绅士的关系，感恩与施恩者的关系，模糊着手握达摩克利斯剑的战士与犹达的质的区别。如果火山爆发的岩浆不是冲进大海被冷却了无声息，而是迅猛地飞入湖泊，这个湖泊的水即使浓如污垢，也将被红红的岩浆化为蒸汽，裸露出凶残、贪婪、空虚的面孔。虽然无知便可无畏，但上帝也会惩罚这种真正忘记来路、不知感恩、不愿付出又要获取，而且贪婪、狂妄的小人。

天灾的无情无论怎样变化，人祸的贪婪无论怎么野蛮，但是文明的生命总是以善良和丑恶的两极构成完满的人的世界。在日益文明和成熟的人类面前，生命越来越具有精神的、文化的以及经济的、政治的因素。至于那些超自然的，扑朔迷离的，难以驾驭的，就像在雾海中航行，他是错综复杂，支离破碎的。我认为：人的自觉意识越高，赋予文明的神奇越有绚丽的色彩。霍山秀水抱复回，但人必须遵大自然的规律，把握好规律的风向标，顽强地在生我、养我的这块热土上活着。艾青有句名言："为什么我的眼里常含泪水，因为我对这片土地爱得深沉。"为什么我的微信昵称"诗人泪"？我不是诗人，却时刻渴望诗和远方，也有跟随诗人的脚步泣血创作诗的情结，因为四川省德阳市罗江区略坪镇这块热土养育了我，从川西坝子的沃野中生长出了许多诗人，李白、薛涛、李调元、余勋坦（流沙河）、王志杰。我时常低吟，梦成黑色，仍有晚霞，仍有远方，总想飞翔，却屡屡折断翅膀，只可惜，砚底沉重，宣纸皱叠。

# 我的父亲

张兴龙

　　溯风逆行的你，每当回首身后的坎坷、泥泞，一道又一道，一程又一程，心境豁然奔涌……生活不相信眼泪、懦弱！失败也并不意味着被扼杀成功，世上没有任何侥幸让你成功，世上更没有不幸让你永久痛不欲生。生命拒绝的不是平凡，而是平庸！所以春风得意时应多些缅想，只要不背叛初衷；失望时多些憧憬，只要不虚构苦梦。用心境去灭却嫉妒，用心境去冲尽如尘的虚荣！生命才会获得轻松！远离卑劣的倾轧，躲开世俗的纷争，重温一抹美丽的心情和来到人世间与人的邂逅，用文字记忆那快被淹没了的人文印记，用意念去抚慰疲惫的心灵。

　　我的祖上是陕西省勉县人，何姓。从爷爷的爷爷开始就迁移到四川省罗江县创业，在罗江县的南街开了一家以卖陕西勉县花椒为主产品的铺子。先辈们用最古老的运输工具，背篼背，鸡公车推，毛驴驮的方式，沿着诸葛亮六出祁山的古驿道一步一个脚印地丈量着从罗江县至昭化700里，到广元800里，到勉县1700里的每一寸里程。经历了几代人的勤俭持家、艰苦奋斗，真正地用鲜血、用汗水积累了一点点家业，到了我的父亲这一代日子稍微稳定了，为基本生存夯实了基础。我的爷爷虽然属晚清举人，但是没有钱，始终没有去捐一官半职。爷爷饱读四书五经却手无缚鸡之力，更不会从事商业活动，靠为他人写点家书、对联维持生活。我的父亲因爷爷的妹妹没有生儿育女，在6岁时就被爷爷的胞妹收养，改姓张氏。名大富。或许，父亲的姑父希望这位继子能达到大富大贵吧！大伯去世后，其子女也各自东西南北，开始自谋生路。从此在父亲张氏的堂屋的神龛上、在祖宗的姓氏上又多了一个符号，何、张、唐氏历代先祖。

过往被一阵风吹过，眼泪流下，忧伤在指尖悄悄地滑落。为了这渐行渐远的岁月，生活还将继续。我的父亲读书不多，和曾经中过举人的爷爷相比，父亲确实应该被列为扫盲的对象。

1950 年冬天，父亲离开家乡罗江县，从戎投军，光荣地加入了中国人民志愿军。父亲背着罗锅，担着铁桶，在异国的领土上冒着枪林弹雨，顶着酷暑严寒，为自己的志愿军战友煮饭、送水。从鸭绿江边用粗糙的双手一勺一勺地量度着朝鲜的每一寸土地，在上甘岭战役中，父亲背的罗锅被子弹击穿后，子弹钻进了父亲的腰脊骨。1953 年，父亲回到故乡，悄悄地取下了挂在胸前的各种勋功章，挽起裤腿，不顾伤痛就扎进了故乡的原野、田间，日出而耕，日落而息。直到有一天，我清楚地记得，那是 1963 年冬天，我正在略坪小学读五年级，放学回家时看见几个四清工作队的叔叔、阿姨拿着本本，他们的脸上没有一丝笑意，而父亲正在嗫嗫嚅嚅地向他们诉说，我躲在竹门的旯旮旁边，我从父亲孱弱的细语中得知，我现在的爷爷不是我的父亲的亲生父亲，而是父亲的姑父，父亲也不姓张而姓何。工作组的黎阿姨说我家在 1950 年前是富甲一方的大地主、大商人。1963 年父亲因为是退伍军人，工作积极，已经当了五年多的卫星大队的大队长。四清工作队离开我家后，我的父亲开始与四类分子为伍，被免去了卫星大队的大队长职务，在朝鲜战场上受伤的腰背上，被缝上了一块用白布写的黑字——"历史反革命分子"的布条。从此父亲精神恍惚，冷漠、歧视，罩在我们家屋子的每一个旯旮，恐惧束缚着家庭的每一个成员。1964 年，我要考中学了，我的成绩在略坪小学肯定是毫无疑问的优秀，但父亲背上的这块白布会把家中每一个人的美好理想抹得干干净净。父亲不再沉默，他请了许多知情老人为他作证，因他的姑姑没有生育，他 6 岁时就被姑姑、姑父抱养，当时父亲的姑父是一位穷酸的木匠，家境贫困，1950 年划成分时，被定为贫农，父亲只是偶尔回到爷爷家讨些救济而已！在许多好心人的帮助下，按当时党的政策，父亲也应随父亲的养父——姑父定为贫农！父亲背上写有"历史反革命"的白布被撕了下来，从此父亲脸颊布满了笑意，他拿起了自己喜欢的武器——菜刀、锅铲，为工人，为农民做饭。我也顺利地考上了罗江中学，1969 年冬，我光荣地加入了中国人民解放军。我们兄妹六个，成也罢，败也罢，父亲时刻都告诫我们，做人一定要宽容，不贪不占，饭能吃饱就行，住能睡下就好。2005年父亲去世了，我把65式军装盖在父亲的骨灰盒上，在65式的军装上，别上他引为自豪的6枚军功章。清明节，摸着父亲冰凉冰凉的墓碑，又想起了1979年1月27日的那场战争、战争中牺牲的战友，他们长眠南国边陲，心酸酸的！

人老了，回忆也许是一种病态，有时候无数纷乱的往事被搬弄出来，说不明白是甜，是酸，是悲，是醒醐，反正腻歪歪的。在房间里踱来踱去，当停下枯燥的脚步，站在窗前，望着窗外一排排蔬菜大棚，回想往事，物是人非，灵魂深处却产生出冷冷的感觉。苦难的童年，家里姐妹六个，只说每天必须要做家屋事，就是常人无法忍受的，天上的星星还没有消失，我就必须背着用竹条编织的背篼去割牛草，装在背篼里的牛草还必须是紧紧扎扎的，绝不允许抛抛松松，不然的话，父亲的竹条将会无情地落在屁股上。还来不及把看得见碗底的稀饭喝完，母亲又吆喝着我，快点去把水牯牛牵到沟边上喝水，到对面红豆树梁子的山坡上放牛。母亲说："要让牛吃带露水的草，因为牛吃了带露水的草就能长膘。"好不容易熬到负责犁田的社员把牛牵走，才能够在河边上用双手捧两把冰凉冰凉的水洗洗脸，擦脸的物件就是已经磨损得快要破裂的衣袖。当我跑步赶往学校，在学校轻松轻松时，我调皮的个性也开始自由发挥，因为在整个年级我的学习成绩从没有被任何同学抛到第三名。因为学习成绩好，家里贫穷，更不会去与别的同学惹是生非，从三年级开始，我就是班上的班长，上五年级的时候，一位叫王光菜的同学脚上长疮，我天天背着他上学，先后坚持了一年多。中午放学后，别家的孩子唱着歌，三人一伙、五人一排高高兴兴、蹦蹦跳跳地回家，而我却要担着放在学校厕所内的狗屎撮箕去屠宰场捡粪，如果当天捡不满两撮箕粪，中午饭就别指望了。下午放学后又背上背篼漫山遍野地跑，去捡各农家挖了红苕丢掉的苕鼻子，背回家去，洗净，晒干后经粉碎当苕粉吃。累得东倒西歪的我回到家里时，浑身的骨头就像散了架。如果爸爸、妈妈高兴时，还能点着煤油灯看一会儿课外书籍，如果不高兴，就得赶紧钻进牛圈屋，爬到堆放稻草的草垛上开始睡觉，鼓着眼睛，默默地在黑暗中把课堂上老师讲的课复习几遍，或者背诵曾经读过的诗词。我很骄傲，虽然家里无钱买纸、笔，我在绵远河挑来细沙子，倒在一个废弃的石灰窑上，把细沙子铺平，用树枝当笔，用沙子当纸在上面练字。当兵后部队首长夸我的字写得好，就是这个时候打下的基础。童年从 7 岁到 13 岁，我就这样在苦水里泡出来了，在牛背上长大成人了，在捡粪的簸箕上熬过了童年。当跳水运动员全红婵面对记者提问时说："因为没有钱，动物园没去过，游乐场也没去过。"我的眼睛潮湿了，我的童年也是如此啊！我们这辈人啊，真的太累了，青少年时姐、弟、妹之间的大带小，互相间的感情，依恋那种和睦的氛围，至今难忘。唉！后来……

入伍当兵，那时才刚刚 16 岁。为什么当兵？真实的目的很简单，只为能吃饱肚子。回到地方后，结婚，生子，创业，为文凭，为工作，最后还只让带一个孩子，当老婆病了，爹娘又老了，社会上的同事们能理解还行，如果……如果啊！唉！今夜无眠，我的心隐隐在痛。

望着远方，惘然的脸上浮着一丝丝无奈的苦笑！我的父亲对他的同事、朋友和蔼可亲，宽容大度，对事业勤勤恳恳，认真负责，他为职工烧的每一滴汤都必定会做到味美可口，他对上级交给的工作熬夜也会去完成，父亲没有给我留下任何财富，但他留下的舍己为人、勤劳勇敢、遵纪守法、老实做人的家风让我刻骨铭心。横亘在中原大地的秦岭，它形成的时间比喜马拉雅山脉还久远。如果说：黄河是中国的母亲河，秦岭则是中国的父亲山。在我眼里，我的父亲张大富，就是一座山，就是那座莽莽苍苍、高耸入云的秦岭。

# 春

张兴龙

　　春风在川西坝子懒洋洋地飘着，带着泥土的香味，山野潮湿的清新，在阳光的附和下荡漾，春风飘在脸上具有风拂柳的感觉，春风一夜吹醒了川西坝子的花霸——油菜花，它成片成片地占据原野、山坡，尽情地怒放。油菜花是最骚情、最招蜂引蝶的花痴，它是最多情的花神，却又保持着最美的专一的颜值，金灿灿地铺满大地。油菜花不单纯给人们带来视觉美，而且还最广泛地给人们带来味觉美，是烹饪各种佳肴的最好的离不开的佐料。油菜花是最实惠、最有价值的花仙、花神。

　　三月仲春，是万物复苏的季节。桃花开了，人们常用桃花比喻少女的脸面儿，谓之人面桃花；李花白了，又有人谓之桃红李白。玉兰的香气，木本夜来香的浓淡，丹桂的嫩芽，每一个物种都在告诉我们，春天到了！

　　3月5日是雷锋纪念日，也是我母亲出生的诞辰日，雷锋的名字及他的故事在中国这块土地上，在中国普通人的心目中一直广为流传。他是社会主义社会道德风尚的航标灯，他至少影响了两代人健康成长。为此，毛泽东同志亲笔写下了"向雷锋同志学习"，号召以他为榜样树立正确的人生观、道德观！

　　此时此刻，我想起了小时候母亲给我讲的故事《天堂与地狱》。根据宗教信仰，传说人死后，会因自己在人世间的所作所为的善事与恶行，而被安排进入天堂或地狱。但是天堂与地狱的生活又有什么区别呢？相信很多人都想知道，特别是家住孝泉镇涌泉村的孝子王小二，特别想知道进入天堂的好人与进入地狱的恶人到底是怎样过日子的。话说有一天，王小二巧遇观音菩萨，向菩萨提出欲看天堂与地狱生活之心愿。菩萨因王小二对父母孝顺，又是虔诚的佛教徒，就答应带他去游天堂与地府。当菩萨带王小二到阴沉沉的地府时，看见的都是身体瘦如柴骨、饱受饥饿折磨的苦难。为什么他们这么瘦？王小二问观音菩萨。王小二你好好瞧瞧就会知道。此时，正好午餐时间到了，饿鬼都涌到一个巨大的锅旁，不过此时，他们的双手都被绑上了一双长达六尺的木匙，他们争先恐后地争吃，但被长匙所约束无法将食物送进口里，食物都被拨弃在地上。观了此景，王小二才悟出为什么饿鬼那么瘦小。过一会儿，观音菩萨又带王小二参观天堂，天堂内鸟语花香、神仙个个面色红润、身体强壮。神仙吃什么食物呢？小二问观音菩萨。观音菩萨回答王小二，神仙吃的食物与饿鬼吃的食物和使用吃饭的工具都没有差别，你瞧瞧吧。时逢仙人正在一个巨大的锅旁吃饭，他们的双手也被一根长达六尺的木匙绑着，与饿鬼无异，不同的是，当他们用木匙舀到食物时，则将食物往对方嘴里送去，对方也将舀到的食物送到对方嘴里。在彼此的默契配合下，个个都能足食。看了此景，王小二真正明白了一个道理，在一个社会群体中，每一个存在的个体如果单打独斗，其力量是微薄的。互相信任、真诚合作比明争暗斗好！

　　昨夜下着小雨，春雨贵如油。午夜冷风吹散的雨雾，轻轻地飘浮在书房窗前的丹桂树林和草坪间。或许因为孤寂、无聊，疲惫的我伏在书桌上睡着了。当潮湿的眼眶流出的泪水润透衣袖时，我醒了！穷极所有记忆，我做了个梦，我梦见一位长发齐腰的姑娘，亭亭玉立在家乡天台山的山尖尖上，她双眼深邃而神秘地凝视着远方，好像是要透视九顶山脉，去研究山那边的风土、人情、世故。我胆怯地向她靠拢，用手去抚摸那飘逸齐腰的黑发，那一绺绺黑发竟然从我指间脱落，她的面容在我的记忆中越来越清晰，她就是生我养我的母亲！

　　母亲抚摸着我的头嗫嚅着："我1932年出生，今年89岁了，要是我还能健壮点，我就去城里给你煮饭，你一天到黑忙忙碌碌，总是饥一顿饱一餐的。"我哭了，母亲，伟大的母亲，你已经89岁高龄，还挂牵着儿子，梦忆中我又想起在远方的女儿。有一次女儿在梳理头发时，突然扯下了两根白头发，非常伤感地对我说："老爸！你看我也开始长白头发了。"看着女儿倔强而自信的面容和她那从不服输的气质，我想起了女儿儿时的乖巧、成人时的孝顺。女儿既要上班，还要照顾一双儿女，我真恨自己的无能。老祖宗们好像在天空的深处诉说着什么？城市的繁华洗涤和污染着人们的灵魂。呼吸里除了大山的清新和原野的馨香，还夹杂着钢铁、水泥和油漆的气味。我住在城市的一隅，我的心怎么搁置？

满院春色，春意盎然。春天就像大病初愈的病人，迎来了生命重新开启的大门。春天就像刚刚落地的婴儿，从头到脚都是新的，春天她像情窦初开的少女花枝招展地笑着，姗姗地走着。春天，人们称颂你为一年中最美好的季节，春天，诗人把你与绿色的伊甸园相媲美，但是我这个经历了2020年在这个季节被禁锢了的老头更喜欢传说中的火焰山。当患者焦灼地期待你那有疗效的温馨的空气时，但今年春天空气却飘浮着可怕的胶溶液。所以患者更喜欢夏日的灼热。但是你，春天，不恁我喜欢或厌恶，你都任性地来了。院内的丹桂发芽，木本夜来香开花，白玉兰争艳，黄角兰也反季节地裸露出她迷人的身板，妖娆的菜花也成片成片的怒放，等待蜜蜂的眷恋。春天来了，春天真的来了。

令人心动的春天，暖风飘动、百蕊争荣、桃红似血、柳嫩成金、萌芽出土、百草排新，芳草绵绵铺锦绣，娇花袅袅羞春风。

# 夏

张兴龙

　　川西坝子的夏夜特别闷热，热气中飘溢着稻田泥土的芳香，宜人的土腥味扑面而来，沁人心脾。我在间种着黄豆的田埂上神游，听着蛙鸣。望着高高挂在空中的月亮，日日夜夜眷恋着我的故乡川西坝子。我的故乡生长着古老的梧桐树，我的故乡有望不到边际的绿色稻浪，乡音乡韵是漫天飞舞的丝雨。唐诗、宋词是川西坝子泥土里长出来的庄稼，家乡我总是忘不了你的温柔、你的宽阔，你总让我为思念您潸然泪下。夜色中，我在不死的生命中浪荡。故乡，你是我心中夏夜那轮银盆似的月亮。在月亮下，我喝着龙门山脉中山民们采摘的绿茶尖。茶，是世界三大饮品中的老大，被称为东方饮料。据分析，茶叶中有咖啡因、单宁素、茶多酚、蛋白质、游离氨基酸、叶绿素、胡萝卜素、维生素 A 原，以及维生素 B、C、E，还有微量元素，共 400 多种成分。茶叶的种类有绿茶、青茶、白茶、黑茶、红茶，茶单宁是茶叶的特有成分，咖啡因是构成茶汤滋味的重要成分。我喜欢夏天喝绿茶，秋天喝白茶，冬天喝红茶，春天却喜欢喝点咖啡，就像吃咸食时间长了，也需要吃点甜食一样。因为咖啡也是世界三大饮料之一，我热爱家乡，也时刻惦念着远方，至亲至爱的亲人。

　　河堤上的迎春花曾经粲然的笑容已然谢幕，公园里的樱花还未向人们展示那奋不顾身的爱情故事，便被一场夏夜的暴雨打落。路旁的玉兰花悄然盛放在清俊的枝梢，坚韧的花瓣在热风的吹拂下尽情地摇曳。夏季，山峦青翠，涧河清冽，人们欢声笑语，怡然自得，幸福的人生旅途，温暖的片段，恍惚连接着秋天收获的梦境。抑或是现实生活中终其一生，不愿意停歇的火热人生，沉睡是梦，醒来依旧是梦。春天链接夏天，夏天链接着火热的青春。青春是一只任性而快乐的小鸟，欢快雀跃在夏天深绿的树梢上，叽叽喳喳，在夏天的风里放歌。恍惚间肋下生翼，我似小鸟，颤悠悠矗立枝头，骄傲而清高地在人们仰视中陶醉。

那是1978年的夏天，我乘坐60次特快列车从郑州市回德阳市，列车在重峦叠嶂中穿行，窗外的近景匆匆而过，目不暇接。远眺，远山如黛，白云悠悠，如梦似幻的迷离。

"查票了！请乘客们提前准备好车票！"广播里传来女列车长甜甜的音韵，我身边座位上的孔政委此刻却突然像踩刹车一样停止了与我的交谈，猝然间脸色苍白，目光暗淡，神色局促不安。孔政委你怎么啦？孔政委身穿剪裁考究的笔挺的墨绿色毛呢军装，是一位非常英俊的中年男子，领口两边的红领章把他映衬得风度翩翩。孔政委是我大姐夫所在单位武装部的政委，在省委党校进修。列车内突然嘈杂起来，乘警不断地招呼没有买车票的乘客去7号车厢补票，孔政委不断掏着裤兜，可是什么也没有掏到，他很狼狈地对我说：钱包和车票都丢了。孔政委脸色愈发难看，目光躲闪。我悄悄地把我的车票塞在他的手中。那时候的车票就是一张长方形的纸质卡片，无论谁只要手上有车票，就不会成为逃票者。我颔首示意孔政委，让他放心地坐在位置上，我去7号车厢补票，在补票过程中，列车员要我从始发站郑州开始计程补到终点站成都，可是我的人民币却不争气，它竟然不支持我做这件好人好事！我把四个口袋全部掏空都不够火车票钱，负责补票的列车员非常鄙视地看着我。最终我在列车员、乘警疾言厉色的呵斥下被赶下了火车。我沿着铁轨徒步回家。一路上热风拂面，鸟语啁啾，我慢慢地沿着铁路用双脚数着一根根枕木。

在子夜时分，我轻轻叩开家门，连脚都没有洗，便倒头入睡。

多年以后，我也从部队退伍回到地方工作。从部队回到地方工作后，我真的很不适应地方政府中的人际关系，有时甚至不想去上班。理想在濒临幻灭的痛苦中彷徨、迟疑、挣扎了很长一段时期，那是我人生中的一段至暗时期。不知道苦熬了多长时间，才慢慢地在沉默中开始习惯。

有一天，父亲从外地出差回来，递给我一张纸条，纸条上写着一位女孩子的名字、工作单位、电话号码，说是孔政委专程找到他，让我去成都找这个女孩子。从字条上的信息分析，显而易见那位女孩子有一个令人羡慕的好单位、好工作。毫无疑问，她是孔政委的妹妹孔晓梅。父亲一直鼓动、催促我去成都找她，父亲已经见过那个女孩子，说配我绰绰有余。父亲他根本不知道我在火车上与孔政委邂逅的那段故事。我心知肚明，是孔政委要把与他相隔千里的妹妹托付给他认为善良、可靠、同样是军人的我。我始终没去见孔晓梅，我认为不能因为做了一件微不足道的好事，而去贪婪地收获。最终我辜负了孔政委的好意，也让父亲悒悒不乐。

　　夏天是烈日炎炎、桃红柳绿的时节。人生的路上风尘仆仆，是否能找到链接的窗口，回到现实时却不可先知。夏天虽然热浪滚滚，保持清醒的头脑是最好的状态。夏天过去之后，秋天成熟的脚步一定会坚定不移地向我走来……

　　从早上起，太阳就残酷地蒸烤着大地。笼罩着一层褐色蜃气的原野像开了锅一样。绣龙山紫色的山峰在后面闪着蓝光，黄沙像一片一片的橙红色的水波一样。汗流满面的农民一步一步地在稻田里摇晃着，用竹竿赶着杂交水稻的花期。他们的脸变成了褐色，被太阳晒得变了样。喷雾器上的铁皮烫得连手也不敢去碰。树林子里面也并不凉快，是一片闷人的蒸气。

　　黄昏以前，一层透明的雾气遮住了太阳。天空变成了灰色，西方出现了一些沉重的云片。这些云片一动不动地停在那里，下垂的云边紧贴在模模糊糊的、好像纺得很细的地平线上。后来，这些云片被风一吹，就很可怕地飘动起来，许多条褐色的尾巴愤怒地往下拖着，许多圆形的云彩顶端甜蜜地闪着白光。时间随着夏日的风，念诵着夏日的呓语，在叶翠中低吟，拨响天籁。在生命的原野上绽露亮色。在收获与耕耘的浪漫中神采奕奕。与青春荣辱、与命运共洗礼，去伸展生气勃然的茂盛。成熟的稻穗低着与高尚的阳光肝胆相照的头，显示着其诡异与干练、低调。生命已经到了尽头，对所谓的物理延缓早就不抱希望，心已经凝固。时光之手，一篇一篇、一页一页地撕裂风中散落的往事。窈窕淑女，已经不再是君子追寻的目标。泅渡在黄昏里，渐近、渐远，离沉睡近在咫尺。今夜让我剪一束烛光，做一次成熟的采摘，让我在某一个时光段，感触在夏日时，爆发出青春的骚动。

回地方工作已经 N 年，在省委党校脱产带薪学习接近三年时间，我被任命为 N 市一家地方国有企业的党委书记兼厂长。在部队我管辖的只有一百多个战士，现在却要领导近千名工职人员，而且是党政主要职务一肩挑。

夏季的某一天，我接到通知去市经委开会。走进会议室，我找了一个旮旯坐了下来，会议开始时，一位非常熟悉的身影坐在了领导座位的正中央，我仔细看了一下呈三角形的牌牌——××市经委主任：孔剑。怎么会是他？我高兴得心脏开始加速跳动，但又压抑着。由经委副主任向参会人员介绍，经市委、市政府决定由孔剑任市经委主任。大家欢迎孔主任讲话！孔主任一开口就点了我的名字："张建今天到会没有？"我压着内心的激动，从喉咙里挤出了一字："到！"孔主任打开了话匣子："我叫孔剑，你叫张建，你是建设的建，我是刀剑的剑，我转业后被分配到经委工作已经一个多月时间，在此期间调查了十多家企业的领导班子的组成情况、企业生产状况。张建为了所管理的企业能够正常生产，在企业资金链即将断链时，不是等待上级解决短缺资金，而是主动想办法，利用战友关系，向金阳乡乡镇企业办借款 20 万元，使企业在生产的关键时刻没有停产……张建的行为是为了企业生产，而有个别人却借此事件要求免去张建的党委书记、厂长职务，一位一心为了企业生存、生产的领导要被免职，我孔剑是绝对不支持的！"

那轮辉煌遥远的太阳，是你命定的星宿。使命给你严酷的谕示，你飘荡的生命、理念，由一只光灿的巨手所牵引、维系。你的梦想，银光闪闪的思绪，是泻向大地的素笺，你的生命与信念，铺洒广袤天宇。坚持沿着梦路奋斗的行者，亘古不息。N 个月后，我被调到市经委任副主任。

秦岭是中国地理位置上最重要的南北地理分界线。秦岭淮河以南是南方地区，2022 年 7 月中旬，北方的冷空气悄悄地越过秦岭，慢慢地侵略了四川盆地，聚集于成都平原，流荡在川西坝子。我仔细地亲吻着菊花清纯的花瓣，我深深地嗅吸着菊花的清香。我情不自禁地拥抱着夏末的最后一个细节。我泪流满面。刀光与汗水，理想与现实，信仰与生存，我忠诚了一辈子，这一辈子失去了年少无知，失去了年轻活力，失去了年长成熟。失去了一片天、一片地，收获了孤独、失意。我曾经在《辛欣园闲话》中说："一群在阳光房内收割精神的人，他们最终会被精神收割！"这一辈子，在我的面前，路过了许多不该路过的人。我最终也将路过我自己。我还在路上行走，我已经习惯了这个城市的深度，如同我自己已经习惯我自己一样。今夜还下着暴雨，盯着窗外蒙蒙的雨珠，在此时此刻，在行将就木的瞬间，我描绘着你最完美的影像，我听见夜雨中你美妙绝伦的叹息，对您的思念便如夏日的狂风肆虐地吹过心海，虽然仍在等待，但等待的仍然是甜蜜与痛苦相互交织。我仍然依恋着你最后一瞥的深情，我呼喊着您的名字，把这个名字镌刻在我的血液里，信念越来越清晰，越来越分明，最终我将把灵魂散向世界。面对你——故土，在失落中我封死所有路途，让我不再是一种象征。让我的人生不再疲惫。

夜终于变得很静、很静。沉重的夜色把德阳这座城市勾勒，仅留下了旌湖两岸建筑物简单的轮廓。

从窗户的缝隙处流出了百分百歌厅的音符，这音符让通向东山凯江路的街灯不再暗淡。街灯将我的身影时而拉长，时而压短，这美妙的旋律我已经听了千百回，我一直在听他的唠叨，我全身心地在为他的问题思考！

许多梦，许多事都不可能忘却，能忘记的"梦"、能忘记的"事"最好忘记，忘记了就少了烦恼。

我始终相信"上帝都会原谅他的行为"，许多话语，应该不会成为蓝色音韵的波浪，在令人无法理解的眩晕中，重复中再次重复！

太多的失信，太多的承诺，即便是用文字书写的契约也会在沉默中被挟持？我不愿意百分百流出的最后一个音节被我的影子踏响，如果你真要我：尽头，我们相对的前方是远，还是近？每一次停顿，每一次挥手，每一次包容，每一次握手，都因为那个音符还响在耳边，还在空中飘浮"我是你的朋友"。让夏季的狂风暴雨洗涤一切卑鄙的心灵。要相信季节的变化是律动，骄阳泼洒着光芒，甘霖复苏大地，这时候绿色注入了生命，真正地繁茂了。生命的峥嵘生机被夏日热烈的蓬蓬勃勃唤起，怀着一种洋溢的精神、冷静直率的真情，任何所谓的理由都阻挡不了自然界季节变化的脚步。

# 秋

张兴龙

　　我非常喜欢川西坝子秋天的黄昏：降温后的太阳慢慢地、轻轻地从九顶山的山尖尖上坠落，晚霞如同一片片赤红的落叶散落在川西坝子起起伏伏的原野上，金灿灿的稻穗低着头在秋风中晃来晃去，有点不堪重负的稻秆也跟着稻穗起舞。一群大妈伴着晚霞的余晖，在生产队遗留下的保管室的院坝头跳着手机上学来的锅庄舞，脸上挂着满满的对生活的自信和幸福感，那种自信和幸福感的喜气慢慢地从沟壑交错的皱纹中溢出。

　　川西坝子秋天的黄昏是美丽的。凡是在川西坝子歇过脚的人，都知道川西坝子的香樟树和榕树是人们喜爱的树种，香樟树的香味飘飘拂拂，可以驱蚊驱虫。据老人讲，有香樟树的地方，很少有虫蛇出没，所以夏天许多老年人喜欢在香樟树下歇凉。而榕树永远是垂着长须，如同一位老人安静地站在那里，在暮色中与秋风秋雨默默地低语。

　　人生的季节，六十岁正是成熟、收获的季节。可是在不惑之年，他仍像深秋中的一团蒲公英，还顽强地飘浮在秋红的曳步里，心中的冷寂悄然凝聚……我们在这个年龄该拥有的很少得到，不应该承受的却过多地饱尝。春天的希冀，夏日的追求，都变成了人生的五味子，在秋天收获酸、甜、苦、辣、涩。

　　秋雨一场比一场凄凉，落日一会儿比一会儿暗淡。树林间透过的晚霞摇摇曳曳如人生的脚步蹒蹒跚跚。在秋天的冷风中慢慢地品尝这人生的味道。仰天问星辰，为之不平，起起落落。为之困惑，冥冥灭灭。牛郎、织女说："世之不平，仙界如斯。"唐宗宋祖亦曰："世之无道，古今亦然。"

屈原含恨，李白悲歌，何来浪漫？世事难，做人难，难得板桥糊涂，难得闲情偷欢。70岁人生路无悔、无怨！望大洋彼岸，愿儿孙幸福平安。任由他人笑淡泊，待到生命终结时，火红苦蜡梅，茫茫晶莹雪，死而无憾！

正在西斜的阳光，射在风火墙的龙头上。强光返照，使得阳光房内更加明亮，敞开的窗户，秋风悠然直入，躺着的我，微微地感到一丝丝凉风拂过裸露的胸口，欲沉沉入睡的意念，被这突然到来的秋风吹散。我起身离开沙发，穿上衣服，仰望着隔着一层玻璃的天空，太阳西沉，阳光折射在对面的山谷，秋天的林木，红、绿、黄相间，层次分明，风光绮丽，景色迷人的谷地一直延伸到视线所及的九顶山尽头。太阳把那金色的光网撒在川西坝子的底部，按色彩、分层次的树林覆盖着的远山，乳白色的种植大棚在晚霞的映射下波光粼粼。近处小桥、河沟，统统地被罩在晚霞织成的金色罗网中，当然我也被网在其中。我此刻想起了创造了人类社会延续、发展、繁衍，创造人类社会物质文明、精神文明的圣人、伟人、仁人、志士。而自己却把时光全部抛撒在无为的行走中！

菊花在金秋中怒放。菊花系多年生宿根草本观赏植物，叶互生，卵形，基部叶心形，两侧各有深裂，边缘有锯齿，秋季开花，重阳节最盛。菊花品种繁多，颜色极富变化，芳香清雅。据闲人统计，菊花有1000个属性，3000多品种，为百花之冠。依花期有夏菊、秋菊、寒菊三类。按花形有牡丹型、绣球型、梅花型、茉莉型、荔枝型多种。按花瓣可分为平瓣、管瓣、丝瓣。有黄、白、粉、红、紫、墨、绿、灰等颜色。依据《神农本草经》菊可入药，菊服之轻身耐劳，有散风清热、平肝明目、解毒消炎的作用。主治伤风感冒、偏头痛等症状。陶渊明有"采菊东篱下，悠然见南山"的佳句。菊花耐寒傲霜，具有不与群芳争艳的品格。

我的外孙女辛欣5岁时，我指着佛山街路边的榕树问她：这种叫什么树，她毫不犹豫地就说："是爷爷树！"怎么会把榕树叫爷爷树呢？辛欣回答，树干和树枝长满了胡须。我预感到外孙女辛欣的形象思维意识是超强的，而我的预判很快变成了现实！外孙女辛欣画的画已经形成了自己的画风，被远在万里之外的岛国偏爱，外孙女的琴弹得音韵绕指，9岁时就与郎朗同台弹琴。外孙女上大学了，长大成人了。在这秋风、秋雨的黄昏，我的秋思、秋愁在心中涌动，鼻子酸酸的，忍不住的老泪从眼角浸出，润泽着秋天的秋收与秋色。

2013 年 9 月 8 日，一个新的生命从母体内坠落。辛欣的弟弟第一声啼哭从经度 73°58′、纬度 45°20′出发，穿越北美洲，横跨太平洋，沿着具有5000 多年文明史的中国长江，经长途跋涉传到了居住在东经 104°37′、北纬 31°13′的一家。这个新的生命的啼哭，传到了外公、外婆的耳里。外孙的啼哭拨动了祖孙相见的意愿，夜色的星光点燃了那血色的思念！两位年过花甲的老人，在中国都是文化人，但因就读大学的时代差异，对洋文却一字不识，就别谈把洋文变成语言进行交流了。女儿花了整整 30 天的时间，为两位老人安排行程，她把洋文按汉语中汉字的读音标示。例："请讲普通话"，诠释为"瞒得儿瑞"，打印了求助信。飞机滑向长长的跑道，展开那金属铸就的翅膀，腾空而起，载着两位老人去完成与亲人相聚。风在机窗外踯躅，云在机翼下聚集，企图挡着思念远行。"女士们，先生们，三十分钟后飞机就要在加拿大温哥华国际机场降落，请系好安全带，欢迎乘坐东方航空公司本次航班。谢谢！"我们在一个个肢体语言手势和哈啰声中顺利地通过了海关例行检查。给人的感觉是轻松、愉悦。我们在旋转带上取出行李，推着行李去办理从温哥华到渥太华的登机牌时，在大厅内转了两个圈，眼前见到的所有窗口和标牌，全是它认识我、我却不认识它的符号。这时，我才真正意识到已经来到了一个以枫树叶作为国家标志的国度，我面对的第一个障碍是，人与人之间交流必须具备的条件——语言工具的障碍。我试着走向一个类似中国咨询台的窗口，默默地念着女儿让我背下的"请讲普通话"的汉语语音，"哈啰！"老外微笑着主动向我打招呼，"瞒得儿瑞！瞒得儿瑞！"这位红鼻子山姆大叔好像根本没听懂我说了什么，耸耸宽宽的肩膀，两手向胸前伸出，手掌向上平放，一副无可奈何的样子。老外形象的肢体语言反而让我放松了找不到换登机牌位置的紧张心情，不慌不忙地拿出了女儿为我们准备的用英语、法语写好的求助信。这位红鼻子大叔仔细地阅读了求助信后，哈啰！做了一个跟我来的手势，满面笑容，领着我们办完了登机牌，托运了行李，当我想付红鼻子大叔小费时，红鼻子大叔一个又一个地说着"哈罗"，摆着双手："OK！OK！"就离开了。我的感觉是，红鼻子大叔就是中国的雷锋叔叔。

深秋，天凉得非常厉害。一场秋雨一场寒，未来得及枯黄的树叶子，带着深重的绿色落下。秋风的凉一天更胜一天，万物沉寂。远山的树，已经落完树叶的树，像一株株残剩的鱼骨排列在半山腰上。山上的草坡只留下一片片深重的泛黄的颜色。大片的紫色、黄色、浅浅的绿色，像毕加索的画作，色彩显得那样突兀。但我更觉得眼前的景色更像凡·高笔下的油画《秋色》。

秋是那样落寞、沉默，让人觉得它在歇斯底里地反抗。它用这样凄冷的色彩来彰显它繁华过后的异样美丽，是淡漠与凝重。那泛黄的纸上浓重的一笔是那样触目惊心。枯黄的野草随着风摇动，大地附着着冰霜。

秋天像是一个迟暮的美女，脸上带着残妆，残黄的面容夹着美丽的胭粉。眼神中含带着不屑，心中留有不甘。万般绚丽过后，她尽力地延续繁华，抓住所有遗留的色彩，她想握住所有美丽的痕迹，哪怕是一点也不肯遗失。因为她曾经那样的张扬，那样的傲气。不愿只剩下那残存的记忆和现实的苍凉，虽然只是徒劳。因为没有谁能改变季节的命运。所以她更无奈、无力，那样的不堪一击。

秋日中衰落寂寞的红颜，是命运。也许更应该放手、更应该洒脱，用一颗毫无眷恋的心去迎接、去拥抱那可怕的宁静。允许一切尘埃落定，纵然是沧海难为，心更该随境迁。四季循环往复，命运永无轮回。就此改过，但愿释然。

有这样一个故事：某人在屋檐下躲雨、看见观音菩萨撑着伞从他面前走过，这个人对观音菩萨说："普度一下众生吧！带我一段如何？"观音菩萨说："我在雨里，你在檐下，你不需要我度。"这人立刻跳出檐下、站在雨中："现在我也在雨中了，该度我了吧？"观音说："你在雨中，我也在雨中。我不被淋，因为有伞，你被雨淋，因为无伞，所以不是我度自己，而是伞度我。你要想度，请自找伞去。"说完便走了。第二天，这人遇到了难事，便去寺庙里求神仙保佑。走进庙里，才发现观音菩萨的像前也有一个人在顶礼膜拜。那个人长得和观音菩萨一模一样，丝毫不差，这人便问："你是观音菩萨吗？"正在顶礼膜拜者答："我正是观音菩萨。"那个人便再问："那你为何还拜自己？"观音笑着说："我也遇到了难事，但我知道，求人不如求己！世界上没有达不到的目的，也没有办不到的事情，事在人为，路在脚下！谋事在人，成事在天！"请求观音菩萨保佑的人终于明白了：从来没有神仙皇帝，成功全靠自己奋斗努力。

苍翠的杨梅树和挺拔的常青树还是那么翠绿，它们仿佛还不知道秋天来到了，它们又仿佛在说："秋天来了，我不怕，我要在秋风中茁壮成长。"草坪里的小草已经渐渐变黄了，粉红的玫瑰花凋谢了，它们在枝头上留下了种子。种子摇晃着，好像在对我说："再见了，明年春天我盛开时，欢迎你们再来。"柳树叶、竹子叶和梧桐树叶变黄了，在一阵阵秋风中，树叶从树枝上飘落而下，给大地铺上了金黄色的地毯。干枯的柿子树挂着果实，穿着秋裙的棕榈树还矗立在秋风中，经受秋风的洗礼。坐在石桌上下棋和走在小径上的人们，都穿上了秋装，有的用秋装御寒，有的用秋装告诉人们秋天来了。

我抬头仰望，瓦蓝的天空中飘动着五彩的风筝。风筝色彩斑斓，给秋天增添美丽，也在告诉我：秋天来到了川西坝子。

欣赏美丽的秋色，我看到了假山上那小花坛中美丽的红叶草泛出红花，透出绿色。淡黄色的万寿菊虽然盛开了，但是有些也凋谢了。假山上有一个石头仙女侧卧在上面欣赏秋景。看到石仙女让我想到了传说中仙女下凡为了赏花，而自己种花的神话故事。

# 冬

张兴龙

　　依旧是浓浓的冬意严寒，依旧是绵远河边，依旧是寄身于低矮的棚户，依旧是那只带缺的酒碗，溢出的醇香呵，浓烈的醉散落叶满院……这里，是这里，刻下了母亲分娩的阵痛，录制了我坠地的第一声哭喊。这里，是这里，夜莺婉转的软唱，雨雪交加悲凉的冬天……

　　一生碌碌无为，留下几多遗憾？送走了一个又一个残阳，迎接了一缕又一缕炊烟。寒风霏霏的夜，想邀请月宫的嫦娥在桂花树下相会，而现实的生存状态，我只能与影子共眠。

　　突然间，我怀念起戎装裹身时北方的冬天。在北方，这个时节呈现在视觉中的是：万木萧疏，万物蛰伏，滴水成冰，寒风刺骨，雪地冰天，茫茫雪原。一场雪接着一场雪地在天空中飞扬，前面一场雪还没有融化，新飘扬的雪又覆盖了上去。雪越积越厚。隔三岔五地就必须将门前屋后的积雪用铁铲清理干净。入冬前夕家家户户就把窗户缝用纸糊得严丝合缝。住楼房的人家有暖气，住平房的也支起取暖的炉子，开始用玉米秆把火坑烧得暖暖的，取暖炉子的铁皮烟道也被煤球烧得通红，整个室内暖烘烘的。因室内与室外温差很大，于是屋顶的积雪就开始融化，融化的雪水顺着屋檐下流，雪水被寒风一吹就结成冰锥。冰锥长短粗细不一，每家每户的屋檐下都挂满了亮晶晶的冰凌，孩子们叫它冰溜子。淘气的男孩就掰下来当冰棍啃，性急时甚至会把舌头粘上去，大人们就笑骂着用水给他润开。虽然室内温暖如春，屋外冰天雪地，但北方人是不怕的，特别是孩子们一样地在外面疯跑玩耍。冬天的游戏也很丰富，滑雪、溜冰，老少皆宜。冬天河面结了厚厚的冰，大人们、大孩子们会穿上滑冰鞋，在河面上迅疾地滑行，技术高超的还会做出各种惊险动作，那技术一点也不亚于如今的花样滑冰。

我在东北长春当兵时，最难熬的是冬天半夜起来站岗。每当半夜轮值站岗，当我从暖暖的棉被和皮大衣里钻出来之后，背上五六式半自动步枪那一刹那，双脚就像灌满了铅，非常不情愿地拉开冬天加装了棉被帘子的那扇木门，只要迈出这道隔冷保温的分界线，刺骨的寒风就会扑面而来，像刀割一样疼痛。但是，我必须去换另一位正在站岗的战友回来休息。这是军人的职责。

　　走出木门，皮肉开始麻木，冷气从袖口、下襟、裤脚钻进来，不久之后，纽扣缝里，拉起的皮大衣领子的间隙里，也受到了冷冻的挤压，渐渐地，冷风几乎可以从衣服、裤子的任何部位，无阻无拦地渗透到皮肉里，注射进骨头中。如果不开始巡查游动，大头鞋也许会被冻得与脚趾尖相吻合。那时候的后果是，下岗后烧一盆热水，把大头鞋与脚一起放入热水中浸泡，才有可能把脚从鞋里抽出来。这冷空气不仅可以透过衣服，而且简直可以从胸前吹进去，穿过皮肉，从背后透出来。我非常羡慕在连队当卫生员的同乡邹同根，因为他不仅可以在连队咋咋呼呼地说我卑贱的身世，还可以不执行任何艰苦的任务，也不用站岗，更不用在炎热的三伏天和冬季的二九天参加军训。退伍后，我首先被安排到德阳市委党校学习。对故乡更深层次的理性了解和熟悉，应该是在退伍后参加党校学习的这两年。

　　是社会变了，还是人心不古？当今这个社会，人们天天沉迷于短视频、游戏、娱乐化的节目当中，陷入这种碎片化的精神娱乐泥潭里，当你无法自拔的时候，这种低级的快乐感就会慢慢地拖垮你。其次，随着现代科技的发展，很多人越来越不愿意吃苦，点外卖、网购、玩游戏，身子在狭窄的空间晃了一晃，一整天就过去了。要知道，毁掉一个人的方式就是不断地去纵容他，让他感到舒服和安逸。

　　有则故事：一群天鹅在冬天准备南飞过冬，中途停留在一座小岛上。岛上的一对夫妻看到这些天鹅非常高兴，并给予了它们喂养。随着时间的推移，这群天鹅留在了小岛上，年复一年，这对夫妻一直悉心照料它们。然而，当这对夫妻年老离开小岛时，这群天鹅却并未随之飞向南方，而是在冬天到来时因饥饿而死亡。如今许多就像这些被困在小岛上无法自拔的天鹅，沉迷于碎片化的精神娱乐中无法摆脱。在这个快速变化的社会中，能吃苦包含了更多的意义和维度。吃苦包括读书学习时的孤独、自律习惯时的坚持、深度思考时的脑力挑战。只有承受这些苦，才能真正拉开与他人之间的差距。

　　曾令琪，中国作家协会会员，中国西部散文学会理事，四川省散曲学会副会长，四川省通俗文艺研究会副主席，四川省社科院特约研究员，孔子学院·孔子美术馆客座教授，《大中华文学》杂志总编。

　　作品发表于《人民文学》《中篇小说选刊》《今古传奇》等，有作品译为英文作为全球 471 家孔子学院阅读教材。代表作：学术著作《周恩来诗歌赏析》《末代状元骆成骧评传》《贾平凹散文解读》，散文集《热闹的孤独》《我心飞扬》。

# 我在风中等你

曾令琪

## 一

漫漫的黄沙吹打着亘古，悠悠的驼铃传响了千年。

嘉峪关，今天，有幸一睹你饱经沧桑的风采，我终于如愿以偿。

## 二

我从山清水秀的西蜀走来，沿着太白当年的足迹。

我从淡雅的薛涛笺里走来，氤氲着唐诗永远的芬芳。

蜀中，柔媚的柳枝，鹅黄初吐；起伏的原野，一片嫩绿。

那些风，带着婉约的呼吸；那些雨，夹着缠绵的情思。

此时此刻，站在雄关楼上，我的目光越过茫茫的沙漠，我的思绪飞过莽莽的山岭，上接千载，信马由缰。

## 三

是否还有张骞的足迹？西域扑面的风沙，见证了大汉的庄严，更见证了特使的坚韧。

是否还有当年王翰醉卧沙场、玉杯豪饮留下的传说？大唐的诗人们，总是那么坦坦荡荡，无拘无束。

听，飞阁遥连秦树直，缭垣斜压陇云低。林公则徐那苟利国家、生死以之的苍凉吟唱，至今还回荡在我的耳旁。

看，那一棵柳树，两人尚不能合抱，左公宗棠亲手所植，老干虬枝，伸向半空，惯看人世的雨雪风霜。

## 四

秦汉的明月，隋唐的驼峰，宋元的烽火，明清的硝烟……嘉峪关，你屹立在天地之间，目光炯炯：看沧海桑田，看世事变幻。

杨柳拂风，那一支呜呜的羌笛，是否还在吹奏如泣如诉的曲子？

碧云垂地，那一队往来驰骋、旌旗猎猎的飞骑，如今安在？

天空没有影子，可苍鹰已经飞过；岁月没有忧伤，但诗情早已深藏。

斜阳将我的思绪拉得老长老长，心潮起伏，我的目光也变得迷离而惝恍。

## 五

也许，一切的相遇，都是上苍最好的安排？

也许，一切的爱恋，都是命运注定的清商？

佛曰，前世五百次的回眸，才换得今生的一次擦肩而过。

为了与你的这一次相遇，嘉峪关，我用大唐的琵琶弹奏，用大宋的铜板击节，邀约李太白、苏东坡一道，对酒而歌，一饮千觞。

## 六

翻过一座座山，涉过一条条水。喧嚣的红尘让我容颜憔悴，紧张的节奏令我黯然神伤。

在奔向远方的途中，我的脚步踉踉跄跄；在追寻诗意的路上，我的柔情溢满心房。

如今，在这里，在甘肃，在嘉峪关，我忽然有了一个新的发现——诗意何须他求？诗意本就存在于日常的生活之中。

　　只要心中有爱，出口便是好诗；只要心有桃源，何处不是远方？

# 七

　　站在高高的城楼，环顾无边的旷野，我的思绪便撒向四方。

　　任强劲的西风撩起我的头发，任岁月的巧手拉长我的时光。

　　噢，你可知道，在这里，在这天高地迥的嘉峪关，我在静静地凝望？

　　噢，你可知道，我在风中等你，随风而去的，是我这稚嫩的诗行……

# 鹃城变奏曲

曾令琪

## 一

日光斜斜地照射下来，微风吹拂，草木青青。

这是 2021 年春末，幸福美好十大工程启动之后的一天。

站在望丛祠前，看着最近那改造过的宽阔的马路，那整洁的人行道。

徘徊于公园广场，仰望蚕丛、鱼凫那高大的塑像，我不禁浮想联翩……

## 二

郫都，你从远古走来。

你那不老的故事，流传于巴蜀大地，光芒烛照。

于是，中国古典文学的天空，从此诗意氤氲。

## 三

"可堪孤馆闭春寒，杜鹃声里斜阳暮。"

也许，只有失意的文人，比如秦观，才会在春寒料峭的时候，如此缠绵，如此感伤。

而我，透过历史的尘埃，看见的却是，蚕丛们，鱼凫们，戴着蓑笠，手执耒锸，在治水，在耕田，在栽桑，在养蚕。

他们，在用自己勤劳的双手，编织着彩虹，编织着未来，编织着希望。

## 四

郫都，你从远古走来，你的英雄照亮了太古茫茫，宇宙洪荒。

不用想象，在仓颉还没有出生、文字还没有创制的时代，治一段水，开一块田，栽一棵桑，养一张蚕，怎么会像如今我们叙述起来这么的轻松？

那时，川西平原尚处于混沌未开之际，那些今天看来无比驯服的诸水，并非我们眼前这般的温柔。

于是，划时代的英雄横空出世，以锸为笔，以大地为纸，以他们的实绩，给一部厚重的中国历史，写上了一段浓墨重彩的文字。

## 五

郫都，你从远古走来，你那一笔一画，有力地写出了一个大写的"人"。

要知道，那时，还没有"水旱从人"，更没有"不知饥馑"，天灾还时不时前来"光顾"，"天府"的称谓远没有形成。

那一年一度、一年几度的洪水，一定如猛兽一般，到处乱窜，疯狂肆虐，时刻威胁着人们的生命。

时代在呼唤英雄，英雄也顺应着时代。

沧海横流，在需要英雄的时代，英雄便如春天的草，从黎民中"唰、唰、唰"地快速生长，用他们的脊梁，扛起了民生的大旗。

## 六

英雄，首先是一个人，一个普普通通的人。

先民们造字确实有趣，看见一些词，总是让我们感觉诗意环绕。你看——

"蚕丛",一个"蚕"字,肯定是与蚕有关。一个"丛"字呢,我感觉有"丛集""聚集"之意。心念一动,我的眼前就是成百上千的蚕农、蚕妇,在陌上采桑,蚕房里喂蚕。

"鱼凫",一个"鱼"字,自不待言,与鱼儿有关。"鱼儿离不开水",多多少少总不会与治水无关吧?一个"凫"字,就是最好的证明。在上古,"凫"字除了野鸭之义,还同"浮"。野鸭便是一种能"浮"在水上的常见动物。那么,是不是可以这样理解,平时一群人"鱼凫"在水,结网捕鱼,贴补生活;洪水来临,那群人也"鱼凫"在水,辗转迁徙?

## 七

一个人需要情感的寄托,一个部族、一个民族,同样需要,也应该有自己的精神图腾。

总之,在我看来,"蚕丛""鱼凫"就如同一个个符号,深深地刻在巴蜀先民大脑皮层的记忆,代代流传,以至于今。

在他们之后,经过了多少世代,那些刀光剑影早已黯淡,那些鼓角争鸣早已远去,透过那段尘封的历史,我们仍然可以看到先民那战天斗地的顽强背影。

## 八

郫都,你从远古走来,走进了开天辟地之后崭新的社会主义时代。

1958年3月16日,毛泽东主席来到这里,在考察了多个合作社之后,在了解了"打破碗花花"那种毫不起眼的野草的药用功效之后,做出了"红光社要大放红光"的指示。

从此,这里的发展迈上了一个新的台阶。

2018年2月12日,习近平总书记到郫都,花钱买下了一双合脚的唐昌布鞋。

从此,"城市与乡村要同步发展",就成为新时代郫都人不懈的追求。

几年来，郫都人撸起袖子，在互联网时代如超新星爆发，焕发出青春，焕发出活力。

## 九

红墙金瓦，庙貌庄严；一冢高起，古木参天。

徘徊于望丛祠，站在望帝陵墓高大的石碑前，我不由得血脉贲张。

从蚕丛、鱼凫的时代，到南宋抗金的烽火；从明末清初的抗争，到抗日战争为国家、民族的生存，三百万川军身裹"死"字旗"壮士出川"，浴血奋战；我们的血管里，汨汨流淌的是先民们、先贤们那种战天斗地、前仆后继的精神血液。

如今，"与党同心·幸福美好十大工程"全面呈现，一桩桩、一件件，无不展现出新时代郫都人的坚忍顽强、毅力风采。

## 十

郫都，你从远古走来，现在，你浑身散发着朝气，散发出活力。

跨出望丛祠，我不由得感慨万千。

作为古蜀的故都，你站在前人的肩上，你应该看得更远，攀得更高。

新时代，新追求，新变化，新成就。

看，我期盼的目光，就像那如水的月亮，静静地倾泻而下。

听，东风劲吹，旗帜猎猎，鹃城变奏曲已然奏响。

越过郫都的大地，越过目力所及的地方，我仿佛看到了郫都的全域，那美好的明天……

# 汕尾，我愿和你一起慢慢老去……

曾令琪

一

汕尾是一个奇迹，她近些年的变化，无疑也是一个奇迹！

光亮的街道，熙熙攘攘的人群，高接云天的大楼，无不是一种象征。

游人是历史长河岸边的观者。在我们的眼里，汕尾全是悠悠的古韵。听，汕尾渔歌，不就是一方人独特的风情么？歌声婉转而悠扬，不时，让劳作一天的人们提起了精神。水色是滨海新城美好的诗句，在快节奏的现代化生活中摇曳生姿。当夜色变得暗淡而悠远，海岸线上的灯火闪烁，光明与希望，就在那水天相接处展现其多姿多彩的无穷魅力。

中国汕尾，一个快速发展的滨海小城。不用词句，只需要回眸一瞥，就能锻造出锦绣光辉的形象！

二

"天地有正气，杂然赋流形。下则为河岳，上则为日星。"站在五坡岭上，我看见黝黑的静夜里，一个矮小的老人，长须飘拂，面对夜空，在缓缓地吟诗。

是啊，在中国历史上最黑暗的时候，文天祥，你这颗正义的种子，滑落于历史的天空，植根于中华民族传统文化的土壤，用生命和鲜血，履行了自己不朽的誓言，引领人们从残酷的现实走向正义的故乡，步入精神的殿堂。如今，五坡岭上桃花血一样红艳，映红了历史的天空。

## 三

迤逦于凤山，一种超然物外的感觉便油然而生。看，那山，那水，那景，还有那让人神往心仪的美称——有凤来仪。凤山，如同一株诱人的白玉兰，其淡淡的芳香弥漫着汕尾，让车水马龙的汕尾，犹如人间仙境一般。

那位慈祥的、神采飞扬的妈祖女神驾风而至，衣袂飘飘，更增添了"有凤来仪"的潇洒与轻柔。

漫步海滨路，6万平方米气派恢宏的妈祖文化广场，一阵微风，一缕斜阳，其曼妙怎能不如诗如画？"凤翱翔于千仞兮，非梧不栖。"以前阅读《三国演义》，对诸葛孔明的这句话理解不深，到了汕尾的"有凤来仪"，我忽然顿悟，也成了一方高士，大有睥睨天下之志了！

## 四

到了汕尾，不到红海湾看看，只能算旅游了一半。

红海湾是这个地方的地名，不是海滩的名字。看吧，大海被一个T字形的半岛分成两边，右边海水轻泛微波，海风温柔抚人，左边却惊涛拍岸，海风呼啸，在礁石上掀起几人高的浪潮。这一静一动，有如天壤，难道是天意不成？

在沙滩上信步走去，远远听到梵音阵阵。不经意间抬眼远眺，原来是一座寺庙在海边山上。人说那是依山傍海的南海观音阁。观音出南海，普度世间人。释迦牟尼让我们感到佛祖高居其上的庄严，观音则让我们感到平起平坐的亲切。

最震撼我心灵的是，那个天地神位设置在面海的阁楼平台上，面前一片开阔，上衬蓝天，下映碧海，既让人感觉天地之大，无所不容；又让人感觉菩萨的庄严，人类的渺小。顿时，一种朝乾夕惕、不敢疏忽的感觉，自然生发于胸。

# 五

波澜壮阔的历史长河，谁听见古陌荒阡中的历史呼声？现代化的钟声急促高昂，谁能不起志士奋进之心？

当一切都倏忽而过的时候，即使我只剩下一点点诗意，我也要打开心窗，让这种诗意驰骋汕尾的山海之间——让神如行云，意如流水，和天地同在，与山海相亲。

啊，汕尾，当历史渐渐老去的时候，我愿和你相依相偎，一起慢慢老去……

# 盘州写意

曾令琪

## 一、盘州树王

当第一眼看到盘州银杏树王的时候，我不由得发出了一声惊叹。

是啊，在这寂静的大山里，居然还有如此高龄的巨树！

老干虬枝，直指苍天；腰大数围，几人才能合抱。静静地直立，静静地拂着春风，静静地浴着暖阳。

这是何等的平静，何等的超凡脱俗啊！

我想，看过红尘的多少纷纷扰扰，才能如此的从容；度过人世的多少沧海桑田，才能如此的远尘嚣于山野，呈旷达于春秋。

抬眼望去，两山一沟，漫山遍野的银杏树悄然成林，一条小溪顺沟而下，一幢幢明清风格的民居，或露全貌，如老人拄杖，展现着岁月的斑驳与古老；或露一角，如犹抱琵琶的女人，欲说还羞。

溪上，是玲珑的小桥，是片片的青苔，是潺潺淙淙的水声。

溪畔，是一缕缕的阳光，是一株株的银杏，是三三两两的游人。

溪中，是突兀的石块，是快乐的小鸭，是漂漂荡荡的树叶。

时候虽然是暮春，即使不很对景，但"枯藤老树昏鸦，小桥流水人家"的句子，还是从我的脑海倏然冒出。只不过，我感受得更多的是一种轻快，一种闲适，一种远离喧嚣的宁静。

迤逦于山间，徘徊于溪岸，我的思绪四散开来。

不知道明初的傅友德西征的时候，是不是青睐于这里的青山秀水，才让部分将士留下来，而且迅速融入当地百姓之中。

不知道明末那些逃难的皇亲贵族，是不是看中了此地的宁静淡泊，才隐姓埋名，在这远离都市的地方延续自己的文化与血脉。

这些，天知道，地知道，风知道。

时光有时候很快，快得让人猝不及防，早已皱纹上额，两鬓飞霜；时光有时候也很慢，慢得让人在宁静中笑对夕阳，浮想联翩。

岁月渐渐老去，人生的年轮也在一圈一圈地增加。百年期半，千首诗成，我们却难抵山洼里那随随便便的一块石、一棵树。

而今，这一棵棵银杏树，枝叶婆娑，绿意盎然。眼前这棵一千五百岁的银杏树王，即使半边枯槁，另外一半却也老干挺秀，虬枝吐绿，尽情地享受着春风的抚摸。

想来，一个人与一棵树何其相似乃尔！

划破夜空的烟花绚丽绽放，明艳动人；但昙花一现、瞬间辉煌之后，留下的往往都是无边的孤独，无尽的黑夜。

只有耐得住寂寞，才能迎来笑傲沧桑的高光。任何成功的辉煌，不都隐藏在寂寞的背后吗？一切光彩照人的景象，背后谁不是隐藏在无尽的寂寞之中？

忙忙碌碌的生活，马不停蹄的节奏，最容易让我们失去生命的本真。人生需要寂寞——独守一份清静，甘受一份落寞，这才是人生的境界。

在孤独中跋涉，在寂寞中坚守，在喧嚣中宁静致远，那是一种多么顽强的韧劲啊！

离开妥乐村的时候，我再一次回头，看看那一片银杏林，凝视那一棵银杏树王，一种敬意油然而生。

那一刻，太阳正暖暖地从山巅斜照溪谷，几个村民在小路边摆着摊，一边晒太阳，一边兜售着当地的土特产……

## 二、高山苔藓

苔藓我知道，泥炭纪我也知道，但就是不知道盘州娘娘山国家湿地公园，竟然与泥炭纪苔藓有着密不可分的关系。

那一天，当我们乘坐的大巴左旋右旋盘旋而上、戛然而停在海拔2800米的地方，我并不知道我的眼前会出现什么样的情景。

一直到我们沿林间小径迤逦而行，登上望夫塔，极目四望，我才发现娘娘山湿地与我们头脑中固有的"湿地"有很大的不同。

除了半山腰的一块地有几个苗族农民在驾牛耕种，我们看到的，全是一大片一大片的葳蕤草原。

导游的小伙说，别小看这些草，它们就是泥炭纪的苔藓。不仅如此，在这片沼泽湿地中，除了泥炭藓苔藓沼泽，还有草本沼泽、灌丛沼泽、森林沼泽、库塘等湿地类型。多种多样的沼泽，共同组成了这一块高山湿地。

我知道，地质学上用"纪"说事的，都十分古老而历史悠久。泥炭纪是泥盆纪和石炭纪的合称，大约在距今408万—295万年以前。一株株小小的植物，居然能生存、繁衍几百万年，一直活到现在！

更令人啧啧称奇的是，这样的苔藓，高8—20厘米，在雨季来临时候，能饱吸自己重量20—25倍的水分。雨季过后，再慢慢释放所吸收的水分，从而涵养水土。规划总面积275平方公里的这一大片连云般的草原，就如同一个巨大的天然水库，吞吐着巨大的水量，也哺育着娘娘山周围的各族人民。

娘娘山是2018年正式成为"国家湿地公园"的，位于盘州市普古乡舍烹河畔，是典型的喀斯特岩溶山地湿地。这里有险峻的峡谷，神奇的天生桥，波光粼粼的银湖，壮美的瀑布，而且还有一条以雄、奇、险、峻为特色的公路——27道拐。

想来，天生桥应该是一座天然的石桥高耸，石洞从桥下穿过。前后左右，应该看得见群山起伏，万峰如笋，公路蜿蜒，流水成韵。可惜，我们中国百名散文名家金彩盘州行采风，却正遇到在维修公路，遗憾，神奇的天生桥是没法亲临实地了。

在娘娘山的半山，一个背阴的地方，热心的导游小伙指着山峰之下、山洼之处告诉我们，那是"天山飞瀑"。只是我们来的时候是4月上旬，如果是五一节之后，那么一定能看见白练飞珠、天瀑溅玉的壮观景象。

那么，这些水是从哪里来的呢？

——是我们刚刚去看的那个湿地公园浸水汇集飞流而下的。导游解释道。

噢，原来如此！

众所周知，贵州有大面积喀斯特地貌，这种地貌不容易蓄得住水。而娘娘山那些高山泥炭纪的苔藓，却像一座巨大的吸水海绵库，弥补了这个缺陷。

"天山飞瀑"景区的入口处，一座亭子静静地立在那里，亭楣是三个静静的楷书字：同心亭。看到这几个字，我顿时有豁然开朗之感。

古人谓"二人同心，其利断金"。高山湿地的水，居然能形成涓涓细流，并由千百股涓涓细流而汇成壮观的"天山飞瀑"的景象。大自然无比的伟力，由此可见一斑。

据了解，高山泥炭纪苔藓涵养的水源，还成为娘娘山山区各族人民赖以生存的生命之水。娘娘山腰、山下的彝族和苗族，就是湿地惠泽下的民族。各族人民同心同德，不知道费了多少艰辛的努力，才有了我们今天所看到的娘娘山美丽的面貌。

离开的时候，我的耳畔似乎响起了轰轰的水声，我的眼前似乎出现了三道白练——三条银光闪闪的飞瀑，挟着"飞流直下三千尺"的气势，展现着大自然无比的奇妙。

## 三、陶源人家

在盘州娘娘山除了采访、采风，我们好几天都住在娘娘山下的"陶源人家"。所以，我有时间默默关注着"陶源人家"的主人——陶正学先生。

在中国百名散文名家金彩盘州行采风活动的开幕式上，陶先生的一句大实话让我对这个盘州汉子心生敬佩："为了娘娘山的发展，这些年来，我已经从一个'亿万富翁'变成了'亿万负翁'。"幽默诙谐的调侃式语言，让我们立即来了一探究竟的兴趣。

陶总出生于1965年，就是盘州娘娘山下普古乡舍烹村的村民。他16岁外出打拼，早年经营煤矿企业，积累了人生的第一桶金。但家乡曾经的贫困和发展中的困难，却让他经常梦绕情牵。于是，2012年，他带着4.5

亿元资产回到家乡，带领娘娘山老百姓开始了二次创业。由于大公无私，能力出众，在2012年村委换届中，他被村民们信任地推选为舍烹村主任；2013年，又推选为娘娘山8个村的联村党委书记。

对于一个事业心强的汉子，最好的归宿就是为集体做事。陶总有一句口头禅："既然已经做了，那就一定要做到最好！"

正因为"要做到最好"，十余年来，身兼数职的陶正学，陆续关停了外面的企业，并无私地将自己30余年经商积攒下的资金和个人银行贷款共7亿多元，全部"砸"到了娘娘山这个山沟沟里。这几年，他带领村民建起了合作社、公司、产业园区、旅游景区、温泉小镇……陶总自己虽然从家产亿万的"富翁"变成了"负翁"，却换来了家乡翻天覆地的变化。

一切的功夫，都必须实实在在地体现在具体而行之有效的措施上。

在陶总"陶源人家"大酒店外面的广场上，我抚摸着"三变发源地"大石碑，品味着上面的文字："资源变资产，资金变股金，农民变股东。"

村民见证了"三变"，历史与现实见证了"三变"。

在娘娘山生态农业观光园，各类生态、绿色、有机蔬菜、瓜果，正在阳光下、大棚中茁壮生长，各项工作在有条不紊地推进。在这里，村民们实现了"华丽转身"，从农民变成了产业工人和股东；从前的荒山，披上了绿装，过去破旧的乡村旧貌换新颜，焕发出无限的生机。产业发展、村庄改变、村民富裕，不仅舍烹村发生了很大的变化，陶正学还带领娘娘山的其他七个村，走向共同富裕，村容村貌发生翻天覆地的变化。特别是近几年，八个村携手并进，开发式、造血式扶贫之路，开启了娘娘山周边村村寨寨脱贫致富的蝶变之旅。陶正学的"三农"实践，受到党和国家的高度重视；陶正学及娘娘山村寨的"三变"模式，已成为全国各地示范。

"故乡的水土和父老乡亲养育了我，我一个人富了不叫富，乡亲们共同过上幸福日子这才是真正的富。"陶正学这个苗族汉子的淳朴的语言，也是他的肺腑之言。

我想，从陶正学先生的身上，我们不难看出银杏树的淡泊与宁静、高山苔藓的涵养与包容。信念，坚韧，顽强，公益，然诺……这样的品质，在陶总的身上熠熠发光。难怪，通过这些年的努力，他能实现10余万亩的自然资源、数千万元的财政扶贫资金转为集体和农民持有的股权，并让

1000余户农民成为股东，1000余位农民变成产业工人。

住宿"陶源人家"的几个晚上，偶尔听见一两声犬吠，早晨还能听见公鸡啼鸣。正如东晋大诗人陶渊明所写："暧暧远人村，依依墟里烟。狗吠深巷中，鸡鸣桑树颠。"在这大山里，远离大都市，却能有绿色食品之飨；远离尘嚣，却能有温泉氧吧之赋。这一切，除了党和国家的政策好，与陶正学和乡亲们自身的努力，显然是分不开的。

一切的艰辛付出，最终都会得到上天的青睐。娘娘山的一切变化，最好地诠释了这一点。

# 行走在文学的边缘

曾令琪

人的一生，总会有很多"想不到"。威震天下的始皇帝，他没想到他亲手建立的王朝"其兴也勃焉，其亡也忽焉"；当年那个借寒窑以栖身的吕蒙正，可能也没想到他后来会高中状元。我这个当年对写作课最不上心的人，根本就没想到会成为以文学创作为职业的人。

细细想来，这既是无心插柳的结果，更是有心追求的必然。

曾家是一个重视耕读的传统姓氏，我们苏家湾这一支，也曾经有过无比的辉煌。但因为种种原因，以后渐渐没落了。祖上精心修造的曾氏宗祠，被外姓人占据；而我们家，"家徒四壁"都算不上，因为根本就没有房子。无房就无所谓"家"。但大我十多岁的哥哥姐姐，即使生活再艰难，也照样读书。20 世纪 70 年代初，也没有什么好书可得、可读。所谓"鲁迅走在《金光大道》上"，如此而已。后来除了《毛泽东选集》以外，《水浒传》和《红楼梦》也能买到。就是在那样的环境下，刚刚进入小学，对繁体字也认不得几个，我却开始了我的阅读历程。记得，入小学的前一天，我那多才多艺却弱不禁风的父亲祥钟公，在我的所有书本上用毛笔逐一认真地写下我的大名。至今想来，他的字在颜、柳之间，很有骨力。也许，那一笔一画之间，寄托着祥钟公的一种无言的希望？

再后来，就是上学、读书、课外阅读，我行走在文学的边缘。

大哥小骐和四哥亚骐最喜欢阅读小说，他们往往晚上在油灯下读到三更；而我则是晚上早早睡觉，第二天天蒙蒙亮就起床，将他们读过的书快速地阅读一遍。多年后当我考上大学中文系，我还骄傲地保持每天课外阅读至少 10 万字；大学四年，几乎一天也没落下。阅读不仅仅带给我精神的愉悦，更给了我知识的积累。多年以后，回首当年读书求学的那一段艰辛的历程，才发现曾经的一切努力，都在无意间为今天的写作积淀了一层令人羡慕的文化底蕴。

可惜，上的虽然是中文系，但我们较为重要的一门专业课程"写作"，却被老师教得并不出色，本该兴趣盎然的写作课，弄得兴味索然。所以，虽然心里还保持着对诗的向往，对远方的追求，但毕业后落在中学里，也就顺应潮流，写一些不痛不痒的教学教研论文。本来以为就这样了此文学梦，可是大学毕业之后的第六个年头，我工作调动到了一家地方小报。因为工作的关系，不得不开始写一些小散文。于是乎"鸳梦重温"，报社的工作激发了我写作的欲望。

1997 年的冬天，在我的印象中，出奇地冷。为了联系出版事宜，我和妻子一道，怀揣单位给开的介绍信，来到位于磨子桥的成都科技大学出版社。先是和编辑见面约谈，然后是请编辑小酌。等办完出版的一些手续，已经是下午很晚的时间了。我和妻子站在公交站等车，其时，天空飘起了纷纷的雪花，我们冻得耳朵似乎都要掉下来一般。后来听说，那天气温陡降，傍晚居然是-2°C！没人知道我的苦楚，没人理解和出版社谈判的不易。我知道，在这处处"冻"人的时候，我的那些同事们，说不定正围着电炉取暖，或者紧闭办公室门，在要钱"娱乐"呢！可为了我的处女作的顺利出版，我只能忍受低温对我的考验。

1997 年、1998 年之交，我的处女作《周恩来诗歌赏析》由成都科技大学出版社出版，几次再版，共印行 43000 多册，全国发行。当时，中共中央办公厅、国务院办公厅为该书的有关问题，给我来了信。书出版后，北京图书馆馆长、享誉世界的大学者任继愈先生给我写了亲笔信；淮安周恩来纪念馆等单位还给我发来了贺信。《周恩来诗歌赏析》的出版，激发了我从事创作的作家梦。

也就是从那时起，一直到现在，我一直坚持着我的写作。

写作虽饥不可以当食，寒不可以当衣，但在我看来，写作的过程就是检验自己读书的过程，是考察自己生活积累的过程。学然后知不足，写然后知困惑。知道不足与困惑，才会进一步去学习、深入地求知。具体的过程，"不足为外人道也"。但如鱼饮水，冷暖自知。写作的酸甜苦辣，生活的各式滋味，只有身在其中，才会有更真切的体会。

当然，文学的道路是艰辛的，有时候也是寂寞的。要实现自己的梦想，"昨夜西风凋碧树，独上西楼，望尽天涯路"这第一关的孤独，"衣带渐宽终不悔，为伊消得人憔悴"这第二关的执着，都是必需的。"板凳要坐十年冷，文章不写一句空"，只要有这种精神，那么，我相信，"众里寻他千百度，蓦然回首，那人却在灯火阑珊处"这第三关的惊喜，必然会到来。只要面朝大海，必然会春暖花开。

写作上，我知道自己的短板；除了散文、辞赋和格律诗词较为优秀以外，现代诗和小说我写得太过平常，一点也不出彩。但大人物有大人物的风采，我这种小人物也有小人物的追求。人生在世，能写出几篇好一点的散文和辞赋，已经很不错了。读读书，写写字，写一写文章。既有生活的苟且，也心向远方，憧憬着诗意的栖居。

就这样，行走在文学的边缘，优哉游哉，聊以卒岁，岂非赏心乐事？

# 我的空中楼阁（之一）

曾令琪

从小就很向往那种优哉游哉的书斋生活。一个宽敞明亮的书房，一张整洁有序的书桌，一卷书，一杯茶。静静地读书，安心地写字。时而轻斟慢品，时而凭栏远眺。心气顺时，可以"精骛八极，心游万仞"，与古人神交对话；心气不顺时，可以"把吴钩看了，栏杆拍遍"，借酒以浇心中之块垒。然而，我的书斋，却常常如空中楼阁，总是离我那么近，似乎又那么远。

记得刚参加工作时，经过半年的争取，学校分给我们青年教师一个人一小间屋子。那个时候是福利分房，一切都得论资排辈。我们虽然不能分到套房，但这一间房子一个月才几毛钱的房租，就是现在也令人神往。学校分给我的是一幢"别墅"——木楼不知道有几十年几百年的历史，楼下三间，楼上三间。厨房在楼下，没有卫生间。分给我的那一间在二楼的尽头，因为"节省"了过道的缘故，这间屋子比另外两间还大三四个平方米。对此，我非常满足。床是学校的，现成，不用买。需要买的，是到街上的竹器店，花十来块钱，选两个竹制的书架，并排而立于床头。

于是乎，那一间不到20平方米的屋子，就成了我的卧室兼书房。说它是别墅，其一，那是一幢独栋木楼；其二，全系穿枓结构；其三，整幢楼全木结构；其四，历史悠久。这样好的"别墅"，现在到哪儿还能找到呢？只是上楼得爬上一个逼仄的楼梯，楼梯大约七八级，又陡又窄，确实有点危险。每次上楼，只听得咚咚咚的脚步声。不过，这样又带来一个附带的好处，外人轻易不敢上楼。所以非常安全，进进出出，不用带上门都可以，从不遭贼——当然，话说回来，那个时候除了几本书，也真没什么值得别人惦记的。我的大哥小骐曾经笑言，如果贼娃子都懂得偷书了，这个世间也就不会有贼了。

那个时候刚刚22岁，女生正是如花似玉的年龄，我们男生也就自诩风华正茂。既风华正茂，也就心高气傲；纵然没有苏辛之才，没有毛周之志，但也一样睥睨天下，自命不凡。特别是联想到青莲居士李太白的一首诗："危楼高百尺，手可摘星辰。不敢高声语，恐惊天上人。"我的"别墅"庶几近之，于是乎为自己的"书房"取名曰"览星楼"。别墅的窗是两扇女儿窗，木棍支起，才能采光；窗外，是一棵榆树，树龄大约二三十年。再朝外，是两尊大石狮子。其中的一尊，嵌进了荷花池水灾房的大门；另一尊，还雄赳赳、气昂昂地踞在大门口。

我就在我的"别墅"结婚，生子，既当儿子，也当父亲，还当教师。虽然不能像陶渊明那样"采菊东篱下"，但可以悠然见龙山——望见那驰名川中、郁郁葱葱的重龙山。此中佳处，岂可为外人道哉！从此，《汉书》下酒，月下听风，无论是在这个学校还是调动工作搬出，无论是住在小县城还是定居蓉城，无论如何辗转、如何迁徙、如何摸爬滚打，我的书房永远都是"览星楼"。前年，客居成都的河南著名篆刻家郑先生，还专门为我刻印章一枚，曰"览星楼主"。得到印章的那天，摩挲着寿山石印章，三十余年前的历历往事，也就情不自禁地浮现在眼前。

那个时候，叔祖父繁耆公经常周末来到我的"别墅"，聊天、交流。繁耆公似乎上过私塾，而且喜欢"考人"。周末的时候，我正当窗读书，或者习字，只听得繁耆公一声高呼："弟弟——"我忙伸头出窗，长应一声，马上跑到楼梯口，肃立恭迎。不到一分钟，繁耆公慢慢悠悠上来了。于是问好，于是落座，于是泡茶，于是闲聊。繁耆公青年时代，因生活所迫，到沱江边锤鹅卵石谋生，结果因为事故，眇其左目。为我解说家族往事的时候，二目青眼白眼分明，虽略令我生怖，但多一次两次，也就习惯成自然了。见我在读书、习字，繁耆公往往奋袖出臂，捉笔示范。他的字有颜欧之味，很是受看。写毕一幅，喝茶闲聊，他会冷不丁随口吟诵几句古文。兴之所至，或者是"蓼蓼者莪，匪莪伊蒿；哀哀父母，生我劬劳"，或者"先帝创业未半，而中道崩殂"。他老人家随口吟诵出来的句子，我基本上都能接下去，直至终篇。看我很听他的话，接得也很流畅，繁耆公轻抚两鬓，微微点头。

在那幢"别墅"，我待了差不多两年。我对那所学校本来不太喜欢，但后来听我的母亲李太夫人说，这是县男中的故地，也是先大人祥钟公民国时候负笈求学之地，所以，自不待言就生出对学校、对"别墅"的感情了。除了在览星楼读书、生活、打谱、写字，我还在此接待学生、同学、朋友、亲人。恍惚之间，30余年的时光从我的十指间悄悄地滑落。年纪渐增，胡须渐长，有时候，难免生发出"树犹如此，人何以堪"的感慨：不知道，当年我住过的那幢"别墅"，现在还在否？不知道，我当年窗前的那株榆树，而今长成了怎么个模样？

# 我的空中楼阁 (之二)

曾令琪

　　几经迁徙，在工作调动两年之后，我终于从所工作的学校搬出来，住上了 120 平方米的房子。但因为有老人，有小孩，所以，单独的书房仍然属于"空中楼阁"，似乎遥不可及，就算能"及"，也"犹恐相逢是梦中"；不过，卧室有 20 多个平方米，于是乎我的"览星楼"也就顺理成章地和我的卧室合二为一了。

　　新房坐落在芋子溪边，二楼，一面临道，一面临水。以前教书时候的两个竹器书架，已经"鸟枪换炮"，换成了两个高大的书柜。两个大书柜靠墙直立，几乎占据了一面墙壁的面积。我的书，我的资料，我曾经带着学生去捶拓的颜真卿的摩崖刻石"大唐中兴颂"拓片……这些，都整齐有序地放置在书柜里。

　　主卧室的窗向着东方。当窗，是一张保力板桌面的八仙桌，一张太师椅。这张桌子是 1988 年临近寒假的时候，学校给每个教职工发 100 元的福利，我到街上花 40 元钱买回的。算来已经陪伴了我差不多 6 年了。桌面已经有点斑驳，绿色的桌面就像上了年纪的人一般，额头上有了皱纹，脸蛋上有了老年斑。但桌子再老，也没有我的太师椅老啊。这张太师椅，是我的三姑婆（我爷爷的大姐）曾玉书出嫁的时候，我的公太（曾祖父）庆成公为她特制的嫁妆呢。三姑婆出嫁，大约是 1910 年，那个时候，大清王朝正日薄西山，在生与死的线上挣扎着。记得 1989 年的秋天，三姑婆的大女儿、我的表姑张继芳老师离开资中、前往泸州她儿子家之时，将三姑婆当年的这个嫁妆，赠送给了我。这一张太师椅，由我的公太庆成公、婆太

（曾祖母）赖氏亲手送出去，转了差不多八十年，又回到曾氏子孙的手中。有时，坐在这张椅子上，总会想起路遥同志《人生》中的高加林，在社会上转了一大圈，最后还是回到生他、养他的高家村农村。想来，世间上的一切，不都是这样的吗？

那个时候每周上班六天，后来才逐渐调整为耍大小星期，也就是一个星期周末休假一天，下一个星期周末就休假两天。因为时间似乎越来越富裕，所以，也就勾起了我重新拿起笔写点什么的欲望。如果说我这么多年的写作多多少少还有一点点收获的话，那么应该肯定地说，我的写作就是从那个时候起步的。因此，搬迁之后，在"览星楼"中，我一如既往地读书、写作、写字、交友，度过了一段难忘的书斋生活。

于是乎，周末，当早晨第一缕晨曦射进我的"览星楼"的时候，我也就一个鲤鱼打挺，临窗坐在我那张老太师椅上。桌上是一沓稿纸，一支钢笔。兴之所至，一阵乱写。记得那时痴迷于搜集关于周恩来的资料，我从搜集的400多种资料中，精心挑选，仔细甄别，然后一节一节地写，半年过去，将10多万字的《周恩来诗歌赏析》书稿写出来了。为了将书稿改好，我将几个文友请到家里，请大家翻阅我的书稿。

那是1997年夏天的事了，至今想来，恍如隔世。那年冬天，宣传部领导在看了我的《周恩来诗歌赏析》书稿之后，同意由组织出资，出版和发行我的这部书。

那一年，中国美学学会会长王世德先生为我的书稿欣然作序，道："这部书，填补了国内外学术界研究周恩来及其诗歌的一项空白。"谁都知道这一句话的分量！王先生的书序，让我这个多多少少有点文学情结的中文系毕业生，真想跑到沱江河畔，痛痛快快地旁若无人大哭一场！

那时不像现在，没有网络，通信不发达；一个小地方，要想在写作上混出名堂，有如"蜀道之难"。写作是寂寞的，有时也是孤苦的。那年的冬天，为了和成都科技大学出版社商谈书稿出版的事，我和内子张炳华老师，乘坐公交车到成都，找到责任编辑。时近中午，和内子请责编去吃了一顿便饭，然后再回到出版社，将挎包里面的13500元钱公款，交给出版社做出版、发行的经费。等"谈判"结束、从成都科技大学出版社出来到磨子桥等公交车的时候，才发现时间已经是下午4点。

抬眼看天，天灰蒙蒙的，北风呼啸，令人生怖。不一会儿，天空竟然飘下淅淅沥沥的雨雪。因为早上出门前没有准备，穿得太少，突然而至的雨夹雪，北风肆虐，感觉耳朵都仿佛要冻掉一般。我们一边跺着脚，一边双手互相摩擦取暖。我想，这个时候，说不定我的那些同事，正关了门，在办公室高谈阔论，静等下班呢。而我，为了文学，为了自己从小到大的梦想，却让内子跟着受罪，到这人地生疏的省城，为"五斗米"而折腰。但这样的想法是暂时的，因为，"谈判"成功的喜悦，最终冲淡了心中的阴影。几个月后，1998年3月5日，在周恩来总理100周岁诞辰之际，当中共内江市委宣传部为我出文件、举行隆重的新书首发仪式的时候，我长舒了一口气——我曾经的一切付出，终于见到了成果。那一年，我的《周恩来诗歌赏析》一书，由成都科技大学出版社出版，发行43000多册。一本处女作，能发行几万册，就是放在今天，也算是一个不大不小的奇迹。

就这样，在我的书斋"览星楼"中，我完成了我的单行本处女作，并正式出版，发行全国。再后，首发于《人民日报》和《中国青年报》《四川日报》的一些稿子，也在这里完成。每每一些文友到我的"书斋"交流，都会坐一坐我的太师椅，说这是我写作《周恩来诗歌赏析》一书所坐的椅子，在他们的心中，这张椅子也就充满了一定的神秘感——现在，这张椅子已经放到老家，静静地放在四楼健身房的一角。因为久已不坐，恐怕是灰丝蒙面了吧？

那时，我那喜欢读书的四哥亚骐，说了好几次，既然喜欢写作，那么写作的环境也应该改善一些，应该有一张更好的大班桌，一张大班椅，以便写出更多、更好的作品。

但我的看法不太一样。写作可以说是"成本"最贵的工作，要耗费大量的心血；也可以说是"成本"最便宜的劳动，那个时候，一支笔，一沓纸，于此足矣。不过，读书与写作是来不得半点虚假的事情。如同种地，你糊弄地，最终地就会糊弄你。

曾经亲眼看到，有的人书房大大的，窗明几净，书柜高大上，但却是《红楼梦》中的二老爷——贾政，仅仅是动口不动手的"君子"；有的人一排红木书柜，里面却几乎都是地摊上两块钱一斤的别字连篇的盗版书，简直大煞风景；有人为了显示自己很"博学"，居然买来一些只有封皮、内页一片空白的假"书"，令人大跌眼镜……

要知道，被命运碾压过，才懂得岁月的慈悲；被生活折磨过，才知道写作的可贵。所以，我最终的结论是：书房不在大小，只要有，就行；写作不论迟早，只要坚持，就行！——当然，趋利避害，人之常也。对于长期写写画画的人而言，能有更好的写作条件，从而写出更多、更好的作品，那何尝不是一件赏心乐事呢！

因此，我还是盼望自己的书房，不再是"空中楼阁"……

# 文友张联芹印象

曾令琪

　　大江潮起潮落，世间花谢花开。金杯对月，大雁横空，一些人、一些事往往随风而散。但在这扰攘的红尘之中，却总有一些人一见如故，并相扶相助，走向远方。于我而言，张联芹就是这样的文友。

　　元月十六号那天晚上，我正在灯下漫读，忽然屏幕上跳出一行字："刚刚整理刊发记录，心中很是感慨。"一看，原来是远在吉林白山的张联芹。联芹说："时间过得真快，我们认识快八周年了。这些年，你是我的兄长，是我的榜样，你给了我很多帮助，我受你的影响很大。"言语之间，是深情的回忆，是深深的叹惋。

　　是啊，不知不觉，与联芹认识就跨入第九个年头了。记得，那是2016年3月，我们创刊《西南作家》不久，她给我们投稿。联芹在医院工作，年龄和我差不多，是当地著名的医生，担任着科室主任。因为职业的原因，她对人情、对社会，有着较为细致的观察与真切的体会。那时，由纪广洋先生主创、倡导的"中国绝句小说新文体研究会"刚刚成立一周年，联芹刚刚开始从事业余写作，兼任着研究会的执行会长。一边是读者、作者，一边是刊物、总编，于是一拍即合，开始了长达八年的合作。

　　细细回忆起来，八年之中，我们的杂志从《西南作家》到《西南文学》，再到现在的《大中华文学》杂志，其间，走过了一条艰辛但充满乐趣的文学之路。联芹也从一个读者、一个投稿者，成长为我们的特邀编辑、总编助理，为我们组织了很多优秀的名家稿件，我们刊发的一些短篇小说、绝句小说，分别被《短篇小说》《中国微型小说选刊》等名刊、大刊选用。对文字，联芹有一种特殊的珍爱；对文学，联芹有一种坚韧与执着。这方面，我们俩很相像。《诗经·小雅·伐木》云："嘤其鸣矣，求其友声。"也正因为如此，联芹让我感到特别的亲切。从初次接触绝句小说，到较为深入地了解它，到与绝句小说的很多作家结为好友，联芹对我帮助甚大。作为刊物，我们回报他们的是，从偶尔发一个、几个绝句小说，到每期基本上固定开设绝句小说专栏，重点推出绝句小说作家，我们的努力，也得到了绝句小说新文体研究会的热烈欢迎与充分肯定。这一路走来，我们洒下一路汗水，也收获一路友谊，采撷了这一路文学之树上累累的果实。

还记得以前半夜三更发布微刊的时候，联芹的一声声关切的问候。

还记得独自办刊时候，联芹的关心与帮助。

还记得疫情三年，联芹在抗疫的百忙之中，那一个个耐心的嘱咐。

还记得每个季度中月，联芹辛勤地约稿、编稿。

……

对着镜中鬓角的几丝白发，我不禁生出无限的感慨："我的时光都到哪儿去了？"问天天不语，问地地无声。八年的时光，从我的十指间悄悄地滑落，了无声息，欲住不能。还是联芹说得好："八年的时光，八年的陪伴，时间在我们的拼搏进取中，时间在我们的努力付出中，时间在我们的隔屏相望中，时间在我们的每一次对话和牵挂中……"

人与人的相遇是一种缘，人与人的相守是一种情。因为文学之缘，我们相识于茫茫的人海，相交于浩瀚的网络；因为文学之情，我们相知于诗词、散文和绝句小说，并辛勤耕耘在文学的百花园中。我们心心念念的是文学，是文友，是刊物，是发展。虽然，随着时间的推移，工作任务越来越繁重，日常生活中也越来越忙，但每当闲暇的时候，我总不禁回忆从前，回忆这些年一道走过的路，做过的事，写过的文，出过的书。

联芹告诉我："我们这一阵拟为绝句小说团队做编年史，特别感恩你这么多年的支持和帮助！纪广洋先生代问你好，还要请你做绝句小说新文体研究会资深顾问！"

一闻此言，我几乎泪奔。毕竟，惦念和被惦念是一种幸福，理解和被理解更是一种幸福。有的人，同窗也好，战友也罢，吹得来唾沫横飞，天花乱坠，但往往经不起时间和实践的无情考验。而有的人，却能一见定交，始终不渝，经受住岁月的淘洗与风浪的颠簸。所谓"白发如新，倾盖如故"，大致如此。老杜诗云："君不见管鲍贫时交，此道今人弃如土。"因此，在这个大雪飘飞的时候，我的思绪也飞向了远方，飞向了白山，我不禁想起同样在文学之路上拼搏、进取的文友张联芹了。

# 梅岭的早晨

曾令琪

## 一

当我们的小车刚刚转过一个山坳的时候，我的眼前不禁一亮，我的心也不由得为之一震。

深冬的薄雾如云似带，一个个圆圆的山丘高低起伏，展现在面前，一层层茶树绕着山峦，如梯田一般。每一座茶山上，都是早起而忙碌的茶农。他们戴着斗笠，穿着围腰，腰拴茶篓，弯着腰，低着头，双手不停地采着茶叶。随着我们的小车在一个又一个山峦间弯来绕去，所到之处，所见都是如此。至此，我才知道，我们已经进入泸州市纳溪区的梅岭了。

这是临近春节的一天，我们应邀到特早茶产地采访、采风。

## 二

四川是茶叶的故乡，最早的产茶年代，应该是西汉。那时，隐居西蜀蒙顶山的吴理真，于公元前 53 年开始驯化野生茶树，研究制茶工艺，开创了世界上人工种茶的先河。不多久，茶树在巴蜀大地被广泛种植，喝茶、品茶也成为时尚。同为蜀人的大辞赋家王褒，在《僮约》中就有"武阳买茶""烹茶尽具"的记载。蜀南地区的种茶、喝茶，就是从那时开始盛行的。这种风气，到魏晋时期大行于世。《中国名茶志》中，唐代名茶列有"泸州茶又名纳溪茶"、宋代名茶列有"纳溪梅岭茶"的记载。因此，说纳溪梅岭早茶"历史悠久",应该是没有疑问的。

我知道,名茶往往出自高山,所谓高山出名茶是也。北宋诗人陈襄《古灵山试茶歌》诗云:"露芽吸尽香龙脂。"海拔高,日照长,昼夜温差大,终年云雾缭绕,这些对茶树的生长都很有益处。那么,纳溪、梅岭这个地方,海拔并不太高,为什么又会出产纳溪特早茶这样的名茶呢?

陪同的小王介绍说,梅岭村作为纳溪区护国镇一大村,位于纳溪区护国镇西北部,距大州驿10公里。海拔400—650米,温光水热资源丰富,年均温度17.5摄氏度,年降雨量1182毫米。原来如此!

与四川境内的诸多名山相比,梅岭虽然没有峨眉山令人仰望的海拔,没有蒙顶山"西蜀漏天"的云雾与雨水,没有华蓥山、铜锣山莽莽苍苍的五百里竹海之间的空气负氧离子,没有剑门关雄踞天下的高敞与天光,但这里却有神奇的北纬28°,有着特有的地形、特有的地貌和特有的气候。那就是——春季回暖早,春芽萌发快,最早可在除夕过后开始采摘鲜叶,是全球同纬度最早的特早茶,享有"元宵茶"的美誉。

大家知道,地球上有一条令人啧啧称奇的"看不见"的"纬线",那就是北纬28°。在这条线上,有驰名海内外的茅台酒、习酒,同时,也有四川泸州纳溪区的梅岭特早茶。按说,酒是宴间武士,茶是山中君子,二者本不搭界。但因为"水"的关系,酒与茶就表现出同出一"源"而异生其"流"的特点。酒能使人血脉贲张,茶却能使人平心静气。一阴一阳,互为补充,成为中国传统文化中最具风情、最显对立与统一关系的辩证元素。

在梅岭茶文化广场,小王领着我们迤逦而行。在茶叶展览馆之中,我们较为深入地了解了梅岭特早茶的历史、品种、市场开拓情况。小王说,现在,梅岭村有连片茶叶5万多亩,是纳溪特早茶核心产区。唐代茶圣陆羽所著《茶经》中有"纳溪梅岭产茶"的记载,北宋诗人、山谷道人黄庭坚《煎茶赋》中就有"泸州纳溪梅岭茶"的记载,他的手迹"二月茶"石刻,历经风风雨雨,至今仍完好无损地保存在梅岭上,为梅岭的茶文化,增添了更多传统的、名人的文化元素。

# 三

在茶叶展览馆，我们坐下小憩。小王为我们泡上一杯杯纳溪特早茶，请我们慢慢品尝。

纳溪特早茶不仅时间"特早"，而且品质"特优"。观其外形——扁平挺直、色泽黄绿鲜活；闻其香气——栗香浓郁，香味持久；品其汤色——黄绿明亮，滋味鲜醇、爽口。"好茶！"我不禁赞叹道。小王说，这些年，我们纳溪人专注于特早茶，走过了一条很不寻常的发展之路，梅岭从外到内的巨大变化，可谓有目共睹。

近年来，在乡村振兴的热潮中，纳溪人焕发出更大的干劲。他们紧紧围绕产业壮大、茶农增收的中心，以茶为媒，以旅为用，不仅统筹做好"茶产业、茶科技、茶文化""三茶"统筹发展，极大地促进了茶业和旅游业深度融合，还以"茶叶+旅游"的发展思路，深挖特早茶文化，厚植茶旅融合根底，以市场需求为导向，以旅游体验为核心，积极投入人力、物力、财力、心力，将单一性"产业村"华丽转身为多元化"旅游村"，走出了一条集茶园观光、农事体验、茶文化学习等沉浸式茶旅融合的新路子。疫情结束、春茶开园之后，到梅岭村观光旅游、学习体验的游客即达30万人次，带动旅游消费1.2亿元。2023年，梅岭村茶山入选"四川十大最美茶乡"，这是梅岭茶乡继入选"全国茶乡旅游精品线路"、纳溪特早茶入选"中欧地理标志首批保护清单"之后，获得的又一殊荣。

是啊，四川各地几乎都产茶，全省就有7000多家茶叶企业。这一荣誉的取得，想来也特别不容易。其中，凝聚了各级党政部门多少的心血，凝聚了梅岭村干部群众多少的心血啊！最鲜不过纳溪茶。小王介绍说，纳溪是北纬28°茶树发芽最早的一片区域，这里茶叶开采期比江苏、浙江、安徽等地区早30至40天，比川内其他地区早7至10天。"看似寻常最奇崛，成如容易却艰辛。"在四川省内，为了获得比其他地方这看似短短的"7至10天"的时间差，背后却是十倍、百倍、千倍心血的付出！

我想，长江从纳溪流过，永宁河从纳溪流过，北纬28°神奇的自然条件，也不仅仅纳溪独享。那为什么唯有纳溪人能将茶叶发展成为早茶，将早茶发展成为特早茶？

# 四

此时，薄雾已经散开，阳光穿过大落地玻璃窗，斜斜地照进大厅的卡座，令人浑身暖洋洋的。透过这大玻璃窗望出去，只见对面层次分明的山丘上，一畦畦碧绿的茶垄中，茶农们仍然忙个不停。好溪润育茶山，好水焕活鲜香。在红尘喧嚣的今天，唯有静下心来，专注于做一件事，才可能做好、做精致、做成功。一杯清茶，一颗静心，一种持之能久、不断超越的精神，这，才是红尘扰攘之中，最值得我们珍视的精神财富。

谁说不是呢？梅岭二月茶，苦心经营多年，方具现在之规模。诗云："迤逦盘旋众志骄，迎风偎翠自妖娆。茶田万亩山山绿，梅岭欣欣韵九韶。"抬眼远眺，揽翠入怀，如诗如画，真可谓尘心如洗，神明俱清。今天，此刻，在纳溪，在梅岭，在这个临近春节、赏心悦目的早晨，晒着煦暖的冬阳，品着黄绿明亮、栗香浓郁的纳溪特早茶，听着小王耐心、细致的讲解，在茶香氤氲之中，我已心游万仞，思绪飞向了诗意葳蕤的春天……

# 怀念一只猫

曾令琪

我这个人从小喜欢狗，不太喜欢猫。

关于这个问题，以前没有想过是为什么。现在细细回想起来，无非是猫咪喜欢练爪子，到处跑，到处钻，将沙发抓得一缕一缕的，令人心烦。而狗呢，却是从不嫌家贫，对主人忠心耿耿，所以喜欢。另外，喜欢狗，可能还跟我的童年记忆有关。记得三岁时，我们家养了一条狗，浑身雪白，故名之曰"白雅"。到我四岁的时候，它已经长成一条大狗了。那时家里人都忙，白雅从小陪我，成了我幼时的玩伴。我们所住的吊脚楼那个院子，大朝门的两扇木门板几乎有两寸厚，早晨每次一开门，白雅就一个纵步射出去，跑到野外去"出恭"，好一会儿才回来，摇着尾巴，跑过来亲近我。

不过，虽说不太喜欢猫，但有一只猫却深深地烙在我的心里，令我永生难忘。

那时候，我们住那个小区，当时有几十户，年轻人很多，而底层大多是办公间。毛毛家养了一只家猫，伶俐，活泼，取了个常见的名字"咪咪"。

咪咪刚到毛毛家时，还是一只小猫咪，但不到半年，就长到一尺多长。毛毛是个懒虫，喜欢打游戏，自己的三餐都是对付，哪有心思去管咪咪。于是乎咪咪就被敞养着，进出自由，无拘无束。不久，咪咪肚子大了，眼看就要生小猫咪了，好几家人都在考虑，等咪咪生下小猫咪，满月了，就领养一只，也算是个乐趣。

先是，小区苦鼠患，老鼠胆贼大，大白天也敢招摇过市，旁若无人。但自从咪咪来了之后，老鼠也就渐渐稀了，乃至后来难觅其踪。毛毛不管咪咪，咪咪自己找到了生存之道——三层楼的楼顶花园，一座凉亭，几株樱桃树，一块块菜畦，菜畦沿楼顶的外边，是一圈菊花、鸡冠花。这样的环境，在当时我们小区那一带，绝对是杠杠的，也就顺带成了小鸟的天堂。咪咪侦察到这些情况，也就常常独自悄悄地去楼顶，准备为自己找点"野味"，补充一下孕期的营养。

那时候，"非典"已经波涛汹涌，我们虽在内地，也有点儿人心惶惶。正是阳春三月的一天下午，小区的人下班回来，在院子里围成一圈，喝茶聊天，闲吹"非典"的厉害。突听得一声"哇，快看"，大家不约而同抬头，只见一只"松鼠"从天而降，一边飞速下降，一边转着逆时针的圆圈。但毕竟太高，说时迟，那时快，只听"啪"的一声，"松鼠"摔到水泥地上。大家一哄而上，这才发现——哪是什么"松鼠"，那不正是咪咪吗？！

咪咪躺在地上，双眼无助地看着我们，喉咙管发出一种哮喘似的出气声；它的右脚爪还抓着两片鸟毛；而它的肚子却渐渐地瘪下去，尾部流出一团殷红的血，还拉出几个成了形的小猫咪……信佛的王嬢一边数落着毛毛，责怪他没有把咪咪管好，一边将咪咪捧起，带回家，给它擦干血迹，上了一点云南白药，然后放进一个垫好纸屑的纸箱，暂时代管起了咪咪的生活。大家一边议论，一边叹息着散了。

王嬢是个很热心又细心的人，在她的照管下，咪咪恢复得很快，一个星期不到，小区内外又看见了它的身影。于是，生活又周而复始起来。

那一阵，社会上开始流行养狼狗。东哥家就喂了一条大狼狗，麻黄麻黄的，据说是退役的警犬，取个名字却很"生猛"——赛虎。赛虎的颈上是一圈皮带，一根铁链一端连着皮带，一端连着东哥的左手。进进出出，大家看见赛虎都望而生畏；但东哥总是说别害怕，它不咬人、不咬人。东哥四十岁出头，性格和善，有时候他也将链子从赛虎脖子上解了，让赛虎自由活动。

谁知道狗和猫是天生的死对头，赛虎一见咪咪，就像见了猎物，立马撵过去；而咪咪眼见赛虎撵来，危急之下，立马向着窗子就是一纵，穿窗而过。不一会儿，咪咪又出现在窗台上，挑逗似的看着赛虎。等赛虎冲将过去，咪咪一跳，又不见了踪影。赛虎蹲坐在地，东看看，西瞅瞅，无可奈何，望洋兴叹。

不久，咪咪又大腹便便起来。看着咪咪怀娠大气的样子，王嬢脸上乐开了花："我说嘛，猫有九条命呢！咪咪又要当妈了哦！"小区的人们又开始考虑咪咪生下小猫咪，怎样领养。

毛毛对东哥说："你得把你的赛虎管住了，别伤了我的咪咪。"

"没事，放心，出了事我负责！"东哥大大咧咧地一挥手，牵着赛虎出门溜达去了。

真是天有不测风云。夏天的一个夜晚，我和东哥正在院子里纳凉，看毛毛和二皮下象棋，其他的人进进出出，来来往往，谁也没在意。两个人都下得臭，偏偏瘾又还大。一对臭棋篓子，兵来将挡，马踏飞象，还真成了旗鼓相当之势了。突然，只听东哥一声大喊："糟了，扯脱了！"大家回头一看，只见赛虎动若脱兔，箭似的蹿出，直奔办公间而去。办公间灯火通明，身形笨拙的咪咪猛地一射，射到窗沿上，噗的一声掉到地上，马上一个翻滚，钻到桌子底下。东哥一边骂一边跑向办公间。可他还没有赶到，就见赛虎趴在办公桌下，一只脚伸进桌子底下，往外一扒拉，然后一口叼住，就朝门口走来。

我们都看呆了，东哥一连声叫："松！松！"然后给赛虎头顶一巴掌，赛虎极不情愿地松了口，将咪咪放在地上。只见咪咪的肚子破了，脖子被咬穿了，已香消玉殒，命丧"虎口"。

等大家回过神来，才看见王嬢两眼滚泪，哭丧着念道："阿弥陀佛！罪过！罪过！"

毛毛将棋盘一掀，大叫："东哥，你不是说出了事你负责吗！你赔我咪咪！赔我咪咪！"

东哥不出声，低着头，不敢正视毛毛的眼睛；身旁那平时威风凛凛的赛虎，也耷拉着脑袋，垂头丧气地向旁边退去……

过了很久，我们小区似乎都还没有从咪咪被赛虎咬死的伤心中解脱出来。我本来从小就喜欢狗，但自那以后也对狗生出一种自然的排斥来。因为，一想到咪咪之死，我就觉得心里不舒服。

佛家谓生死有地头，难不成真是这样的吗？咪咪从三层楼的楼顶摔下都没有死，九条命的猫，偏偏就死在狼狗的吻下。难道这是前生的冤孽？2003年到现在，一晃，已21年了。但我常常想起那只猫，那只叫咪咪的猫，那只命运悲惨的猫……

# 洱海望月

曾令琪

苍山、洱海，位于云南大理白族自治州。我的老乡、明代蜀中状元杨升庵笔记有曰："山则苍茏垒翠，海则半月掩蓝……一望点苍，不觉神爽飞越。"阅读至此，令我对大理心生向往。

就这样，一次偶然，我和家人来到了大理。

## 一

人生之路上，我们常常渴望一种铭心的艳遇。在大理，这种渴望很容易被满足。大理流行这样的一副联语："下关风，上关花，下关风吹上关花；苍山雪，洱海月，洱海月照苍山雪。"风、花、雪、月，大理，就以这种种"艳遇"，让游客心旌摇动。

漫步古城，你会发现好多稀奇古怪的人：有追逐梦想的少年，也有游山玩水的青年；有携妻避世的匹夫，也有笃定安详的夫妻。各色人等，宁静安详。也许，紧张的大城市生活让我们身心俱疲，才让我们在此稀释生活的沉淀，觅得岁月的静好？

在我们随意性的散步途中，一座陵墓突兀于眼前。仔细一看墓碑，"总统兵马大元帅杜文秀墓"十一个字赫然入目。墓前，立着著名历史学家白寿彝先生的序文及重修碑记。一时，我记忆的闸门打开，我的思绪飞向近一个半世纪之前的晚清。

## 二

现在，我们生活在太平盛世，更多地关注自身的发展，口袋的消长，三餐的质量。

但杜文秀生活的时代不同。

杜文秀通晓伊斯兰经典，还曾经中过秀才。但就是他这样有"功名"的人，也受到官府的欺压，族人还遭到屠杀。为了讨一个公道，杜文秀曾经跋山涉水，辗转万里，到京城控告，但告、诉无门。1856年，在太平天国农民起义的大背景之下，杜文秀率众"革命满清，救民伐暴"，坚持了十八年之久。最后，为了大理免遭清军屠城，杜文秀自服毒药，后赴清营，被清军将领岑毓英、杨玉科所杀。

历史是一本厚重的大书；只不过，在当今商潮滚滚的时代，它早已蛛丝蒙卷，少有人读。幸而大理的百姓，还记着这位曾经让大理"安居乐业，夜不闭户"的"总统兵马大元帅"。右望苍山，左邻洱海，一代风云人物，就这样静静躺在大地的怀抱。

也许，在大理古城，身为游客，你不属于你，我不属于我。我们都属于路途，属于远方，属于山水林园，属于风花雪月。

但杜文秀属于大理，属于这一方他曾经付出的土地，他曾经深爱的人民。他的一切，都已融入古城，融入七里桥乡，融入下兑村，静静地融成了一道绕不开的风景。

## 三

很喜欢"天镜阁"这个名字。

古人谓镜子曰"鉴"，"鉴"多系铜镜。入清以后，才有西洋传来的玻璃镜。古诗中写美人照镜，如果不是像木兰那样"对镜贴花黄"照铜镜，一般就会面对一盆水，或者站在平静的河边、水边整理一番。所以，那时候把这种"照镜子"，叫"鉴于水"。《三国演义》中的司马徽号称"水镜先生"，大概来源于此。北宋诗人刘攽《雨后池上》曰"一雨池塘水面平，淡磨明镜照檐楹",就是以这样的情形作比。

而"天镜"很多时候指的是月亮或者湖面。宋之问谓"石帆摇海上,天镜落湖中",萨都剌诗云"西湖天镜碧堕地,吴山蛾眉春入窗",皆是这样。因此,以"天镜"为阁名,的确诗意盎然,令人浮想联翩。

天镜阁在洱海东岸的玉案山上,山势到这里忽向洱海伸去,成为一个半岛,名曰"罗荃半岛"。三面临水,悬崖壁立,地势险要,有山环吞海,澄海如镜之势。自明代建"天镜阁"后,便成了大理洱海四大名阁之一。

登上天镜阁,只觉得天风高敞,俗心一洗。远望苍山,白雪皑皑,晶莹洁白,蔚为壮观。俯视洱海,时而碧波荡漾,令人心旷神怡;时而波涛汹涌,令人惊心动魄。苍山、洱海浑然一体,有如相依相伴的亲密恋人,让人爱怜顿生。

如今,天镜阁已成为大理的一个著名景区,是观赏大理苍山、洱海风光的最佳去处。登高望远,景象万千,令人神清气爽。

## 四

傍晚,我们坐在才村附近的一处湖岸石阶上,静静地聆听洱海的声音。

天还没黑尽,一弯月儿却已出来。仰望洱海月,我不由得想起白天听导游讲述的一个传说。

"洱海月"被白族人民称为"金月亮",无时无刻不在唤起人们对美好生活的追求。传说月宫里的公主思慕人间,来到洱海边,与渔民岸黑成婚。为了帮助渔民多打鱼,她把自己的宝镜放在海中,照得鱼群清清楚楚。渔民打鱼多了,过上了丰衣足食的日子。公主的宝镜在海中变成了金月亮,世世代代放射着光芒。

洱海是一个风光明媚的高原湖泊,呈狭长形,南北长四十公里,面积二百多平方公里。自古生活在这里的白族人民,多么渴望无论是洱海还是生活,一切都那么的"风平浪静"啊。平淡才有味,平安才是福。一个简单的传说,包含着多深的意味。

洱海风拂浪拍岸,洱海风息浪无声。时光就这样不知不觉地逝去,月儿已爬上当头。

据说，西汉司马相如为中郎将，观洱海风景后叹曰："此水可当兵十万，昔人空有客三千。"南诏王曾经命人在洱海中的一块大礁石上，刻下"国门在此"四个大字。古代，洱海不仅仅是"天镜"，同时也是"天堑"。

如今，令我等欣慰的是，国泰民安，吉祥万家，古人之慨，已为陈迹。如果司马相如复生，一定会惊呼不可思议吧？

旅行家阿瑟·米兰达在其著作《人一生要去的五十个地方》中说："一个旅行者如果走到大理，就再也不想离开。"

诚然，如果论情调，大理肯定没有丽江的繁华与浮躁；如果论风景，大理也没有梅里的雄奇与险峻。大理只是依山傍水，风光明媚，平平静静，如此而已。

但自从我在地图上看到大理，我的目光便再也不忍移开；自从我一次偶然走进大理，我的梦境从此便五彩斑斓。

有曰，前生五百次的回眸，换来今生的一次擦肩而过。大理，这一次的擦肩而过，我将时时祝福你笑靥如花，祝福你美丽依然……

# 唤鱼池遐思

曾令琪

当我实实在在站在青神唤鱼池畔的时候，我忽然发觉，在潺潺流水声中，我似乎变得恍惚起来。恍恍惚惚之中，苍松翠竹摇曳着宋代的气息，弯弯曲曲的幽径踢踏着平平仄仄的丽词。

我知道，东坡还在，他与我们一道，听山风吹过，看岷江奔涌，捻须微笑，入耳的是中岩的琅琅书声。

一

知道唤鱼池，是很小的时候。

川中名胜资中重龙山半山腰有池，名唤鱼池。岩壁上的红色行书"唤鱼池"三字，由上而下，肥厚中不失苍劲，表现出典型的苏东坡书法风味。池不到两丈见方，深可数丈，背倚古北岩，面临盘山路。荫翳蔽日的松林之下，忽见一池绿漪。母亲说，风和日丽的时候，只要站在池边，向着池塘深处大喊："鱼，出来！"便会看见三三两两的游鱼，摇头摆尾，浮上水面。

再后来，隐隐约约听说，资中"唤鱼池"是苏东坡亲笔所题，为四川防区制时期（1918—1934）川中军阀王缵绪大约在1925年驻防资中时从青神拓来，凿刻于此。难怪，重龙山上的西蜀名刹永庆寺山门，有一段时间曾经悬挂一副楹联："何故重山瑞霭多，好珍藏苏字唤鱼、杨碑凝碧；真如雁荡风光美，喜招来龙山仙鹤、金顶飞幢。"联为"乙丑仲秋上浣"

（1985 年农历八月上旬）郑拾风先生撰，姚圣冰先生书，易明先生镌刻。那一种潇洒不俗之气，那一笔颜味浓郁的书法，令人叹为观止。

资中是巴蜀著名的状元之乡、文化大县，永庆寺为佛教禅宗名寺，却专辟一屋，供奉李白、杜甫、苏轼，号为"三贤祠"。当年末代状元骆成骧回乡守制，曾在此开馆授徒。王缵绪之所以开凿唤鱼池，除了表达对先贤苏轼的敬仰，估计也有取悦资中士绅之意。

也许，少小时候对苏东坡及其唤鱼池的一知半解，已无意间结下了冥冥之中的一种缘分？

## 二

苏东坡《西江月》曰："世事一场大梦，人生几度秋凉。"人世间的一切山山水水、明明秀秀，总在飞逝的光阴中轮回。多年以后，当我来到青神中岩，徜徉于东坡初恋的唤鱼池畔的时候，才蓦然发现，我与坡公，似乎有前世注定的文缘。他老人家当年"酒贱常愁客少，月明多被云妨"，贬谪时候的孤独、寂寞，在他的笔下，都有所反映。惯看世道之险恶，痛感人生之寥落，坡公却从不屈服于那些险恶与寥落。

正如法国批判现实主义文学家罗曼·罗兰在《米开朗基罗》中所说："世界上只有一种真正的英雄主义，那就是认清生活的真相之后，还依然热爱生活。"苏东坡个性耿直，一生曲折，辗转各地担任地方行政长官，做了很多实事、好事；即使身遭贬谪、僻处江湖之远，经历人生的起起伏伏，他却越发坦荡、豁达，仍然心存魏阙，心系苍生。杭州的西湖，苏堤春晓的美妙景色，诉说着当年坡公的勤政爱民；黄州东去的大江，淘尽天下英雄，《赤壁赋》的吟诵依然在轰鸣的水声中激越高亢；惠州，岭南的荔枝慰劳着谪人辘辘的饥肠；儋州，海南的山山水水，至今，仍铭刻着苏东坡在艰难困苦的日子里致力于文化传播、"珠崖从此破天荒"的精确预言……

接连遭贬，万死投荒，如果换一个人，恐怕早都断了人生的希望；苏东坡，从巴蜀盆地走出的苏东坡，却以他的文化人格，为中国文化史高高竖起一座耀眼的地标。我粗略地默了一下，全国各地，苏东坡纪念馆、陈列馆、寓居地之多，在全国人民中的影响之大，苏东坡是足可与忠而被谗、直而遭贬的屈子媲美的了。

固然，我无意为封建统治者打压正直文人的行为辩解，更不愿由果溯因、事后诸葛般地大歌特歌所谓"贬谪文化"。但面对苏东坡的窘境与坦然，我心头涌动的，是一种无上的敬仰。

三

小时候，除了一个《三字经》所说"苏老泉，二十七，始发奋，读书籍"，对眉山苏氏，我的确缺乏了解。上大学时，才知道与杜甫的祖父杜审言等并称"文章四友"的苏味道，才知道他在武则天时期两度为相，才知道他的次子苏份在他病逝于眉州刺史任上后，留在了眉山，从而开启了眉山苏氏的文化传奇。苏东坡就是苏味道的十一世孙。现在想来，苏家出自名门，耕读传家。苏洵（苏老泉）恐怕绝不是一般人所想象的那种27岁才发奋读书。只不过，从小读书，至二十余岁才真正探知读书、治学之门径，这也许才是较为合理的解释。而与青神结缘，与程氏联姻，绝对是眉山苏家一个空前伟大的决定。因为，一个人的才，可以通过学习，后天获得；但一个人的性格与人生态度，却更多地与母亲有关。自古以来，民谚便有"结对一门亲，兴旺三代人"的说法。流连于中岩的山水之间，徘徊于青神苏母祠的各个展室，我越发肯定这个想法。

关于程氏夫人，正史没有记载，其事迹见诸司马光所著《武阳县君程氏墓志铭》。身为史学家，司马光下笔尤慎，但对程夫人，他却不吝笔墨，大加称赞："夫人姓程氏，眉山大理寺丞文应之女，生十八年归苏氏。程氏富而苏氏极贫。夫人入门，执妇职，孝恭勤俭。族人环视之，无丝毫觖觖骄居可讥诃状，由是共贤之……时祖姑犹在堂，老而性严……独夫人能顺适其志，祖姑见之必悦。"

程夫人18岁从富裕之家嫁给贫穷之家的苏洵，不仅"孝恭勤俭"，还"罄出服玩鬻之以治生，不数年，遂为富家；府君由是得专志于学，卒为大儒"，对苏洵帮助极大。程夫人"喜读书，皆识其大义，轼、辙之幼也，夫人亲教之"，对苏轼、苏辙两兄弟的成才，起到了极为关键的作用。如果没有程夫人，后世根本不可能有震惊天下文坛、号称"一门父子三词客，千古文章四大家"的"三苏"父子。可以说，无论是"为女、为妻、为媳、为母"，"苏母"程夫人都足可与孟母、岳母相媲美。

## 四

人生的许多美好，往往都在少年时代。即使历史的大江将曾经的荣耀辉煌与失意落寞，都撒给了那惯看秋月春风的江上渔樵，但大文豪苏东坡与初恋、原配王弗那情透生死的爱情，却至今仍令我们发思古之幽情。

因为到外婆住家的青神读书，苏轼来到了中岩书院，深得先生、乡贡进士王方的赏识。其爱女王弗，幼承庭训，颇通诗书，16岁嫁给苏轼。王弗自幼聪慧，为人谦谨，知书达理。婚后，每当苏轼读书时，她便陪伴在侧，终日不去；苏轼偶有遗忘，她便从旁提醒。苏轼问她其他书，她都说略微知道。可惜，27岁时，王弗病逝。为此，在"十年生死两茫茫"的密州（山东诸城）任上，在"尘满面，鬓如霜"的年纪，苏轼以泪濡笔，写下因思念妻子而痛断肝肠的词句："料得年年肠断处，明月夜，短松冈。"

明代剧作家汤显祖在《牡丹亭·题记》中说："情不知所起，一往而深，生者可以死，死可以生。"王弗的去世，成了苏轼终身不愈的伤痛。后来，从密州到杭州，从京城到黄州，从惠州到儋州，苏东坡念念不忘的，还是月明之夜，故乡眉山的山山水水，是自己的初恋和原配王弗。这样的情感，一直贯穿在他后来所写的诗文之中。即使是在铁板铜琶歌大江东去的时候，他也心有千千结，常常漾起"此生唯一愿，与君拟琴音"的缕缕柔情。

坐在中岩寺的山门口，听阵阵松涛；迤逦而行于唤鱼池畔的小径，听溪流潺潺的水声。我思绪漫张，不禁遥想当年坡公的风采，我的耳边似乎响起了一个苍老而自信的眉山口音的吟诵："我本儋耳人，寄生西蜀州。忽然跨海去，譬如事远游。平生生死梦，三者无劣优。知君不再见，欲去且少留。"物华孕天宝，地灵生人杰，诚非虚言。

大唐诗人魏颢在《李翰林集序》中曾说："自盘古开天地，天地之气艮于西南。剑门上断，横江下绝。岷峨之曲，别为锦川。蜀之人无闻则已，闻则杰出。"与相如、扬雄一样，与子昂、太白一样，坡公也是我们西蜀几百年才能出的一个杰出人物。念兹在兹，此时此刻，我的心已飞向了那平平仄仄的宋词时代，去谒见我的蜀中老乡苏东坡……

# 怅望读书台

曾令琪

## 一

四野莽莽苍苍，蓊蓊郁郁；涪江滚滚南去，奔流不息。登上金华山巅，极目远眺，我的思绪穿过千年的尘封，似乎回到了那风起云涌的大唐。

红尘喧嚣，即使再疲惫，我们总是身在路上，心在远方。自古以来，这成了一条铁律。特别是生长在四川盆地的人。

盆地如同母亲的子宫，让胎儿倍感亲切，但也令胎儿对外面的世界心生向往。世间的诱惑，总是那么多：功名、利禄，娇妻、美妾。但蜀道艰难，长安也居大不易。要想越过蜀道，到外面去大干一场，总得有打拼的"本钱"。

对蜀人而言，这"本钱"，只有读书。

君不见，相如赋，健笔凌云；扬雄笔，洋洋洒洒。但他们哪一个不是靠读书而来？

正因为如此，蜀地留下的读书台也特别多。梓潼城南长卿山，至今存留有司马相如读书台；绵阳凤凰山左翅膀端之山畔，有扬雄读书台。而我现在所登临的，是大唐陈子昂的读书台。

试想，假如没有青少年时代的刻苦攻读，怎么会有司马相如以后那以凤求凰、琴音传情的美谈？怎么会有扬雄那卓绝于众的《法言》《太玄》，传之后世？

二

说到读书，古人似乎总得选一处偏僻的地方。因其偏僻，所以幽静。那时大概人口也不多，地广人稀，自然界的植被也就特别的好。

金华山的环境，就是在今天，也非常适合一颗颗读书种子的生长。

山名金华，镇也以山而名曰金华镇。自西魏置射洪县，到1950年1月县治迁太和镇止，历1400多年，金华镇向为射洪县治所在地。金华山的主体，位于大金华旅游区的北区，汉代名"烟墩岭"。从其命名，可以想见先汉时候金华山的植被比现在还要好得多：抬眼绿海无边，山巅云雾缭绕，涪江若带，江山瑰奇，真不愧为蜀中名山。

金华镇自置县到解放初，一千多年间，一直是商贾云集之地，兴旺繁盛。一直到县治迁太和镇后，金华镇才在岁月的长河中渐渐落寞下来。不过，"祸兮福之所伏"，也因为由县变成镇，金华虽错过了现代化建设的进程，一大批古镇建筑却因祸得福保存下来。那烟熏火燎的百年老屋，那光滑、蜿蜒的街道石板路，那小巧、古朴的戏台，那历经千年仍然枝繁叶茂的黄桷树，还有斑驳的四大城门，庄严的道宫道观，一切都诉说着历史的辉煌。

一直到20世纪90年代，改革开放之后，毁的毁，拆的拆，一夜之间，一切都要推倒重来。等到跨入新世纪，阆中古城一枝独秀的时候，金华镇才蓦然发现，历史似乎给他们开了一个天大的玩笑。至此，剩下的不多的古建筑，便成了弥足珍贵的东西。

幸好，在那拆拆拆一波高过一波的大潮中，陈子昂读书台还保存完好。

三

大清光绪版《射洪县志》记载，金华山之得名，是因为"其山贵重而华美"。由来地灵生人杰。陈子昂，就诞生在这片土地上。陈家住金华镇武东山下，其故宅今属金华镇武东片区沙嘴村张家湾。

《新唐书·陈子昂传》载："父元敬，世高赀。岁饥，出粟万石赈乡里。"所谓"高赀"，意谓资财雄厚、富裕之家。《汉书·货殖传》曰："王孙大卿，为天下高訾。"看来，陈家是当地的土豪，但也慷慨豪爽，赈济乡里，一次性就能捐出一万石的粮食。那时的一石，大约相当于53公斤，一万石就是53万公斤、106万斤，这在当时，甚至现在，都不是一笔小数目！

陈子昂的父亲陈元敬虽然因为赈灾，"举明经，调文林郎"，获得了一张官方认可的所谓"官身"，但恐怕没有多少文化，也就任由儿子任性胡来。所谓有钱就任性，陈子昂长到18岁，还"未知书"，因为是富二代，崇尚侠义，好使气，有决断。似乎除了读书，什么射弋啊、赌博啊，都能应付裕如。

如果沿着这样的轨迹继续发展，也许，陈子昂最多就是一个承继家业、令人艳羡的富家翁，或者坐吃山空、难以守成的败家子。如果是那样，那个"常恐逶迤颓靡，风雅不作"（《修竹篇序》），耽于文学、风骨铮铮的陈子昂，我们到何处去寻？那个"念天地之悠悠，独怆然而涕下"（《登幽州台歌》），感天动地、悲怆永恒的陈子昂，我们到哪里去找？

## 四

现在看古代四川的读书人，有一个既有趣也令人百思不得其解的现象：历史上，在文学、艺术上有较大名气、巨大成就的四川人，他们的师承往往都不甚了了。

比如：有谁知道司马相如的师父？有谁知道扬雄的师父？有谁知道陈寿的师父？在陈子昂之后，李白的师父是谁、三苏的师父又是谁？

要知道，马扬李苏，他们都不是凭空生长出来的，而是经过严格、扎实的基础训练，才具备了腾飞的"本钱"。难怪，唐人魏颢在《李翰林集序》中这样总结："剑门上断，横江下绝，岷峨之曲，别为锦川。蜀之人无闻则已，闻则杰出。"

所以，研读陈子昂的诗文，我总时不时想起他那不知名的师父。《新唐书》本传载："（子昂）它日入乡校，感悔，即痛修饬。"那个师父能将一个桀骜不驯的公子哥儿，调教成一个临窗静读的文人雅士，实在令人感佩之极！这样的情形，与当年孔夫子收子路（仲由）为徒弟的情形，何其相似。

金华山上有金华道观，物换星移几度秋，岁月沧桑使人愁。虽历经近1500 年的盛衰变化，但殿宇楼阁，鳞次栉比，香烟云雾，古风犹存，游人香客，往来不绝。拾级而上，陈子昂的遗迹，时时、处处自然而然地显露出来。

比如金华道观名曰"玉京观"，大概是北宋真宗赐的名，就出自陈子昂的《修竹篇》："永随众仙去，三山游玉京。"三山是传说中的海上三神山蓬莱、瀛洲、方丈，玉京泛指仙都。用在这里，合情贴景，再合适不过了。

再如金华山整个山势呈一个大的马鞍形，其前山是主峰，前山之山脚有桥，名曰"虹飞桥"。因陈子昂《登金华》诗曰："鹤舞千年树，虹飞百尺桥。"

看来，因为读书，陈子昂已经脱胎换骨，神采飞扬，已不再是原来那个提笼架鸟、斗鸡走狗的浪荡少年，而变成了一个心有所想即能吟咏成诗的翩翩公子了。腹有诗书气自华，诚哉！

# 五

穿过雕梁画栋的虹飞桥，顺左上三十余级石阶，即可到达金华山前山门。站在前山门，一眼望去，层层石阶直上山头，两旁千余株古柏，荫翳蔽日；山上云环雾绕，若明若暗；行于山中，山巅滴翠，颇有王摩诘笔下"山路元无雨，空翠湿人衣"之味。身在此山，令人仿佛置身世外仙山之中。

陈子昂就在这样的仙山胜地，静静地读书三年。听山鸟嘤嘤，对涪江品茗；凭栏远眺，云凝雾障，烟波浩渺，水天一色。若换了我，在此读书，一坐三年，岂非人生之一大快事。

古人读书，无非三坟五典，八索九丘。但究竟读了些什么书，史籍已无具体的记载。正如读书台上感遇厅中的一副楹联所言："所读何书，上有遗篇传墨翟；其人如玉，无须后辈铸黄金。"看来，和我同疑的，可谓大有人在。我常想，如果能将古人所读之书的细目考证出来，对今人研读古籍，读书成才，肯定大有裨益。

不过，除了参加科考的必读之书，我相信，陈子昂还更多地阅读了大量的"闲书"，像诸葛孔明那样泛览百家，"观其大意"；还更多地密切关注着时局的变化，关注着百姓的日常生活。

那个曾经剑走偏锋、靠"终南捷径"入仕的诗人卢藏用，在《陈子昂别传》中，简练地叙述了陈子昂读书向学的经历："（子昂）因谢绝门客，专精坟典。数年之间，经史百家罔不该览。尤善属文，雅有相如、子云之风骨。"

<h1 style="text-align:center">六</h1>

学成文武艺，售与帝王家。整整三年的发奋苦读，上天已将力拯颓风的重任，赐予了陈子昂。在《右拾遗陈子昂文集序》中，卢藏用饱含深情地称赞陈子昂的成就："卓立千古，横制颓波，天下翕然，质文一变。"

21岁那年，陈子昂告别蜀中父老，顺江东下，再北上长安，开始了他的"文化苦旅"。一首五言律诗，写出了他那时的风发意气：

> 遥遥去巫峡，望望下章台。
> 巴国山川尽，荆门烟雾开。
> 城分苍野外，树断白云隈。
> 今日狂歌客，谁知入楚来。

陈子昂的诗集中，律诗很少，但像《度荆门望楚》这样的作品，堪称初唐律诗中的佳作：笔调气势流畅，巴山楚水，壮丽山川，极写所见、所感。这首诗，风格上和其他诗人和成熟时期的律诗，有着明显的不同。

陈子昂到长安后，可能隔了一段不长不短的时间，才"以进士对策高第"，正式踏上仕途。难怪，后世演绎出他"千金市琴"的故事：

陈子昂从蜀地来到长安，却一直籍籍无名。有一天上街，陈子昂见卖琴者一把胡琴索价千缗，引人好奇围观。他灵机一动，将琴买下，并请众人明天移驾宣阳里听他弹琴。翌日，很多人闻声而来争睹，陈子昂拿起胡琴，道："蜀人陈子昂，有文百轴，不为人知。此贱工之伎，岂宜留心？"说罢，当众将名贵的胡琴摔得粉碎，然后将他的诗文赠送给所有与会者。结果，一日之内，陈子昂声名鹊起。

《太平广记》引《独异志》的这个故事，透露的不仅仅是陈子昂那别出心裁的自我推销，更暗示读者，就是在大唐那样的圣明之朝，要想有一番作为，也委实不易。

# 七

唐代宗宝应元年（762），诗圣杜甫拜谒读书台，写了两首诗，手迹石刻存于金华山门外的石华表上，右侧刻《冬到金华山观》，外侧刻《野望》。前诗有句："陈公读书堂，石柱仄青苔。悲风为我起，激烈伤雄才。"

一个"悲"，一个"伤"，对陈子昂的人生遭际感慨万端。

陈子昂的人生命运，着实是一个悲剧：21岁入京；24岁举进士出仕；26岁、36岁时两次从军边塞；38岁（圣历元年，698）时，因父老辞官回乡，不久父死。居丧期间，权臣武三思指使射洪县令段简，罗织罪名，加以迫害，冤死狱中。死时，才42岁！

但历史是后人写的，历史也是最为公正的。

在初唐的文坛，陈子昂异军突起，引领了一个时代，所谓一代唐音子昂始。读书台感遇厅后面的拾遗亭，有一副楹联，写得甚好："文誉擅初唐，正轨开先，无愧杜陵称哲匠；书台留旧迹，典型未远，永堪粉社作宗风。"

以严谨著称的司马光，在其名著《资治通鉴》中，引用陈子昂的奏疏、政论达四五处之多。清代王夫之在《读通鉴论》中，这样评价陈子昂："非但文士之选，而且是大臣之材。"

42岁，正当人生的盛年，却挟才而去，命归黄泉，真真令人扼腕而叹！

# 八

有资料说，大清康熙年间，射洪乡贤杨甲仁曾在陈子昂读书台讲学20年，留下了丰富的文化遗产。1950年之前，此处属射洪县学堂旧址，70年代射洪县的卫校曾设立在山中的道观内，为当时的农村医疗站培养了很多实用人才。读书台，自陈子昂之后，一直发挥着它社会教化的功能。

如今，仰望星空，唐诗的天幕上群星闪烁；无疑，陈子昂是其中较为耀眼的一颗。当年杜甫过射洪，游涪水，登金华，谒陈墓，观陈宅，在《陈拾遗故宅》中，杜甫表达了对陈子昂的仰望之情："公生扬马后，名与日月悬……终古立忠义，感遇有遗编。"

的确，士有遇与不遇，正如太史公司马迁《悲士不遇赋》中所说："士生之不辰，愧顾影而独存。恒克己而复礼，惧志行而无闻。"宇宙无穷，人生有限，怀才不遇，壮志难酬……可是，恰恰是这样痛苦难言的人生遭际，成就了陈子昂，成就了唐诗。

陈子昂的诗，词意激昂，风格高峻，汉魏风骨，余响至今。"文起八代之衰"的韩愈曾说："国朝盛文章，子昂始高蹈。"（《荐士》诗）文宗在蜀，但愿陈子昂一脉相承的优良的读书风气，能若涪江一样，浩浩汤汤，长流不息……

# 四川散文23家 下册

张人士◎主编

文汇出版社

# 《四川散文 23 家》编委会

主　编　张人士

副主编　苏世佐　袁瑞珍　曾令琪

编　委 (按姓氏笔画排序)

万郁文　冯荣光　刘小革　李临雅

李　淮　邹安音　张仕文　张兴龙

张忠辉　岳定海　金　科　周晓霞

钟跃进　莫　然　曹　蓉　彭建群

傅厚蓉　曾　宏　温敬棠

# 目录
CONTENTS

四川散文 23 家
下册

# 女散文家卷

本卷收录以下作家作品——

袁瑞珍　曹　蓉　邹安音　莫　然　刘小苹

周晓霞　李　淮　曾　宏　彭建群　李临雅

傅厚蓉　温敬棠　万郁文

　　袁瑞珍，中国作家协会会员，美国中文作家协会会员，中国散文学会会员，四川省、成都市作家协会会员，四川省诗歌学会会员，四川省文艺传播促进会名誉副会长兼女散文作家创作中心名誉主任，第八届冰心散文奖获得者。

　　出版有散文集《穿越生命》《灿烂瞬间》《剪一片月色藏入江底》和评论集《静看花开》。获中国当代最佳散文创作奖、首届格调美文奖、第二届四川散文奖等二十几项文学奖。作品被收入《中国散文大系》等三十几种选本。入编 2017 年中华文学艺术人物年鉴。系美国《星岛日报》专栏作家。

# 沉醉喀纳斯

袁瑞珍

神说：给我留一块净土吧。喀纳斯便锁住了千年时光。

当我着一袭艳红的羽绒服站在禾木河宽大的木桥上时，我听见风儿在咏唱。

这是暮秋时节，瓦蓝的天空中，几朵白云正悠悠飘荡，禾木河静静地流着，穿过茂密的森林，向远方流淌。河水是幽幽的蓝，冷冷的清，看一眼便足以过滤掉浑浊的杂念和莫名的烦恼。河水是阿尔泰山冰雪融化而成，沁骨地冷，即便是站在桥上，也能感觉到河水的寒意。河滩上裸露的鹅卵石或晶莹圆润，或棱角分明，在阳光下闪着褐色的光。河岸上，通体墨绿和金黄的树层次分明地站立着，挺拔而俊秀。墨绿的是塔松，苍劲而肃穆；金黄的是白桦，清新而明快。它们经年站在禾木河的两岸，宛若卫士默默地守护着母亲和心爱的姑娘。

桥的一端连接着一座村庄——禾木村。保持着最完整民族传统的图瓦人就居住在这里，是著名的图瓦人村庄之一，也是仅存的 3 个图瓦人村落中最远和最大的村庄。此刻，秋日的阳光正沐浴着这座山谷中的村庄，远远看去，依山而建的圆木尖顶的小木屋被镀上了一层灿灿的金黄，宛若梦中的村庄在向我微笑。

我信步向村庄走去，村庄散布在山地的草原上，一栋栋小木屋用喀纳斯山上的红杉树或白桦树原木建成，牧群与雪峰、森林、草地、蓝天、白云构成了图瓦人村落独特的自然与文化景观。小木屋有大半截埋在土里，以抵挡这里将近半年大雪封山期的严寒，房顶用木板钉成人字形棚子，房体用直径三四十厘米的原木堆成，古朴粗犷，也成为图瓦人建筑的独特标志。小屋旁边三三两两地矗立着巍峨的红杉树和白桦树，红杉树枝叶浓绿，白桦树却金黄一片，还有些我叫不出名的灌木丛红艳着叶片，屋前的洼地上有水在泛着白光。草地上散布着一堆堆牛羊粪，却闻不到异味，相反空气是那样清新，散发着一股淡淡的草香。周边是阿勒泰山脉，山顶上终年覆盖着厚厚的白雪。母亲般的阿勒泰山将这个村庄紧紧地呵护在它的怀里。根据史料考证，图瓦部落是成吉思汗西征时遗留的部分老弱病残士兵逐渐繁衍而成，至今图瓦人家里还挂着成吉思汗的画像，带着游牧民族的传统特征。每户人家的院落不算大，院落外围着一圈木栅栏，站在栅栏外，院子便一览无余。我驻足在一座小木屋的木栅栏前，向院子张望，一扇木门吱呀一声开了，走出来一位头上系着一条红色头巾的中年妇女，我忙招呼她："妹子，你好！"她对我笑笑，俊俏的脸上飞出两朵红云。"来旅游的？"她朗声问我。"嗯，这是你家呀？就你一人吗？""是我家，娃娃上学去了，男人到远处放牧，也要回来了，你进来坐坐。"边说边将木栅栏的一处围栏打开，我便走了进去。院子收拾得干净利落，有几只鸡在院子里撒欢，嘴不时地在地上啄一下，又扬起脖子格格格地叫几声。她要进屋给我拿凳子，我忙说："不用，就在这儿坐一样的。"说着便在小木屋的门槛上坐下，她也坐在门槛上和我聊了起来。她告诉我村里现在村民不是很多，有的在夏季到来之前，将木屋租给了旅行社，到遥远的额尔齐斯河流域放牧去了，直到十月下旬大雪封山前才返回村里。有的则将自家院子腾出些房间接待游客食宿。村里人现在日子都好过了，吃穿也都不愁，一般都是放牧半年或旅游接待半年。冬天这里冷得很，零下三四十度，冰天雪地的，水泼出去就冻成冰，哪儿也去不了，就窝在家里，乡里乡亲的相互串串门，男人们喝酒打牌，女人们拉拉家常，做点针线活，日子过得简单，不像城里人一年到头都忙。

图瓦女人的话淡淡的，透着一股满足，可这淡淡的话却让我跌入梦中。

梦中的村庄是什么样？当我直抵渴望的内心，抛弃外在的干扰，让整个身心在自然中徜徉时，那些曾经很在意、很努力地追求的生活便不断地变小、消退。其实，人原本要的就是这种生活，简单、知足，当这种生活在古朴原始的村庄中自然呈现时，我们的心就清纯得如婴孩那张无邪的笑脸，透明而澄澈。

当我与禾木河木桥另一端高耸的木门挥手作别，走向一片金色的白桦林时，我竟然分不清呈现在我眼前的是一幅画还是我被框进了一幅画中，那撼人心魄的美让我惊得久久没能眨一下眼。

山坡上，溪流边，一排排、一丛丛、一片片的白桦树，一棵拉着一棵，一排扯着一排，一片连着一片，从我的眼前如海浪般铺天盖地汹涌澎湃呼啸而至。那银白色的像长着千万双眼睛的树干在秋日的阳光下格外醒目，金灿灿的叶子像是把阳光都融了进去。地面上铺着厚厚的一层落叶，落叶在林间缝隙洒落的阳光下闪着斑驳的光。一条小溪穿过白桦树林蜿蜒向前流淌，溪水上也漂着金黄色的落叶，四周一片静谧，只听见小溪潺潺的流水声。这时，一位身穿迷彩服、头戴牛仔帽、脸膛黑红、身材硕健的图瓦男子骑一匹马向溪边走来，但潺潺的流水声和嘚嘚的马蹄声在这林深莽阔的地方，却显出一种幽远深长的静，一种恍如隔世的远。林间的一块开阔地上，突兀地站着两棵相距很近的白桦树，一棵粗壮，一棵细小。粗壮的如苍龙，似壮士，坚硬如铁，稳如泰山，苍老的树干上，一片片爆裂的银色树皮在阳光下闪光，高大的树枝上金色的叶片熠熠生辉；细小的如顽皮的孩童，卷曲着身子往一边倾斜，好似要挣脱老树的庇护，去与灿烂的阳光拥抱。

我醉酒般看着这满眼的金色，感受着天地间这份旷世的静，绝色的美，突然想起了19世纪俄罗斯著名画家列维坦的一幅油画《金色的秋天》：画中绚丽的金秋色彩，散发着浓浓诗意和大自然秋的气息。湛蓝的天空透明、清澈，飘浮着灰白色的云朵，宛如宝石一般的溪水在阳光下闪着幽蓝色的光，大片金色的白桦树挺拔俊秀，溪边和坡上的小草野花以及田野正在由绿变黄的细微变化，淋漓尽致地表达着画家心中涌动的激情，让我从此认为，油画更能表现秋天丰富的内涵和明快的色彩，更能让人摒弃秋的伤感而使之振奋。而眼前喀纳斯秋天的美，早已超越了列维坦笔下的色彩，真实地在我的眼前展现大自然这支神奇画笔的无穷魅力，以及在人心里激起的对自然、对生命、对人与自然关系的联想和尊崇。

突然一阵风起，白桦树金色的叶子飞离枝头，如蝶般在我的眼前飞舞，很快将地面上的落叶覆盖。簇新的落叶卧在地上，如孩子躺在母亲的怀中，甜蜜而安详。我默默地站在林间，听树的独语，听风与叶的对话，一份感动在心间弥漫。难道这仅仅是将要褪去金色的外衣，如千万支直刺蓝天像桅杆般的白桦树吗？那一片片曾经激昂地与阳光共舞的金色叶片只是岁月的匆匆过客吗？的确，白桦树在四季轮回中曾经伟岸挺拔，曾经亭亭玉立，那叶片曾经绿荫如云，曾经激情燃烧。虽然盛极而衰是世间万物的规律，但白桦树在严冬到来之前，褪掉华丽的外衣，用裸露的躯体去接受冰雪的洗礼，不正是为了新生、为了创造、为了生命的放歌吗？

走过图瓦人的部落，穿越宁静幽深的峡谷，一个美丽的湖泊映入眼帘。当喀纳斯湖羞涩而风情地在眼前呈现时，我再度跌入一个瑰丽多彩的梦中。梦中是天堂，还是真实的人间？我抛弃了往日的矜持，像个孩童般向喀纳斯湖飞奔而去。

此时是下午两点，阳光灿烂，湖水潋滟，静如处女，平如明镜，纤尘不染。天空是蔚蓝色的，湖水也是蔚蓝色的。究竟是蔚蓝色的天空把湖水浸染还是湖水把天空复制？我抬头看看天又低头看看水，竟然一时找不到答案。什么叫水天一色？这就是了！

湖岸的山坡上，依然是墨绿色的杉树和金色的白桦树，它们沉默不语又激情澎湃。一湖清澈的水中倒映着天上的云彩、湖岸的山峦和树丛，湖面仿佛凝固成一幅锦缎，奇异而又迷人。坐船行至湖心，散落在湖岸上的游人身影渐行渐远，湖上一片岑寂，万物消声，唯有生命的呼吸在寂静的空间里咏叹。喀纳斯湖带给我一个全新的世界，也带给我另一种时间和生活。现在，就在我的眼前，就在这片静谧的湖上，就在阿尔泰山群峰之间，神和人类生存的美妙景象完美绽放。

神居住的地方是净土，是天堂，因为神的要求很简单，所以能保住原始和生态，但当初夏娃和亚当创造人类的时候，人类居住的地球依然是净土，是天堂。人类在这个美丽的星球上与其他生命和睦相处，繁衍生息。经过亿万年的进化和演变，人类愈益强大，直到强大得可以在地球上肆意妄为，于是人类的贪婪攫取使地球千疮百孔，伤痕累累。人类引以为豪的科技的迅猛发展，在破解大自然的无穷奥秘，掌握大自然的许多内在规律，给人类提供丰盈、便捷、舒适生活的同时，也像一把锋利的双刃剑，刺伤着大自然，也刺伤着人类自己。其实，我们只要克制住强烈的欲望，每个人都自觉参与到保护地球母亲的行列，对大自然深怀敬畏之心，神的领地不就是我们人类的天堂？

今天，当我们深深怀恋和四处寻找那些曾经广布的人间天堂，当喀纳斯人自豪而又不无伤感地宣称"这是神留给自己的最后一块自留地"，当我沉醉在喀纳斯的湖光山色之中，与神共享这锁住的千年时光时，我们可曾想过，如我这般蜂拥而入的游人，会否扰乱了喀纳斯的宁静？山外那阴霾的天空，那些快速消失的村庄，那些荒芜的土地，那些已被污染的江河湖泊，会不会有朝一日也像瘟疫一样将喀纳斯传染？那时，神还会有自己的最后一片领地吗？神还会将这醇美的自然风光与人类共同分享吗？

一股浓浓的忧愁瞬间袭上心头。

我深情而忧郁地凝望着眼前的天空、雪山、森林、小溪和幽深平阔的喀纳斯湖，举起相机，将美景摄入镜头。

喀纳斯，难道你仅能用这种方式得到永恒？

[本文 2016 年 1 月获四川省"第二届四川散文奖"。发表于《中国散文家》2016 年第 2 卷，入选 2016 年 6 月线装书局《川鲁现代散文精选》、2016 年 12 月中国文联出版社《第二届四川散文奖获奖作品集》、2019 年《濡水新篇》、2018 年 3 月 19 日"江山文学网"（晓荷·四季的故事）精品]

# 凝望黄河

袁瑞珍

梦中曾数次出现过一条黄色河流的影像，但都模糊不清，醒来后心中便有些惆怅。我知道那条黄色的河流是黄河。"有机会一定要去看看它。"我在心中与那条河相约。

今年 8 月初，我踏上了西行的旅程。

一走出兰州机场，放眼望去，群山连绵起伏，山色浑黄，寸草不长，令人顿生苍凉之感。登上旅行车，我问导游："兰州市区也见不到绿树吗？"导游笑了，说几乎所有游客出了机场都会这样问。在人们的印象中，甘肃历来都是个贫瘠、闭塞、落后的地方，其实，这是一种错觉，一会儿你就会知道，兰州也是一个美丽的城市呢。

"快看，黄河！那是黄河！"随着车上一位姑娘的惊呼，我们的视线一下被车窗外那条蜿蜒的淌着浑黄色液体的河流所吸引。

"是的，那就是中华民族的摇篮、我们炎黄子孙的母亲河——黄河，而兰州则是发源于青海的黄河流经的第一座城市。这座城市依河而建，黄河在这里穿城而过，一座耗资 300 多万两白银，1904 年由英国人修建的号称'天下黄河第一桥'的雄伟铁桥跨河而立，此桥 1942 年改名为'中山桥'。黄河不仅滋润着华夏大地，更滋润着兰州这座黄土高原上的边塞城市。"导游语气透着自豪。

汽车奔驰在黄河岸边宽敞的大道上。大道两边绿草茵茵，红花簇簇，林木葱茏，成群的鸟儿盘旋飞翔，亮丽的高楼大厦鳞次栉比，风格各异的小区民居错落有序，像五光十色的彩画，跳过车窗的玻璃，向我直扑而来，令我目不暇接。突然一尊雕塑定格在我的眼前，车已把我们送到了著名雕塑"黄河母亲"的身边。

这是一尊硕大的石雕，由一位母亲和一位婴儿组成。母亲半躺着，神态恬静安详，嘴角挂着笑意，目光望向广袤大地，脸上荡漾着慈爱的笑容，怀中匍匐的婴儿活泼健壮。我看到阳光下的黄河母亲眼中透着如水的灵性，额上饱含日月的精华，皱纹中绽放着绵长而深沉的爱，脸颊灿烂着一抹红晕，丰满的胸脯分泌着柔情的乳汁，一袭浑黄的衣裙飘飞，衬着身体的优美曲线，浑身散发着圣洁的光芒，在黄河浩瀚的烟波中，深情地激荡生命之水。我被这尊雕塑深深地震撼了，身上的血液沸腾起来。

黄河——母亲，我细细抚摸着石雕上的纹路，在心里呼唤着历尽沧桑，哺育中华儿女的神圣母亲。

而此刻石雕背后的黄河，正静静地躺在陇原的黄土地上，没有浪头，没有水花，缓缓地流动着，正午的阳光照在河面上，河里像满溢着一川铜水，河面上跳荡着金红色的光点。

我凝视着流逝的黄河，突然间有了想亲近它的冲动。正好，一位健壮的西北汉子驾着一只黄褐色的羊皮筏子向我们漂来。我们穿上橘红色的救生衣，屈腿坐上被黄河水浸得湿漉漉的羊皮筏子后，我将双手伸进了黄河。啊！我终于触摸到了黄河！一种温润、欣喜的感觉顷刻溢满全身。黄河对我而言，是一条既熟悉又陌生的河流。说熟悉，是因为黄河是我们中华民族的母亲河，从小就念着它、唱着它；说陌生，是因为我从来就没有如此真切地看到过它，触摸过它。

"你看这黄河的水，怎么没有流动，好像是在移动呢！"同行人的话令我心中一惊。"黄河没有流动，是在移动"，这形容很特别，但似乎也很贴切，而且有点似曾相识，记忆中好像有人也这么说过。我在脑海中急速地搜索，猛然记起，作家张承志在《北方的河》这篇文章中曾这么描写过。在张承志的眼中，黄河的水不是一般意义上的流水，而是一块一块半凝固的、古朴的流体；黄河不是一条黄色的河流，而是一条神奇的火河，像燃烧的烈火。当年在读这篇文章时，我就被张承志笔下雄浑壮美的黄河所吸引，但却不明白，黄河怎么会是一块一块半凝固的流体？黄河又怎么会是一条燃烧的火河？而当我在灼热的阳光下，这么真实地坐在羊皮筏子上，遥望向远方流逝的黄河时，我理解了张承志对黄河的诠释。"他的形容无与伦比!"我在心中发出由衷的赞叹。

我迷醉地望着黄河,黄河在我的视野中浩浩荡荡无拘无束地流动,无矫饰地转弯,携着黄土高原上的泥沙,经年不息、地老天荒地流淌。突然,我听到了黄河水流动的声音,这声音来自河的深处,哗哗地带着野性,带着一泻千里的豪情,穿过千山万壑,穿透厚厚实实的历史岁月,在我的耳边轰然响起。

轰然响起的还有我的心跳。伴随着起伏的心潮,此刻的黄河在我的眼前奔涌着,奔涌的涛声成为黄土高原上浩叹的历史长歌。

于是,华夏民族最初的文明星火大地湾、马家窑、半山等文化,伴随华夏始祖伏羲、女娲的传说在涛声中奔涌而来;丝绸之路上的旷古佛教奇观敦煌莫高窟,伴随着河陇地区沃野千里,祁连山下遍地牛羊,胡商蕃客穿行如织,"天下称富庶者无如陇右"的千古绝唱,从辉煌的中古文明的涛声中奔涌而来;千年烽火连绵,中原兵锋与胡骑马刀的惨烈碰撞,伴随着生灵涂炭,生态毁坏,"陇中苦瘠甲天下"的慨叹声在涛声中奔涌而来;洋务运动中近代工业的雏形被地方军阀与国民党、中央军三方争逐地盘的枪炮声所湮灭的叹息声在涛声中奔涌而来;中华人民共和国成立后,昔日春风不度、羌笛幽怨的河西走廊春意盎然,玉门油田铁人王进喜艰苦创业精神走向全国,八方优秀儿女汇集大漠深处,"两弹"成功爆炸,"一星"呼啸腾空的欢呼声在涛声中奔涌而来;当年羊皮筏子漂摇、水车吱扭的黄河古渡口旧貌换新颜,一大批规模宏大的炼油、化工、钢铁、军工企业,使兰州成为西北工业重地,伴随着向全国工业输送血液的脉动声和重建生态,还陇原绿野的雄浑号子声在涛声中奔涌而来……

我极目望去,那缓缓流动的黄河,此刻正闪着奇异的金光,宛如一条闪着奇光异彩的历史长河,在时空中永恒地穿行。

[本文获"2007年度《散文潮》十佳散文奖"、2012年10月中国散文学会"当代最佳散文创作奖"。入选2012年11月中国文联出版社《中国散文大系旅游卷第6册》、2010年10月作家出版社《川渝散文百家》及《精短散文佳篇选粹(2018)》、2018年3月22日"江山文学网"(晚荷·四季的故事)精品]

# 行走在仓山音乐小镇的石板路上

袁瑞珍

挽一缕秋风，携一丝浪漫，我行走在仓山古镇的石板路上。斑驳的光影投射在雕花的廊檐上，也将我的身影拉得有些颀长，我身上穿的连衣裙突然变形，宛如披着一件斗篷，穿行在时光铸就的小镇上。

这个普通的初秋，我与仓山古镇偶然相遇，秋天便韵味悠长，身心因音乐的滋养而神思荡漾。那些与仓山有关与音乐有关的憧憬与遐想，便弥漫在秋日古老的小镇上。

## 仓山大乐，音乐瑰宝

那是一种什么样的音乐，可以响彻天际，令人热血贲张？

那是一种什么样的节奏，可以激越亢奋，让人壮志凌云？

那是一种什么样的音律，可以温婉娇羞，如怀春的少女？

那是一种什么样的情怀，可以年年岁岁滋养一方水土，富裕百姓的精神世界？

那又是一种什么样的力量，可以穿透三千年深邃时空，呈现它的坚韧与顽强？

它是仓山大乐！唯有仓山大乐，才有如此魅力，令人一见钟情终生难忘！

从此，我的血液里张扬着它的豪情、它的力量，也流淌着它的温情、它的柔肠。

三千年了，大山可以移位，江河可以改道，政权可以更迭，一代代人可以随风而去化为尘埃，而大乐却穿越时空代代相传，这个"音乐活化石"诠释着中华文化的博大精深，也彰显着中华民族精神的力量。

我的意识超越光的速度，直抵三千年前的周朝。

那是一块名叫皂角城的肥沃之地，位于四川省三台县潼川镇，与南仓山镇毗邻。那一日，残阳如血，旌旗飘飘，战马嘶鸣，群情激昂，周文王的军队打了一个大胜仗。

将士们欢天喜地，以盾牌相击、刀枪相撞、奏乐狂舞，将打胜仗后的喜悦，展现得快意盎然淋漓酣畅。

青铜盾牌奏出的音乐震惊了文王，文王下令铸青铜大钹以代替盾牌，周朝宫廷乐师进行综合编排，于是周乐就此诞生，中华民族的音乐瑰宝，从此闪耀在星空下。

传至唐开元年间，唐太宗李世民在一次偶然出巡中听到此乐响彻天际，高昂动听，演奏队形气势如虹，壮观豪放，与当时宫廷音乐大相径庭，遂命名为"大乐"，专供登基出巡之用。

大乐在汉代、唐代、宋代得到发展。宋代战争频繁，每逢盛事，都要奏大乐，以振军威，军乐曲牌越来越多，气势越来越大，排兵布阵离不开它，班师祝捷离不开它，祭拜天地祈求五谷丰登也离不开它。

然大乐也历经磨难，曾随南朝的灭亡而销声匿迹。但优秀的文化总是深植于它成长的沃土和人民的心中。此时，一个姓周的宫廷乐师随湖广移民，颠沛流离到仓山定居。历史有时竟是机缘巧合，大乐携着历史的烟云又回到了它的诞生之地，其后裔代代相传时至今日。

清光绪三年，大乐乐器开始换新，乐谱开始外传，距仓山三十公里的蓬溪县蓬莱镇（大英县）和金堂县淮口镇，均相继派人到仓山学习大乐。鼓师由精通川剧乐鼓、六乐、班鼓等在当时巴蜀享有盛誉的乐师朱习和担任，并对大乐乐器和打击方式进行革新，加入了四川闹年锣鼓，成为具有南北乐交错的打击乐，在民间流传不衰。

在解放战争中，1949 年仲春，为迎接南下的解放军过仓山，民众擂响的大乐，竟使一群听过山西威风锣鼓和兰州太平鼓的北方汉子为之倾倒。

中华人民共和国成立以后，大乐成了仓山民众喜闻乐见的乐曲。但十年浩劫，仓山大乐停止发展，直到改革开放后作为非物质文化遗产进行保护，仓山大乐重振雄风，冲出四川，震惊全国。

仓山古乐的瑰丽和源远流长的历史，撩拨着我的心，多想亲眼看看这历经沧桑古乐的风采，亲耳听听古乐的音律。可遇见要讲机缘，仓山古乐宛如深山中的神庙被云雾萦绕，只能让我隔山相望。但会议室播放的视频，仍让我见识了仓山大乐雷霆万钧的阵势、夺人心魄的气韵。成百上千的演出者在广场上排开阵势，那艳丽威风的古代战袍服饰耀人眼目，那手持青铜大钹、铜锣乐鼓的乐队快打惊天动地，排山倒海，慢打和风细雨丝丝入扣，既有北方锣鼓雄浑、粗犷、豪放的特点，又有四川闹年锣鼓隽秀的风格。乐队的仓山汉子彪悍遒劲，舞队的姑娘婀娜多姿，那阵势既威风凛凛气象磅礴，又娇俏可人柔媚妖娆，这样独具特色的打击乐和乐舞，的确令人叹为观止，果真是皇家气派国乐气韵甲天下。

这样的音乐，怎不令人豪情万丈催人奋进，让找这样的女子也如醉如痴英气勃发！

## 音乐古镇的遐想

漫步在小镇的石板路上，古老文明的气息如风般扑面而来，令我目不暇接，让我久久端详。

气势恢宏的帝主庙令我眼前一亮，我仿佛看到"湖广填四川"时，先民们离乡背井迁徙到仓山的沧桑，将绵绵不绝的乡愁，留在了精美绝伦的雕刻上。

登上陡峭湿滑的石梯，来到翠柏环绕的火焰山上，朝龙寺幽静的佛堂，正被缥缈的香烛烟火萦绕。那位眉清目秀的尼姑，正往供瓶里注入清水，虔诚的神态，宛如传说中那位美丽的女子，因与乾隆皇帝邂逅于仓山，结下一段情缘，建起这座朝龙寺，每日为乾隆祈福而心如止水般淡然安详。

沿碧草萋萋的山间小道，探访掩埋在山野中的摩崖造像。大旺寺的残垣断壁和石龛精美造像，让我恍然穿越到唐朝时代，与灿烂的盛唐文明拥抱。

行走在仓山古镇宽阔的大街上，苍翠的绿荫与悠远的长空，述说着延绵不绝的文明对这块土地的滋养，还有小镇年轻的镇领导，他对仓山音乐小镇建设的描述，让我在历史与现实中游荡，心田萌生诗意的遐想。

我想在平日的休闲时光，将身心沉浸在这座古老的音乐小镇上，让岁月在这里静止，心怀禅意，去触摸时空留下的痕迹，品味岁月的沧桑。

我想在节假日的喜庆时间，或者当我心情沮丧，去仓山音乐广场，目睹大乐威武雄壮的风采，让我的喜悦随大乐的鼓点尽情释放，也让我的忧伤随音乐的节奏消失在那片天空下，重新找回我的自信、我的力量，像奔腾的河水泛着浪花一路欢歌奔向远方。

我想短暂旅居在音乐小镇古香古色的客栈里，依傍在雕花的窗棂下，品一杯香茗，吟一首小诗，喝一杯美酒，尝几碟美食，把悠长的岁月细细咀嚼，让诗意生活如甘泉般缓缓流淌。

我想在弥漫着如水般轻柔的音乐声中，去寻找给小镇注入灵魂的"聚贤乐坊"，拜访那些被"音乐细胞"浸淫得几近痴狂的音乐家，感受他们细腻的情感、奔放的激情、有如烟般轻灵如海般深沉的音乐才能与创作的酸甜苦辣。

我想到数字化音乐产业双创基地去探访，看那些令人眼花缭乱分不清是虚拟还是现实的音乐产品，如何快速流向全国各地四面八方。于是，一首首歌曲的轰动效应，便是对他们最高的奖赏。

我想走进那座美丽的宛如水晶宫式的"音乐亭"，戴上耳机，便与凡尘俗世做个短暂隔离，用指尖轻点触摸屏，迷你KTV在瞬间呈现，我放开歌喉唱上一曲，把自己的情绪演绎得花前月下，也宣泄得痛快淋漓无比欢畅。

我还想出没于小镇装饰典雅的一排排商铺中，摸摸钢琴铮亮的琴盖，试试古筝纯正的音色，听听小提琴拉出优美的《梁祝》，还有二胡悠扬的《二泉映月》，那些我见过和没见过的各种乐器，在我的眼前闪烁迷人的光泽，我流连在乐器的商铺里，从此小镇便在我的头脑里贴上"乐器王国"的标签。

但我更想将自己的心灵放逐在这块古老的音乐基地上，去记录和感受它的变迁、它的发展和它追逐梦想的辛劳。

初秋，我行走在仓山音乐小镇的石板路上，憧憬与遐想犹如脱缰的野马自由奔跑。

但我相信，这一切并非我个人的想象，当我再次踏上仓山古镇的土地，迎接我的一定是音乐小镇独具特色的繁荣景象。

在这个美丽的初秋，在这古老的石板路上，我和仓山音乐小镇做个约定，好吗?!

(本文被收入 2019 年 11 月黄海数字出版社《川鲁现代散文精选》第二卷)

# 绿遍山原白满川

袁瑞珍

当嘉陵江突兀地横卧在眼前，将滚滚红尘阻隔在青山之外时，仪陇便与我相遇了。这是我第一次走进南充市仪陇县，却怎么也没想到，会首先与这一江碧水不期而遇。也没有想到，仪陇青翠群山中，铜鼓乡那三万亩桑田，会在我的情感上掀起这么大的波涛，撩动起我想尽快走进这一方水土，去仰望它亲近它的欲望。

仪陇是需要仰望的，因为这片土地被称之为"德乡"，孕育出了中华人民共和国的开国元勋、三军总司令朱德；也孕育出被毛泽东高度赞扬的"为人民服务"的光辉典范张思德同志。

仪陇是需要亲近的，只有亲近才能感知革命老区人民对中国革命所作出的特殊贡献；感知历经岁月的沧桑，仪陇人民以坚忍顽强、吃苦耐劳的精神将昔日的穷乡僻壤改造成鱼米之乡，由贫困走向富裕的奋斗精神。

几日的行走，耳闻目睹了这个昔日贫困的革命老区，所发生的翻天覆地的变化，而其中那绿透山野的桑田更给我留下极深的印象。

我对蚕桑与丝绸有一份特殊的情感，这份情感与我的经历有关，与一条针织的绿色丝裙有关。我插队落户当知青时，生产队有一项副业就是栽桑养蚕，一到春季，栽种在田间地头的桑树舒展出嫩绿的叶片时，生产队便会抽派几个有养蚕经验的妇女到蚕房养蚕。我插队落户的第二年，生产队长在派工时竟把我也派去了。养蚕看似轻松，实则是个累人的活。蚕娇贵，不能吃带露水的桑叶，不能用带汗味的手去触碰，特别是长到要吐丝时，要不断地喂新鲜桑叶，不断地清理蚕沙，忙得夜不能眠。忙碌劳累中也就体会到为什么蚕丝织出的丝绸名贵，一般人享用不起。不过看着那些如芝麻粒大小的蚕儿，在辛勤的劳作下变得肥肥胖胖，通体透明，在用麦秆搭起的蚕山上吐丝结茧，最后被送到设在生产队境内的乐山蚕茧公司收购站，过磅称重变卖成钱，交到生产队会计手中时，一切的辛劳就烟消云散了。

养蚕的季节很快过去，却未曾料到蚕竟然成为改变我命运的吉祥物。下乡两年后，我被乐山缫丝厂招工，在立缫车间当了一名学徒工。我的第一份工作，便与蚕茧结下渊源。从此，在师傅的带领下，缫丝车间里便多了一个苦练缫丝技能的我，也多了一双站在织绸车间门外，窥看织绸机上织出的美丽丝绸，渴望有朝一日也能穿上一件丝滑柔美的丝绸衣服的眼睛。一年后，我离开乐山缫丝厂，调进了乐山地革委机关工作。几年后，一位在省级机关工作的朋友，送了我一条果绿色的针织丝裙。她说知道我爱美，好不容易托人在南充丝绸厂买的。在当时物资匮乏的情况下，丝绸衣物当属奢侈品。这是我此生第一次拥有的丝织裙子，那水灵灵的绿色宛如我正在绽放的青春，美丽而又充满活力。至今仍清晰地记得，在茧锅里煮过的蚕茧随飞快转动的机器被抽出洁白的蚕丝，我那纤细的双手，灵活轻盈地在缫丝机上理绪、添绪、接绪的情景；记得第一次穿上那条裙子时，兴奋地在原地转圈，那种冰凉丝滑的垂坠与裙裾飞扬的飘逸带给我的莫大惊喜与同事、路人羡慕、赞赏的眼神。从此，蚕、蚕丝和那条绿色的丝裙，无论岁月如何更迭、年轮如何转换，总在时空深处对我露出水灵灵的微笑。

车在通往铜鼓乡的乡村公路上行驶。就要到那片规模宏大的现代农业示范园区了，心中那份蚕丝情结，让我对三万亩桑田充满了想象。

五月初夏的风拂过我的脸庞，一场雨将山野涤荡得郁郁葱葱，白墙青瓦的村民房舍不时从眼前闪过，乡间公路两旁，粉色、红色、黄色、蓝色、紫色的花儿盛开着、蔓延着，串联起蜿蜒起伏青翠欲滴的山峦，也串联起记忆深处那蚕、白色的蚕丝与绿色的丝裙。

车停在铜鼓乡九龙山村，绿瞬间铺满了我的眼帘，那些脑海深处的记忆顷刻间被隐没在无边无际的桑海中。是的，那是一片绿色的海洋。当铜鼓乡三万亩桑田真实地呈现眼前时，我所有的关于桑树和桑田的想象，蚕丝与丝裙的记忆，此刻都变得如雾般朦胧。风起处，那绿海活了，仿佛在流动，又好似浪花翻卷，它们流进我的眼睛，流进我的心里，让我的心也绿莹莹地生动起来，诗意盎然起来。

我径直向那桑田走去，向那桑树走去。凝望着连天接壤、满山流翠、似乎把天空也染成绿色的桑田，凝视着那憨态可掬、乖巧萌宠的春蚕雕塑、耸立在桑田中的"新时代养蚕大棚"和一座座白色的农舍，看着那一株株蓬勃生长的桑树上，绿得耀眼、鲜嫩得能滴出水的桑叶。当我伸手去抚摸那肥厚的叶片时，似乎整个人便与桑树和房舍融在了一起，与绿透山野的桑田融在了一起。

这时，一位30多岁、戴着眼镜、身材适中，看上去颇为干练的年轻人迎面向我们走来，这是2021年2月25日，站在全国脱贫攻坚表彰大会领奖台，从中央政治局委员、中组部部长陈希手中接过"全国脱贫攻坚先进集体"奖牌的铜鼓乡党委书记闫国举。他陪着我们在桑田里边走边谈，言语中透着对铜鼓乡、对这片桑田的一片深情。从他的介绍中知道，国家于2006年正式启动了"东桑西移"工程，目标是构建"东部优化、中部提升、西部大发展"的茧丝绸产业带。浙江、江苏、广东等地的蚕桑产业向云南、贵州、四川、甘肃等地转移，并且有相应的配套资金支持。四川省委、省政府将发展有机蚕桑作为发展现代农业产业体系之一，南充市提出了利用丝绸制品传统优势，打造丝纺服装千亿产业集群的战略构想。于是仪陇县按照"建设大基地、发展大产业、培育大品牌"的思路，提出了建设十万亩现代有机蚕桑产业园的规划。2014年以来，香港利达丰集团、四川布碧丝有机农业科技有限公司、四川语山农业开发有限公司先后落户仪陇，选定蚕桑基础较好的铜鼓乡、土门镇等多个乡镇，大规模发展有机蚕桑基地，如今全县已发展有机蚕桑7万余亩、标准化规模化的蚕房达780个，也建起了现代化的缫丝厂和丝绸制衣厂，现代有机蚕桑产业焕发出勃勃生机。我们所见到的九龙山村、龙家店等村，是仪陇县现代有机蚕桑产业园的核心区，已创建为四川省四星级现代蚕桑产业园。园区通过"企业+基地+返租倒包户+农户"的模式运作，采用基地统建、桑园分管、小蚕共育、大蚕分养、订单收购，公司从村集体中租地后，实行整地调型、规范栽植、配建标准蚕房，统一配置蚕种、统一技术标准、统一共育至3龄，以 50 亩为一个单元，就近返租给有文化、懂技术的养蚕大户进行管桑养蚕。公司收购价随市场波动，今年以 50 元/公斤的保护价收购鲜茧，同时在桑园采取间种、套种榨菜、豌豆等多种种植手段增加农户收入，形成紧密长效的利益联结机制，实现大企业与小农户有机衔接、互惠双赢。这种全新的经营运作形式，彻底改变了过去小农经济单打独斗、自生自灭的方式，很快点燃了村民心中脱贫致富之火，特别是一些有知识有文化的大学毕业生、离开家乡在外务工的人，也纷纷回到家乡，投入到振兴乡村的建设之中。有一个大学生张高春，回到村里承包了 260 亩桑园，现在已经成为带领村民脱贫致富的优秀村干部。在外务工的村民廖千，也返回乡里，承包了 147 亩桑园，年净利润可达 30 余万元。他们采用新技术养蚕，每年可养 5 季 10 批次蚕，平均每天都有 20 多个乡亲在他们的蚕房里务工。他们现在不仅是业主，也通过向园区蚕桑科技人员学习，成为栽桑养蚕的技术员。目前整个园区吸纳了当地 2800 余人务工，平均年收入达 2 万元以上。村民的日子已告别贫困，过上了好日子，九龙山村、龙家店村成为四川省级乡村振兴、乡村治理示范村，铜鼓乡也成为全国脱贫攻坚先进集体和四川省乡村振兴战略先进乡镇。

在谈到铜鼓乡脱贫攻坚、实施乡村振兴的诸多举措时，闫国举年轻的脸上洋溢着青春的激情和对这片土地深切的爱恋。他对我说："我原本就是一个在农村长大的苦孩子。母亲是四川达州人，20 岁时被人贩子拐到河南，父亲花 800 多元将母亲买回家中。母亲先后生下 6 个孩子，全家人过着非常贫苦的生活，便将其中一个孩子送到湖北，其余 5 个孩子都上不了户口，母亲便带着孩子们回到娘家，按'受害者家庭可以上户口'的政策，为孩子们上了户口，我才顺利地上小学、初中、高中。"怀着改变农村落后贫穷面貌的志向，他选择并考上了四川农业大学。大学毕业后，先后在县级机关上班和省级机关挂职。但机关清静安稳的工作，让他有虚度年华的感觉。本来他可以调任省级机关工作，他婉言拒绝了。可以留在县级机关任职，但也打消了念头，并坚定地认为他的根是在农村。他主动要求到农村去，无论远近，是否艰苦，都不能动摇扎根基层、服务群众、助推发展、实现自己人生价值的梦想。于是，2020 年组织安排他到铜鼓乡担任党委书记。他说，我小的时候就有一个梦想，就是进一次人民大会堂，没想到去铜鼓乡不久，2021年2月25日就到北京参加了全国脱贫攻坚表彰大会，并代表铜鼓乡党委登上了人民大会堂最高领奖台；建党100周年时，又作为全国先进模范代表受邀赴京，参加了中共中央举办的庆祝中国共产党建党100周年系列纪念活动，实现了儿时的梦想。这个至高的荣誉，是历届党委政府班子和全体乡村干部几十年团结拼搏、苦干实干的结果，荣誉归于大家。他把这些总结为"接续奋斗、团结奋斗、艰苦奋斗"的铜鼓精神，并深有感触地说："到了基层，才知道村民们有多淳朴，对致富过上好日子的心情有多迫切，这也让我肩上的担子更重，也再次点燃了我另一个梦想，就是好好扎根在基层，努力为人民谋福利，提前实现铜鼓乡全面振兴，在有生之年再一次登上人民大会堂领奖台。我坚信，有中央和省委、市委、县委的坚强领导，有铜鼓乡干部群众不懈奋斗，我们的乡村全面振兴梦想一定会变成美丽的现实！"

他说这些话时，语调极为平缓，但却在我心中掀起层层波澜，便向他投去欣赏的目光。他让我看到了一个基层乡村干部的胸怀，看到了振兴乡村的希望，也看到了铜鼓乡、仪陇县和整个中国乡村更加美好的明天。

车在返程的公路上行驶，满眼所及仍然是连绵不绝的绿色桑田和一晃而过的白色房舍。突然看见许多房舍雪白的外墙上画着绿色的水彩画，题写着有关咏颂蚕桑的古典诗词，忙拿起手机一阵狂拍，可惜拍摄的照片画面大都模糊，唯有一张照片上"绿遍山原白满川，子规声里雨如烟"的诗句清晰可见。心中突然一动，这宋代诗人翁卷描写江南水乡栽桑养蚕的清丽诗句，不就是我眼前景物的真实再现吗？

于是，信手拈来，"绿遍山原白满川"，便成为这篇文章的标题了。

（本文2023年10月发表于《今日中国·乡村振兴》杂志）

# 五尺道留下深情一瞥

袁瑞珍

　　一种虚无缥缈向我袭来，在这初秋的乌蒙山里，确切地说，是在云南昭通乌蒙山的一条河边。这条河从哪里来，到哪里去，叫什么名字，我一概不知，也不想知道，因为此刻我已被眼前的那种山在虚无缥缈间的景象所迷惑、所震撼，像丢了魂似的痴痴地望着，望着天空中飘飘洒洒的雨丝，望着那朦胧的山朦胧的河，那如烟如幻的白云似水样从山的这头向山的那头漫去，又如轻纱般的飘带在这座山峰和那座山峰间轻柔地舞动。这一刻，天与地一片静谧，云与山缠缠绵绵，树与河醉眼相向，人与天地、群山、河流就有了融合的感觉，似乎我就是那缥缈的云、那逶迤的山、那葱绿的树、那波澜不惊的河流，在天地山川河流中袅袅地走、慢慢地游、飘飘地飞，直到隐没在那片虚无缥缈中。

　　这是一种从未有过的体验，因了那云，雄奇壮美的乌蒙山却变得虚无缥缈，而这虚无缥缈的表象后面却隐藏着一方具有厚重历史的热土。这种相抵相悖独特的感受是昭通这片神奇的土地给予的，也是我那颗近似于宗教般虔诚地来探望蜀王故里心理作用的结果。

　　在昭通的几日游历，所走过的每一个地方，都是震撼心灵的一场遇见。而所有的遇见，其精神内核都指向昭通古城牌坊上那"人杰地灵"四个字。

　　当那个夜色阑珊的晚上，我们穿行在昭通古城被灯光映得有些斑驳的街道上，与刻有"人杰地灵"精美的银灰色牌坊偶然相遇时，我的整个人就如同被施了魔法般定在了那里。那四个金色的大字在灯光的辉映下发出璀璨的光芒，我的脑子突然变得通透清澈起来，连日来对昭通的所有见闻和思索似乎一下找到了源头：那雄伟壮观的豆沙关五尺道、彝祖圣地六祖分支文化广场、罗炳辉将军纪念馆、"云南王"龙云家祠、一代国学大师姜亮夫故居、用竹纤维制作一次性生态环保餐具的彝良恒基环保科技有限公司、世界最好的乌天麻产地小草坝怡人的美丽风光、"半城苹果半城香"的昭通苹果生产基地等震撼我心灵的故事，都是这四个字最好的注释，而所有注释的起源，都可以归入那条细若游丝却包罗万象的古道——五尺道。

在三千多年后的一天，随"望帝故里·昭通采风行"的四川作家，我来到这浸润着浓浓历史印痕的豆沙关五尺道。

公元前 7 世纪的春秋早期，昭通这片土地还是蛮荒之地。一个人、一个部族的出现，改变了这一切。杜宇—— 一个神一样的人物，"从天坠，止朱提"，让文明的种子在这块雾锁深山的弹丸之地破土而出，昭通这块山中的坝子有文字记载的历史从此开启。

杜宇和他的部落在这块丰腴的红土地上休养生息，又怀着对走出大山、寻求更美好生活的希望，领着部落开始了在崇山峻岭、飞瀑河流中行走西迁，直至进入川南，在成都平原定居并成为一代蜀王的壮举。杜宇把先进的生产方式带到川西坝子，成都得天独厚的自然环境让杜宇施展着他的人生理想和抱负。从此，昭通和蜀地就有了千丝万缕的联系。

如果说文明是人与自然结合的产物，那么杜宇西迁所走过的密林深壑中那宛如游丝般的路，便是川滇文明之路五尺道的前身，也成为历史上茶马古道、丝绸之路文明的节点。在整个春秋战国时代，它就像一条脐带隐隐约约地联系着中原和南滇。当公元前 4 世纪，蜀守李冰在蜀中治水患，修建举世闻名的都江堰水利工程后，又穿山越岭，修筑从僰道（今宜宾）通往滇东北的道路。公元前 3 世纪末，秦始皇"席卷天下，包举宇内"，统一天下后，为加强对西南的统治，又命常頞在李冰修筑的基础上往南延伸，至此五尺道基本定型，后发展成全长一千多公里的古官道。此后历朝历代，五尺道都是一条重要的通道，是闻名遐迩的南方丝绸之路。这条纵贯乌蒙高原、链接滇蜀如血脉似的通道，不仅连通了中原文化，还是连接荆楚文化、巴蜀文化和古滇文化对接和碰撞的使者，政治、军事、经济和文化通过这条道相互影响、滋养和传播，见证着千百年来朝代的兴衰更替。帝王们的铁蹄裹挟着中原的尘烟、西南的烽火从这里驰骋而过，朝廷的使臣从这里一批批来又一批批去，汉民族和西南各少数民族在这里交融，中国历史上的风云人物在这条道上际会，又从这里走出大山，走向更广阔的山外世界。小小的五尺道演绎和见证着历史的变迁和文明的延续与发展。

如今，那曾经一千多公里的官道多已荒废，只是在豆沙关的石门关前，还仅存着一段350米长的路段，宛如一位饱经沧桑的历史老人，述说着它曾经灿烂的历史，也在悲伤地叹息它的繁华不再和逐渐衰败千疮百孔的凄凉。

当我踏着狭窄山道上凹凸不平的石子路，抚摸着五尺道旁陡峭山壁上坚硬的岩石，俯身看着道路上那深深的马蹄印，目送着那位身背沉重背篓、一步一步行走在陡峭道路上老妇的背影，心中升腾起一种悲壮的情感。我被蜀王杜宇、李冰、秦始皇等历朝历代的先贤和祖祖辈辈的先民们在这大山中不屈不挠开凿五尺道的壮举而震惊，为中华文化生生不息的交融与传承而震撼。

此刻，耳边仿佛响起蜀王杜宇沿江而行、辟路架桥的雄浑号子声；响起李冰"积薪烧岩"后用水浇注致岩石爆裂，再取石筑路那山崩石裂震耳欲聋的剧烈声响；听到那军旗猎猎、马蹄得得和战马穿破石壁响彻长空的声声嘶鸣；闻到那唐使袁滋入关，欣然在石壁上留下摩崖石刻，便有了"狼烟走，牧笛来"的盛世唐朝气息；看到那小小五尺道上人来车往肩挑背扛一派繁忙的景象，甚至过往人群客商那粗壮的喘息、额上流淌的汗水摔落在五尺道石头路上的轻微声响，身上散发的汗味似乎也在这山间小道上飘散。那秦汉明月、唐宋风烟、明清血火从历史深处如画卷般徐徐展开。这一刻，仿佛时光倒流，又仿佛时光静止，任由我的思绪飘忽游荡。

沿着坡道往上走，便站在了林荫掩映的一道古朴的石门前，这就是历史上著名的石门关。此刻，石门关敦厚的墙体似一个巨人屹立在崇山峻岭，又像一座古堡守望着峡谷山川。门头上刻着浑厚遒劲的"石门关"三个字，上有飞檐翘壁的关楼，一下让人添了肃穆与敬畏。

这时，一块绛红色的牌子映入眼帘，那是有关石门关的简介，于是那些关于石门关悠远的历史顷刻间弥漫在这片宁静的天空中。

石门关始建于隋朝，是利用五尺道雄奇险峻的自然地势所建成的一座古堡，毁于20世纪50年代初，于1982年仿原状修复。关于石门关，《蛮书》曾有这样的记载："石门东崖石壁，直上万仞；下临朱提江流，又下入地数百尺，唯闻水声，人不可到，西崖亦是石壁，傍崖亦有阁路，横阔一步，斜亘三十余里。半壁架空，欹危虚险。"石门关口正雄跨"五尺道"上，在这里山岩被关河（又称朱提河）一劈为二，形成了一道天然的石门，锁住古代川滇险道。这里是通往古南滇的第一关，关内为中原地界，关外则为蛮夷之地。关门是1.2尺厚的木门，除有人值守外，楼上有重兵把守，有"一夫当关，万夫莫开"之势，是中原入滇要道上的雄关险隘，历来为兵家首争之地。如此险要的地理位置，若不亲临，是无论如何也难以想象的。

穿过门洞，天豁然开朗，天光云影展现眼前。远处如黛的青山似晕染的水墨画般浓淡相宜，近处连绵起伏的乌蒙山气势磅礴，清澈的关河蜿蜒而去，整个峡谷在水的滋润下显得悠远宁静。

是的，悠远宁静！因为近三千年的历史，此刻已隐藏在深邃的时空中，如果没有特别的发现，那悠长时光中发生的故事怎会令人感慨不已？

我极目望去，在延绵起伏的大山中，眼前赫然出现五道交会的奇特风景：秦五尺道、关河水道、昆水公路、内昆铁路和水麻高速公路展现眼前。古代的、近代的和现代的交通命脉在石门关跨越三千年漫长时空，在这里交会聚合，它们各自互动，相互共振，成为人类交通发展的活化石，体现着人类征服自然、发展交通的智慧，也是李白"蜀道难，难于上青天"千古叹息转变为"天堑变通途"的当代交通奇迹。

当这奇异的五道交通奇观，出现在毫无思想准备的我眼前时，那种"脚踩五尺道，一目三千年"荡人心魄的感觉便如潮水般袭来。

此时，山还是那山，天还是那天，水还是那水，但它们在我的眼里，已经具有了别样的意义。从杜宇部族脚下的荒野小径，到蜿蜒曲折的狭小五尺道，到今天的铁路、高速公路、航空线路，那宛如游丝的文化脐带愈来愈宽阔、愈来愈美丽、愈来愈自信。望着眼前峻拔雄伟的峡谷山川，我陷入一种无比亢奋的情绪之中。

我长久地注视着那历经沧桑依然坚硬如铁，被岁月磨洗得乌黑、光亮可鉴的石头路面，注视着那盘桓在崇山峻岭的五尺道，注视着这五道交会的交通奇观，注视着昭通这块人杰地灵的神奇土地，向它们致以我最深情的注目礼。

　　　　　　　　（本文发表于 2019 年 10 月 1 日《西南商报》副刊）

# 磨难中一束灿烂的光

袁瑞珍

## 谜一样的气息挥之不去

秋雨淅淅沥沥地下着，将汶川县水磨古镇的山野、房舍和街道过滤得越发清新洁净。站在梅朵天堂酒店的大玻璃窗前，公路边一排笔挺的银杏树映入眼帘，金黄的叶片在秋风中飞扬。寿溪湖上流水潺潺，绿意盎然，湖对面融合着羌藏汉风格的楼台亭阁、硕大的圆形水磨雕塑与山坡上鳞次栉比的白色房舍，被一层薄雾包裹着，半隐半现，如烟如幻。倒影与湖中微澜相映，竟然弥漫着一种缥缈迷离的气息。这气息倒也契合了我的心情。因为此刻，我想见的一个人，也正如这缥缈迷离的湖光水色般，充满了谜一样的气息。这个人叫张孟华，她是我这次从成都来水磨古镇进行专题采访的对象。

这次采访活动的组织策划者，只告诉了我采访对象的姓名、性别，所提供的线索只有四个字："四川好人。"除此之外，对于张孟华我一无所知，但越是这样，越撩拨起了我的好奇心与想象力。她是一个怎样的好人？是媳妇孝敬公婆？是女儿尊敬父母？还是对乡邻施以爱心？或是带领乡亲们共同致富？她身材是高还是矮？是胖还是瘦？她善于言辞表达还是寡言少语？总之，在未见到她的这些天，只要空闲下来，我的脑海便不着边际地随意想象与编织着张孟华的一切。而理智又让我将这胡思乱想全部推翻，当一切又回归为零时，对她的想象又不可遏制地冒了出来，就像寿溪湖那缥缈的湖光山色与如烟如雾的秋雨，怎么也挥之不去。

我是平生第一次来到水磨古镇。2008年汶川"5·12"特大地震发生后，曾在电视上见过震中映秀、水磨镇、北川等遭受地震突袭后山河破碎、满目疮痍的惨烈景象，为死难和受伤的同胞悲痛得流泪不止；被英雄的汶川人民和全国各地及国际救援队伍冒着不断发生余震、随时会被余震夺去生命的危险，奋力从倒塌的房屋中抢救伤者和幸存者的电视实况转播，感动得热泪长淌；也对党中央、国务院集全国之力对汶川灾后重建的工作，从心灵深处感到无比的震撼和自豪，对全国各地的无私援建充满感激之情。我曾无数次动过到汶川目睹灾后重建的念头，却终因不想去惊扰了那些逝去的灵魂而一直未能前往。此刻，因采访张孟华而踏上了这片令我魂牵梦萦的土地，在兴奋之余，那种扑朔迷离的感觉也时不时袭上心头。

我贪婪地看着车窗外的青山绿水和色彩丰富明丽的建筑，春风阁、西羌汇、禅寿老街、水磨羌城以及寿溪河上造型独特的禅城廊桥等六座跨河大桥在我眼前掠过，情不自禁惊叹于阿坝州政府在制定水磨古镇灾后重建的规划时，跳出传统思维模式，拟定"工业外迁，'腾笼换鸟'，以发展文化和旅游为重点，促进人与自然和谐发展"的思路，为广东佛山市对口援建者们修复和重建的高超技能和创造能力而赞叹不已；更对涅槃重生后的水磨古镇，传统文化得以延续，羌藏汉建筑风格相互融合，得天独厚的美丽自然风光和浓郁的民族风情、民族文化、人文景观的交相辉映而呈现出的如诗如画的景色而沉醉；为水磨古镇的幸存者和人民群众抚平失去亲人朋友的心灵伤痛，从此过上安宁幸福生活而欣慰；也深为灾后重建的水磨古镇被联合国誉为"世界灾后重建的灯塔"，荣获"全球灾后重建最佳范例"而自豪不已。

当眼前的美景不断冲击着我的视觉神经时，我又想到了我的采访对象张孟华，在这美如水墨画般的水磨古镇，在地震和灾后重建中，她有着怎样的经历？她的生活状况如何？离她的家越近，想见到并揭开她谜一样的人生经历的心情就愈加迫切。

汽车停在了寿溪河边一处开阔处，陪同我采访的工作人员陈倩和司机刘师傅把我介绍给在此等候的水磨镇政府机关的一位女干部。她带着我走过一段弯曲的小路，跨过几个石阶，来到了呈"U"形布局的禅寿老街。

映入眼帘的是一座雕琢精美、巍峨大气、造型独特的明清时期建筑——飞檐翘角的牌坊，牌坊上"禅寿老街"四个黄色的字体浑厚苍劲，旁边一座藏式风格的白塔在秋风中肃然挺立，给人添了一份神圣的感觉。

禅寿老街是灾后恢复重建的，全长 1300 米，街道两侧分布着经过统一规划的两层仿古楼房，底楼为商铺，二楼为居住房。放眼看去，满眼都是白脊青瓦的楼台亭阁，古朴典雅的窗雕棂刻，是水磨古镇最能体现传统川西民居特点的街道。这样的房屋布局模式，主要方便禅寿老街上的住户宜居宜商，解决了居住与就业相结合的问题。张孟华的家就在这条街上。

"到了，那就是张孟华！"随着那位女干部的话音，我看到了站在一家店铺门前的张孟华，她正微微昂着头，眼睛看着我们来的方向。当见到那位女干部带着我向她走过去时，也许猜到我就是从成都来采访她的人，便笑着与那位女干部打了个招呼后，眼光便落在了我的身上，脸上滑过一丝羞涩。她依旧笑着，是那种很温和的笑，给人如沐春风的感觉。我加快脚步走上前，边与她握手边自我介绍。她看起来大约 60 岁，脸有些浮肿，呈灰褐色，宽眉大眼，五官端正柔和，头发向后拢着，用一个发夹随意别成发髻，前额上一缕白发，为她的脸添了些沧桑。上身穿一件戴帽的灰色卫衣，外面套着一件乳白色的中长毛衣，一条宽松的黑色休闲裤，脚穿一双白色运动鞋，整个人看起来干净利索。但不知为什么，我总感觉她的笑容里隐约透着一丝疲惫与孤寂。

她站的地方，就是她的商铺，也是她的家。她用手指了一下二楼，对我说了声："请到我家里坐坐吧！"

## 家是她生活的全部希望

她的家，干净整洁得如她的人一样。客厅里，雕花的窗棂洁净明亮，墙壁是白色的，地上铺着米色的地砖，靠墙放着一个白色的电视柜，一台 32 英寸的电视机安放在电视柜的正中，白色的木质茶几上放着一摞书籍和几个装着药物的盒子，茶几后面靠墙摆着一溜单人木质沙发，沙发上套着红白黑相间的花色布套。我不由得脱口说了声："这家里好干净呀！"她看着我笑了，脸上还是那种很温和的笑，但我从那张温和的笑脸上依然捕捉到一种孤寂落寞的味道，隐隐感觉她生活中似乎有过不同寻常的事情发生，或者有些难言之隐。张孟华招呼我在客厅坐下后，给我沏了杯茶，也给自己倒了杯白开水。

张孟华坐下来后，说的第一句话就让我倒抽了口凉气："我有病，是尿毒症，已经快8年了，每周都要到都江堰医院去透析三次，今天中午刚从医院回来。"她的话还未说完，我早惊得瞪大了眼睛，心里咯噔一下，仿佛有重锤敲击我的心脏。当我惊愕得还没回过神时，她的第二句话又让我更加震惊："我离婚了，丈夫在外打工时遇见他的初恋情人，便离开这个家。他的父亲已经84岁了，不认那个女人，只认我，我们还在一起生活。"张孟华说这些话时，神情淡然，语气平静，话从她嘴里出来，轻飘飘的，似乎说的不是自己，而是与她不相关的事。我不由得深深地看着她，一种同情、怜惜、愤懑与敬佩的情绪在心间萦回。

预感得到了证实，她果真是一个有着不同寻常经历的女性！

"能给我说点你的事情吗？"我轻声说出这话后，脸突然热辣辣的，有犯罪的感觉。让别人揭开自己的伤疤，让悲痛的往事血淋淋地呈现，是否太过残忍？但要完成采访任务，又必须了解她。

张孟华的脸上依然平静如常，眼神变得有些迷蒙。她的眼光落在茶几上的两杯水上，杯中的水汽在袅袅升腾又慢慢弥散。她开始讲那些已经逝去的往事，我则静静地听着，不停地记着笔记，时不时插话问一些她没表述清楚的事。我们的聊天就如这杯中的水汽般自由而散漫。

其实张孟华今年才49岁，略显苍老的面容上依稀还能看到年轻时的风采。

那时，她是单纯、漂亮、心地善良的一个农村姑娘，是四川省仁寿县文公人，小学毕业后在家帮父母干活。20来岁时，哥哥在水磨镇开了一家砖厂，有了孩子后，请她到水磨镇帮着带孩子。那是一段无忧而快乐的生活，水磨镇美丽的山水风光、得天独厚的自然环境和淳朴善良的乡风民俗，让她很快喜欢上这个地方，甚至产生了在水磨镇成家，永远留在这个山清水秀地方的想法。

这时，水磨镇上的一位青年闯入她的心中。那个青年叫王茂涛，祖辈都居住在水磨镇，对张孟华一见倾心，便时不时约她见面。张孟华见王茂涛待人诚恳，为人实在，聪明能干能吃苦，交往一段时间后，便认定王茂涛就是带给她幸福、让她终身有所依靠的男人。那时的张孟华，仿佛心里盛满了蜜糖，满脸都是从心里溢出的甜甜的笑。

怀着对未来美好生活的期盼与憧憬，1994年2月，21岁的张孟华嫁给了王茂涛，从此将自己一生的悲喜哀乐与这个家紧紧捆在了一起，用自己的善良、宽厚与辛劳维系着家庭的兴衰与变故。

婚后夫妻俩相亲相爱，无论是下地劳作还是做家务，都如影相随。不久，他们的大女儿出生了，随后又生下二女、三女和小儿子。四个孩子的相继降临，让这个家充满了欢乐，也带来沉重的经济负担。丈夫王茂涛细心地呵护着妻子和孩子们，当看到妻子干重活时，会从妻子手里抢过来自己干，外出打工挣的钱，也都如数交给妻子。他决心尽全力让妻子和孩子过上舒心的生活。而张孟华在感受丈夫情爱的同时，对公婆视同自己的亲生父母般尊敬有加，尽心尽力操持着家务。她也到镇上的工厂打工挣钱贴补家用。她勤俭持家，待人接物礼貌周全，把家里家外收拾得干净整洁，邻里关系融洽，公婆逢人便夸她是个乖巧能干的好儿媳。

公婆将她当女儿疼着，有时与丈夫发生争吵，不管她有理还是没理，婆婆总是骂儿子，护着她。公婆的爱，丈夫的情，让她对这个家充满了感情充满了爱，也赋予她沉重的责任。她的公公王思和原在马尔康森工局当伐木工人，后来调都江堰灌运处工作，1988年提前退休回水磨镇老家。2000年5月，他因脑梗导致偏瘫，因送医及时，出院后张孟华与几姊妹悉心照顾公公，为他求医、喂药、端茶、倒水，做保健按摩、清洁卫生，使偏瘫逐渐好转，但从此落下行动不便的病根，张孟华一直细心地照料着他的饮食起居，公公对这个儿媳心里充满感激之情。

贫穷而平淡的生活，在张孟华的悉心打理下，竟也过得热气蒸腾，和美顺畅。公婆的贤达、丈夫的体贴勤劳、孩子们的懂事，都让张孟华欣慰，再苦再累都觉得幸福。她常在劳作之余，站在寿溪河边，看清澈的河水奔涌向前，看河两岸山坡上生长茂盛的树林。她喜欢它们奔涌和蓬勃的样子，就像喜欢她的四个孩子一样。她没读过多少书，可明事理，她希望孩子们能像树一样成才，能像寿溪河一样冲出山岭，寻找更开阔的地方，有更好的前程，过更好的日子。这是她作为一个母亲的希望，也是这个家的希望。她向神灵祈祷，保佑她一家人无灾无难，孩子们个个有出息。她相信，只要和丈夫同心协力，这希望就有可能实现。

## 灾难中她选择了坚强与善良

可灾难还是来了，在她毫无防备时，在她意料不到时，倏忽之间突然就来了，一个接一个。

2008年5月12日下午2点28分，震惊世界的汶川8级特大地震发生了，顷刻之间，天崩地裂，山河破碎，房屋倒塌，数万生命陨落，数十万灾民深陷灾难之苦。水磨古镇距离震中映秀不到10公里，全镇近2万人受灾，90多人死亡，大量房屋和公共基础设施倒塌或严重损坏。说起当年地震的情况，张孟华的语速突然快了起来。她告诉我，地震时公婆就住在隔壁，丈夫在广州的电站工地上打工，四个娃娃在水磨镇学校上课，她因头晚在水磨镇永瓷厂上夜班，正在家里睡觉，隔壁开麻将馆的邻居叫她起床打麻将。刚起床房子就开始剧烈摇晃，赶快跑出房子，见公婆和丈夫的三哥也跑出来了，还没来得及跟他们说话，房子就轰的一声垮塌了。当时她就急了，不知道四个孩子怎么样了，急忙跑到学校，见孩子们都好好的，才放心了。她回到倒塌的房子里，刨出一袋米，煮了一大锅稀饭，招呼左邻右舍的人来吃，大家算是吃了一点晚饭。她还告诉我，地震时，没觉得害怕，因为要处理很多事情，顾不上。首先是要解决一家人住的问题，便用塑料彩条布搭了个棚子，一家人在棚子里住了两个多月后才搬进了政府搭建的板房。

地震后她丈夫在广州急着要回家，老板给他买了火车票，到都江堰后路就不通了，他是走路回水磨镇的。在路上遇见伤员，便帮着抬担架救人。回到家见房子垮成废墟，孩子们一个读初中，两个读小学，最小的还在上学前班，老人孩子一大家子总得有房子住才行，夫妻俩便商量重新建房的事，可当时他们根本就拿不出钱来。张孟华向她娘家哥哥借了两万，国家又补贴了建房款两万两千元。建房的钱有了，意味着新的家又会有了，张孟华觉得生活似乎又有了希望。

那段时间，丈夫王茂涛最辛苦。建房要请工人，小工工钱一天100元，师傅150元，按天算。为了省钱，很多活都自己干，用板车拉砖瓦、钢筋、自己和水泥，能自己干的活绝不请人干。地震后砖瓦等物资特别紧缺，为让一家人尽快住进新房，常夜半三更去排队，困了地上铺块塑料布倒头就睡。张孟华则负责全家和工人的一日三餐，虽然很累，但她心里高兴。想着新房建好，全家人住进新居，开始新的生活的景象，觉得苦也是甜了。她相信党和政府及全国人民为灾后重建投入这么多的人力物力，帮助灾区人民重建家园，以后的生活会越来越好。回忆起当初建房的情景和丈夫的辛苦付出，张孟华的语气里满是心疼和感激。

就在夫妻俩重建新房忙得不可开交时，生活的不幸又一次降临到这个家中。2009年4月，婆婆黄淑仙突患甲状腺癌，使这个经济拮据的家庭又一次陷入困境。她尽其所能为婆婆看病治疗，尽心尽力地照顾着她，变着花样做她喜欢吃的饭菜，她相信婆婆能一天天好起来。这时她只有一个念头：房子修好了，搬进新家，一家人好好过日子，让公婆享享福。

这个简单的信念，支撑着她。很快，新房建好了。张孟华更忙了，忙着买家具、布置新居，忙着照顾公婆、孩子，忙得忘了自己，也忙得忘了丈夫有多长时间没跟她说贴心的话，没跟她亲热了。她快乐地忙着，却不知道，一个犹如地震般摧毁她家庭的情感灾难，正如一块巨石般重重地向她砸来——她的丈夫王茂涛，与初恋女友在水磨镇偶然相遇，旧情复燃，坠入情网，于2009年年底，抛下她和重病在身的父母及四个孩子，离家出走到广东打工并同居了！

丈夫的背叛，令张孟华痛不欲生，她怎么也想不明白，丈夫和自己15年的感情，怎么说没就没了？自己这么多年的辛苦付出，抚养孩子，伺候瘫痪生病的公婆，难道丈夫都忘记了吗？没了丈夫，这个家还成其为家吗？孩子们还这么小，就失去了父爱，公婆一个瘫痪一个身患重病，这以后的日子怎么过？她白天黑夜地想，还是想不明白。想不明白就哭，眼泪像水一样地流。她哭孩子们也哭，公公婆婆也哭，一家人哭成一团。看着这原本和睦幸福寄予莫大希望的家，现在变成这个样子，张孟华的心里如乱箭穿心。她和丈夫吵，吵过了又好好说。公婆骂儿子不学好，糟蹋了好好的这个家，骂过了又劝，他们都想把这个被"情"迷了心窍的人的心拉回来。但王茂涛却吃了秤砣铁了心，说不能再对不起他的这个同班同学，他的初恋。

他还是走了，抛下这老老小小一大家子人不管不顾地走了。

可张孟华却不能走。她不能像丈夫那样狠心地不要这个家，她丢不下四个年幼的孩子，也丢不下待她如亲生女儿般的公婆。她说："在这最难的时候，我如果像他一样也走了，就等于是我亲手杀了公婆和三女一儿，这个家不但全毁了，我也会成为这个家的罪人。我的良心不让我那样做，他不仁，我不能不义。可我怎么管这个家呢？我拿什么去管呢？那时我真觉得地震又来了，家又被毁了。"

张孟华说到这里时，喉咙有些哽咽，我抬头看着她，见她眼睛有点发红，那些不堪的往事，让她的脸色更暗沉了。她端起茶几上的水杯，喝了口水，脸色随即缓和了下来。我的眼睛突然热辣辣的，鼻子有些发酸，作为一个女人，我完全能感受她当时那种锥心的痛，那种茫然与惶恐，绝望与无奈。

她放下杯子，没再说话。我也没说话，不知道怎么说，也不知道该说什么。客厅里静悄悄的，仿佛时间停止了，凝固在那个痛苦的时段。

她又端起水杯，喝了口水，平静了一下心情，嘴角向上扬了一下，脸上露出一丝笑意。又继续说道："人是憋出来的，天无绝人之路，总得想办法把这个家拖起走。当时我就想，管它呢，走一步看一步，地震那么大的灾难都扛过去了，我就不信，还能让他憋死？我只要活着，这个家就还在。他扔下亲生父母不管，我管，我给两个老人尽孝，直到他们百年归山。我也是当母亲的，我也有儿女，我以后会是什么样子我不知道，但我要为他们做出个好样子。只要我不倒，我们这个家就不会倒。"

悲痛中的张孟华，又开始忙碌起来，为一家人的生活起早贪黑地忙。他们建的新房，政府统一规划，底楼是商用房，她先用来开餐馆，但因不善经营，生意做不起走，后来就不做了，把三间铺面租给了别人。因水磨镇灾后重建以旅游为主，三间铺面那时一年能收三四万元，这些租金除还建房时的借债，基本能维持一家人的生活。而政府这时也出台了村民购买社保的政策，交一万元，到年满退休年龄时每月可以领退休金。可当时她根本拿不出这笔钱，也不打算购买社保。这时，公公王思和竭力劝说她一定要购买社保，说将来老了多少有点退休金，晚年生活才有保障，又将自己省吃俭用攒下的退休金拿出来，让她交了社保的钱。张孟华说，我现在每月可以领退休金1210元，这都是公公的恩情，让我感受到亲情的温暖。我觉得无以回报老人，只有更好地照顾他们，才能表达我心中的感激。

而此时重病的婆婆，因儿子的离家出走，心里郁闷，病情越发加重，被病痛折磨得痛苦不堪，直至倒床不起。在生命的最后两年，病情一天比一天恶化，身体逐渐失去知觉，常常大小便失禁，拉在床上、身上，恶臭无比。张孟华看着一直待自己宛如亲妈的婆婆被病痛折磨，心里既心疼又难过，她不厌其烦地为婆婆换洗被褥衣物，擦洗身子，尽量让躺在床上的婆婆能干净舒适一些，直到婆婆的生命走到尽头，也从来没有过任何怨言。

公公王思和看着忙里忙外、劳累不堪又通情达理的儿媳，心里总有一种负疚感，觉得儿子负了她，他们又给她增添这么大的负担，心里闷闷不乐。张孟华就时常跟老人聊天，开导他，说能给他们养老送终，是她修来的福气，自己做的这些事，是作为子女应该承担的责任，只有老人心情好，她才能好，这个家才能好。

## 命运多舛仍坚守当初诺言

寿溪河潺潺地流着，没有激流，也没有浪花，它悠悠地流过水磨镇，把四季的景色迎来，又把四季的景色带走，年复一年，滋润着水磨镇上的人们，也滋润和抚平着张孟华那颗痛苦和忧伤的心。十五年来，她尽全力支撑着这个家，养育着她的四个孩子，照顾着她的公婆，送走一个个寂寞的夜晚，也迎来一个个充满希望的清晨。经过这么多年，她逐渐想明白了，既然丈夫已经决心不回这个家，那就成全他吧，给他自由，让他去寻找想要的幸福，和那个他爱的女人无羁绊地生活，也让自己得到解脱，于是在2014年与丈夫办理了离婚手续。

离婚时，法院判决所有房产产权归四个孩子，三间铺面的租金收入王茂涛与张孟华各人一半，张孟华系四个孩子的监护人，孩子由两人共同抚养，父母由王茂涛照管。但在具体执行时，王茂涛仍然没管孩子和父母，但也没有收取过一分钱的租金。

离婚后的张孟华不再记恨王茂涛曾经带给自己的伤害，不再在痛苦中煎熬，却一直记着他的好，记着他曾经带给自己的幸福。可她的孩子们却不能原谅父亲对母亲的伤害，忘不了在没有父亲的日子里，他们和母亲度过的那些艰难的日子。特别是最小的儿子，说起父亲，更是气愤与一脸的不屑。她的公婆也不能原谅王茂涛。儿子为了自己的那点私情，竟然抛家弃子，不顾瘫痪和患癌症的父母的死活，把所有的艰难与责任都扔给儿媳张孟华。他们不认那个女人，不许她跨进家门半步，在他们心中，只有善良温和、勤快懂事、忍辱负重也要侍奉公婆、含辛茹苦也要把四个儿女养大成人的张孟华，才是他们王家的媳妇。有张孟华的照顾与陪伴，他们的晚年生活才安稳踏实。而张孟华只要听见孩子们埋怨父亲、公婆数落儿子，就教育和劝导他们。她对儿女们说，你们的生命是父亲给的，虽然他做了对不起我们的事，离开了我们，但打断骨头连着筋，血脉亲情是割不断的，他还是你们的父亲。他也不是不爱你们，铺面的租金一分钱也没问我要过，也算尽了抚养你们的责任，你们也要记着父亲的好。她劝导着公婆，希望公婆也站在儿子的角度替他想，离婚也是迫不得已，他总不能负了我又负了初恋，他觉得和那个女人生活在一起才幸福，就由他选择，随他吧。渐渐，原先笼罩在家里那种阴冷的气氛逐渐消退，又恢复到过去一家人平静融洽的生活情景。

可命运似乎对这个家格外残忍，已经被生活的重担压得喘不过气的张孟华，偏偏再一次受到了命运的捉弄，2016 年 10 月，她病倒了，确诊为尿毒症。医生说，已经很严重了，除了吃药，必须每周透析三次，才能维持生命，而每次透析的费用，少说也得 800 元。这个不幸的检测结果和今后高昂的治疗费用，给了张孟华当头一棒，她头晕目眩，只想到没人的地方去放声痛哭一场，只想质问苍天，为什么要给她这么多的磨难？但当她冷静下来后，想到一旦自己发生意外，这一家老小今后谁来照管，自己必须坚强地面对疾病，她打定主意，积极配合医生治疗，与疾病作斗争，让自己好起来。

张孟华生病住院的消息不胫而走，她的家人朋友、亲戚邻居来到身边抚慰着她，那个弃她而去的前夫王茂涛，怀着愧疚的心，也来到医院探望和照顾她，街道和乡镇领导更是送来关怀，对她伸出援手，在住院当年，红十字基金会就给予她一万元的救济金，以后镇里每年也有少量的补贴。张孟华又一次挺了过来。

生命真是一种神秘的力量，说它脆弱，它就像薄冰一样不堪一击；说它坚强，它又如大山一般坚韧不拔。张孟华就因为心中放不下她的家，为了这个家她必须活着。就是这个信念，让她拖着病弱的身子，坚守着当初的承诺，日复一日地照顾着两位老人和孩子。婆婆病故后，仍然一如既往地照顾着风烛残年的公公。孩子们也不辜负母亲的希望，好学上进，明辨是非，善良敦厚。如今，大女儿和二女儿已经结婚，有了幸福的小家庭。三女儿大学毕业在成都工作，小儿子也考上泸州的一所大学，正在读大二。面对这两年疫情肆虐，旅游业受损，铺面租金下降的窘境，前夫便承担起儿子一半的学习和生活费用，公公也从自己每月的养老金中拿出部分补贴她做透析的治疗费用。谈起现在孩子们的情况，张孟华脸上现出欣慰的笑容。

这笑容如一束灿烂的光，让张孟华那张原本暗淡的脸顿时生动明媚起来。

我看见那笑容里荡漾着她的爱与善良、坚强与坚守，也荡漾着亲情和社会对她的温暖与关爱。

这份人间的真情，宛如那条美丽的寿溪河，汩汩地流淌着，流向远方……

（本文发表于 2023 年《大中华文学》第 4 期）

　　曹蓉，四川成都人。冰心散文奖得主，中国作家协会会员，中国散文学会会员，中国西部散文学会理事，四川省作家协会会员，成都市作家协会全委会委员，成都市成华区作协常务副主席，成都市武侯区作家协会副主席，西北大学中国散文研究所特邀研究员。著有长篇畅销小说《栀子花开》、散文集《那边的香巴拉》《月亮的鞭子》《赴一场人神之恋的爱情》、长篇人物传记《我是中国人》《高道李真果》《薛永新传》《李耀享传》等十余部。作品获冰心散文奖、四川文学奖、四川散文奖、海内外散文与旅游文学传播奖等。

# 我把黄河给你

曹　蓉

## 仅仅是一块石头吗？

"我把黄河给你。"陈直起身，把手上的一块石头给我。

他说话的当下，我们正顶着烈日在黄河滩上拣黄河石。

我吓了一跳。他的口气好大。好像黄河是他的，从邈远洪荒的太古奔腾至今的黄河是他的。可他这么慷慨大方地就把黄河给了我。

当然，他所说的黄河其实是一块像黄河的石头。但是，我却相信，它是黄河。因为它不是一块普通的石头，从160万年前它就随黄河一路走来，然后一直安静地守在这片黄河滩上。我能辨认它身上细致的水纹是黄河的血脉，那蜿蜒弯曲的姿势是黄河的形态，甚至我能感觉到八千年前伏羲经过黄河时在石头上留下的余温。

我一直相信，石头是有灵性的。一如我相信宝玉的前生是大荒山青峰埂上的那块通灵顽石。一如我相信三生石上附载的精魂，一如我相信天下的美石都承载了天地日月的精华和生命的灵性。

所以，我每到一处地方，只要有水流，有沙滩，我总会要拣一块小石带回去，放在书房的玻璃橱窗里。每每看见它，我就会或听见清泉从石上流动的声音，仿佛枕在王维"明月松间照，清泉石上流"的诗里；或看见千年前《诗经》的河洲，有关关雎鸠，有窈窕淑女，有涉水而来的男子，仿佛在等待一场最美的相遇。我带回一块石头，其实是带回一段河流的记忆，带回一段如河流清澈的古老爱情。

在这黄河滩上，我仍然期望找到一块美丽的石头，把黄河带回家。而我的期望比任何时候都更强烈。只是因为黄河有中华民族的血脉和历史，有我们承载几千年的情感。

陈幸运地捡到了黄河石。而我赤脚踏着滚烫的沙滩，在众石之中寻寻觅觅，却一无所获。我不甘心，发誓要找到黄河石。当很多文人朋友上筏子漂流去了，我却固执地留在沙滩继续寻找。令我沮丧的是，我用了长长的时间，竟找不到一块烙下黄河印记的石头。我开始感到失望。

但是，我万万没有想到陈会把石头送我。当时，我连一点半推半辞的矜持都没有，就欣喜若狂地收下了他送我的黄河。

我是不是太贪心？我要了黄河。我要了轩辕的黄河，要了伏羲和女娲的黄河，要了每一个黄皮肤中国人血液里流淌的黄河。

这么重的礼物，我能载得动吗？

返回成都之际，我把石头留在了西安。黄河仍在那里流淌着。它太重，太重，我载不动它。它属于昆仑山，属于黄土高原，属于这片黄色的土地，和每一个炎黄的子孙。

属于你，也属于我。

## 谁发现了河图洛书？

"这是乾坤湾。"他平静地说，那语气就像是每天都见到它而处美不惊。"黄河乾坤湾。"他又补充了一句，仍然很平静的表情。

"黄河乾坤湾！"我站在山巅惊呼起来。

我是一个见了山、见了水就容易激动的女人，何况我面对的是黄河，是伏羲的乾坤湾，又怎么能做到不动声色？

"你看，它像不像河图洛书？"他指给我看。

我极目远望，在沟壑纵横之间，在伏羲出生的叫伏义村的地方，与古道边一个叫河怀的村子之间，黄河到了这里，突然乾坤一转，来了一个S形的大转弯。像一条从混沌而来蜿蜒而至的游龙，怀抱了两条"阴阳鱼"，浑若一幅大化而成的太极图。真是啊，是玉帝丢落在黄土高原重峦叠嶂之中的河图洛书！

它一直在那里，从四面八荒的太古，从刀耕火种的旧石器时代，它就在那里，等着世人来参。

是谁发现了河图洛书？最先参透了宇宙天机？我故意考他。

伏羲。他不假思索地回答。

传说，在久远久远的以前，太昊伏羲氏统治天下的时候，常常在这黄河古道上徘徊。伏羲抬头看天，低头看地。有一天，他登上山巅，俯视奔腾的黄河呈S形从他的脚下流过。这时，黄河中浮出龙马，背负"河图"，献给伏羲。他顿悟玉帝丢落在黄河中的"天书图语"，参破"天机"。于是，伏羲按天书图语，演成八卦，创立了黄河文化，开启了中华民族的文明与智慧。自伏羲发现河图后，又差不多过了八百年，大地洪水泛滥。大禹寻找治水良策。相传有一天，他看见洛河中出现一只五彩神龟，背驮"洛书"，背上的纹理如同文字。于是，大禹发现了洛书，依此治水成功，遂划天下为九州。

就在这片土地上，女娲用黄河的水和泥，创造了人类，捏出了泥做的男人，水做的女人，捏出了天地万物。西方人用上帝创世的传说，写下了一部经典传世的《圣经》，而中国人以自己诗意的方式，以自己独有的文化，打开了亘古永久的美丽神话，打开了文明之门。

望着眼前奔来眼底的九曲黄河，我忽然发现，它不是一个偶然的转弯。它是大化赋予中华民族文明与智慧的命运转弯。

中国人需要这样的转弯，历史需要这样的转弯。

## 黄河之水

当我站在黄河岸边，望着浊浪滔天一泻千里的黄河之水，我不禁感慨，那是李白的诗啊。"君不见黄河之水天上来，奔流到海不复回。"

从中学的地理课里，我就知道，黄河是从青藏高原巴颜喀拉山北麓的约古宗列盆地而来。但是，我认识的黄河是从李白的诗里而来，它从天而降，从中国人神话里的银河倾泻而下，飘落九尘，随亘古绵延的山脉奔流，一路而去。我一直相信，它从天上来。

黄河的气势，在李白的诗里。而黄河的苍凉却在王之涣的诗里："黄河远上白云间，一片孤城万仞山。"它也在王维的诗里："大漠孤烟直，长河落日圆。"荒凉孤寒的边关，黄沙飞扬的戈壁，皇天后土的高原，似乎总是与黄河相连。

其实，我们眼中的黄河并不只是苍凉的诗句，并不只是浊浪排空的黄色巨浪。它原本是一条清澈的细流，在碧绿的沙洲，有鸟语，有花香。它在挟带软风温香的《诗经》里。

关关雎鸠，在河之洲。

它也在芳草凄迷的水边，有苍苍的蒹葭，有居在水湄的佳人。

蒹葭苍苍，白露为霜。所谓伊人，在水之湄。

只是，它到了中游，到了黄土高原，才挟带泥沙，掀起了翻云覆雨的黄色巨浪。黄河到了这里，才成为真正意义上的黄河，成为中国人心目中的黄河。它不再是小家碧玉的美人，而是一个惊天动地的英雄。

黄河是苍凉的。从高耸的昆仑山到浩瀚的太平洋，经草原，越沙漠，它历尽了多少沧桑，见过了多少边关的明月、大漠的风沙。

黄河是厚重的。它孕育了中华民族的始祖，孕育了秦皇汉武、唐宗宋祖无数风流人物。它与长江一样，承载着几千年的华夏文明和历史沧桑。

黄河是黄色的。我骄傲，我的皮肤是它的颜色。

黄河又是碧绿的。我知道，它曾经是一条清澈的河流啊。它是天上之水。我深信并且坚持，终有一天人类会还原它的绿。变绿了、变清了的黄河，仍是我心中那条悠悠万载滚滚东去的大河。

我终于见到了黄河，终于站在了它的岸边。虽然我无法把黄河带回去，但它已经流入了我的生命和血脉，在我的心上流淌。

# 塞上，我的远方

曹　蓉

远方有多远？"永远"那么远吗？我问自己。

在三毛的书里有一段话，是我很喜欢的。她说：

远方有多远？请你，请你告诉我，到天涯海角，算不算远？问一问你的心，只要它答应，没有地方，是到不了的那么远。

总以为，远方很远，远到我们视线无法丈量的远，远到一生可能无法到达的永远。三毛说，心有多远，远方有多远。其实，远方安住在心里。你想去远方，心里就有远方。你心里有远方，就能见到远方。三毛的远方在撒哈拉沙漠，我心里的远方在哪里呢？

塞上是我的远方。曾经在大唐的诗篇里翻阅王之涣的黄河白云，翻阅王维的大漠孤烟，翻阅岑参的一川碎石；曾经在千古的风里听过那一管思乡的笛音，伴随边关铁骑杂沓的嘶鸣与月光下幽怨的水声。

塞上于我很远，远到秦时汉时，远到千年万年，远到地老天荒的长寂和广袤无边。只是我不知道，原来我想要去的远方，一直安住在我的心里。我心即远方，远方即我心。只要我想见到远方，就能见到远方。我的心对自己说："这是真的。"

这是真的。当我顶着六月发烫的太阳，站在寂寥无垠的苍穹下，戈壁在左边，草原在右边，黄河在白云之间，我开始相信这不是一个遥远的梦。

我是真的来到了塞上，着一袭白色的长裙，披一肩长发，颈上戴一圈高原牛骨的项链，迎着高原的风，像古代的女子那样，穿行在大漠的千年古风里，圈点诗里的黄河和白云，圈点草原上的羊群和奔马，圈点戈壁上飞扬的黄沙和碎石，圈点贺兰山下睡着的王朝。

这就是我魂牵梦萦的地方，塞上银川，我的远方。

## 贺兰山下，大夏的太阳沉落了

黄昏，广袤的亘古长天，一抹千百年前某日的斜阳跌入苍茫大地，仿佛一顶至尊的皇冠沉落了，却又无声无息。远处狭长的山体层峦叠嶂，绵延横亘，像一袭龙袍加身的帝王躺在那里，在血红的夕照中，呈现一种逼人的王者之气，却难掩日落的萧索与苍凉。

这就是贺兰山吗？这就是岳飞发誓要踏破的"贺兰山阙"？我不敢置信，曾在岳飞的千千阕歌里反复吟唱的贺兰山，曾在历史上存在两百年又永远消失的西夏王朝，此刻，竟然就在我的眼前！

抬眼望去，在它的东麓是一片荒凉沉寂的大地，布满粗砂和碎石，四处没有一棵草，连散落的羊群都看不见。唯有几处断墙颓垣，几座黄土夯堆裸露在四野，像几本发黄的绝版的史书被夕照晒在此处。如果不了解，我必误以为那不过是亿万万年前地壳运动冲积而成的土包土堆，完全不会联想到那里面埋葬的竟是显赫一时的大夏国的九位帝王。

西边，正在进行一场盛大而热闹的演出，而东边的王陵在夕暮里寂寥而又安静，形成强烈的反差。躺在这里的帝王早已经退出历史的舞台，脱去了华丽的龙袍和皇冠，剥去了头顶的光环和紫气，褪去了往昔的至尊与显赫，只剩下荒漠中几堆赤裸裸的黄土，与大地合为一体。曾经雄霸天下而傲骄一世的这些帝王，已经无能为力，无能为力挽留住昨日的江山，就像每日升起的太阳终要落下去，明天又将是新的太阳升起，照耀山河。只是，它不再属于大夏。

暮色里，茫茫四野，西夏王陵在斜阳下显得那样孤寂、那样落寞，仿佛被历史遗忘在那里。一种历史的苍凉和悲怆之感袭遍我的全身，那样锥心刺骨，隐隐作痛。即使整个世界都属于你，又怎样呢？

赤裸裸地来，赤裸裸地去，即使帝王也毫无例外，终究是自然的子民，最后终归尘土，逃脱不了尘埃落定的宿命。或许，这时的他们才是最真实的原貌。经历荣衰成败之后，他们就像参破世事的隐者退隐在此。不再担心失去王位和江山，不再计较前呼后拥的威仪和风光，心中的块垒与复仇的火焰也被时光磨平了。他们安然地坐在这贺兰山下，无论面前血雨腥风，铁蹄践踏，无论过往繁华热闹，尘嚣飞扬，幡动心却不动，只是平和地看着岁月沧桑变化，世间几经浩劫。他们就像悟道的老僧，等着世人来坐参生死的妙谛。

迎着斜阳，我向三号陵走去。三号陵是正式立国的一代枭雄李元昊的陵寝。它是整个陵区帝王墓冢中最大的一座，一样被剥去了华贵的外衣，只剩下高而大的土堆，在夕阳的斜晖里泛着金黄的光晕，像埃及的金字塔那样裸露着，无言地在废墟上叹息一部被消失的神秘历史。两百年，放在时间的长河上不过是匆匆一瞬，而对于历史来说，建立一方霸业，巩固一方霸业却并不短暂和容易。然而，李元昊亲自立国的大夏王朝，经历了近两百年，竟在短时间内，被成吉思汗的铁蹄踏平，从此，大夏在历史上销声匿迹，连史书都不曾记载，只留下它神秘的文字，一个神秘的王朝背影，在贺兰山下。

我攀上土坡，站在李元昊的陵旁。这位曾经征战南北立国称帝的大夏君王，有多少人匍匐在他的脚下。如今，不过是一个成为历史的老人。本来中国的历史上不会出现一个大夏，但是历史偏偏出现了一个李元昊。这位雄才大略生性勇毅的党项族首领的儿子，不愿向宋称臣，他要贺兰山，要宽阔的草原、无边的大漠，要逐水草而居的马背子民，要头顶上属于他的那轮太阳。

李元昊得到了他想要的一切。可是，李元昊要得太多，要得太贪心，要去了他儿子心爱的美人，最后把性命断送在亲子的手上。而他所要的疆土，两百年后也不复存在。他自己也成了一抔土丘、一座荒冢。唯有贺兰山还在，草原还在，大漠和黄河还在，无论我们要不要，山河亘古长存在那里，属于昨天和今天的每一个人。

太阳落下去了，沉落在贺兰山下。大夏的帝王结束了他们全部的历史，但毕竟坐拥过昨天的霸业与江山，毕竟有过一场又一场的出征，一次又一次的激战。残照里，看那贺兰山麓九座帝王的陵冢，静静不语，穆然地见证着那一段湮灭的王朝历史。

# 一个女人的地老天荒

原来以为贺兰山岩画只在博物馆里陈列着，像祖先的化石那样，被宝贝地珍藏在箧中。当我们走在峡谷中，两旁岩壁千仞，左手是岩画，右手是岩画，才发现那古老神秘的岩画已在贺兰山展览了几千年，一直大大方方地被太阳晒在那里。

清凉的溪水从峡谷间潺潺流出，我提裙汲水而过，踩着远古的碎石，上了山崖。终于能够亲手触摸青色的贺兰山石上原始的岩画，而不会在博物馆里隔着玻璃窗看那些拓片。看着光裸的岩石上一幅幅古朴抽象、粗犷生动的动物和人的画像，那都是远古先民们创作的文化图腾。我惊讶不已。在生命最初的石器时代，没有金属，没有笔，更没有调色板和颜料，湮远年代的人是怎样在岩上画下他们的样子？是怎样描摹动物的追逐和他们围猎的场景？

"他们是用石头刻画的。"解说员说。

"是什么石头呢？为什么那些岩画没有被风化？"我问。

解说员迟疑了一下，摇摇头："这要问在岩上绘画的人了。"或许看见我失望的表情，她又用一种斩钉截铁的语气回答：

"那种石头不是一般的石头。"她是一个年轻的女子，她扑闪的大眼睛似乎在说，那石头是祖先打造的用来绘画的石器。

又是一个千古之谜。我想起清溪里很多奇异的紫色石头，会不会是远古先民用它们磨砺而成的"画笔"？不然，为什么有的岩画至今五彩斑斓，没有褪色？

细看岩石上深凿的一幅幅图案，线条极为简洁而流畅，几笔勾画，一气呵成。虽然看上去很古怪，很夸张，却富有强大的想象力。鸟儿的飞翔，动物的奔跑，男人女人的交欢，都是那么生动鲜活，记载着先民们自然崇拜、图腾崇拜、祖先崇拜、生殖崇拜的文化信仰。这是一方自由的乐园啊。远古的人应该是最杰出的艺术家和哲学家，他们用最简单的线条记刻他们最快乐的生活，告诉我们这些自以为聪明却日益复杂的现代人，生命原本简单，简单才是生命的实相，先天存在的本来面目。复杂让人类进入文明，却让我们有时痛苦不堪。唯有简单，返璞归真，才能得到永恒的快乐，像石头一样不朽。

解说员指着高高的崖壁上的一方岩石，说那只在博物馆里看到的"手"就在上面。

是真的吗？我兴奋起来，不敢相信自己眼前所见到的。那是一只史前女人的手印，是贺兰山岩画中著名的一幅。先前在博物馆参观时，那只手给我留下最深的印象。当我将自己的手贴着冰凉的玻璃和那女人的手印贴在一起的刹那，仿佛时空倒回久远的从前，我好像能够感觉那纤细的手指，手上白皙的皮肤和余温，甚至能够闻到她身上披挂的树叶所散发的清香。

此刻，那只手深深地嵌在岩石上，我仿佛伸手可及。

"她的年龄有多大呢？"抬眼望着岩上的手印，我很好奇。

"可能十七八岁吧。"解说员回答我。

她的手看上去很秀美，我想那应该是十七八岁女子的玉手。那么，这个十七八岁的女子是什么样子呢？我猜想她是一个容貌姣好的美人，有一双像溪水一样清澈的明眸，长长的秀发如瀑布披散下来，随风飞扬。想必她的颈上应该戴着一圈花环，古铜色的小蛮腰系着长长的藤蔓，穿着细草编成的短裙吧？我似乎看见她赤足穿过落英缤纷、杂花生树的草甸，轻盈地走在有如一卷《诗经》的河洲。那某个年代的某位男子已在岸边等候，迎接他的静女。她羞涩地把手给男子牵着，十指紧扣，一起向对岸涉水而去。我恍若看见她小鸟依人的模样，那双冰凉的小手被男人的大手握着、暖着。我忽然明白，千百年前，千百年后，世上幸福的女人，都是这样被爱着、宠着吧？

"为什么她要留下手印呢？"我又忍不住发问。

"她要向心上人证明她的爱永远不变。"这位大眼睛的解说员用不容置疑的口吻说，好像她与那个远古时代的女子心灵相通。也可能她正经历着甜蜜的爱情，所以给了我一个浪漫的解释。

我愿意相信，这是一个最古老也最美丽的解释。

我想，那会是一个有月光的古老的晚上，那个十七八岁的女子踏月而来。没有箫，没有彤管，男子用树上的叶子做笛为她吹奏。深情的笛音悠悠扬扬，伴着峡谷的风，轻轻诉说着男子生生世世的爱恋。就在那月色如水的夜，在屹立了亿万年的贺兰山上，多情的女子在坚硬的岩石上留下了永远的手印，用特别而古老的方式，向心爱的男子表达一个女人地老天荒的爱情。

"永远"是什么？永远就是从地老到天荒，从前世到今生，从刹那到永恒，永远就是几千年、几万年后"永远"还在。十七八岁女子的手印，让我相信世上仍有"永远"的爱情。女子虽已不在，但她把亘古永恒的爱情留在了石上，留给了后来的我们，继续着永远。

我从溪里捡起一块紫色石子，举起右手，贴在亿万年的岩石上，庄重地画下我的手印。我希望也有一个地老天荒的爱情，直到永远。

## 收集荒凉

天下美景不能一个人全部占尽，不能贪心。人在旅途，我们随时面临取舍，尽管每一处风景都难以放弃，都想拥有，却必须做出选择。这就像是人生。

在沙湖和西部影城两者之间，我毫不犹豫地选择去西部影城。这意味着我放弃了那片蓝蓝的湖水，那片水上的芦苇丛和翩飞的鸥鹭，而选择了荒凉。

其实，那片大西北上的荒凉，一直在我心中种植了很久很久。在岑参那里，在王昌龄那里，在王之涣那里，我认识了荒凉。从此，那边塞遥远的荒凉成为我心里想去的地方。后来，后来，有一天，一位高而帅的西北汉子在不经意中走进了一片无人的旷野。当他穿过镇北堡北边的树林，两座废墟古堡突然闯入了他的视线。斜阳照在空寂的黄土地上，断垣颓墙上斑斑驳驳的千疮百孔，累累伤痕，呈现一种历史的苍凉和悲壮景象。他被强烈地震撼了。厚厚的黄土，坍塌的废堡，他感到像美国西部影片的场景，却更具有中国西部的韵味，原始而粗犷，古旧而沧桑。他以智慧的眼光发现了这片荒凉，又亲手"制造"了这片荒凉，"出卖"了这片荒凉。《牧马人》《红高粱》《黄河谣》等许多中国电影就从这里走向世界。这就是张贤亮，这位当年震动中国文坛"触电"下海的作家，亲手打造的原汁原味的"荒凉"影像。从他的镇北堡西部影视城，我又认识了被"出卖"的荒凉，也更激起了我对那片荒凉的渴望和向往。

我做出了此行中最不后悔的决定，选择荒凉。

走进镇北堡西部影视城，我能够体会张贤亮发现荒凉的"震撼"，因为我同样被它的荒凉所震撼。这是两座明清兵营废墟上修建的土城堡，被称为土围子。所有的土墙、房屋、院落、作坊都是用土夯筑起来的，屋顶上盖上茅草便成了"茅屋"。远远望去，开阔干裂的荒野，满目苍凉。残墙上的旌旗在阳光下飘动，干枯的树布满沧桑，却顽强地伸向蓝色的长天。龙门客栈外的马车和草料还放在那里，兵营里的刀剑枪戟排列着，仿佛正等着一场出征；"酒神"的酒坊依然放着几大坛"红高粱"，仿佛还散发着浓烈的酒香。我情不自禁地抱起一坛酒，想学学男人们的畅快和豪气。在这里，一切归于原始，归于古朴，归于镇北堡雄浑和粗犷、悲凉和残旧的景象。

残阳斜照，一层层染红了广阔无际的天空，成为古堡最自然的一幅布景。这是一个月亮刚刚上来的傍晚。我攀上一座土坡，来到了"月亮门"。这座用土坯夯筑的"月亮门"，是电影《红高粱》中最美的艺术镜头。姜文曾在这"月亮门"前送过"九儿"巩俐。十八里坡的相送，红高粱地里的欢爱，已成为经典的画面。

妹妹你大胆地往前走

往前走　莫回呀头

通天的大路　九千九百

九千九百九呀

我听见那粗犷沙哑的歌声传来，自十八里坡，月亮门下。我恍若变成了穿大红袄的"九儿"，一直往前走，不觉中走进了"九儿"的洞房。

这是北方的四合农家院落，"九儿"的洞房还是最初的原貌，披红挂彩。墙上大红的喜字仍那样鲜艳，床上大红的棉被依旧充满喜气，仿佛热闹的婚礼还在继续。

洞房里旧式的方桌两旁是两张旧式的木椅，新郎在左，新娘在右。我坐在"九儿"坐过的椅上，仿佛自己就是新娘。如果是姜文为"九儿"揭开红盖头，那瞬间"九儿"应该是红高粱地最幸福的女人吧？镇北堡成就了"我爷爷"和"我奶奶"，成就了电影《红高粱》，也成就了张艺谋、巩俐和姜文。而那片原汁原味的荒凉，又成就了镇北堡，成就了张贤亮。

转过一道土坎，踏着碎石路，我进了城门。这是一条古旧的长街，仿佛镜头一下子切换到古典的"唐城"和"宋城"。经过古老的街市里巷，看见夕阳晚风中飞扬的酒旗店招，我恍惚走进了古代，走进了金庸的小说，像武侠片中的白衣女侠，去寻找龙门客栈的江湖豪杰。

在一座挂着脸谱的城门前，同行的朋友告诉我，《大话西游》就是在这里拍摄的。他面对我忽然神情严肃地说：

"曾经有一份真诚的爱情摆在我的面前，但是我没有珍惜，等到了失去的时候，才后悔莫及。尘世中最痛苦的事莫过于此。如果可以给我一个机会，再来一次，我会对那个女孩子说，我爱你。如果非要把这份爱加上一个期限，我希望是一万年。"

他让我吓了一跳。怎么突然跟我来一段表白？仔细回味，似乎耳熟。不由哑然失笑。

我想起来了。这是《大话西游》中至尊宝对紫霞仙子说的那句最经典的话。朋友在背诵这段动情的台词。而此刻，晚霞满天，斜倚夕照中的黄土高坡，面对广袤荒凉的旷野，我不禁心生感动。

尘世中最痛苦的是爱情，而最美的也是爱情。经历痛苦之后的爱情，才懂得珍惜，期待永久。爱到天长地久，爱到千年万年，神仙眷侣如此，何况我们尘世中的芸芸众生？

荒凉不是什么都没有，它是天地永恒的烙印，它是生命亘古长存的见证，它是历经沧桑后真爱永在的记刻。

在都督府里，我拜访了"出卖"荒凉的主人——张贤亮。他穿着薄凉的短袖唐装从里间走出来，高而帅气，一脸笑容。尽管脸上已布满岁月的沧桑，像夕照下苍凉的黄土，但仍然能看出他年轻时英俊的模样，感受到他不老的活力和激情。

我对他说："您出卖荒凉，我来收集荒凉。"

他爽朗地笑了，对我说："我用四个字阐释荒凉的含义：衰而不败。"

荒凉不是荒芜，荒凉中有着历史的厚重、文化的底蕴，有着生命的粗放和大喜大悲。这强烈的黄土味和苍凉感，应该也是西部所特有的生命力吧。

只是，让人扼腕叹息的是，"出卖"荒凉的主人已经不在，逝者已矣。但那片美丽的荒凉是永恒的，那用土坯夯筑的"月亮门"前，一个作家默默眺望荒凉的身影，在月光中自成一道绝世独立的永恒风景。

# 都江堰，水之怀古

曹　蓉

　　站在岸边，凝望着都江堰滔滔不绝的江水，我深深地被这壮丽景象所震撼，被其无比的威力所征服。

　　我想，这片土地原本该是芳草丰茂的沃野？该是《诗经》里"关关雎鸠"的美丽河洲？然而不知何时天地洪荒，岷江发怒了，冲过岷山弓杠岭，掀起惊涛骇浪，将这里化为一片恣肆汪洋，年年水患频仍。在那久远的上古年代，面对泛滥的洪水、遍野的哀鸿，蜀地的先民们无力改变现状，唯有年复一年跪拜岸边，祈求神明保佑。他们以最原始的方式祈愿，将生存的渴望寄托给强大而神秘的超自然力量之中。

　　然而，上天并没有顾及那受苦的百姓，洪水犹如脱缰的野马，照样肆无忌惮地冲击着成都平原。鲧来了，禹来了，望帝和丛帝也来了，治水的英雄接连登场。洪水退了又来，来了又退。而望帝化成的杜鹃仍在水面上日夜哀鸣，鹃鸟口中滴下的鲜血伴随着蜀国的夕阳一起沉落在无边的泽国里。直到后来，大秦的李冰出现了，他长锸一挥，在灌县的鱼嘴处将岷江一分为二，无坝引水，灌溉原野。自此，成都平原"水旱从人"，成为沃野千里的天府之国。野性的岷江就这样被彻底征服。于是，后人皆知，在中国的天府之国有一个古老而伟大的奇迹，那便是都江堰。

　　李冰成功地驯服了洪水，他的治水智慧赢得了蜀国子民的心，人们深受其惠。每一个踏足都江堰的人都会被这座历经 2200 年的水利工程所折服。它宛如一位守护者，默默守护着一座城——古老、灿烂、富足、秀美的成都。

## 水的崇拜

水是生命之源，人类对水有一种与生俱来的崇拜和敬畏。

自洪荒之初，水便与人类生存息息相关。从我们的远古祖先伊始，他们对水的依赖和畏惧深深烙印在心灵深处，并由此产生了对水的深厚信仰。水被视作生命之主宰，犹如神灵般存在，充满了神秘和神圣的色彩。

江河湖海给初民以巨大的恩泽与滋润，使得天下风调雨顺，万物得以生长；但同时，它们变幻莫测的特性又给古人生活带来了洪涝干旱的苦难。面对这些无法抗拒的自然力量，初民对此无能为力，感到自身的渺小犹如尘埃。对水的敬畏之情在他们心中根深蒂固，由此产生了对水神巨灵的自然崇拜和原始信仰。

于是，在古老的长江和黄河两岸，先民们用最朴素、最虔诚的方式，将河灯轻轻漂在水面上，举行祭祀仪式，向水神献祭，向上苍祈求福祉。这种淳朴的自然信仰，最终演化为独一无二、深邃而智慧的道教文化。

道教崇拜水，视其为化育万物的起始之源，它是最接近"道"的存在。道家的理念中，"上善若水"被奉为至高境界，倡导人们效法自然之道。在这里，水被赋予了"道"的象征意义，它潜浸于万物之间，默默滋润而不争功利。在道教的信仰中，除了天官和地官，水官被视为最高神灵之一。这代表着道教对水的崇敬，也是对自然至高无上的敬畏。

长江文化和黄河文化，乃至道教文化，都深深渗透于中国文化的根基，这难道不是与水息息相关吗？它们犹如江河湖海般流淌，承载着水的精髓，饱含着水的灵魂。

尽管我们或许难以深入领悟那些玄妙的哲学思辨，但我们至少能感受到，在亿万年前那邈远的混沌岁月，地球还沉浸在无边的海洋之中。那场天崩地裂之后，远古的生命从海洋踏上了陆地，渐渐赋予了大地万物与山川，赐予了人类文明的雏形。传说中，娲皇氏创造人类时用了两样东西，一是水，一是泥。虽然这个叙述是古代先民富有想象力的自我诠释，然而它深藏着我们生命的本质和根基，那既离不开陆地，也离不开辽阔的海洋和水的滋养。

你是否曾有这样的体验？我们常常无法抗拒对大海、对水域的渴望。当你穿行于一条蜿蜒的山径，远处传来潺潺溪流的微弱声响。哪怕山路崎岖不平，荆棘丛生，你也会坚定向前，直至目睹那清澈见底的水流。当你站立水边，你的心灵仿佛被凉意包围，变得清澈透明。在有水的地方，看什么都好。也许，这是人类天生对水的深深眷恋吧。

这份情感，宛如遥远的记忆，深深铭刻在我们的心灵深处。它不仅是我们生存的本能，更是我们对自然、对生命最原始、最纯粹的感悟和联系。这种纽带，延续着远古的足迹，在我们的灵魂中徜徉。

眼下，我漫步在古堰的分水长堤上，仿佛在走向心中的那片河洲。江流两岸虽没有兼葭苍苍，却横亘着插天的青山——青城山。这是著名的道教发祥地，36座青峰状若城郭，以一幽甲天下。千百年来，清玄的钟声从道观传来，回荡在群山之间。伴随着那郁郁葱葱的绿、苍苍翠翠的幽，与流动变幻的云雾交相辉映，赋予了此地一份独特的仙气和宁静气质。滔滔流过的都江堰，与身旁的青城山并肩，一起静静地守望着天府大地。

一座山，一道堰。一个幽甲天下，蕴藏道家智慧；一个水利千秋，滋养天府之国。"拜水都江堰，问道青城山。"拜的是上善之水，问的是自然之道。伫立水边，江风轻拂我身，白裙飘飘。我向山取道，拜水为师，仿佛灵魂沐浴于仙山之中，感受到仙风道骨的神秘气息。

江水自洲心分出两股，形成外江和内江，向两个不同的方向流去。一条水势平缓，宛若静谧的湖面，波澜不惊。我踱步而近，心生采捞水草的冲动。然而，这水极幽深，使我无法窥见水草的踪影。尽管如此，我坚信柔软的水草必定藏匿在水的深处，仿佛被藏进了两千年前那部美妙的《诗经》之中。

另一条分支，水流湍急，奔腾澎湃，仿佛正在演绎一首气势磅礴的乐章。它使我想起苏轼气势豪迈的词："惊涛拍岸，卷起千堆雪。"只是，那些曾经的千古风流人物如今还在吗？李冰还在吗？也许他们都随大江东逝，但都江堰还在。

## 水的征服

不，李冰还在。他峨冠博带，手握铁锸，坐在离堆上，神态自若地指挥着汹涌的巨浪狂澜。

看不见刀光剑影，看不见烽火狼烟，也听不到鼓角争鸣和铁骑杂沓，但李冰在那里一站，就征服了似千军万马、泛滥成灾的洪水。虽然那狂暴不驯的激流奔腾着、咆哮着，大摇大摆地横冲乱撞，不肯投降，却不得不顺从李冰的调遣，沿着渠口而行，去滋润成都平原。

自古以来，英雄与宝剑有着千丝万缕的纠葛。诗仙李白"愿将腰下剑，只为斩楼兰"，辛弃疾"醉里挑灯看剑"，项羽乌江一剑自刎，金庸武侠小说的剑客，挥剑长啸，颠覆了多少壮士佳人。

李冰是一位英雄，却不佩宝剑。或许你无法目睹他驰骋疆场的凛凛威风，或许你无法目睹他白衣长剑的飘逸身姿，但只须踏足都江堰，感受那滚滚东去的江水，你必能感知李冰的存在。你一定坚信，他仍在那离堆之上镇守着江水。李冰，这位不佩宝剑却征服了狂澜怒涛的治水英雄，他的名字与都江堰一起载于史册，流芳百世。

悄然间，天空飘起了雨。我并未上岸躲雨，而是继续留在鱼嘴处的"河洲"。细雨如丝，轻轻飘落在我的脸颊和衣肩，仿佛每一寸肌肤都被这清凉的雨露浸润。我伸出双手捧着，像远古的蜀国子民那样，庄重地接受这上苍赐予的恩泽。

江水奔腾不息，与长天相接，眼前弥漫着一片蒙蒙烟雨。在这朦胧的景象中，我仿佛看见李冰骑马驰骋而来，沿着黄尘古道疾驰。他怀揣大秦的使命，受命来蜀地出任郡守，继承着望帝和丛帝未竟的事功，承担起治理水患的伟业。

岁月流转，年复一年，日复一日，他沿着长达7000里的松茂古道，逆流而上，再顺流而下，不知疲惫地来回踏勘。虽然衣带渐宽，铁鞋踏破，然而他始终坚守信念，孜孜不倦地寻觅着最佳的引水分流位置。

一轮两千多年的斜阳里，李冰伫立水边，默默地思索着。古老的岷江从岷山山脉的雪峰之上奔流而下，经蜀地松潘、茂县至汶川，与流经米亚罗、杂谷脑而来的支流相会，水量陡增，声若悬河，势若雷霆，在崇山峻岭中东奔西撞，如一条气势汹汹的长龙，以不可一世的桀骜，将沿途化为汪洋一片，祸及成都平原，使之变作千里泽国。

怎样才能驯服岷江这条长龙，护佑蜀国黎民百姓？李冰的目光更加坚定。他终于找到了渠首枢纽，即如今闻名的"鱼嘴""飞沙堰""宝瓶口"。这位智慧的大秦蜀守，受到道家思想"道法自然"的启发，利用水性和自然的力量，让水为我所用，因势利导，开山凿渠、筑堤排沙。他总结出治水的要诀"深淘滩，低作堰"和八字真言"遇弯截角，逢正抽心"，引导着那原始而狂野的岷江，使其自然地分流为内外江。

一条外江流向平原的南半壁，免受了泽国之苦；一条内江流经宝瓶口，流向北半壁，灌溉了成都平原。这两条江河又分支成无数条小溪小河，像叶脉般在川西坝广阔的绿色土地上纵横交错——从此，"水旱从人，不知饥馑，时无荒年，天下谓之'天府'也"。

历经四十载，李冰成功了，那桀骜不驯的洪水终被彻底征服。他将原始的骚动变为温柔的折服，将掀天的肆虐变为无声的滋润，将千层的白浪变为丰收的稻谷，将沿江饥民的哭啼呼号转为鼓腹讴歌，欢声笑语。四十载，在历史的长河或许只是瞬间，但都江堰由此造福后人，留下泽惠千秋的丰碑。

水，既柔情万种，又暴烈无情。在它温柔时，潺潺流淌、汩汩涌动，仿佛从你的眼底倾泻而出，那宛转清流犹如美人的秋波，让人心生怀念；但当它放纵时，可轻易淹没、毁灭一切，宛若一位失控的暴君。然而，当你顺应自然之道，无论它如何肆虐狂野，终将为人类所驯服，而泽润万物。这是人类的智慧和伟力，也是都江堰昭示给我们的。

此刻，无边的丝雨如梦似幻，轻柔地飘落。我踏上了岸边，朝着通往松茂古道的山路走去。那条路，李冰曾经走过。

# 两座滕王阁的寂寥诗篇

曹 蓉

我年少时读王勃的《滕王阁序》，立刻被这位初唐才子的绝美辞采震撼了，至今许多句子仍熟稔于心：

"襟三江而带五湖，控蛮荆而引瓯越""临帝子之长洲，得天人之旧馆"。

尤其那句"落霞与孤鹜齐飞，秋水共长天一色"的绝唱，让我喜欢上滕王阁，也从此记住了滕王阁。

后来知道，历史上的滕王阁不是一座，而是两座。一座在江西南昌，一座在四川阆中。这两座都是滕王元婴亲自督建，一样豪华富丽，一样气象万千。所不同的是一个因王勃的那篇序而著名，至今在赣江边展示着曾经的辉煌；一个却有些寂寥，默默在嘉陵江畔矗立着。

许多年后，我登临这两处滕王阁，寻找着大唐的华章和诗篇。只是，当年阁上的帝子和高朋还在吗？那才倾天下的王勃，仍在吗？

## 洪府滕王阁，与王勃不期而遇

一个初秋的日暮，我因去庐山而路过南昌，特意停下匆匆脚步。只为，想看看"层台耸翠"的滕王阁，想看看阁前的秋水长天，落霞孤鹜。

虽然滕王阁早已在王勃的名篇中深印于心，但是，当亲眼仰见它时，我还是被震撼了。震撼于它的巍峨，震撼于它的旖旎，震撼于它曾经的烟云，和眼底远逝的江水。

滕王阁是唐高祖之子滕王元婴任洪州（今南昌）都督时所建，故称洪府滕王阁。这位帝王之子无视君临一切的高祖，在赣江边为自己建造行宫。因此，滕王阁的楼台亭榭完全按皇宫格局布置，在今天看来，它都比其他的名楼名阁更具帝王之气。

登上滕王阁，我远眺烟波浩渺的赣江。江上不起雁阵，没有孤鹜，却仍然有落霞投影江心的意境。一轮千年前的斜阳，映照着亘古的天空，射出一道道瑰丽的红霞，染红一江秋水，共成一色。我想，千百年前，王勃站在阁上，眼前所见是一样的秋水长天和落霞吗？

就在很远很远的初唐，时维九月的重阳节，洪州都督阎伯屿在滕王阁宴请本州官吏和有名的文人学士，庆祝滕王阁重修竣工。王勃不顾舟车劳顿，兴冲冲赶赴这一次宴会。这位满怀抱负的书生登临滕王阁，可能没有想到，他将从此与滕王阁一起留名千秋。

阁中文武官员、名流学士云集，真可谓"高朋满座，俊采星驰"。文词宗主孟学士的文章如"腾蛟起凤"，王将军的兵器库中，藏有紫电和青霜这样绝世无双的宝剑，让在座的嘉宾为之倾慕。王勃坐在靠窗的角落，谁也没有注意到他。联想自己怀才不遇，他不由感到有些落寞，默默离开喧哗的座中。他来到阁前，将目光投向阁外的江水和秋空。就在这一刹那，他被眼前的景象深深吸引住了、振奋了。

当侍者将文房四宝送到他的面前时，他并不辞让，即席赋诗，提笔行云流水地写了起来。"豫章故郡，洪都新府。"汉代的豫章郡城，如今洪州的都督府，看似平淡的起头，却因接下来"物华天宝，龙光射牛斗之墟；人杰地灵，徐孺下陈蕃之榻"的不凡句子而引人关注。而当他写下"落霞与孤鹜齐飞，秋水共长天一色"时，阎伯屿与在座的人禁不住拍案叫绝。"真天才也！"王勃信笔所至，字字珠玑，皆成妙谛。文章由洪州的地势，"襟三江而带五湖，控蛮荆而引瓯越"，写到宴会"宾主尽东南之美"。笔锋一转，写滕王阁的壮丽和远近景物："层峦耸翠，上出重霄；飞阁流丹，下临无地。""渔舟唱晚，响穷彭蠡之滨；雁阵惊寒，声断衡阳之浦。"他逸兴遄飞，美景在他的笔下呼之欲出。

箫声、美酒、贤主、嘉宾、良辰、美景、赏心、乐事，"四美具，二难并"，面对眼前欢宴盛景，他转而内心悲怆，深感自己"不齐"的"时运"、"多舛"的命途，不由发出"天高地迥，觉宇宙之无穷；兴尽悲来，识盈虚之有数"的长叹，抒发自己怀才不遇的愤懑之情，但仍满怀政治抱负，"老当益壮，宁移白首之心？穷且益坚，不坠青云之志"。其自励志节的浩然之气和坚定信念，引诸公共鸣。

于是，一篇旷世美文在他的笔下诞生了。脍炙人口的名句，华美流畅的文辞，抑扬顿挫的气韵，文情并茂，一气呵成，让人读之余香满口，叹为观止。一座滕王阁，从此传诵天下，一直骄傲到了现在。

如果没有王勃的《滕王阁序》，滕王阁不会有今天的盛名，仅是富丽气派的帝王行宫而已。甚至，也许今天的人很少知道滕王的名字。滕王阁因王勃的华章而光耀千秋。

或许说，滕王阁是属于王勃的。

江水远去了，当年的帝子远去了，当年座中的都督阎公、宇文新州也远去了。

那只孤鹜早已飞出唐朝的赣江，那位怀才不遇的书生是不是也随孤鹜去了？但是，历史把他的诗文连同滕王阁一起留了下来。

## 阆中滕王阁，杜甫与张飞的哀叹

两年后的这个秋天，也是九月的夕暮，我来到阆中，登上了另一座滕王阁。

我知道，王勃没有来过阆中，阆中的滕王阁没有王勃的身影。但是，杜甫来过，苏轼来过，陆游在细雨中骑着一匹驴从剑门来过，滕王阁留下了他们的诗篇。我还知道，三国汉将军张飞曾经镇守在这座汉城，最后身葬此地。

阆中的滕王阁临蜀地嘉陵江而居，矗立在玉台山南麓。这是滕王被贬阆中任刺史时建造。虽然他触怒了那位做皇帝的侄儿高宗，被谪到阆中，却奢骄昏淫如故。他又在玉台山重造行宫，一心想再现南昌洪府滕王阁的豪华景象。

此时，我站在滕王阁上，眼前仍然是一样的秋水，一样的长天，一样的烟光和落霞。嘉陵江上仍有渔舟唱晚，雁阵惊寒。只是，那渔歌、那雁声能传到彭泽之滨、衡阳之浦吗？虽然这里不是赣江，不是洪州，不是王勃的滕王阁，但我相信，王勃还站在南昌滕王阁上，倾听着，关注着这边的一切。

望着远处暮山带紫，轻烟中，我好像看见杜甫携着妻儿从山路上走来。这位杜陵布衣是为哀悼好友病死而来。在阆中停留的数日里，他几次登上了这座滕王阁。他的心情还在悲痛之中，看到滕王阁富丽豪华，想到滕王曾经终日在此宴饮歌舞，沉迷酒色而不思政事，不禁忧从中来，忧从诗间出：

> 春日莺啼修竹里，
> 仙家犬吠白云间。
> 清江锦石伤心丽，
> 嫩蕊浓花满目斑。
> ……

当年王勃站在滕王阁上，伤感的是自己空怀凌云；而杜甫站在此中，忧愤的是滕王的昏庸骄狂。一样的伤心，不一样的忧愁。王勃少年才俊，书生意气；老杜饱经沧桑，忧国忧民。不同的年龄和阅历，也注定了不同的际遇和感怀。

回望玉台山脊，我看见汉桓侯张飞威风凛凛的铜像。他那横枪勒马的英姿，让我的目光穿过嘉陵江，穿过大唐诗篇，回到群雄逐鹿的三国。我好像看见豹头环眼、燕颔虎须的猛张飞，手持丈八蛇矛，胯骑乌鬃马，奔当阳桥头驰骋而来。他猛吼三声，声威顿时震退几十万曹兵。我好像看见张飞镇守阆中，战张郃，力敌万人的雄威。可是，这样一位为蜀汉立下汗马功劳的良将，竟惨死在部将的钢刀之下，而成千古遗恨。历史总是最具讽刺的，这位蜀汉名将曾经镇守的地方，后来竟然有一个荒淫无道的帝子，在此修筑了一座任其挥霍的滕王阁，奢侈地享乐着。

望着秋水长空，我不禁感慨。同样的风物，同样的景象，南昌滕王阁给我的是一首诗，一篇华丽的唐文；阆中滕王阁给我的是一份历史的沉重和悲壮。

嘉陵江水滔滔而去，落霞依旧，暮山依旧。这两座滕王阁演绎的故事早已遥远，王勃不在了，杜甫不在了，汉将军也不在了，那些登临的唐宋诗人均已不在，却给我们留下那隽永的诗篇和历史，滕王阁因此不朽。

# 行走在云朵下的牦牛

曹　蓉

"那是牦牛吗?"我问,视线小心地涉过河流和树林,惊喜地望向天野茫茫的草原。

"是的。"扎西说,"每天一大早,牧民就把牦牛赶到山上和草地去吃草,黄昏后再把它们赶回牛圈。"

扎西是一位俊美的康巴汉子,侧脸如雕刻般英武刚毅,然而他看牦牛的眼神,却充满了柔情和温暖。

风吹过,牧草低伏。

此刻,在上甲斗,在神山脚下,在开满鲜花的山谷,甘孜藏区的一个美丽村庄。

透蓝无垠的天空下,金色的日光中,我看到一群慢慢移动的黑白身影,从摇曳的花草丛时隐时现,散布在宽阔碧绿的草地,一直绵延到芳草遍地的山坡。牛乳般的白云在它们头顶飘过,那从千万年的雪山上融化的湖水蜿蜒在它们的脚下。

成群结队的牦牛,带着川西高原独有的雄浑而从容的气质,宛如行走的山峰,在蓝天白云下缓缓前行。阳光猛烈地照射,使它们长长的角闪耀着钻石般的光芒。牛群一步步踏过高原上的草地,发出微弱而铿锵的声音。它们留下一道道深深的蹄印,如同一首史诗。我跟随着它们的脚步,圈阅着天地的大美。

远远望去,它们或黑色或黑白花点的皮毛在阳光下散发出温暖的光芒,与天蓝、云白、草青和水碧交相辉映,共同构成一幅绝美的雪域风景。我被眼前的景象深深吸引住，仿佛世界在这一瞬间静止了。

我脱掉鞋子，赤脚朝草原走去。

走在牦牛的脚印之间，我的脚心接触到青草，能够感觉到细细的草茎摩挲着脚趾的温柔和清凉，甚至能够感觉到下一层泥土的湿润和松软。忽然觉得自己像牦牛一样头顶着蓝天白云，脚下踩着大地的厚毡，感觉与万物生灵相亲相近。

扎西陪我走着，这位上甲斗的年轻村主任，看着我像个孩子的举止，理解地笑了笑。

如此贴近牦牛，在这蓝色清晨的高原。

巍然沉雄的群山里，苍茫辽阔的大地上，到处是成群的黑色牦牛，像黑色之舟缓慢地游弋，似一幅流淌的画卷。远看它们又像不动的小黑点，不知是哪位神仙从天庭上撒了一把黑天珠，散落在碧绿的草原。

在高原上最常见的是黑色牦牛，它们体格粗壮，高大威猛。肩背宽阔有力，每一步都带着一股王者之气，从容而悠闲。在阳光的照耀下，牦牛身上那黑缎般光滑的长长鬃毛，在草间花丛中如高贵华丽的披风一般闪耀着光芒。也有一些黑白相间的花牛，仿佛黑云和白云飘落在它们身上，连天空都向它们倾下身来。

这群高原的守护神，浑身上下透着一种威武雄壮的气质，仿佛将整个草原都纳入了自己的管辖之下。它们自由自在地生活，与世无争般，不慌不忙，气清闲定，安然地享受着草场无边无际的阳光、头上的白云，以及脚下的青草地。这一刻，我感到城市的喧嚣远去了，只有眼前美好的宁静。

一头体格硕大的黑牦牛从我们身旁缓缓地走过，厚实的四蹄沉稳有力，仿佛带着整个大地的重量。它的脚步履过花香，长鞭似的牛尾有力地甩动着，我似乎闻到了它扬起的芬芳。

它忽然站着不动，低下了头，仿佛在丰茂的草丛嗅着格桑花的香气，小心翼翼地避免惊落花瓣上的清露。我的心不禁变得柔软起来，想起余光中翻译的诗句："心有猛虎，细嗅蔷薇。"即便是强大的神兽，如猛虎和牦牛，也会有这样的时刻，而静静地沉醉于万物的美好中。阴与阳，动与静，刚与柔，在和谐共生中绽放出生命的温情和感性。

这头身躯巨大、威武雄健的黑牦牛走了几步，忽然又回过头来，用那双铜铃般的眼睛注视着我。它那明亮而柔和的目光，充满对人的信任和好奇，仿佛深知生命间的互相依存，传递出一种安宁和祥和的情感，令人不禁为之动容。

"嗨，你好！"我向它打了声招呼。

它的目光定格在我的身上，发出一声长长的"哞"，宛若回应着我的话语。

我感到惊喜："它竟然能听懂我说的话！"

"嗯，它和人类一样有智慧，只是表达方式不同。"扎西微笑地说着。

在这旷野之中，我更加确信"万物有灵"，感受到牦牛身上那股蓬勃而灵动的生命力。

这头多情的牦牛轻轻地转过头，微微颔首，仿佛在回应我的认同。然后慢悠悠地朝前走去，两只弯月般的犄角随着步伐轻轻晃动，在我的脑海里挥之不去。

望着牦牛远去的背影，我不禁沉思，每一种生命的存在都应该得到珍惜和尊重。或许它以自己的方式提醒我们，只有与自然和谐相处，这个世界才能真正实现祥和与安宁。

我们来到碧蓝的湖畔。

这里水草丰茂，湖水清澈。我看到牛群在低头择草，轻轻嚼动着，清脆的噬草声与潺潺流水声传入耳中，宛若大自然的交响曲。在它们的背后，原本繁茂的花草已成了光秃秃的茎干。它们似乎咀嚼的不只是草，而是草原接天的绿意，和甘之如饴的湖水，以及草地上绽放的花朵和熏风。我不由羡慕牦牛的幸福，其实我们向往的诗和远方，就在脚踏的地方。

抬头望去，四五只母牦牛舒适地躺卧在草坡上，这些温柔的生灵，身上有着一块黑、一块白的斑点，宛若草原上的一片云彩，飘荡在无边的天空之上。它们的身体，那黑白相间的皮毛，好像草原上的神秘图案。

母牦牛慵懒地躺在连绵的草坡上，晒着耀眼而温暖的太阳，那沉浸的姿态，惬意的样子，展现出一种宁静与安详，以难以言喻的美丽，牵引着我的目光。

"哞——哞"，几声低沉的牛鸣，如天籁之音，在这辽阔的草原上让人浮躁的心平静下来，触动着我的灵魂。

我不由想起远古，原始的牦牛并不是眼前所见那么温顺和安详，而是一种凶猛好斗的野牦牛。它们生活在高寒的青藏高原，成群结队，像虎豹一样东奔西突，力大，暴怒，非常富有攻击性。经过漫长而艰苦的岁月，居住在青藏高原的古羌人用陷阱、投石、弓箭等办法捕捉到野牦牛，最终将它们驯养为家畜。随着一部分古羌人的迁徙，家牦牛遍布康巴大地，野牦牛就成了家牦牛的祖先。

看着一群舒适而悠闲的牦牛，我的心中涌动对生命的敬意。在这片神秘的土地上，我能感受到的，不只是它的美，更是它孕育的一切温情和生命的力量。

牦牛，藏语称为"雅客"。最早记载于《山海经》中，描述其状如牛而四节生毛，名曰"旄牛"。古代中原人也称之为"旄牛"，可能因为漂亮的尾毛用于装饰车马、旗杆，行走于旄牛道更显威风。随着时间的推移，这种被赋予美好象征的动物，就成为我们今大所熟知的，带"牛"旁部首的"牦牛"。

扎西认同了我对"牦牛"起源的解释。

"我们藏族人常说，只要有一头牦牛，就能踏遍山川。"扎西的嘴角扬起了微笑，眼中凝聚了对牦牛所有的爱意。

在康巴大地，我深深地领悟到藏民族对牦牛的特殊感情。千百年来，这个居住在高山和冰川环绕的地方的民族，视牦牛为"圣物"，不可或缺的生活伴侣。只要有牦牛，就能穿越崇山峻岭，跋涉草原和流淌的江河，征服风雪和荒野。

凡是有藏族的地方就有牦牛。

从凶猛狂暴的野兽变为负重而行"有功于世"的农本，牦牛成为藏民族生活的必需品和重要的经济来源。人们用牦牛奶酿酥油茶，享用牛肉，用牛皮做靴子，用牛毛搭帐篷，用牦牛驮运货物，甚至用牛粪做燃料。

"现在生活越来越好，牧民能养几十头、上百头牦牛。"扎西感慨道。

我的心中肃然起敬，牦牛对于藏民族而言，不只是"物"，一个草原上的畜种，更是陪伴在生命中的吉祥灵兽。牦牛用它如弯月的犄角顶起一片天，用它黑色的眼睛静看日出日落、沧海桑田，用它灵敏的耳朵谛听风声和草的吟唱，用它坚实的四蹄丈量土地，将自己委身于尘土，像负载万物的大地一样。

高原的牦牛已超越了普通意义上的动物，成为康巴人心中的图腾，象征着顽强、悲悯、力量、坚韧和希望，以及安宁富足的生活。

夕阳逐渐西沉，远处传来牧人晚归的歌声，悠扬而高亢，仿佛穿越时空，我好像听见远古的呼唤，扣人心弦。

我看见一个穿着褐色藏袍的牧民，唱着牧歌，挥动着手里的鞭子，迎着花香弥漫的风，在草地上驱赶着一群神态安详的牦牛。这一幕仿佛是一部经典影片的场景，然而它却真实而生动地展现在我眼前。

牧人的吆喝声穿过山谷，回荡在空旷的草原上。牦牛们一步步地朝着升起蓝色炊烟的崭新碉房行进。

我心中突然升腾起一股冲动，想向牧人借一根鞭子，跟着它们一起回家。

但转念一想，我明白每个生命都有自己的归宿。这里是牦牛的天堂和家园。它们自由自在地奔跑着，追逐着风景，这是它们的世界。它们属于这里的高原天空、山川湖泊，属于草原的每一缕微风和花香。而我只是匆匆过客，注定要离开这里，回到我熟悉的城市。我能留下的只是那一份难以言喻的眷恋与感慨。当我回忆的时候，它会如一缕清风，轻轻拂过我的心扉。

黄昏来临了。

我看见一群黑色牦牛，迎着蔷薇色的暮光，一坡一坡地悠闲地吃草。远远望去，像在山坡上缓缓移动的、密密麻麻的黑点。我想，那一群散布在草地上的牦牛，必是牧人执起的黑子，落在四方绿野的棋盘上？

我发现，这个逐草而居的民族却是最幸福的棋手，每日晨昏，在草原上放牧着牦牛，下着大自然这盘棋。而我有幸看到他们如何落下天地间最美的黑子和白子。

赤脚走在草地上，我感受到自己也是一只牦牛，脚踩大地，走向一片无遮无拦的草原，走向映着蓝天白云的河流，似乎在走向浩瀚无边的天边，走向生命的辽阔。

# 碉房，呼吸的风景

曹 蓉

一个蓝色的清晨，清凉的空气，弥漫在格桑花盛开的山谷。

沿着长长的溪沟，扎西陪我朝村子里走去。

浩瀚的蓝天停留着朵朵白云，如几万年前一样清澈而透明，不着纤尘地映在水中，心灵也变得一清如水，流溢着一种让人眼睛湿润的、古老而宁静的幸福。

森林、峡谷、田野、草地和整个村寨笼罩在晨光里，一片静谧，仿佛还在梦中。

我怀疑自己是武陵人，来到了神秘的桃花源。

上甲斗村在甘孜州色达县杨各乡，是一座海拔3500米的云上村庄，像一位绝世美人，躺在绵延起伏、鲜花缤纷的山谷里。

忽然，一声清异的长啸打破了寂静，山鸣谷应。我惊喜地望见，一只苍鹰从天际盘旋而下，掠过树梢，惊起一群全身黑羽的乌鸦，"呱呱"地嘶哑着嗓音，扑腾着翅膀逃遁。那边，几头棕黑色的牦牛立在水中，悠然自在地沐浴。看见我们走来，睁着铜铃般的眼睛，发出低沉浑厚的长声——"哞"，像念着"六字真言"中的"哞"，有一种沉静的力量，直达心灵。

一切如此喧哗，又如此安静。所有的声音都是天籁。我闭上眼睛，感动地谛听着。

"你看，这是政府给我们新建的房子。"扎西指给我看，语气里有一种自豪。

扎西是一位俊美的康巴汉子，那雕刻般英武的侧脸，经了高原阳光的照射，衬托出发亮的古铜肤色。高而魁梧的身材，让我联想到高拔的大山和宽阔的草原。

"真是太美了！"我惊叹着，举手加额，遮挡强烈而炫目的高原阳光，打量依山傍水的藏式民居。

只是因为看了一眼，我再也移不开视线。

沿途随处可见拔地而起、高耸入云的藏房，或屹立于山头、村口，或掩映于树林，或紧依于溪边。远望形如寨子，又似平顶的碉楼。

甚至，我感觉它不是房子，而是一种立体的景物，背衬着广袤无垠的蓝天，像古老的雕塑安静地矗立着，与大地山川融为一体。

"这些房子远看像碉堡，近看是房子，所以又叫碉房。"扎西微笑地解释。

这里的碉房大多有石头垒砌的低矮围墙，开放式宽敞的四合院落，每座楼房的每面墙上开着三四扇小窗。整个房子建筑都是风格统一的石木结构，平顶式屋顶，高有数丈，一般三四层，四四方方，像碉堡一样稳稳地耸立在蓝天和青山之间，看上去如石刻的雕塑，极具建筑的美感和质感，简洁、古朴、粗犷、厚重，与大地浑然一体。

碉，在一千八百年前的汉代称为"邛笼"。古羌人"依山而居，垒石为屋，高者至十余丈"，能防御侵袭，易守难攻。在四川的横断山脉羌族和藏族聚集地最为密集。藏语称碉房为"卡尔"或"宗卡尔"，堡寨的意思。

藏族碉房历史悠久，有人住的地方就叫碉房，它至今仍然保持早期堡寨的特征，保留了传统方碉的造型，是藏族古老而独具特色的传统民居。

"为什么藏式民居是四四方方的呢？"我有些好奇。

"它有一个传说。"

我顿然兴趣盎然，听扎西娓娓道来。

据说，古吐蕃人是香巴拉王国的后裔。很久很久以前，他们居住在四方形的大陆中央的香巴拉王国，周围雪山环抱，有草原、峡谷、湖泊、森林和金矿，还有清新的空气。

王国中有一片奶湖平原，是一个女魔的心脏，没有人敢居住在那里。

吐蕃的第一位赞普聂赤赞布，为了征服女魔，在奶湖平原四方建起一座方形寺庙，又在女魔四肢钉上钉子，终于降伏了女魔，赞普的子民们迁徙到那片土地上。后世的吐蕃人坚信方形建筑可以降妖伏魔，便世代沿袭了方形建筑样式。

原来四方的碉房，竟然有如此动人的神话传说。藏民族将自己的想象力赋予了建筑的生命和神性。

我始终认为，最美的建筑是有灵魂的。

穿过一片树林，从悬挂在半空的五彩经幡下经过，我们来到一家碉房前。

家里无人。扎西说，这几天是农忙，收青稞的季节。估计主人一家去田野里了。

站在房子外，我抚摸着石砌的外墙，那片石冰凉的、粗砺的触感，让我产生一种天然的亲近和情感，好像穿越到蒙昧混沌的远古，唤起尘封的记忆。

在人类漫长的石器时代中，我们的祖先曾经在拿起石块抵御野兽侵袭的时候，在用削尖的石片作为武器的同时，便开始了对石头的认识和利用，创造了生产的工具和精美的石器，在打击和磨制石器中敲开了文明的大门。

我不知道，谁第一个举起石头向袭来的野兽发出一击，谁第一个触碰到尖锐的石块产生了制造工具和垒石为屋的灵感，但我相信，从那个时候开始，人类第一次触碰到了"美"，赋予了石头美丽的生命。

不知从什么时候开始，我们住在现代化的高楼大厦里，站在一面巨大的落地玻璃窗前，却找不到那些质朴的石块，无法去触摸中国初民用石块砌成的"美"。这是文明的进步还是失落呢？

"藏民的房子都是就地取材，外墙用山里的石头砌成，门窗和房梁也采自森林的树木。外面的石砌墙体坚固厚实，抵御寒风，里面是木板屋，冬暖夏凉。太阳照不进去，但可以看到明朗的天空。"扎西如此诗意地描述。

岩石是人类初始最先利用的大地物体，木材是大自然的产物。数千年来，生活在高寒地带的藏民族，用他们的生活智慧利用自然万物，完成了生命的栖居。

我感到庆幸，这些新建的碉房在绵延的时光中，依然保存着这种古老的传统建筑，背负高山，面朝河谷草原，仰望于星空，俯瞰于大地，与大自然和谐相处。

在这里，"天人合一"不只是道家哲学的理念，而是与自然和谐相处的生命状态。

回归自然，碉房便是一种民族共性的体现吧？就像世人向往世外桃源，其实是一种返璞归真的人生态度。我想。

蓝天白云下，顶着高原炽热的太阳，我流连忘返于如画的藏式民居群落。

我发现，每家的碉房像绘画一样，几乎都有一样富丽的色彩，粗石垒造的四方主墙保持着土石原色，出挑的屋檐涂饰红、蓝、白、黄、绿的色带，红的像火焰，白的像云，蓝的像海，黄的像土地，绿的像草原。明朗艳丽的色彩，给单纯的原石墙面，增加了强烈对比的美感，质朴而华丽。

碉房的主墙上，一般开着三到四个小窗。每扇窗户都带有色彩的出檐，一般绘有三角形或圆形的黄、红、蓝、绿色等图案，象征日月山川和星辰。

门框和排列的横木大多涂染着绛红色颜料，我的脑海浮现僧侣身上穿着的绛红袈衣。

多扇朱红的窗框整齐地排列在墙面上，四周装饰有绘画和雕刻。远望，像一幅幅美丽精致的画框，镶嵌在石头垒成的墙体中。让人渴望探知，窗户里住着怎样的人家，有一个怎样的生命故事。

我想，那窗户里的人，是画中人吧。

我注意到，每扇窗挑出两层短檐，飞出连续七八个绛红色子木，有一种凹凸变化的美感。每个子木的端头，装饰有白色点状图案，好像一串挂在窗户上的菩提念珠。

我忽然觉得，碉房好像是一个历经沧桑的人，手捻数珠，一脸安静、平和，与世无争。

每一幢峻冷、凝重的石砌碉房，因为这些装饰而变得明亮起来，有了温暖的色彩，有了生命的温度和灵魂。在阳光之下，散发着一种玉石般的光华。

"为什么碉房的色彩大多是五色呢？"我的脑子里又冒出一个问题。

扎西沉思了一会儿，望着远处挂在白塔上的五彩经幡："可能跟经幡相似吧。"

对啊，我怎么没有想到呢？虽然他并没有给我答案，但我相信这是最好的解释。

在藏族地区，随处都可看到挂在山顶之上、河谷之中、庙塔之旁的五彩经幡。经幡寄托着藏民族的宗教信仰和美好愿望。经幡的五色，象征着天空、祥云、火焰、江河和大地。在藏族的宗教色彩观中，五色还赋予着五方佛和五种智慧的含义，同时还寓意着金木水火土，包含了中国古代哲学思想。

谁说每栋碉房的色彩不是藏民族对天地万物的契契深情？谁说那浓重的颜色不是这个古老民族心中神圣的经幡吗？谁说那用一石一木砌成的房屋不是他们的生命理想吗？

我把目光投向远处，高原的蓝天白云下，一座座碉房矗立在河谷之中，与广袤的绿色草原、巍峨的青山互相辉映，色彩协调、统一，美得就像一幅幅立体油画，绚丽多彩。

用油画去描述它，似乎还不足以表达我的感受。我觉得，它鲜活得更像大地上会呼吸的风景。每一块石头、每一根木头，都是从山水树木中生长出来，与天地合二为一，带着生命的温度、自然的气息和万物的灵性。

藏民族是最出色的建筑师啊。我在心里赞叹。

所有的碉房都是那么风格统一，连涂染的颜色也几乎一致，没有城市建筑凌乱的感觉，也不显突兀和标新立异。不用谁告诉你，你一眼就能认出这是藏式民居。你不难发现，它们与周围的一切已然融为一体，是天空和大地中的一部分，独一无二。

古老的藏民族，千万年来无力与恶劣的自然环境和气候抗争，却以他们质朴的审美方式，在崇山峻岭之中，用大地的夯土、高山的石片和森林的树木，筑起了华美而质朴的居所，记忆着他们对生命的信仰，对大自然的敬畏和谦恭，对这片信守的土地和山川的热爱。

冰冷而无感的建筑，看似简单涂染的色彩，当它承载了人的情感和历史的记忆，便产生了美，赋予了生命动人的故事和永恒不息的光华。

"过去因为贫困，村民居住条件很简陋，现在全部住进了新房子。"扎西的眼中凝聚着幸福。

告别贫瘠与苍凉，远离喧嚣与浮华。在山川遍布的雪域大地，高寒的河谷地带，这处藏在白云之上的古老村庄，并没有被岁月遗忘。我庆幸自己见证了碉房的美丽蜕变，见证了这个古老民族的重生和新的开始。

千百年来，世人苦苦寻找着梦中的香巴拉，寻找着理想的世外桃源，其实它并不遥远。

或许就在那石头垒砌、散发木香的碉房里，安居着怡然自乐的人们，与大自然一起呼吸。或许就在那一扇油画般的门窗中，有我们寻找的，一个故事。

# 望丛祠，穿过杜鹃声里的古蜀

曹　蓉

那只鸟在两千多年前的一声啼鸣，却怎么也没有料到，留下了一座城、一座祠，和两个人的传说，以及一部灿烂的古蜀历史。

那只鸟叫杜鹃，那座城叫鹃城，那座祠堂叫望丛祠。里面的两个人，一个叫望帝，一个叫丛帝。

夕暮里，站在望丛祠的红墙下，我的目光越过高耸入云的苍松翠柏，竹影婆娑，望见两座巨大的帝王陵静卧在亘古的林中。古铜色的斜阳，仿佛还是几千年前某日的模样，一切近在眼前。

日影渐暗，归鸟投林，寂然的黄昏并未给陵冢增添日落时的萧索与苍凉，反而弥漫着一股远古的王者气息。

埋身在这里的两位帝王，也许他们只是操劳后疲惫了，便静静地躺在这片土地之下，这里曾是他们倾注一生心血的大地，和曾经开疆拓土的王朝。

只是这一躺下，转眼已是数千年。

我，一个成都女人，很骄傲自己是古蜀的子民。今来此，只为拜祖寻根，寻找古蜀初祖的足印，寻找那只啼血的杜鹃，那在一丛杜鹃花中盛开的城，与它的千里沃野。

步入望丛祠，我不禁肃然。

不同于一般祠庙，祠没有大门，而是对称而开的东西二门，形成了两个半圆弧形石砌门洞，白与红相间的墙面，琉璃瓦的屋顶，威严肃穆。两道门寓意着作为一座纪念祠堂，祭祀两位伟大的古蜀初祖——望帝和丛帝。

人的一生始于门，而人类的历史和文明亦由门开启。我们的祖先经历漫长的石器时代告别了穴居生活，从树上栖居到地上造屋，用那曾经制作石器来应对野兽袭击的双手，创造了门，并创立了文字。在象形字中，门的笔画如同两扇开合的大门，象征人出入房屋的必经之处。

自从有了门，城池在四海八荒中兴起，城门、宫门、庙门、祠门，以及玉门、雁门、剑门……它沉沉稳稳地驻在一方土地上，或宏伟，或古朴，或巍峨，像威武的天门神镇在那里，见证着我们祖先的历史。门，不仅仅是所有建筑的一道出入口，更是一座城文明的开启和古老的记忆。

当我望着眼前古柏掩映的祠门，透过两道门洞追寻隐匿在其后的故事时，我知道，它承载了多么厚重的历史，连接着蜀人文化血脉和浓厚的情感，还有关于古蜀开天辟地的宏大叙事，心中不禁庄严。

脚步涉过门洞，宛如踏入湮没已久的古蜀时光。一抹斜阳，将橘黄色的余晖投在一道朱红色照壁上，映照着嵌刻其中的三个大字——"望丛祠"。这恍若一本烫金的古籍，立在大地上，静静地等待着后来者阅览，圈点蜀国的篇章。

在成都平原的腹心之地，郫都，古为蜀都，因一座庄严肃穆的望丛祠而名为"鹃城"。这座祠堂，是为纪念古蜀国蜀王杜宇和他的继任人丛帝开明而修建的祀祠，也是中国西南地区唯一的一祠祭二主、凭吊蜀人先贤的最大帝王陵冢。

踏入祠堂，穿过一道阙门，来到"子规园"，唐朝诗人李商隐的那句"望帝春心托杜鹃"顿时在心头涌起，我会遇见那只啼血的杜鹃吗？

漫步在幽径之间，两旁探出一簇簇红艳的杜鹃花丛，如燃烧的烈火在脚下缤纷，仿佛在为我引路。园中东侧，涟漪荡漾的湖水倒映着古典的亭台楼阁，竹影婆娑。而在湖畔，有一座听鹃楼，深深吸引着我的目光。据说，这座楼是在清光绪年间修建。我不禁猜测，想必是后人专为听杜鹃啼鸣而设的圣地吧？

单凭这个诗意而怀古的名字，我也要登楼去听听杜鹃声。

登上听鹃楼，一切安静了下来。透过檐角向空中望去，林间鸟飞，一阵微风过处，忽闻杜鹃声声，高亢、清扬而又情深的鸣啭，动人心弦。我好像听见杜宇化成的子规鸟在切切呼唤："布谷——布谷！"

晚霞将四野合拢在水红色的余韵里，映红了湖畔一丛丛杜鹃花。那是鹃鸟口中滴出的血吗？一只红嘴的鸟从树上飞下，头上似戴着一顶王冠。它拍打着深褐色的翅膀，轻轻落在殷红的花朵上，睁着一双大而黑的眼睛，朝杜鹃花投去深情一瞥，怕惊动什么似的又迅疾飞走了。

"嗨，你到底是杜鹃，还是蜀帝的魂呢？"我想问它。

我有些恍惚，想起庄子。不知是庄周做梦变成了蝴蝶，还是蝴蝶做梦变成了庄周？"庄生晓梦迷蝴蝶，望帝春心托杜鹃"，总有一些相似之处吧？不然，李商隐怎么会将二者联系在一起？在传说与历史，虚幻与现实之间，又何必去较真呢？

杜鹃声里，我静静地谛听着。建都的蜀王在帝陵沉睡着，那神话，如鸟声仍留在城，余音绕树，仿佛在叙述邈远的故事。

说远古时期，蜀国有个国王望帝，爱民如子。他教民稼穑，试种五谷，开创了灿烂的农耕文明，把蜀国开辟成沃野千里的天府之国，人们丰衣足食，其乐融融。蜀人尊他为"农神"。在后来的时间，望帝将王位禅让给丛帝，归隐西山。

又过了很久很久，说那一天，望帝死了，化成了一只鸟。望帝生前热爱百姓，死后仍惦念着百姓。每到春天，这只望帝化身的鸟就会发出"布谷，布谷"的鸣叫，飞到田间敦促农人赶快播种插秧。其声洪亮急促，凄切哀伤，传递出对蜀国的思念之情，和对民间疾苦的关切，闻之令人动容。它昼夜不停地啼叫，直至口中啼出血来，染红了地上的一丛花。

那只鸟，即名子规、布谷。杜宇化鹃后，人们又叫它杜鹃。那丛染血的花，从此有了一个美丽的名字，杜鹃花。

蜀王的历史渐渐变成了传说，传说又慢慢变成了神话，但古蜀文化由此散发诗意的光芒。

很少有一种鸟能像杜鹃一样，写进了传说，写进了一段动人的历史，还在古代诗词被反复吟咏。"时令过清明，朝朝布谷鸣。但为春促驾，那为国催耕。"陆游诗中的杜鹃是喜悦的，是催种劝耕的杜宇化身。"万壑树参天，千山响杜鹃。"王维诗中的杜鹃则是喧闹的，充满了勃勃生机。"蜀国曾闻子规鸟，宣城又见杜鹃花。一叫一回肠已断，三春三月忆三巴。"李白诗中的杜鹃又是凄伤的，触动游子的乡愁。而白居易的"其间旦暮闻何物，杜鹃啼血猿哀鸣"，是写给离别的，带着一种伤感的情绪。

或许从"杜宇化鹃"的传说开始，杜鹃便作为一种具体的物象，成为中国文化里满含意蕴的象征和意象，牵动中国人的情感，触动我们柔软的心灵。

高台之上，纪念馆巍巍庄严地矗立着。

拾级而上，馆内中间是望丛二帝的青铜塑像，有人在膜拜，有人在宣讲。见这里人很多，我便悄然离开，心里总想着去看帝陵。

绕过院内的纪念馆，从它的后侧，步入一片茂密的柏林中，便是巍立的古望帝陵。往南不远处，便是丛帝陵。两座帝陵相对而立，呈山丘般的土堆状。上百株参天古柏环绕在帝陵旁，一片郁郁苍苍。

此刻，夕阳辉映下，两处隆起的土陵，笼罩在古铜色的光影里，像两本泛黄的绝版的史书尘封在这里，更显庄严肃穆，我不禁肃然。

这就是千古二帝的陵墓吗？那开拓疆土、教人播种的蜀王杜宇就躺在这里吗？那立下治水伟业的丛帝鳖灵，也在这里吗？我不敢置信，两千多年前蜀国的两位君王，竟然就长眠于此！

据记载，最早，望帝祠原在玉垒山麓（今都江堰二王庙处），名崇德祠。为纪念杜宇与鳖灵两位治蜀有功的蜀王，南北朝齐明帝时，才将望帝陵迁至郫县（今郫都），与丛帝陵合为一处，始称望丛祠。

望帝陵并不极高，但比丛帝陵更大，更巍然。也许他是蜀国历史上最出名的君王，又或许，他的高尚德行和千秋功绩使他成为蜀人钦仰的先贤圣祖。抑或，他的灵魂化为杜鹃鸟，那悲鸣声在世人心中回荡，永不消逝。

蜀国离现在有多远？站在帝陵前，想起李白的诗句："蚕丛及鱼凫，开国何茫然？尔来四万八千岁，不与秦塞通人烟。"这破空而来的发问，对邈远的古蜀历史的千古喟叹，猛地将我拉回到开天辟地的古蜀。

落日的余晖映照在帝陵四周，从柏林中轻轻经过，我像一位探秘的人，拨开历史的丛林，古老的蜀国在这个古铜色的黄昏里重现。

大约在3000多年至公元前316年，在肥沃丰饶的成都平原，繁衍生息着一个古老的蜀国。古蜀国最早的先王是蚕丛、柏灌、鱼凫。蚕丛是古蜀国的第一位王，而鱼凫是古蜀国第三代蜀王，也是最先统一蜀国的人。其后是望帝杜宇、丛帝开明，与古蜀三代先王合称"古蜀五祖"。

在五位古蜀先王中，望帝与丛帝是最有名的两位蜀王。千古二帝，留下了古蜀绚丽的历史和传说。

在《蜀国本纪》和《华阳国志》中，可以找到杜宇事迹最早，也最为详细的文字。故事的脉络大致是这样的：2700多年前的西周末，鱼凫仙隐，另一个鱼凫王横空出世，从天而降，他就是杜宇。

传说，杜宇从天上掉了下来，遇见一位国色天香的女子，她名叫利。利从江源（今成都崇州）的一口井中而出，成了杜宇的妻。

这要多少的前世缘，才能有这样一次美丽的相逢，换今生白头与共？虽然这段历史赋予了更多的神话色彩，但依然有迹可循。杜宇从天而降，也可解释为从高山之上来到平原。在远古，山亦比作"天"。蜀人起源于蜀山氏，最初都居住在岷江上游的崇山峻岭之中。又像历史，又像神话，这是古蜀的迷人之处。

杜宇取代鱼凫后，从鱼凫王朝过渡到杜宇王朝。这位智慧与勇猛并重的领袖，率领蜀族参与了武王伐纣的战争。周朝建立后，因伐纣有功，周天子册封古蜀国君主杜宇为蜀王。杜宇做了古蜀国的国王，号望帝。他将都城设在郫邑（今郫都），建立了第一个有文字记载的国都——杜鹃城，一个真正意义上的蜀国。

"九天开出一成都，千门万户入画图。"从这以后，杜宇开疆拓土，教民务农，使"不与秦塞通人烟"的蜀地变成丰腴之地的天府。蜀国人民在这片土地上安居乐业，杜宇成为万民拥戴的蜀王。

从望帝陵来到丛帝陵，暮色极深了，夕阳向西缓缓退着，天空最后的一抹霞光，衬着古柏森森的陵冢，我想起丛帝的事迹。

望帝统治晚期，岷江洪水泛滥。眼看天府顿成泽国，杜宇一筹莫展之际，湖中突然飘来鳖灵的尸体。鳖灵随长江而上溯到郫邑，便活了过来。

传说，鳖灵乃鳖精修成，住在荆州长江边。听闻西海水灾肆虐，便沿江而上前往蜀国，助望帝治理水患。杜宇大喜，任命鳖灵为相。鳖灵率领民众劈开玉垒山，开凿宝瓶口，让洪水顺岷江分流而下，终于制服了水患，蜀国又五谷丰登。鳖灵治水有功，杜宇自愿把王位禅让于他，便隐于西山（今青城山）修道。

鳖灵接位后，号称丛帝，又称开明帝。丛帝继承了先祖的遗志，延续了蜀地的繁华，使古蜀国成为"水旱从人，不知饥馑"的富庶天府。直至开明五世才从郫邑迁都成都。开明王朝成为古蜀国最后一个王朝，而丛帝治水的功绩可上追大禹，下启李冰。

两位帝王，一个功在田畴，一个功在治水，皆因有功于民，而得到后世的崇仰，也才有了这座矗立千秋的望丛祠。这座古祠凝聚着无数蜀人的缅怀之情，承载着蜀国粲然的荣光与历史。

暮色渐合，两座帝陵显得更加寂静和肃穆。我忽然想，不知是否有守墓人？鸟声从古柏间传来，轻轻鸣啭。我看到，一只只杜鹃鸟盘旋在周围，好似在守护着望帝和丛帝。

远处，鳖灵湖波光闪耀，是鳖灵复活了吗？我好像看见千古二帝站在斜阳下，远望着杜鹃花怒放的蜀地，凝视着它的繁华与未来，眼中凝聚了所有的春光。

走在青石台阶，林中苍苍翠微。我蓦然回首，穿过杜鹃声里，透过古柏掩映的帝陵，仿佛看见千古二帝还在那里默默守望，等着后来者写新的历史。

　　邹安音，中国作家协会会员，中国林业生态作家协会会员，中国散文学会会员，中国报告文学学会会员，中国自然资源作家协会会员。全国书香三八读书活动特约作家，南充市作家协会副主席，南充市书香阅读推广使者。

　　作品散见于《人民文学》《人民日报》《光明日报》《文艺报》等；获第八届冰心散文奖、第三十届东丽杯孙犁散文奖、第二届海峡两岸散文奖等。散文集《嘉陵江从镜头前流过》入选中国作协 2019 年定点深入生活项目；散文《秋雨醉北湖》入选全国高考模拟试卷。出版散文集《心上青居》《菩提花开》《嘉陵江从镜头前流过》《生命在歌唱》。

# 泥土之根

邹安音

半夜，"轰隆隆"，春雷炸响。响声自天宇邈远而来，像列队进发的将士们，以千军万马奔腾之势，扑向大地，摧枯拉朽。我被这响声惊醒，看着城市高楼外不眠的灯火，若隐若现的雨雾，且仿佛有泥土腥臊的气味传来，思想也跟着被惊雷炸开，化成游龙游弋开去。

冻土应该也被惊醒了，因为种子们都在欢笑着、嚷闹着、拥挤着，摩拳擦掌，纷纷想要跳出暗黑的世界，去拥抱那一缕黎明的曙光。蚯蚓们、小虫儿们、蛇们蛙们憋屈得太久了，都想兴高采烈地钻出泥土，舒展一下身姿和筋骨。我仿佛听见了种子和虫子们的欢唱声，竟然心甘情愿地想化作其中一员，钻进泥土，与它们为伴！在远离家乡的高楼中，我有多久没有嗅到泥土的芬芳？

如果在家乡，此时，男人们定然要翻身下床，披蓑戴笠，顶风冒雨，赶到田间地头，撩开蔬菜覆盖的薄膜，或者堵一下稻田的决口，以储蓄这比金子还贵重的春雨。女人们通常就在半夜，就着如豆的灯光，利用柴灶的余烬，煨一罐过年熏制的腊肉红豆汤，以犒劳为土地而奔走的男人们。我的父母，就是其中的男人和女人。土地，就是他们的命根子。

四川盆地东部的丘陵地，就像巴岳山上隆起的一条条经脉，常年青绿，生生不息。春天伊始，阳光暖暖的，我家自留地开始醒来，沟纹是不是它们绽放的笑脸？母亲翻挖了新土，一股浓郁的芳香扑面而来，我常常呆呆地盯着土地发愣，呵呵，垄沟像它们张开的嘴唇，它们是不是很渴望春雨的快些到来，好与种子谈一场轰轰烈烈的恋爱呢？

母亲眼神明亮，神情肃穆。目不识丁的她，却把家里的几分自留地和承包地盘算得清清楚楚，在有限的土地做数学，是母亲一生的骄傲。川东丘陵地地形复杂，坡谷多沃土，山岗和坡顶却是贫瘠的沙砾土，每家每户分的土地是肥瘦配搭。在那个年代，什么样的土地种什么样的五谷杂粮，才能养活一大家人，这是很需要智慧的。母亲依据多年的种植经验，决定把山腰的几块地种红薯，山顶的几块地种土豆，坡谷的几块地种蔬菜。红薯主要给猪催肥，土豆配合稻粱当一家人的主食吃，蔬菜卖了换钱买盐巴，或者供娃儿上学。

　　于是，坡谷坡顶山腰的土地被分成了大地的阶层，它们的爱情故事也在春天各自拉开了序幕。土豆是第一要种植的，关系着我们的口粮问题，或者生存。赶集日，母亲买回个头大且圆的土豆，吩咐我们切开，把凹陷的地方挑出来，说那就是土豆的种子，剩余的土豆心拿来拌炒米粉蒸肉。我边切土豆凹眼边想怎么多留点土豆心蒸肉，因此常常只切了皮下来，只能做废物，被母亲好一顿训斥。我是那么的喜欢吃土豆蒸肉啊！我多么希望自己能变成一个个又大又圆的土豆，钻进泥土，不需要太多的养分，春种秋收，来抚平母亲脸上的皱纹。还有，我不知道那些大土豆究竟来自何方，那些凹陷的地方怎么就会长出芽苗，然后生根，然后变成四川丘陵地带的一个个土豆呢？（多年以后，我到过中国北方，才知道北方广阔的土地是会长出这么大的土豆的）

　　培植红薯苗的季节也到了，它的果实我们常称之为"红苕"。这不，哥哥们正推开后院竹林沟上的大石块，找寻里面的玄机呢。这是我家的地窖。竹根下，泥洞中，深藏着我家的红苕种子。在那里，它们安然度过一冬，居然不腐烂不变质，到了春天，一旦把它们埋进土地，阳光暖暖地照着，再经过春雨的滋养，它们居然就蓬蓬勃勃地焕发生机，冒尖、吐芽、抽条。春末夏初，正是稻禾扬花抽穗的好时节，在密实的苞谷林地里，把抽条的红薯苗一节节剪裁、栽插，很快它们就会生根，伸向大地深处……

　　根在生长，悄然无声，像年幼的我们。母亲就是那芬芳而朴实的大地么？夕阳下，母亲弯腰侍弄菜园的剪影一直辉映着我整个的孩提记忆。一湾水田边，一条石径下，一丛青林中，是一块方正的土地。周围竹篱笆坚挺壁立。一年四季，肥沃的土里总能长出绿的菜、红的果……无论春草和夏花，不管秋叶和冬雪，都不敌它们的颜色和风姿。这就是我家的菜园子，也是母亲用心血和汗水当孩子来培养的土地，是储蓄我们希望和未来的地方。

我们的成长，就和土豆红薯的栽植一样简单自然，包括整个村子的影像都清晰生动。在每个清新的早晨，当生产队的大铁钟"咣咣咣"敲响后，山谷间悠然回鸣，乡村的田野惺惺然张开了眼。于是妇人们抱来柴火晨炊，老人们牵着牛儿放牧，在露水沾满野草的田埂，孩子们跳跃着跑向学堂，男人们挑起担子奔向土地……这当中也有母亲挑担的身影。（许多年后，每次凝视母亲佝偻的腰肢，我的眼睛就会模糊）

一春的孕育，一夏的张扬，收获的秋天来临。稻禾成熟了，谷穗内敛含蓄，鞠躬垂向地心。总是在秋阳高照的时候，看见紫白色的土豆花在坡顶盛开，而长长的红薯藤蔓，也在山腰高处相互牵绊、攀缘。谁都知道，土地之中，潜藏着它们才知道的秘密。

我一直珍藏着大地的这个秘密，从故乡到他乡，从乡村到城市，从平原到高地。无论何时何地，我都带着故乡的泥土芳香和气质。这其实不是秘密，就像我的成长，母亲的老去。但是不管怎样，我们每个人最后都会成为大地的根，成为大地的风景。

如此，便安心了。

（本文发表于 2019 年 3 月 17 日《重庆晚报》"夜雨"副刊）

# "我家" 的耕牛

邹安音

耕牛其实不是我家的，是生产队的。

其时，生产队还隶属于四川省重庆市大足县邮亭区前进大队（今属重庆市大足区邮亭镇）。我们是三队，总共约有二三十户人家。整个村子呈长条形状分布，其中以打钢坡下的高洞子水库为界，又分为上半队和下半队。

很奇怪，三队上半队毗邻老成渝公路，交通方便，周围人口稠密；下半队居于巴岳山下，老成渝铁路穿境而过，人们出行非常困难，人烟相对稀少。

打我记事时起，每天只要天一亮，生产队长就会抢起铁锤，到打钢坡的最高处敲击钢条（打钢坡的名字由此而来），召集大伙儿下地干活。

母亲就是参加生产队集体劳作中的一员。男人们通常都干重体力活，因为挣的工分多；女人们则一般拿着撮箕簸箕，专挑那些轻的活儿干，怕什么？她们不是都有自家男人挡着风遮着雨呢。

但是，因为父亲早逝，不管母亲干多重的活儿，她挣的工分都远远不够一家人过完青黄不接的那段苦日子。

这样的岁月，一直持续到我小学毕业的时候。

仿佛平地起春雷，生产队实行了联产承包责任制，家家户户都分得了些许田地。

母亲很高兴。虽然我们家分的田地看起来似乎并不是很好，有的在下半队山坡上，有的在上半队崖洞边，但是她就是很满足。

她更加努力地干活儿，两个哥哥也回家帮着她侍弄土地。"舍死"这个词语经常挂在她嘴边，这个词语被母亲衍生了，其实就是在告诫我们：不要贪生怕死和一定要勤劳。

打钢坡的钢条很快被拆除。队长不再敲钟催促人们上工，但田里地里人影很快多了起来，每户人家都恨不得多出一个劳力来！

当然，家家户户最看重的"劳力"，便是生产队原来的那几头耕牛。

耕牛们从来没享受到如此待遇，一下成了人们眼中的香饽饽。上半队和下半队的人经过反复的讨论和商榷，才最终确定它们的去向。

上半队分得耕牛后，每户人家又坐下来具体商量，以怎么分配这到手的"劳力"。最后是大家集体抓阄，然后是我们相近的七八家人搭伙养一头耕牛。

农闲时，每户人家一般养一个月；农忙时，每户人家一般养一周。既然是搭伙养牛，肯定有人家钻空子，对牛儿就不那么上心，敷衍了事，反正有下家接着养呢。

母亲不这么想。"对牛要好点。"她就只有这么简单的一句话，但牛儿到我家来时，全家人却不能简单对它。每次轮着我家喂养，母亲都会腾空猪圈旁边新修的一间屋子，敦促我早早过去接了来，把它安在新家里。

那间新房子是两个哥哥放书的地方，他们在当空搁置了木板夹，放了许多书。也许他们还想利用这间屋子干点别的什么。

牛儿住在新房子里，面前堆满了青草。每次看它悠闲吃草的样子，我都怕它憋不住拉屎粑粑。它不知道自己住得比哥哥们好！

家里有牛儿来，仿佛我们家就多了一口人。什么时候它该吃草，什么时候它该洗澡，母亲是绝对不会含糊的。

反正我是睡不成懒觉的了。不过夏天牵着牛儿去吃露水草，是我最喜欢干的一件事儿了。

此时的乡村，满眼的青绿。山坡上，苞谷、高粱、绿豆苗都在使劲儿长，亮晶晶的露珠儿在叶片上滚来滚去，像头天夜晚降落在上面的星星，眨巴着眼睛，可爱死了。

田野里，正在拔节的禾苗，绿油油的一大片，像波浪，又像地毯，层层叠叠地、漫无边际地铺盖了山川河流，直到丘陵的那一边，消逝在朝阳升起来的时候。

牛儿吃草时，舌头伸出很远，常常闷头卷一大片放在嘴里，然后仰头慢慢咀嚼，发出窸窸窣窣的声音，并不停地甩动尾巴，很是惬意的样子。

感受到我家人的友爱，牛儿应该是有感情的，每次耕地，它都慢慢地往前走着，并不发脾气。

耕完地回家的牛儿，最喜欢的可能是下河洗澡了，闭着双眼，神情肃然，一动不动。小河清澈无比，能清晰地看见当中漂来漂去的水草，还有偶尔跳跃出来的小鱼儿。

才"出浴"出来的牛儿，膘肥体壮，走路一抖一抖的，身子闪着黑黝黝的光泽，心情舒畅地甩动响尾，眼神像河流一样清澈。

又该轮养了！当下一家人来我家牵牛时，母亲从新房子里牵出牛儿，抚摸着它的鼻子，依依不舍地交了出去。然后她转过身，开始收拾牛儿住过的屋子，以期待它下一次的光临。

多年以后，"我家"牛儿住过的新房子也成了旧房子，再也没有其他的用处。又过了很多年以后，从重庆市（重庆已经直辖了）大足县城到邮亭高铁站的一条八车道快捷通道，从我家老屋基上延伸出去，去向了更远的远方。

# 母亲的年

邹安音

每到腊月，最能烘托蜀地年关气氛的，是家家户户阳台上晾晒的香肠、腊肉，是郊外熏烤场冒出的缕缕轻烟，还有和风飘逸出的家乡味道，牵扯着远游人的心，刺激着归家人的味蕾。

岁末年尾，身处四川南充的高楼中，我心中牵挂的依然是遥远的重庆大足的家乡。那些关于过年的记忆，伴随着朴实的民谚，给予童年以智慧和滋养。

"腊八粥，喝几天，哩哩啦啦二十三。"一进腊月，母亲就惦记着给孩子们做香喷喷的腊八粥，然后宰杀辛苦喂养了一年的肥猪。

灶房里，干燥的柴火在灶膛里欢实地笑着，满屋的水汽氤氲着欢快的气息，袅袅升腾，扑向屋顶的瓦片，让整个院坝都充满着喜悦。院坝外面，猪头已被宰割下来，留作祭祀祖先用，两只猪大腿是母亲回娘家时带给长辈的。

猪肉中包裹的两块亮板油，母亲会炼成油，在每次炒菜时加上一勺，好将我们的身体养得壮壮的，同时也养护我们的心灵，因为贫苦、艰难，而变得勤劳、坚韧。母亲将猪肉一块块割开，在边上戳个小洞，一块块腌渍起来，然后整齐地码放到谷箩筐里。七天后，腌制好的猪肉就可以挂在灶上熏烤了。

"腊月二十三，灶王上了天。"传说灶王上天到玉皇大帝那里汇报人间工作，我们得好好款待他老人家。对天地要心存敬畏，生活才会顺遂，庄稼才会长得好，这是母亲朴素的人生观，她说不出"天人合一"这样深奥的话语，但她的话中却蕴含着中国传统文化中的生存哲学与智慧。

这些天是母亲一年中最忙碌的时候。一大清早，母亲就把我们几个姊妹喊醒，扫去灶房里的粉尘，将灶房打扫得干干净净，准备祭灶。慢火煮了刀头肉，买来糖果和白酒，然后带着我们来到先祖的坟前，叩首天地和祖先，感恩血脉的延续，感恩土地的给养。

"腊月二十四，全家扫房子。"母亲一声令下，先从屋外开始，两个哥哥早已经架好了木梯，噔噔噔爬到房顶上去了。调皮的鸟儿把吃剩的草木种子撒落在瓦片的罅隙，不经意间就会长出一棵棵小草或者花树，需要仔细清理拔除，以免开春雨水多了屋顶会漏雨。

此外，后院的阴沟也要疏浚沟通。一年的累积，腐叶淤积堵塞了下水道，如果不清理，来年夏天下暴雨，涨水就会漫灌进屋子。母亲亲自上阵仔细扒拉着沉积物，弄得满身秽物。她让我和姐姐待在家里，打扫屋内的卫生。

"腊月二十八，慢慢把面发。"眼看房屋整洁一新，母亲十分高兴。她把屋檐下的石磨子洗了又洗，把浸泡了一夜的糯米端出来，吩咐我们推出洁白的米浆。然后用一个大麻布口袋装了，压在石磨下，等水沥干。再把从后院摘回来的猪儿粑叶子洗净，裹上糯米粉上锅蒸熟，准备送给左邻右舍，或者走亲戚用。"人帮人才旺"，这是母亲的口头禅。从记事时起，母亲总是将家里的好吃的留给客人吃。

"三十晚上坐一宿。"除夕，是最隆重的日子，母亲是长房长媳，担任着总司令的重要角色。一年一岁是首歌，如果说过年是一曲美妙的旋律，那么除夕就是其中最动人的音符和乐章，前面所有的准备都是为着这一夜。

厨房有两个灶，一边烧柴，一边烧煤。从清晨开始，一年中最好的柴火在灶膛里熊熊燃烧着，噼里啪啦，闪耀着通红的色彩。大铁锅和大蒸笼都派上了用场，一边煮着腊肉和香肠，一边蒸着九大碗，满屋满院飘香。

夜幕徐徐降临，灯笼亮起，大公、大婆、二叔、二娘……家族的人都来了，一年中最隆重的盛宴拉开了帷幕。

七碟子八碗，七荤八素，菜一盘盘端上饭桌，酒一杯杯斟满。长辈们坐好后，讲述着家族的往事和兴旺，孩子们的眼睛则紧紧盯着刚刚出锅的酥肉，只待最年老的长者一声令下，便展开舌尖与美食的碰撞。血旺和粉肠煮的萝卜汤端上来了，凉拌笋丝摆上了餐桌，蒜苗煎肉清香四溢……

花白胡子侃侃而谈的叔公，穿堂而过招呼应承的婶婶们，忙着倒酒劝酒的哥哥们，吃饱喝足打闹嬉戏的我和同龄的娃娃们，精彩地演绎着乡村华年的贺岁大片。

大人们吃着笑着，孩子们玩着闹着，只等新年的钟声敲响，那一角、两角（记忆中都是巨款）的压岁钱塞入每一个小手中，全家人兴致勃勃地围坐在温暖的火塘前一起守岁。

"大年初一街上走。"正月正，是新年。初一一大早，哥哥们噼里啪啦的鞭炮声就把我从睡梦中惊醒。母亲已经炒好了胡豆、豌豆、花生、瓜子，穿上母亲给我们置办的新衣裳，抓几把零食放到口袋里，几姊妹吆喝着就上街了。

路上人来人往，人潮涌动，一直延伸到大足邮亭老街。男女老幼，周围十里八乡的人都来了，大家你挤着我，我挤着你，每个人仿佛都成为这欢乐海洋中的一条鱼儿，说笑声从波涛中涌出，传递到更远的地方。

童年的新年，就像一幅意蕴隽永的民俗风情画，被母亲用心、用情认真地装裱，永远悬挂在心中，散发着母爱的芳香，纵使经过岁月淘洗，也不曾失去华彩。

多年以后，家乡的老屋因修路占用，母亲也搬到了城市，但母亲依然保留着传统悠久的过年习俗。在我的人生长河中，不管时空如何变幻，母亲领着我们过新年的一点一滴都深藏在心底，喷涌在笔尖。其实，在中华大地的每一个地方，每年新年的盛世华章，都是被这样隆重地书写着，周而复始，从不间断。

（本文发表于 2023 年 2 月 1 日《中国文化报》副刊）

# 草木药香

邹安音

正值仲春，田野葱绿。我带着女儿，在田埂上，搜寻记忆中的草药。
看到蒲公英了。

叶片淡黄，茎细长，顶一朵毛茸茸的花。我欣喜地蹲卜身子，教女儿抚摸它的叶子，与它认识。乡野这本书，隐藏着城里孩子们不可知的许多秘密，我很想女儿打开这本书，而草药只是其中一篇。

我小心翼翼掏出蒲公英的根，但是它的花朵却随风消散了。女儿很失望，有点伤心。"那是蒲公英的孩子们，它们落地就会生根发芽的，明年就是一朵朵小蒲公英了。"我安慰女儿。女儿转忧为喜，我的眼睛却红了。

我想起了年逾七旬的母亲。我们就是那些落地生根的孩子，可却总是与她分离。哥哥离世了，我在异乡工作，只有老家的姐姐陪伴她生活。

孩提时代，每到春天，阳光明媚的时候，母亲就会提上竹篮，领着我们几姊妹到山野搜寻蒲公英。"灯笼草（重庆乡村对蒲公英的别称）可以打毒，你们几个吃了身体好，不长疮。"我们坚信不疑。母亲的脑袋像一个乡村宝典，装满朴素的思想和知识，虽然她大字不识几个，却熟知田间地头的一草一木、一花一果，哪些吃了可以清热，哪些吃了要遭上火，哪些吃了补人……外婆娘家是有名的大户人家，外公也是一个小土豪，母亲算得上有见识的女人，这从她不俗的嫁妆可以看出来。我家卧室有个很大的樟木红箱子，是装衣服的，箱底放着很多胡椒，可能是母亲当新娘时就带到婆家来的。反正我记事时起就爱去抓那胡椒，一颗颗放手心里，滚来滚去。母亲总是在大雪纷飞的冬天，抓几颗胡椒砸碎了，撒在狗肉汤锅里。而我们几乎每个冬天都能吃上狗肉，因为母亲总是五更天就起床，方圆几公里地去搜寻被人炸死的野狗。上苍总是不愿辜负这一个中年丧夫、又独自带着几个孩子艰难过日子的妇女。

即便如此，每年腊月，母亲是一定要杀一头猪的，一半给国家，一半留给自家吃。除夕和正月初一，这两天是我最幸福和快乐的童年记忆。因为母亲做的丰盛宴席，我常常吃撑了肚子，打嗝、拉肚子，一下从幸福的巅峰跌落下来。母亲就会抢起锄头，到山上去挖一种叫隔山撬的块根状物品，拿回家后洗净后，放在碗底用手慢慢磨碎，然后和汤汁喂进我肚子。这东西真管用，喝上几次后，我就活蹦乱跳的了。

母亲怕春天。这和我有关。小孩淘气，春天一到，太阳出来，我便迫不及待脱下棉服。家里困难，母亲总是把姐姐穿过的旧棉服缀上补丁，又给我穿，这点我很不愿意，所以总渴盼冬天快完。脱下棉服的我白天在地里疯跑，晚上趴在灶台上看母亲用丝瓜筋洗腊肉，然后和绿豆一起熬煮，等待第二天的美味。绿豆是秋天从自家田边地角采摘的，每年都会种植好多，枝枝蔓蔓地，和南瓜藤相互缠绕着，南瓜绿豆汤也一直支撑着我整个秋天的胃，秋燥，被这些毫不起眼的土产品吓退得无影无踪，而我被乡野菜蔬草药滋养的胃就等待着冬天的狗肉、这初春的腊肉眷顾。趴在灶台上的我很快就睡着了。

怪兽、巫师、风云……我仓皇地奔逃，大声地呼喊，我想逃出重围，却怎么也迈不开步。就在无奈、绝望和痛苦像丝一样缠住我时，一只温暖的大手拍醒了我，睁开眼，母亲正焦急地站在床边，手里端着汤药。"你发高烧了，说好多胡话。"阳光从屋顶玻璃亮瓦映射进来，也照着母亲红红的双眼。母亲找来墙上的艾草，每年端午它们都会挂满门楣，成为我家一年的风景。母亲点燃艾草，熏了我发烫的额头，然后叫我喝汤药。这是她清早去采摘熬煮的，有紫苏叶、橘子树皮、折耳根等，我一直想把这个方子记下来，可是大学毕业在城里参加工作，然后成家立业，远离乡村，远离母亲，竟然一直未能遂愿。

那次，喝了母亲的汤药，蒙着被子大睡一觉，出了许多汗水，翌日就好多了。还有点咳嗽，母亲又摘回癞格宝（重庆乡村对蛤蟆的称呼）草，给我炒了鸡蛋吃。母亲说父亲常年奔波在外，一心帮老百姓办事，有一次感冒拖久了没得到及时治疗，落下了支气管炎，母亲就是用这种草药治疗他的咳嗽的。父亲最后病逝于肺结核，但是癞格宝草炒蛋治疗咳嗽却一直家传了下来，多年后先生患急性支气管炎，我曾开车到很远的郊外采摘回给他吃。

几天后病愈。母亲吆喝我和哥哥姐姐，一起到乡野采摘蒲公英。她要在这个春天，用这种草药把我们身体的毒都打尽，以此安安心心过好这一年。春天的原野生气勃勃，胡豆花豌豆花开了，油菜花菜花也开了，青草可劲儿生长，泥土的芳香沁人心脾。每发现一株蒲公英，我都激动不已，我常常吹散它顶端的白色花朵，看毛茸茸的种子四处飞散，期待着小蒲公英们的生长，期待着来年一家人的采摘。

乡村的孩子就像蒲公英一样，落地就兀自生根发芽，蓬蓬勃勃地生长。我到重庆上大学之前，从不知道输液为何物，整个童年少年期间，除了几次特别重的感冒，到乡卫生院打针吃药外，几乎都是母亲的草药给治疗好的。今年春节，正上高二的女儿患口腔炎，牙龈肿得厉害，我先到楼下药房买了黄连上清丸，她吃了一天没效果；接着又去买了消炎的西药，还是未好转；再带她去川北医学院找专家开了药，她还是喊痛。眼看国外的旅游行期将近，一大家人聚餐时，亲人们七嘴八舌，有的喊她快去输液，有的喊她一天吃这样或者那样的药，让她越发焦躁烦乱。

女儿的这次生病不禁引发了我对母亲那些草木药的惦念，春天一来，我便开车载着她来到山野，搜寻记忆中的蒲公英，同时也想把母亲给我治疗感冒的药方找齐。我在给女儿讲述外婆的故事时，更希望女儿的内心能够纯净，像这春天的原野一样生动自然。因为我的母亲本身就是一株蒲公英，素朴芳香，她用勤劳和智慧，洗净我们内心的杂念，让我们健康成长至今天。

（本文发表于 2021 年 9 月《散文选刊》原创版）

# 母亲的手

邹安音

## 1

粗糙，宽厚。两个大拇指尤其硕大，骨节凸出，纹路深陷，指甲坚实。

无数次，我泪眼蒙眬地盯着母亲满头的白发、刻满皱纹的脸庞、瘦小单薄的身子，定格在她这一双大手上。这哪里是一双女人的手啊！皲裂的掌纹，刻着岁月的艰辛，留下劳作的印迹，藏满母爱的深情。

我拿过母亲的手，想要打开童年的记忆。夕阳下，母亲弯腰侍弄菜园和家园的剪影一直辉映着我整个的孩提时代。

一湾水田上，一条石径下，一丛竹林边，是一块方正的土地。周围竹篱笆坚挺壁立。一年四季，肥沃的土里总能长出绿的菜、红的果……这就是我家的菜园子，是母亲用心血和汗水浇灌出的第四个孩子。

那时候，除去集体土地外，每户人家还分了几分自留地。我家的自留地在后院的竹林边。母亲白天收工后，傍黑砍下碗口粗的慈竹，划拉成篾条。她的手因此常常受伤，血痕斑斑。

母亲从不喊痛，用嘴吮干血痕，把篾条编成竹篱笆，再把菜园子围得严严实实。母亲种的蔬菜有大头菜、萝卜、虎耳菜等。大头菜和萝卜是必须种植的，秋天成熟后晒干，用泡菜坛腌渍，就成了全家一年的下饭菜。

母亲腌渍咸菜时，手上新鲜的血痕被咸水浸泡成白色的暗纹。可那时的我不懂事，哭闹着不肯吃咸菜稀饭，母亲特地在柴灶中焖熟一小碗白米干饭，给年幼的我。新鲜的菜蔬要拿去卖钱。母亲常常在凌晨四五点，就挑着满筐菜蔬，打着手电出发了，她要趁天亮工人们上班之前，赶到七八公里远的长河煤矿去卖，以此换回我和哥哥姐姐吃的、穿的和用的，甚至于越来越多的学费。

目不识丁的母亲很要强，父亲是党员干部，我们本来可以申请减免学费，但是她从不愿意给大队增添麻烦。"你们一定要多读书，长大了有出息。"这是母亲对我们说得最多的一句话。我1976年上小学时，第一学期的学费是3元5毛，母亲卖了一夏的虎耳菜和苋菜才凑齐。

2

虎耳菜和苋菜成熟时，端午就来了。每到端午节前夕，母亲就会围着那条青色的围裙，在厨房里不停地忙碌。她先抡起砍刀劈柴，把火烧得旺旺的；再把水烧开；又把糯米用开水烫了；然后端个簸箕，在院坝边开始包粽子。

芭蕉叶用来包长长的米粽，称为"猪蹄子"。猪儿粑叶适合包小米粽。"猪蹄子"通常是留着走亲戚的，我们自己吃"小米粽"。母亲从小教导我们要把好东西留给别人分享，这也是她留给我们人生的一笔巨大财富。屋后那丛蓬绿的猪儿粑叶，长如剑鞘的叶子，墨绿的颜色，是岁月留给我永不褪色的胶片；还有屋前的芭蕉叶，荫满中庭，看那叶叶心心舒卷一如，汪满绿色的深情，不正是母亲这一生对我们的守望和眷恋么？

母亲包粽子的手很灵巧，就像她姑娘时绣花那样，长长的丝线在手中飘绕，这样的婉约与她的粗大双手很不匹配。那时候，我常常觉得她的手是有魔力的，能变出我们需要的一切。

她用最密实细小的针脚，缀补衣衫，缝制布鞋、书包、麻袋等；还能用最精细的篾条，编织箩筐、竹筛、背篼等；她用粗壮的双手，攀登别人不敢去的大山和悬崖，割下柴草，储存到冬天，温暖我们的土墙屋；最美妙的是，她还在自留地里种出花生、甜瓜、瓜子等，能把最简单的食材拨弄得有滋有味，以此滋养我们的身体和灵魂……

母亲其实也是在用爱编织岁月，把我们包裹，直到我们长大成人。

## 3

母亲说：女娃也要读书，不要像她那样一个字都不认得。她更加勤苦，拼命劳作，以换取我俩的学费钱。我至今依然记得那时的情景，我和姐姐拿到大学录取通知书到村里下户口的时候，母亲拉着我们的手，脸上泛着红光，眉梢里满是溢出自豪和骄傲的神色。

那是我大学毕业回家乡参加工作的第一个冬天，暮色自天边涂抹开来，弥漫了整个山川原野。母亲，那时你却身披暮霭，痴痴地站在家门前的大树下，立成一尊雕像，对着家门口的那条小路，把我张望。

今天是周末，女儿怎么没有回家呢？每次周末，你都这样站立在路口等候女儿归家，母亲，这是你第几次，在路口把女儿张望？第二天回到家里，姐姐说，晚上，屋外寒风叩打窗棂，发出哒哒的声响，母亲以为你回来了，就下床替你开门。

姐姐说这句话的时候，我正低头看书。母亲拿着针线，在为我钉风衣的纽扣。当她轻轻地把风衣披在我的身上，目光滑过我的前额时，突然叫了起来："你怎么长白头发了呢？不要熬夜，写文章费心血，吃好点……"说完，就从我的头上挑出两根白发，放在手心。

母亲开始唠叨起来。

我不断点头，猛一回首，映入眼帘的，是母亲飞霜的两鬓。而那两根白头发，却在母亲的手心，系成了一个美丽的爱结，绕在我的心底。

## 4

我也当了母亲了。那次地震后回老家，母亲看到我，满是皱褶的面庞因笑容而越发紧密，眼神出奇地闪亮。她先弯腰从坛子里拿出几颗糖、几块糕，又抓出一把胡豆和花生，执着坚定地堆放到我手心：在她眼里，我永远都是那个在院坝外橙子树下等着她赶场回家要糖吃的黄毛小丫头！哪怕我也做了母亲！

守着我吃了糖和糕点，母亲然后很满足地先带我到池塘里看她养的鸭，又去后院看她喂养的猪，谁能相信这是一个年逾七旬的命运多舛的庄户老人：自幼失去生母、年少失去父亲、中年又失去丈夫的女人，是那么的乐观坚强，那么的朴实善良！母亲一直相守着这片热土，她是在陪伴着家里的亲人啊！

晚上，她给我煮最爱吃的腊肉排骨。每次回家，她都满心欢喜，恨不得把家里所有的东西都煮来给我们吃。"外婆把红苕和土豆埋进灶膛深处的炉灰里，又麻利地塞进一把柴火，然后在熊熊的火光中，在噼里啪啦柴火欢乐的歌唱声里，土豆和红苕散发出甜美的香味。外婆用粗大的双手掏出这美味的食物，然后把爱和温暖也一起盛进了我心里。"这是女儿的作文，让小朋友们默然落泪。

我烧火她煮饭的时候，看着她皲裂的双手，我真的很想哭。她目不识丁，居然能把我和姐姐抚养至如今的模样（我们两个是村里最先走出的两个大学生）。我能从当初这个狭小的家门走进大学的校门，能在城市高楼大厦写字间里主编报纸，能在人生绚丽的舞台上尽情歌唱，都是她这双粗糙而厚实的双手托举的啊！

晚餐时，她坐在桌边久久不动筷子，只用怜爱的眼神，看我这个属狗的人啃骨头啃得那么津津有味。晚饭后，我先上床睡觉了。母亲居然摸黑从田里剥回成熟的青豆，放在瓷碗里细细地捣碎，慢慢地研磨，居然在半夜给我做出一碗清香甜美的豆腐脑来。

母爱，总是在不经意间就像春雨般，慢慢渗透进心里，融化进血液，成为永恒的记忆！

## 5

去年底，母亲坚守了几十年的田园生活被打破了：政府征地拆迁，老家方圆几十里被规划为重庆远郊的一个大型工业园区。姐姐把母亲的生活起居用品全部搬到了城里的家，又特地给她布置了一个房间。

正月初九，我们回老家给父亲和哥哥迁坟。当深埋于地下四十年的父亲与我见面时，我觉得是那么的亲近和自然……

那天上午，在绵亘不绝的巴岳山麓，在一片青翠葱郁的松林坡上，父亲安息在一个很敞亮放远的地方。周围，依然山林青青，前面，依然水美丰饶。

母亲很安详。她脸色和蔼慈祥，不停地说着这说着那。她说老家都搬空了，就住城里了，不回去了。

那天晚上，我久久地握住母亲的手，用生命写下一首无言的诗：

如果有来生，我愿意是一棵树，一叶草，只把永远的绿色，留翠人间。

如果有天堂，我愿意是一只鸟，一尾鱼，只把自由的遨游，汪满苍穹。

人之中，越来越承受不住太多的生命之重。悲也在，喜也难。无语噎。奈何，奈何，渺小如粒！

妈妈，我多么想幻化成九天的一神，赐给你永远的微笑，永远的无忧和生命！

（本文获第九届全球华文母爱"漂母杯"征文大赛三等奖）

# 葡萄藤上的天河相会

邹安音

天地之间，不管岁月如何流转和消逝，也不管地域如何延展和变迁，我人生最初的记忆也会锁定在同一个地方：巴岳山下的那个小院子。

这里有我的至爱亲人，健在的或者逝去的。母亲领着我和哥哥姐姐们，像母鸡护着小鸡，一家五口人住在几间大瓦房里，每天太阳升起时各自出门做工或者上学，傍晚又齐齐归家共享天伦之乐。逝去的父亲葬在左侧的山坡上，遥对着我们的堂屋，儿女们一抬头就可以看见他的坟茔，似乎他从不曾离去。

这里有我的少年时代，那些乡村物象的景致总是在我的心底重合、叠加，让我永远看见它们的影子。灶房里有锅、碗、瓢、盆和木柜；堂屋中有背篼、筛箕和箩筐；屋檐下有水缸、石磨，还有蜘蛛网、蚂蚁洞；院坝边有茂密的竹子、碧绿的菜地、从不干涸的水井、浅浅的鱼塘……

生于斯，母亲总是用朴素的生活哲理率先垂范，让孩子们像地里的瓜儿和菜蔬般自然成长。贫穷的年代，食不果腹，她就想方设法用很多的故事来丰富我们的灵魂，以此来弥补身体所需稻粱的不足。

生于大户人家的母亲，是一个不识字的天然文学家，父亲去世后，她总能带领我们几姊妹，把贫穷的生活过得有滋有味。现在想来，我和哥哥姐姐很多的文学思想，就是在她一个接一个神秘而玄幻的故事中得到启蒙的。

打童年记事时起，中国很多的民间传说和故事，就在母亲娓娓道来的语言中，在我们心中深深打下根基。无论是《聊斋志异》中的狐媚仙子，还是《西游记》中的王母娘娘等，她们都生活在离我们很遥远的地方，或者天上或者地下，各自过着逍遥自在的生活，让我们遐想连翩。

母亲个性刚毅善良，故事中那些闪烁着人性光辉的神仙志怪，自然被她的思想和语言一一过滤，进到我们的脑海后，或者被升华或者被沉淀，成为我们一生的营养成分。我所在的整个村庄的老百姓们，这些民间传说也似乎成为他们精神生活的一部分，从过年祭祀的灶神老人开始，到夏天的牛郎和织女相会……大地万物和天上地下的人神们同处一个空间，万事万物相融共生，就那样亘古恒远。

我特别喜欢七夕的故事。母亲很认真地告诉我，每年七夕节来临时，只要站在院坝边的葡萄藤下，就可以看见牛郎和织女相会的场景。如果静下心来，还能听见他们彼此间的对话。

童年的心空很纯净，像夏夜的天空一样美，满天星河灿烂。晚饭后，一家人躺在院坝边乘凉，母亲摇着蒲扇，给我们驱蚊子。周围虫鸣声不断，知鸟在不停地唱歌；高高的麦堆上，萤火虫飞来飞去；流星拖着长长的尾巴，在山的那一边坠落……我悄悄地站在葡萄藤下，仰望着星空，遥远的天河中，哪一颗是牛郎星，哪一颗又是织女星呢？给他们搭建鹊桥的鸟儿们飞来了吗？我多么渴望牛郎和织女永远再不要分离啊。

我不知道母亲是怎样演绎这个传说的，为什么一定要站在葡萄藤下看织女和牛郎相会。虽然我一次也没看见牛郎和织女在天河相会的情景，更别说听见他们说话的声音了。直到后来牛郎和织女的电影出现，在乡村的晒坝上，我才从银幕上看见了他们一家人团聚的幸福时刻。但是母亲关于葡萄藤下守望爱情的秘密，一直珍藏在我的心底。

院坝边的竹林长势茂密，成了我们家园的庇护林。它们的笋壳被母亲用来纳鞋底，竹子被哥哥们用来编织生活器具。竹林中生长有大根大根的葡萄藤，它们盘根错节，很古老的样子，缠绕着竹林开花、结果，不知道有多少个年头了。

母亲说，竹子和葡萄都是父亲种植的。父亲去世时，我才三岁。记忆中，我几乎没有父亲的模样。但有一件事烙印在心：一根洁白的麻布，在头顶用麻绳系围一圈，再拦腰捆扎，长长地拖在身后。我跟着哥哥姐姐，在刺耳的铙钹声中，一步一步走向水井，原是为亡去的父亲取水，以在另一个世界不受饥渴。

从此以后，看见那些迎风招展的竹子，它们颀长而刚毅的样子，我想父亲应该就是这个样子。身为乡村干部的父亲，就是因为老百姓而离去的。

如豆的煤油灯下，母亲把我们几姊妹聚拢，给我们依次分食她煮熟的花生，又给我们讲父亲的故事。母亲会讲这么多的传说和故事，我猜测她是因为父亲而变成一个故事家的。父亲和母亲的爱情，不在灿烂的天河，而在柴米油盐的现实世界中。但在母亲的心中，父亲一定是天河中最大最亮的那颗星！

院坝边的水井，也许就是父亲的眼睛。井口溜圆，四壁方正，就像一个巨大的感叹号，悄然立于竹林下。它也像哲人，蛰伏于地，看鸟儿们飞过，听虫子们呢喃，看四季轮回……不动声色地珍藏着天地间的秘密。

在我童年的乡村生活中，我走过的路，我看过的山和水，我生活过的院子，以及那些院子和院子里的人和事儿，仿佛身体的骨架，支撑了我的人生，让我对忠贞的爱情坚信不疑。

后来，我随夫定居在了四川南充的嘉陵江边。这里也有关于七夕的美好传说。在嘉陵江边的蓬安县锦屏镇，西汉大辞赋家司马相如就诞生于此，他曾以一曲《凤求凰》赢得美人卓文君的芳心，留下了千古爱情佳话。

"凤兮凤兮归故乡。"百姓们为纪念一代辞宗赋圣，特地在其故宅西边修建了长卿祠。每年七夕节，人们都会相聚于隔江相望的周子古镇，在水乳交融的那棵夫妻树上，挂满同心锁，以表达对中国传统爱情节日的崇敬之情。

百川归江、归海。我坚信老家那条小河一定是流到嘉陵江里了，而我不过是从江那头到了江这头。不管是巴岳山，还是嘉陵江，它们都融进了我的血液，就像高龄的母亲，还有逝去的父亲，成为我终生的守望！

（本文发表于 2021 年 8 月 13 日《重庆晚报》"夜雨"副刊）

# 今宵月儿圆

邹安音

　　酷夏之后，秋风渐起，所谓"蒹葭苍苍，白露为霜"，眼看天气一天凉似一天，树上飘零的黄叶又回归大地。无论是稻粱还是瓜果，被农家收藏储备之后，旷野呈现出画布一样的颜色，祥和安宁的气氛也在村庄的每一户人家凝聚，但秋思愁人！

　　中秋逼近，遥望故土，仿佛看见一帧写满浓浓乡情的画布，正垂挂在我们家的小院。那会儿，母亲脸上露出慈祥的微笑，正站在灶台边，腰里系着一面蓝色的围裙，准备着中秋节所需的简单食材——糯米。她动作很麻利，把刚脱粒的糯米洗净、蒸熟，去完成一次情感丰富而又仪式感十足的节日宴。

　　柴灶里，火苗熊熊地燃烧着，映红了添柴人姐姐好看的脸庞；院坝中，返青的石窝已经洗净，哥哥早就找出了一根长长的松木棒，等待着热气腾腾的新鲜糯米饭出炉。

　　母亲跑上跑下，一边把蒸熟的糯米饭倒进院坝边的石窝里，等待着哥哥棒槌重重的敲打，然后生成一个个又白又糯的糍粑；一边把它们装进泥巴色的搪瓷酒缸，撒上圆圆的米曲，等待着时间的酿造和升华。

　　院坝下，池塘中，一群鸭子正拍打着翅膀，"嘎嘎嘎"地高叫着，忽一会儿飞到竹林中，和正在那里闹嚷嚷尖叫的鸡们打打招呼；忽一会儿又飞到田埂上，从刚长出的萝卜秧苗中踩过。它们似乎总有说不完的高兴话儿，但田埂下的小河却不这样高调，它默然无声地绕过村子，静静地流向了远方。

童年，我曾经也总是这画境中的其中一个主人公。我蹲在河堤上，满心欢喜地清洗着刚出土的生姜、大葱等，因为这些可以用来炒肉吃。想象着母亲接下来就会去抓鸡或者鸭子来杀，我的味蕾情不自禁地就打开了口子，感觉眼前的浪花也格外的美妙。

那时候的我似乎不太懂事，还不太明白大人的劳作之苦和村民们的生存之艰。一个节日的食材，可能需要倾尽一家人好几个月的努力，比如一只鸡或者鸭的喂养，一壶酒从栽种到酿造的漫长过程。尽管生活如此艰难，但是按照祖辈传统，我家都很重视每个节日的延续，村里其他人家也如此。

我童年的脑海里一门心思想的就是过节，因为过节就能吃好东西，有肉、有酒、有蛋等；小小的年纪，就跟着四季的流转，从春节盼到端午，然后再盼到中秋……周而复始，等待月圆。

贫穷的日子里，丰富的情感想象是人们给予生活的最大安慰，许多的故事和传说就像土地蔓生的小草一样，无穷无尽。母亲就会给我们讲一个接一个的民间故事，关于中秋的故事是很浪漫和温馨的，我从小到大都笃定地相信，蓝色的天幕上有一个美丽的月宫，月宫里有一个美丽的仙子叫嫦娥。在金色的桂花树下，吴刚砍着柴，嫦娥揽着兔儿……中秋的月亮，是多么的圆！

其实，四川盆地的中秋节大多无缘见月，相反它却总是被绵绵的秋雨所牵挂，皎洁的月光便只能安放在我们的心底。是夜，一家人围坐在黑油漆的八仙桌上，焚香祭祀先人后，我们一边喝着米酒，一边撕扯着糍粑，吃着香喷喷的鸡鸭鱼肉，感受着中秋节这一传统节日带给我们的最浓深情。

天圆地方，家和友邦，和这种传统节日相应和的总是最浓浓的乡情。每到中秋节的夜晚，邻居阿婆总要迈着小脚，挨家挨户送来自家树上摘下的红心橙子。暗夜中，红心橙子亮晶晶地闪着光泽，成为我们佐餐的美味，流淌进血液，伴随着我们成长。

一年又一年，院坝中，挺立的红心橙子树高大繁茂，成为这个院子的精神象征。白云苍狗，逝水华年，在它的身上，花开了一茬又一茬，果子结了一季又一季；在它的脚下，知了掘开的洞一个又一个，蚂蚁刨出的泥土一堆又一堆。它的叶子总是在秋风起的时候飞舞，落到池塘边的水田里，成为土地的养料，等待来年冒出的新绿。

有谁知道，当新绿铺满大地时，红心橙子树的中间却老空了，它最后也回到了生养它的土地。而这时候，我们都长大成人了，当年的大人们也都变老了，阿婆坟上的青草和小花已经几度枯荣。

这些年，我走了很多地方，还记得有个中秋节期间去到了北方，看到秋天的花，也在灼灼地开放。

在天津，走过南开大学之后，你会在周恩来和邓颖超会客厅前，看见几株茂密的海棠树，红红的花朵，艳丽无比，晶亮眼眸；在沈阳故宫的后院，两盆翠绿的丛林中，一朵朵粉红的花朵不经意间就粉饰了陈旧的砖瓦，那是夹竹桃在深宫里留给人们最动人的色彩；在张学良旧居，一簇簇竞相吐蕊的秋菊，给这里带来些许的生机和活力，和那高大的梧桐树一起，无不彰显出一种高洁与高贵的品质。

无论时空怎样变换，无论地域怎样交融和跨界，历史与现代，贫穷与富裕，都改变不了自然界花朵蓬勃的生命力，这才是永恒的?!

想起去年的中秋，也是下雨，一直下。晚上才接到姐姐的电话，说妈一直在等我的电话。本来其实那个时候我正要给她老人家打回去的。赶紧打回去，姐姐说她接电话一会儿后，便安静地睡了。突然发现前面所有的理由都不是理由，忙不是理由，身体不好不是理由，工作忙不是理由，错过了的电话，就是错过了的等待和眼神以及心情。

就像今天晚上的月亮，不管天晴还是下雨，不管是北方还是南方，它都在那里挂着，圆满着。可是过了今天，就不是今天的月亮了，它不会一直在那里圆着等你来赏。

生命中最重要的，终归还是那些和自己息息相关的人，以及情！

（本文发表于 2021 年 9 月 13 日《华西都市报》副刊）

# 爱的轮回：动物·自然·人

邹安音

## 母牛渡江

中国四川蓬安县。嘉陵江水一路逶迤而来，至此徘徊踯躅，欲走还绕，把一段秀美的身姿留于司马相如故里——周子古镇，供人景仰。

伫立相如镇的油坊沟村，不禁迷离眼神。看江水缓缓东流，如练如绸。情至深处，它竟然在江中挽系一个美丽的结，圆满而馨香，谓之太阳岛。结心是青青的草和浅浅的水湾，吸引着生灵们的目光，牵扯着岸边人的思绪。

暮春，芳草萋萋。牛们踏芳而来，朝阳喷薄而出。头牛嘶鸣，数百名疆场勇士刹那激情喷发，力破江中涡漩，一路披荆斩棘，一路高奏凯歌，直抵水草丰美的太阳岛。百牛渡江，中国唯一的生态奇观华美上演。

水之上，春天成长的鸭们和鸥们兴奋极了，它们忽而浅翔低唱，忽而绕颈轻语，牵绊着牛们的啼声。牛们瞬间安详，悠闲踱步，轻嗅花香。蓦然回首，一头母牛惊见刚出生几天的犊儿正在对岸"哞哞"叫唤！

母牛瞬间发狂，它毫不犹豫舍弃鸟儿们的诱人风情，还有唇边的青青草地，扑通一声跃水，折回江中，朝对岸那双期盼的眼神奋力接近。

岸边人惊呆了。牛犊儿安宁了。不一会儿，它就温顺地匍匐于妈妈厚实的背脊上，在岸边人泪光盈盈的迎送下，在嘉陵江水轻柔的抚摸下，在太阳岛的热情拥抱下，完成了一个美丽的心结。

岸边人是我！

## 观星楼传奇

千水成垣，天造地设。

山围如高门，名阆山；嘉陵江水绕，名阆水；城囿山与水之间，名阆中。

七月流火。夜之魅，锦屏山上，凭栏远眺。古城之外，江水浩渺，碧波暗涌；舟楫渔歌，星火点点，青山对峙；真道是三面江光抱城郭，四围山势锁烟霞。瞧，古城飞檐翘角，鲫鱼背脊般一爿爿叠加开去，宛然一个天然的太极图，占尽天时地利之和！

仿佛刚从亘古的洪荒地走来，又要走向星河灿烂的未来。我屏住呼吸，想要凝滞时光，不忍归去！

"春雨惊春清谷天，夏满忙种暑相连。秋暑露秋寒霜降，冬雪雪冬寒又寒。"《二十四节气歌》这铿锵有力的音律，响彻云霄。它像一位神清气定的老人，虬髯铜须，目光如炬，穿越历史的长河，从西汉飘然走来。

是阆中人落下闳吗？在这日头烈焰的七月，以竖竿观日，据竿影长短，中分"夏至""冬至"；又沐昼夜之风，体味长短之变，再定"春分""秋分"；由此确立立春、雨水、惊蛰等二十四个节气。汉武帝龙颜大悦，为之定名为《太初历》——即今天农历。公元前104年实施，确定以一年的孟春为岁首春节。

是阆中人落下闳，中国的"春节老人"。2004年，联合国教科文组织将16757号行星命名为"落下闳星"。今锦屏山"观星楼"和青铜塑像可以作证。

四季轮回，天地永恒！

## 母亲和我

去年今昔，女儿刚放暑假，我就一人乘车回了老家重庆大足，把年迈的母亲接来小住时日。

没承想回南充的路很曲折，票早被一抢而空。只好买了合川转乘车。

谁知道到了合川，一问到南充的车要下午两点才出发，索性打了的士，把母亲迎到南充。

还好整个过程，母亲都安静地跟着我。又因早上在车站我买了一块晕车贴贴在她耳垂，居然一路上都没晕车，大喜。把母亲接来小住是很费周折的，74 岁高龄的她根本不愿出远门了。她心里装着的是满满的乡音和乡情，城市的高楼大厦远不及她的一个灶房或者一只鸡鸭重要。

回家，安顿好她后，我就出门了。没想到她一下睡到 5 点多，其时我也刚好回。看母亲规规矩矩坐在沙发上，很无聊的样子，我索性打开电影频道让她看电视。正好播放动画片《八仙传说》，母亲兴奋极了，津津有味地盯着屏幕不转眼。

晚餐买了她喜欢吃的卤水豆腐。饭毕我又带她到就近的西河体育公园游玩。没想到母亲的记忆力特别好，一直述说公园建成前的模样。我特地把她带到公园音乐喷泉那里，看小孩子嬉戏玩耍和冲浪。母亲很开心，眼神因兴奋而清澈和明亮，像个孩童，始终让我拉住手走路。她的手皲裂而厚重，像她苦难的一生！

当我还小的时候，母亲拉着我走路；母亲老了以后，我拉着她走路，人世就是这样一个过程。

生命轮回，亲情永远！

（本文发表于 2022 年 6 月 2 日《晚霞报》副刊，"学习强国"转发）

# 情系菜园

邹安音

## 1

土地是母亲的命根子，母亲是我们几姊妹的命根子，菜园是我们一家人的血脉。我的成长史如此印记。

20世纪70年代初，川东农村土地集体制，生产队为最小单位，村民们集体出工，年底按工分得到相应劳动产品。此外，每户人家房前屋后还有少许土地，有自主经营权，名自留地或宅基地。

我家很早就有几小块自留地，院子后坡竹林边有一块，院子左面小河山坡上有两块。竹林这块挨着宗室祖坟，山坡两块挨着公公（爷爷）婆婆（奶奶）和父亲的坟茔。

自留地的背坎上都种了桉树，一棵一棵的层次错落，枝繁叶茂，却又不至于遮挡蔬菜的阳光，像父亲守望孩子。桉树确是父亲生前种下的，一则可做菜园标识，二则可做柴火，三是它们成材后能打成家具做我和姐姐的嫁妆。

父亲传下的自留地成了母亲的金疙瘩。我感觉到每一颗土粒都在她眼里闪着光。为了不让这光源流失，白天收工后（为了养活我们，多挣工分，多分粮食，她白天和男人比拼，干最重的活儿），忍着肩痛腰痛胳膊痛，砍了院坝边疯长的竹子（竹子也是父亲栽种的），哪怕深更半夜了，也要划拉成篾条，编成竹篱笆，把菜地圈起来。

竹篱笆在菜地周围绵延，像母亲的呵护。蔬菜们高兴极了。尤其是那些藤蔓蔬菜，四季豆、豇豆、丝瓜和冬瓜等，它们奋力攀爬，努力拓宽疆域，只知道向上生长，不断开花，不停结果。

母亲是一个天然的植物学家，抑或数学家，春夏秋冬种什么，菜地中间、过道和边上种什么，绝不含糊。一年四季，蔬菜们总是各司其职，从不浪费一丁点儿空间。因为它们明白：每一片叶子，每一粒豆粮，都可以变成新鲜血液，以补给那个拼命喂养它们的女人（母亲总是把家里所有的粪肥收集，全部灌进菜地），以及她身后那几个嗷嗷待哺的孩子，尽可能满足他们旺盛生长的生命。

竹篱笆最大好处是避免鸡跑进来啄食。鸡满山坡跑，像饥饿的人。人也跟着它们飞奔的步子在念想：生下金元宝银锭子来该多好，娃儿该交学费了，老人该扯布缝新衣服了，一家人该吃嘎嘎（肉）了……总有些懒人家没时间编竹篱笆，就在粮食里拌了耗子（老鼠）药撒在菜地边上，就总有贪吃的鸡被药死，然后引来主人无边无际的谩骂。

骂人的大多是村妇，词汇量大，语言乖张，想象力丰富，时间跨度大，可以上溯三代。竹篱笆还可以成为菜地的边界，不能跨越雷池。

母亲和二娘（二妈）就大骂起来了。我家菜地旁边是二爷（二爸）家的。他家没有围栏，挖土的时候总是不自觉地朝我们家菜地靠近，最后连中间走路的过道都快挖没了。母亲很生气，每次走进自家菜地，都要骂骂咧咧，数落不已，好像身上的肉要被谁割走似的。这天，看着新鲜挖走的泥土，眼看边界快没了，她积蓄的怒气终于火山般喷发，对着菜地那边的二娘（二妈）大骂起来。二娘（二妈）毫不示弱，两个女人在竹林边吵得天翻地覆，我们在旁边吓得战战兢兢，也不知道竹林下宗室祖坟的人听见了没有。

那时候，生产队里的其他人家，因为自留地边界的争斗问题，几乎从来不曾停止过。土地的争斗，源于罩在人们头上的"穷"，谁都想吃饱饭啊！竹篱笆变成"城墙"了。

虽然住一个院子，二爷（二爸）家就在我们右边，是公公婆婆（爷爷奶奶）分家时候给他们的，但亲情就此割裂。大人们彼此见了面把头歪一边，恨恨而过。小娃儿们却是没有那么多"仇恨"的，仍然瞒过大人们偷偷地一起上学，一起打猪草，一起看电影，甚至，一起去偷生产队可以糊口的东西：春天刚埋进土里的红苕，夏天还未成熟的玉米，秋天地里成熟的花生和芝麻……"偷"好像没有贬义，形同一个中性词。

"饿"是无边的黑暗。还记得有一次家中断粮，我饿昏了，母亲半夜溜出去，"偷"了生产队的几个玉米，悄悄煮给我吃。才几岁的我，总是哭闹，拒绝吃每餐的酸菜稀饭。母亲就用瓦罐单独装一把米，放在柴灶里焖熟给我吃。

柴灶很大。铁锅也很大。柴在灶膛里"哗哗啵啵"地燃烧，不知道是兴奋还是难过。母亲用这口大铁锅烙麦饼、熬酸菜稀饭、做锅巴粥……因为缺少油的滋养，大铁锅很是抗议母亲的做法，总是豁口漏水，于是铁锅底部出现了很多补丁，像长满的麻子。

柴是庄稼收成后的玉米秆高粱秆稻草之类，以及菜地边的笋壳竹叶、桉树枝等，还有冬天母亲从巴岳山上背回来的松树枝。当它们在灶膛里发出"嘶嘶"的声响，仿佛在跳舞和奏乐，笑得很灿烂的样子，这是要过年了。猪肉在锅里翻滚，我趴在锅台上流口水。

柴的燃烧就像我们生命的续接，灶膛里不能没有火焰的跳跃。那天早上，房后的柴烧完了，放学回家的我，居然看见母亲在生产队高洞子水库的悬崖上捋青杠树枝！而悬崖下就是深不见底的水库，粼粼波光仿佛就是刀片，等待着胆敢冒犯它的人。我脑袋顿时一片空白，嘴巴张大了，却又不敢喊她，只能待在那里，看她不紧不慢理好树枝，割掉周围的茅草……悬崖上的母亲，镇定自若。但菜地边的母亲，却像一头发怒的狮子，毛发耸立。她叉着腰，愤怒至极，破口大骂着："该死的贼娃子，偷了自留地边的两棵桉树。"白亮亮的树桩像刀尖，扎在母亲的心窝上。桉树是父亲栽种的，桉树下，是父亲长眠的地方。他在看着菜地呢，看着母亲呢，看着母亲身后的四个孩子呢，看着他女儿的嫁妆呢，而其中两棵桉树竟然被小偷偷走了！

我三岁那年父亲去世，我几乎记不得他的样子。曾几何时，我一度把桉树当作是父亲的样子。它们有突兀的根，笔直的干，分散的枝叶，褐色的树皮。桉树叶子黄了后掉进菜地，腐烂后为蔬菜们提供营养，而落在地上的树枝被我们捡回家，在灶膛里哗哗啵啵地燃烧，像在和人对话。

母亲时常自言自语，对着菜地，对着竹林，对着桉树。在她心中，父亲仿佛一直都在。我常常想，如果母亲识字，应该是一个天赋极高的诗人，写给父亲的词句可以穿过时空，透过万物的灵性传回大地。大家闺秀的母亲，不识字的母亲，却陪嫁了一个很大的书橱。父亲是个读书人，比母亲大十多岁。父母间的爱情有多少细节，我不得而知，但母亲是非常"恨"父亲的，逢年过节，她会煮了刀头肉，"给你们那死鬼子老汉烧香去"，狠狠地吆喝着。

她白天干最重的活儿，与男人一起挑粪。"打缸坡"山头安装了一口生锈的大铁钟，每天清晨，只要大铁钟"咣咣咣"地响起来，母亲就出工了。母亲因为长期挑担，身体被压弯。（许多年后，每次凝视母亲佝偻的腰肢，我的眼睛就会模糊）

傍晚收工回家，母亲就去菜地忙碌了。春天的光景最好，夕阳把天边染得斑斓多彩，母亲蹲在地里，脸色柔和，眼神明亮。虽然菜地被挖了几遍，但她还是用手把大点儿的土块掰细。虎耳菜种子被均匀地撒在了土面上，这是母亲的传统种植，每年都少不了它们。虎耳菜的叶子像老虎耳朵，牵很长的藤蔓，结紫红色的果实。等它们出土发芽，绿油油地铺满菜地时，母亲便开始采摘卖钱。

凌晨四五点，天很黑，母亲起床了。她挑着菜，打开手电筒出了家门。她要趁天亮工人们上班之前，赶到七八公里远的长河煤矿去卖，以此换回我们几姊妹吃的、穿的和用的，甚至于越来越多的学费。父亲是党员干部，我们本来可以申请减免学费，但是要强的母亲从不愿意给大队增添麻烦。"你们一定要多读书，长大了有出息。"这是母亲对我们说得最多的一句话。

1976年我上小学时，学费是3元5角，母亲卖了一夏的虎耳菜才凑齐。除了虎耳菜，根据季节的转换，母亲还种大头菜、萝卜、莴笋和白菜等。大头菜和萝卜是必须种植的，秋天成熟后晒干，腌制成咸菜，就成了一家人一年的下饭菜。泡菜坛是母亲从山里窑厂淘出来的，要么没了脖颈，要么歪着肚子，要么烂了口子。母亲买了水泥，和上石灰，把它们修补得周周正正，摆满了我们家的卧室。

一家人结束吃泡菜和酸菜稀饭那年，是20世纪80年代初。这一年，农村实行了家庭联产承包责任制，我们家分到了相应的地和田。虽然分到的地很远，几乎就在生产队最偏远的地方，毗邻铁路，但这丝毫不影响母亲高昂的斗志和热情。

八月，罕见的丰收季。暑热未消，烈日下，人们抢着收割稻子。沉寂已久的生产队晒谷场重新热闹起来，我家在后院山坡新辟了晒谷场。风车不停地转，稻谷堆满了粮仓，树下到处是草垛。

吃新米饭那天，照旧是大哥端了刀头肉，带着我们去父亲和祖上的坟茔祭祀。当年祭祀很隆重，母亲买了苹果，这是以前从不曾有的奢侈品，我们依次祭拜亲人、天地、诸神灵位。那晚，母亲还炒了花生，让我们给二爷二娘（二爸二妈）家送去。母亲喝酒了，她又自言自语，也不知道父亲听到没有。

## 2

春天来临了。

这一年，大哥到村里当了赤脚医生。二哥高中毕业后，放弃了继续复习上大学的机会，回家帮母亲挑起了生活的重担。

我家土墙瓦房外是竹林，竹林下是水田。二哥的第一个目标是先把水田的水放了，挖成鱼池饲养鱼苗。春风飘扬，二哥挥汗如雨，泥浆混合着汗水，常常糊弄了他的头和脸。挖泥，堆沿，嵌石……后山坡有很多大石头，二哥"砰砰砰"地打着石头，仿佛敲响生活的乐章。

母亲在推磨，再用面粉发酵，然后做成酥软的馒头，让二哥就着腌制的大头菜吃。鱼池建好了。二哥用山里挑来的石灰消了毒，然后买回水泵，从小河里抽水。河水"叮咚""叮咚"地流过山岗，拨弄着琴弦，不知道要奔向哪里。

一年最忙碌的时候到了。二哥把鱼池的水储蓄得满满的，又骑自行车到邻近的重庆荣昌县城（这里有所农业大学）买回鱼苗放进去。每天下午，我和姐姐则用石磨把家里最好的大豆磨成豆浆，母亲熬熟后，交给二哥喂养小鱼。

二哥承袭了母亲的劳作方式，只是把菜地的规模扩大了很多。秋末，庄稼收割殆尽，田野空旷无比，农人们也闲下来了。二哥却把我们家稻田的水放干，把杂草烧了，留作肥料，然后用锄头深挖。"土深，菜苗才会长得壮实。"他无数次对我说。二哥一锄一锄地挖地，一垄一垄地排列好，像一首美丽的诗。与校园作别的二哥，弓着腰在田野劳作，也在菜地中写自己喜欢的诗。

我已经在镇上读初中了，姐姐在更远的地方上高中。每天放学后，我就跑进田野，帮二哥打理蔬菜。二哥身材俊朗，他挖土的姿势特别优雅，空气中仿佛还飘出淡淡的书香味。喜欢文学发表了很多诗词、一直致力自考大学的二哥，如果不是锄头在他的肩上飞舞，很难将他和菜农这个词语相连。

但二哥就是一个地地道道的菜农了。菜农喜欢粪肥。我家那头花母猪成了功臣。它被母亲养得肥头大耳，成天躺在猪圈里，哼哼唧唧地梦呓着，不知道做了什么美梦。七八头小猪仔拱着母亲的乳房，呷巴着小嘴巴，兴奋地嗷嗷嗷嗷喊叫着。另一个槽圈里，一只成年猪儿总是不安分地望着圈门，总想逃出去，它是我家的过年猪。新鲜的粪便不断从槽圈里涌出来，二哥挑粪的身影就在田野和房舍间来回穿梭，不管是晴天，还是雨天，不管是冬天，还是夏天。

二哥没有多余的衣服，几乎常年穿一件洗得发白的中山装。我有几次看见他肩膀上的衣服露出了破洞，血丝从里面渗出来，和着汗水，或者雨水，或者雪水。很多年后，我总是做梦，梦见大火，熊熊燃烧，二哥却在火中微笑，淡定从容。

二哥把挖好的田土碾细，把柴灰撒上，再撒上萝卜籽、白菜籽、莴笋籽、大葱籽等，这是川渝一地人们一冬的主要菜肴。蔬菜长成后，二哥把萝卜、白菜以及莴笋、大葱等搬回家，去除黄叶后，挑到河边洗净，然后用谷草捆扎起来。河水洗净的蔬菜整整齐齐地码放在大箩筐里，闪着水灵的光泽。

春天很快又来临了。鱼儿在水里自由地呼吸着。蔬菜在土里酣畅地生长着。二哥把灶头的柴灰全部扒拉出来，挖出青草沤过的烂泥，然后晒干，又用手搓成一个个小圆筒，用塑料包裹好，把黄瓜秧苗和海椒秧苗种进去，放在早已经挖好的土垄里，盖上塑料薄膜。

春寒料峭。春寒冻着早出的蔬菜，但是我家地里的蔬菜却在塑料大棚里欣欣然生长着。它们生长的速度特别快，每次我从菜地旁经过，都仿佛听见蔬菜在春风里歌唱，生命在寒风中张扬。

新鲜的黄瓜和辣椒上市了，二哥一担担地挑到镇上去，送到各学校或者工厂。二哥的声名很响亮，从县城领回了先进模范的奖状，也带回了发表有他诗作的报纸。二哥作为优秀青年被推选到县里农技班学习了科学养殖和种植的先进技术和经验，因此致富的决心和理想便在他心里熊熊燃烧起来，也振奋了我们的心。二哥的才华赢来了无数姑娘们的青睐，那时候他已经取得了四川大学的自考文凭。

花儿在田埂边怒放，小草在父亲的坟茔上变绿，蔬菜在大棚里疯长，香樟又长出了嫩叶，芭蕉居然也开出了花朵……就在第十八个年头，在我的生命如花般绽放时，二哥却像一颗流星，划开辽远的苍穹，在我们的视野里陨落！那天黎明，在通往镇上的铁道岔路口，我不知道当呼啸的列车从他身边碾过的那一瞬，我的心是如何破碎在那黑暗中他走了无数次的卖菜路上；当浸满鲜血的蔬菜散落一地仿佛盛开的花瓣时，我不知道那是不是二哥遗失在人世间的诗行。

怎么能离去？瓜儿熟了，菜苗绿了，鱼儿长大了……二哥上山那天，母亲表情凝重，不露声色。但我紧握住她的手，生怕一松开她就会倒下。

## 3

怎么能离去？

很长一段时间，母亲不习惯在城市里居住，依然回家守候着土地和菜园子。她常常佝偻着腰肢在竹林边张望，仔细聆听我们轿车回家的鸣笛声。

其时，乡村一级公路早从我家菜园子穿过去，直插长河煤矿（那里已经扩建成一个繁华的工业园区，周围建了好多个蔬菜大棚基地，以前卖菜的村民都去当了工人）。她常常用惆怅的眼光迎送村里人进出。村里青壮年都出去了，只有几个老人和孩子还留在庄户里。

但这个村子很快便会成为历史了。村子集体拆迁，要修一条八车道的高速公路，通往远方。那天，我们搀扶着母亲走到老家，当一台等候多时的推土机像猛虎，直扑向我们世代居住的小院，扑向竹林和菜地时，母亲双手抖个不停。那一刻，我能感受到，母亲的隐痛被轰鸣的推土机不停地碾压着、叠加着……我们也要为父亲和二哥迁移新家了。

雨丝不断，迷蒙了老屋、竹林、菜地、小河……但我的视线却很清晰，父亲，您终于和我见面了，这一别整整43年！黄土，骨骼。多么亲切！我紧盯着父亲，珍惜着每一秒钟的默视，想要给他披上大衣，想要给他沏杯热茶……多少年来，我就只能在心底一直描摹他的模样；多少年来，每次走过他身旁，我都期盼他能呼喊我的小名，揽我入怀。

母亲说，自父亲任前进社主任后，曾抛家弃子，千里迢迢随队远赴河南学习焦裕禄。村子太穷了，为了解除村民的贫穷，他顶风冒雨，脸晒黑了，背变佝偻了，头发也白了很多。在有些人的眼里，他就是一个傻子啊。父亲对母亲说：栽下桐子树，娃儿们就可以看书写字；种下桑苗，就可以养蚕织衣服；开挖沟渠，就不会饿肚子……桐子坡、柑橘林、桑树湾等，我记事时起就能数出这些有特色的山坡名。

但是父亲啊，您的身体不是铁打的。您这样操劳，疾病就钻了空子。您感冒了，发烧了，咳嗽不止。但是您还在地上跑来跑去，舍不得住院治疗。因为一次感冒拖延治疗，后来竟然发展成肺病至五脏衰竭，在永川地专医院无情地抛弃了我们，撒手人寰，那年我才三岁。女儿想说：您真的就是一个傻子！

多年后，风吹麦浪时，我曾踏着父亲的足迹，走进了兰考这片土地，走进了焦裕禄当年工作和生活的地方。在纪念馆里，看着他音容宛在的遗照，看着他曾经坐过的那把破旧藤椅，看着他为那里乡亲父老所做的一切，我突然想起我的父亲，我努力找寻记忆中几乎没有留下模样的父亲，那时候我理解了我的"傻子"父亲，我不禁恸哭失声。

父亲您太狠了，一张照片都未曾留下！一张照片都没有留下的父亲啊，我实在不知道您长什么模样，只能看着我们家的菜地想象。那些树是您种的，那些竹是您种的，那些传承下来的菜种子，还延伸着生命的力量。对了，您的脸庞是不是方正的，个子是不是高高的、瘦瘦的，声音是不是很洪亮……这只能是个模糊的轮廓，这该是怎样的痛彻心扉！

父亲，您可知道您的女儿也有了女儿？每次回家，母亲都会带我和我的女儿看她养的鸭，看她喂的猪，看她种的菜；每次回家，母亲总在不停地唠叨，说家里的事情，说村上的事情……母亲一直固执地"恨"着您，固守着家园，她也是在陪伴自己的丈夫啊！天气很冷，雨丝不断。父亲启程时，我突然抑制不住泪水，奔涌而下。

春雨迷蒙。我的视线却依然清晰无比：竹林婆娑着枝叶，仿佛在随风起舞。小河边，水漫过了大桥，水葫芦花又开了。自留地里，虎耳菜发芽了，牵出了长长的藤蔓……此时，春光春景春色。父亲，您虽然静静地不说一句话，但是我知道，这就是您想要的真正的春天的模样。

（本文发表于2019年《散文百家》第10期）

# 最忆是棠城

邹安音

"韶华过去匆匆，莫放些儿空，趁此南屏翠耸，海棠香浓……"这是重庆市大足中学的校歌。很多年过去了，但只要春天一到，移居外地的我，便会回想起在大足中学读书的日子，以及家乡那一丛丛怒放的海棠花。

自古以来，大足人民喜植海棠花，因名棠城，又名古昌州。春天的棠城艳红一片，海棠花盛开在小河边、山坡上、楼宇间，也点缀在人们心上。

棠城不大，分东城和西城，夹南北二山。东去可往重庆，西走可至成都；南山果园葱郁，北山石窟举世闻名，是世界文化遗产大足石刻的重要组成部分。一条清澈的小河从县城穿境而过，汩汩东流，名为濑溪。

濑溪河滋养着一方山水，涵养着一地文脉。南北二山巍然峙立，恰如一道天然的屏障，护佑着这一片海棠花盛开的地方。

无论何时何地，仿佛一转身，我就徘徊在棠城的十字街口；只要闭上双眼，我就会回到记忆深处的棠城，脑海里清晰地映照出当时的整个县城风貌：商场、学校、山川与河流……

"开愈淡，花更艳，隔在云端山水长，东君怜去人间赏，曼舒仙绡出嘉昌。"海棠花如火如荼地开着，我的泪水却常常溢出眼眶。故乡篱下棠，今日几花开？故乡好吗？母亲好吗?!

在梦中，我总是在一条弯曲的小路上不停地奔跑，不管是从乡下到县城上高中，还是大学毕业后又回到县城郊中学任教。小路由很多"Z"字形组成，山连着山，似乎没有尽头。

2000年元旦，我从城郊中学借调到大足报社当记者，从此开启了一段全新的生活。

我分得位于县城中心的报社一居室。每天只要打开窗户，就能看到街心花园、南门桥广场和车站等，那里人潮拥挤，人们各自寻找着归途。濑溪河闪着粼粼波光，从两岸的海棠树下缓缓流过，也流进了我的心上。

上班第一天，和我的指导老师龙良骅握手。他的手粗糙、厚实，是一双农民的大手，像他负责的版面般质朴。这个版面叫龙水湖。

只一个龙水湖，就令我魂牵梦萦。它静卧于巴岳山下，是棠城人的心灵后花园：白鹭在青松上翩飞，扁舟在绿波中荡漾，杨柳在小岛上垂绿，荷叶在湖岸边打卷，孩子们在坝堤下奔跑……

好一幅隽永的山水画！

一方水土养一方人。青山绿水给予了棠城的物华和风貌，也赋予世代生养于此的人们灵性和智慧。

顺着濑溪河，龙老师带领我们走遍了大足的山山水水：箭竹峭拔的玉龙山，烈日下的双山寺，古风情韵的邮亭老街，生态绿色的上游水库……让我们最不能释怀的，也是着墨最多的地方，便是圣洁的佛教石刻群雕处——石篆山、北山、宝顶山等，它们同属于世界文化遗产。

在石篆山世界遗产文化地，我采写的其中一个小故事，至今仍然记忆犹新。在山的半山腰还住着一家农民，他们的房子依旧是茅草屋。主人说就是这些茅草，当年被祖父和寺上僧人们拿来遮盖石刻造像，那些精美的石刻群雕才在20世纪70年代中逃过一劫。

宝顶山石窟和北山石窟是大足石刻文化的集中地。在这里，卧佛磅礴的气场，观音灵变的千手，牛背上牧童的短笛，养鸡女的从容与淡定，天下母亲哺育的艰辛与不易，人间地狱的凶恶和奸诈……世间百相，无不在险崖绝壁向世人昭示，演绎出一幅难以描摹的风俗和历史画卷。

在宝顶山卧佛场，最奇特的是"九龙浴太子"石雕像，祖先竟然把穿过棠城的濑溪河水引到了龙的嘴里，让它们自然喷射，叹为观止。每当此时，我的眼前就幻化出智慧大师赵智凤的身影，他在运筹帷幄，指挥着匠人在绝壁上刻画……棠城从此改变历史。

出棠城，攀北山，仰望石窟，深入骨髓的是莲花仙子们的微笑。这些美丽的仙子们啊，她们是怎么飞跃千山万水，来到这密林深处，在我们精神和血脉的故乡，把微笑绽放，护佑这一世百姓？

濑溪河只是中华大地的一条毛细血管，它日夜不停地奔流，终会在某一处汇入长江大海。就如我们每个人的迁徙和漂泊，岁月长河都会陪伴我们一生，民族的精神和文化也在生命河里交融传承。

故乡永远是我们每个人心灵的栖息地！

我记忆停驻的那一年是2002年，这一年我随夫从大足驻地部队转业到四川南充，当时县城总人口4万人。从县城至南充，早发暮归。从此，故乡的记忆渐行渐远。

直至六七年前的一天。"你春节值完班就回老家哈，妈杀了500多斤的猪儿等你回来吃！"姐姐的电话，不禁让我潜然泪下！我不知道：不舍劳作的母亲佝偻着身姿，该转过多少的山头和田埂，才能用青草喂养出如此肥壮的猪儿。

归心似箭。四个半小时的高速路，经四川遂宁、铜梁，再到重庆大足，然后至老家门口。巴岳山的轮廓清晰生动，乡村田园美丽依然。棠城到老家也就半个小时，曾去北山一碗水处品茗故乡的味道，但来去总匆匆，又隔数年。

今年春节，南充到大足的高速路缩短到两个多小时。母亲已经搬离乡下到了县城。站在县城中心，目之所及，我已经无法还原2002年那时的记忆。新的广场择北环之中而居，禀天人合一之念而建，历史与现代、文化与经济于此交融。

大足中学周围，海棠香国历史文化风情园呼之欲出。濑溪河依然缓缓而过，不过它已经变宽变绿了，两岸花团锦簇。观棠晓月、海棠湾……棠城如今已经拥有数十万人口，在这里，人们和文化相守，与自然和谐而居。诚如龙老师已经离世，但他当年发表在《人民日报》大地副刊的《崖壁上的微笑》，却永远地保留了下来。

花香满棠城。濑溪河潺潺的流水声响起，我终于知道：我的心从不曾走远。这山、这水、这情，像我高龄的母亲一样，让我垂泪和动容。我是她的孩子，她也是我生命的血液，跟随着我的脉搏，永远在一起跳动！

（本文发表于2011年4月28日《重庆晚报》"夜雨"副刊）

　　莫然，中国作家协会会员。出版和创作长篇小说《大饭店风云》《市委大院》《聚变》《策反1949》等20余部（种）；播出的长篇电视连续剧《走出雨季》《府南河的故事》《倾城之恋》等9部；非虚构文学3部：长篇纪实《蓦然回首》（上下两集），自传体小说《青年时代》，大型话剧《谍战川西》《聚变》；已公映的院线电影一部《追光》（与人合作）。作品曾获北京出版社作品一等奖、十月文学奖、四川省首届诺迪康杯文学奖、成都市首届金芙蓉文学奖。

# 我与李讷共进晚餐

莫　然

　　我成为作家以后，那几年常去北京，为自己的出书和改编电视剧而奔波。恩师田珍颖给我介绍了不少文化名人，包括当时最火的毛氏专著作家权延赤，我跟他一见如故。在他的安排下，请毛泽东的女儿李讷在港澳中心吃晚饭。

　　那是 1993 年，一个洋溢着春天气息的夜晚，长安街华灯初上，闪烁着一片秩序井然的灯海。我跟另一位享誉海外的女作家叶小蕾驱车前往，和20 世纪最重要的伟人的女儿相聚，内心百感交集。当我们驶过天安门广场，觉得伟人的眼睛正凝视着自己，脑海里也掠过了革命前辈们为成立新中国，而打天下坐江山的风风雨雨……

　　宽敞的餐厅内只摆着一张长桌，赴宴的共有七个人，除了李讷夫妇和权延赤，还有做东的一个女老板，及另一对夫妇。我正巧坐在李讷身边，她穿着一件式样宽大且早已过时的蓝布衫，头发光光地梳在脑后，一双同她父亲很相像的眼睛，在镜片后闪着安静的光。我们来晚了，每人面前都已摆好一套西式餐具，我不禁皱了皱眉，说我不喜欢吃西餐。李讷立刻接口说，西餐不好吃，她也不喜欢。我感到奇怪，因为众所周知。毛家人都是传统的中国特色，为何主人把她们拉来吃这西餐？

　　谜底很快就揭穿。原来叶小蕾正从英国返乡，今天又正巧是她的生日！当特制的大蛋糕摆上桌，李讷也笑逐颜开，又说她喜欢吃甜食。我当即怂恿她去切蛋糕，叶小蕾也挺高兴，说在自己生日这天，能与毛泽东的女儿相聚，这个夜晚必将终生难忘。

李讷并不是我想象的那么难以接近，似乎愿意回答任何问题。我问她为何喜欢甜品，她说那源于困难时期，主席的亲人和全国老百姓一样，都无法品尝美食。我们聊到主席的遗产。她又说，他没有遗产，父亲留下来的一切，都属于这个国家。

我却发自内心地说："你父亲给你留下的财富，这世上没有人能比得了——那是一笔多么巨大和丰富的精神遗产啊！"

我的真诚感动了她，她朝我点头微笑着，脸上也泛起汗光。

我说："太热了，你把外套脱掉吧？"

她小声说："不行，我的衫衣全是补丁，露出来多不好意思……"

我很惊讶，这是商品时代呀，又在首都的高档场所，还有人如此寒碜？

权延赤在旁介绍说："大冬天，他们自己拉着一车冻白菜，走在冰天雪地的小巷里，这可是我亲眼所见。"

叶小蕾这时问李讷，有没有想过去国外走走看看？李讷说，她只想去两个地方，一个是马克思的出生地德国，一个是英国伦敦，马克思就埋在那里。叶小蕾欣喜地说，你若想去英国，我可以安排呀！李讷却笑而不答。

我提出另一个建议："何不去祖国各地走走？你爸不是说，江山如此多娇，引无数英雄竞折腰？去看看你父亲打下的江山吧……你若来四川，我愿接待！"

李讷矜持地笑笑："我确实想出去走走，但我不想给任何人添麻烦！"

这时她要去卫生间，我听说她身体不好，就主动陪同。

回到餐厅，港澳中心的外籍老总也闻讯赶来，要与毛泽东的女儿合影。那晚除了写过毛泽东的权延赤和即将要写毛泽东的叶小蕾，我们都热情和幼稚得像个孩子！

接着请客的女老板又提出，她在这里有间精品屋，想送李讷夫妇各一件衣服，因为李讷老公身上穿的那件军装，也已小得不成样。他们一再推辞，众人却积极无比，簇拥着他们奔到精品屋，踊跃地在衣架上挑选着。但是那些精致的绫罗绸缎，确实跟这两位不相称，李讷也一再说，她从小就不喜欢穿花衣服，她希望跟她爸一样朴素。最后权延赤也说，穿着朴素就是主席家人的象征，你们不要白忙活了……

走出港澳中心，我们在灯火阑珊处跟李讷夫妻告别，由权延赤开车送他们回去。我和叶小蕾则去"蹭"朋友的车，心里都是感慨万分，有话要说。

叶小蕾说："我们今天看见了顶着诸多光环的领袖后人，她竟然过着这样的生活！"

朋友说："是啊，她头上有许多光环，但她未必幸福……"

我却持反对意见："不见得，每个人的幸福含义有不同。我相信，李讷会认为自己是全中国最幸福的人，因为她有那么伟大的一个父亲！"

是的，李讷将永远为她父亲而骄傲，不管世人对此如何评价，都改变不了！

# 我看青山多妩媚

## ——中国核动力设计院采风记

莫 然

　　那里曾是一座青山，那是一片干净、圣洁的土地，到处种着几十棵高大的香樟树，枝叶繁茂，郁郁葱葱，树冠巨大如华盖，俯瞰着一栋栋陈旧的楼房，给它们增添了浓郁的色彩。在高楼林立的大城市难得看见这样的美景，那浓淡深浅多层次的绿色，在我眼中化为了漫天的幽幽青雾，令人目炫神迷，如醉如痴……

　　人们都神情专注地听着解说，我却眺望那片绿色，陷入了沉思。

　　我比他们幸运，因为三十多年前，我曾走进这片青山，看见了一道道璀璨的蓝光。那是一种从未见过的蓝色的辉煌，超常的色彩，同时向你注进了理性美和直觉美——那就是鲜为人知的、能发生灿烂星光般的脉冲反应堆。

　　青山作证，让我来讲述这段故事，那是与共和国命运有关的秘密历程。

　　时间回到1965年，这一片大山生机盎然，满山的绿树抽出了新芽，油菜花开得金黄灿烂。在如诗如画的青衣江边，来了一群又一群工程技术人员和解放军战士，他们带着富国强军的梦想，在这片青山里扎下根来，白手起家，战天斗地，经历了无数艰辛和奋斗，建成了909基地，我国第一艘核潜艇陆上模式堆蓄势待发。

　　在此之前，由于美国的"海狼"等核潜艇一艘接一艘地下水潜行，其高度隐蔽性构成的巨大战略核威慑力，已经引起全世界不安，也引起我国防科工委的重视。经过军方和有关专家长达几年的探讨与研究，并上达高层圈阅批准，提出了尽快研制核潜艇的计划。但因国力有限，资料缺乏，技术空白，尚需外援。而苏联拒绝合作，使这项国防尖端科学技术工程濒临下马。幸亏有一批渴望报效祖国的年轻赤子，他们血气方刚，怀揣着献身国防的一团热火，试图用自己的青春去攀登科学高峰，又何惧这条崎岖难行的山路？50年代末，北京成立了核潜艇研制工程设计部，和二机部反应堆设计调研小组，一批经过挑选的学子及留学生被抽调过来，其中就有赵仁恺。他们迫不及待钻进了反应堆的迷宫，沉浸在浩瀚的资料中披沙拣金。选择什么样的堆型作为核潜艇的动力心脏？提出多大堆功率才能满足核潜艇续航力的设计要求？一连串谜语般的硬骨头啃不下来，他们就去请教钱三强等核物理专家。几路人马汇集智慧，拼凑出好几个总体方案，也提出了上百个攻关项目与课题，但尚须进行理论计算和试验研究，还有一个不断摸索、创造与发现的过程。在丰泽园里，毛泽东听取周总理汇报后，认清了核潜艇在战略上的重大意义，终于发出了气魄非凡的呐喊：核潜艇，一万年也要搞出来！

在这声号令下，中央调动了精兵强将，很快拿出了工程设计的初步草案。但不久适逢困难时期，部里又决定核动力下马，只保留了几十个基础研究人员。彭士禄正是在这时，一头扎进了中国的核事业队伍。他们咬紧牙关面对现实，默默挑起了这副沉重的担子，在困难中苦苦坚持，终于打动了一批国家领导人，更有老帅站出来大声疾呼："一定要把核潜艇继续搞下去！"彭士禄更是显示出大将之才，毅然发起了对核潜艇心脏——反应堆设计的冲刺。直到冰雪悄然消融，树尖上嫩芽含苞待放，这才迎来了核潜艇的春天。中央专委批准，核潜艇工程重新上马，并确定于1970年建成陆上模式堆。于是，这座沉寂多年的大青山便热闹起来……

"好人好马上三线！"这是创业者的铿锵誓言。青山沸腾，江水奔流，希望硕落，如火如荼。这个在困难年月里挣扎出来的重大项目，又有了能够实现的闪光目标，建设者和科学家心里也燃起腾腾烈焰。909基地破土动工后，他们又付出了多少辛劳，经历了多少艰难困苦啊！在远离尘嚣的青山脚下，练就了一支善于攻坚的骁勇之师，在浩如春潮的江水岸边，叠印着核工业者的青春足迹。他们克服了各种生活上的异常艰苦——地方荒僻，交通不便，阴雨潮湿，蚊虫扑面，住所简陋，食品匮乏。由于营养不良，他们腹泻，口腔溃烂，甚至多病多灾……但他们没人叫苦埋怨，而是提出了响亮的口号："不建成中国的爱达荷人造海洋决不罢休！"

他们组建了军民联合施工队，在岩层上完成了上万立方米的掘进，在大山深处艰难地浇注了上万立方米的钢筋混凝土，让模式堆主厂房拔地而起！在全国各地技术力量的支持下，他们又组建了三结合的"装堆"小组，由彭士禄、赵仁恺担任正、副指挥，安装最为复杂的反应堆心脏。飞旋的火花，钢铁的碰撞，在909的工地上，他们用闪光的生命奏出了动人心弦的战歌。其中工程师李宜传的事迹最为感人，他动了切除肾脏的大手术，不顾妻子以离婚要挟阻拦，坚持来到909工地。他吃住都在现场，全身心扑在工作上，一直战斗在核潜艇建设的第一线。同事和医生让他住院治疗，他含泪说："只要让我参加核潜艇的安装，死也心甘！"

他终于倒在首次核潜艇的试验现场。江河知道，湖海知道，弥留之际，他眼前出现的是那片蔚蓝色的大洋，他看见了艇首涌起的束束浪花，也感受到无与伦比的满足与骄傲。那有情有义的海风呵，将他的魂魄带到大海深处去安息……

1970年6月，我国第一艘核潜艇的陆上模式堆在909达到了冷态临界。

彭士禄等人去北京汇报，周总理欣喜地说："核潜艇在你们年轻人手里搞出来，很了不起！党中央、国务院感谢你们，人民感谢你们！"

7月17日凌晨，模式堆具备了升温升压提升功率的条件。

现场指挥彭士禄命令："提棒！"

但这次出现了故障，立即组织抢修，并实施了补救方案。之后，彭士禄组织人员对几十个系统和上百个关键设备又进行了全面认真的检查。

7月23日凌晨，模式堆再次启动成功。25日，反应堆功率达到指标，两台发电机并网，核能首次发电。30日，反应堆经过多天运行，核动力装置达到100%的满功率运行，并且取得了上千个测试数据……

成功了！经过全国2000多个厂家的协助，现场8000多军民的奋战，经过十余年的独立研制，我们终于拥有了核潜艇的设计、研制、建造的全套技术！

成功了！彭士禄、赵仁恺等人热泪盈眶。压抑不住内心的激动和喜悦。国防科工委领导专程为他们这批立功受奖的科学家们披红戴花！

山知道，水知道，报捷的锣鼓惊天动地响起来，祝贺的电报如雪片般飞来……

909 的科学家们没有沉醉，他们又风尘仆仆地赶到滨海，进行最后的冲刺——将核潜艇推下水。这是我们科研人员自主研制的核潜艇啊！它就像一条大鲸鱼，更像是一条钢铁巨龙。在蔚蓝色的深海中上下浮游，运动自如……

"这是我们自己研制建造的吗？" 80 多岁高龄的朱德元帅问。

"是的，没有一个零件是进口的！"海军总司令萧劲光笑脸相迎。

他转身向站在后排的彭士禄等专家说："我代表海军谢谢你们！"

这是 1974 年，他们在碧波荡漾的大海上检阅"长征一号"核潜艇。研制者的脸上都洒满了阳光。他们用惊人的成果向全世界宣告：我们做到了！

909 基地又被称为"中国核动力的摇篮"。核潜艇动力装置为其第一个里程碑，高通量工程试验堆是第二个里程碑，脉冲堆研制成功则是第三个里程碑。

我国自行研究、设计和建造的第一座高通量工程试验反应堆，也坐落在这片巍峨的青山之中，它像一颗晶莹的星体，发出熠熠闪烁的光辉。透过数米厚的防护水层向反应堆的心脏——堆芯望去，燃料元件好比一根根"火棒"，在清澈水层的衬映下，辐射出瓦蓝瓦蓝的光，是那么的神奇和迷人！

位于 909 的这座大型反应堆是在"文化大革命"时期起步的。其研制历程更是艰辛曲折，让研制人员此后痛饮庆功酒时，也是在欢笑中含着泪水，无法完全释怀……

那是 70 年代中期，因为现代科技的发展，核能已悄悄进入了国民经济的各个领域。但科学家们心里有本账：世界各国的核能发电迅猛发展，可是几百座核电站却没有一座能标上"中国"的字样！正是这个"空白"在召唤着他们的责任心，哪怕他们被骂成"臭老九"，仍然在压抑之后，又产生了激奋之情。他们只有一个心愿：要施展出自己的才华和抱负，哪怕再苦再难，也要为国家争这口气！

幸运的是，国家领导人听到了他们的呼声，最高层做出了重要决定。于是，又一列火车开进了大西南，输送着另一批技术人员来到大三线，要在这峰峦叠翠道路崎岖的青山中，建设我国第一座高通量反应堆。还是那么艰苦的生活条件，甚至用农民的茅草屋和自己搭建的竹棚为工作室，没有办公桌，就用几块砖头垫起一张粗木板，第一批施工蓝图又奇迹般地绘制出来了！未来的主厂房，就定在一个绿竹环绕的小山包上。随着一声开山炮响，寂静的群山再次沸腾……

这一次，是老天在跟他们作战：当科学家们按照"先工作、后生活"的原则，还没来得及建好"干打垒"住房时，一场多年不遇的大雪悄然而至，草木葱茏的青山变成了白雪皑皑的世界，让烧煤都困难的技术人员尝尽了挨饿受冻的苦头。当小山包变成了一个近万平方米的大土坑，当推土机的马达轰鸣不断时，一连串的春雷又霹雳震耳，在人们头顶上滚动炸开，然后下起了瓢泼大雨。土坑内立刻积满了地下水和雨水，变成几条奔流不息的小河沟，难以施工。接着便是阴雨连绵，人们所住的破旧房屋漏雨严重，技术人员成天穿着湿漉漉的衣服无法换下，几个月都洗不上一次澡，浑身奇痒难耐。不少人的鞋都干了湿，湿了干，脚也泡成了烂脚丫。最可怕的是道路，晴天是洋灰路，雨天是烂泥路。运送蔬菜粮食的大卡车也时常陷进去，无法运送到基地。喝水就更成问题，大家都是喝稻田、池塘、河沟里的水，下雨就浑浊成了泥浆，须用明矾去澄清。然而工期却在抓紧，在加快，速度惊人！

恩格斯说："有所作为才是生活中的最高境界。"科学家们正是这样。

1972年底，主厂房建成。然后工程任务一个接一个，工程进度一环扣一环。

经过八年苦干，一座世界级的高通量试验堆终于在青山脚下建成，125米高的排风塔从负五米多的土坑里拔地而起，蔚然壮观，四周紧紧簇拥着有关的附属设施。它凝聚着建设者的心血、汗水、智慧、辛劳和敬业精神，让科学家心中充满了自豪，他们没有辜负国家的投资、人民的期望，圆满完成了党交给的任务。

1978年夏天，综合调试开始了，担任副指挥长的徐传效和副总工程师李乐福，与调试小组的人一起通宵达旦，细心拟订了每一步的试验计划。在十多米高的堆大厅里，悬挂着洁白、肃穆的碘钨灯，耀眼的光芒照射得试验场如同白昼。主控室内空气紧张，几十双眼睛注视着仪表的变化。试验一步一步地进行着，数据一项一项地推算着。当反应堆到达临界，点火试验成功时，大厅沸腾了！人们热泪盈眶，相互握手祝贺，科学家们笑脸盈盈，一封封捷报飞向成都，飞向北京……

两位副总的心情久久难以平静，眼前这一张张年轻的笑脸，多么像一个个点火中子源啊！在909基地，一代一代的"新中子"在成长，在撞击，在热烈地点燃着核之火。他们循序不绝，在极端困难的环境中，绝大多数又变成了"热能中子"，向祖国奉献出一颗颗滚烫的心——蓝光就是这样产生的，而且闪烁着耀眼的光芒。

青衣江蜿蜒流淌，滋润着大青山，也养育着一代又一代核工业者。它也是909基地创业历史的见证，它源远流长，百折不回，一往无前，也是科学家们品德和意志的象征。到了80年代，改革大潮在华夏奔涌，商品经济的浪涛冲击着人们的思维，脉冲反应堆异军突起，在核技术领域奇葩绽放。但在世界上的50余座"脉冲珍珠"里，这项技术却一直被美国垄断着。这一切激发了炎黄子孙们攀登高峰的欲望，于是，909重又站在了新的起跑线上，科学家们的理想又一次闪光。

但那时，这项技术全是保密的，我国科研人员的认识还远没触及那个门槛。屈指算来，全是疑问，如同在读一本科幻小说，神往之但不可捉摸。

1979年，在春寒料峭的北京，核动力院副院长杨履新提出了脉冲反应堆的研制任务，说这是为了给潜艇核动力装置的试验配套。会议室立刻炸开了锅，来自全国各地的核工业部所属单位，都争先恐后要抢这个任务，却被杨副院长占了上风。他立下军令状，挑起这副重担，等那一纸红头文件下达，整个909基地全都动起来了！院内进行了机构调整，科研人员立刻搜集情报，分析研究，模拟计算……

1980年底，一份漂亮完善的脉冲堆设计方案，已经呈现在部领导的桌上。紧接着，他们组织考察团马不停蹄地去美国考察，不顾旅途劳顿，个个精神焕发，力求掌握更多的实用技术。回到青山的怀抱中，考察团成员个个憋足了劲，立刻准备拉开架势，大干一场！

然而人世间的万事万物，就像天上的风云变幻一样难以预测。因国家计划调整的需要，脉冲堆竟差点下马！经过多方面争取，只得到一句"推迟缓建"的指令。院领导不甘心，决定改隐蔽堆为脉冲原型堆，少花钱多办事，先建成再说。

这一缓就是五六年，研制队伍也流失严重，科研人员万分焦虑，难道这项技术攻关任务竟会半途而废？幸亏有不少院领导都是赤胆忠心为脉冲堆而冲刺的人，在院务会上重新提出了这个项目，形势才大为改观。院内各单位的任务进一步明确，工程调度会一次次召开，各条神经都有力地调动起来，于是奇迹又像山花般，一朵朵盛开在这片青山里。参加脉冲堆工程建设的人们，逐渐形成了一个特殊的群体，全都汇进了整体拼搏的交响乐中，而每个音符的准确和谐，便注定了整篇乐章的成功奏响。这是一部辉煌的史诗性乐章，每个音符都是那么感人……

1989年春天，1∶1零功率试验开始。当脉冲堆首次达到临界时，控制室内的所有人都站起来热烈鼓掌，响声如雷。此后的一个个脉冲试验都非常成功，取得了满意的数据。在关键性试验的那一天，要进行最大脉冲的发射了，各级领导都来参观，人们的心弦都绷紧了！随着一声发射的命令，示波器瞬间现出一道尖锋利剑似的脉冲波形，刚劲有力。试验成功了！科学家都热泪盈眶，欢呼呐喊。他们又一次报喜，为国争光，为民造福，这一连串脉冲发射出了强大的光和热，璀璨耀眼。

随着无数的鲜花、掌声和奖章，909基地还有第四座、第五座里程碑……

哲学家说，生命只是一个过程。但核工业者的生命过程却是特殊造就、鲜为人知的。他们都是忘我工作勤于事业的人，他们以自己的智慧和血汗，铸成了对国家对人民无限忠诚的群体塑像。任何置身于他们其间的人，都会经历一场灵魂的震撼，产生强烈的共鸣，并且渴望与他们进行一场神圣的心灵对话。

多年后，我在120万字的自传《蓦然回首》里，曾这样写到核工业群体：

1985 年秋天，我在四川省科委的新能源处工作，因乐山的一个能源研究所要验收国家重点科研项目，省科委派我前往参加。会议地点在一座大山里，偏僻而简陋。鉴定项目是一种新能源，叫作"核聚变"，又被称为"人造太阳"。这是三线建设的核心机密，其艰苦卓绝的创业道路却鲜为人知。一批科技精英默默无闻地苦干了许多年，终于取得骄人的成绩，研制出大型核聚变装置"中国环流一号"。就在聚变人痛饮庆功酒时，一个消息赫然传开：核工业部要撤销，聚变研究所也要军转民。当晚的座谈会上，人群沸腾了，大家议论纷纷，情绪激烈。都说我们是搞高科技尖端技术的，要靠国家拨款，核工业部撤销了，谁来管我们？我们成没娘的孩子了！毛主席号召我们献青春，献完了青春献子孙。怎么现在党和国家不要我们了？我们算是白干了？不少人洒下热泪，放声大哭，委屈万分。这对沉浸在胜利喜悦中的聚变人来说，就是当头一棒呀！我被他们的献身精神所感动，也为他们的处境而担忧。走出会议室，树上的绿叶铺着一层寒霜，山风吹得尽情尽性。那些参天大树就像一个个历经沧桑的聚变人，在山风中呼应着，我想它们肯定懂得彼此，那明月的清辉、寒风的呼啸，在它们眼中都是热烈的情怀，值得为此青翠碧绿这一生！

　　多年后，我仍然忘不了这一幕，想起来就会感动得泪奔，跟那群深山里的科学家比起来，我们的工作是多么平凡，生活是多么优越！可我又能为他们做些什么？直到二十年后一个偶然的机遇，我再次近距离接触了这个已迁到成都附近、改名为核物理研究院的科研群体，参观了他们新研制出的"中国环流器二号"。我深受启发，灵感萌动，据此写成了一部长篇小说《聚变》，并申报为中国作协重点作品，由解放军文艺出版社出版，希望世人能永远铭记科学家和聚变人的丰功伟绩。

　　时间过去很久了，实在记不清是哪一年，我也曾陪同国家科委领导，去视察过另一个离乐山不远的核工业基地。在我的小说《聚变》中，又如此写道：

在本省连绵百里的莽莽群山之中，还簇拥着另一个核工业的科研基地。据说这个研究所用了六年时间才建成，远远看去，只见在一座巍峨大山的屏障下，一片建筑群拔地而起，高高耸立的水塔和色彩斑斓的办公楼参差错落。细看之下，才发现管道纵横，车辆穿行，隐约还有机器在轰鸣，绿树掩映中另有几栋红墙灰顶的家属楼，一派勃勃生机的景象。江河踏进这个研究所，就觉得历史在惊人的巧合。江河一直在拷问自己，深深感到肩上担子的重量。这个研究所和聚变研究所面临的情况一样，他们能否禁得起这次机构改革的冲击？国家的这一变革又意味着什么？或者它正是给予这样的研究所一次展翅腾飞的契机？

在简单的问候之后，他听取了所领导的汇报：这座研究所的建立是在60年代后期，当时的中国百废待兴。在核技术领域，反应堆虽然已被美国作为商品出卖，但一切技术都是保密的，而我国科研人员的认识还是一片空白。一纸红头文件，调动了成百上千人的神经——我们也要搞自己的脉冲反应堆！部里很快拍板立项，并且立下军令状，组成了一个设计和研制的班子，要在大西南的深山幽谷中，建设我国第一座脉冲反应堆。施工蓝图很快就绘制出来，寂静的山林中回荡起开山炮响，反应堆工程破土动工了！群山也沸腾了！在希望的土地上，推土机的轰鸣声喧嚣着一个个壮丽的黎明和黄昏……

从那以后，一批又一批朝气蓬勃的建设者与科研人员，就投入了一项又一项艰苦卓绝的工作。他们凭着高度的责任心和顽强的奋斗精神，在这荒无人烟的地方开天辟地，创造着生活也创造着奇迹。他们只有一个心愿，要完成一个光荣的梦想，为中国人争一口气！经过艰辛曲折的研制，脉冲反应堆终于成功运行了，那一道道蓝光闪烁着熠熠耀眼的光辉，犹如科研人员那一颗颗滚烫的心！

听完汇报，就去实验大厅参观正灿烂星光般散发着晶莹光芒的反应堆。江河向下俯视着那不锈钢板围成的水池，只见在清澈的池水底部，一根根燃料元件四周辐射出湛蓝湛蓝的光焰，平静、安宁，似乎耸立着一根根发着蓝光的"定海神针"。突然，嘭的一声响，随着气动脉冲棒的飞升，从水池底部又射出一道耀眼的光柱，冲出数米深的水层，昙花一现般的炽亮金光转瞬即逝。人们正在目睹这一神奇的光芒，示波器的荧光屏上，已经记录下一道刚劲有力、尖峰有如利剑的波形图。这就是我国自行研制的第一座脉冲堆，在美国之后，中国是世界上第二个掌握这一神奇技术的国家。江河观察着四周，好像走入了一个奇妙的世界。这种脉冲反应堆是具有安全性的堆型，而此时在美国，各种改进型号的脉冲堆已如雨后春笋般地被研制出来，并广泛应用到各个领域中。它安全、经济、用途众多、使用方便，备受人们青睐，已成为最走俏的市场商品。江河心里又掀起了瀚海般的春潮。这个研究所的人们还不知道，旋律激昂的商品经济正在冲击我国市场，军转民的进程已不可逆转。或许这个深藏在大山里的研究所，对突如其来的命运转折还没有任何预感，更不知道在这个变革的深层背景里，正酝酿着他们始料所不及的狂风暴雨……

参观结束后，江河控制住自己的激动，跟实验大厅里的有关人员一一握手，亲切问好，热情地说着祝贺的话：这个脉冲反应堆的成功运行，是你们研究所广大科研人员、工人、干部辛勤劳动的结晶。在我国的核工业战线，这也是一个成功研制的里程碑。今后希望你们再研制出第二个、第三个反应堆，为我国的科研事业推出一个又一个里程碑……到那时，我们再向祖国报喜，为你们请功！

在场的人都热泪盈眶，热烈鼓掌。当天晚上，所里举行了盛大的酒会。欢声笑语中，核工业者兴奋地举起了酒杯，但酒还没喝，激动的泪水就滴进了酒杯，使得杯中酒更清香，更醇美。只有坚韧不拔的人才能获得胜利，只有顽强奋进的人才配享受欢乐。但此时此刻，江河心里却是百感交集，他的欢愉里带着几分严峻，笑脸中包含着些许深沉。虽然在核工业部工作了很长时间，但江河从没想到过，因为国家前期的一个重要决策，这么多优秀的科研人才就来到这片大山里，艰苦创业，奋斗到底，甚至积劳成疾，献出了自己的生命。"献了青春献终身，献了终身献子孙。"这真是对核工业建设者生动的概括，也是他们毕生奋斗的写照！正因为有了这一群不计较自己个人得失的科研人员，在大西南的山山水水中，一座座核科研基地、实验室、一排排高大的生产厂房，一条条纵横交错的道路，才能在建设者们手中奇迹般地诞生，而且不断传出一个个捷报和喜讯……

江河把深邃的目光投向窗外，继续向远处伸展，仿佛看到了日月如梭，江河倒转，世界的动乱与和平，核工业的追求与实现……它们和这森林、青山的神话与传说，共同孕育出了一种深沉的历史情愫，那样强烈地激励着他。江河长舒了一口气，这几天来，他看到了一批又一批默默奉献的人们，他们确实在干惊天动地事，做隐姓埋名人。而他们身上所发出来的星光般的亮点是如此璀璨耀眼。正是这无数的星光，构成了中国科学界灿烂的银河。现在他怎能忍心看这星光消逝、银河黯淡？江河在心里暗自下定决心，只要有可能，他一定要想办法帮助他们……

我书中写的那个核工业所，应该就是 909 基地，是这片干净又圣洁的沃土。

37 年过去，弹指一挥间，又能光顾此地，真是荣幸之至。偶然跟接待我们的核动力院宣传部副部长聊起来，年轻帅气的他那时还没出生呢！

此次采风参观，虽是浮光掠影，但也刻骨铭心。因为有一张灿烂微笑的脸，总会随着一缕春风浮现在我面前。他就是彭湃的儿子彭士禄。他的头发乌黑油亮，眼睛深邃有神。他脸上的皱纹并不显老，却表现出一种非凡的气度。他那高高的标志性的颧骨，更是展现着特有的深厚力度。他有显赫的家世：父亲是老一辈革命家，中国农民革命运动的先导者，牺牲在上海龙华；母亲也是年纪轻轻就为革命而献身；这个家一门忠烈，竟有六个为革命事业献出生命的亲人！彭士禄很小就成了孤儿，5 岁当乞丐，8 岁被捕，关在不见天日的黑暗潮湿的牢房里，直到奄奄一息才被放出来。地下党把他寄养在同情革命的穷苦人家，但他为了生存躲躲藏藏，要避免敌人"斩草除根"，还不得不经常改名换姓，住进不同的人家，也干过不少活：放牛、打柴、种地、绣花……直到 1940 年被送至延安。真是独特的经历，神奇的传说！全世界有哪些人如同他这样，担任过那么多角色后，最终成为核动力专家？全世界又有谁知道，他竟然和万千同事在条件极差的情况下搞成了核潜艇？

他门前那棵高大粗壮、茂密青翠的香樟树说：我知道！他就是闻着我的芳香，在我的枝叶下大胆拍板，组建了"山头指挥部"。他屋里贴着巨幅的中国地图，还有那么多画满符号和数字的表格图。我看见每个夜晚，他都在这屋里伏案计算，像是一头憋着气的巨狮。我知道他怀着那么多忧虑和责任，在努力完成着自己的使命。在那漫长的不被人知的为核能而秘密奋战的日子里，只有我知道他睡得最晚，起得最早。清晨，他精神焕发地起身，在我的繁叶下做操，带着露珠的花儿向他微笑。夜晚，他顶着星星从实验室回来，闻着夜合花的芳香，又伏在桌上描图计算。有时候他会突然走出房间，望着面前寂静漆黑的山野，幻想着科学的明天，它是那样美丽、那样动人，是他生命里永远灿烂的奋斗主题，是他笔下瑰玮绚丽的多情诗篇。他想呀想呀，又会跑回屋里，精神振奋地继续工作……对了，我还看见他用热茶伴着冷酒喝，那真是太别致了！我也曾看见他妻子马老师问他：你为啥不听我这个老婆的话？他笑着说：因为你只是我的第三夫人，我的第一夫人是核动力，第二夫人是烟酒茶。我看见他为了说这话，在家里总挨马老师批，还被她打过几拳，拧过几把，但她也亲过他无数次……哎，这可是人们看不到的隐私哦！

树知道，花知道，彭士禄曾经在自己人生的坐标中，没有过一丝犹豫。他考虑的总是国家和人民。中华人民共和国成立后，他结束了流浪的生活，被送去苏联学习，党却需要他改行。他那时站得很高，眼睛凝望着远处，注视着国家和民族的未来。他知道自己将站在科学前沿，面前是未知的领域和亟须探索的奥秘，人类的触角将伸向太空，矗立在浩渺的苍穹。他还感到了历史的雄伟与沉重，虽然这不再是冷兵器厮杀的时代，但激烈的竞争仍然存在。一个伟人说："一万年太久，只争朝夕！"那就是战斗的号角、国家的战略、人民的利益，也是他必须冲锋陷阵的战场。

于是，他来到这片青山中，以极大的热情发起了科学攻坚战。直到他手里握着那个神奇的"潘多拉魔盒"，骄傲地窥视着头顶的蓝天和脚下的大地，只要命令传来，他便启动那把钥匙，深海中就会响起一声惊雷，荡涤着尘埃……

他一生只有两个梦想，都做到了！忧国忧民的辛劳，呕心沥血的付出，换来了核潜艇陆上模式堆的成功！他应该是那片青山里的大树，但他却说，他没有干下什么丰功伟业，他只是做了自己要做的事。在墙上的照片里，他曾青春年少，也有鹤发童颜，甚至垂垂老矣，但他仍在自豪地微笑着！好吧，那么他就是中国核工业这棵参天大树上的一片绿叶，他为中国的核工业作出了重要贡献，他的生命之树长青。如今他已离我们而去，他的辉煌事迹却永远长存，他的胸怀和气质也永留人间，闪耀在人们心中，而且感动着所有参观的作家，不止一个人想要写他……

筚路蓝缕，以启山林。青衣江边，青山脚下，何止一个彭士禄！科学家就是我们这个时代最可爱的人。另一个老科学家赵仁恺，也是909的核心人物。他跟彭士禄恰好相反，没有光彩的出身，人生道路因此更崎岖。但两人却是黄金搭档，珠联璧合。往往是彭士禄大胆拍板，赵仁恺便砥砺前行。60年代初，就是他率领一支年轻的设计队伍，在白纸上画出了中国核潜艇动力装置的蓝图，这是一张强国防、壮军威的蓝图。赵仁恺随之被任命为潜艇核动力陆上模式堆的工程设计队队长。他立刻意气风发地来到这片青山脚下，一干就是三十年！"文革"中他忍辱负重，默默承担，历尽了百般的艰辛和煎熬，才迎来自己壮美辉煌的人生。他设计了中国"潜龙"的心脏，他也是909的心脏，历经磨难，仍然坚强有力地跳动着……

这样的故事还有很多，正如一个核工业诗人所写："一条河，两条河，三条河，核工业汇集了无数江河。它们日夜奔流，却不沉默，吟唱着建设者的赞歌……"

时间飞速逝去，一栋栋试验楼拔地而起，跟这片青山血肉相连。909也把自身能贡献的东西全都贡献出来了，无论成功失败，总是活得精彩！科研人员都爱这片青山，这是他们用热血和青春奋斗过的地方，这里有他们辉煌的事业。

然而进入90年代，核动力院又面临严峻的考验：国家对909再无投资，也没有明确规划，更无项目开发，全院5000多人窝在大山沟里等饭吃！为了解决这个困境，院里派人东奔西走，到处找项目寻资金。钱积惠正是在这艰难的局势下，担任了核动力院的院长。其时人才流失严重，科研人员再也不能忍受这份莫名的清贫，他们要生存，孩子要读书，他们即使满腔热血，但却有力无处使啊！

天知道，地知道，在一个寂静的夜晚，钱积惠独自来到山头指挥部那棵高大的香樟树下，思绪有如一缕丝线在夜空中抽拉出来，又在漆黑的山野中回环飘荡，他的思路也渐渐清晰，不禁神往地想：这片青山虽然地杰人灵，我们核院的潜力更是无穷，只要能冲出这片群山，必将大有作为，又会是另一番景象！他脸上露出久违的笑容，几片香樟树的叶子立刻呼应般地落到他头上。他长舒了一口气，他终于为自己的研究院和千辛万苦的同事们，找到一条更加宽阔的康庄大道了！

借助"三线迁移"的国家政策，核动力院终于迁到成都。钱积惠又斗胆给中央领导写信，得到有力的批示，国家投资建设了新一代核动力试验平台，命名为"615工程"。其重大意义在于：为中国的核电发展制定了一条依靠本国的技术力量和设备，走自主发展的道路。这也是中国核动力事业的"造血工程"，为设计院托起了光辉的明天，筑成了他们的第二次腾飞，是研究院走出这片大青山、走向商品市场、走向国际舞台的关键工程，也是核动力院突出重围的一次成功壮举。

但在这青山中仍然留下了一片净土，这里曾有一群灵魂干净的人，扎根此地，茁壮成长，蔚然成才。他们曾肝胆相照，患难与共，干出了一番轰轰烈烈的事业。这里成了研究院的基地，人们喜欢回来看看，每一次欣然回归，都是一次灵魂的洗礼和皈依；每一次来寻故地，都会找到个人价值的重新定位，才不会迷失人生的方向与目标；无论什么样的艰难险阻，都不能阻止他们奋力跋涉的步伐……

这里还留下了迷人的传说，动听的放歌，还有一些人，永远长眠在这里……

叶知道，草知道，青山处处埋忠骨。我也相信在这片山中，在那云雾深处，必然有一个核工业者的烈士墓。那是一个平静而安详的世界，四周环绕着苍翠的青松和不老的万年青，正如烈士们的事业之树一般常绿不衰、生机盎然、挺拔绵长。他们生前的同事也会时常去祭奠，面对着那些烈士墓，面对那一块块刻着他们名字和事迹的丰碑，人们会想很多很多，似乎面对着美丽庄严的首都北京，面对着长城的雄浑、故宫的肃穆和天坛的神秘，还有鲜花、掌声与奖章……

适逢清明节，不禁让人想起马克思说过的那句话："我们的事业并不显赫一时，但它却永远存在，在我们的骨灰面前，高尚的人将洒下热泪。"

一座座壮美的丰碑，一个个鲜活的人物。核工业者就像新时代的"夸父"，他们逐日前行，日不落，步不止。凡是奋斗的人，都有胜利的权利。但是为了真理，为了事业，他们全都不计名利得失。为了探索神奇的原子宫殿，他们团结一致，"龙头"一跃，蛟龙便腾飞而起。如今，他们虽然离开了这片青山，但青山里还在流传着他们的故事。潮起潮落，时代变迁，这里也不再是层峦叠嶂、山石峥嵘。但这片群山没有被遗忘，无声的寂寞里，地下岩浆会跟随一支支笔，喷薄而出……

核在我心中，本就是故事。一个文友却说，核是种子。那么这颗种子，如今已长成参天大树。而每一个在909基地战斗过生活过的核工业者，就好比那香樟树上的一片片叶子，以此青绿，雕塑生死，装点人间。人活几十春，树活千百年。青山长存，亘古不变。正如那功在千秋、利在万代的伟业，永不磨灭，万古常新。

采风团的作家们乘坐大客车回城，青翠欲滴的绿树和竹林从车窗外次第掠过，远处的青山呈现出明丽的线条，颜色也渐渐清亮起来。轻柔的风吹拂在脸上，有种沁人肺腑的凉爽，作家们谈笑风生，议论着这次采访核工业基地的盛事。我却仿佛听见青衣江鼓荡起它那粗犷的旋律，在我心头奏响了一曲动听的凯歌：

> 我穿过青山的广阔，
> 看见了蓝色的星火。
> 我透过大海的磅礴，
> 爱上那绿色的角落。
> 我听见脚步声交错，

知道你曾乐得其所。
我相信所有的前行，
都出自你坚定的执着。
梦想简单，一生去做，
策马奔腾，心有寄托。
看那时间流成了巨河，
承载着无数的青春炽热。
道路坎坷，岁月斑驳，
此生无悔，壮志拼搏。
我的生命本不属于我，
让我去点燃那熊熊核火。
假如我在这奋斗中倒下，
我的灵魂也将永远超脱。
青山不老，红日不落，
这就是核工业者的歌……

# 永垂不朽的人民音乐家

## ——纪念姑父马可

莫　然

　　说某人永垂不朽，应该具备两个条件：第一，其颂扬的成就有高度，而且高不可攀；第二，其纪念的时间有长度，应该会一直传承下去。以前我只知道，配得上这个称呼的音乐家是冼星海，还有聂耳，没想到自己从未见过面的姑父马可，也会被如此称号。我相信在人民心中，他也配得上这四个字。因为那么多年过去，他创作的音乐仍然无处不在地陪伴着我们：在延安简陋的窑洞旁，在南泥湾开垦的土地上，在佳木斯热电厂的车间里，在音乐学院和歌剧院的排练厅，在演员们倾情的演唱中，在群众热烈的掌声里，在国家大剧院的舞台上，在各种节日的庆典中……直到如今，他呕心沥血创作的歌曲和歌剧，仍被当作经典传唱。那么多音乐同行怀念他，那么多普通百姓记得他、喜欢他、想念他、热爱他、崇敬他……他至今仍活在人们心里，这就叫不朽。

　　而是否永垂？在马可百年诞辰到来之际，在北京各有关部门，在他曾担任院长的中国歌剧舞剧院和中国音乐学院，在他的诞生地徐州，在各种纪念活动和座谈会上，在一篇篇热情洋溢饱含深情的文章中，他被赋予"中国民族音乐的丰碑""民族歌剧的一面大旗""为人民而歌的人""君为人民鼓且呼""永远的人民音乐家、永远的大河之子""立足于群众之间的马可""音乐的儿子、徐州的骄傲"等称号；并且以"浓郁的时代气息、完美的艺术形式""人去天上、魂留人间""永远、永远的马可""花篮的花儿香，马可已百年""《南泥湾》像水晶一样闪着光辉""民族歌剧瑰宝《小二黑结婚》散发耀眼的艺术之光""民族歌剧的永恒魅力""地理空间的艺术史书写""愈久远、愈深沉"来赞颂他；用"重新发现马可、重新认识马可""传承马可精神、艺术服务人民""让更多'马可'站出来""民族歌剧别低头，皇冠明珠不能丢""中国歌剧蹚新路""扎根沃土谱华章""既入深山，岂能空手而归"来呼唤他，已说明了一切——马可不但是一位卓越的音乐家，而且是中国文化与历史的标志性人物，也是中国音乐界宝贵的财富。他的音乐创作具有鲜明的时代精神、浓郁的民族风格、完美的艺术形式，作为一种精神传递，更会鼓舞我国音乐人一代一代大有作为，去攀登民族歌剧的高峰。

我家跟这位音乐人确实很亲，当年在延安，我大姑嫁给了他，两人一起在鲁艺搞创作，生下了五个子女。我跟马家姊妹不太熟，因为地理上的原因：他们在北京，我们在四川，隔着上千里。但我从小就知道这位音乐家姑父，他的几首著名歌曲——《南泥湾》《咱们工人有力量》《北风那个吹》《清凌凌的水来蓝莹莹的天》《夫妻识字》我都耳熟能详。更别说那两部歌剧《白毛女》和《小二黑结婚》，都是民族音乐的瑰宝！谁人不知哪个不晓？然而，我真正了解这位姑父，还是从表姊妹倾尽心力积年编创的《马可百年诞辰纪念文集》中，看到了他们的心血，也看到了姑父的功绩，那真是很非凡！了不起！

且让我们去触摸历史，去追寻姑父的足迹，去认识这位富有才华而勤奋努力的音乐家，去了解这位正直善良又热情幽默的好男人。

马可原来是一个虔诚的基督教徒，他父母就是根据圣徒的名字来为他取名的。抗日战争前夕，他在河南大学化学系学习，相信科学救国的主张。但在民族存亡的紧急关头，他和当时的热血青年一起投入了民族解放的洪流，后来又得到了音乐家冼星海的帮助，决心以音乐艺术作为战斗武器。到延安进入"鲁艺"学习后，马可的人生观和艺术观都有了重大变化，由基督教徒转变为彻底的无神论者，而且加入了共产党。他也继承了从聂耳、冼星海开始的革命音乐传统，创作了一大批有重大影响的作品，此外还写出了许多以马列主义观点来研究民间音乐和戏曲音乐的论文，对近代音乐的发展也作出了突出贡献。

"投我以木桃，报之以琼瑶。"马可的恩师正是著名音乐家冼星海。他对这位恩师的敬仰、追怀、称颂，一直持续到自己人生的终点，也是他留给后人特别宝贵的精神遗产。

1937年9月，冼星海率"救亡演剧队"到开封演出，在河南大学的礼堂里，恰逢十九岁的马可担任指挥的河大"怒吼歌咏队"正高唱着冼星海创作的《救国军歌》等抗日歌曲，两位音乐家便在燃烧的战火中，在救亡不息的歌声中，在宣传爱国的洪流中相识了。可想而知马可第一次见到偶像时那兴奋的心情。他后来写道："他是什么样子？头发很长吗？身上背着竖琴吗？我们早就等待着这位大音乐家的到来……"

虽然只有短短的时间，他们却相见恨晚，一见如故，在战争最艰难的年月里结下了深厚友谊，堪称情同手足。冼星海为年轻的马可修改作品，鼓励他自编曲集。之后两人一直保持着通信联系，马可曾把自己谱写的30首《老百姓战歌》寄给冼星海，后者便把这些作品拿到延安去发表，并欣然提笔为之作序说："马可虽然不是专门的音乐家，但他或许比很多专门的人更能负起救国的责任。"大大肯定了马可的历史担当，并对马可的未来寄予了无限希望。1938年10月，冼星海赴延安前又写信给马可，约他也去延安"鲁艺"学习音乐。此后，两人在延安有了整整四个月的朝夕相处，正是这段时间的相伴相从，深入骨髓地影响和改变了马可的一生，使他义无反顾地走上了正确道路。从这点上来说，冼星海不但是马可人生道路上的贵人，也是他的指路明灯。正是在冼星海耳提面命的引领下，马可确立了终身追求中国民间音乐和民族歌剧的艺术方向，并且一生都为之努力奋斗，做出了辉煌成就。

后来冼星海英年早逝，得知噩耗，马可悲痛无比，立刻写下了悼文《星海同志挽歌》。1949年10月30日，冼星海逝世十周年，马可和怀孕的夫人一起参加了纪念活动，两人的情绪都很激动，导致孩子早产，我的二表姐提前出生。马可想纪念恩师，又考虑到中国为长者讳的习惯，便把冼星海的名字颠倒过来，给女儿取名海星。后来表姐回忆说："冼星海去苏联之前在西安等车待了半年。夫人问他什么事，他全都说在找马可。很不幸，两人没再见面，冼星海去了苏联，再也没回来……"

回报这一知遇之恩的，是马可在冼星海逝世三十年间，始终围绕恩师的所作所为：他写了多篇回忆文章，编撰《冼星海画传》，创作了电影剧本《冼星海》和文学传记《冼星海》。1975年他发表在《人民日报》上的

《追念他——为了永不忘记》，是他生前留下的最后一篇文章，也是他临终前最后的呼喊。他在生命终结前仍在为恩师争回应有的历史地位和荣誉，这是姑父的为人美德，也是值得传世的尊师之道。

那一年，马可遵师嘱奔赴延安，进入"鲁艺"文工团，并且在那里认识了我的大姑阎庆楣（当时化名杨蔚）——他一生的爱人。

在一篇纪念姑父的文章《我们歌颂我们之再生》里，作者严平写道："……马可恋爱了。那个脸蛋红扑扑的女孩杨蔚出现在演剧队时还是一个高中生。她戴着花毛巾，骑着小毛驴，一路询问，风尘仆仆地追赶了八九百里路才找到大家。演剧队员们正在向老百姓宣传，她摘下围巾喝了两口水便教起歌来。她以自己出色的表演成功地加入了演剧队。开始大家戏称她为'小豆子'，后来叫她'山里红'。她歌唱得好，嗓子亮，且有过目不忘的本领，几乎不费力就能把所有演出剧目的台词背下来。她还喜欢跟在马可身边当帮手，夜深人静的时候，马可刻蜡版，杨蔚油印歌页，一口气可以印几百页。行军的时候，马可帮生病的杨蔚背东西。演出的时候，杨蔚独唱，马可二胡伴奏，两人配合默契情琴交融……"

感谢作者给我大姑留下了这些记录，让我们从字里行间，看到了大姑年轻时那激情飞扬的青春风采。在堪称浩繁的纪念姑父的文章中，这是为数不多的浪漫篇章。是啊，革命者也有浪漫的时候，音乐家更是看重个人感情。我家在河南孟县（今孟州市）也是有名的家族，因为大姑很早就奔赴延安，听说还带去了几个热血青年，包括好友方方的父亲，他们一直都亲切地称大姑为"大姐"，中华人民共和国成立后也跟她保持着联系。有趣的是几年后，我舅妈也同样骑着一只小毛驴从延安回来，把革命火种撒遍家乡。再过若干年，我回到孟县，亲耳听一个老太谈及舅妈当年的英姿："她剃着光头，披着上衣，腰间插着枪，好威风！"想象当年大姑在黄河边上的家乡也是这般英姿：宣传抗日，投奔革命，好威风！后来我父母正是在他们的兄姐影响下或是指引下，双双参加了革命队伍。中华人民共和国成立后，舅舅和大姑都是全家在北京工作，大姑曾担任中央戏剧学院的党委副书记，而他们的革命事迹，则在家乡成为传奇，或许还将永远流传。

但在当时，由于民族的危机，形势的险恶，据说姑父对爱情却有点排斥。他在日记中写道:"很难得,我能够在刚脱离风花雪月的时代遇见这伟大的战斗,我要在战斗中养成一个强壮的斗士,却不愿在花月下养成一个贾宝玉。真正爱我的,必能体谅我……"

然而即使在最残酷的战争环境里,年轻的心也充满浪漫,有着对美好生活的憧憬。何况姑父又是个热爱生活而且乐观向上的人。一个当年的演剧队员,回忆了一个很有诗意的夜晚:"在那迷人的初夏,月光如银,遍洒大地。我们走着走着,突然前面麦田里飘来像仙乐一样悠扬的二胡声。原来是马可早已奔到前面,在奏乐欢迎我们呢!"

严平接着也写道:"对这样一个魁梧健壮的青年,一个对生活和艺术充满热爱的人,怎么可能没有人生出爱意,他又怎么可能抵挡得了爱情的袭击。杨蔚单纯炽热的爱打动着他。杨蔚面对父亲的阻拦毫不犹豫,终又流下眼泪,让马可看在眼里感动在心。一往情深的杨蔚终于赢得了马可的感情。这个出身'世代书香'的小姑娘最终和马可结成夫妻,并在此后人生的各种关口坚定地站在马可身边,支持呵护着马可……"

在纪念姑父的文集里,这篇文章最为醒目,详细又浪漫地记载了马可当年脱胎换骨追随革命的心路历程。此文发表在《收获》2017年的第一期,感兴趣的读者可以去查看,它会给你一个形象鲜明的马可。

关于阎家的"世代书香",我们其实知之甚少,只知道祖上曾有人中过举,而饱读诗书的爷爷则拿土地出租的钱办了一所学校,父母都曾是这个学校的学生。这个名为"凤翔"的学校至今仍然存在,这一点就够了!我们虽然也没见过一辈子教书育人的爷爷,但阎家确实担当得起"世代书香"这个说法,我们后代也该以此书香门第为荣。

关于大姑,我们也知之甚少。只知道大姑在"文革"中遭受迫害,不久便脑中风瘫痪在床,口不能言,后来基本失去了意识。而姑父由于身处高级艺术院校的领导地位,更是在此期间饱受摧残,居然因为演剧队的历史而被认定为"特务",被关押批斗,身心受到了极大伤害!

读到严平的这段文字时,我不禁潸然泪下,痛彻心扉:"1976年,58岁的马可凄然离世。对于父亲的死,孩子们谁都没有在杨蔚的病床前说起过。可是有一天,迷迷糊糊的杨蔚突然睁开了眼睛,她哆哆嗦嗦地大声嚷道:'海星,爸爸去世的事情……告诉我!'女儿惊呆了,她抱住母亲,再也无法抑制心中的悲痛，禁不住号啕大哭！"

据说大姑已经多年丧失了语言能力，竟在这一刻奇迹般地爆发出真情，只有刻骨铭心的爱才能如此！可想而知，姑父对他妻子，对这个家庭付出了多少爱，才能得到这样的回报——他是被家人时时刻刻眷念着，关心着，怀念着，爱着……这也是他一家之主的人格魅力。

在表姊妹们精心制作的这本文集里，有几张照片非常吸引人，这是姑父和家人的合影：他出国后给孩子们买的礼物，他陪孩子们去游泳……姑父和孩子们都灿烂地微笑着，他们在家人那深厚的感情里，互相收获了最多的喜悦。姑父很爱孩子，每一个子女的取名他都慎重对待。大女儿在最困难的时候出生，本来名叫"马难难"，后来他说太难听了，就改成楠木的楠。儿子出生时，延安开始自救搞大生产，有点威风了，姑父就说："男孩子嘛，就叫马威威。"二女儿海星又叫"小星星"，姑父很喜欢她，疼爱得每天都抱着，舍不得放开。写《小二黑结婚》时，二表姐马海星三岁，姑父是抱着她完成的。那时他们住在北京棉花胡同，郭兰英也住在那里。马海星回忆说："兰英阿姨跟我说过几次，说你爸写《小二黑结婚》时抱着你，说一看见你就来灵感了……"

这个细节深深打动了我，让我看到了一个有血有肉感情丰富的姑父。我家一直有个传说：姑父去世于唐山大地震的前一天，因为奔丧，大表哥一家三口及时回到北京，得以保全性命——地震使他们的房子全塌了！多么神奇啊！真是天佑奇才！这算不算是姑父最大的灵感呢？在他生前的每一个时刻，他随时随地都在全力热爱和倾心保护自己的家人，相信在他生命的最后时刻，也是全心全意挂念着唯一的儿子啊！

但姑父除了是好丈夫好父亲，更重要的身份是成绩卓著的音乐家，也是革命年代里的"真汉子"！在国家危亡之际，他胸怀大千世界，脚踩民间土地，怀着一颗赤子之心，投身抗日战争的洪流中，并且放言："在这大时代里，是汉子就该自己创造自己！"真是有气魄、有自信、有风骨的豪言壮语，也是值得传承的马可精神！姑父说到做到，来到延安进入鲁艺后，他接受革命文艺理论的熏陶，发起组织"中国民歌研究会"，采集、记录了大量民歌和民间音乐，并将这些散发着泥土芬芳的艺术原材料运用到自己的创作中，通过不屈不挠的艰苦努力，与老一辈艺术家共同创立了民族歌剧的新形式，在中国近代音乐事业上取得了突出成绩。他的"一白一黑"（《白毛女》《小二黑结婚》）两部经典歌剧家喻户晓，影响遍及全国，这是国内其他任何歌剧至今都没能达到的辉煌。

中华人民共和国成立后，马可又投入到新一轮的文化事业建设中，历任中央戏剧学院音乐室主任、歌剧系主任、中国音乐学院副院长，并兼任中国歌剧舞剧院院长及《人民音乐》杂志社主编。他用自己的赤诚之心和革命情怀，热情拥抱每一次历史变革，将自己的人生轨迹与国家和民族的命运紧紧联系在一起，成就了光辉而传奇的一生。

总结起来，姑父在音乐史上有"五个第一"，都是具有开创性的：

《南泥湾》——中国第一首革命传统歌曲。

1934年春天，马可随延安鲁艺秧歌队来到南泥湾，向在毛主席开展大生产运动的号召下，以自己勤劳的双手把荒草遍野的南泥湾改变成陕北江南的三五九旅战士表示慰问，并献上了为他们编演的歌舞节目《挑花篮》。《南泥湾》就是其中的插曲，此曲优美柔婉，舒展动人，很快在解放区流传开来，至今仍在传唱，成为经典名曲。新中国成立后，大型音乐舞蹈史诗《东方红》上演，周恩来点名叫郭兰英去演唱这首名作。

《白毛女》——中国第一部富有特色的新歌剧。

延安文艺界开展的新秧歌运动，大大推动了新兴的革命艺术进程，大型五幕歌剧《白毛女》就是在这样的背景下产生。1945年春天，由贺敬之、丁毅执笔完成了剧本，马可是主要作曲之一。他以河北、山西、陕西等地的民歌、小调和地方戏曲为主要素材，借鉴西洋歌剧加以改编创新，塑造了各有特色的音乐形象，为中国新歌剧的发展奠定了基础。而著名唱段《北风吹》，却是马可的家乡徐州非常流行的民间曲调《小白菜》的旋律，正是民间音乐的营养滋润了这位享誉中外的人民音乐家。马可对中国传统音乐也是真诚尊重、虚心学习的态度，他在延安持续多年深入民间，四处采访，冒雨顶风，不畏艰难。表姐海星回忆说，有时鞋子都走没了，光着脚走回驻地。那时姑父年仅25岁，正是青春豪放，意气风发，英姿勃勃，神采飞扬。这一年的4月28日，经过反复摸索精雕细刻的《白毛女》隆重公演，献礼中共七大，毛泽东、刘少奇、朱德、周恩来等中央领导都来观看。贺敬之回忆说，毛主席一直都很沉静和专注地看着，最后喜儿唱到高潮时，他的眼泪几乎快要掉出来了！可见该剧的影响之深远。正因为如此，《白毛女》又经过几次大修改，在该剧完成十年后的 1962 年，原班人马复排，大家都觉得第五幕偏弱，又请贺敬之重新写词，他就增加了"恨是高山仇是海"这段重要唱词。马可接到词作，立刻把郭兰英叫到家里，两人边写边唱，一起完成了创作。后来郭兰英回忆说："大夏天的，马可同志光着膀子，流着汗，拿着一块毛巾，腿上铺着纸，他一边写，我一边唱，挺感人的！写完了，第二天就排练，正式演出时，唱得非常好，观众也喜欢……"这场演出是在天桥剧场，周恩来亲临观赏。后来这首曲子成了名段，郭兰英也演绎得最好。这个鲜为人知的故事告诉我们：钢铁就是这样炼成的！

《咱们工人有力量》——中国工人阶级第一首战歌。

1948 年 10 月，马可参加了鞍山钢铁厂工人恢复生产的斗争。熊熊燃烧的炉火，隆隆轰鸣的机器，欢快热烈的劳动，如火如荼的场面，深深打动了他的心弦，他决心要为工人写一曲战歌。这首歌便应运而生，以其通俗易懂、激情满怀的歌词，铿锵有力、豪迈热烈的旋律，表现了工人们为支援全国解放而紧张劳动的生活，塑造了中国工人阶级顶天立地的英雄形象。歌曲吸取了民间秧歌和号子的音调，节奏明快，前段的豪迈音调和后段的劳动呼号，再加上反复多次的短小乐句，具有很强的概括力，把歌曲推向高潮，也把工人阶级改造世界的雄伟气魄、忘我劳动的崇高精神完美地表达出来，具有强烈的感染力。这首歌从它诞生起就迅速传开，一直唱到今天，成为中国最有影响力和典范意义的工人歌曲，也使马可的创作升华到一个崭新的境界。有意思的是，若干年后，佳木斯创作了话剧《燃烧的旋律》，姑父作为主角出现在舞台上，展现了他在激情如火的岁月里，在极端艰难的条件下，如何以热血男儿的担当，激发了音乐天才的灵感，创作这首旷世名作的精彩故事。

《陕北组曲》——中国第一个将民族乐器加入管弦乐队的典范之作。

1949 年春天，千里沃野孕育着第一个丰收的年景。马可的脑海里也酝酿着他的第一部管弦乐曲《陕北组曲》。在此之前，为了掌握交响乐队各种乐器的性能，他花功夫把贝多芬的第六交响乐总谱翻成了简谱来研究，并且记了厚厚的笔记，使人不得不佩服他那坚强的毅力。在这首脍炙人口的乐曲里，他运用浓郁的民族音乐特色，描绘了陕北人民愉快生活及保卫延安取得胜利的喜悦心情，也表达了中国人民在党领导下建设新中国的火热情景。为使乐曲具有中国风格、中国气派，马可不仅在音乐素材方面选取了《信天游》《剪剪花》等民歌，还对管弦乐法进行大胆改革，首次将板胡加入乐队编制，大大增强了地方特色，使管弦乐更符合人民群众的欣赏情趣。这一开创性、突破性的做法，此后逐渐成为我国管弦乐队常见的组合方法，而被普遍采用，真是一大创新。

《小二黑结婚》——中华人民共和国成立后第一部产生较大影响的歌剧。

1950年，马可任中央戏剧学院歌剧系主任，他一直有个强烈愿望，想把赵树理的小说《小二黑结婚》改编成歌剧。那年秋天招进了第一批学员，他立即付诸实施。首先他带领杨兰春、郭兰英等人去拜访原作者，请他介绍创作经过；接着又带领他们去东南体验生活，步行数万里，访问了几十名基层干部和群众，对当地的风土民情、民歌、民俗、地理环境做了大量调查了解，边调查边构思。比如看见十字岭村头有一池清水，他们想小芹一定在这里洗过衣服，于是触景生情，设计了那段经典的情节和唱词："清凌凌的水来蓝莹莹的天，小芹我洗衣衫来到了河边……"通过体验生活，掌握了第一手资料，在马可主持下，由田川、杨兰春执笔，历时半年，数易其稿，完成了剧本创作。马可又亲自为其谱曲，由歌剧系的学员参加毕业演出，1953年在北京公演并获得成功，后来成为中国歌剧院郭兰英的保留剧目。这是马可继歌剧《白毛女》之后的又一力作，也是中华人民共和国成立以来第一部影响较大的歌剧。这也是一个跨越时代的卓越贡献，为中国创造了一个新的歌剧类型——在戏曲基础上发展的新歌剧。马可作为中国音乐教育的领军人物，在那个百废待兴的文艺复兴的特殊年代，肩负起中华文化的责任担当，推动了中华文化的发展。为民族歌剧的振兴打下了坚实基础。也是他在艺术创作的创新发展上，坚守着中华文化的根基，坚信中华文化的优势，对中国乐派的建设作出了不凡业绩。之后，舞台上出现了一批按此理念创作的《红珊瑚》《洪湖赤卫队》《江姐》等歌剧，在60年代形成了我国民族歌剧的巅峰！

姑父的音乐创作活动，开始于1936年，那年他18岁。他的最后一部作品、组歌《大寨路》完成于逝世前夕的 1976 年，前后持续 40 年。他把一切都奉献于 20 世纪的中国大时代，他确实创造了自己，他用一部部经典传世的作品，铸就了一座座辉煌而不朽的丰碑。

音乐是人类历史上先于文学出现的抒情方式，是人类生命进程中须臾不可离开的精神食粮，是人们生活中几乎无所不在的影响性力量，同时也是最具独特情感色彩和神圣感召力的精神号角。而马可则是这样一位在音乐道路上的优秀践行者，他以杰出的艺术才华激励和影响了一代代音乐人奋勇向前，用生命之火点燃了中华民族的精神火炬。

他是我的姑父，我热爱他，并且为他感到骄傲。

当我进入马家微信群，说要为姑父写一篇纪念文章时，大表姐马楠说："欢迎你的加入，我爸爸也是一个作家，你们是同行，他一定非常欢迎你！"我回复说："姐，你爸太伟大了！我怎能跟他相提并论？"

确实。在马家姊妹编撰的《马可百年诞辰纪念文集》中，我发现姑父不仅是一位富有浪漫激情的作曲家、理论家，也是一位优秀的作家。他做事极其认真仔细，早在他刚开始学习作曲时，就把自己 1936 年至 1940 年的习作编成了四本《牙牙集》，完整地保留了下来。他还留下了一批非常珍贵的日记，共有 48 本，284 万字。从 1938 年开始到 1976 年逝世前，除了延安整风的那两年不得不中断写作外，这批日记竟然躲过了战火，躲过了"文革"，完好地保存至今。它们真实地记录了那个时代，保存了姑父的生活及重要的创作信息。后来，表姐妹们无私地捐献了这批日记和父亲的全部手稿、资料和出版物，各方筹措资金，于 2006 年编撰了《马可选集》共九卷，一、二、三卷为音乐作品，四、五、六卷为文字作品，七、八卷为日记选编，第九卷为"年表、画传与著作总目"。可谓浩繁完善，也可告慰姑父的在天之灵了！

在这些文集的封面上，都有马可的大幅黑白照片。近距离面对姑父，照片中的他鬓染风霜，笑容凝重，深邃的目光穿过漫长的时空隧道凝视远方，在冥冥中折射出耀眼的光芒。这是一个经历了千锤百炼功成名就的音乐家，也是我未曾谋面但觉亲切可爱的姑父。他的唇边挂着淡定无畏的笑容，他的眼睛里还有没燃尽的热情。在人生曲折的道路上，姑父是幸运的，他遇到了一些充满阳光的人，他们身上的智慧之光，给马可带来了光明和希望。但这条路却是他自己选择，自己坚定不移地走下去的。时代太遥远，史料太厚重。但从姑父悉心留下的日记里，会看到一个孤独青涩的马可，穿过硝烟弥漫的战火和布满荆棘的道路，迈着艰难的步伐向我们走来。他在无眠的静夜里思索和奋笔写作，他在炸弹落下房屋坍塌的街区上悲愤交加，他在巍峨的太行咆哮的黄河边激情澎湃，他在行军路上高举旗帜大步奔跑，他在黎明与黑暗之间顽强地唱响自己的生命之歌，他在共和国成立时喜悦得泪流满面……

往事苍茫，岁月悠悠，姑父心灵的窗户已然默默关闭，他似乎离我们很远很远。但那些没有尘封的日记，那些发黄的纸张，还有人们无尽的怀念之情，又让他重生。当那些充满激情的优美歌声再度响起，姑父就活在那些歌声里，活在永不消逝的音乐中，永远永远……

　　刘小苹，名字与"文革"无关。中国散文学会会员，四川省作家协会会员，第五届四川散文学会理论部部长，四川省文艺传播促进会常务理事、女子散文创作中心评论部部长。著有散文集《迟到》《有一种痛》。主编四川省散文学会理论部评论文集《读你》、赵先前散文集《雪崩》，并参与《路魂》《川黔散文选》等多部散文集编辑。现任《格调》杂志美文专栏编辑。新闻《江泽民喜看中国环流器一号》获四川省好新闻一等奖，散文《揭开核聚变神秘的面纱》获四川省五一文学艺术奖，散文《废墟上站立起的红白镇》获中国散文学会第十届《中华颂》大赛一等奖，散文《真资格的巴山秀才》获首届四川散文奖，方言小品《卫生妈妈》获四川省首届戏剧小品作品比赛二等奖，散文《不要离休待遇的老党员》2022年获中国散文学会、《中国家》杂志喜迎二十大征文优秀奖。

# 电视剧《狂飙》中的好人和坏人

## ——小议《狂飙》的人物塑造

刘小革

　　《狂飙》，是一部扫黑除恶的电视剧。这样的主题，必定是深得人心的。加之剧情诡异多变，环环相扣，而且主演的演技十分精湛，更加引起了观众的追捧。这部电视剧的好，观众有目共睹。它比较客观地披露了当下社会中政界上下、经济领域、政法系统以及社会各方面的现实状况和错综复杂的矛盾，让观众认识到一些社会问题为什么总是得不到解决的根本症结。

　　但是，本剧也存在明显不足，那就是人物的塑造。

　　先说头号正面一号人物安欣，我认为他的形象明显过于单薄。不可否认，安欣是我们心目中的英雄，然而，他却是一个只可仰望，无法效仿的英雄。因为现实中几乎找不出他这样孤家寡人的英雄。他单身一人，无亲无故，全无后顾之忧。因此，他为了扫黑除恶愿意也可以随时献出生命。但如此一来，他的英勇就可能给人一种"光脚的不怕穿鞋的"感觉，他的英勇、他的坚韧也就会打折扣。

　　假如他和大多数普通人一样，有家有口，有亲人有爱情，那么，他的扫黑除恶就会遇到更为复杂的阻碍。他会受到各方面的牵制，他的行动就不会那么义无反顾，他只能负重前行。他必须克服更多的困难，斩断一条又一条羁绊的绳索，才能迈过一道又一道难关。只有这样，安欣这个英雄的形象才会是真实的、丰满的，也才更可信。而现在的他，让我想起曾经那些样板剧中的英雄人物，比如《龙江颂》中的江水英，比如《沙家浜》中的阿庆嫂，无儿无女无伴侣无父母，这是正常的人际关系吗？

而且，安欣这个令人仰望的英雄，还有一个最大的缺陷，他没有正常的人性温暖。他在应当谈情说爱的青春年华，绝情地推开了青梅竹马的女友孟钰。就算他当时是怕自己连累女友，是因爱而忍痛割舍，那么，他内心对孟钰的爱就不应该消失，不可能也不应该眼睁睁看着心爱的女友所嫁之夫杨健走上犯罪道路而不管不问，何况杨健还是他曾经的亲密战友。摆在观众面前的事实是，他不但没有保护钟情于他的女友，反把女友推向差点犯罪的边缘。

　　最无情的是，他最后竟然还要赌一赌前女友会不会陷害他吸毒。他的这一赌，与案情的发展已经没有关系，纯粹是想测试前女友对他的个人情感，太自私了！那么，万一女友给他下毒，就把女友置于了死地。他这样做，是缺德，不值得学习。这更是安欣这个人物极大的败笔。因为在我看来，一个人品德的好坏，有没有人性就是试金石。

　　要说安欣没有人性，似乎也不是。因为他与高启强的交往，就是由同情高启强开始的。他甚至大发善心，违反规定，也要帮助当时是底层小人物的高启强。他还多次冒死抢救罪犯的生命，最后还用自己的鲜血去救高启强养子、一个横行霸道的恶少的命。但是怎么他反而对自己至亲之人，对爱自己的人，就那么绝情呢？这是不是太矛盾了？

　　在剧的尾声，前女友孟钰与他道别，这时他似乎想表示对孟钰的内疚，要给她一张银行卡，被拒绝。孟钰拒绝得好，难道钱能补偿他的过错吗？孟钰只是问他："如果我们当初没有分手，那么……"她闪烁着泪花的双眼流露出一丝哀怨。我认为在这个时刻，安欣实在是应该对孟钰真诚表达自己的内疚。虽然是无意的伤害，错了就错了，就应该道歉。况且他们从此就可能再无相逢，可惜他没有！因此，从文学艺术的角度看，安欣这个人物塑造是失败的。而从社会意义看，也大大削减了英雄人物对社会的正面影响力。

　　就在安欣耍着心眼考验前女友孟钰时，孟钰既不忍心送丈夫进监狱，又不忍心陷害安欣吸毒，她内心多么痛苦，多么挣扎，然而她最终却选择了牺牲自己，可见她的多情与善良。对由于安欣当年的无情，促使她带着赌气的情绪嫁给杨健，以至陷于今天的尴尬，她也没有丝毫责怪，因为她内心对安欣的爱从来就没有改变过。她宽容安欣，理解他对事业的执着，最后分别时依然真诚鼓励安欣："你继续做一名好警察吧。"这就是普通女子孟钰。这个配角戏份不多，但形象丰满，让人感动。

总之，我认为，这种好题材作品，正面人物一定要下功夫写好，要有血有肉，才站得稳当。

现在说说反面一号人物高启强。

这部电视剧取得较大成功，除了打黑除恶的主题与民同心之外，还有一个很重要的因素，那就是反面一号人物高启强塑造得十分成功，几乎是超越了过去影视作品中众多黑大佬的形象。

高启强是怎样从受欺负的底层小人物一步一步走向罪恶的深渊，蜕变为心狠手辣的黑老大的呢？电视剧对他每一次蜕变都有可信的铺垫。他出身贫穷卑贱，本能渴望改变自己的地位。虽然没有读多少书，但智商极高。因此，一旦有了改变命运的机会，他就会紧紧抓住。从某种角度看，可以说是安欣成就了他。他的蜕变是从安欣给他推荐的《人性的弱点》《孙子兵法》等书籍开始的。这类书应该算作是典型的厚黑学书籍，正是这些书奠定了高启强以后人生的理论基础。写到这里，我不能不再次提到安欣这个人物塑造的失误。他推荐此类书给高启强看是什么目的？他难道是要为自己实现英雄梦而有意培养一个顶级对手吗？

这只是我的疑惑，谁能解答？

而高启强有了厚黑学作为理论基础，凭借他的高智商活学活用，巧妙地利用各种人物之间的矛盾，不择手段，打击异己，残害忠良，为自己升级，短时间内就以惊人的速度成为称霸一方的黑社会老大。

但是，我们又看到，在高启强的十恶不赦中，却又有着人性的温度。他渴求翻身的原动力，更多的是想要为他的弟弟妹妹创造好的生活。他娶前黑老大的遗孀为妻，却也是真心地爱她。他知道自己的罪恶有多大，绝不让亲弟弟妹妹染指黑社会团伙任何事务，弟弟后来的加入也非他所愿。而且，他遵从妻子意愿，坚持不让养子进入他的强盛集团，而且为此如亡命徒般疯狂与养子赌飙车，断了养子进集团的念头。总之，他很多时候都在尽可能地呵护自己的亲人。而最后他要杀死养子也完全是出于仇恨养子间接害死了他心爱的妻子。

所以，展示在观众面前的高启强，一方面是一个穷凶极恶的黑老大，一方面又是慈父般的长兄，是一个把妻子捧在掌心的好丈夫。他的形象自然就会比安欣的单薄形象丰满而真实可信。可信到什么程度呢？据说甚至有观众提出，要查一查饰演高启强的演员张颂文是不是真是参与了黑社会，不然怎么演得那么真、那么坏？

另外，《狂飙》中的正面人物总体很弱，其中还有部分人还经不起诱惑，走向了反面。坚持正义的安欣、李响以及安欣的徒弟都是孤身一人独立作战，甚至还被警队同行集体排挤，极少得到上级强有力的支持；而反面人物高启强和赵市长都很强大，呼风唤雨，无所不能。他们上面有黑保护伞，手下又有一批人被他们掌控，成为他们的棋子，随便他们使唤。

这种人物设计我看不太懂，是为了表现扫黑除恶的艰难吗？还是现实就是如此？

最终，从《狂飙》中看到的是，如果没有省指导组从天而降，安欣之类好人，不管多么刚正，多么英勇，也不可能战胜黑社会团伙及背后的保护伞。就像《西游记》中的孙悟空一样，虽然勇敢拼杀，最终却必须借助观音菩萨等上层神仙之力，才能战胜妖魔鬼怪。

这样的社会环境不能不令人担忧。

多么希望有一整套健全的法制，把黑恶势力还在萌芽状态就连根铲除。那么，人民就真能安居乐业、幸福美好了。

# 灵魂与艺术

## ——《月亮与六便士》读后

刘小苹

第一次读毛姆的书，当然首选他的经典代表作《月亮与六便士》。据说这是以法国著名画家保罗·高更为原型的故事，更引人想读。

翻开这本书，我居然有一种疑惑：这是一部小说吗？怎么感觉是文艺评论呢？作者说：老实讲，把艺术看作只有能工巧匠才能完全理解的艺术技巧，其实是一种荒谬的误解。艺术是什么？艺术是感情的表露，艺术使用的是一种人人都能理解的语言。

忽而回过味来，毛姆要讲一个画家故事，自然少不了对艺术的鉴赏和评论呀。

查尔斯·斯特里克兰德本是证券经纪人，他曾经有一个美满的家庭，有爱他的妻子和两个孩子。而在四十岁的某一天，他听从自己内心的召唤："我必须画画！"就果断地抛开家庭，走上了画画的不归路。除了画画，他没有普通人对生活的正常要求，只为画画而活。而且多次因为饥饿和疾病而濒临死亡。最后他流浪到一个小岛，一个名叫爱塔的土著女嫁给了他并照顾着他，为他生儿育女。他依旧只知画画，直至患上麻风病，死在他画着满墙壁画的屋子里。

有人是这样评论毛姆这本书的："毛姆写了一个勇敢的理想主义者，他有和整个世界对抗的勇气，他偏执无畏，撞了南墙也不回头。因为他表达了许多人藏着'诗与远方'，却又不得不为了生存而苟且的内心世界，故而得到许多人喜欢。有人说这部小说给了许多人离开现实平庸生活的勇气，激励了人们去寻找属于自己的月亮。"

我也喜欢这本书，但喜欢的原因与上述观点却大相径庭，因此我有些惶惑，于是试着用别人的眼光再去解读这本书，可仍不能说服自己认可主人公的人生态度，即便他真是保罗·高更。

也许是因我读这本书实在太晚了！到了我这年纪，"诗与远方"早已远去，留下的只有过好当下，实实在在地过好眼前的每一天。

我不知假如我退回去50年，会不会向往他那种"诗和远方"，即便向往，会不会最终依然会选择抬头望着月亮而又俯身去拾取六便士？我有些为我这种甘愿"苟且当下"的心态感到羞愧。

可是，我又为自己开脱，我们毕竟是活在当下。

在我看来，小说毕竟是小说，查尔斯·斯特里克兰德毕竟不是高更。小说中人物的生平，特别是他的品格，与高更也许相去甚远。毛姆写这个故事，要表达的是什么，我们读者只能是通过自己对这个世界的阅历和认知来解读，正所谓"一千个读者眼中就会有一千个哈姆雷特"。

查尔斯·斯特里克兰德为实现其人生理想，吃尽千般苦受尽万般罪，直至生命终结从不后悔。如果仅仅站在他的立场，是无可厚非的。

但是，无论如何，我都难以接受他的极端利己。尽管他想画画的欲望是高雅的，但他作为一个社会人，凭什么为了满足自己的精神欲望，就可以毫不负责、毫不留情地抛妻离子呢？如果男人只要有一个冠冕堂皇的理由，就可以像他那样做，那将会有多少家庭遭遇不幸？

他更辜负那个为了爱他不惜背叛丈夫的情妇勃郎什。勃郎什死心塌地爱他，可在他心中，从头到尾只把她当成一个供他满足性欲和画画的工具，而且是免费的。

"她有一个非常完美的身体，那时候我刚好需要画一幅这样的裸体画。所以等我画完了画，我就不再对她感兴趣了。"这样厚颜无耻的话，他说得平静如水。

不难想象勃郎什内心感受的羞辱和绝望，她只能用自杀了断此生。其实，是查尔斯·斯特里克兰德杀了她！

而查尔斯·斯特里克兰德居然还振振有词地对书中的"我"说："生命本来就没有任何价值。勃朗什·施特略夫自杀的原因和我抛弃她没有一点关系，纯粹是由于她太傻。她就是一个精神不健全的女人。她的事我们已经谈了太多，她是个无足轻重的人物。现在我带你去看看我的画吧。"

直至他最后流浪到那个小岛，娶土著女爱塔为妻，也只有索取，没有任何付出。他得麻风病后，岛上的人们都远离了他，他也从来没有想过让爱塔带着儿女离开，也没想过自行了断，放妻儿一条生路。最终造成儿子还比他更早死亡，这是何其残忍！

这个人身上，还有一丝一毫人性吗？他是人吗？难道追求所谓艺术，必须灭绝人性吗？

我还鄙视他的忘恩负义。他一生得到过许多人的帮助，他总是心安理得地接受，甚至是主动索取。但他不仅从没有回报过，连一丝一毫感恩的念头都没产生过，反而恩将仇报。

最典型的是表现在他对画家施特略夫的态度上。

施特略夫虽然只是个不入流的小画家，但他却有着一双慧眼，有卓越的鉴赏画的天赋，他是最早认可查尔斯·斯特里克兰德是绘画天才，并竭力推崇他的人。施特略夫有一个温馨的家，与妻子勃郎什过着"就像是一曲牧歌，颇具美感"的生活。

施特略夫还有一颗极其善良的心。在斯特里克兰德快要病死时，他不顾妻子的反对，把斯特里克兰德接回了家，挽救了他的生命。为了照顾斯特里克兰德，他还放弃了工作、社交活动以及安稳的生活。

但是，作家毛姆接下来让我看到，这个施特略夫就是《农夫和蛇》寓言中的农夫，他救的斯特里克兰德则是一条毒蛇。这条毒蛇苏醒后不是报恩，而是狠狠地反咬他一口，霸占了他的妻子，还大言不惭地说："那个小胖子就是喜欢为别人服务，他的天性就是这样。"

难道人家天性善良，就该被你欺侮？什么强盗逻辑？太恶毒了！

是的，施特略夫天性太善良了，即使妻子背叛了他，他仍然爱妻子，不忍心让妻子跟着斯特里克兰德过苦日子，把自己的家也让了出去。他对妻子说："我无法忍受你住在那样一间糟糕至极的阁楼里。无论如何，这间画室是我们两个人的，它既是我的家，也是你的家。如果你住在这里，至少不会遭受那些罪，能够过得舒服些。"他的行为，让背叛他的妻子也为之感动。

在他妻子被斯特里克兰德逼死后，他发现了斯特里克兰德画的一张裸体女人画像，而这个女人正是他的爱妻。他当时悲愤得发疯，抓起一把刮刀，冲向那幅画。

但，他没有扎下去，因为他突然意识到这是一件珍贵的艺术品，他不忍心去毁灭它。"美对他来说就是至高无上的上帝。"

在毛姆的笔下，施特略夫的善良与斯特里克兰德的丑恶形成鲜明对比。

我最不以为然的是，斯特里克兰德生前寂寂无闻，而他去世四年后，因为评论界中最具有权威的评论家的一篇文章，人们发现了他的才华。

于是，他声名大振，他的画突然间价值连城。

既然如此，我们权且就承认他是天才吧。

但是，我依然固执地认为，难道就因为他是天才，他的一切丑恶就可以原谅，甚至可以倡导，可以成为人们的榜样了吗？这让我想起那句俗语：一白遮百丑。

艺术是艺术家心灵的再现，是艺术家情感的表达。我真的难以想象，如斯特里克兰德那样丑陋的灵魂，他真的能画出美的画吗？试问，假如他的天才最终没被发现，假如他根本就不是一个天才画家呢？他的丑恶又用什么遮羞布来掩盖呢？

而且，作家毛姆实际上告诉了读者，斯特里克兰德声名大振最终是以他的画值多少金钱来衡量的。那么，怎样解释他所追求的"月亮"呢？月亮与六便士原本是隐喻高雅与世俗，隐喻高洁的理想与平庸的现实。可是，我在作家毛姆讲的故事中，看到的却是所谓高洁的东西，最终又转换成金钱。这似乎是一种悖论？在现实社会中，金钱成为衡量一切的标志，根本没有月亮，没有"诗和远方"，这是不是很可悲？

仅就艺术鉴赏而言，我还是赞成故事开头毛姆的那句话：老实讲，把艺术看作只有能工巧匠才能完全理解的艺术技巧，其实是一种荒谬的误解。艺术是什么？艺术是感情的表露，艺术使用的是一种人人都能理解的语言。

这会不会才是作家毛姆写这个故事的本意呢？

# 不完美之完美

## ——赏析小说《主角》的人物塑造

刘小革

《主角》是作家陈彦在 2019 年获得茅盾文学奖的长篇小说，在我看来，是应该读的。

读的过程，禁不住时常心潮澎湃，掩卷思索。读毕很想写点什么，提笔却又茫然。我自问，明明深受感动，怎么无从下笔呢？

是故事情节太曲折？是人物个性太复杂？是时代背景太漫长？都是，也都不是。近 80 万字的巨著，我真不知从何说起了。积在心里多日，又觉不吐不快吧。

终于再次提笔时，才发现繁杂曲折的故事情节已经在我头脑中日渐模糊，而故事中的各种角色，却更加顽强地从情节中走出来，在我眼前晃来晃去，且越来越清晰。

我忽然感觉，这本书原本就像一个大舞台，那些情节似乎不重要，时代背景似乎也不重要，而人物才是舞台的灵魂。书中人物中自然是主角忆秦娥最为耀眼，但似乎又不完全是。那些形形色色的各色人等，都以他们独特的形象，走马灯似的在我脑海里盘旋转动，赶都赶不走。

《主角》讲述的是秦腔皇后忆秦娥从艺五十年经历的风风雨雨。正如一位评论家所说：《主角》是一部宏大之书，是用"生命灌注的人间大音"，涉及戏曲文化、历史变迁、社会变革、艺术境界、女性主义等多个领域。读这本书的过程中，我真切感受到这部书的宏大，它涉及的每个领域或许都可以单独成为一个专题来研读并加以评论。

但我不是评论家，只是一个普通读者，只能说说这本书给我最大的艺术享受——即那些精彩的人物形象。

我甚至有些奇怪，书中人物并没有十分高洁的灵魂，让我崇拜、景仰，也没有十恶不赦的罪行，让我深恶痛绝。他们实在很普通，可为什么对我有如此大的吸引力呢？

首先要说的是主角忆秦娥，她是秦腔界的一朵奇葩，人们或称之为表演艺术家。有人也许认为，既享有艺术家的盛誉，就应该德艺双馨，就应当完美无缺。是的，在我国过去和当下的众多文艺作品中，都不难看到这样的完美人物形象。而读这本书，有这样想法的读者会非常失望。因为书中的主角忆秦娥，实在是太不完美了！你会一边读她的故事，一边为她着急，一边骂她傻，甚至骂她活该倒霉，却又一边盼着她有好结局。

作家笔下的忆秦娥在事业上和生活中的反差实在太大了。事业上她是天之骄子，虽然生于贫穷山村，但上苍赐予了她超乎寻常的甜美嗓音和惊人的美貌，而从小吃苦养成的耐力又成为她独具的优势。别人不能忍受的练功之苦于她就是一种常态，一天不练功就浑身不舒服。更为幸运的是冥冥之中她又得到若干贵人相助：小小年纪舅舅胡三元就把她带入了县秦腔剧团，县剧团台柱胡彩香老师一心一意教她基本功，更有幸的是四位秦腔老艺人发现她的天赋和不怕苦的性格后，又毫无保留地把秦腔的各种绝活都传授给了她。再加上各级剧团的历届团长，也都因为热爱秦腔艺术而对她这个秦腔天才倍加珍爱。

最难得的贵人是著名秦腔编剧秦八娃，他看准了她的天资，不但为她取了响亮的艺名"忆秦娥"（与原名易青娥谐音），还精心为她量身打造创作出新剧本《狐仙劫》，使得她一举成名，年纪轻轻就被推上了"秦腔小皇后"的高台。此后忆秦娥在事业上就一路绿灯，从小县城唱到地区再唱到省城，红遍了整个大西北。直至唱到北京，唱进了中南海。

按常理，忆秦娥取得这样的艺术成就，读者应当为她高兴了吧，可我无论如何都高兴不起来。因为她这一路走来，太多的坎坷，太多的磨难，太多的悲伤！关键在于，除了别人的构陷外，有不少痛苦竟然是她自身缺陷造成的，这实在令人沮丧！

为什么会这样呢？

原来，她除了在秦腔舞台上是"色艺俱佳"，被誉为"百年难遇的秦腔名伶"外，生活中却近乎傻子。用书中朱团长的话说，"是一个瓜得不能再瓜的瓜娃了。就跟一条虫一样，瓜得除了唱戏，啥啥啥都不懂"。

是的，她真是让读者既心痛又心焦。

她九岁辍学放羊，不到十一岁进了县秦腔剧团。谁知不久就因她舅舅出事，被剥夺学戏的资格，成了伙房烧火丫头。伙房里有个下三烂想欺负她，虽然没能得逞，但这件事却如阴魂附体跟随了她一生，成为毁坏她名誉的凶器。这种肮脏事明明是越抹越黑，可怜她虽已经成为名伶，却连这些起码常识都没有，性格又固执，居然跑回县秦腔剧团开证明，还非要省秦腔剧团团长在大会上宣布，以表明自己的清白；甚至还跑到医院让医生开了处女膜完好的证明，也要领导在大会上宣布。天呀呀！哪有这么瓜的女娃呀？难怪她的追求者刘红兵说她："这号事，还能回去开证明？还能到医院做检查？你想证明给谁看呢？还有比你更傻的女人吗？"她瓜得让人好心痛啊！

可这也真不是她的错。可怜她三年小学所受的教育实在不能支撑她应对复杂社会钩心斗角的人际关系。对别人为争夺她的主角地位设下的一个接一个的陷阱，她完全无力招架，只是愤怒，却无法还击，她的心实在太累了。为了证明自己的清白，一横心就嫁给了她并不爱的刘红兵。她以为嫁给刘红兵这事就了了，就可安心练功演戏了。

但是她错了，她不懂没有爱情的婚姻必然是悲剧。因而此后她不仅在舞台上是悲剧主角，在现实生活中也必然是悲剧主角，这是读者可以预料的。

而我没能料到的是，在故事的结尾，当她在主角的位置上站了几十年，达到艺术顶峰，并获得"秦腔金皇后"桂冠后，也不知不觉飘飘然，竟然不愿让出舞台给后起之秀——她亲自培养出的养女小忆秦娥。按我的理解，她历经风风雨雨走到今天，应该历练出一种胸怀和气度，应该懂得小忆秦娥是在延伸她的艺术生命。

可惜她不懂，她终究不能脱俗，无法达到德艺双馨的艺术家高度，最终停留在了"色艺俱佳"的艺人档次，十分令人惋惜。但，这就是真实的忆秦娥！

作为一个女读者，不禁会从女性的角度来探寻忆秦娥悲剧人生的原因，而我发现这原因竟然就是她的天性："她是不甚懂得男女风情的，除了演戏，还是演戏，演戏以外，她就基本像个傻子了。"这天性造成了她对生命中的三个男人的错误态度，可以说这是她最突出的不完美。

忆秦娥原本是可以幸福的，她的生命遇见了封潇潇、刘红兵和石怀玉三个品行不同、性格各异的男人，但他们有一个共同之处，都是用生命去爱她，这对于一个女人是多么的幸运。可是，就因为爱她，封潇潇成了酒鬼，刘红兵成了瘫子，石怀玉竟为她结束了自己的生命。是她错误地对待他们，导致了三个男人的悲剧人生，同时也是她自己的悲剧，实在是不能不令人扼腕叹息！

封潇潇是忆秦娥在县剧团时的初恋。可她自己并不清楚这就是初恋，只是感觉心里装着这个人。而且封潇潇与她一样是闷葫芦，明明深爱她却因自卑不敢表白，不敢争取幸福。加上刘红兵的出现，便误会忆秦娥移情别恋，而她又不知怎样解释。就这样，两个真心相爱的人因为双方性格的缺陷就与纯洁美好的爱情擦肩而过。更可怜的是，封潇潇又一辈子都放不下忆秦娥，借酒浇愁，最终堕落成了一个天天烂醉如泥的酒鬼，一个淳朴的青年就这样毁掉了。

刘红兵是忆秦娥的第一任丈夫，他一出场我就十分厌恶。他依仗高干家庭，成天不务正业，花天酒地。认识忆秦娥后痴迷她的惊艳美貌，就恬不知耻到处宣布这个女人是他的，不准别人染指。他对忆秦娥完全是死缠烂打，不管忆秦娥走到哪里，他都会出现在她面前，嬉皮笑脸大献殷勤，故意让人误会他们是在谈恋爱，封萧萧就是因此而误会知难而退的。他特别善于找机会挣表现，每当忆秦娥遇到难关、一筹莫展时，他就突然出现去为她排忧解难，让她不得不接受他的帮助。渐渐地，他由爱恋忆秦娥的美色深化为对她的一切都爱，从内心无微不至地体贴照顾和保护她，甚至为保护忆秦娥把自己弄进了派出所。而且不管忆秦娥怎样骂他，甚至拳打脚踢，他都是笑脸相迎。结婚后，他不像有的男人得到了就不珍惜，他依然珍爱忆秦娥，一而再、再而三地忍受她的家暴。忆秦娥因演戏武功极好，有一次差点打死他，而他也还要回到她身边，对她说："你记住，就是再骂再打再踢，我都是打不散踢不走的，这一辈子，都心甘情愿做你的奴隶。"

这样死心塌地的爱，很少有女人不为之感动。

可是，忆秦娥少年留下的心理阴影，使她认为两性关系很肮脏甚至是罪恶的。再加她对刘红兵原本没有爱，所以她享受着刘红兵的爱，却完全不知珍惜，不懂得夫妻间的尊重，反而动不动就不知轻重地拳脚相加，导致十二万分珍爱她的刘红兵最终不得不离开了她。他是因忆秦娥一再对他冷若冰霜而崩溃，终于出轨。

但即使这时，他仍疯狂爱着忆秦娥。面对别人恶意伤害忆秦娥，依然表现出男子汉大丈夫的胸怀，他怀里抱着忆秦娥，对恶人大喊："不要再在我妻子身上打主意了，不要再给她泼脏水了！她就是一个给单位卖命的戏虫、戏痴。她已经遍体鳞伤了！我敢说，她比这个世界上任何女人都纯洁，都干净。我首先不配拥有这样好的女人！"他喊得泪流满面，不觉中，我的脸颊也被泪水打湿。

直到他落魄到成了残废，自己生活都过不下去了，却坚持借钱来给儿子的生活费。此时我对他再也厌恶不起来了，心中却泛起深切怜悯的涟漪，一个多么可怜的生命啊！

忆秦娥的第二任丈夫石怀玉，又是一个爱她胜过爱自己生命的人。他和刘红兵一样，受尽感情的折磨，却欲罢不能心甘情愿给忆秦娥当牛做马。

石怀玉是一个极具天赋的画家，我认为他对忆秦娥的爱，有很大的成分是艺术家对艺术珍品的爱。自从他认识了忆秦娥，听了忆秦娥的秦腔，就不可救药地爱上了她。在石怀玉心中，秦岭是他生命的腹地、艺术的源泉，而忆秦娥就是秦岭巍峨山脉的精魂。他从忆秦娥身上捕捉到了多年求之而不得的创作灵感，由此，他以忆秦娥为模特儿创作出了精品之作《秦魂》。作品中忆秦娥的裸体，掩藏在烂漫的山花丛中，与秦岭融为一体，表达了他对忆秦娥无限爱怜和深情。石怀玉认为《秦魂》终于画出了他心中最美的画。

可悲的是，只读了三年小学的忆秦娥完全不懂得绘画艺术。在她的眼中，画了她的裸体，就是下流的、丑陋不堪的、罪恶的，绝对不能容忍的。她竟然疯狂地将一瓶墨汁泼在了画上，毁掉了石怀玉这幅生命之作。当天晚上，石怀玉就用一把利剑，自杀在这幅画作之下。他临死也没责怪忆秦娥，反而依旧深爱着她。他留下遗嘱："再一次向我的爱妻深深致歉！是我损坏了她的名誉，我当堕入地狱，万劫不复……"读到这里，我的眼眶再次盈满泪水。

最让我心痛石怀玉的是，他如此惨烈地结束生命，忆秦娥却仍然一点也不能理解这是对她的爱，反而问："石怀玉的死，到底算咋回事？"天呀！她怎么就是不能懂得，石怀玉是一个视艺术为生命的人，她毁了的那幅画包含着他全部的爱，就是毁了他的心啊！还有什么比这个令他更绝望呢？石怀玉又是一个多么可怜的生命啊！

这个忆秦娥啊！秦腔的天才，生活的傻子，毁了三个爱她的男人，也毁了自己。

《主角》的故事里，还有很多人物，也都是不完美的普通人，也给我留下深刻的印象。

忆秦娥的舅舅胡三元，完全就是一个为秦腔而生的敲鼓佬。"文革"中被批判为"走白专道路，业务挂帅"。他像得了魔怔一样迷恋秦腔，迷恋敲鼓，甚至坐牢也天天要敲。"见啥都要敲几下，不是拿指头敲，就是拿筷子敲，床沿、门框、水管子，逮啥敲啥。连好多犯人的头上，背上、屁股上他都敲过，刷马桶，在马桶上也敲。"他常骂忆秦娥傻，其实他也一样，除了能敲一手好鼓，生活完全一团糟。性格又极其暴烈，见别人不认真敲鼓就控制不住自己，多次失手用鼓槌敲掉了别人门牙，害自己坐牢。

还有故事中最阴暗的人物楚嘉禾。她生性好强，偏执地认为是忆秦娥的出色挡住了她当主角的道，对忆秦娥羡慕嫉妒恨，设下各种毒计败坏忆秦娥的名声，想把忆秦娥搞臭。但她似乎也情有可原，她也算天生丽质，可惜嗓音有限，悟性也差，天赋不够又吃不了苦，因而心性再高也赶不上忆秦娥。其实，忆秦娥从来没想要与她争当主角，只是因为天赋加刻苦，剧团硬要她当主角。她推不掉，甚至采取生娃儿的办法退出舞台，为楚嘉禾让出了机会。可楚嘉禾仍无法撑起主角的场子，这就是她的天命。可她偏不认命，在忆秦娥从艺四十年演出季时，她还为了败坏忆秦娥名声不惜出卖肉体。但最终她争了一辈子，也失败了一辈子，也是个可怜的角色。

作家陈彦曾长期作编剧，《主角》写的是他最熟悉的人群，是许多人很轻视的"戏子"和围绕戏子的人们，他们有着各种各样的性格缺陷，但作者对他们怀着很深的感情。再看看我们身边，不正是由这些并不完美的芸芸众生，构成了我们的大千世界吗？

正是作家塑造出这些人物的不完美，才构成了完美的艺术形象，让读者难以忘怀，这就是文学艺术的完美！

# 罗伟章《路边书》的魅力

刘小革

2022 年夏一次聚会，朋友带给我一本书，名叫《路边书》，说是另一朋友托她转送的。

翻开扉页，有签字——"小革批评　罗伟章　2018 年 1 月"。

罗伟章是谁呀？他为什么要送我书呢？

那天回到家，我怀着好奇，急忙打开这本辗转到手的书，没想到，翻开就再也放不下了。

此书分为《小笔记》《路边书》《对谈录》三章，对我思想冲击最大的是第一部分《小笔记》。

《小笔记》有 107 篇随笔，多数有关文学理论，但读起来并不枯燥，而是直击心灵。这些随笔并没有标题，但读了第一篇，我就写下了标题：《清莲湖挽歌》。并不是我会命题，而是罗伟章每篇文章主题都十分明确，每读完一篇，题目都会自动跳了出来。比如《作家的信仰》《真正的文化艺术品质》《文学应超越平庸》《文学来自生命》《作家境界》《文学的根在哪里》……我一边读，一边命题，不知不觉把 107 篇随笔都命了题，这是一种从来没有过的阅读体验，真是别有一番趣味。而他文章的内容，让我实实在在地享受到了一种精神大餐的奢侈，我愿与大家分享。

罗伟章是心中装着人民的作家，他有许多关于作家立场和创作的精辟阐述。

他认为一个人选择当作家必定是发自内心的一种自愿。但是要想自己变得更杰出，文学就不是你个人的事。好作家要尽量去感受、去理解、去发现、去担当和书写，这是作家的天职。

仔细想想，正如他所说，作家这个职业，真是与其他行业都不一样。文学创作一定是自愿的，谁也不能强迫谁当作家，即使强迫，也出不了真正的作家。写作是作家的一种精神需求，必须自己想写，才能写出作品。所以，中文系毕业的人，也只有少数人走上写作之路。反之，许多大文豪并没有进过大学校门。

不过，并不是有写作愿望就一定能够成为作家。

罗伟章认为，当作家是有条件的。那就是要有"人文情怀、思想深度、哲学眼光和文学素养的实力"。

他说的人文情怀就是作家首先应当关怀人的尊严、价值、命运，要有高尚的心境、情趣和胸怀；思想深度是指作家应当有独立思考的能力，自觉地带着批判性思维去看问题，去寻找真理；而哲学眼光是要客观和辩证地看待事物。

他认为作家应该是心中装着人民。应跟自己生活的时代，跟脚下的大地，跟大地上的人民，有连血带骨的联系。

他这些观点，可以用来判断一个作家作品的优劣。

有了正确的立场，具体写什么呢？罗伟章的回答是："最伟大的书是命运之书。"

写谁的命运呢？

有人说："我们现在不应该写苦难，我们应该书写吉祥如意的生活……"

但罗伟章认为：现在，不是把创伤和苦难写得太多，而是太少，太缺乏力量。只要这世界还存在愚昧和穷困，文学就不能忽视，更不能粉饰。

他大胆地指出，无论哪个时代的优秀作家，都当然地把自己所处的时代视为最坏的时代。这并不是作家不知好歹，而是作家的悲悯之心，让他们总是看到弱小者，看到那些在社会大车的辘辘滚动声中，被颠簸被抛弃的人群。所以作家必须有所担当，没有担当，作家就不可能写出杰作。

他还认为作家要有对中心事件介入的勇气。世界上的伟大作家，都具备这种勇气，对种族、宗教、政治事件、战争等，都不会袖手旁观。

他的这些理论依据，来自世界和我国的文学发展史。

比如托尔斯泰的《战争与和平》，王火的《战争和人》，美国作家卡勒德·胡赛尼的《追风筝的人》和《灿烂千阳》就是以重大历史事件为背景的巨著。

而梁晓声的《人世间》、陈忠实的《白鹿原》、陈彦的《装台》《主角》及罗伟章本人的《声音史》《隐秘史》，都是写人民苦难的优秀作品。

他的这些观点让我想到，汶川大地震以及其后不时发生的水灾、火灾、疫灾，就是有担当的作家的创作源泉，相信将来会有作家写出优秀的传世作品。

罗伟章还有一句话也让我很受启发，他认为好的作家都自带两种品质，一是谦卑，一是自信。

这句话很有哲理，仔细琢磨后恍然大悟：你的作品真好，用得着自吹吗？真正写出好作品的人反而很谦卑。

关于这两种品质，对我们这些普通写作者也是同样重要。首先，自信是很必要的，因为有自信才能坚持写作。但是，谦卑更是必须的。写了一点点东西，就狂妄自大，那又如何再进步呢？

罗伟章是敢于展开文学批评的作家。

他认为：好的作家和他的书，并不依赖于媒体的评论。只要有读者，作家和他们的作品就活着。他还说，作家塑造出的人物如果成功，这个人物就会在历史和现实中真正存活，人们谈论这个人物时，甚至于把作家忘掉。

最好的证明就如我国四大名著，贾宝玉、林黛玉、曹操、诸葛亮、林冲、武松、孙悟空、猪八戒等人物，只要读过小说谁都记得，可作者名字就不一定记得了。

他还认为文学批评要毁灭一个作家的道路有两条，一是封杀，二是捧杀。

有时封杀反而适得其反，越封杀，越引起人们的阅读欲望。但捧杀人们往往会忽视，其实它更可怕，因为吹捧让作家在一种自我陶醉中不知不觉就毁灭了。

但罗伟章赞同批评却不赞同批判。他对批判莫言那些人说，莫言的那种形态，你可能永远也学不会。因为那需要一种令人尊敬的"疯狂的激情"，是一种原创力，是包罗万象和藏污纳垢的精神气象。藏污纳垢在这里不是贬义词，是说像土地那样，能将污垢变成花朵，变成果实。

罗伟章是敢于展开批评的。

他批评有些自以为是的人看别人都不行，拿着一小段甘蔗，一辈子在那里嚼，甘蔗上早就只剩下自己的口水，可他们还是说自己的甘蔗比别人甜。

读到这里，我不禁击掌大笑：好精彩比喻，好幽默的讽刺，罗伟章好率真！

罗伟章也敢于批评一些文坛怪象，作为一个文坛中人，这更加难能可贵。

他披露一些获奖作品的研讨会，目的不是去研讨如何写好作品，而是去研究怎么样才能得奖。在他看来："这是多么可怕的文学景观。如此形势，浮躁在所难免，文学出现萧条，也势所必然。"

静观文坛，如今能上纸媒的确是非有过硬关系不可，这是纸媒断崖式衰败的必然结果，可以理解。不能理解的是，有些关系户的文章实在是既无思想也无文采，也堂而皇之地挤占报刊珍贵的版面，那真是让人无语了。其实，这是丢报刊的脸，也丢作者本人的脸。

所以，我非常赞同作者对文坛怪象的批评，也能听懂他发自内心的呐喊：把文学还给文学，才是文学的正道。

我还很佩服罗伟章对当下一些文学艺术不留情的批评态度。

他在一篇文章中将同一台晚会上演唱的苏联歌曲《灯光》与我国一首歌曲比较。人家那首歌表达了将要奔赴战场的青年对心爱姑娘的依依不舍："总是忘不了那条熟悉的街道，那儿有我可爱的姑娘。"而中国歌唱的是："世界是个大家园，我们同发展，我们共创造。"他说，这么一比，我们的情感显得多么空泛、苍白、虚假。

"空泛、苍白、虚假"，听起来很刺耳，罗伟章的批判似乎太无情，却点到了当下一些文学艺术的死穴。

因此，我更能深切体会罗伟章为什么会发自内心地呼唤：

文学艺术应当尊重人的感情——那种最真实、最有力量，也最能打动人心的情感。这种情感才是文学的旨趣。

总之，我认为罗伟章的文学理论对热爱写作和喜欢读书的人都有指引方向的意义，这就是它的魅力所在。

很久后才知道罗伟章为什么会送我书。原来，在 2018 年 1 月四川省作协联谊会上，罗伟章给我们那组的每个作家都送了一本。当时我有事提前走了，所以其他作家替我拿了，几年后才有机会转给了我。

# 《人世间》的女人们

刘小革

    根据梁晓声同名小说《人世间》改编的电视剧一开播，就得到广泛追捧和好评。全剧是围绕周家三兄妹的故事展开的。不过，作为女人，最牵动我心的是剧中的女人们。她们是我们那一代城市女人的集合，看她们的故事，就如同看我们如何从青丝似墨一步步走到白发如霜。

    郑娟，周家小弟弟周秉昆的妻子。她是一个被人收养的孤女，没多少文化，婚后只生活在家庭小圈子里，成天围着丈夫、婆婆和儿女转。她与那个年代大多数女性都会去参加工作是不一样的。那时女性参加工作不仅是家庭经济重要来源（当时被称为自带饭票），而且是妇女地位提高的象征。妇女参加工作，打破了几千年来妇女"嫁汉嫁汉，穿衣吃饭"的传统观念，女人再不是男人的附属品。但是，郑娟为照料生病的婆婆和三个孩子，不得不成为纯粹的家庭妇女，从这个角度看她是不幸的。然而，她又是非常幸运的。因为她得到了世上最朴实最纯洁最忠诚的爱情。

    刚开始我曾疑惑，假如郑娟没有美貌的外表，周秉昆会爱上她吗？这种事只能在文学作品中发生吧？现实中穷丫头却貌美如花的毕竟是少之又少。假如穷而相貌平平，又已经失去处女身，周秉昆为什么会爱上她？随着剧情的发展，我有了答案：会的，周秉昆会爱上她。因为他们都有一颗善良的心，虽然贫困却十分自尊，面对任何艰难都不会倒下。如果说，一开始周秉昆是因为她的美貌而被吸引，又因为她的贫困而同情，那么，真正爱上她，非她不娶，却是因为爱上了她与生俱来的善良、自尊和坚强。

    他们第一次认识，周秉昆是受人之托给郑娟送钱，郑娟却毫不为"脏钱"动心。她贫困不堪却坚守自尊，这种精神上的高贵，比她的美貌更加打动了周秉昆。而她对周秉昆的爱，既热烈又毫无私念。必须承认，任何女人处在她这种境遇，面对周秉昆那样一个心地善良、忠厚老实的男子，都不可能不动心。"人想人，想死人"是她发自内心情感。但她从没想过要用青春貌美拴住这个男人，这就是她的与众不同了。她说："你愿意来就来，你什么时候走我都不拦你！"一句朴素的话，却闪耀着爱而不自私的品格的高光。

周家反对周秉昆与她相好，大哥找到她，不待大哥开口，她就主动说："你劝劝秉昆吧，为我不值得。"正是她的拒绝，更拉近了她和周秉昆的距离，升华了他们的感情。儿子的真实身份是她最大的伤痛和耻辱，可她宁愿周秉昆从此远离她，也决不隐瞒，多么坦诚的胸襟！

在周秉昆母亲突然瘫痪后，郑娟主动带着弟弟和儿子，从容走进周家，细心照顾成为植物人的周妈妈，完全不在乎邻里鄙视的目光和风言风语。在周秉昆因姐夫的"反动诗"被抓走，前途未卜的险境下，她依然平静地接受厄运……她无私的爱，让周秉昆更加认定她就是最值得自己爱的女人，所以不顾全家反对，特别是父亲的暴力反对，都坚持非郑娟不娶。

她的优秀品质支撑着她应对几十年的风风雨雨：儿子楠楠生父纠缠、第三者插足、好不容易买的住房却被无端收走、丈夫的发小们带来的接二连三的麻烦……她都与丈夫心心相印，共渡难关。特别是在痛失爱子楠楠，丈夫又因仇人挑衅而防卫过当被抓捕后，她没有被突发的灾难击倒，反而是出奇地清醒和冷静，想方设法救丈夫，甚至不惜低头向仇人的妻子下跪。丈夫服刑期间，她冒着被城管打压的风险，夏天卖冰棍，冬天卖红薯，也决不接受哥哥姐姐的资助。但在丈夫出狱后需要钱创业时，她却抛开面子向哥哥姐姐请求援助。听到有人骂丈夫是劳改释放犯，她想都没想，冲上去就给了对方响亮的一耳光。为了丈夫，她什么都能做，什么都敢做。

而且，她从不忘记朋友的好，朋友的每一点帮助，她不仅记在小本子上，更是刻在了心里。所以她能经过内心的斗争后，最终牺牲儿子的利益把房产权转让给了于虹，在春燕严重伤害大哥之后，她依然念着春燕过去的好，"恨的别人，伤的自己"。她用这句话，说服丈夫与春燕和好。

可以说，郑娟心中除了爱情、亲情和友情，并没有什么高大情感，而这已经足以触动我们内心最柔软的地方。

周蓉，周家老二。许多评论都说她是一个不太讨人喜欢的角色，冲动，自负，清高得不近人情。但我曾经过那个年代，情不自禁要为她辩护。19岁的她为了追随心中的偶像，离开父母到贫困的贵州深山，住山洞也不嫌苦，这是错吗？在丈夫突然被抓的紧急时刻，为救丈夫放弃回家看望父母是错吗？如果这样的事发生在我们身上，又会如何办呢？后来因上大学带不了女儿，工作后分不到住房无法领回女儿，这是她一人的错吗？在分房问题上，一直暗恋她的老同学蔡晓光知道她不会去送礼，就替她去送了礼。可她在没分到房后一怒之下跑去要回了送出去的海参，更加得罪掌握分房权的人，这也是她的错吗？当然，要回送出去的礼，的确是一般人做不出来的事！难怪蔡晓光幽默她是"海参女王"。说到底，就是她不通人情世故嘛！

可我太理解她了，我们曾经也面临过分房、评职称等难题，明明知道要送礼，可真真的送不来呀！好心的老同事劝我，你不能万事不求人哟！可我真不知道咋个整，咋送礼求人，咋个开口啊！唉，唯一的办法，就是拼命工作，用工作实绩为自己挣分。

我为周蓉辩护的第二个理由是，她那么清高的性格，却又能知错改错，且是发自内心地忏悔，这是多么难能可贵！对前夫冯化成，当她认识到自己无意中造成冯化成自卑后，真诚地道歉，可冯仍然移情别恋，这难道是她的错吗？（对这个追求虚荣，希望永远有人崇拜的小男人，我只有鄙视。）此时周蓉没有时间去痛苦，因为前夫的背叛使正处在青春期的女儿内心爱情至上的美好向往破灭，自暴自弃，混迹于舞厅。周蓉知道只有与女儿从小青梅竹马的楠楠才能拯救女儿，她立即说服楠楠用爱情去挽救了女儿，女儿最终也走进了清华园。

江山易改本性难移，周蓉就是周蓉。她成为副教授，深受学生敬仰之后，在招收研究生的问题上，依然保持着天真的本性，竟然把丈夫蔡晓光投资人的女儿置于一边，而收了贵州山区来的穷学生。但这个穷学生最后背叛了她。可周蓉天真的本性也是错吗？她这样不食人间烟火、冥顽不化女知识分子，当代人可能难以理解，甚至不相信有这样的人。但我感觉周蓉虽不完美但特别真实，她离我很近。

郝冬梅，周家的大儿媳。在她父母被害且生死未卜的人生冰冻期，周秉义果断放弃难得的升迁机会娶她为妻，用爱温暖了她，也可以说是拯救了她。父母平反回归高干阶层后，她从没有摆过高干女儿的架子，而是一心想融入周家，做周家的好儿媳妇。她站在周家的立场思考问题，尽可能帮助周家，还努力协调两个完全不同阶层家庭之间的矛盾，不惜因周家与母亲闹翻。这在高干子女中也是少见的。虽然生活在热心从政的母亲和有远大抱负的丈夫身边，但她一直保持着单纯天性，追求平凡的生活。可是，她改变不了丈夫的生命轨迹，便只能尽量牺牲自己成全丈夫。她也曾想改变自己的生活，可在得知丈夫因工作太劳累患了胃癌时，又毫不犹豫地留在了丈夫身边。我的感觉是，她对丈夫开始很爱，可后来更多的是感恩。为感恩，她过了一辈子不喜欢的日子，我有些心痛她。

在我读到的热评中，没有人提过剧中两位老干部身份的女人，可我觉得她们的形象十分鲜活，打破了过去一些影视作品中常见的"马列主义老太太"模式，给我们留下了两个虽然"左"，却左得有些可爱的女性形象。她们的共同点是都非常坚持原则，决不利用自己手中权力为自己或亲朋好友谋取私利，这在今天看来是不通人情。

先说酱油厂的曲书记曲老太，她是老资格的党员干部，常板着一张冷酷的面孔教训人。可在这张面孔下，却有一副火热的心肠。最可贵的是她的热心肠不是对上而是对下，多么难得啊！她把基层工人当知心朋友，早就知道周秉昆救过他的老伴，心存感激，也由此想答谢周秉昆。但她绝不拿原则做礼品，依然反对把周秉昆安排到轻松的味精车间，而让他去了艰苦的出渣车间。但她看到出渣车间工作环境对工人身体损害很大后，就到处求爹爹告奶奶去寻找经费，改善了车间的工作环境。现在上哪去找这样的领导啊！还有一次，周秉昆为民警龚维则冤枉受处分向她寻求帮助，她也不因人情而随便答应，而是先到"光字片"调查了整整三天，确认龚维则是个为民办事的好民警后，才让老伴出手帮助了这个人。（只可恨龚维则后来却成了收受贿赂的坏警察。）曲老太知道周秉昆服刑期间因愧对妻儿自暴自弃后，又拖着老迈病重的身体，去监狱看望周，苦口婆心地劝他要振作起来。她那一句："我不劝你，我睡不着觉！"让周秉昆眼泪夺眶而出，我的眼眶也潮湿了。这就是妈妈般的温暖啊！

这样的好领导，在我们工作的那些年代，还真是有的。记得有一次我姨妈做了手术，当时的院党委书记就到医院来看望过，让姨妈好好养病，我真的好感动。现在，过年前也有领导去看望住院职工，但随行有人提着公费买的礼品，还有记者跟随，叭叭叭地拍照片，都不过是作秀，哪有真心对职工的关怀。

真怀念曲老太这样的好领导啊！

再说郝母，一位省长夫人。这个级别的上层人物，我们老百姓是够不着的，对他们完全不了解。但《人世间》塑造了十分丰满的郝母形象，让我们看到了高级干部中的一种人。

高干地位使郝母有严重等级观念，骨子里根本瞧不上女婿的工人家庭。女婿周秉义唯一的一次求省长帮一下蔡晓光，是因蔡本就被大学录取，只因家庭问题被卡。帮这个忙，对省长来说连举手之劳都算不上，秘书就给办了。但郝母却因此对周秉义全家都耿耿于怀。但看不起归看不起，她也还能理智地认为应该认这门亲家，因为女婿对她女儿有恩，也就是对她全家有恩。她想派记者去给周家补照全家福，可这样的"好心"其实更突出了两家人的差距，是给周家更大的伤害。这件事，她处理得有点弱智。

不过，在官场上她可是老手，处理任何事情都游刃有余。凭借几十年的政治经验，不管她说啥，绕来绕去总能让你口服心服，简直是滴水不漏，那真叫一个绝！明明想帮助女婿升迁，她向组织部门提出要求，却说是为组织上推荐难得的人才。但她说的又确实是事实，所以你不能不承认她是对的。上级按她的意愿把女婿调出机关，安排到了一个濒临倒闭的军工厂任党委书记，在别人看来这是给她难堪，但她却并无怨言。因为她认为党的干部，就应该干实事，勇于承担责任。为支持女婿开展工作，她把"文革"结束平反后补发他们的三万元工资也拿出来，让女婿给困难职工买过冬的煤，还说"收买人心不能用公家的钱"，真正的大公无私。听到女婿到俄罗斯联系业务时发生异国恋情的传闻后，她要求女婿："你要给我说实话，如果有人拿这个做文章，我才能帮到你！"可见，为了党的工作，她对女婿是理解，而不是责怪。女婿调到哈阳市，被人家骂成工贼，又被当地干部排斥，搞得身心交瘁，想打退堂鼓调到高校工作。她一方面表示理解，可以帮他活动到高校，但更多的是肯定女婿以往工作的成绩，鼓励女婿要像当年他们在战场上与敌人拼杀一样勇往直前。确实，她一直是在维护女婿，但这种维护不是出于私心的爱，而是把女婿当成国家的栋梁之材来爱，她的出发点完全是为了党和国家好。

唉，高级干部离我们实在太远，我真不知现实中有没有这样的好干部。如果有，我对他们崇敬和热爱。如果我们国家的高级干部都是像郝母一样，老百姓一定会过上好日子。

还有一个很不起眼的女人，在剧中早早就离世了。她就是郑娟的母亲，郑母与郝母地位反差最大。留在我脑海中的她是一个白发苍苍形容枯槁的老婆婆，一个靠卖冰棍维持生计的穷婆婆。为了让儿女能活下去，跪在了雪地里，请求周秉昆留下钱。她的身影那么卑微，卑微得比尘土还低。那一刹那，我的泪水奔涌，心如刀绞。看着雪地里郑妈妈那张布满沟壑的脸，我闪过一念疑问，她怎么这么苍老？可以当郑娟姐弟的奶奶了，是日子太苦催人老吧？后来才知道郑娟和他的瞎眼弟弟根本不是郑妈妈生的，而是她捡来收养的两个孤儿。郑妈妈，卑微而伟大的女性，人世间的女人少不了她，我也决不能忽略她！

还想说说乔春燕这个女人，她应该算这部剧中变化最大的女人吧。年轻时敢爱敢恨敢闯，心地单纯善良，对朋友热情。她单纯到只因听曹德宝用口琴吹了一段曲子就芳心萌动而嫁给他，又善良到虽被周秉昆拒绝，仍像亲人一样帮助周家度过最苦的日子。工作中又特别能吃苦，在人们眼中低贱的修脚工作她能干得有声有色，成为先进并走上领导岗位。可是，她纯洁的心灵最终抗不过社会的污染。生活的磨砺让她慢慢变了，最后变得极其自私且颇有心机。靠不择手段让丈夫和儿子都有了妥善的工作，她家也过上了比别的同伴富裕的生活。可她还不满足，非要周秉义为她谋私利，达不到目的，就写信诬告周秉义贪污受贿。对她的变化我实在无语，倒是她最终自己给了评价：都是钱闹的！这也是这部电视剧留给我们的一个思考。

当然，不仅是乔春燕变了，时代也在改变着其他女人。

比如，就连最不食人间烟火的周蓉最终也不得不"海参女王下凡"。

她知道她的研究生毕业后瞒着她设法留在本市的出版社后非常气愤，按她以往的脾气，定要给这个学生差评。但她没有，这就是她的变化，开始站在别人的立场思考了。也是这件事，让她更加愧对丈夫蔡晓光。于是，她放弃清高，周旋于复杂的人际关系之间，用自己的聪明智慧最终帮助丈夫实现了愿望。

还有郝母，这个一心一意为党为国的老干部也在变。临终前去看望她的省领导问她还有没有什么要求，她说有。省领导以为是为她女儿今后的生活或是为女婿将来的前途，谁知她说的是周秉昆出狱的时间正好是大年初一，她担心周秉昆不能按时出狱与家里人团圆，请组织与监狱协调一下。这算什么私人要求啊？不就是希望能按正常的法律程序让周秉昆按时出狱吗？与"徇私"完全不沾边。搞得两位省领导面面相觑，甚至有些莫名其妙。但我懂得这位老革命，她也变了，变得有人情味儿了，她的心和周家人终于连在一起了。

剧中还有一些女人，她们生活在社会底层，虽然随着改革开放，城市发生了巨大的变化，但她们依旧走不出"光字片"贫民区，有时甚至生活都难以为继。如果不是周秉义回到吉春市，她们还不知要困守"光字片"多少年。可叹她们生活的改善竟然是靠周秉义这个不忘本的党员干部来改变，究竟是幸运还是悲哀呢？

最后啰唆两句，可惜这样一部难得的优秀电视剧，却有几处不该出现的瑕疵。画面明明是曹德宝在吹口琴，可配音却是其他乐器。更让人目瞪口呆的是曲老太居然对着一瓶红梅口口声声称蜡梅，我真想冲进荧屏去纠正她！还有一处也把海棠称为梅花。唉！难道这些最平常的花，导演和演员们都不认识？

# 鄂温克族人的挽歌

## ——《额尔古纳河右岸》读后

刘小苹

    《额尔古纳河右岸》是女作家迟子建的长篇小说，获第七届茅盾文学奖。

    与其他写少数民族的小说如《水乳大地》《尘埃落定》一样，这本描写鄂温克族人的小说充盈着一种不可解说的神秘气氛。

    这本书给我一种强烈的感觉：它是迟子建以女性特有的情感为鄂温克族人所作的一曲动人的挽歌。

    "鄂温克"是鄂温克族人的自称，意思是"住在大森林中的人们"。我不知这些鄂温克族人作为一个族群在东北还能独立存活多久，但从这本书知道了他们的来历：这群生活在中俄边境额尔古纳河右岸的鄂温克族人，是三百多年前，由于沙皇俄军入侵他们的家乡，被迫背井离乡从贝加尔湖畔搬迁来到我国东北部边陲的。从此，他们生活在额尔古纳河右岸，而左岸则生活着俄罗斯人。

    作家迟子建巧妙地采用由这个民族最后一位酋长的妻子，一个活了九十多岁的女人来讲述他们民族的故事，无疑增添了这个充满神秘色彩和浪漫情怀的民族百年故事的亲切感和可信度。

    鄂温克族人主要以驯养驯鹿和游猎为生。他们生活在山林之中，必须随着驯鹿寻找食物的轨迹而经常迁移。他们过着群居生活，那是一种原始共产主义的生活方式。以一个乌力楞为生活单位，一般是几家人，可多可少。男人一起外出打猎，女人管理驯鹿和孩子，食物都不分彼此。乌力楞就是一个大家庭。

虽然他们的人数不多，但感情生活仍是丰富的。有一见钟情而自由恋爱恩爱无比的夫妻；也有因父母强迫而凑合地在一起痛苦一辈子的婚姻；有娶了热爱的俄罗斯女人又因日俄战争而无奈分离的夫妻；也有不愿服从父母强迫包办婚姻而自杀的刚烈青年；同时又有只因同情有缺陷女人而娶她为妻的心地善良的男儿，反而过上了和谐温馨的日子……

生活中他们最开心的是新生命的诞生。因为由于生存环境的恶劣，鄂温克族人的生命显得很脆弱，各种自然灾害、猛兽、疾病总会突如其来夺去他们的生命。所以，新生命的降临对他们的民族十分重要。

他们不但有自己民族的语言，而且特别擅长唱歌，几乎每个人都是天生的歌唱家。因为没有文字，他们中就有一位青年一心一意想为本族创造文字。他们中还产生了伟大的画家。讲述故事的最后一位酋长的妻子就是一位天生的画家。她从小就在岩石上作画，留下了部落生活永恒的记载。而在当代，他们中还有了一位走出大山去上了美术学院的女画家。

最神秘的是他们的"萨满文化"。他们相信万物都是神，对万物特别是树木和驯鹿充满敬畏。从小接受无神论教育的我，读了他们的故事，也不能不崇敬他们的神，不能不崇敬他们的神职人员"萨满"。他们的"萨满"是在不可思议的神力主宰下自然产生的。在一个"萨满"死后的第三年，族中自然就会有一个人受神的指引而成为新的"萨满"。"萨满"要主持族人的婚礼、葬礼和祈求神的保护，躲避消除自然灾害，还要治病救人。他（她）天生是一个忠于职守、无私的人。"萨满"救人命的代价是一命换一命。因此，救活了一个人，就会死去另一个人或是驯鹿。

他们的驯鹿也是有灵的。有一只母驯鹿的孩子因救一个人而死去，这只母驯鹿从此就不再有奶水了。而在用它孩子换来生命的那人意外死去后，母驯鹿突然又重新有了生命的活力，而且恢复了产奶。这是多么神奇啊！

"萨满"总会无条件地履行神职。女"萨满"尼都十分清楚自己救活别人，就会失去她的亲生骨肉，但即便是坏人，她也要去救他们的生命。她不会听族人的劝阻，只听内心的召唤，因为这是她的天职。为此，她三个可爱的孩子都无辜地牺牲了。这实在是太可怕了！我为她的孩子们提心吊胆，悲伤难过，但又为她的无私而感动。唯一欣慰的是，她最后一个女儿在她又要跳神救别人命时不顾一切地逃跑了，才躲过一劫，最后嫁给了一个过去被她母亲救活的外族男人。

后来，随着森林被破坏，生存环境恶化，驯鹿只能不停到更远地带觅食。虽然政府出于关怀，修了村庄，动员他们搬迁到山下定居。可事实证明，就算鄂温克族人可以改变食肉为主的生活习惯，而与他们相依为命的驯鹿是不可能过定居生活的，以苔藓为主要食物的驯鹿怎么可能像猪一样吃糠、像牛马一样吃干草呢？

因此，老一代的鄂温克族人最终又返回山中丛林，而年轻人却可能走得更远，去更大的城市谋生。

年轻人中的典型，是一个颇具天赋的年轻女画家，她酷爱绘画，并上了美术学院。但她最终还是要回到生她养她的大山林中，回到她从小就热爱的驯鹿身边，才有创作的源泉。然而，她似乎又离不开城市的喧嚣。她在这样的矛盾中挣扎而得不到解脱，最后，把年轻的生命融进了家乡的母亲河——额尔古纳河。

作者在后记中说，这位鄂温克族女画家是真实存在的，而且是触动她写这本书的一个因素。

那些由政府建的定居点最后唯有渐渐荒凉。而可悲的是，回到森林的鄂温克族人生活空间继续在缩小，他们的年轻人出山后，不再返回。


注：我说的"最后的鄂温克族人"是指生活在我国东北黑龙江的这一支，而在我国内蒙古、俄罗斯西伯利亚及蒙古国还有鄂温克族人。

# 呼唤爱的教育

## ——《爱的教育》读后

刘小革

　　读毕意大利作家亚米契斯的小说《爱的教育》，感慨万分，沉积心中不能不说。

　　这是一本十分优秀的儿童教育书，它用一个二年级学生安利柯的日记形式，讲述了一件又一件平常但动人的故事。

　　我强烈推荐孩子们和家长们必须读一读这本书。我渴望它将真善美的种子播撒于我们的孩子们的心田，在孩子们心中生根、发芽、成长，让孩子们终身受益，一生有爱，一生善良。

　　《爱的教育》其中讲得最多的当然是爱，这种爱默默地、静静地渗透在人们日常生活中，是一种发自内心的爱，是生而平等的爱！

　　书中主人公安利柯的母亲带他去畸形儿学院去看望那些可怜的孩子，可到了那里，却又没让他进去。我本以为母亲是怕畸形儿的形象吓着儿子，可并非如此。母亲反而是怕那些不幸的残疾小孩看到自己健康的小孩会感到自卑，这样会伤害到他们。这就是安利柯母亲的善良，是母亲在日常生活中用行为告诉主人公：人必须善良！是潜移默化的教育。读到这里，我的心却忽然有一种刀割似的疼痛，这心痛来自此前在手机上无意看到的一场脱口秀。

　　我平时喜欢看脱口秀，常常对那些表演者的机敏聪慧和伶牙俐齿赞叹不已。这个表演者十分年轻，也十分俊美，是个脸上稚气未脱的大孩子。可他却毫无顾忌地讽刺他老师的秃头。他用种种轻浮的词语和夸张的形体动作来嘲笑老师的秃头，博取与他同样无知的观众的笑声。我非但笑不出来，反而想流泪，为我们的孩子竟然如此不分善恶而流泪。

我们的教育是什么地方出了问题呀？对于有某种缺陷的人，不是应该抱有起码的同情和尊重吗？况且这个大孩子还将侮辱对象设定为他的老师，真是大逆不道啊！然而，这孩子在成长过程中，不是也受到过许多老师的教育吗？我们的老师是不是也应该反省，我们给了孩子什么样的教育呢？除了学习成绩的分数，是不是更应该关心他们人格的形成啊！

看看《爱的教育》书中的老师吧。

一个学生在课堂上呼呼大睡，老师极其愤怒，正要大发雷霆时，忽听同学说孩子是因为夜间帮父亲干活直到天明，实在太累了。于是，老师没再惊醒他。学生醒来后十分害怕，老师却吻着他的头发说："我不责备你，因为你睡着了不是由于怠惰，而是由于太疲劳，不是你的错。"我们的老师能这样宽容学生吗？能给予学生这样发自内心的爱吗？这就是最好的爱的教育。

再看看家长。一次，学生中一位有钱人的儿子骂卖炭人的儿子："你父亲是个叫花子！"那位有钱人知道此事后不是支持儿子，反而强制儿子当着老师和同学的面向卖炭人父子道歉。书中还有一位上层人士，在一次化装晚会上碰到一个迷路的小女孩，不但热心帮助找到了她母亲，而且在看到这位母亲十分贫困后，马上取下自己贵重的指环套在女孩指上，并说这是给她将来的嫁妆，然后就戴上面具悄悄离开了。读到这些，我不禁想，这两位家长是真正的绅士风度，多希望我们的家长中也多一些这样绅士。

书中主人公父亲对他的教育更值得学习。

在学习方面，父亲告诉他，作为学生，学习并不是个人的事，是一种使命。学习是无数孩子参与的运动，如果这运动终止，人类就会退回到野蛮的状态。有这运动才有世界的进步，才有希望。因此，学生应该努力地学习，完成自己的使命。

父亲更多的还是随时对他进行爱的教育。父亲说，有人虽犯了杀人罪，但只要他还敬爱自己的母亲，胸中就还有美好珍贵的部分；而无论怎样的知名人士，如果他让自己的母亲痛苦受难，他就是可憎的人。

一次，安利柯和同学们陶醉于下雪的美景中时，父亲却不忘提醒他：

你们因为冬天来了快乐，但不要忘了冬天一到，就有许多人会冻死的啊！

父亲还要求儿子要多和劳动者的子弟交朋友。他说，用财产的多少来分别人的等级是卑鄙的。

这样的父亲，是不是今天父亲们的楷模呢？

书中还有许多闪烁着人性之美光辉的故事，能照亮儿童读者的人生道路。

如《爸爸的看护者》中那个男孩，他一直在医院尽心尽力照顾濒临死亡的父亲。可突然有一天，他父亲出现在他眼前，并要带他回家。他才知自己护理的并不是父亲。但他没有跟亲生父亲回去，而留下继续护理那位毫无血缘关系的人，直到将他送终。这是多么善良的孩子啊！

还有那篇《聋哑》，讲的是慈善机构故事。一个在国外修了三年铁路的穷工人，回国后惊讶地发现，自己的哑巴女儿，竟然可以与他语言交流了。原来，在他出国后，有善良的人出资送他女儿进了聋哑学校。如今他女儿不但可以从口型看出他说什么，还能说出虽不流利，却清楚表达意思的话语。还不只是会说话，还学会了写和算，将来可胜任一些工作。而教会她这一切的，竟然是聋哑学校的另一位十七岁的聋哑女孩。三年前，这女孩也才十四岁。这个工人深受感动，要把身上的十块钱捐给学校。学校却坚决不收，因为他们是慈善学校，是专门帮助穷人的。

这是一百多年前发生在意大利的故事，当时意大利并不富裕，穷人很多，有许多人经常被疾病夺去生命。可是，却有如此好的慈善学校，还有如此多善良的人们。我们今天，比那时的意大利富强许多，不是应该有更多的慈善机构吗？

可是，就在前不久，我听说了这样一件真实的事：在四川凉山，由爱心人士资助极贫困孩子读书的慈善学校被强制停办了，而且有关方面不准志愿者再去支教。理由是当地已经宣布脱贫，慈善学校和志愿者的存在是给脱贫成果抹黑。这是一位亲历者的讲述。她含着泪讲，我听后止不住落泪。我为失去读书机会的穷孩子落泪，我也为那些志愿不要报酬、去凉山义务教学的年轻人落泪。在物欲横流的当下，还有这样甘于奉献的年轻人，他们那么善良、那么高尚，这难道不是社会应该褒奖的吗？可这样的行善之事竟然不准许，我能不落泪吗？

脱贫当然是好事，但是，我们不是应该在脱贫之后，继续关怀那些经济和自然条件薄弱的地区的群众，防止他们因得不到帮扶又返贫吗？

这本书还涉及小孩子中常会发生的虚荣、自私、妒忌、傲慢等问题，都十分妥当地用爱给予了纠正和化解，这也是很值得我们在教育孩子中借鉴的。

我对意大利的历史不甚了解，作者大约是生活在君主统治时期的意大利吧？书中也有好些故事是赞扬忠于君主和狭隘的爱国主义，这是历史为这本书打下的烙印。用今天的眼光看，似乎并不可取。

瑕不掩瑜，这当然是一本好书！多么希望，爱的教育成为我们今天儿童教育的主流！

# 爱情悲剧之美

刘小革

这些天，忽然间，我手机里所有的群，都有人在一遍又一遍地转发《可可托海的牧羊人》的视频，开始我并不在意，也没去点开。

直到有十多个好友特意转发这首歌给我时，我才点开了视频。

画面是茫茫草原，仿佛人心颤抖一样的冬不拉琴声中传来一个男人忧伤的歌声：

> 那夜的雨，也没有留住你/山谷的风，它陪着我哭泣

好凄美歌词！一下抓住了我。

> 你的驼铃声仿佛还在我耳边响起/告诉我你曾来过这里/我酿的酒，喝不醉我自己/你唱的歌，却让我一醉不起

这时，我仿佛看见草原之夜的风雨中摇晃着一个提着羊皮酒囊的男人背影。

> 我愿意陪你翻过雪山穿过戈壁/可你不辞而别还断绝了所有的消息/心上人，我在可可托海等你

虽然没有消息，可是他不愿放弃。然而，等来的却是：

他们说，你嫁到了伊犁/是不是因为那里有美丽的那拉提/还是那里的杏花才能酿出你要的甜蜜/毡房外又响起驼铃——

故事似乎有了转折，也许是他心上人回来了？我心中为他燃起企盼。

谁知接下来他唱出这样一句：

我知道，那一定不是你！

啊！要多么绝望，才能有这样的心境！心上人已经远去，心上人已经嫁作他人妇，男人甚至都不敢幻想心上人能够回来！这是那种堕入深渊般的绝望。然而，绝望之后，他依然不能放下心中的爱。因为，在他心中：

再没人能唱出你那样动人的歌曲/再没有一个美丽的姑娘让我难忘记

听到这里，泪水打湿了我的眼眶。

歌者悲伤的歌声还在继续，重复地诉说……

我已经完全进入了歌者诉说的爱情故事，看到了一颗热烈的心陷入失恋的旋涡中无为地挣扎。我情不自禁为他失去深爱的心上人而悲痛，为他注定无法挽救这一段刻骨铭心的爱情而惋惜。

这时，我忽然明白了这首歌为何能一夜间成为网红歌曲，为何朋友们要反复转发。因为那个凄美的爱情故事，拨动了许多人心底那根最柔软的心弦。

不是吗？每一个人都有过青春岁月，每一个人都走过一段爱情故事。人们的爱情故事里，有多少曲曲折折、恩恩怨怨？而这首讲述爱情悲剧的歌，勾起了人们无尽的联想、回忆和共鸣。

爱情是美好的，但世间万千的爱情故事里，最能打动人的却总是深爱而不得的爱情。让我们回忆一下，古今中外的爱情故事，留在心底最难忘记的，不都是那些爱得轰轰烈烈死去活来而最终却不得不分离的爱情悲剧吗？

我们熟知的《红楼梦》《廊桥遗梦》《罗密欧与朱丽叶》《梁山伯与祝英台》等广为流传的故事，哪一个不是哀婉凄恻、让人愁肠百结的爱情悲剧呢？

让我们再听听《枉凝眉》对宝黛之恋的哀叹吧：

一个是阆苑仙葩/一个是美玉无瑕/若说没奇缘/今生偏又遇着他/若说有奇缘/如何心事终虚化

一个枉自嗟呀/一个空劳牵挂/一个是水中月/一个是镜中花/想眼中能有多少泪珠儿/

怎禁得秋流到冬/春流到夏

水中月、镜中花，多么美好的景象，然而，这些只是虚幻的美丽，终不能成为现实，怎能不让人为之痛惜！

让我们重温一下《廊桥遗梦》的故事。女主人公弗朗西斯卡，人到中年，有丈夫，还有一双儿女，在美国爱荷华州的一个农场，过着相夫教子、波澜不惊的生活。

然而她的生命走到此刻，竟然遇到了命中注定的真爱——罗伯特。短暂的四天，两人情投意合，她得到了一辈子从未感受过的热烈的爱。虽然她最终忍受巨大的痛苦，斩断了与罗伯特的情丝，没有随他而去。可那四天的爱情却支撑了她一辈子，不但延续到她生命终结，而且也成为她死后灵魂的归宿。她在遗嘱中要求儿女，把自己的骨灰撒在廊桥，她要在那里和罗伯特相聚。

他们的爱情悲剧，来自她的善良，她不能割舍亲情，不能不对儿女负责任。唯一的选择是牺牲自己的爱情，哪怕牺牲的是一生中可遇不可求的真爱。我们在为她的爱情猝死而哀婉之时，又不能不为她的善良而感动。

再看《罗密欧与朱丽叶》中两位悲剧人物。其实他们的相爱从一开始几乎就注定只能有悲剧的结局。因为他们出生在世代为仇的两个家庭，他们的相爱，绝对不可能为双方家长所允许。可他们偏偏相爱了！没有任何理由地相爱了！这是最纯洁的爱情。为了能在一起，他们不顾冷酷的现实，与强大的家族势力抗争。但是，他们稚嫩的肩头哪里经得起家族势力强硬的打压，他们的爱情惨遭扼杀，年轻的生命之花，来不及绽放就双双凋零。

故事中最让人扼腕叹息的是，本来聪明的朱丽叶开始是假死，以求得与罗密欧双双远走高飞。可惜性格粗糙的罗密欧却不解其意，没等到传信的人告知他朱丽叶的计划，就急急地选择了随朱丽叶而去。他的粗糙，是导致他们双双赴死的直接原因。

罗密欧与朱丽叶爱情的毁灭，留给了人们难以磨灭的痛惜。

还有一支老歌，那是电影《冰山上的来客》的插曲《冰山上的一朵雪莲》。那也是一支在冬不拉琴声伴奏下的歌曲。当年我只是一个不懂爱情为何物的小女孩，可这支歌，却深深地烙在我心底，几十年过去，依然不能忘记。

请听女主角古兰丹姆唱的最后几句吧：

> 你的友情像白云一样深远/你的关怀像透明的冰山/我是戈壁滩上的流沙/任凭风暴啊，把我带到地角天边。

多么悲凉而无望啊！虽然歌词没有一字说到爱情，但其中隐藏着爱情的悲剧，却更加让人撕心裂肺，悲痛欲绝。

啊，太悲伤，不能再回顾下去了……

鲁迅先生说过，真正的悲剧就是把美好的东西撕碎给人看。

我们渴望花好月圆、有情人终成眷属的爱情，但最让我们感动的却是被撕碎的爱情，这应当就是爱情悲剧之美吧？

周晓霞，笔名帘卷西风，四川隆昌人，中学语文高级教师，中国散文学会会员，四川省诗词学会会员，中外散文诗学会四川分会副主席，四川省辞赋家联合会（筹）副主席，四川省文艺传播促进会女散文作家创作中心副主任，《大中华文学》杂志执行总编，贾平凹先生再传弟子。

作品散见于《四川文学》《青年作家》《微型小说选刊》《澳华文学》《中国散文家》《今古传奇》《速读》《星星·诗词》等国内数十种报刊，收入10余种选本。有作品被译成英文发表于美国费城《海华都市报》以及非洲《西非商报》《阅读》杂志等，其中发表于《阅读》杂志的作品成为全球471家孔子学院阅读教材。

# 听 书

周晓霞

> 一个转身，光阴就成了故事；一次回眸，岁月便成了风景。
>
> ——题记

忆及年少时光，最先闯入回忆之门的是那段听书的记忆。

想来应该是 10 岁左右吧，那时家里的家电除了手电筒外就是一部赊来的收音机（因爸爸与供销社主任关系好加之人品好，人家破例同意分期付款，这恐怕应该算得上是按揭购物的雏形吧）。当爸爸把两节干电池装进去，打开开关，悠扬的音乐立刻飘满了整间土墙房子，钻出屋外，不一会儿优美动听的音乐吸引来了院子里的很多人，大家都好奇而兴奋，叽叽喳喳地讨论那么小一个盒子怎么装得下大活人在里面，唱的歌跟刘三姐一样好听。大家都好想试着来摸摸，但被我和弟弟坚决阻止了，摸烂了啷个办（四川方言，指怎么办）啊。不苟言笑的曾祖母也喜笑颜开，不断用布满皱纹的橘皮样的手轻轻地来回抚摸，俨然抚摸刚落地的婴儿，慈爱有加，一望无牙的嘴久久都没合拢去。

收音机的到来为本不富裕的家庭和酸涩的童年带来了无限生机和乐趣。不光能放天籁般的音乐，还能听川剧越剧和黄梅戏，更让我们兴奋的是居然有个"评书联播"的节目，每天中午十二点半，就会有讲评书的开始说书：不管是击鼓进军鸣金收兵铁马金戈的战场，还是波谲云诡尔虞我诈深不可测的官场；无论是鹰击长空虎啸深山驼走大漠的自由自在，还是黄鹂鸣柳娇莺啼春新燕啁啾的清脆婉转；任你是身高八尺武艺超群叱咤风云的将军侠客，还是闭月羞花沉鱼落雁君子好逑的名媛淑女；庙堂之上皇宫宅院，江湖之远勾栏瓦肆；北国风光茫茫大漠，草长莺飞烟雨江南……简直包罗万象无所不有应有尽有，都被那高亢浑厚、字正腔圆的声音描摹得绘声绘色惟妙惟肖，无不让人身临其境如痴如醉啊。让人时而吓得毛骨悚然两股颤颤，时而惊得瞠目结舌目瞪口呆，或是捧腹大笑前仰后合，或是悲伤欲绝潸然泪下……喜怒哀乐完全被故事里的爱恨情愁悲欢离合调控和左右了。听得最多、最爱听的是刘兰芳和袁阔成播讲的评书。什么《杨家将》《岳飞传》《隋唐演义》《封神榜》《刘秀传》，等等，听得聚精会神津津有味啊。每到精彩纷呈惊心动魄处，却"欲知后事如何，且听下回分解"，让宝宝那个意犹未尽牵肠挂肚啊，为听书而痴狂！

于是，上课尤其是数学课（因为听不懂）的时候也会开开小差：杨大郎冒充皇上大战金沙滩何等惨烈悲壮；接到十二道金牌，岳飞只能班师回朝，何其悲愤无奈；伍子胥头悬国门，比干菹醢……想入非非时，常是老师"啪"地一抽教鞭，"周晓霞，你来回答一下这问题"，我猛然一惊连忙穿越回来慌忙站起，常答得驴唇不对马嘴，逗得同学哄堂大笑，气得老师脸色铁青。最难熬也是最期待的是上午第四节课，快到12点时就不停看表，老师还在口若悬河，我就急着提前收拾好课桌，时刻准备着，只等铃声一响就射出教室，狂奔回家，一般刚能赶上评书开讲。最无法忍受的是老师拖堂，明明下课了他还不慌不忙再讲一题。我心里惦记着，牛皋到底能不能打赢金兀术？杨四郎从辽国公主那逃出来了吗？孟丽君和皇甫少华到底相认没……哎呀呀，急得我脸红筋胀抓耳挠腮，一着急就常情不自禁地打嗝，声响全班都能听见，严重干扰老师继续讲课，于是就"算了算了，下次再讲"，我便力排众人冲出教室……遇上老师说作业错得多的留下来，我更是叫苦不迭，义愤填膺，心里把老师十八辈祖宗都问候了一遍，然后苦大仇深地翻开满是鲜红大××的数学本（数学从小学到高中及格的次数屈指可数），心猿意马魂不守舍地继续在错误的道路上越走越远。

那时最惬意的便是狂奔回家，满头大汗气喘未定，书包一扔，跳向收音机，迅速匆忙扭开开关，调到固定波段，听见"上回书说到"便心满意足心花怒放了。然后便跟弟弟抢着坐靠收音机最近的位子，把耳朵贴着机子，生怕远了听不清，没少听大人"干脆钻进去嘛"的骂声。最沮丧的是家里的灶房与堂屋隔了几间房子，而碗柜和收音机是放在堂屋的。经常是爸爸或外婆在灶房里扯着喉咙喊："快点拿个大碗来！""快点端菜来热！"……要么我们充耳不闻，装作没听见；要么因为没指名点姓，我和弟弟谁也不肯离开收音机半步，就怕漏掉半个字，都推说"你快去"，争执不下就石头剪子布，输了的也像屁股上有麻糖样紧到扯不起身来，慢吞吞地端了东西还一步三回头。或是挨到爸在厨房里吆喝："耳朵聋了啊？还没拿来！"才赶紧跳起来，跑向碗柜拿了冲向灶房。有时本来是叫拿勺子，因没在意听拿成了碗，被骂得狗血喷头。"再听得这样痴，你们信不信老子把收音机砸个稀巴烂。""必须有个人在灶房里守着，打下手，免得聋头错耳的。"爸爸下通牒后，为了保住宝贝收音机，我们就只好轮流在灶房守着，人在灶边上，尖起耳朵听外面，听到点总比没听好啊，哈哈！有时大人没回时，我和弟干脆把收音机拿到灶房头，边听边煮饭，整得不是搞忘了放盐就是把醋当成了豆油，难以下咽；吃了几回"笋子炒肉"后还是乖乖地站在灶边上守到大人弄菜，使得后来以至现在我虽不太上得厅堂但还是下得厨房的，厨艺不容小看的哦。

吃饭时大家就讨论评书的剧情各抒己见，有时争得面红耳赤哦，精神的丰盈和富足填补了饭菜稀少不能人人吃饱的空缺。后来明白其实大人们也喜欢也想坐下来听书的，但总得有人去煮饭干活啊，都让我们听了，不得已才喊我们的。其实妈妈也是个评书痴，记得有次要在屋背后干活，得挑粪去浇，她不想错过听评书，干脆就把收音机放到粪坑旁的矮屋顶上，边舀粪边听，正当听得起劲儿时，可能是演播的打斗场面太过于精彩激烈了，震撼得收音机突然从房顶上摔到了地上，立马就肢解了，当时我们都吓得面如土色，要知道这是家里最贵的家电，钱还没付清呢，就被败了，那还了得。幸好那时的东西质量过硬，我们重新组装后只是外壳摔裂了，用烙铁把它补好了，虽然难看但还能发出声音也就万幸了。从此后妈妈也不敢造次了。

自从我们家有了收音机之后，邻里关系变得更加融洽了：吃饭时邻居家的娃儿端着碗在咱屋门口蹲着吃，搛点他们的新鲜菜给我们尝尝，顺便蹭几耳评书好去显摆；哪家屋头煎了花生、胡豆也给我们端点来，趁机在家坐会儿，顺理成章地听会儿节目再走；院子里的小伙伴都争先恐后地在割兔草猪草时主动地先帮我们把背篼装满，然后争取到来咱家听评书的资格，这算不算是行贿受贿的雏形啊，哈哈！

最难忘的是夏天的夜里。夜饭过后，我们用水把坝子冲洗干净，扯张旧凉席往地上一摊，燃起一堆干草驱蚊子，随后往席子上一躺，不一会儿就是一排的小身板儿，大家兴高采烈地听妈妈给我们讲评书里的故事。那时妈妈记忆力特好，凡是她听过的看过的故事都能从头到尾如数家珍地讲出来，并且声情并茂绘声绘色，虽不及刘兰芳袁阔成般字正腔圆，但也复述得头头是道精彩无比。连院子里的老人大人们都围着她，男的抽着旱烟或是编着竹筐，女的纳着鞋底或是补着破衫，听得全神贯注津津有味，连月亮也禁不住钻出云层，用皎洁的目光关注着这群辛勤劳作后轻松愉快的人们。通常是听着听着娃儿就睡着了，脸上挂着幸福满足的微笑。此时明月如霜，好风如水，清景无限。大人们各自抱起自家的孩子回到各自家中。妈妈也像圆满完成了一次联播，抱起熟睡的我们回屋睡觉。热爱文学的种子，便在听书的睡梦中潜滋暗长……

后来我到几十公里外的县城里读高中了，只能住校，对评书可是比对家人还难以割舍啊，每天听不到就像害了病一样相思成疾失魂落魄的。所幸同班的一位男同学，家住街上，专门给我拿一个他家的小收音机来，让我又继续听了《平凡的世界》《北国草》《高山下的花环》等长篇小说。萍水相逢，能如此热情真诚，实在让我感恩戴德啊！以致当时班上老师同学都因某些原因冷落排斥他时，我义无反顾地站在了他的身边，让他不至于太形单影只。致使很多人都误以为我喜欢他，在早恋，其实只是收音机之恩涌泉相报而已。

如今几十年过去，不知不觉中一个转身，光阴就成了故事，一次回眸，听书岁月便成了最隽永的一道风景，回味悠长！

# 阅 时 光

周晓霞

愿你心中有书，归来仍是少年。

——题记

忆及年少时期，感受最深的就是苦和累，而能冲淡这种感觉的除了听书之外，就是阅读的美好时光了。

小时候，家里的藏书除了几本线装的小说和一本《新华字典》、一本《现代汉语字典》外，就是一些巴掌大小的小人书了。那时因爸爸是教师，妈妈最初是民办教师，儿随母走，我和弟弟的户口自然随妈妈落在农村。父母白天要教书，不能像地道的农民天天日出而作有条不紊按部就班地耕作，所有的农活就只有抽早晚边角时间和每周六（那时没有双休日）像计件一样完成。平时因为父母要备课改作业和免费给差生补课，几乎回家时都已万家灯火了，这就决定了我和弟弟得担起比纯粹的农家孩子更为繁重的家务劳动（别人家的大人天天干农活，自然没多少能落到孩子头上了）。忙人的孩子早当家，我们均不到十岁就学会了烧火煮饭洗衣服，挑水喂猪赶鸭子，跟大人一同栽秧打谷挖红苕，浇粪犁田掰苞谷。在童年的字典里，很少能找到"玩耍"二字。爸妈或许是看在眼里疼在心里，总会省吃俭用，从牙缝里抠出些分分钱来时不时买几本小人书，带回家来犒劳我们的勤劳和懂事。每次当我和弟弟爱不释手地摩挲着略带粗糙的书纸，肆无忌惮地闻着散发着油味儿的墨香，津津有味地看着栩栩如生的画面时，一切的辛苦劳累便在那或是明月照人或是夜黑风高的环境下、曲折离奇跌宕起伏的情节中、活灵活现入木三分的人物里烟消云散了。

　　尤其是当小伙伴们将我和弟弟围在中间，用羡慕嫉妒的眼神望着我们，外围的还踮起脚，脖子伸得像鹅颈子一样，看我们用手指蘸着口水慢条斯理饶有兴致一页页边读边翻着小人书时，咱俩似乎从灰姑娘小矮人儿立马摇身变成了白雪公主和帅王子，存在感爆棚啊，太拉风了！更可喜的是图书与日俱增，不知不觉中已有几抽屉了，什么《三国演义》《水浒传》《西游记》《铁道游击队》《一双绣花鞋》《镜花缘》等等，五花八门品种繁多，虽然有些也看不太懂，囫囵吞枣生吞活剥，但也留下了不可磨灭的印象，至今记忆犹新，也给酸涩的生活增添了更多的色彩和韵味儿。更重要的是，这是我和弟弟当时唯一可以炫耀的资产啊：家里来人来客我们会第一时间搬出几大箱图书供人翻阅，瞬间拉近宾主尤其是小孩之间的距离，升温彼此情谊，冷淡疏离会迅速转换为热情洋溢如胶似漆，甚至分别时已恋恋不舍。偶尔还大方地送别人两本，那就更是情深意长了哦；那本院以及邻院小伙伴们为了能一睹书容，经常主动热情争先恐后地帮着我们打扫兔圈猪圈，割割兔草猪草，抹抹苞谷拣拣煤炭花儿，然后便可一人抱一两本小人书在屋檐下围成圈儿或是一字排开，如痴如醉地交换着看，看了过后往往会产生诸如是武松厉害还是鲁智深厉害、《岳飞传》与《杨家将》哪个更精彩、李向阳和刘洪谁更威武之类的争论，常常争得面红耳赤，谁也说服不了谁，争执不下悬而未决时免不了拳脚相加，武力解决，最后弄得抓痕累累两败俱伤也尘埃未定，双方赌咒发誓"哪个龟儿子才理你"呢，准备老死不相往来了，可过两天经不住小人书的诱惑，又都聚拢一堆好得跟亲兄弟一样了。这大概也是文学评论与争鸣之小人儿版本吧，呵呵！

　　后来，图书摊在街上和城里应运而生：简易的由几根竹竿立着支起两边做支架，中间用麻绳之类的套成几排，把图书就一本本挂在绳上，一个架子可挂几十上百本图书。豪华点的就是木头做的简易书架，一本本图书斜放在木板上。摊前摆着些高矮不一的小板凳，交上一分两分不等的钱就可坐着看几本了。那时我最爱自告奋勇上街买豆油麦醋姜、纸钱蜡烛香之类的，偶尔能剩下几分钱，就可跑到图书摊前找自家没有的来看，好几次看入了迷，等到弟弟气急败坏跑来找到我，说家里等着豆油醋下锅，才立马丢下图书，撒开腿恨不得把双手也放下来跑，气喘吁吁到家看到爸爸吹胡子瞪眼的，赶紧放下豆油诚惶诚恐地跑到拳打不到脚踢不到的地方，勤快地做这干那，免过一顿"笋子炒肉"就是万幸。好不容易进城去姑妈家，我和弟弟也是看到图书摊就生根了样挪不开脚步。小人书就这样一直陪伴我到初中毕业，带来无限乐趣，最早拓宽了视野，爱好文学的种子也从这里开始发芽。遗憾的是几次搬家后大堆的小人书便难见尸首了，提前退出了历史舞台。

除小人书外，约莫是小学五年级时，妈妈偶然给我带回了本叫《儿童时代》的杂志，规格有四本小人书那样大，翻开书，我的眼球立马被里面的故事和画面吸引了，像钉子被磁铁吸住样难以拔出。妈妈告诉我这是别人订阅的，只能借我看一晚上。记得那晚我是挑灯熬到深夜把整本书看完，要求妈妈也给我订阅。但那时不是谁都拥有订刊物的资格的，爸妈认识邮政代办所的李阿姨，通过承包她家粪便的渠道（因她家是居民，没田土，粪便无处可用就只能花钱承包给农村人浇地），好不容易得到个人家让出的名额，才得以订上全年的《儿童时代》。只是从此后我便经常挑着她家的粪便穿过通街挑回一公里外的家中，为了读书也丝毫没觉浊臭和难堪，骨子里坚定地认为劳动是光荣的，哈哈！阅读的喜悦全然替代了生活的艰辛。从那里面，我知道了《铁臂阿童木》《皮皮鲁和鲁西西》；读到了《阿Q正传》《祝福》和《童年》《在人间》；懂得了《茶花女》《钢铁是怎样炼成的》（那时大多是连环画的形式展现的），感觉自己好像站得更高看得更远了，而我的作文也经常被老师当作范文诵读。

是《儿童时代》开启了我订阅之路，后来我读初中了，又央求妈妈为我订阅了《少年文艺》《作文通讯》等刊物，一有空我便会捧着书读，常被里面的华词丽句锦绣华章所吸引，就尽量地去熟读成诵，背不下来就把它抄下来，时不时拿出来重温记诵，也就是从那时起，我便养成了做读书笔记的习惯并且延续至今。记得数年前读余秋雨的《文化苦旅》时，深深地折服于他博古通今博大精深的文化底蕴；痴迷那冷峻峭拔隽永深邃的语言风格；沉醉于他与众不同洞若观火的真知灼见，于是乎辛辛苦苦洋洋洒洒地做了很厚一本笔记，放办公室抽屉里，不承想一夜小偷入室，将我的读书笔记本偷去当废品卖了，气得宝宝吐血，比被偷了金子还懊恼地捶胸顿足啊，至今想起仍然心痛不已。之后读书笔记成了我重点保护的财产，那是我个人的百库全书。

这期间印象较深的还有：一次一个收荒匠经过院子，来我家讨口水喝，我无意中瞥见他箩筐里有几本《小小说选刊》，就情不自禁地拿起翻阅，没想到一翻就被书中文章遣词造句的精当、谋篇布局的精巧、立意构思的新颖所吸引了，于是欣然拿出好不容易在打酱油时扣下的两毛钱，把几本书全部买下来，在课余如饥似渴地阅读，贪婪地吮吸着文学的甘露。那是我第一次接触到小小说这种文体，一见便有些钟情，致使我一直订阅《小小说选刊》至今，而我自己二十年前发表的处女作《车祸》也是一篇小小说，这是不是冥冥之中的机缘巧合啊。

日子如风，抓不住尾巴；逝者如斯，干旱的田地有时得靠苦难的泪水去滋养。蓦然回首，深深地感谢我的父亲母亲，在那个贫困艰难的年代，尽管无法供给我们丰厚的物质生活，但买书和订刊物却从不吝啬，使得我的童稚时光青葱岁月虽不乏辛苦酸涩却精神充实而丰盈。

马未都曾经说过：人活着有三重追求，第一重是趋利，第二重是趋名，第三重是趋静。还有人说：你的气质里藏着你读过的书，走过的路，爱过的人。红尘喧嚣，世事纷扰，书不能给我整个的世界，只能用文字为我构筑华丽的殿堂，让疲惫的灵魂静静地栖息，在肃静的殿堂安放梦的衣裳。安然阅读，岁月静好，生活中不仅有柴米油盐酱醋茶，也有琴棋书画诗酒花，唯愿与书为伴，努力成为一个灵魂有香气的女子吧。

# 武侠往事

周晓霞


飞雪连天射白鹿；笑书神侠倚碧鸳。

——题记


预购多日的《金庸全集》总算在望眼欲穿中姗姗迟来，摩挲着棱角分明的书页，看到那耳熟能详的书名，倍感故友重逢的亲切。迫不及待地随手翻开本《射雕英雄传》来，那休眠多年的尚武因子立马苏醒迅速激活，毒根深种的武侠情结也便在浓浓的墨香中发酵，氤氲升腾……

## 一、新奇狂热的懵懂时光

最早接触武侠应该是 20 世纪 80 年代初期，那时坝坝电影流行，电视机还属稀有家电，我家周围方圆几十公里内就小学有台 21 英寸的黑白电视机，每晚在会议室播放，按每人 2 分钱的价格售票。清晰地记得当时热播《霍元甲》《射雕英雄传》的那段日子，可说是门庭若市万人空巷啊。虽将播放地点改在了内操场，依旧是人头攒动水泄不通，连操场边的两棵大黄桷树上都挂满了人，只求能看一眼"霍元甲"、听一声"蓉儿""靖哥哥"便心满意足心花怒放了。一时间"万里长城永不倒，千里黄河水滔滔"，"哪惧雪霜扑面，射雕引弓塞外奔驰"的歌声传遍街头巷尾响彻大江南北；"黄药师""老顽童""洪七公""欧阳锋"和"段皇爷"的名号如雷贯耳家喻户晓；"霍元甲打擂""铁血丹心""东邪西毒"和"华山论剑"的情节耳熟能详如数家珍；"迷踪拳""降龙十八掌""一阳指"的绝世武功更是令人惊骇、赞不绝口。香港功夫片和武侠片凭借其曲折离奇的情节、精彩绝伦的打斗、高颜值高演技的演员迅速让观众耳目一新叹为观止，引爆观赏热度以排山倒海之势飓风扫环宇般风靡中国内地，吸得铁粉多如牛毛难以数计哦！使得黄元申、梁小龙、黄日华、翁美玲、苗侨伟等香港艺人星气飙升迅速走红，堪比今日众人心中的"男神""女神"，他们塑造的"霍元甲""陈真""郭靖""黄蓉"角色也成为永远无法超越的经典，定格成难以磨灭的美好记忆。当年翁美玲香消玉殒后惹得多少粉丝扼腕叹息伤心欲绝啊，觉得心间的黄蓉也随之而去了。

当时十来岁的我毫无疑问毋庸置疑地属骨灰级的粉丝。毕竟电视的影音效果带来的震撼要比评书仅有声音艺术来得猛烈得多。为了能抢到根板凳坐着巴适地看，下午放学铃声一响就飞奔回家手忙脚乱地干完活饭也顾不得吃就迫不及待气喘吁吁地狂奔到校，选个靠前正对电视的位置坐好，才气定神闲守到天黑电视开演，又心急如焚熬到正片开播，那等待的揪心亦如当年迅哥儿在赵庄看社戏时，等那"蒙了白布，两手在头上捧着一支棒似的蛇头的蛇精，和套了黄布衣跳老虎"的节目上演般千呼万唤望眼欲穿啊！开播了便目不转睛聚精会神地盯着屏幕，就怕漏掉了一个镜头，要是身边有人敢大声喧哗，立马会怒目相向心里骂遍他十八辈儿祖宗。甚至想上厕所也都尽量强忍着，生怕错过最精彩的片段，实在忍无可忍了才一步三回头地恋恋不舍地挪出场外，然后争分夺秒速战速决，又火急火燎挤进场内。

于是乎上课开小差时，便不仅是挂记着评书《岳飞传》《杨家将》，更惦念那霍元甲到底能否打赢日本的藤野太郎？欧阳锋会不会真杀了郭靖？华山论剑最终谁是赢家……宝宝真是太不容易了，不但要云里雾里魂不守舍地听课还得牵肠挂肚心系武林啊！并且从此心里便埋下了尚武的种子，渴望有朝一日能拜师学艺，成为黄蓉一样的女侠。

记忆犹新的是当时一些印着剧照的画片应运而生，长条折叠型的单张套装型的占据了书店书摊最耀眼的位置，那纯朴憨厚的靖哥哥，机灵乖巧的蓉儿，沉稳帅气的霍元甲……冲破屏幕走出书页就栩栩如生地近在眼前，这无疑是推波助澜给狂热的粉丝们打足了鸡血，尤其学生族更是欣喜若狂趋之若鹜。能买上几套画片夹在书页里贴在笔记本歌本上或是课余拿出来轮流观赏的算是土豪了，大家众星捧月般极尽恭维讨好同时也羡慕嫉妒。而我这铁杆粉丝虽然每次在摊前拿着画片翻来覆去地看爱不释手，但无奈囊中羞涩，只能流连忘返眼巴巴地望画止渴了。于是更加关注家里的豆油醋还有多少？盐巴罐罐是不是快空了？以便第一时间争取到去街上买的机会想办法抠上两分五分。好不容易凑齐了买套画片的钱便飞叉叉地跑到摊前，拍着荷包底气十足地喊："老板，把所有画片都摆出来，我好选！"然后就随心所欲地慢慢翻看，真的是悦目而赏心、心旷而神怡啊！觉得哪张都好看，都想买，只恨钱钱太少。直到老板催促才在举棋不定中选出几张最喜欢的，然后像孔乙己一样排出几个带着体温的硬币，心花怒放地拿几张贴到自己房间的墙壁上，拿几张放课桌最显眼的位置，咱也算"土豪"了一把，哈哈！回到家一有空就钻进房间盯着画片看，那些精彩绝伦的镜头浮现眼前，感觉那些大侠们就在我的身边，而我自己也仿佛幻化成了身怀绝技的侠客，浮想联翩：每次看到乱飞乱窜又打不到的苍蝇蚊子，我就想弹根绣花针将其钉在墙上动弹不得；听到老鼠啃东西的声音恨不得用内功震裂它的五脏六腑；遇见小偷小摸之人一把飞刀迅雷不及掩耳直刺手背；还有上课偷看小说时太希望能隔空点穴将老师定在讲台上一直别走下来……宝宝那个想入非非的能耐也算出神入化登峰造极了啊！

## 二、痴迷执着的青葱岁月

尤其是上中学后陆续读了金庸的《射雕英雄传》原著和《书剑恩仇录》以及梁羽生的《飞红巾》《七剑下天山》《冰川天女传》《大唐游侠传》等等，让我在大开大阖波澜壮阔的背景下、曲折离奇引人入胜的情节中、刀光剑影腥风血雨的争斗里看到了人性至真至纯至美的光辉和最假最恶最丑的嘴脸。深深折服于那匪夷所思惊世骇俗的绝世武功；无比敬佩武林中人吃苦耐劳水滴石穿的坚韧不拔。为侠客们杀富济贫惩恶除奸的凛然正义而热血沸腾血脉贲张，对他们胸怀天下心系苍生的博大情怀仰慕崇敬顶礼膜拜。那尚武的种子春草样疯长，日渐茁壮蓬勃，似入痴迷之境啊。于是乎闲暇之余，带着弟弟伙着邻居家的孩子用木头砍出一些大刀，用竹子削成好多利剑，每当大家一起割猪草找兔草时便相约带上刀剑，分好角色，找片空地或是选一片竹林作为战场（我还会将妈妈的红纱巾偷出来打个结在颈上，一跑就会飘飞起来，俨然"飞红巾"女侠），个个都身手不凡，嘴里学着电视里样子不停地"嗨嗨""哈哈"地叫喊着，煞有介事地"比武打擂""华山论剑"，好一阵酣战厮杀难分难解哦！没想凭借"超群的武功"不仅让隔壁院子的大娃儿们"闻风丧胆"再不敢欺负我们了，还成功解救了被困废旧沼气池的小伙伴，更激发了我们的练武激情。可毕竟"刀剑"不长眼，有次弟弟因寡不敌众被对方戳伤了手臂，划出好长一条口子，吓得我魂飞魄散。爸爸知道了一阵"劈空掌"打得我眼冒金星，扬言再敢胡乱舞刀弄枪就打烂我们的屁股，演练之事便过阵瘾就宣布告终了。但侠客们的忠肝义胆浩然正气却深深地根植于心。

永远难以忘怀的是高考再一次名落孙山之后，我有些万念俱灰，赌咒发誓再也不读书了。终日唉声叹气郁郁寡欢，原本嘻嘻哈哈开朗活泼的我变得目光呆滞沉默是金。爸妈随便怎么劝导安慰也无济于事（所幸那时还没流行落榜了就跳河跳楼的举动），也只背地里偷偷流泪。后来偶然一亲戚给我带来一套金庸的《侠客行》，为垂头丧气心灰意冷的我注入了大剂量的兴奋剂，间或一轮的眼睛发出了久违的亮光，亦如奄奄一息的烟民突然看到了一堆鸦片般从绝望中重生，往日的萎靡顿消，迫不及待地一把抢过书，如饥似渴地品读起来，之前的彻夜难眠变为了废寝忘食。在金大师层层铺叙纵横捭阖细腻描写烘托渲染中，那惨淡愁云逐渐被明媚的阳光照耀。到看完整部小说时，我完全被石破天从一个自小不知父母为谁、被人作践、唤作"狗杂种"的鼻涕横流的无名小孩，在屡遭磨难费尽千辛万苦经历一番奇遇，大璞藏大玉、大拙蕴大巧、大愚成大智，终于成就了一代大侠"石破天惊逗秋雨"的丰功伟业的励志传奇感动了，震撼到无以复加！感觉有股强大的力量涌遍全身纵横驰骋，驱散了密布已久的重重阴霾。与石破天的遭遇相比，名落孙山简直小菜一碟不足挂齿，有什么值得悲观绝望自暴自弃的呢?！我的心灵仿佛完成了化蝶般的艰难蜕变，得以涅槃重生！

在"武"与"侠"的世界里，我深刻认识到生命要有裂缝，阳光才能照射进来。因而内心不再忧郁脆弱变得真正刚毅坚强起来。精彩的作品，总是能让你最灰暗和最绝望的日子也生出亮色的。于是在开学之时，我信心百倍地再次踏上了高考之路，披荆斩棘卧薪尝胆，最终苦心人天不负，终于走进了象牙塔。

## 三、侠心不改的不惑年华

"为国为民，乃侠之大者也。"虽然此生无缘拜师学艺打通任督二脉成为武林中人，却跌跌撞撞地闯入教师行道，忙于传道授业解惑。但由来已久根植于心的除恶扬善匡扶正义的武侠情结，赋予了我爱憎分明疾恶如仇的性格，致使我每每看到些不正当的行为时总会不假思索地去制止：阻止闯红灯的老头老太，惹得人家大骂"关你屁事"；教导随意攀摘花木的小孩；惩罚欺负弱小的调皮学生；谁要敢说中国啥啥都不如外国我会据理力争口诛笔伐；别人开的店我会极力劝说少卖日韩货，别人送的日货再好也拒之千里……惹得儿子说我这把年纪了还"愤青"一枚。同时受劫富济贫除暴安良行为的影响，我深具乐善好施悲天悯人的情怀，虽然无数次上当受骗，但根植于心的善良让我每当看到在寒风中瑟瑟发抖守着卖几把小菜的老农时，即使根本就不需要也总忍不住买下来让他们早点回家；当看到残疾卖唱或是用嘴叼笔在地上写字乞讨度日的人无论多少也会表示一点心意；总喜欢把自己和家人不穿不用的旧衣物送给经济拮据的亲戚或贫困地区的山民；把读过的旧书和着新买的本子和笔寄给藏区渴望上学的孩子；不厌其烦地给别人宣传保险意识，希望让更多人未雨绸缪，在风险来临时能雪中送炭；不辞劳苦地灌输预防大于治疗的保健养生知识，盼望减缓人们迈向医院的脚步……

而最让我欣慰的是从武侠中汲取的豁达和坚强的品质。回望悠悠岁月，回首半生时光，似乎没有放不下的恩怨，也无难以释怀的情仇，虽然生活中难免有误会龃龉，会摩擦冲突，但总是退一步海阔天空，相逢一笑泯恩仇。尽管生活不可能永远风和日丽，也会有凄风冷雨；前程不能似锦，往往事与愿违，但我依然能上下求索努力拼搏。而最可贵的是近年来我遇到了许多积极向上优秀勤奋的朋友，他们榜样的力量鞭策引领我不断向前奔跑，刻苦努力地去遇见更好的自己……

大侠远去，经典永存。再次品读，受益匪浅。唯愿与武侠结缘的自己能笑傲江湖，风轻云淡；笑对人生，春暖花开。

# 橘　殇

周晓霞

　　在我"吃货"的生涯中，最负盛名的是在春寒料峭中一口气吃下十一个柑橘，勇冠全队，让小伙伴们都瞠目结舌难以置信，惊瞎了眼球。的确，在所有的水果中，唯有柑橘能让我吃兴大发吃量顿增，倒不是因为觉得它有多么可口，而是一直有种难以言说的情愫流淌心底，铭刻着一段酸涩的记忆……

　　小时候，住在乡下，爸妈微薄的工资不但要养活我和弟弟，还有外婆以及外婆的妈妈，日子过得紧巴巴的。在基本填饱肚皮的情况下，偶尔能买点水果（基本上主要是橘子）回来尝尝鲜解解馋，那就是非常奢侈的享受了。原则上爸妈都说不爱吃也就很难得尝一下，我和弟弟一人吃一个还可以分得一到两个，剩下的主要留给外婆和外婆的妈妈我的祖祖。她们习惯把各自分得的橘子都放在枕头边上，方便又安全。

　　外婆和祖祖的牙齿都过早下岗，几乎就一望无牙。那时榨汁机破壁机还没来得及诞生，她们吃橘子时通常是用小刀削去顶上的一块皮，然后使劲儿把果汁挤压进碗里，再冲点温开水喝，这应该算是果珍的雏形吧。每每听到祖祖喝果汁咕噜咕噜的吞咽声偶尔还打个饱嗝"好甜好喝"声不断，看到她心满意足笑成菊花的脸和一望无牙久久合不拢的嘴，我们真羡慕嫉妒死了，最大限度地引爆味蕾，情不自禁地吞着口水，平生第一次强烈地盼望自己快快早点老去，就可享此特权。那被挤过汁半干的橘子肯定是不可能扔掉的，一般会给弟弟吃，毕竟他年龄更小，我表现好时偶尔也能得到。啃着残余水分的橘瓣，咂巴着嘴也觉美味无比啊。所以很多时候看见两老人挤汁时也就边吞口水边眼巴巴地望到，只祈盼别挤得太干让我们也打打牙祭。

人的欲望往往是无止境的，有次弟弟跟我说："姐，我都好想吃个没挤过汁的完整的橘子啊！"其实我也有此强烈的愿望。于是在一天下午我们就想趁家里没人时去偷一个祖祖放枕头边的橘子。为保险起见，弟弟在门口把风，约好有情况就打下响声儿。而我则匆匆跳到祖祖床边，迅速搜索，枕头四周都没橘子影子，可能早已吃完。又连忙转向外婆枕头，也没有，失望又冒火地使劲儿拍打枕头来出气，"咦，怎么下面有硬硬的"，我顺势翻转一看，哈哈！有个硕大的黄澄澄的橘子正安详地躺在那里，我眼睛发亮，兴奋程度不亚于哥伦布发现新大陆。一把抓起橘子，轻轻摩挲着光滑的橘皮，淡淡的清香钻入鼻孔，太诱人了。我正纠结：只剩一个橘子，偷走了外婆便没吃的了，还有目标太明显，会不会被发现呢？正犹豫不决时，只听弟弟在外面大声说："外婆，你咋就回来啦，我给你端张板凳来让你坐会儿哈！"我吓得手一抖，橘子掉地上滚床下去了，我心急如焚，连忙钻床下去捡，当还没钻出去时外婆进来了，吓得我在床下用手捂着嘴，大气不敢出，心惊肉跳的。只听她说："我今天有点不舒服，早点收工，回来换件衣服到街上买点药。"然后就匆匆出去了。我松了口气，赶紧往外钻，"砰"的一声，眼冒金星，因床比较矮，我头在慌乱中撞床上了，顿时鼓起一个大包，痛得我龇牙咧嘴，眼泪长流。"姐，刚刚吓死我了，你怎么啦？痛得很啊？"弟弟惊慌失措地跑过来看见我头上的包隆得老高吓得号啕大哭，他毕竟小我 5 岁，感觉事情太严重。我用手一摸，还好没出血，让弟到油罐里抠了点猪油来给我抹在包上。然后我们商量好：外婆身体都不舒服了，这唯一的橘子还是留给她吃算了。我在衣服上把橘子上的灰擦干净，各自闻了下香味儿，恋恋不舍地又放回了枕头下面，恢复好原状，总算有惊无险，长舒一口气。

不知是因受了惊吓还是因那天割兔草淋了点雨，晚上弟弟就生病发烧了，头滚烫，满面通红，大家都很着急。外婆不舒服本来躺着的也起床来查看弟弟的病情，手里捏着那个橘子。"吃个橘子吧，只剩一个了，"外婆说着就使劲儿掰，"发烧吃了好受些。"说着给弟弟一瓣一瓣喂进嘴里。我看见弟弟吃得很享受很陶醉，好像也没烧得那么难受了，我在旁边红着脸舔了两下干裂的嘴唇。

看到弟弟因生病居然因祸得福吃上了完整的橘子，我好像受到了启发：大人都会心疼生病的孩子的。于是乎在爸妈又一次买回了些橘子照例分配完后，我便开始自己的计划：初冬的天气已经开始变冷，我故意穿着单薄的衣服去上学。第一天下来，冷得鼻涕长流，我咬咬牙，第二天继续坚持，没想竟天气骤变气温急剧下降，我冻得牙齿打磕，于是顺其自然地生病发烧了，然后也如愿以偿地吃到了孜孜以求的没有挤过水的橘子，而且是两个。虽然烧得很厉害，但吃橘子的感觉还是很惬意很满足的，感觉美味极了，觉得那就是世上最好吃的水果。只是我的高烧并没因吃橘子而降下来，而是持续不退，又咳嗽不止，因从小体弱，最后折腾成了肺炎并转成了肺结核，于是开始了长达半年的天天打针吃药的治疗，屁股都打肿了，还因抗生素的副作用让我患上了严重的鼻炎。心痛！为了两个橘子去东施效颦却付出了多么惨痛的代价啊！

以致后来，对橘了始终有着特殊的情愫，每到橘子上市时，我会把各类品种悉数买回，在家堆着吃，一口气能吃好几个，直胀得饱嗝连天，吃得嘴唇上火起泡。每次让儿子难以理解，翻白眼嘲笑："你咋那么爱吃橘子，像好几辈子没吃过样！"在蜜罐中长大衣食住行唾手可得还经常嫌弃不已的他，怎么可能体会得了物资匮乏年代的那份辛酸啊。

如今，又是一年橘熟时，看着到处水果摊上黄澄澄的橘子，我只能垂涎三尺地打望含情脉脉地观赏或偶尔尝一个，不敢再大快朵颐开怀大吃了，因为检测出我橘子过敏，身体不耐受（长疱其实不是上火就是过敏的症状），只能忍痛割爱了。再见，我的橘子！遗憾吃坛少了个吃橘重量级高手啊！

人生就是一首交响曲，跳跃着酸甜苦辣的音符，交织着喜怒哀乐的乐章，演绎着希望绝望幸福遗憾的诸多内涵。生活总爱同我们开玩笑：当你殚精竭虑抑或是处心积虑想要得到某样东西时，往往是可望而不可即、可遇而不可求，而一旦有朝一日终能如愿以偿时，因为种种原因，恐怕又无福消受或是再也寻找不到那种快乐幸福与惬意满足了……

这，岂止是橘殇乎？！

# 我的青葱五月

周晓霞

五月，是草长莺飞花团锦簇适合寻找诗与远方的光阴；五月，也是插禾割麦菜籽熟落农人辛苦奔忙的季节。

当流连于花间曲坊徜徉于湖畔桥边也抱怨烈日炎炎汗流难耐之际，当眼见田野里油菜秆成堆和朋友圈里摆拍的收割油菜麦穗的照片之时，我的思绪情不自禁地回车到那青葱岁月，充满劳累艰辛和着汗臭味儿的记忆再度激活，蒙太奇般地纷至沓来……

每年的五一节，正值麦子黄了菜籽熟了秧子该栽了苞谷秧该施肥了的季节，因此农村学校都很善解人意地要在五一放一周农忙假，把学生放回家帮大人干些农活。

因为生在半工半农（父亲是公办教师，母亲是民办教师）的家庭，父母不能像纯粹的农民日出而作日落而息，慢条斯理有条不紊地整日劳作，而是白天到校教书，课余和节假日才能争分夺秒地干农活。因父母对教育事业都无比忠诚，十之八九天不见黑是到不了家的，而且回家来往往都还会提回大包的作业本。因此，忙人的孩子早当家，诸如洗衣做饭，挑水喂猪之类的家务就理所当然地光荣而艰巨地落在了我和弟弟身上。弟弟三四岁时就学会了帮外婆烧火（外婆一直跟我们住在一起），成为一直让她引以为豪的劳动启蒙教育成功的典范和骄傲。那时一放学，别的同学因有大人成天干活，可不慌不忙地打打球、跳跳房子、踢踢毽子，玩舒坦了再悠哉游哉地回家，而我和弟弟只能羡慕嫉妒恨地眼巴巴看着别人玩，一步三回头地离校（当时那心里的阴影面积都没法求啊），匆匆忙忙赶回家在天黑前将猪草割满筐，缸子挑满水，夜饭煮在锅……这只是小敲小打的程序化劳动常态，至于栽秧打谷掰苞谷挖红苕等大型堡垒，就得在爸妈亲自率领下抓紧节假日集中火力去攻克。因此，少时的我们不会像现在一样喜欢和巴望放假，而是讨厌甚至是仇视假期，尤其是五一节和暑假，因为农活多而重，最易累成狗，真的太难啦！

那时五一的常规打开方式是这样的：首先爸妈会运筹帷幄，有计划有步骤地安排好每天的活路，尽可能争取在七天里打完大型的劳动战，以免因上课而耽误农时，也想最大限度地减轻点我和弟平时的负担。然后我们就不折不扣货真价实地过起了"劳动节"，每天在睡眼惺忪的拂晓就匆匆吃过早饭，爸妈拿上鹅镰刀（一种细长形的弯刀，锯齿，状如鹅颈）带上我们姐弟去割菜籽了。因为太阳太大了，一碰，干黄的菜籽壳很容易就爆开，细小的菜籽粒儿会撒落地里而无法捡起来。所以一般是上午爸妈抓紧时间麻利地将菜籽秆有果实的部分拦腰割下，我和弟弟便扎成一捆一捆的，然后用千担（竹竿或木头做的较长的扁担）一边穿一捆，左右肩膀轮流交替挑着摇摇晃晃走过几根田坎回家里的院坝里堆好，来回两三趟就气喘吁吁汗透衣背，一两天下来，肩膀红肿，痛得钻心，摸都不敢摸。一般下午爸妈就忙着在坝子里用连盖（书面作"连枷"，一种藤条和竹子做的击打工具）将菜籽粒儿趁着太阳大时打出来晒干水汽，我和弟弟便奉命顶着烈日去把剩在地里的半截菜籽秆扯回家当柴火烧。因天热土干，扯起来很是费力，我们学着大人的样子噗一声吐口口水在手掌心，快速搓几下（后来才知道是为增加摩擦力）再抓住菜籽秆儿使劲儿摇松动然后奋力往上扯，扯不了多久，手就发红生痛。有的对土地爱得太深沉，使出吃奶的力气身子拼命地往后一仰再仰，甚至有时会摔个仰八叉，秆儿们坚强依然金枪不倒地稳扎土里示威，爬起来，拍拍屁股，龇牙咧嘴、气急败坏地冲过去一阵狂踢乱踩，是不是颇有堂吉诃德范儿啊，哈哈！等扯完时满脸汗水和泥，手上已长满血泡，跟肩膀一样疼得钻心，生无可恋啊（我手上的老茧是工作后才慢慢消了的）！可看到扯完堆如小山的秆堆可很长时间不用去找柴火时，又像得胜的将军，威风八面，底气十足。尤其是听着爸妈"幺儿攒了劲的，能干！好乖"的表扬时，存在感爆棚啊！若运气好恰逢有背着木箱来卖冰糕的或是挑着担子来卖凉糕的，大人会毫不吝啬地买上两根或两碗来，实在地以资鼓励。真是幸福来得太突然了哟，顿觉凉快无比甜蜜到心底，疼痛全消。更激动人心的是当听到爸妈许下"你们攒劲点，下次碰到多买点"的承诺时，我们咂巴着嘴，舔着手指上沾着的糖，眼里冒着小星星地满血复活了，带着满怀欣喜的憧憬想糕止渴地投入新的战斗，尽管那"下次"虚无缥缈遥遥无期（那丝甜味儿太不可磨灭回味无穷，以至到现在，我一见凉糕总要米西米西）。生活就是这样，再艰难也得脚踏实地地一步步去完成，又总得靠某些希望（哪怕望梅止渴，哪怕画饼充饥）助推着才能仰望星空在黄连树下弹琵琶苦中作乐。

于是乎割完菜籽又开始割麦子，麦穗很扎人，即使穿上长袖也容易将手背手臂扎出纵横交错的血痕。五月的天，太阳热情威猛，阳光无遮无拦劈头盖脸无私地奉献给大地，我们还算稚嫩的素颜晒得白里透红又红里透黑，汗水浸泡着一道道被麦穗划起的血口子，像有无数小虫子在不停撕咬，眼睛也刺痛得睁不开。那时没担心过也来不及去想晒黑了不好看、会不会晒起斑等令现在的人纠结不堪的问题（那年代我最为自信的是从未"白活"过）。更不可能像今天的人涂上厚厚的防晒霜，披着防紫外线的丝巾，撑着小阳伞，抚摸着麦穗儿菜籽秆儿，扭动腰肢，标致地摆拍。记得当时弟弟还小，有天竟穿着棉袄戴着皮帽子，满怀让太阳光来得更猛烈些的十足霸气驾临麦地，因为他觉得这样太阳就总晒不穿他厚厚的衣服和帽子，麦穗儿也划不到他的手臂，不会觉得浑身晒得火辣辣地痛和伤痕累累。哈哈哈！这绝对是前无古人后无来者的伟大的创举，只差没把宝宝笑背过气去，也成为忆苦思甜时不可或缺的典故，每次谈及仍忍俊不禁（家里的神兽们是实难理解和体味那份难以言说的无奈和涩涩的酸楚的）。

收割完后，大人会将麦子拿些去打米机房磨成粉把菜籽儿榨些油，煎点麦粑或是榨点麦鱼鳅（长条形的圆条，状似泥鳅）吃，就算是最好的犒劳。我们眼冒绿光，顾不得才起锅的，一手抓一把，左右开弓地咬，烫得直甩脑壳，猛伸舌头，使劲儿哈气，吃得满嘴沾油，吃着嘴里又望着锅里，不住地喊："好香！好好吃哦！"摸着圆滚滚的肚儿打着饱嗝儿心花怒放，心满意足，觉得所有的辛苦都值了样。开心并不是你拥有得多，而是要求的少哈。

然后一家子又抓紧时间开始给干田打水，犁田，栽秧子（水田一般是请人栽），浇苞谷秧。虽然大人说小娃儿没有腰杆，我们还是真真切切地感到腰酸背痛的。经常是太阳落山夜幕降临之时，那些街上的居民或爸爸学校的老师吃完夜饭洗了澡出来在马路上摇着扇子散步了，我们还在田里马不停蹄挥汗如雨，能轻易地闻到自己身上浓浓的酸酸的汗臭味儿——城乡的差别多么残酷！那时我曾无数次地控诉：为啥娃儿要跟爸姓户口却儿随母走？曾边干活边将制定这制度的祖宗十八代都在心里问候过不知多少遍，并开始考虑自己这一辈子是不是就一直要这样过下去的严肃重大的问题（从内心极力想摆脱农村，以至于后来参加了三次高考，总算跳出了农门，改变了人生的轨迹）。

等五一及农忙假在浑身快散架的模式中结束时，大的农活基本干得差不多了，剩下的就只能是天刚亮就起床，干一趟活路后再回家吃早饭，然后爸妈去上课，我和弟去上学，然后又开始周而复始的日常劳作……经历过日当午汗下土的艰辛，深味一粥一饭的来之不易，以至于每次吃剩的饭菜总不忍舍弃，放冰箱里直至长霉或变味儿才心安地倒掉；每遇寒风中烈日下卖菜的农人（尤其是老人），无论优劣与否，无论是否爱吃，我总会毫不犹豫地友情赞助买上几把；看到饭来张口衣来伸手的神兽们挑三拣四或是大抛使用肆意浪费总会痛心疾首喋喋不休……

生活就是本无字的书，到你生命中来的那些过往，都有其使命，总会教你成长。泰戈尔曾说过：你今天受的苦、吃的亏、担的责、扛的罪、忍的痛，到最后都会变成光，照亮你的路。那些当时承载过的没能压垮你的生活的重负，终将为你的生命打上坚强勇敢的底色，成为你坚不可摧的精神硬核。如今，当抱怨诸多的不如意，心浮气躁之时，总会想起那些辛苦的日子，惊诧于那些年是怎么挺过来的，心境便会慢慢平复沉静下来，知足常乐；也因为有过劳其筋骨饿其体肤的那段青葱岁月，让我在霓虹幻眼的喧嚣尘世中能执守初心，不浑浑噩噩，不随波逐流；在"压力山大"的生活中坚信没有过不去的坎儿，去咬牙坚持负重前行，努力去优于昨天的自己。

# 番茄红了

周晓霞

于我而言，所有果蔬，除了橘子之外，记忆最深的可能就是番茄了。尤其是每到夏秋季节番茄自然成熟之时，看到那红艳艳或粉嘟嘟圆溜溜的果子时，总忍不住买上好多，回家换着花样吃，并且一年四季"番茄炒蛋"和"番茄煎蛋汤"是上餐桌频率最高的两道菜，倒不是什么为了养生的需要，只是它总能勾起我儿时的回忆来。

番茄味道最早的记忆得追溯到读小学三四年级的光景吧，那时我们住在乡下的马家房子（除了咱是外姓，其余的都姓马），屋背后便是罗家房子。罗家有些特别：当妈的半瘫痪，上半身能动，下半身靠挪板凳可慢慢行走；两个女儿，大的出嫁后全瘫了，小女儿我叫罗阿姨的，曾经是位民办教师，据说还曾去天安门广场参加过毛主席接见红卫兵呢，也不知为啥后来也全瘫了，只能躺在床上，吃喝拉撒都不能自理，靠半瘫的妈照顾。她的丈夫在外地上班，极少回家。书信便成了那时的他们联络感情和维系婚姻的唯一途径（他们没生育孩子），可罗阿姨瘫痪多年早已丧失写字能力，父母又大字不识一个，难以完成这艰巨的任务。难则思变，他们想出了一个办法——让我外婆帮忙写信。因我外婆以前读过女子高中，不仅能流利地背诵《岳阳楼记》《醉翁亭记》《增广贤文》，等等，还知道狗的英文是"dog"，猪是"pig"，玫瑰花是"rose"，惹得我经常用崇拜的眼光看她，更是大家眼里的文化人，很受尊重的。每次需要写信时，罗阿姨就让家里唯一的健康人——她爸，到我家来请我外婆。而我外婆是远近皆知的热心人，加之能被别人仰慕、尊重和需要，当然存在感爆棚哦，每次只要罗大爷一开口，她再忙也会放下手里的活儿，满口答应，带上纸笔和跟屁虫一样的我，欣然前往。

记得那时，我们到了罗家，罗大爷早已在女儿床前摆好一张小桌子小板凳，寒暄几句后，外婆就坐在桌前，摊开纸笔，罗阿姨便开始将要写的内容一句句口述，外婆一边认真听一边郑重地写在信笺上。我呢，就在旁边椅子上坐着旁观，时间一久就有些坐不住了，显出些不耐烦来，直催还有好久才写完或是就打起瞌睡来。见此情景，罗大爷拿出两个番茄来放到我手中（他们家种有几块地的番茄）。妈呀，这幸福来得太突然了吧?! 一看圆溜溜红通通的番茄，我立马眼冒金光，瞌睡全消。咽了几下口水，当确认这是给我吃的过后，便毫不客气地咬破番茄的顶端，贪婪地吮吸起来，那酸酸甜甜的汁液，沙沙软软的果肉在那个物资匮乏的时代真是好吃得难以形容（就差没把舌头吞下去了），极大限度地安抚和犒劳了长期只能大半饱的装些粗杂粮食的胃。当我正舔着手指上残留的汁水细细品味时，外婆已写好信，正蛮有感情地念："亲爱的光，你好! 来信收悉（那是我第一次真切学习信的雏形）……"罗阿姨听着频频点头非常满意，外婆便笑容满面极具成就感地带着我在千恩万谢中被恭送出门。

因为番茄那酸酸甜甜的味道太让人喜欢并常回味，于是乎心中多了份期盼，常问外婆："你好久又去罗家写信啊?"每当一听到罗大爷的声音就莫名兴奋，"百忙"中也跳跃着拉起外婆匆匆前往，然后就眼巴巴地坐盼那番茄的赏赐，一般口水吞了无数次后终能如愿以偿。后来，有次罗大爷来时碰巧外婆不在家，看到他大失所望的表情（更主要是不想错过难得的吃番茄的机会），我自告奋勇地说："我去帮写信嘛，我学过写信了，写得来（不就'亲爱的光'吗）。""你当真写得来? 那太好了!"罗大爷一听喜出望外，拉起我就走。到了罗家，当坐在罗阿姨面前时，我心里还是有点虚——虽然在作业本上操练了无数次写信，但那都属纸上谈兵，真正替人写要寄出去盼回复的信还是大姑娘上轿头一回啊，压力有点山大。可俺毕竟是作文常被老师当作范文念的角儿，以往的"陪写"也不是白干的（没吃过猪肉也见过猪跑啊，是吧）。我煞有介事地摊开信笺，并不像外婆那样边听边写，而是认真记下需要表达的主要事情，待罗阿姨讲完后再在她充满疑惑的眼神下一气呵成。当我也声情并茂地念着："亲爱的光，好久不见你的来信，心里十分想念，你在他乡还好吗？家里的番茄熟了，可以卖好多钱……"罗阿姨惊喜万分，啧啧称赞，情不自禁地让拿给她瞧瞧，当看到我工整娟秀的字迹（有些写不起的字就写拼音）时，她不停地夸我能干，然后大声说："阿爸，快拿点番茄给晓霞吃，多拿几个，没了就去土里摘。唉，阿姨也没啥好的东西招待你。"啊！真的吗？！宝宝简直惊呆了，心花怒放，真是深知"朕"心啊！顿时觉得躺床上的罗阿姨还是长得蛮好看的，床下的那股气味儿好像也不那么难闻了。呵呵！

当我敞开肚皮一口气吃下四个大快朵颐之后，又全身上下所有口袋都装满番茄像旗开得胜的将军降临家里时，小伙伴们都惊呆了，尤其是小我5岁的弟弟，更是惊掉了下巴，一连咽了几下口水，用崇拜的眼光看着我。我连忙慷慨地掏出两个最大的洋洋得意地递给他："以后跟着姐，有你吃香喝辣的！"大姐大派头十足啊。然后外婆将余下的几个加上一个鸡蛋，做成了我们平生第一次吃的番茄炒蛋。哎呀！我的个妈呀，简直人间美味啊！天下再没有比这更好吃的东西了吧？！以至于吃完了弟弟还拿舌头把整个碗舔得都不用洗了。而到如今，无论怎么做，始终也做不出当年那番茄炒蛋的味道来了，就像《芋老人传》中那个相国再也没吃过当年那晚的芋老人芋头美味一样。

更重要的是，通过单枪匹马首战告捷后，罗大爷再来家时就指名要我去写信了，说外婆年纪大了，就不麻烦她老人家了。没想到一次没到位，外婆老人家竟光荣地下了岗，更没想到俺一次成功就可取而代之（后来知道外婆是有意要锻炼我的），存在感和成就感都太爆棚啦。从此以后，我就正式上岗，迎来平生第一个高光时刻，成了罗家的"御笔"，兢兢业业地为罗阿姨打理并延续着美好的爱情，在理直气壮收获番茄奖赏的同时，也为后来的写情书切实打下了坚实的基础，哈哈！

只是写信的次数毕竟有限，一去一回至少得半个月，而对番茄的热爱却与日俱增势不可挡啊。弟弟也常说当初我问外婆的话——"你好久才能又去罗家写信啊？"我知道他是又非常想念番茄的味道了。但人家没来喊，俺也不好意思反客为主主动上门吧？！只能想番茄止渴苦等了。有几次在我家坝子边看见罗大爷的影子，喜出望外，没想人家打个招呼就往前走了，原来只是路过，顿时就霜打茄子——蔫了。正当我们在等到花儿都快谢了的时候，一个周末的下午，隔壁院子的发小张三娃和马二娃去钓田螺玩，我和弟弟便好奇同往。当我们一行经过罗家的番茄地时，看到那枝上挂着的又大又红的果子，脚杆就慢了下来，像粘了麻糖挪不动步子了。毕竟周围种番茄的就他们一家，而番茄对肚皮头能装满红苕麦粑就不错的娃儿就是可望而不可即的奢侈品了。只听马二娃东瞧瞧西看看后问："你们想不想吃番茄？""就是想呢！"弟弟毫不掩饰地脱口而出。"老子还没吃过呢，不晓得啥子味道？看样子肯定好吃哦！"张三娃哈喇子流了一地，嬉皮笑脸地说，然后打主意："干脆我们偷点来尝一下嘛！"大家望向我，意思是"敢不敢干"。我虽然想吃，但也得取之有道啊，深知偷肯定是不光彩不道德的。可弟弟眼巴巴地望着我，拉着我的衣角央求，其他二人也不断怂恿激将。结果，幼小的心灵道德的底线在几番挣扎后最终还是被欲望攻破（有点叛徒的潜质哈）。我们在确定周围无人后，忙慌慌地猫着腰钻进地里，各自以迅雷不及掩耳之势摘下番茄，往身上一擦，抓起就啃。尤其张三娃和马二娃，可能是第一次米西米西，像上辈子饿死鬼投胎样的狼吞虎咽，巴不得猴哥显灵，瞬间多变几张嘴巴出来。尝到了甜头，就想反正都偷了，一不做二不休，马二娃和张三娃各自嘴里咬一个，双手麻利地选个大的往下一扯，牵起上衣兜住，眨眼就满怀。而我急了，我一女娃儿总不好意思也把上衣掀起来兜吧，更气人的是那天刚好穿的衣裤都没有荷包，没法装啊，再看弟弟，穿件小背心扎在短裤儿里，我急中生智，慌慌张张地扯下几个番茄往他胸前塞下去，弟弟秒变成怀儿婆，挺起个肚子，我们看了忍不住哈哈大笑。因番茄地就在罗家屋背后，这一笑动静搞大了，汪汪汪的狗叫声刺耳地响起。"快跑！"不知谁大吼一声，我们吓得钻出去撒腿就跑啊。跑了一阵，往回看，妈呀！糟了！弟弟太小没跟上，这还了得，我急忙又倒转去接他。只见他挺着胸前兜满的番茄，小孕妇般跑不动。汪汪汪的狗叫越发大声，弟弟吓得面如土色，使出吃奶力气蹦跶两条小腿拼命往前冲，没想被一石头一绊，摔了个五体投地。我赶紧飞奔过去一把抓起他，只见他满脸和胸前都被染红了——好家伙！兜在背心里的番茄无一幸免地壮烈牺牲，汁水迸溅，变成血染的风采了。弟弟虽痛得龇牙咧嘴，但害怕引得狗追来，也强忍着只是不停吸气，不敢大声哭出来，还真不是猪队友啊，好感动！我慌忙用手擦了几下他额头，确认那红色只是汁水没有血水后，悬在嗓子眼儿的心稍微放下了些，匆忙把弟弟往背上一拉，背起就开跑。

本想逃到堰塘边上先清洗打整下，不然哪敢回家?! 可哪承想会迎面碰上正好从外面回家的爸爸呢。当我转身想躲开时，已完全没了机会，因为背上憋了很久的弟弟一见爸爸就哇地大哭起来。爸爸听到哭声一下冲过来让我放下弟弟，他一见弟弟满脸是"血"，胸前的背心全被"血"浸透，又哭得伤心，顺手给我一耳光："你给老子咋带的弟弟，受这么重的伤!"边气急败坏地骂边一把抱起弟弟准备跑去医院。我摸着火辣辣的脸，连忙壮起胆子大声说："不是血，没受伤!"爸爸停下脚步，仔细观察了下弟弟的"伤形"，然后回到了家。在好一顿"笋子炒肉"下，我只好如实招供，坦白从宽。后来，爸爸带着我和弟弟到罗家赔礼道歉，这场偷事才算告一段落，却永远地烙在了心上，像番茄一样酸酸的。

再后来，秋天过了，番茄也就只待来年了，不像现在一年四季都有。而我还是依旧会应罗大爷之求，去帮写信，有番茄的季节照例能得到犒赏，日子就这样一天天平静地悄然滑过。不知不觉我已经读到初中，信也越写越好了，我很是享受那份予人玫瑰的馨香。

好像是初三的那个番茄熟了的季节，某个周末的下午，我正想好久没去写信了呢，罗大爷就来了，只是面如枯槁，目光呆滞，花白的头发全白了，本来硬朗的身板一下子老态龙钟。我大吃一惊，让他坐下后忙问出啥事儿了。罗大爷老泪纵横泣不成声，断断续续地道出原委：罗阿姨的丈夫（也就是那亲爱的光），在单位上突发急性病去世了，罗大爷去处理完后事，将骨灰送回女婿老家安葬了才回来。但此噩耗万不敢告诉罗阿姨，毕竟那点爱情便是支撑她躺过岁月的精神支柱啊，那是她的全部! 想到"亲爱的光"每次探亲假回来时总会请我们全家吃两顿饭，用尽可能好的饭菜表示他最真诚的谢意，这么个老实人突然就没了，我们全家都悲从中来（生活啊，为什么总喜欢捉弄穷苦的人，不屑对他们宽容垂怜网开一面也就罢了，为什么还非得变本加厉雪上加霜啊）。大家商量后一致决定将此消息坚决瞒住罗阿姨，反正她已十几年如一日地躺在床上，与外界唯一的联系就是信件。所以这重担主要就落在我的肩上。从此后，我就开始成为双面胶，一边照例去写信，十天半个月左右又将封好口，贴上用过邮票的

"回信"送到罗阿姨手中（幸好她从不仔细看邮戳，每次拿着就迫不及待把封口一撕，扯出信纸，只有那时她的手是麻利的），那可真是考验俺的胡编乱造水平啊。幸好以前每次写信前罗阿姨会将"光"的来信先给我看，我已经谙熟他的工作情况及写作特色，虽有几次让罗阿姨有些怀疑，但也东说南山西扯海地蒙混过去了（毕竟前面"光"在来信中说自己调到外省很远的地方去工作了，交通不便，要几年后才能回家探亲的哦）。每次看到罗阿姨读着"回信"幸福甜蜜的笑容和让我写信叙述时眸子里闪着的晶晶亮光时，我便笃定要将这"真实的谎言"进行到底。只是再吃作为"犒赏"的番茄时，酸甜中又多了很多生活的滋味，耐人品咂。

　　一年后，我要到县城读高中了，为了保险起见，我与罗阿姨约好，每两周回家时便去给她写信。而我在县城更好替"光"写信和回信，还能正儿八经地贴上邮票盖上邮戳寄回给她。就这样瞒天过海移花接木地又过了两年。而后又是某个周末，我如约回了家，准备照常去写信。妈妈告诉我罗阿姨病情恶化了，快不行了。我飞奔到罗阿姨床前，只见她气息奄奄，胸前像抱着十世单传的婴儿般紧紧抱着一大摞的信封，应该是那几年我全部的手笔。看到我后，罗阿姨皱得像菊花的脸舒展开来，惨白的颜色竟泛起层层红晕，死灰的眼睛瞬间炯炯有神，她紧紧地握住我的手，泪水滴在了手上，抽噎着说："真不晓得该怎么感谢你，从小学就帮我写信，一直到高中，尤其是这两年，真是人难为你了，既要帮我写信，还要替我丈夫回信……"正当我因事情败露张大嘴巴惊慌失措时，她继续说道，"你不用担心，前一阵阿爸已经将你曾叔（'光'姓曾）的真实情况给我说了，我已经完全晓得了。所以我要感谢你们一家子，更要感谢你，让我在半疑半信的希望中又多挺了两年，知足了……现在终于要去找你曾叔和他团聚了，只是无以为报啊！我硬撑着这口气，就是想再见你一面，一定要亲自给你说声谢谢……"她语气平静而又充满深情地边说边抬手擦了下眼泪，然后把手伸进枕头下，摸索出一个细长形的盒子，郑重地放在我手里说："这是我 1966 年第一批到北京天安门广场受毛主席接见时的纪念，算是最珍贵的物件了，送给你。马上读高三了，不用再为阿姨分心劳神了。我会把所有的信件都带走，让它一直伴着我。到了那边，阿姨会永远祝福你保佑你的……"我打开盒子，原来是支黑色的钢笔，只是再没机会用它来帮罗阿姨写信了，禁不住潸然泪下……

当我半月后再回家时，得知罗阿姨在见了我两天后便去世了，与"亲爱的光"埋在了一起，一对苦人儿终于相聚了。据妈妈说她临走前给罗大爷的最后交代竟是："晓霞最爱吃咱家的番茄，阿爸以后你一定要一直种番茄，等她回来时多摘点给她哈……"罗大爷也一直遵循这个嘱托，经常给咱家送番茄，一直到他也离开人世……

如今，我也到了知天命的年龄，每当番茄成熟的季节，看到那红艳艳或粉嘟嘟圆溜溜的果子时，总会想起那一片充满故事的番茄地，想起现在的孩子无法理喻的酸涩童年，想起命途多舛的罗阿姨。也不知她与"亲爱的光"在天堂可好？是不是也早用上了手机？是否还会读我写的那许许多多的信件啊？想必他们的坟前一定是野花芬芳绿草如茵吧?! 而她去世之年，她阿爸在院子种下的那棵枇杷树也一定亭亭如盖了吧……

# 时光银幕

周晓霞

　　每当看到公园旁边放露天电影的场景时，我就会情不自禁地回想起当年看坝坝电影的情形，思绪也总会飞回二三十年前……

　　那时我可能也就十来岁，土生土长在农村。回想起来那时除了过年外，最让人兴奋和憧憬的事就算是看坝坝电影了。因为农村没有电影院，所以不能在特定时间地点看电影，大概只在红白喜事或重大节日时才会在一些比较宽敞的院子放电影。无数人围着一块几平方米的银幕，密密麻麻地自带板凳坐着或站着看。那时没有电话手机，真不知道人们是怎样散发传播消息的。哪个地方要放电影，方圆几公里的人居然都能得到情报，大家奔走相告。于是乎忙着把活干完，早早地吃了夜饭，端上小板凳，约上少则三五个多则十多个伙伴欢天喜地地出发了。只见小路上到处有三三两两端着板凳的人从四面八方往同个地方赶，个个有说有笑喜形于色，那阵势绝不亚于赶集。有时地点较近，走几根田坎就到了，电影还没开始，人不太多还可找个好点的位子坐下来，如果能有幸挨到电影机子坐，那心里那个美的，尤其是如果换卷时还能在光束中挥手将自己的手形投影在银幕上，就像自己演了回电影样兴奋得要死。其实天晓得哪个是哪个娃儿的手啊！最幸福的时候就是邻居家的娃儿带了自己家炒的胡豆豌豆去吃，人家也拿点给我吃，我们边吃边看电影，看到旁边的直流口水心里得意极了，故意张大嘴巴嚼得很响。那时坝子周围也有卖胡豆花生凉水的，热闹得很。如果有幸大人能拿一两角钱，能买两块薄片或是一盘瓜子那就赛神仙太拉风了。记忆里很多时候我是口干舌燥，看到电影里流水的场景巴不得喝上几口，虽有凉水卖可要两三分钱一杯，只敢舔着干裂的嘴唇望水止渴。有时较远，需要提着马灯亮壶儿爬坡上坎翻山越岭好不容易紧赶慢赶走拢了，要么坝子头已经是人满为患，踮起脚或是站在板凳上也只看得见前面人的后脑壳，要么电影已经放了一大半多感觉才刚刚开看就结束了。然后走在回去的路上，听到别人津津乐道的讨论精彩情节，心里悻悻的，心想下次一定要再早点，或是冒火骂弟弟拖了我们的后腿。当然最让人沮丧的是听人说哪要放电影，历尽艰辛气喘吁吁跑拢结果是英雄白跑路，根本就没有这回事，于是大家骂骂咧咧把传消息的人骂得狗血喷头无地自容！然后就盼星星盼月亮地希望快点有人娶媳妇快点有人祝寿或有人百年归寿。

其实那时我虽住在农村，却是路痴，根本就找不到哪些队在哪，哪些院子在哪，爸妈很少去看，每次只好央求隔壁的英子带上我。为了讨好她，我每次都将来之不易、自己都舍不得吃的大人分给的屈指可数的糖送给她吃，如果要带上弟弟就得再加上几颗。看到她吃着糖幸福陶醉的样子我只能直吞口水，但为了能看上电影我只能忍了。可好景不长，后来我给她糖她也死活不带我去了，说她有糖吃了，原来是她谈恋爱了，想过二人世界不想带我这拖斗了，其他院子的更不愿带上我，于是我的坝坝电影就告一段落了。什么《上甘岭》《渡江侦察记》《智取华山》《红色娘子军》《笔中情》《风流千古》，等等，那时虽看不太懂却留下深刻记忆。

记得在电影院看的第一场电影是《少林寺》，是早上天不见亮就赶拖拉机到隆昌县城看的，拖拉机载了满满一车的人，大家都挨挨挤挤地站着，虽然是拉过猪的大家也不觉得臭了，穿上最体面的衣服趋之若鹜；虽是寒冬腊月大家却热血沸腾，兴奋得满脸通红，叽叽喳喳欢呼雀跃像是去赴一场顶级豪华的盛典，一路颠簸成了最幸福的享受。弟弟因为挤不下没有去成在家哭了整整一上午，现在一说起那事，都还耿耿于怀、义愤填膺！

沧海桑田，世易时移。看电影的情景还历历在目记忆犹新，可坝坝电影已经快成古董了，那场面再也不可复制。现在有了电视，电视点播，3D、5D影院了。现在的电影院和电影都非常"高大上"，让人身临其境又享受无比，而且想看就看，吃的喝的琳琅满目，但我感觉始终没有当年看坝坝电影那么心驰神往、酣畅淋漓、意犹未尽了。或许是太轻易就能得到的东西都不太会让人珍惜和留恋，难以得到的才会让人牵肠挂肚念念不忘。

想想那些年，我们的物质是贫乏的，可精神是愉快的，很容易满足的。有时快乐和幸福真的和物质金钱无关，而是种精神上的满足，情绪上的愉悦，心灵上的放松。

难忘的坝坝电影啊，虽经光阴碾磨、岁月洗礼，却像陈年的老酒，回味悠长，历久弥香！愿这份美好永远投影在时光的银幕上，镌刻在记忆的芯片中！

# 篮球的记忆

周晓霞

随着年龄的增长，体能变弱，我已好多年不曾摸过篮球了。今天在儿子执意要求下，我勉为其难地和弟弟、儿子及侄子一起去打了场四人篮球赛。虽然我的老胳膊老腿与儿子们的青春矫健相形见绌；虽然我跳起抢球时被儿子胳膊肘撞到鼻梁，痛得眼泪和鼻血直流，但那种运动的挥汗如雨酣畅淋漓带来的愉悦无与伦比，这种熟悉的"痛并快乐"的感受又勾起了我难以忘怀的篮球记忆来。

在所有的运动项目中，我与篮球运动渊源最深，最早应该追溯到十一二岁吧，一直到儿子读高中前，其间总共有近三十年的篮球野史，自认勉强可用"悠久"二字概括了。

记得初中时代，自从迷上了打篮球后，下午的第三节课几乎就魂不守舍了，因全校就只有4个篮球架，谁先霸占谁那伙子才有资格玩球。因为爱打球，抢篮架之事我向来责无旁贷，一般是把篮球放座位下，竖起耳朵不是听老师讲课而是说"下课"（那时觉得老师最动听的语言就是"下课"二字），时刻准备着，只等老师一喊"下课"就抱着球弹出教室直奔操场，先抢占到一个篮板，投投篮，热热身。当看到抱着球气喘吁吁姗姗来迟的友友失望无奈的眼神时，尤其是当他们小心翼翼低三下四地求着"可不可以参加一个"得到恩准感恩戴德时，真有王者的气场公主的骄傲啊（当然我们偶尔也有没占到去求别人时），存在感与虚荣心得到极大的满足。等约好的伙伴来了，就分派打打半场，有时也与外班外年级的打全场。一跑跳腾挪，一盖帽进球，就跟打了鸡血似的，一扫课堂上的无精打采、哈欠连天、焦眉烂眼，瞬时容光焕发、精神抖擞、生龙活虎啊，真的是"上课风吹得倒下课狗撵不到"哦。啥满是红叉叉的数学本，啥又没及格的物理试卷，通通抛到九霄云外了。直到大家精疲力尽，打完了后打赢的伙伴招待大家喝杯凉水，吃根麻秆糖，那滋味儿，美透顶啦！那可以说是一天中最美好的时光了，可以让人忘记所有的事情，以至于我好几次忘了还要回家挑水割猪草，打到天黑才回，被骂得狗血喷头，连说以后再也不敢了，第二天还是不长记性，打得起劲儿又忘了。最可气的是一次好不容易穿了条新裤子上学（那时通常是穿妈妈的改的或亲戚朋友家小孩穿过的旧衣服，哪里还敢奢望有条专门的运动裤哦），得意扬扬，拉风得很。下午打篮球时为了抢球，摔了个狗抢屎，还紧紧抱住球，等进球之后欢呼之余才发现膝盖有片血红，要命的是新裤子摔破了好大一个洞，猛然间觉得疼痛难忍啊。回家惹得妈妈点着脑袋直骂："你这个败家子儿，以后别想穿新的了！"宝宝只能忍气吞声哟。

因为平时经常打球，每每班级篮球赛我们都会获胜，偶尔输了，我就会伤心得号啕大哭。后来上高中了，也有班级球赛，我当然会欣然参加，并且是主力队员。印象最深的一次是打了人家个"34 比 0"，班主任笑着骂我们："赢那么多回来炖萝卜汤啊?!"别提多风光了。最有趣的莫过于好友强总喜欢和我打赌：投三分球，投输了的就买一块二角五分钱的萨其马给赢家。以为稳操胜券的他没想到经常栽在我手里，只能心甘情愿地屁颠屁颠地买来萨其马，眼巴巴望着我耀武扬威地大快朵颐而直吞口水，致使他现在一提此事依然耿耿于怀。

而最辉煌的是大学时代，按惯例进校都有"迎新杯"篮球赛。据悉之前中文系从未打赢过外语系，没想到我们一进去立马就改写了历史，中文系不但赢了，而且势如破竹所向披靡。当时我是好钢用在了刀刃上，表现极佳，战功赫赫。因我当时穿的球衣是"11"号，在学校舞厅跳舞时，很多帅哥来请我时不知我的名字就直接说"11 号，请你跳支舞"，惹来一片羡慕嫉妒恨的目光，现在想起来也禁不住心旌摇曳啊！哈哈！因为球赛的极佳表现，我担任了系里的体育委员一职，这可是我人生中最高的官衔哦！

后来，我工作了，当班主任，课余就带着我班的学生主要是男生打篮球。恶习难改，有时为了抢占篮球架，我会让一两个学生提前两分钟下课去霸占到，我下课随后就到。打球时就不分老师学生，只有队友了。我们会为到底打没打手是不是带球撞人了而争得面红耳赤，也会为抢个球被撞得人仰马翻的，经常被抓伤摔伤。最严重的一次是我跳起抢球时被一学生绊倒扭伤了脚，导致骨折。正好一学生家长是骨科医生，治得我痛得眼泪长流，还上了夹板，成了铁拐李，只能一瘸一拐地拄着拐棍去上课。学生心疼我，上厕所、上下课都派人轮流来背我，坚持了近一月，让人热泪盈眶啊。那时打完球我有时会请学生们吃块冰糕喝瓶汽水啥的，有时还亲自做菜给他们吃，让一些学生许多年后还给我说当年我做的"红烧鱼鳅"是他们吃过最好吃的最难忘的。篮球拉近了我与学生的距离，加深了师生的情谊，他们愿意上课认真听我讲课下课开心和我打球，有什么不能解决的矛盾一场球下来也便化干戈为玉帛了。这种亦师亦友的关系让我深得学生认可，也使教学和管理变得愉快融洽和轻松，教学效果相当不错，哪个学生会不喜欢能上课又会玩耍的老师啊。现在我碰到之前的学生，听到最多的是"难忘你以前课上得好还带我们打篮球"，"幸好以前你给我们基础打得扎实，让我现在当老师很轻松"……这在我看来是对我身为人师的最高奖赏了呢。

后来，有了儿子，他遗传了我的基因，也酷爱运动，我便陪他打打篮球，一直到初中毕业，上高中他猛蹿到一米八几，自然看不上我这个小矮人了，加之他的专业是田径，篮球也就从我的生活中隐退了。运动让儿子帅气而阳光，勇敢而坚韧，这让我倍感欣慰。

生活中，除了专业能有一样爱好和特长，会给你的人生增添不少的乐趣和色彩。当迟暮之年，蓦然回首，你会有很多难以忘怀的记忆和妙不可言的回味儿，会让你热血贲张青春焕发，会更真切地感受"我也真正年轻过"！

ZUO ZHE JIAN JIE

　　李淮，祖籍山西，现居德阳。中国散文学会会员，四川省作家协会会员。作品散见于国内公开发行的报刊。出版散文集《风景这边独好》《读客》。

# 爷爷，父亲，我

李 淮

我是山西人，是从太行山上汾河流水随着父亲的血脉到的四川……

## 爷 爷

爷爷名叫李德庆，奶奶名叫王黑毛。

太行山又名五行山、王母山、女娲山。光看这些名字，就知道太行山的道行不浅。金木水火土，五行在世界行走；玉皇帝老大，王母娘娘第二；女娲补天，举神仙之手。太行山，高坡峻岭，深渊峡谷，许多地段有高一千米的断层岩壁，气势宏伟：峰、峦、台、壁、峡、瀑、谷……汾河，古代称"汾"，又名汾水，是黄河的第二大支流。汾者，大也，汾河因此而得名，她是我们山西三晋大地的母亲河，蜿蜒流过晋山晋水晋地。

清朝道光年间，我爷爷与李姓族人，辗转数地到了这里。他们拖儿携女，背包带伞，长途跋涉，餐风露宿，历经磨难。发现这里有山有水有田地，是宜居宜行宜生活之处，是风景如画小村庄，再不走了，在这里安家立业。这里，是山西省昔阳县洪水镇潘掌村。

潘掌村村口高大的石头牌坊下面，有一高三尺宽一尺半的石碑，上面刻着村子里百十户人家的祖辈先人名姓，我在2016年7月回老家，蹲在石碑处，认真在上面找一找看一看，李姓是潘掌村里的大姓，姓李的人起码占了三分之二，我在上面找到了我爷爷"李德庆"三个字。

当年的太行山，人烟稀少，祖辈们到了这里，有地方住，有田地可耕种；这边田地贫瘠，孩子们每天天不亮就起床，背着粪筐，到村口，到官道旁，捡拾毛驴粪蛋和山羊粪粒，倒在自己家的田里。有时要走很远的路，近道的都被别的孩子拾走了。这些，造就了爷爷辈坚忍不拔的性格。汾河水好，但到我们潘掌村的水却很少，天旱少雨，潘掌村人艰难求生存。

爷爷不认识字，但对"人之初，性本善"的《三字经》和"天地玄黄，宇宙洪荒"的《千字文》却背得滚瓜烂熟。白天的劳作很累，晚上回家，一盏昏黄的豆油灯下面，奶奶纳着鞋底，爷爷抽着自己裹的烟叶，背诵着《三字经》《千字文》，让他的3个儿子一个一个来复诵他读的词句。农耕文明时代，人们耕与读，耕种为了收获粮食果腹，读书认字是温饱之后精神层面的追求。"耕读"是古人设计的最好生活场景和生存状态，"耕读"更成为千百年来我们国家之风气，家庭之风气，也是我们李家的风气。

1962年，我、弟弟与父母亲一起回老家，还看见老家院子里酿醋的缸，虽然破了角，灰尘裹满缸身体，还是立正着站在墙角。那年，爷爷已去世，奶奶待我们极好，但她更喜欢我6岁的弟弟。在她的潜意识里，还存在着男人是传宗接代的宝，我长大后是嫁出去的女泼出门的水。她老要我们跟着她念《三字经》《千字文》，我觉得老师都没有要我们读这样的文字，又没有课本可以照本宣科，奶奶一口山西话，让我和弟弟都听不太懂。我的不屑一顾，奶奶并没有觉得怎么样，她更注重让弟弟来念那些个词句。

那天，父母亲走亲戚，把我和弟弟留在家里。奶奶抱着弟弟，坐在家的木头门坎上面，我坐石头阶梯，让我们两人一起跟着她念《三字经》。那天天气好，石头阶梯不凉，我和弟弟的心情也好，背诵一小节，奶奶奖励我们吃红枣几颗。等父母亲回家来的时候，父亲还跟着念了一段，奶奶就说父亲记性好，几十年了，还记得爷爷教的东西。那一刻，奶奶头上稀疏的白发，缺牙后扁扁的嘴，满脸的皱纹，红枣的香甜，天空晚霞的金黄，还有父亲受到奶奶表扬后略微羞涩的表情，至今还留存在我的脑海里，想起老家时，那画面便清晰地出现在我的眼前。

# 父 亲

"红日照遍了东方，自由之神在纵情歌唱。看吧，千山万壑，铁壁铜墙，抗日的烽火，燃烧在太行山上。"这里，抗战时期是远近闻名的太行山革命根据地。当年的雁门关大战、平型关大捷、阳明堡战役都在太行山展开激烈血战。歼日寇一千，自己死伤一千。雁门关阻击日军时，国军某师长手端冲锋枪带头杀入敌阵，行前豪言壮语："将有必死之意，士无贪生之念。"抗日改变了历史进程。昔阳县当时处于根据地和敌占区犬牙交错状态，县城和几个大乡镇有日伪军占领，其他地方基本上是共产党和国民党的天下，晋察冀根据地的发端就在这里。抗日战争极端残酷，当时昔阳境内，除老弱病残，地里已经不见十五六岁到五六十岁的男人，当兵的人多有死伤。犹如当年的《战地黄花》报道："炮声隆隆震撼大地，烈焰滚滚遮天蔽日，白刃交锋，肠流犹斗，撕咬拳踢，铁血互染，尸体混呈，堆成小山。"中国军人与老百姓同仇敌忾，浴血奋战在最艰难困苦的抗日前线。

父亲，1937年，在日本鬼子的铁骑踏进太行山时，参军到了抗日的八路军129师385旅769团。人年轻机灵，又有爷爷口口相传的一点文化底子，认识几个字，留在团部当了通讯员。父辈们在太行山上，山高林又密，兵强马又壮，鬼子从哪里进攻，战士们就让他在哪里灭亡！

中华人民共和国成立初期，父亲随着二野刘邓大军转战大西南到四川，并与我重庆籍的母亲成了一家人。父亲在我的印象里，是个不苟言笑的人。他还不满18岁就参军从戎，是从血雨腥风中爬出来的，是从金戈铁马中走出来的，是从枪林弹雨中钻出来的，是从死亡和生存中闯出来的。父亲他参加了抗日战争、解放战争。从战场上下来的人，最懂得生命的来之不易。你想，身边的战友一个一个倒下去，那是什么滋味！在炮火最激烈的时候，在保卫来之不易的胜利果实时，在同敌人白热化地拼刺刀时，阵地上的最高首长总是这样说：连长死了，排长上；排长死了，班长上；班长死了，最后一个战士也要坚守在阵地上。父亲身上有弹片留下的伤痕，但是全胳膊全腿，没带什么残疾，他说多亏了战友们的掩护和帮助。

战争的缘故，父亲34岁时才有了我这个宝贝女儿，自然是宠爱有加，许多事情都依着我。记得我三四岁时，同父亲一起上街，他给我从省会成都买了个塑料做的米黄色小鸭子，我牵着小鸭子骄傲地在前面走，摇摇摆摆的，十分高兴和得意，他在后面乐呵呵跟着，兴高采烈。我向左，他向左，我朝右，他又跟着朝右，成了当时小县城不可多得的一道风景线。小县城认识他的人很多，都说没见过这么宠爱孩子的，一个铁骨铮铮的汉子，竟被一个几岁的小女孩指挥得团团转。这可应了鲁迅先生的"无情未必真豪杰，怜子如何不丈夫"的名言。

20世纪70年代，说起他的老家山西昔阳，他可是在意得很。因为昔阳县的大寨公社赫赫有名。而大寨公社，离他的老家洪水公社（现在是洪水镇），只有几十里的地。若走路，一两个小时就到了。虽然老家穷，亲戚朋友不多，亲人也陆续过世。但他总是把山西的好说得天花乱坠，让你有一种向往的感觉。他特别爱唱的一支民谣是这样的："大红公鸡毛呀吗毛腿腿，红彤彤的冠子肥呀又肥，白鸡就把那花鸡啄，鸡娃子成群满天飞，哎嗨嗨哟，满呀满天飞。"以这样的口气和内容来唱民谣，无疑山西是富庶而美丽的。你看，红的鸡，白的鸡，花花的杂毛鸡，还有满天飞的小鸡，多么兴旺的农家！

山西人爱吃醋和面食。在这一点上，父亲特别具有山西人的特质。每天要吃两餐面食，面食里必定要放山西老陈醋。他还特别喜欢自己擀面条，和面、揉面、擀面条，都是他的拿手好戏。不但动作快，而且擀的面条又细又长，吃起来有劲道。他告诉我，要在和面时少加那么一点点盐。他包的饺子好看，放在面板上，煮后不破皮。每每看见我包的饺子，他都认为下锅后肯定要破皮，他必定要再拿在手里捏上一捏，才放心让我包的饺子下锅。他到四川已经多年，但总也吃不惯我们爱吃的四川辣椒。我们家每次炒菜时，也要照顾到他的口味，先把炒好的菜盛一些出来，我们吃的菜再放辣椒。

待我稍稍懂事后，他就对我严厉起来，上课要认真，成绩要最好，穿衣要朴素，对人有礼貌，在家多做事，带头做榜样。平时他忙，没有多少时间过问孩子的事，只要有点空闲，他必定会盘问我们的学习成绩，如果成绩没有达到他认可的标准，那可不是一件小事，必有一场暴风骤雨，下得家里两三天不得安宁。所以，长大以后的我，就有些怕他。在我当兵的日子里，他虽然长时间见不着我，却十分留意我在部队的一举一动，经常在母亲写的信中添几句话，问在部队的表现怎样？在他60多岁的时候，千里迢迢又坐火车又坐汽车到河南省济源县王屋山，一个极其偏僻的部队驻地来看我。河南的冬天非常冷，滴水成冰，还下着鹅毛大雪，他到部队看了我，还去看望我们同去当兵的一群战友。当一群绿军装中夹着一个褪色旧绿军装的背影在风雪中慢慢向前移动时，那一刻，我的心灵深处有一种深深的感动，眼泪在不知不觉中盈满了眼眶。

父亲1953年到四川省中江县工作至离休。开始组建中江兵役局，到挂牌中江武装部，1961年担任第一届"政委"职务。几十年，一直在这个岗位上努力耕耘。且不说每年征兵任务繁忙，地方治安维护，组织队伍下乡，带枪剿匪战斗，几天几夜不归家，可谓鞠躬尽瘁，辛苦耕耘，任劳任怨。现在当地老人说起他，人都叫一声："老政委，我们认得他。"

父亲2003年元旦那天早上七点钟，在天回镇成都军区总医院内科二楼，肺心病并发心力衰竭去世，享年84岁。他的一生，最爱穿解放军的绿军装，最后一刻，我们特地为他穿上了一身草绿色军装，圆了他一生戎马精神总是一个兵的梦。

## 我

我是家里的老大，又是女孩，该大气坚强的时候当仁不让；但遇特别的事情，又总是在浮世悲欢里，脱不了小女子的懦弱娇气。

6岁启蒙上学，读的是四川省才启动的试验型五年一贯制班级。班上精挑细选的38个同学，个顶个的优秀，我在班级里总能出人头地，成绩最好，各方面表现最好。每到学期结束开表彰大会，拿奖状拿得手软，家里一面墙壁上面，没任何装饰，贴着我每学期的奖状。但我特别惧怕我们院子里的两只外来物种彩色羽毛鸡，这两只鸡比本地鸡高大，只要我穿上我最喜欢的粉红色公主裙，那不得了，两只鸡，一定要来啄我，没有父母亲的护送，我连家门都不敢出。

母亲为了打掉我的"娇骄"二气，让我到学校食堂里去帮厨。我是一十二万分不愿意去，但在母亲严厉督促下，被母亲拉着手到厨房里干活。记得是个星期天，我第一次去帮厨，食堂大师傅让我帮忙削莴笋，给我拿了削皮刀，就去做其他事情。从来没有使用过削皮刀的我，拿着刀，左弄右整，还削了两根莴笋皮皮，心里正在小得意，这个工作没有什么了不起。不知道是不是自己开了小差，第三根莴笋没有削两块皮皮，拿莴笋的左手上倒划了一条血淋淋的口子，我马上丢了削皮刀和莴笋，疼得直叫唤，眼泪花花包在眼睛里，不知道该走还是该留。大师傅听见我的叫声，赶忙跑过来，看见我的手还在出血，就大声催促我，快回家，快去喊你妈把手包一下。

1969年12月9日，永远记得生命里这个有意义的日子，我穿上了草绿色军装，成为了一名女解放军战士。从中江坐汽车到罗江，罗江火车站坐军用闷罐车到重庆沙坪坝，在沙坪坝师专开始了新兵训练。从一个普通老百姓到军人，这个距离说远不远，说近又很需要一段时间。每天的训练艰苦自不必细说，就是叠被铺床，都有一整套的本领。再就是紧急集合的狼狈，丢盔卸甲抱着背包在沙坪坝的大马路上，跑得气喘吁吁，虽然是夜里十点多钟，还是被市民指指点点，说这哪像一个兵？

掬一捧岁月，握一份懂得。

5年的部队生涯，硬生生让我从一个父母亲手上娇滴滴的掌上明珠，成长为一名白衣战士。卫生队训练，最怕疼痛的我，把三寸长的银针扎在自己的足三里、三阴交穴位上；抢救车祸急诊患者，要脱掉患者全部的衣裤，我一步跑出了门口想躲出去，被护士长急速拖了回来："救死扶伤，你害羞什么?!"夜半时分，患者去世，同医生一起，抬着遗体走在河南济源王屋山上离医院半里外的太平间，路险坡陡，月黑风高，心里害怕，两脚打闪闪；炊事班里蒸馒头，猪圈里喂小猪，菜地里种蔬菜，洪水来了冲断了自来水水管，与男兵一样，挑起五六十斤重的水桶，走几公里的路，为患者和战友们担水送水……

1983年4月，作为重庆药剂学校四川省第一批药剂干训班学员，我成了一名28岁的中专生。只读了6年书的我，底子薄，听课学习很吃力。第一学期开文化课，高等数学、物理、化学、英语全面展开，紧张的学习任务让我应接不暇。期末考数学时，头天晚上感冒发烧，脑袋里面一盆糨糊，简直想放弃这门考试以后来补考。教数学的周老师鼓励我，给我讲解重点难点，还到学校医务室帮我取了退烧药。第二天考试，我以63分的成绩通过了我最不容易过关的一门功课。两年半的药剂干训班，让我学习了药剂学基础的知识与理论，业务上有了长足的进步。我曾经在药剂科的门诊药房、住院药房、普通制剂室、灭菌制剂室、库房……好几个岗位上过班，没有一个岗位能难住我。在工作实践中我写下论文，在国家级、省市地级药学刊物上发表，还到北京、武汉参加全国药学会议，与药学界同行交流切磋。成绩的取得，应该归功于我的药剂班学生生活，归功于当年的四川省卫生厅起心要帮助我们由于各种各样原因没有进过高等院校的人，自然，是改革开放带给了我能够接受继续教育的机遇和机会。

2009年8月，我从工作岗位上退休，开启了另外一种生活模式。

拿起笔，做刀枪；买电脑，写文章；入学会，找组织。我把生活中所有的遇见和感悟都写出来，认真而持续地在文学的星空里守望。从内部刊物发表文字，到白纸黑字，在国家级省市级文学刊物上发表作品，其间酸甜苦辣，当然不是一句两句话就能够概括。2012年9月，我的一首小诗《秋至》在我所在城市的《德阳日报》上刊出，这是我第一次在正式出版的报纸上发表文字，虽然只有六十多个字；2014年和2015年，在《德阳晚报》上开自己的专栏——《读客》，有48篇文章每周一期与读者见面；2014年、2017年，我出版了散文集《风景这边独好》《读客》；2018年散文《芙蓉花醉东湖山》获四川省散文奖；2019年1月，《一蓑烟雨任平生》的报告文学入选四川省人民出版社出版的《大爱华章》第四卷，2024年1月，《一枝一叶总关情》的报告文学入选四川省人民出版社出版的《大爱华章》第八卷。

喜欢写作，喜欢读书，就像我在自家阳台上栽花种菜一样自然和努力。

2024 年是中国共产党华诞 103 年，也是我入党 33 周年。新时代新航程需要我扬帆远航。祖国在中国共产党领导下蒸蒸日上的变化与欣欣向荣发展，我打心眼里高兴。作为芸芸众生一分子的我，个人梦想与祖国齐飞，家国情怀与时代奋进。我要继续用手中的笔，"描绘我们这个时代的精神图谱，为时代画像、为时代立传、为时代明德"，继续写作努力写作，为中国式现代化的实现描红着色添砖加瓦。

# 故事里的广汉

李 淮

今天，我的祖国我的身边发生了翻天覆地的变化，我所在的四川省德阳广汉地区也有日新月异的变化。我走村串镇，眼界大开。

## 敢为天下先

1978 年 12 月，中国共产党第十一届三中全会在北京召开，会议做出决策是中国拨乱反正的关键文件，全会决定把党和国家的工作重点转移到经济建设上来，最重要的是实行改革开放的新决策，启动了农村改革的新进程。

广汉是农村改革的发源地之一。1980 年 4 月，在四川省委、广汉县委支持下，广汉向阳公社各生产队召开选举大会，年满 18 岁的人都参加选举，各大队产生 3—5 名人民代表。4 月 18 日，向阳公社召开人民代表大会，代表们行使了自己的权利，选举葛民勋为乡长，周继摸、俞素清为副乡长。选举低调，一切都是默默地进行着。6 月 18 日，在县委支持下，向阳摘下"广汉县向阳人民公社化管理委员会"牌子，悄悄挂上"广汉县向阳乡人民政府"牌子。当年的文化站长肖开文毛笔字写得好，就由他来写这块牌子，挂牌后的半年时间，他心里还忐忑不安，生怕自己有所牵连。向阳镇钟太银亲手将"向阳乡人民政府"的牌子挂上去，他的女儿钟敏回忆父亲当年挂牌前好几个月忙碌看不见人影子，都不怎么和家里人说话。钟太银甚至事先和自己的老婆说了"离婚"两字，怕摘牌换牌牵连到家人。

政社分开就这样拉开了序幕。向阳摘牌因此蜚声海内外，并被载入史册。

1980 年 11 月 12 日，中共温江地委向四川省委正式转报了广汉县委《关于农村管理体制进行改革的请示》。1981 年 1 月 30 日，中共四川省委对广汉的请示作了批复：经省委讨论，同意按广汉县委所报体制改革方案进行试点。至此，广汉撤销人民公社的改革得到了上级的正式认可。1981 年，广汉县各人民公社先后摘下人民公社的牌子，成立了乡人民政府。1982 年，全国人大对《宪法》进行修改，正式在全国结束了人民公社体制。"向阳之花"从四川广汉，开到了大江南北长城内外，开遍了祖国各地，星星之火燎原成势，1985 年，全国所有的人民公社全部改制完毕。

老实巴交的向阳人做了一件"敢为天下先"的大事情，自己都没有想到这"一摘一换"令世界为之瞩目。中国农村一场排山倒海的改革浪潮出此掀起，我国的根本大法——《宪法》为之做了修改，数亿农民的命运被改变。而向阳这个原本名不见经传的小地方，从此享有"中国农村改革第一乡"的美誉。2018 年 11 月的一天，中国散文学会副会长马力老师从北京来到向阳镇，认真寻觅以前挂牌的地方和曾放过老牌子的房屋，由于时间久远，都找不着了。他觉得向阳人很了不起，做了前人没有做或者不敢做的事情，他伸出大拇指，为向阳人点了一个大大的赞！

摘牌后的向阳镇在几十年里有了惊天动地的变化。他们的乡镇企业在改革开放的过程中如雨后春笋蓬勃发展。以前向阳人连温饱都无法解决，哪里有能力有精力有财力去经营企业呢？现在，吃穿用度的厂办了起来：食品加工厂、香米厂、纸制品厂、包装印刷厂、精密工业生产有限公司、胶业有限公司、机械化工程有限公司、无纺布有限公司、饲料油脂有限公司、石业有限公司、制药有限公司、商贸有限公司、石化有限公司、钢筋制作有限公司、农机专业合作社、玻璃有限公司、卫浴有限公司、汉舟电气厂……生产水平、生产能力、生产品种、生产产值有前所未有的提高和扩大，目前已形成电气、食品、机械三大支柱产业，229 家乡镇企业做大做强做好，向阳镇人均年收入从以前的几十元提高到五千多元，真是了不起的变化呀。

向阳公社，向阳人民政府，不只是几个字的变化，这里面有体制、有改革、有担当、有梦想、有希望、有成功。

## 演了一棵树

我走进广汉松林镇沙田村。这里有近百年的水果种植历史，素有"水果之乡"的美誉。

走在沙田村的"东岭朝霞""沙田柚里""橘色乡间"景点乡村硬化路上，看见压弯了树腰的累累果实，橙黄色的柚子大大的脑袋，沉甸甸的，一棵树上高高低低，在油绿色叶子的掩映下，探头伸足，饱满结实；红色的橘子，个头不大，密密匝匝，满树生辉，成熟果实特有的香味儿，氤氲在身前身后，缠绕在头顶脚尖，醉人的鲜香，清新的气息，使我忍不住驻足徘徊，久久不愿意离去。

正在用剪刀采摘柚子的蒋大爷戴顶草帽子，看见我，高兴地招呼着，打着哈哈，把一个黄皮柚子递过来，要请我吃。他说，今年果子收入几千元没有问题，还有城里人来要，来吃来买，也是一笔钱，脱贫致富，新农村建设，我们农民钱包鼓起来了。

这里的新村综合体将传统人文历史、水果种植、川西民居融为一体，以丘区农旅融合为落脚点成为川西地区著名的观花赏果和骑游胜地。有识之人看好这块风水宝地，他们从城市来到这里，整合资源，聚集人才，把乡村打造成美轮美奂宜居宜游民居，乡村振兴乡村旅游得到长足发展。

"净庐"民居是一大亮点。它的开发拥有者是一位姓喻的先生。几年前喻先生从城市走进了沙田村。那时的沙田村，没有像样的水果种植，没有拿得出手的旅游项目，同所有的川西乡村一样，男女青壮年去城市打工，剩下老弱病残妇女孩子在家里靠天吃饭。喻先生带来新的理念和新的做派。他的"净庐"是一所雅俗共赏的民居，室外果树环抱，绿草相拥，室内古琴声声，书声琅琅；春天桃红李白花香引蝶招蜂，夏季凉风习习避暑纳凉，秋末丰收在望硕果多多，冬来了，壁炉里炉火熊熊，三五人围炉夜话，一杯茶一卷书，温暖走心，是神仙过的日子。

他的"猪圈书吧"是在村民原来的猪圈上面改造盖好的。村民们觉得这个"猪圈"二字不妥当，跟喻先生争论，说不用这个名字，太土了，喻先生坚持说，土就土，接一下"猪圈"的地气吧。"猪圈书吧"从无到有，里面的藏书越来越多，中外名著，本土作家的书，洋洋洒洒，林林立立，我粗略估计，可能有上万册呢。这个书屋，不但让村民和游客自由阅读，还特别让村子里的学生们免费在这里读书和做作业。敞亮的房间，大开的窗，书的海洋。他们开展免费咨询培训，让村子里的孩子们受益匪浅。重庆散文作家、冰心散文奖获得者耕夫老师说得好：文化人融入了乡村建设，中国乡村发展有了灵魂。他站在"猪圈书吧"里，当场调寄长相思词"松林素描"："橘子红，柚儿黄，笑脸迎宾采风忙，松林滋味长。旧宅院，着新装，古琴静卧书斋房，乡村蕴文光。"新疆作协副主席、冰心散文奖获得者熊红久先生对"猪圈书吧"大加赞扬，说"猪圈书吧"的意义反映了两种生活状态，从"猪圈"到"书吧"，表明了人们对美好生活的向往。

喻先生带动了沙田村里民居的开发和建设，产业建设上去了，人才建设也跟了上去。喻先生不是一个人，他的朋友圈，三教九流，各行各业人才很多，出主意，想办法，为"农业、农村、农民"服务。城里做生意、打工的人回来了，有的把自己的家改造成了能够居住接待游客的民居，跟着喻先生做民居，四海八荒的能人慕名而来，成都的画家要来建画屋办展览呢……

村子里的一个女孩，两年前对喻先生说："世界那么大，我想去看看。"于是她到美国去了，在一个游轮上工作。两年后她回到了村子里，对喻先生又说："世界那么大，我已经去看过了。"回到村子里酒吧当了一个糕点师。"猪圈书吧"里服务的女学生，以前到了许多地方，还到越南去学习"滴漏咖啡"的制作，最后还是觉得村里好，自觉自愿到书吧里来工作，为乡村建设出力。

谢先生，是位搞摄影做纪录片的能干人。他说他到了国外和家乡以外的很多地方，对家乡的观念淡漠了，他小时候在村子里，同龄的女孩子很早就嫁了人，重复自己母亲的生活，于是他出去了，不再想回家乡。第一次他接触喻先生，认为他那里夏天蚊子多，并不相信喻先生会在村子里努力改变乡村面貌。后来，经过了解观察，觉得喻先生是个有情怀的人，喻先生对沙田村的关注与改造让人感动。谢先生现在经常回沙田村住，做了喻先生的助理，为家乡的变化和改造做事情，拍摄乡村变化，记录乡村变化，留存和宣传乡村变化。

几年来，沙田村举办乡村自嗨节、乡村地摊节、三星堆艺术节、赏果节。节假日里的沙田村人多车多，游客多看点多，比逢年过节还要热闹。摆地摊的创意非凡，小朋友摆地摊，卖自己画的画作、看过的小人书；大人们做生意，卖吃的、用的、自己手工做的茶叶、糕点、饮料；卖拥抱的，给我一个拥抱，陌生人成了朋友；射箭的，不要文绉绉，能文能武用弯弓射大雕；村民们卖柚子橘子玉米饼子，生意兴隆。自嗨节：年轻人、孩子们，或素面、或重彩，游戏、娱乐，特别快乐。

三星堆艺术节举办是第四个年头，他们进基层，来到了沙田村，给村民和游客带来了喜剧、话剧、哑剧、川剧等等精彩的演出。"拉大锯，扯大锯，姥姥家门口唱大戏"，村民们足不出户，能够看多种剧目多样化的演出，真是高兴得了不得。

我想看川剧，专门约了朋友开车过来，观看了民间川剧团光兰川剧团演出的川剧折子戏《秋江》，演出很精彩，让人目不转睛。后来，朋友自编自演一出哑剧，让我本色出镜，手拿一把涂着绿色颜料的伞，站在舞台上，我演了一棵树，意喻生态环保绿树青山。这是我对三星堆艺术节的一点参与，也是对沙田村丰富多彩村民活动的一点贡献。

## 川西盛景易家河

天是蓝莹莹的天，水是清凌凌的湖，树是碧绿绿的叶，路是干净净水泥铺就；弯弯的桥在湖面上凌波横就，烟雨朦胧墨色点点，桥上走来一位着白底蓝花大襟上衣穿毛蓝撒腿布裤渔家女，宛如雨巷深闺里的女子，诗情画意呼之欲出。这里民居风格独特，白墙黑瓦、翘角翻檐，来了就想进去看看，看了就想长长久久住下来、住下来。江南水乡的曼妙，菏泽清亭的曲折，葡萄藤蔓的缠绕，青青绿绿的草，红红粉粉的花，活蹦乱跳的鱼，长势良好的蔬菜，好一幅江南山水画！看官，这不是江南，这不是水乡，这里是地处易家河坝的广汉三水镇友谊村新崭崭新面貌。

易家河坝的由来，源于清朝湖广填四川的易氏家族在此地开枝散叶，繁衍生息。易姓人勤劳善良，耕读传家，和谐四邻，才能在此地发展壮大。易家河坝友谊村风水宝地，青白江、石亭江、绵远河三江汇流处，属都江堰自流灌区，地理优势明显，占尽天时地利人和，辖区面积 4.7 平方公里，辖 15 个组，总人口 3618 人，在乡村振兴中改革创新不断进取，他们开展多种经营，全村有粮食蔬菜葡萄种植，水产养殖，开建了垂钓、自由采摘、品尝、观光、休闲、骑游、住宿为一体的休闲度假景区。如果说友谊村有全国文明村、全国最美渔村、四川省"四好村"、四川省百强名村、四川省乡村旅游示范村庄等桂冠加冕，那么，你何不实地走一走，看一看，住上几天，来感受一下蜀地的江南水乡风光呢!?

到路牙库钓基地，开阔的湖面，是由以前几家人几十家人的小鱼塘统一打造而成的，一眼望不到边。垂钓的鱼竿，像排列整齐的队伍，男女老少，坐在板凳上面，正手执钓竿，聚精会神地钓着鱼。遥想当年，姜子牙渭水垂钓，断不会预料到会有今天这样热闹的场面。不一会儿，一条鱼破水而出，钓竿高举，鱼儿摇摆，活蹦乱跳，旁边的孩子乐了，边喊边叫："鱼，鱼，大鱼!"帮着父亲扯线拿笆篓；老人笑了，背着手，围着儿子的笆篓，看看数数，休闲钓鱼，今天收获多多。钓鱼的主角最沉得住气，不慌不忙，站起身，稳了神，收回钓竿，一手接鱼，一手摘鱼钩，笃定工作，嘴里还谦虚："不大的鱼，最多有八两。"

欢乐水世界，里面是成人的天堂孩子们的乐园。2018 年 5 月才开始营业，最多一天接待了上千人。进门，一个一人高的唐老鸭蓝色上衣红裤黑鞋，张开双手，满脸笑容，欢迎来自四面八方的客人，望着欢眉喜眼的唐老鸭，让人不由自主地爱上了水上世界。在水里嬉戏、打闹、冲浪、滑板、清凉一夏，游泳 PK，水里玩嗨了，玩累了，吃喝玩乐一条龙服务，上到茶楼品茗、喝咖啡、吃蛋糕，待上一天还觉得没有尽兴呢。

易家故事乡村酒店，去吃一回易家家常菜，享受没有打农药自由生长的农家地里现摘的新鲜蔬菜，听一盘易家湖广填四川咋样创业的故事，还有现在在三十亩河滩地盐碱地打造乡村美景的奋斗，喝一壶老酒，安逸到板!午饭后走水岸咖啡，品一品正宗的巴西咖啡，晕晕味道，当当绅士或者淑女，过过慢生活，把下午的时光拉长再拉长……

葡萄成熟的季节，边摘边尝，喜欢哪个品种就买哪个品种，吃的不算钱,带走的才给钱……蔬菜采摘,看上哪一棵就是哪一棵,逮着那水灵灵绿油油的下手,回家时,左手右手,满载而归,怎不叫人笑逐颜开。

爱运动的青年人,骑上自行车,平坦的湖边跑上一圈,要半个多小时。还可以一家人骑上敞篷车,四五人坐一辆车,两人蹬车,众人观景,沿湖走上几里地,看白云蓝天,观红花绿树,赏江南春色,美美的!

来过这里的游客纷纷夸赞此地宜居宜游。太阳落山了,大家恋恋不舍,还不愿意回家呢。

## 神秘三星堆

我走进了神秘的三星堆展览馆。

1929 年的春天,广汉乡民燕道成一锄头掀开了水沟里的玉石坑,开启了三星堆古蜀文明的神秘大门。1986 年,三星堆青铜人睁开了闭合三千年的眼睛,一束束神秘的目光,让整个中国整个世界为之震惊。青铜面具、金器之杖、圆口方尊,在三星堆遗址,上万件文物沉睡了数千年,终于在一代代考古人的努力下,揭开了尘封已久的面目。

三星堆的世界,让人们痴迷和沉醉;世界的三星堆,让人们震撼和探索。

随着讲解员清晰的话语,我慢慢看,细细听,走进了三星堆老馆、新馆,以及一带一路展览馆。"沉睡数千年,一笑惊天下"的三星堆,被誉为"20 世纪人类考古最伟大的发现之一",昭示了我国长江流域与黄河流域一样,同是中华文明母亲的子女,因此被称为"长江文明之源"。

六件精美绝伦的国宝,让人们大开眼界。青铜大立人,高大威猛,头戴花冠,还穿着三层衣服,衣服上有龙纹、回字图纹、人面纹、云雷纹,如此精美,让南来北往的观众们心生羡慕,江南的刺绣在全国鼎鼎有名,看见这些古代的服饰,南方水乡人也禁不住啧啧称赞。民间说"千里眼顺风耳"的是青铜纵目面具,伸长眼球和夸张的大耳朵表示有超常的视力和听力,非常人所能够比拟,有外星人一说,大家争论了一回,又跟着讲解员往前走。出土金杖长 142 厘米,讲解员说出土时金杖里面的木芯全部腐朽,仅留一张金皮,上面 46 厘米有纹饰图案,有高冠的人头,两只鸟,鸟驼着箭，射中一条鱼。古蜀王五代，柏灌、鱼凫、杜宇都与鸟有关，这金杖大有看点。396 厘米高的青铜神树是不能够外出展览的国宝，神树上有果实，有鸟，有巫师在祭拜，因此，神树代表着古蜀历史。还有摇钱树，上面有古老的铜钱。玉牙璋又薄又大，时间久远，发黑发亮，是三星堆艺术中的精品，体现了古蜀王国高超的工艺水平和制造能力，能工巧匠们在刀耕火种的年代里，打造出如此漂亮的玉制品，叫人叹为观止。

我参观了三星堆祭祀台。神，似乎是一切，为此，祭祀的人们，试图穷尽一切来唤醒"另一个宇宙"。他们跪拜、祈祷、祭天、祝福……

2021 年初，三星堆新开展月亮湾区域考古发掘，新出土了雕花象牙制品、兽形青铜盖、青铜方尊、金面具、鸟形金箔等近 2 万件文物，为世界展现更灿烂的中华文明、巴蜀文化、历史记忆。一切造物，拥有不属于这个世界的奇幻色彩；文字和图片，展示三星堆的子民在沱江支流鸭子河畔，用自己的勤劳与智慧，建立了一个恢宏的国度。三星堆，看点多多，思索多多。

走村串户，进乡到馆，广汉之行，收获满满。

# 观山观水观音山

李　淮

　　知道观音是从阅读吴承恩的《西游记》开始的，观世音菩萨大慈大悲，救人于危难之际，还土地与清朗之明，净瓶托掌，端庄大气风范，圣水甘霖，祈福求生善存。1986年版《西游记》电视剧里，左大玢生动演绎观世音菩萨，有中国人之所以为中国人的精神所在，爱与良善、正义，竭力帮助唐僧师徒西方取经，有山河可平的执着，无为西东的付出，给人留下难以忘怀的美好形象。每年的寒暑假，电视机里会响起"你挑着担，我牵着马，迎来日出送走晚霞"的歌声，观世音就会出现在屏幕上。民间对观世音顶礼膜拜多多，东莞观音山应时而生，是青山绿水间的虔诚人间烟火。

　　观音山在东莞市樟木头境的一隅，距离镇中心有1.5公里，山的总面积18万平方公里，森林覆盖率在92%以上，是集生态观光和宗教文化、良缘打卡于一体的国家AAAA旅游风景区。早在2005年，国家林业局就批准为国家级森林公园，名字为"广东观音山国家森林公园"。

　　山水林木是一个生命共同体，人的命脉在水，水的命脉在树，树的命脉在山，在只此青绿之间。是的，每一个生命都有自己的逻辑自己的故事，每一方水土都有自己的姿态自己的容颜。我与女友走在观音山的山道上，被1800公顷的原始次森林绿色海洋所折服、所熏陶、所感动，醺醺然，陶陶然，不知归处。

　　高大的松树、柏树、杉树、香樟树郁郁葱葱。国家级濒危植物、国家一级保护植物金花茶，树上挂着牌子，走近可见牌子上写的几行字，有树龄、科、目介绍。恐龙时代的物种苏铁蕨，与开乳白色花朵的气生兰草做了邻居，这种蕨类在山坡的低洼处生长，绿油油的叶片，上面存有几颗晶莹的露珠儿，露珠就在叶尖尖上晃动，一阵微风轻拂，我忍不住伸出手，珍珠似的露珠儿滴落下来，轻轻地躺在了我的手掌心里，举着露珠到鼻尖，我闻到山野草儿清香的味道，好闻；如果恐龙此时穿越而来，它会与苏铁蕨一起出现在我的视野里带给我惊喜。野生的山茶花有半人高，墨绿的叶片中打着花苞，我想山茶花盛开的时候一定很美。还有成片成片的野生龙眼，野生龙眼的果实吃起来会不会比人工栽培的龙眼更环保更香甜呢？我转过头问我身边的女友。

一种类似含羞草锯齿状叶片的植物长在珍稀物种白桂木的脚下，我走近看看，这是含羞草吗？女友伸出手，轻触叶片，叶片没有卷起来，哦，不是含羞草。一种草开黄色的小花，匍匐在地面上，名字叫"苦荬菜"，蓝眼睛长睫毛的叫"阿拉伯婆婆纳"。不知道名字的和知道名字的树和草，花与朵，在我与女友的身前身后，生长着，绿着，红着，黄着，蓝着，紫着，笑着，芬芳着，唱着大自然生命律动的一曲又一曲歌谣。倒让人想起孩童时期的一首儿歌："春天到了，春天到了，花儿开了多么好，红红的花，绿绿的草，春天到了多么好！"我哼着儿歌，女友就笑我老夫聊发少年狂，笑得开心极了。

树林里，出现了小松鼠，麻灰色的外套，灵活的四肢，爬高走低，从这棵树跳上那一棵树，从这个枝丫蹦上那个枝丫，有一会儿，它似乎要从小叶榕树树尖上掉下去，我有点担心，有点紧张，手心里冒了毛毛汗，它不动声色地晃动四肢，"嗯"的一下，站在了花楸树的枝丫上面，用前爪抱着花楸树青色的果实，亮晶晶的小眼睛看了看我，似乎在说话：这有什么可害怕的呢，上树爬树，是我们的看家本领呢。这里的珍稀动物有小鲵，我们叫"娃娃鱼"，是说它能够发出娃娃般的声音，还有土行孙般在地里行走的穿山甲，夜里在树上值班的猫头鹰。

在大青树上，女友发现了一只小小的蜗牛，指给我看：小蜗牛透明的触觉，慢慢地伸出来，它感觉前面的路平坦，又慢慢伸出半个小小的脑袋，向左向右瞧瞧，手脚并用，再慢慢地向树的根部爬去。一花一世界，一树一菩提，一物一生命，小蜗牛的动作印证了"从前的日色变得慢"，眼前景物像图画的素描，一种色调，一种场景，不奢华不喧嚣，却让人心静心安宁。

佛光路小径漫步，古木高大望不见顶，灌木葳蕤草色青，鸟儿唱和歌声鸣，流水潺潺音色脆。过回音壁，有人试着与壁对话，或者哼出歌曲，看看谁的音色美歌声靓丽。仙宫岭到了，传说中的仙人还在里面炼丹么？曼妙的仙女霓裳羽衣，还在翩翩起舞么？百禽园里，动物们在花香鸟语中活泼灵动，东走西晃，上蹿下跳，给孩子们带来阵阵欢声笑语。走慈云阁，建筑庄严挺拔，有古钟鼓楼，想去敲敲钟，体会体会晨钟暮鼓的禅意境界，摸了摸生铁铸成的大钟，没有行动，女友戏谑：你怕被说成"做一天和尚撞一天钟"，不能够持久工作你就修不成正果。

上善若水，观音山公园的瀑布让人心生欢喜。仙泉瀑布落差 380 米，珠玉一般的水滴，从高处飞溅，"嘈嘈切切错杂弹，大珠小珠落玉盘"，密密的水珠很像孙悟空花果山的水帘洞，站在瀑布旁边，顿生清凉。普渡溪顶端的三十六级瀑布，"银屏乍破水浆迸，铁骑突出刀枪鸣"，一级一落差，一级一飞花，在树木鹅黄、嫩绿、翠绿、青绿、墨绿色彩中时隐时现，养眼养心，很是壮观。我想，"青山横北郭，白水绕东城"就是这样的意境。

揽秀台上，几个孩子站在台阶上，风撩起他们的头发他们的衣襟，吹起周围细碎的花朵儿与绿叶儿，空气里有大团大团的青草气味，一直往上蔓延到云层与蓝天。孩子们有的小声说话，有的指着下面仙泉水库的一泓碧水，有人举着手机在拍照片，有人抿嘴笑了，有人眼睛大大地睁着，侧头，脑袋一会儿向左边，一会儿向右边，不知道该往哪边看，因为左边是水墨山水画，右边还是山水水墨画，哪一边的风景都是那么大美宜人。人与自然，孩子与风景，就这样恰如其分地融合在一起，成了一幅山水人物图。孩子们纯净的笑容，朗朗的话语，像早上八九点钟的太阳，给人以希望。女友走过去，与孩子们说话交流，我在旁边找角度给他们拍照片。

与仙泉水库遥相呼应的有一处感恩湖。湖水清澈碧绿，湖面如镜子照得见人影子。感恩湖水源来自地下水及原生态的森林，空气中有了高质量的负氧离子，空气里也含着水润般的柔柔温情，我与女友手牵着手走湖边木质栈道，水碧碧，天蓝蓝，草青青，树绿绿，心情大爽。女友唱起了韩红在 2022 年春节晚会上的独唱《这世界有那么多人》，她唱着："这世界有那么多人/人群里敞着一扇门/我迷蒙的眼睛里长存/初见你蓝色清晨/这世界有那么多人/多幸运我有个我们……"歌声情深深、意绵绵，是触景生情人与自然的和谐，还是在向感恩湖述说自己到此地的感动，也许都有吧，唱得我们两人的眼睛都潮湿了。

登上云顶驿站，顿觉天高地远。这里是观音山海拔最高的地方，我们在这里走走，停停，互相拍照，还请观光者为我们拍合影。在干净的草地上坐下来歇息，看天空中云走云飞，嗅绿色中的清香，心静下来，让匆匆忙忙的人生在这里做静谧的停留。

走观音文化广场。30 多米高的观音圣像由花岗岩雕琢而成，观音宝相庄严，慈祥和煦，是世界上最大的花岗岩雕刻观音菩萨的艺术精品。广场在山间，观音在绿水青山中栩栩如生，仿佛可以与你我对话似的。观音圣像前，善男信女顶礼膜拜，双手合丨默念，低头叩首，人间的苦难烦恼都在这里化作一缕青烟，飞向了云天外。我与女友持香礼拜，愿我中华强大，国泰民安。

有人走道想姻缘，有人上山求子嗣，有人拜观音保平安，有人烧香祈福报，月老台、三生石、许愿池、鹊桥上，人头攒动，也许都是一厢情愿，也许冥冥之中也有定律。观音山公园常举办大型相亲会，新时代的相亲会，新媒体、多媒体、大数据做了红娘，海内外的年轻人都来参加，金风玉露一相逢，便胜却人间无数，在绿水青山里相识相知相爱，有情人终成眷属。

宋人郭熙在《林泉高致》中说："自山下而仰山巅，谓之高远。"观音山并不高，海拔 488 米，可见不是观音山自身的高度，是这里的生态文明和人文气息让人觉得高远。所以有"山不在高，有仙则灵"的说辞。

霞光在天边瑰丽地闪着光，我们要下山了，但又觉得意犹未尽，还想再去山上走走看看。于是，我们两人勾着小拇指约定，下次再来，下次一定再来。

# 龙居村里桂花香

李　淮

　　这些时日，四川省德阳市旌阳区新中镇龙居村的桂花开了。金桂、银桂、丹桂香甜香甜的，馥郁醇醇的香味儿飘得老远老远，一片桂林十里花香，醉人得很！

　　新中镇龙居村地处旌阳区境内，距德阳市 17 公里，紧邻成绵高速公路，106 省道贯穿全境，交通条件极为便利，从德阳出发开车半个小时就到了。龙居村是近几年才形成的一个新的旅游打卡地。这里：春有万物葳蕤，夏有荷花娉婷，秋有桂蕊飘香，冬有清凉世界。可以坐石听蝉，临树闻风，倚涧而思，傍枝小眠，枕花入梦。

　　龙居村地处丘陵，原来以传统农业为主，在建设新农村的过程中搭上了改革开放、乡村振兴的快车。为了让本地农民不离开土地，不离开原居住地，过上与城市一样的富裕生活，在当地政府和有关部门的邀请下，社会学家来了，经济学家来了，建筑师来了；同济大学的专家来了，北京大学的教授来了，清华大学的精英来了，国内五个顶级家园设计单位来了。

　　经过精心设计规划，经过人们几年来的奋斗和努力，如今的龙居村，上百亩的田地里，栽种着成行成片的优质高档水果——蓝莓。蓝莓果实，除了常规的糖和果酸外，还含有丰富的维生素 A、B、C、E 和熊果苷、蛋白质、花青素……尤其是花青素对人们的眼睛有很好的保健作用，延缓眼睛老花、解除眼部疲劳。村民介绍，现在我看见的约莫两尺高的蓝莓苗，是从东北引进的，就连给蓝莓施的肥料也是一麻袋一麻袋从万里之外运来的。蓝莓的生产管理很先进，在每一棵蓝莓的根须处，都有两根黑色胶皮滴灌长管子，一是节约用水，二是节约劳动力。一亩地的蓝莓，成本投入要三万元钱。统筹城乡，土地流转，农业生产规模化、集团化、产业化经营，为龙居村带来了发展机遇。

每一次来龙居村都有不同的感受、不同的感动。今天，我放慢脚步，轻轻地走在龙居村的田埂上，聆听大自然的声音，融入山村的灵魂，沐浴质朴生活的阳光，接受阡陌田野的洗礼。春来，这里漫山遍野郁郁葱葱，桃红李白，蜂飞蝶舞，荡漾着蓬蓬勃勃的生机，"今夜偏知春气暖，虫声新透绿窗纱"；夏至，荷塘青绿，荷花粉红，"昨夜骤雨过，珍珠乱撒，打遍新荷"，荷塘月色牵着我的眼眸，拉着我的手臂，袢着我的衣衫，摇曳着我的身影，让我不忍离去，更有天街小雨润如酥，让你"轻罗小扇扑流萤"，夜看牵牛织女星；秋走，翻过一座山，迈过一道坎，莲蓬以清新清香的味道欢迎我，饱满的稻谷，金黄的玉米粒在晒席上笑嘻嘻地瞧着我，桂蕊从青绿的叶片中氤氲着我，把我香薰成了一位美女；冬看，青松挺拔，杉树苍翠，斑鸠、麻雀、乌鸫在树干中间跳来跳去，飞过来跑过去，"咕咕""叽叽""喳喳"地叫着，不知疲倦不知休息。

川端康成说过："美是邂逅所得。"我要说，美是我在龙居村的所看、所阅、所思、所想、所感、所得、所喜、所获。龙居村大型停车场上面有大幅标语，上面楷书字体书写"美丽就是生产力，美丽就是竞争力"，恰如其分诠释了龙居村的美丽实质。

如今的龙居村，人们把田园资源提升为休闲观光，立足实际打造新的经济增长点，深度挖掘乡村文化和生态建设，形成了自己的特色产业，形成了沟底赏荷、摘蓝莓、采葡萄和柑橘；二台地赏芍药花、采猕猴桃、摘核桃；丘顶品杨梅的"春观花、夏赏荷、秋品果、冬看雪"乡村生态观光四季游。通过乡村旅游业形成的莲藕、蓝莓系列产品和"春见"杂柑、核桃、葡萄、猕猴桃等果品现已供不应求，深受广大游客和消费者的喜爱，村子里的"荷韵龙居""花田锦地""上农蓝莓""快乐农夫"已成为村庄靓丽名片。

龙居村举办过七届荷花节：五百多亩莲藕示范片区，荷花引来了游人如织的观光盛景。"夏日荷塘·激情之夜"啤酒周，"荷塘婚礼秀""寻找最美荷花仙子""露营节"等活动让人们大开眼界；舞台上古老的川剧表演叫人目不暇接，犁耧锄耙的农具展览让现代年轻人知道一粥一饭乃汗滴禾下土；穿插摄影比赛、荷塘写生创作、亲子趣味体育比赛、七夕单身青年联谊会、农耕民俗文化展暨特色农产品展销会、徒步登山越野跑等一系列乡村文化旅游活动；还开辟户外徒步线路9条120余公里，形成一年三节，集赏花、品果、徒步健身、假日休闲为一体的乡村观光体验旅游链，使公共文化与乡村旅游业得到了飞速发展……玩累了耍够了，农家乐里坐坐，上一盘跑山鸡，来一碗自己种的莲藕炖猪蹄，生态环保，饱了眼福，饱了口腹。

那天，我们在村口见到了十多位高龄老人。他们男男女女，安安静静、悠悠闲闲坐在田埂边，晒着太阳拉着家常，脸上透着发自内心的微笑。他们那恬适、自然、知足、满意的表情，感动了从省城都市来的散文名家们。女作家晓荷感叹：这些安详的老人，让我流泪。老人们老有所养，老有所依，老有所需，老有所乐，真好！这是一幅多么生动、天然的农村老人生活图！这里的农村，保留了青山绿水，保留了田园风光，保留了人文地貌，保留了如诗画卷，保留了最美乡村。

目前，龙居村已引进10家业主成片流转2200亩土地，建成农事体验采摘区9个，包含蓝莓、葡萄、核桃、柑橘、红心猕猴桃等，休闲垂钓区7处，旅游观光步道19公里，旅游观光环线通道30公里，并利用新农村建设建成的旌阳区最大的村民聚居点农家小院，发展乡村旅游餐饮娱乐接待，利用新型经营主体，形成了统一接待、统一管理、统一服务、统一营销的经营体系。成都第三绕城公路将在新中有一出口，届时从省会成都驱车直达龙居村只需40分钟。村里葱郁树木，田间青绿，空气质量超好，成年累月住在这里不生病，难怪人们要把这里当作一个来了就不想走的地方。

2021年初冬，我又走进龙居村，刚进村庄就看见正楷书写的"青年旅舍"四个大字在一座二层楼房上面，四字透着朝气蓬勃的活力。哟，龙居村新添民宿！原来是村集体利用闲置房产资源，把以前的老村委会改建成示范性特色民宿，为双层精品民宿。该民宿建筑面积约300平方米，包括住宿用房间7间140平方米，为德阳及周边市民感受农村生活气息，感受农村文化提供短住长租住所，同时示范引导村民利用自己房屋发展民宿。

这就是盘活资产用于民生。村子里还修建了 2 栋乡村别墅，为南来北往的游客提供住宿方便。"哟，你说你要住别墅，好啊，别墅还没有来得及起名字，等你感受了龙居村乡村别墅后，你来为别墅取大名。"在村口与村里干部聊天，他们表示欢迎我们的到来。

通过盘活村集体闲置房产和土地资源，采取村民资产入股的方式与德阳新强客运公司合作，将从德阳出发的 102 公交车终点站引入龙居村，建成了综合性的便民客运站。在取得村庄旅游经营收入的同时，解决了附近游客的交通问题，增加了游客量。

"桂子月中落，天香云外飘。"是什么改变了这里的容颜？是那飘飞的风，还是那高飞的燕？是什么改变了我们的视线？是那满天的流云，还是那振翅的雁？是天上月宫的嫦娥，把桂蕊撒向了人间？闻着那芬芳的泥土，让人明白，是乡村振兴的美好蓝图变成了今天龙居村的崭新容颜。

又是金秋时节，身心沐浴金桂银桂的香溢熏染，我感觉到今年的龙居荷塘上田埂间显得清寂，没有了往日的闹热。一问田间农人，说是受疫情影响，还有这几年蓝莓的销路也没有刚开始的好。看来，如何改良品种如何经营，如何适应城里人的新鲜感，留得住客人，龙居村还得再动点脑筋想点办法。

# 我家的美女

李 淮

皮肤如水嫩的豆腐，可以用"吹弹得破"来形容，双眼皮，丹凤眼水汪汪的，清澈见底，胳膊长腿长，大有"增之一分则太长，减之一分则太短；著粉则太白，施朱则太紫；眉如翠羽，肌如白雪"之感，符合宋玉对邻家女孩的形容与描写。她是个美女，是个特别爱美的美女，也是我家的美女。

青春年华，美女20世纪70年代下乡三年，十里八乡都出了名。在当地的生产队有名气有声望，引得附近的好事之徒，找个走亲戚串门的理由，跑来在田坎边晒坝上打望两眼，回去就给人摆龙门阵，某某队下乡知青好漂亮哦，像电影明星一样。人问：像哪个电影明星？像……像……拖长声调，想一想，对，像王晓棠，就是《野火春风斗古城》里的金环银环。

有个小偷听众人言辞凿凿说得热闹，又从你一言我一语中知道美女如何爱好，穿衣戴帽与众不同。一个星期六的晚上，打探知青们都回城了，月黑风高夜，潜入美女房前，三两下捅开铜锁，进屋四处乱翻，可怜那几年的人，再爱好也没样值钱的东西，几件衣服放在床旁边纸箱里码得齐整，锅碗瓢勺洗得干净摆放有序。小偷翻了一气，钱没有一分，衣物没有看得上的，一手把竹竿上挂的白纱布蚊帐扯了下来，挂在蚊帐竹竿上的一把二胡随即掉在地上，小偷心里有气，忙活半天白跑一趟，把二胡拿手里，大开房门，一把二胡丢在门口，硬生生地踩了一脚，二胡拦腰断了，只有几根弦在上面孤独地东张西望。美女第二天从城里回来，还没进门就见二胡遭了劫，弯腰捡起二胡，哭也不是笑也不是。

清晨起床，美女必修功课是洒扫庭院房屋，该抹灰的地方抹灰，桌椅板凳一尘不染光亮如新，门后面拿来扫把扫地，地面整洁，纸屑残渣逃不过她明亮的眼睛。她有个习惯，在家时，手上拿块干净抹布，走厨房上卧室到客厅进卫生间，总要这里抹一抹那里擦几下。上班出门，布衣布裤夜来用开水盅盅压熨得巴实平整，有旧物换新颜的感观魅力。那个年代蓝灰黑的统一衣服色彩，穿在她挺拔的身上，就有了不一样的风格与魅力。别看颜色单调，布衣布裤上并没有花儿朵儿叶儿枝儿。她把口袋边做几个马齿牙牙，把磨破的裤子膝盖处打块别致的补丁，衣领处方领改成斜方形，长条形衣领整成青果领，硬是旧瓶装新酒，酒好不怕巷子深，走街串巷，来来往往的人们，忍不住就把她多看了几眼，美女长得美衣服出新意，回头率自然就高。

时间推移，美女读了中专护士学校，她的工作是救死扶伤的白衣天使。

上班，穿一身白色工作服，常常戴着雪白的棉纱布大口罩。患者认得她，尤其是住院几天或者二次入院的患者。一是她对患者态度好，一双大眼睛在口罩后面仿佛会说话，一开口说话声音绵柔受听，再疼痛的病症，在她三言两语的抚慰下，那病痛仿佛就减轻了三分五分；二是技术好，肌肉注射两快一慢，进针快出针快推药慢，静脉输液总是一针见血，不像个别护士眼睛望到天花板上，打个针一针两针，老是见不了血，急得家属脸都揪得出水来，患者疼得哇哇叫唤。

没几年，她在科室担任了护士长，工作多了工作忙了，爱美爱好的天性没有变。她所在的科室，每次卫生检查总是全院第一名。其他的工作嘛，依了她的性格秉性，处处不落人后。她在医院工作，并不指手画脚，而是身先士卒，做什么事情都是自己带头。她说得好：要出人头地不需要叽叽喳喳，实实在在干好本职工作就行。一双美目，一双巧手，视七十二般武艺举重若轻，抢救患者、插管、心脏复苏、小儿头皮静脉输液、老人床旁护理，化繁为简，做好做细，脚步总是轻快的，动作总是麻利的，各项医疗任务总是要完成的。每次院里评比，无论是科室集体荣誉还是个人考核，她的科室她本人都在前三之列。美女的称号从家庭里叫着叫着，被他们科室里医护人员所熟悉所认知，慢慢地，我们家的美女成了我们科室的美女，美女护士长在医院里赫赫有名。

有人说，美是易损的。醉翁之意不在酒，实际上美人禁不住时间老人的算计。

我家的美女从工作岗位上退休了，时间又像魔术师，让齿若编贝手若凝脂貌美如花的美女脸上有了皱纹，曾经的青丝如云头发稀疏并有了几根白发，腰肢也没有以前挺拔，背部竟然有了弯弓的痕迹。在这个世界，白发是焦虑的，皱纹是可恨的，胶原蛋白是至高无上的，衰老是美女最大的敌人，一张"不好看"的面孔若还在不断老去，简直是罪大恶极。哦，滴露的玫瑰到哪里去了呢？飘香的丹桂到哪里去了呢？凌波的芙蓉到哪里去了呢？子在川上曰，逝者如斯夫，不舍昼夜。

春日踏青，一大家人出门游玩，拍出的照片远没有以前的靓丽，美女左看右瞧，近瞄远睇，嗯，双眼皮下陷成了单眼皮，眼袋清晰，额头五线谱与眼角豆芽菜若隐若现，前额的头发差点盖不住头皮……美女气得了不得，她对我说：今天你的照片拍得太差劲，大失水准！我恨不得，恨不得把你杀了！我伸伸脖子吐吐舌尖，低头小声反抗：至于吗，不过几张照片而已，我犯了杀头之罪？！

美女立马在家族微信群下了死命令，今天上不得台面的照片一律不准发朋友圈，统统删除。小表妹可能没有看到或者没有理解清楚姨妈的圣旨，懵懵懂懂地发了照片九宫格朋友圈。惹得美女怒火中烧，打了电话高声斥责，话语里言辞激烈，声音严厉，把小表妹吓坏了，但朋友圈的照片超过时间就撤不回去了，这个照片就只有摆在那里了。这件事情让美女耿耿于怀，在家族微信群里唠叨了好几回，没有人接招没有人辩解也没有人出面说三道四，大家的意思很明白，小事一桩，过几天就烟消云散了。只有美女，说了一回二回还有三回，好像这辈子她就给照片较上了劲，自知犯了错误的小表妹，好长时间都不敢到我们家里来了，也不敢在家族微信群里高声喧哗。

后来，好面子爱漂亮的美女买了黑褐色假发戴上，假发质量甚好，一般看不出真假端倪，还以为美女真的是一头乌发如云。美女还有天生白皙的肤色，一白遮百丑，依然鹤立鸡群，在同龄人中美女还是佼佼者。最关键的是：美女通过一段时间无所事事，一段时间看书看报，一段时间走东到西，认识到人生易老天难老，外在的美貌并不能代替内在的修养。

　　痛定思变，她丰富了自己的日常生活：报名上了老年大学，闲时参加社区公益活动，唱歌跳舞，还在朗诵主持班学习，除了线上线下上课，在家里也在咿咿呀呀，不是练声就是听老师朗诵唐诗宋词。前天，家里居然响起了二胡的杀鸡杀鸭声音，看来，美女要把当知青时的技艺捡起来了。我发现，她逐步恢复了昔日的自信与美丽，因为"变老的过程也是一个更新的过程，只要不断给生命灌注智慧、正义和善，变老的状态便会转化为更新的状态，生命更新，美遂永在"。

　　我家的美女现在越来越端庄越来越美丽，你说我家的美女是谁？悄悄地告诉你，她就是我亲爱的母上大人。

# 德阳酱油

李　淮

　　1985年我家安在了德阳。其时正是冬天，听同事说德阳酱油味道好价格适中，冬至节后腌制腊肉，啥子都不用加，买几斤散装酱油腌肉，好得很。于是，我提个5斤装白色塑料桶，按照同事指点，到华山北路355号德阳酱油厂门市部去打散装酱油回家腌肉。

　　五花肉切成巴掌宽条状，洗净沥干水分，放进铝盆里，从塑料桶里倒出散装酱油，酱油把肉腌起，丢几颗汉源花椒，撒把姜米子，不加其他佐料，铝盆放在厨房里。隔天去翻一下肉，五至七天后出盆，用绳子拴起，挂在通风处，腌腊五花肉成功。这回腌肉方法简单，费事不多用料不杂，腌制好的腊肉色泽红亮咸鲜适度口感极好。我对家人笃定说一句：以后的冬天就这样腌肉了。

　　德阳酱油在清朝同治年间由江氏三兄弟创建，开始酿造时，成品出来味道平平销量也差。后来，江家一人去了江油中坝学习酱油制作取得真经，回来后按方抓药品质提高生意日渐兴隆，家财从几十铢至上万贯。上百年过去了，浓香的酱油在时光里行走，刘姓孙女婿接管了酱油厂也有作为。回顾过往，德阳酱油历史悠久配料考究工艺独特，产品营养丰富色香味俱佳，对烧、卤、炒、凉菜无不适宜，长期受到海内外众多食客青睐。这些年，我买到的产品有精酿酱油、白窝油、红酱油、塑料袋装的散装酱油，提壶去酱油厂打的散装酱油，酱油成品红褐发亮，汁浓稠，脂香浓郁，氨基酸含量高，久存不腐。据1994年编撰的《德阳县志》记载，早在1949年前，德阳酱油就畅销于省内外，素有盛誉。市面上流传"德阳酱油镇江醋"的说辞，也是众人嘴里的赞美。

酱油的主要成分是大豆、小麦、麸皮，主料洗净，入锅蒸煮，在形似大肚的土陶瓷缸里加盐、糖，微生物发酵，晾晒，加水，勾兑，师傅们凭借丰富的经验和家传秘法，一缸缸原料，一道道工序，一步步手法，最终修成正果：色香味美、汤汁浓郁的酱油，走进庙堂之上的宴席杯盘，走入寻常百姓家的厨房碗盏。

才到德阳时，我进入新单位新环境，工作忙。中午，来不及买菜或做菜，米饭煮熟，白饭里倒一调羹酱油，有时再加一筷子猪油，草草拌一下，一碗酱油猪油拌饭三下五除二就下了肚子，填饱肚皮又去上班。记得当年好多家庭都有用酱油拌饭的历史记忆，德阳地区有句顺口溜这样说："白米饭加酱油再加猪油，把你吃成胖鼓牛。"酱油在家庭佐餐中的地位高了许多，经济适用味道美。当年囊中羞涩，还是买的红酱油，舍不得多花钱去买精酿酱油。下班，菜市场买菜，有快下市的土豆、萝卜买几斤，市场上卖菜人剩下的菜，大大小小一起买（俗称"打瓜"），打瓜菜价格比新鲜菜便宜好几成。第二天，萝卜、土豆洗净，小土豆切都不用切，囫囵个头，煮或者蒸，热气腾腾端上饭桌，碟子里倒上酱油，小土豆、萝卜片蘸酱油吃，味道好极了。尤其是土豆，又糯又面，红亮的酱油里滚一滚，可以吃大半碗，又当饭又当菜，土豆的碳水化合物含量丰富，顶饿。后来，经济条件好转，饭桌上打的蘸水，爱用精酿酱油，最不济也用白窝油了。

还记得有外地亲戚、朋友到德阳，我总是到商场去买一瓶精酿酱油一瓶白窝油，让营业员用麻绳子两瓶一起捆扎好，作为礼品让人带走。一回，几位战友从省城过来叙旧在家里吃饭，一盘凉拌三丝，莴笋丝、红萝卜丝、白萝卜丝，让她们一扫而光，都说凉拌三丝味道好，要请教请教制作秘方，我就打哈哈，说盘里用的是德阳酱油，所以味道好，莉莉伸了大拇指表扬，早听说德阳酱油味道不错，今天吃了凉拌菜，硬是觉得不一样。等她们要坐车回省城时，我拿出早已备好的礼品：两瓶德阳酱油，包装得好，麻绳扎得结结实实，麻绳一提就拎着走，方便又安全，把她们几人高兴得连声说谢谢。

时光流逝岁月在走。现在，我到超市买调味品时，常常在货架上寻找德阳酱油，遗憾的是，过眼处难觅踪迹。心心念念，希望发现德阳酱油的瓶子，再买一瓶回家去。

# 秋天的锅边馍馍

李　淮

　　仲秋，走进十月的色彩，乡村田畴，青山依旧，大地丰盈，满目是晚稻的金黄，槭树的赭色，小叶榕枝繁叶华，竹林郁郁葱葱，红黄柿子一串一串高挂树梢，青黄柚子沉甸甸，一个又一个努力结着果实，丹桂银桂吐纳着醉人甜香。田间地头，有稻茬，有谷穗；房前屋后，紫色长茄子，椭圆形胖丝瓜，嫩绿小白菜秧，碧绿绒毛莴笋叶，冒头三四寸蒜苗；小米椒藏在墨蓝色辣椒叶中，几个小米椒红了，谦虚地低了头，紫色小米椒未成熟，朝天伸头探脑，想是要多多吸收阳光雨露，早日修成正果。

　　原野乡村，一步一色，意态如生，一步一景，明亮鲜活。

　　想着锅边馍馍，在柚子树下面吃香喝辣大快朵颐，禁不住我口舌生津，脑海里不时出现浪漫与美食的画面，我走路的步子带着跳跃，自个儿抿着嘴，一个劲地乐。好长时间窝在钢筋混凝土的房间，有机会乡村走走看看，与文朋诗友聚会言欢，心里那份喜悦，有"我见青山多妩媚，青山见我应如是"的雀跃美好。

　　和兴村村头停车，一棵高大皂角树结满五六寸长皂角，迎风摇曳，皂角飘逸，好像舞蹈的慢三步，又像是在对我们轻声说"欢迎"。几十年前，皂角洗衣涤裤，是不可多得的日化用品，不伤手不伤衣物。皂角树旁一小院，院门洞开，一红衣太婆门口坐竹椅上，看我们下车，招呼我们歇息，三张小板凳不够用，起身从院坝里搬出竹椅。好客老人，喜庆红色，同行摄影师举起相机、手机拍照片。照片拍了给老人欣赏，老人说我孙子每次回家也给我拍照。摄影师问：我与您孙子哪个拍的照片好？老人看看手机上的照片，眼睛转了转，淡定回一句："都差不多。"我们抬头一笑。又问老人高寿？老人说90岁。小院里走出她儿媳，说等两天给婆婆做90岁生日。老人思维敏捷，行动自如，老寿星，福气好！

金子家在村子里，顺老人指的水泥道走，转弯，拐过去，十多株高大慈竹绿幽幽先声夺人。黄褐色名字叫"毛毛"的小狗汪汪汪迎接我们，红色双扇铁门进去，目的地到了。

金子喜眉笑眼招呼我们落座，金妈妈前后张罗，文友珍在厨房案板边唱着锅碗瓢盆进行曲。我跟着珍走后院，哦哟，柴火灶上，大铁锅烧土鸡，揭锅盖，红亮亮的佐料汤汁咕嘟咕嘟响，鸡块、五花猪肉与姜、辣椒、豆瓣酱，正在进行灵魂与滋味的融合，热气腾腾冒着诱人的食材香味。几个人坐柴火灶前，有人添一把鸡毛柴，有人塞一块硬柴，都想体会一下柴火灶烧土鸡的烹饪过程。金妈妈来调整火候，说："人要实心，火要空心。"

我调面粉，为锅边馍馍做前期准备。珍端来开水，我说，开水不行，用温热水或冷水，她赶忙把碗里的开水倒出一半，我让她加点盐到水里，这样，锅边馍馍吃起有筋道。淡盐温水准备就绪，我把面粉倒进铝盆，用筷子朝一个方向搅拌，珍慢慢地往里加水，水够了，几十下搅和，面粉调到不干不稀，放灶台备用。

柴火鸡好了，金妈妈喊我贴锅边馍馍。我把装面的铝盆放木头条桌上，右手抓起一小坨调好的面团，左手帮忙，想让面团成长圆形状，不行，面团黏糊糊的，怎么整也不成形。金妈妈让珍端来一小盆清水，让我先把手上打湿水。好了，经过金妈妈调教，第一个锅边馍馍顺利贴在大铁锅的边缘上。燃、梅、兰、幽、娟、草，几双手都实践了一回，自己做的锅边馍馍味道肯定不一样。

后院空地，柚树上结着黄色青黄色果实，三个成品，两个对双。木头大圆桌摆放柚子树下，成熟的柚香与肉香、菜香混合，馋得人直吞口水。天上明晃晃的太阳，热，有人提议，把圆桌放在大门外竹林盘旁边水泥道上，好，一干人搬桌提凳，拿碗端盘，竹林盘前开宴了。

举满杯，觥筹交错，吉祥如意；箫声起，埙音吹响，舞蹈翩翩；柚子树，竹林绿浪，馍馍菜肴；文友聚，咬文嚼字，喜气洋洋；乡村美，盛景和谐，世态安详。

# 豌豆尖与豌豆凉粉

李 淮

　　丹麦 19 世纪的大作家安徒生，在他的童话——《豌豆上的公主》写道：借宿的女孩是真正的公主，她躺在二十层床垫二十床鸭绒被铺就的床板上，一粒豌豆，硌得她浑身发痛一晚上辗转难眠。儿时阅读，我觉得鉴别公主的真伪是一粒豌豆来完成的。现在读书，才知道这是一位来自埃塞俄比亚的公主，因为豌豆原产埃塞俄比亚。

　　我国在汉朝有了豌豆的栽培，猜想应该是张骞出使西域带回了豌豆的种子。豌豆在秋天被种下地，在冬季生长，到第二年的春日长得叶绿繁茂、花盛果满。记忆里，种植豌豆不是用整块的田土，通常只在田埂的边角、土地的犄角旮旯，谷物的夹缝中看见豌豆苗细弱的身影。据说，宋代时豌豆都只有四川才有种植，名士苏东坡贬居黄州都没有见到豌豆。苏东坡在《元修菜（并序）》中说"去乡十有五年，思而不可得"可以佐证，可能当时在我们四川地区才有豌豆种植。

　　小小的豌豆有了历史和文化的印记，有了千辛万苦的跋山涉水，有了土里青绿苗苗的摇曳多姿，有了豌豆颗颗小小的圆圆的可爱活泼，在我的眼里变得鲜活和水灵起来。

　　圆鼓鼓的一粒豌豆，无论土地贫瘠还是肥沃，地盘开阔还是狭窄都能够生长。乡人爱在房前屋后的浅浅土窝里撒下三五粒豌豆，不怎么管理，也不见有施肥水，几天后，弱小的苗芽顶开土壤的被盖萌出，从豌豆尖到豌豆开出白色、紫色、粉紫色小花朵，再到结出月牙状的豌豆荚，便过了一个秋冬春夏。

秋日寒露，冬天霜雪，春来雷动，几番风雨几度修为，豌豆粒长出豌豆苗，豌豆苗苗即豌豆尖，几寸长就可做菜肴，成熟后的青豌豆上桌也是人间美味道，这可不是每一种植物或者每一种蔬菜都能够做到的。

鲜嫩可口的豌豆尖，不仅青绿好颜值，上得杯盘入得火锅进得汤水，素炒豌豆尖是一盘菜，粉蒸酥肉上面有豌豆尖漂着，肉丸子汤里豌豆尖绿油油嫩央央吊人胃口，热情如火的油汤里烫一筷子豌豆尖，味道嘛就"不摆了"。

豌豆尖是四川人爱吃的美食，苏东坡贬黄州思而不得，并因故人巢元修"嗜之"，为其取名"元修菜"；南宋时期的林洪也才会"时询诸老圃，亦罕能道者"，后得之，进得口中，喜欢得了不得，说明其味道清香鲜美人人皆喜欢。20 世纪 80 年代我在重庆读书，那时，重庆还不是直辖市，巴蜀大地一家亲。重庆的豌豆尖用箩筐或者竹编筥箕摆起在街头巷尾卖，有一尺来长，与我们川西、川北地区的最多几寸长豌豆尖相比较，我们认为重庆的豌豆尖太老了，要掐去好长一截截，才能够下厨房上厅堂进入锅盘碗盏。因此，我们在宿舍里用煤油炉子煮菜打平伙，几个同学去菜市买豌豆尖时，总要说一句："你们这个豌豆尖好老哦！"卖豌豆尖的人就笑："豌豆尖还有老和不老的区别嗦，吃起来嫩就对了嘛。"

豌豆苗逐渐成熟，开花结荚，荚果里剥出的青豌豆可素炒又可加肉丁肉末当荤菜烧煮，成品可口宜人，不属于大鱼大肉，营养丰富老少咸宜；成熟的褐色豌豆粒，磨粉后做成豌豆凉粉，浅褐色，口感略粗糙，但很好吃，很有嚼头，用现在年轻人的话说，入口后 Q 弹 Q 弹的。

儿时，每年都有两到三回，母亲会带我出门，到住家附近街头一饭店里去吃一豌豆凉粉。一碗凉粉 5 分钱，小小的土巴碗里，豌豆凉粉打成长方形条块，横七竖八挤在一起，凉粉上淋着浇头，熟油辣椒红亮亮，酱油醋赭色有质感，蒜茸白色是点缀，姜末花椒粉黄色有看点，青绿的葱花，色香味俱全。我吞着口水、咽着唾沫端起碗，用母亲的话说，佐料都没有拌均匀，就把一筷子豌豆凉粉喂进了嘴里。豌豆凉粉特有的嚼头、质感，一下子充满了口腔，一种软软的粗糙质地在口中摩擦，与舌头牙齿亲密接触，在味蕾上铺陈开来，囫囵着就吞进了胃里。我觉得，这碗凉粉有没有佐料都好吃。埋着头，盯着碗，吃了几筷子后，我才抬起头冲母亲开心一笑，说一句："太好吃了！"母亲看我贪吃凉粉的样子，用手拍拍我的肩背，轻轻地摇一摇头，慈爱地说："慢点吃，没人跟你抢。"

电影《小王子》里有两句话余韵犹存："所有大人都曾是小孩，虽然只有少数人记得。"豌豆凉粉是我当娃娃时的最爱，现在的餐厅、食府、饭馆、酒店、农家乐……难觅一碗豌豆凉粉的踪迹，但我记得舌尖上的豌豆凉粉，犹如我永远记得母亲的容颜。

　　曾宏，四川古蔺人。四川省作家协会会员，泸州市作家协会顾问。当过知青、教师、公务员。有作品散见于省、市报刊。出版散文合集《钥匙》。

# 磅礴乌蒙飘玉带，天堑通途幸福来

## ——新中国 70 华诞，泸州贫困山区交通建设巡记

曾 宏

2016 年 9 月 28 日零时，叙古高速公路叙永正东立交至古蔺县城正式通车。25 公里，16 分钟，翻开了古蔺山区与外界联系的新篇章。高速公路的通车，将古蔺纳入泸州 1.5 小时交车圈，结束了古蔺不通高速的历史，泸州进入全域高速时代。

第一个经过高速到达古蔺的自驾客王艳，激动得神采飞扬。"好激动哦，50 多里 20 多分钟就到了！好安逸，很舒服呀，这是我们山里人几代人的梦想，今天终于实现了。最要感谢党和政府！感谢修路建桥的工人们！相信我们古蔺的明天会更加美好！"

是呀，怎么不激动呢？多少年来，祖祖辈辈生活在穷乡僻壤的山区人民，他们做着通往外界的梦，让外地人来到这山清水秀的大山区观光旅游的梦，通往脱贫致富奔小康的幸福梦。磅礴乌蒙飘玉带，天堑通途幸福来。泸州多少代人的交通畅通梦，多少人为之奋斗的理想，在以习近平同志为核心的党中央的领导下，在扶贫攻坚的大决战中实现了。

泸州的交通史，承载着大山深处祖祖辈辈人走出去的梦想。波澜壮阔的建设历程，让我们看到大山儿女的期盼和奋斗。看到各个历史时期，大批仁人志士的善行和义举。看到当民族危亡时刻，中华民族万众一心，用血肉之躯铸就了拯救家园的交通生命线。看到新中国，党和政府为人民谋福祉、求发展的坚定决心。看到在"全面建成小康社会，打赢脱贫攻坚战"的大决战中，交通建设一日千里，铸就辉煌。我们有理由自豪地说：泸州交通是时代进步的先行者，是脱贫致富的急先锋，是老百姓心目中通

向幸福的神圣天路!

# 乌蒙山　赤水河　路难行

　　泸州地处四川盆地南缘与云贵高原的过渡地带,其中有古蔺、叙永2
个少数民族地区待遇县,8个民族乡,342个民族村寨。地势北低南高。
北部为河谷、低中丘陵和平坝;南部连接云贵高原,属大娄山脉北麓乌蒙
山区。泸州南部乌蒙山区、赤水河流域,峰峦叠嶂,山高林森,河流深
切,河谷陡峭。由于特殊的地理位置,地处乌蒙山区、赤水河流域的古
蔺、叙永、合江三县,自然条件恶劣,穷山恶水,土地贫瘠,交通闭塞,
信息不灵,造成当地人民生活的贫困与艰难。其中古蔺、叙永为国家级贫
困县,合江为省级贫困县。

　　这一带是一片深度贫困的土地,是山高坡陡路难行的大山区,是泸州
脱贫攻坚的主战场。曾几何时,许多人家几辈子没有走出过大山,过着日
出而作、日落而息的自给自足的农耕社会生活。有的人家生病因路途遥远
艰难,不能及时就医而过早离世的哭诉不绝于耳。有的村落姑娘成人便远
嫁他乡,村里只有光杆男子的现象比比皆是。还有大量自然资源、农林经
特等作物因交通不便、信息不灵,不能卖出去而守着金山饿肚子,受穷受
苦。他们祖祖辈辈渴望走出大山,渴望修桥铺路,渴望开通走向外面世界
的康庄大道。

## 公路大动脉的诞生与嬗变

　　在旧中国,修桥铺路虽然有仁人志士社会贤达的善举,但公路建设在
泸州是一片空白,特别是赤水河一带的古叙合偏远山区,更是隔河兴叹,
望山摇头。历史记载:首开泸州公路建设先河的,是1938年始建的抗日救
国川滇公路。1938年,日寇的铁蹄践踏我大好河山。在民族救亡关键时
刻,为了承担起抗日救国,为民族解放输送"血液"的重大使命,国民政
府决定修建川滇公路,即今天的G321国道。几十万劳工在没有任何现代
机械的条件下,全凭肩挑背磨,钢钎二锤,昼夜不停地施工建设,仅用1

年零 4 个月的时间，成功地穿越崇山峻岭、江河泥沼，修建了长 203 公里，途经泸州泸县、纳溪、叙永至赤水河，继而修通川滇、滇缅公路，成为抗日救亡的运输生命线。这是中华人民共和国成立前泸州唯一的一条公路。使泸州江阳区、泸县、纳溪、叙永在 1949 年的公路里程统计上有了零的突破。

中华人民共和国成立以后，泸州人民迸发出建设家乡的热情，在一穷二白的土地上，掀起了公路建设的一个又一个高潮。特别是古叙合贫困地区，开始了公路建设的一个又一个新里程。

——1957 年 1 月 15 日，叙永至古蔺 76 公里公路开通，古蔺结束了不通公路的历史。通车典礼的那天，古蔺城万人空巷，公路上人山人海，古蔺数万老百姓在新修通的公路上锣鼓喧天，鞭炮齐鸣，载歌载舞为此庆祝了三天三夜。

——1958 年，叙永—云南威信的 63 公里的叙威公路开始建设。随后，叙永—云南镇雄的 41 公里公路相继建成。

——1959 年 3 月 3 日，全长 27 公里的泸合路胜利修通，开启了合江公路建设的新纪元。随后，合江至重庆域内的 31 公里于 1965 年建成通车。

——1992 年 12 月 26 日，全长 279 公里的大纳路胜利竣工。这是在乌蒙山区公路建设史上最值得浓墨重彩的一个篇章。

时间回溯到 1983 年 12 月 29—31 日，一个令乌蒙山区人民永远不会忘记的日子。时任党中央总书记的胡耀邦同志冒着冰雪严寒，从泸州坐汽车到叙永，途经古蔺最后抵达毕节。当时大雪纷飞，天寒地冻，321 国道沿线不少地段因为冰冻被迫中断，人们用煤灰、麦草铺垫才勉强通过。胡耀邦同志深感道路设施落后对西南地区经济社会发展的严重阻碍，他对老区人民的生活艰难困苦和恶劣的交通条件感慨万千。在沿途视察期间，耀邦同志以政治家的气魄和战略家的眼光，用红笔在长江边上的四川省纳溪县和贵州省大方县之间郑重地画了一条线，勾勒了乌蒙山区人们通往山外的宏伟蓝图。由此开始了人们所说的"耀邦工程"，即大纳公路的建设。

大纳公路即贵州大方—四川纳溪，全程 279 公里，途经贵州毕节、大方，四川的古蔺、叙永、纳溪。其中泸州境内 190 公里。这条公路是帮助贫困地区人民致富的综合性运输公路，对于开发沿线地区煤、铁、硫、大理石等地下矿产资源，促进城乡工农业发展和川滇黔三省的物资交流，促使该地区人民尽早脱贫致富，具有重要的意义和作用。遵照胡耀邦同志"从毕节大方修一条宽公路，直达泸州通向长江，开发地下资源，尽快使人民富裕起来"的指示，1987 年 7 月 18 日，交通部以〔87〕交计字 511 号文件下达大纳路修建任务。工程于 1987 年 12 月 15 日正式开工建设，到 1992 年 12 月 26 日工程宣告完成，历时五年胜利竣工。大纳路的竣工，实现了乌蒙山区人们通江达海之梦的通往山外的第一条高等级公路的胜利通车，并成为西南出海的一条重要辅助通道，是国家扶持边山老少穷地区经济发展的最有力的措施。今天，当我们驾车行驶在大纳公路上时，禁不住心潮起伏，追思当年这位可敬可亲的伟人。

中华人民共和国成立以后，古叙合的公路每年都在不断延伸，国道、省道、县道、乡道，一个个通车喜讯不断传来，让偏僻落后的山区人民坐车出行成为现实。据统计，到 1999 年中华人民共和国成立 50 周年止，泸州市公路通车里程，已达 8866 公里。其中，叙永县 961 公里，古蔺县 816 公里，合江 819 公里。古叙合三县都达到了乡乡通公路。

今天行走在宽阔舒适的高速公路上，贫困山区的人们念念不忘抚今思昔，对比感叹！人们还清楚地记得，当年在古叙合的碎石公路上，那种"晴天一身灰，雨天一身泥，坐车犹如跳迪斯科，抖得人头昏眼花，呕吐不止，叫苦连天"的情景。古蔺到泸州崎岖不平的 176 公里的公路，汽车有时要走一整天甚至更长时间。更有甚者，常常传来公路上发生车祸的噩耗，人们谈路变色，望路生畏。

如今，国家投入巨资加速扶贫开发步伐，蓉遵高速、厦蓉高速、泸渝高速、习古高速大动脉穿越乌蒙大山，与 321 国道、叙威公路、泸合公路等公路对接，形成庞大的高速路网，把毛细血管的县道、乡镇道、村道串联起来，良性循环，提升速度，广泛拓展乌蒙山区通江达海的时空，引领山区人民在"小康"路上奔跑。

县级公路有了，解决了一部分居住在县城、场镇百姓的行路难问题。然而，大量居住在大山深处的村民，受交通闭塞的困扰，受穷受苦，走不出大山似乎成为村民们挥之不去的梦魇。

古蔺双沙镇陈坪村下辖的一个小村庄，叫蜂岩村，现有 69 户人家，

300 多人口，几乎都是姓吴的人家。这是一个人称"桃花源"的国家级传统村落。之所以称之为桃花源，是因为这个村子在崇山峻岭的围困之中，太偏僻闭塞了，几乎无人前往。村庄里大多数人都未去过镇上，祖祖辈辈在此过着日出而作、日落而息与外界近乎隔绝的自然经济小农生活，故人们称之为一片净土、世外桃源。当我们问及他们的心愿时，纯朴的老人说："我们最想出去看看外面的世界，也很想让外面的人来我们这里看看我们的桃花源，凑凑热闹。"

山里人也有渴望，他们也曾努力。然而，许多时候，"手长衣袖短，作揖很困难"。村民说："种两窝红苕，五天一场上城里去卖，角把钱一斤。要走 30 多里大路、60 里小路。三天才卖十来块钱。哪里有钱来修路呀？"

是啊，要得富先修路。中华人民共和国成立后，经过几十年奋斗，特别是改革开放以来，我国实施大规模扶贫开发，使 7 亿农村贫困人口摆脱贫困，取得了举世瞩目的伟大成就，谱写了人类扶贫困历史上的辉煌篇章。可是，至今仍然还有数千万人生活在贫困线下，是最难啃的硬骨头。而自然条件恶劣、山高路远、交通闭塞的残酷现实，正是贫穷落后的根本根源。

## 精准扶贫的点穴之举

进入 21 世纪以来，中国经济腾飞发展，人民生活水平不断提高，但扶贫开发工作依然面临十分艰巨而繁重的任务，已进入啃硬骨头、攻坚拔寨的冲刺期。这一特殊的国情，对党和国家的扶贫工作提出了新的要求和挑战。党的十八大以来，以习近平同志为核心的党中央，从全面建成小康社会、实现第一个百年奋斗目标要求出发，把扶贫工作纳入"五位一体"总体布局、"四个全面"战略布局，做出了一系列重大部署和安排，全面打响了脱贫攻坚战。总书记深刻指出："全面建成小康社会，最艰巨最繁重的任务在农村、特别是在贫困地区。没有农村的小康，特别是没有贫困地区的小康，就没有全面建成小康社会。"他斩钉截铁地说："新时期脱贫攻坚的目标，集中到一点，就是到二○二○年实现'两个确保'：确保农村贫困人口实现脱贫，确保贫困县全部脱贫摘帽。""小康路上一个都不能掉队！""农村贫困人口如期脱贫、贫困县全部摘帽、解决区域性整体贫困，是全面建成小康社会的底线任务，是我们作出的庄严承诺。"为此，他提出了"精准扶贫"的科学概念。

精准扶贫，就是要分类施策，找到"贫根"，对症下药，靶向治疗，解决好"怎么扶"的问题。"精准扶贫"的科学理念，为泸州交通建设指明了康庄大道。"要得富，先修路"，改扩建乌蒙山区扶贫道路建设，正是泸州精准扶贫的点穴之举。

在《中共中央、国务院关于打赢脱贫攻坚战的决定》的指引下，2016年，泸州市人民政府按照"决胜全面小康，建成区域中心"的目标要求，提出了《2016—2019年实施交通扶贫攻坚大会战的意见》。以高速公路、国省干线、农村公路、旅游通道和渡改桥为重点，集中力量，加快建设，开展交通扶贫攻坚三年大会战。泸州交通，审时度势，抢抓机遇，决心谱写扶贫攻坚中公路建设的壮丽诗篇，为此制定了公路建设三年奋斗目标：

——新建成通车高速公路150公里，建成"一环八射一横"高速公路网；争取列入规划高速公路183公里，力争再新开工75公里。

——完成升级改造国省干线445公里，实现二级以上比重达到约83%。

——完成新改建农村公路6200公里，加快县乡道改善提升，建制村公路硬化、农村公路窄路加宽及安保工程建设。

——完成渡改桥攻坚建设任务，彻底消除江河渡运安全隐患。

目标明确了，任务却十分艰巨而繁重，可以说已进入啃硬骨头、攻坚拔寨的冲刺阶段。随着国道、省道等骨干线路的形成，乡村道路建设的重要性和必要性已日益凸显。乡村道路，连接国道省道县道等公路，延伸到乡村组户，是公路网络的基础部分；是直接服务于农村、造福于农民的基础设施，是公路经济最终得以形成的关键环节。公路不能进村入户，村级经济将始终无法组成乡镇区域经济，形成新的市场。农村公路事关脱贫攻坚、事关乡村振兴、事关"最后一公里"，是交通脱贫的重大政治任务。打通最后的毛细血管，建好村级公路，让祖祖辈辈居住在大山深处的山里人走出大山，走向外面的世界，走向脱贫致富的康庄大道，这是大山的呼唤，山里人的呼唤，是泸州落实总书记精准扶贫的重要举措，也是泸州交通向全市人民立下的脱贫攻坚军令状。

## 磅礴乌蒙飘玉带

2016年5月28日，泸州精准扶贫的标志性工程——赤水河环线公路开工仪式在古蔺县水口镇举行。古叙贫困山区人民翘首以盼的乌蒙山区环赤水河沿线的公路扶贫工程拉开了序幕。

赤水河环线公路大部分沿着当年红军长征四渡赤水的赤水河，因此称为赤水河环线公路。公路起于叙永县水潦乡三岔村与云南省威信县的鸡鸣三省大桥，途经叙永县石坝乡、赤水镇，古蔺县马蹄乡、椒园乡、白泥乡、石宝镇、水口镇、丹桂镇、土城镇、二郎镇、太平镇。项目全长291公里，其中利用原路段长95.8公里，改造路段长195.2公里，按四级公路标准改造，路基宽度6.5米，混凝土沥青路面。渡改桥攻坚建设16座。

古蔺县、叙永县是集革命老区、民族地区、边远山区、贫困地区于一体的国家级贫困县，赤水河沿线地区是古、叙两县交通基础最薄弱、贫困程度最深、贫困村和贫困人口最集中的区域。赤水河环线公路和渡改桥项目全部建成后，让沿线的乡、村、组、户，阡陌交通，连成网状，将惠及沿线群众25万人，其中包括72个重点贫困村4万多人口。这条农村扶贫公路的建设，是改善沿线群众出行条件、优化沿线交通路网结构、解决区域性整体贫困问题的重要举措。项目建成后，沿线乡镇区位优势逐步凸显，人流、物流、信息流逐步汇聚，将有力推动特色优势资源开发利用，促进沿线地区经济社会加快发展、群众实现增收致富，为如期打赢乌蒙山片区脱贫奔康攻坚战提供更加有力的交通支撑和保障。

如今，我们欣喜地看到，叙永县境内的公路早已验收交付使用，古蔺县境内全长170.8公里已基本完成。预计今年10月，赤水河环线公路将全线竣工，以泸州公路扶贫攻坚的骄人成绩，向中华人民共和国70华诞献上一份史诗般的厚礼！

路通了，经济活了，百姓富了。赤水河畔的马蹄镇兰花村，坐落在四川与贵州交界的大纳路湾潭大桥旁的大山深处，原来通往马蹄镇政府所在地，仅有一条十多公里的羊肠小道，一些险恶地带要人手脚并用过爬，才能勉强通过。借赤水河环路修建东风，村支书组织村民修筑通往各村民小组和千家万户的公路 8 条，形成一个村级公路网，兰花村实现了村组通、户户通。公路沿线修建起楼房，不少人购置摩托车、农用车跑起了运输。原来全村没有一辆机动车，如今已有农用车 4 辆、面包车 1 辆、摩托车 50 多辆。交通方便了，伴随着源源不断的车流一同涌入的，是各种各样的商机。外面的人开着汽车进村收购生猪、水果，生猪的收购价从原来每公斤的 4 元上升到 10 元。兰花村的李子、甜橙、椪柑等优质水果，还出现了供不应求的情况！公路通了，村民沿线修筑起水渠，新增了一片片水田……他们还规划着乡村旅游的美好蓝图。

## 一桥飞架南北　天堑变通途

在交通建设中，桥梁建设成为古叙脱贫攻坚的又一道幸福彩虹。

叙永有一个叫石厢子的地方，是一个民族聚居的老区，中国革命历史上的一个丰碑地。1935 年 2 月 3 日至 5 日，中共中央和中革军委在叙永县石厢子召开了"鸡鸣三省"会议。根据毛泽东的提议，会议讨论和完成了中央最高领导的组织和调整，中央政治局常委工作进行了重新分工，由张闻天代替博古为中央总负责人，毛泽东为周恩来在军事指挥上的帮助者，确定了中央红军的行动方向，提出了中央苏区及邻近苏区坚持游击战的基本原则，作出了改变组织方式与斗争方式等决定。鸡鸣三省石厢子会议是遵义会议的延续，是党和红军历史上一次承前启后、继往开来的会议。它进一步巩固了毛泽东在党和红军中的领导地位，维护和增强了全党的统一和红军的团结，使中央苏区工作有了正确的路线和贯彻正确路线的组织保证，从而扭转了中央和红一方面军主力长征后中央苏区工作出现的混乱局面，为长征胜利赢得了组织上的保证。

鸡鸣三省的石厢子，是云贵川三省交界的一个地方，赤水河和渭河相汇于此，形成赤水河鸡鸣三省大峡谷，云南省镇雄县、四川省叙永县、贵州省毕节市分居于悬崖的三侧。自古以来，此地都是地理死角，交通闭塞，来往极度困难，人们鸡犬之声相闻，却老死不相往来，被称为"鸡鸣三省"。三省的老百姓奔走呼号，多么希望一桥飞架南北，天堑变通途呀。他们呼吁、奔跑，希望在中国革命历史上记录了浓墨重彩的一笔的石厢子革命老区，建一座鸡鸣三省大桥。他们的呼吁引来了各方关注和重视。

——1982年，国务院交通部转云贵川三省交通厅文件第一次官方提到修建"鸡鸣三省大桥"。

——三省各级人民代表大会、政协委员，在每一年的全国人代会、政协会上不停地提建议、提案等，引起了国家有关部门的高度重视。

——各官方媒体、新闻记者和著名作家不停地为革命老区建设呼吁。2011年3月28日，《人民日报》刊载纪实长文《有一个地方叫"鸡鸣三省"》，提到群众急盼"鸡鸣三省大桥"。2013年，泸州市作协组织石英、邱华栋、曹纪祖等30余名全国知名作家，深入"鸡鸣三省大桥"选址处大峡谷采风，撰文呼吁修建大桥。

然而，三十四载的呼吁，都因资金、技术、管辖等因素，没有列入建设规划。直到党中央发出决战贫困、精准扶贫的号令，鸡鸣三省大桥迎来了修建的佳音。

2012年，"鸡鸣三省大桥"以"川滇黔大桥"名字，规划纳入国务院连片扶贫开发项目。2013年，国家旅游局乌蒙山片区旅游发展规划调研组在云南省镇雄县、贵州省毕节市和四川省泸州市分别召开鸡鸣三省旅游开发洽谈会，洽谈从"四区""一样板"上加以定位，即国家生态旅游示范区、旅游扶贫试验区、文化产业示范区、核心5A级旅游景区和乌蒙山片区跨区域合作的示范样板。从生态旅游扶贫的角度，把大桥的建设列上议事日程，开启了三地人们修桥筑路的新征程。

2016年7月3日，老区人民盼望已久的鸡鸣三省大桥终于开工了。根据设计，路线全长1041.3米，桥长262米，桥型为主跨180米钢筋混凝土上承式拱桥，桥梁宽度为11.5米，双向两车道。这一天两岸百姓穿上节日盛装，喜上眉梢，奔走相告，跳起锅庄，热烈庆祝大桥开工建设。国内各大媒体和网络竞相报道，引起热议，刷遍朋友圈。经过3年的艰苦奋斗，建设者们克服了千难万险和许多世界级难题，也创造了大国工匠的许多奇迹，终于在2019年7月完成主体工程胜利合龙。

像这样的扶贫大桥，在扶贫攻坚大决战中，赤水河畔除了蓉遵高速、厦蓉高速、江习古高速穿越乌蒙大山、越过赤水河架起的高速公路桥梁外，还诞生了古蔺二郎赤水河大桥、古蔺太平渡高速公路赤水河红军特大桥、古蔺土城赤水河大桥、古蔺椒园镇鱼塘河大桥、叙永水潦铺大桥和茴香坝大桥、合江九支大桥、合江赤水河大桥等10座大桥。

## 修兴业之路　奔幸福小康

更加令人欣喜的是，古叙合贫困地区农村不仅通了公路，而且农村公路的建设，按照习近平总书记"把农村公路建好、管好、护好、运营好"的"四好农村公路"要求，因地制宜、以人为本，与优化村镇布局、农村经济发展和广大农民安全便捷出行相适应，立足老少边穷地区，着眼于乌蒙山扶贫连片开发的实际，与脱贫攻坚工作有机结合、与产业结构调整、产业园区建设、旅游资源开发有机结合、逐步消除制约农村发展的交通瓶颈。实现了中心村有水泥村道，有安保设施、有标志标牌、有指路牌、有公示牌。道路环境优美，村村有特色，正在向着"四好农村路"迈进，为广大农民脱贫致富奔小康提供更好的保障。

2018年，全市改建农村公路1101.48公里，占计划1000公里的110.15%，完成投资11.46亿元，占计划10.8亿元的106.1%，完成渡改桥项目8座，占计划5座的163%，完成投资3.42亿元，占计划3亿元的114%。

到2018年止，全市现有农村公路总里程12687公里，是1999年3003公里的4倍多。其中合江1876公里，是2.29倍，叙永2955公里，是2.38倍、古蔺2858公里，是3.5倍。乡镇通车100%，建制村通车率100%，已基本实现全部乡镇和建制村通硬化路，彻底改变了农村交通的落后面貌。

这不是一组简单的数据。这组数据的背后，有来自各级党委政府在进入21世纪以来，集中火力决战脱贫的坚定决心，有凝聚社会各界的援助爱心，有一个个愚公移山的动人的故事，更有山区人民满满的获得感和幸福感。

## 不忘初心　砥砺前行

三年过去了，市委、市政府确定的交通扶贫项目交出了圆满的答卷。这中间，各级党委政府和造桥筑路者克服了多少艰难困苦，作出了巨大的贡献！

2019年5月30日，对于江习古高速公路、古蔺太平渡高速公路、赤水河红军特大桥建设者和四川路桥的员工来说，是一个大喜的日子。这一天，他们承建的连接川黔渝的特大扶贫工程的赤水河特大桥成功合龙。这是当今世界上山区峡谷同类型桥梁中第一高塔、亚洲山区桥梁中跨径最大、施工条件最复杂的悬索钢桁梁大桥。我有幸在这个特殊的日子里，采访了大桥建设单位四川路桥的一位年轻的工程师曾强。在问到工程建设中最需要克服哪些困难时，曾强说：工程建设要克服三大困难。一是修建地地形复杂，山高坡陡路窄，我们在此拼难度。进场修建工程便道、修隧道锚时，都是在70度，80度甚至90度的垂直悬崖上进行施工，稍不注意就掉下去。在300多米的高空作业非常危险，特别是风力很大，最高达10级，但超过6级不能再施工，风险太大。工人们都通过培训，体验测试，有恐高症的不能进工地，而且上工地都必须是佩戴双保险索、摄像安全监控等措施确保安全。第二是工作要求高，工作量特别大，我们拼精度，拼进度。公司提出"新快好省"的建设要求，为了既要保证质量，又要提前工期，减少成本，我们都是两班倒。每天早上7点到晚上7点，第二班晚上7点到早上7点。我们工程师每天在工地上指导检查监督工人们的操作，一点不能马虎。赤水河大桥钢桁梁的结合精度要求相当高，精度精确到毫米级。梁体焊接变形量须控制在2毫米以内，高强螺栓精度误差超过1毫米将无法连接。而全桥需要拧的高强螺栓数量高达80万颗，一颗都不能出错。晚上从工地回来，还要继续查阅资料，解决技术难题，做方案学技术，每天工作都在14小时以上。第三是精神生活枯燥，我们拼意志力。当今的修桥筑路工程技术人员，都是大学学士、硕士等高学历的知识分子，物质生活艰苦可以克服，但精神生活比较单调是他们感觉的最大困难之一，成天面对高山峡谷，钢铁水泥。"太想家，想亲人了。公司每月放四天假，但任务太重，根本不能回去，以至于回家的时候都找不到回家的路，要借助导航才能找到家。今年春节过后至今都没有回家！"当问及这样辛苦值吗，小伙子动容地说："我们比拼奉献！我们的管理团队有70多个人，大都是30多岁的年轻人，工人高峰时有500多人，在此工作除了谋生的需要外，我们也是学以致用，为国家、为贫困山区的老百姓造福，修桥铺路是善德善举呀！"他指着对面的宣传栏说："我不太会说，你去那里看看吧，你要的答案都在那里。"

我赶紧走过去一看，哦，那是一个自称为"狼性的团队"。"发展交通，造福社会"是他们的神圣职责，"建最美大桥，创投建标杆"是他们的理想追求，"攻坚克难，甘于奉献，勇于胜利"是他们的优秀品质。这岂止是"四川路桥"一个企业的心声，这是扶贫攻坚总决战中，日夜奋战在修桥筑路第一线的交通人的共同心声！

我的一个网友在看到环赤水河工程竣工的信息后感慨道："筑路人辛苦，一年半载就修起了宽敞的道路。我们忘不了那些筑路功臣为人民带来福音。其实，深层次的原因，是时代的发展和决策者的远见。赤水河环线是泸州市委市政府振兴乡村的战略部署，是叙永、古蔺县委县政府的务实扶贫举措。这是一条观光、旅游、扶贫、民生之路，直接受益的是环线周围的老百姓。感谢创造了伟大时代的中国共产党，感谢有远见的决策者泸州、叙永、古蔺的领导们，感谢泸州交通，感谢所有的筑路工人们！"

这位网友道出了山区人民的心里话！是啊，这条条扶贫路凝聚了市委市政府和各县党委政府、交通部门及沿线干部群众不忘初心、集智汇力、锐意拼搏、砥砺前行的坚强决心和有力举措。为了把市委画出的蓝图变为现实，为积极推动赤水河环线农村扶贫公路及乡村公路建设，建设者们克服了基础设施差，地理环境恶劣，修建公路成本高、难度大、资金缺口大等困难，采取了强有力的措施来确保工程顺利推进和工程建设的质量安全。市交通运输局制定了《泸州交通扶贫专项工作方案》，强化组织保障、完善体制机制、增添办法措施，确保项目资金到位，工程如期推进。古蔺叙永两县委政府高度重视，成立了赤环线农村扶贫公路建设指挥部，由县长亲自担任指挥长，多名县级领导干部和部门、乡镇一把手任成员的强有力的工作班子。制定了赤水河环线扶贫公路建设工作体系表，把工程建设的每一项目标任务落实到每一个部门和责任人。建立了工程建设安全生产和质量监管的长效机制，实行问题清单制、跟踪督促整改制、严格考核问责制、现场办公制、应急处置机制等。建筑工人们克服了许多难以想象的艰难困苦，全力以赴，精心组织施工，创造了路桥建设的中国速度和世界奇迹。由于各级高度重视，精心组织，措施有力，保障到位，有序推动了以赤水河环线农村扶贫公路建设为重点的全市乡村公路建设，确保按期高质量建成了全市扶贫公路网络。

## 集智汇力　众志成城

发挥制度优势，集中力量办大事。中国减贫取得举世瞩目的成效，其中一条重要经验就是，坚持党的领导，发挥社会主义制度可以集中力量办大事的优势。同时，坚持政府主导，把扶贫纳入国家总体发展战略，既扶贫又扶志，调动扶贫对象的积极性，提高其发展能力，发挥其主体作用。在交通脱贫攻坚战中，一串串交通投入的统计数据，我们看到了社会主义制度的优越性，看到了动员全社会参与和援助的力量，看到了政府、社会、市场协同推进的"大扶贫"格局在每一个贫困地区的落实。

2017年7月，受组织委派，泸州市合江县航务管理处副处长刘爱风来到叙永县江门镇向坝村担任驻村第一书记。两年时间里，他通过自己的各种关系，找扶贫政策、找下派单位、找财政金融部门、找企业老板、找单位同事和亲戚朋友……凡是能向贫困村集资的人和部门他都去找，得到了各级的支持和爱心人士的援助。两年间，他争取了各种资金数百万元，带着村民修道路、改危房、建阵地、铺水管、兴产业……使向坝村逐渐脱贫摘帽。村民们一致点赞说："我们村有这样大的变化，还要多亏村里来了好书记，多亏党和政府的好政策，多亏社会各界的援助呢！"

这是整合社会力量扶贫攻坚的一个典型。像这样的第一书记不胜枚举。据统计，2016年以来，泸州市全力开展交通扶贫攻坚三年大会战以来，累计投入资金132.5亿元。其中2018年交通扶贫专项基金投资68.63亿元，这当中，有中央资金2.92亿元，省级资金4.59亿元，市县资金21.37亿元，社会资金39.25亿元，债券资金0.5亿元，还有更多的农民自力更生，投工投劳。这些资金的集中使用，只有在我们这个新时代，共产党领导的国家才能做到，这正是社会主义优越性的集中体现。

## 骄人成绩　再绘蓝图

经过多年的苦战，到 2018 年底，泸州交通扶贫开出了一份份骄人的成绩单：

——年末境内公路总里程 13799 公里，与 1999 年新中国成立 50 周年时的 8866 公里相比，增加了 1.56 倍。高速公路里程 455 公里，实现了从无到有、七个县区全部通高速的历史性突破。农村公路里程 12687 公里，比 1999 年的 3003 公里增加 4.3 倍。

——抓好四川省"四好农村路"示范县创建工作。创建"四好农村路"示范路 740 余公里，古蔺叙永合江先后获得省验收通过。

——超额完成通村硬化路建设。合江，叙永所有建制村 100% 通硬化公路，古蔺 98% 建制村通水泥公路。同时，正在对现有农村公路进行提升改善。

——扎实推进重点扶贫公路建设。扶贫公路的标志性工程环赤水河公路已建成开通。

——超额完成农村渡改桥建设。为彻底消除全市江河渡口安全隐患，打通瓶颈路、断头路，助推脱贫攻坚，泸州市于 2016 年起率先在全省实施渡改桥试点示范工程。计划总投资约 60.68 亿元，建设 49 座渡改桥梁（其中赤水河流域 17 座），建成后将全面撤销江河渡口 154 个。目前已建成 15 座，加快推进 31 座。其中 2018 年完成渡改桥项目 8 座，占计划 5 座的 163%。

——开通了全部旅游景区旅游扶贫专线。全市 34 个星级景区，绝大多数都在古叙合贫困地区。随着创建省级旅游强县、旅游扶贫示范区、示范村，古叙合已开通所有 3A 级旅游景区扶贫专线，古蔺—黄荆、古蔺—太平—二郎、古蔺—古郎洞旅游专线，叙永—画稿溪、合江—尧坝古镇、合江—福宝古镇等一批精品线路，正成为有力地助推扶贫攻坚的致富路。

——全面推进村村通客运工程。全市所有中心村公交客运村村通。其中江阳区、龙马潭区实现 241 个行政村 100%通公交，纳溪区、泸县实现 98 个中心村 100%通公交，合江县、叙永县、古蔺县实现 131 个中心村 100%通客运，全市所有行政村客运班车通达率 98.28%，正在向全部行政村通客运迈进。

更加可喜的是：古叙贫困地区结束了没有铁路运输的历史，隆黄铁路隆昌至叙永段已投入货运，客运化改造项目已经启动，有望尽快结束铁路无客运的历史。叙永—古蔺大村的叙大铁路已经建成，为古叙贫困地区的各种资源通达四方提供了运力保障。同时高速铁路也进入了规划争取阶段。相信不久的将来，一条条巨龙能为古叙经济发展插上腾飞的翅膀。

交通先行，有力地助推了全市脱贫攻坚的步伐。2018 年，农村居民全年人均可支配收入 13670 元，又有 58775 人脱贫，86 个贫困村退出，贫困发生率降至 0.9%。合江县成功脱贫摘帽，古叙两县正在全力冲刺，决心以脱贫攻坚的骄人成绩，全面迎接脱贫摘帽检查验收，为小康路上一个也不掉队作出积极贡献。

……

幸福的路在不断延伸，宏伟蓝图在继续描绘。展望未来，泸州交通正在唱响新世纪、新担当、新作为的建设三字经：补短板、扬优势、破瓶颈、强网络、提档次、畅血管、提服务……

（本文原载《巴蜀史志》2019 年增刊第 1 期"庆祝中华人民共和国成立 70 周年特刊"）

# 红龙湖水别样红

曾 宏


坐落于古蔺县城北部的红龙湖，是地球北纬 28 度线上迄今为止保存最完好的原始林带上的一颗璀璨的明珠。拥有国家级森林公园、四川省自然保护区、最具魅力的风景旅游区等亮丽名片。景区总面积 30 平方公里，年均温度 12℃，无霜期为 190 天，森林植被覆盖率达 98%。有多种植物景观，常绿落叶、针叶、阔叶交相辉映，更随季节变化描绘出一幅幅五彩斑斓的风光画卷。区内无人居住、无耕种作业，是尚未开垦的负氧离子含量极高的原生态夏季纳凉养生天堂。沿湖景区蜿蜒曲折的道路前行，湖面水明如镜，湖光山色引人入胜；春天青翠欲滴，山花烂漫；夏天郁郁葱葱，清清爽爽；秋季色彩斑斓，天高月朗；冬季银装素裹，晶莹剔透，是川南独有的冰雪奇观。更有令人叫绝的峰峦丹霞地质景观青龙峡、舍身崖、风动岩、石笋峰等。若登上红龙湖之巅的古蔺县最高海拔 1845 米的斧头山，你会将云雾缭绕、晨曦日出、夕阳晚霞尽收眼底，仙境般的云海景观会让你叫绝不已。

红龙湖的自然景观固然令人赏心悦目。然而，是谁把这颗璀璨明珠镶嵌在崇山峻岭？它不是上帝的恩赐，也不是大自然的鬼斧神工，而是生于斯长于斯的勤劳而智勇的古蔺山区人民！是他们抱定"人民奋起回天力，云雾山中建平湖"的决心，建造了这个川南独有的最大高山人工湖。走在这风景如画的高峡平湖大坝上，那些发生在红龙湖修建岁月里的感天动地的故事，更让人肃然起敬，高山仰止，千古传颂。

红龙湖，就是当年人们称之为红龙水库的美称。

　　早在 20 世纪 50 年代起，古蔺人先后在中城区、德耀区境内建起了大烂坝、菜子坪、筲箕湾、尾坝井等小型水库。为了引水灌溉，中城区于 1966 年 7 月动工，用了近十年时间，于 1975 年底建成横穿百丈悬崖 98000 米长的红龙大堰通水工程。20 世纪 70 年代中后期，中国大地上掀起农业学大寨高潮。为了解决彰德、飞龙、杨柳公社辖区内的农民饮水、农田灌溉和土变田的问题，中城区委、区公所号召广大公社社员"学习大寨赶大寨，誓把山河重安排"，决定在原有大烂坝、菜子坪等水库的基础上，修建红龙湖水库。从 1975 年 3 月起，组织了 800 多名专业人士，投工 100 万个，总投资 178 万元，投粮 150 万斤，经过三年多的艰苦奋斗，于 1978 年 12 月竣工。为加强水利设施的管理，改造增加灌溉效益，于 1989 年 8 月至 1991 年 12 月对红龙大堰进行了全面整治，于 1991 年 9 月正式动工修建红龙水库配套工程，包括库容为 30 万立方米的廖灌岩水库，库容为 57 万立方米的串黑沟水库和连接红龙大堰的石渠，导水隧道等。这样，把六大水库连成一片，从而形成了今天人工水面达 763 亩的川南独有的最大高山人工湖。

　　曾经，我是彰德公社的知青，耳闻目睹了这一巨大工程的修建。彰德公社是全县农业学大寨的重点公社，是水利建设的典型。记得那时为了修建红龙水库，人人都要出钱出粮出力，所有受益地区社员轮番参战，每个生产队每期都要抽调 3—5 个男劳动力，自带口粮和食宿用具，劳动工具，参加红龙水库的修建。彰德公社近千名水利大军，实行准军事化的民兵管理，以大队为单位，一个大队为一个连队。他们高举红旗，唱着战歌，整队出发，浩浩荡荡的水利大军披荆斩棘，硬是在荆棘和悬崖上开凿出一条陡峭狭窄的通天山路，登上海拔 1500 多米的高山，在茫茫原始森林中安营扎寨。那热火朝天的劳动场面，至今回想起来，令人肃然起敬，难以忘怀。

　　工地上是一派热气腾腾的劳动场面：红旗招展，歌声嘹亮，口号声、吆喝声、号子声此起彼伏。"农业学大寨""水利是农业的命脉""自力更生，艰苦奋斗，定让高峡出平湖""中城人民有志气，誓把山河重安排"等标语遍及工地。每天清晨，高音喇叭传出《东方红》歌曲，人们便在乐曲中开始战斗的一天。大家用最原始的劳动工具：砍刀、锄头、撮箕、箩筐、背篼、钢钎、二锤、石夯、木龙车等，稍微现代的一点就是用于爆破的火药雷管了，用最原始的劳动方式：肩挑、手提、背磨、臂拉车等方式进行开山取石填方。由于工地常年阴雨连绵，稀泥烂窖，还要抢工期，大家干脆打着赤脚劳动，特别是拉木龙车运石头时，只能用十个脚趾头钉住泥泞的道路，艰难前行。许多人手上肩上背上脚上打起了血泡，磨成了老茧，脚上长出了冻疮，甚至化脓发炎，可就是没有人畏缩后退，完全靠着一颗红心两只手，硬是在群山之巅劈开丛林乱石，凿出30多平方公里的高峡平湖。工地上不仅艰苦，也十分危险，有被爆破飞来的石头打中的，有被毒蛇咬伤的，还有被雷电击中的等等。特别是民工们冒着生命危险，用绳索捆身，吊在半山腰，一锤一锤地打炮眼，装炸药，搞爆破，更是危险万分。隔三岔五，不时传来有人牺牲的噩耗。记得曾经有一天，古蔺县城里一下子抬来了六具尸体，原来是修建大堰爆破时牺牲的民工。只见用柏香丫编织的花圈上，一边写着遇难者的姓名，一边写着"死难烈士，永垂不朽"的挽联。那时，政府给予遇难者的待遇就是白大绸裹尸，一副大棺木，一块墓地及墓碑，区上为之召开追悼会，追认为因公牺牲。而家属就是按规定给予一些丧葬费和抚恤金。那时的人们多么纯洁善良呀！没有任何特殊要求，却因政府的安慰补助而感恩戴德，因组织在追悼会上对死难者以"为有牺牲多壮志，敢教日月换新天"的高度评价而光荣自豪！据史料记载，为红龙湖的修建而英勇献身的共有19名同志，他们用鲜血和生命染红了这片丹霞红岩，人们为他们在红龙湖旁树碑立传，千古传颂。

　　水利会战的艰苦和危险自不必说，当时那种高强度高危险施工的后勤保障条件，也是现在的年轻一辈不可想象的。那时，民工们住的是临时砍的木头和竹子搭建的窝棚，木板上铺上稻草，放一根席子就是床；吃的几乎是以盐菜汤、土豆、红苕、苞谷螺蛳儿打主力，连吃大米饭、油荤菜都是一种奢望，只有过年过节等重要的日子，才能吃得上猪肉。晚上照明的煤油是计划供应，油灯得节约着用，更多的是用桐子燃烧照明。特别是十冬腊月，生活更苦。白天劳累，晚上倒床就睡，许多民工一觉醒来才发现，自己的头发与床上的稻草被冰凌紧紧地冻结在一起了。有的时候，连吃的饭菜都被冰块凝结咀嚼出喳喳响声。休息时间或者"打雨班"时，偶有玩扑克牌罚蹲或脸上贴纸条的游戏，更多时候是写文章出大批判专栏，组织政治学习。

为了给参加水利大会战的民工们鼓劲加油，更是为了宣传毛泽东思想和党中央的最新指示，彰德公社成立了毛泽东思想宣传队，由能歌善舞、有文艺细胞的下乡知青及少数回乡知青组成。这支活跃在广阔天地里的文艺队伍，是令人羡慕和向往的精英团队，也是深受农村百姓欢迎的文艺轻骑兵。特别是在高山之巅、荒无人烟的大山深处，修建水库的民工们更是渴望有精神食粮的解馋，渴望宣传队的慰问与鼓励，渴望见到青春芳华的青年男女。工地上的民工们，对他们的到来犹如对今天中央电视台心连心艺术团的慰问演出一般翘首以盼。

来了，宣传队的慰问演出终于盼来了。至今人们还清楚地记得那时演出的节目和演员们。

赖莉娅不仅是节目主持人，多才多艺的她更有《老房东查铺》《延安窑洞住上北京娃》《革命青年到边疆来》等独唱歌曲献给大家；彰德公社党委书记童吉祥、宣传队队长刘加蔺，根据修建水库中涌现的好人好事自编的快板书，给予了民工们巨大的鼓舞；曾玲、黎成竹、颜维华等文艺骨干，把当年古蔺中学的经典舞蹈《我们是公社的铁姑娘》《丰收舞》《洗衣舞》《花灯》等搬上了水利工地，民工们赞不绝口，大呼过瘾；还有中城区宣传干事黄太林创作的歌曲《采茶歌》，成为宣传队自编自演的经典舞蹈，至今还有人依稀记得那乡里乡音的歌词：

> 春风吹，茶发芽，
> 茶山姑娘采茶忙。
> 一层层茶园一片片绿，
> 交子沟的茶农心花放。
> 春风吹，茶叶香，
> 茶山姑娘送茶忙。
> 一片片茶叶一片片心，
> 交子沟的茶农心向党。

红龙水库的建设，是一批又一批的勤劳勇敢而淳朴的山区人民，一年又一年的艰苦奋斗，用汗水、泪水、鲜血和生命换来的。今天，古蔺人民安享着红龙湖带给人们的涓涓清流，欣赏着美如画卷的平湖风光，应该饮水思源，心存感激。走在这 31 米高的人工大坝上，肃立在纪念碑前，读着纪念碑文的一字一句："为歌颂党的领导，以弘扬艰苦创业精神，让子孙世代知晓其创业之难，治水之苦，工程之巨，特立此碑，以纪念治水之始末，传承后世，流芳千古，并供游人鉴之。"我仿佛觉得阳光照耀下的这一湖碧水，荡漾着当年建设者们的青春热血和生命光彩！我情不自禁地想高歌红龙湖的那一段可歌可泣的奋斗历史，高歌当年为打造这生命工程而英勇奉献的蔺州儿女。

一湖碧玉嵌山中
芳华竞放万绿丛
不知仙境谁造化
蔺州儿女建奇功

（本文获庆祝新中国成立 70 周年泸州水利建设成就征文一等奖）

# 踏平坎坷成大道

——记在改革大潮中勇立潮头的张永长同志

曾　宏

在长沱两江交汇的泸州高坝，有一片古老的香樟林，在绿树丛林的掩映下，坐落着一个神秘的工厂——国营泸州化工厂。当历史的车轮进入21世纪，随着国家战略转移，以经济建设为中心的新时代的来临，泸化厂神秘的面纱被渐渐地揭开，人们可以窥见它鲜为人知的故事。我有幸走进这片神奇的土地，聆听曾经担任泸化厂厂长，后任四川北方硝化棉股份有限公司副董事长、总经理的张永长同志，为我们讲述那年那月那些隐姓埋名的中国功臣曾经的辉煌历史，讲述改革开放之初的艰难岁月里，兵工企业转轨变型、凤凰涅槃、浴火重生的动人故事。

## 神秘的企业，光荣的历史

泸州化工厂是由河南巩县兵工分厂于1938年初紧急搬迁到四川泸州的一家化学兵工厂。主要生产无烟发射药及硝化棉为主的化工产品，为国防建设和人们的安居乐业提供国防保障。在抗日战争和中华人民共和国成立之后的抗美援朝战争、中印边境反击战、中苏边境珍宝岛自卫反击战、中越边境反击战中作出过重大贡献。

在20世纪80年代之前，"备战备荒为人民"一直是我国政治经济建设的主旋律。由于特殊的兵工重任，泸化厂是一个神秘而令人向往的地方。一直以来，这里实现军事化管理，在解放军站岗保卫下进行生产，"军工重地，请勿靠近"，显得神秘而庄严。企业以代号为名称，生产车间之间互不打听，工程技术人员、工人各自负责自己的岗位职责，相互保密。这里以信箱号为通信单位，与外界书信往来不能涉及企业的生产情况，许多工程技术人员连家里的亲人都不知其干什么，成为"干惊天动地的事，做隐姓埋名的人"的无名英雄。企业是五机部下属的国防企业，一切按高度集中的计划经济模式进行生产，人们过着准军事化一般的紧张有序而衣食无忧的平静日子。能来这里工作的人们，政治素质要求很高，政审严格，一般都是兵工系统的大专院校毕业分配的学生和军工企业的子弟及部分转业退伍军人。每一个能进厂的员工，都为自己有幸跨入泸化厂大门而感到幸福满足，都为自己是国防建设的一员而骄傲自豪。

## 军工企业，艰难转制

1978 年，以党的十一届三中全会胜利召开为标志，中国社会进入了以经济建设为中心、全面改革开放的新时代。邓小平同志审时度势，客观冷静地分析国际国内形势，认为世界大战短期内不会爆发，我们应该争取这个和平时期，实现国家发展的战略转移，全力以赴发展经济，提高人民的生活水平。正是在这样的背景下，中央召开了国防科工委工作会议。在会上提出了"军民结合、平战结合、以军为主、民品优先、以民养军"的国防企业生产建设方针。这是一次军转民的动员会，从此拉开了军工企业改革的序幕。

然而，军转民谈何容易？那是一个艰苦、漫长、痛苦的过程。

从中华人民共和国成立到改革开放前，国家实行"深挖洞，广积粮，不称霸"的战略方针，军工企业一直都绷紧了备战那根弦。作为国防企业的泸化厂，一直只生产军品，并且按照国家计划一年常规生产只有几十吨，特殊时最多时也只有四五千吨。产品很简单，都是单级药，逐步发展双级药、三级药。1958 年以后才逐步地搞一些民用硝化棉。

军转民说起来是一句话，做起来却很艰难啊。刚开始军转民的时候企业什么都干，赛璐珞、铸造树脂、包装制品等，什么都做，连烤酒卖也干过，但是都没有成功。随后大家认为要做大的，做人无我有的，因为我们有技术人才，有机器设备，但大的也没有做成。后来又试图和外面的企业联合办厂，也没有成功。兵工部实行逐步"断奶离娘"政策，军品任务越来越少了，下拨资金越来越少了，硬是要把企业推向市场。为了培育泸化厂适应市场需要的能力，兵工部曾给企业推荐几个大的军转民项目，都因各种原因没有做成。所以当时军转民的情况是，小的产品找了一串串没有做成，大的又做不下、做不成。为什么……为什么……为什么呀？泸化厂人开始了深刻反思。

## 敢问路在何方

正是在企业面临断奶离娘、自行找米下锅，职工人心浮动、企业连年亏损，日子难以为继的最艰难最低谷的时刻，上级决定由时任企业党委书记的张永长同志任厂长。这个在泸化厂工作了 30 多年，曾经从最基层的一般工人、团支部书记、党总支副书记成长为企业的生产总调度室主任、工会主席、纪委书记、党委书记的张永长同志，一生中绝大部分青春年华贡献给了企业的党务工作。在企业最艰难困苦、转轨变型的低谷时期，是否能担此重任，力挽狂澜，带领大家踏平坎坷成大道？张永长同志心里没底，诚惶诚恐，不愿冒此风险，更恐惧企业在市场经济的风浪中翻船搁浅，成为千古罪人。在上级领导再三做工作，特别是老厂长推心置腹地恳请他能接任，让其落叶归根回到上海老家工作的真情相劝下，于情于理于良心于党性，他挑起了这副千斤重担，于 1998 年 8 月走马上任，开始了泸化厂"凤凰涅槃，浴火重生"的改革发展新历程。

这时的泸化厂，面临的是什么状况呢？

送走前任厂长回来，张厂长最不愿意看到的一幕发生了。整个高坝死气沉沉，每天晚上连电灯都没有了，显得死一般寂静。上任后的前三个月，每天都有一大堆人跟在厂长后面走，要工作、要工资、要养家，要求解决生计问题。特别严重时，还发生了群体事件，职工们成群结队去市委市政府上访，市里通知企业去接人。那时真是"压力山大"呀！看看当时泸化厂是怎样的一个家呢？

——"8341"小社会。"8"是指有 8000 多全民职工。"3"是有 3000 多大集体的职工，都是二五厂的职工子弟、知青召回，全是由二五厂自己解决。"4"是有 4000 多退休职工，那时的退休职工没有社保，而是由企业来全部承担。"1"就是还有 1000 多待业青年。泸化厂完全是一个小社会，学校从幼儿园、小学、中学到"721"工人大学，医院有门诊部、住院部，警卫队是一个营的部队，还有经济民警、消防民警、公安民警、法庭等等，可以说除了火葬场以外什么都有，完全是一个小而全的社会。这个庞大的社会群体，几万人的大家庭，都是由泸化厂供养啊。

——企业财务处现金只有几千元钱。作为军工大企业，只有几千块钱，这是多么的巧妇难为无米之炊呀！上级离娘断奶，不再拨款。银行没有上级证明和担保贷不了款。厂里工资发不起，一个月的工资要分成两次来发，有了钱先发退休人员的养老钱，再发在职人员的一点生活费。差旅费等全部欠着，买原材料、出差，等等，全是职工自己垫钱，或者想办法去赊产品。特别困难的时期，由工会、共青团出面去调查每一家人的生活状况，然后由工会出面买点油盐米救济，以不饿死人为原则。万般无奈之下只好发动全厂职工进行募捐，领导带头，其他老领导、老同志积极参加，为企业解危、为职工解困，共克时艰。

——旧思想、旧观念根深蒂固。比起物质条件，更为艰巨可怕的是几十年的计划经济体制，军工企业滋生出的根深蒂固的保守陈旧思想：一是国家主人国家养。军工企业，是工人阶级中的老大哥。"生是你的人，死是你的鬼"，进了军工厂，就进了保险柜。国家就是该养我们，"我就不相信国家不管我们了"。二是功劳簿上等回报。我们在朝鲜战场、在珍宝岛战场、在各个战争时期立了大功，获得了很多奖项，是共和国的有功之臣，国家不会不管我们。三是皇帝女儿不愁嫁。我们的军工产品，只此一家，别无分店，包产包销，无人竞争，国家离不开我们。四是循规蹈矩只唯上。思想禁锢、唯书唯上，按部就班，没有面向市场，创新开拓、敢为人先之观念。在市场经济的大海里，没有游泳的本领，不是被淹没，就是不敢下水，错失良机。五是"笑娼仇富不笑穷"。"宁要社会主义的草，不要资本主义的苗。"认为那少数富起来的，都是不走正路的，都是偷税漏税、假冒伪劣、违法乱纪的，反正没有一个是好东西。

——旧体制旧机制羁绊束缚。长期都是军工生产，高度的计划经济下运行，都是上面说了算，下面养成了依赖的思想。每一年的生产任务是国家下达，原材料是国家定点购买，产品定点销售，资金上级拨，企业就是一个加工厂，给多少钱干多少活。钱不够了就找上边要，亏了上面知道补窟窿，或者上面出证明让企业到银行去贷。企业没有人事权、分配权，职工的进出上级定，职工的定级升级和工资是全国统一规定，干多干少一个样，没有建立适应市场经济激励约束的体制机制。

面对这样的现实，张厂长上任后首先讲形势、摊家底、亮政策、找措施，在全厂开展"认清形势，解放思想，寻找泸化厂路在何方"的大讨论，以统一思想，丢掉幻想，改革创新，重整旗鼓。在上级领导的关心帮助指导下，他和其他班子成员一起，一手抓改革创新，一手抓基础管理；一手抓市场，一手抓现场；一手抓生产经营，一手抓队伍建设；一手抓当前利益，一手抓战略发展，有效拯救了岌岌可危的企业。企业的发展经过阵痛后逐步步入了良性循环的轨道。至今，人们还记得张厂长掷地有声的理念和敢破敢立的魄力。

——他提出破除计划经济思想，树立面向市场，到市场经济的大海里去游泳的思想。

——他提出不能先挖渠后放水再养鱼，必须放手养蜜蜂。先挖渠，水不流没有用，养鱼没有水鱼就死。而养蜜蜂，它自己知道去采花。采花期过了，还可以酿蜜，自食其力。

——他提出要公转，还要自转。上级要求你转制，你自己还要积极行动起来，变"要我干"为"我要干"，有我要干的内在动力。既要公转也要自转，太阳地球才能协调运转。

——他提出破除皇帝女儿不愁嫁、树立用户才是上帝的观念。破除军品主业、民品副业观念，树立用户第一、民品优先、以民养军的新观念。

不破不立，破字当头，立就在其中了。于是，一条条改革措施相继出台：

1. 改革分配机制，促进生产力发展。分配制度改革就是试行多级管理，过去是一级管理，现在是二级、三级管理。1999年在生产、经营分厂实行职工收入与产量和利润双挂钩，其他职工的收入与工厂的总体经济效益挂钩的办法。与此同时，将内部经营承包和内部经济责任制承包指标单位由原来的分厂扩大到凡是有经济指标的单位，并签订经营承包合同。同时，大胆探索实行年薪制，仅 2000 年领取年薪的人员达 90 多人，这一分配机制当时在泸州、在四川都是首开先河的。全厂职工收入也随效益的增长而增长。分配机制的改变，极大地调动了职工的工作积极性，全厂产品产量年年增加，主产品硝化棉产量从 1998 年的 8624 吨到 2001 年达到 15500 吨，创造了年年破历史新高的纪录。

2. 改革人事制度，建立能上能下、能进能出的用人机制，彻底改变过去"只能上不能下，只能进不能出"的局面。首先，加大分离力度，为企业强瘦身。1999 年初，下决心进行了部分机构的改革，使管理职能机构由原来的 32 个减为 23 个，相关的职能管理人员由 553 人减少为 256 人。其次，严格劳动合同制管理，真正做到了职工能进能出。为了说服他人，他牺牲了自己亲人的利益，毅然让自己的爱人首先带头内退。由于领导的表率作用，符合条件的职工也纷纷内退，减轻了企业负担，而且有上千人从泸化厂走出，到市场经济的大海里去游泳。第三是对生活后勤系统完全按市场法则实行自负盈亏，对学校、医院、幼儿园等社会职能的单位先实行定额补贴，然后创造条件逐步分离。经过近几年的运作，这些单位自身造血功能大大增强，到最后完全社会化运作。

3. 完善责任制，建立赔偿制。在工厂各级各类人员中建立风险储备金。年薪制人员为工资性收入的 15%，其他管理人员为 10%，生产工人上年的部分增资及当年的绩效奖都用来作为风险储备金。工厂还实行了安全、质量损失赔偿制。这些措施，极大地加强了企业人员的生产责任心。

4. 实施人才战略，体现人才含金量。为稳定工程技术人员并调动他们的工作积极性，出台了对工程技术人员实行技术津贴，并且逐年提高标准，对外地来厂大学生每月发给生活补助，还建立了由 28 名精英组成的人才工程队伍，为企业的科学攻关提供人才储备。

5. 实施体制改革，彻底改变职工身份。从 1998 年大集体长化厂改制成功中获取经验，随后又对工厂原运输处进行了产权制度改革，将车辆转让给职工个人，并建立了有职工股份组成的有限责任公司，由改制前的年亏损 300 多万元，变为 2001 年盈利 60 多万元。积极引进重庆的民营企业，组建了泸州和普有限责任公司，引进上海的乡镇企业，建立了泸州海普紧固器材有限责任公司。这样，每个职工都有主人翁的感觉，极大增强了大家的责任感。

6. 整体改制工作。在先行先试取得成功经验的基础上，2000 年上报了工厂整体改制方案，获得兵工部批复，2001 年完成公司及 7 个子公司的工商注册登记手续。

通过产权制度的改革、人事制度的改革、分配制度的改革，企业开始复苏，走出了低谷，走向了光明。

统计数据是枯燥的，然而统计数据又是有感情的，是会说话的。让我们看看，张永长同志从 1998 年 7 月到 2001 年 10 月的四年任职时间里，官方的《审计报告》中结论是什么？

工业总产值年平均增长速度为 17.3%，其中民品的年平均增长速度为 19.2%。产品销售收入年平均增长速度为 14.5%，其中民品年平均增长速度为 23%。利润指标在国家两维费到位前，每年减亏 1000 万元以上，2001 起扭亏为盈，减亏幅度为 72.81%。还破天荒第一次为泸州地方经济贡献了 300 万元的税收。工业增加值年平均增长率为 26%。全员劳动生产率年平均增长 86%。职工年平均工资由 5194 元增加到 9865 元。国有资产保值增值率年年提高。企业资产总额逐年增加，流动资金贷款逐年减少，争取到国家对三线企业税收优惠政策，五年内将获取超基数减免税 3000 万元以上的效益。解决了历史遗留的贷款及贷款担保本息 5600 余万元，为工厂减少 2000 多万元的债务。安全、质量指标全部完成，连续被泸州市评为安全生产先进单位。各项科研、技改和重点工程全部完成。同时，厂区整体改造和环境美化全面实施，闭路电视摄影系统安装完成，25 万平方米的经济适用房开发完成，工厂面貌焕然一新。

总之，张永长同志任厂长期间，带领全厂干部和广大职工经过不断的深化改革、开拓创新、加强管理、求实奋进，使企业取得了长足的发展。企业受到省市政府的好评，在同行业产品中地位高、信誉好，工厂人气旺、人心齐、信心足、凝聚力强，企业呈现欣欣向荣、生机勃勃的发展局面。审计认为张永长同志任职期间为泸化厂作出的贡献是显著的。

这是四年来张厂长带领全厂职工一起向死而生拼搏奋斗交出的成绩单，这是他一千多个日日夜夜的殚精竭虑、操心操劳，用无数汗水泪水凝聚而成的评价，更是组织代表泸化厂"8341 部队"给张永长同志的致敬词！

## 面向大海，海阔天空

如果说改革是攻坚拔寨啃硬骨头，那么，开放便是到大海里去学习游泳闯难关。张厂长"不管风吹浪打，胜似闲庭信步"，他要带领大家畅游五洲四海。

在2000年前后，由于改革开放不断深入，中国工业开始进入快速发展轨道，很多国际化工跨国大公司到中国大陆投资建厂，如日本的赛璐、太阳化学，德国的拜耳公司，美国的威思霸，荷兰的阿克苏诺贝尔等。特别是规模最大、质量最好的世界一流企业阿克苏诺贝尔和美国威思霸进入中国大陆办多家生产涂料厂，给硝化棉生产规模的扩大和产品质量的提高创造机会。起初，他们的硝化棉大部分靠进口，因他们认为中国的硝化棉质量不稳定，量供应不上，但中国大陆硝化棉有价格低、运距短的优势。

为适应国际市场的需要，2002年，张永长同志被兵总集团公司抽出来组建四川北方硝化棉股份公司，后任硝化棉公司总经理、副董事长（董事长是兵总集团公司的副总经理兼任）。尽管泸化厂的干部职工们依依不舍，尽管张厂长对自己几年来踏平坎坷成大道的泸化厂充满留恋，可是，作为共产党员的他，不计个人得失，义无反顾地走向新的岗位，决心斗罢艰险再出发，带领着这个初生的市场经济新事物走向更加美好的明天！

公司建立伊始，张永长同志为企业树立了新目标：抓住机遇，开拓市场，特别是开拓海外市场。只有面向大海，才能海阔天空。张永长号召大家，发挥人才、技术、生产能力、政策优势，做到人无我有、人有我精、人精我优，用优质、优秀、优先、优惠等办法迅速占领国际市场。为此，他们走遍了中国，走向了世界。凡是生产硝化棉的企业，他们都去学习取经，凡是需要硝化棉的企业，他们都上门推销，拓展市场。张永长说：我每年都亲自跑市场，上半年一次，下半年一次。我们几乎走遍了世界上生产硝化棉的20多个国家。去看他们的工艺流程、设备设施、生产技术，回来后马上组织技术攻关，取其所长，补己之短，很快我们就掌握了最好技术，也节约了许多成本，提高了国际竞争力。在拓展国际市场的过程中，我们的质量特优，诚实守信，优质服务，敢于承担责任，用"精诚所至，金石为开"的努力，赢得了国际市场。

张永长还兴致勃勃地回忆当年他们如何打通国际知名企业，赢得国际市场的精彩故事。

上海丽丽公司是美国在中国上海建的第一个涂料生产厂，初期我们的硝化棉进不去，销售人员进公司门都难。我们一方面不因对方冷淡而灰心，坚信自己有能力，另一方面我们千方百计与他们中上层人员接触，特别是企业老板。销售人员不接待，我们就去销售经理；销售经理不接待，就总经理。最后张厂长亲自去。经过不懈的努力，对方终于让送样品了。几次样品送去，对方管质量的总工说质量达不到要求，水分含量超标不合格不能用。自己把样品反复分析，是合格的。后来我们知道丽丽公司管技术的负责人与台湾地区的硝化棉公司有深厚背景，他要用台湾地区的硝化棉，不用泸州棉。张厂长亲自到上海丽丽公司，见到管采购的负责人，有理有据地进行了科学解释，真诚地奉劝作为外资公司，是要发展、要效益，还是要照顾个别人的关系？并提出希望能见他们的老板。最后问题解决了，他们同意采购我们的硝化棉，而且逐月逐年不断增加。

第二年，美国威思霸公司又在深圳建了同样的涂料生产厂。在举行投产庆典仪式时，邀请上百家原材料供应商参加，并特别邀请了泸州北方公司领导。在参会期间，得知从美国总部来的总裁凯瑞要安排时间见我们，我们非常高兴。可是，一直等到下午七点多，还没有信息，原来是总裁由于事情多，忙的过程中忽略了此事。他急切道歉，并再三安慰我们。我们表示没关系，来日方长，我们是有诚意的，有信心、有能力做你们的忠实满意的硝化棉原料供应商，并当场对我们的产品质量、服务质量、性价比等问题做出承诺，事后几天接到通知：我们成为这个厂的供应商了。通过上海、深圳两个厂的供应，扩大到美国威思霸在马来西亚等其他厂的供应，销售量也由几十吨扩大到几千吨。

荷兰阿克苏诺贝尔公司是世界涂料生产最大的跨国公司。在上海、深圳都建有涂料生产厂，产能大，需要的硝化棉原料用得也多。但他们对供应商要求高，有些条件在当时对我们来说近乎苛刻。我们研究后决定，再困难，也要千方百计克服困难，创造条件满足其要求。特别是在举办奥运会、亚运会，南方出现冰雪灾害的时候，我们都能安全、足量、准时供货，保证对方生产不受影响。他们高层管理人员说："没有想到在中国还有这样讲诚信、有实力的企业，还有这样高质量的硝化棉。我们服了，中国不简单，不得了！"后来，这家公司连续多年把我们评为几百家原料供应商中唯一的优秀供应商，还把我们的产品向印度、中东地区、欧洲、美国、加拿大等地的厂家推荐。正是由于我们成为阿克苏诺贝尔的优秀供应商后，国际上其他很多大公司都用我们的硝化棉。

天高任鸟飞，海阔凭鱼跃。张永长同志带领的团队，在国际硝化棉产销的舞台上做到了！2004年在英国召开世界硝化棉制造商年会时，成立了世界硝化棉协会，北方硝化棉公司被选为世界硝化棉协会三家执委之一。依托国际市场，产品销售成倍增长，北方公司硝化棉占据国内市场的50%—60%，国际市场销售到亚洲、欧洲、非洲、大洋洲、南美洲、北美洲几十个国家和地区，一跃成为中国、亚洲、世界产销规模第一的龙头企业。

在不断地探索创新发展中，企业的发展方向更明确，措施更有力了。四川泸州北方硝化棉公司又迎来了一个生机勃勃的春天。2002年，在兵器集团总公司的领导和关怀下，由四川泸州北方公司的硝化棉生产线和西安惠安北方公司的硝化棉生产线重组成立四川北方硝化棉有限责任公司。2004年四川北方硝化棉公司与江西庆江化工厂硝化棉生产线，重组成立川庆硝化棉公司，由四川北方硝化棉公司控股。2005年四川北方硝化棉公司收购川庆硝化棉公司部分自然人股份，并改制四川北方硝化棉公司由有限责任公司为股份公司。2008年6月5日，四川北方硝化棉公司股份公司在深圳证券交易所成功上市。当天的股票由6.8元涨到12元多，最高时涨到27元。如今由原来注册资本1.3亿元变为现在市值为50亿左右的牛市企业，每年为泸州贡献4000多万元的所得税。

更加鼓舞人心的是，2006年11月21—24日，张永长同志代表硝化棉公司参加了由中国国际贸易促进委员会会长万季飞为团长的中国企业家代表团，随中共中央总书记、国家主席胡锦涛出访印度，参加中国—印度经济贸易投资合作峰会暨中国—印度CEO论坛。中印两国企业家代表在会上演讲交流，双方介绍投资项目，交流技术合作，了解对方合作投资的意向。胡主席还与中方代表合影留念。硝化棉公司的产品受到国家的高度重视，张永长同志备受鼓舞，在工作岗位上更加迸发出激情和活力。至今，张永长同志还珍藏着与胡锦涛总书记的幸福合影。

这一串串令人欢欣鼓舞的数据和一个个精彩动人的故事背后，是张永长同志团结带领班子一班人不忘初心、牢记使命、奋力拼搏、改革创新、攻坚克难的一串串辛勤汗珠和激动热泪，是工人们经过改革的阵痛，转变观念，适应市场，学会在市场经济的大海里畅游的欢欣，是企业凤凰涅槃、浴火重生的勃勃新姿，是走下神坛、海阔天空的新起点。站在这个新起点，我们仿佛看见四川北方硝化棉公司明天的美好和希望，看见这个兵工企业正勇立潮头，张开双臂，成为拥抱市场经济的时代弄潮儿！

# 温暖夕阳，我的诗和远方

曾　宏

作别了昨日的繁华喧嚣，忙碌苦累，走进了夕阳红的天地。卸掉了繁忙的工作，没有了为孩子那些事的操心劳累，有的只是让自己晚年生活如何温馨从容的憧憬，健康、充实、快乐、幸福的追求！辛苦了大半辈子，余生，该为自己健康快乐地活一把了。我满怀激情，向着夕阳的远方眺望，心中无数次地追问，什么才是我的温暖夕阳，诗和远方？

我计算着，按照联合国世界卫生组织的最新标准，80—99岁的称为老年人，100岁以上的为长寿人。我期望，我的夕阳霞光生活从70岁开始，80岁正当，90岁不是梦，争取迈向百岁长寿老人的行列。

我想象着，我的温暖夕阳，应该是生活在一座繁华又静谧、人与自然相依相伴的城市，一个让老年人快乐、舒适、安全、尊严的健康养身之地。那里有一排排集体宿舍，既有自己的私密空间，又有闲暇时的朋友聊天场所，门外一坐，喝茶聊天，棋牌娱乐。既能放眼城市的繁华，特别是美丽夜晚的灯光秀，又有远离喧嚣的宁静。那里空气清新、绿树成荫、山水相依、鸟语花香、环境优美。我将在那里长期居住。在春暖花开、秋风送爽的黄金时期，有人组织我们去饱览祖国的大好河山。赤日炎炎、天寒地冻的时候，组织我们像候鸟一样迁徙到一个舒适的地方，诸如海南三亚、贵州百里杜鹃，吉林长春、黑龙江哈尔滨等有特色的地方去凉爽度夏，温暖越冬。我想象着这样的地方，就是我理想的养老栖息之地。

我的温暖夕阳，应该是有一批志同道合的朋友在一起抱团养老。他们是我的至爱亲朋，可以是我的兄弟姐妹、街坊邻居，可以是闺蜜、同乡、同学、同事，也可以是退休后在一起娱乐的歌友、舞友、文友、乒友，总之是可以给我带来欢声笑语的志同道合的朋友。

我的温暖夕阳，还希望像学生时代一样，走进一座老年大学，有规律地学习生活。这个大学的课程安排是和我们当年小学的课程安排一致，有政治、语文、数学、常识、唱歌、体育、美术、手工等，聆听老师有趣的知识传授，听听时事政治报告，学习一点现代知识，诸如电脑、手机的使用，如何玩游戏，等等。老师不时组织大家心得交流讨论，演讲比赛、辩论比赛，展示自己的才能。每天都能唱歌跳舞做游戏，做操散步锻炼身体。让自己生活在充满健康知识的海洋里，学中养性，学中取乐，学中防老年痴呆。同时，我的温暖夕阳，还希望把自己有限的经历、阅历、人生的经验教训传给后人，奉献给下一辈。"落红不是无情物，化作春泥更护花。"我希望像关工委组织的宣讲团队那样，在下一代需要的时候，我们义务传帮带，让中国优良的文化传统代代相传，生生不息。

我的温暖夕阳，不希望自己的孩子成天围着老人转，加重他们的身心负担。我只希望在一个属于我们老年人的天地里，每家孩子们能带上孙辈重孙辈，一月半月轮流来看一看生活在康养基地里的老辈们，和大家一起聊聊天，吃一顿养老院大家庭的团圆饭。这一天，不仅是属于自己小家庭的欢乐的日子，更应该是属于全体老人分享天伦之乐的节日。在特别的日子里，比如说重阳节、春节、端午节、中秋节等传统的日子里，有志愿者能够来到我们的康养基地，慰问看望这里的老人，讲述一下养老院外边的精彩故事，给我们献上一台既怀旧又迎新的歌舞联欢会。

我感觉，要安享这样的浪漫幸福温暖夕阳生活，选择好星级康养基地固然重要，更重要的是，还必须有一个暖心的小秘书。"养儿防老"已经是远去的传统观念，孩子是不能依靠的了，他们远在天边，有自己的事业和家庭。我希望我的康养之地有秘书式服务，一切都有人给你安排好，为你提供全方位、不打扰的养老生活。生活秘书提供各项生活服务，我不必为油盐酱醋操心，让我们远离那些烦琐小事；健康秘书让我的健康动态时刻受到关注，有病能及时送医治疗；快乐秘书为我们推荐和组织丰富多彩的兴趣活动。当然，我期待的这个生活小秘书，首先应该是有热心爱心善心的良好品行，有责任有担当有知识的孩子，她能给我带来身体的护理和心灵的慰藉，我也以"投之以李，报之以桃"的感恩之情，回报以亲人般的爱戴。

我幻想着我的余生，应该享有这样的温暖夕阳，诗和远方！

可喜的是，我在酒城泸州看到了我的温暖夕阳，诗和远方！

泸州，有一个叫春江酒城嘉苑的康养社区，让快乐、舒适、安全、尊严的养老生活新方式，成为引领退休生活新潮流的新模式诞生了！据介绍，春江酒城嘉苑，是泸州国企西南医投集团聚集各方专业资源共同打造的养老（基地）项目，建有活力公寓、疗养公寓、康复护理院等核心功能，配套老年大学、营养餐厅、文体健身、旅居酒店等功能设施，打造全周期、全业态的老龄服务产业链。这个项目是泸州市荣获全国养老服务业综合改革试点城市后首批建设的示范项目，是泸州市重大民生工程，川南首家按民政部养老服务五星级标准打造的高端融合式养老社区项目。老人从退休开始入住到园区之后，根据不同年龄阶段的身心特征、健康状况，都有相对应的服务，融合了居家养老、社区养老、机构养老、医养结合养老、旅居养老、文化娱乐养老等各种融合式养老新模式。它的诞生，将成为西南城市"尊贵享老新模式，都市养老新风尚，医养融合新典范，退休生活新潮流，抱团养老新选择，科技养老新效能，陪伴服务新主张"的"七新"养老新标杆。

对，春江酒城嘉苑，正是我梦中的温暖夕阳，诗和远方。来吧朋友，还犹豫什么？我在这里等你，我们一起安享晚霞里的诗和远方！

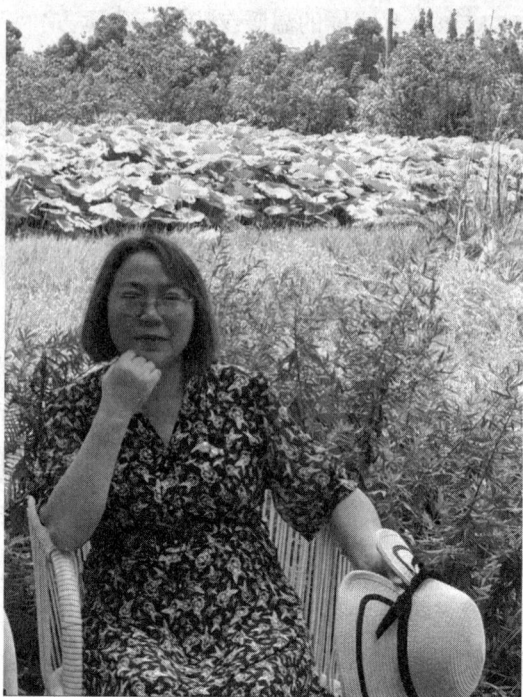

　　彭建群，中国散文学会会员，中国通俗文艺研究会会员，四川省作家协会会员，四川省文艺传播促进会副会长，峨眉山市文联副主席。作品获全国各级奖励，入选全国多种文学精品选集。出版作品《飘飞的蓝裙子》《栀子花开》《仙山掠影》等。

# 宝贝分流记

彭建群

　　时在辛丑年初夏，一辆大卡车朝峨眉山市双福镇双福村 3 组驶去，车上载着我的宝贝——几百件被牛皮纸捆得整整齐齐的旧书籍，它们极为沉重，在不见天日的牛皮纸包裹里抖动，它们的目的地——朋友吕世林农村的家。卡车喘息着爬坡上坎，在乡村小院前停下，几个大汉或肩扛或背驮，或手提或合抬，将书籍层层叠叠堆码在一间大大的房间里。我站立一旁观看，我的妈呀！80 平方米的房间被它们占去了一半。

　　一直以来，我自认为我有两个宝贝：一是我的儿子，一是我的藏书。我最满意的是书房里以书为壁的庄严氛围，书架直达壁顶，一排排连过去，围过来，布满整个墙壁，给人一种文化逼人的气息，走进书房，让你不由得想安静读书。

　　老话说天有不测风云，人有旦夕祸福，死神往往不期而至。2021 年 5月 31 日下午 6 点，世界上最爱我的妈妈永远离开了我们。

　　金庸先生有句最有名的话——"只要有书读，生活就幸福。"我有幸成了有书读的幸福之人。可是，妈妈的离世，让原本美满幸福的家突然失去了重心，打乱了我的生活秩序，心情极糟，我只好搬到刚装修好的新房子去住。没过多久，就有人决定租住我的旧房子 5 年，看房后当即交了定金，叫我半月内腾空房子。

　　搬家前几天，躺在床上，望着满屋子书籍，我犯难了，怎么处理这些宝贝呢？

　　虽然新房子设计有一间书房，但怎么也装不下这满屋子的藏书。突然，一个词跃入脑海，"分流"，对！分流是最好的解决办法。分流原指河流分道而流，现在也可以说行人车辆等分道行走，比喻分为不同流向。许多企业为了减员增效，在改制时采用此办法进行人员分流安置，我单位改制时也进行过人员分流，有的买断工龄下岗，有的买断工龄后返聘，有的继续留用，有的转换身份留用……

我制定了将我的宝贝进行分流安置的方案：一是挑选一部分特别喜欢的书搬到新家；二是赠送一部分给我的学生和文友；三是捐赠一部分给社区图书室；四是暂放农村朋友家；五是将部分很一般的破旧书籍直接送废品收购站。

计划制订好了，我起早贪黑加班加点开始对书籍进行整理分类打包。

我虽没有明末著名藏书家毛晋那种"穷搜遍索四海枯，手抄笔录近蠹鱼。汗牛充栋十万卷，流布天下古今无"的精神，但我也极喜爱藏书和读书。

倘若一个家庭缺个书房，那就少了一种书香气。书房的形成，其实是一种双向占有：让你占领世间已有的精神成果，又让这些精神成果占领你。我旧房子的书房很乱，随着藏书的增多，两米多高的几个大书架早塞满了，连房间里的几个大纸箱都塞满了。无奈，多余的书只能堆放在写字台、床头柜、茶几、阳台等地方。在我家里，最引人注目的就是书了。老公常笑着"责怪"我：你看看，家里成了书的仓库，阳台上有几大箱书，书架上是书，床头上是书，客厅里地上、沙发上到处是书。我家成了一个不开张的"书店"了。虽然责怪，但他同我一样爱书，为此，我家还被评为乐山市书香之家。因为爱书，我曾写过《书缘》《享受读书》《以书为礼》《逛书店随想》《读书记事》等散文发表。

将跟随我几十年的藏书处理掉，不是件容易的事，在挑拣藏书进行分类时，更让我犯难。对着书房反复思量，这也不是，那也不是，拿起这本，喜欢！拿起那本，喜欢！真是难以取舍，每本书都是我的宝贝，都留有自己抚摸过的余味，我对林立在书架上的每本藏书都能说出个子丑寅卯来，还记得哪本书是什么情况下买的，当时是何等欣喜。

经过近半月的整理，先是忍痛割爱地将一部分书捐赠了社区图书室，又将一部分书赠送了我的学生和文友，将文化继续传承，行使它们的使命。

当一部分书装进麻袋运到肮脏凌乱的废品站时，管事的大叔一笔一笔记下冰冷的数字，然后去皮，累加就是我的旧书的净重了，我站在一旁观看，听说这些旧书废纸将很快会运到造纸厂化浆，赋予它们新的洁白的生命。去吧，宝贝，使命已尽，回归自然获得新生吧。

随后，恋恋不舍地将大部分书用牛皮纸打包，存放到了朋友农村的家。望着堆积如小山丘的藏书，我默默向它们敬了个礼，心中默念：宝贝，对不起！把你们打入冷宫，不是我的本意，我会让你们尽快回家。

最后，将特别喜欢的书打成捆，自己每天搬运一点到新家，新家的书房很快就堆满了。

不知从什么时候开始，我害怕死亡，同时有一种更大的担忧渐渐从心底升起：我死了之后，这一屋子的书将何去何从？本来，这种担忧只属于垂垂老者，但事实是，我身边的朋友一个个已离世，有的大不了我几岁。

想起了前两年去世的文化界几个老前辈，他们的藏书很丰富，多想将他们的藏书购买到自己书房，但由于财力和藏书空间多方面的限制，我只能将此想法藏在心底。多年过去了，但我却记挂着他们丰富的藏书，后悔没能及时买下，老学者耗尽了毕生心血的藏书，对子女未必有用，那么，这些书到哪里去了呢？假如这些书还在，是否如我家的宝贝这般被分流散落各地了？或漂流到外国？也或许早已到造纸厂脱胎换骨，有了新的生命？

我时刻想念我的宝贝，亲爱的宝贝，等我有钱了，我要置一栋大别墅，专门作为我的图书馆，让被分流的你们快快回家。

（本文发表于《乐山日报》《格调》，获乐山市第五届"沫若杯"全民阅读有奖征文活动二等奖，并选入《开卷有益》获奖征文集）

# 厨房里的妈妈

彭建群

最近，总爱听毛阿敏的歌曲《烛光里的妈妈》，只是，每次哼唱，我都会不由自主地把"烛光里的妈妈"改为"厨房里的妈妈"。而且，一想到厨房里的妈妈，我的眼前就会自然而然浮现出妈妈不厌其烦，为一家老小一日三餐忙碌于厨房的情景。

妈妈离开我们那天是2021年农历四月十九，那是我生命里最黑暗、最撕心裂肺的一天。下午六点零五分，弟弟突然打来电话：姐快回来，家里出大事了。我心里咯噔一紧，赶紧问什么事。弟弟说也不是很清楚，只是邻居电话通知他，叫他赶快回去，说是家里出大事了。弟弟的"不清楚"，加上电话里听他急迫的声音，我紧张的心一下被提到喉尖。脑海里一片空白，不停地追问，出大事了，出什么大事了？平日这个时点，正是妈妈做好晚饭，颤颤巍巍给弟弟送饭的时间。我脑海里立马想到：难道是妈妈开着煤气炉引起了火灾？或是开水烫伤了妈妈？又或者送饭的路上……脑海里快速地猜测着各种可能的后果，总感到一切事都是小事，只要人安全就好；总之，就是不愿往最坏的可能去想。

但是，恰恰是最不愿意出现的事情出现了。

我所在位置离家里十多公里，慌忙打电话给老公，快开车接我，家里出大事了。

弟弟做生意的门市离家步行只需三分钟，给老公打完电话，我又焦急地给弟弟打电话问情况。弟弟伤心地说：妈妈躺在地上不动了。

我的心一阵悸痛，头脑里嗡地一片空白，一种不祥的预感涌上心头。

忽地，又急切地对弟弟大喊，快，快叫救护车啊！弟弟在电话那头说，已经叫了。

我紧闭双眼，不停地祈祷着，虚妄地安慰着自己。焦急中，我又急切地打电话问情况，弟弟哭着说，救护车已经走了。

我急忙问，情况怎样？

弟弟哭得更伤心了，医生说没救了。

我满以为救护车接妈妈去医院了，不料听到的却是噩耗。

晴天霹雳，天啊，我的世界全塌了！

我顿时全身发抖，撕心裂肺，泪如雨下。一进屋，我疯狂地扑向妈妈，妈妈静静地躺在厨房的地上。我双膝跪地，痛哭流涕地摇晃着妈妈的身体，真希望把她摇醒，渴望她再睁开眼睛。

我大声哭喊着：妈妈，你醒醒啊，我的妈妈呀……

当殡葬公司的人来，欲要抬走妈妈时，我条件反射似的歇斯底里叫喊并阻拦，不能抬走，不能抬走，我妈还要醒过来的。

我还是不相信这是真的，始终觉得她只是暂时昏迷，一定会醒的，我怕殡仪馆的车把她拉去冷冻，她醒过来就没人救她了，我不相信我妈妈就这样走了，万一是医生诊断错误呢？

殡葬公司的人理解我的心情，在旁边等着。

我泪流满面地在妈妈身边陪着她，给她梳头，为她擦洗身体……大约过了五个多小时，远方的妹妹也赶回来了。我们姐妹几个一起正正地跪在妈妈身边，呼天抢地，哭着喊着。可任凭我们怎么哭喊，妈妈还是静静地躺在那里，没有一丝气息。摸着妈妈渐渐变冷的身体，我不得不放手让人把她抬走，嘴里不停地喊着：苍天啊！求求你把我的妈妈还给我吧！妈妈，你快醒醒吧……

丧事办完后，我整个人都垮了，生病一个多月。

今天是除夕，我与妈妈分开已经 246 天了。246 个日日夜夜的思念与煎熬，仍然化解不了我心中那份深深的遗憾和愧疚。

至今，我仍无法释怀，在妈妈手执操作的炊具，正要像往常一样为她的儿女孙子们做可口的晚饭，突然痛苦地倒在厨房冰冷的地上时，在将要闭上眼的那一刻，在用尽全身力气想呼救的时候，我却不在她身边。她是多么的无助，多么的可怜，多么的绝望啊！

妈妈刚过完 78 岁生日不久，凭她平时风风火火、硬硬朗朗的身体情况，再活个十多二十年根本不是问题。谁知妈妈说走就走了，走得是那么突然，连一句话也没有留下，带着对生活的无限眷恋，对亲人深深的爱戴。

在厨房里忙碌了一生、操劳了一生的妈妈，是在厨房里走的。这不知是妈妈宿命的一种隐喻，还是妈妈压根儿就舍不得她操持了一生的厨房——她怕离开了厨房，儿孙们吃不好。

我没有亲眼看见妈妈在厨房的最后一刻，是怎么从忙碌到停顿、从站立到倒下、从希望到绝望的。妈妈所有的眷恋，都在离世后还睁着的眼睛里，我贴近她时，轻轻给她揉拢，让她安心闭眼离去。丢下她深爱的儿女孙子，绝不是妈妈的本意。听邻居说，妈妈昏迷时锅里正炖着肉，她倒地后无人关火，导致锅里的水烧干了，肉炖焦了，直至燃烧了起来。黑黑的浓烟夹着浓浓的焦臭味传到院子里，小区保安和邻居循着焦臭味进屋才发现，妈妈已躺在地上，不能动弹，忙拨打了 120。

后悔，无尽的后悔笼罩着我。我才刚退休几个月，原本打算退休后好好陪陪妈妈的。可那句千年的古训——子欲养而亲不待，为什么在我身上重演。在这个新春之夜，窗外下着绵绵细雨，突然降温。可我的阴雨和冷不在窗外，而在心里。妈妈，你是知道的，我们曾经多次约定，再过几年，待你的小重孙稍大一点，上小学了，丢得下手了，我就开着车，带上厨房，陪你游览祖国大好河山。你说你要到张家界、丽江古城、长江三峡，如果有可能，还要去香港澳门看看。我们的计划还没有实施，可你就……

那天刚好是周六，我没有回去吃妈妈做的饭，为的是让她少弄点，轻松点，可谁知那天却成了我一生的痛。

记忆中，妈妈和厨房是紧密相连的。

小时候，妈妈每天忙完农活，又匆忙回家为我们做饭。在那个缺粮少吃的年代，家里的口粮捉襟见肘，有时连煮红薯都不够吃，我和弟弟都吃不饱，妈妈常常忙完农活后，到山上挖一些野菜，用野菜和粗粮调剂生活，或者为我们弄来一点米，煮红薯时在锅里为我们蒸一碗米饭，做出色香味俱全的饭菜，用尽了办法让我家的日子幸福美满。

我生小孩那年，妈妈在农村养了几十只鸡，攒了几百个土鸡蛋，用背篓一趟一趟从老家背到我居住的城市。伺候我坐月子的那段时间，她每天为我炖鸡汤，煮荷包蛋，变着花样做出我喜欢的饭菜，每顿饭后还要我喝两碗鸡汤，她说这样奶水才充足。在我奶水不够时，她四处打听偏方，当听说几十里外有种植物炖肉吃了奶水充足，她步行几十里去找来给我炖肉吃，那个香味至今仿佛还留在舌尖。

每次我生病时，妈妈就为我熬粥，我特别爱喝妈妈熬的粥，妈妈熬的粥格外浓稠，无论大米粥小米粥还是玉米粥，都那样香甜，妈妈不用电和煤气煮粥，只是用柴火煮粥，一根根柴草一缕缕情，妈妈用情和爱慢慢煨煮，火候掌握得恰到好处，慢慢煨煮出一锅香飘四溢的粥。妈妈不在时，我用同样的米熬粥，可自己怎么也熬不出那香香的味道。

2001 年父亲去世后，我把弟弟带到城里做生意，帮助弟弟买了房子，将妈妈接到城里一起住。

虽说是让妈妈到城里享福，可是，妈妈却一天福也没享过，她为我们买菜做饭洗衣，一天都没有休息过，连生病也不告诉我们。

妈妈一生勤劳节俭。我们早已成家立业，经济宽裕，妈妈也不用再操劳，她却闲不住，七十多岁的人啦，还要在街上去捡垃圾，那是她一辈子节俭习惯了，也是为了减轻儿女们的负担，让我们的餐桌上能增加一道美味的菜肴。

有一次，我在街上看到妈妈吃力地背着捡来的纸箱或矿泉水瓶往废品收购站走，那背篓里的东西比她高出了将近一倍，那勾着的驼背，那蹒跚的脚步，那被太阳晒得黢黑的脸深深印在我的脑子里，我上前叫一声妈，我看见妈妈一愣，微微地一哆嗦，慌乱地说你怎么在这里？她是怕我说她捡垃圾丢人。我说怎么不卖给家门口收废品的人？她却说：收废品的人给价低，我这样可以多卖点钱，可以给你们多买一样菜。我的泪水在眼眶打转，忙说上车我载你去吧，妈妈先是不肯坐我的车，她怕把我的车弄脏了，在我的一再坚持下，她答应了。我心疼地将妈妈背上的东西放下来，搬到车子尾箱里，又去扶妈妈上车。这时我仔细打量了一下妈妈：妈妈的背比以前又弯了许多，稀疏的头发全白了，满是皱纹的脸上流淌着汗珠，皮肤黝黑，还有很多老年斑，一只眼睛因为幼时生病失明，从美的角度说，妈妈的确长得很丑，但我觉得妈妈在我心里是美的，也许应了那句老话"儿不嫌母丑"，或许是因为妈妈的善良把丑掩盖了。

妈妈忠厚善良。她从未为自己考虑过一丝，我们给她的钱，她全存着，省吃俭用，舍不得花一分钱，但她却舍得花钱买新衣服送给老家山区的孩子们，还捡回几只流浪狗，弟弟常叫她把剩菜剩饭扔给狗就行了，可她却说那样的饭菜是冷的，狗狗们吃了对身体不好，她每天坚持给狗狗们煮吃的。

妈妈不会说什么华丽的语言，表达爱的方式就是为我们做好吃的饭菜。有妈的日子真好！人们常说：父母在，家就在。我经常懒得做饭，便带着一家人回去吃妈妈做的饭，每次吃完饭，把碗一放就开始看手机看电视，或者出去忙了，都是妈妈独自一人慢慢洗净收拾。

妈妈的手粗糙黝黑，一看就是习惯了洗洗涮涮的手，上面留有切菜不小心弄伤的印记，或是炒菜时被油溅上的疤痕。每到冬天，妈妈的手都要皲裂好多小口子。

每天的我都忙个不停，工作、情感、生活，早已忘记了家的含义，也从未意识到妈妈是从何时开始变老的，全然没有考虑到妈妈的身体已经承载不起为我们全家做饭的事实。

我无数次梦见妈妈在厨房里为我们做饭，可是梦醒了，只有泪水湿透的枕巾。

站在妈妈的墓碑前，墓碑上镶着妈妈的照片，注视着我，还是那样的温暖和慈祥。

妈妈，原谅我有时会跟你置气；妈妈，原谅我在您生前没能说过一句：妈妈，我爱你！而今，我只能在您离开后，对着墓碑一遍一遍地说：妈妈，我爱你！

想起女作家张洁的长篇报告文学《世界上最爱我的那个人去了》，没想到自己现在也亲历了！

直到现在，我还不习惯一转身寻不见妈妈的身影，一回家已经不能先叫一声妈妈了，一进家门已经没有妈妈在厨房做饭忙碌的身影。

而今，没有妈妈的日子，我每天学着做饭洗碗，枯燥乏味的厨房生活让我真切地体会到妈妈几十年如一日的劳累辛苦，纵使穷尽铅华也难以书写妈妈一生的艰辛。

往年的除夕夜，妈妈一个人要忙碌好几天，为我们做出丰盛的团年饭，一家人欢喜团聚。而今，妈妈和我们却阴阳两隔，厨房里没有了妈妈忙碌的身影，我们几姊妹只能学着做菜，手忙脚乱的我们这时才体会到在厨房里几十年的妈妈是多么操劳和辛苦。今年的团年饭没有了往年的欢笑声，没有了妈妈的味道，没有了妈妈的唠叨……

厨房里，我仿佛听见妈妈做饭时锅碗瓢盆撞击的声音，奏响着一曲母爱的交响曲。

（本文发表于《四川经济日报》）

# 高桩上的峨眉

彭建群

　　一张老照片，竟突然改变了我此刻的悠闲，把我带回到青春美好的时光里，甚至带到 300 多年前，带入明朝永乐年间这里的乡村庙会……

　　钩沉而起的陈年老事，竟带着几分稚朴的温馨。

　　照片是文友吕士林发来的，用微信。在峨眉生活，上了一点年龄的人一看就知道，那是多年未见的"峨眉高桩平台"。一般是在乡下元宵欢庆中，高桩上的表演，就是当地社会的一个缩影。看似普通的彩车上，暗藏各种不为人知的机关，所有的道具和人物，随机关的运转灵性活现，或者温婉缠绵、儿女情长，或者悬空而立、翻转打斗，给人奇幻的魔术效果。在峨眉山市双福镇，这种介乎魔术与杂技之间的民间技艺被称作"高桩平台"。

　　第一次看高桩平台，至今留给我的印象是震撼的，以至于记忆至今仍未被风干，每每想起，还有一些激动。

　　那是 1986 年，我刚大学毕业分配到峨眉山市（原峨眉县）工作，听说峨眉县双福镇的"高桩平台"很出名，每年元宵，政府部门都要组织各种游会表演，各个乡镇、企事业单位都会制作宣传自身特点的高桩平台参与此项活动。于是，年轻的我更盼望着过年。

　　正月十五一大早，爱生活爱热闹的峨眉人，几乎每家都早早起来，从这座城的角角落落出发，从乡村、从外地、从四面八方赶到峨眉县委、县政府门口以及县城的主干道。早上不到八点，峨眉县城的几条大街两边站满了看高桩平台的人们，你挤我拥地都想站在前排，有的爬上树，坐在树丫上悠闲自在地等着，有的站到楼房顶上，有的在自家楼上窗口趴着，有的自带了高板凳，站在凳上张望，有的爬到路边的三轮车、摩托车、自行车上，有的把娃娃托到肩上，好一幅众生百态图！他们的目的就是为了一睹"闹元宵"的压轴大戏——峨眉高桩平台的风采。

表演的队伍如蜿蜒的长蛇阵，在几个主干道游行，观者人山人海，摩肩接踵。据说县里的领导也来观看，县城的几条主干道都实行交通管制，所有车辆绕行，还派了许多特警来维持秩序。老百姓看高桩，是想看到有新创意，更多的是图个喜庆、热闹、乐呵。一家人，扶老携幼，在人潮涌动里流连忘返，老人顺道回忆一下年轻时闹元宵的情景，小孩子则扯着大人的衣襟，一会儿要买这个，一会儿要买那个，这时的大人们都能尽力满足。

后来的十多年，每年的元宵节，我都会推掉一切事务，陪家人去看看这一盛会，因为盛会里有我最喜欢的高桩平台。

有一年，母亲在峨眉过年，我带她在人潮涌动中看高桩平台。她那天特别开心，高兴得差点失散于看高桩的茫茫人海里，性情温和的她找到我们时大发脾气：怎么这么多人？光看人头了，哪里还看得到高桩？虽然高桩平台有三十多米高，可由于人太多，站在后排的母亲自然看不真切了。

在峨眉看高桩平台，是我生活中一件特别值得骄傲的大事。春节时，每有客人来，我都想多留他们几天，一再挽留，再三强调把大年过了再走，其实，我心里特别想让他们看看峨眉高桩平台。分享便是一种幸福，仿佛那不是看别人表演，而是我的杰作。

最后一次看高桩，是 2011 年元宵节。也许是因为影响交通，也许是因为高桩制作成本高，此后，峨眉山市这种大型的闹元宵游会表演取消了，峨眉双福的高桩平台也这样远离了人们的视线，让我惋惜了好久。因为喜欢，使我一直想探寻它的历史足迹，只是后来有许多不得已的理由，再加上自己生性懒散，索性就把这事给忘记了。

老照片勾起了我的回忆，让我有一种想探寻它的冲动。

朋友吕士林是峨眉山市双福人，我向他表明了想去采访高桩平台传人的意思，他叹息着说："峨眉高桩平台原来有 8 位很出名的传承人，现在都去世了，唉！我劝你还是算了。"

在我的一再坚持下，老吕答应带我去找峨眉高桩平台新一代的传人——姜德金。

阳光不锈，初夏晴好。节令虽远离元宵，而我心里却不曾离开过高桩平台。在峨眉双福镇繁华的集市上，姜德金正在自己的百货店里忙活着，当我们表明了来意后，50多岁的他却像热血青年一样激动不已。

姜德金是峨眉高桩传承人姜开乾的儿子，从小跟着父亲制作高桩，如今已深得要领，在继承父辈技艺的基础上，还有所创新提升。2011年元宵节，在双福高桩平台老一代传承人因病或离世的困境下，他第一次独立操刀，从设计、制作到表演，为当年峨眉山市元宵民俗活动捧出了《老龙下山》《茶》《卫星上天》等精彩的高桩平台表演，不仅完成了参与者到传承人角色的转变，更将现代峨眉人的生活元素融入其中，让高桩上的峨眉尽显风采，也使古老的高桩平台艺术，焕发出了鲜活的生命力。

在姜德金心中，双福高桩平台有着引以为荣的魅力。因为高桩，这里的元宵节往往比其他地方来得更早。他回忆说，制作高桩，一般要提前两个月开始，制作完成后，正月十三，双福镇就开始"闹元宵"了，而且好戏连台，一闹就是好几天。开始的晚上，要举行盛况空前的"地会"，主要内容就是高桩平台的表演。那时候的高桩平台很简单，最初是表演"矮桩""地桩""背桩"，后发展为在方桌上表演，平台上的造型极其简单，只能站4个人；用红布将方桌围起来，再后来发展为在方桌四周用国画彩绘，平台也越来越大，宛若一个小舞台，要由8个大汉抬着走，因此高桩平台也叫"高桩彩绘"。

开场锣鼓之后，在此后的两天里，就越来越热闹了。表演深入到了村落和城里，除了在双福，还要进峨眉城。在照明非常落后的年代里，表演队伍连夜进城常常要点着火把。

尽管在乐山、夹江县以及其他地方也有高桩平台，但姜德金却认为，双福的高桩平台更有特色。历史在这里打了一个结，从当年的庙会开始，一直到后来的高桩彩绘绑扎技艺。高桩彩绘是历史的符号，也是乡村往事的结绳记事，"双福高桩平台"的盛名，手工制作技艺的精湛，民间生活的丰富多彩，这个小镇以及峨眉山市的盛衰，都记录在上面。

在外人看来，高桩平台有点像现今很多庆典活动上流行的彩车表演。

但是，作为一门有着严格师承，技术含量高的绑扎技艺，双福高桩彩绘绑扎技艺呈现出"险、奇、美、惑"的特点。将人物高悬、腾空，或立于指尖上，或吊于刀尖下，以示其险；将人物立于转动物上，或站于飞带之中，或使扮动物（虎、狼、猴等）的嘴能言、脚能动，以示其奇；将高桩人物的装束画得逼真，服装、道具制作精良，以示其美；在整台高桩、平台造型中，藏其机关、隐其锐角，暗中装上滑轮、录音、播音等道具，使观者生疑，以示其惑。

黄正武、张显奎、王志烈、张吉良、左清泉、王德盛、刘正田、姜开乾8人，是双福高桩平台发展的见证者。黄正武和张显奎属于四川省非物质文化传承人，另外6人是乐山市级非遗传承人。尽管300年前双福高桩平台是什么样子，大家不得而知，但真正高桩平台的发展繁荣是在20世纪80年代。那时候，双福高桩平台已经由人抬变为拖拉机运载了，到了2001年，平台下的拖拉机又改成了汽车。这不仅稳定性更高，也使得高桩表演有了更多高难度的发挥。

在高桩平台的设计上，黄正武、姜开乾、张显奎3个人的分工都很明确，黄做造型设计，姜进行电焊，而张则负责外观装饰。在老人们的努力之下，双福高桩平台的表现形式也已由传统向现代靠拢，除了用神话故事串连起《白蛇传》《宝莲灯》一系列高桩平台表演之外，表现农村新貌的《采茶》也被搬上了高桩平台。双福高桩平台每年都将当年的生肖制作上去，同时紧跟时代脉搏，根据国家发展，内容也在变化，峨眉山申报世界自然与文化遗产成功时，则以宣传峨眉山为内容来制作，如"峨眉神功""康熙朝峨眉山""老龙下山"等。在乐山举行的"大佛节"等大型活动中，双福高桩平台一度引起轰动，老人们有时还把表演带到峨边、夹江等地，和当地的民间艺人进行交流。1984年，峨边县成立庆典，这里制作13台高桩平台开往，成为一道蔚为壮观的风景。天津市文化局还专门派人来双福镇学习高桩平台。在高桩平台盛行几百年之后，双福镇终于站到了历史舞台前面，被政府授予"高桩平台之乡"称号。

姜德金说，一台好的高桩彩绘作品，既传达了审美上的趣味，也在杂技般的氛围里令观众啧啧称奇。站在平台上的演员和道具，倒立、歪斜、变幻无形，丝毫看不出来藏匿其中的机关。

姜德金边介绍边向我们拿出一些资料、照片、光盘，仿佛要为高桩平台的神奇寻找佐证。在一堆资料里，一本打印装订好的《双福古今回忆录》吸引了我的眼球。作者是已经去世的黄正武。一些原汁原味的细节，浸透于泛黄的文字里，保留下高桩平台玄妙的制作技艺，也让我有机会比一般的看客更深了解高桩平台的魅力。

除了忙自家的生意外，姜德金的精力，几乎都投入到了高桩平台的复兴和拯救上。作为峨眉高桩的第十代传人，他的眼里满含着隐忧：如今，8位老人已经去世了，谁来接手"高桩平台"？最让他头痛的是培养双福高桩平台继承人的问题，镇上一些年轻人特别喜欢高桩平台这个民间艺术，也一度有人愿意来学，但时间一长，这些人就不干了。他们的理由是，做高桩平台投资大，既吃苦，又赚不到钱，而且只在元宵节时表演。而姜德金却还在执着地坚持研究和创新，他极力想把这一有着300多年历史的民间文化发扬传承下去。于是，他奔走，他呼吁，他义无反顾。他那种发自内心的责任，那种对自己家乡即将消失的文化的付出和担当，以及用毕生精力进行拯救、挖掘、传承的精神，令我心生敬意。

在取消了大型闹元宵游会后，高桩平台远离了人们的视线7年，2018年春节，峨眉山市恢复了正月十五"闹元宵民俗文化大巡游"这一传统活动，其中的重头戏就是双福镇承办的"峨眉高桩"。我疯狂地在朋友圈转发消息和我的文章，以此为出彩峨眉高桩的复出点赞。

可仅此一次，由于疫情、交通、财力等多方原因，大型闹元宵游会又取消了，高桩平台又远离了人们的视线，令我等心中似乎丢掉了一种很重要的东西。

是的，丢掉了高桩平台，也许就丢掉了一种生活方式，一段历史，一种文化记忆。循着走过的路径，也难找到自己。

（本文获2017年"乐山文化风情"文学作品征文三等奖，入选《风雅乐山》一书，并发表于2018年4月22日《乐山日报》、2018年《乐山文艺》第2期）

# 静美小河村

彭建群

　　不知怎的，当我要写小河村、要写沈小琼的时候，竟然想到南宋杨万里和他那首脍炙人口的《小池》。我想，不仅是"小河"与"小荷"表音相近，更在于它们内在表意和语境。

　　先是两幅画交织在一起：一幅是小荷的，一幅是小河村的。鲜活，美丽，富有生机。渐渐地，两幅画融合，幻化成我笔下的风景。那风景由杨万里的诗意构成：古老的小河村，沐着农村深化改革和全面建成小康的春风，返老还童，面貌一新，宛如一枝初绽的香荷。当然，"小荷才露尖尖角"，这春色还只是小河村变化的开始，而不是结束，伫立小河村上的也不是蜻蜓，而是沈小琼。

　　小河村的新貌和沈小琼，构成了一幅美丽风景。

　　峨眉山市双福镇小河村，宛若一位山间的村姑，纯朴脱俗，不用浓妆。大自然是最伟大的艺术家，不用朱笔，谢绝了任何颜料，只轻轻的一笔，便把这乡村的诗意表现得淋漓尽致了。

　　2015 年，第一次亲近小河村，便被河边一半着陆一半在水的吊脚长廊迷住了，说实在话，当时并未领悟到它那美丽乡村风光的内涵。

　　再次去小河村，惊喜地发现另一番天地。来宾的视觉变了，山水风情变了，如今的小河村，与自然一起、与岁月一起，浓烈着别样的素雅与静美。

　　小河村静美地躺在幽深峡谷的怀抱里。属于小河村的山山水水，就像白描式的文字，平平淡淡，却不失一份清新。在青山碧水中，我们似乎能看到小河村最真实的性情。

我们一下车，就看见了小河桥，桥上有一弧形拱门，拱门上有"小河欢迎您"几个大字，拱门背面有"美丽乡村"几个大字。桥对面，"小河生态家园"几个字映入眼帘，走过小桥，右边收入眼底的是一排长廊，以及长廊上恬静休闲品茗的老者，映衬着山村幽静久远的韵调。

过了桥的左边，顺坡而下，是停车场。停好车，走到右边小院里，最吸引人的是一排吊脚长廊，长廊的一半吊在小河里。这里就是小河村支部书记沈小琼的琼花农业实业科技有限公司。

沈小琼和村里的干部们热情迎接我们，并带我们参观村里的3000多亩茶园。

顺着新修的水泥村道，经过几弯几绕，爬坡上坎，来到山顶，进入眼帘的全是碧绿的茶园，新雨初霁，远山如黛，雾水似烟，在这样的山乡散步，可以高声喧哗，可以放开喉咙吼上一首山歌。

在小河村，人们不得不谈到沈小琼。

"我其实是犍为罗城人。1968年我3岁的时候，才随全家迁居落户在了现在的小河村。"沈小琼回忆说，父亲是手艺人，石工、木工、电工、泥水工等活路无所不通。在20世纪六七十年代，有着一身本领的父亲到处做手艺活。当他来到当时的小河村时，被当地的大队干部看中，大队干部向公社申请，要求留下这个少见的"人才"。在征得沈父同意后，小河村就成了沈小琼一家人新的故乡。

然而，在一次采石作业中，沈父被突然崩落的石块夺去了性命。这个来自外县的家庭，顿时只有母亲带着5个孩子艰苦地度日了。如此的人员结构在那个年代里，生活的艰辛不可避免。"父亲离开人世的时候，我才11岁。最让我难以忘记的是，在我们家最困难的时候，是公社、大队和小队以及乡亲们，给了许多的帮助和周济，才让我们五姊妹慢慢长大，我还读完了高中。"沈小琼说，1984年高考落榜后，她想继续考大学。结果，村里小学急需老师，村干部找到她，她答应放弃考大学，去教书。

"我能读到高中毕业，还是因为组织照顾和乡亲们的关爱，人要知道感恩，我们家庭能有今天，我需要报答的人太多。"

就这样，从19岁开始，沈小琼教了5年书，直到1989年，她开始从事茶叶产业，进入另外一个行业。

其实，沈小琼与茶叶结缘很早。双福镇自然地理条件好，历来就种茶卖茶。沈小琼在教书期间，从没间断过上山采茶、做茶和卖茶。1985年，沈小琼与王国清结婚成家。王国清跟沈小琼年龄相仿，是当地有头脑的青年，种蘑菇很有名，赚了不少钱。尽管如此，沈小琼一直坚持认为，种茶叶才是今后的发展方向。

"1994年竹叶青茶叶公司开始引进机器做茶之前，我们当地一直都是手工做茶。"沈小琼说，手工做茶是当地的传统，但总体是沿用传统方法，水平相对落后。"当时没有形成像现在这么好的市场环境，我们做的茶叶经常要拿到外地去销售。有时候，背着做好的茶叶，昼夜兼程地到处卖。"

1991年对沈小琼来说，是人生的一次转机。那年春天，她背着茶叶去杭州卖。对于一个二十几岁的女子来说，只身闯杭州，还真需要点胆量。"我也不晓得杭州到底是啥样，只听说杭州的西湖龙井茶很出名。"到了杭州的沈小琼除了将茶叶卖了个好价钱，还从萧山的茶叶市场引进了一名当地的做茶师傅夏关标。听说峨眉山茶叶的优秀潜质后，夏关标背了一口特制的制茶大铁锅，从杭州赶来双福，手把手地教沈小琼等峨眉当地人做茶。有了技术引进，双福当地的做茶技术有了明显提高，西湖龙井的制作工艺，也在如今的大西南茶叶市场流传。

"最让我们观念革新的，是名茶的制作。"沈小琼告诉我们，当地过去只做一般的炒青茶，没有分级别和档次。"我刚开始去采摘茶尖做名茶，就有不少人笑话我穷疯了，连茶虫虫都不放过。时间一长，其他人也受到影响，开始接受做名茶，产品附加值有了很大的提升，也逐渐形成了现在许多的包括竹叶青在内的地方名茶品牌。"

1999年，沈小琼高票当选小河村党支部书记，这一干就是23年，她在从事自己事业的同时，将更多的精力投入到了为村民服务上。

自当选村支书到现在，沈小琼尽心尽力地为村民服务，抓党建，抓政策落实，抓村级经济发展，抓文化建设，抓稳定……几乎项项工作落地有声。2015年，小河村在全镇19个村的差额考核评比中，荣登榜首；也是全峨眉山市6个优秀基层党组织之一。沈小琼忙里忙外，几乎没有闲下来的时候，前不久还病了一场，做了手术。出院第二天，就开始筹划"一帮一"的精准扶贫项目。

火车跑得快，全靠车头带。小河村的嬗变，正是有郭燕、沈小琼，还有张长高、沈红霞、张洪成这样的领头人，才得以完成。

小河村于 2016 年已退出贫困村行列，全村人均收入每年递增 2000 元。2018 年脱贫率为 100%，实现了整村脱贫。

小河村的扶贫攻坚成果是干出来的，靠的是广大干部、群众齐心干。他们已经取得了阶段性胜利，但他们还将不忘初心，继续前行，为乡村振兴不懈奋斗。

在小河村，像沈小琼一样勤劳朴实的女人还很多。在繁忙的工地、热闹的集市上、希望的田野里，各行各业都有她们忙碌的身影，她们为家乡的繁荣、新农村的建设，洒下了无数辛勤的汗水，做出了她们应有的贡献！虽然没有人刻意讴歌赞美她们，但乡村的巨变和甜美的生活，却为她们谱写了一首壮美悠扬的歌！

其实，让一个女人真正富有的是她的精神，是她的智慧，是她的纯真，是她的勤劳和温柔的美。女人的美不只是漂亮的容颜、苗条的身材，最重要的是要有一颗金子般的心！沈小琼就是这样的女人。

参观完茶园，我们回到沈小琼家的小河生态家园，品茶，尝泉水豆花饭，再参观体验采茶制茶的厂房。

这一次采风，我们品尝到了珍贵的虫茶，我第一次听说虫茶，疑问很多，虫茶是怎么生产的？有什么功效？口感如何？

……

沈小琼翻出资料和书籍，热情地给我们介绍。

峨眉山独具特色的自然生态和人文环境，孕育出了优质的峨眉山茶，溯源追踪有 3000 多年历史，虫茶手工制作技艺始于清乾隆年间。相传清乾隆年间，城步苗族起义，朝廷出兵镇压，百姓们被赶进深山，以野菜茶叶充饥，谁知茶叶遇到虫害，漫山遍野只剩下了虫体产出的渣滓，人们偶然发现，虫体产出的渣滓落入水中，泡出缕缕血丝般的茶汤，人们试着一喝，味道香郁甘美。后来，人们索性有意以化香树叶诱蛾产卵，专取幼虫产出物熬茶，这就是现在饮用的虫茶。

"哦，原来是虫拉的屎。"我有些不敢喝了。

沈小琼边倒茶边说：放心喝，这是经过专业机构鉴定的，我这里有多种检测报告。

她翻出一大堆检测报告，口中不停地念出一连串的数据，虽然我一个也没记住，但我却记住了对身体有很多好处的微量元素名字，也知道了虫茶的营养价值高于普通茶叶，含有 18 至 19 种氨基酸，一定量的粗蛋白、粗脂肪、糖类、单宁、维生素等营养成分。

她接着说：有史料记载，清代乾隆年间虫茶被视为珍品，每年定期向朝廷进贡。如今，虫茶已闻名海内外。

峨眉王氏虫茶制作技艺，始源于峨眉山下双福镇小河村王国清之高祖王在明。因历史变迁，王在明携妻带子从湖北省恩施搬迁于现居住地小河村。因定居地山中多野生虫茶树，为了生计，采虫茶树叶，以恩施土家族虫茶制作技艺结合定居地情况，经无数次改良，形成了独特的王氏古虫茶制作技艺。祖传祖训：传男不传女，传内不传外。至今数百年来，峨眉王氏古虫茶制作技艺，传至第八代，形成具有四川特色的虫茶制作技艺。现在，第七代传承人王国清是沈小琼丈夫，第八代传承人王译平是沈小琼的儿子，父子俩秉承祖业，成立了峨茗春茶业有限公司，建了三千多平方米的加工制作厂房、数百亩茶叶生产基地，生产的青茶、红茶、飘雪等品种远销海内外。除此之外，父子俩将工作重心移到了虫茶技艺的研发上，让虫茶手工制作技艺与峨眉山旅游文化相结合，正向着茶旅融合乡村振兴领头雁的目标前进。

听了介绍，我连喝了几杯虫茶，确实醇香甘甜，沁人心脾，生津止渴，令人回味无穷，全身心舒爽。

于是，我端上一壶虫茶，来到小河边的长廊，坐到躺椅上，悠闲地慢慢品味。我最喜欢的是长廊，独坐长廊，泡一壶茶，不去管，不去问，不去想，不招摇，不烦恼，放眼山水间，心游无极限。在这里，可以将一盏茶，喝到无味；将一本书，读到无字；将一首歌，听到无韵；将一个人，爱到无心。

在这里，走出来的每一个姑娘和小伙子，朴素美丽，脸上挂着笑，浑身散发着一种茶的暗香。在这里，我明白一个道理，最美的往往不是精雕细琢，原来毫不修饰的真实，也是一种美丽的风情！不管你来过还是没来过，都会被这里的诗意山水和淳朴民风所吸引。

时至傍晚，流连忘返。这里的小桥流水、淳朴民风，犹如世外桃源；这里的袅娜云雾、茶香世界，仿佛人间仙境。

让人向往的不仅是吊脚长廊的安逸，更是小河村的茶香，小河村的静美山水，还有像沈小琼那样纯朴善良勤劳的村姑。

（本文发表于《大中华文学》《船波文艺》等）

# 绿囚天全

彭建群

在乡下读中学时，当读到课文《囚绿记》，总觉得不可思议：田坎河边、房前屋后，到处都是绿。绿，极为普通，极为普遍，为什么还要囚绿？不了解囚绿，实际上是不了解绿的重要，不了解生活，不了解生命啊。

作家陆蠡生活的20世纪三四十年代的北京，对于我辈来说，已是遥远的过去；当时的北京是一副什么模样，我自然不得而知。对陆蠡的"囚绿"生活，当然也不能理解。曾经带着政治的眼光，把绿理解为生命的希望，并因此从当时的抗战中去寻求答案。直至后来大学毕业，到城里工作，才发现绿的重要并不止于政治。在工业文明日趋发展的今天，物质的丰富并不能代替生命和人性本质的需求，这种本质的需求，更具有普遍的意义。可以说，置身于现代钢筋混凝土的丛林，绿就是一种奢侈，人性与生命的奢侈。

从陆蠡的囚绿中，我发现了生命的悖论：囚绿，乃因为囚身。

是的，城里人囚身高楼，被城市的喧嚣所包围，为了获得一丝可怜的绿，往往费尽心机。要么在楼盘的丛林中挤出方寸之地，培育出巴掌大一块绿地，谓之公园。要么在街道的两旁逼匝的甬道上，种上几棵树子，似乎就拥有了生命的气息。要么在阳台客厅置放几个盆景，让几叶矫情病态的绿，陪伴城市病态的生活。仿佛拥有了几片残绿，就拥有了生命的本色。怪不得乡下的老母亲，看了电视里的一则反腐新闻，百思不得其解。画面奇特而又醒目：北京，鳞次栉比的高楼。一栋高耸云端的楼顶，被装饰成梯级形的斜面，一方一方、一排一排的植物花卉，构筑成一个美丽的空中花园。皇城之下，众目睽睽，管控严密，这显然不是一般人可能为之。法网恢恢，以权谋私者受到惩处，并不足为奇。为奇的是母亲迷茫的眼神：这当官的真不可理喻，咱乡下出门哪里不是花呀树的，还犯得着为这去犯错误？

母亲的迷茫，在于不理解城里人的囚身。

我却逐渐理解了陆蠡对绿的渴望，也理解人们为什么要囚绿了。我承认，在辛苦厌倦的乡村生活时，我对见惯不惊的绿，并没有怎么在意，甚至有些厌倦。自从进城以后，不知何时起，我却开始怀念绿，也开始囚绿。客厅里的几盆绿萝、红掌，书桌上的文竹，每天都要对它们进行精心护理，那认真劲不亚于对一个婴儿的照顾。

这次"改革开放40年，绿色发展看天全"采风活动到天全县，我却被绿所淹没了，或者说被绿"囚"了。我甚至有点对天全人被绿"囚"着的绿色人生羡慕嫉妒。

"绿囚"，是我对天全最深刻的印象。一进天全，四周的绿就拥抱着我，满眼的青山绿水，冲撞着我的每一根神经。铺天盖地的绿似乎要绿瞎我的眼。不知不觉中，我就被绿"囚"住了。一种生命的绿色之"囚"、精神的绿色之"囚"、幸福的绿色之"囚"、身心愉悦的绿色之"囚"。

绿是我们进入天全的见面礼。只见那浓浓的绿，从成千上万座大大小小的山坡上漫过来，浓郁、柔婉、醉人，裹着淘润心肺的迷离气息。竹林、茶园、树木、花草、蔬菜、水果们，似乎正共赴一个约会，悄然聚首。那滴水的嫩绿，慵懒地铺满了水漉漉的河岸，将温婉的喇叭河染成一江澄碧，喇叭河像一位盛装而娴雅的女子，怡然躺卧在崇山峻岭深处。它让我想起了上善若水，我想，这里的所谓上善之水，是不是就像这喇叭河的水一样，充溢着一种碧绿柔曼呢？天空、云霞、街道、楼宇、车流、人群以及我，都被浸染了纯净而幽邃的绿。恍惚间，我那漫无边际的思绪也似乎浸润了浓浓的绿意。

我注意观察一些绿的细节，尝试着与绿对话。我发现，草坪上那些嫩绿的小草朝我左右摆动，展示着绿的生机、绿的活力、绿的自信，令人赏心悦目。那高大挺拔、郁郁葱葱的树木，那竹林中力争上游的竹子，都充溢着绿的血液、绿的生命、绿的气息。

绿从眼前的天全，再次回到书本。

我想起了中国现代散文家朱自清于 1924 年 2 月所作的一篇写景散文《绿》。他以深情的笔调，生动传神，在场书写，对梅雨潭的景物进行了细致的描写，写得清新细腻，漂亮缜密，精致玲珑，诗意盎然。他将梅雨潭的绿取名"女儿绿"，那是一种大爱。我想，如果朱自清今天来到天全，他又将给天全的绿取个什么美丽而诗意的名字呢？他一定会激情澎湃，诗兴大发，创作出更美的经典绝世美文。

天全县政协李家顺主席的介绍，让我看见了这绿的坚强后盾。李家顺主席自豪地说，天全有大大小小的山上千座，属于国家首批天保工程实施县，全国退耕还林试点示范县，是国家 50 条跨省精品生态旅游线路上的重要节点，是国家规划的全国 200 个生态旅游目的地之一，是四川省生态康养旅游区。这里既有雄浑壮美的二郎山，也有细腻柔情的喇叭河、青衣江、天全河……天全的森林覆盖率超过了 73%，其中竹林有 50 多万亩，是名副其实的天然氧吧和天府之肺。

今天，我遇到了天全，就有了收获和惊喜！推开天全的自然之门，昭示着这里的人文精神。我的思绪飞向 30 多年前，与那位走进雅安的美国客人同行。我细细揣摩着他在细雨蒙蒙中，给雅安留下的一句话："雅安，这是一座温情脉脉的小城，但始终看不清她的面孔。"原来，是被两片绿叶遮住了雅安的面孔，一片是茶叶，一片是竹叶……

我想说，今天，一群作家走进天全，在天降甘霖、绿色温润中，也给天全留下一句话："天全，这是一座被绿所囚的小城。"在这里，绿的家族成员有树叶、草叶、菜叶、果叶、竹叶、茶叶……

此刻，绿不仅"囚"住了天全，还"囚"住了我们。

在佳丰农场，绿色生态的蔬菜和水果，让作家们惊叹，同行的记者时刻准备"战斗"，抄起摄像机赶快拍下这动人的镜头。

绿叶"囚"住的不仅是我们的人，还"囚"住了我们的味蕾。在青竹苑饭店，我们品尝到了竹酒的"虚心君子气，满口碧岑香"。县委宣传部陈部长向我们介绍了竹酒的制作工艺：竹筒酒的种植条件要求非常苛刻，无论是竹筒酒的基酒配方，还是选竹及生长时间，都非常有讲究。基酒度数太高容易把竹醉晕，度数太低基酒在竹子的生长过程中容易被稀释，导致收割后的竹酒酒味不够浓。不是所有的竹子都适合种竹酒，竹太嫩容易被醉晕而停止生长，老竹营养成分不多，向阳面的竹子挥发速度快，阴面的竹子融合速度慢，一片竹林不能种得太多，每棵竹子最多能种三瓶竹酒。基酒在活竹竹腔里生长一般不超过6个月，但具体放多久合适，要综合种植进去时候的气候、温度、竹子朝向以及后续一段时间的气候等因素综合决定。并且每棵竹子最多只能生产三节竹筒酒，太多会醉死竹子。且每片竹林当中的竹子能种植竹酒的数量也十分有限。因此，竹酒具有稀缺性，产量并不高。我由衷地感叹：这么稀缺的竹酒，被我等品尝到了，真得感谢天全！

当晚，陈部长十分热情地带我们品尝了天全的烧烤。对于天全有名的烧烤我没细品，唯独对有机生态的猕猴桃酒情有独钟。

陈部长介绍说：通过近几年的发展，已在城厢镇、始阳镇、仁义乡、老场乡、乐英乡、新场乡、兴业乡、小河乡、多功、新华等乡镇开展了猕猴桃的规模种植。天全县民间历来有加工猕猴桃酒的习惯，民间生产猕猴桃酒始于1853年。当时杨家祠堂"钧明斋果酒坊"祖传工艺猕猴桃酒，在康熙年间就是贵族和土司的家庭用酒，被称为"贡酒"。现有猕猴桃酒加工作坊几十家，年加工猕猴桃酒上千吨。其中，农兴源公司以加工"欣妙牌"猕猴桃果酒为主业，已成功开发出"欣妙牌"4大系列20多个猕猴桃酒系列产品，"欣妙牌"注册商标已被四川省认定为"著名商标"，其产品相继获得"四川省优秀旅游商品""四川美酒""四川公众最喜爱的十大农业品牌"等荣誉称号，连续四届被"中国·雅安国际熊猫与自然电影周"组委会指定为唯一专用果酒，目前正力争打造"中国猕猴桃酒第一品牌"。

其实，绿"囚"住的是我们的全部身心。17世纪中国茶叶传入英国，成为英国上层人士追逐的高档饮品。而在此之前，"柴米油盐酱醋茶"，早已进入中国平常百姓生活中。

茶马古道上，古代背夫们往返负重攀危岩、跨灵山、涉寒江，为的是那片绿叶，朴实、善良、勤劳、智慧、团结、守纪律、坚忍的古代背负精神让我进一步认识到绿对于生命的重要意义。

当绿成为一种奢侈，天全就成了奢侈的朝圣之地。趋之若鹜，其实只为有绿。从身囚到绿囚，也许就是一种生命的生态追求。

天全县紫石关景区附近的紫石乡紫石关休闲避暑度假村，海拔960米，森林覆盖率达95%以上，空气质量全年达到国家一级标准，负氧离子含量高，拥有良好的生态环境，是天全县生态旅游示范点。在天全，不仅紫石乡如此，其他乡村也依托农村区域的优美景观、自然环境和文化内涵等资源，乡村旅游迅速发展，日新月异的新村生机勃勃，一批优质、特色各异的乡村景点为游客提供"吃、住、行、玩"为一体的好去处，乡村民宿环境优美、空气清新、气温适宜、舒适凉爽，每年夏天被成都等地来此避暑休闲游的人订满。

有人说，一个人心中最美好的事物就是一棵会开花的绿树，每一株绿色，都有着属于自己的生命轨迹，生长与繁茂从不会因为雪雨风霜的阻挡而停住脚步。绿色，是上天为人创造的最圣洁美好的色彩。绿色，总能让人们想起什么：青春、纯真、诚挚、温柔、宁静、春天、明快……绿色，总会让人们心里过滤掉一些喧嚣、一些烦恼……绿色是生命蓬勃发展的象征，是一种人文精神的象征。

在新华乡、孝廉乡、石头寨……我拜访了孝老敬老、廉洁奉公的历代天全名人。他们的崇孝尚廉，不就是人性根性的绿吗？

在天全，有一群从江苏、浙江等地嫁到天全的媳妇们，也许，她们是因为期待绿色，期待清新的空气，追随天全男人精神上的绿而来，她们更是追随自己心中的那棵绿树而来，甘愿幸福地被绿所"囚"。

天全山河一片绿，是一笔买不来也借不到的宝贵财富。在一串串绿色的数字里，我看到了天全"绿而美，绿变金"的生态文明建设丰硕成果。

在天全，眺望着群山满眼葱绿，吮吸着醉人而芬芳的绿，我惊叹不已。对绿色生态的蔬果摸着不放，对绿色的河水流连依依。这些天，天全的绿色韵律和优美画卷酣畅淋漓地在我面前展露无遗，并牢牢地将我"囚"住。

从身囚到囚绿的陆蠡，从绿囚到心囚的我，不同的经历，不同的感受。从身囚到绿囚，是一种解放，一种精神上的解放。我希望自己就这样永远被绿所"囚"，与天全人一样，过一种"绿囚"的幸福日子。

我想写一篇《绿囚记》，羡煞一个陆蠡。

（本文为《四川经济日报》组织的"改革开放四十年，绿色发展看天全"散文名家采风优秀作品，发表于 2018 年 7 月 30 日《四川经济日报》并发表于《二郎山》杂志）

# 面向太阳

彭建群

"转过身来，面向太阳。背光面部会阴暗的。"

在三星堆博物馆旁，摄影师不停地招呼着大家。大家依序转身，留下一个个阳光灿烂的光辉形象。一个简单的摄影原理，却让我想到眼前的广汉市向阳镇，想到向阳花木易为春的民谣。

地名往往隐藏着地域文化密码。记不清是哪位哲人说过这样的话，此刻，却自然而然地让我去想向阳背后的文化根源。我相信，向阳的命名里，一定包含着对阳光对美好生活的向往。而且，这种向往的根很深，植于三星堆先民纵目面具的想象里。

在向阳镇改革开放陈列馆，两块牌子——"广汉县向阳人民公社管理委员会""广汉县向阳乡人民政府"，却与一首人民公社时期的民谣联在一起："有女莫嫁向阳郎，吃的稀饭浪打浪，住的茅草芭芭门，走的泥路弯又长。"这几乎要颠覆我记忆中关于向阳花木的民谣。不是民谣错了，是自然的规律遭遇到了社会现实的尴尬。向阳的命名，代表了这方人对命运的美好向往，可曾经的现实，却无情地将这种向往粉碎。

事实上，不只广汉向阳，在推翻三座大山，翻身得解放后的那个年代，哪个地方，哪个人，没有心怀一个乌托邦，不想面向太阳？总路线、"大跃进"、人民公社"三面红旗"，成了人们寄托梦想的载体。儿时，常听母亲唱的歌，至今仍记忆犹新："公社是个红太阳，社员都是那向阳花；公社是棵常青藤，社员都是藤上的瓜，瓜儿连着藤，藤儿连着瓜，藤儿越壮瓜越大……"

然而，记忆中的人民公社，却不像照相中的向阳与背光那么简单。不仅藤儿不壮，我们这些藤上的瓜儿就更不甜了。那个时期，正是我们长身体的关键阶段，可我从没有吃过一顿饱饭，能吃上煮红薯就是最幸福的了。偶尔父母会在煮红薯时，为弟弟蒸一碗米饭，我为了和弟弟争米饭吃，不知挨过父亲多少打。

　　父亲每次打过我之后，背过身子就开始擦眼泪。幼小的我并不懂父母的艰辛，其实，当时他们连煮红薯都吃不饱。

　　永远难忘那个冬天的早上，上学路上，同学们对我指指点点。我一头雾水，不知何故，等我向好友打听后得知：头天夜里，生产队里守夜的人半夜起床方便时，发现队里的仓库里有小偷，他打着手电筒追了好远也没追到，虽然没抓到小偷，但手电筒照出了背影，认定那小偷就是我父亲，一大早队里就传开了。我听了，如五雷轰顶，一阵慌乱，恨不得地上有条缝，让我钻进去。

　　于是，在那段时间，队里经常开会批斗我父亲，每次都要求我父亲深刻检讨。那时，我恨父亲，认为他丢尽了我的脸。

　　随着年龄的增加，我也有了文化，明白了父亲当年做"小偷"，完全是不忍心看我们三姊妹挨饿。看着我们一个个面黄肌瘦，爷爷奶奶也水肿得厉害，怎么办？为了子女，父亲豁出去了，他的那一行动，是要忍受多大的屈辱啊。到现在，我还隐隐约约记得一些那个年代悲惨的事，对于经历过那个时代的人来说，饥饿的记忆会伴随他们一生。要不是父亲的"小偷"，我们也许早就成了那个时代的冤魂。每当想起这事，我就想向父亲深深鞠一躬：父亲，为了儿女，你承受了多大风险、多大委屈。

　　"面向太阳，春暖花开。"不知是谁说了一句话，把我的思绪拉回到了向阳镇改革开放陈列馆。

　　"向阳"一词，让我很快想到向日葵。它的头总是朝向太阳，太阳在东，它朝向东方，太阳到西，它也朝向西。向日葵具有向光性，人们称它为"太阳花"，随太阳回绕的花。在古代的印加帝国，它是太阳神的象征。植物如此，何况人。

　　向阳镇如它的名字一样，总是面向太阳。

　　1950年6月，中央人民政府公布《中华人民共和国土地改革法》，土地改革运动在全国农村展开，向阳人积极响应土改，于 1951 年建乡，就是面向太阳的佐证；到 1958 年改向阳公社，又是朝向太阳的一大举措；而 1980 年，向阳人以"敢为天下先"的创新精神，在全国率先取消"人民公社"牌子，建立"向阳乡人民政府"，被誉为"中国农村改革第一乡"，他们把阻碍生产力发展、脱离中国实际、带来贫困与饥饿的"人民公社"的牌子摘了下来，把代表人民当家做主的人民政府的牌子高高地挂了起来！近几年来，这里又率先调整农业产业结构和经营模式，改变传统的以粮为纲模式，大力发展水果、乡村旅游和多种经营，搞以产业为纽带的新型"合作社"，通过土地流转，培育种植业、养殖业大户。一次次的变革，无不是向着阳光转向，向着小康奋进。

向阳人的石破天惊之举，让我想到了我国最早的神话传说——夸父追日。这个神话曲折地反映了远古时代人们向大自然竞胜的精神，夸父是勇敢的，他将一片桃林留给了那些热爱光明又很勇敢的人。夸父追日，追的是幸福，追的是希望。

向阳人也是勇敢的，在改革开放四十年间，向阳人始终走在时代的前列。围绕党中央的路线方针，向着有太阳的方向前进，如夸父一般，努力践行，留给后人一片"桃林"，向阳人把改革的宝贵经验留给了全国热爱阳光又勇敢的人们。

向阳镇面向太阳，从历史深处走来，站在历史的高地。不言而喻，向阳农村改革与发展历程既是向阳人民奔小康的历程，也是我国乡镇改革历史的缩影与典范。

四十年风雨兼程，四十年砥砺奋进。如今的向阳镇，欣欣向阳，新天丽日，城镇建设、经济、文化、农业、工业、社会事业等各方面呈现出一派盎然生机。向阳发生了天翻地覆的变化，四川汉舟电气有限公司、华侨凤凰纸业、四川米老头食品工业有限公司、友邦工业集团等，落户于只有 39 平方公里的向阳镇。目前，全镇有各类企业 300 余家，工业经济对 GDP 的贡献超过 70%。2017 年全年工业总产值 85.5 亿元，2017 年全镇农民人均纯收入达 18375 元。更重要的是人变了，变得自信、幸福而阳光。

距离陈列馆不远处的幸福广场上，两块牌子摘挂的雕塑，标志着"人民公社"成为历史，也是向阳人面向太阳追求幸福生活的见证。不远处的彩虹桥横跨青白江，作为向阳镇的标志性建筑，既是向阳数十年跨越式发展的历史见证，更是中国农村改革的见证，寓意着向阳——中国农村改革第一乡，有着彩虹一样绚丽多彩的明天，正向着太阳展示自己美丽的舞姿。

改革开放的阳光不仅照耀着向阳，也照耀着这一方水土的每一个角落，比如邻近的松林镇沙田村。听德阳的文友介绍，沙田村是广汉市万亩优质水果科普示范基地，我不由得咏起"碧玉枝柯柑橘林，开花结子未成金"。宋孝宗那浪漫的笔调，言尽柑橘之美。此刻，我也有了一种"更约提壶一访寻"的冲动。

"哇！你看，好多橘子，真好看！像小小红灯笼。"邻座美女作家的惊呼声，把我从沉思中惊醒。

抬眼一望，我的眼被红红的橘子炫得迷离起来，橘子、柑橘、柚子沉甸甸的果实挂满枝头，三个一串，五个一群，你挤我拥，强占枝头，一根根枝丫被它们压弯了腰。在这碧玉葱茏的广汉市松林镇，我默默地吞咽着口水，走在香飘飘的果道上，忍不住买了两个圆滚滚的大柚子，又买了两斤红彤彤的橘子，一路走一路品，感叹着，聆听着，询问着。站在遮天蔽日的果树下，鲜艳欲滴，饱满诱人的水果钩沉起我不愿提起的往事。

儿时，父母起早贪黑地挣工分，可家里还是穷得叮当响，粮食不够吃，更别说吃上水果了。自家没有果树，每当看见邻居家的梨子熟了，就垂涎欲滴。

一次，小伙伴约我去偷邻居的梨子。我本不想这么做，可经不住梨子甜甜的诱惑，我和小伙伴去偷了邻居的梨子，被邻居发现后，把我们臭骂了一通。幸好邻居没有告诉我父母，否则，非挨一顿打不可。这件事成了我人生的一大耻辱，至今不愿提及。

眼下，在松林镇沙田村，人们收获着果实，也收获着满满的幸福和对未来的憧憬，这里的儿童不用像我当年那样去偷，自家的水果都吃腻了，每年卖水果的收入更是惊人。

朝向太阳的地方，注定硕果累累。穿行于果林间，我们看到了太阳朗照，看到了向阳伟大变革带来的丰硕成果，文旅兴村的美丽成果，国泰民安的社会成果，民风淳朴的精神文明成果……

显然，松林镇也是面向太阳的，松林镇的人更是朝着阳光奔跑的勇敢者。曲径通幽处，设计与布置个性化，具有浓浓的文化味，壁画、雕塑、版画、指示牌，还有"猪圈书吧""净庐"咖啡屋，都是乡村艺术家的杰作。驻足于美丽的果林，乐而忘返。在这浮躁的社会中，这里可以让我们等一等灵魂，让疲惫的心栖息于此，慢慢体会屈原《橘颂》中所云的纯美，感受苏轼的"一年好景君须记，正是橙黄橘绿时"的美妙。淳厚勤劳的松林人，用智慧和汗水，打造出了万亩水果种植示范基地，形成了四季皆能品新鲜水果，四季皆能赏花的新格局。在这里，他们看见了光明的未来，他们向着阳光追赶。

第二天，在三星堆博物馆里，从三星堆文化的太阳神崇拜，我找到了广汉人从远古时候就崇尚太阳的佐证。专家考古发现，在"人头"纹的上方绘有并列的两只神鸟，均为圆目钩，面向太阳，双翅竖起，爪有三趾，作展翅向上腾飞状。这种鸟的形体与三星堆青铜神树上栖息的金乌非常相似，它们就是神话传说中的三足乌。三足乌是负载太阳运行的神鸟。而三星堆、金沙遗址出土的金冠带、金杖和铜人身形牌饰上，分别刻着一、三、五个太阳纹图案。薛综《赤乌颂》把三足乌喻为"日精"，说明它已变为太阳和阳气的象征。

是的，向阳是人的天性。德阳人、广汉人、向阳人、松林人、三水镇人，乃至全中国人，都是向着太阳奔跑的勇敢者。

转身，面向太阳。

（本文发表于"德阳散文""川观经济""在场主义"微信平台）

# 有风千年

彭建群

有风千年，从北宋吹来。每一次到眉山，都会感觉到它的存在。记不清去过眉山多少次了，可我对她并没有产生审美疲劳，每次走近，都会怦然心动，被一种情愫牵绕。

我知道，那是文风，或者说诗书的风。其实，不止千年，当年的陆游，在这里不就强烈感受到了这风的存在，不然，他怎么会说"郁然千载诗书城"。陆游与我们相距多远？

我与眉山的缘分交集，当然与这风有关。那北宋的风，那"三苏"的风，那"八百进士"的风，吹到现在，吹出了什么？是千树万树梨花开，还是清江水暖？都不是。俗话说，种瓜得瓜，种豆得豆。那风吹出的是文，是在场主义的文。

一次偶然的机会，接触到在场主义和它的创始人周闻道先生。他应邀到乐山演讲，讲散文。开始并没有抱特别的好奇，只当是通常的文学布道，拓宽一下文学视野。可是听着听着，越听越觉得与众不同。许多令人耳目一新的概念，冲击着我已近疲劳的散文神经：在场，去蔽，敞亮，本真，介入，当下，精神，自由……虽然并不完全理解，却顿生好奇，对在场主义好奇，对眉山好奇。

那一次的偶然，让我生命充满了感动与期待。我从在场中明白了生命可以多种方式存在，人生的价值与意义也可以多种方式体现。这不仅彰显了散文写作的多种可能，关键是发现存在的意义，更让自己那些人生失意的痛苦和烦恼随之烟消云散了。

从此，我对眉山的一切多了一份朝思暮想的思念，一些魂牵梦萦的牵挂。每次有空到眉山时，都会主动请周闻道先生讲述眉山，每次他都"不遗余力"地告诉我许多关于眉山的故事。每当他讲到眉山，我脑海里总会感受到那一袭北宋的风，顺着一条江轻轻吹来，拂绕在眉山大地。那是岷江，眉山的母亲河。1059 年，苏东坡离家时，一家人就是顺岷江而下的。他们父子三人都带着去京城大干一番事业的宏愿，一路浩浩而歌。东坡的《初发嘉州》，也许就是他们的心迹："朝发鼓阗阗，西风猎画旆。故乡飘已远，往意浩无边。"

岷江虽历尽坎坷曲折，沧桑巨变，但它始终未能停止前行的步伐，承载着它特殊的使命前行，不舍昼夜、不辞艰辛地穿山越岭，倔强而执着地奔向波澜壮阔的大海。苏东坡先生就有着岷江的性格和岷江的精神，他虽在仕途上历经坎坷，三次遭贬，但他依然正直善良，勤奋为官，执着于自己的为文为人风骨。

我想：岷江的水，是否顺风而流，能否将我带向远方的大海？去寻找东坡先生的足迹。想到远方，我心潮澎湃起来。

通过多次与周闻道先生的接触，发现他是一个有故事的人，一个沉稳厚重有丰富文化内涵的人，一个情真义重乐于助人的人，一个豪爽酣畅古道热肠的人，而且还是一个会讲眉山故事的人。

我们谈论最多的话题是文学。我佩服周闻道先生的博学多才，先不说他出版了十多部个人著作，单看他在散文上的成就及对当下文学的影响，就令人叹服。

一提起眉山，很多文化人都会想到在场主义散文。我数年前就知道在场主义散文这一流派，然而了解得并不多。经过周闻道先生的讲解，我对在场主义有了一些初步认识。在场主义散文被誉为"中国第一个自觉散文流派"，是一种无遮蔽的散文形式，由周闻道发起，周伦佑构建散文理论。在场散文主张三个介入：对作家主体的介入，对当下现实的介入，对人类个体生存处境的介入。使散文直接进入事物内部，通过本真语言呈现出来。

在场主义散文同仁们，通过对三千年散文史的深入研究，提出了散文性和在场性的观点。发表了《散文：在场主义宣言》，将在场主义主张昭示天下。这是文学史上的重要开端性事件，引领 21 世纪散文发展趋向，具有划时代的意义。在场主义散文自 2010 年在北京设立在场主义散文奖以来，通过连续 6 届的评奖、出版年选和丛书、成果展示等，凝聚了全国散文精英，成为影响中国乃至世界文化发展的新锐元素。

这让我想到唐宋八大家们，想到韩愈、柳宗元和"三苏"提倡的"古文运动"，以革新六朝以来骈俪雕饰、专事浮华的文弊，建立崭新的文风为号召。当下在场主义散文，也许正是继承了"三苏"的千年文风，并发展创新，只是他们所处的时代不同，但他们都分别寻觅着引领时代潮流的独特文风。

每次到眉山，就会被那铺天盖地、蜂拥而至的千年文风激荡着，让人陶醉在那满城的诗意和古韵里。那风，就像庄子所说的"大块之气"，会很快就把你引向千年前的文气里。你会去到西晋，走进李密的《陈情表》里，去领略孝道文化的魔力；你会去到清末，不经意间回到中学时的课堂，耳畔想起彭端淑《为学》之声："天下事有难易乎？为之，则难者亦易矣"。当然会随风逐源，去到北宋，去蹚一下东坡的生命苦旅，或者，去对"苏门四学士"做静观，听听黄庭坚、秦观、晁补之和张耒都在聊些什么，学学他们的多情重义，豪放恣肆，浩然正气，视野广阔，笔力纵横，体察疾苦。

当然，我什么都去不了，西晋，北宋，清末。我唯一能去的是眉山。这一点，我与"苏门四学士"一样。不，不止于此。我见识了在场主义，他们没有。我认识当下眉山的在场主义同仁周闻道、张生全、沈荣均、万益群、林歌尔、李晓群、李海燕、若若、陈立，等等，他们也没有。我可以站在眉山一千多年后的这片土地上，在苏东坡千古流芳的地方，看见一大批眉山文化人，执着于文学，传承着东坡文化，见证着"中国散文创作基地""中国散文之乡"在眉山生根，他们仍然没有。

有风千年，吹过了北宋，又吹回到了南齐建武三年（496）。当眉山二字在这片西蜀大地出现时，似乎就有一股"大块之气"在漫长的历史长河中孕育，形成。按照庄子的解释，那是大地的呼吸。宋仁宗的感慨也不是没有道理："天下好学之士多在眉州！"

我曾经怀疑过，是不是因为有了这风，眉山城就成了一个迷宫，进去了就很难出来？是不是自己深陷在眉山那些故事里，走不出来了；还是自己与眉山真有不解之缘呢？

　　有风千年，今天，我又到了眉山。我欲乘风归去……

　　（本文获中国散文学会颁发的"冰心散文奖获奖作家东坡故里采风在场写作"三等奖、峨眉山文艺奖，并被选入冰心散文奖获奖作家东坡故里采风在场写作获奖作品集《有风千年》和《川鲁现代散文精选》；先后发表于《乐山日报》《邹鲁作家》）

# 遇见一棵树

彭建群

  周末，好友芳冰邀约我一同去峨眉山伏虎寺踏春。她说伏虎寺下的虎溪桥边有一棵古桢楠树，有着动人的故事。我带着好奇，驱车来到景区，停好车后，我们沿着步行栈道，听着脚边汩汩的溪水声，向伏虎寺方向走去。

  春日暖阳下，在茂密的森林中，绿叶婆娑，一排排翠绿的树颔首微笑，夹道盛情欢迎着来来往往的游人。

  来到虎溪桥旁，芳冰指着一棵古老的桢楠树向我讲述说：

  你看，就是那棵树，我看见它就如看见了我父亲。你知道吗？当年，如果不是我父亲，这棵树早就不存在了。那是在"大跃进"时期，我父亲在峨眉师范校读书。有一天，老师指派我父亲去砍这棵树。我父亲是最爱树的，他不想伤害任何一棵树，可是，老师指派的任务却必须去完成，怎么办？他来到树下，犹豫着，伤心着，下决心抡起斧子砍了两下，但眼泪模糊了他的双眼，他看见树在哭泣，在流血，他停止了砍伐，然后空手回到学校，老师责问他为什么不砍树，父亲理直气壮地说：要是我砍了，这棵六百多年的古桢楠就永远不存在了。父亲向老师解释说桢楠树是国家的二级保护植物，是特产树种，并列举了树对人类的许多好处。老师默然。但是，我父亲为此受到了学校的责罚，在毕业分配时，所有同学都分配了好工作，而我的父亲却为了这棵树，没有分配工作，父亲毕业后只能打些零工。直到1979年后才平了反恢复了工作，父亲20年的委屈和20年的青春都是为了保护这棵树。

  她流着泪动情地说，父亲在世时，常常来看这棵树，每次都会抱着这棵树哭。如今，父亲虽然不在了，但这棵树就是我父亲的化身，它的身体里流淌着我父亲的青春和心血，我每年都来看它很多次，每次都拥抱它、亲吻它，就如拥抱和亲吻我的父亲。

听完芳冰的讲述，我的心情久久不能平静。

眼前这棵桢楠树，屹立在虎溪桥旁，枝繁叶茂，参天耸立，直插云霄，笔直的树干，粗壮结实，须两人牵手合围，方能抱着。我抬眼望见了不远处的伏虎寺。我想：树是有生命和灵性的，它承载了人类文明的历史足迹，它有六百多年之久，虽然，相对于千年古刹伏虎寺，六百年不算什么，但它和自己的父母以及父母的父母，与伏虎寺一起成长，它们一起见证了伏虎寺的兴衰荣辱。

站在高大的桢楠树下，我显得很渺小。在树下合影徜徉，我仿佛嗅到了历史的味道，历史的触须在悄然中伸向我灵魂深处，带给我历史文化不朽的震撼力。

在远古的晋代，药师殿建立，后改名今伏虎寺，伏虎寺名称的由来，有三种说法，其一是说古时寺旁有猛虎出没，寺僧便建了座"尊胜幢"来降伏猛虎，取"伏虎"成了寺名；其二是说由寺后形如伏虎的山脉而得名；最后一种是说由名为"伏虎"的罗汉而取名。

伏虎寺的历史充满了神秘色彩。

相传当年顺治皇帝在此遁入空门，引得康熙皇帝亲自到伏虎寺探究父亲顺治遁入空门之谜，并在此驻足。有一天，他看书之余，来到窗边，发现伏虎寺绿树环绕的房顶竟然没有一片落叶，疑问和惊叹之余，亲笔题写了"离垢殿"的匾额留存至今。

相传，古时伏虎寺的寂玩和尚带着寺僧信众，在寺庙周围按照"法华经"的字数种植了十万九千株珍贵的楠木，就是今天的参天大树。

一棵树，一片情，一份功德，一段历史，经历了六百多年的风雨沧桑。值得庆幸的是，因为有从前的高僧，到后来像芳冰父亲一样热爱树、热爱文明的峨眉山人对这些树的精心爱护，才有了今天子子孙孙的福报，我们才得以欣赏到如此旷世胜景。

站在树下，一周的忙碌和世俗纷争，竟一下子被这棵树排解掉了。

（本文发表于《乐山日报》《在场微散文》）

　　李临雅，毕业于四川大学中文系，长期从事编辑工作。中国散文学会会员，四川省作家协会会员，成都市作家协会会员。已出版《国际倒爷》《海外归来的龙门阵》《另一种风景》等六部作品。散文集《留痕》获首届四川散文奖。

# 暮色中的小站

李临雅

　　记忆中，有一个暮色中的小站。那是西伯利亚大干线上的一个小小的火车站。至今我也没搞清楚它的站名，但它留给我的印象却是抹不去的。

　　那是从俄罗斯回国的途中。列车飞快地奔驰，窗外的森林、原野和小木屋匆匆掠过。不经意中，又到了一个小站，列车在那里停留的时间很短，短得人们都来不及下去走一走，看一看。

　　我坐着没动，透过窗户往外看。不远处，有一座不大的有尖顶的白色建筑，像是一座小教堂，造型很简单，但给人的感觉很美。周围有很多树，簇拥着那小巧玲珑的房子，俨然一幅俄罗斯画家笔下的风景画。当时是初夏，树林郁郁葱葱，但在黄昏时刻，暮色四合，太多太密的树却给人一种秋天的感觉。

　　转过身来，我从另一侧的窗户往外看，一下子有一种想往后退的感觉。正对着窗户很近的地方，是小站上一座房子的一面墙，整个墙面上画着一幅大画。一望而知，那是十二月党人故事中的场景。画面上，有忧郁英武的军官，还有几个气质优雅的女性。我想，她们中间，或许有图鲁别茨卡雅、伏尔龚斯卡雅公爵夫人，还有那个受普希金之托，把他的《致西伯利亚囚徒》带去的穆拉维约娃吧？

　　看着它，一种沧桑感油然而生。本来就显得寂寥、冷清的小站，因为这幅画和渐渐浓重的暮色，更让人有一种远在天涯之感，觉得到处都弥漫着忧郁、孤寂和萧瑟的气氛。

　　就在我们启程前的几天，曾在车里雅宾斯克城的远郊参观过彼得格勒电影制片厂一个摄制组的拍摄现场。他们拍的那部电影名字叫《蛇麻草》，内容也是关于十二月党人的。为了拍片子，他们在一片林子里搭起了一座小村庄，用的材料全是白桦树。影片中的女主角是一个年轻美丽的姑娘，全身上下一袭黑衣，头上也裹着黑头巾，把脸庞衬托得格外白皙光润，透着一种凄楚之美，留给人的印象很深。

看来，俄罗斯人对十二月党人有一种不可释怀的情结，歌颂他们反对专制主义的英勇举动，也欣赏他们的女人们的虔诚、炽烈的爱情。不知为什么，在那个寂寞的小站上，在暮色苍茫的黄昏时分，看着那幅关于十二月党人故事的大画，更多想到的是那些女人。为了和心爱的人在一起，那些身为贵妇的女人们自愿流放西伯利亚，哪怕冰天雪地，哪怕海角天涯。她们的故事凄婉而美丽。无论什么人，对爱情的忠贞总是让人感慨和赞叹的。

车开了，那幅画一点一点地从眼前消失，那个小站也渐渐隐没在暮色中，就像十二月党人的故事渐渐地隐没在历史的烟云之中……

记忆中的这一幕，已经过去了许多年，但什么时候想起来，那种忧郁和惆怅都会弥漫上心头，好久好久都挥之不去……

# 溜 妹 儿

李临雅

　　第一次看见她，就印象深刻。头发编成细辫子盘在头上，身着粉绿色的套装：里面是吊带的连衣裙，裙摆呈不对称的鱼尾状，外面是一件很短的同花色外衣，料子很薄，很贴身。脚下是绿色的凉鞋，有很多纵横交错的细细的带子，鞋头很尖，细细的鞋跟是透明的。整个打扮很时尚，还有几分性感，可惜皮肤不太好，抹了多少化妆品也遮不住面色的青黄。这是在一个新闻界的会议上，和大多数人比较起来，她不太像个文化人，于是就很打眼，于是就很注意她。

　　会议开了8天，她一共换过5件衣服，样式都多少有些怪怪的。比如说，有一件黑色的紧身体恤，领口开得很低，而且前后都是方形的，肩膀都几乎要露出来了，可惜能看得到的前胸和后背的颜色，都和她的脸一样，青黄青黄的。开会的地方是高原，早晚温差很大，这件衣服可能实在是有点不合时宜，只穿了半天。还有一件棉布衬衫，前身和后背分别有几个直达腰部的镂空的大花瓣，用浅蓝色的线镶着边，而她的头，则可以看成花蕊。她还有一双红色的鞋，鞋面上有一些发亮的金属饰品，鞋脸很长很尖，走起路来，脚还没到鞋尖就到了的那种。明明知道出来是要走路、爬山的，别人都带运动鞋、旅游鞋之类的，可她就只带了这双红鞋和前面说的那双绿鞋，就像是准备来出席舞会。

　　去的时候我和她同坐一辆车。很不巧的是，我们这辆车的空调坏了，她坐在靠窗的位子上，沐浴在七月的阳光下，一直在抱怨太热了，开始还只是小声嘀咕，到后来就有点忍无可忍的意味了。"太热了嘛，为啥子要来受这种罪嘛?!" "太残酷了嘛!" 其实大家都热，但没有人像她那样表现出不堪忍受的样子，有人说，看来你是没有受过什么苦的。她说："这还不苦啊？简直不把我们当人看!" 见她真的要动气了，有人和她开玩笑："把你的那个拿破仑的帽子戴在头上嘛，可能就不热了。" "啥子帽子!?" "就是你手上提的那个嘛。" 那人说的是她的手提包，底部是半圆形的，倒过来真的有点像电影中看到的拿破仑的帽子。她看了看自己的提包，无奈地笑了笑。这以后她埋怨的声音小了些。

没想到的是，我们又遇到了更大的不如意。本来就因为修路，只能单边行驶，结果一辆运沙的大卡车坏在了路上，一下就堵了几百辆车，不得不在烈日下无奈地等待，这一等就是三个多钟头……一直到傍晚，才又重新上路。车终于又开了以后，她重重地叹了一口气，说道："唉，看来，出门在外，一切都必须忍耐。" 全车人都笑了，有人总结性地说："看来，你开始成熟了嘛。"

在整个会议过程中，她好像都不太合群，常常看到她独来独往。和她同住一个屋的女孩子，到第二个住宿点后就不再愿意和她同住。好像她还一度向会务组表示想提前离开，会务组的人劝她，来都来了，还是和大家一起到结束的时候再走吧，她才留了下来。

会开完了，有个采风活动，汽车到了折多山顶海拔最高的地方，大家都下车照相留念。车要开了，大家都回到车上了，只有她还在一个高坡上。刚下过雨，地是软的，她的尖细的鞋跟每走一步都要深深地陷进泥土。她一只手抓着那个"拿破仑的帽子"，另一只手乱晃着，保持身体的平衡。所有的人就坐在车里，等着她慢慢地晃动，就像在看一场时装表演。到了那个高坡的边沿，离公路路面有一米多高，她不知道是应该跳下来还是蹲着往下伸腿，在那里犹豫不决，终于有个男士跳下车英雄救美，向她伸出了手，把她搀扶了下来。

有一天吃饭，同桌的有一家大报的一个人。她端起酒杯向那人敬酒，说久仰你的大名，经常听我们报社的老总说起你。那人说，你们报社的老总是哪个嘛？她说了某某、某某，那人说，他们不认识我嘛？她又说，经常看到你的大作。那人说，你就说错了，我已经有三年都没有写过文章了。她有点尴尬，马上又说，哎，敬你一杯总是可以的嘛。那人说，可以可以。

一直到要走的时候，都不知道她的名字，问起来，有个人说，都喊她"溜妹儿"。我们不是到的溜溜的城吗？记不住她的名字，将就这个"溜溜"称呼她。于是，留在我记忆里的这个形象也就是溜妹儿了。

# 生存与爱情

## ——一个梦和它的由来

李临雅

　　我和一些人在一座很大的房子里。那是一个没有天花板的仓库一类的地方，光线不太好，有些地方隐没在黑暗中。到处都堆满了乱七八糟的东西，还有一些床，只铺着席子，有的还挂着残缺不全的蚊帐。我不清楚我为什么会待在那里，只知道突然面临着某种危险。有人在威胁我们，都是些平时在什么地方见过的面熟的人，只是他们这时候似乎倚仗着一股很强大的势力。这些人对我们很凶，感觉到他们在大声叫嚷，却听不见声音。不过我还是弄明白了，说是要把我们全部消灭。他们要我们从自己的床上移到另一些床上去，我们感到很为难，因为很多人都没穿外衣。有些不服从的人就被强行拖起来，露出光光的腿。然后他们就在我们每个人的床上撒了一些白色的粉末，说那是一种毒药，接触到就会有危险。我无动于衷地看到自己的腿上、手臂上都沾上了那种粉末，还下意识地用手摸了一把，举到鼻子跟前闻了闻，就像电视剧里那些警方人员检查毒品一样。

　　后来，又看见那些人在我们周围忙碌着，说要放火烧我们。我和我的一位朋友坐在一起，眼睁睁地看着这一切，一副束手待毙的样子。然而，我心里一直有个念头，就是觉得这些都不是真的，我们今天不会死，以后我一定还会对别人讲起今天的情景。

　　这时候，又进来一拨人，是几个女的，觉得比刚才那些人更熟悉，我甚至可以叫出名字来，但后来却怎么也想不起来是谁了。她们挤到跟前来看我们，带着一种幸灾乐祸的表情，嘴里却说着很同情我们的话。我大声对她们叫喊，说她们是坏人，跟那些人一伙的。还有，不需要她们假惺惺的同情，要她们出去，马上离开！我感觉到自己喊得声嘶力竭，呼吸很急促，好半天都平静不下来。

过了一会儿，那些人对我们的监视放松了，似乎在等待一个什么时刻的到来。我们中的一个人，有点像我们家楼下住的那位老红军，他站起来环顾四周，好像是在寻找什么东西。那个大屋子不知道什么时候又似乎和外面连成一片了，连着一片山坡，还有一些沟沟坎坎的。我明白了，老红军是在寻找逃出去的通道，就像电影《红色娘子军》中从花园的假山通到外面去的那种。他找了一圈，没找到，我却有了兴致，爬起来也去找。

我走到一处低洼地里，忽然看到两个人，是我认识的一位风韵犹存的中年妇人和她的女儿，不过那女儿比记忆中的要年长一些，漂亮一些，和她的母亲很相像，两个人看起来就像两姐妹。我心想，她们这个时候到这个地方来真是太危险了，简直就是自投罗网。可我又不敢和她们说话，怕被发现。我突然想到，她们是从什么地方进来的呢？那女儿注意到我询问的表情，似乎猜到了我的心思，就给我递了个眼色。我顺着她的眼光看去，看到地上的卵石堆中有一个很不明显但是很大的井口。井里塞得满满的，最上面是一扇大石磨，和其他一些石条之类的形成了台阶。我急步奔向井口，往下走了几步，果然能通到外面去。我又出来站在石磨上，正好看见有一个认识的人，就小声地请他帮我把我的那位朋友叫出来。我好像认为如果我离开那个地方就再也找不到它，或者会被别人占了去。我和我的朋友终于从那口井中逃到了外面。我对她说，我想过，今天我们不会死的，一定会逃出来的……

就在这时，我醒了，梦里的情景历历在目。我觉得很奇怪，怎么会做这样的一个梦呢？

回想起来，头天晚上睡觉前最后一件事是在看电视里播放的奥斯卡获奖影片《走出非洲》。片子播完以后，这个叫作"经典电影赏析"栏目的主持人预告说，下一次的影片是另一部奥斯卡获奖片《辛德勒的名单》。我听了很高兴，虽然已经看过一次，仍然很期待从电视上再看一遍。

躺下之后，脑子里还回味着《走出非洲》的故事，寂寥苍茫大漠里的落日余晖，非洲大陆特有的那种野性粗犷的风光，在这样的背景下，女主人公卡伦和她的情人相爱的温馨场景，让人觉得，无论在什么样的条件下，有了爱情，生活就是美好的。还有，主持人最后的那句评语，卡伦以她的魅力造就了一种悲凉。她没能得到她所追求的一切，令人深深地遗憾⋯⋯

在这样的心境中入睡，怎么会做一个有关受虐和逃命的梦呢？如果是在看了《辛德勒的名单》之后，还好解释。那么，难道就因为最后提到了《辛德勒的名单》吗？也就是说，比较而言，不管离看过的时间长短与否，《辛德勒的名单》留在脑子里的印象更深刻，更强烈，以至于只是提到它的名字，所有那些印象和感受就自然而然地从记忆中浮现了出来。另外，是不是应该这样解释，就人的生命而言，生存毕竟是第一位的，是头等重要的，任何时候、任何情况下，首先要有了生命，要活下来，然后才谈得上其他的事；而爱情，尤其是卡伦追求的那种两情相悦、充满浪漫色彩的爱情，是人生的奢侈品，是像五彩缤纷的彩虹那样可望而不可即、难以得到的东西。于是，当把这样的两部影片放在一起时，潜意识自觉地做了这样的选择?！人的脑子真是一个奇妙的东西。

我不能解释自己何以会做这样的梦，只有这样想了。

# 秋醉桂湖

李临雅

桂花开放的时节，说起要到新都桂湖去，就好像已经闻到了桂花的香气，陶醉在了那满园的芬芳之中。

到了才知道，我们来之前的几场秋雨，把花都洗刷得无影无踪了，好不遗憾。然而，怎么总觉得四下里弥漫着一种淡淡的、似有若无的香味呢？那些茂密的桂树枝头一定还藏着一些没被打落的花粒吧？于是抬头放眼，到处搜寻。没有，没有……没有了花，哪来的花香呢？是别的什么气味吗？不，那就是桂花的香味啊？哦，曾经如雪如云，层层叠叠，纷繁喧哗的花儿朵儿们被风吹雨打后，撒落在地上，飘进了水池，躺在了花草、树丛中，石阶、屋顶上，隐身在桂湖的每一个角落，让土里、水里、树里、草里、风里、雾里……到处都点染了幽香，可谓"飞离枝头去，依然香如故"，只不过不再是馥郁芬芳的浓香，而是一种若即若离、渐行渐远的薄香，它们和青草、绿树、残荷的气息，清新、湿润、洁净的空气的味道，互相浸润缱绻成了只有在这里才能闻到的缥缥缈缈的淡雅的浅香，那是桂湖特有的芳香。

到桂湖园林是岸上赏桂，湖中观荷，而此时，秋风秋阳之中，桂花都看不到了，荷花更是早已无处寻觅。偌大的池水中，映入眼帘的，只有一排排、一片片、一簇簇的荷叶，大部分都开始枯萎了，像被火烧焦的枯黄色是从叶子边缘开始的，有的只有一圈，有的被侵袭了一小半、一大半，有的已经完全枯黄干瘪，无奈地倒了下去。还没倒下的，以纤细干瘪的身躯，极力维持着昔日的队形和阵容，明知道那最后的时刻总会到来，却依旧傲然地挺立着……闭上眼，和苍苍茫茫的荷叶们一起抚今追昔，让眼前这些残枝败叶恢复夏日的模样。那时候，它们何等的光鲜，充满了活力，簇拥着风情万种的荷花。那时候，真是难以想象，那样勃勃生机、光彩照人的生命，怎么可能衰败……满池的枯叶也是一种美，一种凋零的美，让人伤感和惆怅，生发对时光和生命历程的感慨。

桂花仅留余香，荷池只见枯叶，秋之桂湖，还能欣赏什么呢？对了，还有那一处处郁郁葱葱的树木！堤上、岸边、亭台楼阁的周围，所有的角角落落，高高低低、疏疏密密，到处都是林子，没了花的桂树也在其中。有的成为一道屏障，有的自成一处风景。在川西坝子，十月天是小阳春，高大的乔木依然葱茏，成排的柳树依然婆娑，绝大多数的树叶都还没有被秋风染黄，铺展出满园的绿意。曾几何时，当荷花怒放或是桂花盛开的时候，这些树也许不会特别引起人们的注意，它们只是一种陪衬，一种大背景，只有在这个时候（应该还有春天吧），它们才能如此这般地让人看重，如果说荷、桂是桂湖园林的主要角色，那这些树木就是成千上万的群众演员。其实，树木是整个园林的骨架，是景点的支撑，它们衬托了荷池桂树，装点了亭榭堤桥，没有它们，花再美再香，恐怕也会觉得寂寞，这偌大的园子也多少会有一些单调吧？

除了林木花草，桂湖还有很多景观值得一看，纪念明代著名学者杨升庵的升庵祠、收藏他的妻子——我国散曲史上第一位知名女作家黄娥作品的黄娥馆、四川最大的清代碑林、800米的隋唐城墙以及全国唯一的非对称型双亭"交加亭"、全国唯一的清代川派鹅卵石假山翠屏山、主干直径86厘米，总覆盖面积达420平方米的我国城市里的最大紫藤……

桂湖公园里有一座博物馆，陈列着新都出土的文物，人们可以在这里回望这片土地曾经的沧海桑田。展厅里的一处屏幕上，有一辆古代车子的轮廓和这辆车破碎后散落的碎片，用鼠标把那些碎片一块一块找出来，放到合适的地方，就拼成了一辆车。那个过程就是面对着挖掘出土的一堆零散的东西，经过辨识、选择、拼接，将它还原，多有意思！

就要离去之际，忽然看见一处黄桷树和楠木林掩映的庭院里，一个仿古的戏台上，已经摆放好了一架古筝，原来，这里每天下午都有演出。可惜我们时间有限，等不到那个时候了。只能想象，身着飘逸古装的年轻姑娘，用纤细灵巧的手指拨动琴弦，乐曲在绿树丛中缭绕，那人那琴，那调那韵，又该是怎样一种令人赏心悦目的情景……

秋之桂湖，以它别有意趣的秋的风貌、秋的韵致，令人陶醉。

# 母亲的梦

李临雅

母亲给我讲她做的梦，关于父亲的梦。

他们一起到北门大桥下面的那个商店去。当然，那桥是原来的桥，那商店也是原来的商店，现在那个地段早都已经面目全非了，桥是新修的，商店所在的楼房也是新修的，不知道的人，根本不可能想象那里原来的样子。我想，母亲的潜意识是，只能让那些地方保持原来的样子，否则，父亲会找不到路的，他不可能知道那些地方现在的模样。他已经去世整整二十五年了。

母亲说，父亲始终没有说话，凡是她和父亲在梦里相见，父亲都没有说过话。我心里想，可能不说话还好些吧，如果说了话，是不是意味着父亲想要召唤母亲到他那里去？母亲说，虽然他们每次都不用语言交流，但她都知道他的心思，这一次，她知道他是想要买衣服。结果，父亲自己做主买了一件浅红色的外套，母亲很奇怪，说你怎么买这种颜色的衣服呢？后来，他们一起坐在北门大桥桥边的一个地方，父亲在母亲的脸上抚摸了一下，然后低下头，佝偻着身体，脸上是一种很难过、很歉疚的表情。母亲说，她觉得父亲自己知道，他和别人不一样，他不在这个世界上，他不能再照顾母亲了，他因此而难过，而歉疚……

母亲平静地讲着这些过程，这些情景，我听着，似乎看到了父亲的表情和他身体的姿态，眼泪一下子涌了出来。

母亲说，这个梦已经是好几年以前的了，只是她没有给我们讲过。她其实做过很多看到父亲的梦，有时候，父亲是来告诉她，需要一个什么东西，有时候，就只是到家里这里瞧瞧、那里看看，而所有的时候，即使母亲大声地、连连地对他说话，问他问题，他都不吭声……

二十五年了，他们就这样常常在梦里相见，以他们的方式交流。那种心有灵犀一点通的情景，那种午夜梦回、天地相隔、备感孤寂的感觉，都成为母亲这些年来精神生活的一部分。

母亲的梦，让我很伤感。我看到了母亲对父亲的怀念，体会到了母亲的孤独感。虽然我们姐弟五个连同下一代人都对母亲很好，对母亲是极大的安慰，然而，又有谁能取代父亲和她之间的那种感情呢？又有谁能给予她只有父亲才能给予她的那一份温馨呢？

父亲，请你常常到母亲的梦里去吧，她在那里等你。

# 烟雨迷离那些山

李临雅

  走进张家界国家森林公园，就走进了另一个世界。无论是沿着溪流漫步、仰头观景，还是到更高的山上，顺着山路俯视群峰。那种山，那些山，是我没有看见过的，我不知道世界上有这样的山。不管别人曾经怎样描写、形容过这里的山，我看到它们，还是被震撼了，强烈的震撼。

  不知道该怎么用文字来描述张家界的山，这些耸立在丰厚的植被中的山峰上面大都没有什么植物，裸露着自己的身体，上面的痕迹，就像是巨大的笔触所致。所以最强烈的感觉就是，那是在中国的古代绘画中才有的山，原来我以为那都是古代的画家们自己想出来的山，却原来是这里的风景。它们每一座都是奇峰，每一座都是异崖，每一座都以自己独特的姿态独立于其他的山峰而存在。如果把它们想象成工艺品的话，它们的形状、姿态、线条、造型……可以说每一个都独具匠心，都构思独特，都精巧出奇……难怪导游说，有人问过她："你们这里的这些山是不是人工制造的？"亲眼看到这些山，就可以理解为什么会有这样的问题。

  总觉得所有的那些山都是有生命的，有它们自己的故事和历史，尽管人们按自己的眼光和想象给它们安上了这样那样的名字，但其实都不属于它们，都是游离于它们之外的东西。它们在那里存在着，站立着，呼吸着，生命着，在它们自己的世界里。

  最是难忘一处极其宽阔的深谷，第一眼看下去，就有一种迷茫感，有一种看不过来的感觉：遍地树木花草，数峰耸立，形态奇特，没有一点空白的地方，而这一切，又都随着地形波澜起伏，绵延不断，没有初始，也没有结束。每一个角落，都那样精美，都似乎深藏玄机。那种规模，那种场面，极具冲击力。俯视着那个地方，感觉中是一连串的迷离，恍惚，愕然，震撼……

很奇诡的是，我在那个地方明明拍了很多张照片，但是回来把所有的照片放到电脑上以后，却没有找到一张是那个地方的画面！难道说，那样的场景，是不可言传，也不能转移的？那种让人头晕目眩的感觉，只能在当时当地，看到那一大片地方的时候才能感受到？对了，那个地方的名字不就叫迷魂阵吗？！在那里，你的魂有一会儿是离开了你的？！

整个张家界景区，一共有3000多座山峰，我们能看到的只是极少的一部分，但就是这极少的一部分，已经使人流连忘返了。细雨蒙蒙，所有的山都在云雾缭绕中，时隐时现，一会儿一个模样。阳光灿烂，所有的风景都尽情展露自己的明媚，秀美逼人。在赞颂张家界的石碑中，有一块上刻着的字是"三步称奇，五步叫绝，十步之外目瞪口呆"。是的，在那里，有好多时候，你都不能确定自己看到的是不是真的！是在做梦，还是在现实中。眼前的场景是画吗？是影视作品中的场面吗？不，画是可以随便涂抹的，电影中的场景是可以使用高科技手段制作的。而这里所有的一切，都是实实在在地存在着的，物质化的，看得见摸得着的。

在面对一处美景时，人们都会有一种探究的心理，这么迷人的风景是怎样形成的？它为什么会是这样的？而你所能得到的答案，一定会是一大堆科学名词，什么地质啊，年代啊，等等，需要用很大的耐心去聆听，去理解，会觉得有点枯燥。以前不太愿意听这种解释，总觉得一接触到那些名词，美丽就荡然无存了。情愿就那么看着它们，欣赏它们，不管它们是怎么形成的，让它们保持一种神秘感。但是自从经历过5·12大地震，再看到美丽的山水风景，就不再只是赞叹，更多的是对大自然的敬畏了。因为所有美丽风景的形成，都既不得力于鬼斧神工，也不是仙境凸显，只有一个成因，就是大自然的力量。

张家界，那些烟雨迷离的山，那些不能用语言形容的景，美得像一个梦，美得像一种想象……

# 巴哈瑞之夜

李临雅

暮色苍茫，汽车行驶在坦桑尼亚首都达累斯萨拉姆郊外。没有路灯，偶尔看见路边卖东西的小贩点亮的蜡烛。终于向右拐向一条小路时，天已经黑了。路尽头，灯火辉煌处，就是巴哈瑞，一座五星级饭店，我们今天晚上停留的地方。

那一片辉煌渐渐地分明，光晕簇拥着的，仿佛是一座城堡，或是一座宫殿。终于看清，那是一座气势雄伟的大门。大门旁边，灯光勾勒出别致的走廊，指引着一条条小路，向着看不见的地方蜿蜒。

进了大门，顿时有空旷的感觉。刚刚升起的十五的月亮弥漫着柔柔的光芒。

大院子里，茂盛的树木，看不清颜色的花草，还有那些显得零零星星的建筑物，在夜色的笼罩下，都成了一处处虚化的剪影。我们几个中国女人，在朦胧的月光下，也融进了那些剪影。

到处都静悄悄的，那些高大的树木就像一个个沉默的巨人。巴哈瑞占地200多亩，建筑物之间的距离相隔很远，让人感到一种《简·爱》《呼啸山庄》那些小说中的荒远感。

偶尔，会隐隐约约地出现一些人影，匆匆走过，或是在慢慢地踱步，离得很远的，看起来就像在飘动。时不时地听见车轮擦过地面的沙沙声，那是黑人保安们骑着自行车在巡查，其中还有女性，他们微笑着和我们打招呼，露出洁白的牙齿，黝黑的皮肤在月光下泛着光泽。不远处的一条小路上，有个身材很高的白人男子，他走得很慢，两只手臂抱在胸前，沉浸在某一种思绪中。他显然也看见了我们，但仍然保持着自己的姿态，继续着他的沉思和漫步。

我们在游泳池边坐下来。月光在椰子树叶中间闪烁，池水波光粼粼。过了好一会儿才发现，离我们不远的椅子上坐着一个人，看不清面容，觉得他几乎是一动不动地坐着。他在黑暗中已经坐了多久？还要继续坐下去？他，还有刚才看到的那个人，都是什么样的人？他们在巴哈瑞做什么？此时此刻，他们在想些什么？也许，看见我们，他们也会有同样的问题，会想，这是些什么人？为什么会到这里来？来干什么？就这样，我们和他们，一些完全不同的人，互不相干、互不了解的人，在同一个时间，同一个地方偶然相遇，彼此都会有一些神秘感，一点好奇心。

夜深了，清凉如水。回到住处，这是一排圆形的建筑，石头外墙，像古城堡，屋顶则是典型的非洲风格的草棚。我住的房间号是130，恰好和我手机号前三位相同，应该是一种缘分吧。

关上门，剩下我一个人在这极其陌生的地方，有一种异样的感觉，似乎一切都不是真的。这里，非洲，坦桑尼亚，达累斯萨拉姆，巴哈瑞……不是在做梦吧？墙上的几幅装饰画里，几位身材窈窕的女性身着色彩无比鲜亮的衣裙，仿佛在扭动着腰身，地毯上则是几个吹着喇叭跳舞的小人儿，她们和他们都极具动感，让这本来静谧的夜有了一种喧哗。有了他们，不再寂寞。

我愿今夜无眠，感受这陌生的非洲之夜。

有一种声音，在有规律地重复着，轰隆隆、轰隆隆……像远处有马群在奔腾，像天空中云层里挟着压抑的雷鸣。这声音由远及近，即刻消失，转瞬又起。是什么？听着，想着，寻找着它的来路……推开了阳台的门，啊，夜色中的印度洋映入眼帘，白色的浪花随着一阵阵波涛跳上海岸，潮湿的气息扑面而来。那撞击着海岸，撞击着听觉，撞击着心灵的，就是印度洋的一阵阵涛声啊。隐隐约约地，还能看见海上有几艘大轮船的轮廓，再往前，黝黑的海水无边无际地向着远方铺陈……达累斯萨拉姆的整个海岸线都是向着东方的，站在这里，向着东方遥望，一直看过去，看过去，目光穿过印度，就能看到中国，看到家乡……

回到房间里，留下一盏小小的夜灯，静静地躺下。夜深沉，涛声依旧。

不知道过了多久，朦胧中，不知身在何处。睁开眼睛，环视周围，那些扭动的腰肢、那些跳舞的小人儿唤醒了记忆。可是，除了他们，忽然觉得视野里有一些很眼熟的东西。是什么呢？慢慢地理出头绪来，是竹子！是竹子和藤条！准确地说，是这个屋子里的家具，沙发、椅子、床……

翻身下床，没了睡意。打开灯，几乎所有的东西上都有竹子或藤条在那里柔柔地、温馨地注视着我，连墙上的大镜子，都镶嵌在竹子的边框里……而且，不光是它们的材质，还有它们的款式，也是极为熟悉的中国样式！除了床垫？边想着边把床垫翻起来看了看，哈，是中国浙江绍兴生产的，也就是说，除了那几幅画和地毯，其他所有的东西都是四川的元素，中国的元素。

在一个如此遥远和陌生的地方，看见这些东西，就像看见老朋友，就像他乡遇故知。不知道非洲人是否也用这些东西做家具，但我看见的就是我们中国的风格。是什么人，把这样的创意带到了这遥远的地方，让这些充满异域风格的家具，和城堡的石墙、非洲的草棚顶浑然一体？

不知不觉，已经晨曦微露。冲出房间，向海边奔去，去迎接太阳跳出海面的那一刹那。

太阳升起来了，回过头，再看阳光下的巴哈瑞。

哦，这远在非洲，却让我感到如此亲切的巴哈瑞。

后来，我知道了，整个巴哈瑞是我们四川的一家建筑企业的杰作，那些家具，很多就是直接在四川定制的。然而，我仍然愿意保留那个夜晚对巴哈瑞美好神秘的感觉。

# 在维也纳听音乐会

李临雅

旅游大巴出了捷克边境，向奥地利首都维也纳驶去。

一连串音乐家的名字、"世界歌剧中心"维也纳国家歌剧院、金色大厅……顿时在心头浮现。如果能在那里听一场音乐会，将是一件多么美好的事情。

忽然有个姑娘问导游，帮我买票的事成了吗？有人问，什么票？音乐会。啊？可以听音乐会?！导游说，大家要是愿意去，可以帮你们买票。

当然愿意！大喜过望啊！交了票款，50 欧元，加上来回车费 20 欧元（因为这是司机额外的劳务），合人民币 560 元左右。够便宜了！就是再贵点，也是值得的。

要到维也纳去听音乐会，一路上，想起来就高兴！

进了维也纳，世界音乐之都啊，我真的站在了你的土地上。

在维也纳的街头流连，在海顿、莫扎特的塑像前仰望，在那些宫殿、雕塑间徘徊，在蓝天、白云和绿草坪之间吮吸清新的空气，总觉得到处都飘荡着隐隐约约的悠悠旋律，不小心就会踩到一串串音符……

华灯初上，我们去听音乐会。就在那栋"维也纳音乐之友协会"的大楼里，著名的"金色大厅"所在的地方，像一座小宫殿。

随着人流，进了大门，开始梦幻般的经历。

入场券上印着"莫扎特厅"，可工作人员引领我们进的却是"勃拉姆斯厅"。好想知道金色大厅在哪里？据说那里的票半年前就得预约。

大家都很激动，进去后第一件事就是拍照，要把这个地方、这个时刻留下来。

舞台不大，乐队的人正在就座，他们身着十八世纪宫廷乐师的华丽礼服，戴着浅色的假发，脖子上是白色的装饰围巾。身材敦厚的乐队指挥微笑着。

演奏即将开始，一片静谧……

第一个音符，第一串旋律，从艺术家们的指尖和乐器的交融中迸发出来，飘飞，回旋，荡漾……不由得无声地叹息，闭上了眼睛。这是真的，我在维也纳，在音乐之友协会的音乐厅里听音乐。

第一支曲子是莫扎特的《朱庇特交响曲》第一乐章《活泼的快板》。接下来是《唐璜》《小夜曲》《土耳其进行曲》《费加罗的婚礼》《魔笛》……还有一男一女两位演员表演歌剧中的对唱和咏叹调……

曾经只能从唱片、收音机、碟带、电影电视中听到的旋律，曾经从遥远的地方几经转折才能传到我们耳朵里的旋律，就这样没有屏幕的隔离，不用电波的传递，直接地撞击着耳膜，撞击着心灵。熟悉的，陌生的，听得懂的，听不懂的，就这样陶醉其中。此刻，除了动人心魄的旋律，什么都没有……真好！音乐是什么？为什么会有那么大的魅力？音乐超越时空，是人类创造出来的万千奇迹中的奇迹。

演出开始后不准拍照，但不少人都在偷拍。开始工作人员还加以制止，后来实在太多，好像也就"法不责众"了。

中途休息时，右侧的门开了，大家都涌到过道里去。对面的门也开了，这才发现，对面就是金色大厅！赶紧走进去。在电视上不止一次看过在金色大厅举行的新年音乐会，所以那些灯、那种布局，岂止是似曾相识。天花板、墙壁、舞台、座椅，还有那些雕花的门窗、栏杆，那十几尊大理石雕刻的音乐女神像……在雪亮的灯光下，金碧辉煌。匆匆一瞥，算是进了金色大厅，虽然没能在里面听音乐。今晚，没有遗憾了。

重新沉浸在音乐中。最后两支曲子是约翰·施特劳斯父子的《蓝色多瑙河》和《拉德斯基进行曲》，这是每年新年音乐会最后的曲目，而且现在已经形成传统，成为通俗的管弦乐音乐会的压轴曲。《蓝色多瑙河》的旋律一响起来，顿觉震撼，热泪盈眶。好像看到多瑙河的蓝色波涛滚滚而来，汹涌澎湃，白色的浪花就要溅到脸上，春天的气息扑面而来，浓郁得令人窒息……"春天来了，大地在欢笑。春来了，一切多美好，多美好！"

多瑙河的波涛渐行渐远，雄浑的鼓声凌空而起，《拉德斯基进行曲》激昂高亢的旋律喷薄而出，观众情不自禁地跟随着乐曲铿锵有力的节奏拍掌，指挥不时地转身指挥观众。随着他的手势，掌声时而雷动，时而轻柔，该低的时候低下来，该高的时候高上去，该停顿的地方戛然而止，和乐队配合得非常好，就像训练过一样。后来才知道，这种情形是从1987年维也纳新年音乐会开始的。那一年，当《拉德斯基进行曲》的旋律响起来时，听众情不自禁地应和着节拍鼓掌，指挥卡拉扬很有想象力地转过身，示意听众随着音乐的强弱和节奏鼓掌，从此以后，每当音乐会最后的这支乐曲响起时，演奏者与听众互动就成了一种约定俗成的固定形式，听众的掌声也成了乐曲的组成部分。老约翰·施特劳斯1848年创作这首乐曲时，绝不会想到，170多年以后，他的作品还有如此蓬勃的生命力。

所有的人都沉浸在热烈的氛围中，前排有一对老夫妻忘情地拥抱，亲吻。也许这支乐曲，或是这样的音乐会，在他们的人生故事中有特别的意义？

乐队、指挥、演唱者多次谢幕，离开了舞台，却总觉得耳畔还有余音萦绕。

随着步伐缓缓的人群走出大楼，看到外面的星空和灯光，像从一场梦中醒来。

在维也纳听了一场音乐会，是一次美梦成真的美好经历，是会留存一生的美好记忆。

# 梦回蜀道　几多流连

## ——金牛道上，那些不能不停留的地方

李临雅

重走金牛道，踏访了众多古迹、遗址，择印象深者记之。

### 差点错过的"醒园"

罗江文星镇。冷清的街道，旧屋排列，一院门上有对联"叔侄一门四进士；弟兄两院三翰林"，门额：文魁。蓝字黑底，稍远难辨。若无一发髻高挽的红衣女子自荐带路，我们很可能会错过。

门前一块低矮的石碑，灰头土脸，"县文物保护单位"下，是繁体"醒园"二字，还有括号中的"含清代碑刻"。这是清代蜀中三才子之一，文学家、戏剧理论家、诗人李调元的故居。前一天在罗江"潺亭记忆"饭店见过李调元与其父李化楠编撰、纂修的《醒园錄》，据说是第一部川菜菜谱。

红衣女子引我们进门，指指点点，侃侃而谈，且头头是道。"你是这里的解说员？""不是。"她是居委会的，他们的办公室在这园子里。

抬眼望去，视线被建筑、树木、墙壁悉数挡回。仅五亩之地，古树繁茂，修竹参差，亭台楼阁、小桥流水，错落有致；小山坡、洗墨池、碑林、雕像，一应俱全。曲径通幽，峰回路转；借景、换景，移步为景……好一个醒园，汇聚了中国园林的诸多元素。

听我们感叹，红衣女子说，人家的设计是多讲究的哦！"讲究"之一是，哪个时辰什么地方会被阳光照耀，什么时间段哪座建筑的影子恰好覆

盖着什么地方，固有的景色随着光线的移动而变化无穷，用心极致。

而所有这些，都默然而寂寥。池塘漂着落叶，小径长满青苔，栏杆上厚厚的灰尘，墙面上的裂缝、纹路频频，门锁锈迹斑斑。一处结满蛛网的角落倒伏着一块清代的残碑……

无人打理，荒芜的园子。而唯其如此呈现一种沧桑感、寥落感，觉得这才是"故居"。李调元为官不顺，看破红尘，醒悟人生，回家筑此"醒园"。他在这里度过的日子是快乐还是抑郁？

矛盾心理，希望被保护，不至凋零。又想看到本来的、不曾改变的样子。

红衣女子说，快了，快了，要打造，政府已经有计划了……打造之后，醒园还是"故居"吗？

## 诗醉"李白故里"

"李白故里"，包容在拔地而起的"青莲国际诗歌小镇"里。比起李调元的故居，可谓大相径庭，大张旗鼓，大模大样。金樽广场、诗歌大道、太白碑林、大鹏亭、磨针溪、邀月台、桃花潭……一切都与诗仙牵挂，景区里饭馆的围栏上，也都是诗。

不知身在何方，竟然从离门很近的地方反向迈步，顶着烈日，汗流浃背地围着"李白文化博物馆"那栋巨大的建筑走了一圈。冥冥中有无形之力引导一伙文人对诗仙顶礼膜拜。

博物馆里，李白世系表、生平大事记、行踪图、诗歌之最……还有一排排巨大的毛笔，只有那样的如椽巨笔，才能写出那些伟大的诗篇。工作人员忠于职守，连连招呼："请听讲解，不然你们看不懂！"有人嘀咕，知道我们是什么人吗？看不懂？！穹顶、地面，所有的地方，诗人的形象、诗篇、诗的画面、诗的意境……都通过声光电的手段以多姿多彩的形式出现，闪烁、旋转、飘飞……诗的世界，诗的氛围，浸润其中，诗醉！

认真听，温故而知新。一直记着李白出生地是碎叶，这里言之凿凿——江油青莲乡。有多份史料，不是孤证。

与博物馆遥遥相望，郁郁葱葱，李白家的祖宅"陇西院"，雍容大度地笑看那端人声鼎沸。门前树林中一白色雕像：手握经卷的少年李白背倚长剑，骑在石牛上，远眺天边。他曾有诗咏石牛："此石巍巍活像牛，山中高卧数千秋。自来鼻上无绳索，天地为栏夜不收。"

此处定是风水宝地，不然怎会成为李白的诗情摇篮，孕育他的横溢才气。

从九岁写《古风》到自撰墓志铭《临终诗》，李白写尽了人生意气，天上人间！有谁如他，潇洒了诗酒狂放的一生！

仍然喜欢那个传说：诗仙在当涂的江上醉酒入水捉月，索性浪漫到底。

## 意外之喜"水观音景区"

如果不是一位文友说她在"水观音景区"里看到过古蜀道，我们不会进去。

匆匆扫视路标：罗汉堂、观音殿、孝感堂、五妇庙、五丁祠、羊鹿桥、文昌宫、送险亭、瓦口关、古剑泉、古蜀道……

直奔"古蜀道"而去。"瓦口关"外，栏杆护卫，"金牛古蜀道遗址"醒目告白。一段坑坑洼洼、凹凸不平的斜坡，石板磨去了棱角，和泥土融为一体。古柏树的根系拱出地面。"踮脚石"深深的印记旁，仿佛还有人头攒动……终于见到了一段真正的金牛古道！这古道，承载了多少刀光剑影、滚滚车轮，有过多少人、多少马在这里留下足音……忍不住在古道上来来回回走了好几趟，触摸风吹日晒了两千年的地面，与历史对视。不过说实话，还是希望这段路禁止游人践踏，不然，后人就看不到真正的古道了。庙人说距此不远还有一段更长的古蜀道，还没开放。已经满足了。

寻找庙门迷路，鬼使神差，来到"送险亭"。"蜀道自陕入川，百步九折，至此已是'险尽夷来'。"明清时此处建"坡去平来"石坊，现在还有石条矗立，刻字"从此履险若夷回头想鸟道羊肠经多少阅历艰辛才博得脚跟站稳"，落款日期：大清咸丰七年岁次丁巳秋八月。160多年前的实物。

梓潼号称蜀北锁钥，水观音景区位于金牛古蜀道险夷交替的分界线上，多有意义的位置！拥有诸多与古蜀道、三国有关的景点，门票印着瓦口关和张飞的形象。这个景区如果改个名，会不会更有吸引力呢？

"观音"为何冠以"水"字，没探究竟。还是要感谢菩萨，让我们此行收获满满。

## 迷幻"翠云廊"

剑阁以南，西至梓潼，古柏森森，庇护着石板铺就的古驿道，如绿色长廊，这就是被誉为蜀道奇观的"翠云廊"。

穿过七曲山大庙门前的牌坊，沿着"翠云廊"的行程就开始了。

此为古蜀道旧址上建的路，这就是金牛道！路面变了，景观没变。左右顾盼，全是柏树，密集、高耸，和路一起蜿蜒。遇弯道，总觉得树会挡在车前。树荫苍翠浓郁，风在林中呼啸，仿佛悠长的叹息，古蜀道风韵历历在目。司机说，在这样的路上开车，享受！

翠云廊"三百长程十万树"，今尚存合抱大的古柏约八千株。有的树龄达2000多年，胸围最大的有五六米，仍生机勃勃，碧绿葱茏。全貌保存下来的一段最具魅力，已划为景区，只能步行。

走进去，铺天盖地的古柏挺拔伟岸，翠浪如云，"尽被浓荫裹"。抬头高拂云天，往前逶迤莽苍。那种震撼、陶醉、晕眩，会让你好一阵儿不言语，不移步。合眼、偷觑，让自己相信眼前是真实的存在。

历代史书皆有对翠云廊的记载，文人墨客对它的赞叹更是不绝于书，翠云廊的古柏情态万千，形状怪异，清人张邦伸称："……或如山鬼摩空拳，或如青牛森五祚，或如龙爪拿云出，或如黄葛耸翠盖，铁干不受枯藤缠，虬枝四出盘云岭。"要让吾辈描摹，似已无词可寻，干脆依他所写，看自然情态，品文字魅力，去寻找、欣赏、体味……

这般奇境，曾是金戈铁马、腥风血雨之地？端起相机，忽见密林中蹿出一队人马，旌旗猎猎，战鼓擂擂，人吼马嘶，刀光闪闪，从眼前倏忽腾挪，绝尘而去……昔日场景忽现？还是瞬间幻觉？一时目瞪口呆，回不过神来。

怪哉！平时拍照，总是觉得照片比实际的看上去更美，可在翠云廊，怎么拍，都没有亲眼看到的好。一说，有同感者不少。有人说是光线，有人说是角度。好像都不是，是它所具有的那种你无法掌控的特殊格局，那种苍茫、神秘和霸气。

翠云廊，是去了又去，还想去的地方。

## 幽幽"明月峡"

峡者，两山之间的窄地，或是水道。明月峡，是嘉陵江冲破秦巴山脉形成的天然峡谷。如果没有这"冲破"，这里就是一座山，一壁崖。那"冲破"的过程该有多漫长？

有了峡，可以沿河走，可以伴崖行，遇山势险峻石崖壁立，无法行走之处呢？先祖们想出了在悬崖峭壁上打孔架木，造出一条路来！栈道——何等伟大的发明，何等艰巨的工程！

漫漫蜀道，人们走到这里，能选择、能通过的路，就只有明月峡！这四公里长的峡谷无疑是连接南北的唯一通道，是咽喉中的咽喉！于是，就有了古今六道并行的奇观：远古的羊肠小道、先秦时的栈道、船工们踏出的纤夫道、嘉陵江上的船道、民国时期修建的川陕公路、50年代修建的宝成铁路隧道……幽幽明月峡，成为"中国古今道路博物馆"，具有很高的考察研究价值。

曾经看到过一张水道、栈道、公路同框的照片，想要寻到那个地方，还想看到对面山崖上高速列车穿过隧道的瞬间，于是不断地凭栏探身张望……

现在的栈道已是今人搭建，路线却是古人留下的。石壁上，还能看到一个个孔洞。那些在山崖上凿孔修栈道的人们，怎么能想象后世开公路、修铁路的壮举，想象今天的快铁动车，正如我们也不能想象今后的人们会以什么样的方式去跨越山河。

庆幸人们把"朝天峡"改为"明月峡"。前者是政治，是世俗；后者是诗意，是风情。然而，在长长的栈道上，抬头峭壁，低头激流，想当年凿洞、搭建的艰难，诗意不再，唯有感叹。能够与之搭配的吟诵，也只能是《蜀道难》。

静静的峡谷里，如今没有兵火相接、木牛流马，只有绿水青山交相辉映。有月亮的夜晚，如水的月光朦胧着一湾江水两岸青山，挂在山崖上的栈道影影绰绰，那会是什么样的情境？

## 横空出世"诸葛古镇"

陕西勉县也有天下第一，就是武侯祠。在全国众多武侯祠中它建得最早，始建于蜀汉景耀六年（263），且为唯一由皇帝（蜀后主刘禅）下诏修建的武侯祠。一千多年来，历经沧桑，几经坍塌，历朝历代均有修葺。因其历史悠久，名人墨客留下的墨迹甚多，匾联碑石多得看不过来。在此留有遗迹的名人，要排一大串：唐李商隐、宋陆游、明薛宣与黄辉、清王士桢、乾隆皇帝御前侍卫工部尚书松筠、康熙皇帝第十七子果亲王允礼、同治年间出使日本的大臣黎庶昌、蜀中才子李调元、近代爱国名将冯玉祥、国民党元老于右任等。

除了丰富的文物，还有古树名木，最有名的是1700多年的古柏和树龄400余年的世界稀有花树旱莲，酷似莲花的花朵开在树枝上，煞是好看、神奇，且清香四溢。

依傍这"天下第一武侯祠"，一个"诸葛古镇"横空出世。全人工打造，占地300多亩，造价3.5亿。"古镇"里，空城计、草船借箭、三顾茅庐、借东风、火烧新野、白帝城托孤……三国历史里有名的、传播最广的、老少咸宜的故事、典故、桥段，都以或场景或雕塑或图画或游戏的形式出现。还有八阵图、八卦广场、水镜庄、相府、郡丞府等景观，加之冷兵器博物馆、诸葛影院，大型实景演艺《出师表》，等等，在眼前一一呈现，可谓做足了三国文章。

看完那些景，细细一想，说到底，"诸葛古镇"就是一个以三国文化为主题的巨大的娱乐场所，所有地方都是假的，没有真正的古迹古建，只有商业化的布局。除了那些商贩，没有原住民，没有真正吃喝拉撒睡的寻常日子，似乎没有灵魂。这样的一个地方，它的生命会长久吗？

但愿它能坚守，很多年以后，就可能是一个真正的古镇了。

# 汉中很重要

很惭愧，现在才知道汉中很重要。"汉家发祥地，中华聚宝盆。"这是史学界赠予汉中的"桂冠"。文化学者余秋雨说："我是汉人，我说汉语，我写汉字。因为我们曾经有一个强大的王朝——汉朝。西汉朝非常重要的一个重镇，那就是'汉中'。我有一个建议，让全体中国人都把汉中当作自己的家，每次来汉中当作回了一次家。"

遥想当年，刘邦与项羽争天下，以汉中为基地，习兵练武，广纳贤才，入关中定三秦，于公元前206年统一天下，定国号为汉，建大汉四百年基业。

统一在这个"天下"的人们，曾被称为"夏人"或"秦人"，从此就被称为"汉人"了，随之就有了汉族、汉语、汉字、汉文化……

汉中境内，有"世界上最早的栈道"褒斜道、有被称为"石门"的早期隧道；有刘邦的宫廷遗迹古汉台、拜韩信为大将军的拜将坛；有武侯祠、武侯墓、张良墓、马超墓、张骞纪念馆、蔡伦墓祠，南宋的望江楼，明代的镜吾池、洗心亭……还有同为国宝的熊猫和朱鹮的保护区、十几个国家森林公园和各具特色的风景区。每一处山水都是历史，都有故事。

人们耳熟能详的一些成语、典故都与汉中有关：倾国倾城、一笑千金、韩信点兵多多益善、鞠躬尽瘁死而后已、一人得道鸡犬升天、成也萧何败也萧何、淡泊明志、宁静致远、偃旗息鼓……

汉中曾属蜀地，曾共享"天府之国"的美称。"旱莲珍异、汉桂奇香、万类荟萃、朱鹮无双、金瓯玉盆、鱼米之乡"……名副其实的西北小江南。

古蜀道90%的主体在汉中境内。北扼褒斜道，东挡傥骆道、子午道，南护米仓道，西走金牛道入蜀。闲时屯田，战时镇守，一城定而八方平，拥有无法取代的战略位置。

长江最长的支流汉江（又称汉水）是中国中部区域水质最好，目前唯一没被污染的大江，是南水北调中线方案的水源。

汉中是一本大书，厚重纷繁。

刘邦因为汉中把他的王朝定名为"汉","汉中"因居汉水中游得名,那"汉水"呢?为什么偏偏是这个字?不得而知,"汉"的渊源到水为止。汉水古称"沔水",如不易名,我们就可能叫沔人,说沔语,写沔字了……

## 不期而遇"蜀门秦关"

车行至米仓山腹地川陕交界处,忽见一古典式门楼矗立,上书"蜀门"。

我们一行人负"重走金牛道"之任,一路勘踏蜀道,到此转入米仓道归蜀,自然要下车流连一番。

走过门楼,中间有一块界碑。门楼那面,从蜀入秦一方为"秦关"。

门楼雕梁画栋,龙柱石刻,飞脊挑檐,还镌刻有长联、诗词。门里关外,各有千秋。陕西那边,山下是平坦开阔的汉中平原。靠山崖一面筑有小屋檐的墙面上绘制着三国故事,时日已久,颜色开始脱落,另有"汉中""陕西公路"的字样。四川这边,两侧路边都是三米多高整面墙的铜铸浮雕。一边是"商旅图",有巴峪关、米仓道的内容,还有唐诗《夜雨寄北》的诗意画。另一边则是"军旅图",既有两汉三国的故事,也有红军战斗场景。

什么人的创意,让一个两省交界处,有这么独特的景观!后见说明,此地"古名'天上'。汉王刘邦,汉中王张鲁、刘备曾先后在此建关筑台,更名'汉王台';巴山游击队在此设过师部,红军北上,当地民众常来此北望红军早归,又易名'望红台'。2003年重建关楼,取名'蜀门秦关'"。却原来,是一个有历史渊源之处。清代诗人熊一飞有诗曰:"马自云中出,人从天上来"说的就是这里了。

一入川,就是这些年声名鹊起的光雾山——世界地质公园、国家级风景区,森林覆盖率达95%以上!每到深秋,满山彩林,游人如织。我们撞进夏景,一派绿意。

歇息山中,一夜细雨连绵。有人考证,李商隐写《夜雨寄北》之处就在附近。与他隔着一千多年的光阴,一起聆听巴山夜雨淅淅沥沥。

天亮了,雨声依旧,云遮雾罩,山影层叠,草木苍翠。汽车向着蓉城疾驶,君问归期已有期……

# 蓉蓉之死

李临雅

　　同学聚会，叙旧。说起班上的女生蓉蓉。她已经去世 50 年了。

　　蓉蓉是我们班的文艺委员，能歌善舞，会拉小提琴，爱看小说。人长得漂亮，脸蛋儿有着苹果般的圆润、光洁和玲珑。双眼皮，大眼睛，嘴唇轮廓很好。粲然一笑，露出整齐的小白牙。因为爱游泳，晒得黑黑的，有过"西门上的黑牡丹"之美称。标准的青春美少女，文艺女青年。

　　她家就在西大街，应该是现在的"城市广场"那一节，离省歌舞团不远。那里有一家照相馆，原来是他们家的，后来公私合营了。照相馆橱窗里有蓉蓉各种角度、各种表情的照片，放得很大，都好看。有个同学说，她第一次看到人的侧面像，就是蓉蓉的照片。

　　蓉蓉比班上的同学都大一些，好像醒事（四川方言，指懂事）也就更早些。我是很后来才听说她喜欢班上的一个男生，帅哥，形象不逊于现在的很多明星。其实想一想，很般配的一对。

　　"文革"开始了，蓉蓉没参加任何组织，没多久就成了"逍遥派"，基本上不到学校来了。她有两个姐姐，都已经成了家，二姐的娃娃放在家里，蓉蓉帮着母亲带那个娃娃。

　　事情就是从这个娃娃开始的。

　　有一天，蓉蓉带着这个孩子上街，就在八宝街那个口子上，一下没注意，娃娃跑起来，下了街沿。一辆汽车驶过来，眼看就要撞上孩子。蓉蓉吓呆了，站在那里挪不动脚，喊不出声。说时迟那时快，旁边有个中年男人，疾步冲向前，一把抓住孩子，往自己身前一拖，抱着孩子倒在地上，汽车擦着他的脚而过……蓉蓉脚耙手软，不知所措。后来那人把她和孩子一起送回了家，他说自己也住在附近。

这个颇似小说和电影的场景后来发展为一个故事，结局就是蓉蓉的死。

在所有人的叙述中，都是说"那个男的"。他在这个故事中就像一个影子，没有姓名，没有高低胖瘦，没有面容……为了叙述方便，称他为某男吧。

蓉蓉一家自然是对某男感激不尽，谢了又谢，毕竟是救命之恩啊！后来，又有一次，在饮马河附近一个卖菜的地方，蓉蓉排队买耙豌豆。人太多，轮到她时，没有了。那年月，无论什么东西都很稀缺。她很失望地站在那里。忽然，一个人走过来，就是那个某男。他排在前面，手里拿着耙豌豆。看见蓉蓉失落的样子，把自己的给了她。类似这样的偶遇好像还有几次。一来二去的，两人渐渐熟识了起来，有了交往，且越来越密切。

某男已经40出头，曾经在西大街那一片的某个单位工作，因为经济原因进过监狱，老婆和他离了婚。出来后，没有工作，前妻还把孩子丢给他抚养。好在上一辈人留了点房产，他大概是靠收房租生活的吧。

蓉蓉和他在交往中都谈些什么，那个人有些什么吸引蓉蓉的地方，除了他们自己，没有人知道。反正，我们可爱的、优秀的、漂亮的蓉蓉爱上了某男，陷入了一场要了她命的恋爱。

渐渐地，家里人发现蓉蓉喜欢出门，不是说去找同学，就是说去逛春熙路……再后来，就连理由也不说了，无缘无故地就不知到哪里去了。多次追问，她承认了，在和某男交往。这还了得！

你晓得那是个什么人吗?！

晓得。

他是劳改过的哦！贪污犯！

经济问题，是可以改的嘛。又不是政治犯。（这很可能是那个人的说辞）

他的娃娃都跟你差不多大了。

……这个，没有关系。

没有关系?！

……（也许她心里说的是，爱情与年龄无关）

好说歹说，没有用。父母把两个姐姐、亲戚朋友都动员起来说服她。与此同时，给她找对象，干部、军人、教师……其中有个外地的为了她，转业到了成都。但她一个都看不上。

1968年底，大家都要去上山下乡了。我们学校是去盐源，那里是少数民族地区，很落后，全校一千多同学，只有200多人去，其他的都投亲靠友，或者回老家了。蓉蓉说她和一个女同学说好了，去同学的老家，就在郫县（今郫都区），地方近，条件比盐源好多了。大家都还没有走，她已经在乡下了。

家里人觉得这样好，可以摆脱某男了。他们哪里知道，那个地方就是某男帮她联系的，他在那里有亲戚。没有了家里人的监督，他们约会更方便了。

不久，大概是"群专"（群众专政组织）之类的组织在郫县的一个地方抓了个"流氓犯罪"现场，那一对男女就是蓉蓉和那个男的。

审问下来，他们承认是成都哪里哪里的。押回来，送到西门上的派出所。看情形，所有人都认为是那个中年男人引诱了小姑娘，但蓉蓉一口咬定她是自愿的。审来审去，审不出个名堂，通知家里人把她领回去了。

这一下，蓉蓉的父母再也不敢掉以轻心，把她关在家里，哪里都不准去。那时候，一般人家里都没有电话，更没有手机，这样总算把他们隔开了。说服教育的工作一直没有停止过。其间，那位某男还到他们家来过，被轰走了。

后来在某男再一次上门来，又被轰走之后，蓉蓉对家里人说，我去找他，给他说清楚，不再和他来往了。你们相信我嘛。

她去了，回来后宣布，说清楚了，断绝关系，他不会再来了。家里人多少日子以来沉重的心，总算是轻松了。

几天以后，一个三月初难得的阳光灿烂的日子，蓉蓉收拾了一大脚盆衣服，端出家门，在街沿边洗。洗了一阵，站起来甩了甩手上的水，说了声，妈，我去上个厕所，往有公共厕所的方向走了。这一走，就再也没有回来。哪里都找不到。

过后，有关部门通知家里人去认尸。

从成都去新都的路上，一座桥洞下，面对面地吊着一男一女——20岁的蓉蓉和42岁的某男。看得出来，蓉蓉还特意化了妆。她的衣服口袋里有一份遗书，在对父母表达了对不起以后，写道：我们生不能成为夫妻，希望死后能把我们葬在一起。

这一天是1969年3月8日。这日子，是刻意选择的吗？

事后，有邻居说，那天看到街对面有个人在招手，然后蓉蓉就走了。班上有两个女生想起，出事前几天她们到蓉蓉家去过一次，摆了一会儿龙门阵，突然有人进来，蓉蓉一看，马上就说，你们走了嘛，我有事。两个女生似乎看到那是个男的（可能因为有同学在那里，蓉蓉的家人没有公开轰他走）。就是那之后，蓉蓉去和他"说清楚"。所有的人恍然大悟，啥子说清楚嘛，他们商量的是如何了结。

最后那几天，蓉蓉怀揣赴死的心思，举止言谈居然没让家里人看出一点儿异样？

蓉蓉的妈妈说，有遗书，是她的字，那就是她自愿的嘛。怪那个人吗？他也死了。怪哪个呢？！怪哪个呢？！

同学们都非常吃惊，电影和小说中才有的事情，竟然成为现实，还是那么熟悉的人！语文老师说，唉，小说看多了，中了"封资修"的毒。也有男生说，那是为了伟大的爱情。

如今，50年光阴流逝，再提起这件事，我们仍然缺失这个故事的核心部分，仍然不知道该怎么评价这件事。是那个经历复杂、老奸巨猾的男人诱骗了涉世不深的纯情少女？还是在他看似糟糕的社会形象背后有冤屈，有误会，其实灵魂美好，以他的人格魅力吸引了有才情的少女？是初涉情场的少女神情恍惚，把对爱情的想象、憧憬都投放到近距离接触的男性身上，还是她凭艺术作品陶冶的情趣认定那个人值得以身相许，以至死而后已？这是一场悲剧，是龌龊的还是凄美的？不知道，我们不了解"内幕"，不了解那个人。所有的一切都随蓉蓉的香消玉殒烟消云散。

蓉蓉走得太早了，记忆中的她，永远是20岁的模样。她没能经历"文革"结束、改革开放，回城、工作、建立家庭、养育子女。没能看到社会发展到今天的模样、人们现在的生活，不知道她家所在的地方发生的变化……

总觉得应该写写她。想起她曾经那么美好的存在，心有点痛。

# 红尘彼岸

李临雅

　　清明时节，到成都北郊的磨盘山扫墓。扫了自家的墓，又去看别人家的墓，去读那些形形色色的碑文，读出了许多故事、许多意味。

　　一两年的时间，墓增加了很多，剩下的空地已经很少。平日只觉得到哪儿都人满为患，车挤人挤。到了墓地，才知道那熙熙攘攘的人海中时时刻刻都有人在陆陆续续地离开，去了另一个世界。

　　打量新增加的墓，第一感觉就是日益豪华。石头更漂亮了，形式更多样了，可以雕刻各种花纹，可以放音乐，可以嵌照片……

　　那些照片直视着你，似乎想要讲些什么。好些人的生活照展示着他们曾经的生机勃勃，健康壮美，阳光开朗……

　　有一家人把他们父母的结婚照和老了以后的照片镶嵌在一起，真的是让人看到了容颜随岁月变幻，岁月是把杀猪刀。一对年龄相差 17 岁的夫妻，在照片里亲密相偎，笑得山花烂漫，"至亲"们刻下一句"彼此永远的天使"。那一定是一段美好的爱情，一个甜蜜的故事。

　　形形色色的墓还让人有一种感受，本来人类社会中难得有真正的平等，唯有生死，但在这个看似平等的地方却又以金钱划分出了另一种"等级"，那些不一样的墓价钱是不一样的，出同样的价钱就可以待在一起，不管生前地位如何悬殊。

　　一直就比较留意墓碑上的文字，早些年没有手机拍照，拿个小本本抄碑文，遭遇侧目而视，觉得这个人不是有毛病就是有阴谋。

　　大多数逝者是上了年纪的人，所以大多数碑上都刻的是父母亲的名字，其中有些是双亲中一个先去世的，就留下一行空白，待后去者作古之后再补刻。不忌讳的，未逝者的名字也赫然地刻在了上面，只不过涂着红漆。未亡人早早看到自己最后的归宿地，算是放心到家了。

有一对老夫妻两人去世的时间只相隔9天，90岁的老爷爷送走了88岁的老婆婆，不让她伤心，自己再紧跟而去。而有一对夫妻是同时去世的，极有可能是车祸吧。能够同年同月同日甚至同时同刻死，不把痛苦留给对方，不正是许多人的愿望吗？也许唯有这一点，让亲人们感到一点慰藉。

一位老人的墓碑上，立碑的晚辈名单中有一个名字画着框。顺着看过去，不远处就是那个晚辈的墓。他们可以在另一个世界里做伴，不会寂寞了。

有的墓，立碑人是死者的妻子或丈夫及其子女，显然没打算与先逝者合墓了。留意看看，死者都还年轻，二三十岁者居多，失偶者极有可能重新结婚，就只好让他或她一个人独自地躺在这里了。

还有相当部分墓碑上立碑者的名单中有儿子、女儿、孙女、孙子、外孙女、外孙子，就是没有女婿和媳妇，总不会那些儿子女儿都是单身父母吧？是不是因为现在离婚的太多，说不好哪天媳和婿都会换人，到时候名字还留在上面有点尴尬，所以干脆就不刻了？

有一处墓碑上刻着一个大大的"爱"字，然后下面是"女妻姊"，怎么回事？仔细看看，原来给她立碑的是她的父、夫、弟，这逝去的女子是这三位男士的至爱——爱女、爱妻、爱姊。

看到一处妈妈和爷爷合葬的墓，立碑的只有一个人。想了想，也许对于这个立碑者而言，这是两位和他（她）最亲的人，说不定爷爷和妈妈在世时，就是他们三个人相依为命，如今，两位前辈都已逝去，他（她）不能让他们分开。

还有几处墓碑上，只刻着某某先生或某某女士的字样，没有生卒年月，也没有立碑人姓名。比较左邻右舍那些被众亲友的姓名簇拥着的逝者，觉得他们形单影只，透着一种神秘，也流露着几丝孤寂。

如果注意那些逝者去世的年龄，会感慨老话说的"黄泉路上无老少"，真的是什么年龄段的人都有。就我看到的这些墓主，出生年份最早的是

1900 年，最近的是我读这些墓碑的年份……这两年去世的有不少我们的同龄人，下过乡的、支过边的，可以想象他们的人生历程。他们走了，留下我们继续看世间风云，见证历史。

最让人感慨的是小孩子的墓。一些孩子的墓碑上都有照片，看着那些可爱、稚气的面容，觉得自己仍然还活着，真的是一种幸运，直让人觉得老天不公。有一对父母为他们的儿子刻了一副挽联"英年早逝留遗憾　来生再次展宏图"，横批"一代骄子"，痛惜之情溢于言表。

突然发现如今中国人很少有写墓志铭的。记忆中有一些印象深刻的墓志铭：

法国大作家司汤达为自己写的："活过，爱过，写过。"

卢梭："睡在这里的是一个热爱自然和真理的人。"

贝多芬："他总是以他自己的一颗人类的善心对待所有的人。"

中国作家沈从文："照我思索，能理解我；照我思索，可认识人。"

著名作曲家聂耳的墓志铭引自法国诗人的诗句："我的耳朵宛如贝壳，思念着大海的涛声。"

……

如果人们都能在墓碑上留下对自己的评价或感悟或喜欢的话，这个墓地就更有看头了。

有些立碑者为他们有着特殊贡献或是光荣经历的前辈写了详细的生平介绍，但那些洋洋洒洒的碑文一般人都不太有耐心卒读，倒是有些特殊的会引人驻足细看。有一位男士为他可能是遭遇某种灾难同时遇难的贤妻爱女而写："人妻中我妻最为温善贤淑，人女中我女最为聪明孝顺。得此二人相伴，自觉三生有幸。今逝去，悲问天公，为何没有始终？独留我受此刻骨铭心之痛。何时才能永生相伴?!"悲凉的心绪弥漫于字里行间……

有一座墓碑上的文字是"车轮滚滚载风载雨英容犹在　邀你梦来　耿介豪直一条好汉　使我长悲"。那些话语让人仿佛看到一个硬汉、一辆重车，觉得那小小的墓地怎容纳得下？

一处碑文所记亡者的生平让人唏嘘。她毕业于四川外语学院，30 岁时因家庭出身问题与单位领导发生冲突，被开除公职送去劳教。她不停申诉，但所有申诉材料及家信全被扣押。被关了 32 年，改革开放后，弟弟得知她还活着，想法将她接出。从此她每周到有关部门申诉，却被当作精神病人对待。亲生儿子找到她，悉心照顾，但她仍不放弃要求平反的强烈愿望。去世时已是87岁高龄，支撑苦难一生的信念就是：给我平反，还我清白！子侄辈们写道："逝者已去，这一天何时到来！？"冤屈堪比窦娥。

……

还有些简单的：

"先母大人，垂范子孙。为女则孝，为妻则敬，为母则爱，为祖则慈。待人以宽，处事以诚。训诲谆谆，犹在耳目。魂兮魄兮，安乐欣畅，慧兰茂竹，君其永享。"

"处世立身似青松，水穷云起皆从容，奈何花甲染沉疴，子孙泣涕悲离别。"

"伴随着我们成长的年轮，爷爷和奶奶却走向了天堂，冬去春来，我们仰望天空，找寻两颗最亮最亮相伴的星星，那是爷爷和奶奶慈祥的目光。"

看了那么多，唯有一位画家别出心裁，墓碑上刻着他的一幅作品，还有他的名章，下面一本打开的书上呈现出他的生卒年月日。看起来还有点艺术气息。

……

看似寂静的墓园，却分明是一个纷繁的世界，有一种无声的喧哗。墓碑无声地讲述着人间的故事。这个世界上有过多少人，那个世界里也就有多少人。红尘彼岸的人面对面地直视死亡，促使人冷静地审视世界和人生。有的故事终结在这里，有的故事还在继续……

从墓碑上抬起头来，前后左右一排排、一行行的阵势，让人联想到剧院里一排排的椅子以及在某些场合整齐的队列。试想，人一年年一茬茬地逝去，墓地一面面坡一座座山地增加，若干年后将是什么情景？后死的人往哪里安葬？难怪有人说，中国人已"死无葬身之地"。真的是细思极恐啊！

不是提倡"树葬"吗？这墓园里还真有。一棵显然是专门栽种的大树，围绕着它密密麻麻地排列着小小的墓碑，横竖都大致是20个。那种"密密麻麻"看着有点头皮发麻。工作人员在给几个人介绍，说这种政府要补贴，一个不到一万元，但是已经卖完了。想象的"树葬"是骨灰深埋，大地为穴，树就是"碑"。而这种，只不过是墓碑微型化，只不过让"死无葬身之地"推迟一些时日而已。

我和先生已经说好，不留骨灰不买墓地。他的父母，两个民国年间的知识分子，去世后骨灰都撒进了长江，早就为后辈树立了榜样。

人类需要祭祀先人，以寄托哀思，传承精神，又要考虑保护资源，为子孙腾出生存空间。如何能两全其美？

步出墓园，思绪纷纭……

# 那棵特立独行的树

李临雅

　　他就在我家厨房的窗户下面。

　　只要我在厨房里，无论做什么，只要稍稍抬起眼睛，就能与他对视，他的个头已经高过了五楼。他是一棵树。之所以将他定义为男性，是因为看见他，就会想起诗人龙郁对树的描写："一个在风雨中狂奔的绿衣汉子/满头乱发飘飘。"这就是他的状态。

　　观察他已经好几年了，越来越觉得他和别的树不一样。我还专门下楼到他跟前去过，想要知道他究竟姓甚名谁？可是很奇怪，院子里其他的树上都有个牌子，写着树的名字、属性什么的。但是他没有！走遍整个小区，发现了他的几个同类，但他们竟然也都没有胸牌，没有名字。算了，就把他称为"特树"吧，一棵特立独行的树。

　　注意到他，是从几年前的秋天开始的。他的体量很大，树干最粗的地方一个人抱不过来，树冠也张得很大，在别的季节，和周围的绿色混在一起，顶多就觉得他个子大一点儿而已，没什么特别的。但是！从深秋开始，别的树都发了黄，掉了叶，周围一片稀疏的时候，他就整个儿地凸显出来了。整个冬天，他都枝叶繁茂，仍然满头乱发飘飘，更重要的，他是绿的！一如在夏天，郁郁葱葱的绿，深沉的，浓郁的，饱满的绿。好像忘了季节，忘了冷暖。在周围一片萧瑟中，显得格外的突出、另类。是冬的凋零景象中的一抹亮色。看到他，仿佛提前看到了春天。

　　然而，到了来年三月末，阳光明媚，春意盎然，草长莺飞的时节，他却开始有黄叶了！一点点地黄，一天天地黄，越来越黄，越来越多地黄……渐渐地，满树皆是黄叶，成了那些深深浅浅的绿的簇拥中的一棵"黄树"。接着，那些黄叶往下落了，纷纷扬扬，飘飘洒洒，树底下落叶缤纷，层层叠叠。你感觉，他孤身一树，挺立寒冬，到这个时候，周围的绿都重现了，自己完成了任务，也委实有点累了，该是脱下外衣，歇息一下的时候了。这才去完成那个必不可少的一年一度吐故纳新的自然的过程。

我等着，等着看他树叶落尽，露出别的树都有过的裸露枝条的那种干巴萧瑟的形象。那种期待，有点像想看一个人脱下衣服，露出原形来。因为你觉得他有点奇怪，想要看到他的真实面目……

然而，没有！真的没有！居然没有！他落叶的方式是从顶部开始的，凡是落完了黄叶的枝头，都似乎有一点似有似无的"绿"！等到所有的树叶都落尽的时候，看到的是整体透着新新鲜鲜的淡绿色的一棵树！所有的枝条上，都是嫩嫩的新叶！原来，在老树叶们渐黄渐落的时候，新的树叶已经在悄悄地冒出来，在枝条上排列着了！它们蜷曲着身体，藏起小小的头颅，等到老树叶们悉数离开树枝，便齐扑扑地抬起头，伸直臂膀，蓬蓬勃勃地舒展开来，和别的所有的生命一起沐浴在明媚的春光中了！

这是一棵什么树啊，对绿色那样执着。他绿在冬天，又以前赴后继的顽强与敏捷，没有错过春天。任何季节，都以一种最好的形象出现。真是一棵特立独行的树，一个卓尔不群的绿衣汉子。

写完这篇文章，又到院子里去看这棵树时，发现树干上有了块牌子，上面写着"黄葛树　科别：波罗蜜亚科，落叶乔木，茎干粗壮，树形奇特，悬根露爪，蜿蜒交错，古态盎然。原产：中国"。我觉得，还少了一句，"常绿，春天落叶"。

尽管知道了他的大名，我仍然喜欢叫他"特树"——特立独行的树。你看，他就在那里，不管这世界上发生了什么，仍然按照自己的韵律挺立。天天和他对视，对生命有了新的感悟。

　　傅厚蓉，四川省作家协会会员，巴金文学院创作员，成都市作家协会签约作家，四川省文艺传播促进会理事、散文创作交流中心办公室副主任。四川双流县（今双流区）第九届、第十届政协委员。中共成都市双流区委退休干部。出版散文集《一切随风》《请在岁月岸边等我》，中篇小说集《风流总被雨打风吹去》，历史人文长篇《跳蹬河》等。曾任《双流县志》《双流年鉴》副总编。

# 穿越丙察察

傅厚蓉

　　"丙察察"是指从云南贡山县丙中洛乡到西藏察瓦龙乡再到察隅县城的一条山路，前不久，我们几个朋友，就自驾车成功穿越了这条史上最危险的号称进藏的第七条公路。

　　"丙察察"地理位置靠近祖国西南边境线，全程300多公里，是云南进藏的第二条公路。这条路一直在高山峡谷中穿行，被越野界称为最危险、最刺激、最具挑战性的路，吸引了很多自驾爱好者和摄影人。

　　这条线路崇山峻岭、人迹罕至，过去根本无路。一直到2005年，国家才出资修通了丙中洛到察瓦龙的简易乡村公路，全长90公里。2009年底，才修通察隅县到察瓦龙的简易公路，全长240公里。之前从察隅县城到察瓦龙乡行车，只能绕道川藏线和滇藏线，得绕行1700余公里的路才能到察瓦龙乡。就算现在，在几个手机导航的软件上，你输入从察瓦龙到察隅的线路，还是会引导你从德钦到芒康走318国道到然乌湖再去察隅的，那是绕了很大一个簸箕弯，起码两三天才能到达，而"丙察察"这个最近的路程，它是找不到的。

　　我们从成都出发兜兜转转，头天下午到了丙察察的起点云南贡山的丙中洛乡。丙中洛乡政府所在地是一个高山平坝，微微斜坡的地势，我们进镇之前，就在一个高地看到了它的全貌。怒江在山脚下绕走。桃花岛在山脚下的一个半岛上，一个小小的吊桥连接着两岸，岛上树木茂盛，可惜桃花已经凋谢，点点房屋点缀，宁静安详，很适合多待几天。但是我们的行程比较紧，所以就没有花费多的时间在这里。

　　第二天早上，我们在丙中洛的客栈醒来，在路边一个小店里吃油条豆浆，都不贵。过后我们准备加油出发，结果是问遍了所有的人，都说丙中洛没有加油站，以前有一个兵站加油站但是已经关闭。我们现在有两条路可以走，一个是返回贡山县加油，往返将近90公里，另外是一直往前，大约也是90公里到达察瓦龙。纠结半天，还是继续往前。

　　车子一出丙中洛乡，就沿着怒江逆流而上。怒江在我们的右边，出门不久就看到石门关，那是出门的第一个景点。车子走过，回头一望，很大一块石壁矗立在怒江边上，219国道从石壁和怒江边穿过，石壁静谧高大，江和路都是很小的一条线，这也是这一带典型的绝壁地貌。过不久就看到雾里村，江对面的高山下，一小片相对平坦的山丘，一些农房安静地点缀在那里。此时是深秋，地里有层次分明的黄色的青稞、深灰黄的玉米，还有绿色的树木和蔬菜，安静祥和的样子，给人宁静的感觉。

　　这段怒江缓缓而流，此时路还是比较平缓，有碎石的路基，旁边还有护栏，一看到护栏，给人的感觉就是比较安全，虽然路面不宽，弯道很多，但比较平坦。往前走没多远，就离开云南境内进入西藏境内了。这时的怒江又到了我们的左边。进入西藏境内还是一路逆怒江而上，这个路就是毛坯路，非常狭窄，两边长满了茅草，茅草深达一米多，也许这是西藏最遥远边沿吧，一般人基本不会来这里的。过后继续向前，路边都是裸露的石头，茅草也少了。

　　不久就到了老虎嘴，道路从整体的山石上开挖出来一个通道，上面的石头横过整个道路伸到了路外，远远看去，是一个大张着嘴巴的老虎，车子就在虎嘴里进出，很是壮观和震撼，我们下来一阵好拍。

　　过后，道路还是继续沿怒江边蜿蜒前行，不时看到河边宽敞一点，一块小小的沙洲伸到水里，在宏大的山川面前，有一些小鸟依人的温顺。不时在一些地势平缓的地方，生长着零星的村庄和人家，在这茫茫大山里，给人心里一些慰藉，毕竟还有人家，不是完全的不毛之地啊！不过这些都很少，更多就是雄峻的大山，切割很深的峡谷和底下流淌的怒江水。大山静谧，好像亿万年来它都在此地没有外出，也不屑于外出，更不屑于看我们这些从远处来的探险之人。

　　这段路的车子极少，少数几辆车，有时候在一些感觉是景点的地方停下来拍照，大家一聊，结果都是来体验、来穿越的，正经干事的一辆车都没有。

在还有十多公里就到达察瓦龙乡的时候，在我们的右边，出现了一整座白色的大山坡，一坡山就像是一面倾斜的、白色的幕布，这就是著名的"大流沙"。

在大流沙前面的一块空地上，立了一个大石头，石头上写了"大流沙"的来历，这里我原封不动地把这个简介复述出来吧：大流沙像是一颗流血的心脏，对面凸起的山丘好像虎视眈眈的蛇头。相传，大流沙是梅里雪山的心脏，魔鬼幻化的巨蛇欲吞食这颗心脏，梅里雪山太子十三峰之一无敌降魔战神海拔6365米的玛兵扎拉旺堆峰及时赶到，用神力把巨蛇化成了山丘封印，不幸的是，心脏被巨蛇的牙齿划破了，流出的血变成了有诅咒的飞石，一旦风吹草动就会飞出来祸害行人，能顺利通过此道的人，将会财运亨通、一生平安。

大流沙那陡峭的一大面山坡，全部都是白色的石头，感觉是松松垮垮地堆在上面，最上面的很小，小的像沙子，越下面石头越大，大的像篮球。稍微有些风吹，或者是轻微的地动，山上梭下来的沙石就把公路堵塞，更搞不好，遇到刚刚路过，山上掉石头下来，那就更危险。公路就从山下通过，有两三百米长，现在当地政府在这里修了一个房子，有一个抢险队长期驻扎在此，遇到道路被堵塞，就赶紧用挖掘机清理路障。我们非常幸运，路过时，道路畅通，没有飞石，我们快速离开。上午基本就是在怒江峡谷里行走，海拔一千多米，没有翻山。

经过很多的怒江弯过后，快到察瓦龙乡时，山势退远了一些，路边一些地块长满了仙人掌，仙人掌结出了粉红的果实，非常耀眼。我们几个人好高兴，就下车采摘，没有想到那个仙人掌的果子上长满了细小的毛毛刺。我们不知道，拿到车上那个小刺随风而掉，落到车内，每个人脸上、脖子上、手上都扎了刺，让我们好一阵难受，这真是恶毒的果子啊。到察瓦龙的时候是中午，在进镇的检查站，还有一个警察帅哥帮我拔手上的刺，让我一阵感动。

察瓦龙乡地处梅里雪山脚下，地势北高南低、四面环山、高低错落、地形复杂，属高山峡谷地貌，怒江纵贯全乡，平均海拔2800米左右，属喜马拉雅山南脊亚热带气候区，气候四季温和，降水充沛，日照充足，无霜期长。沿怒江、伟曲河谷的相对低海拔地带是"炎热的峡谷"，高温、低湿，有大片裸土，难怪有那么多的仙人掌。

进镇看到一个红彤彤的加油站牌子，非常高兴，赶紧加油，给车子吃饱了，我们才去吃饭。饭馆的老板是重庆来的一个年轻美女，她说他们到这里做生意有两年了，真不知道她们怎么会知道这个地方。后来在西藏很多相当偏僻的地方，一般人听都没有听说过的地方，都看到有四川、重庆人来此地开宾馆、饭店，后来了解了才知道，很多人是因为在这个地方当过兵，转业后，或者自己或者是叫亲戚朋友来此开店的。感觉我们的川渝人非常吃苦耐劳啊！有些小小的感动。她看到我们每人都浑身不自在的样子，才知道我们都被仙人掌刺到了，她告诉我们，仙人掌是野生的，谁都可以去采摘，但是这里本地人去采摘，都是全副武装，要把头脸都包裹好，还要戴手套，要不就弄得满身是刺，我们也才长了点见识。

饭后，我们考虑是继续前进还是住一晚上再走，看看察瓦龙没有什么地方好玩，就是西藏最偏远的一个乡镇，并且感觉天气还早，现在到察隅就算是每小时走二十公里，还是可以赶到的。于是，下午就继续往前。

下午的行程，是最紧张也是最危险的行程，开始还是沿着怒江逆流而上，两岸的山势越来越陡峭。没有多久，车子就向左一拐，离开怒江直接进山。山道陡峭，路面狭窄，弯道很短，一个又一个180度的急弯，只觉得转一个弯，刚刚把车子摆直，车子又开始转弯了。就这样从海拔一千多米，几乎是垂直地往上翻越，差点把人都转晕了。就在几乎所有人都快吐了的时候，车子上到海拔两千多米，终于来到了山上比较平坦一点的地方。停车下来看，那山下岂止山路十八弯啊，几十个弯弯都有了，有些地方根本看不下去。

过后就是在原始森林里穿越，那里的树木很大，苔藓植物也很多，路旁的林间有小溪潺潺流淌，水好清澈，水的流量也很大、很急。小河中，很多大石头，水流过哗哗地响，这一段有川西高原的感觉。我们下来休息，感受这非常清新的空气，心旷神怡啊！

我们一路上来，没有看见一个人、一辆车，就我们一台孤独的车子在荒野里穿行，有些小小的心虚。这里的路比较窄，是土路，行车还是没有问题。

过后慢慢爬山，不过稍微缓坡一些，高大的树木慢慢没有，看到近山有刚刚形成的彩林，很漂亮，像川西初秋的感觉。过后植被越来越矮小，最后变成趴地的小草，不足一寸长。

大约下午3：15，到达丙察察的第一座海拔四千米以上的高山——雄珠拉垭口，海拔4630米。我们下来拍照，看到近旁都是雪山，只站了十几秒钟，就感觉冷得不行，赶紧上车前进。

过后又是盘山道下山，下山以后还是山路十八弯。过后海拔慢慢降低，高山峡谷地貌下出现河谷平缓地带，植被又好起来，这里是相对平缓的草场，此时深秋，大地一片金黄，是草滩的黄色，这里有一个丙察察之间重要的村庄——目若村。这里恍如世外桃源，地上的色彩都是让人心动的嫩黄，据说此地产林芝、雪莲、贝母、虫草等野生中药材。有一些木质房子点缀在草场上，几头悠闲的牛在慢慢地吃草，很远的地方有一些小小的羊群。感觉这里跟318路上的如美村很相似，都是那么恬静自然，都是那么安宁旷远。偶尔看到的人，静静地看着我们，目光清澈明亮，祥和而单纯，都很友善地对着我们打招呼。要是机会允许，真想在这里待上几天。用这里天然纯良的气息，洗洗我们世俗的凡尘。

然而我们今天的目的地是察隅县城，时间不早，我们要赶路，恋恋不舍继续前进。过后天上下起小雨，烟雨朦胧，这一路又有高山的松柏。过后看到一个椭圆的小海子，随着我们车子的走动，角度不同，海子的颜色也绿色、蓝色、青色地变化，很是漂亮。

离开目若村，又开始往高处走，四五十分钟过后，到达第二座高山，次旺拉山口，海拔4498米。这边的植被都不太好，没有高大的灌木，只有低矮的草地。

又过了一个小时的样子，到达第三个高山——益秀拉垭口，海拔4706米。山上没有植被，都是荒山土泥巴。这里居然还有4G信号，远处还有两泓清水。

过后，我们慢慢地下山，有一个村庄叫明期村，海拔3600米，我们没有停留。过后天慢慢变黑，下起雨来，是那种如烟如雾的小雨，跟这个地界非常搭调。要是在成都，我是很喜欢这样的小雨，但是在山路土路上行车，这样的雨却是危险。

继续前进，车子进入崇山之中，右边是陡峭的山壁，左边是万丈深渊的悬崖，此时的山路非常狭窄，感觉只能够一个车子路过，好在也许今天一天这路就只有我们这一辆车。天下着雨，路面湿滑，车子小心翼翼地向前爬行。我是坐在驾驶员后面的位置，从我这个角度看向山外，本来天就开始黑了，外面更是看不清楚东西，只感觉空空落落的，什么都没有，时不时一股淡淡的白雾在眼前飘过去，又时不时从淡雾里，冒出来一截尖尖的山顶，四周万籁俱寂，没有一点声响，只有我们这一辆孤独的车子在这崇山峻岭里龟行，车子里的人此时也好像是被什么东西禁锢了一般，没有任何的声响，窒息得吓人，我心里非常恐惧。我突然说，师傅，开慢点，开慢点。师傅是一声都不吭，直到我说第三次的时候，师傅突然发火，说你说一次不够吗！一直吼一直吼！我突然不是很害怕了，感觉这天地万物之间，是有活物的。这下车子里的人才开始说话。有人说，这里没有4G信号啊，另一个人说，这里濒临国境，是军事管理区域，当然没有信号。又说，这一路有几个地方有信号啊。说了几句话，大家感觉才活过来了。

过了这一段非常危险的路后，我们大家都松了一口气。过后慢慢下山，山下雨也停了，天看起来又亮了一些。下午六点半左右，下到下面的村庄，叫桑久村，只看见房子没有看见人。这里海拔2900米，植被已经很好了，有大树，有庄稼，4G网络也恢复了。

后来终于到了省道201的路口，这里还差17公里就到察隅县城，海拔只有2500米，路面虽然还是很窄，但是已经是水泥路了，比上面的土路好很多。有警察在这里检查身份证，看到他们，好像看见亲人，感觉进入了人间社会，心里一下子有了底气。

我们终于在晚上7：30到达察隅县城。大家都非常高兴，今天成功完成了挑战——穿越丙察察。这在每个人的心里，都是难忘的一次行程。

# 美领馆面签

傅厚蓉

工作辛苦想慰劳一下自己，几个朋友相约报了一个旅行团去美国，旅行社把一切需要我们准备的事项和旅游行程那些都发给我们，也把需要提交的申请表等发来，外面拍了正方标准照片，一一填好报送。先期的款项也打了过去，后来，就到了去美国最关键的一步：去美领馆签证官那里面签。

之前也听很多人说过，签证官会毫无理由地拒签，根本没有任何理由，反正人家牛呗，心中难免忐忑。

我们按照旅行社的要求，一步步准备自己的东西，检查护照过期没有，身份证、户口本等找到原件，证明自己是自己；选择出过国的，有标志性建筑的照片冲洗出来，表示有经济能力，还有家人朋友一起玩耍，表示家人幸福恩爱的照片也要冲洗出来；还有资产证明，比如银行存款、流水，理财产品证明，房产证本本；还有单位在职证明，单位的法人证书，单位机构代码本，等等。总之是表现你在国内有正当职业、稳定收入、生活富足、幸福美满，等等，不会非法滞留在他们国家。

一项一项地都准备好了，旅行社在面签的前几天，还组织我们进行培训，先看我们准备的资料如何，过后就是如何面对签证官的提问，等等，总之就是他问什么，你就老实地回答什么，不要乱说，不要说假话等。还要穿着打扮要庄重些、不要太招摇也不要太随便。过后我问那个培训我们的小妹：你去面签过吗？她回答说没有，因为她是年轻女子，怕签不过。

我就对这个培训有些失望。之前也各自一直在网上查，还有去过美国的朋友也指导过咋个面对，如何才能签过等。一句话总结，就是要签证官认为你不会移民，你在国内有很好的社会地位、家人、朋友、经济实力等，在国内生活得很好，根本不屑于在那里久留。

终于等到了面签这一天，头天晚上有些小小的兴奋和失眠，早晨早早起来，之前说的是外面吃早餐，过后觉得外面吃了不好漱口刷牙，怕嘴里有异味，怕牙齿上粑了菜，怕吃残了口红不好看，总之怕有损形象。就头天买好了牛奶面包，第二天起床简单吃好了，梳洗打扮完毕出门。穿上很少穿的质地高档的正装，穿上也很难得穿的高跟鞋，碎步微迈千金淑女模样地出门。一路上随时提醒自己，地铁上不要抢座位、下出租关门要轻、公开场合不要大声说话、不要随地吐痰、看到老奶奶过马路扶一下，等等。怕是不经意一个签证官跟你同行，看到了你的不文明举动，记住你的不好，那你娃娃就完了。

紧赶慢赶地赶到美领馆，离我们约定的时间还有半个多钟头，但是已经有人在排队了。我们赶紧去美领馆对面的一个地方存放包包，人家规定是不能带任何包包和电子产品进去，特别不能带照相机和手机，难怪都没有看见过人家领事馆里面的照片。存包房屋子一面墙上一个个小小的格子，超市存包那种，20元一次，大约最多放一个小时。

美领馆从外表看，一点也不气势磅礴，小小的一块地方，里面也没有好高大的楼房，但是外面排了好几个卫兵，肃穆地持枪站立，本来好好的人行道，到了美领馆那一截，就并成了他们的，外面的几个树木墩子，放几个隔离的栏杆，旁边还有个卫兵，你自然而然就不敢走近。给人很具威慑力的感觉，话也不敢大声说。

我们也赶紧过去排队，把装资料的文件袋拿到手上，是那种透明的塑料文件袋，一元一个那种。之前我们一个朋友用大牛皮纸信封装的，培训小妹说不行，人家要一目了然地看见内容。透明的塑料文件袋里面装满了面签需要的各种材料，鼓鼓囊囊沉甸甸的。

有服务的年轻的小妹子看我们的面签通知，就叫我们后面排好，其他时间的人叫他们等会再来。我们就老老实实地排在后面，一步步地往前面移动，这个时候，还只是在大门的外面，还可以自由地呼吸外面的空气。看那些等着的人，一条小小的街道基本被人站满了，目测两三百，真不知道会有这么多的人要去美国。过后才知道，云南贵州重庆的美签都要到成都来。终于要进门了，感觉那一扇玻璃门很厚、很重、很神圣，有些高不可攀，其实就比我们家里的寝室门大点点。

一进去，就是安检，一个可以叫唤的框框，一步走过去，还有一个人拿个安检的片片，我一直不知道该叫什么，现在坐地铁坐火车坐飞机都这样，就是那个片片在你的身上前后上下的扫好几次，比机场的还多扫几下，没有怪叫声才放过。

旁边就是一个长台子，台子后面一个人检查证件，因为当时我还没有退休，所以带的东西多一些，文件袋一大包，有单位的法人证书，单位的机构代码本，还有房产证也是老的，土地证另外一本，还为了表示自己在国内生活得很好，打了一年的工资流水，还有一张专门网购的银行卡，也打出了流水，几十元的出账也满满的好几页，另外还加印冲洗了好多张外出游玩的照片：抱到石头拍个照那种，石头上基本就是海拔××××米；还有某某大街、某某摩天大楼前面搔首弄姿的，还有跟家人朋友一起胡吃海喝的，还有把老人安排中间坐一排站一排再蹲一排的全家福的照片。总之就是要证明自己在国内生活得很好很不错，家人幸福朋友很多，不会去他们那里当黑人黑户打黑工的。

过了这个证件检查，路又从墙壁那里折返，修建起一条斜斜的甬道，有齐腰深的墙栏，慢慢地升高，到尽头的另外的房子。甬道也只有一个胖人那么宽，意思就是单行道，不能从这里返回。这时才有时间打量这个屋子，后来明白整个美领馆签证的房子就是一个 L 形，现在这个就是一间长方形的屋子，算一个边，并不宽大，满眼望去二三十平方米，就是前面几个工序，签证完了的人也要从这里旁边下来，跟进门平行的一个小门出去。

看到这么窄小的屋子，我对美领馆的威严和惧怕就减少了几分。此时我们渐渐升高，居高临下地看到那些才进来安检的人，有的紧张有的也随便。那安检的人员不断地打招呼：请不要讲话不要讲话。但是叽叽喳喳的声音还是有，房间小，回音就很大。唉，某些国人的素质，没有办法了！

好不容易又排到了尽头，右边一拐进去又是一个长边，也是长溜溜的屋子，有人指导到一个窗口去检查护照，我们把护照递进去，里面一个女子认真地看了护照上的照片，又认真地看人，在她的电脑上噼里啪啦地打了一阵，就把护照还给我们，过后又排队，前面的人拿了一张很简单的 A4 纸那样的塑封宣传单子，旧旧的，一点也没有我们任何一个企业或者是单位的宣传单豪华，那是如何收集指纹的解说，图文并茂，第一次是左手的四个手指，第二次是右手的四个手指，最后是两个大拇指并排一起。

排了一会儿就轮到我们了，也有两三个窗口，直到这之前，面对我们的都是中国人，说的地道国语。

一直排到采集指纹的人员那里，才是地道的美国人。接待我们的是一个黑人女士，有大约四分之一或者是二分之一的黑人血统，目测四十多岁，我和我妹妹一起到她的窗口，她笑容可掬，拿着护照分别叫出了我们的名字，汉语虽然有些生硬，却也还是标准，我们按照要求采集了指纹。她笑着把护照还给我们，又说了一遍我们的名字，因为我和妹妹名字只是最后一个字有差别，一看就知道是亲人，她喊了我们的名字，还把大拇指并在一起，就跟我们采集指纹的动作一样，说，姐妹！

我们也满脸笑容，很高兴地点头说：是滴！还加了一句英语：yes。

过后就是最关键的面签了。

这个审查护照和录指纹的地方还是不大，跟后面面签的窗口还是一个 L 形，我们跟着用隔离带隔离出来一个排队顺序。转过录指纹的地方，就看到一排 6 个签证官的窗口。那个窗口就跟我们银行的柜台一样，不过要高些，签证的人都是站在窗口外面。签证官坐在里面，中间隔着厚厚的玻璃，感觉那肯定是防弹玻璃。这个时候喧哗的声音基本没有了，感觉一股莫名的紧张。

我们跟着人群排在后面，一步步往前，眼睛看着窗口外面那几个人，看到一个女的很激动和紧张地在跟签证官申辩着什么，显然是不太顺利，又看到一对老夫妻满脸兴奋地离开，那肯定是顺利的。我自然也是有些紧张。没有多久就排到我们了，引导员给我们分配窗口，叫我们去 6 号，我一看这个数字吉利，心里也暗自高兴，踏实了一些。

我们很兴奋又紧张地走到 6 号窗口前面，厚厚的玻璃里面是一个 30 多岁的白人男子，坐在高高的椅子里，很帅气很随和，满脸的笑容，比前面那些引导员、安检员的中国人和蔼可亲多了，我也就定心了不少。

我们把护照递进窗口里，这个窗口也跟我们银行的那种一样，平台下面挖个弧形的坑，只有证件和手可以在下面交接。我想这样的措施真够安全的。他看了我们3个人一眼，之前旅行社已经教了我们，相约一起的几个人最好一起去签证。那帅哥签证官笑容可掬地看看我们，问我们是什么关系，很流利的中文，口齿清楚明白。说我跟这个是朋友，这个是我妹妹。

他问我们去美国做什么，我们说去旅游。他问你们在美国有亲人吗，我们都说没有。他问你们在美国多少天，我们说16天。

他就翻看我们的护照，看我们的人，那眼光是和善友好的。一个个地看完，他喊了我朋友一声，他问朋友一句什么话，可能是紧张，也可能是有玻璃隔音，我们都没有听清楚，就问：什么呢？他又说一次，还是没有听清楚，再问，你说什么呢？他笑一下解嘲说，我的中文就是不好。我们赶紧说，不是不是，是我们没有听清楚。

他说：你过去的那本护照呢？哦，是这样，因为朋友去的国家比较多，旧护照已经过期，给他看的这本是新的，朋友赶紧从透明的文件袋里拿出旧护照给他，他翻了翻，没有说什么，放下了。一会儿就拿起我的护照看了看，问我，你还在上班吗？这下我听得很清楚。马上说，还在上班，但是马上就退休了。他笑了笑。又拿起我妹妹的护照，问她，你上班是做什么的？妹妹简单地说了一句她的工作，他又问，你从来都没有出国过吗？我妹妹说没有。他又笑了笑，就看见他在面前的电脑上噼里啪啦地打字，也不再理我们了。

我们都很紧张，等待判决的犯人样，也不说话，大家互相望望，等待着，才发现手中拿着的一大袋子文件，他连收都没有收进去，更不要说看了。打了有一会儿，他转过头对着我们，还是满脸笑容地说：你们都过了！

那一刻，我们紧张了好久的心情一下子就放松了，高兴得不得了。赶紧说，谢谢谢谢！非常感谢！

走出门来，初夏的成都，晴空万里，阳光和煦，微风拂面，心情大好。

# 父亲的家电

傅厚蓉

大约是 20 世纪 70 年代，我能够记事时，就知道我们家里，有一个比较贵重的物件，也是父亲最喜欢的宝贝，一件了不起的家用电器——半导体收音机。是什么牌子，怎么买来的，我不知道，几十年后的今天我的记忆里，收音机有书那么大，砖那么厚，黑黑的一个盒子，一边的顶上有一个可以拉伸几节的天线。

几乎每天下班后，父亲就要把收音机打开，一阵吱吱咕咕嘈杂声音过后，会出一个比较清晰点的声音，于是我们就听里面说，那里多半是播报新闻简报和理论文章。有时候，会播出父亲最喜欢的川剧。

只要一到川剧节目时间，我们大家都不敢再动收音机。那里就咿咿呀呀唱半天，父亲也跟着唱半天，开始我们觉得很难听，后来也慢慢听出了点门道。记得有个什么剧，里面有一句话，说的是：哎呀，我是茄子树上吊井，死都找不到地方。还有一个是一个老翁划船送一个小姑娘过河，对话是：我跟你是老庚的嘛，那个小姑娘说，你那么老，咋个跟我是老庚嘛。那老翁说，我只是大你一轮甲子嘛。这些幽默的唱腔，还比较好玩，后来我们也慢慢喜欢上了川剧。更多的是，收音机一些新闻和科教节目，很多都让我们耳目一新，在我的童年时代，它给我们打开了一扇认识世界的大门，延长了我们的眼界。

后来我们家里又买了电唱机，就是放大盘子唱片的那种，一个略微弯曲的臂下面一个唱针，在转圈的唱片上一圈一圈地划着，很好听的声音就从里面发出。父亲还请人用很好的木料，做了一个底座，看起那个电唱机就很高级了。父亲买了几张川剧唱片，可以随时听，不需要到收音机给他规定时间。

我记得有段时间流行黄梅戏《天仙配》，父亲也去买了一张，也是几乎天天放，后来我们左邻右舍的人都可以把那些唱段唱下来了，没有事的时候就开始哼：天宫嗯嗯嗯岁月呃呃呃……太凄清嗯嗯嗯……

过后几年，人民的生活条件要好很多，中央电视台1983年推出第一届春节联欢晚会以后，在中国引起极大的震动，人们还从来没有看过这么丰富多彩的文艺节目，所以几乎这一整年，人们都在谈论春节晚会的节目，也几乎把每一个节目都学了个遍。

不久，我们一个转弯抹角的远房亲戚家里买了一台黑白电视机，人家很礼节性地叫我们去看，我妈是那种完全没有心机的人，人家一说她就真的去了。

于是我妈每天下班回家，就着急心慌地催父亲和哥哥们快点弄饭，饭后她就急急忙忙去远房亲戚家里看电视了。但是没有几天，我们发现她回家不催煮饭，也不去亲戚家了。我们问她为啥不去看电视，她开始还不说，后来没两天她主动说起。原来她每次到人家家里看电视，人家就把家里最好的位置让给她。亲戚家住的是当年大户人家的房子，但现在院子住了很多家人，他们只分到一间，所以没有客厅，电视机是放到寝室的，她一去人家就把床上最好的位置让给她，还拿被子给她垫腰杆，人家一家人就坐在床边或者地上的板凳。每天给她煮一碗荷包蛋，端到床上请她吃，两个白嫩嫩的荷包蛋里面有醪糟、有核桃芝麻等辅料，味道相当好。每天走的时候，人家还很热情地请她第二天再去看电视。无论我妈怎么叫人家不煮荷包蛋，自己主动要求坐地下的板凳，但是人家都不干，坚决要把她当上宾。才几天，我妈自己不好意思了。

我们听后，笑得肚子都痛了。我想只有我妈这种脑壳太简单的人，才能坚持吃人家一个星期的荷包蛋。

过后，买电视机就成为我们家那一年的重要事项。在外读大学的哥哥说，要买就买彩色的，比黑白好很多。于是，我们举全家之力，在1984年春节前，托各种关系，终于买到了一台福日牌14英寸彩色电视机，有八个旋钮，可看八个频道。

我们家在下河街，街道宽度不足五米，全部是青石板铺地，整条街道都是木板椽斗房子，每家都是双开的大门，进去就是堂屋，现在人叫客厅。那年大年三十，人们不再忙着准备吃的，吃的是早就准备好了。从上午开始，就有很多邻居来到我们家里，有的在搬弄桌子凳子，有的人攀爬到屋外的房顶上调试天线，就是想得到最好的播放效果。有的人早早就把自己家里的小板凳拿到我们家堂屋放起占位置。父亲就安排他们把矮凳子放到前面，高凳子放到后面，让大家都有很好的视角。才吃过中午饭，人们都陆陆续续地来我们家里，他们带来了自己家里准备的瓜子花生、爆米花、红苕干，等等，我们家里的那台14英寸的福日彩电，是今晚最大的明星。电视机早被大家小心翼翼地从父母的寝室抬到了堂屋里，放到饭桌上，饭桌早被热心的邻居擦过无数遍，一粒灰尘都不粘。

父亲早早就烧好了几大瓶开水，灌在热水瓶里，还泡了很大一壶老鹰茶招待大家。

千呼万唤的，晚会终于开始了，现在已经记不清楚当时演出了哪些节目，但是人们的热烈与兴奋，是超前的、震撼的，那晚的欢声笑语，在我们那长长的街道上空回响，人们激动的情绪一直蔓延着。晚会播完过后好久，人们都不愿意离开，在我们家里的堂屋里和街道上闹腾，人们把刚刚看到的节目进行复述，即兴表演。过年的鞭炮声也此起彼伏地响了好久好久，我们家的堂屋和外面街道的地上，铺满了瓜子壳花生壳和鞭炮的纸屑，厚厚的一层，踩在地上都是软绵绵的。老辈人说，三十晚上的这些东西越多越好，还不能扫，表示来年的财富很多。果然的，从那以后，我们家里的条件是越来越好了。

过后，家里的电视机就放到堂屋了，还专门买了一个柜子放它。我们家就集聚了街道最旺人气。那时放香港电视连续剧，都是一个星期才播两集，我记得有《再向虎山行》《霍元甲》《陈真》等武打片。每当要播电视剧的那天，我们家里同样是那么多的人。照样的，父亲还是要烧好开水，泡好老鹰茶招待街坊邻居们。

后来，人们生活条件好了，电视机也慢慢普及，来我们家看电视的越来越少。但是只要有人来，父亲还是一如既往地热情，要烧开水给邻居泡茶。

到现在，科技的飞速发展，网络的发达，手机的智能化，人们不再喜欢看电视了，更没有到别人家去看电视的习惯。人和人面对面交流越来越少，人们的心理和身体的距离越来越远。

父亲去世很多年了，没有享受过现在的高科技，也没有品尝过现在的人情淡漠。或许对父亲，也是一种幸运。

# 故乡的菜酱油

傅厚蓉

现在每当在超市看到琳琅满目的商品，特别是看到很多品牌的酱油时，我就要想到小时候在故乡，父亲熬的菜酱油。

我的家乡在重庆涪陵地区丰都县城，小城坐落在长江边，那里盛产榨菜。每年秋天，菜头（就是地里长出来的一个个比拳头大很多的新鲜菜疙瘩，我们叫它菜头）成熟的季节，大车大车的菜头就从乡下的田野里拉进城来。长江岸边，夏天过去，到第二年的夏天汛期来临之前，江水就退下去很远，露出宽宽的河滩和草坪，那里就是搭菜棚子最好的地方。

菜棚子是用很多根木料，两根一组人字形交叉，下面张开三四米，紧紧地杵在地上，顶上交叉一点，成为一个三角形，每个三角形相距三四米，几十个三角形可以拉好几百米远。顶上用很粗的缆绳一个个地拉扯着，两端直接打地桩拉紧。这时的菜棚子还是一个空架子，从上到下的人字坡，要用指头粗的竹篾绞起的青藤拉扯着，在终端打结。青藤之间相距巴掌宽，弄完后就形成了两个坡，远远看去就是一架很长的三角形帐篷。

搭菜棚子、晒菜头都是菜厂工人的活。只是剥菜串菜是小城人们挣钱的副业，有的一家人都没正式工作，这个榨菜季就是他们大半年的生活来源。

剥菜是把菜头的头皮剥掉，去除里面的筋。有的菜头大了还要一分为二切成块，过后再用竹篾把菜头穿成一串串的，一串菜大约有一米五长，每串可以挣 1.2 分钱，手脚快当的人，一天可以剥菜串菜一百多串，得一元多钱，一个月可以挣到四五十元，在当时收入还算不错，只是太辛苦太累。露天的江边寒风吹着，锋利的剥菜刀也让人一不小心就受伤，一个剥菜季下来，很多人的手都裂起了血口。

过后就是把剥好串好的菜头，经过菜厂的正式工人检查验收，涂上红色水，叫打红，以免再次被当成货物验收，我不知道那个打红的是什么颜料，应该是可以食用的吧。过后这些菜就被菜厂的人挂晒在菜棚子上晒。当时要是有航拍飞机，从上面俯瞰，那一定非常壮观：蜿蜒东流的长江岸边，一行行菜棚子跟着江岸平行，晒满菜头的菜棚子，宛如一条条绿色的长龙，静静地卧在清清的江水旁边，这一静一动的组合，这大自然的脉动和人间烟火的相互依偎，是多么和谐美满的画面啊！

经过几天的太阳或者是江风，开始还是水嫩嫩的菜头被晒得失去了水分，变得蔫答答的，这时就可以收下来了。工人们爬上菜棚子，直接把菜串串扔地上，有的篾丝就断了，断了正好。小城的人们都喜欢去帮忙收菜，把蔫了的菜头从篾丝里扒拉下来弄到他们的筐子里。菜头是国家的，里面的篾丝就是自己的了，两不找补。篾丝是很好的发火柴，家家都用得着。只是不小心篾丝分叉会把手刺穿流血，我家父母哥哥们从来都不准我去弄那个，现在想来很感谢他们啊，保护了我的小手手。

菜棚子一批一批地晾晒着菜串串，那些青藤就会松弛，有胆子大的大孩子就钻到菜棚子里面，从某一处看似要断开的青藤处弄断，再绕松两节，缠绕在另外一边的人字形木头上，一个非常好玩的秋千就诞生了。那是我们的乐园，我们满城的小娃都钻到菜棚子里面荡秋千、打滚游玩，无忧无虑、快乐无比。这绿色的天然帐篷承包了我们小半年的快乐。

很快那些晒好的菜头就被拉到菜厂去了，要放进大池子里用盐巴腌着，不久就要腌制出水，还要专门请一些人去踩池子。这个活也是要请临时工干，人越大越重越胖越好。有次我跟街道的一个大人进去看过，只见挖在地上的池子一个个很大，不小心就会掉进去，池子里成千上万的菜头被盐巴腌成了酱黄色，十几个人排成一排，在池子里走，就是使劲踩，边踩还有人带领唱节奏很强的歌。很可惜我听不懂他们唱的是什么，但是曲调很悠扬，节奏感也很强，所以他们步调一致。过后还要经过什么步骤才到人们餐桌上我不知道了。

我要说的是腌榨菜过后的盐水，菜厂可舍不得丢，要卖钱，当然不贵。每年菜厂卖榨菜水的时候，满城的人家都要去买一些回来做菜酱油。我父亲和哥哥们也要去菜厂买几担回来，先用纱布把水过滤一下，过后把水倒进一口大锅里，再烧大火把水烧开，烧开后放凉，过后再烧开，这样反复几次。过后再用小火慢慢熬。讲究的人家，烧的柴里要加柏枝、松木屑等。

锅里熬的榨菜水慢慢减少，在某个时候要加花椒五香八角茴香桂皮草果等等大料。那时节，小城的上空总会飘着一阵阵时浓时淡的香气，清甜的菜头香，作料的浓郁香，还有人们心情愉悦的心香。父亲会一直在灶台边，看着火候的大小，还要用铲子不停地在锅里搅动。我们也喜欢在灶头烧火，因为那时已是冬天，外面凉风阵阵，冷手冻脚。灶台边却是温暖温馨，父母的慈爱，兄妹们的欢笑嬉闹，是我们儿时幸福生活的沃土。等一大锅盐水慢慢熬成了一小锅，那清水也变得浓郁，颜色变得深沉，锅里的酱油就熬成了。

熬好的菜酱油用大坛子装好密封，坛子使用前要用烧开的水使劲烫，控干水分。这些酱油要吃一年，当时的酱油要卖两毛钱一斤，这为当时每家节约好多钱啊。

菜酱油色泽深红、味道浓香扑鼻，吃凉菜时放一些，吃面条时放一些，炒回锅肉还是可以放一些。那时人们常吃苞谷羹，当时的苞谷羹跟现在大家争着吃的粗粮地位不一样，那是生活条件不好的食物。苞谷羹煮好盛在碗里，不一会儿上面就结了一层膜，顺着碗的边缘倒点酱油下去，碗倾斜着绕一圈，酱油就浸到苞谷羹里了，过后再一口口地慢慢吃，甜津津的苞谷羹，加上咸香适中的菜酱油，那个感觉啊，真是爽得不行！当时也没有什么生抽老抽的区别，父亲那一代人只晓得酱油。

到第二年，家家户户的酱油吃得差不多坛子到底的时候，新的一批菜酱油又开始熬了。就这样周而复始，从祖祖的祖祖传到父亲这一代，一方水土养了一方人。我们也在这活色生香的生活里快乐地长大。

后来，改革开放生活好了，科技发达了，榨菜工艺也不需要剥菜晾晒踩池子这些。剥菜晒菜头河边的菜棚子都成为历史，父亲在改革开放几年后不幸病逝。我们小城人和我们家熬菜酱油也已经成为历史。这些传统的工艺，后人可能只能从我的文章里看到了。

现在，每当我吃酱油的时候，都要想起父亲熬菜酱油的情景，心里就热乎乎的。

# 中秋的糍粑

傅厚蓉

　　中秋是一个浪漫的词语，一个充满温情的节日，每当中秋，我都会想起小时候，跟父母和哥哥妹妹们一大家人过中秋节的情景。

　　那时，中秋我们不说中秋，只说八月十五。才刚八月初，父亲就会说，快八月十五了咯。我们知道，要打糍粑了！母亲要准备好钱和粮票，让哥哥们提前到粮站去买回糯米。糯米买回来后，父亲要把糯米用筛子筛一遍。那时的打米工艺比较落后，买回的糯米碎米很多，还有星星点点没有脱去皮的谷子，筛米就是要把碎米漏下去，把谷子拣出来，有时候还有很小的碎石子要拣出来。等到中秋节的早晨就找个大的盆子，把糯米泡上，大约要泡半天，中间还要换一次水，到下午两三点钟就开始蒸糯米，蒸米时火一定要大。

　　在我还很小的时候，我们家里有个柴灶，上面有口很大的锅，一般是客人来时，或者平时推豆花，八月十五蒸糯米，春节煮汤圆时用。每逢这个时候，我们都很兴奋，因为那一定是在煮好吃的，所以也不跑出去玩，就在灶前守着，不住地往灶里加柴，只想快点弄出来吃。往往我们会被大人撵出去，那是因为厨房里比较危险，有刀啊铲啊，火啊油啊。父母特别不准我进厨房，怕的是有什么伤着我了。当然，如果他们在案板上切煮好的腊肉，我是不会出去的，父母也不说，还会专门给我留一坨很大的腊肉骨头。

　　糯米在锅里蒸着，另一边灶上炒黄豆，黄豆炒得噼噼啪啪响，老远闻着都很香，再起锅晾冷。一会儿父亲就喊哥哥几个推磨，把炒好的黄豆磨成粉，他们轮流推，在推磨时，还时不时把黄豆往嘴里丢，一嚼"嘣嘣嘣"，满口生香。黄豆就这样吃一半推一半。

我们老家人打糍粑还有一个关键东西：竹篙笋。它长得就像竹子，但是没有竹子结实，最大的也只有小孩手腕粗，也不能成材，好像是野生的，竹篙笋城市里没有，只在乡下生长。有时候，是父亲的徒弟们从乡下带来；有时候，是农村的亲戚提前给我们拿来；有时候我们还得自己去乡下找。有一次，我就跟哥哥们出去找过，其实也就是跟着玩。我们出城，往郊外走，好在那时的城也不大，我们边走边玩。竹篙笋一般长在靠近水的地方，看见坡上一拢拢茂密的竹篙，就跑过去选最粗壮的。竹篙笋的叶子很长很大，长得毛毛刺刺，搞不好就会划伤皮肤，所以格外要小心。哥哥们进去选，我远远地当观众。一般选两根就够了，把竹篙笋砍下来后，要把叶子全部剔掉，砍去顶上细嫩的一截，只留一米多长底部最结实的主干。欢欢喜喜拿回家，洗干净备用。

这边，糯米蒸好了，趁热把蒸好的糯米倒在大木盆里，就用准备好的竹篙笋使劲地舂。那时糯米很烫，木盆里冒着袅袅的白烟，竹篙笋舂在糯米上，非常黏稠，得费很大的力气才能把竹篙笋扯起来，再舂下一棒。底下的盆还得有人费力地压着，要不它会跟糯米一起被扯起来。拿竹篙笋舂和压盆子都是力气活。父亲和几个哥哥轮流舂的舂、压的压，一个屋子的所有人，都跟着出力气，嘻嘻哈哈热闹非常。每年打糍粑，父亲都要说：一行服一行，这个糍粑，只有用竹篙笋打出来的才好吃，打得快，味道也很清香，任何其他棒棒都没有竹篙笋打出来的好。

竹篙笋一杵一杵地打在糯米上，雪白的糯米发出清香糯甜的味道，看着那一颗颗的米，慢慢就打成了糊糊的一片，而香味也越来越浓，我们肚子里那个爪爪早就伸出老远。终于打好了，父亲和几个哥哥早就打得一身的汗水，但是大家很是开心。过后，就是把糍粑抓成一坨一坨，裹上黄豆粉，蘸着芝麻白糖就可以吃了。之所以用这个"抓"字，是因为那时的糍粑还很烫人，但就是要趁很热抓出来的才裹得上黄豆粉，有时候也可以搞点小小的改革，把芝麻白糖包到芯里。

一般抓糍粑都是父亲的活，因为他最不怕烫。一大钵钵糍粑都弄好了，端上桌子了，我们就开始晚餐，当然还有其他的菜肴。父亲倒上一杯酒，慢慢地品尝，看着我们一大群孩子狼吞虎咽着各种平时难得吃到的好肉好菜，内心里乐开花了吧。我们吃着饭，还时不时拿坨糍粑跑到屋外望天，看月亮出来没。

其实有时候天气不好，就没有月亮。不过月亮出不出来好像跟我们没有关系了，反正我们主要目的是糍粑和肉嘎嘎，糍粑嘎嘎都吃了，你月亮不出来未必还叫我们吐出来？

我们一大家人团聚在一起，边吃边笑边闹腾，现在想起来，那是多么开心的时刻啊！吃不完的糍粑——其实本来就多蒸了好多糯米，我们就做成大大的糍粑饼，为防止粘连，外面还是要裹黄豆粉，大糍粑饼放一天就硬了，可以放着慢慢切成块炸成糍粑块吃。

后来，我们长大了，父亲去世了，哥哥们都分别成家，有各自的小家庭，我也离开了老家。商家的月饼业也蓬蓬勃勃发展起来，中秋节，我们的大家庭就难得舂糍粑了。

现在春节，我们一大家人从四面八方回老家团聚，由大哥倡议，又要打一次糍粑。我想现在并不是在乎吃，而是一种仪式感，一种回忆，一场对去世父母的深切怀念。

啊，中秋，我喜欢的节日。

# 林政，我欠你一个道歉

*傅厚蓉*

将近三十年了，只要我一想起这事，心里就会不安。

那是 20 世纪 80 年代末期，当时我还在重庆丰都老家，那年我刚刚领了结婚证，要准备结婚。当时结婚要的家具，还没有现在大家具企业的整体定制，都是各自买木料，请木匠师傅来家里现场打制。

我还记得，三四十年前给我几个哥哥打制家具的木匠谭师傅，他个子高大，俊朗挺拔，脸上棱角分明，眉目含笑，给人坚毅踏实的感觉。在我童年的印象里，谭师傅是跟我父亲一样聪明、无所不能的好人。谭师傅的木工手艺在我们县城首屈一指，人们要请到他，得排好长时间的队，但是他跟我父亲是好朋友，我们家里只要需要，他一定会准时到来。

小时候的我，最喜欢谭师傅来我家里做活，我们家宽敞的堂屋，就是他们的车间和战场。他们打一套结婚的家具，一般都需要两三个月。大大小小各种型号的锯子推子刨子戳子，堆在家里，白生生的木料堆在家里。他们灵巧的手在工具和木料之间翻动，叮叮当当的声响不绝于耳，感觉家里正在进行一场很和谐的音乐会，参与乐器众多，听众众多。

谭师傅和他的徒弟是跟我们一起吃饭的，也是当时的规矩，请师傅来家里，要管吃管住。那时，我们家里的伙食会开得很好，常常能见肉嘎嘎、蔬菜，甚至咸菜也会多几样，当然这是家里为了这件大事，做了几年的准备。

除开吃得好，还让我高兴的是：他们做木匠活的残余废料，比如那些白生生的刨花，锯下来的木块块，还有改料下来的锯木面，都是我们非常喜欢的玩具。

所以，我好庆幸我的哥哥多，哥哥们结婚，必然先打家具，打家具必然要请谭师傅，谭师傅来我家里干活，必然好吃好喝。这样的良性循环，我自然喜欢。当然我不知道父母和家里为了这事要节衣缩食好几年。

几个哥哥陆陆续续结婚了，他们有最好的木工师傅手工打制的最好的家具，很是风光。

到后来，我自己也长大了，到了结婚的年纪。

那时候农村已经实现了联包责任制，把土地分配到农民一家一户，城市的改革还没有开始，很多东西都还是计划供应，很多物资都是紧俏货，要凭票才能买到。但是也有例外，比如打家具需要的木料，在大山里面一些地方，可以悄悄地不要凭票地买。

当时，在我读的重师函授班的同学中，就有一个同学林政是我县茶园乡的人，茶园乡山势连绵起伏，森林植被丰富，是我县最大的木材产区。我们的这些同学，全部都是在职人员，大部分人都是教师，其实开始我也是以教师的身份考上这个师范学院的，只是在读书期间，我转行到了行政单位。

林同学是那个乡镇学校的老师，个子不是很高，敦敦笃笃、面皮白白净净，很斯文的样子，平时也不多话，看见我们就低低头，腼腆地笑笑。同学们每年寒暑假一起面授时间才聚在一起，平时交往都不多。

当我要准备结婚打家具，想多买些木料时，自然就想到茶园的林政，我找到林政同学帮忙，因为交情不是很深，还害怕他不同意，没有想到我一说，他就很爽快地应承下来，说想办法在他们当地帮我买。

于是，过了一些时间，林政同学帮我买的木料从县城之外近一百里的大山里，运送到了我家里。

我们那个时候的住房，是县城里的一条小街道里，每家都各自有面向街面的大门，一般的大门进去就是堂屋，现在的人叫客厅，我们家房子算比较宽敞，底面积有六七十平方米，上面有一层楼，家里的父母住楼下，孩子们在楼上都有各自的房间。

我那一堆木料，白生生地堆在我家堂屋的一个角落里，很大一堆，每天回家，都能够闻到木头散发出来的大自然的清香，很是舒心。

那个时候，每个人的家里都没有什么秘密。我们家里的大门，除开晚上睡觉，基本是敞开的。也正因为大门洞开，我们那条街道的人们过去过来从我家门前经过，都能够看见那堆木料。很多人都关心地问：厚蓉要做家具，要结婚啦。其实也都是顺便问问，男大当婚女大当嫁嘛。本来这些事情不该我管，但是我找的丈夫是当兵的在远方的部队上，所以这事还是我管了。

渐渐地，就有人来说：厚蓉，你那堆木料怕没有那么多哦。因为木料很多，光是看体积也看不出所以，木料木板之间还垫了条子透气，让木料干得更透。一个来说了二个也来说，三个四个，都很关心地说这木料没有那么多哦，后来好像大家都相信不够分量。

我就做出了一个让我内疚到现在的决定。我给林政说，你买的木料可能没有那么多。林政说不会的，我不会骗你的。但是我就那么笨，说我们家里的人说，要重新测量一下，你什么时候出来我们一起测量吧。

过后的这些年里，我看书看电影看电视剧，对里面的人物佩服得五体投地。你看看人家，多么聪明，从来不说一句无用的话，不做一件无用的事；每句话都意义深刻，每件事都大有用意。你看《红楼梦》里面那些姑娘，你看《甄嬛传》里面的那些小主，哪个不是心思剔透玲珑。而我说了一辈子的话，基本是废话屁话，还常常说错话；做了一辈子的事，都是鸡毛蒜皮，而常常做错事情。无计无谋无心机，直心直肠直脑壳，思维简单做事更简单，这就是我对自己的评价。

就是这样一个人，做了这个让我内疚了好多年的事。那天，林政真的出来了，我不知道他是花了多长的时间，怎样坐着破公共汽车，从几十公里外来到城里的。

我当时更没有想到，他之前是怎样把木料一方一方地买好，怎样找到车子装运，还要经过几个木材检查站的卡口，给我运到城里家里的。

现在我只记得，林政很尴尬地站在我们的街沿上，看到人拿着一把尺子，把我们那好大一堆木料搬出来，放在街道上，一块一块地测量。是谁在测量，是谁往外搬出来又搬进去放好，我已经忘记了。我只记得林政脸上没有多少表情，还很委屈的样子站在那里。周围看的，都是我的街坊邻居，一群自傲的城市人，而林政一个从乡下大山里来的农民的儿子，就好像在受这群人的审判，他那委屈的神情，现在时不时地冒出来鞭打我。

测量的结果，肯定是没有少。

后来他是怎么回去的，有没有赶上他回乡的公共汽车，还是在城里住了一天，我都忘记了。

再后来，那堆林政帮我买的、大山里出来的清新干净的、非常朴实的实木木料，因为我调动工作来到了成都，无法带过来，在老家被处理了。而我们的函授学业也结束了。我过后一直在川西平原生活，平时难得回老家，同学聚会基本没有。

所以几十年过去了，我再也没有见到过林政，也不知道他现在过得怎么样。其实当时我就后悔了，但是，我忘了给他道歉，一直到现在。给我几个哥哥打制过家具的谭师傅，几十年来我也没有再见过他，前些年，听哥哥们说他也去世了。而我的父亲，早在我调来成都之前去世了。

时光如梭，几十年了，我再也没有见到过林政，现在如果有人见到他，请转告，我欠他一个道歉，现在补上，我知道补上也是伤疤，但是聊胜于无。

我今天如实地把这件事写下来，了却我内心的不安，只愿他好人一生平安！

这是我今年写的第一篇文字。

作为我对林政同学迟到的道歉。

# 我家的赛虎

傅厚蓉

"赛虎"是一条狗的名字，是父亲在三四十年前养的一条公狗。那时还是一个小孩子的我，到现在已经淡忘了很多的恩恩怨怨爱恨情仇，唯独还能记起一条狗，实在是这条狗太独特，让我的记忆太深刻。这也是我成年后坚决不养任何宠物，特别是狗的唯一理由，为此我和女儿为她是否养狗的斗争现在还在继续，不知道她看了这篇文章以后，会不会理解我的心情。

赛虎从小被父亲捡回来，在我们家多少年了，是一个什么品种的狗，我现在已经说不清楚。留在童年印象里的，那是一条高大而威猛的狗，全身黄褐色的毛没有一丝杂乱，尾巴总是高昂着，走路的身影矫健而有力，无论是它的体形还是样貌，都是狗中的英俊少年。可是当它突然出现在陌生人面前，威风凛凛，满眼凶光，呼呼喷气的样子，定会吓得人大气不敢出。叫它赛虎，最主要是说它的勇猛，赛过老虎。

因为有了赛虎，我们那条街多年没被盗过，它在街的东头，几百米外的西头来了一个陌生人，它会立即转身，箭一般冲过去，在西头的狗还没发现来人之前，它已经立在了来人面前，狂叫两声，来人往往吓得两腿乱颤，过了好一阵才想起叫：主人家，狗，狗，狗！于是住东头的就有人出来，大声叫：傅师傅傅师傅！赛虎！赛虎！

这样的声音在我们那条小街上回荡，有时候，还要经过好几个街坊的接力，才能传到我们的耳朵里。于是，父亲就站在我家大门口大声喊：赛虎赛虎！是熟人，回来！我们人类的耳朵，那么远的距离是无论如何也听不见的，可是赛虎听见喊声了，就在父亲转过身，刚刚走进我们的堂屋时，赛虎就已经跑回来了，继续在街道里穿梭，它的身后跟着几条摇头摆尾的其他狗，那些狗总是后知后觉，跟在赛虎的后面逞能。有时候父亲不在，我们家其他人这样一叫，它也会乖乖地回来。

赛虎是不会轻易咬人的，在没有得到主人的授意之前，它从来都是先叫两声，守在面前而已。但只要赛虎见过一面，哪怕隔两三年再来，它也不会凶神恶煞，也不会汪汪乱叫，只在来人身边转两圈，闻闻嗅嗅就摇摇尾巴走开，表示：熟人，安全放行。

有一次，一个外地流窜作案的惯偷到我们下面一条街道偷东西，被一群人追了出来，"逮到逮到"的呼声和一阵阵急促的脚步声在不远处响起，我们这条街道的很多人也追了出去。赛虎不知从哪里跑了出来，父亲喊：赛虎，上！得到了指示的赛虎，勇猛地向前冲去。惯偷就是惯偷，逃跑的速度快得惊人，追的人们已渐渐支持不住，到最后，只有赛虎还在追赶，转过街就看不见了。

不久，赛虎回来了，身上有些血，毛还有些凌乱，步态慢些，可同样有力而坚定。它回到还聚在一起七嘴八舌的人们面前，在父亲的旁边，一件一件吐出了它嘴里的东西。一把钳子，一把改刀，一把剥菜刀，这是惯偷的作案工具，也是被追赶时打它的工具，最后是一只鞋子，鞋子里有五元八毛钱和二十一斤粮票。

我们不知道它是怎样从惯偷手中抢回这些东西的，但我们肯定知道它和他展开了一场不小的搏斗。从此，赛虎在我们那儿名声大振，几乎有半个城的人都知道了有这么一条狗。

然而，赛虎在我们家却是极其温和可爱，它高兴的时候，就在我们家人的身上蹭来蹭去。有时候，我们坐在小凳子上，它会从背上扑过来，两只前爪搭在肩膀上，用它那刚啃过骨头的臭烘烘的嘴在你的头上舔来舔去。那时我们都讨厌它脏，只有父亲不嫌弃，让它撒娇。有时候我要吃醋，看见它在父亲的背上，就走过去一把掀开它。按照赛虎的体力，我是绝对没那么大力气把它弄开的，可是我轻轻一碰，它就倒了，不仅如此，它还要在地上打一个滚，表示我比它力气大，让我的虚荣心得到极大满足。看见我咯咯咯地笑了，它才爬起来。那时它就像一个调皮的孩子，好玩极了。我们去河边玩耍的时候，它就跟着我们，遇到刮风下雨的日子，就去接父亲下班。

有一次，它跟我们去河边玩水，有个小孩不小心踩进了深水里，我们都吓得一声声尖叫，只见赛虎健将一样游进水里，含着那孩子的衣服，呼呼呼几下就把孩子拉到了岸边。像这样"见义勇为"的事迹我们亲眼看见的就有几次，不知道它自己悄悄还救过多少人。为这还闹过一次笑话。

　　有一年天气奇热，赛虎跟我和一群小伙伴到上河坝的长江边游泳。河边游泳的人很多，赛虎看见我们下了水，而且是在一个陌生的地方，它很警惕，一直蹲在岸边紧盯着我。其实我也没有那么大胆，只敢在水不及胸的地方胡扑乱打玩水，赛虎一直安静着。

　　突然它从地上一跃而起，冲到水里就往前游去，那些游泳的人吓得乱叫。

　　我们看见赛虎很快就游到一个人的面前，那个人已经被赛虎吓得不知咋好，站在齐腰深的水里打抖。赛虎却直扑她的面前，一口咬着她的衣服就往岸上拖，硬是活生生地把她拖上了岸。

　　原来，那是一个有些肥胖的阿姨，热得实在受不了，到河里来戏水。那时也买不起游泳衣，好衣服又舍不得穿，就穿了件破破烂烂的衣服泡到水里凉快。哪知被赛虎看见了，以为又是一个落水的人，奋不顾身把她抢救上岸，谁知好心做了坏事，那个阿姨直到我们都走了，还在河边上发抖。这其实也怪不了赛虎，在它们狗的思维里，一个人穿着长衣裤在水里扑腾，就是遇难。从此后我再也不敢带它去游泳的地方。

　　赛虎的趣事实在是太多太多，我不能一一列举。然而，这么一条优秀而可爱的狗，最后却没有逃过一场灭顶的灾难。

　　那一年，我们县不知发了哪根神经，不准城里养狗，普通老百姓历来都被天罗地网般的"上级"管理着，让你做什么不问理由必须做。所有的狗都必须在什么什么时间内自行解决，如果不就怎么怎么样。一时间，城内的狗都被送人，也有的被主人家杀来炖了。街道主任天天来我们家，看赛虎处理了没有。有很多农民想收留它，我们都舍不得，直到最后的期限到来，我们才把他送给了一个近郊的农民，说等以后风声过了就接赛虎回家。然而就在那天晚上，赛虎就自己跑回了家。

　　赛虎回来，让我们很高兴，可是街道主任又来了，强令我们赶快处理。没有办法，父亲叫来了他的一个在山区煤矿工作的徒弟，把赛虎带走。结果第二天，浑身炭黑的赛虎又跑回了家，我们不知道那几十公里的山路，它怎么能找到回家的路。

看到赛虎那灰扑扑的样子，我们又欣喜又心酸。这只雄壮的狗在我们那基本无动物的城市里出现，已经非常显眼了，何况它还是赛虎。街道主任的又一次出现，预示它还得被弄走。这次我们把它送到了河对面下游我外婆的老家，父亲特意给它打了一根不粗不细的铁链，让表哥拴好它。

这一下，我们那里彻底清静了。

那时，"文革"正在兴头上，打砸抢的事件随时随地发生，晚上睡在家里，总感觉外面有些不明不白的声音，让人恐慌，家家户户早早就关门睡觉，大门加杠加锁，任凭外面什么声音，决不开门。那时，我们分外想念赛虎，想念赛虎在时我们的安全。当时时局紧张，没有人敢东走西串，信息也不发达，我们不知道赛虎的消息，它是不是还习惯乡下的生活，它会想我们吗？

有天半夜，我们被一阵声音弄醒，父亲大声地问了几声是谁，没有人回话，那个声音还是一直在响。父亲是一个铁匠，一个真正的铁血男人，他从小习武，功夫超群，几年以前一个人还放翻过十几个比他高大的男人。但这辈子他就只露了那一次，他从不主动袭人，那也是习武人的行规。他信奉的是人不犯我，我不犯人，为人不做亏心事，半夜敲门心不惊。

父亲起床穿好衣服，衣袖口和裤脚口都用带子扎紧，腰上绑上宽宽的腰带，完全一副武打的准备，叫我和母亲及哥哥都躲在屋里不要出来。他拿起一根尺来长的铁棒，边听声音边一步一步向门口走去……

突然，父亲丢下铁棒，把门大打开。我们看见了什么？我们看见赛虎脖子上拴着一根长长的铁链，浑身水湿趴在门口，用它的头一下一下地碰着门。

我的天！父亲轻轻叫了一声。见到了我们，赛虎的头一下子就软下去，它已经没有了一丁点力气。它的肚子上全是泥巴和灰！说明它是从岸边一寸一寸爬回来的！

我们不知道它是怎么挣脱了牢固的锁链，特别是怎样从长江的对面泗水回到我们家的。要知道，那可是急流险滩最多的川江上游啊，就是从小在县城里长大的青年，也没有几个敢横渡长江的，何况它还逆流而上！父亲赶快把它抱进屋，用水把它洗干净，抱到我们的床上，取下了它脖子上的铁链，用毛巾擦干它身上的水，我用我的小被子轻轻盖着它，一点也不嫌它脏。我们一家人又喜又悲，每个人的眼眶都湿了。

第二天，赛虎就恢复了体力，但明显瘦了很多，它在我们的腿边缠绕着，久别重逢的亲热劲，让我们实在感动。可是，我们不敢放它出去，那时我们县城已经没有一条狗了，我们只得又用铁链把它拴在家里，给它说：赛虎，不准出去！不准叫！

它好像听懂了似的摇摇尾巴，真的不闹，也不叫。那几天，我们家就像在搞特务活动，一进门就紧紧把大门关上，一家人和狗其乐融融。

然而，赛虎就是赛虎，它不是一只普通的狗，它或许是受了天命，来到人间完成它的使命。那天晚上，街道外面又有一些不明的脚步声响起，凭赛虎的机敏，它闻出了来者不善。沉寂了多天的它，肌体里的勇敢细胞复活了，体内的热血又沸腾了，它已经忘记了我们的叮嘱，它只记得自己的天职。

在那个人心惶惶的时代，在那个所有的人都提心吊胆的黑夜，赛虎高亢而雄壮的吼叫，就像是给濒临死亡的心脏注射了强心针，无疑给了我们极大的安全感。听见久违了的赛虎的叫声，那条街所有的人都激动了，他们不害怕了，有赛虎在，他们都安全了。我们甚至还听见有人家开锁取杠的声音，他们想来看看赛虎是什么时候突然出现的。入侵者当然吓退了。

赛虎的厄运真的来了。它的再一次出现，已经让我们的街道主任气急败坏，她刚刚得到了上级的表扬，赛虎的吼叫无疑是在向她那大红的奖状吐口水。天刚亮，她就来到我们家，向我父亲吼道：今天不许你上班，县革委会有人要找你！

事隔三十多年，直到现在想起，我也不能原谅那个老太婆，如果她能宽容些善良些，如果她不那么极力地争表现，我们的赛虎完全可以躲过这一劫。事实是只过了一个星期，城里那些隐藏在家里的狗都出来了，"上级"们再也没有心情管这些畜生的事了，他们争权夺利还来不及，心血来潮过了就再不过问。

一条多么优秀的狗，却被一个最低级干部、一个60多岁的老太婆视为眼中钉。我们不知道她为什么那么仇视它，我们家跟她没什么过节，或许仅仅是因为赛虎太优秀，喜欢赛虎的人远远比喜欢她的人多，或许仅仅是为了抖抖街道主任的威风。

她带的人来了，五六个精壮男人手里都拿着东西：铁链、铁棒、爪钩，还有一把闪着寒光的长刀！

来人中一个干部模样的人和这个阶级斗争老太婆向我父亲吼了一大通政治术语，里面有很多在当时是极其吓人的话，遇到其他的人，早就吓软了脚。可是父亲就是父亲，他坐在我们的堂屋里，镇静自若，任其吼叫，赛虎蹲在他的旁边，已被解开了脖子上的铁链，这一对主仆远比门外那一堆手拿家伙的人要凛然和正气。父亲抚摸着赛虎的头，就像平时一样，根本不把门外的那群人当回事。

他们杀气腾腾地叫嚣着，可就是不敢进门。凭实力，他们就是再来几个，也不是父亲和赛虎的对手。可是父亲知道，他们代表着一股强大的力量，那是任何个人都无法动摇和摧毁的，无处不在有如魔法一样的力量，这个力量要弄掉几个人或是几只狗，简直比捏死只小蚂蚁还容易。

他们显然已经不耐烦了，勒令父亲出来，他们想用手中的家伙一起上，制服赛虎。父亲没有办法，在那个特殊的时代，他纵有一身好武功也保护不了这个给我们家带来无数快乐，给人们做了无数好事的狗，保护不了这个异类的骄子。

父亲绝望地叫了一声：赛虎！

就像是听见了冲锋号的战士，赛虎从地上一跃而起，还没有等那些人反应过来，它已经冲翻了门口的两个人，从我们的街头跑出去，消失在人们的视线中。

我们为赛虎担惊受怕了一天一夜，希望它跑得远远的，永远不被这些人抓住，我们相信它完全有这个能力。可是我们又非常害怕，我们知道赛虎有一个致命的弱点，那就是它太忠于也太留恋它的主人，太爱我们这个家，它不会走远，它绝对还要回来。

果然，第四天晚上，他们就在我家附近抓住了赛虎，他们利用了赛虎的这个弱点，或许还有其他更卑劣的手法，我们无法想象。我们听见了赛虎被捉时的嚎叫，那不是在战场上面对面的厮杀，而是被小人陷害后的不甘心。我们的心都揪紧了。

第二天傍晚，五花大绑的赛虎被他们抬到离我家不远的苦楝树下受刑，听说是杀赛虎，好多人都来向他们求情，街道上的一个老人甚至向他们跪下，说反正我是快入土的人了，也没有啥子脸皮，我求你们放这条畜生一条生路，我给你们念佛。街道主任气势汹汹地说：你个老顽固现在还讲迷信，当心把你也抓起来！

温情历来都感化不了所谓的"政治"，罪恶的长刀刺进了赛虎的脖子，赛虎一声惨叫，苦楝树顿时被鲜血染红。

被杀的赛虎奄奄一息躺在地上，人们认为它马上就会断气。可是，可是我们的赛虎却在原地里慢慢挣扎，它不是在"扳命"，而是在把它的躯体慢慢往我们家里的方向移动。一条被绑的狗，全靠身体的伸缩可以移动点点，何况它刚刚被杀，喉管上的洞还在往外冒血，它每移动一下都极其艰难，可它还是继续移着，身下一摊热血。

人们惊呆了，给它让出了一条路。它硬是转过了90度，看见了我们家，看见父亲站在门口望它。它微微抬起头，对着父亲轻轻地叫了一声，流出了一串冰冷的泪。它还想抬起头来，可是已经抬不起了，我们看见，它的尾巴动了，还是向着我们家的方向，轻轻地摇，轻轻地摇。

父亲再也支持不住，奔跑过来，抱起浑身是血的赛虎，放声大哭。那是我第一次也是最后一次看见钢铁般的父亲如此的软弱如此的无助。

所有在场的人都哭起来。

街道主任和那几个人见此情景，悄悄溜了，不知在以后的岁月里，他们有没有过良心发现。

我们家和我们的街道笼罩在一片深深的悲哀里，一直阴沉着的天空下起了瓢泼大雨，冰凉的雨水浇在我们这群弱小的百姓身上，浇在这块凶残的土地上，不知是要掩盖什么东西，还是要洗去这里的罪行。没有人挪动一步，任凭风吹雨打。人们以此来表示对强权者的强烈不满，对赛虎的深切怀念。

赛虎的血染红了整个大地。

满身是血的父亲抱着满身是血的赛虎坐在地上绝望的表情，多年来都撕扯着我的心。

　　温敬棠，中国散文学会会员，中科院心理咨询师，**NDI** 叙事绘画治疗法治疗师及培训师，家庭教育指导师（高级）。

# 有感"血拼"购物

温敬棠

改革开放短短几十年，中国人从缺衣少食到温饱无虑、钱袋充实，仿佛变魔术一般，连自己也不敢相信这是真的。然而这确实是真的，证据就是中国人不仅在自己的国内敢于消费，有些人还敢把"消费"张扬到全世界去。

多年前的牟其中去了一趟美国，回国后大发感慨："日本人在全世界开银行，中国人在全世界洗碗抹桌子，被人看不起。"他为此而十分伤感。现在似乎翻身了，一个筋斗翻上了云端。中国人在全世界大把大把地花钱——"血拼"购物，令全世界瞠目结舌。

这现象，应属非理性摆阔，对十几亿人口的中国而言只是极少数而已，因为还有不少人至今没有获得温饱，甚至连县城也没去过的也大有人在。但外国人不知道，他们只知道中国人富了、有钱了，于是连那些一向看不起中国人的发达国家也青眼有加，把中国人都当成了富翁，不仅盛情款待，还礼貌得惊人，比如去法国的签证，头一天才把材料交到大使馆，第二天就说办好了。

摆阔者当中，固然有真富和假富之分，但敢于摆阔，却也是一种豪情。这种非理性摆阔现象近些年来一直遭到理性的国人乃至"理性"的外国人的不屑与诟病，但出国购物者却仍如过江之鲫。世界上越来越多的国家也急急忙忙向中国人敞开了大门，仿佛没有中国人血拼购物，他们的GDP立马就会崩塌似的。当然这是信口开河，扬我国威而已。

何处购物最过瘾？我们首先想到巴黎，这个国际大都会。

香榭丽舍大街作为巴黎最大最著名的观光大道，自然是顶级名牌商品的汇集地，是世界大牌明星们的光顾地，中国有钱人最爱的 Louis Vuitton 总店就在这里。国人除了喜欢到"老佛爷百货商场"及"春天百货"购物外，这里是必须来的地方，不然就不算到巴黎"血拼"过。这里的购物环境不用说了，只须看看那些大包小包背着、抱着、扛着、拉着的购物者，还有她们刷卡时几万、几十万眼都不眨的神态，身在其中不想购物都难。连我这个购物理念倾向实惠的人，都忍不住买了一个价值人民币三千多元的 Dior 眼镜，以此表示自己来过并且买到了听说国内要卖五六千元的"欺头"。其实这眼镜并不适合我，至今被我当成收藏品锁进了柜子。我想，我之所以买它，完全是被我的同胞们购物时的幸福状、满足状、骄傲状、歇斯底里状所诱惑。

中国人在巴黎疯狂购物，不计价值，他们买的是什么？我个人觉得她们买的是体面，是尊严，是豪情。似乎不如此，就不足以洗刷百年来的屈辱，就不足以向国际社会展示我中华民族的强大。曾经有一位新加坡朋友给我讲了一个他亲身经历的事：60 年代他在美国读大学，因为他是黄皮肤华裔，于是被人看不起，好像华人就是穷人的代名词。当听到中国第一颗原子弹爆炸成功的消息时，同学们大多用怪异的目光盯住他，他想大哭，却不敢，于是约了几个华裔，半夜三更躲进地窖号啕大哭。谁也没有说一句话，直到天亮……

非理性消费，血拼购物，这些行为看似有些浅薄，有的人甚至认为这是不爱国的行为，支持了他国的经济就等于是吃里爬外。其实中国已有大量物美价廉的商品进入了国际市场，充斥在发达国家人们的日常生活中。我们用这些东西换来了大批高质量、高科技含量的商品，服务于国家、社会和普通百姓；相较于过去闭关自守、自给自足已发生了极大的变化。

改革开放是什么？简而言之："改革"最大的亮点是劳动者有了劳动的权利；劳动有了价值；劳动者有了通过自己的努力改变自己命运同时造福人类的机会。"开放"是什么？开放就是打开国门，把自己的商品卖出去，把别人的东西买进来。古有丝绸之路，通过商贸而融入世界；今有开放贸易走向国际互惠互利，中国人在世界每个角落站住了脚跟。

自古以来，中国人重农轻商，结果一穷二白。但恰恰是商贸，有助于一个国家繁荣富裕起来。通过商品交换，人类的创造成果得以共享；而商业原则是平等、自愿、互惠的原则；当这个原则被社会所认同，它就会升华到精神的层面而成为人们自觉的行为准则。

中国人去全世界购物，虽然仅仅是一部分人，但仅就血拼购物这一现象本身，固然可以由此生发很多看法而各执己见，不过总体上说，这些人至少为中国人争了点面子，不致被小人看成穷酸；何况买卖自愿，公平合理。为了钱，可能失掉尊严；有了钱，也可能买到尊严！隔壁李二哥穷愁潦倒，连理发费都要赊账，现尽了抖摆，突然有一天发了财，来到理发店便大喊："理发，老子有钱了！"这就对了嘛！

"发展才是硬道理。"于是，中国人的餐桌上有了荤腥，生活中有了歌舞。

# 走向"共活"

温敬棠

　　五月是巴黎最美的季节，鲜花盛开，风物宜人，温柔流淌的塞纳河悄悄地诉说着巴黎的前世今生。在这云淡风轻的日子，作为来自社会主义国家的访客，我首先要去拜访的地方是拉雪兹神父公墓，因为这里埋葬着《国际歌》的作者——欧仁·鲍狄埃及他的同志——147 位为崇高的共产主义理想而倒在巴黎公社社员墙下的灵魂。

　　1804 年，路易十四宠信的神父拉雪兹在巴黎东部买下 44 公顷土地，建成公墓，后人称之为拉雪兹神父公墓。

　　五月的拉雪兹神父公墓，静谧而安详。虽然这里埋葬着三十多万亡灵，却没有墓地特有的阴森感和神秘感，似乎这仅仅是一部尘封的历史巨作，离现实的我们太远太远。公墓里星罗棋布的坟冢形态各异，被各种不同风格的雕塑装饰起来，有现代的、有古典的、有写实的、有抽象的……这些雕塑所叙述的脉络，就是一部艺术史。我的敬仰之情油然而生。稀稀拉拉散落着的游人们，各自手持地图信步寻找心中的逝者。穿梭在偌大的公墓里，若没有地图，可能很难知道你所要找的人安息的处所。

　　我和我的父辈从小就是听着、唱着《国际歌》长大的。歌词的作者欧仁·鲍狄埃的墓就安放在 95 区。墓碑形状如一本打开的书，书的下面镌刻着鲍狄埃的生卒年（1816—1887），右边是国际歌的一句歌词："英特纳雄耐尔，就一定要实现！"这个影响了整个世界的国际歌，它的作者如今在另一个世界不知是否还依然坚持着他的伟大理想，并有伟大的作品产生。离他不远的巴黎公社社员墙下面那 147 位不死的生命不知是否还在守望着，甚至行动着。我们知道，马克思著有《法兰西内战》这本书，我所尊敬的师尊——诗人孙静轩也著有长篇叙事诗作《七十二天》。两位作古的高人都告诉了我们这样一个故事并且做了这样的定性——

　　1871年3月18日，巴黎"无产阶级"建立了第一个"无产阶级政权"——巴黎公社。5月21日，为了保卫公社政权，巴黎公社的社员们同凡尔赛政府军展开浴血奋战。5月28日，剩下的147名公社战士在拉雪兹公墓的围墙下高呼着"公社万岁"的口号英勇就义。历时72天的巴黎公社就此结束。

　　我的先生至今还背得几句欧仁·鲍狄埃的关于巴黎公社的诗句：

　　"公社使巴黎感到骄傲，像一声震天动地的惊雷，仿佛就是昨天的事情，惊惶的世界还闻得到火药味。失败者正在等待报仇的时机……"

　　此时此刻，社员墙就在我的眼前，我的心情似乎有些异样，翻看着被译成中文的介绍文字，历史的真实与我固有的理解好像有些差异：普法战争中，法国战败，巴黎市民为阻止普军占领巴黎，自发地起来为保卫首都而战。要战斗当然要有组织，于是通过民选成立了战时指挥机关——巴黎公社。这时候的巴黎市民，当然是以基层百姓为主，但参与者是各个阶层的人士，并不仅仅是"无产阶级"，而镇压公社的另一边是战胜国普鲁士所驱使的法国战俘，并非所谓的法国"资产阶级政府"，因为此时的法国政府同样是普鲁士人的俘虏，受普鲁士人驱使，他们的命运是和巴黎市民一样的。我想巴黎市民在这72天中，其目标主要是保家卫国，而巴黎公社是战时必须有的指挥机关，这个机关的伟大在于尝试了一种新的组织模式，而非"无产阶级政权"。如果将公社定义为"政权"，它应该是一个各阶级共存共荣的共和政权，并非"无产阶级"独立执政的权力机关。在欧洲特别是在法国，几个世纪以来，各种改造社会的主张和实践他们都曾经试验过，并且为之付出了巨大的牺牲，从而也产生了不胜枚举的伟人并推动了历史的进步。收回思绪回到现实吧——

　　社员墙是拉雪兹公墓围墙的一小段，这堵墙高约2米，墙外是居民住宅区，在经历了历史的沧桑巨变后，现在墙上依稀可见当年的弹痕。

　　瞻仰完先烈的光荣，重新漫游于墓园中，仔细翻看资料，这才知道拉雪兹神父公墓起先只安葬了对法国乃至人类有贡献的人士，比如：比才、罗西尼、巴尔扎克、王尔德、肖邦，等等。后来，墓葬者范围扩大了，又埋葬了不少世界各国的贵族、平民、二战中死亡的犹太人、儿童，其中还有华裔、亚裔等。二百多年来已有30多万人在此安息。他们都被视为有"贡献者"，而享受着哀荣。原来法国人眼中的"贡献"是如此广泛，没有国度、没有阶级、没有意识形态及富贵贫贱之分，真的是"上帝面前人人平等"了。

当我们的世界还在为种族歧视、阶级斗争、贫富对立而打得冤冤不解、你死我活时，这里却已殊途同归地走进了"共活"。难怪这里没有墓地的阴森诡异与凄凉，难怪我走在这生死两界的中间，内心却平静而恬淡。我由此而联想到一部法国影片《疯狂的贵族》——一帮贵族在台上蛮争恶斗，你死我活，后来都相继进了监狱。两个先前的敌人，乍一相见，抱头痛哭，立刻冰释前嫌，涕泪涟涟，大呼："亲爱的! 亲爱的!"俨如久别重逢的骨肉至亲。

我们能不能在没有遭受厄运的时候就冰释前嫌，化假敌为真友呢? 这也是一种理想，一种"共活"。

# 扪虱清谈

温敬棠

扪虱，就是捉虱子，80 年代之前出生的人绝大部分都有过生虱子、扪虱子的经历。越是贫寒人家，体验越深。

如果一个人敢把一身衣服穿几个月不换洗，更不经常洗澡，虱子这种人类体表的寄生虫便会疯狂地繁衍开来，在一个人身上，可能养育数百、数千只虱子。当它们恋爱时，动作幅度很大；交流到高兴时，会跳迪斯科；表示不满时，就会游行示威；发展到阶级斗争的地步，就要发起战争……如此一来，它会把你骚扰到坐立不安的地步。这样，你就有了扪住它、消灭它的需要。

据扪虱文明史记载：扪虱的最佳时机是在太阳底下，把衣服脱下来翻拣。光照使虱子无处遁形，这时逮起来必定大获全胜，凯歌高奏。另一个扪虱方法，我是在《古拉格群岛》中看到的：囚犯们在零下十几度的夜晚，被虱子滋扰得不能入睡，就把棉衣棉裤埋到雪地里，第二天清晨穿时，衣裤里一只都没了，它们早已自觉爬出逃生去了。当然，埋衣裤时得悄悄进行，一旦被他人看见偷掉，第二天就只有冻死的份了。所以，一般情况下囚犯们宁肯与虱为伍。

鲁迅在其《阿 Q 正传》里，描写王胡在街沿边逮虱子的情形：一会儿逮住一个大的，一会儿又逮住一个大的，放在嘴里一咬，响声清脆悦耳，让人充满胜利的快感。以致让阿 Q 羡慕嫉妒恨得想骂人，于是他一屁股坐在王胡近旁，也来逮虱子。要比一比谁逮得多咬得响。谁知道阿 Q 身上的褂子新近才洗过，找了好一阵子也只找到一个中的，放在嘴里一咬，居然没王胡咬得响。这真是奇耻大辱，不由得嘀咕了一句"妈妈的"，于是招来一顿痛打，只得承认自己是孙子才了事。

在中世纪的欧洲，那时基督教盛行禁欲主义，洗澡是有罪的，他们认为："肉体的清洁就是对灵魂的亵渎。最受人崇拜的圣贤之人，就是那些衣服结成巴块的秽身。"因此虱子被视为"上帝的珍珠"。

我写这些只是说说笑话逗逗乐而已。为什么会说起这个话题呢？可能扪虱一事和我的童年联系在一起的。童年即使艰辛，即使苦涩，却毕竟是金色的。人到中年，怀念起童年时光，倍感温馨，与童年长相厮守的虱子们，也连带进了我的童年怀想，所以我由此产生了若干亲切的情怀来。

其实扪虱一事，在我国古代就作为佳话雅事而流行：且说魏晋时期，政局动荡，政坛上混的文人学士，为了避祸，经常做出一些怪异的事情，以表明自己神经不正常，无碍政治。比如服用五石散就是一例。顾名思义，五石散是由五种药用矿物质研磨成粉配伍而成的散剂。人吃了以后，身上发热，大汗淋漓，皮肤滚烫容易受伤，所以服药后发起汗来，就必须出去走动，称之为"行散"——行走散发热量，凉快凉快（个人理解，未经考证，望博学家指正）。"散步"一词即发端于此。又因为服药后皮肤容易受伤，故只能穿旧衣而不能穿新衣。久而久之，浑身就生满虱子（上面的故事见于鲁迅文章《魏晋风度及文章与药及酒之关系》）。虱子长在穷人身上，是缺陷，当然入不了青史；长在雅人身上，那就是时尚；长在皇帝身上，它就叫"御虱"。有张大娘笑李大娘长虱子，李大娘就会来一句："皇帝身上还有几只御虱哩，有啥好笑的!"这反诘多么有力！生虱子、扪虱子、掐虱子、咬虱子的故事附着于雅人身上一代一代传下去，传到了宋代。据说王安石在朝堂上回答皇帝的问题时，时常忍不住痒痒而不住地伸手去扪虱，皇帝也不以为不敬。可见"扪虱"一事是皇上恩准了的，因此是合法的正确的光荣的伟大的行为。有伟人诗曰："扪虱倾谈惊四座。"可见"扪虱"的高雅不仅可以入诗，还被伟人引用，绝对是新姿亮色的"正能量"，你敢说不是吗？

我写这些倒不是为了附庸风雅。除了前面说的怀旧之外，还有就是突发奇想，现在的80后、90后、00后基本上没有生过虱子，托庇于改革开放的恩惠，人们的生活质量大幅提升，身上的虱子几乎绝迹，但精神上的虱子却依然存在并且十分活跃。趁着几缕阳光刚刚穿过雾霾，投射到街市的时候，这正是逮虱子的好时候，伙计们赶快行动吧。鲁迅说："作者的任务，是在对于有害的事物，立刻给以反响或抗争。"我们虽然没有反响或抗争的胆量，但逮逮虱子的小事情我们还是可以做的，我这样想。

# "鸽王" 归来

温敬棠

　　我一直没有养过动物或宠物，倒不是我不喜欢动物，一是因为为生存而奔波，从未驻足歇歇；二是因为一旦养起来，便容易产生感情，割舍不得，要担责任，更怕玩物丧志。因此，当看见别人对动物亲昵如家人，有时难免动心，但终于还是放弃了尝试的念头。我认为在这个社会生存，连自己的生活都还没有整抻展，且还有家庭、社会等等责任需要我担当，哪还有心情、精力与其他再产生纠葛。但同在一个世界生存，哪有不纠缠的呢？

　　从来没有想到过有一天，我居然会与鸽子为伍，同院而居，整天在它的"咕咕"声中过日子；还得忍受它的绒毛和新陈代谢物满院乱舞，甚至还有很多需要放大镜、显微镜才能看得见的东西，据说还是对身体有害的。但我先生说养鸽是他多年的梦想，年少时穷愁潦倒，养鸽曾给他无穷的安慰，事业上遇到挫折，心情烦乱，只要与这些平静乖顺的小动物略做交流，那心情便自然平静多了。后来为了事业，与养鸽一别几十年，现在有条件养了，与人打交道也累了，就迫不及待地要重拾儿时的梦想了。才开始我是反对加抵触的，但后来想想，人生苦短，一辈子有几个几十年可活呢，连一个小小的愿望和爱好都不能满足，人生又有什么意义呢？于是我也只好睁一只眼、闭一只眼由他去吧。就当耳边的"咕咕"声是音乐，新陈代谢物再多，也多不过空气中不知名的有害微生物吧？就这样，鸽子开始在我家花园安家落户了，而且队伍越来越庞大，简直有爆棚的趋势，给它们找场地安身都快成刚需了。先生儿时养鸽子的梦想算是实现了，但爱好却变成了工程，劳累如故，倒也乐在其中。

出于好奇，我有时像领导巡视一样去鸽棚转转，照一两张照片自娱，偶尔也跟着先生去鸽市溜达溜达，看那些鸽友们如痴如醉地侃鸽经，自己也不免受点感染。今年深秋季节，我们家的 40 只只有半岁多点的幼鸽参加了本地一个工棚举办的 450 公里翻越秦岭的竞翔，由于雾霾严重，天气恶劣，参赛的鸽子归巢率只有 15% 左右，我们的 40 只赛鸽也只回来了 8 只。初次参赛归巢率能达到 20% 已算是奇迹，但当我目睹这些年轻的英雄们归来时，双眼居然忍不住湿润了。我对这些"小精灵"们不得不刮目相看，敬佩之意油然而生。它们凭借着对家的眷恋，用一对肉翅膀儿，翻越千山万水，穿云破雾，既要冲破人类设置的天罗地网，又要躲避成片成片的天敌——鹞鹰的追捕，那需要多么顽强的毅力啊！手捧着这些历尽艰险九死一生归来的英雄，看到它们满含着自信、机敏和纯真的眼神，一副泰然自若的淡定，我的心里又多了爱怜之情。难怪养鸽之人越来越多；很多人更是越养越多，至于它们的比赛名次、有没有中奖，似乎已不重要，只要能够活着回来的，它们就都被视为"鸽王"。

鸽子与人类及其他动物的进化大同小异。由野生岩鸽而被驯化成家鸽。家鸽经过不断进化形成了三大类：食用鸽、观赏鸽和飞行鸽，其中最受人类喜爱的是鸽子中的精英类——飞行鸽。飞行鸽根据人们的需要进行定向的分工培养，又分为：负责送信的信鸽、参加竞翔的赛鸽、军用鸽及工作鸽（比如地震预报、海上救生、产品检验、急送药品等等）。根据历史记载：鸽子的历史最早可追溯到《圣经》里诺亚方舟的故事。据说上帝发现人类太邪恶，相互厮杀、争斗、掠夺而非常生气，计划用一场洪水把他们消灭掉，但同时他又从一个叫诺亚的人身上看见了没有泯灭的人类好的一面，于是叫他造一艘方舟，让他和他的家人以及一些有雌、有雄的动物进入方舟躲避这灭绝之灾，也算给生命保留一些种子，一次机会。不久洪水暴发，世界成了汪洋，方舟在无边无际的洪水中漂荡许久。当诺亚放飞出的一羽鸽子衔着一枝橄榄枝回到方舟的时候，诺亚知道洪水将退，陆地已经出现，大家可以开始新的生活了。后世的人们就用鸽子和橄榄枝来象征平安和平。

据史书记载，中国已有 3000 年以上的养鸽历史，特别是赛鸽活动的兴起，推动了鸽子的进化和发展。赛鸽活动之所以越来越兴旺、越来越受人推崇，可能主要是它具有奥林匹克精神——它们比赛的是体能、是毅力、是机敏，而不是同类之间的血肉相拼。中国的赛鸽活动比比利时早了140年（见中国1637年所出的《鸽经》），比德国和法国各早了143年和236年（见德、法《鸽书》记载）。明末清初，中国培育出来高质名系辈出的优良种鸽，最为著名的有"中国粉灰""北京点子"等。当时欧洲一些养鸽家就把"粉灰鸽"引到欧洲，与他们的鸽子杂交，培育更优质的鸽种，比如德国也把中国的"北京点子"引进到本国后杂交出了"德国点子"；300年前日本也从中国南京引进了300羽信鸽（见日本近畿鸽会记载），但风水轮流转啊！因中国抗日战争和解放战争的缘故，中国赛鸽活动发展缓慢。欧洲鸽子的质量、品系在此之前就已超过了中国，且在一战中大显身手。虽然在二战期间赛鸽活动一度停滞，但二战后却发展迅速，远远超过了中国。

20世纪90年代以来，中国人从欧洲比利时、德国、荷兰、法国等国家，大批引进名种鸽杂交培育出了更适合中国环境的种系。如今鸽子早已分不出国籍，成为世界性的鸟类了，因为追溯起来都是血脉相依。难怪鸽子被推为全人类和平的象征，而和平正是全人类共同的追求。不知人类什么时候可以和平相处，免得再次惹怒上帝，再次发怒将人类消灭。也许这只是一个梦而已。

和平是人类追求的永恒主题，鸽子便将永久地奋力展翅。

# 十分幸福

温敬棠

　　人生有没有十分幸福的情和事呢？可能都会说那是一个美梦而已。

　　阴雨绵绵的一天，我漫无目的地闲溜达，一不小心就溜达到了一个叫"十分幸福"的小镇，小得只有一条几十米宽，长也就百把米的由两条老铁轨组成的老街，就这么一丁点的地方居然敢叫"十分幸福"，而且还年复一年、日复一日追求着这不可能的完美。

　　台湾新北市平溪区有一条支线铁路，叫平溪线。从三貂岭到菁桐，全长 12.9 公里，是一条无电气化的老式小型火车，以前是为运输沿线矿坑开采的煤炭而兴建，现在是一条怀旧的旅游观光线路，全程共 8 个站，其中有一个站叫"十分"。

　　2011 年有一部电影《那些年，我们一起追的女孩》，影片中的男女主和好友们一起坐平溪线列车到十分去放天灯许愿，在铁轨上浪漫地牵手；十分车站也曾出现在侯孝贤电影《恋恋风尘》的海报上，被称为"幸福车站"。从此这里就成了恋人们特别喜欢来的地方，慢慢地游客也越来越多，基本上都是到此放天灯许愿祈福的。于是这里就遂了来者的愿，改名为"十分幸福"。

　　对于十分的来源，据网站资料上记载，一是说：清乾隆年间，一个姓胡的泉州人带着十个人在那里开垦，以煮樟脑及种植大青为业，因为十人为十股，故名十分寮；另一种说法是与煮樟脑之灶有关，按每十灶为一份，有灶十份，故名之。

　　但我更喜欢当地人给我讲的。

传说很久以前，有十户人家，把一座山里比较平整、能耕种的土地分成十份，然后就在那里安家落户，这地方也就有了名字十分寮（寮：小屋、窗的意思），也简称十分。本以为偏僻，可以建一世外桃源来避祸，哪知依然成了土匪强盗光顾的地方，时不时会被扫荡一次。次数多了，村里人也聪明了，先把自己珍惜的东西收拾到一包袱里，当村里放哨人探到土匪来了，人们就提着包袱跑到山里躲避；待留在村里的暗哨看到土匪撤退了，便在村里点燃天灯，躲藏的村民一看到飞在空中的天灯时就又重新回到村里。土匪们也聪明，对这个小村庄并不实行三光政策（抢光、烧光、杀光），就像割韭菜，留有余地和希望。

天灯在制作上与"孔明灯"相近，以竹篾为架，外糊薄纸而成。放飞时，点上浸润油料的纸，天灯被热气充得鼓鼓的，然后腾空而起随风飘向天空。十分是天灯发明地的说法就此而来。

随着时代的发展，土匪强盗销声匿迹了，但放天灯的习俗却流传了下来，从报警变成了祈福，为死者也为生者。后来又在日据时期，日本在台湾开矿挖煤，原本不起眼的小村庄，因有运输煤炭的火车从家门前开过而变成了小镇，虽然不大，却也"五脏"俱全。现在在十分车站，可以看见许多铁道文物，一些矿业遗址，可以重温经历了六七十年风风雨雨的煤矿开采之路。

老街两旁的旧式老屋，已没有了早期小村落的贫穷气息，现代商品琳琅满目，令人垂涎欲滴的吃食味道弥漫在老街的空气里，当然卖得最多的还是天灯。十分的天灯店家价格是统一的，没有价格内卷。自行选择天灯的大小、颜色后，就交钱，然后在天灯上写下或画下自己的愿望，许愿的内容更是五花八门，匪夷所思。比如要减肥成功，要事业顺利，要发财的，要登龙门的，还有居然想一步登天的……哈哈哈，放飞的都是美好的愿望。人生已苦，开心就好。写好后，天灯店的小哥就会领着走到门店前的铁轨上帮忙一起放飞天灯。人们会在天灯升起的那一刻带着希冀的眼神，目送天灯慢慢融入无数的天灯里，分不清谁是谁的，越来越小，直至消失在茫茫天际。

据一位景区工作人员说："这里不管天晴还是下雨，都阻挡不了祈福的人们……"他们每天都要到附近山头上，收集天灯的残骸，虽然工作量大，非常辛苦，但他们收获的不仅仅是物质上的幸福，更是无数人的愿望。

　　漫步在这人声鼎沸的老街，任迷蒙的细雨打湿双眼。远处传来"幸福火车"哔啵哔啵的鸣笛声，它好像在提醒人们，幸福来啦。行至老街中还要刻意放慢脚步，好像要让幸福停留一会儿，让铁轨上许愿、留影的人们带着幸福安全撤离。在铁轨上的人们只要听到哔啵哔啵的声音，也会自觉地退出铁轨，让火车徐徐通过，此时只有三节车厢的火车里，人们挤在车窗前，变形的脸洋溢着幸福，挥舞手臂与铁轨两边的人们互动大叫，以示问候。火车一过，人们又马不停蹄、不知疲倦地再一次涌上轨道，继续追寻他们的幸福。

　　从此因"火车大街走"的街道奇景而闻名的十分，吸引了世界各地来祈福的人，每天是人来人往，川流不息，可能大家都想在这里把不完美的人生变得更完美吧。

　　雨里的故事已留在老街的记忆里，看着"幸福火车"渐渐远去，留下的是此刻的十分的幸福……

# 猴硐猫村

温敬棠

　　台湾新北市瑞芳区有一个小山村叫"猴硐"，从台北坐火车过去大概一个小时。传说附近有一处山洞，聚居着大量的猿猴，因此被称为"猴洞"。台湾日据时期，盛产煤炭，当地人以采煤维系生活，因当时采矿技术、设备都不好，安全系数低，采矿人过着进洞不知能不能出洞的日子，因忌讳矿坑里有水，为图吉利，就把"猴洞"改成了"猴硐"。到了1951年，因认为"猴"字不雅，又把"猴硐"改成了"侯硐"，附近的车站也改成了"侯硐"站。后来当地人士上书建议，在1994年又改回"猴硐"，但有些地方依然还在用"侯硐"，不仔细看，谁又在意一个名字的变迁呢？

　　为什么现在"猴硐"又叫"猴硐猫村"了呢？

　　"猴硐"地处一个比较荒僻的大山里，因发现大量的煤成为台湾第一煤炭产区。当时日本瑞三矿业公司，在此开发煤矿长达七十五年，据说最高峰时这里有上万人。20世纪90年代，矿业没落，猴硐日渐萧条，年轻力壮的人去山外另谋生计，留下了一些年迈的矿工，为了打发寂寞，他们不但养猫，也收留流浪的猫，慢慢地，这里的猫就越来越多，俨然成为猫的天堂，它们在此自由自在、安家落户、繁衍生息，还吸引了不少爱猫人士的加入，数以百计的各色猫咪便成了这个小山村一道亮丽的风景。这里还修建了全世界唯一的人猫共用天桥，随处可见手绘猫咪的图画和提示，当地居民还给它们取名字、建猫舍，好像这里猫才是主人。这样，衰败的村庄重新热闹起来，成了台北的观光景点之一。曾经出走的年轻人也重新回来扎根创业，这里的地名"猴硐"也变成了"猴硐猫村"。在2013年，CNN评选"世界六大赏猫景点"，"猴硐猫村"就名列其中。

关于猫的传说很多。在西方，猫是地狱的守护者，是死神的宠物；在东方，猫是灵慧动物，它可以看见鬼魂；在古老的埃及，黑猫还掌管死亡；而猫神贝斯特象征着月亮的温暖和女性的魅力，如果她化为猫的形象时就代表家庭、幸福和快乐；但如果有一天她化为狮子的形象时代表的便是复仇和毁灭。

最为神秘的传说莫过于"猫有九条命"。中国民间传说，当猫活了九年以后，它会长出一条尾巴，当一只猫长出九条后，就会化成人形变成九命猫妖，所以猫上蹿下跳都不会摔死；英国古老的谚语："猫有九条命，玩掉三条，逃掉三条，保住三条。"连佛学经典《上语录》都有记载："猫命有九，系通、灵、静、正、觉、光、精、气、神。"佛还认为猫的悟性非人所能及，所以佛曰："猫有灵性，其命有九，人只得其一。"科学界的说法是，因为猫的骨骼比较轻，椎骨比人类多，尾巴还可以保持平衡感，在坠落之前可灵活旋转身体，最后四肢着地，猫脚上的肉垫可以起到缓冲作用，加之自我修复能力很强，所以它上蹿下跳不易受伤。还有，科学家还发现，猫喉咙中常会发出呼噜呼噜的声音，是猫自疗的方式，如果将人体暴露于猫打呼声的声波下，有助于改善人类的骨质，促进骨骼生长。

不管是西方还是东方传说，猫是受到人类敬畏的。关于猫的神秘传奇和科学说法好像都与生死有关，由此我不得不联想猫村的老矿工为什么爱养猫，难道真的只是为了抓抓老鼠和排遣寂寞吗？

我觉得非也。想想台湾日据时期猴硐的挖煤技术和开采条件，想想在矿洞里匍匐往来，为了生计，把生死交给了"神明"的"猴硐"村民；再想想挖煤人的亲人每时每刻提心吊胆自己的亲人进洞还能不能活着出来的日子，即使活了下来，因为长期在通风不良、煤尘充斥的矿坑里工作，原本精壮健康的身体，最后都被硅肺病折磨致死。

目前的小山村依然残留着过去的味道，喵星人在这里自由地生活，它们那幽深的眼神，在诉说着什么？我不知道，众多被遗弃的煤矿坑洞口依然阴气逼人，依然还挂满当时矿工们进洞的竹签，只有活着出来才能取下，没有取走的，就是再也没有出来的。

我相信猫的传说，它或是生者和死者的灵媒，或是灵魂的转世，它可以让"猴硐"重生……

我相信"猴硐"的猫就是"猴硐"的守护者、守望者。历史虽然容易被遗忘，但它却像有九条命的猫，终将以不同的形式重现……

# 布痕瓦尔德集中营

温敬棠

　　德国古都魏玛，是一个由中世纪建筑物组成的城市，它风景优美，古香古色，历史悠久，拥有众多的文化古迹。比如歌德故居（他的巨著《浮士德》就是在魏玛完成的）、包豪斯博物馆，等等。丹麦童话作家安徒生曾经如此形容过它的美丽："魏玛不是一座有公园的城市，而是一座有城市的公园。" 1919 年德国国民议会在魏玛制定了第一部共和国宪法，依此宪法出来的共和国就叫魏玛共和国；这里还有德国有名的"包豪斯大学"和"弗兰茨·李斯特音乐学院"，1999 年成为德国第一个欧洲文化之城。就这么一个集历史、文化、美丽于一身的城市附近，纳粹德国在二战期间，修建了臭名昭著的八大集中营之一，也是德国本土最大的集中营：魏玛"布痕瓦尔德集中营"。

　　从魏玛出发，坐车十几分钟就到了建于 1937 年的集中营，现在的集中营遗址纪念馆。沿途是绿色的丛林，头顶是明媚的阳光，谁能想到这美丽的后面却满盛血雨腥风的记忆呢。

　　进入布痕瓦尔德集中营，必须经过一扇只容一人进出的铁门。门上的铸铁曾经标示着"JEDEM DAS SEINE"。对这句话的译意有过争议，一说是"咎由自取"的意思。

　　穿过铁门，映入眼帘的是早已夷为平地的集中营营房。空旷的地面上，残留着集中营营房布局的印记，唯一比较完整保留下来的是一座有着突兀的大烟囱，像别墅一样的焚尸房，如果不走进去观看，根本没办法想象，那里曾经发生过无数惨无人道的人体解剖和焚尸灭迹事件。纪念馆的资料介绍，1937 年 7 月至 1945 年 4 月，此处前后囚禁了来自大约 50 个国家的 25 万人，大多是德国异见者、犹太人以及苏联、波兰等国的战俘，据记载这里也关押过三位反纳粹的中国政治犯。曾经的德国共产党领袖，和希特勒竞选过德国总统的恩斯特·台尔曼（1886—1944）就是在布痕瓦尔德被杀害的。估计在这集中营被折磨、虐待、病死、饿死的人有 5.6 万人，最后被救出来的有 2.1 万奄奄一息的人，可以粗略地按 90 个月、2700 天计算，在集中营平均每天死去的人达 207 人之多。很难想象，有多少人是被"罪证陈列室"的解剖工具活剥做试验的，又有多少尸体每天源源不断送进六个火化炉里毁尸灭迹的，焚尸房的烟囱有多少灵魂从那里飘出，它们将会飘到哪里去喊冤呢？

1945 年 4 月 11 日，布痕瓦尔德集中营被解放，还未来得及处理的尸体，个个骨瘦如柴，堆在那里像一座小山，此景震惊了世人。4 月 15 日，美国巴顿将军致信盟军总司令艾森豪威尔，告知布痕瓦尔德残酷的现状，建议美军宣传力量聚焦布痕瓦尔德，因为布痕瓦尔德集中营是德国纳粹又一血腥残暴的证据。艾森豪威尔要求尽可能多地向布痕瓦尔德派遣记者，并命令所有美军部队尽可能组织人员参观布痕瓦尔德集中营，以便使美国军人"能够知道他们究竟为什么而战"。

4 月 16 日，根据巴顿将军本人的命令，千余名魏玛市民被集中在市中心的歌德广场上，然后在美军的押送下步行到布痕瓦尔德集中营接受"震撼教育"。巴顿在当时贴有"JEDEM DAS SEINE"的铁门前讲演后，魏玛市民参观了集中营中的恐怖场景，这成为德意志民族战后谢罪过程中的首次谢罪。1970 年，时任西德总理的威利·勃兰特在华沙突然向犹太人起义纪念碑下跪；1985 年，德国总统理查德·冯·魏茨泽克在纪念纳粹德国投降四十周年演说时说道："5 月 8 日是解放日。我们大家从独裁统治下被解放出来。"

值得庆幸的是，从集中营救出的囚徒中，有不少人扬名世界，为人类文明作出非凡贡献，如 1986 年诺贝尔和平奖得主埃利·维瑟尔（主要著作《夜》），2002 年诺贝尔文学奖得主凯尔泰斯·伊姆雷（主要著作《无命运的人生》）。

怀着沉重的心情，我走出了布痕瓦尔德集中营。正值中午，偌大的游客接待中心，停满了来自欧洲各国的车辆，这里已是欧洲维护和平的教育基地。我发现来此处吊唁哀悼、参观的年轻人、小孩占多数，据悉犹太民族的小孩，在18岁之前都必须去参观二战时期的集中营，欧洲倡导小孩和年轻人都去参观，不忘战争，祈祷和平……德国也组织学生去参观各地战争博物馆和集中营，让他们了解真正的历史，尽管这段历史非常残酷，但必须正视，因为只有这样，才能避免悲剧重演。

第二次世界大战至今，全世界已赢得近80年的和平，这个和平来之不易。关于德国人对二战历史的认识和反思，从他们敢于面对历史，展示罪行，到处都保留战争遗址，修建战争纪念馆，赔偿战争受害者，在学生和民众中的宣传来看，德国能在废墟中只用了短短的几十年，就又变成了世界强国是有理据的。

愿世界多一些和谐，少一些吵闹吧……

# 打 苍 蝇

温敬棠

对武汉人来说，今年的冬天可能是近代史中最寒冷的一个冬天，彻骨的寒冷还不是因为天气，而是死亡威胁下发自内心深处的恐惧、焦虑和不安。虽然我们同样失去了自由，宅在了家里，也有对瘟疫的恐惧，但感受与置身在疫情现场中的人还是有天壤之别的。宅，需要底气的，这底气是生存不受威胁；精神上自由充实不焦虑恐惧。

当椅子、桌子、杯子、烟灰缸、电视机上出现了一些黑不溜秋、绿不拉几的小东西时，恍然中冬天已悄然而去，暖意开始肆意在每个角落。没想到给我们报春的小东西是来自白垩纪的物种——苍蝇，更没想到的是，打苍蝇成了我这个春天的运动。

可能是我们宅的地方有花园、有菜地，还有五只狗、十只鸡的缘故，更有可能是近几年全球气候逐渐变暖的原因，生存受温度影响很大的苍蝇（它在4℃—7℃时仅能爬行，10℃—15℃时可以飞翔，20℃以上才能摄食、交配、产卵，30℃—35℃时尤其活跃，35℃—40℃因过热而停止活动，45℃—47℃时死亡）。一般夏天才会出现，现在才初春，便安家落户在我们的身边了。吃个面包吧，稍不注意它就停在你面包上，恶心得你只有"丢车保帅"；打个游戏吧，它就趴在你屏幕上，有时还两只三只组队，看着你打，赶走了，又回来了，赌你不敢把 iPad 摔了，实施的还是"敌进我退，敌退我进"的战术。每天早、中、晚餐前，我手握苍蝇拍，轻手轻脚游走在饭桌、沙发、茶几之间，一旦发现停附在物件上的苍蝇，便以迅雷不及掩耳之势，手起拍落，才开始失手的时候蛮多的，能击中一两只都会让我雀跃不已。久而久之，在与它多次交锋，打烂三个苍蝇拍后，我已非常熟练地掌握了全套打苍蝇的技能，十拿九稳，用余光都能打死它，虽然这技能既没用也没有诗意，却给了我很大的成就感。在这些只会逃跑的苍蝇面前，我就像一个拿着苍蝇拍的英雄，掌握着它们的生杀大权，根本不需要考虑什么负罪感，众所周知，苍蝇是一个令人非常恶心的东西，它的出生既龌龊又卑微，还是传播疾病的家伙，人人得而诛之，根本不需要手下留情，只管杖毙即可。幸好苍蝇的污名是名副其实，不会良心不安。

我每天打苍蝇的成效不错，但苍蝇们却总是"野火烧不尽，春风吹又生"，还与人一样白天活动晚上休息。虽然人类已经发明了很多灭苍蝇的方法，比如杀虫剂、苍蝇纸、灭蝇灯、捕蝇器，等等，但最有效的灭蝇方法还是保持环境干净。可世上哪有纯干净的地方呢？水干净了鱼都活不了，更何况它的繁殖能力实在太强，一只雌蝇在它一个月左右的寿命期间可繁殖 500—1000 只，现在气候变暖，它可能也与时俱进寿命更长了，繁殖的就远远不止 1000 只。而它的生存能力、适应能力完全可以与人类媲美，抗病毒的能力更是远远超过了人类，它既可以吃病毒、排病毒，还可以杀死病毒，据说它体内所含的 BF64、BD2 杀菌能力要比青霉素强千百倍，如果能提取用于人类治病，现在的新冠状病毒可能都不是它的对手，由此可见苍蝇也不是一无是处，人类与苍蝇的共生已成定局，打苍蝇的运动也必将继续。知其不可而为之，这也是我们人类的生存之道吧……

　　万郁文，籍贯浙江杭州。成都市青羊区政协第五届、第六届
委员，中国散文学会会员，四川省作家协会会员，四川省文艺传
播促进会特邀副会长、女散文作家创作中心执行主任，成都市青
羊区作家协会副主席。作品散见于省、市级各大报刊以及国家级
的报纸杂志，曾获得全国旅游散文奖、四川散文创作奖等。出版
散文集《追梦》。

# 我的父亲母亲

万郁文

　　美丽的天堂杭州是我父亲出生的地方。父亲出生时，那个正在兴旺时期的大家庭共九房，五世同堂，有300多人。这么庞大的家族全部住在杭州城内一个叫柴木巷的大园子里，这个类似"大观园"的园子有近千间房子，几十个小院，园子高大的门坊上，高悬着同治皇帝亲笔题写的"五世同堂　一门再见"的匾额。

　　父亲在这个"名门望族"里读书长大成人，后来从医。他们这一房几兄妹都长得很像外国人，尤以父亲最具欧洲血统的特点。父亲身材高大魁梧，鼻子高而直，眼睛大而深，眉毛浓而长，脸形长圆而饱满，头发微黄而卷曲。不论是长相还是体魄，都像是真资格的老外。很多时候，自己都产生疑惑，难道我们的祖先是欧洲移民？但是，多方查询，这样的猜想在严谨的家谱中被否决了。前辈们以史为证，我家的祖籍在江西，后迁居浙江杭州，祖上万启琛曾做过江苏、安徽的布政使，帮扶过曾国藩创出一番事业，是地地道道的中国人。

　　父亲天资聪慧，博学多才。他学的专业是医学，可他爱好广泛，浑身都是艺术的细胞。父亲是一个医技比较高明的医生，可他绘的漫画、写的小说和散文经常在报刊上发表。除此而外，他还喜爱拉小提琴、吹奏口琴、跳交谊舞。父亲的踢踏舞、水兵舞，跳得极好，不论在任何场合，只要父亲一曲跳完，整个舞厅便会响起热烈的掌声。60年代，医务界联欢，父亲还出演过《逛新城》的"阿爸"、《白毛女》中的"黄世仁"呢。我小时候，家住在少城的一个小院里，院内竹林婆娑、树木葱绿、花香艳丽。我家住房中间是客厅，两边是卧室，客厅就好比舞台。只要有客人来家，父亲便率先表演节目，他的第一个节目，是演绎一段优雅的小提琴，接着是一曲激烈的口琴演奏，父亲的复音打得极好，他吹奏的曲子总是那么动听。在客人们的掌声中，父亲总要演奏尽兴才招呼我和妹妹表演节目。我家那时常常歌声、琴声不断，在五六十年代，街坊邻居都以为这个小院住进了一个活跃的外国医生。

邻居们在街上见到我父亲，只是点点头，笑一笑，不讲话，以为父亲不懂中文。父亲呢，他的江浙口音，的确好似外语。这样，我父亲是外国人的"传说"就越传越真了。在那国门没有打开的年月，街上是没有异国邻邦的。所以，父亲走在街上，往往是被路人看成"稀奇"。总有很多人回头小声说：你看，外国人！

我们家是由南京迁来的。父亲在一家儿童医院工作不久，医院有个外国医生的说法传到省政府外事办，只要有来访的外国人的小孩身体不适，外事办的同志就带他们找父亲看病，父亲和他们用外语交谈，使就诊的老外在异乡仿佛见到了亲人，感到特别的亲切和放心。

四川博物馆刚刚建成时，很多部门、单位前去参观。父亲的医院也在一个秋日的午后组织医务人员到博物馆。可笑的是，前面的同事都顺利地进了展览厅，我父亲正要进去，工作人员却客气地摆摆手，做了一个"请"的动作，把我父亲让进了贵宾室，我父亲正在纳闷，展览馆的馆长急匆匆来到贵宾室，对我父亲用英语说，十分对不起，外国朋友请留步。我父亲听后，哭笑不得，他拿出工作证给馆长看，上面明明白白地写着民族"汉"，籍贯"浙江杭州"，并告诉他们："我是地地道道的中国人。"馆长和工作人员都吃惊地说，我们以为您是苏联专家，现在中苏关系紧张，怎么会有苏联人来呢，所以特别紧张和警惕，没有想到是虚惊一场。随后，馆长还陪同父亲参观了展览。

还有一件事更令人捧腹。那是1963年，中国京剧四大名旦之一荀慧生来成都巡回演出，地点在华兴正街的锦江剧场。那天晚上，母亲、我和妹妹打扮得漂漂亮亮的，跟着身穿西服、脚蹬皮鞋、手拿拐杖的父亲去看戏。我们赶到时，离开演还有十多分钟。一走上剧场阶梯，就见有人往里跑，刚走进太平门，就听台上一位先生高声宣布：我们尊敬的外国朋友来看演出，全体起立鼓掌欢迎！顿时全场起立，场内响起哗哗的掌声。我们一时不知为何缘故，跟着父亲走进剧场，前面一位工作人员直接将我们带到第二排坐下，父亲知道又闹了一次笑话，等平息下来，才向工作人员说明情况。工作人员恍然大悟，说文化厅很重视这次演出，知道有外国友人来观看演出，要我们做好接待工作。说着话，真正的外国人来了，全场起立再一次鼓掌。事后，观众以为来了两批外国友人，只有我们家人知道这是怎么回事，心中暗暗好笑。

父亲的出身和出众，还有工作经历，没有逃过"文化大革命"的劫难，他在牛棚里受尽折磨，身患重病度过了两年的时间，在刚刚粉碎"四人帮"盼望平反的曙光中离开了我们。我因此才从插队近十年的农村回到父亲的单位工作。父亲离我们越走越远，但是，父亲在大年三十的寒风中，穿着单薄的衣服，银发在风雪中飘舞，弓着腰在医院大院扫地时，对我说的"我们要相信群众、相信党，总有一天我的问题会弄清楚"的话语，却永远定格在我心灵的深处。

我的母亲呢，祖籍是浙江湖州，清代晚期迁居四川成都。她出生在诗书世家。母亲早年读私塾，小楷写得很漂亮，山水花鸟画作有韵味。年轻时做过护士，后一直教书育人。和父亲结婚后因时局战乱，跟随父亲工作的单位经常搬迁，影响了正常生活。母亲生我那年，已经是40岁的高龄，是母亲冒着生命的危险让我来到这个世界。母亲不但给了我生命，还不辞辛劳地养育我们。我两岁时，我又有了一个妹妹，在我们上幼儿园的年龄，母亲送我到青龙街五幼儿园，送妹妹到西马棚街机关一幼儿园，每天走路奔忙在送我们上学、接我们放学的路上，回家还要洗衣做饭。那时，洗衣是手搓，做饭是柴火与蜂窝煤，很不容易。特别是在特殊年代，父亲减发工资，为了生计，母亲还去生产组打麻，她不畏艰难和辛劳，毅然用伟大的母爱给我们撑起了一片天空。她不顾政治上的压力，与父亲不离不弃，为了我们这个家，母亲奉献了她的全部身心。

可是，在母亲年近八十岁的时候，却生病了，而且病得不轻，诊断书下来，令我们几姊妹伤伤心心哭了几天。"乳腺癌"当时还是不治之症之时，我们感到很绝望，仿佛母亲脚下已无路可走，等待着我们的就是那痛断肝肠、令人心碎的离别了。

　　母亲住进了川医。医生说必须手术，方有生机。当时我们一听，这么大的年龄，做双乳切除根除术这样的大手术能吃得消吗？手术的把握大吗？我们为母亲担忧，迟迟不敢在手术书上签字。母亲见我们犹豫不决，反而爽快地劝我们，没有什么过不去的坎，一切听医生的安排，大不了在手术台上下不来，这也没什么关系，这是人生必由之路。面对母亲把生死置之度外，我们被深深感动了。

　　手术那天清晨，不巧母亲有些拉肚子，在进手术室时，医生和我们都不放心，想治疗好再做手术。但是母亲没有丝毫动摇，她说手术已安排好，不能打乱，我能顶住。在她的一再要求下，医生终于考虑手术照常进行。可在打麻药时，麻醉师怕老年人麻醉过量，用药比较谨慎，反复斟酌，母亲告诉医生不必担心。一席亲切的话语，解除了医生的顾虑，按照计划进行了手术。

　　手术很顺利，母亲获得了新的生命。在恢复中，母亲没有一点娇柔，每天总是早早地起床练习走路，做操。在放射治疗中克服恶心、呕吐、脱发的困难，坚持到底，保证了手术的效果。

　　三个月后，母亲出院了，望着黄昏中的晚霞，母亲的心也像红彤彤的天空燃烧起来。回家后，她坚持服药，练气功，不久就能自理生活，参加一些社会活动了。

　　大病初愈，母亲更加珍惜生命，但她不是想着怎样保养身体，怎样休息，而是积极地投入到社会中去。母亲是政协人士，每月的政协活动日，母亲总是早早地就去参加，组织参观考察，从不缺席，还经常为《少城文史》撰文写稿。不但这样，母亲还报班四川老年大学，读上了国画花鸟班，每周都是一人乘公共汽车再步行20分钟去上课。国画花鸟班毕业后又报名上国画山水班，一直坚持学习。

　　在母亲看来，死神的邀请并不可怕，可怕的是精神的毁灭，只要生命存在一天，就要生活得有价值、有质量，去做自己喜爱的事情。那些视癌症为洪水猛兽、只有坐以待毙的人，实际上是"自取灭亡"。母亲的这种对待生死的态度，令我们敬佩和欣慰。

　　7年后，母亲又患了食道癌，因不能进食，身体日益虚弱。当我们扶着母亲去做钡餐透视和胃镜检查时，只见那里的病人呻吟连天地说，好难受好难受啊。轮到母亲检查了，我们都怕她吃不消，在门外焦急地等待，不料母亲出来却说，没有什么大痛苦，只是有点不舒服，忍一忍就过去了。看着母亲没有难受的面容，我们真为母亲的坚强和忍耐力感到由衷的佩服。

这次患病，母亲住进了四川省肿瘤医院，医生经过周密考虑，决定不动手术以放射治疗为主。在放疗期间，母亲虽然身体虚弱，走路无力，跌了几跤，但她坚持不坐轮椅，自己走去，直到最后一次放疗完成。住院期间，得知四川成立了抗癌协会，母亲积极要求参加，她要现身说法，告诉广大癌症患者，得了癌症并不可怕，只要树立了自信心，配合医生的治疗，是能够战胜疾病，重获第二次生命的。

在医生的精心治疗下，母亲的病情有了极大的好转，能够进食了。当医生告诉我们可以出院时，我们为母亲再一次告别死神，战胜癌症而感到欢欣鼓舞，更为母亲对待生命的顽强、豁达和乐观的精神而感到是一种启迪和力量。

母亲乐观，很积极地面对生活。病愈后，仍然坚持独自去位于锦江大礼堂的老年大学上课，还获得了"优秀学员"的荣誉。

父亲和母亲，是我最爱的人。在父母亲即将一百周年诞辰的日子，谨以此文，向父亲母亲献上我珍藏在心底的记忆，永远怀念他们。

# 父亲的"遗书"

万郁文

　　最近，我特别高兴和振奋，我做了一件抢救家庭非物质文化遗产的大事。说起来，要感谢网络，感谢我的儿子。

　　儿子在北京儿童医院规培，每天一个电话回家都是有关他学习和生活的事。那天晚上，他在电话中告诉我一件我简直不敢相信的事情。他说，他在雅虎网的一个网站中收集到外公的很多篇发表在《广济医刊》杂志的学术论文、文学作品及漫画。这个消息令我兴奋和吃惊，因为我的父亲已于1978年去世，他在世的时候，中国还没有流行电脑这个东西。我半信半疑，觉得这件事好像是天方夜谭。

　　照着他给我的网址，我到网上搜寻，当我输进我父亲的名字时，一篇篇繁写体文字的文章真的扑面而来。这些文章是1936—1945年父亲发表在《广济医刊》上的文章，范围涉及广泛，大部分是医学类的学术论文，医疗机构管理及建议。除此之外，是散文、诗歌、故事、言论和漫画。我的父亲在那个年代正风华正茂，他在国民政府考试院任卫生处医师。短短的十年中，他在工作之余，写出百多篇的医学论文、医疗机构的设想、考察与思考，真是令我非常钦佩。小时候，我知道父亲经常为医学培训班的学员写讲义、写书稿，可父亲还写散文、写小说、画漫画，这是我不曾知道的。看完他遗留下的书稿，我对父亲的敬意更是难以言表。

　　我迫不及待地最先看了父亲写的散文《姑妈嫁了》这篇短文，文章文字优美、流畅，通过两个孩子在火车站为姑妈远嫁送行及对话，写出了姑妈对孩子的关爱和不舍，表达了两代人的深厚感情，读后令人非常感动。

在《我的大家庭》一文中，父亲是这样描述的："我们的祖籍，是江西，因为先高祖任宦到杭州，所以在杭州立定了新的根基。我家在光绪年间人丁很盛，有五代同堂的韵事，所以同治皇帝颁给我家一块很大的匾额，题着'五世同堂　一门再见'八个字，其他嘉庆、同治各朝颁下的匾额，真是不可胜计。"父亲在写这个大家庭时，通过"家庭的组织""家庭的布置""家庭的生活""戏台的作用""经济的分配""子女的教育""家庭的娱乐""宗教观念"等十个方面，深刻刻画了一个旧中国五世同堂大家庭的生活状况，让我们后辈对我们的祖辈有了更深的了解。在父亲写的小小说《老龙》中，我尤其赞赏父亲借景写人物心理的描写，他的刻画是非常的自如和恰如其分，值得我好好地学习。除此，还有散文《似梦非梦》《医生的爱》、诗歌《悲声》，都有独特的艺术构思，引人入胜。在这么多的文学作品中，我最欣赏的还是漫画。我简直不敢相信，作为医学工作者，父亲却创作出不同题材的漫画。他的漫画题材鲜明，紧扣时代特征，有中国人民奋起抵抗日本兵的，有讽刺落后群众不相信医学而去算命求救最终命丧黄泉的，有形容病菌像狂风无孔不入的，所有的漫画都有漫画具有的夸张、比喻、幽默的手法，都有绘画的技巧和功底。有一幅漫画是抗日的题材。画面是大海中一只飘动着日本太阳旗的军舰，海中有很多凝聚在一起的礁石，上面写着"团结、民气"的字样。图下有一排字"无论他枪炮兵舰怎样的锐利只要我们内部团结起来民气一致就可以使他们自己退缩否则他必定要自触而亡"。文字没有标点，但是意思表达了日本必败、中国必胜的信心。有一幅画画的是一个身穿和服的日本人手上提了一盏灯，上写"大亚细亚主义"，脚穿一双木板拖鞋，作走路状，一只鞋底写着"热河"，一只鞋上写着"东三省"。这两幅漫画画出了日本人的野心，想吞并东三省，但同时在日本人头上是无数把匕首，他表示中国人民只要团结一致共同对敌，日本的侵略行为只能失败。有一幅漫画是"病魔拉夫"，画的是一个骷髅拉了一根绳子，绳子的另一头系在一个身穿长衫的男性的脖子上。一幅"病魔与穷人形影不离"画的是一个衣衫褴褛的穷人身后站了一个骷髅。这类画画出在那贫穷的旧中国，人民生活都难以维持，病魔当然更横行霸道。当然，父亲在揭露社会的同时，是不忘鼓励人们起来斗争的。一幅"努力抵抗那危害我们的仇敌"，画的是一只大手拿着喷雾器，在消灭苍蝇蚊子。众多的害虫在敌敌畏的喷洒下，纷纷死去。这些用浅显易懂的比喻手法，具有号召力、鼓动性的漫画，我想在当时一定对人民起到了很好的教育、宣传作用。

父亲写得最多的文章，还是有关医学方面的，这些文章专业性很强，比如《肥胖症之浅说》《慢性便秘症自宅疗法之秘诀》《急性中毒疗法》《节制妇女生育论》《脑水肿之疗法》《贡献给妊娠妇女的医学常识》《乳儿营养品的选择》《慢性吗啡中毒及其治疗》《小儿贫血症之我见》《抑制性欲的食物和使其旺盛的食物》《自来水的消毒法》以及《一月卫生鸟瞰》等学术论文。这些论文，在现在医疗普及的今天，不是很高深，但是在旧中国医疗条件很差，特别是西医和科学知识在中国还不太普及的情况下，是向国人提出了新的观念并起到了很好的宣传作用的。其中《节制妇女生育论》和《抑制性欲的食物和使其旺盛的食物》，在封建的旧中国提出这样的论点，是相当前卫的。

在父亲的言论中，可以看出他的一颗爱国之心。长达几万字的《美国医学教育制度》《一九三一年朝鲜革命运动概况》《从抵制仇货谈到提倡国药》《全国总动员的一月及其责任》等文章，概述了国际、国内形势状况，也结合我国当时的医药状况提出建议。其中有一篇《全国国民救死求生之路》的文章，提出了一个有利于国家和人民的新观点，文章中写道："中国要治病救人，必须发展自己的药业。"我父亲认为："假如全国每人每年耗新医药和器械五百元便共有二百五十万流到外国去，医药是人生的必需品——那么这些钱给外国人赚了去。"文中，父亲作了详细的阐述，包括药的成本、研制、利润，如果是在国内生产将降低成本，降低药价。他写道："提倡国家发展医药更是迫不及待，我们盼望政府能为国民谋取一条救死求生之路，在今日中国这样贫而民众多病的现况下，政府能多替人们减轻一份负担，便是多替中国民族的前途造一分福。"同时还提出"关于创办国家药厂的经济来源，在最近国家经济不景气的状态下，借外资或暂时接纳外人投资是可以的"，总之，"要抵制外商的侵略和剥削，为谋取全国国民健康的保证而发展国家药厂"。看完这篇文章，我认为父亲高瞻远瞩、忧国忧民，他不只是一个治病救人的大夫，而是心里装着国家、民族、人民的爱国知识分子。

在看文章中，我还有一个深深的体会是，父亲善于观察生活，注意身边的生活细节。有一篇文章是当时随考试院院长戴季陶到西北考察的文章，写得很有味道，文章不是一般死板的八股文，而写得引人入胜，很有情趣。他将所到之处的民俗风情都很形象地给以展现，比如"守顽固辫子直垂""多娼妓梅毒盛行""洗澡堂设备简陋""洗衣坊烫衣不会""乏教育小脚独多"等57个方面一一仔细描述，使读者仿佛身临其境，看后对西北地区的社会环境、民情民风一目了然。在这篇文章中，我最受感动的是，父亲自己写自己的一段话，在到洛阳的火车上，大家由于一路风尘，路途颠簸，非常疲倦，父亲就吹口琴、唱歌、讲笑话给大家解乏，把大家乐得哈哈连天，大家很快送了一个"东方卓别林"的爱称给父亲。

我将父亲的所有文章一篇篇打印下来，汇聚成书，名为《友竹札记》。后来，在北京大学的医学史研究室，还查到我父亲的文章，我都下载进行了保存。我父亲名字为万友竹，班辈排行德字辈，名万德松。他的文章，将作为我们家的"非物质文化遗产"永世流传。父亲离开我已经30多年了，家里除了他的照片外，我还保留了他的笔记、讲稿和"文化大革命"受冲击时留下的纪念品，现在我又有了父亲的"遗书"，这些珍贵的资料，是我们家的瑰宝，这可以激励我们及后辈，要学习父亲的这种博学和敬业的精神，爱自己的专业，爱自己的国家，爱人民和爱生活。我将永远以父亲为榜样，让自己的人生之路也绽放出光彩。

# 1949年我家的一段往事

万郁文

　　我是50年代出生的人，我讲述的是我的父母和哥哥姐姐在1949年经历过的一段艰辛、苦难，与亲人别离的往事。

　　我的父亲出生在浙江杭州，自广东光华医学院毕业后就在国民政府五院之一的考试院卫生处做医师。淞沪战斗打响前夕，被派往杭州与金诵盘先生等一起组建陆海空军总司令部总医院，以备救护在战斗中受伤的官兵。抗战期间，跟随国民政府考试院从南京搬迁到重庆。抗战结束后，迁回南京。到1949年初，时局发生了重大变化，国民政府决定所有的机关转移后方，考试院也撤离南京，我父母亲和哥哥姐姐随考试院再一次转移。机关规定，一家人只能带一只皮箱和随身携带贵重物品，我们全家四个人带一只皮箱开始启程。那时，从南京城撤离的人员挤满了火车站，车厢里站满了人。我的父亲母亲哥哥姐姐和单位同事好不容易挤上一列南下的火车，车到杭州不知什么原因一时走不了，在火车站停下了。杭州是父亲的老家，有我的爷爷，还有姑姑和叔叔。车到杭州火车站，接到电报的大姑和小姑、叔叔已在火车站等候，亲人见面难以抑制久别的泪水，大姑小姑都劝爸爸妈妈留下来，不要再跟机关转移，但是爸妈想到跟到机关走，总有一个依靠，还是决定要走。爸爸得知爷爷已经病重，就带上我当时只有几岁的哥哥，由小叔叔带路，一路"飞奔"到爷爷的住地柴木巷。柴木巷内有一个很大的院子，爷爷住在一栋房子的二楼。爸爸他们上楼一进屋，看到爷爷躺在床上，骨瘦如柴，神态憔悴。哥哥赶紧喊："爷爷、爷爷，我们来看您了！"爸爸走到床前，握着爷爷的手说："爸，好好养病，我们都好，不要挂念。"爷爷说："你们回来就好，现在时局不稳定，一家人在一起以免牵挂。"说完大家都哭了。因为不知火车多久开，爸爸也不敢久留，停留了十多分钟，爸爸跪在床前，哥哥也跟着跪下，爸爸对爷爷说，"我们要跟着单位南下，爸爸，我们暂时走了，等安顿好了再回来看您。"爷爷说："你们在外面好好过，不要挂念我，下次回来不知我还在不在哦。"话未说完，已泪如泉涌。爸爸难过地说："爸爸您多保重，我们的火车要开了，我们走了。"说完磕了三个头，爷爷挣扎着要起身送他们，爸爸不让他起来，爷爷拉着爸爸和哥哥的手久久不忍放下，最后终于一转身，说了声"你们走"。爸爸牵着哥哥的手，一步一回头离开了家，和爷爷匆匆告别后赶回火车站。那一走，真的成了永别，几个月后，爷爷就离开了人世。

火车好像是故意等他们似的，爸爸、哥哥到了火车站不久就开了，爸妈将头手伸出窗外，使劲地给大姑小姑摇手，这一走是到哪里？何日才能再回故乡，何时才能再见亲人，都是个叫解的未知数。望着越来越模糊的亲人和月台，爸爸心都碎了。火车摇呀摇呀，轰隆隆、轰隆隆压过了浙江、江西，进入广东。路上缺水、缺食物，到一个站台有卖吃的就能吃点东西，没有卖的就只好饿一顿。好在一节车厢都是单位的人，哥哥姐姐就跟他们同学玩，爸爸妈妈就和同事们聊天，大家都不知前途是什么，充满了担忧和迷茫。一路走走停停，停停走走，从过完春节从南京出发，一直走到 2 月初，好不容易到了广州，大家下了火车，被安排在招待所里。到广州那天已是黄昏，爸妈顾不得多天旅途劳累，放下行李，就带着哥哥姐姐去到广州东园，看望先期来到这里的四外公戴季陶。戴季陶是我妈的亲四叔，曾任考试院院长二十年。戴季陶看到爸妈一家来看他非常高兴，亲人们见面相拥而泣。爸爸妈妈在南京时一直和戴季陶住在一起，他们有很深厚的感情。当时四外公戴季陶看起来很瘦弱，身穿深灰色长衫。戴季陶告诉爸妈，蒋介石多次邀请他到台湾，飞机票都准备好了，但是他不想去，想回四川老家。爸妈也说，不去就不去，我们也回四川成都，以后我们住在一起。他们那天晚上一直谈话到凌晨，临分别时，四外公戴季陶送给我姐和我哥各一支钢笔，要他们好好学习，今后为国家做事。大家依依不舍告别，相互嘱咐保重，心想不久便可见面团聚。戴季陶从二楼下来一直送爸妈他们到大门口，大家都依依不舍，又说了好多话。

第二天，单位包了船，考试院继续上路，从广州上船到梧州，全部人员都坐在舱内，听着滔滔江水东流，心却不知人生将流向何方。由于是上水，船逆水而上，第二天上午才到达广西梧州。刚到梧州，突然传来消息，说："戴院长今晨在广州逝世。"这突如其来的噩耗，像晴天霹雳，让爸妈哥姐不能接受。前一天还好好的，谈了那么多知心话，怎么就突然撒手人寰，太让人难以置信和伤心至极，当时大家都深深地沉浸在悲痛之中。

考试院在城里安顿下来后，正常开展工作。哥哥姐姐也在梧州的冰泉小学读书。1949年夏天，梧州遇到百年不遇的洪水，三江发大水，大浪滔天，漫上河堤，淹没街道，考试院也快被淹了，机关立即组织全体人员及家属搬到梧州中山堂逃避水灾。

当年爸妈带上一床被单、一床蚊帐和同事、家属一起来到高坡上的中山堂，在广场上等待分配住宿。考试院所有的人员被安置在中山堂的礼堂内，每家用蚊帐相隔，间隔出一家一家几平方米的地方。住了几天，等水完全退了，才搬下山坡。

爸爸妈妈在梧州一晃半年过去，时间已接近1949年秋季。全国的形势又发生了大的变化，解放军已在4月发起渡江战役，迅速突破国民党军队的防线，并乘胜追击，占领了大半个中国。这时梧州也保不住了，单位又开始转移。全部公职人员携儿带女坐车到广州，从广州乘飞机到重庆。到了重庆，哥哥姐姐在巴蜀中学上学，爸爸仍在考试院卫生处工作。10月1日中华人民共和国成立，旧政府被取缔，考试院只有做好善后工作。1949年11月30日，重庆解放。这时我们家要回老家杭州，但交通阻断，道路不通，无法前往。而重庆离成都算是最近的，妈妈决定到成都投奔姊妹。那时到成都只有大货车，父亲将仅有的一点行李搬上大货车，一家四口人就坐在行李上，不论是蜿蜒陡峭的山路，还是尘土飞扬坑坑洼洼的公路，一路颠簸，一路慢行。从重庆到成都，居然走了十多天，脚都肿了，下车根本走不来路，历尽艰辛终于到了成都。

在成都，12月27日，爸爸妈妈迎接了成都和平解放。我爸医术好，先开诊所，后到一家医院工作，我妈当了小学老师。爸爸毕竟是知识分子，有一腔爱国热情，他自编医学教材讲授、辅导刚参加工作的新人，母亲白天在学校教书，晚上在居委会识字班义务扫盲。哥哥读书，姐姐参军，我爸工作积极，还被选为人民代表参与国家重大事务的决策。再后来我出生了，我妹出生了，我们家在成都扎下根来。

几十年的历史长河，一路走来，父母相继去世，我和我妹也到了退休之年，我们有一个心愿，要到父母生活过的地方看一看，寻一寻旧。南京那个系着我们家几十年命脉的考试院旧址，现南京市政府所在地，曾经住过的五台山桃园和鸡鸣寺，重庆的上清寺我们已去寻访过了，就是广西梧州是我们还没实现的心愿。今年十月长假，我和我妹说走就走，买好到南宁转梧州的车票，来到梧州这座有着闽南风情的城市。

梧州是一座有着 2100 多年历史的岭南名城，位于珠江上游，有着"百年商埠"和"小香港"之美誉。历史上商贾繁华。孙中山曾几次来梧，拜会乡贤，壮大同盟会，募捐起义。中山堂在梧州北面一高坡上，面向环江，梯高堂阔，是全国最早建成的孙中山纪念堂。中山纪念堂采用中国古典宫殿式与西洋教堂式相结合的建筑理念设计，这与孙中山先生博采世界先进思想与中国国情相结合的胸襟相吻合。

纪念堂门前是一个很大的广场，有孙中山的塑像，广场连接着层层台阶至山脚，共 340 多级。在呈菱形的台阶底层处，也是一座孙中山手持拐杖、英姿勃勃的塑像，身后墙上是"天下为公　孙文"几个蓝色的大字。

我们拾级而上。纪念堂正面为主席台，主席台上方塑有古铜色中山像及书写有孙中山的遗嘱，两侧为孙中山"革命尚未成功，同志仍须努力"的训示；两侧大厅现为纪念孙中山的陈列馆。纪念堂的后院栽植着苍松翠柏，庭院里塑着比真人高大的宋庆龄、黄兴、柳亚子等六位革命志士的塑像。

来到中山堂，头脑里想象着爸爸妈妈曾经和考试院的同事们为涨洪水淹没了街道而在这儿来躲避住了一段时间的情景，不觉心潮澎湃，七十年的风云变幻，他们曾经颠沛流离的生活轨迹，早已被新时代彻底埋葬。记录下七十年前父辈们的这段经历，体会到父辈们生活的艰辛和不易，更加珍惜今天的安定、繁荣和太平。

# 曾高祖万启琛和文正公曾国藩

万郁文

我的爷爷万良桂的父亲名万一奇，万一奇是万启琛的长房长孙。万启琛做过安徽按察使、江苏布政使，他曾用万贯家财支持曾国藩的湘军，是深受曾国藩敬佩的幕僚。

以前，我从父亲和姑妈的文章中知道了我们的部分家史。今年初，我的好友、曾国藩的九世侄孙曾令琪，帮我查到了启字辈曾高祖（簏轩公）万启琛的一些鲜为人知的史料。最近，专事家族历史文化研究的朋友黄鹏，进一步给我联系到江西祖籍的万氏宗亲，并告知了祖籍地现在打造的喜讯，还发来曾国藩和万启琛交往的日记，让我对万氏家族的脉络有了更进一步的了解，使我能提笔写下这篇文章。

——题记

我的曾高祖万启琛，生于 1817 年，病逝于 1878 年，字簏轩，出生于江西丰城县（今丰城市）。他生活的年代主要是在嘉庆、道光、咸丰、同治、光绪年间。那个时代风起云涌，乱世沧桑，他的一生因着时势造英雄，辅助了清朝重臣曾国藩，而一生也在历史长河中留下惊鸿一瞥。

万启琛父辈历来经商，以药材生意为主，瓷器为副，后扩大做棉花生意，获利巨大，资产田地无数。万启琛在这个富裕家庭中自然是受到良好的培育。他聪慧好学，阅书无边，参与科举考试，先后获得监生、举人功名。家人要他继承家业，学习经商门道，他在亦官亦商的生涯中运筹帷幄，扩大盐运、棉花等行业，积累了丰厚家底，在南昌城高升巷购置大量土地，修建公馆、园林，成为"江右商帮"巨贾。

太平盛世的万家，清风和畅地生活着。可是，风云突变，清咸丰元年（1851），太平天国运动爆发。太平军一路北上，席卷长江中游流域，江西罹于兵燹之灾，特别是南昌守城战况之惨烈，触目惊心。在坚守的三个月时间里，楚勇、湘兵的英勇善战给万启琛留下了深刻印象，他逐渐转变了发家致富经商的想法。1854年，万启琛在"治国平天下"儒家传统观念引领下，毅然投入新崛起的湘军阵营曾国藩幕中，践行报国之志。曾国藩作为地方武装出身，长期掣肘于粮饷军费困局，此时万启琛的到来，无疑为其增添强军之翼。万启琛发挥早年经商中建立的人脉商脉优势，随后在湖北等地的劝捐工作中，立下汗马功劳，成为曾幕中财务经营的核心人物。从清咸丰三年（1853）到同治三年（1864），前后十二年的时间内，湘军从无到有发展成为十二万人的庞大队伍，消耗军费"前后用饷银三千万两"，筹款成了比打仗更重要的头等大事，万启琛堪称曾国藩的"财囊"。

劝捐作为湘军早期一种筹饷方式，就是要地方的绅士、贤达捐出自己的部分家产，支持军队。而以前官员士绅们总是口头答应，到具体收捐的时候，总是"雷声大雨点小"，口惠而实不至，收效不佳，湘军军费缺口一直较大。万启琛在劝捐中，想了很多办法，利用厘金、盐税方式自筹资金，最终基本解决了军饷急需。因此，万启琛凭着出色的"工作能力"深得曾国藩信赖，遂奏保朝廷，朝廷先后赐予万启琛湖北督粮道、安徽按察使、江苏布政使和江宁布政使之职，官至正二品，顶戴花翎。

由此我想到，万启琛做官，有他在经济上帮助湘军的一面，他主要是公而忘私，智计百出，执行力强，完全符合曾国藩的用人标准，所以才向朝廷大力举荐。还有或许当皇帝下奏折时，看到他曾经中过举人，也是一个有学问的人，"可也可也"也有可能。在那个时代，一个人的仕途是要从科考中来看优劣。所以，读书破万卷在任何时候都适用，先把书读好，再来向其他方面发展，应该是我们的座右铭。

在与太平军的生死博弈中，万启琛和曾国藩结下了深厚的友谊，这在曾国藩的日记中多有提及。今天的人，写日记的少了，多少往事都无以留下，而古人却在日理万机中，还用羊毫蘸上用墨锭在砚台里一圈一圈磨出来的墨汁，在红色竖行的信笺里，一笔一笔地写下经历的事件和心理活动。其实，这种笔记文化很有史料价值。了解我的曾太祖，还在曾国藩的日记中找到多个答案呢。

在曾国藩的日记中，记录有与万启琛有关的很多内容：

咸丰五年（1855）七月初六曾国藩奏折《万启琛留办饷盐局片》；咸丰九年（1859）三月十一日《与万篪轩》；咸丰十一年（1861）六月十一日《复万篪轩》；同治元年（1862）九月十八日《曾国藩日记》写道："午刻，万篪轩来，久坐。"同治二年（1863）正月初四日《致万启琛》："火药库即借用贡院砖瓦，赶紧兴造。"同治二年（1863）二月初六《致万启琛》："安庆城内外防守，祈诸阁下及早布置。国藩亦迅速归省。火药最为行军根本，各库须赶紧修造，派委妥人守之。"同治三年（1864）三月《致万启琛》："办事不外用人，用人必先知人。知人之道，总须多看几次，亲加察看，方能得其大概。凡有缺有差之员，尚可因事考成，若无缺无差者，非常常接见，何由识其短长？"

仅从上面点滴记录，可以看出曾国藩对我曾太祖的信任。下面这段文字，更可以看出我祖的人品及家风。依我来看，祖上这么富有，官至二品，在生活方面一定是比较奢华的，殊不知，不但是节俭，简直是太过于节俭了。同治六年（1867）十一月十七日《曾国藩日记》有这么一段话："与篪轩（万启琛）偶谈家常，渠家百万之富，而日用极俭。其内眷终年不办荤菜，每日书房先生所吃之荤菜，余剩者撤下则内室吃之；其母过六十后，与篪轩苦求，始准添荤菜一样。今乱后而家不甚破，子孙俱好，皆省俭所惜之福。"没有想到，万家节俭到让人不可理喻。母亲大人年逾六十，苦苦要求，才获准添一个荤菜。妈呀，这哪里是什么渠家百万之富，真相当于贫民，贫民也。

这里也有曾国藩的感叹。一次，曾国藩请万启琛、程尚斋小宴："与家资百万的好友万篪轩相谈，为万家富有而又节俭的家风感到由衷钦服，联想自己，充满自责。余有俭之名而无俭之实，深为愧惧。"有后人评说：万启琛家族世代重视门风，俭以养德，经历大乱之世不仅能守住祖业，还开创出福泽四方的著名药馆"万承志堂"，正应了"积善之家必有余庆"这句古话。

那么，我们万家祖籍是在江西，又怎么来到杭州的呢？原来是这样的：在督办"浙盐运西"过程中，万启琛与杭州结缘，他爱上了"上有天堂、下有苏杭"的杭州，卸任后便有迁居杭州的想法。镇压太平天国运动后，清廷论功行赏，朝廷送杭州城内柴木巷一号有24进的豪宅给万家，并颁给我们万家一块很大的匾额，上面是同治皇帝御笔亲书的"五世同堂一门再见"八个大字，其他还有咸丰、同治各朝颁下的匾额不可计数。朝廷能赐予万家一座豪宅，那可是了不得的事情，那是因为于国家有大功。曾国藩的功劳是再造之功，万启琛的功劳是辅佐之功。在晚清风雨飘摇、清政府即将垮台之际，万启琛能以一举人，参与到国家的军政大事之中，的确是高瞻远瞩，很了不起。

杭州自南宋以来，传统药业十分繁庶，药材丰富，药市红火，药店林立。我家迁居杭州以后，看准了商机，万启琛承接父辈利济苍生开设药馆之夙愿，于清光绪初年（1875）创建"承志堂"，因是万家人创办，世称"万承志堂"。万承志堂药馆门面高广气派，占地面积约有3000平方米，馆内后堂还设有自己的养鹿场。

万承志堂在传承中注重慈善，注重社会责任。万启琛立下规矩："药馆必须昼夜配方卖药，对贫困病人一律免费送药；同时对贫穷危难之人另布施钱财，以表慈善之心。药馆的盈利，除维持本馆日常开销外其他均用来布施贫病平民，同时支持教育公益事业，不准挪作他用。"万承志堂每年对"宗文义塾"（今杭州市第十中学）都有不少数目的捐助，相关情况在《武林坊巷志》和《杭十中（宗文）历史印谱》中均有记载。这种慈善诚信的做法让万承志堂在杭城口碑越来越好，名誉威望皆高，生意兴隆，与同城同期胡雪岩开办的"胡庆余堂"号为一时之瑜亮。

万启琛在世时，是万家最兴旺的时期，在杭州有"金凳子"之称。从大门柴木巷进，出后门即是义井巷。大院24进，主仆三百余人。簏轩公万启琛有九个儿女。家有戏台，养有戏班，每房有一私塾先生，大多是聘请的绍兴老学究，专讲四书五经。家里因为房屋宽大，开设了许多娱乐场所和运动场，家园中设有俱乐部，内设音乐训练班、国音补习班，及家庭邮政局、家庭戏剧社、周报社、夜校学校、彩票店、医务室，中医沈少册、西医张葆卿轮流坐诊。每周都有各房表演戏剧，或者开运动会，长辈们很赞赏这种举动，年轻人更是个性得到发挥，相互影响，取长补短，像一个小社会。

到了20世纪二三十年代，万家在杭州经营的永和、泰和两家当铺、永春茶社，还有绸缎庄及"万承志堂"药铺仍然在经营。后因抗日战争爆发，家人都去逃难、躲命，杭州的房产及产业被炸，生意也无人打理，万家人也和所有的老百姓一样，流离失所，无家可归。老人和小孩逃到江西老宅去躲避，那里尚有佃农送米、送菜，可以维持生计。后代中的学生们，有的选择出国留学，以科学报国；有的根据自己的爱好参加抗日救亡的文艺演出队；有的在乡下去教书，传授知识；我父亲在广东求学，后参加陆海空军总司令部总医院的筹建，以救护抗战前线的伤病员。到此，大家庭终于崩溃，各房只好各自谋生。

随便讲个故事，非常传奇。我曾祖父万一奇，是做过两浙盐运使的，他娶妻陶氏，生有七个子女，另有二妾，一妾是高级青楼女子卖艺不卖身，赎回后生一女称八姑。这个女孩模样俊俏，深受曾祖父宠爱。八姑满百日时，妾要穿大红衣裙，曾祖父答应了，曾祖母却不同意。曾祖母是个旧时女子，终日坐在窗明几净阳光充沛的堂屋里做女红，她对子媳很慈爱，但是很自尊。那一日，曾祖父在房前的一排花窗前喂养悬挂着的一排鸟笼中的鸟，其中一只黑身红嘴八哥在叽叽喳喳地学人讲话，曾祖父逗了一会儿笼中鸟儿，又摆弄了一会儿小天井的花草，很有兴致地给曾祖母说："八姑百日快到了，我们家要办得喜庆一点，到时候，你和二太太都穿上大红衣裙。"曾祖母一听，顿时很不高兴："凭什么二太太跟我平起平坐，她不能穿！"曾祖父一听，也不高兴了："她是八姑的母亲！"说完拂袖而去。

这个曾祖母真是小气得很，她想不出更好的办法，无可奈何，回到卧室就吞金自杀了。这下，八姑的百日宴没有办成，全家人都穿白衣，戴孝三年。曾祖母为了这样一点点事情，就以死相拼，这是多么大的代价啊。

我的家，我们万氏家族的根脉就是这样的。开春，我打算去江西续谱，去看看如今那里打造一新的样子，虽然不能再触摸老屋旧院，但，那里毕竟有我的祖先遗留的脚印和事迹。

补充一句，在出这本书的时候，我已去过江西老家，收获颇多，在以后的文章中再慢慢叙来。

# 我与李致的交往

万郁文

　　我的公公李国俊，是巴金那个大家族的一支。我结婚进入李家以后，也就顺班辈称呼李致为"五叔"。五叔是个非常和蔼、可亲、幽默的人，他曾做过四川省委宣传部副部长、省政协秘书长、省文联主席，但是没有一点官架子，常常邀约文友聚会，畅谈文学、畅谈创作。他是巴金大哥的儿子，和巴金的关系最亲密，是巴金最喜爱的侄儿，但他没有一点孤傲的气息，对李家这个庞大的家族的亲亲戚戚都很亲切，常打电话问候，常常在微信里通信。

　　我热爱文学、热爱川剧，和李致先生有着很多共同的话题。每隔十天半月，我就要去李致家看望他。每次去，我都有很多新的收获。有几次，我都遇到有记者采访，不久总能在报纸上看到采访的文章。我每次一定准时按照约定的时间到达他家。他家有两个地方接待客人，一个是书房。他家的书房是一个大大的书库，房子四壁全是高至屋顶的书柜，古今中外的各类书籍整齐地摆放在玻璃窗内，有一个书柜专门摆放着巴金的书籍和李致近年来撰写的《往事》《昔日》《回顾》《我的四爸巴金》《巴金的内心世界》《巴金的两个哥哥》《曹禺致李致书信》《名家论川剧》《我与川剧》《李致与川剧》《终于盼到这一天》《铭记在心的人》等书。另外，玻璃窗内还清楚地看到有巴老的照片，李致先生和川剧名家合影的照片。这间书房，深深吸引了我的眼球，我目不暇接贪婪地看着书橱内的书籍，每一本都想阅读。李致先生看出我的心思，送给了我喜欢的好几本书。有时候，我们在李致家的大客厅里喝茶品茗，一缕清香从精致的茶杯中飘逸出来，满室含香。从客厅两面的大玻璃窗望出去，视野开阔，无遮无拦。在天气好的时候，东面的窗户还能隐约看到龙泉山脉。我们常常对坐在深褐色的中式木椅上，一边喝茶，一边对散文的写作进行探讨。李致先生的观点是写作内容要真实、语言要幽默、感情要自然，写文章一定要有感而发，写作时要先感动自己，才能下笔如神。而且文章要主题明确，不能杂论漫谈。

很多时候，李致都讲到巴老。他说："在少年时代，巴老送给我的四句话影响了我的一生，这就是'读书的时候用功读书，玩耍的时候放心玩耍，说话要说真话，做人得做好人'。"李致从小就受到巴金思想的影响，叔侄俩非常亲密。几十年通信不断，而且不论是巴金到北京开会还是李致去上海出差，都要相互看望。"文化大革命"中，李致与巴金的交往中断了六年，但他们的心是挂念着的，这份亲情是难以割舍的。"文革"中，李致被下放到河南团中央"五七干校"劳动，1973年，李致乘有眼病须回北京治疗的机会，绕道上海，看望亲爱的四爸巴金。巴老在那种也是饱受压力的情况下见到远方的侄儿，自是一份惊喜。可是，两人虽然同睡一床，却不能深说，要想问的话、要想说的话虽然很多，都只有埋在心底。短暂相聚终有一别，离开上海那天早晨，"天下着大雨，巴老为我穿上雨衣，我淋着雨、流着泪，离开了上海"。这样亲人离别的场景，让每个读者的心沉重，让每个读者的泪盈眶。"文革"以后，解除了禁锢，解放了思想，李致像放飞的小鸟，他可以经常到上海看望四爸了。他们可以彻夜长谈，可以无话不说，平时还时常通信，两颗心终于紧紧相扣。1987年，巴老回故乡成都，李致从早到晚都陪在身边……与巴老多年的亲密接触，让李致有了创作的冲动，他撰写了多篇与四爸交往的文章，整理与四爸交往的书信，他认为这不是个人、家族的事情，而是透过这些文字和书信，展示社会形态、展示作家的情怀，给读者以启迪和思考。1995年李致撰写的《我的四爸巴金》，由生活·读书·新知三联书店出版，书中每一篇文章，都倾注了李致的感情，记录了巴老的思想品质和人格魅力。他与巴金信件也整理成册，出版面世。

李致常对我说："巴金一生最认真的就是讲真话，他在人生的晚年，还出版了《随想录》。这是他最后留给我们的著作。这部书里，巴金用一世纪的人生经验，以说真话、说心里话的真诚态度，审视历史，剖析自身，以最直白的语言，把他一生追求完美、追寻进步的理想，还有他和同时代的中国知识分子的人生际遇，最真实地呈现给我们，他痛苦的回忆，深刻的反思，不仅揭露极左思想给那个时代带来的荒谬的罪恶，也勇敢地反思着自己曾经的人格扭曲……"

我从和李致先生的讨论中，认识到巴金是一个作家，可他留给人们的精神财富超越了一个作家，他的思想境界就是坚持不懈地追求光明、追求真理。在闲谈中，有这样深刻的体会，这就是我和李致先生在一起的收获。

我们还常常谈论到川剧的发展与现状。川剧，是我国文化遗产的宝贵财富，是深受四川人民喜爱的剧种，可在"文革"浩劫中，全省一百多个专业川剧团或被解散，或被转行。1982 年，四川省委发出"振兴川剧"的号召，时任四川省委宣传部副部长的李致担任振兴川剧领导小组副组长，后来又担任了组长。他认真贯彻省委"振兴川剧是全省人民群众的愿望，对具有优秀传统的川剧艺术进行抢救、继承、改革、发展，是当前我省文艺战线的重要任务"的指示，全面召集成渝两地召开全省川剧工作座谈会，布置振兴川剧工作，着手剧团调整、整顿和改革，举办编导人员培训班，整理、搜集、出版川剧艺术资料等工作。这些举措有力地推动了川剧的发展，川剧界出现了魏明伦、徐棻等一大批有影响的剧作家，创作编写了《四姑娘》《巴山秀才》《田姐和庄周》《尘埃落定》《马前泼水》等一大批创新好剧，还培养了一批中青年演员，其中晓艇、刘芸、沈铁梅、陈巧茹等都荣获了中国戏剧梅花奖。振兴川剧领导小组工作后的第一次进京演出，在北京引起了轰动，给了四川振兴川剧以很大的鼓励。

李致先生最骄傲的是 1985 年，应西柏林"地平线"第三届国际艺术节的邀请，带四川省川剧院访欧演出团赴联邦德国、荷兰、瑞士、意大利演出。那次上演的剧目有大型神话歌舞剧《白蛇传》和折子戏《拦马》《放裴》《秋江》等。演出结束都赢来观众的鼓掌欢呼，有时长达十分钟的谢幕。赴欧洲演出之后，1987 年和 1990 年，李致两次带队赴日本进行演出。《朝日新闻》用了很大的版面进行宣传，《白蛇传》久演不衰，深受日本人民喜爱。第二次李致又带川剧《芙蓉花仙》前往日本演出，也是盛况空前,非常成功。

振兴川剧一路走来,成功上演了《红梅记》《岁岁重阳》《巴山秀才》等剧目,川剧越来越受到观众的喜爱。剧团只要上演新戏,李致先生都要给我留票,我们一同观看,随后一同品戏论戏,心灵常常被古老的传统的文化艺术滋润着。我感觉到,作为四川的非物质文化遗产的传承,离不开像李致先生这样的"专家、内行、领导和热心人"的呼吁和支持。

在家的时候,我总爱从书架上拿出李致先生送我的书翻阅。我觉得他的书就是记载了一段历史,具有珍贵的史料价值。他的好几本书,后来都归为"往事随笔"系列,这是有一定道理的。我看他的作品,几乎篇篇都是饱含深情,亲切自然,朴实无华,无一点矫揉造作,读来感人至深。难怪,给李致先生的文章写读后感、写评论的作家非常多。比如作家白航的《读李致〈终于盼到这一天〉》,作家杨牧写的《别集别裁别有天——读李致〈终于盼到这一天〉补织》,作家杜建华的《李致散文的幽默与启示》,作家崔桦的《书生李致》,等等。

2013年3月,四川省文联颁发首届"巴蜀文艺奖·终身成就奖",12位当选的获奖者中,只有李致先生跨了两个界别,一个是出版界,一个是文学界。在对李致的颁奖词中,是这样概括的:"他倾注心力于出版事业,被誉为不是出版商,也不是出版官,而是出版家;他甘愿终生做一名川剧百花园的辛勤园丁,人们称赞他振兴川剧走头旗;他继承和发扬巴金先生的精神,真诚地向读者献出他的往事随笔,出版了《我的四爸巴金》《终于盼到这一天》《铭记在心的人》等著作,为历史留下了一份珍贵的记忆。"

我想,我能与李致这样的文学大师亲密交往,是我的幸运与福气。

# 我的姐姐

万郁文

在我家的相册中，有这样一张照片，左边是一位有一双大大的眼睛，秀美端庄，戴着圆盘军帽，身穿军装的女解放军战士，中间那位是抗美援朝的特级战斗英雄黄继光的母亲邓芳芝，右边是有着一对长辫子的妇女，照片上的题字："和黄继光母亲邓芳芝留影。"这是一张非常珍贵的照片，左边的军人正是我的姐姐万美娟。

我姐参军的时候，我还没有出生。我都几岁了，还没有见过我姐。我姐参军时，不到15岁，正读省女中初中二年级。她聪慧好学，是班上的好学生，她漂亮秀美，是学校的校花，本可升学或做演员，但是这个特殊的年代，改变了姐姐的人生方向。

那一年，"抗美援朝、保家卫国"的号召在全国大地震响，全国全民总动员起来抗美援朝保家卫国，国内各行各业的人们都掀起了参军的热潮，学校也不例外。我姐也和同学一起满腔热血地报了名。父母是旧社会过来的知识分子，对新中国积极拥护，虽然心中万分不舍，但是唯有支持女儿的行动才能证明自己的爱国立场。

很幸运的是，我姐他们班上，两位同学被批准入伍，一位是住在长顺下街的邱淑华，一位就是我姐。当时省女中有16名同学被批准参军，那时学生兵是为中国人民解放军军事干部学校招收的，是为"雄赳赳、气昂昂，跨过鸭绿江"参战输送技术人员。她们的参军，意味着这批学生即将离开家乡，奔赴战场，等待她们的将是血与火的洗礼。可是，当时在我姐他们这批学员心中，没有一点忧愁和恐惧，而是感到无上荣光。

被批准入伍的同学，都集中住在成都市将军衙门，每个人发了两套军装，开始了军旅生涯。四川省政府和成都市政府，在人民公园召开了隆重的欢送大会，为这批参军的学子送行。当时省、市及各地市县学校 1000 多名被批准入伍的青年学生，聚集在人民公园的大操坝内，小朋友载歌载舞、各界人士献花献词，热闹非凡。我姐被几个同学抬在肩上从将军衙门走到人民公园。学员们都胸戴大红花，脸上洋溢着灿烂的笑容。欢送大会上，首先是市领导、军代表讲话，而后我父亲万友竹医师代表参军的所有学生家长，在大会上做了热情洋溢的欢送祝福讲话。他一上台，说道："你们这一批中学生，虽然年龄小，正是读书长身体的时候，但是你们响应祖国的号召，不顾生死，投笔从戎，毅然上前线保家卫国，很了不起！"当时欢送会的盛况成都市各大报刊都作了报道，万爸爸一下在成都市成了名人，我们家更是感到无上荣光。

那时正是"抗美援朝"的高潮，前线急需医务人员和炮兵干部，欢送会后，大批学生上了前线，留下了 200 多名学生，初中生去川西军区后勤部卫生学校学习，高中生进入铜梁炮兵学校学习，准备经过短期培训后，即奔赴朝鲜战场参战。我姐被留下分派到卫校学习。1953 年，学校与昆明第四军医中学合并，改为中国人民解放军第三军医学校。他们的课程分医疗全科、药科、护理、检验、理疗等学科，有本校老师授课，也请华西大学教授上课，教学非常扎实。

此时的朝鲜战场，经过艰苦卓绝的战斗，1953 年 7 月 27 日，在板门店签订了停战协议。我姐他们这批留下学习的军干校学员几次准备行囊，但最终没有开赴战场。他们这批学员毕业以后，大部分投入到解放西藏、建设西藏的工作中，还有的去了甘阿凉地区参加藏区平叛、民主改革工作。

我姐毕业后先后在军区总医院、52 医院、53 医院、西藏第 3 野战医院任军医工作。1957 年底，我姐调到阿坝军分区 53 医院工作（地点在阿坝州刷金寺），当时正值平叛剿匪时期，过了刷金寺那边就是叛匪聚集的地方，每天有部队战士受伤从前线下来，轻伤就清创包扎，重伤有的亟须抢救输血，医院没有血库存血，每次只要有需要输血的伤员，我姐从不犹豫，挽起衣袖就献血，献了多少次她自己都记不清楚。那时献了血也没有休息，也没有什么营养品，但是我姐毫无怨言，立誓把青春和热血献给祖国的国防事业。

1958 年，全省要表彰一批妇女战线的先进积极分子。经过医院推选、后勤部推选、送原成都军区审定，我姐被评为四川省军区先进代表，参加四川省妇女代表大会。原成都军区一共评出 20 多名代表，有的是后勤保障工作人员，有的是教学人员，有的是文工团员，只有我姐是来自边防、有军衔的代表，当时她是少尉军官。

刚刚二十来岁的我姐，以她朴实的、无悔的、诚心的默默奉献迎来了她的高光时刻。1958 年 11 月，我姐参加了在原成都军区北校场大礼堂隆重召开的四川省先进妇女代表大会。大会表彰了来自四川各地、各条战线、各民族、各阶层的先进妇女代表，彰显她们的先进事迹。我们敬爱的战斗英雄黄继光的母亲邓芳芝也出席大会。大会上，邓妈妈见到我姐很高兴，对我姐说："非常高兴看见军队代表团的代表。"在会议休息时间，她拉着我姐的手："来，我们一起照张相。"我姐就拉起身边一起参会的同事，黄妈妈站在中间，记者拍下了这张合影。

这张合影一直放大挂在我家墙上，那是一种荣誉，也是一种鼓励，更是一种鞭策。它不但属于我姐，也属于我，属于我们家庭。在那个以英雄为偶像的年代，这就是最高的"奖赏"。

那次会议过后，我姐受到极大的鼓舞。60 年代，她调到西藏第三野战医院任军医工作。医院地处少数民族边远地区，那里人员稀少、气候恶劣、条件艰苦。我姐除了在医院看门诊外，还要下连队，到边防部队巡回医疗和为藏族百姓看病。她常常冒着风雪骑着马翻山越岭，和一个藏族女翻译到山南地区最边远、没有路、人烟稀少的乡、镇、村为藏族人民看病，宣传党的政策。吃的是藏粑、喝的是酥油茶，晚上就和衣躺在帐篷中间火塘旁。那一带的藏族百姓都称我姐是"马背上的金珠玛米"。

这就是我的姐姐。

# 后 记

"等闲识得东风面，万紫千红总是春。"踏着川西平原的春风，拂着锦江堤上的杨柳，我们以崭新的面貌，迎春而歌。

这本书，是四川一批知名作家的散文合集，集中了目前活跃在四川文坛、中国文坛的一线作家23人。其中男作家10人、女作家13人，因此定名《四川散文23家》。

编校这个集子，不由得心生感慨。众所周知，随着娱乐的泛大众化，这些年阅读也大幅萎缩，越来越娱乐化、碎片化，作家的创作也几乎是"波澜不惊"，很难荡起一丝生命的涟漪，与风光无限的20世纪80年代简直不可同日而语。但是，总有一些人在默默耕耘，总有一些人在坚持创作，笔耕不辍。唐代大诗人王维诗云："木末芙蓉花，山中发红萼。涧户寂无人，纷纷开且落。"借用王维此诗来作比，我们这一批自觉写作的人，就如同那默默生长、静静开花的山中芙蓉。春来自可喜，秋来不伤悲。文化的自觉与自信，总是体现在一段一段精美的文字中，总是展现在一篇一篇文采斐然的佳作里。

我们四川自古便有崇文、习文的传统。相如的上林，旌旗招展在汉苑的昆明池畔；王褒的洞箫，呜呜吹奏在历史的青丘旷野；扬雄的大赋，唱响大汉王朝的历史强音；李密的陈情，令朝野为之动容。陈子昂登台一哭，天地同悲；李太白金殿一书，寰宇震响。三苏父子，光耀文化之天宇；杨骆二公，名垂皇皇的汗青。所以古人云："自盘古划天地，天地之气艮于西南。剑门上断，横江下绝，岷、峨之曲，别为锦川。蜀之人无闻则已，闻则杰出。"阅读这本集子，读者会看到郭沫若、巴金、沙汀、艾芜、李劼人、马识途的文化传统，在薪火相传；古圣先贤开掘的文脉，在巴蜀大地上汩汩地延续。作为文学百花园中默默的耕耘者，我们虽不敢以"闻人"自居，但文人本色，痴心不改。所以，我们"同声相应""同气相求"，我们因文结缘，相遇文苑，相聚锦里，相知成集。

我们迎着蔼蔼春风而歌，巴山蜀水流淌我们烂漫诗情。

我们为这伟大时代而歌，舞凤鸣鸾是我们忠实的读者。

恺撒大帝有一句名言："Veni, vidi, vici（我来了，我看见了，我征服了）！"作家是社会的良心，也是历史的记录者。多年以后，蓦然回首，我们将欣喜地发现，我们来了，我们看见了，我们把它记录下来了。文学创作是一项长期、艰辛的工程，它需要咬定青山的坚持、百折不回的坚韧、心无旁骛的坚守、矢志不渝的坚定。这个集子，必将见证我们的坚守，见证我们的成长，见证我们的收获，也见证我们文学创作的历史。我们坚信，这一段历史，也必将给当代四川文学史刻下深深的痕迹。

文学不老，文学之树长青！

曾令琪

2024 年 4 月 1 日，星期一，于长乐居